ヤングアダルトの本

いま読みたい小説
4000冊

日外アソシエーツ

Guide to Books for Young Adults

4000 Works
of
Readable Novels

Compiled by

Nichigai Associates, Inc.

©2018 by Nichigai Associates, Inc.

Printed in Japan

本書はディジタルデータでご利用いただくことが
できます。詳細はお問い合わせください。

●編集担当● 小川 修司
装丁：赤田 麻衣子

刊行にあたって

　ほぼ中高生に相当するティーンエイジャーを若い大人として尊重しようという、アメリカの図書館での試みから、子どもから大人への過渡期、思春期にあるこの世代を「ヤングアダルト」と呼ぶ。彼、彼女らの肉体的にも精神的にも不安定な状況はそのニーズを多様化し、読書の対象は児童書のみならず一般書まで広く欲求され、「ヤングアダルト」世代に対する選書・紹介を困難なものとしている。

　本書は、「ヤングアダルトの本 ③ 読んでみたい物語5000冊」（2008年12月刊）の継続書誌で、児童文学・一般文学、日本・海外を問わず、現在の中高生に読まれている・読んで欲しい物語や小説のガイドとして、作家327人の作品3,861冊を選んで収録した図書目録である。本文は、前版の編集方針を踏襲し、日本と海外の作品に分けたうえで、各作家名の下に書名順に排列し、単行本と文庫版などがある場合は、新しい版の記述に旧版の情報を補記した。選書の際の参考となるよう内容紹介を載せ、巻末には書名索引を付して検索の便を図った。付録として、中高生に人気のシリーズ、日本と海外の名作の一覧を設けた。

　本書が公共図書館のヤングアダルトコーナーや中学・高校の学校図書館の場などで、本の選定・紹介・購入に幅広く活用されることを願っている。

　2018年7月

日外アソシエーツ

凡　例

1．本書の内容

　　本書は、ヤングアダルト世代に読まれている・読んで欲しい物語や小説を集めた図書目録である。

2．収録の対象

1) 中高生を主としたヤングアダルト世代に読まれている・読んで欲しい 327 人の作家の作品 3,861 冊を日本と海外に分けて収録した。
2) 原則として 2008 年から 2018 年までの最近 11 年間に日本国内で刊行された図書を対象とした。
3) 単行本と文庫版などがある場合は、最新版の記述に旧版の情報を「別版」として補記したが、多巻ものや最新版とそれ以前の版とで巻数構成の異同などがあった場合は、便宜上最新版の最終巻の末尾にまとめて記した。
4) 付録として、「日本の作品」の末尾に「人気のシリーズ作品」、巻末に日本と海外の「読んでみたい名作・この一冊」を収録した。

3．見出し

　　作家名を見出しとして、姓の読みの五十音順→名の読みの五十音順に排列した。見出しには原綴（外国人のみ）・生没年を付した。

4．図書の排列

　　各見出しのもとに書名の五十音順に排列した。

5．図書の記述

　　書名／副書名／巻次／各巻書名／各巻副書名／各巻巻次／著者表示／版表示／出版地*／出版者／出版年月／ページ数または冊数／大

(4)

きさ／叢書名／叢書番号／副叢書名／副叢書番号／叢書責任者表示
／注記／定価（刊行時）／ISBN（①で表示）／内容
＊出版地が東京の場合は省略した。

6．書名索引

各図書を書名の読みの五十音順に排列して作家名を補記し、本文で
の掲載ページを示した。「人気のシリーズ作品」「読んでみたい名作・
この一冊」のシリーズ名・書名もあわせて収録した。

7．書誌事項の出所

本目録に掲載した各図書の書誌事項等は主に次の資料に拠っている。
データベース「bookplus」
JAPAN/MARC

(5)

目　　次

日本の作品……… 1

阿川 佐和子 ……… 1
朝井 リョウ ……… 2
あさの あつこ ……… 3
有川 浩 ……… 19
安房 直子 ……… 22
安東 みきえ ……… 24
池井戸 潤 ……… 25
池上 永一 ……… 28
池澤 夏樹 ……… 30
池田 あきこ ……… 32
伊坂 幸太郎 ……… 33
いしい しんじ ……… 37
石川 宏千花 ……… 38
石崎 洋司 ……… 42
石田 衣良 ……… 51
泉 啓子 ……… 56
市川 朔久子 ……… 56
市川 拓司 ……… 57
伊藤 計劃 ……… 58
伊藤 遊 ……… 59
岩崎 夏海 ……… 59
岩瀬 成子 ……… 60
上橋 菜穂子 ……… 61
魚住 直子 ……… 63
冲方 丁 ……… 64
江國 香織 ……… 68
円城 塔 ……… 70
大島 真寿美 ……… 72
大谷 美和子 ……… 75
丘 修三 ……… 75
岡崎 ひでたか ……… 75
岡田 淳 ……… 76
小川 洋子 ……… 77
荻原 規子 ……… 79
荻原 浩 ……… 83
乙一 ……… 87
乙骨 淑子 ……… 90
小野 不由美 ……… 90

恩田 陸 ……… 93
海堂 尊 ……… 97
角田 光代 ……… 100
柏葉 幸子 ……… 104
風野 潮 ……… 108
加藤 多一 ……… 112
釣子 ふたみ ……… 112
金城 一紀 ……… 112
川上 健一 ……… 113
川上 弘美 ……… 114
川島 誠 ……… 117
川端 裕人 ……… 117
北野 勇作 ……… 120
北村 薫 ……… 122
草野 たき ……… 124
朽木 祥 ……… 125
久保田 香里 ……… 126
越水 利江子 ……… 127
小手鞠 るい ……… 130
後藤 竜二 ……… 138
斉藤 洋 ……… 139
斉藤 倫 ……… 150
坂木 司 ……… 150
桜庭 一樹 ……… 152
笹生 陽子 ……… 157
佐藤 多佳子 ……… 158
佐藤 友哉 ……… 160
佐野 洋子 ……… 161
椎名 誠 ……… 163
重松 清 ……… 166
柴崎 友香 ……… 173
芝田 勝茂 ……… 174
島本 理生 ……… 175
小路 幸也 ……… 178
白岩 玄 ……… 188
新城 カズマ ……… 189
菅野 雪虫 ……… 190
図子 慧 ……… 192
住野 よる ……… 192
瀬尾 まいこ ……… 193
瀬名 秀明 ……… 194
宗田 理 ……… 195

目　次

高楼 方子 ……………… 203
高橋 秀雄 ……………… 205
滝本 竜彦 ……………… 205
辻村 深月 ……………… 206
津村 記久子 …………… 209
富安 陽子 ……………… 211
中川 なをみ …………… 217
中田 永一　⇒乙一を見よ
長野 まゆみ …………… 217
中村 航 ………………… 221
中脇 初枝 ……………… 224
名木田 恵子 …………… 225
梨木 香歩 ……………… 227
梨屋 アリエ …………… 228
奈須 きのこ …………… 230
にしがき ようこ ……… 231
橋本 紡 ………………… 231
羽田 圭介 ……………… 233
花形 みつる …………… 235
帚木 蓬生 ……………… 236
濱野 京子 ……………… 239
はやみね かおる ……… 243
原田 マハ ……………… 250
はらだ みずき ………… 255
東野 圭吾 ……………… 258
ひこ・田中 …………… 263
藤野 千夜 ……………… 264
古内 一絵 ……………… 265
星 新一 ………………… 266
誉田 哲也 ……………… 269
舞城 王太郎 …………… 274
又吉 直樹 ……………… 276
松本 祐子 ……………… 276
maha　⇒原田マハを見よ
まはら 三桃 …………… 277
三浦 しをん …………… 279
湊 かなえ ……………… 281
宮下 奈都 ……………… 283
宮部 みゆき …………… 285
村山 由佳 ……………… 296
森 絵都 ………………… 299
森 博嗣 ………………… 301
森岡 浩之 ……………… 308
森見 登美彦 …………… 308
椰月 美智子 …………… 310
八束 澄子 ……………… 313
柳 広司 ………………… 314
山田 悠介 ……………… 317

山本 文緒 ……………… 322
唯川 恵 ………………… 323
柚木 麻子 ……………… 327
湯本 香樹実 …………… 329
横山 充男 ……………… 330
吉富 多美 ……………… 331
吉野 万理子 …………… 331
吉橋 通夫 ……………… 337
米澤 穂信 ……………… 338
令丈 ヒロ子 …………… 340
和田 竜 ………………… 347
綿矢 りさ ……………… 348

《人気のシリーズ作品》 …… 350
逢空 万太 ……………… 350
愛七 ひろ ……………… 350
葵 せきな ……………… 350
青柳 碧人 ……………… 350
蒼山 サグ ……………… 350
赤川 次郎 ……………… 350
赤城 大空 ……………… 350
暁 佳奈 ………………… 350
暁 なつめ ……………… 350
赤松 中学 ……………… 350
秋川 滝美 ……………… 350
秋田 禎信 ……………… 350
日日日 ………………… 350
浅井 ラボ ……………… 350
アサウラ ……………… 350
安里 アサト …………… 351
あざの 耕平 …………… 351
あさの ハジメ ………… 351
東 龍乃助 ……………… 351
アネコ ユサギ ………… 351
天城 ケイ ……………… 351
雨木 シュウスケ ……… 351
天酒之瓢 ……………… 351
新木 伸 ………………… 351
あわむら 赤光 ………… 351
庵田 定夏 ……………… 351
五十嵐 雄策 …………… 351
石之宮 カント ………… 351
石踏 一榮 ……………… 351
犬塚 惇平 ……………… 351
犬村 小六 ……………… 351
井上 堅二 ……………… 351
入江 君人 ……………… 351
入間 人間 ……………… 351

(7)

岩井 恭平	352	衣笠 彰梧	354
上栖 綴人	352	聴猫 芝居	354
ウスバー	352	木村 心一	355
内田 弘樹	352	夾竹桃	355
宇野 朴人	352	九岡 望	355
虚淵 玄	352	久慈 マサムネ	355
江口 連	352	栗本 薫	355
EDA	352	上月 司	355
榎田 ユウリ	352	香月 日輪	355
江本 マシメサ	352	河野 裕	355
遠藤 浅蜊	352	寿 安清	355
おおじ こうじ	352	虎走 かける	355
太田 紫織	352	子安 秀明	355
鳳乃 一真	352	今野 緒雪	355
大森 藤ノ	352	三枝 零一	355
岡田 伸一	352	榊 一郎	355
オキシ タケヒコ	352	さがら 総	355
沖田 雅	352	左京 潤	355
荻野目 悠樹	352	桜坂 洋	355
海道 左近	353	笹本 祐一	355
海冬 レイジ	353	佐島 勤	356
鏡 貴也	353	更伊 俊介	356
蝸牛 くも	353	時雨沢 恵一	356
神楽坂 淳	353	芝村 裕吏	356
春日 みかげ	353	志瑞 祐	356
春日部 タケル	353	十文字 青	356
香月 美夜	353	白石 定規	356
片山 憲太郎	353	白米 良	356
賀東 招二	353	白鳥 士郎	356
上遠野 浩平	353	杉井 光	356
金沢 伸明	353	朱雀 新吾	356
鎌池 和馬	353	すずき あきら	356
神永 学	353	鈴木 大輔	356
神野 オキナ	354	スズキ ヒサシ	356
榎宮 祐	354	周藤 蓮	356
鴨志田 一	354	住滝 良	356
カルロ・ゼン	354	瀬尾 つかさ	357
枯野 瑛	354	蟬川 夏哉	357
川上 稔	354	SOW	357
川岸 殴魚	354	田尾 典丈	357
川口 士	354	高橋 弥七郎	357
川口 雅幸	354	喬林 知	357
川原 礫	354	田口 一	357
神坂 一	354	竹井 10日	357
神崎 紫電	354	丈月 城	357
木緒 なち	354	武田 綾乃	357
城崎 火也	354	健速	357
北山 結莉	354	竹宮 ゆゆこ	357

目　次

橘 公司 …………………………… 357
橘 ぱん …………………………… 357
竜ノ湖 太郎 ……………………… 357
伊達 康 …………………………… 357
棚花 尋平 ………………………… 357
田中 芳樹 ………………………… 357
田中 ロミオ ……………………… 358
谷 瑞恵 …………………………… 358
谷川 流 …………………………… 358
CHIROLU ………………………… 358
ツカサ …………………………… 358
築地 俊彦 ………………………… 358
橙乃 ままれ ……………………… 358
豊田 巧 …………………………… 358
虎虎 ……………………………… 358
長月 達平 ………………………… 358
七沢 またり ……………………… 358
七月 隆文 ………………………… 358
成田 良悟 ………………………… 358
西尾 維新 ………………………… 358
西野 かつみ ……………………… 359
望 公太 …………………………… 359
支倉 凍砂 ………………………… 359
秦野 宗一郎 ……………………… 359
初野 晴 …………………………… 359
埴輪星人 ………………………… 359
馬場 翁 …………………………… 359
早見 裕司 ………………………… 359
柊★たくみ ……………………… 359
東川 篤哉 ………………………… 359
羊 太郎 …………………………… 359
暇奈 椿 …………………………… 359
日向 夏 …………………………… 359
漂月 ……………………………… 359
平坂 読 …………………………… 359
深沢 美潮 ………………………… 359
福井 晴敏 ………………………… 360
藤木 稟 …………………………… 360
伏見 つかさ ……………………… 360
伏見 ひろゆき …………………… 360
藤本 ひとみ ……………………… 360
伏瀬 ……………………………… 360
FUNA …………………………… 360
冬原 パトラ ……………………… 360
ぶんころり ……………………… 360
保利 亮太 ………………………… 360
まいん …………………………… 360
牧野 圭祐 ………………………… 360

松 智洋 …………………………… 360
松野 秋鳴 ………………………… 360
丸戸 史明 ………………………… 360
丸山 くがね ……………………… 360
三浦 勇雄 ………………………… 360
三上 延 …………………………… 361
三雲 岳斗 ………………………… 361
水城 正太郎 ……………………… 361
水沢 夢 …………………………… 361
瑞智 士記 ………………………… 361
水野 良 …………………………… 361
海空 りく ………………………… 361
緑川 聖司 ………………………… 361
水瀬 葉月 ………………………… 361
三屋咲 ゆう ……………………… 361
むらさき ゆきや ………………… 361
森京 詞姫 ………………………… 361
森橋 ビンゴ ……………………… 361
諸星 悠 …………………………… 361
屋久 ユウキ ……………………… 361
柳内 たくみ ……………………… 361
柳野 かなた ……………………… 361
柳実 冬貴 ………………………… 362
山形 石雄 ………………………… 362
ヤマグチ ノボル ………………… 362
結城 光流 ………………………… 362
裕時 悠示 ………………………… 362
雪乃 紗衣 ………………………… 362
弓弦 イズル ……………………… 362
夢枕 獏 …………………………… 362
吉岡 平 …………………………… 362
吉野 匠 …………………………… 362
駱駝 ……………………………… 362
藍上 陸 …………………………… 362
理不尽な孫の手 ………………… 362
澪亜 ……………………………… 362
Y.A ……………………………… 362
和ヶ原 聡司 ……………………… 362
渡 航 ……………………………… 362

海外の作品 …………………… 363

アヴィ …………………………… 363
アースキン, キャスリン ………… 363
アトウッド, マーガレット ……… 363
アーモンド, デイヴィッド ……… 364

(9)

アリグザンダー, ロイド	364	グリーン, ジョン	396
アルバレス, フーリア	365	グレイ, キース	397
アルボム, ミッチ	365	クレメンツ, アンドリュー	397
アレグザンダー, ウィリアム	366	クローデル, フィリップ	397
アレクシー, シャーマン	366	ケイ, ジャッキー	397
イ ヨンド	366	ケリー, ジャクリーン	398
イーザウ, ラルフ	367	コーウェル, クレシッダ	398
イボットソン, エヴァ	368	コエーリョ, パウロ	400
ウィーラン, グロリア	368	ゴッデン, ルーマー	401
ウィリアムズ, マイケル	368	ゴフスタイン, M.B.	401
ウィリアムズ＝ガルシア, リタ	369	ゴメス＝セルダ, アルフレッド	402
ウィルキンソン, キャロル	369	ゴルデル, ヨースタイン	402
ウィルソン, ジャクリーン	369	コルファー, オーエン	402
ウィルソン, バッジ	370	サッカー, ルイス	403
ヴェゲリウス, ヤコブ	370	サトクリフ, ローズマリ	404
ウェスターフェルド, スコット	371	シアラー, アレックス	405
ウェストール, ロバート	371	シェパード, ジム	406
ウォリアムズ, デイヴィッド	372	シェム＝トヴ, タミ	406
ウォレス, ダニエル	372	シスネロス, サンドラ	406
ウチダ, ヨシコ	372	シャスターマン, ニール	406
ウッドソン, ジャクリーン	373	ジャック, クリスチャン	407
ウリツカヤ, リュドミラ	373	シャミ, ラフィク	407
ウルフ, ヴァージニア・ユウワー	374	シャン, ダレン	407
エイキン, ジョーン	374	ジョージ, ジーン・クレイグヘッ	
エリス, デボラ	376	ド	409
エルスワース, ロレッタ	376	ジョーンズ, ダイアナ・ウィン	410
エンデ, ミヒャエル	376	スコット, マイケル	413
オースター, ポール	377	スタルク, ウルフ	414
オズボーン, メアリー・ポープ	378	ストラウド, ジョナサン	414
オーツ, ジョイス・キャロル	383	スニケット, レモニー	415
オルレブ, ウーリー	384	スピア, エリザベス・ジョージ	416
カウエル, クレシッダ ⇒コー		スピネッリ, ジェリー	416
ウェル, クレシッダを見よ		スレイター, キム	416
ガジェゴ・ガルシア, ラウラ	384	スワラップ, ヴィカス ⇒スワ	
カーター, アリー	384	ループ, ヴィカースを見よ	
カドハタ, シンシア	385	スワループ, ヴィカース	417
ガルブレイス, ロバート ⇒ロー		ゼヴィン, ガブリエル	417
リング, J.K.を見よ		セジウィック, マーカス	417
カンシーノ, エリアセル	385	ソーンダズ, ケイト	418
キニー, ジェフ	385	ダウド, シヴォーン	419
ギフ, パトリシア・ライリー	386	タマーロ, スザンナ	419
キャボット, メグ	387	タール, リリ	419
キング, スティーヴン	390	ディキンスン, ピーター	419
クシュマン, カレン	395	ディレイニー, ジョゼフ	420
クリーチ, シャロン	396	ドハーティ, バーリー	422

目　次

トラヴァース, パメラ・リンドン‥ 422
トール, アニカ……………………… 423
トールキン, J.R.R. ……………… 423
ドレイパー, シャロン・M. ……… 424
トンプソン, ケイト ……………… 424
ナポリ, ドナ・ジョー …………… 424
ニクス, ガース …………………… 425
ネス, パトリック ………………… 426
ハイアセン, カール ……………… 427
バウアー, ジョーン ……………… 427
パーキンス, ミタリ ……………… 428
パーク, リンダ・スー …………… 428
バーズオール, ジーン …………… 429
パターソン, キャサリン ………… 429
ハートネット, ソーニャ ………… 429
バビット, ナタリー ……………… 430
ハンター, エリン ………………… 430
ピアス, タモラ …………………… 432
ピアソン, メアリ・E. …………… 433
ヒッカム, ホーマー ……………… 433
ヒル, カークパトリック ………… 433
ピルチャー, ロザムンド ………… 433
ファイン, アン …………………… 434
フォヴィ, ハンネレ ……………… 434
フォンベル, ティモテ・ド ……… 434
フライ, ヤーナ …………………… 435
プライス, スーザン ……………… 435
プラチェット, テリー …………… 435
ブラッシェアーズ, アン ………… 435
ブラッドリー, キンバリー・ブルベイ
　カー ……………………………… 436
プリーストリー, クリス ………… 436
ブリュソロ, セルジュ …………… 437
プルマン, フィリップ …………… 438
プレスラー, ミリヤム …………… 440
フレッチャー, チャーリー ……… 440
フレンチ, ジャッキー …………… 440
プロイス, マーギー ……………… 440
ブロック, フランチェスカ・リア‥ 440
フンケ, コルネーリア …………… 441
ペイヴァー, ミシェル …………… 441
ベイカー, ニコルソン …………… 442
ヘス, カレン ……………………… 442
ペック, リチャード ……………… 442
ペナック, ダニエル ……………… 443

ヘルンドルフ, ヴォルフガング…… 443
ペレーヴィン, ヴィクトル・オレーゴ
　ヴィチ …………………………… 443
ボイン, ジョン …………………… 444
ホエラン, グローリア　⇒ウィー
　ラン, グロリアを見よ
ホーキング, スティーヴン＆ルー
　シー ……………………………… 444
ボストン, ルーシー・M. ………… 445
ホプキンソン, デボラ …………… 445
ホフマン, メアリ ………………… 446
ポールセン, ゲイリー …………… 446
ホルト, キンバリー・ウィリス…… 446
ホールバイン, ヴォルフガング…… 447
ホワイト, E.B. …………………… 447
ボンド, ブラッドレー　⇒ボンド
　＆モーゼズを見よ
ボンドゥ, アン＝ロール ………… 447
ボンド＆モーゼズ ………………… 447
マイケルセン, ベン ……………… 449
マイヤー, カイ …………………… 450
マクニッシュ, クリフ …………… 451
マクラクラン, パトリシア ……… 451
マコックラン, ジェラルディン…… 452
マコーミック, パトリシア ……… 452
マコーリアン, ジェラルディン
　⇒マコックラン, ジェラルディ
　ンを見よ
マシューズ, L.S. ………………… 452
マッカイ, ヒラリー ……………… 453
マーヒー, マーガレット ………… 453
マンガレリ, ユベール …………… 453
マンディーノ, オグ ……………… 454
ミョルス, ヴァルター …………… 454
ムルルヴァ, ジャン＝クロード…… 454
メアス, ヴァルター　⇒ミョル
　ス, ヴァルターを見よ
メイヒー, マーガレット　⇒マー
　ヒー, マーガレットを見よ
メッレル, カンニ …………………… 454
モス, アレクサンドラ …………… 454
モーゼズ, フィリップ・ニンジャ
　⇒ボンド＆モーゼズを見よ
モーパーゴ, マイケル …………… 456
ユーア, ジーン …………………… 457

(11)

ヨンソン, ルーネル ……………… 458
ライ, タィン＝ハ ………………… 458
ライオダン, リック　⇒リオーダ
　ン, リックを見よ
ラーソン, カービー ……………… 459
ラブ, M.E. …………………………… 459
リーヴ, フィリップ ……………… 459
リオーダン, ジェイムズ ……… 460
リオーダン, リック ……………… 460
ルイス, ジル ……………………… 464
ル＝グウィン, アーシュラ・K. … 465
レアード, エリザベス …………… 466
ロダーリ, ジャンニ ……………… 467
ロッダ, エミリー ………………… 467
ロビラ, アレックス ……………… 472
ロビンソン, ジョーン・G. …… 472
ロペス＝ナルバエス, コンチャ … 472
ローリング, J.K. ………………… 473

読んでみたい名作・この一冊 …… 478

《日本の名作》 ………………… 478
　芥川 龍之介 ……………………… 478
　浅田 次郎 ………………………… 478
　芦原 すなお ……………………… 478
　安部 公房 ………………………… 478
　綾辻 行人 ………………………… 478
　有島 武郎 ………………………… 478
　石井 桃子 ………………………… 478
　伊藤 桂一 ………………………… 478
　伊藤 左千夫 ……………………… 478
　いぬい とみこ …………………… 478
　井上 ひさし ……………………… 478
　井上 靖 …………………………… 478
　井伏 鱒二 ………………………… 478
　今江 祥智 ………………………… 478
　今西 祐行 ………………………… 478
　岩崎 京子 ………………………… 479
　上野 瞭 …………………………… 479
　江戸川 乱歩 ……………………… 479
　遠藤 周作 ………………………… 479
　大江 健三郎 ……………………… 479
　大岡 昇平 ………………………… 479
　小川 未明 ………………………… 479
　梶井 基次郎 ……………………… 479

　角野 栄子 ………………………… 479
　川端 康成 ………………………… 479
　菊池 寛 …………………………… 479
　小林 多喜二 ……………………… 479
　斎藤 惇夫 ………………………… 479
　志賀 直哉 ………………………… 479
　司馬 遼太郎 ……………………… 479
　高樹 のぶ子 ……………………… 479
　太宰 治 …………………………… 479
　谷崎 潤一郎 ……………………… 480
　筒井 康隆 ………………………… 480
　中 勘助 …………………………… 480
　中島 敦 …………………………… 480
　那須田 淳 ………………………… 480
　夏目 漱石 ………………………… 480
　新美 南吉 ………………………… 480
　新田 次郎 ………………………… 480
　野坂 昭如 ………………………… 480
　灰谷 健次郎 ……………………… 480
　浜田 廣介 ………………………… 480
　林 芙美子 ………………………… 480
　早船 ちよ ………………………… 480
　原 民喜 …………………………… 480
　樋口 一葉 ………………………… 480
　福永 武彦 ………………………… 480
　堀 辰雄 …………………………… 480
　松谷 みよ子 ……………………… 480
　松本 清張 ………………………… 481
　眉村 卓 …………………………… 481
　三浦 綾子 ………………………… 481
　三島 由紀夫 ……………………… 481
　宮澤 賢治 ………………………… 481
　向田 邦子 ………………………… 481
　武者小路 実篤 …………………… 481
　村上 春樹 ………………………… 481
　村上 龍 …………………………… 481
　森 鷗外 …………………………… 481
　森村 誠一 ………………………… 481
　山崎 豊子 ………………………… 481
　山下 明生 ………………………… 481
　山田 詠美 ………………………… 481
　山田 太一 ………………………… 481
　夢野 久作 ………………………… 481
　吉村 昭 …………………………… 481
　吉本 ばなな ……………………… 481

目　次

《海外の名作》……………… 482

アンデルセン, ハンス・クリスチャン ………………………………… 482
イシグロ, カズオ ………………… 482
ウェブスター, ジーン …………… 482
ウェルズ, ハーバート・ジョージ‥ 482
ヴェルヌ, ジュール ……………… 482
オルコット, ルイーザ・メイ …… 482
カフカ, フランツ ………………… 482
カミュ, アルベール ……………… 482
カルヴィーノ, イタロ …………… 482
キイス, ダニエル ………………… 482
キプリング, ラドヤード ………… 482
ギャリコ, ポール ………………… 482
キャロル, ルイス ………………… 482
許 仲琳 …………………………… 482
クリスティ, アガサ ……………… 482
グリム兄弟 ………………………… 482
グレアム, ケネス ………………… 483
ケストナー, エーリヒ …………… 483
呉 承恩 …………………………… 483
コッローディ, カルロ …………… 483
サリンジャー, J.D. ……………… 483
サローヤン, ウィリアム ………… 483
サン＝テグジュペリ, アントワーヌ・ド ………………………………… 483
シェイクスピア, ウィリアム …… 483
ジオノ, ジャン …………………… 483
シートン, アーネスト・T. ……… 483
シュピーリ, ヨハンナ …………… 483
スウィフト, ジョナサン ………… 483
スタインベック, ジョン・E.…… 483
スティーヴンスン, ロバート・ルイス ………………………………… 483
セルバンテス, ミゲル・デ ……… 483
ダール, ロアルド ………………… 483
チェーホフ, アントン・パーヴロヴィチ ………………………………… 483
チャペック, カレル ……………… 484
ディケンズ, チャールズ ………… 484
デフォー, ダニエル ……………… 484
デュマ, アレクサンドル ………… 484
ドイル, アーサー・コナン ……… 484
トウェイン, マーク ……………… 484

ドストエフスキー, フョードル・ミハイロヴィチ ……………………… 484
トルストイ, レフ・ニコラエヴィチ ………………………………… 484
ネズビット, イーディス ………… 484
ノース, スターリング …………… 484
バーネット, フランシス・ホジソン ………………………………… 484
バリー, ジェームズ・M. ………… 484
ハーン, ラフカディオ …………… 484
ピアス, フィリパ ………………… 484
フィッツジェラルド, フランシス・スコット・キー ……………………… 484
ブラッドベリ, レイ ……………… 485
プルースト, マルセル …………… 485
プロイスラー, オトフリート …… 485
ヘッセ, ヘルマン ………………… 485
ヘミングウェイ, アーネスト・M. ………………………………… 485
ペロー, シャルル ………………… 485
ヘンリー, オー …………………… 485
ポー, エドガー・アラン ………… 485
ボウム, ライマン・フランク …… 485
モーパッサン, ギィ・ド ………… 485
モンゴメリ, ルーシー・モード…… 485
ヤンソン, トーベ ………………… 485
ユゴー, ヴィクトル ……………… 485
羅 貫中 …………………………… 485
ラーゲルレーヴ, セルマ ………… 485
ラム, チャールズ＆メアリー …… 485
ランサム, アーサー ……………… 486
リンドグレーン, アストリッド…… 486
ルイス, C.S.……………………… 486
ルブラン, モーリス ……………… 486
魯迅 ……………………………… 486
ロフティング, ヒュー …………… 486
ロンドン, ジャック ……………… 486
ワイルダー, ローラ・インガルス‥ 486
ワイルド, オスカー ……………… 486

書名索引 ……………………… 487

(13)

日本の作品

阿川　佐和子
あがわ・さわこ
《1953〜》

『うからはらから』阿川佐和子著　新潮社
2014.3　503p　16cm（新潮文庫）750円
①978-4-10-118456-2
内容　夫と別れ、実家に出戻った未来を突如
襲った両親の熟年離婚。悲嘆に暮れたのも束
の間、父が連れてきた再婚相手は、豊かすぎる
悩みを抱えた茶髪巻髪の小娘。しかもクソ生
意気なコブ付きで…。自分の人生曲がり角。
なのに家族が巻き起こす騒動で頭の痛い日々
は続く。良かれ悪しかれ親族兄弟姉妹—。嫌
いだったあの人も、憎らしいアンチクショウ
さえも愛おしくなる、長編家族小説。
別版　新潮社 2011.2

『ギョットちゃんの冒険』阿川佐和子著,
スタジオジブリ編　大和書房　2008.7
409p　20cm　1900円　①978-4-479-
65010-2
内容　「ホーウホウ、ホーウホウ…」—ケッ
ヘル博士と森の中の屋敷で暮らす七歳のギョ
ットちゃんは、ある日、フクロウ語を習い始め
ます。森の仲間たちの本当の色が見えるよう
になるための修業の第一歩です。ケッヘル博
士にガラクタ王、ミセス・カーメルにクルー
ニー夫人と、ちょっとヘンな大人たちに見守
られ、ギョットちゃんの冒険が始まります。

『婚約のあとで』阿川佐和子著　新潮社
2010.11　448p　16cm（新潮文庫）629
円　①978-4-10-118454-8
内容　晴れて婚約したのに結婚をためらい始め
た波。秘密の恋に大胆に身を任せてゆく碧。
男性との関係を仕事のステップアップにつな
げる真理。三世代同居家族の中の専業主婦、
優美。障害があるゆえに自立を求めて結婚に
踏み切れない宙…。姉妹、友人、仕事仲間と
してリンクする七人。恋愛、結婚、仕事、家
庭をめぐって揺れる彼女たちの、それぞれの
心情と選択をリアルに描き出した連作集。
別版　新潮社 2008.2

『スープ・オペラ』阿川佐和子著　新潮社
2008.6　505p　16cm（新潮文庫）667円
①978-4-10-118453-1
内容　ルイ。独身。35歳。女手ひとつで育て
てくれた叔母さんが、還暦を前に突然の恋に落
ちて出奔。一人残されたルイの家には、ひょ
んなことから二人の独身男が転がり込んでき
た。初老だけどモテモテのトニーさんと、年
下の気弱な康介。唯一の共通点はスープ好き。
一つ屋根の下で暮らすことになった、そんな三
人の関係は。そして叔母さんの恋の行方は？
温かくキュートで少しだけ辛口の物語。

『正義のセ—ユウズウキカンチンで何が悪
い！』阿川佐和子著　KADOKAWA
2016.8　282p　15cm（角川文庫）〈角
川書店 2013年刊の再刊〉600円　①978-
4-04-101337-3
内容　下町の豆腐屋育ちの凛々子は、小学生
の時のある事件をきっかけに持ち前の正義感
を活かすべく検事になることを決意。ところ
が、交通死亡事故の案件では被疑者の生い立
ちを知って悩み、別の恐喝未遂事件ではチン
ピラ風の取り調べで大失態！家族や同僚の
助けを借りながら、凛々子は手探りで自らの
『正義』を見つけ出そうとするが…。新人女
性検事が泣き、笑い、決断し、奮闘する一等
身大の成長物語がスタート！
別版　角川書店 2013.2

『正義のセ　2　史上最低の三十歳！』阿
川佐和子著　KADOKAWA　2017.1
239p　15cm（角川文庫）〈角川書店
2013年刊の再刊〉600円　①978-4-04-
101633-6
内容　検事5年目に突入した凛々子が担当する
のは女性を狙った凶悪事件。女性として絶対
に許せない案件に気合十分で取り調べに挑む。
一方で同期・順子の恋愛スキャンダルや父の
浮気疑惑、はたまた神蔵守からの突然のプロ
ポーズなどプライベートでは恋の波乱続き！
被害者や被疑者と向き合った末に自信を持っ
て決断を下した凛々子だが、大トラブルに発
展してしまい!?下町育ちの女検事の成長物語、
第2弾！
別版　角川書店 2013.3

朝井リョウ　　　　　　　　　　　　　　　　　　　　　日本の作品

『正義のセ　3　名誉挽回の大勝負！』阿
川佐和子著　KADOKAWA　2017.4
274p　15cm〈角川文庫〉〈角川書店
2013年刊の再刊〉640円　①978-4-04-
101634-3
内容　親友・明日香の記事によって誤審を暴か
れ、検事失業のピンチに陥った凛々子。それ
でも事件の真相を追い求め続けるなかで凛々
子は冤罪犯が隠していた別の罪に気づく。と
ころが被害女性を訪ねたものの門前払いにさ
れてしまい、その裏に明日香がいることを知
り…。一方プライベートでは妹・温子の破談
に責任を感じた凛々子が大暴走し、神蔵守に
まさかの逆プロポーズ!?下町育ちの女検事の
成長物語、恋と友情のゆくえは一！
別版　角川書店 2013.3

『正義のセ　4　負けっぱなしで終わるも
んか！』阿川佐和子著　KADOKAWA
2017.9　404p　15cm〈角川文庫〉〈「負
けるもんか」(2015年刊)の改題〉760円
①978-4-04-106045-2
内容　転勤で尼崎にやってきた検事・凛々子
のもとに汚職事件の告発状が届いた。したた
かな相手に取り調べは進まず、凛々子は証拠
集めに奔走する。豪快な110番担当の虎子や、
こてこての関西弁の青井刑事と協力して捜査
を進め、上司にガサ入れの許可を求めるが、
理不尽な理由で却下されてしまう。一方プラ
イベートでは、幼馴染みの紹介で知り合った
俳優と恋の予感が!?下町育ちの女検事、関西
でも『正義』に向かって全力投球！
別版　KADOKAWA 2015.6

朝井　リョウ
あさい・りょう
《1989〜》

『桐島、部活やめるってよ』朝井リョウ著
集英社　2012.4　245p　16cm〈集英社
文庫〉476円　①978-4-08-746817-5
内容　田舎の県立高校。バレー部の頼れるキャ
プテン・桐島が、理由も告げずに突然部活を
やめた。そこから、周囲の高校生たちの学校
生活に小さな波紋が広がっていく。バレー部
の補欠・風助、ブラスバンド部・亜矢、映画
部・涼也、ソフト部・実果、野球部ユーレイ
部員・宏樹。部活も校内での立場も全く違う
5人それぞれに起こった変化とは…？瑞々し
い筆致で描かれる、17歳のリアルな青春群像。
第22回小説すばる新人賞受賞作。
別版　集英社 2010.2

『少女は卒業しない』朝井リョウ著　集英
社　2015.2　281p　16cm〈集英社文
庫〉540円　①978-4-08-745280-8
内容　今日、わたしは「さよなら」をする。図
書館の優しい先生と、退学してしまった幼馴
染と、生徒会の先輩と、部内公認の彼氏と、
自分だけが知っていた歌声と、たった一人の
友達と一、そして、胸に詰まったままの、この
想いと一。別の高校との合併で、翌日には校
舎が取り壊される地方の高校、最後の卒業式
の一日を、七人の少女の視点から描く。青春
のすべてを詰め込んだ、珠玉の連作短編集。
別版　集英社 2012.3

『スペードの3』朝井リョウ著　講談社
2017.4　344p　15cm〈講談社文庫〉640
円　①978-4-06-293613-2
内容　有名劇団のかつてのスター "つかさ様"
のファンクラブ「ファミリア」を束ねる美知
代。ところがある時、ファミリアの均衡を乱
す者が現れる。つかさ様似の華やかな彼女は
昔の同級生。なぜ。過去が呼び出され、思い
がけない現実が押し寄せる。息詰まる今を乗
り越える切り札はどこに。屈折と希望を描い
た連作集。
別版　講談社 2014.3

『世界地図の下書き』朝井リョウ著　集英
社　2016.6　365p　16cm〈集英社文
庫〉600円　①978-4-08-745452-9
内容　両親を事故で亡くした小学生の太輔は
「青葉おひさまの家」で暮らしはじめる。心
を閉ざしていた太輔だが、仲間たちとの日々
で、次第に心を開いてゆく。中でも高校生の
佐緒里は、みんなのお姉さんのような存在。
卒業とともに施設を出る彼女のため、子ども
たちはある計画を立てる…。子どもたちが立
ち向かうそれぞれの現実と、その先にある一
握りの希望を新たな形で描き出した渾身の長
編小説。
別版　集英社 2013.7

『チア男子!!』朝井リョウ著　集英社
2013.2　486p　16cm〈集英社文庫〉760
円　①978-4-08-745032-3
内容　大学1年生の晴希は、道場の長男として
幼い頃から柔道を続けてきた。だが、負けな
しの姉と比べて自分の限界を悟っていた晴希
は、怪我をきっかけに柔道部を退部する。同
時期に部をやめた幼なじみの一馬に誘われ、
大学チア初の男子チームを結成することにな
るが、集まってきたのは個性的すぎるメンバー
で…。チアリーディングに青春をかける男子
たちの、笑いと汗と涙の感動ストーリー。
別版　集英社 2010.10

日本の作品 あさのあつこ

『何様』朝井リョウ著 新潮社 2016.8
316p 20cm 1600円 ①978-4-10-
333062-2
内容 何者かになっただなんて、何様のつも
りなんだろう―『何者』アナザーストーリー
6篇。書下ろし新作も収録！

『何者』朝井リョウ著 新潮社 2015.7
346p 16cm（新潮文庫）590円 ①978-
4-10-126931-3
内容 就職活動を目前に控えた拓人は、同居人・
光太郎の引退ライブに足を運んだ。光太郎と
別れた瑞月も来ると知っていたから―。瑞月
の留学仲間・理香が拓人たちと同じアパート
に住んでいるとわかり、理香と同棲中の隆良
を交えた5人は就活対策として集まるように
なる。だが、SNSや面接で発する言葉の奥に
見え隠れする、本音や自意識が、彼らの関係
を次第に変えて…。直木賞受賞作。
別版 新潮社 2012.11

『武道館』朝井リョウ著 文藝春秋 2018.
3 363p 16cm（文春文庫）670円
①978-4-16-791028-0
内容 「武道館ライブ」を合言葉に活動して
きた女性アイドルグループ「NEXT YOU」。
さまざまな手段で人気と知名度を上げるが、
ある出来事がグループの存続を危うくする。
恋愛禁止、炎上、特典商法、握手会、スルー
スキル…"アイドル"を取り巻く様々な言葉や
現象から、現代を生きる人々の心の形を描き
表した長編小説。
別版 文藝春秋 2015.4

『星やどりの声』朝井リョウ著
KADOKAWA 2014.6 317p 15cm
（角川文庫）〈角川書店 2011年刊の修
正〉560円 ①978-4-04-101335-9
内容 東京ではない海の見える町で、喫茶店
「星やどり」を営む早坂家。三男三女母ひと
り。亡き父が残した名物のビーフシチューの
香りに包まれた生活には、細やかながらも
確かな幸せがあった。しかし、常連客のお
じいちゃんが店に姿を見せなくなった頃から、
家族に少しずつ変化が。各々が葛藤を抱え息
苦しくなる早坂家に、父が仕掛けた奇跡が降
りそそぐとき、一家は家族を卒業する。著者
が学生最後の夏に描いた、感動の物語。
別版 角川書店 2011.10

『ままならないから私とあなた』朝井リョ
ウ著 文藝春秋 2016.4 252p 20cm
1400円 ①978-4-16-390434-4
内容 友人の結婚式で出会った彼女は、他の場
所では全く違うプロフィールを名乗っていた
―「レンタル世界」。高校時代から発明家と

して脚光を浴びてきた薫。しかし、薫をずっ
と近くで見ていた雪子は、彼女があまりに効
率を重んじることに疑問を感じる―「ままな
らないから私とあなた」

『もういちど生まれる』朝井リョウ著 幻
冬舎 2014.4 286p 16cm（幻冬舎文
庫）〈2011年刊の加筆・修正〉540円
①978-4-344-42171-4
内容 彼氏がいるのに、別の人にも好意を寄
せられている汐梨。バイトを次々と替える翔
多。絵を描きながら母を想う新。美人の姉が
大嫌いな双子の妹・梢。才能に限界を感じな
がらもダンスを続ける遙。みんな、恥ずかし
いプライドやこみ上げる焦りを抱えながら、
一歩踏み出そうとしている。若者だけが感受
できる世界の輝きに満ちた、爽快な青春小説。
別版 幻冬舎 2011.12

『世にも奇妙な君物語』朝井リョウ著 講
談社 2015.11 254p 20cm 1400円
①978-4-06-219824-0
内容 いくら流行っているからといって、経済
的にも精神的にも自立した大人が、なぜ一緒
に住むのか（第1話「シェアハウスない」）。そ
の人がどれだけ「リア充」であるかを評価す
る、「コミュニケーション能力促進法」が施行
された世界。知子のもとに、一枚の葉書が届
く（第2話「リア充裁判」）。親のクレームによ
り、幼稚園内で、立っている金次郎像が座っ
ているものに変えられた！（第3話「立て！金
次郎」）。…そしてすべての謎は、第5話「脇
役バトルロワイアル」に集約される。

あさの　あつこ
《1954〜》

『I love letter』あさのあつこ著 文藝春
秋 2016.9 233p 20cm 1300円
①978-4-16-390519-8
内容 文通会社「ILL（I love letter）」で働き
始めた元引き籠もりの岳彦に届くのは、一筋
縄ではいかないワケありの手紙ばかり。手紙
で届いた厄介事には、手紙で立ち向かうしか
ない…！ 稀代のストーリーテラーが、手紙
をモチーフに紡いだ物語。

『朝のこどもの玩具箱』あさのあつこ著
文藝春秋 2012.8 251p 16cm（文春
文庫）495円 ①978-4-16-772209-8
内容 目が覚めたら魔法のしっぽが生えてい
たイジメられっ子、父を亡くし若い継母とふ
たり年を越す高校生…。児童文学から恋愛小
説、SF、時代小説まで、ジャンルを超えて活

ヤングアダルトの本 いま読みたい小説4000冊 3

躍する著者ならではの、色とりどりの6篇が入った"玩具箱"。明日への希望きらめく瑞々しい気持ちをギュッと詰め込みました。文庫オリジナルの自著解説を収録。
別版 文藝春秋 2009.6

『明日になったら――一年四組の窓から』あさのあつこ著　光文社　2016.4　221p　16cm（光文社文庫）500円　①978-4-334-77281-9
内容 中学二年から三年に進級した井嶋杏里、市居一真、里館美穂、前畑久邦の仲良し四人組。高校進学を前にして、それぞれの夢に向かって突き進もうとする四人の前に、新たな壁が立ちはだかる。将来への不安、新しい環境への不安に押し潰されそうになりながら、かけがえのない友だちと家族に支えられ悩みながらも成長する十五歳を描いた、あさのあつこの青春傑作小説。
別版 光文社（BOOK WITH YOU）2013.4

『あした吹く風』あさのあつこ著　文藝春秋　2012.2　298p　16cm（文春文庫）495円　①978-4-16-772207-4
内容 父親が不倫の末に事故死した17歳の高校生・功刀鈴と、夫と親友に裏切られた34歳の女性歯科医・来野美那子。憎しみと悲しみによって過去の呪縛から逃れられない二人は出会い、心を焦がし、ただ素直に強く求めあうが…。年の離れた男と女が、激しくやさしい、どうしようもない愛を知る、著者渾身の恋愛小説。
別版 文藝春秋 2008.12

『ありふれた風景画』あさのあつこ著　文藝春秋　2009.4　286p　16cm（文春文庫）505円　①978-4-16-772203-6
内容 地方都市にある高校で、ウリをやっているという噂のために絡まれていた琉璃を、偶然助けた上級生の周子。彼女もまた特殊な能力を持っているという噂により、周囲から浮いた存在だった。親、姉妹、異性…気高くもあり、脆くもあり、不器用でまっすぐに生きる十代の出会いと別れを瑞々しく描いた傑作青春小説。

『アレグロ・ラガッツァ』あさのあつこ著　朝日新聞出版　2016.10　285p　19cm　1500円　①978-4-02-251408-0
内容 吹奏楽はもうやらない、と決めてたはずなのに自分から手をのばせば、世界はこんなにも弾けてる。「バッテリー」に並ぶきらめく青春小説、誕生！女子高生の揺れ動く気持ちをていねいに描いた、長編ストーリー。

『いえででんしゃはがんばります。』あさのあつこ作, 佐藤真紀子絵　新日本出版社　2008.10　109p　21cm　1400円　①978-4-406-05174-3
内容 あの「いえででんしゃ」が帰ってきた。家出したい子あつまれ。

『一年四組の窓から』あさのあつこ著　光文社　2016.3　268p　16cm（光文社文庫）520円　①978-4-334-77264-2
内容 中学一年の夏に引っ越すことになった井嶋杏里。転校でなじめない中学の校舎で、使われなくなった教室『1・4』に入った杏里は、市居一真と出会う。杏里に出会った一真は、杏里に絵のモデルになって欲しいと頼む。そこから物語は始まった――。杏里、一真、そして、かけがえのない友だちと家族。悩みながらも成長する十四歳を描いた、あさのあつこの青春傑作小説。
別版 光文社（BOOK WITH YOU）2012.3

『ヴィヴァーチェ―紅色のエイ』あさのあつこ著　角川書店　2013.2　273p　15cm（角川文庫）〈2008年刊に「ヴィヴァーチェ 2」（2010年刊）の一部を加え、加筆・修正　発売：角川グループパブリッシング〉514円　①978-4-04-100606-1
内容 灰汁色の霧に覆われた街。最下層居住区に暮らす聡明な少年ヤンと豪気な親友ゴドの憧れは、紅色の宇宙船ヴィヴァーチェ号と、伝説の船長ライデ。宇宙へ飛び立つ夢を支えにする2人だが、ヤンの妹が「城」に召し上げられ、消息を絶ってしまう。妹を追うヤンは、突如勃発した軍事クーデターに巻き込まれ、大混乱の中、ヴィヴァーチェ号と瓜二つの船で地球を脱出することに―!?少年たちのブレイブ・ファンタジー、開幕。

『ヴィヴァーチェ　2　漆黒の狙撃手』あさのあつこ著　角川書店　2010.2　205p　20cm（カドカワ銀のさじシリーズ）〈発売：角川グループパブリッシング〉1500円　①978-4-04-874028-9
内容 図らずもヴィヴァーチェ2号のクルー（乗組員）として、自分の夢を叶えることになったヤン。しかしクーデターを逃れ、少女とともに乗り込んできた王家の護衛兵士は、強制的に船の行き先を指示する。目的地は輸送船オオタカが幽霊海賊船に襲われた地点だった!?オオタカで目撃された死せる英雄バシミカル・ライ。彼は生きてそこにいるのか？そして、兵士が護衛する少女の正体は…。王家の姫か、それとも妹のナコなのか。

『ヴィヴァーチェ　[2]　宇宙へ地球へ』あさのあつこ著　角川書店　2013.3　291p　15cm（角川文庫）〈2010年刊の

一部に増補、加筆修正　発売：角川グループパブリッシング〉552円　①978-4-04-100647-4

内容　妹を追って、地球を飛び立ったヤン。悲劇の末に、幽霊海賊船となったヴィヴァーチェ号と、傑物と名高い船長ライに強い憧れを抱く彼が乗り込んだ宇宙船内には、クルーの他に、妹に生き写しだが自らを王女と名乗る少女ウラ、彼女の忠実な護衛兵士スオウがいた。スオウは船の行き先を、ヴィヴァーチェ号が輸送船を襲った地点に定めるが、そこに突如、謎の船が現れ…!?少年たちのブレイブ・ファンタジー、激震のクライマックス。

『X-01　1』あさのあつこ著　講談社 2016.9　168p　19cm（YA！ ENTERTAINMENT）950円　①978-4-06-269503-9

内容　N県稗南郡稗南町。由宇の15歳の誕生日の前日、大好きな父親が「X‐01」と言い残して急死した。そして黒ずくめの男たちが、「X‐01」を求めて、町を破壊しにやってきた!?「X‐01」とは、いったい…なに？　一方、ラタの住む小国、永依の国は滅亡の危機を迎えていた。隻眼の将軍に拾われたラタは戦士としての血の道を歩み始める。運命に翻弄される由宇とラタ、2人の魂の物語。

『X-01　2』あさのあつこ著　講談社 2017.9　172p　19cm（YA！ ENTERTAINMENT）950円　①978-4-06-269512-1

内容　少女ラタは、父親の死後、滅亡の危機に瀕する永依国クシカ将軍の養子となり、「破壊神」の名にふさわしい戦いぶりを示す。N県稗南郡稗南町には由宇という少女がいた。父親が「らた」「えっくすぜろわん」と言い残して急死すると、黒ずくめの男たちが稗南町を急襲した。運命に翻弄されるラタと由宇。2人の行く手に待っているのは？『バッテリー』『NO.6』のあさのあつこが壮大なスケールで描く戦争と平和の物語。

『おいち不思議がたり』あさのあつこ著 PHP研究所　2011.12　329p　15cm（PHP文芸文庫）〈『ガールズ・ストーリー』（2009年刊）の改訂・改題〉590円　①978-4-569-67750-7

内容　おいちは十六歳。江戸深川の菖蒲長屋で、医者である父の仕事を手伝っている。おいちが他の娘と違うのは、この世に思いを残して死んだ人の姿が見えること。そんなおいちの夢に、必死で助けを求める女が現れる。悩みながらも己の力で人生を切り拓き、医者を目指す娘が、自分に宿った不思議な力を生かし、複雑にからみ合う因縁の糸を解きほぐ

していく、青春「時代」ミステリー。

『蜃楼の主』あさのあつこ著　講談社 2012.9　236p　18cm（白兎 3）880円 ①978-4-06-217774-0

内容　看護師の母とふたり暮らしの高校生、三島爾は、怖ろしい夢を見た翌朝に起こる、さまざまな異変に悩まされていた。指に捲きついた女性の髪、全身にまとわりつく血の臭い…。異変のあった夜には必ず、近隣で通り魔事件が発生していた。人殺しは、無意識のおれなのか？　意を決して親友に相談しようとした爾の前に、見知らぬ級友が現れる。

『風を繍う』あさのあつこ著　実業之日本社　2016.8　270p　20cm　1600円 ①978-4-408-53691-0

内容　江戸・深川の縫箔（刺繍）屋丸仙の娘・おちえは、「弟子入りしたい」と突然丸仙を訪れた美しい若侍・吉澤一居に心を奪われる。一居はなぜ、武士の身分を捨ててまで刺繍職人になることを切望するのか。そして江戸中を震撼させた娘斬殺事件の行方は―。

『風の館の物語　1　心をもつ館』あさのあつこ作, 山田J太絵　講談社　2013.2 211p　18cm（講談社青い鳥文庫）〈2007～2010年刊の再刊〉620円 ①978-4-06-285332-3

内容　母の入院で、しばらくの間、田舎町の親戚の家に引き取られることになった小6の水内洵と妹の沙菜。姉妹が訪れたその家は、地元の人たちが「風の館」と呼ぶ、大きなお屋敷だった。その館では、突然、激しい風が部屋に吹き込んだり、笑い声が聞こえたりと、次々に不思議な現象が起こる。そしてある夜、洵の前に少年の幽霊があらわれて―。小学中級から。

『風の館の物語　2　二つの世界』あさのあつこ作, 山田J太絵　講談社　2013.4 229p　18cm（講談社青い鳥文庫）〈2007～2010年刊の再刊〉650円 ①978-4-06-285348-4

内容　水内洵と沙菜の姉妹が暮らすことになった『風の館』では、不思議な笑い声が聞こえたり、美少年の幽霊があらわれたりと、不思議な現象が次々と起こっていた。そんなある日、沙菜の姿が見あたらなくなる。千夏といっしょに沙菜を探す洵。母屋の奥で見つけた隠し階段を下りていくと、その先は幽霊の洵吾と会った部屋につながっていた…。

『風の館の物語　3　館を狙う物』あさのあつこ作, 山田J太絵　講談社　2013.6 231p　18cm（講談社青い鳥文庫）〈2007～2010年刊の再刊〉650円

①978-4-06-285355-2

内容 年末の大掃除を終え、町に出かけた洵は、商店街で謎の男に出会った。その男の顔は、ぽっかりと穴があいたように黒い空間になっていたのだ。不吉な予感が広がるなか、行方不明だった千夏の父・千昭が10年ぶりに洵の家に帰ってくる。実業家として成功したという千昭は、千夏と果歩に「この屋敷から出ていっしょに暮らそう。」と言うのだが―。小学中級から。

別版 講談社（講談社文学の扉）2008.12

『風の館の物語　4　美しき精たち』あさのあつこ作、山田J太絵　講談社　2013.8　263p　18cm（講談社青い鳥文庫）〈2007〜2010年刊の再刊〉650円

①978-4-06-285376-7

内容 二つの世界が重なる『風の館』。人と、人でないものが共に住めるこの館を狙って、邪悪な化け物が襲いかかってきた！ 化け物の正体は、いったい何なのか。共存か、それとも対決を選ぶのか―。洵は、『風の館』と愛する人たちを守るために、最後の戦いにいどむ。人間と自然のかかわりを、壮大なスケールで描きだす、シリーズ最終巻！ 小学中級から。

別版 講談社（講談社・文学の扉）2010.2

『神々と目覚めの物語（ユーカラ）』あさのあつこ作　学研パブリッシング　2013.6　191p　19cm（アニメディアブックス）〈絵：CLAMP　「神々の午睡」（2009年刊）の改題、抜粋・再編集　発売：学研マーケティング〉800円　①978-4-05-203790-0

内容 その昔、神と人が共に暮らす世界があった―。女性考古学者が発見した羊皮紙の束には、はるか昔の神と人間の物語が綴られていた。箜という自分の十五歳の少年、愛らしい風の神ピチュ、美しい死の神グドミアノ、蛙の姿をした沼の神フイモットらが紡ぎ出す、優しくて切ない3つの神話の秘密がいま、明かされる…。『神々の午睡』第2弾!!

『神々の午睡（うたたね）』あさのあつこ著　幻冬舎　2013.8　309p　16cm（幻冬舎文庫）〈学研パブリッシング 2009年刊の再刊〉571円　①978-4-344-42057-1

内容 その昔、神と人が共に暮らす世界があった―。ある日、雨の神に選ばれたばかりのシムが降らせた恵みの雨が、止まなくなってしまう。姉を心配し、彼女のもとへ向かった弟のリュイは、その原因がシムの恋にあることを知る。彼女は人間の若き細工師に一目惚れをしていた…。恋愛や友情が人間だけのものでな

かった頃の、優しく切ない六つの連なる物語。

別版 学研パブリッシング 2009.10

別版 学研パブリッシング（アニメディアブックス）2013.3

『神々の午睡（うたたね）金の歌、銀の月』あさのあつこ作　学研パブリッシング　2013.11　226p　19cm（アニメディアブックス）〈絵：CLAMP　発売：学研マーケティング〉880円　①978-4-05-203853-2

内容 海の彼方の美しい国、エスタルイカ公国。かつてこの国の繁栄と平和は、美しい音楽で支えられていた。しかし王位についたシカルットは、音楽に関わる者すべてを追放し、いっさいの音楽を禁じようとしていた…。獄中に囚われたリーキン奏者・オッドを救うべく、死の神グドミアノ、風の神ピチュ、リュイが、いざ、旅立つ―。完全新作書きおろし、シリーズ第3弾!!

『ガールズ・ストーリー―おいち不思議がたり』あさのあつこ著　PHP研究所　2009.12　261p　20cm　1600円　①978-4-569-77399-5

内容 「助けて、誰か助けて…」おいちは十六歳の娘ざかり。江戸深川の菖蒲長屋で、医師である父・松庵の仕事を手伝い、忙しい日々を送っていた。いつか父のようになりたい、との思いを胸に秘めて。おいちが他の娘と違うのは、この世に思いを残して死んでいった人の姿が見えること。この不思議な力を誰かのために生かしたい、と願うおいちの夢に、必死の形相で助けを求める女が現れた。『バッテリー』のあさのあつこが、不思議な能力を持つ娘おいちの青春を描く。お江戸深川を舞台にした十六歳の成長物語。

『ガールズ・ブルー　2』あさのあつこ著　文藝春秋　2009.9　254p　16cm（文春文庫）543円　①978-4-16-772204-3

内容 落ちこぼれ高校に通う理穂、美咲、如月も三年生になった。高校最後の夏、周りは着々と進路を決めていくのに、三人は行く末をまだ決められない。恋、友情、進学…タイムリミットが迫る中、私たちの答えはどうしたら見つかるのだろう。未来へ一歩を踏み出す姿を清々しく描いた大人気女子高生シリーズ第二弾。

別版 ポプラ社（Teens' best selections）2009.8

『かわうそ―お江戸恋語り。』あさのあつこ著　祥伝社　2017.6　371p　16cm（祥伝社文庫）690円　①978-4-396-34325-5

内容 「あたし、あの人がこんなにも好きな

日本の作品　　　　　　　　　　　　　　　　　　　　　あさのあつこ

んだ」太物問屋『あたご屋』の一人娘・お八重はごろつきから助けてくれた"川獺"と名乗る男に想いを寄せている。もう一度逢いたい一心で江戸をさまようお八重は、裏長屋で川獺といた女の死体を発見してしまう。殺していないと言う川獺を信じるお八重は…。恋を知った少女が大人になっていく姿を描いた感動の時代小説。
別版 祥伝社 2014.9

『かんかん橋を渡ったら』あさのあつこ著
KADOKAWA　2016.1　568p　15cm（角川文庫）〈角川書店 2013年刊の加筆修正〉840円　①978-4-04-103898-7
内容 四方を中国山地に囲まれた、寂れた温泉町に架かる小さな石橋『かんかん橋』。食堂『ののや』の一人娘真子は、毎日その橋を渡って学校に通っていた。真子と父を残して出て行った本。かつて白無垢をまとい嫁入りしてきた写真館の老女。町を去り愛する人とともに帰ってきた踊り子。誰もが『かんかん橋』を渡る…。小さな食堂を舞台に、精一杯生きる女たちのたくましさ、しなやかさを鮮やかに描き出した、人気作家の傑作長編！
別版 角川書店 2013.3

『かんかん橋の向こう側』あさのあつこ著
KADOKAWA　2018.3　530p　15cm（角川文庫）880円　①978-4-04-106340-8
内容 地方の寂れゆく温泉町、津雲。父の亡き後、残された食堂『ののや』を守る継母の奈央と高校生の真子。支え合う暮らしの中で真子は、奈央を一人残して都会に進学することを迷っていた。ある晩、訳ありげな青年が客として現れるが、やがてとんでもない事件に発展する。「帰る場所がある。だから人は旅立つことができる」─小さな食堂を舞台に、精いっぱい生きる人々の絆と、少女の成長と旅立ちを描いた傑作長編。
別版 KADOKAWA 2016.2

『くつの音が』あさのあつこ作, 古谷三敏絵　国立　今人舎　2016.3　23p　25cm　1400円　①978-4-905530-49-7
内容 戦争を知らない児童文学作家と戦争をよく知る漫画家とが合作。戦争を語り継ぐための絵本シリーズ。テーマは「おと・におい・ひかり」。本作が描くのは、最愛の息子を戦地へ送り出した母親。

『雲の果』あさのあつこ著　光文社　2018.5　295p　20cm　1600円　①978-4-334-91220-8
内容 殺された女と焼けた帯。病死した男と遺された帯。謎めいた帯の奇妙な繋がりが、

因縁の男たちを突き動かす！ 待望の「弥勒シリーズ」最新刊。

『グラウンドの詩（うた）』あさのあつこ著
KADOKAWA　2015.6　307p　15cm（角川文庫）〈角川書店 2013年刊の再刊〉560円　①978-4-04-102999-2
内容 心に傷を負ったピッチャー・透哉との奇跡の出逢いを経て、全国大会へ向け練習に励むキャッチャー・瑞希。二人は互いを信じ、バッテリーの絆を確かなものにしていくが、ある日チームメイトで幼馴染みの良治が暴力事件を起こしてしまう。駆けつけた瑞希に、良治は野球部を辞めると言い出す。遠征費用で母親に負担をかけたくないと悩む良治に何も言えなくなる瑞希だったが─。熱く胸を打つ少年たちの青春野球小説、第2弾！
別版 角川書店 2013.7

『グラウンドの空』あさのあつこ著　角川書店　2013.6　349p　15cm（角川文庫）〈発売：角川グループホールディングス〉552円　①978-4-04-100877-5
内容 甲子園に魅せられ、地元の小さな中学校で野球を始めたキャッチャーの瑞希。だが先輩バッテリーの卒業とともにチームはピッチャーを失い、地区大会さえ危ぶまれる状況に。そんなある日、チームメイトの良治が「ピッチャー、見つけたぞ！」と飛び込んでくる。時期外れの転校生・透哉。ピッチャーとしてずば抜けた才能をもつ彼は、だがどこか心を閉ざし、野球からも遠ざかっているらしく─。少年たちの鮮烈な青春野球小説！
別版 角川書店 2010.7

『グリーン・グリーン』あさのあつこ著　徳間書店　2017.3　411p　15cm（徳間文庫）680円　①978-4-19-894209-0
内容 失恋の痛手から救ってくれたのはおにぎりの美味しさだった。翠川真緑（通称グリーン・グリーン）はそのお米の味が忘れられず、産地の農林高校で新米教師として新生活をスタートさせた！ 農業未経験にもかかわらず─。豚が廊下を横切るなんて日常茶飯事だが、真緑にはその豚と会話ができる能力が!?熱心に農業を学ぶ生徒に圧倒されつつも、真緑は大自然の中で彼らとともに成長してゆく。
別版 徳間書店 2014.8

『薫風ただなか』あさのあつこ著
KADOKAWA　2017.6　306p　19cm　1500円　①978-4-04-105193-1
内容 石久藩の上士の子弟が通う藩学で心身に深い傷を負った新吾は、庶民も通う薫風館に転じ新たな友と学びを得、救済される。しかしある日、「薫風館にはお家を害する陰謀

ヤングアダルトの本　いま読みたい小説4000冊　**7**

が潜んでいる」として、父から間者となり館内を探るよう命じられる。信じられない思いの新吾。いったい、薫風館で何が起きているのか？ 若き剣士たちの命を懸けた節義を描く、時代小説の新しい風。

『**決戦のとき**』あさのあつこ著　ポプラ社
2017.3　269p　15cm（ポプラ文庫ピュアフル―光と闇の旅人 3）640円
①978-4-591-15408-3
[内容] 引っ込み思案で少し泣き虫な少女・結祈の住む東湖市で、相次ぐ不審な行方不明事件。被害者の背後を探ると、ある病院と医師の存在が浮かび上がってきた。時を同じくして、結祈の双子の弟・香楽に異変が起きて―。人は、自らの中に燃え上がる "憎しみ" をどこへ向かわせればよいのか？ 固い絆で結ばれた姉弟と、星の娘たち。金銀の太刀が指し示すのは…。独特の世界に引きこまれるファンが続出！ あさのあつこの傑作青春エンタメ、待望の完結篇。

『**木練柿―傑作時代小説**』あさのあつこ著
光文社　2012.1　379p　16cm（光文社文庫―［光文社時代小説文庫］）648円
①978-4-334-76349-7
[内容] 胸を匕首で刺された骸が発見された。北定町廻り同心の木暮信次郎が袖から見つけた一枚の紙、そこには小間物問屋遠野屋の女中頭の名が、そして、事件は意外な展開に…（「楓葉の客」）。表題作をはじめ闇を纏う同心・信次郎と刀を捨てた商人・清之介が織りなす魂を揺する物語。時代小説に新しい風を吹きこんだ『弥勒の月』『夜叉桜』に続くシリーズ第三巻、待望の文庫化。
[別版] 光文社 2009.10

『**金色の野辺に唄う**』あさのあつこ著　小学館　2010.10　252p　15cm（小学館文庫）533円　①978-4-09-408553-2
[内容] 稲穂が金色に輝き、風に揺れてシャラシャラと唄を奏でる山陰の秋。娘の奈緒子、孫の嫁・美代子、曾孫・東真、近所の花屋の店員・史明の四人に送られ、九十二歳の松恵は息を引き取ろうとしていた。松恵は、先だった夫が今際の際に発した言葉を思い出す。奈緒子は、だれの子だ…。「百年近くを生きれば、全て枯れ、悟り、遣す思いもなくなり、身軽に旅立てるとばかり信じておりましたが、どうしてどうして、人間って簡単に軽くはならないようです」多くの人の心を受けとめ救った大おばあちゃんが、美しい風景に送られ、今日旅立ちます。

『**さいとう市立さいとう高校野球部　上**』
あさのあつこ著　講談社　2017.8

203p　15cm（講談社文庫）〈2013年刊の二分冊〉550円　①978-4-06-293638-5
[内容] 温泉巡りとぽっちゃり系女子を愛する、健全な（？）新高校一年生・勇作。少年野球時代からエースとして活躍してきたが、高校では帰宅部と決めていた。温泉三昧の日々を夢見ていた勇作に、美術教師にしてプレー経験ゼロの野球部監督が、勇作も驚くとんでもない入部条件を提示する。そして、目指すは甲子園!?

『**さいとう市立さいとう高校野球部　下**』
あさのあつこ著　講談社　2017.8
237p　15cm（講談社文庫）〈2013年刊の二分冊〉580円　①978-4-06-293740-5
[内容] 一ヵ月のお試し入部期間中なのに、初日からいきなりの紅白試合。勇作ははじめての硬球を恐る恐る握りマウンドに立った。小学校以来の女房役・一良と久しぶりにバッテリーを組んだ一良、勇作の思いは熱く切なく燃えあがる。不朽の名作『バッテリー』のあさのあつこが放つ、感動と楽しさに溢れる青春野球小説！
[別版] 講談社 2013.8

『**さいとう市立さいとう高校野球部　[2]
甲子園でエースしちゃいました**』あさのあつこ著　講談社　2014.8　282p　19cm　1500円　①978-4-06-218991-0
[内容] 山田勇作は高校二年生。家族そろって大の温泉好きだ。通学するさいとう市立さいとう高校では野球部に所属し、エースピッチャーとして幼馴染の一良とバッテリーを組んでいる。一年生のとき、夏の甲子園大会地区予選では、交通事故で意識不明になった監督の鈴ちゃん不在のなか、準決勝まで勝ち進んだ。そして今年、意識を取り戻した鈴ちゃんとともに思い新たに活動してきた野球部は、みごと甲子園大会への出場を決めるが!?

『**さいとう市立さいとう高校野球部　[3]
おれが先輩？**』あさのあつこ著　講談社　2017.7　267p　19cm　1500円　①978-4-06-220650-1
[内容] 山田勇作と山本一良―幼馴染の最強バッテリーで甲子園出場を目指すが、野球部なのになんだかユルい、さいとう市立さいとう高校野球部には難題が山積。美術教師にして野球部の監督をつとめる鈴木先生は独自の練習方法を編み出し、一筋縄ではいかない先輩たちは頼れない。野球の強豪中学出身の新入部員の二人が入部して、はじめて一良以外とバッテリーを組むことになった勇作は、ついにマウンドに立つことになるが…。

『**桜舞う**』あさのあつこ著　PHP研究所

日本の作品　　　　　　　　　　　　　　あさのあつこ

2015.2　397p　15cm（PHP文芸文庫—
おいち不思議がたり）750円　①978-4-
569-76303-3
内容 江戸深川の菖蒲長屋で、医者である父・
松庵の仕事を手伝うおいちは十七歳。父のよ
うな医者になりたいと夢を膨らませているの
だが、そんなおいちの身にふりかかるのは、友
の死、身内の病、そして出生の秘密にかかわ
る事件等々。この世に思いを残して死んだ人
の姿を見ることができる娘・おいちが、その
能力を生かし、亡き友の無念を晴らそうとす
るのだが…。人気の青春「時代」ミステリー・
シリーズ第二弾！
別版 PHP研究所　2012.3

『殺人鬼の献立表』あさのあつこ著　徳間
書店　2015.10　236p　20cm（Team・
HK）1500円　①978-4-19-864027-9
内容 スランプに陥るとTeam・HKに仕事を
依頼してくるベストセラー作家・那須河闘一
はとてつもない美男で変人だ。美菜子の周囲
には執筆のヒントになる事件が絡んでいると
断言。強引に臨時の窓ふきスタッフとして、
那須河は夫が行方不明の西国寺家の依頼に割
り込んできたが…。

『The MANZAI—十五歳の章　上』あさ
のあつこ著　KADOKAWA　2018.6
492p　15cm（角川文庫）920円　①978-
4-04-105060-6
内容 転校生の歩は、突然クラスメートの秋本
に呼び出され告白される。「運命の出会いや。
おれと漫才コンビを組んでくれ！」拒みつつ
も彼のペースに巻きこまれ、文化祭で『ロミ
オとジュリエット』の漫才劇をやることに。
「秋本は、なんでぼくなんかを選ぶんだ」前
の学校で不登校になったことが、姉と父を事
故死させたのだと自分を責める歩。だが秋本
との出会いが、何かを変え始めていた。笑い
と友情が繊細に描かれた10代の物語。

『The MANZAI—十五歳の章　下』あさ
のあつこ著　KADOKAWA　2018.6
467p　15cm（角川文庫）920円　①978-
4-04-105061-3
内容 漫才劇『ロミオとジュリエット』は学
校内外で人気となった。秋本はコンビ続行を
熱望し「ロミジュリ」をサポートする仲間と
の結束も深まる。仲間内で歩が恋した、秋本
の幼馴染メグは幼いころから彼が好きで、な
ぜか猛烈に歩のことをライバル視してくる。
複雑な三角関係に悩む歩。やがて受験や卒業
シーズンを迎え、みんな一緒に高校に行くの
だと信じていた歩たちだが…。笑いと涙
で爽やかに描いた、少年たちの物語。
別版 ジャイブ（ピュアフル文庫）2005.12〜

2009.3
別版 ジャイブ→ポプラ社（カラフル文庫→ポ
プラカラフル文庫—あさのあつこセレクショ
ン）2007.3〜2011.3
別版 ポプラ社（ポプラ文庫ピュアフル）2010.
2〜2010.9
別版 ポプラ社（ポプラカラフル文庫）2010.3
〜2010.10
別版 ポプラ社（ポプラ文庫ピュアフル）2016.
8

『燦　1　風の刃』あさのあつこ著　文藝
春秋　2011.4　207p　16cm（文春文
庫）495円　①978-4-16-772205-0
内容 江戸から遠く離れた田鶴藩。その藩主
が襲われた。疾風のように現れた刺客は鷹を
操り、剣も達者な謎の少年・燦。筆頭家老の
嫡男・伊月は、その矢面に立たされるが、二人
の少年には隠された宿命があった一。尋常で
ない能力を持つ「神波の一族」の正体とは？
少年たちの葛藤と成長を描く著者待望の文庫
書き下ろし新シリーズ第一弾。

『燦　2　光の刃』あさのあつこ著　文藝
春秋　2011.12　198p　16cm（文春文
庫）495円　①978-4-16-772206-7
内容 江戸での生活がはじまった。伊月は藩
の世継ぎ・圭寿とともに窮屈な大名屋敷住ま
い。一方、異能の一族に生まれ育った少年・
燦も、祖父の遺言を守り、江戸の棟割長屋に
暮らす。その二人が町で出会った矢先に不吉
な知らせが届く。さらに屋敷でも圭寿の命を
狙う動きが一。少年たちが江戸を奔走する、
文庫オリジナルシリーズ第二弾。

『燦　3　土の刃』あさのあつこ著　文藝
春秋　2012.7　205p　16cm（文春文
庫）495円　①978-4-16-772208-1
内容 「圭寿、死ね」。江戸の大名屋敷に暮ら
す田鶴藩の後嗣に、闇から男が襲いかかった。
同じころ、伊月は、藩邸の不穏な動きを探ら
せていた石崎文吾の無残な死体を前にしてい
た。そして燦は、江戸で「神波の一族」を知
る人物に出会う。彼らにいったい何が起ころ
うとしているのか。少年たちが躍動する文庫
オリジナルシリーズ第三弾。

『燦　4　炎の刃』あさのあつこ著　文藝
春秋　2013.6　197p　16cm（文春文
庫）490円　①978-4-16-772211-1
内容 「闇神波は本気で我らを根絶やしにす
る気だ」。刺客、暗殺、陰謀。江戸で男が次々
と闇から斬りつけられる中、燦はついに争う
者たちの手触りを感じ始める。一方、伊月は
藩の代替わりの準備に追われる。燦の亡き
兄が寵愛した美しき個室・静門院が面会を
求めてきて…。少年たちが苦悩する、文庫オ

ヤングアダルトの本　いま読みたい小説4000冊　9

リジナルシリーズ第四弾。

『燦 5 氷の刃』あさのあつこ著 文藝春秋 2014.7 200p 16cm（文春文庫）480円 ①978-4-16-790119-6
内容 燦、助けてくれ。頼む、燦。―圭寿の亡き兄が寵愛した側室・静門院の住まう屋敷からの帰り道、刺客に襲われた伊月は、生死の境をさまよい続ける。正体を現さぬ敵、闇神波への激しい怒りに揺り動かされる燦が静門院のもとを訪ねると、予想外の真実が明らかになり…。少年たちがもがく、文庫オリジナルシリーズ第五弾。

『燦 6 花の刃』あさのあつこ著 文藝春秋 2015.5 182p 16cm（文春文庫）480円 ①978-4-16-790363-3
内容 手伝ってくれ、燦―田鶴藩立て直しのため、燦に頭を下げる圭寿。藩の「病巣」かもしれぬ父・伊佐衛門への懸念を伊月が抱く中、闇神波と田鶴藩との繋がりも明らかになっていく。一方、静門院とお吉のふたりの女子は、思いがけない形で三人と深くかかわることになり…。少年たちが羽化する、文庫オリジナルシリーズ第六弾。

『燦 7 天の刃』あさのあつこ著 文藝春秋 2016.5 174p 16cm（文春文庫）500円 ①978-4-16-790610-8
内容 田鶴藩に戻った燦を不意に襲う、謎の飛礫。それはかつて共に暮らした與次の仕業だった。「今更のこのこ帰りやがって。今からでも遅すぎるんだ！」與次から篠音の身の上を聞いた燦は、ある決意をする。城では圭寿が、藩政の核心を突く質問を伊月の父・伊佐衛門に投げかけていた…。少年たちが闘う、文庫オリジナルシリーズ第七弾。

『燦 8 鷹の刃』あさのあつこ著 文藝春秋 2016.8 186p 16cm（文春文庫）520円 ①978-4-16-790679-5
内容 おれが必ず燦に逢わせてやる―遊女に堕ちた身を恥じながらも燦への想いを募らせる篠音に、伊月は誓う。遊里からの帰り道、星月夜に轟く鳥の声に不吉な胸騒ぎがし、城へと急ぐ。正に刺客が薄主・圭寿に放たれていた。その頃、静門院とお吉は田鶴に向かって道を急いでいたが…。文庫オリジナルシリーズ、ついに感動の最終巻！

『シティ・マラソンズ』三浦しをん, あさのあつこ, 近藤史恵著 文藝春秋 2013.3 219p 16cm（文春文庫）514円 ①978-4-16-776103-5
内容 社長命令で、突然ニューヨークシティマラソンに参加することになった安部広和。かつて家庭教師をしていた社長の娘・真結を監

視しろというのだ。（「純白のライン」三浦しをん）ニューヨークで、東京で、パリで。彼らは、ふたたびスタートラインに立った―。人気作家がアスリートのその後を描く、三つの都市を走る物語。
別版 文藝春秋 2010.10

『東雲の途―長編時代小説』あさのあつこ著 光文社 2014.8 380p 16cm（光文社文庫）660円 ①978-4-334-76780-8
内容 橋の下で見つかった男の屍体の中から瑠璃が見つかった。探索を始めた定町廻り同心の木暮信次郎は、小間物問屋の遠野屋清之介が何かを握っているとにらむ。そして、清之介は自らの過去と向き合うため、岡っ引きの伊佐治と遠き西の生国へ。そこで彼らを待っていたものは…。著者がシリーズ史上ないほど壮大なスケールで描く「生と死」。超絶の「弥勒」シリーズ第四弾。
別版 光文社 2012.2

『13歳のシーズン』あさのあつこ著 光文社 2014.3 232p 16cm（光文社文庫）480円 ①978-4-334-76705-1
内容 中学に入学してひと月。茉里は同じクラスの男子・真吾から告白される。しかし、それが罰ゲームだったとわかり、傷つく茉里。一方、クラスに馴染めない茉里を理解し応援してくれる深雪、そして幼なじみの千博。四人は、自分のため、そして友達のために、ある挑戦を始めた。さまざまな困難や壁を乗り越えて逞しく成長する姿を描いた甘酸っぱくて、でも爽やかな青春小説。
別版 光文社（BOOK WITH YOU）2010.10

『十二の嘘と十二の真実』あさのあつこ著 徳間書店 2011.2 253p 16cm（徳間文庫）590円 ①978-4-19-893302-9
内容 美しい王妃は侍女ツルの言葉によって、しだいに圧政者となり、人の道から外れてゆく。そして現代の小さな街に住む老女との関わりは？ 時代はうねる。物語は生まれる。寓意が深まる。「わたしは、人の心にとり憑いて、わたしにとり憑かれるような心を持った人間を滅ぼしてやるの。人間を滅ぼすほど面白いことはないものね。え？ 恐ろしいって？ わたしのこと？」毒のあるファンタジー。

『新ほたる館物語』あさのあつこ著 ポプラ社 2010.2 176p 15cm（ポプラ文庫ピュアフル）〈ジャイブ2008年刊の新装版〉540円 ①978-4-591-11425-4
内容 一子は、雪美ちゃんや柳井くんと一緒に、この春六年生になる。だけどまだ小学生だ。毎日ほたる館でいろいろな人を見てはいても、大人が、よくわからない。突然特別室に

予約を入れた一条さんもそう。身なりはしっかりしてるのに、なんとなく変な感じがする。おばあちゃんの曇った表情も気にかかる…。多感な少女の成長を一年を通じて描く著者デビュー作シリーズ、ついに完結。

別版 ジャイブ（カラフル文庫）2008.3
別版 ジャイブ（ピュアフル文庫）2008.11

『末ながく、お幸せに』あさのあつこ著
小学館　2017.9　206p　20cm　1200円
①978-4-09-386476-3
内容 相手に幸せにしてもらうのではなく、相手を幸せにするのではなく、自分の幸せを自分で作り上げる。それができる者同士が結び合うこと。それが結婚というものだろう。私たち、本物の夫婦になれるかな？　もらい泣き必至の結婚式小説！

『透き通った風が吹いて』あさのあつこ著
文藝春秋　2015.11　152p　20cm
1100円　①978-4-16-390373-6
内容 野球部を引退したら、空っぽになってしまった渓哉。故郷美作を出て都会の大学に行けば、楽しい生活が待っているのかもしれない。でも、それは自分が望んでいることなのだろうか。親友の実紀は、きちんと自分の将来を見据えている。未来が見えずにいる渓哉は、ある日偶然、道に迷っていた美しい女性・里香を案内することになる。里香は美作に「逢いたい人がいる」と言うが…。モラトリアムの時期を迎えた高校生の焦燥、そして淡い恋を描く、心が澄み渡る青春小説。

『スーサ』あさのあつこ著　徳間書店
2014.4　327p　15cm（徳間文庫）630円
①978-4-19-893815-4
内容 歩美は十四歳。夢見がちで、運動は苦手だ。親友の智香は運動神経抜群の人気者。ある日、智香の祖母・文子が語ってくれた、時空を超えてあらゆるものを売り買いするという幻の商人"スーサ"の話に、歩美の心はふるえる。ところが、智香は事故で急逝。歩美はもう一度、智香に会いたいと強く願う。深夜、"スーサ"が現れ、歩美の漆黒の長い髪と交換に取引が成立。歩美の冒険が始まった。勇気が出る青春ファンタジー。

別版 徳間書店 2011.3

『スパイクス―ランナー 2』あさのあつこ著　幻冬舎　2013.4　214p　16cm（幻冬舎文庫）457円　①978-4-344-41997-1
内容 東部第一高校陸上部で五千メートルを走る加納碧李は、清都高校のランナー・三堂貢から挑発の言葉を投げかけられる。天才とまで謳われる貢が、なぜ碧李に？　本能で走ろうとする碧李と、レースを知り尽くした貢。

二人が対峙したとき、その走りに化学反応が起きる―。反発しながら求め合う少年の肉体と感性が跳躍する、超人気シリーズ第二弾。
別版 幻冬舎 2011.4

『スポットライトをぼくらに』あさのあつこ著　文藝春秋　2017.5　184p　16cm（文春文庫）〈国土社 1998年刊に「フラワーヘブン」を追加し、改稿〉560円
①978-4-16-790843-0
内容 地方都市の小さな町に住む、中学2年の幼なじみ3人。「淋しい大人になりたくない」美鈴。「からっぽの大人になりたくない」達彦。じゃあぼくは？　進路調査書を白紙で提出した樹には、思い描ける将来がない。親の建前や教師の意見に反発しながらも、悩み成長してゆく少年達の姿を描く。あさのあつこの原点ともいえる傑作青春小説。

『たまゆら』あさのあつこ著　新潮社
2013.11　410p　16cm（新潮文庫）630円　①978-4-10-134032-6
内容 人の世と山との境界に、夫の伊久男とひっそり暮らす老女、日名子。雪の朝、その家を十八歳の真帆子が訪れた。愛する少年が、人を殺めて山に消えたのだという。彼を捜す真帆子に付き添い、老夫婦は恐ろしい山に分け入ることに。日名子もまた、爛れるほどの愛が引き起こしたある罪を、そこに隠していたのだ。山という異界で交錯する二つの愛を見つめた物語。島清恋愛文学賞受賞。
別版 新潮社 2011.5

『地に埋もれて』あさのあつこ著　講談社
2012.9　234p　18cm（白兎 2）〈2006年刊の加筆・修正〉880円　①978-4-06-217773-3
内容 心中を約束しながら土壇場で怖気づいた男によって、ひとり仮死状態のまま地中に埋められた城台優枝。地面を掘り起こして救い出してくれた、白兎と名乗る見ず知らずの少年は、優枝に復讐をそそのかす。しかし自分を捨てて逃げた男への憎しみよりも、生きることへの倦怠に支配されていた優枝は、死に直したいと、白兎と連れ立って故郷へと旅立つ。

『地に巣くう―長編時代小説』あさのあつこ著　光文社　2018.2　371p　16cm（光文社文庫―［光文社時代小説文庫］）680円　①978-4-334-77612-1
内容 北町奉行所定町廻り同心、木暮信次郎が腹を刺された。信次郎から手札を預かる岡っ引の伊佐治、信次郎と旧知の小間物問屋・遠野屋清之介に衝撃が走る。襲った男は遺体で大川に上がる。背後で糸を引く黒幕は何者な

のか。深まる謎のなかで見えてきたのは、信次郎の父親・右衛門の衝撃の「過去」だった—。あさのあつこの代表時代小説シリーズ、衝撃の第六弾！

別版 光文社 2015.11

『**Team・HK**』あさのあつこ著　徳間書店　2015.9　331p　15cm（徳間文庫）650円　①978-4-19-894007-2

内容 ポストに入っていた一枚のビラ。「家事力、主婦力、主夫力を発揮させましょう」夫と結婚して十五年。家事が、「力」だなんて！ 美菜子はビラに導かれるようにハウスキーパー事務所を訪れると、いきなり実力を試されることに。そこへ電話が鳴った。常連客で作家の那須河先生が、死ぬしかないほど家がぐちゃぐちゃだという。ユニフォームを渡される美菜子もチームメンバーと共に急いで那須河宅へ！

別版 徳間書店 2013.3

『**チームFについて**』あさのあつこ著　角川春樹事務所　2017.7　373p　16cm（ハルキ文庫）680円　①978-4-7584-4102-5

内容 昔ながらの温泉街・極楽温泉町は、人口減と少子高齢化の問題に直面していた。町で唯一の高校であり、一二〇年の歴史と伝統を誇る極楽高校にも廃校の危機が！ 町長秘書の香山和樹は、そんな町の再興と現町長の選挙再選を懸けて「世界の大都市に負けないマラソン大会」の開催を画策。一方、和樹の弟で極楽高校陸上部員の香山芳樹は、この大会で走るため、幼馴染の二人と「チームF」を結成する—。老いも若きも熱くなる、町おこし青春小説、ついに文庫化！

別版 角川春樹事務所 2015.8

『**チューリップルかほちゃん**』あさのあつこ作, 石井聖岳絵　毎日新聞社　2013.11　57p　21cm　1400円　①978-4-620-20033-0

内容 かほちゃんは四歳の女の子。「チューリップようちえん」に通っています。朝、お迎えのバスに乗るときは、ママとさよならするのがさみしくて涙が出てしまいます。それでも、仲良しのななちゃんに励まされたり、幼稚園での楽しいことを思ってバスに乗ります。ところが、幼稚園に着くと大変な事件が起こっていました。かほちゃんの大好きな花壇のチューリップが引き抜かれたり、折られたり、むちゃくちゃになっていたのです。いったいだれが、こんなひどいことをしたのでしょう？

『**天を灼く**』あさのあつこ著　祥伝社　2016.10　315p　20cm　1600円　①978-

4-396-63507-7

内容 止まぬ雨はない。明けぬ夜もない。少年は、ただ明日をめざす。父は切腹、所払いとなった天羽藩上士の子・伊吹藤士郎は、一面に藺草田が広がる僻村の大地を踏み締める—過酷な運命を背負った武士の子は、何を知り、いかなる生を選ぶのか？

『**天国という名の組曲（アルマンド）**』あさのあつこ著　講談社　2012.9　284p　18cm（白兎 4）900円　①978-4-06-217775-7

内容 山の中腹に建つ豪奢なホスピス。看護師長の仙道千香子は、最高責任者として勤めているが、元女優の入居者・姫季凛子に「かわいそうな人」と言われてしまう。ある日、土砂崩れでホスピスは孤立。そしてオーナーは巨額の遺産をスタッフに分配するという遺言を発表する。想定外の事態の連続が千香子を困惑させるなか、窓の外には美貌の少年が!?—。

『**冬天の昴—長編時代小説**』あさのあつこ著　光文社　2016.11　362p　16cm（光文社文庫—［光文社時代小説文庫]）660円　①978-4-334-77375-5

内容 北町奉行所定町廻り同心、木暮信次郎の同僚で本勤並になったばかりの赤目哉次郎が女郎と心中した。その死に不審を抱いた信次郎は、独自に調べを始めた矢先、消息を絶つ。信次郎に仕える岡っ引の伊佐治は、思案に暮れた末、遠野屋清之介を訪ねる。次第に浮かび上がってきた事件の裏に潜む闇の「正体」とは—。あさのあつこの代表時代小説シリーズ、待望の第五弾！

別版 光文社 2014.3

『**透明な旅路と**』あさのあつこ著　講談社　2012.9　236p　18cm（白兎 1）〈2005年刊の加筆・修正〉880円　①978-4-06-217772-6

内容 一時の絶望に駆られ、行きずりの女を絞殺した吉行明敬。殺人現場から離れようと自動車で山道を走る途中、彼は古臭いおかっぱ頭の幼女を連れた、白兎と名乗る不思議な少年に出会う。「お家に帰る」という幼女と、付き添いだという少年。やむなく2人を車に乗せ山間の温泉宿にたどり着くが、吉行は白兎たちの不可思議な言動に混乱していく。

『**NO.6 #5**』あさのあつこ著　講談社　2009.8　213p　15cm（講談社文庫）〈2006年刊の加筆・訂正〉476円　①978-4-06-276429-2

内容 あきらめてしまうのか？ NO.6の治安局員に連行された沙布を救い出すため、矯正

日本の作品　　　　　　　　　　　　　　あさのあつこ

施設の内部への潜入に成功した紫苑とネズミだったが、そこには想像を絶することが待ち受けていた。まるで地獄。くじけそうになる紫苑…その一方で、沙布には妖しげな魔の手が刻一刻と伸び始める。彼らの未来はいったい。

『**NO.6　#6**』あさのあつこ著　講談社　2011.6　199p　15cm（講談社文庫）〈2007年刊の加筆・訂正〉476円　①978-4-06-276998-3
内容 矯正施設の地下深く、点在する洞穴に潜む人影。聖都市 "NO.6" ができるずっと以前から、この地に暮らす人々がいたのだ。立ち竦む紫苑の前に現れた謎の男「老」が明かす "NO.6" の酷い過去。そしてネズミが己の出自を語るとき、真実は鋭い刃となって紫苑を苛む。僕らが本物の自由を得るには…「破壊」しかないのか。

『**NO.6　#7**』あさのあつこ著　講談社　2012.7　200p　15cm（講談社文庫）〈2008年刊の加筆・訂正〉476円　①978-4-06-277320-1
内容 地下から開かずの遮断扉を突破し、矯正施設へ潜り込んだ紫苑とネズミ。高度なセキュリティシステムをくぐり、兵士に銃口を向けナイフをかざしながら最上階へ駆け上がる。最上階には "NO.6" を支配するマザーコンピューターと、沙布が捕らわれている部屋があるはず―「やっと来たか。おまえを待っていた」。
別版 講談社（YA！ entertainment）2008.10

『**NO.6　#8**』あさのあつこ著　講談社　2013.7　195p　15cm（講談社文庫）〈2009年刊の加筆・訂正〉476円　①978-4-06-277605-9
内容 矯正施設に侵入し、ついに沙布との再会を果たした紫苑とネズミ。邂逅の喜びも束の間、沙布の身に起きた異変に愕然とする。施設の心臓部に仕掛けた爆弾は大爆発を起こしたが、燃え上がる炎は二人の逃走を阻み、ネズミは深い傷を負った。無事に脱出することはできるのか。そして混迷を極めるNO.6の未来は―。
別版 講談社（Ya！ entertainment）2009.7

『**NO.6　#9**』あさのあつこ著　講談社　2014.7　207p　15cm（講談社文庫）〈2011年刊の加筆・訂正〉490円　①978-4-06-277892-3
内容 炎に包まれた矯正施設から、命がけの脱出を成功させた紫苑とネズミ。イヌカシに力を借り、意識を失ったネズミを病院に運んだ紫苑は、かつて地下世界の住人・老から

託されたチップを医師のパソコンに差し込んだ。すると―理想都市NO.6を支配していたのは、誰なのか。崩壊と再生の物語、怒涛の最終章！
別版 講談社（Ya！ entertainment）2011.6

『**NO.6完全ガイド**』あさのあつこ著　講談社　2011.6　119p　19cm（Ya！ entertainment）1000円　①978-4-06-269446-9
内容 矯正施設ホログラフィー、寄生バチの進行経路、小ネズミたちの任務履歴など、NO.6の知られざるエピソードを満載したファン待望の完全ガイド本。あさのあつこ特別インタビューも収録。

『**NO.6beyond**』あさのあつこ著　講談社　2015.11　197p　15cm（講談社文庫）〈2012年刊の加筆・訂正〉520円　①978-4-06-293238-7
内容 "NO.6" が崩壊してネズミは去り、紫苑は留まった。紫苑は再建委員会のメンバーとして、国家の激変を目の当たりにする。何があっても変わらないでくれと、紫苑に哀願して旅にでたネズミの真意とは何だったのか？遙か遠くの荒野からネズミの心は紫苑に寄り添う。瓦解した世界のその後を描く、真の最終章。
別版 講談社（YA！ ENTERTAINMENT）2012.11

『**にゃん！―鈴江藩江戸屋敷見聞帳**』あさのあつこ著　白泉社　2018.4　379p　19cm〈「てのひら猫語り」（白泉社招き猫文庫 2014年刊）の改題、抜粋、加筆修正〉1400円　①978-4-592-73298-3

『**ぬばたま**』あさのあつこ著　新潮社　2010.8　297p　16cm（新潮文庫）438円　①978-4-10-134031-9
内容 ときどき、こんな人がいるのです。山に入ったまま、帰って来られなくなってしまった人が―。仕事も家族も失い、絶望のうちに山を彷徨う男が見た恐ろしい幻影。少女の頃に恋した少年を山で失った女の、凄絶な復讐。山で見たおぞましい光景が狂わせた、幼なじみ三人の運命。死者の姿が見える男女の、不思議な出会い。闇と光、生と死、恐怖と陶酔が混じり合う、四つの幻想的な物語。

『**ねこの根子さん**』あさのあつこ作　講談社　2009.5　132p　20cm〈絵：安孫子三和　講談社創業100周年記念出版〉1200円　①978-4-06-215485-7
内容「これからは、ぼくの家のねこだよ。」ミャウミャウ。「どうぞよろしくおねがいします。」根子さんは、とても礼儀正しく、あ

ヤングアダルトの本　いま読みたい小説4000冊　**13**

いさつをしました。こうして、根子さんの物
語がはじまりました―。

『敗者たちの季節』あさのあつこ著
KADOKAWA 2017.4 299p 15cm
（角川文庫）〈2014年刊の修正〉600円
①978-4-04-105479-6
内容 夏の甲子園地区予選、決勝戦9回の攻防。
あと、1人アウトにすれば延長にもつれ込む。
と、その瞬間、サヨナラホームランを浴び敗
者となった海藤高校の投手直登は、試合後も
立ち直れないでいた。そこに、優勝校東祥学
園が出場辞退という、意外な報せが届く。「繰
り上がりによる甲子園出場」は、どちらのチー
ムにとっても重い結果となって…。少年たち
の熱い思いに胸が高鳴る、著者真骨頂の青春
野球小説！
別года KADOKAWA 2014.7

『バッテリー』あさのあつこ作, 佐藤真紀
子絵 角川書店 2010.6 265p 18cm
（角川つばさ文庫）〈発売：角川グルー
プパブリッシング〉640円 ①978-4-04-
631100-9
内容 ピッチャーとしての自分の才能を強く
信じ、ぜったいの自信をもつ原田巧。中学入
学を前に引っ越した山間の町で、同じ年とは
思えない大きな体のキャッチャー、永倉豪と
出会う。二人なら「最高のバッテリー」にな
れる、そんな想いが巧の胸をゆさぶる。誇り
高き天才ピッチャーと、心を通わせようとす
るキャッチャー。大人をも動かす少年たちの
物語！ 世代を超える大ベストセラー、つい
に登板!!小学上級から。

『バッテリー　2』あさのあつこ作, 佐藤真
紀子絵 角川書店 2010.8 383p
18cm（角川つばさ文庫）〈発売：角川グ
ループパブリッシング〉740円 ①978-
4-04-631113-9
内容 巧と豪は、「最高のバッテリー」になる
という夢をもって、中学生になった。ところ
が、中学校の野球部では、きびしい監督にした
がわないと試合に出してもらえない。先輩た
ちも言われたとおりにするだけ。ピッチャー
として、何よりも自分の球を信じたい巧は反
発し、先輩たちに目をつけられてしまう。そ
んな巧を心配する豪だったが、ついに、ある
事件が起きてしまい…!?巧と豪のキョリが縮
まる、第2巻。小学上級から。

『バッテリー　3』あさのあつこ作, 佐藤真
紀子絵 角川書店 2010.12 271p
18cm（角川つばさ文庫）〈発売：角川グ
ループパブリッシング〉660円 ①978-
4-04-631133-7

内容 中学の野球部が活動停止になってしま
い、巧と豪は野球ができない苦しい毎日を送っ
ていた。ようやくはじまった練習で、先輩た
ち相手に試合をすることになると、二人は大
活躍する。さらに、県内最強の中学校と試合
を組もうというとき、巧と豪に注目があつま
る。けれど、大事な試合を前に「最高のバッ
テリー」を目指す二人の間になにかが起きて
いて…!?ますます目がはなせない少年たちの
物語、第3巻。小学上級から。

『バッテリー　4』あさのあつこ作, 佐藤真
紀子絵 角川書店 2011.7 240p
18cm（角川つばさ文庫）〈発売：角川
グループパブリッシング〉640円 ①978-
4-04-631167-2
内容 県内最強の横手二中との練習試合から
一ヶ月以上たったが、豪は巧の球を受けよう
としない。二人で話すこともほとんどない。
それは、試合中に起きたあるできごとのせい
だった…。キャッチャーとして巧の球を受け
止める自信を失くしてしまった豪だったけれ
ど、横手の四番打者・門脇や、くせ者打者・瑞
垣ともう一度対戦することになって…!?「最
高のバッテリー」を目指す少年たちの心がゆ
れる、第4巻。小学上級から。

『バッテリー　5』あさのあつこ作, 佐藤真
紀子絵 角川書店 2011.12 247p
18cm（角川つばさ文庫）〈発売：角川
グループパブリッシング〉660円 ①978-
4-04-631210-5
内容 新田東中学野球部でバッテリーを組む
巧と豪。二人は、練習試合をした県内最強・
横手二中の四番打者・門脇や瑞垣から注目さ
れ、もう一度戦うことになる。けれど、練習
試合以来、巧と豪はずっとぎくしゃくしてい
た。なんとか練習を始め、巧みの球を受ける
ようになった豪は、自分の本当の気持ちに気
づき、巧にぶつける。そのとき、巧は―!?「最
高のバッテリー」を目指す二人がマウンドで
の勝負に挑む、第5巻。小学上級から。

『バッテリー　6』あさのあつこ作, 佐藤真
紀子絵 角川書店 2012.4 323p
18cm（角川つばさ文庫）〈教育画劇
（2005年刊）と角川文庫（2007年刊）をも
とに一部修正 発売：角川グループパブ
リッシング〉740円 ①978-4-04-
631235-8
内容 「最高のバッテリー」を目指す、巧と
豪。いよいよ県内最強・横手二中の天才スラッ
ガー・門脇、瑞垣らと対決する試合の日が近
づいていた。だが、二人は、野球部の前キャプ
テン・海音寺から、今のままでは門脇に打たれ

日本の作品　　　　　　　　　　　　　　　　　　　　　　あさのあつこ

る、と言われてしまう。ピッチャーとして強い自信を持つ巧に、くらいつくキャッチャーの豪。それぞれの悩みを抱え、プレイボール！そして、試合は―!?少年たちの想いがぶつかる、感動の完結巻。

『花宴』あさのあつこ著　朝日新聞出版
2015.1　236p　15cm（朝日文庫）540円
①978-4-02-264763-4
内容 嵯峨藩・西野家の一人娘・紀江は小太刀の名手。かつての想い人を忘れられぬまま妻、母となり葛藤を抱えつつも穏やかな日々を送っていた。しかしある朝思いがけず―。過酷な運命を生きる女性が示す一つの夫婦の形を美しい四季と共に描いた傑作時代小説。
別版 朝日新聞出版 2012.7

『花を呑む』あさのあつこ著　光文社
2017.1　302p　20cm　1600円　①978-4-334-91141-6
内容 心が動かなくても人を殺せる。それが、おぬしの正体さ。同心、木暮信次郎、商人、遠野屋清之介、思わず息を潜めてしまう、因縁の二人。とろりと甘い匂い、口から溢れる深紅の牡丹、妾に怨み殺された男の怪異に挑む。

『花冷えて―闇医者おゑん秘録帖』あさのあつこ著　中央公論新社　2016.1　301p　20cm　1600円　①978-4-12-004815-9
内容 稀代の毒婦か、無垢な童女か。夫と通じた女中の子堕ろしを頼みに来た女将の態度は、いささか奇妙だった―闇医者の許に持ち込まれるのは、一筋縄ではゆかぬ事件ばかり。

『花や咲く咲く』あさのあつこ著　実業之日本社　2016.10　301p　16cm（実業之日本社文庫）〈2013年刊の加筆修正〉593円　①978-4-408-55312-2
別版 実業之日本社 2013.8

『晩夏のプレイボール』あさのあつこ著　角川書店　2010.6　275p　15cm（角川文庫）〈発売：角川グループパブリッシング〉514円　①978-4-04-372109-2
内容 野球を続けがたい現状に抗い、「夏の甲子園」を目指して野球に打ち込む者たち―。高3の夏、肩を壊した元エース・真郷と、過去にトラウマをもつ現エース・律は、心ひとつにして甲子園を目指していた…（「練習球」）。戦力不足に悩む彰浩と信吾の前に現れた転校生の有一は、無口で不器用だが、誰よりも才能豊かなピッチャーだった…（「このグラウンドで」）。他、「夏の甲子園」をめぐるドラマを描いた、10の傑作短編。

『光と闇の旅人　1　暗き夢に閉ざされた街』あさのあつこ著　ポプラ社　2010.5

219p　15cm（ポプラ文庫ピュアフル）〈『時空ハンターYUKI 1』（ジャイブ2005年刊）の改題、加筆・修正〉540円
①978-4-591-11829-0
内容 結祈は、ちょっと引っ込み思案の中学一年生。東湖市屈指の旧家である魔布の家に、陽気な性格で校内の注目を集める双子の弟・香楽と、母、曾祖母と暮らしている。ある夜、禍々しいオーロラを目にしたことをきっかけに、邪悪な「闇の蔵人」たちとの闘いに巻き込まれ…。「少年少女のきらめき」「SF的な奥行き」「時代小説的な広がり」といったあさの作品の魅力が詰まった新シリーズ、第一弾。

『光と闇の旅人　2　時空（とき）の彼方へ』あさのあつこ著　ポプラ社　2010.11　177p　15cm（ポプラ文庫ピュアフル）〈『時空ハンターYUKI 2』（ジャイブ2005年刊）の改題、加筆・修正〉540円
①978-4-591-12134-4
内容 舞台は、いよいよ江戸へ―。母とふたり、貧しいながらも平穏無事に暮らしていた少女・おゆきの周囲に、不思議な出来事が続出する。長屋での変死事件に続き、仕立師として働く母の得意先である商家でも、おゆきと同年代の娘の様子がおかしいという。そんななか、母の口から、自らの特殊な出自を聞いた彼女は…。江戸時代と現代、時空を超えて繰り広げられる青春エンターテイメント・シリーズ、待望の第二弾。

『火花散る―おいち不思議がたり』あさのあつこ著　PHP研究所　2018.6　299p　19cm　1700円　①978-4-569-84061-1
内容 赤子を産み落とした女が姿を消した―。声なき声を感じ取ったおいちは、女の正体を探るが、思わぬ事態に巻き込まれる。不思議な能力を持つ娘おいちが、岡っ引・仙五朗と事件解決にあたる人気の青春「時代」ミステリー第4弾！

『復讐プランナー』あさのあつこ著　河出書房新社　2014.4　209p　15cm（河出文庫）〈2008年刊に書き下ろし「星空の下で」を加える〉450円　①978-4-309-41285-6
内容 中学校に入ってまもなく、突然いじめられる日々がはじまった雄哉と章司。怒りと悔しさに立ちすくむ二人の前に、「復讐計画を考えるんだ」と誘う不思議な先輩が現れた―。あさのあつこが贈る、生き抜くための青春小説。その後のプランナーたちの活躍を描いた、書き下ろし続篇「星空の下に」を特別収録。

ヤングアダルトの本　いま読みたい小説4000冊　**15**

あさのあつこ　　　　　　　　　　　　　　　　　　　日本の作品

『ぼくがきみを殺すまで』あさのあつこ著
朝日新聞出版　2018.3　246p　20cm
1500円　①978-4-02-251538-4
[内容]月が満ちることのない地ベル・エイド
のLは、敵方ハラの捕虜となっていた。Lは敵
兵に語り聞かせる、ハラの友人ファルドと過
ごした森と草原の日々のことを…。学校は閉
鎖され、家族を喪くし、少年は兵士になった。
素朴で満ち足りた暮らしが大きなものに覆さ
れていく。そのさまをつぶさに苛烈に描き、
話題を呼んだ朝日新聞連載の表題作。対とな
る中編「Kの欠片」を加えて編む。

『ぼくらの心霊スポット　1　うわさの幽
霊屋敷』あさのあつこ作, 十々夜絵　角
川書店　2009.11　185p　18cm〈角川つ
ばさ文庫〉〈学習研究社2006年刊の加筆
発売：角川グループパブリッシング〉
580円　①978-4-04-631050-7
[内容]人だまが飛ぶ？すすり泣きが聞こえる？
最近、有麗村は村はずれの屋敷で幽霊が出る
といううわさで持ちきりだ。真相を確かめに
探検に乗り出したヒロ、かっちゃん、マッキー
だけど、井戸のふちにかかった人間の手のよ
うなものを見てしまい…!?ヒロの不思議な予
知能力を活かして、恐怖とたたかい、心霊ス
ポットに隠されたなぞを解け！人気作家・あ
さのあつこが贈る、「ぼくらの心霊スポット」
シリーズ第1弾。小学中級から。

『ぼくらの心霊スポット　2　真夏の悪夢』
あさのあつこ作, 十々夜絵　角川書店
2011.2　171p　18cm〈角川つばさ文庫〉
〈『真夏の悪夢』（学習研究社2004年刊）
の加筆　発売：角川グループパブリッシ
ング〉580円　①978-4-04-631139-9
[内容]夏休みなのに、ヒロはいやな夢を見てば
かり。「たすけて…」と悲しい声でよびかけ
てくる幽霊みたいな女の人はだれ…？　なに
を伝えたいの…？　なやむヒロだけど、しん
せきの周平くんが紹介してくれたけっこん相
手の花梨さんが、夢に出てくる女の人にそっ
くりで…!?マッキーの推理とかっちゃんの勇
気、そしてヒロの優しさで、なぞ解きに挑戦!!
人気作家・あさのあつこが描く、ドキドキの
シリーズ第2弾。小学中級から。

『ぼくらの心霊スポット　3　首つりツ
リーのなぞ』あさのあつこ作, 十々夜絵
角川書店　2011.9　171p　18cm〈角川
つばさ文庫〉〈発売：角川グループパブ
リッシング〉620円　①978-4-04-
631182-5
[内容]かっちゃんの様子がおかしい、と心配す
る悪ガキトリオのヒロとマッキー。二人は、

かっちゃんが三日月池の桜に、人の足がぶら
さがっているのを見たと知って、一気になぞ
解きモードに突入！足の正体を明かすため、
「首つりツリー」というおそろしい言い伝え
をもつ桜に向かった三人。そこで、ヒロが、
「だれか、気づいて…」という不思議な声を
聞いてしまい…!?人気作家・あさのあつこが
贈る、シリーズ第3弾。小学中級から。

『ほたる館物語　1』あさのあつこ著　ポ
プラ社　2010.2　154p　15cm〈ポプラ
文庫ピュアフル〉〈ジャイブ2006年刊の
新装版〉500円　①978-4-591-11385-1
[内容]温泉町にある老舗旅館「ほたる館」の孫
娘・一子は、物怖じしないはっきりとした性格
の小学五年生。昔ながらの旅館に集う個性豊
かな人々や親友の雪美ちゃんに囲まれ、さま
ざまな経験を重ね少しずつ成長していく。家
族や友達を思いやり、ときには反発しながら
も、まっすぐに向き合っていく少女たちの純
粋さが眩しい物語2編を収録。著者デビュー
作シリーズ第一弾。

『ほたる館物語　2』あさのあつこ著　ポ
プラ社　2010.2　169p　15cm〈ポプラ
文庫ピュアフル〉〈ジャイブ2007年刊の
新装版〉520円　①978-4-591-11387-5
[内容]おばあちゃんが急に「ほたる館を継げ」
と言い始め、自分で将来を決めたい一子は反
発する。でも、悲しそうなおばあちゃんの顔
を見るのはつらい―。はっきりとした性格の
一子の心にも、素直に気持ちを伝えられない
もどかしさが募っていく。どうすることもで
きない葛藤の中で、大切なものを見つけ出そ
うとする少年少女を描いた大好評シリーズ、
待望の第二弾。

『ほたる館物語　3』あさのあつこ著　ポ
プラ社　2010.2　173p　15cm〈ポプラ
文庫ピュアフル〉〈ジャイブ2007年刊の
新装版〉540円　①978-4-591-11392-9
[内容]冬休み―一子と柳井くんは、おばあちゃ
んから「バイト」を頼まれ、繁忙期のほたる
館を手伝っていた。そんな暮れのある日、山
菜などを商う「山ばあさん」が久しぶりに訪
ねてくる。彼女が金木犀を嫌う理由を聞いた
一子たちは、おばあちゃんの悲しい「初恋」に
ついても知ることとなった…。今もっとも注
目を集める作家の好評デビュー作シリーズ、
待望の第三弾。

『火群（ほむら）のごとく』あさのあつこ著
文藝春秋　2013.7　364p　16cm〈文春
文庫〉590円　①978-4-16-772212-8
[内容]山河豊かな小舞藩、父代わりの兄を何
者かに殺された林弥は友らに支えられ剣の稽

16

日本の作品　　　　　　　　　　　　　　　　　　　　　あさのあつこ

古に励む日々を送るが、江戸から来た家老の息子・透馬との出会いから運命が動きだす。やがて藩の政争と陰謀が少年たちをも巻き込み…。身分や立場の差を超えてつながる少年剣士の成長に清々しい風が吹く、著者の新たな代表作。
別版 文藝春秋 2010.5

『待ってる―橘屋草子』あさのあつこ著
講談社　2013.9　326p　15cm（講談社文庫）640円　①978-4-06-277645-5
内容 「藪入りには帰っておいで。待ってるからね」母の言葉を胸に刻み、料理茶屋「橘屋」へ奉公に出たおふく。下働きを始めたおふくを、仲居頭のお多代は厳しく躾ける。涙を堪えながら立ち働く少女の内には、幼馴染の正次にかけられたある言葉があったが―。江戸深川に生きる庶民の哀しみと矜持を描いた人情絵巻。
別版 講談社 2009.2

『ママはお医者さん―おしごとのおはなしお医者さん』あさのあつこ作, 本田亮絵
講談社　2015.12　73p　22cm（シリーズおしごとのおはなし）1100円　①978-4-06-219849-3
内容 おはなしを楽しみながらあこがれのお仕事がよくわかる！ 小学生女子人気NO.1おしごと"お医者さん"になるために、勉強よりも大事なことって、なに？ 小学中級から。

『ミヤマ物語　第1部　二つの世界二人の少年』あさのあつこ著　KADOKAWA　2016.5　223p　15cm（角川文庫）〈毎日新聞社 2008年刊の加筆、修正〉520円　①978-4-04-104196-3
内容 夜の世界「ウンヌ」に暮らす少年ハギは、最下層の「クサジ」として水汲みの母トモと貧しい暮らしを送っていた。誰も姿を見ることが許されない村の統治者「ミドさま」の飲み水に粗相があったとして、トモに死罪が言い渡されるが―！ 別次元の現代、学校でいじめにあう孤独な少年透流は、ある日「ウンヌへ行け」という不思議な声を聞く。生まれも育ちも世界も違う二人の少年が運命に導かれて出会う、ファンタジー大作第一部！
別版 KADOKAWA（角川つばさ文庫）2015.9

『ミヤマ物語　第2部　結界の森へ』あさのあつこ著　KADOKAWA　2016.7　273p　15cm（角川文庫）〈毎日新聞社 2011年刊の加筆、修正〉600円　①978-4-04-104197-0
内容 夜の世界「ウンヌ」。死罪になる母を牢から逃がしたため兵士から追われたハギは、

傷を負い森に逃げ込んだところを、別次元から迷い込んできた透流に助けられる。森はなぜか現代の雲濡と繋がっていた。透流の家で目覚めたハギは自分とは違う肌色を「マノモノ」と呼び怯えるが、介抱を受けるうちに心を開いていく。彼に強く心を動かされた透流は、ハギの母を救うため、彼とともに再び森へ向かう！ ファンタジー大作、第二部！
別版 毎日新聞社 2011.4
別版 KADOKAWA（角川つばさ文庫）2016.2

『ミヤマ物語　第3部　偽りの支配者』あさのあつこ著　KADOKAWA　2016.9　305p　15cm（角川文庫）〈毎日新聞社 2013年刊の加筆、修正〉720円　①978-4-04-104198-7
内容 現代の少年透流と異世界ウンヌから迷い込んだハギ。元の世界へ戻るハギを助けてウンヌにやって来た透流は、絶大な権力を持つ統治者ミドに捕らえられてしまう。ハギは透流を助けるため、ミドから刷り込まれた階級社会の愚かしさと欺瞞を人々に訴え、皆とともにミドの屋敷へ向かう。一方牢からの脱出に成功した透流は、ミドと対決するため屋敷の奥へと向かうのだが…。二人の少年がつむぐファンタジー大作、ついに完結!!
別版 毎日新聞社 2013.1
別版 KADOKAWA（角川つばさ文庫）2016.6

『もう一枝あれかし』あさのあつこ著　文藝春秋　2016.3　235p　16cm（文春文庫）550円　①978-4-16-790567-5
内容 すれ違う子供が泣きだすほどの醜男の、愚直な恋のゆくえ（「甚三郎始末記」）。騙されていると知りながら待ち続ける遊女の哀しき運命（「風を待つ」）。自ら始末をつけるべく散り急ぐ男に、残された妻の覚悟を描く表題作など、心に染み通る5篇。四季の彩り溢れる情景と、男女の一途な愛を細やかに綴る傑作時代小説。
別版 文藝春秋 2013.8

『夜叉桜―長編時代小説』あさのあつこ著　光文社　2009.11　402p　16cm（光文社文庫―[光文社時代小説文庫]）667円　①978-4-334-74676-6
内容 江戸の町で女が次々と殺された。北定町廻り同心の木暮信次郎は、被害者が挿していた簪が小間物問屋主人・清之介の「遠野屋」で売られていたことを知る。因縁ある二人が再び交差したとき、事件の真相とともに女たちの哀しすぎる過去が浮かび上がった。生きることの辛さ、人間の怖ろしさと同時に、人の深い愛を『バッテリー』の著者が満を持し

て描いたシリーズ第二作。

『闇医者おゑん秘録帖』あさのあつこ著
中央公論新社　2015.12　316p　16cm
（中公文庫）660円　①978-4-12-206202-3
内容 江戸の町、竹林に囲まれたしもた屋で、産んではいけない子どもを孕んだ女たちを受け入れ、子堕ろしを行ってきた「闇医者」のおゑん。彼女の元には、奉公先の若旦那と恋仲になった女中、あやかしの子を孕んだと訴える武家の奥方など、複雑な事情を持つ者たちがやってくる。時代小説の名手がおくる、祈りと再生の物語。
別版 中央公論新社 2013.2

『闇に咲く』あさのあつこ著　PHP研究所
2018.5　365p　15cm（PHP文芸文庫—おいち不思議がたり）770円　①978-4-569-76838-0
内容 この世に思いを残した人の姿が見えるおいちの前に、血の臭いをまとった男が現われる。商家の若旦那だというこの男は、亡き姉の影に怯えていた。一方、おいちの住む深川界隈で、夜鷹殺しが立て続けに起きる。その猟奇的な手法に衝撃を受けたおいちは、岡っ引の仙五朗と力をあわせ、ある行動に出るのだが…。生き方に悩みながらも、強く生きたいと願う女性を描いて人気の、青春「時代」ミステリー第三弾！
別版 PHP研究所 2015.6

『夢うつつ』あさのあつこ著　文藝春秋
2014.1　190p　16cm（文春文庫）〈東京書籍 2009年刊の再刊〉530円　①978-4-16-790005-2
内容 霧で視界が遮られる中、邦彦はタクシーで自宅へ戻ろうとする。けれどその運転手は死んだはずの幼馴染で（「どっちだ？」）—「どんな慎ましやかな、地味な生であったとしても物語の宝庫となりうる」というあさのあつこが試みた、エッセイから短篇作品へと変容する6篇の物語。ファンタジックで哀しく愛おしい作品群。
別版 東京書籍 2009.9

『ゆらやみ』あさのあつこ著　新潮社
2018.1　476p　16cm（新潮文庫）710円　①978-4-10-134033-3
内容 幕末の石見銀山。間歩と呼ばれる鉱山の坑道で生まれたお登枝は、美貌を見込まれ女郎屋に引き取られた。初めて客を取る前の晩、想いを寄せる銀掘の伊夫を訪ねるが、別の男に襲われる。とっさに男を殺め、窮地を救ってくれた伊夫と身体を重ねたお登枝。罪と秘密をともに抱えた二人の行く末は—。変

わりゆく世を背景に、宿命を背負った男女の灼けつくような恋を官能的に描き切った力作時代長編。
別版 新潮社 2015.6

『夜のだれかの玩具箱（おもちゃばこ）』あさのあつこ著　文藝春秋　2012.9
262p　16cm（文春文庫）495円　①978-4-16-772210-4
内容 温厚な父が秘めていた40年前の不思議な恋、江戸から消えた女房が見せる奇妙な夢、少年時代の後悔を振りきれない男の帰郷…。切ない恋愛から艶めく時代小説まで自在に描きだす、著者の才が冴えわたる6篇。恐怖や迷いに立ち止まってしまった大人たちの、切なくて、ちょっと妖しい世界を詰め合わせました。自作解説付き。
別版 文藝春秋 2009.12

『ラスト・イニング』あさのあつこ著　角川書店　2009.1　252p　15cm（角川文庫）〈発売：角川グループパブリッシング〉476円　①978-4-04-372108-5
内容 新田東中と横手二中。運命の再試合の結末も語られた、ファン待望の一冊、ついに文庫化！ 高校生になって野球を辞めた瑞垣。巧との対決を決意し、推薦入学を辞退した門脇。野球を通じ日々あえぎながらも力強く変化してゆく少年たちの姿を描いた「ラスト・イニング」他、「空との約束」「炎陽の彼方から」を収録。永遠のベストセラー『バッテリー』を、シリーズ屈指の人気キャラクター・瑞垣の目を通して語った、彼らのその後の物語。

『ランナー』あさのあつこ著　幻冬舎
2010.4　252p　16cm（幻冬舎文庫）495円　①978-4-344-41449-5
内容 長距離走者として将来を嘱望された高校一年生の碧李は、家庭の事情から陸上部を退部しようとする。だがそれは、一度レースで負けたために、走ることが恐怖となってしまった自分への言い訳にすぎなかった。逃げたままでは前に進めない。碧李は再びスタートラインを目指そうとする—。少年の焦燥と躍動する姿を描いた、青春小説の新たなる傑作。

『レーン』あさのあつこ著　幻冬舎　2016.8　242p　16cm（幻冬舎文庫—ランナー 3）500円　①978-4-344-42500-2
内容 五千メートルのレースで貢に敗れた碧李。その時、碧李の胸には勝ちたいという新たな衝動が込み込む。一方、天才ランナー・貢の知られざる過去が明らかに。以前、名門高校に籍を置いていたが、ある事件がきっかけで、一度走ることを諦めていたのだった—。走ることで己と向き合う少年たちの、心の疼

きと渇きを描いた人気シリーズ第三弾。
別版 幻冬舎 2013.5

『練習球』あさのあつこ著　全国学校図書
館協議会　2010.5　55p　19cm（集団読
書テキスト　シリーズの編者：全国SLA
集団読書テキスト委員会）〈挿絵：イナ
アキコ　年譜あり〉260円　①978-4-
7933-8127-0

有川　浩
ありかわ・ひろ
《1972〜》

『明日の子供たち』有川浩著　幻冬舎
2018.4　522p　16cm（幻冬舎文庫）770
円　①978-4-344-42714-3
別版 幻冬舎 2014.8

『アンマーとぼくら』有川浩著　講談社
2016.7　301p　20cm　1500円　①978-
4-06-220154-4

『海の底』有川浩著　角川書店　2009.4
522p　15cm（角川文庫）〈メディア
ワークス2005年刊の加筆、訂正　著作
目録あり　発売：角川グループパブリッ
シング〉705円　①978-4-04-389802-2
内容 4月。桜祭りで開放された米軍横須賀基
地。停泊中の海上自衛隊潜水艦『きりしお』
の隊員が見た時、喧噪は悲鳴に変わって。
巨大な赤い甲殻類の大群が基地を闊歩し、次々
に人を「食べている！」自衛官は救出した子
供たちと潜水艦へ立てこもるが、彼らはなぜ
か「歪んでいた」。一方、警察と自衛隊、米
軍の駆け引きの中、機動隊は凄絶な戦いを強
いられていく―ジャンルの垣根を飛び越えた
スーパーエンタテインメント。

『キケン』有川浩著　KADOKAWA
2017.1　271p　20cm〈新潮社 2010年刊
の再刊〉1400円　①978-4-04-104979-2
内容 成南電気工科大学機械制御研究部、略
称“機研”。彼らの巻き起こす、およそ人間の
所行とは思えない数々の事件から、周りから
は畏怖と慄きをもって、キケン＝危険、と呼
び恐れられていた。これは、その伝説的黄金
時代を描いた物語である。
別版 新潮社 2010.1
別版 新潮社（新潮文庫）2013.7
別版 KADOKAWA（角川文庫）2016.6

『キャロリング』有川浩著　幻冬舎　2017.
12　461p　16cm（幻冬舎文庫）〈文献
あり〉690円　①978-4-344-42671-9

別版 幻冬舎 2014.10

『クジラの彼』有川浩著　角川書店　2010.
6　286p　15cm（角川文庫）〈2007年刊
の加筆修正　発売：角川グループパブ
リッシング〉552円　①978-4-04-
389804-6
内容 『元気ですか？ 浮上したら漁火がきれ
いだったので送ります』彼からの2ヶ月ぶり
のメールはそれだけだった。聡子が出会った
冬原は潜水艦乗り。いつ出かけてしまうか、
いつ帰ってくるのかわからない。そんなクジ
ラの彼とのレンアイには、いつも7つの海が
横たわる…。表題作はじめ、『空の中』『海の
底』の番外編も収録した、男前でかわいい彼
女たちの6つの恋。有川浩がおくる制服ラブ
コメシリーズ第1弾。

『県庁おもてなし課』有川浩著　角川書店
2013.4　503p　15cm（角川文庫）〈文
献あり　発売：角川グループホールディ
ング〉705円　①978-4-04-100784-6
内容 とある県庁に生まれた新部署「おもて
なし課」。若手職員の掛水史貴は、地方振興企画
の手始めに地元出身の人気作家・吉門に観光
特使を依頼する。が、吉門からは矢継ぎ早に
駄目出しの嵐―どうすれば「お役所仕事」か
ら抜け出して、地元に観光客を呼べるんだ!?
悩みながらもふるさとに元気を取り戻すべく
奮闘する掛水とおもてなし課の、苦しくも輝
かしい日々が始まった。地方と恋をカラフル
に描く観光エンタテインメント。
別版 角川書店 2011.3

『コロボックル絵物語』有川浩作, 村上勉
絵　講談社　2014.4　82p　20cm　1200
円　①978-4-06-218906-4
内容 北海道に住む少女ノリコが、お母さん
のお墓の近くで出会った「小さな生き物」。
コロボックルの温かな物語の扉が、再び開く
―。300万人が愛したコロボックル物語。最
終巻刊行から27年、書き下ろし新シリーズ、
スタート！

『三匹のおっさん』有川浩著　講談社
2015.9　443p　15cm（講談社文庫）
〈文藝春秋 2009年刊の再刊〉760円
①978-4-06-293203-5
内容 「俺たちのことはジジイと呼ぶな。おっ
さんと呼べ」。還暦を迎えた、かつての悪ガキ
三人組、剣道の達人キヨ、武闘派の柔道家シ
ゲ、危ない頭脳派ノリが、町内の私設自警団
を結成。ゆすり・たかりに悪徳詐欺、卑劣な
動物虐待に極悪な痴漢…ご近所に潜む悪を、
愛とパワーで斬る！ 胸がすく痛快活劇小説、
第一弾。

別版 文藝春秋 2009.3
別版 文藝春秋(文春文庫)2012.3
別版 新潮社(新潮文庫)2014.6
別版 新潮社 2015.1

『三匹のおっさん ふたたび』有川浩著
講談社 2015.10 476p 15cm(講談社
文庫)〈文藝春秋 2012年刊の再刊〉790
円 ①978-4-06-293204-2
内容 「三匹」が帰ってきた! 還暦をむかえ
たかつての悪ガキ三人組で結成した、「地域
限定・正義の味方」は今宵も大活躍。「うち
のジーサンはタダモンじゃない」一嫁が巻き
込まれた金銭トラブル、地元の本屋を狙う集
団万引、ノリには見合い話が舞い込み、「偽
三匹」まで現れた! 映像化も話題の人気シ
リーズ、第二弾!

別版 文藝春秋 2012.3
別版 新潮社 2015.1
別版 新潮社(新潮文庫)2015.2

『シアター!』有川浩著 アスキー・メ
ディアワークス 2009.12 330p 15cm
(メディアワークス文庫)〈文献あり 著
作目録あり 発売:角川グループパブ
リッシング〉610円 ①978-4-04-
868221-3
内容 小劇団「シアターフラッグ」―ファン
も多いが、解散の危機が迫っていた…そう、
お金がないのだ!!その負債額なんと300万円!
悩んだ主宰の春川巧は兄の司に泣きつく。司
は巧にお金を貸す代わりに「2年間で劇団の
収益からこの300万を返せ。できない場合は
劇団を潰せ」と厳しい条件を出した。新星プ
ロ声優・羽田千歳が加わり一癖も二癖もある
劇団員は十名に。そして鉄血宰相・春川司を
迎え入れ、新たな「シアターフラッグ」は旗
揚げされるのだが…。

『シアター! 2』有川浩著 アスキー・
メディアワークス 2011.1 381p
15cm(メディアワークス文庫)〈文献
あり 著作目録あり 発売:角川グルー
プパブリッシング〉610円 ①978-4-04-
870280-5
内容 「2年間で、劇団の収益から300万を返せ。
できない場合は劇団を潰せ」―鉄血宰相・春川
司が出した厳しい条件に向け、新メンバーで
走り出した『シアターフラッグ』。社会的には
駄目な人間の集まりだが、協力することで辛
うじて乗り切る日々が続いていた。しかし、
借金返済のため団結しかけていたメンバーに
まさかの亀裂が! それぞれの悩みを発端と
して数々の問題が勃発。旧メンバーとの確執
も加わり、新たな危機に直面する。そんな中、

主宰・春川巧にも問題が…。どうなる『シア
ターフラッグ』!?書き下ろし。

『塩の街』有川浩著 角川書店 2010.1
444p 15cm(角川文庫)〈メディア
ワークス2007年刊の加筆、訂正 発売:
角川グループパブリッシング〉667円
①978-4-04-389803-9
内容 塩が世界を埋め尽くす塩害の時代。塩
は着々と街を飲み込み、社会を崩壊させよう
としていた。その崩壊寸前の東京で暮らす男
と少女、秋庭と真奈。世界の片隅で生きる2
人の前には、様々な人が現れ、消えていく。
だが―「世界とか、救ってみたくない?」。あ
る日、そそのかすように囁く者が運命を連れ
てやってくる。『空の中』『海の底』と並ぶ3
部作の第1作にして、有川浩のデビュー作!
番外編も完全収録。

『植物図鑑』有川浩著 幻冬舎 2013.1
425p 16cm(幻冬舎文庫)〈角川書店
2009年刊の再刊〉686円 ①978-4-344-
41968-1
内容 お嬢さん、よかったら俺を拾ってくれま
せんか。咬みません。躾のできたよい子です
―。思わず拾ってしまったイケメンは、家事
万能のスーパー家政夫のうえ、重度の植物オ
タクだった。樹という名前しか知らされぬま
ま、週末ごとにご近所で「狩り」する風変わ
りな同居生活が始まった。とびきり美味しい
(ちょっぴりほろ苦)"道草"恋愛小説。レシ
ピ付き。

別版 角川書店 2009.6

『ストーリー・セラー』有川浩著 幻冬舎
2015.12 265p 16cm(幻冬舎文庫)
〈新潮社 2010年刊の再刊〉540円
①978-4-344-42413-5
内容 妻の病名は、致死性脳劣化症候群。複雑
な思考をすればするほど脳が劣化し、やがて
死に至る不治の病。生きたければ、作家とい
う仕事を辞めるしかない。医師に宣告された
夫は妻に言った。「どんなひどいことになっ
ても俺がいる。だから家に帰ろう」。妻は小
説を書かない人生を選べるのか。極限に追い
詰められた夫婦を描く、心震えるストーリー。

別版 新潮社 2010.8

『空飛ぶ広報室』有川浩著 幻冬舎 2016.
4 558p 16cm(幻冬舎文庫)〈文献あ
り〉770円 ①978-4-344-42454-8
内容 不慮の事故で夢を断たれた元・戦闘機パ
イロット・空井大祐。異動した先、航空幕僚
監部広報室で待ち受けていたのは、ミーハー
室長の鷺坂、ベテラン広報官の比嘉をはじめ、
ひと癖もふた癖もある先輩たちだった。そし

日本の作品　有川浩

て美人TVディレクターと出会い…。ダ・ヴィンチの「ブック・オブ・ザ・イヤー2012」小説部門第1位のドラマティック長篇。

別版 幻冬舎 2012.7

『旅猫リポート』有川浩著　講談社　2017.2　328p　15cm（講談社文庫）640円
①978-4-06-293561-6
内容 野良猫のナナは、瀕死の自分を助けてくれたサトルと暮らし始めた。それから五年が経ち、ある事情からサトルはナナを手離すことに。『僕の猫をもらってくれませんか？』一人と一匹は銀色のワゴンで "最後の旅" に出る。懐かしい人々や美しい風景に出会ううちに明かされる、サトルの秘密とは。永遠の絆を描くロードノベル。

別版 文藝春秋 2012.11
別版 講談社 2015.2
別版 講談社（講談社青い鳥文庫）2015.3

『だれもが知ってる小さな国』有川浩著, 村上勉画　講談社　2015.10　287p　20cm　1400円　①978-4-06-219797-7
内容 「有川さん、書いてみたら？」その一言で、奇跡は起きた。佐藤さとるが生み出し、300万人に愛された日本のファンタジーを、有川浩が書き継ぐ。

『図書館革命』有川浩著　角川書店　2011.6　385p　15cm（角川文庫―図書館戦争シリーズ4）〈メディアワークス2007年刊の加筆、訂正　文献あり　著作目録あり　発売：角川グループパブリッシング〉667円　①978-4-04-389808-4
内容 原稿テロが発生した。それを受け、著作の内容がテロに酷似しているとされた人気作家・当麻蔵人に、身柄確保をもくろむ良化隊の影が迫る。当麻を護るため、様々な策が講じられる状況は悪化。郁たち図書隊は一発逆転の秘策を打つことに。しかし、その最中に堂上は重傷を負ってしまう。動揺する郁。そんな彼女に、堂上は任務の遂行を託すのだった―「お前はやれる」。表現の自由、そして恋の結末は!?感動の本編最終巻。

『図書館危機』有川浩著　角川書店　2011.5　395p　15cm（角川文庫―図書館戦争シリーズ3）〈メディアワークス2007年刊の加筆、訂正　文献あり　発売：角川グループパブリッシング〉667円　①978-4-04-389807-7
内容 思いもよらぬ形で憧れの "王子様" の正体を知ってしまった郁は完全にぎこちない態度。そんな中、ある人気俳優のインタビューが、図書隊そして世間を巻き込む大問題に発展。加えて、地方の美術展で最優秀作品となった "自由" をテーマにした絵画が検閲・没収の危機に。郁の所属する特殊部隊も警護作戦に参加することになったが!?表現の自由をめぐる攻防がますますヒートアップ、ついでも恋も…!?危機また危機のシリーズ第3弾。

『図書館戦争』有川浩著　角川書店　2011.4　398p　15cm（角川文庫―図書館戦争シリーズ1）〈メディアワークス2006年刊の加筆、訂正　文献あり　発売：角川グループパブリッシング〉667円
①978-4-04-389805-3
内容 2019年（正化31年）。公序良俗を乱す表現を取り締まる『メディア良化法』が成立して30年。高校時代に出会った、図書隊員を名乗る "王子様" の姿を追い求め、行き過ぎた検閲から本を守るための組織・図書隊に入隊した、一人の女の子がいた。名は笠原郁。不器用ながらも、愚直に頑張るその情熱が認められ、エリート部隊・図書特殊部隊に配属されることになったが…!?番外編も収録した本と恋の極上エンタテインメント、スタート。

『図書館内乱』有川浩著　角川書店　2011.4　410p　15cm（角川文庫―図書館戦争シリーズ2）〈メディアワークス2006年刊の加筆、訂正　文献あり　発売：角川グループパブリッシング〉667円
①978-4-04-389806-0
内容 図書館の中でも最も危険な任務を負う防衛隊員として、日々訓練に励む郁は、中澤毬江という耳の不自由な女の子と出会う。毬江は小さいころから面倒を見てもらっていた図書隊の教官・小牧に、密かな想いを寄せていた。そんな時、検閲機関である良化隊が、郁が勤務する図書館を襲撃、いわれのない罪で小牧を連行していく―かくして郁と図書隊の小牧奪還作戦が発動した!?書き下ろしも収録の本と恋のエンタテインメント第2弾。

『阪急電車』有川浩著　幻冬舎　2010.8　269p　16cm（幻冬舎文庫）533円
①978-4-344-41513-3
内容 隣に座った女性は、よく行く図書館で見かけるあの人だった…。片道わずか15分のローカル線で起きる小さな奇跡の数々。乗り合わせただけの乗客の人生が少しずつ交差し、やがて希望の物語が紡がれる。恋の始まり、別れの兆し、途中下車一人数分のドラマを乗せた電車はどこまでは続かない線路を走っていく。ほっこり胸キュンの傑作長篇小説。

『ヒア・カムズ・ザ・サン』有川浩著　講談社　2015.11　255p　15cm（講談社文庫）〈新潮社 2011年刊の再刊〉580円

ヤングアダルトの本　いま読みたい小説4000冊　21

安房直子　　　　　　　　　　　　　　　　日本の作品

①978-4-06-293251-6

内容 編集者の古川真也は特殊な能力を持つ。手に触れた物に残る記憶が見えるのだ。ある日、同僚のカオルが20年ぶりに父親と再会することに。彼は米国で脚本家として成功したはずだが、真也が見た真実は。確かな愛情を描く表題作と演劇集団キャラメルボックスの舞台に着想を得た一編を収録。有川浩が贈る物語新境地。

別版 新潮社 2011.11

別版 新潮社（新潮文庫）2013.10

『フリーター、家を買う。』有川浩著　幻冬舎　2012.8　395p　16cm（幻冬舎文庫）648円　①978-4-344-41897-4

内容 就職先を3カ月で辞めて以来、自堕落気味に親の脛を齧って暮らす“甘ったれ”25歳が、母親の病を機に一念発起。バイトに精を出し、職探しに、大切な人を救うために、奔走する。本当にやりたい仕事って？　やり甲斐って？　自問しながら主人公が成長する過程と、壊れかけた家族の再生を描く、愛と勇気と希望が結晶となったベストセラー長篇小説。

別版 幻冬舎 2009.8

『別冊図書館戦争　1』有川浩著　角川書店　2011.7　317p　15cm（角川文庫―図書館戦争シリーズ 5）〈アスキー・メディアワークス2008年刊の加筆、訂正　発売：角川グループパブリッシング〉629円　①978-4-04-389809-1

内容 晴れて彼氏彼女の関係となった堂上と郁。しかし、その不器用さと経験値の低さが邪魔をして、キスから先になかなか進めない。ああ、純粋培養純情乙女・茨城県産26歳、図書隊員笠原郁の迷える恋はどこへ行く―!?恋する男女のもどかしい距離感、そして、次々と勃発する、複雑な事情を秘めた事件の数々。「図書館革命」後の図書隊の日常を、爽やかに、あまーく描く、恋愛成分全開のシリーズ番外編第1弾。本日も、ベタ甘警報発令中。

『別冊図書館戦争　2』有川浩著　角川書店　2011.8　322p　15cm（角川文庫―図書館戦争シリーズ 6）〈アスキー・メディアワークス2008年刊の加筆、訂正　文献あり　著作目録あり　発売：角川グループパブリッシング〉629円　①978-4-04-389810-7

内容 “タイムマシンがあったらいつに戻りたい？”という話題で盛り上がる休憩中の堂上班。黙々と仕事をしている副隊長の緒形に、郁が無邪気に訊くと、緒形は手を休め、遠くを見つめるように静かに答えた―「…大学の頃、かな」。未来が真っ白だった無垢な時代。

年をとるごとに鮮やかさを増す、愛しき日々。平凡な大学生であった緒形は、なぜ本を守る図書隊員となったのか!?過去と未来の恋を鮮やかに描く、シリーズ番外編第2弾。

『ラブコメ今昔』有川浩著　角川書店　2012.6　334p　15cm（角川文庫）〈発売：角川グループパブリッシング〉590円　①978-4-04-100330-5

内容 「自衛隊員の皆さんに恋愛や結婚の経験談を語ってもらいたいんです」。二等陸佐・今村和久の前に現れたのは、隊内紙の記者の元気娘・矢部千尋二等陸尉。訊けば、夫婦の馴れ初めを、コラムに掲載したいというのだが!?「みっともない」と逃げる今村、ねばる千尋。一歩もひかない攻防戦の顛末は―!?様々な思いが交錯する、自衛隊員の結婚を綴った表題作を含む、十人十色の恋模様6編を収録した、国を守る男女の本気印恋愛百景。

『レインツリーの国』有川浩著　KADOKAWA　2015.9　238p　15cm（角川文庫）〈新潮文庫 2009年刊の再刊　文献あり〉473円　①978-4-04-103432-3

内容 きっかけは1冊の本。かつて読んだ、忘れられない小説の感想を検索した伸行は、「レインツリーの国」というブログにたどり着く。管理人は「ひとみ」。思わず送ったメールに返事があり、ふたりの交流が始まった。心の通ったやりとりを重ねるうち、伸行はどうしてもひとみに会いたいと思うようになっていく。しかし、彼女にはどうしても会えない理由があった―。不器用で真っ直ぐなふたりの、心あたたまる珠玉の恋愛小説。

別版 新潮社（新潮文庫）2009.7

安房　直子
あわ・なおこ
《1943〜1993》

『うさぎ座の夜』安房直子作, 味戸ケイコ絵　偕成社　2008.1　40p　28cm　1400円　①978-4-03-016460-4

内容 小夜は山ふかい小さな温泉宿の一人娘です。友だちは山の鬼の子やてんぐ、風や木とも話ができます。小夜はやまんばの子なのでしょうか。そんな小夜のもとに人形しばいうさぎ座から手紙がきました。まっ赤な紅葉の葉の手紙でした。5歳から大人まで。

『風のローラースケート―山の童話』安房直子作, 小沢良吉画　福音館書店　2013.5　186p　17cm（福音館文庫）〈筑摩書房 1984年刊の再刊〉600円

日本の作品　　　　　　　　　　　　　　　　安房直子

①978-4-8340-2800-3
内容 峠の茂平茶屋あたりでは、動物が人を訪ねてくるし、どうやら人間も動物の集まりに入っていけるようです。"山の住人"たちのふしぎな交流が、うまそうな食べものとともに、美しくつづられる。作者が「ほんとうにほんとうに楽しく」書いたと述懐した、新美南吉児童文学賞受賞の連作童話集。小学校中級以上。

『北風のわすれたハンカチ』安房直子作　偕成社　2015.1　191p　19cm（偕成社文庫）〈旺文社 1971年刊の再刊〉700円　①978-4-03-551210-3
内容 安房直子初期の代表的な中編「北風のわすれたハンカチ」「小さいやさしい右手」「赤いばらの橋」を収録。くまの子やまものや小鬼のまごころを描く不思議なお話です。小学中級から。

『きつねの窓』安房直子作, あおきひろえ絵　岩崎書店　2016.3　61p　22cm（はじめてよむ日本の名作絵どうわ 4　宮川健郎編）1200円　①978-4-265-08504-0

『銀のくじゃく―童話集』安房直子作　偕成社　2017.2　253p　19cm（偕成社文庫）〈絵：高橋和枝　筑摩書房 1975年刊の再刊〉800円　①978-4-03-652800-4
内容 表題作「銀のくじゃく」をはじめ、「緑の蝶」「熊の火」「秋の風鈴」「火影の夢」「あざみ野」「青い糸」等。異界のものとの恋を描いた作品が中心です。甘く幻想的な短編7編。小学上級から。
別版 筑摩書房 2011.4

『グラタンおばあさんとまほうのアヒル』安房直子作, いせひでこ絵　新装版　小峰書店　2009.3　119p　22cm（どうわのひろばセレクション）1300円　①978-4-338-24505-0
内容 グラタンざらの黄色いアヒル。おさらの絵だとおもっていたら…まあ、ふしぎ、ピョンととびだした!?おさらのアヒルはふしぎなアヒル、どんなとこにもいけるアヒル。まほうのことばをとなえて、目をつぶってしんこきゅうを3かい。すると…。

『すずをならすのはだれ』安房直子作, 葉祥明絵　新装改訂版　PHP研究所　2008.11　61p　22cm（とっておきのどうわ）1100円　①978-4-569-68918-0
内容 ちり、ちり、ちり、ちり…まるで、空の星が、いちどにふりこぼれてくるような音がして、そのあと、家のなかからこんな声が聞こえてきました。「とびらのすずをならすのは、だれ？」きれいな、やさしい声でした。

小学1～3年生向き。

『だんまりうさぎとおしゃべりうさぎ』安房直子作, ひがしちから絵　偕成社　2015.12　78p　22cm〈「だんまりうさぎ」（1979年刊）、「だんまりうさぎと大きなかぼちゃ」（1984年刊）からの抜粋、あらたにまとめて絵童話として出版〉1400円　①978-4-03-313710-0
内容 ひとりぼっちのだんまりうさぎにおともだちができました。やまのむこうのおしゃべりうさぎです。だんまりうさぎは、たのしくなりません。小学2・3年生から。

『だんまりうさぎとおほしさま』安房直子作, ひがしちから絵　偕成社　2018.6　1冊　22cm（だんまりうさぎとおしゃべりうさぎ）〈「だんまりうさぎ」（1979年刊）の改題、抜粋、追加〉1400円　①978-4-03-313730-8
内容 だんまりうさぎは星いっぱいの夜空をみて、いいことをおもいつきました。おしゃべりうさぎにも、ないしょのけいかくです！はたけをたがやしたり、おまつりにいったり、おしゃべりうさぎといっしょのじかんがどんどんふえるだんまりうさぎです。小学2・3年生から。

『てんぐのくれためんこ』安房直子作, 早川純子絵　偕成社　2008.3　46p　28cm　1400円　①978-4-03-016470-3
内容 めんこがへたで、まけてかえるたけしのまえにあらわれたのは、まっ赤な顔にながい鼻…てんぐでした。てんぐは、どんなめんこもうらがえす、つよいつよい魔法のめんこ、「風のめんこ」をこしらえてくれたのです。たけしは、この「風のめんこ」で、なんと、こぎつねたちと勝負をいどみます。さてさて、「風のめんこ」の力は？ 勝負のゆくえは？ 手にあせにぎる、月夜のめんこ決戦のはじまりです。小学校低学年から。

『天の鹿』安房直子作, スズキコージ画　福音館書店　2011.1　153p　17cm（福音館文庫）600円　①978-4-8340-2616-0
内容 安房直子の代表作のひとつの文庫化。鹿撃ちの名人、清十さんの三人の娘たちはそれぞれ、牝鹿に連れられ、山中の鮮やかな鹿の市へと迷いこむ。鹿は、娘たちの振舞いに、あることを見定めようとしているようなのだが…。末娘みゆきと牡鹿との、"運命のひと"を想うせつなさあふれる物語。

『遠い野ばらの村―童話集』安房直子作, 味戸ケイコ絵　偕成社　2011.4　225p　19cm（偕成社文庫）700円　①978-4-

03-652710-6

内容 表題作「遠い野ばらの村」をはじめ、9編のふしぎな短編。現実と異世界の見えない仕切りをまたいでしまった主人公たちの物語です。野間児童文芸賞受賞作。「初雪のふる日」は教科書掲載作品です。

『春の窓―安房直子ファンタジスタ』安房直子著 講談社 2008.11 237p 15cm（講談社X文庫―White heart）580円 ①978-4-06-286578-4

内容 ある寒い冬の日、売れない絵描きの部屋をたずねてきたふしぎな猫の魔法で、壁に描いた「窓」のなかでは、毎日暖かい春の風景がひろがる。そこに絵描きは思いがけないものを見つけ…（「春の窓」）。あなたを、知らぬ間に、身近な日常の空間から、はるかな空想の時間へと連れゆく、安房直子のメルヘン。「北風のわすれたハンカチ」「あるジャム屋の話」など、心がほぐれ、やすらぐ、十二作品を収録。

『ひぐれのお客』安房直子作, MICAO画 福音館書店 2010.5 203p 19cm（［福音館創作童話シリーズ］）1400円 ①978-4-8340-2563-7

内容 さみしくてあたたかく、かなしくてでもうれしい、すきとおるような童話集。"ひぐれ"の憂愁とあたたかさにつつまれたいまひとたびの安房直子の世界。いっぷう変った動物どもが、ひとりの時間を過している子どもや大人たちを、ふしぎな世界へといざなっていく、六篇＋エッセイ。小学校中級から。

『ひぐれのラッパ』安房直子作, MICAO画 福音館書店 2010.9 227p 19cm（［福音館創作童話シリーズ］）1400円 ①978-4-8340-2578-1

内容 ありえないようでいて、ほんとうかもしれない―夢うつつのあわいをゆく童話集。小学中級からおとなまで。

『ひめねずみとガラスのストーブ』安房直子作, 降矢なな絵 小学館 2011.11 48p 27cm 1500円 ①978-4-09-726451-4

内容 風の子なのに、さむがりのフーは、くまストーブ店で、とびきり上等のガラスのストーブを手にいれました。森のなかで、ゆらゆらゆれる火を見ていると、ちっちゃなひめねずみがやってきました。風の子フーとひめねずみのすてきなすてきな物語。

『みどりのスキップ』安房直子作, 出久根育絵 偕成社 2013.2 41p 22cm（安房直子名作絵童話）1200円 ①978-4-

03-313420-8

内容 だれかすきな子はいますか？ あこがれの子はいますか？ みみずくは、であってしまいました。あの子に。つたわらなくたって、いいのです。わらわれたって、いいのです。みみずくはきめたのです。あの子をまもるって。トット、トット、トット、トット。そんなとき…きこえてきたのは、不思議な音でした。小学校低学年から。

『ゆきひらの話』安房直子作, 田中清代絵 偕成社 2012.2 46p 22cm（安房直子名作絵童話）1200円 ①978-4-03-313410-9

内容 あなたのお家の台所に、しまいっぱなしでわすれてしまったおなべはありませんか？ もしあなたが、風がふいてさむい冬の日に、ひとりぼっちでお家にいたら…ちょっとだけ耳をすませてみてください。コトコト、コトコト。ほら。なにかきこえてくるかもしれません。小学校低学年から。

安東　みきえ
あんどう・みきえ
《1953～》

『頭のうちどころが悪かった熊の話』安東みきえ著 新潮社 2011.12 139p 16cm（新潮文庫）490円 ①978-4-10-136741-5

内容 頭を打ってすべてを忘れてしまった熊が探しはじめたのは、愛するパートナー、レディベアだった。彼女は乱暴だったけど、熊はそんな彼女に会いたかったのだ―動物世間のよもやま話に奇妙で不思議な現実がみえ隠れ、これって、私たちのこと？ 生き物世界の不条理がキュンと胸にしみる、シュールで痛快、スパイシーな7つの寓話集。イラスト全14点収録。話題のベストセラーを文庫化。

『グリム童話』グリム兄弟作, 安東みきえ文, 100％ORANGE絵 ポプラ社 2016.11 159p 22cm（ポプラ世界名作童話）1000円 ①978-4-591-15181-5

内容 赤ずきんは病気のおばあさんのおみまいに、ひとりでケーキとワインをもって、でかけます。ところが、森の中でおそろしいオオカミにであい…。世界中で愛され読みつがれてきた名作に、現代の児童文学作家たちが新しい命をふきこんだシリーズ。小学校低学年から。

『天のシーソー』安東みきえ著 ポプラ社 2012.9 179p 15cm（ポプラ文庫ピュアフル）〈理論社 2000年刊の加筆・訂正

日本の作品　　　　　　　　　　　　　　　　　　　　　　　池井戸潤

に書き下ろし短編「明日への改札」を加
えて再刊〉560円　①978-4-591-13077-3
内容 小学五年生のミオと妹ヒナコの毎日は、
小さな驚きに満ちている。目かくし道で連れ
て行かれる別世界、町に住むマチンバとの攻
防、転校してきた少年が抱えるほろ苦い秘密…
不安と幸福、不思議と現実が隣り合わせるあ
わいの中で、少女たちはゆっくりと成長して
ゆく。一篇一篇が抱きしめたくなるような切
なさとユーモアに満ちた珠玉の連作短編集。
書き下ろし短編「明日への改札」を収録。

『迷いクジラの子守歌』安東みきえ著
PHP研究所　2016.3　125p　20cm
1100円　①978-4-569-78543-1
内容 鳥のように、もっと高く遠く空を飛び
たいトビウオ、かあさんとはぐれて、海をさ
まようクジラの子ども、「死の女王」と恐れ
られ、きらわれているホホジロザメ、いつか
竜になれると信じ、泳ぎの練習をするタツノ
オトシゴ…。貝たちがひろい集めた、海の生
きものたちの物語。波が届ける7つの短編集。

『まるまれアルマジロ！─卵からはじまる
5つの話』安東みきえ作, 下和田サチヨ
絵　理論社　2009.3　174p　19cm
1500円　①978-4-652-07947-8
内容 幸せに必要なものは愛？ 信頼？ お金？
─ぼくの幸せはぼくが見つけます。安東みき
えの書き下し短編集。

『満月の娘たち』安東みきえ著　講談社
2017.12　255p　20cm　1300円　①978-
4-06-220732-4
内容 標準的な見た目の中学生のあたしと、オカ
ルトマニアで女子力の高い美月ちゃんは保育
園からの幼なじみ。ある日、美月ちゃんの頼
みでクラスで人気の男子、日比野を誘い、3人
で近所の幽霊屋敷へ肝だめしに行くことに…。

『ゆめみの駅遺失物係』安東みきえ著　ポ
プラ社　2017.9　200p　15cm（ポプラ
文庫ピュアフル）〈2014年刊の加筆・訂
正〉600円　①978-4-591-15569-1
内容 越してきた田舎の町で、中学校に馴染
めずにいた少女は、ひょんなことからゆめみ
の駅にある遺失物係にたどり着く。そこは誰
かが忘れた「おはなし」が世界中から届けら
れ、「遺失物語台帳」に収められている不思
議な場所だった。係の人から一日一話ずつ物
語を読み聞かせてもらいながら、自分が失く
してしまった物語を探すのだが─。痛みを抱
える人にそっと寄りそってくれる、切なくも
やさしい物語。
別版 ポプラ社（teens' best selections）2014.
12

『呼んでみただけ』安東みきえ著　新潮社
2010.9　212p　20cm　1400円　①978-
4-10-326921-2
内容 家族の愛おしい時間を綴るちょっとこ
わくて、せつない7つのおはなし入りの物語。

『ワンス・アホな・タイム』安東みきえ作
理論社　2011.11　171p　19cm　1400
円　①978-4-652-07983-6
内容 むかしむかし…賢くて愚かな王子や姫
たちがいましたとさ。口当たりが良いけど、
後から苦味がズシンと効いてくる7つのお伽
話集。

┌─────────────────┐
│　　池井戸　潤　　　　　│
│　　いけいど・じゅん　　│
│　　《1963～》　　　　　│
└─────────────────┘

『アキラとあきら』池井戸潤著　徳間書店
2017.5　713p　15cm（徳間文庫）1000
円　①978-4-19-894230-4
内容 零細工場の息子・山崎瑛と大手海運会
社東海郵船の御曹司・階堂彬。生まれも育ち
も違うふたりは、互いに宿命を背負い、自ら
の運命に抗って生きてきた。やがてふたりが
出会い、それぞれの人生が交差したとき、か
つてない過酷な試練が降りかかる。逆境に立
ち向かうふたりのアキラの、人生を賭した戦
いが始まった─。感動の青春巨篇。

『オレたち花のバブル組』池井戸潤著　文
藝春秋　2010.12　367p　16cm（文春文
庫）657円　①978-4-16-772804-5
内容 「バブル入社組」世代の苦悩と闘いを
鮮やかに描く。巨額損失を出した一族経営の
老舗ホテルの再建を押し付けられた、東京中
央銀行の半沢直樹。銀行内部の見えざる敵の
暗躍、金融庁の「最強のボスキャラ」との対
決、出向先での執拗ないじめ。四面楚歌の状
況で、絶対に負けられない男達の一発逆転は
あるのか。
別版 文藝春秋 2008.6

『かばん屋の相続』池井戸潤著　文藝春秋
2011.4　290p　16cm（文春文庫）581円
①978-4-16-772805-2
内容 池上信用金庫に勤める小倉太郎。その
取引先「松田かばん」の社長が急逝した。残
された二人の兄弟。会社を手伝っていた次男
に生前、「相続を放棄しろ」と語り、遺言には
会社の株全てを大手銀行に勤めていた長男に
譲ると書かれていた。乗り込んできた長男と
対峙する小倉太郎。父の想いはどこに？ 表
題作他五編収録。

ヤングアダルトの本　いま読みたい小説4000冊　25

池井戸潤　　　　　　　　　　　　　　日本の作品

『仇敵』池井戸潤著　実業之日本社　2016.
4　370p　16cm（実業之日本社文庫）
593円　①978-4-408-55284-2
内容 弱小銀行の東都南銀行で庶民行員として働く恋窪商太郎は、かつて大手銀行で次長職を務めるエリートだったが、不祥事の責任をとり退職していた。融資課の若き行員・松木から相談を受け、行内の事件を解決に導く平穏な日々。しかし、退職のきっかけとなった"仇敵"が現われたとき、人生と正義の闘いに再び立ち上がる…宿命の対決の行方は!?

『銀行仕置人』池井戸潤著　双葉社　2008.
1　344p　15cm（双葉文庫）638円
①978-4-575-51179-6
内容 通称"座敷牢"。関東シティ銀行・人事部付、黒部一石の現在の職場だ。五百億円もの巨額融資が焦げ付き、黒部はその責任を一身に負わされた格好で、エリートコースから外された。やがて黒部は、自分を罠に嵌めた一派の存在と、その陰謀に気付く。嘆いていても始まらない。身内の不正を暴くこと─それしか復権への道はない。メガバンクの巨悪にひとり立ち向かう、孤独な復讐劇が始まった。

『銀行総務特命』池井戸潤著　新装版　講談社　2011.11　429p　15cm（講談社文庫）695円　①978-4-06-277140-5
内容 帝都銀行で唯一、行内の不祥事処理を任された指宿修平。顧客名簿流出、現役行員のAV出演疑惑、幹部の裏金づくり…スキャンダルに事欠かない伏魔殿を指宿は奔走する。腐敗した組織が、ある罠を用意しているとも知らずに─「総務特命担当者」の運命はいかに!? 意外な仕掛けに唸らされる傑作ミステリー。

『銀翼のイカロス』池井戸潤著　文藝春秋　2017.9　434p　16cm（文春文庫）〈ダイヤモンド社　2014年刊の再刊〉760円
①978-4-16-790917-8
内容 出向先から銀行に復帰した半沢直樹は、破綻寸前の巨大航空会社を担当することに。ところが政府主導の再建機関がつきつけてきたのは、何と500億円もの借金の棒引き!?とても飲めない無茶な話だが、なぜか銀行上層部も敵に回る。銀行内部の大きな闇に直面した半沢の運命やいかに？ 無敵の痛快エンタメ第4作。
別版 ダイヤモンド社　2014.7

『下町ロケット』池井戸潤著　小学館
2013.12　493p　15cm（小学館文庫）720円　①978-4-09-408896-0
内容 研究者の道をあきらめ、家業の町工場・佃製作所を継いだ佃航平は、製品開発で業績を伸ばしていた。そんなある日、商売敵の大手メーカーから理不尽な特許侵害で訴えられる。圧倒的な形勢不利の中で取引先を失い、資金繰りに窮する佃製作所。創業以来のピンチに、国産ロケットを開発する巨大企業・帝国重工が、佃製作所が有するある部品の特許技術に食指を伸ばしてきた。特許を売れば窮地を脱することができる。だが、その技術には、佃の夢が詰まっていた─。男たちの矜持が激突する感動のエンターテインメント長編！第145回直木賞受賞作。
別版 小学館　2010.11

『下町ロケット　2　ガウディ計画』池井戸潤著　小学館　2015.11　371p　19cm
1500円　①978-4-09-386429-9
内容 ロケットから人体へ─佃製作所の新たな挑戦！前作から5年。ふたたび日本に夢と希望と勇気をもたらすエンターテインメント長編!!

『シャイロックの子供たち』池井戸潤著
文藝春秋　2008.11　347p　16cm（文春文庫）629円　①978-4-16-772803-8
内容 ある町の銀行の支店で起こった、現金紛失事件。女子行員に疑いがかかるが、別の男が失踪…!?"たたき上げ"の誇り、格差のある社内恋愛、家族への思い、上らない成績…事件の裏に透ける行員たちの人間的葛藤。銀行という組織を通して、普通に働き、普通に暮らすことの幸福と困難さに迫った傑作群像劇。

『空飛ぶタイヤ』池井戸潤著　新版　実業之日本社　2018.4　739p　20cm　1900円　①978-4-408-53724-5
内容 事故か、事件か。走行中のトレーラーから外れたタイヤが、通りがかりの母子に…。タイヤが飛んだ原因は「整備不良」かそれとも…。
別版 実業之日本社（Jノベル・コレクション）2008.8
別版 講談社（講談社文庫）2009.9
別版 実業之日本社（実業之日本社文庫）2016.

『民王』池井戸潤著　文藝春秋　2013.6
349p　16cm（文春文庫）〈ポプラ社　2010年刊の再刊〉620円　①978-4-16-772806-9
内容 「お前ら、そんな仕事して恥ずかしいと思わないのか。目をさましやがれ！」漢字の読めない政治家、酔っぱらい大臣、揚げ足取りのマスコミ、バカ大学生が入り乱れ、巨大な陰謀をめぐる痛快劇の幕が切って落とされた。総理の父とドラ息子が見つけた真実のカケラとは!?一気読み間違いなしの政治エンタメ！
別版 ポプラ社　2010.5

日本の作品　　　　　　　　　　　　　　　　　　池井戸潤

『**鉄の骨**』池井戸潤著　講談社　2011.11
658p　15cm（講談社文庫）838円
①978-4-06-277097-2
内容 中堅ゼネコン・一松組の若手、富島平太が異動した先は"談合課"と揶揄される、大口公共事業の受注部署だった。今度の地下鉄工事を取らないと、ウチが傾く一技術力を武器に真正面から入札に挑もうとする平太らの前に「談合」の壁が。組織に殉じるか、正義を信じるか。吉川英治文学新人賞に輝いた白熱の人間ドラマ。
別版 講談社 2009.10

『**七つの会議**』池井戸潤著　集英社　2016.2　494p　16cm（集英社文庫）〈日本経済新聞出版社 2012年刊の再刊〉800円
①978-4-08-745412-3
内容 きっかけはパワハラだった！トップセールスマンのエリート課長を社内委員会に訴えたのは、歳上の部下だった。そして役員会が下した不可解な人事。いったい二人の間に何があったのか。今、会社で何が起きているのか。事態の収拾を命じられた原島は、親会社と取引先を巻き込んだ大掛かりな会社の秘密に迫る。ありふれた中堅メーカーを舞台に繰り広げられる迫真の物語。傑作クライム・ノベル。
別版 日本経済新聞出版社 2012.11

『**花咲舞が黙ってない**』池井戸潤著　中央公論新社　2017.9　428p　16cm（中公文庫）740円　①978-4-12-206449-2
内容 その日、東京第一銀行に激震が走った。頭取から発表されたライバル行との合併。生き残りを懸けた交渉が進む中、臨店指導グループの跳ねっ返り・花咲舞は、ひょんなことから「組織の秘密」というパンドラの箱を開けてしまう。隠蔽工作、行内政治、妖怪重役…このままでは我が行はダメになる！　花咲舞の正義が銀行の闇に斬り込む痛快連作短篇。

『**不祥事**』池井戸潤著　実業之日本社　2016.2　381p　16cm（実業之日本社文庫）639円　①978-4-408-55283-5
内容 東京第一銀行事務部調査役についた相馬健。問題をかかえる支店に独り「臨店指導」する彼に、念願の部下がつけられるという。しかし、そこにやってきたのは花咲舞。上司を上司とも思わないスーパー問題女子行員だった一さまざまなトラブルを解決に導き、腐った銀行を内側から叩きなおす迷コンビの活躍を描く、痛快オフィスミステリー！
別版 新装版 講談社（講談社文庫）2011.11
別版 実業之日本社（Jノベル・コレクション）2014.4

『**ようこそ、わが家へ**』池井戸潤著　小学館　2013.7　445p　15cm（小学館文庫）695円　①978-4-09-408843-4
内容 真面目なだけが取り柄の会社員・倉田太一は、ある夏の日、駅のホームで割り込み男を注意した。すると、その日から倉田家に対する嫌がらせが相次ぐようになる。花壇は踏み荒らされ、郵便ポストには瀕死のネコが投げ込まれた。さらに、車は傷つけられ、部屋からは盗聴器まで見つかった。執拗に続く攻撃から穏やかな日常を取り戻すべく、一家はストーカーとの対決を決意する。一方、出向先のナカノ電子部品でも、倉田は営業部長に不正の疑惑を抱いたことから窮地へと追い込まれていく。直木賞作家が"身近に潜む恐怖"を描く文庫オリジナル長編。

『**陸王**』池井戸潤著　集英社　2016.7　588p　19cm　1700円　①978-4-08-771619-1
内容 勝利を、信じろ。足袋作り百年の老舗が、ランニングシューズに挑む。このシューズは、私たちの魂そのものだ！埼玉県行田市にある老舗足袋業者「こはぜ屋」。日々、資金操りに頭を抱える四代目社長の宮沢紘一は、会社存続のためにある新規事業を思い立つ。これまで培った足袋製造の技術を生かして、「裸足感覚」を追求したランニングシューズの開発はできないだろうか？　世界的スポーツブランドとの熾烈な競争、資金難、素材探し、開発力不足一。従業員20名の地方零細企業が、伝統と情熱、そして仲間との強い結びつきで一世一代の大勝負に打って出る！

『**ルーズヴェルト・ゲーム**』池井戸潤著　講談社　2014.3　497p　15cm（講談社文庫）800円　①978-4-06-277795-7
内容 大手ライバル企業に攻勢をかけられ、業績不振にあえぐ青島製作所。リストラが始まり、歴史ある野球部の存続を疑問視する声が上がる。かつての名門チームも、今やエース不在で崩壊寸前。廃部によりコストは浮くが一社長が、選手が、監督が、技術者が、それぞれの人生とプライドをかけて挑む奇跡の大逆転とは。
別版 講談社 2012.2

『**ロスジェネの逆襲**』池井戸潤著　文藝春秋　2015.9　421p　16cm（文春文庫）〈ダイヤモンド社 2012年刊の再刊〉700円　①978-4-16-790438-8
内容 子会社・東京セントラル証券に出向した半沢直樹に、IT企業買収の案件が転がり込んだ。巨額の収益が見込まれたが、親会社・東京中央銀行が卑劣な手段で横取り。社内での立場を失った半沢は、バブル世代に反発する

池上永一　　　　　　　　　　　　　　　　　　日本の作品

若い部下・森山とともに「倍返し」を狙う。一発逆転はあるのか？　大人気シリーズ第3弾！
別版 ダイヤモンド社 2012.6

池上　永一
いけがみ・えいいち
《1970〜》

『唄う都は雨のち晴れ』池上永一著
KADOKAWA 2015.11 246p 15cm（角川文庫—トロイメライ）〈角川書店 2011年刊の再刊〉680円 ①978-4-04-102300-6
内容 水不足の村に現れた悪徳役人・伊舎堂。村人の窮状に追い打ちをかけ、強制労働の果てには、信仰や娯楽まで禁止してしまう。村を絶望が襲うなか、役人の番所に火が放たれる。その犯人は、なんと屋良座ノロだった（「間切倒」）。那覇の町で巻き起こる6つの事件に、新米岡っ引きの武太が立ち向かう。失敗を重ねながらも成長してゆく武太と、市井の人々を生き生きと描きあげた心躍る物語。幕末・琉球王朝を舞台に、武太が駆け抜ける！
別版 角川書店 2011.5

『風車祭（カジマヤー）上』池上永一著
角川書店 2009.10 446p 15cm（角川文庫）〈発売：角川グループパブリッシング〉590円 ①978-4-04-364706-4
内容 九十七歳の生年祝い「風車祭」を翌年に控えたオバァ・フジの楽しみは長生きと、迷惑をかえりみない他人いじり。あの世の正月と云われる節祭の日、島の少年・武志はオバァのさしがねで美しい盲目の幽霊・ピシャーマと出会い、恋におちてしまう。そのせいでマブイ（魂）を落とした武志の余命は一年弱。彼は無事、マブイを取り戻すことができるのか!?沖縄の祭事や伝承、歌謡といった伝統的世界と現代のユーモアが見事に交叉する、沖縄版「真夏の夜の夢」。

『風車祭（カジマヤー）下』池上永一著
角川書店 2009.10 429p 15cm（角川文庫）〈文献あり　発売：角川グループパブリッシング〉590円 ①978-4-04-364707-1
内容 ある日、ニライカナイの神がこう告げた。「島を大津波が襲うだろう」。この危機の予言を、果たして島人は避けることができるのか？　一方、マブイとしてさすらうピシャーマは、あの世に帰りたいと切に願う。武志とピシャーマの淡い恋に六本足の妖怪豚の横やりが入って、島も恋も大パニックに!?この涙

と笑いあふれるマジックリアリズムの傑作は、直木賞候補作にもなって話題を呼んだ。

『シャングリ・ラ　上』池上永一著　角川書店 2008.10 502p 15cm〈角川文庫〉〈発売：角川グループパブリッシング〉743円 ①978-4-04-364704-0
内容 加速する地球温暖化を阻止するため、都市を超高層建造物アトラスへ移して地上を森林化する東京。しかし、そこに生まれたのは理想郷ではなかった！　CO2を削減するために、世界は炭素経済へ移行。炭素を吸収削減することで利益を生み出すようになった。一方で、森林化により東京は難民が続出。政府に対する不満が噴き出していた。少年院から戻った反政府ゲリラの総統・北条國子は、格差社会の打破のために立ち上がった。

『シャングリ・ラ　下』池上永一著　角川書店 2008.10 514p 15cm〈角川文庫〉〈発売：角川グループパブリッシング〉743円 ①978-4-04-364705-7
内容 ついに反政府ゲリラは政府に宣戦布告。國子はブーメランひとつで戦車部隊に立ち向かう。だが地上の森では政府とゲリラの戦争をあざ笑うかのように、想像を超えた進化が始まっていた。究極のエコロジー社会がもたらす脅威とは？　國子たちは生き残れるのか？　アトラス計画の真の目的とは？　ゲリラ豪雨、石油価格の高騰、CO2の取引など、2004年に既に現在を予言し、SFを現代小説に転換した傑作長編。

『統ばる島』池上永一著　KADOKAWA 2015.5 350p 15cm（角川文庫）〈ポプラ社 2011年刊に書き下ろし「鳩間島」を加えて再刊〉680円 ①978-4-04-102990-9
内容 沖縄県八重山諸島は古くから自らを象徴する星々を愛でてきた。星々には島ごとの神が宿り、親島である石垣島には、そんな島の神々が近況を伝え合う御嶽があった。八重山諸島の言い伝えによれば島と島は家族のようにつながり支え合っているという。神々が群星御嶽に集うとき、再会した親子の会話は宴となり、新たな物語となってともに輝きを増していく—。唄の島と言われる、鳩間島を舞台にした文庫版書き下ろし短編も収録!!
別版 ポプラ社 2011.3

『テンペスト　第1巻　春雷』池上永一著　角川書店 2010.8 310p 15cm（角川文庫）〈発売：角川グループパブリッシング〉590円 ①978-4-04-364711-8
内容 19世紀の琉球王朝。嵐吹く晩に生まれた真鶴は、厳しい父の命に従い、男として生

日本の作品　　　　　　　　　　　　　　　　　　　　　　　　　　池上永一

まれ変わることを決心する。名を孫寧温と改め、13歳の若さで難関の科試を突破。憧れの首里城に上がった寧温は、評定所筆者として次々と王府の財政改革に着手する。しかし、王室に仕える男と女たちの激しい嫉妬と非難が寧温の前に立ちはだかる…。伏魔殿と化した王宮を懸命に生き抜く波瀾万丈の人生が、春の雷のごとく、いま幕を開けた。

『テンペスト　第2巻　夏雲』池上永一著
角川書店　2010.9　306p　15cm（角川文庫）〈文献あり　発売：角川グループパブリッシング〉590円　①978-4-04-364712-5
内容　恐れ知らずの辣腕で、次々と王府の改革を断行する孫寧温。一方で、薩摩藩士・浅倉雅博のやさしさに惹かれ、男と女ふたつの人格のあいだで心が揺れ動いていた。王宮では聞得大君と王妃による女同士の覇権争いが勃発。騒動を鎮めようとした寧温だったが、聞得大君の執拗な追及に、自分の正体が女であることをつい明かしてしまう…。夏の雷雲のごとく、寧温に迫り来る幾多の試練。吹きすさぶ嵐はまだ序章に過ぎなかった。

『テンペスト　第3巻　秋雨』池上永一著
角川書店　2010.10　312p　15cm（角川文庫）〈文献あり　発売：角川グループパブリッシング〉590円　①978-4-04-364713-2
内容　清国の宦官・徐丁垠殺害の罪に問われた孫寧温は、孤島・八重山へ島流しにされてしまう。真鶴に姿を戻すも、王宮への未練と雅博への愛が募る日々。そんななか、島の宴席での美しい舞踊を評価され、首里城で踊りを披露することに。今度は女として、欲望うず巻く伏魔殿に返り咲く。しかし待ち受けていたのは、秋雨のごとく降り注ぐ、御内原の女たちによる激しい洗礼だった。真鶴と雅博は果たして再会することができるのか。

『テンペスト　第4巻　冬虹』池上永一著
角川書店　2010.11　309p　15cm（角川文庫）〈文献あり　発売：角川グループパブリッシング〉590円　①978-4-04-364714-9
内容　昼間は孫寧温として王府に勤め、夜は側室に戻るという二重生活を送っていた真鶴。ある日、尚泰王の子を身籠ったことが発覚。女として産むべきか、男として目を背けるべきか。悩んだ末、真鶴は母親になることを決意する。近代化の波が押し寄せ、王国は崩れようとしていた。数奇な運命を背負った母子の未来と、希望の虹は架かるのか!?忘れがたき雅博との恋の行方は!?嵐吹く波瀾万丈の人生が、いよいよクライマックスを迎える。

別版　角川書店 2008.8

『トロイメライ』池上永一著
KADOKAWA　2013.10　238p　15cm（角川文庫）〈角川書店 2010年刊の再刊　文献あり〉560円　①978-4-04-101039-6
内容　琉球王国の商都である那覇の街は、眩しい陽光と活気に満ち溢れている。このたび無職の三線弾きから晴れて筑佐事（岡っ引き）に転身を果たした武太は、にわか仕込みの正義感を引っ提げて、市井を駆け回っていた。墓泥棒に黒手巾の義賊、子どもたちの失踪、国宝級三線の盗難、絶世の美女の詐欺働き、そして大好きなオバァの過去…。事件の裏に隠された真相を知り、青年は大人への階段を上っていく─。極彩色の琉球版・千夜一夜物語！

別版　角川書店 2010.8

『夏化粧』池上永一著　角川書店　2010.5　334p　15cm（角川文庫）〈発売：角川グループパブリッシング〉629円　①978-4-04-364709-5
内容　島の豆腐屋で働く津奈美はシングルマザー。産婆のオバァのかけたまじないのせいで、息子の姿を他人に見えなくさせられてしまった。まじないを解くためには、息子にかけた七つの願いを他人から奪わなければならないと知り、津奈美は決死の覚悟で陰の世界に飛び込んでいく。願いを奪うとはどういうことなのか。息子にかけた最後の願いとは何か？石垣島の自然と島の伝承を舞台に、若き母親が孤軍奮闘する壮絶な愛の物語。

『バガージマヌパナス─わが島のはなし』池上永一著　角川書店　2010.1　311p　15cm（角川文庫）〈発売：角川グループパブリッシング〉552円　①978-4-04-364708-8
内容　19歳の綾乃は島での楽園生活を満喫し、大親友のオバァ、オージャーガンマーと遊び暮らす日日。しかしある日夢の中に神様が現れ、ユタ（巫女）になれと命じる。「あーっワジワジーッ」徹底抗戦の構えの綾乃だったが、怒った神様の罰もあり、やがてユタへの道を歩むことに…。溢れる方言と三線の音、抜けるような空に映える極彩色、豊かな伝承と横溢する感情。沖縄が生んだ不世出の才能の記念碑的デビュー作。

『ヒストリア』池上永一著　KADOKAWA　2017.8　629p　20cm　1900円　①978-4-04-103465-1
内容　第二次世界大戦の米軍の沖縄上陸作戦で家族すべてを失い、魂（マブイ）を落としてしまった知花煉。一時の成功を収めるも米軍のお尋ね者となり、ボリビアへと逃亡する

が、そこも楽園ではなかった。移民たちに与えられた土地は未開拓で、伝染病で息絶える者もいた。沖縄からも忘れ去られてしまう中、数々の試練を乗り越え、自分を取り戻そうとする煉。一方、マブイであるもう一人の煉はチェ・ゲバラに出会い恋に落ちてしまう…。果たして煉の魂の行方は？　著者が20年の構想を経て描破した最高傑作！

『**ぼくのキャノン**』池上永一著　角川書店　2010.3　350p　15cm〈角川文庫〉〈発売：角川グループパブリッシング〉629円　①978-4-04-364710-1

内容　今から六十年前に帝国陸軍が村に配備した九六式カノン砲。あの日村が滅びたことを子どもたちは知らない。戦後、村は沖縄で一番豊かな地区に復興を遂げた。村を守るのは巫女のマカトオバァを中心とした老人三人組。しかしある事件をきっかけに村はまた破滅の道を歩み始める。未来を託されたのはマカトの孫の雄太を中心にした子ども三人組だ。果たして村を救うことができるのか？　復帰世代の作家が描いた希望と再生の物語。

『**黙示録　上**』池上永一著　KADOKAWA　2017.5　413p　15cm〈角川文庫〉〈角川書店 2013年刊の二分冊〉800円　①978-4-04-105381-2

内容　1712年、琉球王に第13代尚敬王が即位した。国師の蔡温は国を繁栄させるため、王の身代わりとなる存在「月しろ」を探し始めた。一方、貧しさから盗みを働く蘇了泉は、王宮を追われた舞踊家・石羅吾に踊りの天賦の才を見出される。病気の母親を救うため、謝恩使の楽童子として江戸に上ることを決めた了泉。だが船中には、もうひとりの天才美少年・雲胡が同乗していた…。将軍に拝謁すべく、2人の舞踊家が鎬を削る！

『**黙示録　下**』池上永一著　KADOKAWA　2017.5　506p　15cm〈角川文庫〉〈角川書店 2013年刊の二分冊　文献あり〉920円　①978-4-04-105384-3

内容　謝恩使を成功させ、琉球に凱旋した了泉は一挙に富と名声を得るが、成功を受け止めきれずにいた。一方、清国から冊封使としてやって来た徐葆光をもてなすため、踊奉行の玉城朝薫は究極の舞踊である「組踊」を創作。琉球の芸術を究めるため、2人の天才舞踊家を用いて完成に近づけようと目論む。王の身代わりとなる「月しろ」は、果たして了泉か雲胡か？　傑作『テンペスト』を凌駕した、"琉球サーガ"の到達点、遂に文庫化！

別版　角川書店 2013.9

池澤　夏樹
いけざわ・なつき
《1945～》

『**アトミック・ボックス**』池澤夏樹著　KADOKAWA　2017.2　475p　15cm〈角川文庫〉〈毎日新聞社 2014年刊の再刊　文献あり〉1000円　①978-4-04-103715-7

内容　人生でひとつ間違いをしたという言葉を遺し、父は死んだ。直後、美汐の前に現れた郵便局員は、警視庁を名乗った。30年にわたる監視。父はかつて、国産原子爆弾製造に携わったのだ。国益を損なう機密資料を託された美汐は、父親殺人の容疑で指名手配されてしまう。張り巡らされた国家権力の監視網、命懸けの逃亡劇。隠蔽されたプロジェクトの核心には、核爆弾を巡る国家間の思惑があった。社会派サスペンスの傑作！

別版　毎日新聞社 2014.2

『**カデナ**』池澤夏樹著　新潮社　2012.8　574p　16cm〈新潮文庫〉750円　①978-4-10-131821-9

内容　沖縄カデナから北ベトナムへ飛び、爆弾の雨を降らせる超大型爆撃機Ｂ-52。その攻撃を無力化するため見ず知らずの4人は基地の内と外を結ぶ小さなスパイ組織をつくった。ベトナム戦争末期の沖縄を舞台に、戦争という抗いがたい現実に抗おうとするごくふつうの人たちの果敢な姿を、沖縄現代史のなかに描いた。著者の沖縄在住十余年の思索と経験のすべてを注ぎ込んだ傑作長編小説。

別版　新潮社 2009.10

『**キップをなくして**』池澤夏樹著　角川書店　2009.6　279p　15cm〈角川文庫〉〈発売：角川グループパブリッシング〉514円　①978-4-04-382003-0

内容　改札から出ようとして気が付いた。ない、ない、キップがない！「キップをなくしたら駅から出られないんだよ」。どうしよう、もう帰れないのかな。キップのない子供たちと、東京駅で暮らすことになったイタル。気がかりはミンちゃん。「なんでご飯を食べないの？」。ミンちゃんは言った。「私、死んでいるの」。死んだ子をどうしたらいいんだろう。駅長さんに相談に行ったイタルたちは―。少年のひと夏を描いた鉄道冒険小説。

『**キトラ・ボックス**』池澤夏樹著　KADOKAWA　2017.3　318p　20cm　1700円　①978-4-04-103725-6

内容 奈良天川村・トルファン・瀬戸内海大三島。それぞれの土地で見つかった禽獣葡萄鏡が同じ鋳型で造られたと推理した藤波三次郎は、国立民俗学博物館研究員の可敦に協力を求める。新疆ウイグル自治区から赴任した彼女は、天川村の神社の銅剣に象嵌された北斗が、キトラ古墳天文図と同じであると見抜いた。なぜウイグルと西日本に同じ鏡があるのか。剣はキトラ古墳からなんらかの形で持ち出されたものなのか。謎を追って、大三島の大山祇神社を訪れた二人は、何者かの襲撃を受ける。窮地を救った三次郎だったが、可敦は警察に電話をしないでくれと懇願する。悪漢は、新疆ウイグル自治区分離独立運動に関わる兄を巡り、北京が送り込んだ刺客ではないか。三次郎は昔の恋人である美汐を通じ、元公安警部補・行田に協力を求め、可敦に遺跡発掘現場へ身を隠すよう提案するが―。1300年の時空を超える考古学ミステリ!

『きみのためのバラ』池澤夏樹著 新潮社 2010.9 244p 16cm（新潮文庫）400円 ①978-4-10-131820-2
内容 予約ミスで足止めされた空港の空白時間、唱えると人間の攻撃欲がたちまち萎える不思議なことば、中米をさすらう若者をとらえた少女のまなざしの温もり。微かな不安と苛立ちがとめどなく広がるこの世界で、未知への憧れと、確かな絆を信じる人人だけに、奇跡の瞬間はひっそり訪れる。沖縄、バリ、ヘルシンキ、そして。深々とした読後の余韻に心を解き放ちたくなる8つの場所の物語。

『熊になった少年』池澤夏樹著, 坂川栄治絵 スイッチ・パブリッシング 2009.7 77p 20cm（Rainy day books）1600円 ①978-4-88418-286-1
内容 熊になろうとした少年イキリの魂の彷徨。池澤夏樹が紡ぐ、大人のための創作童話。

『砂浜に坐り込んだ船』池澤夏樹著 新潮社 2018.6 237p 16cm（新潮文庫）〈2015年刊に短篇「美しい祖母の聖書」を増補〉490円 ①978-4-10-131823-3
内容 石狩湾で坐礁した、五千トンの貨物船。忽然と砂浜に現れた非日常的な巨体に魅せられ、夜、独り大型テレビでその姿を眺めていると、「彼」の声がした。友情と鎮魂を描く表題作と、県外の避難先から消えた被災者の静かな怒りを見つめる「苦麻の村」、津波がさらった形見の品を想像力のなかに探る「美しい祖母の聖書」ほか、悲しみを乗り越える人々を時に温かく時にマジカルに包み込む全9編。
別版 新潮社 2015.11

『双頭の船』池澤夏樹著 新潮社 2015.12 303p 16cm（新潮文庫）550円 ①978-4-10-131822-6
内容 巨大な波が押し流した町、空が落ちて壊れた土地―災厄に見舞われた沿岸へ、舳先と艫が同じ形をした小さなフェリーは、中古自転車と希望を載せて進む。失恋したての青年、熊を連れた男、200人のボランティアと小動物たち。そして被災地では、心身を傷めた人々を数限りなく受け入れながら。東日本大震災の現実をつぶさに見つめた著者による被災地再生への祈りに満ちた魅惑の物語。

『TIO'S ISLAND』池澤夏樹, 竹沢うるま著 小学館 2010.7 1冊（ページ付なし）19×26cm 2100円 ①978-4-09-682053-7
内容 約20年前に発行された池澤夏樹氏の処女小説『南の島のティオ』の続編。小説の舞台となっている南の島の美しい写真を組み合わせた写真小説です。

『光の指で触れよ』池澤夏樹著 中央公論新社 2011.1 636p 16cm（中公文庫）857円 ①978-4-12-205426-4
内容 あの幸福な一家に何が起きたのか。『すばらしい新世界』の物語から数年後、恋人をつくった夫を置いて、幼い娘を連れた妻はヨーロッパへ渡り、共同生活を送りながら人生を模索する。かつて父をヒマラヤまで迎えに行った息子は、寮生活をしながら両親を想う。離れて暮らす家族がたどりつく場所は―。現代に生きる困難と、その果てにきざす光を描く長編小説。
別版 中央公論新社 2008.1

『氷山の南』池澤夏樹著 文藝春秋 2014.9 594p 16cm（文春文庫）〈文献あり〉970円 ①978-4-16-790185-1
内容 アイヌの血を引くジンは、南極海での氷山曳航計画を担う船シンディバード号に密航し、露見するもなんとか滞在を認められた。ジンは厨房で働く一方、船内新聞の記者として乗船者たちを取材して親交を深めていくが、やがてプロジェクトを妨害する「敵」の存在が浮かび上がる―。21世紀の新しい海洋冒険小説。
別版 文藝春秋 2012.3

『星に降る雪』池沢夏樹著 角川書店 2013.2 232p 15cm（角川文庫）〈「星に降る雪修道院」(2008年刊)の改題 発売：角川グループパブリッシング〉514円 ①978-4-04-100565-1
内容 電波天文台カミオカンデ。チェレンコフ光が燦めく様を夢想する男、田村のもとに、

池田あきこ　　　　　　　　　　　　　　　　　　　　　　　　　　日本の作品

かつて雪山事故を共にした亜矢子が訪ねてくる。恋人を失った女と親友を失った男。あの時、何が起こったのか―（「星に降る雪」）。クレタに住みつき、礼拝堂の修復をしながら寡黙で質素な生活を送る石工。重い過去を背負った男の選んだ償いとは（「修道院」）。激しい懊悩に取り憑かれた男が生の中に見出した、奇妙な熱情を描く、精緻な中篇集。

『星に降る雪　修道院』池澤夏樹著　角川書店　2008.3　232p　20cm〈発売：角川グループパブリッシング〉1400円
①978-4-04-873838-5
内容　男は雪山に暮らし、地下の天文台から星を見ている。死んだ親友の恋人は訊ねる、あなたは何を待っているの？　岐阜、クレタ。二つの土地、「向こう側」に憑かれた二人の男。生と死のはざま、超越体験を巡る二つの物語。

『南の島のティオ』池澤夏樹作、スカイエマ絵　講談社　2012.5　243p　18cm（講談社青い鳥文庫）〈文春文庫 1996年刊の再刊〉620円　①978-4-06-285241-8
内容　小さな南の島に住む少年ティオは、お父さんが営むホテルの仕事を手伝いながら、島を訪れてやがて出て行くさまざまな人たちと出会います。そして、自然も人の心も豊かなティオの島では、ちょっと不思議な出来事も起こるのです。ティオが教えてくれる、とっておきの10の物語。第41回小学館文学賞を受賞した、池澤夏樹の初の児童向け小説。小学中級から。

池田　あきこ
いけだ・あきこ
《1950～》

『ダヤン、クラヤミの国へ』池田あきこ著
ほるぷ出版　2010.12　278p　20cm（ダヤンの冒険物語）1400円　①978-4-593-59238-8
内容　春が訪れたタシルの街では、バニラの誕生日を祝ってメイフェアの祭りが盛大に行われていました。そのさなか、みんなの目の前でバニラが連れ去られてしまいます。ダヤンとジタンはさらわれたバニラを救うため、トール山の洞窟、そして、クラヤミの国へ―。迷路のような地下世界をめぐるハラハラドキドキの冒険が描かれる、待望のダヤンの新・長編シリーズ。

『ダヤン、タシルに帰る―わちふぃーるど物語』池田あきこ著　中央公論新社

2009.12　270p　16cm（中公文庫）857円　①978-4-12-205251-2
内容　王国が崩壊し、多くの仲間を失って混乱しているタシルを後に、ダヤンはノースへ旅立つ。タシルを生きるものも争いもない静かな大地に変えようとする雪の神と話をするために。ダヤンは春をとりもどし、元の世界に帰れるのか？　わちふぃーるど創世の秘密を解き明かす長篇ファンタジーシリーズ完結篇。

『ダヤンと王の塔―わちふぃーるど物語』池田あきこ著　中央公論新社　2009.9　253p　16cm（中公文庫）838円　①978-4-12-205208-6
内容　意識を失い連れ去られたダヤンと大魔女セは、魔物に占領されたタシルの城の地下で目覚めた。ハロウィーンの夜の魔法勝負で愛する人を奪われたセは、魔王との決着を心に誓う。一方、ジタンはフォーンの森の協力を得て反撃の機会を待つ。王国最後の戦いが幕を開けた！　長篇ファンタジーシリーズ第六弾。

『ダヤンと恐竜のたまご』池田あきこ著　ほるぷ出版　2012.4　253p　20cm（ダヤンの冒険物語）1400円　①978-4-593-59239-5
内容　ある日ダヤンは、アラルの海辺でとても大きなたまごをみつけ、そのたまごに絵を描いてイースタのお祭りに出すことにします。ところが、そのたまごから恐竜の赤ちゃんが産まれて―。迷子の恐竜の赤ちゃん、肉食竜と草食竜の対立、消えた恐竜の子どもたち、そしてトレジャーバレーに眠る宝とは―？　赤ちゃん恐竜を、恐竜の住むトレジャーバレーまで送り届けようと旅立ったダヤンたちの冒険を描く、ダヤンの新・長編シリーズ第2弾。種族をこえた絆の物語。

『ダヤンとタシルの王子』池田あきこ著　中央公論新社　2008.10　250p　16cm（中公文庫―わちふぃーるど物語）705円　①978-4-12-205066-2
内容　死の森の魔王からタシルを救う旅に出たダヤンは、過去へと吹く風にのって "時の虫食い穴" に飛び込んだ。まだ王国だった時代のタシルで出会った王子は、意外にもダヤンの身近な存在で―!?　過去の世界で新たなる冒険がはじまる。長篇ファンタジー・シリーズ第四弾。

『ダヤンとハロウィーンの戦い―わちふぃーるど物語』池田あきこ著　中央公論新社　2009.6　252p　16cm（中公文庫）838円　①978-4-12-205171-3
内容　サンドの決戦の後、つかの間の平和が訪

日本の作品　　　　　　　　　　　　　　　　　　　　　伊坂幸太郎

れたわちふぃーるどでダヤンは仲間たちとタシルの守りを固めていた。そんなある日、東の国から海を渡ってニンゲンがやってくる。魔王の新たな企みとは？　魔女セの恋の行方は？　百年に一度の大ハロウィーンの夜、何かが起こる！　長篇ファンタジーシリーズ第五弾。

『猫のダヤン　１　ダヤン、わちふぃーるどへ』池田あきこ作　静山社　2018.4　189p　18cm（静山社ペガサス文庫）〈「ダヤン、わちふぃーるどへ」（ほるぷ出版 1999年刊）の改題、新編集〉680円　①978-4-86389-423-5
内容 稲妻が光る嵐の夜に生まれた子猫のダヤン。飼い主のリーマちゃんやいたずらざかりの弟たちといっしょに、元気に遊んでいましたが、ある冬の日、雪の魔法に導かれ、地球とは別の世界 “わちふぃーるど” へ。そこは、動物たちが人間のように立って歩き、仲良くおしゃべりをし、気ままに暮らす世界でした―。魔法や妖精のいたずらと冒険に満ちた、猫のダヤンの物語、シリーズ第1弾！

『猫のダヤン　２　ダヤンとジタン』池田あきこ作　静山社　2018.6　221p　18cm（静山社ペガサス文庫）740円　①978-4-86389-424-2
内容 不思議な国 “わちふぃーるど” に暮らすダヤンのもとに、地球の飼い主リーマちゃんから手紙が届きました。一体、何が書かれているのでしょう。人間の文字が読めるのはジタンだけ。そのジタンは北へ旅に出たばかり。待ちきれないダヤンは、家来で “枯れ木” のロークといっしょに、ジタンを追いかけます。ところが、魔王がおさめる死の森に迷いこんでしまい―。

伊坂　幸太郎
いさか・こうたろう
《1971〜》

『アイネクライネナハトムジーク』伊坂幸太郎著　幻冬舎　2017.8　341p　16cm（幻冬舎文庫）600円　①978-4-344-42631-3
内容 妻に出て行かれたサラリーマン、声しか知らない相手に恋する美容師、元いじめっ子と再会してしまったOL…。人生は、いつも楽しいことばかりじゃない。でも、運転免許センターで、リビングで、駐輪場で、奇跡は起こる。情けなくも愛おしい登場人物たちが仕掛ける、不器用な駆け引きの数々。明日がきっと楽しくなる、魔法のような連作短編集。

別版 幻冬舎 2014.9

『AX（アックス）』伊坂幸太郎著　KADOKAWA　2017.7　307p　20cm　1500円　①978-4-04-105946-3
内容 最強の殺し屋は―恐妻家。「兜」は超一流の殺し屋だが、家では妻に頭が上がらない。一人息子の克巳もあきれるほどだ。兜がこの仕事を辞めたい、と考えはじめたのは、克巳が生まれた頃だった。引退に必要な金を稼ぐため、仕方なく仕事を続けていたが、爆弾職人を軽々と始末した兜は、意外な人物から襲撃を受ける。こんな物騒な仕事をしていることは、家族はもちろん、知らない。『グラスホッパー』『マリアビートル』に連なる殺し屋シリーズ最新作！　書き下ろし2篇を加えた計5篇。

『あるキング』伊坂幸太郎著　完全版　新潮社　2015.5　782p　16cm（新潮文庫）〈初版：徳間書店 2009年刊　文献あり〉990円　①978-4-10-125028-1
内容 山田王求。プロ野球チーム「仙醍キングス」を愛してやまない両親に育てられた彼は、超人的才能を生かし野球選手となる。本当の「天才」が現れたとき、人は “それ” をどう受け取るのか―。群像劇の手法で王を描いた雑誌版。シェイクスピアを軸に寓話的色彩を強めた単行本版。伊坂ユーモアたっぷりの文庫版。同じ物語でありながら、異なる読み味の三篇すべてを収録した「完全版」。

別版 徳間書店 2009.8
別版 徳間書店（徳間文庫）2012.8

『SOSの猿』伊坂幸太郎著　中央公論新社　2012.11　420p　16cm（中公文庫）629円　①978-4-12-205717-3
内容 三百億円の損害を出した株の誤発注事件を調べる男と、ひきこもりを悪魔祓いで治そうとする男。奮闘する二人の男のあいだを孫悟空が自在に飛び回り、問いを投げかける。「本当に悪いのは誰？」はてきて、答えを知るのは猿か悪魔か？　そもそも答えは存在するの？　面白くて考えさせられる、伊坂エンターテインメントの集大成。

別版 中央公論新社 2009.11

『オー！　ファーザー』伊坂幸太郎著　新潮社　2013.7　557p　16cm（新潮文庫）〈2010年刊の改訂　文献あり〉750円　①978-4-10-125027-4
内容 父親が四人いる!?高校生の由紀夫を守る四銃士は、ギャンブル好きに女好き、博学卓識、スポーツ万能。個性溢れる父×4に囲まれ、息子が遭遇するは、事件、事件、事件―。知事選挙、不登校の野球部員、盗まれた鞄と

ヤングアダルトの本　いま読みたい小説4000冊　　33

伊坂幸太郎　　　　　　　　　　　　　　　　　　　日本の作品

心中の遺体。多声的な会話、思想、行動が一つの像を結ぶとき、思いもよらぬ物語が、あなたの眼前に姿を現す。伊坂ワールド第一期を締め括る、面白さ400%の長篇小説。
別版 新潮社 2010.3

『**火星に住むつもりかい？**』伊坂幸太郎著　光文社　2018.4　501p　16cm（光文社文庫）〈文献あり〉780円　①978-4-334-77628-2
内容 「安全地区」に指定された仙台を取り締まる「平和警察」。その管理下、住人の監視と密告によって「危険人物」と認められた者は、衆人環視の中で刑に処されてしまう。不条理渦巻く世界で窮地に陥った人々を救うのは、全身黒ずくめの「正義の味方」、ただ一人。ディストピアに迸るユーモアとアイロニー。伊坂ワールドの醍醐味が余すところなく詰め込まれたジャンルの枠を超越する傑作！
別版 光文社 2015.2

『**ガソリン生活**』伊坂幸太郎著　朝日新聞出版　2016.3　521p　15cm（朝日文庫）〈文献あり〉780円　①978-4-02-264806-8
内容 のんきな兄・良夫と聡明な弟・亨がドライブ中に乗せた女優が翌日急死！　パパラッチ、いじめ、恐喝など一家は更なる謎に巻き込まれ…!?車同士がおしゃべりする唯一無二の世界で繰り広げられる、仲良し家族の冒険譚！　愛すべきオフビート長編ミステリー。
別版 朝日新聞出版 2013.3

『**キャプテンサンダーボルト　上**』阿部和重,伊坂幸太郎著　文藝春秋　2017.11　334p　16cm（文春文庫）〈2014年刊に書き下ろしを加え、2分冊〉720円　①978-4-16-790953-6
内容 ゴシキヌマの水をよこせ─突如として謎の外国人テロリストに狙われることになった相葉時之は、逃げ込んだ映画館で旧友・井ノ原彰と再会。小学校時代の悪友コンビの決死の逃亡が始まる。破壊をまき散らしながら追ってくる敵が狙う水の正体は。話題の一気読みエンタメ大作、遂に文庫化。本編開始一時間前を描く掌編も収録！

『**キャプテンサンダーボルト　下**』阿部和重,伊坂幸太郎著　文藝春秋　2017.11　300p　16cm（文春文庫）〈2014年刊に書き下ろしを加え、2分冊　文献あり〉700円　①978-4-16-790954-3
内容 謎の疫病「村上病」。太平洋戦争末期に蔵王山中に墜落した米軍機。世界同時多発テロ計画。これらに端を発する陰謀に巻き込まれた相葉と井ノ原は、少年時代の思い出を胸に

勝負に出た。ちりばめられた伏線が反撃のために収束する、謎とアクション満載の100%徹夜エンタメ！　巻末に書き下ろし掌編小説を収録する。
別版 文藝春秋 2014.11

『**首折り男のための協奏曲**』伊坂幸太郎著　新潮社　2016.12　437p　16cm（新潮文庫）〈文献あり〉670円　①978-4-10-125031-1
内容 被害者は一瞬で首を捻られ、殺された。殺し屋の名は、首折り男。テレビ番組の報道を見て、隣人の"彼"が犯人ではないか、と疑う老夫婦。いじめに遭う中学生は"彼"に助けられ、幹事が欠席した合コンの席では首折り殺人が話題に上る。一方で泥棒・黒澤は恋路の調査に盗みの依頼と大忙し。二人の男を軸に物語は絡み、繋がり、やがて驚きへと至る！　伊坂幸太郎の神髄、ここにあり。
別版 新潮社 2014.1

『**クリスマスを探偵と**』伊坂幸太郎文, マヌエーレ・フィオール絵　河出書房新社　2017.10　79p　21cm　1300円　①978-4-309-02616-9
内容 「探偵さん、その話、よければ僕に話してくれませんか？」舞台はドイツ。探偵カールがクリスマスの夜に出会った、謎の男とは…？心温まる聖夜の奇跡。伊坂作品のエッセンスすべてが凝縮された、心温まる物語。かつての子どもたちへ、これからの大人たちへ。

『**ゴールデンスランバー**』伊坂幸太郎著　新潮社　2010.12　690p　16cm（新潮文庫）〈文献あり〉857円　①978-4-10-125026-7
内容 衆人環視の中、首相が爆殺された。そして犯人は俺だと報道されている。なぜだ？何が起こっているんだ？　俺はやっていない─。首相暗殺の濡れ衣をきせられ、巨大な陰謀に包囲された青年・青柳雅春。暴力も辞さぬ追手集団からの、孤独な必死の逃走。行く手に見え隠れする謎の人物達。運命の鍵を握る古い記憶の断片とビートルズのメロディ。スリル炸裂超弩級エンタテインメント巨編。

『**砂漠**』伊坂幸太郎著　実業之日本社　2017.10　509p　16cm（実業之日本社文庫）〈文献あり〉722円　①978-4-408-55382-5
内容 仙台市の大学に進学した春、なにごとにもさめた青年の北村は四人の学生と知り合った。少し軽薄な鳥井、不思議な力が使える南、とびきり美人の東堂、極端に熱くまっすぐな西嶋。麻雀に勤しみ合コンに励み、犯罪者だって追いかける。一瞬で過ぎる日常は、光と痛

34

日本の作品　　　　　　　　　　　　　　　　　　　　　伊坂幸太郎

みと、小さな奇跡でできていた─。実業之日
本社文庫限定の書き下ろしあとがき収録！明
日の自分が愛おしくなる、一生モノの物語。
別版 実業之日本社（Jノベル・コレクショ
ン）2008.8
別版 新潮社（新潮文庫）2010.7

『サブマリン』伊坂幸太郎著　講談社
2016.3　267p　20cm　1500円　①978-
4-06-219953-7
内容 『チルドレン』から、12年。家裁調査
官・陣内と武藤が出会う、新たな「少年」た
ちと、罪と罰の物語。

『実験4号─小説 後藤を待ちながら』伊坂
幸太郎、山下敦弘著　講談社　2008.4
93p　20cm〈付属資料：DVD-Video1枚
（12cm）：It's a small world　外箱入〉
2800円　①978-4-06-214476-6
内容 舞台は今から100年後、温暖化のため火
星移住計画の進んだ地球─。火星へ消えたギ
タリストの帰りを待つバンドメンバーの絆の
物語（伊坂幸太郎『後藤を待ちながら』）と、
火星へ旅立つ親友を見送る小学生たちの最後
の2日間（山下敦弘『It's a small world』）が、
いま爽やかに交錯する。熱狂的人気を誇る二
人が場所やキャラクターをリンクさせた奇跡
のコラボレーション作品集。The ピーズの名
曲『実験4号』に捧げる、青春と友情と感動
の物語。

『死神の精度』伊坂幸太郎著　文藝春秋
2008.2　345p　16cm（文春文庫）524円
①978-4-16-774501-1
内容 CDショップに入りびたり、苗字が町や
市の名前であり、受け答えが微妙にずれてい
て、素手で他人に触ろうとしない─そんな人物
が身近に現れたら、死神かもしれません。一
週間の調査ののち、対象者の死に可否の判断
をくだし、翌八日目に死は実行される。クー
ルでどこか奇妙な死神・千葉が出会う六つの
人生。

『死神の浮力』伊坂幸太郎著　文藝春秋
2016.7　538p　16cm（文春文庫）780円
①978-4-16-790647-4
内容 娘を殺された山野辺夫妻は、逮捕され
ながら無罪判決を受けた犯人の本城への復讐
を計画していた。そこへ人間の死の可否を判
定する "死神" の千葉がやってきた。千葉は
夫妻と共に本城を追うが─。展開の読めない
エンターテインメントでありながら、死に対
峙した人間の弱さと強さを浮き彫りにする傑
作長編。
別版 文藝春秋 2013.7

『ジャイロスコープ』伊坂幸太郎著　新潮

社　2015.7　302p　16cm（新潮文庫）
550円　①978-4-10-125030-4
内容 助言あります。スーパーの駐車場にて
"相談屋" を営む稲垣さんの下で働くことに
なった浜田青年。人々のささいな相談事が、
驚愕の結末に繋がる「浜田青年ホントスカ」。
バスジャック事件の "もし、あの時…" を描く
「if」。謎の生物が暴れた野心作「ギア」。洒脱
な会話、軽快な文体、そして独特のユーモア
が詰まった七つの伊坂ワールド。書下ろし短
編「後ろの声がうるさい」収録。

『終末のフール』伊坂幸太郎著　集英社
2009.6　382p　16cm（集英社文庫）629
円　①978-4-08-746443-6
内容 八年後に小惑星が衝突し、地球は滅亡
する。そう予告されてから五年が過ぎた頃。
当初は絶望からパニックに陥った世界も、い
まや平穏な小康状態にある。仙台北部の団地
「ヒルズタウン」の住民たちも同様だった。彼
らは余命三年という時間の中で人生を見つめ
直す。家族の再生、新しい生命への希望、過去
の恩讐。はたして終末を前にした人間にとっ
ての幸福とは？　今日を生きることの意味を
知る物語。

『残り全部バケーション』伊坂幸太郎著
集英社　2015.12　302p　16cm（集英社
文庫）〈文献あり〉560円　①978-4-08-
745389-8
内容 当たり屋、強請りはお手のもの。あくど
い仕事で生計を立てる岡田と溝口。ある日、
岡田が先輩の溝口に足を洗いたいと打ち明け
たところ、条件として "適当な携帯番号の相
手と友達になること" を提示される。デタラ
メな番号で繋がった相手は離婚寸前の男。か
くして岡田は解散間際の一家と共にドライブ
をすることに─。その出会いは偶然か、必然
か。裏切りと友情で結ばれる裏稼業コンビの
物語。
別版 集英社 2012.12

『バイバイ、ブラックバード』伊坂幸太郎
著　双葉社　2013.3　361p　15cm（双
葉文庫）〈文献あり〉648円　①978-4-
575-51565-7
内容 星野一彦の最後の願いは何者かに "あの
バス" で連れていかれる前に、五人の恋人た
ちに別れを告げること。そんな彼の見張り役
は「常識」「愛想」「悩み」「色気」「上品」─
これらの単語を黒く塗り潰したマイ辞書を持
つ粗暴な大女、繭美。なんとも不思議な数週
間を描く、おかしみに彩られた「グッド・バ
イ」ストーリー。特別収録：伊坂幸太郎ロン
グインタビュー。
別版 双葉社 2010.7

ヤングアダルトの本　いま読みたい小説4000冊　**35**

伊坂幸太郎　　　　　　　　　　　　　　　　　　　　　　　日本の作品

『**PK**』伊坂幸太郎著　講談社　2014.11
259p　15cm（講談社文庫）530円
①978-4-06-277965-4
内容　人は時折、勇気を試される。落下する子供を、間一髪で抱きとめた男。その姿に鼓舞された少年は、年月を経て、今度は自分が試される場面に立つ。勇気と臆病が連鎖し、絡み合って歴史は作られ、小さな決断がドミノを倒すきっかけをつくる。三つの物語を繋ぐものは何か。読み解いた先に、ある世界が浮かび上がる。
別版　講談社　2012.3

『**フィッシュストーリー**』伊坂幸太郎著
新潮社　2009.12　338p　16cm（新潮文庫）〈平成19年刊の加筆修正　文献あり〉514円　①978-4-10-125024-3
内容　最後のレコーディングに臨んだ、売れないロックバンド。「いい曲なんだよ。届けよ、誰かに」テープに記録された言葉は、未来に届いて世界を救う。時空をまたいでリンクした出来事が、胸のすくエンディングへと一閃に向かう瞠目の表題作ほか、伊坂ワールドの人気者・黒澤が大活躍の「サクリファイス」「ポテチ」など、変幻自在の筆致で繰り出される中篇四連打。爽快感溢れる作品集。

『**ホワイトラビット―a night**』伊坂幸太郎著　新潮社　2017.9　269p　20cm
1400円　①978-4-10-459607-2
内容　仙台で人質立てこもり事件が発生。SITが交渉を始めるが―。伊坂史上初心者から上級者まで、没頭度MAX！書き下ろしミステリー。

『**魔王**』伊坂幸太郎著　講談社　2008.9
369p　15cm（講談社文庫）619円
①978-4-06-276142-0
内容　会社員の安藤は弟の潤也と二人で暮らしていた。自分が念じれば、それを相手が必ず口に出すことに偶然気がついた安藤は、その能力を携えて、ある一人の男に近づいていった。五年後の潤也の姿を描いた「呼吸」とともに綴られる、何気ない日常生活に流されることの危うさ。新たなる小説の可能性を追求した物語。

『**マリアビートル**』伊坂幸太郎著　角川書店　2013.9　591p　15cm（角川文庫）〈文献あり　発売：KADOKAWA〉743円　①978-4-04-100977-2
内容　幼い息子の仇討ちを企てる、酒びたりの元殺し屋「木村」。優等生面の裏に悪魔のような心を隠し持つ中学生「王子」。闇社会の大物から密命を受けた、腕利き二人組「蜜柑」と「檸檬」。とにかく運が悪く、気弱な

殺し屋「天道虫」。疾走する東北新幹線の車内で、狙う者と狙われる者が交錯する――。小説は、ついにここまでやってきた。映画やマンガ、あらゆるジャンルのエンターテイメントを追い抜く、娯楽小説の到達点！
別版　角川書店　2010.9

『**モダンタイムス　上**』伊坂幸太郎著　講談社　2011.10　339p　15cm（講談社文庫）562円　①978-4-06-277078-1
内容　恐妻家のシステムエンジニア・渡辺拓海が請け負った仕事は、ある出会い系サイトの仕様変更だった。けれどもそのプログラムには不明な点が多く、発注元すら分からない。そんな中、プロジェクトメンバーの上司や同僚のもとを次々に不幸が襲う。彼らは皆、ある複数のキーワードを同時に検索していたのだった。

『**モダンタイムス　下**』伊坂幸太郎著　講談社　2011.10　464p　15cm（講談社文庫）〈文献あり〉657円　①978-4-06-277079-8
内容　5年前の惨事―播磨崎中学校銃乱射事件。奇跡の英雄・永嶋丈は、いまや国会議員として権力を手中にしていた。謎めいた検索ワードは、あの事件の真相を探れと仄めかしているのか？追手はすぐそこまで…大きなシステムに覆われた社会で、幸せを摑むには―問いかけと愉しさの詰まった傑作エンターテイメント。
別版　特別版　講談社（Morning novels）2008.10
別版　講談社（Morning novels）2008.10

『**陽気なギャングの日常と襲撃―長編サスペンス**』伊坂幸太郎著　祥伝社　2009.9　436p　16cm（祥伝社文庫）657円　①978-4-396-33521-2
内容　嘘を見抜く名人は刃物男騒動に、演説の達人は「幻の女」探し、精確な体内時計を持つ女は謎の招待券の真意を追う。そして天才オスリは殴打される中年男に遭遇―天才強盗四人組が巻き込まれた四つの奇妙な事件。しかも、華麗な銀行襲撃の裏に「社長令嬢誘拐」がなぜか連鎖する。知的で小粋で贅沢な軽快サスペンス！文庫化記念ボーナス短編付き。

『**陽気なギャングは三つ数えろ―長編サスペンス**』伊坂幸太郎著　祥伝社　2015.10　225p　18cm（NON NOVEL）840円　①978-4-396-21026-7
内容　陽気なギャング一味の天才スリ久遠は、消えたアイドル宝島沙耶を、暴漢から救う。だが彼は、事件被害者のプライバシーをもネタにするハイエナ記者だった。正

36

日本の作品　　　　　　　　　　　　　　　　　　　　いしいしんじ

体に気づかれたギャングたちの身辺で、当たり屋、痴漢冤罪などのトラブルが頻発。蛇蝎のごとき強敵の不気味な連続攻撃で、人間嘘発見器成瀬ら面々は断崖に追いつめられた！必死に火尻の急所を探る四人組に、やがて絶対絶命のカウントダウンが！人気シリーズ、9年ぶりの最新作！

『夜の国のクーパー』伊坂幸太郎著　東京創元社　2015.3　461p　15cm（創元推理文庫）〈文献あり〉780円　①978-4-488-46402-8
　内容　目を覚ますと見覚えのない土地の草叢で、蔓で縛られ、身動きが取れなくなっていた。仰向けの胸には灰色の猫が座っていて、「ちょっと話を聞いてほしいんだけど」と声を出すものだから、驚きが頭を突き抜けた。「僕の住む国では、ばたばたといろんなことが起きた。戦争が終わったんだ」猫は摩訶不思議な物語を語り始める―これは猫と戦争、そして世界の秘密についてのおはなし。
　別版　東京創元社　2012.5

いしい　しんじ
《1966～》

『赤ずきん』いしいしんじ文, ほしよりこ絵　神戸　フェリシモ　2009.7　79p　25cm（おはなしのたからばこ）1286円　①978-4-89432-490-9
　内容　「あたい赤ずきん」。赤ずきんが纏っている赤いずきんは、目には見えない。でも、ジローには見えたのだ。ドンデコスタ丸で出て行ったジローを想いつつ待っている。人は皆、自分の赤いずきんが見える人を待っているのだ。鋭い嗅覚でかぎ分けながら。透明な犬のおおかみとともに…。

『赤ん坊が指さしてる門』いしいしんじ文, 荒井良二絵　［福岡］　子ども未来研究センター　2016.9　126p　19cm〈福岡発売：アリエスブックス〉1000円　①978-4-908447-02-0
　内容　こちらとあちら。門の先にみえる気配。ふたりの奇才のなかで子どもたちがひらいていく。―「みちのおくの芸術祭山形ビエンナーレ2014」（主催・東北芸術工科大学）で、いしいしんじが発表した「門」にまつわる6つの掌編小説と、ギンザ・グラフィック・ギャラリー「荒井良二だもん」、イムズ・三菱地所アルティアム「荒井良二じゃあにぃ」にて発表した2作品に、本書描き下しの荒井良二によるイラストが合わさり、これまでにない書籍が実現！

『悪声』いしいしんじ著　文藝春秋　2015.6　434p　20cm　1800円　①978-4-16-390288-3
　内容　「ええ声」を持つ少年はいかにして「悪声」となったのか―ほとばしるイメージ、疾走するストーリー。物語の名手が一切のリミッターを外して書き下ろした問題作。

『ある一日』いしいしんじ著　新潮社　2014.8　141p　16cm（新潮文庫）400円　①978-4-10-106932-6
　内容　「予定日まで来たいうのは、お祝い事や」。にぎやかな錦市場のアーケードを、慎二と園子は、お祝いの夕食にと、はもを探して歩いた。五年前には、五ヶ月でお腹の赤ちゃんの心音が聞こえなくなったことがある。今回は、十ヶ月をかけて隆起する火山のようにふくらんでいった園子の腹。慎二と迎えたその瞬間、園子に大波が打ち寄せた―。新たな「いのち」の誕生。その奇蹟を描く物語。織田作之助賞受賞作。
　別版　新潮社　2012.2

『海と山のピアノ』いしいしんじ著　新潮社　2016.6　279p　20cm　1700円　①978-4-10-436304-9
　内容　山でひとが溺れてから半年、グランドピアノとともに流れついたひとりの少女。やがて訪れる奇跡―。命を育み、あるいは奪う、水の静けさ、こわさ、あたたかさ。響きあう九つの短編小説。

『白の鳥と黒の鳥』いしいしんじ著　角川書店　2008.11　238p　15cm（角川文庫）〈発売：角川グループパブリッシング〉476円　①978-4-04-391801-0
　内容　たとえば某日。ねじまわしに導かれ、太ったひとばかりが住む村に行く。某夜、上野の立ち飲み屋台で国民的作曲家のよた話をきく。またある日、謎の珍味「こぎゅんぱ」に随喜し、獰猛な巨大モミジをみんなで狩りに行く―いしいしんじが聴き取った、ちょっと奇妙な世界の消息をお届けします。生きていることの不思議さと不気味さ、そして愛しさがくるくるときらめく、万華鏡のようなショート・ストーリー集。

『その場小説』いしいしんじ著　幻冬舎　2012.11　362p　20cm　1500円　①978-4-344-02277-5
　内容　京都の書店では一冊の本が全裸の女に変わり男と交歓し、東京のお寺ではビルマのジャングルに飛んだ男がトラを見て小便を漏らす。香川の豊島ではじいさんが指でキスを釣り、大分のストリップ劇場では湯の中に男も女も生も死も溶けていく―。豊かで深い空

ヤングアダルトの本　いま読みたい小説4000冊　**37**

間と時間が立ち上がり、胸の底で眠っていた魂が踊り出す。北海道、長野、茨城、東京、京都、熊本、福岡、大分、沖縄─。出会った人々、空気、時間に任せ、うねり弾む文体で紡がれた特別な小説。

『**みずうみ**』いしいしんじ著　河出書房新社　2010.11　314p　15cm（河出文庫）560円　①978-4-309-41049-4
内容 コポリ、コポリ…はじまりはいつも、音だった。月に一度、水が溢れ出す「みずうみ」の畔に住む少年、身体が膨張し大量の水を体内から放出するタクシー運転手、そして、あの日、慎二と園子の身に起きた出来事─喪失と再生、物語と現実…「はじまりとおわり」のない、循環する「命」の産声を描いた話題の長編小説。

『**港、モンテビデオ**』いしいしんじ著　河出書房新社　2015.8　212p　20cm　1650円　①978-4-309-02404-2
内容 港町・三崎で起こった失踪事件に呼応し、慎二は船に乗り込んだヴァージニア・ウルフ、ネルーダ、ウォリスとの航海。光の灯台となって、海のなかの鐘となって─

『**雪屋のロッスさん**』いしいしんじ著　新潮社　2011.1　236p　16cm（新潮文庫）438円　①978-4-10-106930-2
内容 雪屋のロッスさんは、トラクターに似た造雪機に乗って、ほうぼうの街をまわります。大晦日、誕生日、スキー大会、クリスマス。ロッスさんの雪は、結晶のかたちに工夫がこらされ、通常の三倍長持ち。さて、ある冬の夜のこと─。「なぞタクシーのヤリ・ヘンムレン」「調律師のるみ子さん」「犬散歩のドギーさん」「見張り番のミトゥ」…この世のふしぎがつまった31の小さな物語集。

『**よはひ**』いしいしんじ著　集英社　2016.1　380p　19cm　2000円　①978-4-08-771641-2
内容 幼馴染みの「俺」と「ルー」は千二百年生きるという神馬を探しに、神社の奥ノ院に潜入。長い廊下を歩くうち、いつの間にか見たこともない景色が広がっていて─「千二百年生きる馬」。海辺の街でアンティーク・ボタンの店を営むジェリー。ある夜悪夢で目覚めた彼は、青いワンピースを着た半透明の少女と出会う─「四歳のピーコートのボタン」。おはなし好きの父親と子どもが、伸び縮みする"時間"を旅する。27編から成る、ひとつの物語。

『**四とそれ以上の国**』いしいしんじ著　文藝春秋　2012.4　250p　16cm（文春文庫）533円　①978-4-16-780188-5

内容 高松の親戚にひきとられたきょうだいの一人が人形浄瑠璃に魅せられる。塩祭の夜にきょうだいたちに何かが起こる（「塩」）。列車の旅をする英語教師や海沿いの巡礼路をゆく巡礼者、渦潮に魅せられたトラック運転手や逃げ出した藍と追う藍師…。四国を舞台に現実と異世界とが交差する、五感に響く物語世界。
別版 文藝春秋 2008.11

石川　宏千花
いしかわ・ひろちか
《1969～》

『**お面屋たまよし**』石川宏千花著　講談社　2015.10　250p　15cm（講談社文庫）620円　①978-4-06-293226-4
内容 面作師見習いとして、面を売りながら旅を続ける少年・太良と甘楽。彼らが夜にだけ商う"妖面"を被れば、誰でも好きな姿に化けられる。しかし心が負の感情に傾けば、人ならぬものと化し、二度と元に戻れない。それでも人々は妖面を求めてお面屋を訪れ、欲と願いを満たそうとする。時代ファンタジー新登場！
別版 講談社（YA！ ENTERTAINMENT）2012.10

『**お面屋たまよし　[2]　彼岸ノ祭**』石川宏千花著　講談社　2016.10　253p　15cm（講談社文庫）640円　①978-4-06-293517-3
内容 生まれてすぐに山に捨てられ、面作師のもとで育った太良と甘楽。山の神様や天狗たちに見守られ師匠の面を売り歩いているが、店には「妖面」と呼ばれる特殊な面があった。本当に必要とする人だけが手にするその面にはある恐ろしい力が。人の心のもろさと強さを描く気鋭の時代ファンタジー！
別版 講談社（YA！ ENTERTAINMENT）2013.5

『**お面屋たまよし　[3]　不穏ノ祭**』石川宏千花著　講談社　2013.11　205p　19cm（YA！ ENTERTAINMENT）〈画：平沢下戸〉950円　①978-4-06-269482-7
内容 妖面なんてなあ、ただの商売道具でしかないんだよ！一祭りに現れた"お面処やましろ"。形だけの面作師見習いと、太良と甘楽の流儀がぶつかり合う。自分以外の誰かになれる特別な面、妖面がつむぎだす奇妙な縁を描いた、時代ファンタジー第3弾！

日本の作品　　　　　　　　　　　　　　　　　　　　石川宏千花

『お面屋たまよし　[4]　七重ノ祭』石川
宏千花著　講談社　2015.10　211p
19cm（YA！ ENTERTAINMENT）
〈画・平沢下戸〉950円　①978-4-06-
269498-8
内容 炎上する城から脱出し、約束の地・百
蜂ヶ岳を目指す藍姫と七人の従者たち。追わ
れる身の彼らが、面作師見習いの太良と甘楽
と出会うとき、新たな希望が訪れる。自
分以外の誰かになれる特別な面、妖面がつむ
ぎだす奇妙な縁を描いた、時代ファンタジー
第4弾！

『お面屋たまよし　[5]　流浪ノ祭』石川
宏千花著　講談社　2016.5　229p
19cm（YA！ ENTERTAINMENT）
〈画・平沢下戸〉950円　①978-4-06-
269502-2
内容 面作師見習いの太良と甘楽につきまと
う、ひとつの影。影が見たのは、商いを通し
て人を知り、世を知り、命に息を吹き
こむ術を知っていくふたりのすがただった。
荒魂化が起きるたび、えぐられるような思い
をしながら、ふたりは流浪の旅を続ける。時
代ファンタジー第5弾！

『死神うどんカフェ1号店　1杯目』石川宏
千花著　講談社　2014.5　182p　19cm
（YA！ ENTERTAINMENT）950円
①978-4-06-269486-5
内容 命を落としかけ、心を閉ざした高1の希
子の前に、突如あらわれた“死神うどんカフェ
1号店”。そこには、世慣れない店長と店員た
ち、そして三田亜吉良―自分を助けるために
川に飛びこみ、意識不明の重体のまま眠りつ
づける元クラスメイト―の姿があった。

『死神うどんカフェ1号店　2杯目』石川宏
千花著　講談社　2014.8　212p　19cm
（YA！ ENTERTAINMENT）950円
①978-4-06-269487-2
内容 “死神うどんカフェ1号店”での亜吉良と
の出会いをきっかけに、きちんと生きていこう
と決めた希子。その矢先に、命の危険が迫っ
ていることを告げられて!?思いがけず差しの
べられた救いの手。さまざまな人のあたたか
な思いが、希子の押し殺していた感情を呼び
覚ます。

『死神うどんカフェ1号店　3杯目』石川宏
千花著　講談社　2014.11　206p　19cm
（YA！ ENTERTAINMENT）950円
①978-4-06-269490-2
内容 2年前、命を危険にさらしてまで助けた
男の子―北村栄が自殺未遂をくり返している
ことを知った希子と亜吉良。ふたりは栄に会

いにいくことに。そこに“死神うどんカフェ
1号店”の臨時の従業員、谷風雅が死神として
あらわれて…。大人気シリーズ第3弾！

『死神うどんカフェ1号店　4杯目』石川宏
千花著　講談社　2015.3　229p　19cm
（YA！ ENTERTAINMENT）950円
①978-4-06-269492-6
内容 新学期がはじまり、とまどいながらも
希子は同級生との距離を縮めていく。一方、
亜吉良はこのままでは本体の寿命が宿ると
知り、悩みを抱えていた。とどめようの
ない時のなかで、希子たちにできることとは
―物語が加速する第4弾！

『死神うどんカフェ1号店　5杯目』石川宏
千花著　講談社　2015.6　209p　19cm
（YA！ ENTERTAINMENT）950円
①978-4-06-269495-7
内容 須磨さんが秘める死神への初恋、目黒
先輩がいざなう“男女ペア”のパーティー、そ
して月太朗の魂が見せる最後のश्याम。生と
死に翻弄されながら、自分の将来を形づくる
のは“いま”なのだと、希子と亜吉良は予感す
る。青春グラフィティ第5弾！

『死神うどんカフェ1号店　6杯目』石川宏
千花著　講談社　2015.10　192p　19cm
（YA！ ENTERTAINMENT）950円
①978-4-06-269497-1
内容 家族でもなく、恋人同士でもなく、ただ
の友だちでもない―2年前の夏の事故以来、希
子にとって特別な存在となった三田亜吉良。
夏が終わり、月太朗がいなくなり、ついに半
死人の彼にも、悩みつづけた選択の答えを出
すときが訪れる…。

『死神うどんカフェ1号店　別腹編☆』石
川宏千花著　講談社　2016.10　217p
19cm（YA！ ENTERTAINMENT）
950円　①978-4-06-269505-3
内容 「知り合いが経営している“オカルト
アート美術館”に出るという霊がホンモノな
のかどうか、調査してほしい」という奇妙な
依頼が、“死神うどんカフェ1号店”に持ちこ
まれる。霊の存在を信じない星海九嵐たち死
神は、真相の解明に乗り出すが…!?待望の番
外編！

『少年Nのいない世界　01』石川宏千花著
講談社　2016.9　254p　15cm（講談社
タイガ）660円　①978-4-06-294048-1
内容 13匹の猫の首をビルの屋上から投げ落
とし、自らも身を投げると異世界にいくこと
ができる。都市伝説のはずだった“猫殺し13
きっぷ”は真実となり、猫殺しの犯人に巻き込
まれた少年少女たちは、現実世界とかけ離れ

た最果ての地に散り散りで飛ばされてしまう。絶望と孤独に追い詰められる中、みんなの行方を捜し始めた魚住二葉の存在が、止まっていた時間を動かしていく―。

『**少年Nのいない世界　02**』石川宏千花著　講談社　2017.5　240p　15cm（講談社タイガ）660円　①978-4-06-294059-7
内容　"都市伝説"を信じて猫殺し事件を企てた同級生、和久田悦史が行きたかったこの場所は、「現実」よりも過酷な世界だった。あの日から5年、言葉も通じない土地に飛ばされた長谷川歩巳は、過酷な労働を強いられ心を殺して生きる毎日に慣れはじめていた。しかしかつての級友、魚住二葉との再会で笑顔とともに閉じ込めていた記憶が溢れ出す。二葉が語る、世界の秘密を紐解く人物の存在とは？

『**少年Nのいない世界　03**』石川宏千花著　講談社　2017.11　252p　15cm（講談社タイガ）690円　①978-4-06-294098-6
内容　"ここではないどこか"へいきたい。和久田悦史の自分勝手な願いの巻き添えとなり、地球とはまったく違う異世界に散り散りで飛ばされてしまった少年少女。言葉も通じない過酷な漂流生活を乗り越え再会した奇跡も束の間、自分たちを誘拐しようと企む集団に狙われることに…。目的もわからず正体も不明の犯人に警戒する中、行方がわからなかったはずの和久田の関与が急浮上する！

『**少年Nのいない世界　04**』石川宏千花著　講談社　2018.4　247p　15cm（講談社タイガ）680円　①978-4-06-294117-4
内容　5年前に起きた「猫殺し事件」をきっかけに、異世界へ散り散りに飛ばされてしまった魚住二葉たち同級生7人。元の世界に戻れない永遠のような時間を越えて、奇跡的に再会を果たせたのは未だ4人だけ。その上、残りの行方不明者のうちに裏切り者がいることが発覚する。仲間の一人、糸川音色が攫われ事態が一気に緊迫する中、結集したメンバーたちは彼女を救うために動き出す！

『**少年Nの長い長い旅　01**』石川宏千花著　講談社　2016.9　253p　19cm（YA！ENTERTAINMENT）〈画：岩本ゼロゴ〉950円　①978-4-06-269506-0
内容　猫を13匹殺して、その首を村田ビルディングの屋上から投げ落としたあと、自らもダイブすれば、異世界にいくことができる―そんな都市伝説が御図第一小学校6年1組の五島野依の耳に届いたころ、本当に猫殺しの事件が起きる。犯人さがしをする野依の前に現れたのは、思いがけない人物だった。新感覚ファンタジーの幕開け！

『**少年Nの長い長い旅　02**』石川宏千花著　講談社　2017.1　240p　19cm（YA！ENTERTAINMENT）〈画：岩本ゼロゴ〉950円　①978-4-06-269509-1
内容　都市伝説は現実となり、五島野依は幼なじみの糸川音色とともに、古代遺跡のような、白く輝く街、オルネに飛ばされてしまう。命すら奪われかねない過酷な儀式から音色を救うため、野依は音色とかりそめの結婚をする。そうして得られた平穏な日々は、ある者の出現によってあっという間に崩れさる。新感覚ファンタジー第2巻！

『**少年Nの長い長い旅　03**』石川宏千花著　講談社　2017.7　237p　19cm（YA！ENTERTAINMENT）〈画：岩本ゼロゴ〉950円　①978-4-06-269511-4
内容　"猫殺し13きっぷ"によって異世界へ飛ばされてから約2年―14歳となった五島野依は、（ム）総合保管業を営む"お安くしてます"の従業員として働きながら、この世界に飛ばされたはずのクラスメイト6人の行方をさがしつづけていた。生命居住可能領域にある惑星が複数存在しているこの世界で、仲間と再会し、もとの世界にもどることはできるのか―。急展開を見せる新感覚ファンタジー第3巻！

『**少年Nの長い長い旅　04**』石川宏千花著　講談社　2018.1　217p　19cm（YA！ENTERTAINMENT）〈画：岩本ゼロゴ〉950円　①978-4-06-269516-9
内容　"猫殺し13きっぷ"によって異世界へ飛ばされてから約2年―五島野依は、ム総合保管業"お安くしてます"を営むサットのもとで働いていた。いっしょに飛ばされたはずのクラスメイトらしき"該当者"が立てつづけに見つかり、希望と失望のはざまで揺れうごく野依。"該当者"に会うために降りたった惑星で遭遇したのは、サットの、そしてこの世界の秘密をにぎる人物だった―。新感覚ファンタジー第4巻！

『**超絶不運少女　1　ついてないにもほどがある！**』石川宏千花作, 深山和香絵　講談社　2011.5　249p　18cm（講談社青い鳥文庫）620円　①978-4-06-285212-8
内容　元気で明るい花は、クラスの人気者―と、ここまでは、よくある話。じつは、花は、生まれついての究極の不運体質なのです。いっぽう花の大親友の密は、いつもラッキーな女の子。自分はついてないのに、親友がラッキー体質だったら、へこんじゃう？いいえ、花はへこみません！なんでなんで？と思ったあなた、ぜったい読んでみてね！小

日本の作品　　　　　　　　　　　　　　　　　　　　　　　　　　　　　　石川宏千花

学中級から。

『超絶不運少女　2　ここはどこ？　わたし
はだれ？』石川宏千花作, 深山和香絵
講談社　2011.8　231p　18cm（講談社
青い鳥文庫）620円　①978-4-06-
285237-1
内容「うう、ケータイ、持ってきてないよ
う。どうやって密やユリカ先生に連絡すれば
いいんだ…。」遠山花は、わらっちゃうくら
い不運な女の子。体験学習先でも、もちろん
みんなとははぐれて迷子に。そんな花の不運を
うすめてくれるありがたーい存在が、超ラッ
キー体質の親友・密。でも、最近、なんだか
そのバランスがくずれてきたみたい。花と密
に、なにが起きてるの？　小学中級から。

『超絶不運少女　3　運命って…運命っ
て！』石川宏千花作, 深山和香絵　講談
社　2011.11　237p　18cm（講談社青い
鳥文庫）620円　①978-4-06-285257-9
内容給食のメニューも、ゲームの勝負も思
いのまま！しかも、超お金持ちの養女に!?花
がいない三日間、幸運の嵐におそわれつづけ
る密。ラッキーなはずの密が、幸せそうに見
えない―人間を、二人をじっと観察する死神
ランは困惑する。いっぽう、どんなに不運
でもこりない花が、またまたひとめぼれした相
手は、お兄ちゃんの先輩。でも、その先輩の
正体は…!?小学中級から。

『天空町のクロネ―知りたがりの死神見習
い』石川宏千花作, 深山和香絵　講談社
2012.3　229p　18cm（講談社青い鳥文
庫）620円　①978-4-06-285282-1
内容「もっと人間のこと、知りたい！」クロ
ネは死神見習い生。病弱で学校に通えないお
嬢さまになりすまし、天空町にやってきまし
た。りっぱな死神になるには、人間のことを
よく知らなくては！はりきったクロネの観
察対象に選ばれてしまったのは、坂本荒野。
いろいろな顔を見せる荒野をおもしろがり、
次第にひかれていくクロネ。そして、クロネ
の涙の秘密は…。小学中級から。

『二ノ丸くんが調査中』石川宏千花作, う
ぐいす祥子絵　偕成社　2016.10　187p
19cm（偕成社ノベルフリーク）900円
①978-4-03-649030-1
内容今日太のクラスメイト、二ノ丸くんは
ちょっと変わっている。二ノ丸くんが調べて
いるのは不思議でこわい都市伝説。「記憶を
なくせるトンネル」「生きかえり専用ポスト」
「アンジェリカさん」「黒い制服の男たち」…の
四話からなる連作短編集。小学校高学年から。

『二ノ丸くんが調査中　[2]　黒目だけの

子ども』石川宏千花作, うぐいす祥子絵
偕成社　2018.2　187p　19cm（偕成社
ノベルフリーク）900円　①978-4-03-
649060-8
内容発動してしまったら、人の力ではどう
にもできない…。そんな都市伝説を二ノ丸く
んが調査する！「おたけさんのねがい」「透
明人間の名札」「黒目だけの子ども」「まぼろ
しのプラネタリウム」…の四話からなる連作
短編集。小学校高学年から。

『墓守りのレオ』石川宏千花著　小学館
2016.2　188p　20cm　1300円　①978-
4-09-289746-5
内容墓地に暮らす少年レオが、心に闇を抱え
る人たちを救う―怖れと癒やしの物語。墓守
りを仕事とし、墓地に暮らす黒髪の少年レオ。
その数奇な生い立ちゆえに、墓地に集う霊た
ちと会話をすることができるレオが、その能
力で「死」に足を踏み入れた人たちを救って
いく。人間の心のもろさ、みにくさ、そして
強さを描いた、異色のダークファンタジー。

『墓守りのレオ　[2]　ビューティフル・
ワールド』石川宏千花著　小学館
2018.1　276p　20cm　1400円　①978-
4-09-289759-5
内容少年レオと墓地に集う者たちの物語、第
二集。死に興味を抱き、夜の墓地へやってく
る少年マット『ビューティフル・ワールド』。
街いちばんのデパートメントストアで起こっ
た火災事故の恐怖『エターナル・サンシャイ
ン』。霊としてさまよいつづける青年がみつ
けた"わが家"『マイ・スウィート・ホーム』―
悲しくもあたたかい3つのストーリー。

『密話』石川宏千花著　講談社　2012.11
157p　20cm　1300円　①978-4-06-
218037-5
内容メアリーに初めてできた友だち、マミ
ヤくん。マミヤくんはとても見た目のいい小
学六年生の男の子で、メアリーにいつも"お
願い"をする。先生が、生徒が、少しずつ教室
からいなくなる中、クラスメイトのカセくん
は、マミヤくんを止めようとする。メアリー
は"お願い"を叶え続けるのか―。児童文学
の新鋭が描く、戦慄の名作。手に汗にじむ展
開、慟哭のラスト。

『UFOはまだこない』石川宏千花著　講
談社　2011.1　206p　20cm　1400円
①978-4-06-216705-5
内容オレと公平は、小学校時代から無敵の存
在だった。中学に進学してからもその「絶対
的な力」を誇示したまま、二人でおもしろお
かしくやっていけるはずだったんだ。それな

ヤングアダルトの本　いま読みたい小説4000冊　41

のに―。最強中学男子の青春を描く会心作。

『ユリエルとグレン　1　闇に嚙まれた兄弟』石川宏千花著　講談社　2008.4
235p　20cm　1300円　①978-4-06-214551-0
|内容| ヴァンパイアに襲われ日常を奪われたグレンとユリエルの兄弟は、旅の途中、ある村で起きた事件の調査を担うことになる。ヴァンパイアの伝承が残るその村で、4人の少女が謎の死を遂げていた―。12歳のまま成長を止めてしまった兄、グレン。"無限の血"を持つ弟、ユリエル。ヴァンパイアに襲われた悲運の兄弟の、新たな旅が始まる―。第48回講談社児童文学新人賞佳作受賞作。

『ユリエルとグレン　2　ウォーベック家の人々』石川宏千花著　講談社　2008.11　235p　20cm　1300円　①978-4-06-215075-0
|内容| ヴァンパイア・ハンターになるため、ウォーベック家での新たな生活を始めたユリエルとグレン。同じように家族を奪われた養い子たちとの暮らしの中で、二人はあることを決意する―。

『ユリエルとグレン　3　光と闇の行方』石川宏千花著　講談社　2009.6　225p　20cm　1300円　①978-4-06-215521-2
|内容| 時代の移ろいとともに「ヴァンパイアは低俗な迷信」とする風潮が高まるなか、グレンはウォーベック家とユリエルを守るため、教皇庁にのりこんでいく。だが、拘束され処刑されることに。

『妖怪の弟はじめました』石川宏千花著、イケダケイスケ絵　講談社　2014.7　158p　19cm　920円　①978-4-06-218961-3
|内容| 遊川迅は小学校でいちばん足がはやい。でも、ふつうの小学五年生だ。ひとつ上の風春は完全無欠なお兄ちゃん。それでも、ふつうの小学生だと思っていた。妖怪がわんさか家にくるまでは！

石崎　洋司
いしざき・ひろし
《1958～》

『悪魔のメルヘン』石崎洋司作、栗原一実画　岩崎書店　2011.4　190p　18cm（フォア文庫―マジカル少女レイナ 2-4）600円　①978-4-265-06422-9
|内容| 作文の宿題で、「お話」を書くことになったレイナ。ある日、レイナは友達の美貴やはるかたちと、大人気作家西条まもるさんのサイン会に出かけます。そしてなんと、西条さんに、書き方のコツを教えてもらうことになりました。みんなは大よろこびでしたが、お話を書きはじめると、不気味なことが起こりはじめたのです。マジカル王国の第二王女ミカエルは、レイナを守ろうと、白ネコ姿で大かつやく。あまずっぱい香りと共に現れる赤いコートの男は、一体だれ!?―。

『悪夢のドールショップ』石崎洋司作、栗原一実画　岩崎書店　2009.3　171p　18cm（マジカル少女レイナ 愛蔵版 5）1000円　①978-4-265-06785-5
|内容| 近くにドールショップが開店し、オーナーの美しい女性がレイナの店にやってきました。新しい店の宣伝に、お人形をレイナの店においてもらえるようにたのみに来たのです。レイナは大よろこび！ そのお人形を見るためにわざわざ来店するお客さんまでいたのですが…。ますます面白くなる！ シリーズ第五弾。

『妖しいパティシエ』石崎洋司作、栗原一実画　岩崎書店　2009.3　170p　18cm（マジカル少女レイナ 愛蔵版 9）1000円　①978-4-265-06789-3
|内容| 最後の五邪帝との戦いを前に、家にこもるセリカさんを元気づけようと、エリカ夫人がスコットランドの名物料理を作っています。レイナたちが楽しみにまっていると、樹里亜もセリカさんのために、ケーキをもってきてくれました。あまりのおいしさに、そのケーキを作った人にお菓子作りを習いにいくことになりましたが…。

『怪しいブラスバンド』石崎洋司作、栗原一実画　岩崎書店　2010.9　190p　18cm（フォア文庫―マジカル少女レイナ 2-3）600円　①978-4-265-06415-1
|内容| 幸小学校の、ふだんはつかっていない木造校舎に、ある夜女の子の姿が！ 幽霊!?クラスの沢田くんは、そこでブラスバンドの練習をしていた女の子が死んで、あそこは呪われているといいます。レイナが美貴といっしょにようすを見にいくと、入り口に一名の欠員募集の紙が貼ってあったのです。シリーズ2の第3話は、ちょっとコワーイ（？）ブラスバンドのお話です。夜の学校に幽霊が!?レイナがリリア族の族長から警告された「死のラッパ」とは？

『暗黒のテニスプレーヤー』石崎洋司作、栗原一実画　岩崎書店　2012.9　182p　18cm（フォア文庫―マジカル少女レイナ 2-7）600円　①978-4-265-06440-3
|内容| レイナに対していつも冷たい天野くん。

が、レイナを憎むセリカさんには、大いなる力を発揮し、レイナたちを守ります。セリカさんとレイナの対決の行方は!?—レイナはお友だちに誘われて、テニスクラブの初心者クラスに参加します。おどろいたことに、クラブには天野くんのすがた。そんなある日、マジカル国王様から手紙が届きます。そこには、だれも知らなかった、おそろしい事実が書かれていました。レイナを待ちうける再会と試練。小学校中・高学年。

『**伊勢物語—平安の姫君たちが愛した最強の恋の教科書**』石崎洋司著, 二星天絵 岩崎書店 2016.3 182p 22cm（ストーリーで楽しむ日本の古典 11）〈文献あり〉1500円 ①978-4-265-04991-2

『**運命のテーマパーク**』石崎洋司作, 栗原一実画 岩崎書店 2009.3 179p 18cm（マジカル少女レイナ 愛蔵版 10）1000円 ①978-4-265-06790-9
内容 ブラックソーンの呪いで眠ったままのセリカさんとミカエル、エリカ夫人を救うため、マジカル王国へ行っていたチアーズが、何者かにおそわれました。国王からの手紙はうばわれ、かわりに「妖精の女王」からの手紙が！明日までに「なぞ」を解かないと、セリカさんの命があぶない!?レイナは、手がかりをさがして走ります。マジカル王国の、そしてレイナの運命は。

『**おっことチョコの魔界ツアー**』令丈ヒロ子, 石崎洋司作, 亜沙美, 藤田香絵 新装版 講談社 2013.9 168p 18cm（講談社青い鳥文庫）580円 ①978-4-06-285379-8
内容 冬休みに春の屋で出会ったものの、「忘却魔法」でおたがいのことを忘れてしまったおっことチョコ。忘却魔法を解いて二人を友情で結びつけると、魔界での宴会にご招待、という耳寄りな情報に目がくらんだギュービッドと鈴鬼に、ウリ坊や美陽も加わって、ある計画を実行。はたして二人はおたがいを思いだせるの!?人間、黒魔女、ユーレイが入りみだれての魔界ツアー、はじまりはじまり！小学中級から。

『**仮名手本忠臣蔵—実話をもとにした、史上最強のさむらい活劇**』石崎洋司著, 陸原一樹絵 岩崎書店 2017.2 191p 22cm（ストーリーで楽しむ日本の古典 18）〈文献あり〉1500円 ①978-4-265-05008-6
内容 実話をもとにした、史上最強のさむらい活劇。

『**恐怖のドッグトレーナー**』石崎洋司作,

栗原一実画 岩崎書店 2012.4 181p 18cm（フォア文庫—マジカル少女レイナ 2-6）600円 ①978-4-265-06436-6
内容 レイナたちは夏休みを終えて、新学期をむかえます。転校生がくるといううわさに、みんなドキドキ。やってきたのは、ミステリアスな美少年・天野くんです。犬の訓練が抜群にうまい天野くんは、しつけがにがてなレイナを、きびしく責めます。レイナに接近する彼の正体は？ レイナが、なぞの美少年と、魔法対決。小学校中・高学年から。

『**黒魔女さんが通る!!—チョコ, デビューするの巻**』石崎洋司作, 藤田香絵 講談社 2008.3 217p 18cm（講談社青い鳥文庫—SLシリーズ）1000円 ①978-4-06-286401-5
内容 魔法マニアのチョコは、まちがって呼びだした黒魔女、ギュービッドの指導（しごき？）のもと、ただいま黒魔女修行中！おしゃれでおばかな自己チュウのメグや、学級委員の一路舞ちゃん、天然の百合ちゃん、松岡先生、エロエースたちがひきおこす大騒動を、魔法で解決（拡大？）しちゃいます。『おもしろい話が読みたい！（青龍編）』で大人気のマジカルコメディー、いよいよスタート！小学中級から。

『**黒魔女さんが通る!!**』石崎洋司作, 藤田香絵 講談社 2012.7 190p 19cm 1200円 ①978-4-06-217808-2
内容 小学5年生のチョコは、友だちなんかめんどくさいっていうオカルトマニアの女の子。あるとき、クラスメートにたのまれ、キューピットさまをよびだしたつもりが、やってきたのは、ギュービッド。そして、ギュービッドさまは、インストラクター黒魔女だったのだ。

『**黒魔女さんが通る!!　part 0　そこにきみがいなかったころの巻**』石崎洋司作, 藤田香絵 講談社 2011.8 263p 18cm（講談社青い鳥文庫）620円 ①978-4-06-285187-9
内容 これは、「黒魔女さんが通る!!」のはじまりのお話です。はじめてこのお話を読む人でも楽しめますが、1〜13巻の「黒魔女さん」を読みこんでいる人のほうが、より深く味わうことができます。タイトルの由来や、ギュービッドさまの機関銃攻撃の秘密、ピンクのゴスロリの謎などが次々にあきらかに！ さあ、チョコのところにくる直前のギュービッドさまに、会いに出かけましょう。小学中級から。

『**黒魔女さんが通る!!　pt.8　赤い糸が見えた!?の巻**』石崎洋司作, 藤田香絵 講

談社　2008.1　264p　18cm（講談社青い鳥文庫）620円　①978-4-06-285005-6
内容　秋祭りで浮かれる街をよそに、今日もチョコは黒魔女修行中。黒魔女さん3級になるため、5年1組全員にコントロール魔法をかけることに。でも、ギュービッドさまが、またまたなにかたくらんでいそうで…。第2話では、あの人のとんでもない過去や、おなじみ5年1組のみんなの赤い糸があきらかに!?読者のみんなが考えてくれたキャラクターや黒魔法も力いっぱいの大活躍ですっ。

『黒魔女さんが通る!!　pt.9　世にも魔女な小学校の巻』石崎洋司作, 藤田香絵　講談社　2008.8　248p　18cm（講談社青い鳥文庫）620円　①978-4-06-285037-7
内容　読者のみんなのアイデアが集まり、ついに、チョコの通う第一小学校の5年1組のメンバー全員がそろいました！でも、クリスマス直前の学校は、なんだかあやしい雰囲気で。PART1で登場した、あの転校生が復活するみたいだし、図書室やクラブ活動にも、魔法の匂いがぷんぷん。そして、チョコは、「あの謎」の真相をさぐりに、おばあちゃんの家へ。いったい、どうなるの!?小学中級から。

『黒魔女さんが通る!!　pt.10　黒魔女さんのクリスマス』石崎洋司作, 藤田香絵　講談社　2008.12　282p　18cm（講談社青い鳥文庫）660円　①978-4-06-285061-2
内容　「いたんしんもんかんって、なに？」おばあちゃんをたすけようとして、禁じられた黒魔法を使ってしまったチョコ。魔界でたったひとり、魔女裁判にかけられることに！いざというとき、たよりになるギュービッドさまや妹弟子の桃花ちゃんは、どこ？まだ4級黒魔女さんのチョコに、おばあちゃんをたすけることはできるの？クリスマス前夜の魔界で、チョコの大冒険がはじまります。
別版　講談社 2008.11

『黒魔女さんが通る!!　part 11　恋もおしゃれも大バトル？の巻』石崎洋司作, 藤田香絵　講談社　2009.7　256p　18cm（講談社青い鳥文庫）620円　①978-4-06-285090-2
内容　5年1組全員登場のクリスマスケーキ合戦についに決着が！強力な恋のライバル登場で、チョコ争奪戦もますます激しく！そして、大晦日にぴったりだという黒魔女修行で、チョコがしでかした大失敗とは!?3級黒魔女にはなったけれど、黒魔女修行の道はけわしい。でも、分身魔法でラクしちゃおうなん

て、チョコ、性格わるいぞ！「はい、だってあたし、黒魔女さんですから。」小学中級から。

『黒魔女さんが通る!!　part 12　黒魔女さんのお正月』石崎洋司作, 藤田香絵　講談社　2010.2　315p　18cm（講談社青い鳥文庫）670円　①978-4-06-285132-9
内容　「黒魔女かるた」修行で大失敗してしまったチョコ。魔界中のダメ魔女さんが集まってくるという王立魔女学校で、きびし～い冬期講習を受けることに！さがしているはずの大形くんとうっかり秘密の約束をしてしまうし、へんなお友だちやこわーい先輩もつぎつぎに出てきて、チョコ、だいじょうぶ？しっかり修行しないと、「王立魔女学校の校訓を千回書いて提出！」になっちゃうよ。

『黒魔女さんが通る!!　part 13　黒魔女さんのバレンタイン』石崎洋司作, 藤田香絵　講談社　2010.12　278p　18cm（講談社青い鳥文庫）670円　①978-4-06-285182-0
内容　とうとうやってきた決戦の日。なぞの「義理チョコ委員会」が暗躍し、どんなチョコをあげるかで大さわぎの5年1組の女子たち（とギュービッド）。女子力が高ければ、黒魔女としても優秀という新しい法則が発見され、「女子力アップ講座」を受けるはめになったチョコ。ああ、むいてなさそうで心配です。チョコ、だれにチョコあげるの？ちょこっと教えて？小学中級から。

『黒魔女さんが通る!!　part 14　5年生は、つらいよ！の巻』石崎洋司作, 藤田香絵　講談社　2012.1　280p　18cm（講談社青い鳥文庫）670円　①978-4-06-285268-5
内容　メグがテストで100点連発!?あやしげなセレブ塾のおかげでメグの頭がよくなっちゃった！それなのにチョコは、魔界合格判定テストで、合格可能性0%…。黒魔女修行だけでもたいへんなのに、あやしげな委員会には見こまれ、オカルト大好き男子はうろうろするし、あの2人の猛アタックもより暑苦しく。そのうえ魔界からあの人も来ちゃうの？チョコちゃん、だいじょうぶ？小学中級から。

『黒魔女さんが通る!!　part 15　黒魔女さんのひなまつり』石崎洋司作, 藤田香絵　講談社　2012.11　272p　18cm（講談社青い鳥文庫）670円　①978-4-06-285320-0
内容　5年生の3学期。舞ちゃんのお家で、5年1組ひなまつりパーティがもよおされることに。なぜか重要なお客として招かれ、とまどうチョコ。そして、広大なお屋敷で迷子になっ

てしまったチョコに、「ひしもち」をさがす
あやしい人影が…!?これも黒魔女修行なの?
14巻で魔界からやってきたマリーちゃんやロ
リポップ・ココア、チョコのおばあちゃんも
大活躍だよ〜! 小学中級から。

『黒魔女さんが通る!! part 16 黒魔女
さんのホワイトデー』石崎洋司作, 藤田
香絵 講談社 2013.8 327p 18cm
（講談社青い鳥文庫）700円 ①978-4-
06-285342-2
内容「死の国」へ飛ばされたマリーを救うた
め、ひとり魔界へ向かったギュービッドさま。
そして、チョコが、魔力封印のぬいぐるみをは
ずしてしまったブラック大形も魔界へ! 自分
の大失敗に気づき、桃花ちゃんと魔界へ向か
うチョコ。マリーちゃんは助かるの? ギュー
ビッドの恋はかなわないの? 大形くんのほ
んとうのねらいはなに? チョコ、今度こそ、
大ピンチ!?小学中級から。

『黒魔女さんが通る!! part 17 卒霊式
だよ、黒魔女さん』石崎洋司作, 藤田香
絵 講談社 2014.6 296p 18cm（講
談社青い鳥文庫）680円 ①978-4-06-
285429-0
内容2級黒魔女さんになるには、「あやとり
魔法」が必修!?超絶不器用少女チョコには、
この修行はきびしすぎ。基本の「山」も作れ
ないよ〜。卒業式の準備でもりあがる学校で
も、つぎつぎにオカルト＆おかしな事件が。
ユニークすぎる6年生を無事、送り出せるで
しょうか。そして、図書委員長の座は、だれ
に? 小学中級から。

『黒魔女さんが通る!! part 18 とつぜ
んの絶交宣言!?の巻』石崎洋司作, 藤田
香絵 講談社 2014.12 299p 18cm
（講談社青い鳥文庫）680円 ①978-4-
06-285460-3
内容「黒鳥! おまえとはもう絶交だ!!」より
によって、麻倉くんと東海寺くんから宣言さ
れてしまったチョコ。いつもうるさいと思っ
ていたけれど、いざ、絶交といわれるとフクザ
ツ。そして、もしかして明日は、ギュービッ
ドさまのお誕生日? 修行でしごかれてはい
るけれど、やっぱりなにかあげたいと悩むチョ
コ。でも、黒魔女のお誕生日って、人間界と
は、ちょっとちがうみたい?小学中級から。

『黒魔女さんが通る!! part 19 「あゆ
み」の呪い!?の巻』石崎洋司作, 藤田香
絵 講談社 2015.4 281p 18cm（講
談社青い鳥文庫）680円 ①978-4-06-
285482-5
内容毎年4月1日は「全魔界一斉黒魔女学力

テスト」!?インストラクターのギュービッド
さまも、いつになく真剣で、あせるチョコ。
でも、音楽室のベントーベンの「絶交の曲」
の呪いも解けないし、へんな鬼もわらわら出
てきて、勉強にまるで身が入らず。がんばら
ないと、2級黒魔女さんになれないよ〜! こ
こから読んでもめっちゃ楽しい、春休みの大
騒動、3話読み切り! 小学中級から。

『黒魔女さんが通る!! part 20 奇跡の5
年1組、解散!?』石崎洋司作, 藤田香絵
講談社 2015.12 265p 18cm（講談社
青い鳥文庫）680円 ①978-4-06-
285531-0
内容"へんな人ばっかりなんだけど、5年1組
のメンバーのまま、6年生になりたい!"春休
み、第一小学校でクラスがえが予定されてい
ることを知ってしまった舞ちゃんとチョコ。
速水瑛良くんのインチキくさいおまじないで、
みんなの願いどおり、クラスがえをとめるこ
とができるの!?3級黒魔女さんのチョコ、小学
5年生最後の試練は、2話読み切り! 小学中
級から。総ルビ。

『黒魔女の騎士ギューバッド part1 食
べて変えよう、あなたの人生!』石崎洋
司作, 藤田香絵 講談社 2014.1 287p
18cm（講談社青い鳥文庫）680円
①978-4-06-285403-0
内容「その下品さ、乱暴さ、なまけもので、
人の話を聞かない態度―あなたさまこそ、わ
たしたちが探しもとめていたニーニョ・ネグ
ロさま。」伝説の黒魔導師につかまり、悪霊
の国へさらわれたギューバッドとメリュジー
ヌ。二人は無事、火の国の魔女学校へ帰って
こられるの? 『おもしろい話が読みたい! マ
ジカル編』収録のお話が本に。「読んで
変えよう、あなたの人生!」小学中級から。

『黒魔女の騎士ギューバッド part2 メ
リュジーヌ、先生になる』石崎洋司作,
藤田香絵 講談社 2014.10 272p
18cm（講談社青い鳥文庫）680円
①978-4-06-285444-3
内容"黒騎士団は、全員女―!?"「悪霊の国」に
さらわれたギューバッドとメリュジーヌは、
助けてもらったサンタフスタ黒騎士団の重大
な秘密を知ってしまいます。女が存在するこ
とをゆるさない悪霊の国の王に攻められる
黒騎士団。メリュジーヌは、魔法に興味をも
つ団員の少女たちに、黒魔法を教えはじめま
したが…。「黒魔女さんが通る!!」外伝第2巻!

『黒魔女の騎士ギューバッド part3 ど
んなことでも、百発百中!』石崎洋司
作, 藤田香絵 講談社 2015.10 283p

18cm（講談社青い鳥文庫）680円
①978-4-06-285519-8
内容 男だけの国「悪霊の国」の王、ラムエルテは、黒騎士団との戦いをやめるため、退位すると言いだします。かわりに王となるよう説得されたギューバッドは…!?ラムエルテの本当のねらいは、なに？ はたして、メリュジーヌとギューバッドは、火の国の魔女学校へ帰ることができるのでしょうか？「黒魔女の騎士ギューバッド」の大冒険、怒涛の完結編!!小学中級から。総ルビ。

『恋のギュービッド大作戦！―「黒魔女さんが通る!!」×「若おかみは小学生！」』石崎洋司,令丈ヒロ子作,藤田香,亜沙美絵 講談社 2015.2 315p 18cm（講談社青い鳥文庫）〈2010年刊の再刊〉680円 ①978-4-06-285470-2
内容 「黒魔女さんが通る!!」「若おかみは小学生！」大人気コラボ第3弾が、青い鳥文庫になったよ！「たいへん！ おじいちゃんとおばあちゃんが結婚してくれないと、あたしたち、消えてしまうかも！」おばあちゃんが、知らないおじいちゃんと仲良くうつっている写真を見つけたおっことチョコは、黒魔法グッズで60年まえの世界へ！ またまた二人の大冒険がはじまります！ 小学中級から。総ルビ。
別版 講談社 2010.12

『地獄少女―小説』石崎洋司作,永遠幸絵,わたべひろし原案,地獄少女プロジェクト,永遠幸原作 講談社 2008.4 167p 18cm（KCノベルス―なかよし文庫）800円 ①978-4-06-373321-1
内容 「黒魔女さんが通る!!」シリーズの石崎洋司先生が贈る、「地獄少女」オリジナルストーリー！ 閻魔あいに、同じ中学から届いた6つの依頼。不思議に思い、調査に出かけた一目連たちを待ちうけていたのは、黒魔女の恐ろしいたくらみ！ あいと、黒魔女の闘いがはじまる…！「いっぺん、生きてみる？」「地獄少女vs.黒魔女」の2話収録。

『女王のティアラ』石崎洋司作,栗原一実画 岩崎書店 2014.4 202p 18cm（フォア文庫―マジカル少女レイナ 2-10）600円 ①978-4-265-06472-4
内容 マジカル王国の国王さまが亡くなり、新女王の指名を受けたレイナ。でも、まだ自分はふさわしくないと迷っていました。その矢先、不気味な黒ネコ集団に『女王のティアラ』を奪われてしまいます。黒ネコのつかいが人間の世界をねらっている!?レイナは最後の勝負に挑みます！レイナは夢をあきらめないの！感動のフィナーレ！

『神秘のアクセサリー』石崎洋司作,栗原一実画 岩崎書店 2013.9 202p 18cm（フォア文庫―マジカル少女レイナ 2-9）600円 ①978-4-265-06468-7
内容 もうすぐクリスマス。街はセールでにぎわっています。ペットショップ・レイナにも豪華な宝石つきの首輪の注文が入り、みんな大忙し。そんななか天野君は、十二月二十二日の冬至は、危険な時期だと警告。レイナは、パティスリー・アンで、ふしぎな皮の手紙を見つけます。新女王にふさわしい人物が、ついにわかる!?

『心霊探偵ゴーストハンターズ　1　オーメンな学校に転校!?』石崎洋司作,かしのき彩画 岩崎書店 2016.11 223p 19cm 900円 ①978-4-265-01431-6
内容 小学4年生の春菜はフツーの女の子。ひょんなことから、転校先でオカルト事件を解決することに。恋のおまじないで心霊現象？ 悪夢の正体？ 学校のなかまにもふりまわされて、もうたいへん！ 心霊探偵ゴーストハンターズ結成の巻！

『心霊探偵ゴーストハンターズ　2　遠足も教室もオカルトだらけ！』石崎洋司作,かしのき彩画 岩崎書店 2017.5 223p 19cm 900円 ①978-4-265-01432-3
内容 小4の春菜は、転校先で心霊探偵ゴーストハンターズのメンバーに。心霊現象のなぞを解くのがお仕事なんだけど 今回は、人形の魂の呪い！ 学校の鏡の恐怖伝説！…と、おそろしい捜査ばかり。霊感をとぎすませ、みんなで事件を解決するよ！

『心霊探偵ゴーストハンターズ　3　妖怪さんとホラーな放課後？』石崎洋司作,かしのき彩画 岩崎書店 2017.11 223p 19cm 900円 ①978-4-265-01433-0
内容 心霊探偵ゴーストハンターズは、王兎小学校ですっかり有名に。これまでの事件は、拝み屋さんの亀ばあちゃんに助けてもらったけど、今回の相手は妖怪と闇の拝み屋さん!?春菜と仲間たちが力を合わせて不吉な心霊現象に挑むよ！

『世界の果ての魔女学校』石崎洋司作,平澤朋子絵 講談社 2012.4 317p 20cm 1400円 ①978-4-06-216353-8
内容 なにもかもうまくいかず、家出したアンがたどりついたのは、世界の果てにあるという、古い魔女学校。恋人の過去の姿がありありと目に浮かび、苦しむ少女ジゼル。古書店で夏のアルバイトをしながら、「彼」を待つアリーシア。村のつまはじき者で、復讐の

日本の作品　　　　　　　　　　　　　　　　　　　　　　　　　　石崎洋司

ときをうかがうシボーン。世界の果てにある魔女学校は、どこにでもいそうな、そんな少女たちを狙っている。人間を呪う、りっぱな魔女にするために―。魔女学校に迷いこんだ少女4人の物語。

『**そのトリック、あばきます。**』石崎洋司作, 藤田香絵　講談社　2008.9　157p　18cm（講談社青い鳥文庫―サエと博士の探偵日記 1）505円　①978-4-06-285043-8
内容 あたし、片平サエ。最近、なぜかあたしのまわりでは、不思議なことがいっぱい起きるの。やっぱりあたしの霊感が謎をよぶのね。でも、同級生の山下博士や、工学部の大学生の光一おじさんは、「この世に説明できないことなんて～い！」なんていうんだよ。さあ、あなたには、このトリックがわかる？（「消えたコインの謎」ほか全3編を収録）。小学中級から。

『**太平記―奇襲！ 計略！ 足利、新田、楠木、三つどもえの日本版三国志！**』石崎洋司著, 二星天絵　岩崎書店　2014.3　190p　22cm（ストーリーで楽しむ日本の古典 8）〈文献あり〉1500円　①978-4-265-04988-2

『**DAYS 1 出会い**』安田剛士原作・絵, 石崎洋司文　講談社　2017.3　215p　18cm（講談社青い鳥文庫）670円　①978-4-06-285612-6
内容 柄本つくし、15歳。この春、聖蹟高校に進学するつくしは、ハンバーガーショップで中学時代の同級生の不良にからまれているところを、金髪の少年に助けてもらう。彼こそは、孤独なサッカーの天才・風間陣。運命的な出会いが、つくしの運命を大きく変えていく―。サッカーに青春をささげる高校生たちの熱き戦いを描く、感動と奇跡の物語が、いま幕を開ける！ 小学中級から。

『**DAYS 2 インターハイへの戦い**』安田剛士原作・絵, 石崎洋司文　講談社　2017.8　219p　18cm（講談社青い鳥文庫）670円　①978-4-06-285649-2
内容 インターハイにむけた、熱き戦いがはじまった。初戦は都立楢山高校戦。試合は聖蹟ペースで進むも得点できず、後半に入っても0対0のまま。そして残り15分、ずっと声をふりしぼって応援を続けていたつくしに、監督から選手交代の指示が。「いっしょうけんめい走れば、仲間は信頼してくれる―。」風間の言葉を胸にきざみ、つくしは初めての公式戦のピッチに立つ！ 小学中級から。

『**DAYS 3 再スタートの夏**』安田剛士

原作・絵, 石崎洋司文　講談社　2018.2　214p　18cm（講談社青い鳥文庫）670円　①978-4-06-285681-2
内容 インターハイ全国大会をかけた桜木高校との決勝戦。同点のまま迎えた後半20分、ついにつくしがピッチに入った。桜高の猛攻を懸命にふせぎ、カウンターアタックから、つくしの前に決定的なシュートチャンスが訪れる―！ レギュラーのイスをめざして必死にボールを追いかける、聖蹟サッカー部員たちのそれぞれの思い。つくしは悩み迷いながらも、新たな決意をいだいていく。小学中級から。

『**ドン・キホーテ**』石崎洋司文, 平澤朋子絵, セルバンテス原作　講談社　2015.2　89p　22cm（クラシックバレエおひめさま物語）1200円　①978-4-06-219315-3

『**謎のオーディション**』石崎洋司作, 栗原一実画　岩崎書店　2009.3　171p　18cm（マジカル少女レイナ 愛蔵版 1）1000円　①978-4-265-06781-7
内容 歌手デビューのためのオーディションをめぐる戦いです。わるい魔法をつかう黒魔術に、レイナの白魔術がいどみます。しかしレイナには、ある弱点があって…。

『**なんてだじゃれなお正月―1月のおはなし**』石崎洋司作, 澤野秋文絵　講談社　2013.11　74p　22cm（おはなし12か月）1000円　①978-4-06-218616-2
内容 年の初めにまきおこる、不思議で縁起のいいおはなし。お正月の行事が、よくわかります。

『**呪いのファッション**』石崎洋司作, 栗原一実画　岩崎書店　2009.3　171p　18cm（マジカル少女レイナ 愛蔵版 2）1000円　①978-4-265-06782-4
内容 クラスでのファッションショーをめぐる黒魔法と白魔法の戦いです。レイナたちがくふうをこらして作りあげた、はなやかでかわいいファッションを楽しんでね。

『**呪われたピアニスト**』石崎洋司作, 栗原一実画　岩崎書店　2009.7　182p　18cm（フォア文庫―マジカル少女レイナ 2）600円　①978-4-265-06405-2
内容 「妖精の女王」からの知らせを受け、レイモンド伯爵一家は、マジカル王国への出入りを禁止されてしまいました。悩むレイナのもとへ、ひとりの妖精が現れ、ある提案をします。そこで、友だちを公園にさそうと、見たことのない女の子が。プロのピアニストをめざしているという、その子は、なぜかぜん

ぜんわらわないのです！ みんなの応援のおかげで、シリーズ2スタート。

『秘密のアイドル』 石崎洋司作、栗原一実画　岩崎書店　2009.3　171p　18cm（マジカル少女レイナ 愛蔵版 7）1000円　①978-4-265-06787-9
別版 岩崎書店（フォア文庫）2008.7

『不吉なアニメーション』 石崎洋司作、栗原一実画　岩崎書店　2009.3　171p　18cm（マジカル少女レイナ 愛蔵版 6）1000円　①978-4-265-06786-2
内容 はるかがアニメ声優のオーディションを受けることになり、レイナはつきそいで録音スタジオを訪れます。魔法をつかって、関係者以外は入れないスタジオの中に入ったレイナ。ところが、なぜか見ているうちに、はるかのライバルのマネージャーが憎らしくなってきたのです。アニメの舞台裏をのぞいちゃおう。

『ふしぎの国のアリス』 L.キャロル作、石崎洋司文、千野えなが絵　ポプラ社　2016.11　141p　22cm（ポプラ世界名作童話）1000円　①978-4-591-15177-8
内容 ウサギをおいかけていったアリスは、かきねにあった穴に落っこちてしまいました。ついたところには、なんと、しゃべるウサギや歩くトランプが！ アリスのおかしな大ぼうけんがはじまります…世界中で愛され読みつがれてきた名作に、現代の児童文学作家たちが新しい命をふきこんだシリーズ。小学校低学年から。

『平家物語―猛将、闘将、悲劇の貴公子たちが火花をちらす！』 石崎洋司著、岡本正樹絵　岩崎書店　2012.8　192p　22cm（ストーリーで楽しむ日本の古典 4）1500円　①978-4-265-04984-4

『ほとんど全員集合！「黒魔女さんが通る!!」キャラブック』 石崎洋司、藤田香、青い鳥文庫編集部作　講談社　2011.7　159p　18cm（青い鳥おもしろランド）952円　①978-4-06-217071-0
内容 黒魔女修行の一環として、インストラクター黒魔女ギュービッドさまに、「プロフ集め」を命じられたチョコ。5年1組のクラスメイトはもちろん、魔界のあの人、この人まで…。「こんなことで修行になるのかなぁ。」と思いつつ、しぶしぶプロフを集め出したチョコ。さて、首尾よく集めて、進級することができるでしょうか？―。

『マジカル少女レイナ妖しいパティシエ』 石崎洋司作、栗原一実画　岩崎書店　2009.1　174p　18cm（フォア文庫）600円　①978-4-265-06399-4
内容 最後の五邪帝との戦いを前に、家にこもるセリカさんを元気づけようと、エリカ夫人がスコットランドの名物料理を作っています。レイナたちが楽しみにまっていると、樹里亜もセリカさんのために、ケーキをもってきてくれました。あまりのおいしさに、そのケーキを作った人にお菓子作りを習いにいくことになりましたが…。

『マジカル少女レイナ運命のテーマパーク』 石崎洋司作、栗原一実画　岩崎書店　2009.3　182p　18cm（フォア文庫）600円　①978-4-265-06400-7
内容 ブラックソーンの呪いで眠ったままのセリカさんとミカエル、エリカ夫人を救うため、マジカル王国へ行っていたチアーズが、何者かにおそわれました。国王からの手紙はうばわれ、かわりに「妖精の女王」からの手紙が！ 明日までに「なぞ」を解かないと、セリカさんの命があぶない!?レイナは、手がかりをさがして走ります。マジカル王国の、そしてレイナの運命は。

『魔女学校物語―最高のルームメイト』 石崎洋司作、藤田香絵　講談社　2015.8　256p　18cm（講談社青い鳥文庫）650円　①978-4-06-285507-5
内容 あこがれの王立魔女学校から、推薦入学のお知らせをもらった、桃花・ブロッサム。いさんで入学式にむかったけれど!?黒魔法なんて常識で使えるお嬢様育ちの同級生たち、きびしい先生方に問題だらけのルームメイト、そして、いうことをきかない後輩たち。桃花ちゃんはぶじ、生活監督官をつとめることができるでしょうか。楽しい2話読み切り！ 小学中級から。総ルビ。

『魔女学校物語　［2］　お料理当番事件』 石崎洋司作、藤田香絵　講談社　2016.3　225p　18cm（講談社青い鳥文庫）650円　①978-4-06-285548-8
内容 たくさんの有名な黒魔女さんが卒業している、王立魔女学校。桃花・ブロッサムも、きびしい試験をのりこえて、いよいよつぎは3年生！ まじめな優等生、桃花ちゃんにも、こんな1年生時代があったのです。お料理当番やそうじに洗濯、寄宿舎でのゆかいな事件に、あの先輩たちの思いまで、どんな話が飛びだすのでしょう!?あなたも、ふしぎな魔女学校をのぞいてみて！ 小学中級から。総ルビ。

『魔女学校物語　［3］　友だちのひみつ』 石崎洋司作、藤田香絵　講談社　2016.

10　228p　18cm（講談社青い鳥文庫）
650円　①978-4-06-285589-1
内容 一人前の黒魔女さんになるために、王立
魔女学校で寮生活を送っている桃花・ブロッ
サム。授業はすごくたいへんだけど、大好
きな友だちといっしょにがんばっています！
今日はみんなで、2年生のときの事件をお話し
することに。まずは、あの大ピンチだった遠足
の話から！ 魔の山の遠足で起こったのは…!?
あなたも魔女学校の一員になりたくなっちゃ
うかも。(3話読み切り) 小学中級から。

『魔女のクッキング』石崎洋司作、栗原一
　実画　岩崎書店　2009.3　171p　18cm
（マジカル少女レイナ 愛蔵版 3）1000円
①978-4-265-06783-1
内容 テレビの人気番組「小学生鉄人シェフ」
に、幸小学校からチームをだすことになりま
した。まず校内の予選会です。レイナのクラ
スでは、レイナ、美貴、あや、さやか、そして
拓馬の五人でチームをつくりました。ところ
が、拓馬はクラス一のきらわれものです。な
にか悪いことがおこるような気がして、レイ
ナは不安でなりません。ファン待望のシリー
ズ第三弾！ 小学校中・高学年向。

『魔女の本屋さん』石崎洋司作、栗原一実
　画　岩崎書店　2013.4　181p　18cm
（フォア文庫―マジカル少女レイナ 2-
8）600円　①978-4-265-06467-0
内容 レイナは学校の行事で、本屋さんの「職
場体験」をすることになりました。大好きな
本の新刊を並べたり、ベテランの書店員さん
と働くことができて、レイナたちは大よろこ
び。ある日、ひとりの少女が本屋さんにやっ
て来ます。探していたのは、なぞめいた皮の
表紙の本でした。レイナは真実を見つけられ
るのでしょうか。

『またまたトリック、あばきます。―サエ
　と博士の探偵日記 2』石崎洋司作、藤田
　香絵　講談社　2009.2　157p　18cm
（講談社青い鳥文庫―Go！ go！）505
円　①978-4-06-285071-1
内容 あたし、片平サエ。魔法やオカルトが
大好き。不思議なできごとに出会うと、わく
わくするの。同級生の博士や、大学生の光一
おじさんは、「すべての謎にはトリックがあ
る！」なんていうんだけどね。で、あたしも
ついむきになって、謎解きしちゃって。今度
の事件こそ、ほんとの超常現象だといいんだ
けどなあ（「謎のラブレター」ほか全3編を収
録）。小学中級から。

『魔のフラワーパーク』石崎洋司作、栗原
　一実画　岩崎書店　2009.3　171p

18cm（マジカル少女レイナ 愛蔵版 4）
1000円　①978-4-265-06784-8
内容 樹里亜に招待されて、レイナたちはフラ
ワーショーにいくことになりました。ショー
の二日前、準備中の樹里亜の祖母、ケイ白河
の英国式庭園へ。そこでレイナは、庭づくり
をとりしきるガーデニストの少年と出会いま
した。ところが、つぎの日、エリカ夫人はじ
め、会場にいった人びとのようすが変です。
いったい何が…？ 人気急上昇！ シリーズ第
四弾。

『魔法のスイミング』石崎洋司作、栗原一
　実画　岩崎書店　2011.9　181p　18cm
（フォア文庫―マジカル少女レイナ 2-
5）600円　①978-4-265-06425-0
内容 暑い夏、プールで泳ぐのに最高の季節
です。でも、水泳がにがてなレイナは、お友
だちのさやかちゃんと一生懸命、練習練習。
プールでは、ライフセーバーのお兄さんや泳
ぎの上手な美しい少女に出会いました。その
ころ、プールに幽霊が出るといううわさが広
まります。レイナは、いやな予感がしました。
一方、ペットショップ「レイナ」は、最近ピン
チ。近所に新しいペットショップができて、
お客さんが減ってしまったのです。レイナは、
お店の宣伝のため、作戦をたてます。

『幻のスケートリンク』石崎洋司作、栗原
　一実画　岩崎書店　2009.3　171p
18cm（マジカル少女レイナ 愛蔵版 8）
1000円　①978-4-265-06788-6
内容 仲良しのみんなとスケートリンクへ行っ
たレイナ。はじめてのスケートにおっかな
びっくり。さやかの元クラスメートで、フィ
ギュアスケートの選手をめざして練習する涼
子に出会い、その妖精のようなスケートに大
感激！ おうえんしようと、クラブの練習
を見に行きますが、そこには、思わぬ陰謀が待
ちうけていたのです。
別版 岩崎書店（フォア文庫）2008.8

『魔リンピックでおもてなし―黒魔女さん
　が通る!!×若おかみは小学生！』石崎洋
　司、令丈ヒロ子作、藤田香、亜沙美絵　講
　談社　2015.6　242p　18cm（講談社青
　い鳥文庫）650円　①978-4-06-285495-5
内容 チョコの通う第一小学校に「おもてな
しの授業」をしに行くことになり、大喜びの
おっこ。いっぽう、ギュービッドさまと鈴鬼
は、666年に一度の魔リンピックをなんと、第
一小学校へ招致しようと悪だくみ！ 自由す
ぎる5年1組のおもてなしは、魔界の人たちに
通じるの？ はたして、魔リンピックの開催
地はどこに!? 「黒魔女さんが通る!!」「若おか

石崎洋司　　　　　　　　　　　　　　　　　　　　日本の作品

みは小学生！」大人気コラボ、第4弾だよ！小学中級から。

『もしも魔女になれたら!?―人気作家スペシャル短編集』あさのますみ、石崎洋司、池田美代子、廣嶋玲子、万里アンナ作　角川書店　2011.3　316p　18cm（角川つばさ文庫）〈絵：椎名優ほか　発売：角川グループパブリッシング〉700円　①978-4-04-631157-3
内容 もしも魔法が使えたら、みんなは何がしたい!?あさのますみさんの人気シリーズ「ウル空」からは「魔法キャラメル」。石崎洋司さんは「魔女入門」、池田美代子さんは「ふたごの妖精」の物語！廣嶋玲子さんのお話は、かわいい子犬の「魔女犬」が登場、万里アンナさんは「天使の階段」と盛りだくさん。みんなの夢をかなえた、とびっきりステキな魔女物語。小学中級から。

『妖精のバレリーナ』石崎洋司作、栗原一実画　岩崎書店　2010.4　190p　18cm（フォア文庫―マジカル少女レイナ 2-2）600円　①978-4-265-06412-0
内容 レイナが、犬たちを公園でさんぽさせていると、とおりかかった若い男女に犬たちがとつぜんほえかかり、女の人がころんでしまいました。あわてるレイナに、男の人は、やさしく話しかけてくれましたが、そのあまりのかっこよさにレイナはびっくり。しかも、ぐうぜん美貴の知っている人だとわかり…。ちょっぴり恋の予感―。

『6年1組黒魔女さんが通る!!　01　使い魔は黒ネコ!?』石崎洋司作、藤田香絵　講談社　2016.8　252p　18cm（講談社青い鳥文庫）680円　①978-4-06-285568-6
内容 チョコこと黒鳥千代子は、3級黒魔女さん。一人前の黒魔女になれたら魔力を捨てて、ふつうの女の子として、まったり生きるのが夢！小学校では最高学年になったのに、いそうろうの黒魔女インストラクター、ギュービッドは、ようしゃなし。朝練、夜練、学校だって黒魔法の練習の場所になっちゃうの。ふつうの女の子めざしてがんばれ、チョコ！めっちゃ楽しい3話収録だよ！小学中級から。

『6年1組黒魔女さんが通る!!　02　家庭訪問で大ピンチ!?』石崎洋司作、藤田香絵　講談社　2017.1　240p　18cm（講談社青い鳥文庫）650円　①978-4-06-285603-4
内容 魔界から来た、インストラクターギュービッドさまのもと、絶賛「黒魔女修行中」の黒鳥千代子＝チョコは6年生！ひとりでまったりと過ごすのが大好きなのに、家ではギュー

ビッドのきびしいしごきをうけ、学校でも、超・個性的なクラスメイトたちを相手に苦労がたえない毎日。新学年恒例の行事、家庭訪問がはじまるけれど、これもただでは終わらない予感…。読みきり3話収録！小学中級から。

『6年1組黒魔女さんが通る!!　03　ひみつの男子会!?』石崎洋司作、藤田香、亜沙美、牧村久実、駒形絵　講談社　2017.5　238p　18cm（講談社青い鳥文庫）650円　①978-4-06-285628-7
内容 「魔宝博物館」から魔界遺産「ですノート」が消えた!?「黒魔女通信No.666」に号外が出るほどの大事件発生！クラスの男子もこそこそと、そろってようすがヘンだし、大形くんが大事に持ってるのは、ま、まさか「ですノート」!?自力で解決するぞ！と決心したチョコですが…。読者のみんなが考えてくれたキャラや魔法がまたまた大活躍の、絶好調に楽しい3話読みきりですっ！小学中級から。

『6年1組黒魔女さんが通る!!　04　呪いの七夕姫!』石崎洋司作、藤田香、亜沙美、K2商会、戸部淑絵　講談社　2017.11　232p　18cm（講談社青い鳥文庫）680円　①978-4-06-285665-2
内容 「ふつうの女の子」にもどるために、絶賛黒魔女修行中の小学6年生の黒鳥千代子＝チョコ。実力はたしかでも、とにかくいいかげんなギュービッドさまのもとで修行の毎日。授業参観に見魔もり隊、呪返ブライドと大波乱の展開に！「若おかみは小学生！」の亜沙美先生、「怪盗クイーン」のK2商会先生、「妖界ナビ・ルナ」の戸部淑先生のさし絵を楽しめちゃうスペシャル版です！小学中級から。

『6年1組黒魔女さんが通る!!　05　黒魔女さんの修学旅行』石崎洋司作、藤田香、亜沙美絵　講談社　2018.3　230p　18cm（講談社青い鳥文庫）680円　①978-4-06-285687-4
内容 修学旅行のレク係になったチョコ。バスの中で、ゲーム「マジカルバナナ」をしてたら、なぜか魔界に!?しかもそこは、黒魔女二級認定テストの試験会場のセゴビア城。準備0だったチョコだけど、魔界パティシエのロリポップ・ココアさんの応援で、パワーアップに成功。しかしそれがもとでお城の主の理夫人のいかりをかってしまう。森ににげこんだチョコを待っていたのは七人の小人!?小学中級から。

日本の作品　　　　　　　　　　　　　　　　　　　　　　　　石田衣良

石田　衣良
いしだ・いら
《1960〜》

『**IWGPコンプリートガイド**』石田衣良著
文藝春秋　2012.9　205p　16cm（文春
文庫―［池袋ウエストゲートパーク］
［Special]）〈著作目録あり〉457円
①978-4-16-717422-4
内容　マコトのイケてる音楽ライフから、ス
ピード感溢れる文体の秘密まで、IWGPワー
ルドを徹底解剖したガイドブック決定版！池
袋詳細マップを片手にマコトの住む商店街や
青果市場をめぐるもよし、作中の名場面を彩っ
たクラシック音楽を全制覇するもよし。文庫
特典として堤幸彦監督が語るドラマ制作秘話
が加わったファン必携本。
別版　文藝春秋 2010.12

『**アキハバラ＠（アット）DEEP**』石田衣
良著　徳間書店　2011.7　555p　15cm
（徳間文庫）705円　①978-4-19-893390-
6
内容　世間にうまく馴染めないおたく青年五
人と一人のコスプレ美女。彼らは"無料の情
報ユートピア"を目指し、画期的なAI型サー
チエンジンの開発に成功。瞬く間に時の人と
なるなか、巨額ビジネスをもくろむカリスマ
IT実業家の魔の手が伸びる。ネットの未来の
ため、知恵と勇気で立ち向かうが―。聖なる
夜、秋葉原で起きた奇跡の物語。ドラマ、映
画の原作としても話題を呼んだ青春小説。

『**明日のマーチ**』石田衣良著　新潮社
2014.1　435p　16cm（新潮文庫）630円
①978-4-10-125058-8
内容　解雇。それは張り紙一枚の出来事だっ
た。ある日突然、僕らは年収200万円の生活か
らも見捨てられた。どうしよう。どこに行っ
て、何をする？一歩く。それが、僕らの決断
だ。クビを切られたカメラ会社がある山形か
ら、東京へ。600キロ。4人で始まった行進は、
ネットを通じて拡散し、メディアを賑わし、
遂には政府が動き出した。僕らの青春を等身大
に描いた、傑作ロードノベル。
別版　新潮社 2011.6

『**裏切りのホワイトカード**』石田衣良著
文藝春秋　2017.9　237p　20cm（池袋
ウエストゲートパーク 13）1500円
①978-4-16-390719-2
内容　フェイクだらけの時代。真実は自分で
見極めろ！ 渡された白いカードでコンビニ

ATMを操作するだけで、報酬は十万円。そ
んな怪しいバイトに千人単位の若者を集める
目的は？ 池袋の仲間と、新しい命を守るた
め、マコトとタカシが動く！

『**オネスティ**』石田衣良著　集英社　2017.
11　321p　16cm（集英社文庫）620円
①978-4-08-745656-1
内容　「どんな秘密も作らない。恋愛も結婚
もしないけれど、心はいつも一番近いところ
にある。ほかの人を好きになっても、結婚し
ても、ずっと好きでいるけれど、赤ちゃんを
つくるようなことはしない」カイとミノリは、
幼き日に交わした約束を大切に守りながら成
長していく。そんな二人の関係は大人になっ
てもずっと続いていき―。人をどれくらい誠
実に愛することができるのかを問う純愛的長
編小説。
別版　集英社 2015.1

『**親指の恋人**』石田衣良著　角川書店
2013.1　300p　15cm（角川文庫）〈小
学館文庫 2009年の再刊　発売：角川グ
ループパブリッシング〉552円　①978-
4-04-100657-3
内容　恵まれた環境に育ちながら、夢も希望
も目標もない日々を送っていた20歳の澄雄。
しかしある日携帯の出会い系サイトでジュリ
アとめぐりあい、彼の人生は一変してしまう。
言葉を知らない獣のようにつながりあい、愛
しあう二人だったが、六本木ヒルズに住む学
生とパン工場で働く契約社員では、あまりに
も住む世界が違いすぎた。格差社会に引き裂
かれ、それでも命がけで恋を全うしようとす
る恋人たちを描く。
別版　小学館（小学館文庫）2009.10

『**カンタ**』石田衣良著　文藝春秋　2014.5
457p　16cm（文春文庫）670円　①978-
4-16-790088-5
内容　下町の団地で育った発達障害のカンタ
と秀才・耀司には父親がいなかった。多感な
十代にバブル期を駆け抜けた彼らは携帯ゲー
ム会社「ロケットパーク」を設立し、一躍時
代の寵児となる。株式上場を機に、いよいよ
日本一のゲームメイカー買収に乗りだすのだ
が…。友を守るために命をかけた、失われた
世代の物語。
別版　文藝春秋 2011.9

『**キング誕生**』石田衣良著　文藝春秋
2014.9　250p　16cm（文春文庫―池袋
ウエストゲートパーク 青春篇）540円
①978-4-16-790178-3
内容　誰にだって忘れられない夏の一日があ
るよな―。高校時代のタカシには、たったひ

ヤングアダルトの本　いま読みたい小説4000冊　　**51**

とりの兄タケルがいた。スナイパーのような鋭く正確な拳をもつタケルは、みなからボスと慕われ、戦国状態だった池袋をまとめていく。だが、そんな兄を悲劇が襲う。タカシが仇を討ち、氷のキングになるまでの特別書き下ろし長編。

『5年3組リョウタ組』石田衣良著　角川書店　2010.6　485p　15cm（角川文庫）〈発売：角川グループパブリッシング〉705円　①978-4-04-385405-9
内容　希望の丘小学校5年3組、通称リョウタ組。担任の中道良太は、茶髪にネックレスと外見こそいまどきだけれど、涙もろくてまっすぐで、丸ごと人にぶつかっていくことを厭わない25歳。いじめ、DV、パワハラに少年犯罪…教室の内外で起こるのっぴきならない問題にも、子どもと同じ目線で真正面から向き合おうと真摯にもがく若き青年教師の姿を通して、教育現場の"今"を切り取った、かつてなくみずみずしい青春小説。

『コンカツ?』石田衣良著　文藝春秋　2015.2　344p　16cm（文春文庫）560円　①978-4-16-790296-4
内容　仕事はバリバリ、スタイルだって顔だって悪くないのに、なぜか恋愛がうまくいかない29歳の岡部智香。あだ名は、デートでいい雰囲気にしても最後までいつも"ヤリスン"。仲良しアラサー4人組で、理想の結婚を目指して合コンをくり返すのだが…。働く女性たちのリアルな泣き笑いを描く婚活エンタメ決定版！
別版　文藝春秋　2012.4

『再生』石田衣良著　角川書店　2012.6　308p　15cm（角川文庫）〈発売：角川グループパブリッシング〉552円　①978-4-04-100332-9
内容　妻を自殺で亡くしたシングルファーザー、恋人から突然別れを切り出されたOL、不況に苦しみ、鉛のような心と身体をもてあます会社員…思うようにいかない人生に、苛立ち絶望しながら、それでも新たな一歩を踏み出そうとする勇気。苦しんでも、傷ついても、人は夢見ることをやめられない―。平凡な日常に舞い降りたささやかな奇蹟の瞬間を鮮やかに切り取り、かじかんだ心に血を通わせる感動の短篇集。
別版　角川書店　2009.4

『逆島断雄　進駐官養成高校の決闘編1』石田衣良著　講談社　2017.8　378p　15cm（講談社文庫）〈「逆島断雄と進駐官養成高校の決闘」(2015年刊)の改題、2分冊〉740円　①978-4-06-293708-5

内容　世界は大植民地時代、日乃元皇国のエリート士官学校に入学した逆島断雄は何者かに狙撃され命を狙われる。亡くなった父・逆島中将を巡る陰謀なのか。おかしなクラスメートと幼馴染みの美少女と共に闘う少年の手に、皇国の未来と大戦の勝敗がゆだねられる…。息をのむノンストップ青春アクション小説！

『逆島断雄　進駐官養成高校の決闘編2』石田衣良著　講談社　2017.9　387p　15cm（講談社文庫）〈「逆島断雄と進駐官養成高校の決闘」(2015年刊)の改題、2分冊〉740円　①978-4-06-293742-9
内容　入学から半年、進駐官養成高校は逆島断雄をめぐり、闇の闘争に明け暮れていた。文化祭で開催される"クラス最強トーナメント"の優勝者は、日乃元皇国の決戦兵器「須佐之男」の正操縦者に選ばれるのだ。皇国の未来を懸け、断雄はライバルたちに立ち向かう。一気読み保証の、青春ミリタリーノベル！
別版　講談社　2015.12

『6TEEN』石田衣良著　新潮社　2012.7　320p　16cm（新潮文庫）520円　①978-4-10-125056-4
内容　16歳。セカイは切ない。僕らは走る。4TEENの4人が帰ってきた！―。
別版　新潮社　2009.9

『Gボーイズ冬戦争』石田衣良著　文藝春秋　2009.9　301p　16cm（文春文庫―池袋ウエストゲートパーク 7）524円　①978-4-16-717414-9
内容　鉄の結束を誇るGボーイズに異変が生じた。ナンバー2・ヒロトの胸の内に渦巻く、キング・タカシに対するどす黒い疑念。Gボーイズが揺らげば、池袋のパワーバランスも破綻しかねない…。タカシの危機にマコトはどう動くか？　史上空前の熱き闘いを描く表題作はじめ4篇を収録した、IWGP第7弾。

『シューカツ！』石田衣良著　文藝春秋　2011.3　422p　16cm（文春文庫）629円　①978-4-16-717418-7
内容　大学3年生の水越千晴は学内の仲間と「シューカツプロジェクトチーム」を結成。目標は最難関マスコミ全員合格！　クールなリーダー、美貌の準ミスキャンパス、理論派メガネ男子、体育会柔道部、テニスサークル副部長、ぽっちゃり型の女性誌編集志望と個性豊かなメンバーの、闘いと挫折と恋の行方。直球の青春小説。
別版　文藝春秋　2008.10

『スイングアウト・ブラザーズ』石田衣良著　KADOKAWA　2017.9　318p

日本の作品　　　　　　　　　　　　　　　　　　石田衣良

15cm（角川文庫）〈光文社文庫 2014年
刊の再刊〉600円　①978-4-04-106056-8
内容 デブの営業マンと薄毛の銀行員、オタ
クのゲームプログラマー。大学時代から腐れ
縁の男3人は33歳の春、揃って彼女に手ひど
く振られた。そんな傷心の空振りトリオの前
に現れた大学時代の憧れの先輩・美紗子は、3
人を教育して魅力あるモテ男に変身させると
いう。果たしてこの遠大な計画の行方は―!?
ルックス、ファッション、教養、コミュ力…
ふりかかる難題の数々。笑って泣けるTIPS
満載のモテ奮闘記！
別版 光文社 2012.1
別版 光文社（光文社文庫）2014.8

『逝年』石田衣良著　集英社　2011.5
233p　16cm（集英社文庫）429円
①978-4-08-746695-9
内容 人生にも恋愛にも退屈していた二十歳
の夏、「娼夫」の道に足を踏み入れたリョウ。
所属するボーイズクラブのオーナー・御堂静
香が摘発され、クラブは解散したが、1年後、
リョウは仲間と共に再開する。ほどなく静香
も出所するが、彼女はエイズを発症していた。
永遠の別れを前に、愛する人に自分は何がで
きるのか？ 性と生の輝きを切なく清澄にう
たいあげる、至高の恋愛小説。傑作長編『娼
年』続編。

『sex』石田衣良著　講談社　2012.9
298p　15cm（講談社文庫）552円
①978-4-06-277376-8
内容 好きな人とたくさん―。夜の街灯の下
で。図書館の片隅で。入院中の病室で。異国
の地で。最後のデートで。まぶたの裏で、な
にものかに祈りながら。性がゆたかに満ちる
とき、生は燦然とかがやく。だからセックス
は素晴らしい。頭と心と身体が感じる最高の
到達点を瑞々しく描いた、すべての男女に贈
る感動の12編。
別版 講談社 2010.3

『憎悪のパレード』石田衣良著　文藝春秋
2016.9　322p　16cm（文春文庫―池袋
ウエストゲートパーク 11）620円
①978-4-16-790691-7
内容 IWGP第2シーズン、満を持してスター
ト！ ストリートの"今"を切り取り続けてき
た本シリーズ。時を経て池袋は少しずつ変容
しているが、あの男たちは変わらない。脱法
ドラッグ、仮想通貨、ヘイトスピーチ。次々
に火を噴くトラブルをめぐり、マコトやタカ
シ、そしてとびきりクールな仲間たちが躍動
する。
別版 文藝春秋 2014.7

『爽年』石田衣良著　集英社　2018.4
176p　20cm（call boy 3）1400円
①978-4-08-771139-4
内容 娼夫として過ごした7年間、ずっとみつ
めてきた。めまぐるしく変わる欲望の形、そ
して身体だけでつながる性愛の意味を一。

『チッチと子』石田衣良著　新潮社　2013.
1　414p　16cm（新潮文庫）〈毎日新聞
社 2009年刊の再刊〉670円　①978-4-
10-125057-1
内容 息子のカケルと二人暮らしの"チッチ"
こと青田耕平は、デビュー以来10年「次にく
る小説家」と言われてきた。だが、作品は売れ
ず、次第にスランプに陥ってしまう。進まな
い執筆、妻の死の謎、複数の女性との恋愛…。
ひとつの文学賞を巡る転機が、やがてカケル
や恋人達との関係を劇的に変化させていく。
物語を紡ぐ者の苦悩、恋、そして家族を描い
た、切なく、でも温かい感動長篇。
別版 毎日新聞社 2009.10

『ドラゴン・ティアーズ―龍涙』石田衣良
著　文藝春秋　2011.9　296p　16cm
（文春文庫―池袋ウエストゲートパーク
9）533円　①978-4-16-717420-0
内容 時給300円弱。茨城の"奴隷工場"から
19歳の中国人少女が脱走した。彼女が戻らな
いと、250人の研修生は全員強制送還され
る。タイムリミットは1週間。捜索を依頼さ
れたマコトは、チャイナタウンの裏組織"東
龍"に近づく。彼女の事情を知り、板ばさみ
になり悩むマコト。万策つきた時、マコトの
母が考えた秘策とは。
別版 文藝春秋（池袋ウエストゲートパー
ク）2009.8

『TROIS―恋は三では割りきれない』石
田衣良, 佐藤江梨子, 唯川恵著　角川書
店　2012.1　303p　15cm（角川文庫）
〈発売：角川グループパブリッシング〉
552円　①978-4-04-100094-6
内容 新進気鋭の作詞家・遠山響樹は、年上
のエステ経営の実業家・浅木季理子と8年の
付き合いを続けていた。ある時、響樹は訪れ
た銀座のクラブで、ダイヤモンドの原石のよ
うな歌手の卵と出会った。名はエリカ。やが
て響樹は、季理子とともにエリカをスターダ
ムに押し上げようと計画する一方、同時にエ
リカに落ちていく…。絡み合う嫉妬と野
心、官能。果たして三角関係の行方は？ リ
レー形式で描く奇跡の恋愛小説。
別版 角川書店 2009.8

『西一番街ブラックバイト』石田衣良著
文藝春秋　2016.8　265p　20cm（池袋

石田衣良　　　　　　　　　　　　　　　　日本の作品

ウエストゲートパーク 12）1500円
①978-4-16-390499-3
内容 過酷な労働を強いられ、辞めることもできない。若者を使い潰すブラック経営者に、Gボーイズが怒りの声をあげる！ 多くの飲食店を経営するOKグループが若者を使い潰す方法は、"憲兵"が脅し、"腐った五人"が痛めつけること。池袋にはびこるブラック企業に、マコトとタカシが立ち向かう。

『眠れぬ真珠』石田衣良著　新潮社　2008.12　367p　16cm（新潮文庫）514円
①978-4-10-125052-6
内容 出会いは運命だった。17も年下の彼に、こんなにも惹かれてゆく―。孤高の魂を持つ、版画家の咲世子。人生の後半に訪れた素樹との恋は、大人の彼女を、無防備で傷つきやすい少女に変えた。愛しあう歓びと別離の予感が、咲世子の中で激しくせめぎあう。けれども若く美しいライバル、ノアの出現に咲世子は…。一瞬を永遠に変える恋の奇蹟。熱情と抒情に彩られた、最高の恋愛小説。

『灰色のピーターパン』石田衣良著　文藝春秋　2008.10　310p　16cm（文春文庫―池袋ウエストゲートパーク 6）543円
①978-4-16-717413-2
内容 池袋は安全で清潔なネバーランドってわけじゃない。盗撮画像を売りさばく小学5年生が、マコトにSOSを発信する。"まだ人を殺してない人殺し"マッドドッグ相手にマコトの打つ手は？ 街のトラブルシューターの面目躍如たる表題作など4篇を収録したIWGPシリーズ第6弾。

『非正規レジスタンス』石田衣良著　文藝春秋　2010.9　301p　16cm（文春文庫―池袋ウエストゲートパーク 8）524円
①978-4-16-717417-0
内容 派遣会社からの日雇いの仕事で食いつなぐフリーターのサトシ。悪徳人材派遣会社に立ち向かう決意をした彼らユニオンメンバーが次々襲撃される。「今のぼくの生活は、ぼくの責任」と言い切る彼をマコトもGボーイズも放っておけず、格差社会に巣食う悪と闘うことに。表題作他3編収録。大好評IWGPシリーズ第8弾。

『40（フォーティ）―翼ふたたび』石田衣良著　講談社　2009.2　387p　15cm（講談社文庫）629円　①978-4-06-276269-4
内容 人生の半分が終わっていまも、いいほうの半分が。会社を辞めて、投げやりにプロデュース業を始めた喜一・40歳の元を訪れる、四十代の依頼人たち。凋落したIT企業社長、やりての銀行マン、引きこもり…。

生きることの困難とその先にある希望を見つめて、著者が初めて同世代を描いた感動長編。

『PRIDE』石田衣良著　文藝春秋　2012.9　283p　16cm（文春文庫―池袋ウエストゲートパーク 10）505円　①978-4-16-717421-7
内容 自分をレイプしたワンボックスカーの4人組を探してほしい―ちぎれた十字架のネックレスをさげた美女はマコトにそう依頼した。広域指名手配犯B13号を追うさなか、若者ホームレス自立支援組織の戦慄の実態が明らかになる表題作ほか3篇、最高の燃焼度で疾走するIWGPシリーズ第1期完結10巻目。
別版 文藝春秋　2010.12

『ブルータワー』石田衣良著　文藝春秋　2011.6　504p　16cm（文春文庫）724円
①978-4-16-717419-4
内容 悪性の脳腫瘍で死を宣告された男の意識が、突然200年後にタイムスリップする。そこは黄魔という死亡率87％のウイルスが猛威を振るう、外に出ることは死を意味する世界。人類は「塔」の中で完全な階級社会を形成して暮らしていた。その絶望的な世界に希望を見出すため、男は闘いを決意する！ 長編SFファンタジー。

『北斗―ある殺人者の回心』石田衣良著　集英社　2015.4　586p　16cm（集英社文庫）800円　①978-4-08-745302-7
内容 両親から激しい虐待を受けて育った少年、北斗。誰にも愛されず、愛することも知らない彼は、高校生の時、父親の死をきっかけに里親の綾子に引き取られ、人生で初めて安らぎを得る。しかし、ほどなく綾子が癌に侵され、医療詐欺にあい失意のうちに亡くなってしまう。心の支えを失った北斗は、暴走を始め―。孤独の果てに殺人を犯した若者の魂の叫びを描く傑作長編。第8回中央公論文芸賞受賞作。
別版 集英社　2012.10

『ぼくとひかりと園庭で』石田衣良著　徳間書店　2010.10　93p　16cm（徳間文庫）〈画：長野順子〉533円　①978-4-19-893234-3
内容 新村あさひと須賀みずきは大の仲良し。ひどく内気なみずきは、あさひと先生以外、ひぐらし幼稚園の誰とも口をきかない。そんなある日、徳永ひかりが転入してきた。とても素敵な女の子。二人とも彼女のガラスのように澄んだ目と声に惹かれる。でもそれは「恋の試練」のはじまりだった…。恋の不思議と世界の残酷。夏の緑豊かな園庭で繰り広げられる、ひと夜の心揺さぶるファンタジー。

日本の作品　　　　　　　　　　　　　　　　　　　　　石田衣良

『マタニティ・グレイ』石田衣良著
KADOKAWA　2016.1　407p　15cm
（角川文庫）〈角川書店 2013年刊の加筆
修正〉680円　①978-4-04-103801-7
内容 ちいさな出版社で働く千花子は、今の
暮らしに満足していた。明るくおおらかなカ
メラマンの夫、お気に入りの住まい、やりが
いのある仕事。しかし予定外の妊娠で人生の
大きな変更を迫られる。戸惑いながらも出産
を決意したが、ある日下腹部に痛みをおぼえ、
切迫流産で入院することに…。母になる不安
と期待、そして葛藤。仕事に燃えるキャリア
ウーマンの心の揺れをつぶさに描く、悩みも
喜びも等身大の、新たなマタニティ小説！
別版 角川書店 2013.2

『美丘』石田衣良著　角川書店　2009.2
294p　15cm（角川文庫）〈発売：角川
グループパブリッシング〉514円
①978-4-04-385402-8
内容 美丘、きみは流れ星のように自分を削
り輝き続けた…平凡な大学生活を送っていた
太一の前に突然現れた問題児。大学の準ミス
とつきあっていた太一は、強烈な個性と奔放
な行動力をもつ美丘に急速に魅かれていく。
だが障害を乗り越え結ばれたとき、太一は衝
撃の事実を告げられる。彼女は治療法も特効
薬もない病に冒されていたのだ。魂を燃やし
尽くす気高い恋人たちを描いた涙のラブ・ス
トーリー。

『水を抱く』石田衣良著　新潮社　2016.2
462p　16cm（新潮文庫）710円　①978-
4-10-125059-5
内容 初対面で彼女は、ぼくの頬をなめた。29
歳の営業マン・伊藤俊也は、ネットで知り合っ
た「ナギ」と会う。5歳年上のナギは、奔放
で謎めいた女性だった。雑居ビルの非常階段
で、秘密のクラブで、デパートのトイレで、過
激な行為を共にするが、決して俊也と寝よう
とはしない。だがある日、ナギと別れろと差
出人不明の手紙が届き…。石田衣良史上もっ
とも危険でもっとも淫らな純愛小説。
別版 新潮社 2013.8

『MILK』石田衣良著　文藝春秋　2018.5
214p　16cm（文春文庫）580円　①978-
4-16-791062-4
内容 結婚して4年目の雄吾は、新入社員の泉
希がまとう匂いに強く惹かれる。それは、遠
い初恋の記憶へとつながる匂い。けれど、妻
の摩子にはない—（表題作「MILK」）。切実
な欲望を抱きながらも、どこかチャーミング
なおとなの男女たちを描く10篇を収録。切な
さとあたたかさを秘めたエロティックな恋愛

短篇集。
別版 文藝春秋 2015.10

『約束』石田衣良著　小学館　2012.12
285p　16cm（小学館文庫）〈角川書店
2004年刊に「みどりご」を追加〉552円
①978-4-09-408781-9
内容 涙のあとには、きっと明日を生き抜く希
望が生まれるはず—人生の難局に立ち止まっ
た人々がもういちど歩き出す瞬間を、小説の
名手が鮮やかに切り取った珠玉の作品集。ク
ラスの親友を目の前で突如うしなった男の子
の深い傷と再生を描く表題作をはじめ、息子
の車椅子を押す父親が家族を思い歯を食いし
ばる「青いエグジット」、十歳のひとり息子
が病魔に襲われ、大手術にのぞむ一家の奇跡
を綴った「ハートストーン」などのほか、本
書書き下ろしとなる「みどりご」を加えた全
八篇を所収。

『余命1年のスタリオン　上』石田衣良著
文藝春秋　2015.11　333p　16cm（文春
文庫）570円　①978-4-16-790481-4
内容 芸能界への登竜門「スタリオンボーイ
グランプリ」でデビューし、"種馬王子"の異
名を持つ小早川当馬。俳優として着実にキャ
リアを積み、プライベートも好調だったが、
突如、がんの宣告を受ける。余命は一年—。
残り少ない時間で、自分は世界に何を残せる
だろうか。俳優として、一人の男として、当
馬の最後の挑戦が始まる。

『余命1年のスタリオン　下』石田衣良著
文藝春秋　2015.11　349p　16cm（文春
文庫）570円　①978-4-16-790482-1
内容 当馬は、最後の一年を映画に懸けた。監
督の溝畑英治、先輩女優の都留寿美子らを巻
き込みつつ、病身を押して撮影に打ち込む。
そして、思いもかけず生まれた、新しい愛。
「わたしは、当馬さんの赤ちゃん、産んでも
いいですよ」。その真っ直ぐな視線に、すで
に人生の終わりを見定めた当馬はどう答える
のか—。
別版 文藝春秋 2013.5

『夜を守る』石田衣良著　文藝春秋　2014.
2　325p　16cm（文春文庫）〈双葉社
2008年刊の再刊〉600円　①978-4-16-
790029-8
内容 フリーターの繁、古着屋手伝いのデブ
のサモハン、福祉課で働くヤクショは上野・
アメ横で暮らす幼なじみ。仕事後にガード下
の定食屋に集まるのが楽しみな冴えない日々
—だが、通り魔に息子を殺された老人と知り
合い、アメ横の夜を守るべくガーディアンと
して立ち上がった。大興奮のストリートミス

ヤングアダルトの本　いま読みたい小説4000冊　　55

テリー！
別版 双葉社（双葉文庫）2010.5

『夜の桃』石田衣良著　新潮社　2011.1
377p　16cm（新潮文庫）552円　①978-
4-10-125054-0
内容 これほどの快楽は、きっとどこか真っ暗
な場所に通じている―。成功した仕事、洒落
た生活、美しい妻と魅力的な愛人。全ては玩
具にすぎなかった。安逸な日々を謳歌してい
た雅人が出会った少女のような女。いちずに
自分を求めてくる彼女の、秘密の過去を知っ
た時、雅人はすでに底知れぬ恋に陥っていた。
禁断の関係ゆえに深まる性愛を究極まで描き
切った、瑞々しくも濃密な恋愛小説。

『ラブソファに、ひとり』石田衣良著
KADOKAWA　2015.1　230p　15cm
（角川文庫）〈角川書店　2012年刊の再
刊〉480円　①978-4-04-102383-9
内容 今すぐ、誰とでもいいから、結婚した
い―身体を内側から焼くような強烈な願望。
でも、相手がもっている数字や条件をいくら
積みあげても、人を好きになることはできな
い―予期せぬときにふと落ちる恋の感覚、加
速度をつけて誰かに惹かれていく目が覚める
ようなよろこび。運命は、わからないからこ
そ、素晴らしい。臆病の殻を一枚脱ぎ捨て、
あなたもきっと、恋に踏みだしたくなる―当
代一の名手が紡ぐ、極上恋愛短篇集！
別版 角川書店　2012.5

『リバース』石田衣良著　集英社　2013.5
330p　16cm（集英社文庫）〈中央公論
新社　2007年刊の再刊〉580円　①978-
4-08-745068-2
内容 ネットで出会い、メール交換だけで親し
くなった千晶と秀紀。仕事や恋愛について、
身近な人間には話せないような本音も、メール
でなら素直に語れる。けれど、ひとつだけ、嘘
をついていることがあった。実はふたりとも、
性別を偽っていたのだ。相手を同性と思いな
がらも、次第に心惹かれてゆくふたりだった
が―。性別や外見など、現実の枠をこえて心
を通わせる男女の、新しい出会いと恋の物語。
別版 中央公論新社（中公文庫）2010.8

泉　啓子
いずみ・けいこ
《1948～》

『ずっと空を見ていた』泉啓子作、丹地陽
子絵　あかね書房　2013.9　284p
21cm（スプラッシュ・ストーリーズ）

1400円　①978-4-251-04415-0
内容 おとうさんはいないけど、やさしい家
族と、おさななじみにかこまれて、しあわせ
に暮らしていた理央。そのおだやかな世界が
今、バラバラにこわれようとしている。大切
な心のきずなをとりもどすため、理央が信じ、
願う未来は―？

『晴れた朝それとも雨の夜』泉啓子作　童
心社　2009.4　237p　20cm　1400円
①978-4-494-01944-1
内容 あの時、なんで追いかけたりしたんだ
ろう？　あやまらなきゃって、ずっと思って
た。今なら、素直にいえそうな、そんな気が
したから…。三人の少女のかけがえのない季
節をつづるアンソロジー。

『夕焼けカプセル』泉啓子作　童心社
2012.3　299p　20cm〈装画：丹地陽
子〉1400円　①978-4-494-01959-5
内容 沙良の見つけた初めての恋。『レッスン
1』、演劇部の仲間と別れて、自分の居場所を
さがした美月は…。『風速1万メートル』、高
校受験を前に、詩織の世界が大きく揺れる。
『たくさんのお月さま』。新しい季節に向かっ
て歩きだす三人の少女のアンソロジー。

市川　朔久子
いちかわ・さくこ
《1967～》

『ABC！　曙第二中学校放送部』市川朔久
子著　講談社　2015.1　270p　20cm
〈文献あり〉1500円　①978-4-06-
219322-1
内容 みさとが所属するのは、機材オタク・古
場とたった2人の零細クラブ、放送部。廃部
の危機に加え、学校一厳しい先生からも目を
つけられ、イマイチな毎日がつづく。さらに
超絶美少女の転校生・葉月が関わりはじめて
から、状況は複雑化して…!?個性豊かなキャ
ラクターたち、真剣勝負の友情、恋愛からも
目がはなせない、みずみずしい成長物語。第
52回講談社児童文学新人賞受賞作家が描く、
青春小説！

『かのこと小鳥の美容院―おしごとのおは
なし美容師』市川朔久子作、種村有希子
絵　講談社　2018.1　74p　22cm（シ
リーズおしごとのおはなし）1200円
①978-4-06-220903-8
内容 おしえて！美容師さんのすてきな魔法。
おはなしを楽しみながらあこがれのお仕事が
よくわかる！　小学中級から。

日本の作品　　　　　　　　　　　　　　　　　　　　市川拓司

『紙コップのオリオン』市川朔久子著　講
談社　2013.8　253p　20cm　1400円
①978-4-06-218452-6
内容 中学2年生の橘論里は、実母と継父、妹
の有里と暮らしている。ある日、学校から帰
ると、母親が書き置きを残していなくなって
いた。一方、学校では、轟元気と河上大和、そ
して水原白とともに、創立20周年記念行事の
実行委員をやることに。記念行事はキャンド
ルナイト。校庭に描くことになった冬の星座
に思いをはせながら、論里は自分と、自分を
とりまく人たちのことを考えはじめる。『よ
るの美容院』で講談社児童文学新人賞受賞待
望の第2作！

『小やぎのかんむり』市川朔久子著　講談
社　2016.4　249p　20cm〈文献あり〉
1400円　①978-4-06-220005-9
内容 中3の夏芽が飛びこんだのは、小さな山
寺でのちょっと不思議なサマーキャンプ。人
のやさしさを知る、感動サマー。

『よりみち3人修学旅行』市川朔久子著
講談社　2018.2　222p　20cm　1400円
①978-4-06-220527-6
内容 笑いあり、涙ありの、へんな旅。それ
ぞれの理由で修学旅行に行きそびれた小6男
子3人が、最後にじぶんたちで旅をし直しま
す！ 小学館児童出版文化賞受賞作家が贈る、
きみたちへの応援歌！

『よるの美容院』市川朔久子著　講談社
2012.5　229p　20cm　1300円　①978-
4-06-217686-6
内容 月曜日の夜、「ひるま美容院」の暗い店
内に、あまいシャンプーの香りが立ちのぼる。
まゆ子の髪を、ナオコ先生は指をすべらせるよ
うに、やさしく洗い流していく。シャンプー
のやわらかな指先に、心を閉ざしていたまゆ
子の心がふっくらとやさしくほどかれていく。
言葉を失った少女の再生をていねいな筆致で
描く、新しい児童文学の誕生。第52回講談社
児童文学新人賞受賞作。

市川　拓司
いちかわ・たくじ
《1962～》

『MM』市川拓司著　小学館　2017.7
285p　19cm　1500円　①978-4-09-
386471-8
『吸涙鬼』市川拓司著　講談社　2012.10
330p　15cm（講談社文庫）〈文献あり〉
600円　①978-4-06-277370-6

内容 満月の夜に忍び込んだ学校の屋上庭園
で意識を失ってしまった美紗は、奇妙だが不
思議な魅力を放つ転校生・冬馬に助けられた。
翌日、美紗は彼の住む家を訪れて不治の病い
を打ち明ける。一生に一度だけの恋を冬馬に
抱く美紗。しかし、冬馬は誰にも明かせぬ秘
密の存在一涙を吸って生きる吸涙鬼の一族
だった。
別版 講談社 2010.7

『壊れた自転車でぼくはゆく』市川拓司著
朝日新聞出版　2018.1　310p　15cm
（朝日文庫）660円　①978-4-02-264872-
3
内容 限られた時の中で、彼らは互いを思い
遣り、慈しみ、精一杯自分たちの命を生きた
―もうこの世に存在しない祖父と、ぼくはか
つて不思議な旅をした。そこで語られた少年
と少女の切ない純愛の物語。なぜふたりは引
き離されなければいけなかったんだろう？
別版 朝日新聞出版 2015.1

『こんなにも優しい、世界の終わりかた』
市川拓司著　小学館　2016.5　541p
15cm（小学館文庫）780円　①978-4-
09-406290-8
内容 どうやら世界は本当に終わりを迎える
らしい―。突然、世界が鉛色の厚い雲に覆わ
れた。空から青い光が注がれた町は、人も獣
も鳥も木も、なにもかもが動きを止めてしま
う。ぼくは、離れ離れになってしまった雪乃
に会うため、危険な旅に出る。十年前、鉄塔
の下で出会った彼女と初めて見た夕焼けを思
い出しながら…。『いま、会いにゆきます』『恋
愛寫眞 もうひとつの物語』『そのときは彼に
よろしく』と、立て続けに爆発的ベストセラー
を発表してきた市川拓司が、震災後久々に書
き下ろした傑作恋愛小説、待望の文庫版！
別版 小学館 2013.8

『私小説』市川拓司著　朝日新聞出版
2018.3　231p　19cm　1300円　①978-
4-02-251540-7
内容 「発達障害」で、愛妻家。極端な平和主
義者で、ずっと病人。これは、平均から大き
く外れている項目がたくさんある男の物語。

『ねえ、委員長』市川拓司著　幻冬舎
2014.4　302p　16cm（幻冬舎文庫）580
円　①978-4-344-42172-1
内容 学級委員長のわたしは、貧血の時に助け
てもらったことから、落ちこぼれの鹿山くん
と親しくなる。読書が苦手だと言う彼に、わ
たしはある小説を薦め、それは彼の思わぬ才
能を開花させるきっかけとなった。だが周囲
の反対で、二人は会えなくなってしまい…。

ヤングアダルトの本　いま読みたい小説4000冊　57

実らなかった初恋が時空を超えて今の自分に届く。表題作ほか二作を収めた傑作恋愛小説集。
別版 幻冬舎 2012.3

『ぼくの手はきみのために』市川拓司著
角川書店 2010.1 313p 15cm（角川文庫）〈発売：角川グループパブリッシング〉552円 ①978-4-04-394312-8
内容 聡美の発作を止められるのは、幼馴染みのひろの、背中をさすってくれる手だけだった。だが、大学生になった頃から、2人の関係に変化が起こりはじめ…。表題作ほか全3篇を通して、失われていく命への慈しみと喪失の不安、そして、哀しみの中で見つけた希望の光が描かれる。世界の片隅で慎ましく生きる控えめな主人公たちが、"この星でひとつきりの組み合わせ"に辿り着くまでの、もどかしいほどに優しい愛の物語。

『ぼくらは夜にしか会わなかった』市川拓司著 祥伝社 2014.7 369p 16cm（祥伝社文庫）670円 ①978-4-396-34047-6
内容 天文台の赤道儀室で「幽霊」を見たと言う早川美沙子と、ぼくら級友は夜の雑木林へ出かけた。だが「幽霊」は現れなかった。彼女は目立ちたがり屋の嘘つきだと言われ、学校で浮いてしまう。怯えながらぎこちなく微笑む彼女に、心の底から笑ってほしくてぼくはある嘘をついた。(表題作)そっとあなたの居場所を照らしてくれる、輝く星のように優しい純愛小説集。
別版 祥伝社 2011.11

『恋愛寫眞—もうひとつの物語』市川拓司著 小学館 2008.10 316p 15cm（小学館文庫）571円 ①978-4-09-408308-8
内容 カメラマン志望の大学生・瀬加誠人は、嘘つきでとても謎めいた女の子・里中静流と知り合う。誠人はかなりの奥手だったが、静流は自然にうちとける。そして静流は誠人に写真を習うようになる。やがて誠人は静流に思いを告げられるが、誠人にはずっと好きな人がいて、その思いを受け取ることはできなかった。一年後、卒業を待たずに静流は姿を消した。嘘つきでしょっちゅう誠人をからかっていた静流だったが、最後の大きな嘘を誠人についたまま…。

伊藤 計劃
いとう・けいかく
《1974〜2009》

『虐殺器官』伊藤計劃著 新版 早川書房 2014.8 428p 16cm（ハヤカワ文庫JA）〈著作目録あり〉720円 ①978-4-15-031165-0
内容 9・11以降の、"テロとの戦い"は転機を迎えていた。先進諸国は徹底的な管理体制に移行してテロを一掃したが、後進諸国では内戦や大規模虐殺が急激に増加していた。米軍大尉クラヴィス・シェパードは、その混乱の陰に常に存在が囁かれる謎の男、ジョン・ポールを追ってチェコへと向かう…彼の目的とはいったいなにか？ 大量殺戮を引き起こす "虐殺の器官"とは？ 現代の罪と罰を描破する、ゼロ年代最高のフィクション。
別版 早川書房（早川文庫）2010.2

『The Indifference Engine』伊藤計劃著
早川書房 2012.3 303p 16cm（ハヤカワ文庫）740円 ①978-4-15-031060-8
内容 ぼくは、ぼく自身の戦争をどう終わらせたらいいのだろう—戦争が残した傷跡から回復できないアフリカの少年兵の姿を生々しく描き出した表題作をはじめ、盟友である芥川賞作家・円城塔が書き継ぐことを公表した『屍者の帝国』の冒頭部分、影響を受けた小島秀夫監督にオマージュを捧げた2短篇、そして漫画や、円城塔と合作した「解説」にいたるまで、ゼロ年代最高の作家が短い活動期間に遺したフィクションを集成。

『屍者の帝国』伊藤計劃,円城塔著 河出書房新社 2014.11 525p 15cm（河出文庫）780円 ①978-4-309-41325-9
内容 屍者復活の技術が全欧に普及した十九世紀末、医学生ワトソンは大英帝国の諜報員となり、アフガニスタンに潜入。その奥地で彼を待ち受けていた屍者の国の王カラマーゾフより渾身の依頼を受け、「ヴィクターの手記」と最初の屍者ザ・ワンを追い求めて世界を駆ける—伊藤計劃の未完の絶筆を円城塔が完成させた奇蹟の超大作。
別版 河出書房新社 2012.8

『ハーモニー』伊藤計劃著 新版 早川書房 2014.8 398p 16cm（ハヤカワ文庫JA）720円 ①978-4-15-031166-7
内容 21世紀後半、"大災禍"と呼ばれる世界的な混乱を経て、人類は大規模な福祉厚生社会を築きあげていた。医療分子の発達で病気がほぼ放逐され、見せかけの優しさや倫理が横溢する "ユートピア"。そんな社会に倦んだ3人の少女は餓死することを選択した—それから13年。死ねなかった少女・霧慧トァンは、世界を襲う大混乱の陰に、ただひとり死んだはずの少女の影を見る—『虐殺器官』の

著者が描く、ユートピアの臨界点。

別版 早川書房（ハヤカワSFシリーズ―Jコレクション）2008.12

別版 早川書房（ハヤカワ文庫）2010.12

『メタルギアソリッド―ガンズオブザパトリオット』伊藤計劃著　角川書店　2010.3　537p　15cm〈角川文庫〉〈発売：角川グループパブリッシング〉743円　①978-4-04-394344-9

内容 暗号名ソリッド・スネーク。悪魔の核兵器「メタルギア」を幾度となく破壊し、世界を破滅から救ってきた伝説の男の肉体は急速な老化に蝕まれていた。戦争もまた、ナノマシンとネットワークで管理・制御され、利潤追求の経済行為に変化した。中東、南米、東欧一見知らぬ戦場に老いたスネークは赴く。「全世界的な戦争状況」の実現という悪夢に囚われた宿命の兄弟リキッド・スネークを葬るため、そして自らの呪われた血を断つために。

伊藤　遊
いとう・ゆう
《1959～》

『えんの松原』伊藤遊作, 太田大八画　福音館書店　2014.1　406p　17cm（福音館文庫）〈2001年刊の再刊〉800円　①978-4-8340-8044-5

『鬼の橋』伊藤遊作, 太田大八画　福音館書店　2012.9　343p　17cm（福音館文庫）〈1998年刊の再刊〉750円　①978-4-8340-2739-6

内容 平安時代の京都。妹を亡くし失意の日々を送る少年篁は、ある日妹が落ちた古井戸から冥界の入り口へと迷い込む。そこではすでに死んだはずの征夷大将軍坂上田村麻呂が、いまだあの世への橋を渡れないまま、鬼から都を護っていた。第三回児童文学ファンタジー大賞受賞作、待望の文庫化。小学校上級以上。

『狛犬の佐助　迷子の巻』伊藤遊作, 岡本順画　ポプラ社　2013.2　186p　19cm（ノベルズ・エクスプレス）1300円　①978-4-591-13225-8

内容 明野神社の狛犬には、彫った石工の魂が宿っていた。狛犬の「あ」には親方、「うん」には弟子の佐助の魂が。二頭は神社を見張りながら、しょっちゅう話をしていた一百五十年まえの石工の魂を宿した狛犬たちと現代の人々が織りなすファンタジー。

『となりの蔵のつくも神』伊藤遊著　ポプラ社　2013.7　248p　15cm（ポプラ文庫ピュアフル）〈「つくも神」（2004年刊）の改題、加筆・訂正〉580円　①978-4-591-13491-7

内容 老朽化の進むマンションで、両親と中学に入って荒れはじめた兄と暮らすほのかは、古い土蔵がある隣の家のおばあさんが気になっている。近所でボヤ騒ぎがあった翌日、エレベーターで奇妙な人形を見つけたことをきっかけに、ほのかの身の回りでは不思議な出来事が起こり始めて―古道具に宿ったつくも神と人々の交流を描く、温かなファンタジー。巻末に岡本順による絵物語を特別収録。

岩崎　夏海
いわさき・なつみ

『エースの系譜』岩崎夏海著　講談社　2011.3　397p　19cm〈他言語標題：Genealogy of the Aces〉1400円　①978-4-06-216794-9

内容 その高校には、野球部が存在しなかった―。あるのは、荒れ果てたグラウンドと、まともに練習も行わない野球同好会のみ。その監督を成り行きで任されることになった新任教師は、人知れずある決意を胸に秘めていた「このチームを甲子園に連れて行く。たとえ何年かかってでも」世代を越え、引き継がれる意志を描く、真の処女作にして「もしドラ」の原点的物語。敗北と再生の青春野球小説。

『チャボとウサギの事件』岩崎夏海著　文藝春秋　2012.6　223p　19cm　1000円　①978-4-16-381410-0

内容 その日もぼくは眠かった一日直をサボった小六の「ぼく」は、幼馴染みの「リコ」がチャボの殺害現場を発見した時、不在だった。責任を感じ、親友の「工藤ちゃん」と捜査に乗り出したぼくの前に、さまざまな犯人候補が浮かびあがる。ところが、その過程で第二の事件が―。

『もし高校野球の女子マネージャーがドラッカーの『イノベーションと企業家精神』を読んだら』岩崎夏海著　ダイヤモンド社　2015.12　333p　19cm〈文献あり〉1600円　①978-4-478-06649-2

内容 私立浅川学園高校に通う岡野夢は、友人の真実に誘われて、野球部のマネージャーになることを決心します。夢と真実はドラッカーの経営書『イノベーションと企業家精神』を読みながら、競争しなくても勝てる、まったく新しい野球部をつくろうとします。ドラッカーの教えをもとに、マネージャーと選手たちが力を合わせてイノベーションを起こし、

甲子園を目指す青春小説。

『もし高校野球の女子マネージャーがドラッカーの『マネジメント』を読んだら』岩崎夏海著　新潮社　2015.12　309p　16cm（新潮文庫）〈ダイヤモンド社 2009年刊の再刊〉550円　①978-4-10-120221-1
内容 ある日突然、女子マネージャーになった主人公の川島みなみは、都立程久保高校の野球部を「甲子園に連れていく」と決めた。でもいったい、どうやって？ 世界で一番読まれた経営学書『マネジメント』の理論を頼りに、みなみは野球部を変革して行く。「真摯さ」とは何か、顧客は誰か、組織の成長とは…。ドラッカーの教えを実践し、甲子園出場をめざして奮闘する高校生の青春物語！
別版 ダイヤモンド社 2009.12

岩瀬　成子
いわせ・じょうこ
《1950～》

『あたらしい子がきて』岩瀬成子作, 上路ナオ子絵　岩崎書店　2014.2　128p　22cm（おはなしガーデン）1300円　①978-4-265-05491-6
内容 お父さん、お母さん、おおばあちゃん、おばあちゃん、近所の公園で出会ったおじさんと知的障害のあるおばさんのきょうだい、妹のるい…さまざまな人と人とのつながりを通して、心境がすこしずつ変化し、成長していく、姉妹のお話。小学校中学年から。

『オール・マイ・ラヴィング』岩瀬成子著　小学館　2016.12　298p　15cm（小学館文庫）〈ホーム社 2010年刊の加筆修正〉620円　①978-4-09-406378-3
内容 一九六六年―ビートルズが日本にやってきたあの年。十四歳の少女が住む小さな町にビートルズファンは一人だけだった。母を亡くして父と姉の三人で暮す「わたし」と町の大人たちやクラスメイトとの交流を描きながら、「あの時代」を等身大の少女の目でみつめた、心ふるえる長篇小説。
別版 ホーム社 2010.1

『きみは知らないほうがいい』岩瀬成子作, 長谷川集平絵　文研出版　2014.10　182p　22cm（文研じゅべにーる）1400円　①978-4-580-82232-0
内容 米利と、あまり話したことのないクラスメイトの昼間くんとバスでいっしょになる。どこへ行くのか聞いてみると、「きみは知ら

ないほうがいい。」という。気になった米利があとをつけると、昼間くんは駅の地下通路で男の人と会っていた。

『くもりときどき晴レル』岩瀬成子作　理論社　2014.2　187p　19cm　1400円　①978-4-652-20049-0
内容 子どもを書き続ける作家が6人の子どもそれぞれの今を描く最新短篇集。

『だれにもいえない』岩瀬成子作, 網中いづる絵　毎日新聞社　2011.5　77p　22cm　1300円　①978-4-620-20030-9
内容 ある日、同じクラスの点くんをすきになっている自分に気づいた千春。でも、いつすきになったのか、どうしてすきになったのかわからない。だれかにきいてみたい、この気持ち。でも、だれにもきけない。せつなくて、あったかい小さなラヴストーリー。

『地図を広げて』岩瀬成子著　偕成社　2018.7　245p　19cm　1500円　①978-4-03-643180-9
内容 子ども時代を生きるのはそんなにかんたんなことじゃない。お父さんと鈴の二人暮らしのマンションに、四年ぶりに一緒に暮らすことになった弟の圭がやってくる。たがいを思いながら、手探りでつくる新しい家族の日々。中学生以上。

『ちょっとおんぶ』岩瀬成子作, 北見葉胡絵　講談社　2017.5　93p　22cm（わくわくライブラリー）1350円　①978-4-06-195780-0
内容 動物たちの声が聞こえる女の子、つきちゃんのおはなし。絵本を卒業したお子さんのひとり読みや、読みきかせにぴったり！ 小学初級から。

『ともだちのときちゃん』岩瀬成子作, 植田真絵　フレーベル館　2017.9　71p　22cm（おはなしのまど）1100円　①978-4-577-04574-9
内容 さつきは4月生まれ、ときちゃんは3月生まれの小学2年生。ふたりはクラスもいっしょ、席もとなり。ときちゃんはだまっていることがおおいけれど、さつきはおしゃべりが大すき。知っていることはなんでもはなしたがります。「よく知ってるね」とほめられるとうれしくなるから。でも、ある日、さつきはときちゃんから「生きていると、きのうとはちょっとだけちがっちゃっているよ」といわれて、かんがえてしまいます。低学年向け読み物。

『なみだひっこんでろ』岩瀬成子作, 上路ナオ子絵　岩崎書店　2012.5　71p　22cm（おはなしトントン）1000円

日本の作品　　　　　　　　　　　　　　　　　上橋菜穂子

①978-4-265-06298-0

『春くんのいる家』岩瀬成子作, 坪谷令子
絵　文渓堂　2017.6　100p　22cm
1300円　①978-4-7999-0162-5
内容 小4の日向は、両親が離婚したあと、母
といっしょに、祖父母の家でくらしていた。
そこに「いとこ」の春が、祖父母の養子になっ
てくわわることになった。「祖父母、母、春、
日向」で「家族」だと祖父はいう。でも、日
向は、「この家、好きになった?」と問われ
ても、「わかんない」としかこたえられない。
そんなある日…。

『ピース・ヴィレッジ』岩瀬成子著　偕成
社　2011.10　193p　20cm　1300円
①978-4-03-643090-1
内容 トニーはもうこの基地にいないのかもし
れないな、と思う。どこか遠くの戦場へ行っ
てしまったのかもしれない。トニーのいなく
なったあとに、またあたらしくアメリカ兵が
送りこまれてきたかもしれない。その人たち
を待っている父さんやおばあちゃんは、きっ
と今夜も店をあけているにちがいない。それ
から森野さんも、ピース・ヴィレッジでいつ
ものように、モジドやほかの人たちと話をし
ているんだろうな。この大きな空の下で、わ
たしたちの町はなんてちっぽけなんだろうと
思う。小学校高学年から。

『ぼくが弟にしたこと』岩瀬成子作, 長谷
川集平絵　理論社　2015.11　159p
21cm　1300円　①978-4-652-20131-2
内容 「これからは三人で仲良くくらそう。力
を合わせればきっとうまくいくよ。お母さん
もがんばっちゃうからね」三年前、三人で越
してきたとき、母はぼくと弟に言った。母が
あの頃どんな気もちでいたか、ぼくにはぜん
ぜんわからなかった。封印していた傷と向き
合う麻里生の心の軌跡。

『まつりちゃん』岩瀬成子作　理論社
2010.9　164p　19cm　1400円　①978-
4-652-07977-5
内容 その子は、いつも一人だった。コンビニ
の前。公園。商店街。家の窓、カーテンのか
げに…。ひとりで住んでることは秘密です。
まつりちゃんが、出会った人の心にくれたも
のは…子どもを書き続ける作家が描いた、さ
さやかな奇跡の物語。

『マルの背中』岩瀬成子著　講談社　2016.
9　164p　20cm　1300円　①978-4-06-
220063-9
内容 父と弟の理央が暮らす家を出て母と二
人で生活する亜澄は、駄菓子屋のおじさんか
ら近所で評判の "幸運の猫" を預かることに。

野間児童文芸賞、小学館文学賞、産経児童出
版文化賞大賞受賞作家による感動作!

上橋　菜穂子
うえはし・なほこ
《1962〜》

『炎路を行く者─守り人作品集』上橋菜穂
子著　新潮社　2017.1　313p　16cm
(新潮文庫)〈偕成社 2012年刊の再刊〉
550円　①978-4-10-130284-3
内容 『蒼路の旅人』、『天と地の守り人』で
暗躍したタルシュ帝国の密偵、ヒュウゴ。彼
は何故、祖国を滅ぼし家族を奪った国に仕え
るのか。謎多きヒュウゴの少年時代を描いた
「炎路の旅人」。そしてバルサは、養父と共に
旅を続けるなか、何故、女用心棒として生き
る道を選んだのか。過酷な少女時代を描いた
「十五の我には」─やがてチャグム皇子と出
会う二人の十代の頃の物語2編。シリーズ最
新刊。
別版 偕成社(偕成社ワンダーランド)2012.2
別版 偕成社(軽装版偕成社ポッシュ)2014.11

『神の守り人　上(来訪編)』上橋菜穂子著
新潮社　2009.8　298p　16cm(新潮文
庫)　514円　①978-4-10-130276-8
内容 女用心棒バルサは逡巡の末、人買いの
手から幼い妹を助けてしまう。ふたりには
恐ろしい秘密が隠されていた。ロタ王国を揺
るがす力を秘めた少女アスラを巡り、"猟犬"
と呼ばれる呪術師たちが動き出す。タンダの
身を案じながらも、アスラを守って逃げるバ
ルサ。追いすがる "猟犬" たち。バルサは幼
い頃から培った逃亡の技と経験を頼りに、陰
謀と裏切りの闇の中をひたすら駆け抜ける。

『神の守り人　下(帰還編)』上橋菜穂子著
新潮社　2009.8　331p　16cm(新潮文
庫)　552円　①978-4-10-130277-5
内容 南北の対立を抱えるロタ王国。対立す
る氏族をまとめ改革を進めるために、怖ろし
い "力" を秘めたアスラには大きな利用価値
があった。異界から流れくる "畏ろしき神"
とタルの民の秘密とは? そして王家と "猟
犬" たちとの古き盟約とは? 自分の "力" を怖
れながらも残酷な神へと近づいていくアスラ
の心と身体を、ついに "猟犬" の罠にはまった
バルサは救えるのか? 大きな主題に挑むシ
リーズ第5作。

『獣の奏者(そうじゃ) 1　闘蛇編』上橋菜
穂子著　講談社　2009.8　357p　15cm
(講談社文庫)　629円　①978-4-06-

ヤングアダルトの本　いま読みたい小説4000冊　**61**

276446-9

内容 リョザ神王国。闘蛇村に暮らす少女エリンの幸せな日々は、闘蛇を死なせた罪に問われた母との別れを境に一転する。母の不思議なследによって死地を逃れ、蜂飼いのジョウンに救われて九死に一生を得たエリンは、母と同じ獣ノ医術師を目指すが―。苦難に立ち向かう少女の物語が、いまここに幕を開ける。

別版 講談社（講談社青い鳥文庫）2008.11～2009.1

『獣の奏者（そうじゃ）2　王獣編』上橋菜穂子著　講談社　2009.8　480p　15cm（講談社文庫）695円　①978-4-06-276447-6

内容 カザルム学舎で獣ノ医術を学び始めたエリンは、傷ついた王獣の子リランに出会う。決して人に馴れない、また馴らしてはいけない聖なる獣・王獣と心を通わせあう術を見いだしてしまったエリンは、やがて王国の命運を左右する戦いに巻き込まれていく―。新たなる時代を刻む、日本ファンタジー界の金字塔。

別版 講談社（講談社青い鳥文庫）2009.3～2009.5

『獣の奏者　3　探求編』上橋菜穂子著　講談社　2012.8　551p　15cm（講談社文庫）752円　①978-4-06-277344-7

内容 愛する者と結ばれ、母となったエリン。ある村で起きた闘蛇の大量死の原因究明を命じられ、行き当たったのは、かつて母を死に追いやった禁忌の真相だった。夫と息子との未来のため、多くの命を救うため、エリンは歴史に秘められた真実を求めて、過去の大災厄を生き延びた人々が今も住むという遙かな谷を目指すが…。

別版 講談社　2009.8

別版 講談社（講談社青い鳥文庫）2011.4～2011.6

『獣の奏者　4　完結編』上橋菜穂子著　講談社　2012.8　497p　15cm（講談社文庫）〈文献あり〉724円　①978-4-06-277345-4

内容 闘蛇と王獣。秘められた多くの謎をみずからの手で解き明かす決心をしたエリンは、拒み続けてきた真王の命に従って王獣を増やし、一大部隊を築き上げる。過去の封印をひとつひとつ壊し、やがて闘蛇が地を覆い王獣が天に舞う時、伝説の大災厄は再びもたらされるのか。傑作大河物語巨編、大いなる結末へ。

別版 講談社　2009.8

別版 講談社（講談社青い鳥文庫）2011.8～2011.10

『獣の奏者　外伝　刹那』上橋菜穂子著

講談社　2013.10　400p　15cm（講談社文庫）〈2010年刊に書き下ろし短編「綿毛」を加えて文庫化〉690円　①978-4-06-277660-8

内容 王国の行く末を左右しかねぬ政治的運命を背負ったエリンは、女性として、母親として、いかに生きたのか。エリンの恩師エサルの、若き頃の「女」の顔。まだあどけないジェシの輝く一瞬。一日一日、その時を大切に生きる彼女らのいとおしい日々を描く物語集。エリンの母ソヨンの素顔を描いた単行本未収録短編「綿毛」収録。

別版 講談社　2010.9

『鹿の王　1』上橋菜穂子著

KADOKAWA　2017.6　296p　15cm（角川文庫）640円　①978-4-04-105489-5

内容 強大な帝国・東乎瑠から故郷を守るため、死兵の役目を引き受けた戦士団“独角”。妻と子を病で失い絶望の底にあったヴァンはその頭として戦うが、奴隷に落とされ岩塩鉱に囚われていた。ある夜、不気味な犬の群れが岩塩鉱を襲い、謎の病が発生。生き延びたヴァンは、同じく病から逃れた幼子にユナと名前を付けて育てるが!?たったふたりだけ生き残った父と子が、未曾有の危機に立ち向かう。壮大な冒険が、いまはじまる―！

『鹿の王　2』上橋菜穂子著

KADOKAWA　2017.6　333p　15cm（角川文庫）640円　①978-4-04-105508-3

内容 謎の病で全滅した岩塩鉱を訪れた若き天才医術師ホッサル。遺体の状況から、二百五十年前に自らの故国を滅ぼした伝説の疫病“黒狼熱”であることに気づく。征服民には致命的なのに、先住民であるアカファの民は罹らぬ、この謎の病は、神が侵略者に下した天罰だという噂が流れ始める。古き疫病は、何故蘇ったのか―。治療法が見つからぬ中、ホッサルは黒狼熱に罹りながらも生き残った囚人がいると知り…!?

『鹿の王　3』上橋菜穂子著

KADOKAWA　2017.7　270p　15cm（角川文庫）640円　①978-4-04-105509-0

内容 何者かに攫われたユナを追い、“火馬の民”の集落へ辿り着いたヴァン。彼らは帝国・東乎瑠の侵攻によって故郷を追われ、強い哀しみと怒りを抱えていた。族長のオーファンから岩塩鉱を襲った犬の秘密と、自身の身体に起こった異変の真相を明かされ、戸惑うヴァンだが…!?一方、黒狼熱の治療法をもとめ、医術師ホッサルは一人の男の行方を追ってい

日本の作品　魚住直子

た。病に罹る者と罹らない者、その違いは本当に神の意思なのか─。

『鹿の王　4』上橋菜穂子著
KADOKAWA　2017.7　350p　15cm（角川文庫）640円　①978-4-04-105510-6
内容 岩塩鉱を生き残った男・ヴァンと、ついに対面したホッサル。人はなぜ病み、なぜ治る者と治らぬ者がいるのか─投げかけられた問いに答えようとする中で、ホッサルは黒狼熱の秘密に気づく。その頃仲間を失った"火馬の民"のオーファンは、故郷をとり戻すべく最後の勝負を仕掛けていた。病む者の哀しみを見過ごせなかったヴァンが、愛する者たちが生きる世界のために下した決断とは─!? 上橋菜穂子の傑作長編、堂々完結！
別版 KADOKAWA 2014.9

『蒼路の旅人』上橋菜穂子著　新潮社
2010.8　380p　16cm（新潮文庫）590円
①978-4-10-130279-9
内容 生気溢れる若者に成長したチャグム皇太子は、祖父を助けるために、罠と知りつつ大海原に飛びだしていく。迫り来るタルシュ帝国の大波、海の王国サンガルの苦闘。遙か南の大陸へ、チャグムの旅が、いま始まる！─幼い日、バルサに救われた命を賭け、己の身ひとつで大国に対峙し、運命を切り拓こうとするチャグムが選んだ道とは？ 壮大な大河物語の結末へと動き始めるシリーズ第6作。

『天と地の守り人　第1部（ロタ王国編）』
上橋菜穂子著　新潮社　2011.6　381p
16cm（新潮文庫）590円　①978-4-10-130280-5
内容 大海原に身を投じたチャグム皇子を探して欲しい─密かな依頼を受けバルサはかすかな手がかりを追ってチャグムを探す困難な旅へ乗り出していく。刻一刻と迫るタルシュ帝国による侵略の波、ロタ王国の内側に潜む陰謀の影。そして、ゆるやかに巡り来る異界ナユグの春。懸命に探索を続けるバルサは、チャグムを見つけることが出来るのか…。大河物語最終章三部作、いよいよ開幕。

『天と地の守り人　第2部（カンバル王国編）』上橋菜穂子著　新潮社　2011.6
328p　16cm（新潮文庫）552円　①978-4-10-130281-2
内容 再び共に旅することになったバルサとチャグム。かつてバルサに守られて生き延びた幼い少年は、苦難の中で、まぶしい脱皮を遂げていく。バルサの故郷カンバルの、美しくも厳しい自然。すでに王国の奥深くを蝕んでいた陰謀。そして、草兵として、最前線に

駆り出されてしまったタンダが気づく異変の前兆─迫り来る危難のなか、道を切り拓こうとする彼らの運命は。狂瀾怒涛の第二部。
別版 偕成社（偕成社ポッシュ 軽装版）2008.12

『天と地の守り人　第3部（新ヨゴ皇国編）』
上橋菜穂子著　新潮社　2011.6　403p
16cm（新潮文庫）590円　①978-4-10-130282-9
内容 ロタとカンバルがうごいた！ 北の諸国のうねりを背に、瀕死の故国へ帰還するチャグムに父との対決の時が迫る。緒戦の犠牲となったタンダの行方を必死に探し求めるバルサ。大地が揺れ、天変地異が起こるとき、金の鳥が空を舞い、地を這う人々の群れは、ひたすらに生きのびようとする。─十年余りの時をかけて紡ぎだされた大河物語の最終章『天と地の守り人』三部作、ついに完結。
別版 偕成社（偕成社ポッシュ 軽装版）2009.2

『流れ行く者─守り人短編集』上橋菜穂子著　新潮社　2013.8　301p　16cm（新潮文庫）〈偕成社 2008年刊の再刊〉550円　①978-4-10-130283-6
内容 王の陰謀に巻き込まれ父を殺された少女バルサ。親友の娘である彼女を託され、用心棒に身をやつした男ジグロ。故郷を捨て追っ手から逃れ、流れ行くふたりは、定まった日常の中では生きられぬ様々な境遇の人々と出会う。幼いタンダとの明るい日々、賭事師の老女との出会い、そして、初めて己の命を短槍に託す死闘の一瞬─孤独と哀切と温もりに彩られた、バルサ十代の日々を描く短編集。
別版 偕成社（軽装版偕成社ポッシュ）2011.6

『「守り人」のすべて─「守り人」シリーズ完全ガイド』上橋菜穂子著, 二木真希子, 佐竹美保絵, 偕成社編集部編　増補改訂版　偕成社　2016.12　204p　19cm
1000円　①978-4-03-750160-0
内容 ファンタジーの金字塔、上橋菜穂子「守り人」シリーズガイドブック増補改訂版！書き下ろし短編「天への振舞い」を新収録しました！ 豪華対談やエッセイから「守り人」百科、人物事典までシリーズの魅力に迫ります。

魚住　直子
うおずみ・なおこ
《1966～》

『いろはのあした』魚住直子作, 北見葉胡絵　あかね書房　2014.9　124p　21cm

ヤングアダルトの本　いま読みたい小説4000冊　63

（スプラッシュ・ストーリーズ）1100円　①978-4-251-04418-1

内容　いろはは、ちょっと気が強い。きょうは弟のにほと、けんか。このあいだは学校の友だちに、思わず見栄をはってしまった。でも、あしたはすこしだけ、ちがう自分になれるのかな…？　いろはの、すこしずつ変わっていく毎日を、繊細にあたたかく描く物語です。

『園芸少年』魚住直子著　講談社　2009.8　156p　20cm　1300円　①978-4-06-215664-6

内容　高校生活をそつなく過ごそうとする、篠崎。態度ばかりでかい、大和田。段ボール箱をかぶって登校する、庄司。空に凛と芽を伸ばす植物の生長と不器用な少年たちの姿が重なり合う、高1男子・春から秋の物語。

『大盛りワックス虫ボトル』魚住直子著　講談社　2011.3　204p　19cm（Ya！entertainment）950円　①978-4-06-269440-7

内容　無気力で存在感の薄い江藤公平。ある日、目の前に突然現れた小さな虫みたいな生き物は公平に、「ひとを1000回笑わせろ」と命令する。いったいなぜ？　それまで接点のなかった中2男子3人は、それぞれの理由から、トリオを組んで文化祭のお笑いステージに挑む。

『クマのあたりまえ』魚住直子著　ポプラ社　2017.9　173p　15cm（ポプラ文庫ピュアフル）〈2011年刊の加筆・修正、書き下ろし短編「たいそう立派なリス」と「聞いてくれますか」を加えて再刊〉580円　①978-4-591-15570-7

内容　「死んだように生きるのは、意味がないと思ったんだ」というクマの子（表題作より）など、不器用で、けなげで、一生懸命生きている動物たちを主人公に「生きること」を考えさせる九つの物語。やさしい語り口とあたたかな目線で、そっと寄り添い、心にひとすじの風を通してくれるような作品集。文庫書き下ろしで「たいそう立派なリス」、「聞いてくれますか」の二編を新たに収録。

別版　ポプラ社（Teens' best selections）2011.8

『てんからどどん』魚住直子作, けーしん絵　ポプラ社　2016.5　187p　19cm（ノベルズ・エクスプレス）1300円　①978-4-591-15006-1

内容　わたしがあの子になっちゃった!?「こんな自分、変わりたい！」と思っていたら一世界でひとりの“自分”のことが好きになれる??　雷がおこした魔法。

『ばかじゃん！』魚住直子作　全国学校図書館協議会　2008.4　27p　21cm（集団読書テキスト　全国SLA集団読書テキスト委員会編）〈絵：鈴木びんこ　年譜あり〉190円　①978-4-7933-7055-7

『ピンクの神様』魚住直子著　講談社　2012.4　246p　15cm（講談社文庫）552円　①978-4-06-276952-5

内容　年齢も職業も性格もバラバラの女性たちが主人公の7つの物語。共通点は、みな周囲の同性との関係に悩んでいるということ。この本は、ちょっと不器用な人、人間関係に悩んだことがある人たちにとって、きっと心優しい“女友達”になってくれる。講談社児童文学新人賞作家が初めて大人の女性に贈る珠玉の短編集。

冲方　丁
うぶかた・とう
《1977～》

『OUT OF CONTROL』冲方丁著　早川書房　2012.7　292p　16cm（ハヤカワ文庫 JA）620円　①978-4-15-031072-1

内容　『天地明察』の原型短篇「日本改暦事情」、親から子どもへの普遍的な愛情をSF設定の中で描いた「メトセラとプラスチックと太陽の臓器」、著者自身を思わせる作家の一夜を疾走感溢れる筆致でつづる異色の表題作など、全7篇を収録。

『戦の国』冲方丁著　講談社　2017.10　284p　20cm　1550円　①978-4-06-220804-8

内容　『戦国』―日ノ本が造られた激動の55年を、織田信長、上杉謙信、明智光秀、大谷吉継、小早川秀秋、豊臣秀頼ら六傑の視点から描く、かつてない連作歴史長編。

『黒い季節』冲方丁著　角川書店　2010.8　393p　15cm（角川文庫）〈発売：角川グループパブリッシング〉667円　①978-4-04-472910-3

内容　身のうちに病を飼い、未来を望まぬヤクザ「藤堂」、記憶を喪い、未来の鍵となる美少年「穂」、未来を手にせんとする男「沖」、沖と宿命で結ばれた異能の女「蛭雪」、未来を望まずにはいられぬ少年「誠」、誠と偶然で結ばれた異能の女「戊」―縁は結ばれ、賽は投げられた。世界は、未来は変わるのか？　本屋大賞作家、冲方丁が若き日の情熱と才能をフル投入した、いまだかつてない異形のエンタテインメント。

日本の作品　　　　　　　　　　　　　　　　　　　　冲方丁

『十二人の死にたい子どもたち』冲方丁著
文藝春秋　2016.10　404p　20cm
1550円　①978-4-16-390541-9
[内容] 廃業した病院にやってくる、十二人の
子どもたち。建物に入り、金庫を開けると、
中には1から12までの数字が並べられている。
この場へ集う十二人は、一人ずつこの数字を
手にする決まりだった。初対面同士の子ども
たちの目的は、みんなで安楽死をすること。
病院の一室で、すぐにそれは実行されるはず
だった。しかし、十二人が集まった部屋のベッ
ドにはすでに一人の少年が横たわっていた。
彼は一体何者なのか、誰かが彼を殺したので
はないか。このまま計画を実行してもいいの
か。この集いの原則「全員一致」にのっとり、
十二人の子どもたちは多数決を取ろうとする。
俊英・冲方丁がデビュー20年目にしてはじめ
て書く、現代長編ミステリー！性格も価値
観も環境も違う十二人がぶつけ合う、それぞ
れの死にたい理由。彼らが出す結論は一。

『小説BLAME！大地の記憶』弐瓶勉原
作・イラスト, 冲方丁著　講談社　2017.
5　200p　19cm　1200円　①978-4-06-
365024-2

『ストーム・ブリング・ワールド　1』冲方
丁著　メディアファクトリー　2009.8
248p　15cm（MF文庫―ダ・ヴィンチ）
〈2003年刊の新装版〉552円　①978-4-
8401-2861-2
[内容] 創造の女神カルドラが手にしていた「創
造の書」。神々の争いで砕け散った断片は「カ
ルド」と呼ばれ、それに秘められた力を駆使で
きる者を「セプター」と呼んだ。少女アーティ
は父に愛されたい一心で嘘をつきセプター候
補として神殿で学んでいた。そんな彼女のも
とに転学生の少年リェロンがやってきたとき、
運命の歯車が大きく動き出す！SF大賞受賞
作家が描く、傑作ファンタジー。

『ストーム・ブリング・ワールド　2』冲方
丁著　メディアファクトリー　2009.10
232p　15cm（MF文庫―ダ・ヴィンチ）
〈2003年刊の加筆修正、新装版〉552円
①978-4-8401-3048-6
[内容] アーティミスを守るという密命を受け
て「神殿」に遣わされた少年のリェロン。しか
し、王宮の騎士団の卑劣な罠にはまったリェ
ロンは処刑されてしまう。失意の底に叩き落
とされたアーティミスを立ち直らせたのは、
残されたリェロンのカルド“グリマルキン”
と学童たち。そしてアーティミスは街を救う
ため、仲間とともに立ち上がった一。

『蒼穹のファフナー―

ADOLESCENCE』冲方丁著　早川
書房　2013.2　366p　16cm（ハヤカワ
文庫 JA）〈電撃文庫 2005年刊を加筆訂
正し、シナリオ「蒼穹のファフナー
RIGHT OF LEFT」を併録〉740円
①978-4-15-031096-7
[内容] あなたはそこにいますか―謎の問いかけ
とともに襲来した敵フェストゥムによって、竜
宮島の偽りの平和は破られた。島の真実が明
かされるとき、真壁一騎は人型巨大兵器ファ
フナーに乗る―。シリーズ構成、脚本を手が
けた人気テレビアニメを、冲方丁自らがノベ
ライズ。一騎、総士、真矢、翔子それぞれの
無垢なる“青春”の終わりを描く。さらにス
ペシャル版「蒼穹のファフナー RIGHT OF
LEFT」のシナリオを完全収録。

『テスタメントシュピーゲル　1』冲方丁
著　角川書店　2009.12　543p　15cm
（角川文庫―[角川スニーカー文庫]）
〈発売：角川グループパブリッシング〉
838円　①978-4-04-472909-7
[内容] 西暦2016年、国際都市ミリオポリス。憲
兵大隊に所属する涼月、陽炎、夕霧は今日も
ささやかな休息を寸断され、テロリスト集団
と対峙していた。機械化された肉体を武器に
重犯罪者と戦う“特甲児童”、だがその心には
いまだ癒えぬ痛みがある。単純に見えた事件
の奥に過去へと繋がる断片を見出し、独自の
調査へ乗り出す少女達。公安高機動隊の鳳、
乙、雛らも巻き込み、事態は重大な局面へ…。
「シュピーゲル・シリーズ」待望の新章突入。

『テスタメントシュピーゲル　2上』冲方
丁著　KADOKAWA　2015.5　515p
15cm（角川スニーカー文庫）〈1までの
出版者：角川書店〉820円　①978-4-04-
472911-0
[内容] 西暦2016年、国際都市ミリオポリス。公
安高機動隊の鳳、乙、雛は、“レベル3”の電子
戦演習で、秘められた才能を開花させていた。
そんな時に発生した囚人護送バス襲撃事件。
些細な事件かと思われたが、大規模な情報汚
染に異変を察知した3人は、窮地に陥る憲兵
大隊の涼月、陽炎、夕霧らを救うために現場
へ急行する。特甲猟兵の襲撃、AP爆弾の炸
裂が重なる緊急事態を経て、事件は予想外の
展開へ。最終章第2幕スタート！

『テスタメントシュピーゲル　2下』冲方
丁著　KADOKAWA　2015.6　550p
15cm（角川スニーカー文庫）840円
①978-4-04-103098-1
[内容] 4つ目のAP爆弾が炸裂し、戦場と化すミ
リオポリス。公安高機同隊の鳳、乙、雛は残

冲方丁　　　　　　　　　　　　　　　　　　　　日本の作品

り5つのAP爆弾を追う。イギリス諜報機関G
チームとの合同捜査に臨む鳳、カタナの市街
戦術を習得した乙、爆破の実行組織"ローデ
シア"に潜入した雛。社会の暗闇にはびこる
影たちがつながろうとしている極地で、少女
たちが抱える傷は深くなっていく。憲兵大隊
との共闘を経て、3人が下す決断とは…。最
終章第2幕は、激動の最終局面へ!!

『テスタメントシュピーゲル　3上』冲方
丁著　KADOKAWA　2017.1　357p
15cm（角川スニーカー文庫）820円
①978-4-04-472912-7
内容 西暦2016年、国際都市ミリオポリス。憲
兵大隊の涼月は、敵の情報汚染への対抗ユニッ
トを目標地点に運ぶため、機能不全に陥った
都市を蒸気機関車で驀進する。そのころ、仲
間2人—陽炎／夕霧もまた、のっぴきならない
危機に直面していた。やがて散り散りになっ
た仲間たちは集い、全ての事象はひとつに収
束していく—。機械化された肉体を武器に闘
う少女たちの物語、いよいよ最終章!!

『テスタメントシュピーゲル　3下』冲方
丁著　KADOKAWA　2017.7　501p
15cm（角川スニーカー文庫）880円
①978-4-04-105181-8
内容「あたし達は大丈夫だ！真っ直ぐに行
くぞ！」涼月の咆哮を合図に、憲兵大隊+公安
高機動隊の特甲児童達は戦火の街・ミリオポ
リスを駆け抜ける。都市を壊滅の危機に陥れ
た主犯格+特甲猟兵達をひとり残らず倒すべ
く、善きつながりの感覚とともに最終決戦に
臨む少女達。やがて迎える終極で、それぞれ
の背負った因縁にも決着のときが訪れる—。
6人の機械化少女と、ともに戦った数多の戦
士達の物語、ついに感動のフィナーレ!!

『天地明察　上』冲方丁著　角川書店
2012.5　282p　15cm（角川文庫）
〈2009年刊の上下巻分冊、加筆修正　発
売：角川グループパブリッシング〉552
円　①978-4-04-100318-3
内容 徳川四代将軍家綱の治世、ある「プロ
ジェクト」が立ちあがる。即ち、日本独自の
暦を作り上げること。当時使われていた暦・
宣明暦は正確さを失い、ずれが生じ始めてい
た。改暦の実行者として選ばれたのは渋川春
海。碁打ちの名門に生まれた春海は己の境遇
に飽き、算術に生き甲斐を見出していた。彼
と「天」との壮絶な勝負が今、幕開く—。日本
文化を変えた大計画をみずみずしくも重厚に
描いた傑作時代小説。第7回本屋大賞受賞作。

『天地明察　下』冲方丁著　角川書店
2012.5　290p　15cm（角川文庫）

〈2009年刊の上下巻分冊、加筆修正　文
献あり　発売：角川グループパブリッシン
グ〉552円　①978-4-04-100292-6
内容「この国の老いた暦を斬ってくれぬか」
会津藩藩主にして将軍家綱の後見人、保科正
之から春海に告げられた重き言葉。武家と公
家、士と農、そして天と地を強靱な絆で結ぶ
この改暦事業は、文治国家として日本が変革
を遂げる象徴でもあった。改暦の「総大将」
に任じられた春海だが、ここから想像を絶す
る苦闘の道が始まることになる—。碁打ちに
して暦法家・渋川春海の20年に亘る奮闘・挫
折・喜び、そして恋。
別版 角川書店　2009.11

『はなとゆめ』冲方丁著　KADOKAWA
2016.7　362p　15cm（角川文庫）
〈2013年刊の加筆修正　文献あり〉640
円　①978-4-04-104114-7
内容 なぜ彼女は、『枕草子』を書いたのか—。
28歳の清少納言は、帝の妃である17歳の中宮
定子様に仕え始めた。華やかな宮中の雰囲気
になじめずにいたが、定子様に導かれ、その
才能を開花させていく。機転をもって知識を
披露し、清少納言はやがて、宮中での存在感を
強める。しかし幸福なときは長くは続かず、
権力を掌握せんとする藤原道長と定子様の政
争に巻き込まれて…。清少納言の心ふるわす
生涯を描く、珠玉の歴史小説！
別版 KADOKAWA　2013.11

『微睡みのセフィロト』冲方丁著　早川書
房　2010.3　223p　16cm（ハヤカワ文
庫）600円　①978-4-15-030990-9
内容 従来の人類である感覚者と超次元能力
を持つ感応者との破滅的な戦乱から17年、両
者が確執を残しながらも共存している世界。
世界政府準備委員会の要人である経済数学者
が、300億個の微細な立方体へと超次元的に
"混断"される事件が起こる。先の戦乱で妻子
を失った世界連邦保安機構の捜査官パット
は、敵対する立場にあるはずの感応者の少女
ラファエルとともに捜査を開始するが…著者
の原点たる傑作SFハードボイルド。

『マルドゥック・アノニマス　1』冲方丁著
早川書房　2016.3　391p　16cm（ハヤ
カワ文庫JA）740円　①978-4-15-
031223-7
内容『マルドゥック・スクランブル』から2
年—自らの人生を取り戻したバロットは勉学
の道に進み、ウフコックは新たなパートナー
のロックらと事件解決の日々を送っていた。
そんなイースターズ・オフィスに、馴染みの
弁護士サムから企業の内部告発者ケネス・C・

日本の作品　　　　　　　　　　　　　　　　　　冲方丁

Ｏの保護依頼が持ち込まれた。調査に向かったウフコックとロックは都市の新勢力 "クインテット" と遭遇する。それは悪徳と死者をめぐる最後の遍歴の始まりだった。

『マルドゥック・アノニマス　2』冲方丁著　早川書房　2016.9　333p　16cm（ハヤカワ文庫JA）700円　①978-4-15-031245-9
内容 企業の内部告発者ケネス・C・Oの行方を追うなかで、ウフコックはパートナーのロックと弁護士サムを "クインテット" による惨殺された。保護証人を失ったイースターズ・オフィスは事件不成立により調査を中断するが、ウフコックはサムの遺志を継いで "クインテット" への潜入捜査を始める。ハンターの緻密な戦略のもと、アンダーグラウンドを制圧する "クインテット" の悪徳を、ウフコックはただ傍観するほかなかった。

『マルドゥック・アノニマス　3』冲方丁著　早川書房　2018.3　477p　16cm（ハヤカワ文庫JA）780円　①978-4-15-031320-3
内容 マルドゥック市の中枢部に食い込んだハンターは、共感によって新興勢力を "クインテット" に引き入れ、戦力を拡大していく。その様を見せつけられたウフコックは、対抗できる "善の勢力" を結集するため孤独に奔走する。自らにとって唯一の善なる存在、バロットには何も知らせず、ただ新たな道を歩む姿を見守ると決めて。ウフコックとハンター、それぞれの計画の機が覇熟したとき、両者の全面衝突が始まろうとしていた。

『マルドゥック・ヴェロシティ　1』冲方丁著　新装版　早川書房　2012.8　341p　16cm（ハヤカワ文庫JA）720円　①978-4-15-031077-6
内容 戦地において友軍への誤爆という罪を犯した男—ディムズデイル＝ボイルド。肉体改造のため軍研究所に収容された彼は、約束の地への墜落のビジョンに苛まれていた。そんなボイルドを救済したのは、知能を持つ万能兵器にして、無垢の良心たるネズミ・ウフコックだった。だが、やがて戦争は終結、彼らを "廃棄" するための部隊が研究所に迫っていた…『マルドゥック・スクランブル』以前を描く、虚無と良心の訣別の物語。

『マルドゥック・ヴェロシティ　2』冲方丁著　新装版　早川書房　2012.8　364p　16cm（ハヤカワ文庫JA）720円　①978-4-15-031078-3
内容 廃棄処分を免れたボイルドとウフコックは、"三博士" のひとりクリストファー教授

の指揮の下、9名の仲間とともにマルドゥック市へ向かう。大規模な再開発計画を争点にした市長選に揺れる街で、新たな証人保護システム「マルドゥック・スクランブル‐09」の任務に従事するボイルドとウフコックたち。だが、都市政財界・法曹界までを巻き込む巨大な陰謀のなか、彼らを待ち受けていたのはあまりにも凄絶な運命だった—。

『マルドゥック・ヴェロシティ　3』冲方丁著　新装版　早川書房　2012.8　358p　16cm（ハヤカワ文庫JA）720円　①978-4-15-031079-0
内容 ギャングの世代間抗争に端を発した拷問殺人の背後には、闇の軍属カトル・カールの存在があった。ボイルドらの熾烈な戦いと捜査により保護拘束された女、ナタリアの証言が明らかにしたのは、労組対立を利用して権力拡大を狙うオクトーバー一族の影だった。ついに牙を剥いた都市システムによって、次々と命を落としていく09メンバーたち。そしてボイルドもまた、大いなる虚無へと加速しつつあった—暗黒と失墜の完結篇。

『マルドゥック・スクランブル　The 1st Compression–圧縮』冲方丁著　完全版　早川書房　2010.10　293p　16cm（ハヤカワ文庫）700円　①978-4-15-031014-1
内容 なぜ私なの？—賭博師シェルの奸計により少女娼婦バロットは爆炎にのまれた。瀕死の彼女を救ったのは、委任事件担当官にして万能兵器のネズミ、ウフコックだった。法的に禁止された科学技術の使用が許可されるスクランブル‐09。この緊急法令で蘇ったバロットはシェルの犯罪を追うが、そこに敵の担当官ボイルドが立ち塞がる。それはかつてウフコックを濫用し、殺戮の限りを尽くした男だった。代表作の完全改稿版、始動。

『マルドゥック・スクランブル　The 2nd Combustion–燃焼』冲方丁著　完全版　早川書房　2010.10　324p　16cm（ハヤカワ文庫）700円　①978-4-15-031015-8
内容 少女は戦うことを選択した—人工皮膚をまとい、高度な電子干渉能力を得て再生したバロットにとって、ボイルドが放った5人の襲撃者も敵ではなかった。ウフコックが変身した銃を手に、驚異的な空間認識力と正確無比な射撃で、次々に相手を仕留めていくバロット。しかしその表情には強大な力への陶酔があった。やがて濫用されたウフコックが彼女の手から乖離した刹那、ボイルドの圧倒的な銃撃が眼前に迫る。緊迫の第2巻。

『マルドゥック・スクランブル　The 3rd

『Exhaust−排気』冲方丁著　完全版　早川書房　2010.10　316p　16cm（ハヤカワ文庫）〈文献あり〉700円　①978-4-15-031016-5
[内容] それでも、この世界で生きる―バロットは壮絶な闘いを経て、科学技術発祥の地 "楽園" を訪れ、シェルの犯罪を裏づけるデータがカジノに保管される4つの100万ドルチップ内にあることを知る。チップを合法的に入手すべく、ポーカー、ルーレットを制してゆくバロット。ウフコックの奪還を渇望するボイルドという虚無が迫るなか、彼女は自らの存在証明をかけて、最後の勝負ブラックジャックに挑む。喪失と再生の完結篇。
[別版] 改訂新版　早川書房　2010.9

『マルドゥック・フラグメンツ』冲方丁著　早川書房　2011.5　350p　16cm（ハヤカワ文庫）700円　①978-4-15-031031-8

『光圀伝　上』冲方丁著　KADOKAWA　2015.6　520p　15cm（角川文庫）〈角川書店 2012年刊の上下巻分冊、加筆修正〉760円　①978-4-04-102048-7
[内容] 「なぜあの男を自らの手で殺めることになったのか」老齢の光圀は、水戸・西山荘の書斎でその経緯と己の生涯を綴り始める。父・頼房の過酷な "試練" と対峙し、優れた兄・頼重を差し置いて世継ぎに選ばれたことに悩む幼少期。血気盛んな "傾奇者" として暴れる中で、宮本武蔵と邂逅する青年期。やがて文事の魅力に取り憑かれた光圀は、学を競う朋友を得て、詩の天下を目指す―。誰も見たことのない "水戸黄門" 伝、開幕。

『光圀伝　下』冲方丁著　KADOKAWA　2015.6　502p　15cm（角川文庫）〈角川書店 2012年刊の上下巻分冊、加筆修正〉760円　①978-4-04-102049-4
[内容] 「我が大義、必ずや成就せん」老齢の光圀が書き綴る人生は、"あの男" を殺めた日へと近づく。義をともに歩める伴侶・泰姫と結ばれ、心穏やかな幸せを摑む光圀。盟友や心の拠り所との死別を経て、やがて水戸藩主となった若き "虎" は、大日本史編纂という空前絶後の大事業に乗り出す。光圀のもとには同志が集い、その栄誉は絶頂を迎えるが―。"人の生" を真っ向から描き切った、至高の大河エンタテインメント！
[別版] 角川書店　2012.8

『もらい泣き』冲方丁著　集英社　2015.8　211p　16cm（集英社文庫）460円　①978-4-08-745346-1
[内容] 胸にあふれる、感動と共感。稀代のストーリーテラー・冲方丁が実話をもとに創作した「泣ける」ショートストーリー33篇。
[別版] 集英社　2012.8

江國　香織
えくに・かおり
《1964〜》

『犬とハモニカ』江國香織著　新潮社　2015.1　203p　16cm（新潮文庫）460円　①978-4-10-133928-3
[内容] 外国人青年、少女、老婦人、大家族…。空港の到着ロビーで行き交う人々の、人生の一瞬の重なりを鮮やかに掬い取った川端賞受賞の表題作。恋人に別れを告げられ、妻が眠る家に帰った男性の心の変化をこぼさず描く「寝室」。"僕らは幸福だ" "いいわ"―夫婦間の小さなさささやかさをそっと見つめた「ピクニック」。わたしたちが生きる上で抱え続ける、あたたかい孤独に満ちた、六つの旅路。川端康成文学賞受賞作。
[別版] 新潮社　2012.9

『ウエハースの椅子』江國香織著　新潮社　2009.11　216p　16cm（新潮文庫）514円　①978-4-10-133925-2
[内容] あなたに出会ったとき、私はもう恋をしていた。出会ったとき、あなたはすでに幸福な家庭を持っていた―。私は38歳の画家、中庭のある古いマンションに一人で住んでいる。絶望と記憶に親しみながら。恋人といるとき、私はみちたりていた。二人でいるときの私がすべてだと感じるほどに。やがて私は世界からはぐれる。彼の心の中に閉じ込められてしまう。恋することの孤独と絶望を描く傑作。

『江國香織童話集』江國香織著　理論社　2018.2　317p　19cm　1600円　①978-4-652-20252-4
[内容] 「草之丞の話」「デューク」「があこちゃん」etc.20代に溢れでた35作品。まっさらな子どもの視点から世界をみつめる童話集。

『がらくた』江國香織著　新潮社　2010.3　339p　16cm（新潮文庫）514円　①978-4-10-133926-9
[内容] 私は彼のすべてを望んだ。その存在も、不在による空虚さも―。45歳の翻訳家・柊子と15歳の美しい少女・美海。そして、大胆で不穏な夫。彼は天性の魅力で女性を誘惑する。妻以外のガールフレンドたちや、無防備で大人びた美海の心。柊子はそのすべてを受け容れる、彼を所有するために。知性と官能が絡み合い、恋愛の隙間からこぼれ出す愉悦と

もどかしさを描く傑作長編小説。

『**きらきらひかる**』江國香織著　改版　新潮社　2014.9　221p　15cm（新潮文庫）〈52刷（1刷1994年）〉460円　①978-4-10-133911-5

内容 私たちは十日前に結婚した。しかし、私たちの結婚について説明するのは、おそろしくやっかいである—。笑子はアル中、睦月はホモで恋人あり。そんな二人は全てを許し合って結婚した、筈だったのだが…。セックスレスの奇妙な夫婦関係から浮かび上る誠実、友情、そして恋愛とは？　傷つき傷つけられながらも、愛することを止められない全ての人々に贈る、純度100％の恋愛小説。

『**金米糖の降るところ**』江國香織著　小学館　2013.10　396p　15cm（小学館文庫）〈2011年刊の加筆改稿〉667円　①978-4-09-408866-3

内容 ブエノスアイレス近郊、日系人の町で育った佐和子とミカエラの姉妹は、少女の頃、恋人を"共有する"ことを誓い合った。姉妹は日本に留学して、佐和子は大学で知り合った達哉と結婚する。ミカエラはアルゼンチンに戻り、父親のわからない娘アジェレンを産む。実は達哉は、佐和子が姉妹で"共有する"ことを拒んだ唯一の男性だった。いまは地球の反対側に住む姉と妹だったが、佐和子は突然、離婚届を残して、アルゼンチンへと旅立つ。後を追う達哉だったが、佐和子には逃避行をともにする若い教え子の田渕がいた。東京から南米ブエノスアイレス、華麗なるスケールで描いた恋愛小説。

別版 小学館 2011.10

『**左岸　上**』江國香織著　集英社　2012.2　516p　16cm（集英社文庫）〈2008年刊の再編集〉743円　①978-4-08-746795-6

内容 仲の良い両親と、ふたつ上の兄・惣一郎、幼なじみの少年・九に囲まれ、福岡で育った茉莉。しかし惣一郎の死をきっかけに、幸せな子供時代は終りを告げる。兄の面影を胸に、茉莉は17歳で駆け落ちし、東京へ向う。男たちとの出会いと別れ、九との再会を経てめぐりあったのは、このうえない幸福と、想像もつかないかなしみだった—。辻仁成と組んで放つ、愛を求めて流れゆく男女の物語。

『**左岸　下**』江國香織著　集英社　2012.2　494p　16cm（集英社文庫）〈2008年刊の再編集〉743円　①978-4-08-746796-3

内容 愛する夫を事故で失った茉莉。傷ついた心を抱え、幼い娘と福岡からパリ、東京へと移り住む。娘のさきを育てながらバーで働き、男たちと交際しつつも、幼なじみの九と、

いつもどこかでつながっていた。やがて福岡に戻った茉莉を、不思議な運命が待ち受けていて—。寄る辺のない人生を、不器用に、ひたむきに生きる女と、一途に愛を信じる男。半世紀にわたる男女の魂の交歓を描いた一大長編。

別版 集英社 2008.10

『**ちょうちんそで**』江國香織著　新潮社　2015.6　226p　16cm（新潮文庫）490円　①978-4-10-133929-0

内容 いい匂い。あの街の夕方の匂い—。些細なきっかけで、記憶は鮮明に甦る。雛子は「架空の妹」と昔話に興じ、そんな記憶で日常を満たしている。それ以外のすべて—たとえば穿鑿好きの隣人、たとえば息子たち、たとえば「現実の妹」—が心に入り込み、そして心を損なうことを慎重に避けながら。雛子の謎と人々の秘密が重なるとき、浮かぶものとは。心震わす"記憶と愛"の物語。

別版 新潮社 2013.1

『**つめたいよるに**』江國香織著　改版　新潮社　2014.11　213p　15cm（新潮文庫）460円　①978-4-10-133913-9

内容 デュークが死んだ。わたしのデュークが死んでしまった—。たまご料理と梨と落語が好きで、キスのうまい犬のデュークが死んだ翌日乗った電車で、わたしはハンサムな男の子に巡り合った…。出会いと分れの不思議な一日を綴った「デューク」。コンビニでバイトする大学生のクリスマスイブを描いた「とくべつな早朝」。デビュー作「桃子」を含む珠玉の21編を収録した待望の短編集。

『**なかなか暮れない夏の夕暮れ**』江國香織著　角川春樹事務所　2017.2　334p　20cm　1600円　①978-4-7584-1300-8

内容 本ばかり読んでいる稔、姉の雀、元恋人の渚、娘の波十、友だちの大竹と淳子…。切実で愛しい小さな冒険の日々と頁をめくる官能を描き切る、待望の長篇小説。

『**はだかんぼうたち**』江國香織著　KADOKAWA　2016.1　376p　15cm（角川文庫）〈角川書店 2013年刊の加筆・修正〉680円　①978-4-04-103797-3

内容 桃は35歳の歯科医。入籍間近と思われていた恋人と別れ9歳下の鯖崎とつきあい始めた。だが鯖崎は桃の親友の主婦・響子にも興味をしめす。一方、ネットで知り合った60歳の男と同棲していた響子の母・和枝が急死。亡き母の同棲相手への対応は夫と衝突する。そんな響子に鯖崎が接近し始め、桃は別れた恋人と再び会ってしまう…。年齢も境遇も異なる男女たちを通して恋愛、孤独、

結婚の赤裸々な姿が浮かび上がる。
別版 角川書店 2013.3

『抱擁、あるいはライスには塩を 上』江國香織著 集英社 2014.1 346p 16cm（集英社文庫）〈2010年刊の再編集・二分冊〉600円 ①978-4-08-745150-4
内容 東京・神谷町の広壮な洋館に三世代十人で暮す柳島家。子供たちは学校に通わず家庭で教育されていたが、ある日とつぜん、父親の提案で小学校へ行くことに。次女の陸子はそこで知るのだった。叔父や叔母との同居、父親の違う姉と母親の違う弟の存在などは、よその家では「普通」ではないらしいということを—。世代をこえて紡がれる、風変りな一族の愛と秘密。江國香織の新たなる代表作。

『抱擁、あるいはライスには塩を 下』江國香織著 集英社 2014.1 333p 16cm（集英社文庫）〈2010年刊の再編集・二分冊〉600円 ①978-4-08-745151-1
内容 三世代が親密に暮す柳島家。美しく幸福な家族に見える彼らにはしかし、果敢に「世間」に挑んで敗北してきた歴史があった。母の菊乃には婚約者がいながら家出し、妊娠して実家へ戻った過去が。叔母の百合には嫁ぎ先で病気になり、離縁した経験がある。そして、健やかに成長する子供たちにもまた、変化がおとずれ—。家族それぞれに流れる時間を細やかに豊かに描いた、三世代百年にわたる愛の物語。
別版 集英社 2010.11

『真昼なのに昏い部屋』江國香織著 講談社 2013.2 242p 15cm（講談社文庫）476円 ①978-4-06-277472-7
内容 軍艦のような広い家に夫・浩さんと暮らす美弥子さんは、「きちんとしていると思えることが好き」な主婦。アメリカ人のジョーンズさんに純粋な彼女に惹かれ、近所の散歩に誘う。気づくと美弥子さんはジョーンズさんのことばかり考えていた—。恋愛のあらゆる局面を描いた中央公論文芸賞受賞作。
別版 講談社 2010.3

『ヤモリ、カエル、シジミチョウ』江國香織著 朝日新聞出版 2017.11 469p 15cm（朝日文庫）760円 ①978-4-02-264864-8
内容 小さな動物や虫と話ができる幼稚園児の拓人の目に映る、カラフルでみずみずしい世界。ためらいなく恋人との時間を優先させる父と、思い煩いながら待ちつづける母のもと、しっかり者の姉に守られながら、拓人は

大人たちの穏やかでない日常を冒険する。
別版 朝日新聞出版 2014.11

『雪だるまの雪子ちゃん』江國香織著 新潮社 2013.12 218p 16cm（新潮文庫）〈銅版画：山本容子 偕成社 2009年刊の再刊〉670円 ①978-4-10-133927-6
内容 ある豪雪の日、雪子ちゃんは空から降ってきたのでした。そして最初に彼女を発見した画家・百合さんの物置小屋に住みつきました。雪子ちゃんはトランプや夜ふかしやバターが大好きで、数字が苦手な野生の雪だるま。近所の小学生と雪合戦やなわとびもします。夏の間は休眠するし、いずれは溶けてしまうので、いつも好奇心旺盛。「とけちゃう前に」大冒険！ カラー銅版画12枚収録。
別版 偕成社 2009.9

円城 塔
えんじょう・とう
《1972～》

『烏有此譚』円城塔著 講談社 2009.12 144p 19cm 1500円 ①978-4-06-215933-3
内容 灰に埋め尽くされ、僕は穴になってしまった—目眩がするような観念の戯れ、そして世界観—。不条理文学のさらに先を行く、純文学。

『エピローグ』円城塔著 早川書房 2018.2 345p 16cm（ハヤカワ文庫JA）780円 ①978-4-15-031316-6
内容 オーバー・チューリング・クリーチャ（OTC）が現実宇宙の解像度を上げ、人類がこちら側へ逆転してしばらく。特化採掘大隊の朝戸連と相棒の支援ロボット・アラクネは、OTCの構成物質を入手すべく、現実宇宙へ向かう。いっぽう、ふたつの宇宙で起こった関連性のない連続殺人事件の謎に直面した刑事クラビトは、背景に実存そのものを商品とする多宇宙間企業イグジステンス社の影を見る。宇宙と物語に何が起こっているのか？
別版 早川書房 2015.9

『オブ・ザ・ベースボール』円城塔著 文藝春秋 2012.4 205p 16cm（文春文庫）495円 ①978-4-16-783401-2
内容 ほぼ一年に一度、空から人が降ってくる町、ファウルズ。単調で退屈な、この小さな町に流れ着き、ユニフォームとバットを身につけレスキュー・チームの一員となった男の物語。奇想天外にして自由自在、文學界新人賞受賞の表題作に、知の迷宮をさまようメ

日本の作品　　　　　　　　　　　　　　　　　　　円城塔

タフィクション小説「つぎの著者につづく」
を併録。
別版 文藝春秋 2008.2

『後藤さんのこと』円城塔著　早川書房
　2012.3　265p　16cm（ハヤカワ文庫）
　740円　①978-4-15-031062-2
内容 さまざまな「後藤さん」についての考察
が、やがて宇宙創成の秘密にいたる四色刷の
表題作ほか、百にもおよぶ断片でつづられる
あまりにも壮大で、かつあっけない銀河帝国
興亡史「The History of the Decline and Fall
of the Galactic Empire」、そしてボーイ・ミー
ツ・ガール＋時間SFの最新型モデル「墓標天
球」など、わけのわからなさがやがて圧倒的
な読書の快楽を導く、さまざまな媒体で書か
れた全六篇＋αを収録。
別版 早川書房（想像力の文学）2010.1

『これはペンです』円城塔著　新潮社
　2014.3　222p　16cm（新潮文庫）460円
　①978-4-10-125771-6
内容 叔父は文字だ。文字通り。文章自動生
成プログラムの開発で莫大な富を得たらしい
叔父から、大学生の姪に次々届く不思議な手
紙。それは肉筆だけでなく、文字を刻んだ磁
石やタイプボール、DNA配列として現れた—。
言葉とメッセージの根源に迫る表題作と、脳
内の巨大仮想都市に人生を封じこめた父の肖
像「良い夜を持っている」。科学と奇想、思
想と情感が織りなす魅惑の物語。
別版 新潮社 2011.9

『屍者の帝国』伊藤計劃,円城塔著　河出書
　房新社　2014.11　525p　15cm（河出文
　庫）780円　①978-4-309-41325-9
内容 屍者復活の技術が全欧に普及した十九
世紀末、医学生ワトソンは大英帝国の諜報員
となり、アフガニスタンに潜入。その奥地で
彼を待ち受けていた屍者の国の王カラマーゾ
フより渾身の依頼を受け、「ヴィクターの手
記」と最初の屍者ザ・ワンを追い求めて世界
を駆ける—伊藤計劃の未完の絶筆を円城塔が
完成させた奇蹟の超大作。
別版 河出書房新社 2012.8

『シャッフル航法』円城塔著　河出書房新
　社　2015.8　333p　20cm（NOVAコレ
　クション）1700円　①978-4-309-02398-
　4
内容 甘美で、繊細。壮大で、ぽんくら。言
葉の魔術師が紡ぐ極上の全10編。

『Self-reference engine』円城塔著　早
　川書房　2010.2　388p　16cm（ハヤカ
　ワ文庫）680円　①978-4-15-030985-5
内容 彼女のこめかみには弾丸が埋まってい

て、我が家に伝わる箱は、どこかの方向に毎
年一度だけ倒される。老教授の最終講義は鯰
文書の謎を解き明かし、床下からは大量のフ
ロイトが出現する。そして小さく白い可憐な
靴下は異形の巨大石像へと挑みかかり、僕ら
は反乱を起こした時間のなか、あてのない冒
険へと歩みを進める—軽々とジャンルを越境
し続ける著者による驚異のデビュー作、2篇
の増補を加えて待望の文庫化。

『道化師の蝶』円城塔著　講談社　2015.1
　186p　15cm（講談社文庫）560円
　①978-4-06-293007-9
内容 無活用ラテン語で書かれた小説『猫の
下で読むに限る』で道化師と名指された実業
家のエイブラムス氏。その作者である友幸友
幸は、エイブラムス氏の潤沢な資金と人員を
投入した追跡をよそに転居を繰り返し、現地
の言葉で書かれた原稿を残してゆく。幾重に
も織り上げられた言語をめぐる物語。芥川賞
受賞作。
別版 講談社 2012.1

『バナナ剝きには最適の日々』円城塔著
　早川書房　2014.3　242p　16cm（ハヤ
　カワ文庫 JA）〈2012年刊の増補〉620円
　①978-4-15-031150-6
内容 どこまで行っても、宇宙にはなにもな
かった一空っぽの宇宙空間でただただ待ち続
け、いまだ出会うことのないバナナ型宇宙人を夢
想し続ける無人探査機を描く表題作、淡々と
受け継がれる記憶のなかで生まれ、滅びゆく
時計の街を描いた「エデン逆行」など全10篇。
円城作品はどうして「わからないけどおもし
ろい」のか、その理由が少しわかるかもしれ
ない作品集、ついに文庫化。ボーナストラッ
ク「コンサル・パス」を追加収録。
別版 早川書房 2012.4

『プロローグ』円城塔著　文藝春秋 2018.
　2　382p　16cm（文春文庫）890円
　①978-4-16-791019-8
内容 小説の書き手である「わたし」は物語
を始めるにあたり、日本語の表記の範囲を定
め、登場人物となる13氏族を制定し、世界を
作り出す。しかしプログラムのバグというべ
き異常事態が起こり…。文学と言語とプログ
ラミング、登場人物と話者が交叉する、著者
初の「私小説」にして、SFと文学の可能性に
挑んだ意欲作。
別版 文藝春秋 2015.11

『Boy's Surface』円城塔著　早川書房
　2011.1　289p　16cm（ハヤカワ文庫）
　620円　①978-4-15-031020-2
内容 とある数学者の初恋を"9つの数字の2

つ組”で描く表題作ほか、忽然と消息を絶った防衛戦の英雄と、言語生成アルゴリズムについての思索「Goldberg Invariant」、読者のなかに書き出し、読者から読み出す恋愛小説機関「Your Heads Only」、異なる時間軸の交点に存在する仮想世界で展開される超遠距離恋愛を活写する「Gernsback Intersection」の4篇を収めた数理的恋愛小説集。著者自身の書き下ろし“解説”を新規収録。
別版 早川書房（ハヤカワSFシリーズJコレクション）2008.1

大島　真寿美
おおしま・ますみ
《1962～》

『青いリボン』大島真寿美著　小学館　2011.12　173p　15cm（小学館文庫）438円　①978-4-09-408670-6
内容 依子の両親は、彼女が小学生の頃から家庭内別居中。適度な距離を保つ生活を続けていたが、父親の転勤と母親の長期出張が決まり、依子は親友の梢の提案で彼女の家でしばらく下宿することになる。かつては居候も多かった梢の家は、浪人中の兄の拓巳、妹の多美、両親と祖父母の大家族で、核家族で育った依子にとってはまるで別世界。いつも家の中に人の気配が感じられる梢の家で過ごすうち、両親に対する依子の気持ちも緩やかに変わっていく。女子高生たちの友情と淡い恋、そして家族のあり方を丁寧な筆致で描いた青春小説。

『あなたの本当の人生は』大島真寿美著　文藝春秋　2017.10　340p　16cm（文春文庫）800円　①978-4-16-790939-0
別版 文藝春秋 2014.10

『かなしみの場所』大島真寿美著　KADOKAWA　2015.2　213p　15cm（角川文庫）〈角川書店 2004年刊の再刊〉480円　①978-4-04-102380-8
内容 離婚して実家に戻り、雑貨を作りながら静かな生活をおくる留那。夫と別れるきっかけとなったある出来事のせいで、自分の家では眠れないのに、雑貨の卸し先である「梅屋」の奥の小部屋では熟睡できる。梅屋のみなみちゃん、どこか浮世離れした両親や親戚、ずっと昔、私を誘拐した「天使のおじさん」―。個性豊かな人々の心に触れ、自分らしい人生を取り戻す。生きていくことの愛おしさが胸に迫る、やわらかな再生の物語。

『三月』大島真寿美著　ポプラ社　2017.2

233p　16cm（ポプラ文庫）〈光文社2013年刊の再刊〉640円　①978-4-591-15119-8
内容 平穏で地味に見えても、それだけですむ人生なんてない。同窓会の案内がきっかけで二十年ぶりに連絡を取り合った六人の女性。犬と暮らす失業中の領子、娘との関係に悩む明子、元恋人の死に夫が関わっていたのではと疑う穂乃香…深い感動が胸を打つ、終わりと始まりの物語。
別版 光文社 2013.9

『三人姉妹』大島真寿美著　新潮社　2012.3　307p　16cm（新潮文庫）520円　①978-4-10-138571-6
内容 末っ子は損だ。いつまでも姉にいたぶられ、ホントに腹立たしい―。元は貧乏男好きの長女・亜矢は見合いの果てに玉の輿婚、転んでもただでは起きない毒舌家の次女・真矢は奇病を克服して、華麗に転職。三女の水絵は大学を出たものの、フリーターの実家暮らしで、新しい恋に一喜一憂の日々。それぞれの恋愛、人間関係を時に優しく、時に厳しく見守る家族の日常を描く長編小説。
別版 新潮社 2009.4

『すりばちの底にあるというボタン』大島真寿美著　講談社　2009.2　220p　19cm　1300円　①978-4-06-215306-5
内容 「すりばち団地」に住んでいる薫子と雪乃は、幼なじみ。その二人の前にあらわれた転校生の晴人。薫子と雪乃が知っていたのは「ボタンを押すと世界が沈んでしまう」ということ。しかし晴人が知っていたのは、「ボタンを押すと願いが叶う」ということ。どちらが真実？　三人は、真実を探しもとめ動きだす。一団地を舞台に心の揺れ動きを丁寧に描き出した物語。

『ゼラニウムの庭』大島真寿美著　ポプラ社　2015.12　319p　16cm（ポプラ文庫）660円　①978-4-591-14767-2
内容 おそらく、信じてはもらえまい。でもたしかに彼女はそこにいる―文筆家を目指すみ子は、祖母から一族の秘密を聞かされ、それを書き記すように告げられる。秘密とは、一人の女性のことだった。嘉栄という名のその人は、世間からひた隠しに隠されていた。
別版 ポプラ社 2012.9

『戦友の恋』大島真寿美著　角川書店　2012.1　204p　15cm（角川文庫）〈発売：角川グループパブリッシング〉476円　①978-4-04-100128-8
内容 漫画原作者の佐紀は、人生最悪のスランプに陥っていた。デビュー前から二人三脚、

日本の作品　　　　　　　　　　　　　　　　　　　　　　大島真寿美

誰よりもなにもかもを分かちあってきた編集者の玖美子が急逝したのだ。二十歳のころから酒を飲んではクダをまいたり、互いの恋にダメ出ししたり。友達なんて言葉では表現できないほどかけがえのない相手をうしなってしまった佐紀の後悔は果てしなく…。喪失と再生、女子の友情を描いた、大島真寿美の最高傑作。
別版 角川書店 2009.11

『空に牡丹』大島真寿美著　小学館　2015.9　255p　20cm　1500円　①978-4-09-386419-0
内容 せっかく生まれたんだもの、生きてるうち、奇麗なものをたくさん見たいよなあ。『ピエタ』の著者の新境地、新たなる代表作！

『空はきんいろ─フレンズ』大島真寿美著　ポプラ社　2012.11　149p　15cm（ポプラ文庫ピュアフル）〈偕成社 2004年刊の加筆・訂正〉540円　①978-4-591-13154-1
内容 年も押し迫った十二月。アリサの日課は、斜向かいのビルの取り壊しを家の窓から眺めることだ。そんなとき、同じクラスのニシダくんが、桜の枯れ木の下に立っているのを発見。道路にある「人間のカタチのスイッチ」に誰かの影がはまってしまうと来年がやってこないので、見張っているというのだが…。"変わり者"の小学生ふたりが過ごす一年間。著者の隠れた名作が、ボーナストラックを収録して待望の文庫化。

『それでも彼女は歩きつづける』大島真寿美著　小学館　2014.8　269p　15cm（小学館文庫）600円　①978-4-09-406069-0
内容 映画監督・柚木真喜子が海外の映画祭である賞を受賞した。柚木の映画で脚本を担当していたものの、喧嘩別れした志保。柚木の彼氏だった男を奪い、その後結婚したさつき。地元のラジオ番組で電話取材を受けることになった柚木の妹・七恵。柚木と古くからの知り合いで、今では柚木のことをネット検索するのが趣味の亜紀美。柚木と一人息子との関係に悩む芸能事務所の女社長・登志子。柚木に見初められた、高校時代に素人ながらも映画「アコースティック」に出演した十和…。奔放に生きる一人の女性を軸に、六人の女たちの嫉妬、羨望が混じり合う濃密な物語。
別版 小学館 2011.10

『ちなつのハワイ』大島真寿美著　ポプラ社　2010.2　146p　15cm（ポプラ文庫ピュアフル）〈ジャイブ2008年刊の新装版〉520円　①978-4-591-11415-5

内容 せっかく家族でハワイに来たのに、兄は嫌機が悪いし、両親はケンカばかり。うんざりするちなつの前に、なぜか日本にいるはずのおばあちゃんが現れた。一緒に家族の絆を取り戻そうとするのだが─。うまくいかない現実も、ささくれだった心も、ハワイはやさしく包み込み、解き放ってくれる。家族の再生、かけがえのない存在との別れを通して、しなやかに成長する少女の物語。

『チョコリエッタ』大島真寿美著　角川書店　2009.3　164p　15cm（角川文庫）〈発売：角川グループパブリッシング〉438円　①978-4-04-380803-8
内容 進路調査に「犬になりたい」と書いて呼び出しをくらった知世子。彼女が幼稚園年長組の夏休み、家族旅行の道中で事故に遭い、母は帰らぬ人となった。「死にたい」「殺されたい」、からっぽの心に苛立ちだけがつのる高校2年生の夏、映画研究会OBである正岡の強引な誘いで、彼が構えるカメラの前に立つことに。レンズの向こう側へあふれるモノローグが、こわばった心を解き放つ。ゆるやかに快復する少女を描いた珠玉の青春小説。

『ツタよ、ツタ』大島真寿美著　実業之日本社　2016.10　282p　20cm　1600円　①978-4-408-53694-1
内容 新たな名前を持つこと。心の裡を言葉にすること。自分を解放するために得た術が、彼女の人生を大きく変えた─。明治の終わりに沖縄に生まれた「幻の女流作家」の数奇な運命。一作ごとに新しい扉を開く『ピエタ』の著者、会心作！

『虹色天気雨』大島真寿美著　小学館　2009.1　237p　15cm（小学館文庫）495円　①978-4-09-408338-5
内容 早朝に電話で起こされ、幼なじみの奈津の一人娘・美月を理由もわからぬまま預かることになってしまった市子。家に連れてこられた美月から、奈津の夫・憲吾が行方不明となり、奈津が憲吾を捜しに出かけたことを知らされる。二日後、戻ってきた奈津は心当たりの場所をすべてまわったが憲吾を見つけられなかったと語る。憲吾の失踪には女性が関係しているとにらむ市子と奈津のまわりには続々と仲間が集まってきて…。女性たちの友情を描いた名作小説。

『羽の音』大島真寿美著　ポプラ社　2009.12　135p　16cm（ポプラ文庫）500円　①978-4-591-11451-3
内容 両親の離婚時に独立を宣言した姉と二人で暮らすようになって三年。高三になった菜生は、大学への推薦決定後、学校をさぼり

ヤングアダルトの本　いま読みたい小説4000冊　**73**

がちになっていた。そのうち、短大を出て働いている姉までなぜか会社を仮病で休むようになり―青春の一時期に抱く感覚を、こまやかに切り取った物語。

『ピエタ』大島真寿美著　ポプラ社　2014.2　385p　16cm（ポプラ文庫）〈文献あり〉680円　①978-4-591-13771-0
内容 18世紀ヴェネツィア。『四季』の作曲家ヴィヴァルディは、孤児たちを養育するピエタ慈善院で、"合奏・合唱の娘たち"を指導していた。ある日教え子エミーリアのもとに恩師の訃報が届く―史実を基に、女性たちの交流と絆を瑞々しく描いた傑作。2012年本屋大賞第3位。
別版 ポプラ社 2011.2

『ビターシュガー―虹色天気雨 2』大島真寿美著　小学館　2011.10　233p　15cm（小学館文庫）495円　①978-4-09-408573-0
内容 前作『虹色天気雨』から数年後。市子、奈津、まりの三人は、中学、高校からの二十年来の付き合いを続けている。モデルをやめて専業主婦になった奈津は、失踪騒ぎを起こした夫・憲吾と別居、娘の美月と二人で暮らしている。キャリアウーマンのまりは年下のカメラマン・旭との恋愛に疲れ、別離を選んでいた。市子はあいかわらず執筆業を続けていたが、ひょんなことから、まりの恋人だった旭が彼女の家に転がり込んできたことから、市子、奈津、まりの三人の関係に微妙なほころびが生じることになる…。連続ドラマ化もされたアラフォー女性の恋愛＆友情小説。
別版 小学館 2010.7

『ふじこさん』大島真寿美著　講談社　2012.2　254p　15cm（講談社文庫）600円　①978-4-06-277161-0
内容 離婚寸前の両親の間で自分がモノのように取り合いされることにうんざりしている小学生のリサ。別居中の父が住むマンションの最上階から下をのぞき、子供の自殺について考えをめぐらせることがもっぱらの趣味。ある日きまぐれに父の部屋を訪れると見覚えのない若い女の人が出迎えてくれて…。ほか二編。

『ぼくらのバス』大島真寿美著　ポプラ社　2010.2　152p　15cm（ポプラ文庫ピュアフル）〈ジャイブ2007年刊の新装版〉520円　①978-4-591-11394-3
内容 暇を持て余していた、小学五年生の加納圭太は、弟の広太を誘い普通った「バスの図書館」へ行ってみる。管理人のおじいさんが亡くなって以来使われずにいた「バスの図書

館」は、かつての面影を失い荒れ果てていた。こっそりとバスに忍びこみ「秘密基地」にした二人だったが、ある日、家出少年の富士田順平が押しかけてきて…。少年たちの成長が瑞々しく描かれた、ひと夏の青春ストーリー。

『香港の甘い豆腐』大島真寿美著　小学館　2011.6　167p　15cm（小学館文庫）457円　①978-4-09-408621-8
内容 「どうせ父親も知らない私ですから」十七歳の彩美は、うまくいかないことをすべて父親のせいだと思っていた。夢がないのも自信がないのも。退屈な夏休み。突然、彩美は母親からパスポートとエアチケットを渡される。どうやら父親はいま香港にいるらしい。会いたいと望んだことなんて一度もなかったのに。ガッツ、ガッツ。初めて知る出生の秘密に、へこたれそうになる自分を鼓舞し、彩美は空港へ降り立った―。熱気に溢れる香港の町。力強い響きの広東語。活気に満ちた人々と出会い、少女がたおやかに成長を遂げる青春の物語。

『香港の甘い豆腐（抄）』赤木かん子編, 大島真寿美著　ポプラ社　2008.4　39p　21cm（ポプラ・ブック・ボックス 王冠の巻 16）①978-4-591-10221-3

『モモコとうさぎ』大島真寿美著　KADOKAWA　2018.2　318p　19cm　1500円　①978-4-04-106161-9
内容 働くって、生きるってどういうことだろう―。モモコ、22歳。就活に失敗して、バイトもクビになって、そのまま大学卒業。もしかして私、世界じゅうで誰からも必要とされてない―!?何をやってもうまくいかなかったり、はみだしてしまったり。寄るべない気持ちでたゆたうように生きる若者の、云うに云われぬ憂鬱と活路。はりつめた心とこわばった躰を解きほぐす、アンチ・お仕事小説！

『やがて目覚めない朝が来る』大島真寿美著　ポプラ社　2011.10　231p　16cm（ポプラ文庫）580円　①978-4-591-12624-0

『ワンナイト』大島真寿美著　幻冬舎　2014.3　236p　20cm　1400円　①978-4-344-02548-6
内容 ステーキハウスのオーナー夫妻が、独身でオタクの妹を心配するあまり開いた合コン。そこに集まった、奇妙な縁の男女6名。結婚したかったり、したくなかったり、隠していたり、バツイチだったり…。彼らのさざ波のような思惑はやがて大きなうねりとなり、それぞれの人生をかき回していく―。ままならないけれども愉しい人生を、合コンをモチー

フに軽妙な筆致で描く、かつてない読後感を
約束する傑作長編！

大谷　美和子
おおたに・みわこ
《1944〜》

『きんいろのさかな・たち』大谷美和子作,
平澤朋子画　くもん出版　2010.6
191p　20cm（[くもんの児童文学]）
1300円　①978-4-7743-1749-6
内容 マリ、あずさ、桃子、康子、美帆は、小
学六年生。彼女たちは、だれもが経験する問
題をかかえている。ささやかなことに、心を
こめてむかいあったとき、平凡な日常のなか
にたいせつなものが見えてくる。子どもと大
人が共有できるあたらしい児童文学。

丘　修三
おか・しゅうぞう
《1941〜》

『おばけのドロロン』丘修三作, 鈴木アツ
コ絵　岩崎書店　2015.3　78p　22cm
（はじめてよむこわ〜い話）1100円
①978-4-265-04790-1
内容 よなかにおしっこがしたくなって、めが
さめた。ねるまえにスイカをたべたせいだ。
おねしょをもらさなくてよかった。ベッドに
もぐりこもうとしたら、へんなおとがきこえ
てきた。

『黒ねこガジロウの優雅（ユーガ）な日々』
丘修三作, 国井節絵　文溪堂　2012.11
237p　22cm　1300円　①978-4-89423-
731-5
内容 人間ドタバタ…ねこのんびり？ 黒ねこ
視点で描く、ちょっと辛口な人間観察小説。

『少年の日々』丘修三作, かみやしん絵
偕成社　2011.3　204p　19cm（偕成社
文庫）700円　①978-4-03-652680-2
内容 クモのけんか、木の枝から川にとびこむ
度胸だめし、山でのメジロとり…。昭和二十
年代、ゆたかな自然のなかで、少年は毎日、友
だちと遊び、働いていた。生き物の命がずっ
と身近だった戦後の熊本の生活が、熊本弁で
あざやかによみがえる連作短編4編。小学館
文学賞受賞作。小学上級以上向。

『太一さんの戦争』丘修三作, ウノカマキ
リ絵　国立　今人舎　2015.8　23p
25cm〈年表あり〉1400円　①978-4-

905530-43-5
内容 「悲惨な戦争の記憶が遠のくいま、子
どもたちの五感にうったえる作品をつくりた
い」「大人には、戦争を語り継いでいく義務
がある」そんな思いから生まれた、戦争を語
り継ぐための絵本です。テーマは「おと・に
おい・ひかり」。2作目となる本書の舞台は横
須賀海兵団。水兵たちは何を思い、何に耐え
たのか。障害児教育に長年たずさわった著者
が描く衝撃のラストは…。

『タケシくんよろしく』丘修三作, かみや
しん絵　全国学校図書館協議会　2010.5
39p　21cm（集団読書テキスト　全国
SLA集団読書テキスト委員会編）〈年譜
あり〉260円　①978-4-7933-7057-1

『のんきな父さん』丘修三作, 長野ヒデ子
絵　小峰書店　2008.11　142p　22cm
（おはなしメリーゴーラウンド）1300円
①978-4-338-22205-1
内容 おばあさんやおじいさん、みんな子ど
ものときがあった。おとしよりと子どもたち
がつむぎだす心うつおはなし。

『ブンタとタロキチ』丘修三作, ひろかわ
さえこ絵　文研出版　2010.9　78p
22cm（わくわくえどうわ）1200円
①978-4-580-82103-3
内容 キツネのブンタとタヌキのタロキチは
ともだちです。ともだちだけどけんかもしま
す。けんかもするけどやっぱりともだち。小
学1年生以上。

『ラブレター物語』丘修三作, ささめやゆ
きえ　小峰書店　2011.9　175p　20cm
（Green Books）1400円　①978-4-338-
25005-4
内容 メールではありません。レターです。手
紙。気持ちを言葉にし、言葉を文にして、自
分の言いたいこと、思っていることを、あい
てにつたえます。人と人とのふれあいは、一
通の手紙から…。

岡崎　ひでたか
おかざき・ひでたか
《1929〜2016》

『木をうえるスサノオ―ゆかいな神さま』
岡崎ひでたか作, 篠崎三朗絵　新日本出
版社　2010.8　69p　22cm　1300円
①978-4-406-05375-4
内容 昔もむかし、ずーんと大むかし。海をわ
たってやってきたひげもじゃもじゃの男。あ
ごのヒゲをきゅっきゅっとぬいて、ぷうーっ

岡田淳　　　　　　　　　　　　　　　　　　　　　　　　日本の作品

『スクナビコナのがまんくらべ―ゆかいな
　神さま』岡崎ひでたか作，長谷川知子絵
　新日本出版社　2011.1　77p　22cm
　1300円　①978-4-406-05424-9
　内容　スクナビコナとオオナムチ―たいそう
　なかよしのふたりは、たびさきで、うつわを
　つくるのにぴったりのねんど（ハニ）をみつ
　けます―。

『トンヤンクイがやってきた』岡崎ひでた
　か著　新日本出版社　2015.12　348p
　20cm　1800円　①978-4-406-05953-4
　内容　中国農民の「武器なき闘い」。トンヤン
　クイ（東洋鬼＝日本軍）に親きょうだいを殺さ
　れたツァオシンは、少年隊へ。一方、母さん
　が従軍看護婦として召集された東京の武二は
　―。

『ふじづるのまもり水のタケル―ゆかいな
　神さま』岡崎ひでたか作，高田勲絵　新
　日本出版社　2010.10　77p　22cm
　1300円　①978-4-406-05396-9
　内容　コシの国のタツノ王子は、サメもにげ
　だすいたずらぼうずのこまりもの。ひいじい
　さまの竜王のところへ修行にいきますが―。

┌─────────────────────────┐
│　　　　　　岡田　淳　　　　　　│
│　　　　　おかだ・じゅん　　　　│
│　　　　　　《1947～》　　　　　│
└─────────────────────────┘

『選ばなかった冒険―光の石の伝説』岡田
　淳著　偕成社　2010.11　354p　19cm
　（偕成社文庫）700円　①978-4-03-
　652670-3
　内容　学とあかりは、保健室にいく途中学校
　の階段からテレビゲーム「光の石の伝説」の
　世界にはいりこんでしまう。そこは闇の王の
　支配する世界。すでに何人もの学校の子ども
　たちがまきこまれ闇の王の世界で敵味方にわ
　かれて闘いながら学校ではふつうの生活を送
　るという二重生活を強られていた…。小学上
　級以上。

『カメレオンのレオン―つぎつぎとへんな
　こと』岡田淳作・絵　偕成社　2011.6
　150p　22cm　1000円　①978-4-03-
　610160-3
　内容　桜若葉小学校の校庭には大きなクスノ
　キがある。つぎつぎおこるへんな事件はすべ
　てこの大きなクスノキからはじまった。い
　まはまだそのことをだれも知らない…探偵レオ
　ン登場。小学3・4年生から。

『きかせたがりやの魔女』岡田淳作，はた

こうしろう絵　偕成社　2016.6　164p
　20cm　1200円　①978-4-03-646070-0
　内容　たいていの小学校には、魔女や魔法使
　いがいるらしい。きかせたがりやの魔女から
　きいた六人の魔女と、魔法使いの話。小学校
　中学年から。

『霧の森となぞの声―こそあどの森の物語
　10』岡田淳作　理論社　2009.11　188p
　22cm　1500円　①978-4-652-00673-3
　内容　「声…、だれの？」「だれだか、わかり
　ません…」不思議な歌声が、こそあどの森を
　ながれていく…。この森でもなければ、その
　森でもない。あの森でもなければ、どの森で
　もない。こそあどの森、こそあどの森。

『小学校の秘密の通路―カメレオンのレオ
　ン』岡田淳作　偕成社　2013.10　172p
　22cm　1200円　①978-4-03-610180-1
　内容　桜若葉小学校の校庭には大きなクスノ
　キがある。このクスノキは、じつは秘密の通
　路で、通路の先はべつの世界。カメレオン探
　偵のレオンがトラブルを解決するべく、この
　通路を行ききしている。不思議な体験をした子
　どもたち5人の物語。小学校中学年から。

『シールの星』岡田淳作，ユン・ジョン
　ジュ絵　偕成社　2011.12　79p　22cm
　1000円　①978-4-03-530710-5
　内容　マアコは18。一平は3。しんちゃんはま
　だ0。なんの数かっていうと、星の数だ。三
　年生のクラスでは、先生からもらったシール
　の星を、野球帽に、はるのが、はやっている。
　しんちゃんは、気はいいけど、勉強はとく
　いじゃないから、なかなか星がもらえない。
　そこで、一平とマアコはかんがえた…岡田淳
　作『リクエストは星の話』の中の短編が、韓
　国の絵本作家の絵で、一冊の本に。小学校中
　学年から。

『人類やりなおし装置』岡田淳著　神戸
　17出版　2008.5　79p　18cm　1400円
　①978-4-9900645-5-6

『そこから逃げだす魔法のことば』岡田淳
　作，田中六大絵　偕成社　2014.5　140p
　22cm　1000円　①978-4-03-530730-3
　内容　ぼくのおじいちゃんはすごい！こたつ
　にすむ妖怪から逃げだし、一寸法師になって
　冒険し、安全ピンで海賊をたおし、いまは、
　ぼくのうちのそばのアパートにいる。おじい
　ちゃんが、ぼくだけにおしえてくれたひみつ
　のはなし！小学校3・4年生から。

『手にえがかれた物語』岡田淳作　偕成社
　2011.6　129p　19cm（偕成社文庫）700
　円　①978-4-03-551200-4

日本の作品 小川洋子

内容 おじさんは、じぶんの右手にワニの目を、左手にりんごをかき、これはワニが守っていたりんごをおじさんがぬすみに行ったところだと話した。ところがそれがほんとうになった。

『願いのかなうまがり角』岡田淳作, 田中六大絵 偕成社 2012.6 123p 22cm 1000円 ①978-4-03-530720-4
内容 ぼくのおじいちゃんはすごい。かみなりのむすめさんとけっこんして、世界中からチョコレートもらって、いまはぼくのうちのそばのアパートにいる。おじいちゃんがぼくだけにおしえてくれたひみつのはなし。小学校3・4年生から。

『フングリコングリ─図工室のおはなし会』岡田淳作・絵 偕成社 2008.10 163p 22cm 1000円 ①978-4-03-610150-4
内容 図工室をおとずれるふしぎなお客たちに図工の先生がかたってきかせるきみょうなおはなし6話。小学4年生から。

『ポアンアンのにおい』岡田淳著 偕成社 2011.6 159p 19cm（偕成社文庫）700円 ①978-4-03-551190-8
内容 大ガエルのポアンアンにであった生きものはみんな、きたないこと、わるいことをしたといわれ、しゃぼん玉にとじこめられてしまう。だから森のなかは、しゃぼん玉でいっぱいだ。

『星モグラサンジの伝説』岡田淳作 新装版 理論社 2017.7 170p 19cm 1300円 ①978-4-652-20222-7
内容 「それは、ほんとうのところ、信じられない話なのです」と、そのモグラは話しはじめた。「とてもモグラわざとは思えないことをやってのけたモグラの物語なのです」…聞くうちにぼくは、これが夢かどうかなんてもう考えてはいなかった。物語作家・岡田淳が、モグラ・ナンジから聞いた伝説を書き留めた─

『魔女のシュークリーム』岡田淳作・絵 神戸 BL出版 2013.4 108p 22cm（おはなしいちばん星）1200円 ①978-4-7764-0599-3
内容 ダイスケは、シュークリームがだいすき。ある日、魔女に『いのち』をにぎられた動物たちが、ダイスケのもとに、あらわれた。そしていった。「百倍の大きさのシュークリームを食べてもらいたい」─岡田淳のシュークリーム・ファンタジー。小学校低学年から。

『水の精とふしぎなカヌー』岡田淳作 理論社 2013.10 188p 22cm（こそあどの森の物語）1700円 ①978-4-652-

20027-8
内容 ─だれもいないはずの屋根裏部屋に、だれか、いる?!─ふたごが見つけた小さなカヌーの正体は？ 森にひそむ「ふしぎ」と「なぞ」を追って…！ 岡田淳のファンタジー世界。

『水の森の秘密』岡田淳作 理論社 2017.2 220p 22cm（こそあどの森の物語）1700円 ①978-4-652-20192-3
内容 「ねえ、ウニマルって、ほんとうの船になるの？」こそあどの森のあちこちの地面から水がわき出しスキッパーたちは調査に行くことに…。

『森の石と空飛ぶ船』岡田淳作 偕成社 2016.12 316p 22cm（偕成社ワンダーランド）1500円 ①978-4-03-540540-5
内容 桜若葉小学校の六年生シュンは白いネコを助けたあと、プラタナスのむこうの世界「サクラワカバ島」にまよいこむ。サクラワカバ島では思いもよらぬ冒険が待っていた！ ふしぎな少女エリとであうジュン。長編ファンタジー。小学校中学年から。

『夜の小学校で』岡田淳作 偕成社 2012.10 141p 20cm 1200円 ①978-4-03-646060-1
内容 とうぶんのあいだ、ぼくは桜若葉小学校というところで、夜警のしごとをすることになった。その小学校の中庭には大きなクスノキがあった。学校の夜に起こる奇妙な出来事。

『わすれもの森』岡田淳, 浦川良治作 神戸 BL出版 2015.6 86p 22cm〈「忘れものの森」（文研出版 1975年刊）の改題、加筆〉1300円 ①978-4-7764-0721-8
内容 わすれられたものたちは、わすれたひとをわすれない。エイホーエイホー─森のおくから、きみょうな歌声が聞こえてきた！ いそげ！ きみがくるのをまっている！

小川 洋子
おがわ・ようこ
《1962～》

『いつも彼らはどこかに』小川洋子著 新潮社 2016.1 253p 16cm（新潮文庫）490円 ①978-4-10-121527-3
内容 たっぷりとたてがみをたたえ、じっとディープインパクトに寄り添う帯同馬のように。深い森の中、小さな歯で大木と格闘するビーバーのように。絶滅させられた今も、村のシンボルである兎のように。滑らかな背中を、いつまでも撫でさせてくれるブロンズ製

の犬のように。—動物も、そして人も、自分の役割を全うし生きている。気がつけば傍に在る彼らの温もりに満ちた、8つの物語。

別版 新潮社 2013.5

『海』小川洋子著　新潮社　2009.3　184p　16cm（新潮文庫）362円　①978-4-10-121524-2

内容 恋人の家を訪ねた青年が、海からの風が吹いて初めて鳴る"鳴鱗琴"について、一晩彼女の弟と語り合う表題作、言葉を失った少女と孤独なドアマンの交流を綴る「ひよことラック」、思い出に題名をつけるという老人と観光ガイドの少年の話「ガイド」など、静謐で妖しくちょっと奇妙な七編。「今は失われてしまった何か」をずっと見続ける小川洋子の真髄。著者インタビューを併録。

『小川洋子の陶酔短篇箱』小川洋子編著　河出書房新社　2017.6　354p　15cm（河出文庫）860円　①978-4-309-41536-9

内容 短篇と短篇が出会うことでそこに光が瞬き、どこからともなく思いがけない世界が浮かび上がって見えてくる—川上弘美「河童玉」、泉鏡花「外科室」など魅惑の短篇十六篇と小川洋子の解説エッセイが奏でる極上のアンソロジー。

別版 河出書房新社 2014.1

『小川洋子の偏愛短篇箱』小川洋子編著　河出書房新社　2012.6　348p　15cm（河出文庫）840円　①978-4-309-41155-2

内容 この箱を開くことは、片手に顕微鏡、片手に望遠鏡を携え、短篇という名の王国を旅するのに等しい—「奇」「幻」「凄」「彗」、こだわりで選んだ16作品にそれぞれの解説エッセイを付けて、小川洋子の偏愛する小説世界を楽しむ究極の短篇アンソロジー。

別版 河出書房新社 2009.3

『おとぎ話の忘れ物』小川洋子文、樋上公実子絵　ポプラ社　2012.4　117p　16cm（ポプラ文庫）〈ホーム社 2006年刊の再刊〉680円　①978-4-591-12915-9

内容 「何の遠慮もいりません。元々は忘れ物なのですから」。キャンディー屋の中に設えられた『忘れ物図書室』。部屋には世界中の不思議なおとぎ話たちが収められていた…。画家・樋上公実子のイラストをモチーフに、作家・小川洋子が紡ぎだした残酷で可憐な四編の物語。

『ガイド』小川洋子著　全国学校図書館協議会　2008.4　45p　19cm（集団読書テキスト　全国SLA集団読書テキスト委

員会編）〈年譜あり〉220円　①978-4-7933-8122-5

『口笛の上手な白雪姫』小川洋子著　幻冬舎　2018.1　229p　20cm　1500円　①978-4-344-03245-3

内容 劇場で、病院で、公衆浴場で一。"声"によってよみがえる、大切な死者とかけがえのない記憶。その口笛が聴こえるのは、赤ん坊だけだった。切なく心揺さぶる傑作短編集。

『原稿零枚日記』小川洋子著　集英社　2013.8　270p　16cm（集英社文庫）520円　①978-4-08-745102-3

内容 作家の"私"はなかなか思うように執筆がはかどらない。小説の取材で、宇宙線研究所や盆栽フェスティバルなど、様々な地を訪れる"私"だったが、いつも知らず知らずのうちに不思議な世界へと迷い込んでしまう。苔料理を出す料亭、海に繋がる大浴場、ひとが消えてゆくアートの祭典。これは果たして現実なのか。幻と現の狭間で、作家は日々の出来事を綴り続ける一。日記形式で紡がれる長編小説。

別版 集英社 2010.8

『ことり』小川洋子著　朝日新聞出版　2016.1　311p　15cm（朝日文庫）580円　①978-4-02-264803-7

内容 人間の言葉は話せないけれど、小鳥のさえずりを理解する兄と、兄の言葉を唯一わかる弟。二人は支えあってひっそりと生きていく。やがて兄は亡くなり、弟は「小鳥の小父さん」と人々に呼ばれて…。慎み深い兄弟の一生を描く、優しく切ない、著者の会心作。

別版 朝日新聞出版 2012.11

『琥珀のまたたき』小川洋子著　講談社　2015.9　317p　20cm　1500円　①978-4-06-219665-9

内容 妹を亡くした三きょうだいは、ママと一緒にパパが残した古い別荘に移り住む。そこで彼らはオパール・琥珀・瑪瑙という新しい名前を手に入れる。閉ざされた家のなか、三人だけで独自に編み出した遊びに興じるうち、琥珀の左目にある異変が生じる。それはやがて、亡き妹と家族を不思議なかたちで結びつけるのだが…。

『最果てアーケード』小川洋子著　講談社　2015.5　245p　15cm（講談社文庫）〈文献あり〉500円　①978-4-06-293102-1

内容 使用済みの絵葉書、義眼、徽章、発条、玩具の楽器、人形専用の帽子、ドアノブ、化石…。「一体こんなもの、誰が買うの？」という品を扱う店ばかりが集まっている、世界で一番小さなアーケード。それを必要として

いるのが、たとえたった一人だとしても、その一人がたどり着くまで辛抱強く待ち続ける─。

別版 講談社 2012.6

『注文の多い注文書』小川洋子, クラフト・エヴィング商會著　筑摩書房　2014.1　205p　20cm〈文献あり〉1600円　①978-4-480-80450-1

『猫を抱いて象と泳ぐ』小川洋子著　文藝春秋　2011.7　373p　16cm（文春文庫）590円　①978-4-16-755703-4
内容 「大きくなること、それは悲劇である」。この箴言を胸に十一歳の身体のまま成長を止めた少年は、からくり人形を操りチェスを指すリトル・アリョーヒンとなる。盤面の海に無限の可能性を見出す彼は、いつしか「盤下の詩人」として奇跡のような棋譜を生み出す。静謐にして美しい、小川ワールドの到達点を示す傑作。

別版 文藝春秋 2009.1

『人質の朗読会』小川洋子著　中央公論新社　2014.2　246p　16cm（中公文庫）552円　①978-4-12-205807-4
内容 遠く隔絶された場所から、彼らの声は届いた─慎み深い拍手で始まる朗読会。祈りにも似たその行為に耳を澄ませるのは、人質たちと見張り役の犯人、そして…。人生のささやかな一場面が鮮やかに甦る。それは絶望ではなく、今日を生きるための物語。しみじみと深く胸を打つ、小川洋子ならではの小説世界。

別版 中央公論新社 2011.2

『不時着する流星たち』小川洋子著　KADOKAWA　2017.1　251p　20cm　1500円　①978-4-04-105065-1
内容 ヘンリー・ダーガー、グレン・グールド、パトリシア・ハイスミス、エリザベス・テイラー…世界のはしっこでそっと異彩を放つ人々をモチーフに、その記憶、手触り、痕跡を結晶化した珠玉の十篇。現実と虚構がひとつらなりの世界に溶け合うとき、めくるめく豊饒な物語世界が出現する─たくらみに満ちた不朽の世界文学の誕生！

『ミーナの行進』小川洋子著　中央公論新社　2009.6　348p　16cm（中公文庫）686円　①978-4-12-205158-4
内容 美しくて、かよわくて、本を愛したミーナ。あなたとの思い出は、損なわれることがない─ミュンヘンオリンピックの年に芦屋の洋館で育まれた、ふたりの少女と、家族の物語。あたたかなイラストとともに小川洋子が贈る、新たなる傑作長編小説。第四二回谷崎潤一郎賞受賞作。

『夜明けの縁をさ迷う人々』小川洋子著　角川書店　2010.6　207p　15cm（角川文庫）〈発売：角川グループパブリッシング〉476円　①978-4-04-341006-4
内容 世界の片隅でひっそりと生きる、どこか風変わりな人々。河川敷で逆立ちの練習をする曲芸師、教授宅の留守を預かる賄い婦、エレベーターで生まれたE.B.、放浪の涙売り、能弁で官能的な足裏をもつ老嬢。彼らの哀しくも愛おしい人生の一コマを手のひらでそっと掬いとり、そこはかとない恐怖と冴え冴えとしたフェティシズムをたたえる、珠玉のナイン・ストーリーズ。

荻原　規子
おぎわら・のりこ
《1959～》

『あまねく神竜住まう国』荻原規子作　徳間書店　2015.2　280p　19cm　1600円　①978-4-19-863911-2
内容 伊豆の地にひとり流された源頼朝は、まだ十代前半の少年だった。土地の豪族にうとまれ、命さえねらわれる日々に、生きる希望も失いがちな頼朝のもとへ、ある日、意外な客が訪れる…かつて、頼朝の命を不思議な方法でつなぎとめた笛の名手・草十郎と、妻の舞姫・糸世の運命もまた、この地に引き寄せられていたのだった。北条の領主に引き渡され、川の中州の小屋でともに暮らし始めた頼朝と草十郎。だが、土地の若者と争った頼朝は、縛り上げられて「大蛇の洞窟」に投げこまれ…？ 土地神である神竜と対峙し、伊豆の地に根を下ろしていく少年頼朝の姿を描く、日本のファンタジーの旗手・荻原規子の最新刊。

『RDGレッドデータガール─はじめてのお使い』荻原規子著　角川書店　2013.2　278p　15cm（角川スニーカー文庫）〈角川文庫 2011年刊の再刊　文献あり　発売：角川グループパブリッシング〉590円　①978-4-04-100674-0
内容 熊野古道で暮らす中学3年生の泉水子は、ある日昔会ったきりの幼なじみ・深行と再会する。泉水子を守る宿命にあるという彼は「どうしてこんなのが、女神だって言えるんだ」と反発していて!?戸惑う泉水子だったが、修学旅行で訪れた東京で彼女の秘密が明らかになり…。現代ファンタジーの最高傑作が、アニメ版キャラクター原案を手がけた岸田メル描き下ろしイラストとともに登場。世界の

荻原規子　　　　　　　　　　　　　　　　　　　　日本の作品

命運を左右する少女の物語が、いま始まる。
別版 角川書店〈角川文庫〉2011.6

『RDGレッドデータガール　2　はじめて
のお化粧』荻原規子著　角川書店
2013.4　291p　15cm〈角川スニーカー
文庫〉〈角川文庫 2011年刊の再刊　文
献あり　発売：角川グループパブリッシ
ング〉590円　①978-4-04-100763-1
内容「そなたには、してほしいことがある。
わたしを生じさせないで」東京の鳳城学園に
入学した泉水子は新生活に戸惑いながらも、
同室の真響やその弟の真夏と親しくなる。し
かし、怪しげなクラスメイトの正体を暴いた
ことから事態は急変！生徒会長選をめぐる陰
陽師・高柳と真響の争いに巻き込まれてしま
う。はたしてこの学園に隠された秘密とは!?
アニメ版キャラクター原案を手がけた岸田メ
ルの描く、スニーカー文庫版「RDG」第2弾。
別版 角川書店〈カドカワ銀のさじシリーズ〉2009.5
別版 角川書店〈角川文庫〉2011.12

『RDGレッドデータガール　3　夏休みの
過ごしかた』荻原規子著　角川書店
2013.6　300p　15cm〈角川スニーカー
文庫〉〈角川文庫 2012年刊の再刊　文
献あり　発売：角川グループホールディ
ングス〉590円　①978-4-04-100863-8
内容「姫神はやばい。やばすぎて、現れた
らどうなるか見当がつかないんだ」夏休みも
学園祭準備に追われる生徒会執行部は、宗田
真響の地元・戸隠で合宿をすることに。はじ
めての経験に胸を弾ませる泉水子だったが、
真響の思惑がさまざまな騒動を引き起こす。
もうひとりの「きょうだい」真澄を巡る大き
な災厄に巻き込まれた泉水子は、自ら姫神を
呼びこむ決断をし―!?岸田メルのイラストで
贈る、現代ファンタジーの最高傑作第3弾！
別版 角川書店〈カドカワ銀のさじシリーズ〉2010.5
別版 角川書店〈角川文庫〉2012.7

『RDGレッドデータガール　4　世界遺産
の少女』荻原規子著　角川書店　2013.9
292p　15cm〈角川スニーカー文庫〉
〈角川文庫 2012年刊の再刊　文献あり
発売：KADOKAWA〉620円　①978-4-
04-100990-1
内容「わたしとそなたがここにいることに、
何の不満があるの？」学園祭のテーマが“戦
国時代"に決まり、学園トップを狙う陰陽師・
高柳の暗躍を感じつつも準備を進める泉水子
たち。そんな中、衣装の着付け講習会で急遽
泉水子がモデルを務めることになる。姫神の

出現を恐れる深行だったが、講習会のあと、
制服を纏って現れたのは…？　姫神の秘密が
ついに明かされる!?岸田メルのイラストで贈
る、現代ファンタジーの最高傑作第4弾！
別版 角川書店〈カドカワ銀のさじシリー
ズ〉2011.5
別版 角川書店〈角川文庫〉2012.12

『RDGレッドデータガール　5　学園の一
番長い日』荻原規子著　KADOKAWA
2014.1　335p　15cm〈角川スニーカー
文庫〉〈4までの出版者：角川書店　角
川文庫 2013年刊の再刊　文献あり〉
640円　①978-4-04-101118-8
内容「わたし、学園にはもうもどれない」黒
子の衣装で飛び回りつつも“戦国学園祭"を満
喫していた泉水子たち。そんな中、一番の見
せ場である合戦ゲームで陰陽師・高柳の仕掛
けた罠が発動する。なんとか術を破ったもの
の、自身の力を目撃されてしまいパニックに
陥る泉水子。消失してしまった彼女を追って
層を飛び越えていく深行だが、待ちかまえて
いたのは思わぬ強敵で!?岸田メルのイラスト
で贈る、スニーカー文庫版「RDG」第5弾！
別版 角川書店〈カドカワ銀のさじシリー
ズ〉2011.10
別版 角川書店〈角川文庫〉2013.3

『RDGレッドデータガール　6　星降る夜
に願うこと』荻原規子著
KADOKAWA　2014.3　356p　15cm
〈角川スニーカー文庫〉〈角川文庫 2014
年2月刊の再刊　文献あり〉660円
①978-4-04-101247-5
内容 “戦国学園祭"で能力を顕現させた泉水
子は、村上穂高に学園のトップ＝世界遺産候
補と判定される。しかし、陰陽師の高柳はそ
の決定に納得しておらず、再び術の対決を行
うことに！自分を取り巻く環境が少しずつ
変わっていく中で、姫神による人類滅亡の未
来を救うために泉水子の選ぶ道とは―!?荻原
規子×岸田メルで贈る現代ファンタジーの最
高傑作、ついに完結！
別版 角川書店〈カドカワ銀のさじシリー
ズ〉2012.11
別版 KADOKAWA〈角川文庫〉2014.2

『RDGレッドデータガール―氷の靴 ガラ
スの靴』荻原規子著　KADOKAWA
2017.12　259p　20cm　1500円　①978-
4-04-106070-4
内容 宗田真響の視点で描く、「最終巻」その
後の物語。冬休み明け、泉水子と深行の関係
が強まったことを知った真響は「チーム姫神」
として不安を抱く。折しも大がかりなスケー

ト教室が開催されるが、そこに現れたのは真響の従兄弟克巳だった。彼は、自分こそ真響に最もふさわしい相手だと宣言、彼女に手を差し伸べるのだが…!?（他短編三本収録）

『薄紅天女　上』荻原規子著　徳間書店
2010.8　329p　16cm（徳間文庫）590円
①978-4-19-893204-6
内容 東の坂東の地で、阿高と、同い年の叔父藤太は双子のように十七まで育った。だがある夜、蝦夷人が来て阿高に告げた―あなたは私たちの巫女、火の女神チキサニの生まれ変わりだ、と。母の面影に惹かれ蝦夷の地へ去った阿高を追う藤太たちが見たものは…？"闇"の女神が地上に残した最後の勾玉を受け継いだ少年の数奇な運命を描く、日本のファンタジーの金字塔「勾玉三部作」第三巻。

『薄紅天女　下』荻原規子著　徳間書店
2010.8　379p　16cm（徳間文庫）590円
①978-4-19-893205-3
内容 西の長岡の都では、物の怪が跳梁し、皇太子が病んでいた。「東から勾玉を持つ天女が来て、滅びゆく都を救ってくれる」病んだ兄の夢語りに胸を痛める十五歳の皇女苑上。兄と弟を守るため、「都に近づくさらなる災厄」に立ち向かおうとした苑上が出会ったのは…？　神代から伝わる"輝"と"闇"の力の最後の出会いとその輝きを、きらびやかに描きだす、「勾玉三部作」のフィナーレを飾る一冊。

『エチュード春一番　第1曲　小犬のプレリュード』荻原規子著　講談社　2016.1
310p　15cm（講談社タイガ）720円
①978-4-06-294014-6
内容 「あなたの本当の目的というのは、もう一度人間になること？」大学生になる春、美綾の家に迷い込んできたパピヨンが「わしは八百万の神だ」と名乗る。はじめてのひとり暮らし、再会した旧友の過去の謎、事故死した同級生の幽霊騒動、ロッカーでの盗難事件。波乱続きの新生活、美綾は「人間の感覚を勉強中」の超現実主義の神様と噛み合わない会話をしながら自立していく―！

『エチュード春一番　第2曲　三日月のボレロ』荻原規子著　講談社　2016.7
302p　15cm（講談社タイガ）720円
①978-4-06-294041-2
内容 パピヨンの姿をした八百万の神・モノクロと暮らして四ヵ月。祖母の家に帰省した美綾は、自身の才能や適性を見出せず、焦燥感を抱いていた。東京へ戻る直前、美綾は神官の娘・門宮弓月の誘いで夜の氷川神社を訪れ、境内で光る蛇のビジョンを見る。それは神気だとモノクロは言う。美綾を「能力者」

と認識した「視える」男、飛葉周は彼女につきまとい、仲間になるよう迫る。

『これは王国のかぎ』荻原規子著
KADOKAWA　2016.3　348p　15cm
（角川文庫）〈理論社 1993年刊の加筆修正〉680円　①978-4-04-103714-0
内容 失恋した15歳の誕生日、ひろみは目が覚めたらアラビアンナイトの世界に飛び込んでいた！　偶然出会った青年ハールーンにジャニと名付けられ2人は都を目指す。道中、次々と現れる追手たち。ハールーンは王宮から逃げ出した王太子だった。絶世の奴隷美少女、空飛ぶ木馬、魔法で鳩に変えられたジャニ。砂漠の行者が語る「王国のかぎ」とは？　ファン待望大人気作家の初期作品が、書き下ろし短編とあとがきを収録して新たに登場！

『樹上のゆりかご』荻原規子著
KADOKAWA　2016.4　362p　15cm
（角川文庫）〈理論社 2002年刊の加筆修正〉680円　①978-4-04-103720-1
内容 旧制中学の伝統が色濃く残る辰川高校。上田ひろみは、学校全体を覆う居心地の悪さを感じていた。合唱祭で指揮者を務めた美少女有理と出会ってからは更におかしな事が起き始める。学園祭の準備に追われる生徒会へ届いた脅迫状、放火騒ぎ、そして、演劇で主役を演じた有理が…！　樹上におかれたゆりかごのような不安定な存在「学校」。そこで過ごす刹那を描いた学園小説の名作が、書き下ろしの短編を収録して新たに登場。
別版 中央公論新社（中公文庫）2011.3

『空色勾玉』荻原規子著　徳間書店　2010.6　541p　16cm（徳間文庫）686円
①978-4-19-893166-7
内容 輝の大御神の双子の御子と闇の氏族とが烈しく争う戦乱の世に、闇の巫女姫と生まれながら、光を愛する少女狭也。輝の宮の神殿に縛られ、地底の女神の夢を見ていた、"大蛇の剣"の主、稚羽矢との出会いが、狭也を不思議な運命へと導く…。神々が地上を歩いていた古代の日本"豊葦原"を舞台に絢爛豪華に織り上げられた、日本のファンタジー最大の話題作。

『西の善き魔女　1　セラフィールドの少女』荻原規子著　角川書店　2013.6
347p　15cm（角川文庫）〈中公文庫2004年刊の再刊　発売：角川グループホールディングス〉629円　①978-4-04-100883-6
内容 15歳になったフィリエルは、はじめての舞踏会の日、燦然と輝くダイヤと青い石の首飾りを贈られ、幼なじみの少年ルーンに、

荻原規子 日本の作品

それがフィリエルの母の形見であると告げられる。青い石は女王試金石と呼ばれ、王国でもっとも大切な宝石であることが明かされていく。それは自らの出生の秘密とつながっていた―。人里離れた北の高地で育った少女の運命が、大きく動きはじめる。人気ファンタジー作家、荻原規子の新世界の幕が上がる！

『西の善き魔女 2 秘密の花園』荻原規子著 角川書店 2013.7 312p 15cm （角川文庫）〈中公文庫 2004年刊の再刊 発売：KADOKAWA〉590円 ①978-4-04-100918-5
内容 フィリエルは、幼なじみのルーンを守るため、女王候補の伯爵令嬢アデイルへの協力を約束する。貴族の娘にふさわしい教養を身につけるべく入学した全寮制の女学校は、男子禁制の清らかさとは逆に、陰謀が渦巻いていた。さらに、命をねらわれているルーンが身をかくすため、女装して女学校に編入することになり…。フィリエルは、麦穂の乙女祭で命をかけた真剣の試合に挑む。荻原規子の波瀾万丈の恋物語ファンタジー第2巻！

『西の善き魔女 3 薔薇の名前』荻原規子著 KADOKAWA 2013.10 363p 15cm （角川文庫）〈中公文庫 2005年刊に「西の善き魔女 外伝」を追加したもの 2までの出版者：角川書店〉640円 ①978-4-04-101047-1
内容 女学校を退学になったフィリエルは女王候補アデイルと華やかな王宮で暮らしはじめる。夜会での出来事から、フィリエルは、ハンサムなアデイルの兄ユーシスとの婚約の噂がたち、プロポーズされることに…。しかし、公爵の陰謀からフィリエルを救うため、幼なじみのルーンは命がけで闇へと姿を消してしまう。荻原規子の大人気ファンタジー！ ユーシスとレアンドラの出会いを描く特別短編「ハイラグリオン王宮のウサギたち」を収録!!

『西の善き魔女 4 世界のかなたの森』荻原規子著 KADOKAWA 2014.1 346p 15cm （角川文庫）〈中公文庫 2005年刊に「西の善き魔女 外伝」を追加したもの〉640円 ①978-4-04-101187-4
内容 女王候補アデイルのため、ユーシスは竜退治の騎士として、南方の国へ出立する。あかがね色の髪の乙女フィリエルは、ユーシスを守るため、ひそかに後を追う。しかし、心のどこかで、命が危険なほどの境遇になった時、消息を絶ったルーンが駆けつけてくれると信じていた。竜退治をめぐる冒険と、"世界の果ての壁"の秘密が明かされる。波瀾万

丈の大人気ファンタジー！ 12歳のユーシスを描く特別短編「ガーラント初見参」を収録!!

『西の善き魔女 5 闇の左手』荻原規子著 KADOKAWA 2014.4 341p 15cm（角川文庫）〈中公文庫 2005年刊の再刊〉640円 ①978-4-04-101324-3
内容 異端の研究者の下で過ごしていたフィリエルは、砂漠を越えて進軍してくることは不可能なはずの東の帝国軍に出くわし捕らえられてしまう。竜騎士ユーシスは、ルーンの作戦を聞きいれ、母国を守るため、十倍を超える帝国の兵団と壮絶な戦いへ…。フィリエルは聖神殿に乗りこみ、女王の座を狙う大僧正と対峙する。ついに、この世界の驚愕の秘密が語られ、新女王は想像もできなかった人物に！ 大人気ファンタジー、クライマックス!!

『西の善き魔女 6 金の糸紡げば』荻原規子著 KADOKAWA 2014.7 332p 15cm（角川文庫）〈中公文庫 2005年刊の再刊〉640円 ①978-4-04-101344-1
内容 もうすぐ8歳になるフィリエルは、父親のディー博士が研究に没頭しているため、お隣に住むホーリー夫妻と暮らしていた。ある日ホーリーさんが連れ帰ったのは、痩せ細った宿なし子。奇妙な数列をつぶやくばかりのその少年を家に置くことにおかみさんは反対するが、ディー博士はなぜかその子に興味を示し、フィリエルを落ち着かない気持ちにさせた―。フィリエルとルーンの運命的な出会いを描く、傑作ファンタジー外伝！

『西の善き魔女 7 銀の鳥プラチナの鳥』荻原規子著 KADOKAWA 2014.10 377p 15cm （角川文庫）〈中公文庫 2005年刊に「彼女のユニコーン、彼女の猫」を加え、再刊〉640円 ①978-4-04-101343-4
内容 女王候補アデイルは、竜退治に向かった騎士ユーシスのことを気にかけながらも、帝国の動きを探るため東方の国トルバートへ潜入する。異教の地で、帝国に滅ぼされた亡国の王子について調査するが、そこには大僧正の罠が待ち受けていた。傭兵として旅をする若者ティガに命を助けられ、行動をともにするうちに、アデイルの中に新たな決意が芽生えていく。ユーシスとのその後を描く特別短編「彼女のユニコーン、彼女の猫」を収録！

『西の善き魔女 8 真昼の星迷走』荻原規子著 KADOKAWA 2015.1 330p 15cm（角川文庫）〈中公文庫 2005年刊の再刊〉640円 ①978-4-04-101345-8
内容 長い旅路を経て、大切な想いを確かめ

日本の作品　　　　　　　　　　　　　　　　　　　　荻原浩

合ったフィリエルとルーンだったが、3人目の女王候補と認められたはずのフィリエルに大きな危険が近づいていた。互いに相手を守りたいと強く願い、2人は再会を誓ってそれぞれ命を賭けた旅に出る―世界の賢者・フィーリを倒すために。世界の果てを目指すルーンと、吟遊詩人の再生を試みるフィリエル。フィーリの見えざる手が迫る中、再会を果たした2人が賢者の塔で目にしたものとは!?

『**白鳥異伝　上**』荻原規子著　徳間書店　2010.7　409p　16cm（徳間文庫）629円　①978-4-19-893184-1
内容　双子のように育った遠子と小倶那。だが小倶那は"大蛇の剣"の主となり、勾玉を守る遠子の郷を焼き滅ぼしてしまう。「小倶那はタケルじゃ。忌むべきものじゃ。剣が発動するかぎり、豊葦原のさだめはゆがみ続ける…」大巫女の託宣に、遠子がかためた決意とは…？　ヤマトタケル伝説を下敷きに織り上げられた、壮大なファンタジーが幕を開ける！　日本のファンタジーの金字塔「勾玉三部作」第二巻。

『**白鳥異伝　下**』荻原規子著　徳間書店　2010.7　457p　16cm（徳間文庫）629円　①978-4-19-893185-8
内容　嬰の勾玉の主・菅流に助けられ、各地で勾玉を守っていた"橘"の一族から次々に勾玉を譲り受けた遠子は、ついに嬰・生・暗・顕の四つの勾玉を連ねた、なにものにも死をもたらすという"玉の御統"の主となった。だが、呪われた剣を手にした小倶那と再会したとき、遠子の身に起こったことは…？　ヤマトタケル伝説を下敷きに織り上げられた、壮大なファンタジー、いよいよ最高潮。

『**風神秘抄　上**』荻原規子著　徳間書店　2014.3　361p　15cm（徳間文庫）650円　①978-4-19-893805-5
内容　平安末期、源氏方の十六歳の武者、草十郎は、野山でひとり笛を吹くことが好きな孤独な若者だった。将として慕った源氏の御曹司・義平の死に絶望した草十郎が出会ったのは、義平のために魂鎮めの舞いを舞う少女、糸世。彼女の舞に合わせて草十郎が笛を吹くと、その場に不思議な"力"が生じ…？　特異な芸能の力を持つ二人の波乱万丈の恋を描く、『空色勾玉』の世界に連なる荻原規子の話題作！
別版　徳間書店（Tokuma novels edge）2011.3

『**風神秘抄　下**』荻原規子著　徳間書店　2014.3　377p　15cm（徳間文庫）650円　①978-4-19-893806-2
内容　惹かれあう天性の舞姫・糸世と笛の名手・草十郎。二人が生み出す不思議な"力"に

気づいた上皇は、自分のために舞い、笛を奏でよと命ずる。だが糸世は、その舞台から神隠しのように消えた。鳥たちの助けを得て、糸世を追い求めていく草十郎の旅は、やがてこの世の枠を超え…？　四つの文学賞を受賞した、日本のファンタジーの旗手・荻原規子の不朽の名作、待望の文庫化！
別版　徳間書店（Tokuma novels edge）2011.3

荻原　浩
おぎわら・ひろし
《1956～》

『**あの日にドライブ**』荻原浩著　光文社　2009.4　350p　16cm（光文社文庫）619円　①978-4-334-74582-0
内容　牧村伸郎、43歳。元銀行員にして現在、タクシー運転手。あるきっかけで銀行を辞めてしまった伸郎は、仕方なくタクシー運転手になるが、営業成績は上がらず、希望する転職もままならない。そんな折り、偶然、青春を過ごした街を通りかかる。もう一度、人生をやり直すことができたら。伸郎は自分が送るはずだった、もう一つの人生に思いを巡らせ始めるのだが…。

『**愛しの座敷わらし　上**』荻原浩著　朝日新聞出版　2011.5　293p　15cm（朝日文庫）560円　①978-4-02-264607-1
内容　食品メーカーに勤める一家の主・晃一の左遷から、田舎の古民家に引っ越した高橋家。夫の転動に辟易する史子、友達のいない長女・梓美、過保護気味の長男・智也、同居の祖母は認知症かも知れず…しかもその家には、不思議なわらしが棲んでいた。笑えて泣ける、家族小説の決定版。

『**愛しの座敷わらし　下**』荻原浩著　朝日新聞出版　2011.5　288p　15cm（朝日文庫）560円　①978-4-02-264608-8
内容　座敷わらしの存在に戸惑いつつも、高橋一家は家族の絆を取り戻していく。彼らを目覚めさせたのは、悲しい座敷わらしの言い伝えだった。本当の幸せに気付いた五人は、それぞれに新しい一歩を踏み出してゆく。家族の温かさと強さが心に響く、希望と再生の物語。
別版　朝日新聞出版　2008.4

『**海の見える理髪店**』荻原浩著　集英社　2016.3　234p　20cm　1400円　①978-4-08-771653-5
内容　伝えられなかった言葉。忘れられない後悔。もしも「あの時」に戻ることができた

荻原浩　　　　　　　　　　　　　　　　　　　　　　日本の作品

ら…。母と娘、夫と妻、父と息子。近くて遠く、永遠のようで儚い家族の日々を描く物語六編。誰の人生にも必ず訪れる、喪失の痛みとその先に灯る小さな光が胸に染みる家族小説集。

『オイアウエ漂流記』荻原浩著　新潮社　2012.2　684p　16cm（新潮文庫）840円
①978-4-10-123036-8
内容　南太平洋の上空で小型旅客機が遭難、流されたのは…無人島!?生存者は出張中のサラリーマンと取引先の御曹司、成田離婚直前の新婚夫婦、ボケかけたお祖父ちゃんと孫の少年、そして身元不明な外国人。てんでバラバラな10人に共通しているのはただひとつ、「生きたい」という気持ちだけ。絶対絶命の中にこそ湧き上がる、人間のガッツとユーモアが漲った、サバイバル小説の大傑作。
別版　新潮社 2009.8

『逢魔が時に会いましょう』荻原浩著　集英社　2018.4　252p　16cm（集英社文庫）540円　①978-4-08-745722-3
内容　大学4年生の高橋真矢は、映画研究会在籍の実力を買われ、アルバイトで民俗学者・布目准教授の助手となった。布目の現地調査に同行して遠野へ。"座敷わらし"を撮影するため、子どもが8人いる家庭を訪問。スイカを食べる子どもを数えると、ひとり多い!?座敷わらし、河童、天狗と日本人の心に棲むあやしいものの正体を求めての珍道中。笑いと涙のなかに郷愁を誘うもののけ物語。オリジナル文庫。

『押入れのちよ』荻原浩著　新潮社　2009.1　377p　16cm（新潮文庫）552円
①978-4-10-123034-4
内容　失業中サラリーマンの恵太が引っ越した先は、家賃3万3千円の超お得な格安アパート。しかし一日目の夜玄関脇の押入れから「出て」きたのは、自称明治39年生れの14歳、推定身長130cm後半の、かわいらしい女の子だった（表題作「押入れのちよ」）。ままならない世の中で、必死に生きざるをえない人間（と幽霊）の可笑しみや哀しみを見事に描いた、全9夜からなる傑作短編集。

『海馬の尻尾』荻原浩著　光文社　2018.1　486p　20cm　1600円　①978-4-334-91204-8
内容　二度目の原発事故で恐怖と不安が蔓延する社会―良心がないとまで言われる男が、医療機関を訪ねた…。人間、どこまで変われるのか。何が、変えるのか。

『家族写真』荻原浩著　講談社　2015.4　303p　15cm（講談社文庫）640円

①978-4-06-293082-6
内容　ちっちゃい赤ん坊だった準子が嫁に行くんだぞ―男手一つで育てた娘を嫁がせる「結婚しようよ」。あの主人公が同年代の54歳と知って愕然とする「磯野波平を探して」。もはや見ないふりもできない肥満解消のため家族でダイエットに励む「肉村さん一家176kg」他。短編の名手による、笑って泣ける7つの家族の物語。
別版　講談社 2013.5

『ギブ・ミー・ア・チャンス』荻原浩著　文藝春秋　2015.10　326p　19cm　1400円　①978-4-16-390350-7
内容　「人生やり直したい！」と思ったこと、ありませんか？　でも、夢を追うのも楽じゃない。それでも、挑み続ける人々の姿を描いた少しだけ心が強くなる短編集。

『金魚姫』荻原浩著　KADOKAWA　2018.6　459p　15cm（角川文庫）760円
①978-4-04-105834-3
内容　恋人にふられ、やりがいのない仕事に追われていた潤は、夏祭りで気まぐれにすくった琉金にリュウと名をつけた。その夜、部屋に赤い衣をまとった謎の美女が現れ、潤に問いかける。「どこだ」。どうやら金魚の化身らしい彼女は誰かを捜しているようだが、肝心な記憶を失い途方に暮れていた。突然始まった奇妙な同居生活に、潤はだんだん幸せを感じるように。しかし彼女にはある秘密があった。温かくて切ない、ひと夏の運命の物語。
別版　KADOKAWA 2015.7

『サニーサイドエッグ』荻原浩著　東京創元社　2010.5　440p　15cm（創元推理文庫）860円　①978-4-488-40611-0
内容　私は最上俊平、私立探偵である。ハードボイルド小説を愛する私は、決してペット探偵ではないのだ。だが、着物姿も麗しい若い女性とヤクザから、立て続けに猫捜しの依頼が。しかも、どちらの猫もロシアンブルー!?なりゆきで雇うことになった秘書に、独自に習得した猫捜しの極意を伝授し、捜査は順調に進むはずが…。名作『ハードボイルド・エッグ』の続編、いよいよ文庫化。

『さよなら、そしてこんにちは』荻原浩著　光文社　2010.11　287p　16cm（光文社文庫）552円　①978-4-334-74868-5
内容　笑い上戸で泣き上戸の営業マン・陽介の勤め先は葬儀会社だ。出産直前で入院した妻がいるがライバル社を出し抜いた葬儀があり、なかなか病院にも行けない。生まれてくる子どもの顔を葬儀の最中に思い浮かべ、笑顔が出そうになって慌てる。無事仕事を終え、病

84

院に向かう陽介にまた厄介な案件が…（表題作）。一人生の悲喜こもごもをユーモラスに描く傑作短編集。

『さよならバースデイ』 荻原浩著　集英社　2008.5　382p　16cm（集英社文庫）600円　①978-4-08-746295-1
内容 霊長類研究センター。猿のバースデイに言語習得実験を行っている。プロジェクトの創始者安達助教授は一年前に自殺したが、助手の田中真と大学院生の由紀が研究を継いだ。実験は着実に成果をあげてきた。だが、真が由紀にプロポーズをした夜、彼女は窓から身を投げる。真は、目撃したバースデイから、真相を聞き出そうと…。愛を失う哀しみと、学会の不条理に翻弄される研究者を描く、長編ミステリー。

『幸せになる百通りの方法』 荻原浩著　文藝春秋　2014.8　306p　16cm（文春文庫）550円　①978-4-16-790160-8
内容 自己啓発書を読み漁って空回る若きサラリーマン、お見合いパーティに参加しても動物の行動を観察するように冷静になってしまう三十代女性、リストラされたことを家族に言い出せない二代目ベンチマン…この時代を滑稽に、しかし懸命に生きる人々を短篇の名手が描いた、ユーモラス＆ビターな七つの物語。
別版 文藝春秋 2012.2

『ストロベリーライフ』 荻原浩著　毎日新聞出版　2016.10　351p　20cm〈文献あり〉1600円　①978-4-620-10823-0

『砂の王国　上』 荻原浩著　講談社　2013.11　477p　15cm（講談社文庫）800円　①978-4-06-277686-8
内容 全財産は、3円。私はささいなきっかけで大手証券会社勤務からホームレスに転落した。寒さと飢えと人々からの侮蔑。段ボールハウスの設置場所を求め、極貧の日々の中で辿りついた公園で出会った占い師と美形のホームレスが、私に「新興宗教創設計画」を閃かせた。はじき出された社会の隅からの逆襲が始まる！
別版 講談社 2010.11

『砂の王国　下』 荻原浩著　講談社　2013.11　486p　15cm（講談社文庫）〈文献あり〉800円　①978-4-06-277687-5
内容 三人で立ち上げた新興宗教団体「大地の会」は私が描いた設計図どおりに発展。それどころか会員たちの熱狂は、思惑を超えて見る見る膨れ上がっていく。奇跡のような生還と劇的な成功。だが、そこで私を待っていたのは空虚な祝祭と不協和音だった。人間の

底知れる業と脆さを描ききった傑作長編、慟哭の結末！
別版 講談社 2010.11

『千年樹』 荻原浩著　集英社　2010.3　341p　16cm（集英社文庫）571円　①978-4-08-746543-3
内容 東下りの国司が襲われ、妻子と山中を逃げる。そこへ、くすの実が落ちて―。いじめに遭う中学生の雅也が巨樹の下で…「萌芽」。園児たちは、木の下にタイムカプセルを埋めようとして見つけたガラス瓶。そこに秘められた戦争の悲劇「瓶詰の約束」。祖母が戦時中に受け取った手紙に孫娘は…「ババアの石段」。など、人間たちの木をめぐるドラマが、時代を超えて交錯し、切なさが胸に迫る連作短編集。

『誰にも書ける一冊の本』 荻原浩著　光文社　2013.9　153p　16cm（光文社文庫）457円　①978-4-334-76630-6
内容 疎遠だった父の死に際して故郷に帰った「私」に手渡されたのは、父が遺した原稿用紙の束。気が乗らぬまま読み進めるうちに、過去にまつわるいくつかの謎が浮かび上がる。果たしてこれは、父の人生に本当にあったことなのだろうか？ 次第に引き込まれるうち、父と子の距離は、少しずつ埋まっていく―。父親の死を通して名手が鋭く描き出す、生きる意味と、親子の絆。
別版 光文社 2011.6

『ちょいな人々』 荻原浩著　文藝春秋　2011.7　317p　16cm（文春文庫）543円　①978-4-16-780901-0
内容 「カジュアル・フライデー」に翻弄される課長の悲喜劇を描く表題作、奇矯な発明で世の中を混乱させるおもちゃ会社の顛末「犬猫語完全翻訳機」と「正直メール」、阪神ファンが結婚の挨拶に行くと、彼女の父は巨人ファンだった…「くたばれ、タイガース」など、ブームに翻弄される人々を描くユーモア短篇集。
別版 文藝春秋 2008.10

『月の上の観覧車』 荻原浩著　新潮社　2014.3　351p　16cm（新潮文庫）590円　①978-4-10-123037-5
内容 閉園後の遊園地。高原に立つ観覧車に乗り込んだ男は月に向かってゆっくりと夜空を上昇していく。いったい何のために？ 去来するのは取り戻せぬ過去、甘美な記憶、見据えるべき未来―そして、仄かな、希望。ゴンドラが頂に到った時、男が胸にした者とは。長い道程の果てに訪れた「一瞬の奇跡」を描く表題作のほか、過去/現在の時間を魔術師のように操る作家が贈る、極上の八篇。

ヤングアダルトの本　いま読みたい小説4000冊　**85**

別版 新潮社 2011.5

『**二千七百の夏と冬　上**』荻原浩著　双葉
社　2017.6　337p　15cm（双葉文庫）
648円　①978-4-575-52006-4
内容 ダム工事の現場で、縄文人男性と弥生
人女性の人骨が発見された。二体はしっかり
と手を重ね、互いに向き合った姿であった。
三千年近く前、この男女にいったいどんなド
ラマがあったのか？ 新聞記者の佐藤香椰は
次第に謎にのめりこんでいく―。紀元前七世
紀、東日本。谷の村に住むウルクは十五歳。
野に獣を追い、木の実を集め、天の神に感謝
を捧げる日々を送っている。近頃ピナイは、
海渡りたちがもたらしたという神の実 "コー
ミー"の噂でもちきりだ。だが同時にそれは
「災いを招く」と囁かれてもいた。そんなあ
る日、ウルクは足を踏み入れた禁忌の南の森
でカヒィという名の不思議な少女と出会う。
別版 双葉社 2014.6

『**二千七百の夏と冬　下**』荻原浩著　双葉
社　2017.6　310p　15cm（双葉文庫）
〈文献あり〉648円　①978-4-575-52007-
1
内容 "コーミー"は暮らしを豊かにする神の
実か、それとも災いの種なのか。禁忌の南の
森に入ったウルクのピナイ追放が決まった。
だが裏ではコーミーを手に入れてくれば帰還
を許すという条件がつけられた。初めて目に
する村の外、ウルクは世界の大きさを知る。
しかし、そんな彼を執拗につけ狙う存在がい
た。金色の陽の獣・キンクムゥ。圧倒的な力
と巨軀を持つ獰猛な獣に追い詰められたウル
クは、ついに戦いを決意する―。一方、新聞
記者の佐藤香椰は、死してなお離れない二体
から、ある大切な人を思い出していた。第5
回山田風太郎賞受賞作。
別版 双葉社 2014.6

『**ハードボイルド・エッグ**』荻原浩著　新
装版　双葉社　2015.1　396p　15cm
（双葉文庫）704円　①978-4-575-51752-
1
内容 私の名は最上俊平。私立探偵だ。フィ
リップ・マーロウを敬愛する私は、ハードボイ
ルドに生きると決めているが、持ちこまれる
のはなぜかペットの捜索依頼ばかり。正直、
役不足である。そろそろ私は変わろうと思う。
しかるべき探偵、しかるべき男に―。手始め
に、美人秘書を雇うことを決意したが、やっ
てきたのはなんとも達者な女性で…。心優し
き私立探偵とダイナマイト・ボディ（？）の秘
書が巻きこまれた殺人事件。くすりと笑えて
ほろりと泣けるハードボイルドの傑作、待望
の新装版。

『**花のさくら通り**』荻原浩著　集英社
2015.9　550p　16cm（集英社文庫）〈文
献あり〉820円　①978-4-08-745357-7
内容 倒産寸前のユニバーサル広告社。コピー
ライターの杉山を始め個性豊かな面々で乗り
切ってきたが、ついにオフィスを都心から、
"さくら通り商店街"に移転。ここは、少子化
やスーパー進出で寂れたシャッター通りだ。
「さくら祭り」のチラシを頼まれた杉山たち
は、商店街活性化に力を注ぐが…。年代も事
情も違う店主たちを相手に奮闘する涙と笑い
のまちづくり＆お仕事小説。ユニバーサル広
告社シリーズ第3弾。
別版 集英社 2012.6

『**ひまわり事件**』荻原浩著　文藝春秋
2012.7　557p　16cm（文春文庫）752円
①978-4-16-780902-7
内容 隣接する老人ホーム「ひまわり苑」と「ひ
まわり幼稚園」は、理事長の思いつきで、相互
交流を開始する。当初は困惑するものの、し
だいに打ち解けてゆく園児と老人たちだが、
この交流が苑と園の運営を巡り、思わぬ騒動
を引き起こす。老人たちと園児らの不思議な
絆、そして騒動の顛末を描いた感動と爆笑の
長編小説。
別版 文藝春秋 2009.11

『**僕たちの戦争**』荻原浩著　新装版　双葉
社　2016.8　474p　15cm（双葉文庫）
〈文献あり〉759円　①978-4-575-51911-
2
内容 2001年9月12日―NYのビルに飛行機が
突っ込んだ翌朝、尾島健太はサーフィンを
しに海に出ていた。が、突然の大波に呑み込
まれ失神、目を覚ますとそこは1944年だった。
一方、1944年9月12日―帝国海軍飛行術練習生
の石est22吾一は、訓練中に雷雲に突っ込み墜落、
現代へとタイムスリップしてしまう。そっく
りな容姿のせいで互いに入れ替わってしまう
格好になった二人。健太は大戦末期の軍隊で
サバイバル生活を送ることになり、吾一は堕
落した祖国の姿を嘆きつつも、健太の恋人、
ミナミに惹かれてゆく。過去を知る者と、未
来を知った者。二人の若者を通して描く、あ
の戦争、この時代。

『**ママの狙撃銃**』荻原浩著　新装版　双葉
社　2016.10　388p　15cm（双葉文庫）
667円　①978-4-575-51934-1
内容 「もう一度、仕事をしてみないか」。二
人の子どもにも恵まれ、ささやかながら幸せ
な日々を送る福田曜子の元に届いた25年ぶり
の仕事の依頼。幼い頃にアメリカで暮らした
曜子は、祖父エドからあらゆることを教わっ

た。格闘技、護身術、射撃、銃の分解・組立…。そう、祖父の職業は暗殺者だったのだ。そして、曜子はかつてたった一度だけ「仕事」をしたことがあった。家族を守るため、曜子は再びレミントンM700を手にする。

別版 双葉社（双葉文庫）2008.10

『四度目の氷河期』荻原浩著　新潮社
2009.10　628p　16cm（新潮文庫）781円　①978-4-10-123035-1
内容 小学五年生の夏休みは、秘密の夏だった。あの日、ぼくは母さんの書斎で（彼女は遺伝子研究者だ）、「死んだ」父親に関する重大なデータを発見した。彼は身長173cm、推定体重65kg、脳容量は約1400cc。そして何より、約1万年前の第四氷河期の過酷な時代を生き抜いていた―じゃあ、なぜぼくが今生きているのかって？ これは、その謎が解けるまでの、17年と11ヶ月の、ぼくの物語だ。

『冷蔵庫を抱きしめて』荻原浩著　新潮社
2017.10　398p　16cm（新潮文庫）〈2015年刊の加筆・修正〉630円
①978-4-10-123038-2
内容 幸せなはずの新婚生活で摂食障害がぶり返した。原因不明の病に、たった一人で向き合う直子を照らすのは（表題作）。DV男から幼い娘を守るため、平凡な母親がボクサーに。生きる力湧き上がる大人のスポ根小説（「ヒット・アンド・アウェイ」）。短編小説の名手が、ありふれた日常に訪れる奇跡のような一瞬を描く。名付けようのない苦しみを抱えた現代人の心を解き放つ、花も実もある8つのエール。

別版 新潮社 2015.1

乙一
おついち
《1978～》

『Arknoah　1　僕のつくった怪物』乙一
著　集英社　2015.9　446p　16cm（集英社文庫）680円　①978-4-08-745358-4
内容 いじめられっ子の兄弟アールとグレイは、事故で亡くなった父親の書斎で妙な絵本を見つけ、異世界「アークノア」に迷い込んでしまった。そこは、戦争も飢饉もない、天井や壁に囲まれた箱庭のような絵本の中の世界。そして、アークノアを破壊すべく現れたおそろしい怪物を倒さなくては、二人はもとの世界に帰れないことを知る…。鬼才・乙一が描くファンタジー長編第一弾、待望の文庫化！

別版 集英社 2013.7

『Arknoah　2　ドラゴンファイア』乙一
著　集英社　2015.9　386p　20cm
1500円　①978-4-08-780762-2
内容 マリナ・ジーンズは、歯並びの悪い女の子。その歯のせいで、不良たちからいじめられていた。マリナは、納屋で彼らへの復讐の道具を探すうち、『アークノア』という絵本の世界に迷いこんでしまう。一方、砂漠を列車で移動する一行が。マリナと同じく『アークノア』に迷いこんだアール。『ハンマーガール』の異名を持つ少女・リゼ。犬の頭部のカンヤム。3人の目的は怪物討伐。"歯並びの悪い竜"を探していた…。

別版 集英社（集英社文庫）2018.6

『イグナートのぼうけん―なみだめネズ
ミ』乙一さく，小松田大全え　集英社
2010.8　95p　22cm　1200円　①978-4-08-780574-1
内容 ぼくのなまえはイグナート。ちっぽけなネズミのぼくは、いつも涙目、ひとりぼっち。そんなぼくにも、生まれてはじめて友だちができた。ナタリア。口は悪いけど、ぼくにパンを分けてくれたやさしい人だ。でも、ナタリアはいなくなった。いやがるナタリアを、兵隊がつれさった。ちっぽけなぼくだって、たまにはでっかいことをするんだ！ ナタリアに会いにいこう。旅に出るんだ。

『吉祥寺の朝日奈くん』中田永一著　祥伝社　2012.12　307p　16cm（祥伝社文庫）619円　①978-4-396-33802-2
内容 彼女の名前は、上から読んでも下から読んでも、山田真野。吉祥寺の喫茶店に勤める細身で美人の彼女に会いたくて、僕はその店に通い詰めていた。とあるきっかけで仲良くなることに成功したものの、彼女には何か背景がありそうだ…。愛の永続性を祈る心情の瑞々しさが胸を打つ表題作など、せつない五つの恋愛模様を収録。

別版 祥伝社 2009.12

『Kids』乙一原作，坂本賢治脚本，相田冬
二ノベライズ　角川書店　2008.1
164p　15cm（角川文庫）〈発売：角川グループパブリッシング〉476円
①978-4-04-425307-3
内容 「傷の深さも痛みも二人で半分」。子供の頃、父親に傷つけられたタケオは、ある日、寂れた町の片隅でアサトと出会う。やがて、タケオは、アサトが人の傷を自分の体に移すことができる特殊能力を持っていることに気づく。自分を痛めつけるかのように、自らに傷を移しつづけるアサト。それが彼の辛い過去への贖罪の行為だと知ったタケオは…。乙

一のせつないファンタジー短編「傷‐KIZ/KIDS‐」原作による映画『KIDS』小説版。

『きみにしか聞こえない』乙一作, Shel絵 角川書店 2009.5 173p 18cm（角川つばさ文庫）〈発売：角川グループパブリッシング〉580円 ①978-4-04-631018-7
[内容] わたしは携帯電話をもっていない。友だちがいないから。でも憧れてる、いつも誰かとつながっているクラスメイトたちに。だから、わたしは自分だけの携帯電話を想像する、すぐそこにあると思えるほど強く。その時、わたしの頭の中に着信メロディーが流れだす。それがシンヤからの初めての電話だった。さみしい気持ちが生んだ小さな奇蹟。この他「傷」「ウソカノ」を収録。小学上級から。

『くちびるに歌を』中田永一著 小学館 2013.12 316p 15cm（小学館文庫）〈2011年刊の加筆改稿〉619円 ①978-4-09-408881-6
[内容] 長崎県五島列島のある中学校に、産休に入る音楽教師の代理で「自称ニート」の美人ピアニスト柏木はやってきた。ほどなく合唱部の顧問を受け持つことになるが、彼女に魅せられ、男子生徒の入部が殺到。それまで女子部員しかいなかった合唱部は、練習にまじめに打ち込まない男子と女子の対立が激化する。一方で、柏木先生は、Nコン（NHK全国学校音楽コンクール）の課題曲「手紙～拝啓十五の君へ～」にちなみ、十五年後の自分に向けて手紙を書くよう、部員たちに宿題を課した。そこには、誰にもいえない、等身大の秘密が綴られていた。青春小説の新たなるスタンダード作品、文庫化！
[別版] 小学館 2011.11

『くちびるに歌を』百瀬しのぶ著, 中田永一原作, 持地佑季子, 登米裕一脚本 小学館 2015.2 213p 18cm（小学館ジュニア文庫）〈監督：三木孝浩〉700円 ①978-4-09-230793-3
[内容] 東京でピアニストとして活躍していた柏木ユリが音楽教師として長崎にある中五島中学校へ赴任してきた。悲しい出来事をきっかけにピアノが弾けなくなったユリ。ピアノを弾かないことを条件に、合唱部の顧問を引き受ける。最初はなんとなく始めた顧問だったが、それぞれが抱えた誰にも言えない悩み、それでもひたむきに生きている生徒達とふれあううちに、ユリ自身も前へと進み始める。いよいよコンクール本番。合唱部は、県大会を突破できるのか…？ 映画『くちびるに歌を』をノベライズ。

『GOTH—モリノヨル』乙一作, 新津保建秀写真 角川書店 2008.12 79p 図版44枚 20cm〈発売：角川グループパブリッシング〉1600円 ①978-4-04-873924-5
[内容] 12月のある土曜日、森野夜はひとり殺人現場へと向かった。記念写真を撮るために—書き下ろし小説100枚×新津保建秀の撮り下ろし写真で鮮やかに浮かびあがる、黒乙女の輪郭。

『GOTH 番外篇 森野は記念写真を撮りに行くの巻』乙一著 角川書店 2013.7 109p 15cm（角川文庫）〈2008年刊の抜粋, 加筆 発売：KADOKAWA〉362円 ①978-4-04-100925-3
[内容] 12月のある日の午後。森野夜は雑木林の地面に横たわっていた。死や恐怖など、暗黒的な事象に惹かれる彼女は、7年前、少女の死体が遺棄された場所に同じポーズで横たわって、悪趣味な記念写真を撮るつもりだった。まさかそこで出会ったのが本物の殺人犯だとも知らず、シャッターを押してほしいと依頼した森野の運命は？「なぜか高確率で殺人者に出会い、相手を魅了してしまう」謎属性をもつ少女、森野夜を描いたGOTH番外篇。

『The Book—jojo's bizarre adventure 4th another day』乙一著, 荒木飛呂彦原作 集英社 2012.11 374p 16cm（集英社文庫）650円 ①978-4-08-745012-5
[内容] この町には人殺しが住んでいる—。町の花はフクジュソウ。特産品は牛タンの味噌漬け。一九九四年の国勢調査によると人口は五八七一三人。その町の名前は杜王町。広瀬康一と漫画家・岸辺露伴は、ある日血まみれの猫と遭遇した。後をつけるうち、二人は死体を発見する。それが"本"をめぐる奇怪な事件のはじまりだった…。乙一が渾身の力で描いた『ジョジョの奇妙な冒険』、文庫で登場。
[別版] 集英社（Jump J books）2011.12

『しあわせは子猫のかたち』乙一作, SHEL絵 角川書店 2011.2 266p 18cm（角川つばさ文庫）〈『失踪HOLIDAY』（2001年刊）の改題、改稿 発売：角川グループパブリッシング〉680円 ①978-4-04-631146-7
[内容] 人づきあいが苦手で、ひっそりと1人きりで生きたいとねがうぼく。けれど、ぼくのひっこした家には、先住者がいた。それは1ぴきのちいさな子猫と、すがたの見えない少女の幽霊で…。日なたぼっこや草花、人々の

笑顔をあいする幽霊・雪村との生活は、しだいにぼくの心をとかしていくが!?ことばはなくても通じあう、感動の物語。そのほか「失踪ホリデイ」を収録。小学上級から。

『銃とチョコレート』乙一著　講談社　2016.7　283p　15cm（講談社文庫）〈2006年刊の改稿〉590円　①978-4-06-293396-4
内容 大富豪の家を狙い財宝を盗み続ける大悪党ゴディバと、国民的ヒーローの名探偵ロイズとの対決は世間の注目の的。健気で一途な少年リンツが偶然手に入れた地図は事件解決の鍵か!?リンツは憧れの探偵ロイズと冒険の旅にでる。王道の探偵小説の痛快さと、仕掛けの意外性の面白さを兼ねる傑作、待望の文庫化！
別版 講談社（講談社ノベルス）2013.10

『So-far そ・ふぁー──「Zoo 1」より』赤木かん子編、乙一著　ポプラ社　2008.4　34p　21cm（ポプラ・ブック・ボックス　指輪の巻 2）①978-4-591-10227-5

『ダイアログ・イン・ザ・ダーク』乙一著　星海社　2012.10　1冊（ページ付なし）19cm（星海社FICTIONS─星海社朗読館）〈朗読：栗山千明　イラスト：釣巻和　発売：講談社〉2381円　①978-4-06-138842-0
内容 前作『ベッドタイム・ストーリー』で、すべての読者を魅了し、感動させた名タッグがここに再演─。兄弟らしき二人の男に誘拐され、"光"と"希望"を略奪する「私」を翻弄する「暴力」と「献身」を、乙一が紡ぎ、釣巻和が美しく彩る。"異名・黒乙一"を思わせる"暗闇の恐怖"の物語を、栗山千明が朗読したピクチャーレーベルCDにフルカラーハードカバーブックレットをあわせてパッケージ化した、星海社朗読館シリーズ第七弾。

『箱庭図書館』乙一著　集英社　2013.11　343p　16cm（集英社文庫）600円　①978-4-08-745131-3
内容 僕が小説を書くようになったのには、心に秘めた理由があった（「小説家のつくり方」）。ふたりぼっちの文芸部で、先輩と過ごしたイタい毎日（「青春絶縁体」）。雪面の靴跡にみちびかれた、不思議なめぐり会い（「ホワイト・ステップ」）。"物語を紡ぐ町"で、ときに切なく、ときに温かく、奇跡のように重なり合う6つのストーリー。ミステリ、ホラー、恋愛、青春…乙一の魅力すべてが詰まった傑作短編集！
別版 集英社 2011.3

『花とアリス殺人事件』岩井俊二原作, 乙一著　小学館　2018.4　220p　15cm（小学館文庫）510円　①978-4-09-406509-1
内容 石ノ森学園中学校に転校してきた有栖川徹子（通称・アリス）は、転校早々クラスメイトから嫌がらせを受ける。どうやら彼女の座る席には呪われた噂があるようだ。そんなある日、アリスは、自分の隣の家が「花屋敷」と呼ばれ、話題にのぼっていることを知る。彼女は、ある目的をもって花屋敷に潜入した。家のなかには、長期不登校中のクラスメイト・荒井花（通称・花）がいた。そこで花はアリスに、驚くべきことを口にする。岩井俊二監督の映画「花とアリス殺人事件」を、乙一がノベライズした伝説の作品がついに文庫化。
別版 小学館 2015.2

『ベッドタイム★ストーリー』乙一著　星海社　2011.9　1冊（ページ付なし）19cm（星海社FICTIONS─星海社朗読館）〈朗読：坂本真綾　イラスト：釣巻和　発売：講談社〉2381円　①978-4-06-138814-7
内容 短編の名手、乙一が未来の夜空へ向けて放つ傑作SFラブストーリー。声優・坂本真綾の朗読が胸に迫るピクチャーディスクCDと、釣巻和が手がける切なさ全開の美麗なイラストレーションをフルカラーで収録したハードカバーブックレットをパッケージ化した星海社朗読館シリーズ第三弾。

『僕は小説が書けない』中村航, 中田永一著　KADOKAWA　2017.6　260p　15cm（角川文庫）〈2014年刊の加筆・修正〉560円　①978-4-04-105612-7
内容 なぜか不幸を招き寄せてしまう体質と、家族とのぎくしゃくした関係に悩む高校1年生の光太郎。先輩・七瀬の強引な勧誘で廃部寸前の文芸部に入ると、部の存続をかけて部誌に小説を書くことに。強烈なふたりのOBがたたかわす小説論、2泊3日の夏合宿、迫り来る学園祭。個性的な部のメンバーに囲まれて小説の書き方を学ぶ光太郎はやがて、自分だけの物語を探しはじめる─。ふたりの人気作家が合作した青春小説の決定版!!
別版 KADOKAWA 2014.10

『百瀬、こっちを向いて。』中田永一著　祥伝社　2010.9　275p　16cm（祥伝社文庫）571円　①978-4-396-33608-0
内容 「人間レベル2」の僕は、教室の中でまるで薄暗い電球のような存在だった。野良猫のような目つきの美少女・百瀬陽が、僕の彼女になるまでは─。しかしその裏には、僕にとって残酷すぎる仕掛けがあった。「こんなに苦しい気持ちは、最初から知らなければよ

かった…！」恋愛の持つ切なさすべてが込められた、みずみずしい恋愛小説集。
別版 祥伝社 2008.5

『私は存在が空気』中田永一著　祥伝社　2015.12　305p　20cm　1500円　①978-4-396-63484-1
内容 存在感を消してしまった少女。瞬間移動の力を手に入れた引きこもり少年。危険な発火能力を持つ、木造アパートの住人…どこかおかしくて、ちょっぴり切ない、超能力者×恋物語。恋愛小説の名手が描く、すこし不思議な短編集。

乙骨　淑子
おっこつ・よしこ
《1929〜1980》

『ピラミッド帽子よ、さようなら』乙骨淑子作、長谷川集平絵　新装版　理論社　2017.7　412p　19cm　1600円　①978-4-652-20221-0
内容 数学で「1」をとったことが頭からはなれない洋平。ある日、だれも住んでいないはずの家に、あかりがついていることに気づく。そこから加速度がつくように、不思議なできごとがおしよせる…。自分そして世界の謎を解く少年の冒険を、乙骨淑子が死を前に魂で描いた、未完の物語。
別版 復刻版 理論社（理論社の大長編シリーズ 復刻版）2010.1

小野　不由美
おの・ふゆみ
《1960〜》

『営繕かるかや怪異譚』小野不由美著　KADOKAWA　2018.6　279p　15cm（角川文庫）600円　①978-4-04-106047-6
内容 叔母から受け継いだ町屋に一人暮らす祥子。まったく使わない奥座敷の襖が、何度閉めても開いている（「奥庭より」）。古色蒼然とした武家屋敷。同居する母親は言った。「屋根裏に誰かいるのよ」（「屋根裏に」）。ある雨の日、鈴の音とともに袋小路に佇んでいたのは、黒い和服の女。あれも、いない人？（「雨の鈴」）。人気絶頂の著者が存分に腕をふるった、じわじわくる恐怖、極上のエンタテインメント小説。
別版 KADOKAWA（［幽BOOKS］）2014.12

『華胥の幽夢（ゆめ）』小野不由美著　新潮社　2014.1　351p　16cm（新潮文庫―十二国記）〈講談社文庫 2001年刊の再刊〉590円　①978-4-10-124060-2
内容 王は夢を叶えてくれるはず。だが。才国の宝重である華胥華朶を枕辺に眠れば、理想の国を夢に見せてくれるという。しかし采麟は病に伏した。麒麟が斃れることは国の終焉を意味するが、才国の命運は―「華胥」。雪深い戴国の王・驍宗が、泰麒を旅立たせ、見せた世界は―「冬栄」。そして、景王陽子が楽俊への手紙に認めた希いとは―「書簡」ほか、王の理想を描く全5編。「十二国記」完全版・Episode 7。

『風の海迷宮の岸』小野不由美著　新潮社　2012.10　390p　16cm（新潮文庫―十二国記）〈講談社文庫 2000年刊の再刊〉630円　①978-4-10-124054-1

『風の万里黎明の空　上』小野不由美著　新潮社　2013.4　368p　16cm（新潮文庫―十二国記）〈講談社文庫 2000年刊の再刊〉630円　①978-4-10-124056-5
内容 人は、自分の悲しみのために涙する。陽子は、慶国の玉座に就きながらも役割を果たせず、女王ゆえ信頼を得られぬ己に苦悩していた。祥瓊は、芳国国王である父が簒奪者に殺され、平穏な暮らしを失くし哭いていた。そして鈴は、蓬莱から辿り着いた才国で、苦行を強いられ泣いていた。それぞれの苦難を負う少女たちは、葛藤と嫉妬と羨望を抱きながらも幸福を信じて歩き出すのだが―。

『風の万里黎明の空　下』小野不由美著　新潮社　2013.4　400p　16cm（新潮文庫―十二国記）〈講談社文庫 2000年刊の再刊〉670円　①978-4-10-124057-2
内容 王は人々の希望。だから会いに行く。景王陽子は街に下り、重税や苦役に喘ぐ民の暮らしを目の当たりにして、不甲斐なさに苦悶する。祥瓊は弑逆された父の非道を知って恥じ、自分と同じ年頃で王となった少女に会いに行く。鈴もまた、華軒に轢き殺された友の仇討ちを誓う―王が苦難から救ってくれると信じ、慶を目指すのだが、邂逅を果たす少女たちに安寧は訪れるのか。運命は如何に。

『鬼談百景』小野不由美著　KADOKAWA　2015.7　334p　15cm（角川文庫）〈メディアファクトリー 2012年刊の再刊〉560円　①978-4-04-103375-3
内容 学校に建つ男女の生徒を象った銅像。その切り落とされた指先が指し示す先は…（「未来へ」）。真夜中の旧校舎の階段は“増える”。子どもたちはそれを確かめるために集合し…

（「増える階段」）。まだあどけない娘は時折食い入るように、何もない宙を見つめ、にっこり笑って「ぶらんこ」と指差す（「お気に入り」）。読むほどに恐怖がいや増す―虚実相なかばする怪談文芸の頂点を極めた傑作！ 初めての百物語怪談本。
別版 メディアファクトリー（幽BOOKS）2012.7

『ゴーストハント　1　旧校舎怪談』小野不由美著　メディアファクトリー　2010.11　362p　19cm（幽books）〈『悪霊がいっぱい!?』（講談社1989年刊）のリライト〉1200円　①978-4-8401-3594-8
内容 取り壊すと必ず事故が起こると噂されている木造の旧校舎。高校1年生の麻衣はひょんなことから、調査に訪れた「渋谷サイキックリサーチ/SPR」所長・ナルの手伝いをするはめに。彼女を待っていたのは数々の謎の現象だった。旧校舎に巣食っているのは戦没者の霊なのか、それとも―？ 麻衣とナルが出逢い、物語の出発点となったシリーズ第1巻。全編にわたり入念なリライトが施された完全版。

『ゴーストハント　2　人形の檻』小野不由美著　メディアファクトリー　2011.1　401p　19cm（幽books）〈『悪霊がホントにいっぱい！』（講談社1989年刊）のリライト〉1300円　①978-4-8401-3688-4
内容 瀟洒な洋館に住む一家を襲うポルターガイスト現象。騒々しい物音、移動する家具、火を噴くコンロ。頻発する怪しい出来事の正体は地霊の仕業か、はたまた地縛霊か―。家族が疑心暗鬼に陥る中、依頼者の姪・礼美が語る「悪い魔女」とは？ ナルとともにSPRの一員として屋敷に赴いた麻衣は、礼美と彼女が大切にしている人形との会話を耳にする。―リライトを経て、恐怖を増した第2弾。

『ゴーストハント　3　乙女ノ祈リ』小野不由美著　メディアファクトリー　2011.3　383p　19cm（幽books）〈『悪霊がいっぱいで眠れない』（講談社1990年刊）のリライト〉1300円　①978-4-8401-3862-8
内容 狐狗狸さんによる狐憑き、美術準備室に出る幽霊、部室のポルターガイスト現象、坐ると事故に遭う席。SPRへの立て続けの依頼は、すべて女子高・私立湯浅高校からのものだった。学校へ赴いたナルたちは、超能力を使うという少女に出会う。彼女が放った呪いの言葉とは？ 尋常ではない数の異常現象。原因を追うナルと麻衣の前に立ちはだかる、何者かの邪悪な意志。

『ゴーストハント　4　死霊遊戯』小野不

由美著　メディアファクトリー　2011.5　405p　19cm（幽books）〈『悪霊はひとりぼっち』（講談社1990年刊）のリライト〉1300円　①978-4-8401-3911-3
内容 新聞やテレビを賑わす、緑陵高校の度重なる不可解な事件。マスコミは集団ヒステリーとして結論づける。生徒会長・安原の懇願を受け、SPR一行が向かった学校には、様々な怪談が蔓延し、「ヲリキリさま」という占いが流行していた。数カ月前に起きた男子生徒の自殺と、一連の事件との関係は？ 調査が難航するなか、麻衣が不気味な夢を見る。

『ゴーストハント　5　鮮血の迷宮』小野不由美著　メディアファクトリー　2011.7　416p　19cm（幽books）〈『悪霊になりたくない！』（講談社1991年刊）のリライト〉1350円　①978-4-8401-3978-6
内容 増改築を繰り返し、迷路のような構造を持つ巨大な洋館。地元では幽霊屋敷として名高く、中に入った者が行方不明になる事件が連続して起こる。この館を調査するため、二十名もの霊能者が招集された。複雑な内部を調べていた麻衣たちは、館内に空洞があることに気づく。次々に姿を消す霊能者たち。やがて明らかにされる、館の血塗られた過去。

『ゴーストハント　6　海からくるもの』小野不由美著　メディアファクトリー　2011.9　434p　19cm（幽books）〈『悪霊とよばないで』（講談社1991年刊）のリライト〉1400円　①978-4-8401-4245-8
内容 日本海を一望する能登半島で料亭を営む吉見家。この家は代替わりのたびに、必ず多くの死人を出すという。依頼者・吉見彰文の祖父が亡くなったとき、幼い姪・葉月の背中に不吉な戒名が浮かび上がった。一族にかけられた呪いの正体を探る中、ナルが何者かに憑依されてしまう。リーダー不在のSPRに最大の危機が迫る。

『ゴーストハント　7　扉を開けて』小野不由美著　メディアファクトリー　2011.11　455p　19cm（幽books）〈『悪霊だってヘイキ！』（講談社1992年刊）のリライト〉1400円　①978-4-8401-4307-3
内容 「オフィスは戻り次第、閉鎖する」能登の事件を解決し、東京への帰路についた一行は、道に迷ってダム湖畔のキャンプ場にたどり着いてしまう。ナルの突然のSPR閉鎖宣言に戸惑う麻衣たちは急遽、湖畔のバンガローに滞在することに。そこへ舞い込んだ、廃校になった小学校の調査依頼。幽霊が出るという校舎には恐るべき罠が仕掛けられていた―。すべての謎が明らかにされる最終巻。驚愕の

真実とは。

『**残穢**』小野不由美著　新潮社　2015.8
359p　16cm（新潮文庫）590円　①978-
4-10-124029-9
内容 この家は、どこか可怪しい。転居した
ばかりの部屋で、何かが畳を擦る音が聞こえ、
背後には気配が…。だから、人が居着かない
のか。何の変哲もないマンションで起きる怪
異現象を調べるうち、ある因縁が浮かび上が
る。かつて、ここでむかえた最期とは。怨み
を伴う死は「穢れ」となり、感染は拡大する
というのだが―山本周五郎賞受賞、戦慄の傑
作ドキュメンタリー・ホラー長編！
別版 新潮社 2012.7

『**過ぎる十七の春**』小野不由美著　新装版
講談社　2016.3　324p　15cm（講談社
X文庫―White heart）690円　①978-4-
06-286900-3
内容 運命の春が来る―。従兄弟同士の直樹
と隆は、まもなく十七歳の誕生日を迎えよう
としていた。例年どおり、隆の住む花の里の
家を訪れた直樹と典子兄妹は、隆の、母親・
美紀子に対する冷淡な態度に戸惑う。「あの
女が悪い」毎晩のように部屋を訪れるなにも
のかの気配に苛立つ隆。息子の目の中に恐れ
ていた兆しを見つけて絶望する美紀子に異変
が。直樹と隆―二人の少年を繋ぐ悲劇の幕が
上がる!!

『**黄昏の岸暁の天（そら）**』小野不由美著
新潮社　2014.4　478p　16cm（新潮文
庫―十二国記）〈講談社文庫 2001年刊
の再刊〉710円　①978-4-10-124061-9
内容 驍宗が玉座に就いて半年、戴国は疾風の
勢いで再興に向かう。しかし反乱鎮圧に赴い
た王は戻らず、届いた凶報に衝撃を受けた泰
麒も忽然と姿を消した。王と麒麟を失い、荒
廃へと向かう国を案じる将軍は、命を賭して
慶国を訪れ、援助を求める。戴国を救いたい
―景王陽子の願いに諸国の麒麟たちが集う。
はたして泰麒の行方は。

『**月の影影の海　上**』小野不由美著　新潮
社　2012.7　278p　16cm（新潮文庫―
十二国記）〈講談社文庫 2000年刊の再
刊〉520円　①978-4-10-124052-7
内容 「お捜し申し上げました」―女子高生の
陽子の許に、ケイキと名乗る男が現れ、跪く。
そして海を潜り抜け、地図にない異界へと連
れ去った。男とはぐれ一人彷徨う陽子は、出
会う者に裏切られ、異形の獣には襲われる。
なぜ異邦へ来たのか、戦わねばならないのか。
怒濤のごとく押し寄せる苦難を前に、故国へ
帰還を誓う少女の「生」への執着が迫る。シ

リーズ本編となる衝撃の第一作。

『**月の影影の海　下**』小野不由美著　新潮
社　2012.7　267p　16cm（新潮文庫―
十二国記）〈講談社文庫 2000年刊の再
刊〉520円　①978-4-10-124053-4
内容 「わたしは、必ず、生きて帰る」―流
れ着いた巧国で、容赦なく襲い来る妖魔を相
手に、戦い続ける陽子。度重なる裏切りで傷
ついた心を救ったのは、"半獣"楽俊との出会
いだった。陽子が故国へ戻る手掛かりを求め
て、雁国の王を訪ねた二人に、過酷な運命を
担う真相が明かされる。全ては、途轍もない
「決断」への幕開けに過ぎなかった。

『**図南の翼**』小野不由美著　新潮社　2013.
10　419p　16cm（新潮文庫―十二国
記）〈講談社文庫 2001年刊の再刊〉670
円　①978-4-10-124059-6

『**東の海神西の滄海**』小野不由美著　新潮
社　2013.1　348p　16cm（新潮文庫―
十二国記）〈講談社文庫 2000年刊の再
刊〉590円　①978-4-10-124055-8
内容 延王尚隆と延麒六太が誓約を交わし、雁
国に新王が即位して二十年。先王の圧政で荒
廃した雁国は平穏を取り戻しつつある。そん
な折、尚隆の政策に異を唱える者が、六太を拉
致し謀反を起こす。望みは国家の平和か玉座
の簒奪か―二人の男の理想は、はたしてどち
らが民を安寧に導くのか。そして、血の穢れ
を忌み嫌う麒麟を巻き込んだ争乱の行方は。

『**丕緒の鳥**』小野不由美著　新潮社　2013.
7　358p　16cm（新潮文庫―十二国記）
590円　①978-4-10-124058-9
内容 「希望」を信じて、男は覚悟する。慶国
に新王が登場する。即位の礼で行われる「大
射」とは、鳥に見立てた陶製の的を射る儀式。
陶工である丕緒は、国の理想を表す任の重さ
に苦慮していた。希望を託した「鳥」は、果
たして大空に羽ばたくのだろうか―表題作ほ
か、己の役割を全うすべく煩悶し、一途に走
る名も無き男たちの清廉なる生き様を描く全
4編収録。

『**魔性の子**』小野不由美著　新潮社　2012.
7　491p　16cm（新潮文庫―十二国記）
670円　①978-4-10-124051-0

『**緑の我が家**』小野不由美著　新装版　講
談社　2015.8　240p　15cm（講談社X
文庫―white heart）600円　①978-4-06-
286870-9
内容 父親の再婚を機に、高校生の浩志はひと
り暮らしをはじめた。ハイツ・グリーンホー
ム、九号室―近隣でも有名な幽霊アパート。

日本の作品　　　　　　　　　　　　　　　　　　　　　　　　　　　恩田陸

無言電話、不気味な落書き、白紙の手紙など、不可解な出来事がつづき、住人のひとりが死亡する。「出ていったほうがいいよ」不愉快な隣人の言葉の真意は？幽霊を信じない浩志も感じる「ひどく嫌な気分」の正体とは…？ページをめぐるごとに恐怖が降り積もっていく本格ホラー小説。

恩田　陸
おんだ・りく
《1964〜》

『**朝日のようにさわやかに**』恩田陸著　新潮社　2010.6　366p　16cm（新潮文庫）552円　①978-4-10-123420-5
[内容]葬式帰りの中年男女四人が、居酒屋で何やら話し込んでいる。彼らは高校時代、文芸部のメンバーだった。同じ文芸部員が亡くなり、四人宛てに彼の小説原稿が遺されたからだ。しかしなぜ…（「楽園を追われて」）。ある共通イメージが連鎖して、意識の底に眠る謎めいた記憶を呼び覚ます奇妙な味わいの表題作など全14編。ジャンルを超越した色とりどりの物語世界を堪能できる秀逸な短編集。

『**いのちのパレード**』恩田陸著　実業之日本社　2010.10　382p　16cm（実業之日本社文庫）629円　①978-4-408-55001-5
[内容]あちこちから指や手の形をした巨岩が飛び出す奇妙な村に、妻と私はやって来た（『観光旅行』）。主人公フレッドくんが起き抜けから歌うのは、ミュージカルだから（『エンドマークまでご一緒に』）。「上が」ってこの町を出るために、今日も少女たちはお告げを受ける（『SUGOROKU』）。小説のあらゆるジャンルに越境し、クレイジーで壮大なイマジネーションが跋扈する恩田マジック15編。

『**失われた地図**』恩田陸著　KADOKAWA　2017.2　245p　20cm　1400円　①978-4-04-105366-9
[内容]川崎、上野、大阪、呉、六本木…日本各地の旧軍都に発生する「裂け目」。かつてそこに生きた人々の記憶が形を成し、現代に蘇える。記憶の化身たちと戦う、"力"を携えた美しき男女、遼平と鮎観。運命の歯車は、同族の彼らが息子を授かったことから狂い始め一。新時代の到来は、闇か、光か。

『**EPITAPH東京**』恩田陸著　朝日新聞出版　2018.4　348p　15cm（朝日文庫）〈2015年刊に「悪い春」を収録し再刊〉640円　①978-4-02-264882-2
[内容]東日本大震災を経て、刻々と変貌していく"東京"を舞台にした戯曲『エピタフ東京』を書きあぐねている"筆者K"は、吸血鬼だと名乗る吉屋と出会う。彼は「東京の秘密を探るためのポイントは、死者です」と囁きかけるのだが…。スピンオフ小説「悪い春」を特別収録。
[別版]朝日新聞出版 2015.3

『**エンド・ゲーム―常野物語**』恩田陸著　集英社　2009.5　363p　16cm（集英社文庫）619円　①978-4-08-746432-0
[内容]『あれ』と呼んでいる謎の存在と闘い続けてきた拝島時子。『裏返さ』なければ、『裏返され』てしまう。『遠目』『つむじ足』など特殊な能力をもつ常野一族の中でも最強といわれた父は、遠い昔に失踪した。そして今、母が倒れた。ひとり残された時子は、絶縁していた一族と接触する。親切な言葉をかける老婦人は味方なのか？『洗濯屋』と呼ばれる男の正体は？緊迫感溢れる常野物語シリーズ第3弾。

『**大きな引き出し―「光の帝国常野物語」より**』赤木かん子編, 恩田陸著　ポプラ社　2008.4　34p　21cm（ポプラ・ブック・ボックス 剣の巻 2）①978-4-591-10187-2

『**終りなき夜に生れつく**』恩田陸著　文藝春秋　2017.2　306p　20cm　1500円　①978-4-16-390609-6
[内容]強力な特殊能力を持って生まれ、少年期を共に過ごした三人の"在色者"。彼らは別々の道を歩み、やがて途鎖の山中で再会する。ひとりは傭兵、ひとりは入国管理官、そしてもう一人は稀代の犯罪者となって。『夜の底は柔らかな幻』で凄絶な殺し合いを演じた男たちの過去が今、明らかになる。

『**きのうの世界　上**』恩田陸著　講談社　2011.8　302p　15cm（講談社文庫）571円　①978-4-06-277037-8
[内容]上司の送別会から忽然と姿を消した一人の男。一年後の寒い朝、彼は遠く離れた町で死体となって発見された。そこは塔と水路のある、小さな町。失踪後にここへやってきた彼は、町の外れの「水無月橋」で死んでいた。この町の人間に犯人はいるのか。不安が町に広がっていく。恩田陸がすべてを詰め込んだ集大成。

『**きのうの世界　下**』恩田陸著　講談社　2011.8　357p　15cm（講談社文庫）571円　①978-4-06-277038-5
[内容]塔のある町が抱える秘密を住人たちは何も知らない。夜に塔を見てはいけないという町に伝わる不思議な教え。亀とハサミと天

の川のステンドグラスが表す意味とは。殺された男は駅の掲示板に奇妙な貼り紙を持ち込み、誰かと連絡を取っていた。彼は町の秘密に触れてしまったのか。雨が降る。町の本当の姿が明らかになる。

『クレオパトラの夢』恩田陸著　新装版
双葉社　2015.4　282p　15cm（双葉文庫）593円　⒤978-4-575-51772-9
内容 北国のH市を訪れた神原恵弥。不倫相手を追いかけていった双子の妹を連れ戻すという名目の裏に、外資製薬会社の名ウイルスハンターとして重大な目的があった。H市と関係があるらしい「クレオパトラ」と呼ばれるものの正体を摑むこと。人々の欲望を掻きたててきたそれは、存在自体が絶対の禁忌であった―。謎をめぐり、虚実交錯する世界が心をとらえて離さない、シリーズ第二作！

『木洩れ日に泳ぐ魚（さかな）』恩田陸著
文藝春秋　2010.11　298p　16cm（文春文庫）590円　⒤978-4-16-772903-5
内容 舞台は、アパートの一室。別々の道を歩むことが決まった男女が最後の夜を徹し語り合う。初夏の風、木々の匂い、大きな柱時計、そしてあの男の後ろ姿―共有した過去の風景に少しずつ違和感が混じり始める。濃密な心理戦の果て、朝の光とともに訪れる真実とは。不思議な胸騒ぎと解放感が満ちる傑作長編。

『錆びた太陽』恩田陸著　朝日新聞出版
2017.3　458p　20cm　1700円　⒤978-4-02-251465-3
内容 立入制限区域のパトロールを担当するロボット「ウルトラ・エイト」たちの居住区に、国税庁から派遣されたという謎の女・財護徳子がやってきた。三日間の予定で、制限区域の実態調査を行うという。だが、彼らには、人間の訪問が事前に知らされていなかった！ 戸惑いながらも、人間である徳子の司令に従うことにするのだが…。彼女の目的は一体何なのか？ 直木賞受賞後長編第一作。

『七月に流れる花』恩田陸著　講談社
2016.12　219p　19cm（MYSTERY LAND）2300円　⒤978-4-06-220344-9
内容 坂道と石段と石垣が多い町、夏流に転校してきたミチル。六月という中途半端な時期の転校生なので、友達もできないまま夏休みを過ごす羽目になりそうだ。終業式の日、彼女は大きな鏡の中に、緑色をした不気味な「みどりおとこ」の影を見つける。思わず逃げ出したミチルだが、手元には、呼ばれた子どもは必ず行かなければならない、夏の城―夏流城での林間学校への招待状が残されていた。ミチルは五人の少女とともに、濃い緑色のツ

タで覆われた古城で共同生活を開始する。城には三つの不思議なルールがあった。鐘が一度鳴ったら、食堂に集合すること。三度鳴ったら、お地蔵様にお参りすること。水路に花が流れたら色と数を報告すること。少女はなぜ城に招かれたのか。長く奇妙な「夏」が始まる。

『消滅―VANISHING POINT』恩田陸著　中央公論新社　2015.9　523p　20cm　1800円　⒤978-4-12-004764-0
内容 202X年9月30日の午後。日本の某空港に各国からの便が到着した。超巨大台風の接近のため離着陸は混乱、さらには通信障害が発生。そして入国審査で止められた11人（＋1匹）が、「別室」に連行される。この中に、「消滅」というコードネームのテロを起こす人物がいるというのだ。世間から孤絶した空港内で、緊迫の「テロリスト探し」が始まる！ 読売新聞好評連載小説、ついに単行本化。

『雪月花黙示録』恩田陸著　KADOKAWA
2016.2　420p　15cm（角川文庫）
〈2013年刊の加筆修正〉680円　⒤978-4-04-103184-1
内容 ミヤコの最高学府、光舎の生徒会長選挙。それはミヤコ全体の権力者を決定する伝統と狂騒のイベント。美形剣術士で春日家の御曹司、紫風は三期目の当選を目指していた。ある日、紫風は立会演説会中に選挙活動を妨害される。それは反体制勢力、「伝道者」の宣戦布告だった。彼といとこの女子高生剣士、蘇芳は次第に巨大な力に巻き込まれていき―。アクション満載、近未来の日本を舞台に繰り広げられる、絢爛豪華な玉手箱！
別版 KADOKAWA 2013.12

『蛇行する川のほとり』恩田陸著　集英社
2010.6　350p　16cm（集英社文庫）552p　⒤978-4-08-746588-4
内容 演劇祭の舞台装置を描くため、高校美術部の先輩、香澄の家での夏合宿に誘われた毬子。憧れの香澄と芳野からの申し出に有頂天になるが、それもつかの間だった。その家ではかつて不幸な事件があった。何か秘密を共有しているようなふたりに、毬子はだんだんと疑心暗鬼になっていく。そして忘れたはずの、あの夏の記憶がよみがえる。少女時代の残酷なほどのはかなさ、美しさを克明に描き出す。

『タマゴマジック』恩田陸著　仙台　河北新報出版センター　2016.3　180p　18cm　1200円　⒤978-4-87341-344-0

『チョコレートコスモス』恩田陸著　角川書店　2011.6　562p　15cm（角川文

日本の作品　　　　　　　　　　　　　　　　　　　　　　　　　　　恩田陸

庫）〈文献あり　発売：角川グループパブリッシング〉781円　①978-4-04-371003-4

[内容] 芝居の面白さには果てがない。一生かけても味わい尽くせない。華やかなオーラを身にまとい、天才の名をほしいままにする響子。大学で芝居を始めたばかりの華奢で地味な少女、飛鳥。二人の女優が挑んだのは、伝説の映画プロデューサー・芹澤が開く異色のオーディションだった。これは戦いなのだ。知りたい、あの舞台の暗がりの向こうに何があるのかを―。少女たちの才能が、熱となってぶつかりあう！　興奮と感動の演劇ロマン。

『中庭の出来事』恩田陸著　新潮社　2009.8　522p　16cm（新潮文庫）667円　①978-4-10-123419-9

[内容] 瀟洒なホテルの中庭で、気鋭の脚本家が謎の死を遂げた。容疑は、パーティ会場で発表予定だった『告白』の主演女優候補三人に掛かる。警察は女優三人に脚本家の変死をめぐる一人芝居『告白』を演じさせようとする―という設定の戯曲『中庭の出来事』を執筆中の劇作家がいて…。虚と実、内と外がめまぐるしく反転する眩惑の迷宮。芝居とミステリが見事に融合した山本周五郎賞受賞作。

『ネクロポリス　上』恩田陸著　朝日新聞出版　2009.1　478p　15cm（朝日文庫）720円　①978-4-02-264469-5

[内容] 懐かしい故人と再会できる場所「アナザー・ヒル」。ジュンは文化人類学の研究のために来たが、多くの人々の目的は死者から「血塗れジャック」事件の犯人を聞きだすことだった。ところがジュンの目の前に鳥居に吊るされた死体が現れる。これは何かの警告か。ジュンは犯人捜しに巻き込まれていく―。

『ネクロポリス　下』恩田陸著　朝日新聞出版　2009.1　462p　15cm（朝日文庫）720円　①978-4-02-264470-1

[内容] 聖地にいる173人全員に殺人容疑が降りかかる。嘘を許さぬ古来の儀式「ガッチ」を経ても犯人は見つからない。途方にくれるジュンの前に、「血塗れジャック」の被害者たちが現れて証言を始めた。真実を知るために、ジュンたちは聖地の地下へ向かうが…。

『八月は冷たい城』恩田陸著　講談社　2016.12　233p　19cm（MYSTERY LAND）2300円　①978-4-06-220345-6

[内容] 夏流城での林間学校に初めて参加する光彦。毎年子どもたちが城に行かされる理由を知ってはいたが、「大人は真実を隠しているのではないか」という疑惑を拭えずにいた。ともに城を訪れたのは、二年ぶりに再会した

幼馴染の卓也、大柄でおっとりと話す耕介、唯一、かつて城を訪れたことがある勝ち気な幸正だ。到着した彼らを迎えたのは、カウンターに並んだ、首から折られた四つのひまわりの花だった。少年たちの人数と同じ数―不穏な空気が漂うなか、三回鐘が鳴るのを聞きお地蔵様のもとへ向かった光彦は、茂みの奥に嫌を持って立つ誰かの影を目撃する。閉ざされた城で、互いに疑心暗鬼をつのらせる卑劣な事件が続き…？　彼らは夏の城から無事に帰還できるのか。短くせつない「夏」が終わる。

『ブラザー・サン シスター・ムーン』恩田陸著　河出書房新社　2012.5　229p　15cm（河出文庫）〈2009年刊に「糾える縄のごとく」を収録〉470円　①978-4-309-41150-7

[内容] ねえ、覚えてる？　空から蛇が落ちてきたあの日のことを―本と音楽と映画、それさえあれば幸せだった奇蹟のような時間。高校の同級生、楡崎綾音・戸板衛・箱崎一のザキザキトリオが過ごした大学時代を描く、青春小説の新たなスタンダードナンバー！　本編に加え、三人の出会いを描いた単行本未収録作「糾える縄のごとく」、さらに文庫版特別対談「恩田陸、大学の先輩と語る」を収録。

[別本] 河出書房新社 2009.1

『ブラック・ベルベット』恩田陸著　双葉社　2018.6　373p　15cm（双葉文庫）676円　①978-4-575-52116-0

[内容] 東洋と西洋の交差点、T共和国。外資製薬会社の凄腕ウイルスハンター・神原恵弥が訪れた目的は、夢のような鎮痛剤と噂される「D・F」についてある人物から情報を得ることと、T共和国内で消息を絶った女性科学者を捜索すること。そしてもう一つは、密かに恋人関係にあった橘浩文と再会することだった。国内で見つかったという黒い苔に覆われた死体、女性科学者の足取り、「D・F」の正体、橘の抱える秘密…。すべての背景が明かされて浮上する、驚愕の事実。好評シリーズ第三作！

[別本] 双葉社 2015.5

『不連続の世界』恩田陸著　幻冬舎　2011.10　314p　16cm（幻冬舎文庫）571円　①978-4-344-41741-0

[内容] 妻と別居中の多聞を、三人の友人が「夜行列車で怪談をやりながら、さぬきうどんを食べに行く旅」に誘う。車中、多聞の携帯に何度も無言電話が…。友人は言った。「俺さ、おまえの奥さん、もうこの世にいると思う。おまえが殺したから」（「夜明けのガスパール」）―他四篇、『月の裏側』の塚崎多聞、再登場。

ヤングアダルトの本　いま読みたい小説4000冊　**95**

恩田陸のトラベル・ミステリー。

『訪問者』恩田陸著 祥伝社 2012.4
316p 16cm（祥伝社文庫）619円
①978-4-396-33750-6
内容 急死した映画監督峠昌彦の親友井上は、湖を一望する山中の洋館を訪ねた。三年前、昌彦を育てた実業家朝霞千沙子が不審死を遂げた湖だ。館には「訪問者に気をつけろ」という不気味な警告状が届いていた。死んだはずの「大おばちゃま」の姿を見たと主張する少女。そして冬の雷が鳴る中、新たな死体が…。やがて残されたシナリオから浮上してきた意外な真実とは。
別版 祥伝社 2009.5

『蜜蜂と遠雷』恩田陸著 幻冬舎 2016.9
507p 20cm 1800円 ①978-4-344-03003-9
内容 私はまだ、音楽の神様に愛されているだろうか？ ピアノコンクールを舞台に、人間の才能と運命、そして音楽を描き切った青春群像小説。著者渾身、文句なしの最高傑作！

『MAZE』恩田陸著 新装版 双葉社 2015.4 260p 15cm（双葉文庫）556円
①978-4-575-51771-2
内容 アジアの西の果て、荒野に立つ直方体の白い建物。一度中に入ると、戻れない人間が数多くいるらしい。その「人間消失のルール」を解明すべくやってきた男たちは、何を知り得たのか？ めくるめく幻想と恐怖に包まれる長編ミステリー。人間離れした記憶力を持ち、精悍な面差しで大言葉を繰り出す、魅惑のウイルスハンター・神原恵弥を生み出した、シリーズ第一作！

『夢違』恩田陸著 KADOKAWA 2014.2
501p 15cm（角川文庫）〈角川書店2011年刊の再刊〉680円 ①978-4-04-101223-9
内容 夢の映像を記録した「夢札」、それを解析する「夢判断」を職業とする浩章のもとに、奇妙な依頼が舞い込む。各地の小学校で頻発する、集団白昼夢。浩章はパニックに陥った子供たちの面談に向かうが、一方で亡くなったはずの女の影に悩まされていた。日本で初めて予知夢を見ていると認められた、結衣子。災厄の夢を見た彼女は―。悪夢が現実に起こるのを、止めることはできるのか？ 戦慄と驚愕の新感覚サスペンス。
別版 角川書店 2011.11

『夜の底は柔らかな幻 上』恩田陸著 文藝春秋 2015.11 398p 16cm（文春文庫）620円 ①978-4-16-790484-5
内容 国家権力の及ばぬ“途鎖国”。特殊能力

を持つ在色者である実邦は、身分を隠して途鎖に入国した。闇月といわれる時期、途鎖では多くの者がある目的をもって山深くを目指すが、実邦の周囲にも不穏な空気が満ちる。謎の殺人者、恩師が残したメッセージ、隠された過去の悲劇…。そしてついに創造と破壊の幕が切って落とされる！
別版 文藝春秋 2013.1

『夜の底は柔らかな幻 下』恩田陸著 文藝春秋 2015.11 388p 16cm（文春文庫）620円 ①978-4-16-790485-2
内容 復讐を胸に途鎖に入った実邦だが、前後して恩師の屋島風塵、入国管理官の葛城、葛城の旧友で快楽殺人者の青柳など、関係者がいっせいに闇月の山を目指しだした。犯罪者たちの頂点に君臨する神山―実邦の元夫と、山奥に隠された“宝”を巡って、彼らの闘いが始まる。圧倒的スケールのエンターテインメント巨編。
別版 文藝春秋 2013.1

『六月の夜と昼のあわいに』恩田陸著 朝日新聞出版 2012.9 213p 15cm（朝日文庫）480円 ①978-4-02-264677-4
内容 詩、俳句、短歌からなる序詞に秘められた謎と、10の絵画のイメージに誘われて、次々と立ち上がっていく摩訶不思議な作品世界。ミステリー、SF、ファンタジー、私小説、ルポルタージュ…多様な形式によって紡がれた、小説の魅力を味わい尽くす傑作短編集。
別版 朝日新聞出版 2009.6

『私と踊って』恩田陸著 新潮社 2015.5
284, 37p 16cm（新潮文庫）630円
①978-4-10-123423-6
内容 パーティ会場でぽつんとしていた私に、不思議な目をした少女が突然声をかける。いつのまにか彼女に手をひかれ、私は光の中で飛び跳ねていた。孤独だけれど、独りじゃないわ。たとえ世界が終わろうと、ずっと私を見ていてくれる？―稀代の舞踏家ピナ・バウシュをモチーフにした表題作ほか、ミステリからSF、ショートショート、ホラーまで、彩り豊かに味わい異なる19編の万華鏡。
別版 新潮社 2012.12

『私の家では何も起こらない』恩田陸著 KADOKAWA 2016.11 208p 15cm（角川文庫）〈メディアファクトリー2010年刊の加筆・修正、再編集〉560円
①978-4-04-104640-1
内容 小さな丘に佇む古い洋館。この家でひっそりと暮らす女主人の許に、本物の幽霊屋敷を探しているという男が訪れた。男は館に残された、かつての住人たちの痕跡を辿り始める。

キッチンで殺し合った姉妹、子どもを攫って主人に食べさせた料理女、動かない少女の傍らで自殺した殺人鬼の美少年―。家に刻印された記憶が重なりあい、新たな物語が動き出す。驚愕のラストまで読む者を翻弄する、恐怖と叙情のクロニクル。

別版 メディアファクトリー（[幽books]）2010.1

別版 メディアファクトリー（MF文庫ダ・ヴィンチ）2013.2

海堂 尊
かいどう・たける
《1961～》

『アクアマリンの神殿』海堂尊著
KADOKAWA 2016.6 410p 15cm（角川文庫）〈2014年刊の加筆・修正〉760円 ①978-4-04-104022-5

内容 長い"眠り"から目覚め、未来医学探究センターに独りきりで暮らす少年アツシ。彼は正体を隠し騒がしい学園生活を送る一方、深夜には秘密の業務を行っていた。それは、センターで眠る"女神"を見守ること。だがやがて過酷な運命が次々とアツシを襲い、ある重大な決断を迫られる。懊悩の末、彼が選んだ"未来"とは―？ 先端医療の歪みに挑む少年の成長を瑞々しく描き、生き方に迷うすべての人に勇気を与える、青春ミステリ長編！

別版 KADOKAWA 2014.6

『アリアドネの弾丸』海堂尊著 新装版
宝島社 2016.7 450p 16cm（宝島社文庫）780円 ①978-4-8002-5663-8

内容 東城大学医学部付属病院に導入された新型MRI、コロンブスエッグ。その中で技術者が死因不明の怪死を遂げた。さらに数日後、今度はMRIの中で射殺された元刑事局長の死体が発見される。警察は、現場で拳銃を握って倒れていた高階病院長を犯人と疑うが…。エーアイセンター長に任命されてしまった医師の田口と、厚生労働省の役人・白鳥は、高階の無実を証明すべく奔走する！

別版 宝島社 2010.9

別版 宝島社（宝島社文庫）2012.6

『イノセント・ゲリラの祝祭』海堂尊著
新装版 宝島社 2016.5 428p 16cm（宝島社文庫）750円 ①978-4-8002-5516-7

内容 不定愁訴外来の万年講師・田口は、いつものように高階病院長に呼ばれ、厚生労働省主催の会議に出席するよう求められる。依頼

主は、厚生労働省の変人役人・白鳥。指名を受けた田口は、嫌々ながら日本の行政の中心地、霞ヶ関に乗り込んだ。しかし、そこで彼が目にしたのは、警察と司法の思惑が飛び交うグズグズの医療行政だった―。大人気「バチスタ」シリーズの新装版第4弾！

別版 宝島社 2008.11

別版 宝島社（宝島社文庫―[このミス大賞]）2010.1

『カレイドスコープの箱庭』海堂尊著 宝島社 2015.7 375p 16cm（宝島社文庫）〈2014年刊の加筆修正に書き下ろし「放言日記」を加えて再刊〉650円 ①978-4-8002-4237-2

内容 閉鎖を免れた東城大学医学部付属病院。相変わらず病院長の手足となって働く"愚痴"外来・田口医師への今回の依頼は、誤診疑惑の調査。検体取り違えか診断ミスか―。国際会議開催の準備に向け米国出張も控えるなか、田口は厚労省の役人・白鳥とともに再び調査に乗り出す。「バチスタ」シリーズ真の最終章！ 豪華特典として書き下ろしエッセイ「放言日記」と桜宮市年表＆作品相関図も収録。

別版 宝島社 2014.3

『ガンコロリン』海堂尊著 新潮社 2013.10 205p 20cm 1400円 ①978-4-10-306574-6

内容 夢の新薬開発をめぐる大騒動の顛末を描く表題作ほか、完全な健康体を作り出す国家プロジェクトに選ばれた男の悲喜劇を綴る「健康増進モデル事業」、医療が自由化された日本の病院の有様をシニカルに描く「ランクA病院の愉悦」など五篇を収録。

『輝天炎上』海堂尊著 KADOKAWA 2014.2 450p 15cm（角川文庫）〈角川書店 2013年刊の加筆修正〉760円 ①978-4-04-101231-4

内容 桜宮市の終末医療を担っていた碧翠院桜宮病院の炎上事件から1年後。東城大学の劣等医学生・天馬は課題で「日本の死因究明制度」を調べることに。同級生の冷泉と取材を重ねるうち、制度の矛盾に気づき始める。同じ頃、桜宮一族の生き残りが活動を始めていた。東城大への復讐を果たすために―。天馬は東城大の危機を救えるか。シリーズ史上最大の因縁がいま、解き明かされる。メディカル・エンタテインメント、驚愕の到達点！

別版 角川書店 2013.1

『極北クレイマー』海堂尊著 新装版 朝日新聞出版 2013.10 475p 15cm（朝日文庫）760円 ①978-4-02-264720-7

内容 財政難にあえぐ極北市の市民病院に赴

任した非常勤医・今中は、院内での対立、不衛生な病床、診療費未払いといった問題山積の現場に愕然とする。そんななかやってきた謎の女医・姫宮と、浮上する医療事故疑惑─日本が直面する地方医療問題に迫る意欲作。
別版 朝日新聞出版 2009.4
別版 朝日新聞出版（朝日文庫）2011.3

『極北ラプソディ』海堂尊著　朝日新聞出版　2013.10　411p　15cm（朝日文庫）700円　①978-4-02-264719-1
内容 財政破綻した極北の市民病院。再建を図る新院長・世良は、人員削減や救急診療の委託を断行、非常勤の今中に"将軍"速水が仕切る雪見市の救命救急センターへの出向を指示する。崩壊寸前の地域医療はドクターヘリで救えるか？　医療格差を描く問題作。
別版 朝日新聞出版 2011.12

『ケルベロスの肖像』海堂尊著　宝島社　2014.1　429p　16cm（宝島社文庫）〈2012年刊の加筆修正〉743円　①978-4-8002-2037-0
内容 東城大学病院を破壊する─病院に届いた一通の脅迫状。高階病院長は、"愚痴外来"の田口医師に犯人を突き止めるよう依頼する。厚生労働省のロジカル・モンスター白鳥の部下、姫宮からアドバイスを得て、調査を始めた田口。警察、法医学会など様々な組織の思惑が交錯するなか、エーアイセンター設立の日、何かが起きる!?文庫オリジナル特典として単行本未収録の掌編を特別収録！
別版 宝島社 2012.7

『ジェネラル・ルージュの凱旋』海堂尊著　新装版　宝島社　2016.1　415p　16cm（宝島社文庫）750円　①978-4-8002-4908-1
内容 東城大学医学部付属病院に伝説の歌姫が緊急入院した頃、不定愁訴外来の田口公平の元には匿名の告発文書が届いていた。救命救急センター部長の速水晃一が特定業者と癒着しているという。高階病院長の特命で疑惑の調査を始めた田口だったが、倫理問題審査委員会の介入や厚生労働省の変人役人の登場で、さらに複雑な事態に巻き込まれていく…。「バチスタ」シリーズ第3弾、待望の新装版！
別版 宝島社（宝島社文庫）2009.1

『ジーン・ワルツ』海堂尊著　新潮社　2010.7　330p　16cm（新潮文庫）〈2008年刊の改訂〉476円　①978-4-10-133311-3
内容 帝華大学医学部の曾根崎理恵助教は、顕微鏡下体外受精のエキスパート。彼女の上司である清川吾郎准教授もその才を認めていた。

理恵は、大学での研究のほか、閉院間近のマリアクリニックで五人の妊婦を診ている。年齢も境遇も異なる女たちは、それぞれに深刻な事情を抱えていた─。生命の意味と尊厳、そして代理母出産という人類最大の難問に挑む、新世紀の医学エンターテインメント。

『スカラムーシュ・ムーン』海堂尊著　新潮社　2018.3　665p　16cm（新潮文庫）〈2015年刊の改訂〉890円　①978-4-10-133315-1
内容 新型インフルエンザ騒動で激震した浪速の街を、新たな危機が襲う。今度は「ワクチン戦争」が勃発しようとしていた─霞が関の陰謀を察知した異端の医師・彦根新吾は、ワクチン製造に必要な鶏卵を求めて加賀へ飛び、さらに資金調達のために欧州へと旅立つ。果たして、彦根が挑む大勝負は功を奏するのか？　浪速の、そして日本の医療の危機を救えるのか。メディカル・エンタメの最高傑作！
別版 新潮社 2015.7

『スリジエセンター1991』海堂尊著　講談社　2018.3　458p　15cm（講談社文庫）〈2012年刊の加筆修正〉820円　①978-4-06-293880-8
内容 世界的天才外科医・天城雪彦。手術を受けたいなら全財産の半分を差し出せと言い放ち顰蹙も買うが、その手技は敵対する医師をも魅了する。東城大学医学部で部下の世良とともにハートセンターの設立を目指す天城の前に立ちはだかる様々な壁。医療の「革命」を巡るメディカル・エンターテインメントの最高峰！
別版 講談社 2012.10

『玉村警部補の災難』海堂尊著　宝島社　2015.6　311p　16cm（宝島社文庫）〈2012年刊の加筆修正〉650円　①978-4-8002-4046-0
内容 「バチスタ」シリーズでおなじみ加納警視正＆玉村警部補が活躍する珠玉のミステリー短編集、ついに文庫化！　出張で桜宮市から東京にやってきた田口医師。厚生労働省の技官・白鳥と呑んだ帰り道、二人は身元不明の死体を発見し、白鳥が謎の行動に出る。検視体制の盲点をついた「東京都二十三区内外殺人事件」、DNA鑑定を逆手にとった犯罪「四兆七千億分の一の憂鬱」など四編を収録。
別版 宝島社 2012.2

『玉村警部補の巡礼』海堂尊著　宝島社　2018.4　271p　20cm〈文献あり〉1380円　①978-4-8002-8113-5
内容 四国であがる犯罪者たちの水死体。加納警視正は謎を追い、リフレッシュ休暇で遍

日本の作品　　　　　　　　　　　　　　　　　　　　　　　　　海堂尊

路に出た玉村警部補に無理やり同行する。そんな二人の行く先々には、いつも不可解な事件が…。

『チーム・バチスタの栄光』海堂尊著　新装版　宝島社　2015.10　456p　16cm（宝島社文庫）780円　①978-4-8002-4642-4
内容 心臓移植の代替手術 "バチスタ" 手術専門の天才外科チームで原因不明の連続術中死が発生。不定愁訴外来の田口医師は、病院長に命じられて内部調査を始めた。そこへ厚生労働省の変人役人・白鳥圭輔がやってきて…。『このミステリーがすごい！』大賞を受賞したのち「SUGOI JAPAN Award 2015」の国民投票で、過去10年間のエンタメ小説の中からベストテンにも選出された傑作医療ミステリー。

『ナイチンゲールの沈黙』海堂尊著　新装版　宝島社　2015.11　511p　16cm（宝島社文庫）790円　①978-4-8002-4799-5
内容 小児科病棟に勤務する浜田小夜の担当は、眼の癌＝網膜芽腫の子供たち。看護師長・猫田の差配で、不定愁訴外来の田口公平は彼らのメンタルサポートをすることになった。だが同じ頃、患児の父親が殺され、小夜は警察に嫌疑をかけられてしまう。さらに、緊急入院してきた伝説の歌姫に、厚生労働省の変人・白鳥まで加わり、物語は思わぬ展開に一。大人気「バチスタ」シリーズ第2弾、装いを新たに登場！
別版 宝島社（宝島社文庫）2008.9

『ナニワ・モンスター』海堂尊著　新潮社　2014.4　417p　16cm（新潮文庫）〈2011年刊の改訂〉670円　①978-4-10-133313-7
内容 浪速府で発生した新型インフルエンザ「キャメル」。致死率の低いウイルスにもかかわらず、報道は過熱な一途を辿り、政府はナニワの経済封鎖を決定する。壊滅的な打撃を受ける関西圏。その裏には霞が関が仕掛けた巨大な陰謀が蠢いていた一。風雲児・村雨弘毅府知事、特捜部のエース・鎌形雅史、大法螺吹き・彦根新吾。怪物達は、この事態にどう動く…。海堂サーガ、新章開幕。
別版 新潮社 2011.4

『ひかりの剣』海堂尊著　文藝春秋　2010.8　342p　16cm（文春文庫）562円　①978-4-16-779001-1
内容 覇者は外科の世界で大成するといわれる医学部剣道部の「医鷲旗大会」。そこで、桜宮・東城大の "猛虎" 速水晃一と、東京・帝華大の "伏龍" 清川吾郎による伝説の闘いがあった。東城大の顧問・高階ら『チーム・バチス

タ」でおなじみの面々がメスの代わりに竹刀で鎬を削る、医療ミステリーの旗手が放つ青春小説。

『ブラックペアン1988』海堂尊著　新装版　講談社　2012.4　377p　15cm（講談社文庫）〈2009年刊の上下巻を合本〉695円　①978-4-06-277242-6
内容 一九八八年、世はバブル景気の頂点。「神の手」をもつ佐伯教授が君臨する東城大学外科教室に、帝華大の「ビッグマウス」高階講師が、食道癌の手術を簡単に行える新兵器「スナイプ」を手みやげに送り込まれてきた。揺れる巨艦…！大ベストセラー『チーム・バチスタの栄光』に繋がるミステリー、一巻本として新装刊行。
別版 講談社（講談社文庫）2009.12

『ブレイズメス1990』海堂尊著　講談社　2012.5　387p　15cm（講談社文庫）〈2010年刊の加筆修正〉648円　①978-4-06-277247-1
内容 この世でただ一人しかできない心臓手術のために、モナコには世界中から患者が集ってくる。天才外科医の名前は天城雪彦。カジノの賭け金を治療費として取り立てる放埒な天城を日本に連れ帰るよう、佐伯教授は世良に極秘のミッションを言い渡す。
別版 講談社 2010.7

『ポーラースター—ゲバラ覚醒』海堂尊著　文藝春秋　2016.6　454p　20cm〈文献あり〉1750円　①978-4-16-390466-5
内容 医学生ゲバラは友人ピョートルとオンボロバイクにまたがり、南米大陸を駆け巡る。放埒な人妻、偉大な詩人、抑圧された人々、病に苦しむ患者と接し、次第に目覚めていく…。没後50年（2017年）、生誕90年（2018年）にゲバラを、キューバ革命を、そしてラテンアメリカを書き尽くす4部作の第1弾！

『ポーラースター　[2]　ゲバラ漂流』海堂尊著　文藝春秋　2017.10　509p　20cm〈文献あり　年表あり〉1850円　①978-4-16-390729-1
内容 チェ・ゲバラを、そしてラテンアメリカを描く大長編第2部。医師となったゲバラは、母国アルゼンチンを離れ、中米にたどり着く。軍人養成学校生、夜間救急医、街頭カメラマンなどをしながら、パナマ、コスタリカ、ニカラグア、グアテマラ…とカリブ諸国を「漂流」するうちに、大国アメリカに蹂躙される小国の苦悩を目の当たりにする。義憤に燃えた彼は、やがて革命家としての道を歩みはじめる一。

『マドンナ・ヴェルデ』海堂尊著　新潮社

2013.3 341p 16cm（新潮文庫）
〈2010年刊の改訂〉550円 ①978-4-10-
133312-0
内容 美貌の産婦人科医・曾根崎理恵、人呼
んで冷徹な魔女。彼女は母に問う。ママ、私
の子どもを産んでくれない―？ 日本では許
されぬ代理出産に悩む、母・山咲みどり。こ
れは誰の子どもか。私が産むのは、子か、孫
か。やがて明らかになる魔女の嘘は、母娘の
関係を変化させ…。『ジーン・ワルツ』で語
られなかった、もう一つの物語。新世紀のメ
ディカル・エンターテインメント第2弾。
別版 新潮社 2010.3

『モルフェウスの領域』海堂尊著 角川書
店 2013.6 296p 15cm（角川文庫）
〈2010年刊の加筆修正 発売：角川グ
ループホールディングス〉552円
①978-4-04-100830-0
内容 桜宮市に新設された未来医学探究セン
ター。日比野涼子はこの施設で、世界初の
「コールドスリープ」技術により人工的な眠
りについた少年の生命維持業務を担当してい
る。少年・佐々木アツシは両眼失明の危機に
あったが、特効薬の認可を待つために5年間の
"凍眠"を選んだのだ。だが少年が目覚める際
に重大な問題が発生することに気づいた涼子
は、彼を守るための戦いを開始する。人間の
尊厳と倫理を問う、最先端医療ミステリー！
別版 角川書店 2010.12

『夢見る黄金地球儀』海堂尊著 東京創元
社 2009.10 332p 15cm（創元推理文
庫）640円 ①978-4-488-49801-6
内容 1988年、桜宮市に舞い込んだ「ふるさ
と創生一億円」は、迷走の末『黄金地球儀』
となった。四半世紀の後、投げやりに水族館
に転がされたその地球儀を強奪せんとする不
届き者が現れる。物理学者の夢をあきらめ
家業の町工場を手伝う俺と、8年ぶりに現れ
た悪友・ガラスのジョー。二転三転する計
画の行方は？ 新世紀ベストセラー作家によ
る、爽快なジェットコースター・ノベル。

『螺鈿迷宮』海堂尊著 新装版 角川書店
2013.7 452p 15cm（角川文庫）〈発
売：KADOKAWA〉705円 ①978-4-
04-100917-8
内容 医療界を震撼させたバチスタ・スキャン
ダルから1年半。東城大学の劣等医学生・天馬
大吉はある日、幼なじみの記者・別宮葉子か
ら奇妙な依頼を受けた。「碧翠院桜宮病院に
潜入してほしい」。終末医療の先端施設とし
て注目を集めるこの病院には、黒い噂が絶え
なかったのだ。やがて潜入した天馬の前で、

患者が次々と不自然な死を遂げる！ 天馬、そ
して厚生労働省からの刺客・白鳥らが、秘さ
れた桜宮の闇に迫る。傑作医療ミステリ！
別版 角川書店（角川文庫）2008.11

『ランクA病院の愉悦』海堂尊著 新潮社
2016.6 239p 16cm（新潮文庫）〈「ガ
ンコロリン」（2013年刊）の改題〉490円
①978-4-10-133314-4
内容 とんでもない医療格差が出現した近未
来の日本。売れない作家の終田千粒は「ラン
クC病院」で銀行のATMに似たロボットの診
察しか受けられない。そんな彼に「ランクA
病院」潜入取材の注文が舞い込む表題作。"日
本一の健康優良児"を目指す国家プロジェク
トに選ばれた男の悲喜劇「健康増進モデル事
業」など、奇抜な着想で医療の未来を映し出
す傑作短篇集。

角田　光代
かくた・みつよ
《1967～》

『薄闇シルエット』角田光代著 角川書店
2009.6 281p 15cm（角川文庫）〈発
売：角川グループパブリッシング〉514
円 ①978-4-04-372608-0
内容 「結婚してやる。ちゃんとしてやんな
きゃな」と恋人に得意げに言われ、ハナは「な
んかつまんねえ」と反発する。共同経営する
下北沢の古着屋では、ポリシーを曲げて売り
上げを増やそうとする親友と対立し、バイト
同然の立場に。結婚、金儲けといった「あり
きたりの幸せ」は信じにくいが、自分だけの
何かも見つからず、もう37歳。ハナは、そん
な自分に苛立ち、戸惑うが…。ひたむきに生
きる女性の心情を鮮やかに描く傑作長編。

『おまえじゃなきゃだめなんだ』角田光代
著 文藝春秋 2015.1 284p 16cm
（文春文庫）530円 ①978-4-16-790275-
9
内容 ジュエリーショップで、婚約指輪を見
つめるカップルたち。親に結婚を反対されて
現実を見始めた若い二人と、離婚を決めた大
人の二人。それぞれの思いが形になる光景が
胸に響く「消えない光」他23編。人を好きに
なって味わう無敵の喜び、迷い、信頼と哀し
み、約束の先にあるもの―すべての大人に贈
る宝石のような恋愛短編集。

『学校の青空』角田光代著 新装新版 河
出書房新社 2018.2 195p 15cm（河
出文庫）570円 ①978-4-309-41590-1

日本の作品　　　　　　　　　　　　　　　　　　　　　　　　　　角田光代

内容 いじめ、うわさ、夏休みのお泊まり旅行…お決まりの日常から逃れるために、少女たちが試みた、ささやかな反乱。生きることになれていない、小学生から高校生までの主人公たちの、不器用なまでの切実さを描く、直木賞作家の傑作青春小説集。「学校ごっこ」「夏の出口」など四篇を収録。

『**かなたの子**』角田光代著　文藝春秋
2013.11　247p　16cm（文春文庫）480
円　①978-4-16-767210-2
内容 生まれなかった子が、新たな命を身ごもった母に語りかける。あたしは、海のそばの「くけど」にいるよ―。日本の土俗的な物語に宿る残酷と悲しみが、現代に甦る。闇、前世、道理、因果。近づいてくる身の粟立つような恐怖と、包み込む慈愛の光。時空を超え女たちの命を描ききる傑作短編集。泉鏡花文学賞受賞。
別版 文藝春秋 2011.12

『**彼女のこんだて帖**』角田光代著　講談社
2011.9　220p　15cm（講談社文庫）524
円　①978-4-06-277019-4
内容 長く付き合った男と別れた。だから私は作る。私だけのために、肉汁たっぷりのラムステーキを！　仕事で多忙の母親特製かぼちゃの宝蒸し、特効薬になった驚きのピザ、離婚回避のミートボールシチュー舌にも胃袋にも美味しい料理は、幸せを生み、人をつなぐ。レシピつき連作短編小説集。

『**紙の月**』角田光代著　角川春樹事務所
2014.9　359p　16cm（ハルキ文庫）590
円　①978-4-7584-3845-2
内容 ただ好きで、ただ会いたいだけだった。わかば銀行から契約社員・梅澤梨花（41歳）が1億円を横領した。正義感の強い彼女がなぜ？　そして―梨花が最後に見つけたものは?!　第25回柴田錬三郎賞受賞作。
別版 角川春樹事務所 2012.3

『**口紅のとき**』角田光代著，上田義彦写真
求竜堂　2012.1　107p　20cm　1400円
①978-4-7630-1143-5
内容 初恋、結婚、別離…ドラマはいつも口紅とともに。角田光代書き下ろし短編小説。

『**くまちゃん**』角田光代著　新潮社　2011.
11　371p　16cm（新潮文庫）590円
①978-4-10-105828-3
内容 風変わりなくまの絵柄の服に身を包む、芸術家気取りの英之。人生最大級の偶然に賭け、憧れのバンドマンに接近したゆりえ。舞台女優の夢を捨て、有望画家との結婚を狙う希麻子。ぱっとしない毎日が一変しそうな期待に、彼らはさっそく、身近な恋を整理しは

じめるが…。ふる/ふられる、でつながる男女の輪に、学生以上・社会人未満の揺れる心を映した共感度抜群の「ふられ」小説。
別版 新潮社 2009.3

『**拳の先**』角田光代著　文藝春秋　2016.3
540p　20cm　2200円　①978-4-16-
390416-0
内容 文芸編集者として忙しい日々を過ごす那波田空也は、あるきっかけで再びボクシングとの距離を縮める。初めての恋人・つた絵の存在、ジムに通う小学生ノンちゃんの抱える闇、トレーナー有田が振りまく無意識の悪意、脅威の新人選手・岸本修斗。リングという圧倒的空間に熱狂と感動を描ききる！　傑作長編小説。

『**さがしもの**』角田光代著　新潮社　2008.
11　236p　16cm（新潮文庫）〈「この本が、世界に存在することに」（メディアファクトリー平成17年刊）の改題〉438
円　①978-4-10-105824-5
内容 「その本を見つけてくれなけりゃ、死に死ねないよ」、病床のおばあちゃんに頼まれた一冊を求め奔走した少女の日を描く「さがしもの」。初めて売った古本と思わぬ再会を果たす「旅する本」。持ち主不明の詩集に挟まれた別れの言葉「手紙」など九つの本の物語。無限に広がる書物の宇宙で偶然出会ったことばの魔法はあなたの人生も動かし始める。

『**坂の途中の家**』角田光代著　朝日新聞出版　2016.1　420p　20cm　1600円
①978-4-02-251345-8
内容 刑事裁判の補充裁判員になった里沙子は、子どもを殺した母親をめぐる証言にふれるうち、いつしか彼女の境遇にみずからを重ねていくのだった―。社会を震撼させた乳幼児の虐待死事件と　“家族”であることの心と闇に迫る心理サスペンス。

『**笹の舟で海をわたる**』角田光代著　新潮社　2017.7　540p　16cm（新潮文庫）〈毎日新聞社 2014年刊の再刊〉750円
①978-4-10-105833-7
内容 朝鮮特需に国内が沸く日々、坂井左織は矢島風美子に出会った。陰湿ないじめに苦しむ自分を、疎開先で守ってくれたと話す彼女を、しかし左織はまるで思い出せない。その後、左織は大学教師の春日温彦に嫁ぐが、あとを追うように、風美子は温彦の弟潤司と結婚し、人気料理研究家として、一躍高度成長期の寵児となっていく。平凡を望んだある主婦の半生に、壮大な戦後日本を映す感動の長篇。「本の雑誌」2014年第1位。
別版 毎日新聞社 2014.9

ヤングアダルトの本　いま読みたい小説4000冊　**101**

角田光代　　　　　　　　　　　　　　　　　日本の作品

『三月の招待状』角田光代著　集英社
2011.9　306p　16cm（集英社文庫）571
円　①978-4-08-746740-6
内容 8歳年下の彼氏と暮らす充留は、ある日、
大学時代からの友人夫婦の「離婚式」に招か
れる。昔の仲間が集まるそのパーティで、充
留は好きだった男と再会するが、彼は人妻と
なった麻美とつきあいはじめ…。出会って15
年、10代から30代へと年齢を重ねた仲間たち。
友情、憧れ、叶わなかった想い―再会をきっ
かけによみがえるあの頃の記憶と、現在の狭
間で揺れる姿を描く、大人の青春小説。

『三面記事小説』角田光代著　文藝春秋
2010.9　286p　16cm（文春文庫）505円
①978-4-16-767207-2
内容 「私は殺人を依頼しました。恋人の妻
を殺してほしいと頼みました」誰もが滑り落
ちるかもしれない、三面記事の向こうの世
界。なぜ、姉夫婦の家はバリケードのようになっ
てしまったのか？ 妻の殺害をネットで依頼し
た愛人の心の軌跡とは。直木賞作家が事件記
事に触発されてうみだした、六つの短篇小説。

『12星座の恋物語』角田光代、鏡リュウジ
著　新潮社　2009.6　307p　16cm（新
潮文庫）476円　①978-4-10-105826-9
内容 盛り上げ上手な乙女座さんは、ひとりの
時間がなにより大事。はちゃめちゃ印の魚座
くんも金の魚ならクールが魅力の天才肌…。
人気作家と人気占星術研究家の夢のコラボが
ついに実現！ 12星座の女と男それぞれに星
が与えた真のメッセージを、せつないラブス
トーリー＆納得のホロスコープガイドで説く、
初めての星座小説集。本当のあなたの姿と、
気になる彼の秘めた心に迫ります。

『卒業旅行』角田光代著　全国学校図書館
協議会　2013.6　38p　19cm（集団読書
テキスト　全国SLA集団読書テキスト
委員会編）〈「恋のトビラ」（集英社 2010
年刊）の抜粋　挿絵：スカイエマ　年譜
あり）220円　①978-4-7933-8129-4

『曾根崎心中』角田光代著, 近松門左衛門
原作　リトルモア　2012.1　170p
20cm　1400円　①978-4-89815-326-0
内容 愛し方も死に方も、自分で決める。い
ま、男と女はどこへむかうのか、究極の恋の
かたち。

『空の拳　上』角田光代著　文藝春秋
2015.10　315p　16cm（文春文庫）〈日
本経済新聞出版社 2012年刊の上下2分
冊〉610円　①978-4-16-790462-3

『空の拳　下』角田光代著　文藝春秋
2015.10　299p　16cm（文春文庫）〈日
本経済新聞出版社 2012年刊の上下2分
冊〉610円　①978-4-16-790463-0
別版 日本経済新聞出版社 2012.10

『それもまたちいさな光』角田光代著　文
藝春秋　2012.5　207p　16cm（文春文
庫）457円　①978-4-16-767208-9
内容 デザイン会社に勤める悠木仁絵は35歳
独身。いまの生活に不満はないが、結婚しな
いまま一人で歳をとっていくのか悩みはじめ
ていた。そんな彼女に思いを寄せる幼馴染の
駒場雄大。だが仁絵には雄大と宙ぶらりんな
関係のまま恋愛に踏み込めない理由があった。
二人の関係はかわるのか。人生の岐路にたつ
大人たちのラブストーリー。

『月と雷』角田光代著　中央公論新社
2015.5　240p　16cm（中公文庫）540円
①978-4-12-206120-0
内容 幼いころ、泰子の家でいっとき暮らし
をともにした見知らぬ女と男の子。まっとう
とは言い難いあの母子との日々を忘れたこと
はない泰子だが、ふたたび現れた二人を前に、
今の「しあわせ」が否応もなく揺さぶられて
―水面に広がる波紋にも似た、偶然がもたら
す人生の変転を、著者ならではの筆致で丹念
に描く力作長編小説。
別版 中央公論新社 2012.7

『ツリーハウス』角田光代著　文藝春秋
2013.4　483p　16cm（文春文庫）667円
①978-4-16-767209-6
内容 じいさんが死んだ夏のある日、孫の良
嗣は、初めて家族のルーツに興味を持った。
出入り自由の寄り合い所帯、親戚もいなけれ
ば、墓の在り処もわからない。一体うちって
なんなんだ？ この際、祖父母が出会ったと
いう満州へ行ってみようか―。かくして、ば
あさんとひきこもりの叔父さんを連れた珍道
中が始まる。伊藤整文学賞受賞作品。
別版 文藝春秋 2010.10

『ドラママチ』角田光代著　文藝春秋
2009.6　308p　16cm（文春文庫）543円
①978-4-16-767206-5
内容 欲しいもの…子ども、周りの称賛、やる
気、私の人生を変えるドラマチックな何か。
でも現実に私の目の前にあるのは、単調な生活
に、どうしようもない男、中途半端な仕事…。
高円寺、荻窪、吉祥寺、東京・中央線沿線の
「街」を舞台に、ほんの少しの変化を待ち望む
女たちの姿を描いた、心揺さぶる八つの短篇。

『なくしたものたちの国』角田光代, 松尾た
いこ著　ホーム社　2010.9　189p
22cm〈発売：集英社〉1600円　①978-

102

4-8342-5166-1

[内容] 生きることのよろこびとせつなさ。松尾たいこのイラストから紡ぎだされた、角田光代の書き下ろし小説。

『**ひそやかな花園**』角田光代著　講談社　2014.2　381p　15cm（講談社文庫）〈毎日新聞社 2010年刊の再刊〉730円　①978-4-06-277758-2

[内容] 幼いころ、毎年家族ぐるみでサマーキャンプを共にしていた七人。全員ひとりっ子の七人にとって天国のような楽しい時間だったキャンプは、ある年から突然なくなる。大人になり、再会した彼らが知った出生にまつわる衝撃の真実。七人の父は誰なのか──？ この世にあるすべての命に捧げる感動長編。

[別版] 毎日新聞社 2010.7

『**福袋**』角田光代著　河出書房新社　2010.12　236p　15cm（河出文庫）570円　①978-4-309-41056-2

[内容] 私たちはだれも、中身のわからない福袋を持たされて、この世に生まれてくるのかもしれない…見知らぬ客から段ボール箱を預ったバイト店員。はたしてその中身とは？ 家を出ていった夫の同窓会に、代理出席した離婚間近の妻。そこで知った夫の過去とは!?自分の心や人生の“ブラックボックス”を思わず開けてしまった人々を描く、八つの連作小説集。

『**平凡**』角田光代著　新潮社　2014.5　222p　20cm　1400円　①978-4-10-434606-6

[内容] もし、あの人と結婚していなければ。別れていなければ…。仕事を続けていれば。どんなふうに暮らしたって、絶対、選ばなかった方のことを想像してしまう。6人の「もし」を描いた傑作小説集。

『**マザコン**』角田光代著　集英社　2010.11　235p　16cm（集英社文庫）476円　①978-4-08-746630-0

[内容] 「あなたはマザコンよ、正真正銘の」妻に言われ、腹立ちまぎれに会社の女の子と寝てしまったぼく。夫より母親を優先する妻のほうこそ、マザコンではないのか。苛立つぼくの脳裏に、死の床から父が伸ばした手を拒む母の姿がよみがえり…表題作ほか、大人になった息子たち娘たちの、母親への様々な想いを描く作品集。疎ましくも慕わしい母と子の関係──胸がしめつけられる、切なくビターな8編。

『**森に眠る魚（さかな）**』角田光代著　双葉社　2011.11　450p　15cm（双葉文庫）686円　①978-4-575-51464-3

[内容] 東京の文教地区の町で出会った5人の母親。育児を通して心をかよわせるが、いつしかその関係性は変容していた。―あの人たちと離れればいい。なぜ私を置いてゆくの。そうだ、終わらせなきゃ。心の声は幾重にもせめぎ合い、それぞれが追いつめられてゆく。凄みある筆致で描きだした、現代に生きる母たちの深い孤独と痛み。渾身の長編母子小説。

[別版] 双葉社 2008.12

『**八日目の蟬**』角田光代著　中央公論新社　2011.1　376p　16cm（中公文庫）590円　①978-4-12-205425-7

[内容] 逃げて、逃げて、逃げのびたら、私はあなたの母になれるだろうか…。東京から名古屋へ、女たちにかくまわれながら、小豆島へ。偽りの母子の先が見えない逃亡生活、そしてその後のふたりに光はきざすのか。心ゆさぶるラストまで息もつがせぬ傑作長編。第二回中央公論文芸賞受賞作。

『**予定日はジミー・ペイジ**』角田光代著　新潮社　2010.8　268p　16cm（新潮文庫）590円　①978-4-10-105827-6

[内容] 流れ星を見つけたとき、あ、できたかもと思った。初めての妊娠。でも、「私、うれしくないかもしれない」。お腹の生命も大事だけど、生活って簡単に変えられないよ。ひとり驚喜する夫さんちゃんを尻目に、頼りなくも愛おしい妊婦マキの奮闘が始まる。目指すは、天才ロック・ギタリストの誕生日と同じ出産予定日！ 笑えて、泣けるマタニティ小説。著者描き下ろしイラスト多数収録。

『**夜をゆく飛行機**』角田光代著　中央公論新社　2009.5　323p　16cm（中公文庫）590円　①978-4-12-205146-1

[内容] 谷島酒店の四女里々子には三人の姉がいる。長女の有子は嫁いで家を出たが、次女寿子と三女素子と両親の五人暮らし。しかし里々子には実はもう一人「ぴょん吉」と名付けた弟が存在して…。うとましいけれど憎めない、変わらぬようで変わりゆく家族の日々を温かに描く、にぎやかで切ない長篇小説。

『**ロック母**』角田光代著　講談社　2010.6　294p　15cm（講談社文庫）524円　①978-4-06-276670-8

[内容] 作家としての苦悩のはじまりに“しょぼんとたたずむ”忘れ難い作品、「ゆうべの神様」。シングルマザーになる覚悟で離島の実家に帰省した私を待っていたのは、恐ろしいほど変わらない風景と“壊れた”母親だった。―川端康成賞受賞作、「ロック母」など、十五年にわたる作家活動をあますずとらえた傑作作品集。

柏葉幸子　　　　　　　　　　　　　　　　　　　　日本の作品

『私のなかの彼女』角田光代著　新潮社
2016.5　394p　16cm（新潮文庫）630円
①978-4-10-105832-0
内容「男と張り合おうとするな」醜女と呼ばれながら、物書きを志した祖母の言葉の意味は何だったのだろう。心に芽生えた書きたいという衝動を和葉が追い始めたとき、仙太郎の妻になり夫を支える穏やかな未来図は、いびつに形を変えた。母の呪詛、恋人の抑圧、仕事の壁。それでも切実に求めているのだ、大切な何かを。全てに抗いもがきながら、自分の道へ踏み出してゆく、新しい私の物語。
別版新潮社 2013.11

『私はあなたの記憶のなかに』角田光代著
小学館　2018.3　280p　20cm　1500円
①978-4-09-386491-6
内容角田ワールド全開!!待望の小説集。「父とガムと彼女」初子さんは扉のような人だった。小学生だった私に、扉の向こうの世界を教えてくれた。「猫男」K和田くんは消しゴムのような男の子だった。他人の弱さに共振して自分をすり減らす。「水曜日の恋人」イワナさんは母の恋人だった。私は、母にふられた彼と遊んであげることにした。「地上発、宇宙経由」大学生・人妻・夫・元恋人。さまざまな男女の過去と現在が織りなす携帯メールの物語。「私はあなたの記憶のなかに」姿を消した妻の書き置きを読んで、僕は記憶をさかのぼる旅に出た。（ほか三篇）

柏葉　幸子
かしわば・さちこ
《1953～》

『赤毛のアン』L.M.モンゴメリ作, 柏葉幸子文, 垂石眞子絵　ポプラ社　2015.11
141p　22cm（ポプラ世界名作童話）
1000円　①978-4-591-14698-9
内容やせっぽちで、まっ赤な髪の、おしゃべりずきな女の子アン。つらいことがあっても、いきいきとした想像力でのりこえるアンは、出会うすべての人たちを魅了します。カナダのプリンス・エドワード島のうつくしくゆたかな自然の中で、みずみずしく成長する少女と周囲の人たちの愛にあふれる物語です。

『あんみんガッパのパジャマやさん』柏葉幸子作, そがまい絵　小学館　2018.2
69p　22cm　1200円　①978-4-09-289760-1
内容えびす町ぎんざの中に、ふしぎなパジャマやさんがあります。あんみんガッパの店、とよばれています。そこのパジャマをきてねむると、ぐっすりねむれるそうです。「のろいのパジャマだっていううわさもあるよ」というのですが、いったいどんなお店なんでしょう？　野間児童文芸賞・小学館児童出版文化賞受賞の柏葉幸子が贈る、ゆかいな商店街ファンタジー！

『王様に恋した魔女』柏葉幸子作, 佐竹美保絵　講談社　2016.9　135p　21cm
1400円　①978-4-06-220252-7
内容戦乱の世の中、国を守る魔女がいた。魔女は、魔法で戦を勝利へとみちびいた。杖をもった魔女は、杖殿とよばれ、魔女の受難がはじまった。あるときは、町から追われ、森の中に住み、またあるときは、国を守り、そして、王様と恋もした…。柏葉幸子×佐竹美保が贈る、珠玉のファンタジー!!

『大おばさんの不思議なレシピ』柏葉幸子作, 児島なおみ絵　偕成社　2014.7
191p　19cm（偕成社文庫）〈1993年刊の再刊〉700円　①978-4-03-652780-9
内容大おばさんのレシピノートは、古い一冊のノートです。縫い物から編み物、料理から家庭薬の作り方まで、さし絵入りでていねいにのっています。しかも、ただのレシピではありません。そのレシピどおりにものをつくりはじめるとたまに、美奈は不思議の世界へワープしてしまうのです！「星くず袋」「魔女のバック」「姫君の目覚まし」「妖精の浮き島」など、4本のレシピをめぐる4つの冒険。小学上級から。

『狼ばば様の話』柏葉幸子作, 安藤貴代子絵　講談社　2012.2　95p　22cm（講談社・文学の扉）1200円　①978-4-06-217488-6
内容狼と山の神様に会いにいかなくちゃ。スキー場に泊まっている瞳子が狼と神様のお湯をいただきに!?昔話の世界を冒険する、ふしぎなふしぎな物語。小学中級から。

『おつかいまなんかじゃありません』柏葉幸子作, つちだのぶこ絵　ポプラ社
2012.5　102p　21cm（ポプラ物語館）
1000円　①978-4-591-12930-2
内容売店にいって、「マギリカディはこられません」っていえばいいだけだったのに…。気づいたときには、まゆは高いがけのようなところにいたの。とつぜん「まじょのおつかい」をすることになったまゆをまっていたのは…わくわくするファンタジー。

『おばけ遊園地は大さわぎ』柏葉幸子作, ひらいたかこ絵　ポプラ社　2017.3
127p　21cm（ポプラの木かげ―おばけ

104

美術館 5）980円 ①978-4-591-15395-6
内容 「おばけ美術館」で夜中にふしぎな声がするという…。館長のまひるがおばけたちにたずねると、なんと、人間の赤ちゃんのベビーシッターをしているというのです！ そのわけは…。「もの」にやどる想いが人をつなぐ、あたたかなファンタジー！

『かいとうドチドチどろぼうコンテスト』
柏葉幸子作, ふくだじゅんこ絵 日本標準 2009.4 63p 22cm（シリーズ本のチカラ）1200円 ①978-4-8208-0396-6
内容 ドチドチは、むかし、ゆうめいな「とりかえっこどろぼう」でした。どろぼうをやめたいまでも、どろぼうコンテストには、かならずよばれます。さて、きょうも、ド・ヨクバーリだんしゃくのおしろで、どろぼうコンテストがはじまります！

『かいとうドチドチ雪のよるのプレゼント』
柏葉幸子作, ふくだじゅんこ絵 日本標準 2008.3 63p 22cm（シリーズ本のチカラ）1200円 ①978-4-8208-0316-4
内容 かいとうドチドチは、かのゆうめいな「とりかえっこどろぼう」。でも、あまりにくいしんぼうで、ふとりすぎて、どろぼうができなくなってしまいました。そんなドチドチが、よなかにラーメンがたべたくてたべたくて、たまらなくなり…さて、ドチドチはどうしたのでしょう！ 小学校低学年から。

『かくれ家は空の上』柏葉幸子作, けーしん絵 新装版 講談社 2015.8 262p 18cm（講談社青い鳥文庫）650円 ①978-4-06-285509-9
内容 夏休みに入ってすぐ、あゆみの部屋の窓ガラスに突然なにかがぶつかった。あゆみは最初鳥かなにかだと思ったのだけれど、それはなんと記憶喪失の魔女だった！ 自分の名前はおろか、どこからやってきたのか見当もつかない様子。しかたなくあゆみは、イソウロウとして面倒をみながら、自分の国へ帰れるように手助けをすることになるのだけれど…。小学中級から。総ルビ。

『帰命寺横丁の夏』柏葉幸子作, 佐竹美保絵 講談社 2011.8 332p 21cm 1700円 ①978-4-06-217173-1
内容 「帰命寺様に祈って、どこかで死んだ人に似た人をみかけると、ああ、帰命寺様にお祈りしたから生き返ってきたって思うんだろう。祈れば帰れるっていう単純なものらしい。」祈ると生き返ることができる「帰命寺様」。生き返ったあかりの運命はいったいどうなるの？ 夏休み、小学五年生のカズが奮闘する。

『霧のむこうのふしぎな町』柏葉幸子作, 杉田比呂美絵 新装版 講談社 2008.3 210p 18cm（講談社青い鳥文庫―SLシリーズ）1000円 ①978-4-06-286402-2
内容 心躍る夏休み。6年生のリナは一人で旅に出た。霧の谷の森を抜け、霧が晴れた後、赤やクリーム色の洋館が立ち並ぶ、きれいでどこか風変わりな町が現れた。リナが出会った、めちゃくちゃ通りに住んでいる、へんてこりんな人々との交流が、みずみずしく描かれる。『千と千尋の神隠し』に影響を与えた、ファンタジー永遠の名作。小学中級から。

『狛犬「あ」の話』柏葉幸子作, 安藤貴代子絵 講談社 2011.7 92p 22cm（講談社・文学の扉）1200円 ①978-4-06-283219-9
内容 西風がふく夜は、雨ふらし様がはいでてくる。何百年に一度だけの夏の夜、狛犬「あ」と瞳子の大冒険。小学中級から。

『こやぶ医院は、なんでも科』柏葉幸子作, 山西ゲンイチ絵 佼成出版社 2013.11 64p 20cm（おはなしみーつけた！ シリーズ）1200円 ①978-4-333-02625-8
内容 ふたりとも、うそをついたな！ 仮病をつかって、病院に連れてこられたふたりは、なぞめいたお医者さんの手伝いをさせられることになり…小学校低学年向け。

『すずちゃんと魔女のババ』柏葉幸子作, 高畠純絵 講談社 2010.11 102p 20cm（わくわくライブラリー）1200円 ①978-4-06-195724-4
内容 すずちゃんは、魔女のお使いネコの「ミカン」をおいかけて公園をはしります。そして、おおきな木のみきをみあげていると、かいだんがカタカタとおりてきて、すずちゃんはいつのまにか魔女の部屋のなかに…。小学初級から。

『つづきの図書館』柏葉幸子作, 山本容子絵 講談社 2010.1 237p 21cm 1500円 ①978-4-06-216010-0
内容 「本をさがすんですよね。」「いやいや。本をさがしてもらいたいのではない。青田早苗ちゃんのつづきが知りたいんじゃ。」「本ではなくて、青田早苗ちゃんのつづきですか？」桃さんには、さっぱりわけがわからない。田舎の図書館でおこった、不思議なできごとに、司書の桃さんはいやおうなしに巻きこまれてしまいますが…。

『父さんはドラゴン・パティシエ―おしごとのおはなしパティシエ』柏葉幸子作, 中村景児絵 講談社 2016.2 73p

22cm（シリーズおしごとのおはなし）
1100円　①978-4-06-219892-9
内容 父さんのケーキは、ドラゴンだってうならせる。おはなしを楽しみながらあこがれのお仕事がよくわかる。

『遠野物語』柳田國男原作, 柏葉幸子編著, 田中六大絵　偕成社　2016.2　140p 20cm〈文献あり〉1200円　①978-4-03-744980-3
内容 遠野は岩手県にあり、三方を山にかこまれています。そこで代々いいつたえられてきた、ふしぎなお話。赤いカッパがナビゲーターで語ります。子どもの姿のまもり神「ザシキワラシ」、小さいころにさらわれ山にかくれすむ「ヤマオンナ」、山をあるいているとでくわす「うごく家（マヨイガ）」などふしぎな隣人たちのお話です。小学校中学年から。

『とねりこ屋のコラル─魔女モティ』柏葉幸子作, 佐竹美保絵　講談社　2009.1 156p　22cm（講談社・文学の扉）1200円　①978-4-06-283214-4
内容 魔女がお母さんで、ピエロがお父さんの小学生の紀恵ちゃん。はちゃめちゃだけど大事な私の家族。そのお母さんがクロワッサン島で行方不明！謎のカギを握る「とねりこ屋」へ魔法のほうきにのって─。小学上級から。

『ドールハウスはおばけがいっぱい』柏葉幸子作, ひらいたかこ絵　ポプラ社 2017.1　127p　21cm（ポプラの木かげ─おばけ美術館 4）980円　①978-4-591-15301-7
内容 魔女のような女の人に見つめられ、「おばけ美術館」館長のまひるは、気がついたらドールハウスの中へ！どうしたら元にもどれるの!?しかもその家には、ほかにも住人がいるようで…。時をこえた想いを魔法でかなえた─。やさしい家族のファンタジー。

『涙倉の夢』柏葉幸子作, 青山浩行絵　講談社　2017.8　239p　21cm　1600円　①978-4-06-220160-5
内容 母が、どうしても買いたがっていた、実家の倉。倉の中で、亜美は不思議な体験をする…!?人間と動物が、いまよりも仲良く暮らしていた、そんな世界の物語…。感動のファンタジー。

『ハカバ・トラベルえいぎょうちゅう』柏葉幸子作, たごもりのりこ絵　神戸BL出版　2014.6　84p　22cm（おはなしいちばん星）1200円　①978-4-7764-0659-1
内容 てらまちしょうてんがいにあるりょ

うしゃは、「ハカバ・トラベル」とよばれています。なぜって、ときどきゆうれいのきゃくがやってくるんです。たまたまとおりかかったまことは、ゆうれいにばったり！ランドセルにゆうれいをいれて、おしろへつれていくことに─!?小学校低学年から。

『バク夢姫のご学友』柏葉幸子作, 児島なおみ絵　偕成社　2012.7　192p　22cm（偕成社ワンダーランド）1200円　①978-4-03-540390-6
内容 五月があずかったのはイノシシの変種みたいなバクという動物。しかも五月はそのバクと一緒にミステリアスな屋敷にまよいこむ…小学校高学年から。

『ハッピー・バースデー・ババ─すずちゃんと魔女のババ』柏葉幸子作, 高畠純絵 講談社　2013.1　102p　20cm（わくわくライブラリー）1200円　①978-4-06-195738-1
内容 猫のミカンとけんかをした魔女のババは、「ミカンが最初にかわいくないとおもったものに変わる」魔法をかけてしまったから、さあ大変。ミカンは何かわからないものに変身したまま10日間も行方不明。そこで、すずちゃんはババの"魔法のねんど"を使って…。『めいたんていネンズ』『ハッピー・バースデー・ババ』の2編を収録。優しく強い心を育てる物語。小学初級から。

『花守の話』柏葉幸子作, 安藤貴代子絵 講談社　2009.6　101p　22cm（講談社・文学の扉）1200円　①978-4-06-283216-8
内容 神さまが通る桜道を守る鬼と小学四年生の瞳子のふしぎな桜物語。ちょっとふしぎなおばあちゃんが、一本の電話を受けてむかった先は、人間のいたずらから神さまの道を守ろうとする花守のいる山だった。こわそうな花守に頼まれて、瞳子とおばあちゃんがさがしにでかけたものは─?小学中級から。

『百本きゅうりのかっぱのやくそく─ピーポポ・パトロール』柏葉幸子作, 西川おさむ絵　童心社　2009.7　94p　22cm 1100円　①978-4-494-01097-4
内容 「ピーポポ・パトロール、しゅつどうだ！」ほし空の中をとんで、ひとしが、むかったさきはひょうたんいけ。ザバーンと、とびだしてきたのは、なんと、カッパでした。

『ふしぎなおばあちゃん×12』柏葉幸子作, もりちか絵　新装版　講談社　2016.2 221p　18cm（講談社青い鳥文庫）620円　①978-4-06-285541-9
内容 ふとしたきっかけで、それまでとはまる

日本の作品　柏葉幸子

で違った風景が見えたりすることはありませんか？何事もなく過ぎていく日々のなかにも、実はふしぎがいっぱいつまっているんです。この短編集におさめられた12の物語は、そのことに気づかせてくれるものばかりです。そして、なかにはこれからあなたがおばあちゃんと一緒に体験することになるお話が入っているかもしれません。小学中級から。

『**ふしぎ列車はとまらない**』柏葉幸子作，ひらいたかこ絵　ポプラ社　2008.8　143p　21cm（ポプラの木かげ—おばけ美術館 3）980円　①978-4-591-10414-9
|内容| 絵から、突然ふぶきがふきだしてきて、美術館は大混乱！ 題名のない美術品にかくされた過去とは…？ 時をこえて、一まいの絵の想いがかなう—「おばけ美術館」シリーズ第三弾は、少し切なくて、心あたたまるストーリー。

『**魔女モティ**』柏葉幸子作，尾谷おさむ絵　講談社　2014.10　200p　18cm（講談社青い鳥文庫）〈2004年刊の再刊〉620円　①978-4-06-285446-7
|内容| 小5の紀恵は3人姉弟の真ん中。いつも忙しいお母さんに誕生日まで忘れられてしまう。5回目の家出先で出会った黒猫ペローに連れてこられたのは、日本なのか外国なのかわからないクロワッサン島。そこには紀恵の新しい家族が待っていた！ お父さんはピエロで、お母さんはなんと魔女！ 落第生魔女一家に、住民たちの悩みやトラブルがまいこんで!?小学中級から。

『**魔女モティ　[2]　とねりこ屋のコラル**』柏葉幸子作，尾谷おさむ絵　講談社　2015.2　156p　18cm（講談社青い鳥文庫）〈「とねりこ屋のコラル」（2009年刊）の改題〉580円　①978-4-06-285471-9
|内容| クロワッサン島にすむ魔女のお母さん、モティが行方不明というしらせをうけた紀恵は、ふたたびクロワッサン島へ、ホーキにのってひとっとび。竜のお母さんと人間の女の子が暮らすとねりこ屋では、ピエロのお父さんニドジが「すてお父さん」になっていた！ そして、紀恵がみつけたふしぎな卵。その卵の正体は!?小学中級から。

『**岬のマヨイガ**』柏葉幸子著，さいとうゆきこ絵　講談社　2015.9　268p　22cm（講談社文学の扉）1500円　①978-4-06-283235-9
|内容| あの日、両親を亡くした萌花は会ったこともない親戚にひきとられるために、そして、ゆりえは暴力をふるう夫から逃れるため

に、狐崎の駅に降り立った。彼女たちの運命を変えたのは大震災、そしてつづいて襲った巨大な津波だった。命は助かったが、避難先で身元を問われて困惑するふたり。救いの手をさしのべたのは、山名キワという老婆だった。その日から、ゆりえは「結」として、萌花は「ひより」として、キワと三人、不思議な共同生活が始まったのだ—。

『**ミラクル・ファミリー**』柏葉幸子著　講談社　2010.6　172p　15cm（講談社文庫）448円　①978-4-06-276669-2
|内容| 年に一度、春の川辺にやってくる緑の髪の女の人。真夜中にだけ開館する秘密の図書館。鬼子母神伝説がささやかれる、ザクロの木のある保育園。父さんが聞かせてくれた昔話はどれも不思議であたたかく、そして秘密の匂いがした。小さな奇跡でつながっている家族たち。産経児童出版文化賞フジテレビ賞受賞。

『**モンスター・ホテルでおひさしぶり**』柏葉幸子作，高畠純絵　小峰書店　2014.4　77p　22cm　1100円　①978-4-338-07225-0
|内容| わたしはゆうれいのキヨコ。ふくろのなかみはひ・み・つ!?みんなのだいすきな、あのモンスターが、いよいよふっかつするんだって!?

『**モンスター・ホテルでごしょうたい**』柏葉幸子作，高畠純絵　小峰書店　2015.11　62p　22cm　1100円　①978-4-338-07228-1
|内容| きょうは100ねんに1かいのとくべつなひ!?クイズのしょうひんは、にんげんのまちにあるモンスターせんようのモンスター・ホテルへのしょうたいけん！ とうめいにんげんやドラキュラがいて、いごこちのいいホテルなんだって!?

『**モンスター・ホテルでそっくりさん**』柏葉幸子作，高畠純絵　小峰書店　2016.11　62p　22cm　1100円　①978-4-338-07230-4
|内容| 一しゅうかんぶりにモンスター・ホテルにとまりにきたドラキュラだんしゃくのまえにあらわれたのは、ぽっちゃりふとりぎみのキツネのツネミさんとせがちぢんだとうめいにんげんのトオルさん…あれれ？ ふたりとも、いつもとはちがうなあ…。

『**モンスター・ホテルでたんていだん**』柏葉幸子作，高畠純絵　小峰書店　2014.8　62p　22cm　1100円　①978-4-338-07226-7
|内容| ツネミさんが、ゆくえふめい!?とうめい

ヤングアダルトの本　いま読みたい小説4000冊　**107**

にんげんのトオルさんたちは、さがしに…

『モンスター・ホテルでパトロール』柏葉幸子作, 高畠純絵　小峰書店　2017.4
57p　22cm　1100円　①978-4-338-07231-1

『モンスター・ホテルでピクニック』柏葉幸子作, 高畠純絵　小峰書店　2016.3
60p　22cm　1100円　①978-4-338-07229-8
内容 おこるとコワーイやしゃひめさんが、にんげんとデート。ちょうちょがちかよると、へんしんしちゃうから、きをつけて〜!?モンスターとにんげんのはつこいデート!?

『モンスター・ホテルでひみつのへや』柏葉幸子作, 高畠純絵　小峰書店　2015.2
62p　22cm　1100円　①978-4-338-07227-4
内容 「ああ、だんろのうしろのかべがくずれおちています。」だんろをのぞいたトオルさんが、はいをてではらいながらいいました。「おい。むこうにドアがあるぞ！」ドラキュラだんしゃくがくずれおちたかべのむこうをゆびさします…

『モンスター・ホテルでプレゼント』柏葉幸子作, 高畠純絵　小峰書店　2018.3
59p　22cm　1100円　①978-4-338-07232-8
内容 あしたは、ドラキュラだんしゃくのおくさんのたんじょうび。プレゼントをさがしているのに『これだ！』というものがみつかりません…。

『やみ倉の竜―竜が呼んだ娘』柏葉幸子作, 佐竹美保絵　朝日学生新聞社　2017.8
266p　22cm　1200円　①978-4-909064-19-6
内容 王宮で暮らし始めたミア。大事な命を守るため、立ち上がった！ 朝日小学生新聞好評連載。

『竜が呼んだ娘』柏葉幸子作, 佐竹美保絵　朝日学生新聞社　2013.3　232p　22cm　1200円　①978-4-904826-93-5
内容 竜に呼ばれた十歳のミアは、王宮で生きる覚悟を決めた。朝日小学生新聞の連載小説。

『りんご畑の特別列車』柏葉幸子作, 愛敬由紀子絵　新装版　講談社　2015.10　219p　18cm（講談社青い鳥文庫）620円　①978-4-06-285518-1
内容 小学5年生のユキがいつものようにピアノ教室から帰宅しようと列車に乗ると、途中の駅でおろされてしまった。車掌さんがいうには、その列車は、「特別列車」で、普段使っ

ている定期券では乗車できないのだという。りんご畑のまん中にある名もない駅に取り残されたユキは、仕方なく一軒の旅行代理店を訪ねてみることにする。それがとほうもない旅の始まりになるとも知らずに…。小学中級から。総ルビ。

風野　潮
かぜの・うしお
《1962〜》

『アクエルタルハ　1　森の少年と火の髪を持つ少女』風野潮著　ジャイブ　2010.12　295p　15cm（Integral）〈イラスト：竹岡美穂〉640円　①978-4-86176-810-1
内容 黄金の都タルハ・タンプから、北方の地方長官に赴任することになったマイタは、近衛隊長カクルハーとともにミスマイを目指す。旅の途中、精霊使いの血を引く少年キチェーと、火の髪を持つ少女グラナと出会い、彼らを都に連れて帰ることになったが…。マヤ文明をモチーフにした壮大なロード・ノベル第一巻。

『アクエルタルハ　2　空飛ぶ船と天翔ける（あまかける）白銀の蛇』風野潮著　ジャイブ　2010.12　295p　15cm（Integral）〈イラスト：竹岡美穂〉640円　①978-4-86176-811-8
内容 風の都イスマテを旅立ったカクルハーとキチェー、グラナたちは、砂漠が広がるアスナ地方の都ツトゥハーを目指していた。ところが、砂漠を進んでいると途中で、気を失って倒れていたひとりの少女に出会う。彼女は雨乞いの儀式によって、生けにえにされた少女だった。マヤ文明をモチーフにした壮大なロード・ノベル第二巻。

『明日（アシタ）ハ晴レカナ曇リカナ』風野潮著　文藝春秋　2010.4　318p　19cm　1571円　①978-4-16-329170-3
内容 親子・夫婦・兄弟、そして他人だけど肉親以上に近いあの人―。秘められた思いが切ない、二つの家族の再生の物語。

『歌う樹の星』風野潮作　ポプラ社　2015.1　315p　20cm（TEENS'ENTERTAINMENT）1400円　①978-4-591-14263-9
内容 少女と少年と樹。歌の力が奇跡を起こす…。地球に似た星、ランタナ星を舞台に描く感動のSFファンタジー。

『エリアの魔剣　1』風野潮作, そらめ絵

岩崎書店　2008.12　206p　19cm
（［Ya！ フロンティア］）900円
①978-4-265-07215-6
内容 リランと親友・ダキリスの平穏な日々
は、城へしのびこんだ夜、一変してしまった。
ダキリスは大公カーンらによって魂を抜かれ、
体をのっとられてしまう。覇者の剣を手に、
猛然と立ち向かうリラン。その封じられてい
た力が覚醒しはじめた時、秘められていた運
命の歯車は、ゆっくりと動き出した。

『エリアの魔剣　2』風野潮作, そらめ絵
岩崎書店　2010.1　201p　19cm
（［Ya！ フロンティア］）900円
①978-4-265-07223-1
内容 カーン大公率いる軍勢との激闘の末、聖
都エリアへと逃れ向かっていたリランと魔導
師アムネス。旅芸人一座に加わったリランは
伝説の英雄「イラカルヴァータ」を見事に演
じきる。その後、精神のバランスを崩してし
まったリランに、再びカーンの大軍が襲いか
かってくる…。

『エリアの魔剣　3』風野潮作, そらめ絵
岩崎書店　2011.6　199p　19cm　900
円　①978-4-265-07229-3
内容 世界の均衡が崩れたあの日以来、飛竜
と伝説の騎士が姿を現すようになっていた。
聖都エリアへ向かうリランと、リランを守る
べく集った仲間たちを、竜騎士が襲う。魔獣
ではない飛竜には、魔封術も効かない。果た
して最強の竜騎士を倒すことはできるのか？
そして、リランの夢に度々現れる幼子の正体
とは…。

『エリアの魔剣　4』風野潮作, そらめ絵
岩崎書店　2012.9　211p　19cm
（［YA！ フロンティア］）900円
①978-4-265-07231-6
内容 ついに聖都・エリアに到着し、双子の
姉にして大巫女であるトレアと再会したリラ
ン。しかしここまで来た目的である、親友ダ
キリスの魂球を復活させる方法には辿りつけ
ず、退屈な巫女修行の続く毎日だった。多く
の命が犠牲となる中、夢に見てきた少年の正
体をついに知り、衝撃を受けるリラン。ダキ
リスをはじめ、大切な仲間たちの運命はどう
なるのか。

『エリアの魔剣　5』風野潮作, そらめ絵
岩崎書店　2013.3　186p　19cm
（［YA！ フロンティア］）900円
①978-4-265-07232-3
内容 大公カーンによってエリアの都から連
れ去られたリラン。アレン、ドリニアン、ポー
リンは、リランを取り戻すべく後を追う。し

かし目の前に現れたリランはカーンに寄り添
い、心を失っていた…。リランは世界を救え
るのか。カーンに身体を乗っとられたダキリ
スを元に戻すことはできるのか。時を越えて
絡み合う運命の糸が解けるとき、壮大なこの
物語はついに完結を迎える。

『クリスタルエッジ』風野潮著　講談社
2009.12　249p　19cm（Ya！
entertainment）950円　①978-4-06-
269429-2
内容 元選手でコーチの父を持ち、幼い頃から
ずっとフィギュアスケートを続けていた輪。
だから普通の人よりはずっとうまく滑れるっ
てだけで、スケートが夢ってほどでもない。
やめたいと思うこともあるけど、やめたら自
分には何も残らないような気もして…。

『クリスタルエッジ決戦・全日本へ！』風
野潮著　講談社　2011.2　232p　19cm
（Ya！ entertainment）950円　①978-
4-06-269441-4
内容 和真は母にスケートをすることを反対
されていた。だが、和真の非凡な才能に気が
ついていた桜沢コーチは和真を自分の家に居
候させ、1年以内に大会で優勝できなかった
らスケートをやめさせる、と約束した。そし
て、約束の1年の期限の迫った大会に和真の
母を招待する。

『クリスタルエッジ目指せ4回転！』風野
潮著　講談社　2010.9　285p　19cm
（Ya！ entertainment）950円　①978-
4-06-269437-7
内容 スケートのジュニア選手で中2の葵と輪
は親友でライバル同士。アイス・フェスタの
演技中、葵は不注意で輪に脱臼をさせてしま
う。思うように練習できない輪に申し訳ない
と思いながら、葵は自分の新しいプログラム
に挑戦しようとしていた。

『ゲンタ！』風野潮著　ほるぷ出版　2013.
6　236p　19cm　1400円　①978-4-593-
53439-5
内容 ――ぼくは、ぼくに、もどりたいだけな
んだ！ 林間学校での転落事故をきっかけに、
小5の蓮見ゲンタと、25歳のミュージシャン・
ゲンタの心と体が入れ替わってしまった。い
くら説明しても小学生だと信じてもらえない
蓮見ゲンタは、見ず知らずの青年『ビート・
キッズ』のゲンタとして暮らすことになり…。

『氷の上のプリンセス――ジゼルがくれた魔
法の力』風野潮作, Nardack絵　講談社
2014.3　214p　18cm（講談社青い鳥文
庫）620円　①978-4-06-285413-9
内容 小さいころからフィギュアスケートを

習ってきた小学6年生の春野かすみ。父親を事故で亡くしてから、得意だったジャンプがまったくとべなくなってしまう。「もうスケートを続けられない。」と思っていた矢先、引っ越し先で出会ったおばあさんの援助で、ふたたびリンクに上がれることに。「ジゼル」からもらった魔法のペンダントを胸に、かすみは"氷の上のプリンセス"をめざす！ 小学中級から。

『氷の上のプリンセス　[2]　オーロラ姫と村娘ジゼル』風野潮作, Nardack絵　講談社　2014.7　187p　18cm（講談社青い鳥文庫）620円　①978-4-06-285431-3
内容 桜ヶ丘スケートクラブの一員として、ふたたびフィギュアスケートを続けられることになった春野かすみ。日々の練習に打ちこみ、クラブにもなじんできた。そんなある日、クラブに美人の転入生がやってきた。あこがれの先輩、瀬賀冬樹と同い年の星崎真白は、小学3年生までこのクラブに所属していたという。冬樹と親しげに話す真白を見たかすみは、胸がキュンといたくなる―。小学中級から。

『氷の上のプリンセス　[3]　カルメンとシェヘラザード』風野潮作, Nardack絵　講談社　2014.11　219p　18cm（講談社青い鳥文庫）620円　①978-4-06-285451-1
内容 ブロック大会を終え、桜ヶ丘スケートクラブでは全国大会に向けた練習がはじまった。ところが代表に選ばれたものの、塁は練習に遅刻してばかり。そんなある日の練習中、かすみは転倒したはずみで塁にケガをさせてしまう。さらに先輩の瀬賀冬樹まで巻きこんでしまい。「とりかえしのつかないこと、してしまったんだ。」とうなだれるかすみの前にジゼルさんがあらわれて―。

『氷の上のプリンセス　[4]　こわれたペンダント』風野潮作, Nardack絵　講談社　2015.2　210p　18cm（講談社青い鳥文庫）620円　①978-4-06-285469-6
内容 全日本ジュニア選手権まで2週間をきったある日、ママが倒れて入院してしまい、かすみは瀬賀冬樹の家に泊めてもらうことになった。いつもとちがう環境でスケートに集中できないかすみは、さらに冬樹が足をケガしていることに気づいてしまう。練習を休んだほうがいい、とすすめるかすみに対し、冬樹は「親には絶対いえない。」といって、亡くなったおねえさんのことを話しはじめた。小学中級から。総ルビ。

『氷の上のプリンセス　[5]　波乱の全日

本ジュニア』風野潮作, Nardack絵　講談社　2015.5　221p　18cm（講談社青い鳥文庫）620円　①978-4-06-285490-0
内容 ショートプログラムで失敗したかすみは、自分の言葉で瀬賀冬樹の夢までもこわしてしまったことに、涙が止まらなくなってしまう。落ちこむかすみの前に、亡くなった冬樹のお姉さんの花音さんがあらわれ、かすみに伝言をたのむ。『お守りペンダント』の秘められた過去、そして花音さんが冬樹に伝えたい思いとは？ 冬樹とかすみはそれぞれの思いをかかえて、フリー演技にのぞむ！ 「氷プリ」1stシーズン、感動の最終章！ 小学中級から（総ルビ）。

『氷の上のプリンセス　[6]　はじめての国際大会』風野潮作, Nardack絵　講談社　2015.10　203p　18cm（講談社青い鳥文庫）620円　①978-4-06-285520-4
内容 次期シーズンに向けて、新たなプログラム作りをはじめたかすみのもとに、一通の招待状が届いた。2月にヨーロッパの小国で開かれる国際大会のひとつ、『ブロムダール・カップ』に出場できるという。空港で瀬賀冬樹の見送りを受け、勇気いっぱいに現地入りしたかすみ。だが、試合前の歓迎会でライバルとしてあらわれたのは、国王の孫娘―正真正銘の王女様だった！ 小学中級から。総ルビ。

『氷の上のプリンセス　[7]　夢への強化合宿』風野潮作, Nardack絵　講談社　2016.2　217p　18cm（講談社青い鳥文庫）620円　①978-4-06-285538-9
内容 桜ヶ丘スケートクラブのかすみ、真子、美桜たちはスプリング・カップを終えて中学に進学した。入学早々、スケート選手ということで、かすみはちやほやされるが、みんなと遊ぶ時間がないので、しだいに距離を置きはじめる。そして夏休み、3人は「野辺山合宿」に参加。陸トレでは真子、ダンスでは美桜に引きはなされてしまい、かすみは自分の才能に疑問を感じはじめる―。小学中級から。

『氷の上のプリンセス　[8]　エアメールの約束』風野潮作, Nardack絵　講談社　2016.9　213p　18cm（講談社青い鳥文庫）620円　①978-4-06-285577-8
内容 夏休み、シーズン初戦をむかえたかすみは瀬賀と踊ったアイスショーの記憶を胸に『シンデレラ』を演じる。試合が終わったお泊まり会の夜、真子・美桜・フローラとの恋バナにとまどいながら、かすみは本物の恋について考えはじめる。やがて2学期が始まり、勉強もいそがしくなる一方、カナダに留学した瀬賀の様子が気になるかすみは、会えない

思いを手紙にたくして―。小学中級から。

『氷の上のプリンセス [9] シンデレラ
の願い』風野潮作, Nardack絵 講談社
2017.2 235p 18cm（講談社青い鳥文
庫）620円 ①978-4-06-285607-2
内容 風邪で熱があるのに中間テストで無理
をしたかすみは、教室で倒れてしまう。でも
心配するママや瀬賀の言葉から、自分はひと
りではないと気づく。ある日、かすみはバレ
エの『シンデレラ』を見て、夢をあきらめずに
踊るシンデレラと自分を重ね合わせるのだっ
た。そして迎えた全日本ノービス。舞台は仙
台、パパの故郷―全日本ジュニア出場への切
符はだれの手に？ 小学中級から。

『氷の上のプリンセス [10] 自分を信
じて！』風野潮作, Nardack絵 講談社
2017.9 253p 18cm（講談社青い鳥文
庫）650円 ①978-4-06-285657-7
内容 全日本ジュニア大会に向けて練習には
むかすみは、衣装やスケート靴が小さくなっ
てしまって、こまっていた。でもまわりの人
たちのおかげで無事、大会出場へ！ 感謝を胸
に『ジゼル』をすべるかすみ。そして、失敗を
おそれず挑戦する仲間の姿と応援に勇気をも
らったかすみは―。その後、瀬賀冬樹がやっ
てきて、衝撃のひとことを告げる。ついに"パ
パの秘密"が明らかに…。小学中級から。

『氷の上のプリンセス [11] ジュニア
編1』風野潮作, Nardack絵 講談社
2017.12 244p 18cm（講談社青い鳥文
庫）680円 ①978-4-06-285672-0
内容 かすみ、真子、塁たちは全中に向けて
猛特訓の日々。そんなある日、かすみが超高
度なトリプルアクセルに成功したことで、思
いもかけない"事件"が…。でもその後無事
に全中に参加し、全国のライバルたちとベス
トを尽くすことを誓い合う。また、普段元気
いっぱいの塁や亜子の様子がいつもと違うこ
とに気づくかすみ。ふたりのその悩みとは？
そして、かすみの演技の結果は？ 小学中級
から。

『桜石探検隊』風野潮作, よこやまようへ
い絵 角川学芸出版 2010.9 125p
22cm（カドカワ学芸児童名作）〈監修：
こども鉱物館 発売：角川グループパブ
リッシング〉1600円 ①978-4-04-
653407-1
内容 金石剛。強そうな名前だけど気が弱いん
だ。趣味は石集め。ぼくたちのパワーストー
ンを探す冒険がはじまる！

『竜巻少女（トルネードガール） 1 嵐な
ピッチャーがやってきた！』風野潮作,

たかみね駆絵 講談社 2012.3 245p
18cm（講談社青い鳥文庫）620円
①978-4-06-285272-2
内容 優介が所属する弱小野球チーム、メイプ
ルスターズに、美少女ピッチャーの夏本理央
がやってきた。男まさりの剛速球、俊足にく
わえ、バッティングセンスも抜群。だけど、大
阪弁まるだしで本音を言いまくる理央は、ま
さにトラブルメイカー！ 理央の言動に振りま
わされながらも、しだいにチームとしてまと
まりはじめたメイプルスターズは、強豪ファ
ルコンズとの対戦に挑む！ 小学中級から。

『竜巻少女（トルネードガール） 2 うちの
エースはお嬢様!?』風野潮作, たかみね
駆絵 講談社 2012.5 251p 18cm
（講談社青い鳥文庫）620円 ①978-4-
06-285287-6
内容 新メンバーを迎えたメイプルスターズ
は、全国ベスト4の強豪チームと対戦。だが、
理央の大乱投で大敗をきっしてしまう。自信
を失いかけた理央は、「幽霊屋敷の魔女」の
もとで秘密特訓を開始。そんな折、理央の祖
父を名乗る老紳士があらわれて、「理央を跡
取りとして引き取る」といってきた。夏本家
の複雑な事情を知り、悩む理央。そして大事
件が勃発し―。小学中級から。

『竜巻少女（トルネードガール） 3 あのマ
ウンドにもう一度！』風野潮作, たかみ
ね駆絵 講談社 2012.8 253p 18cm
（講談社青い鳥文庫）620円 ①978-4-
06-285301-9
内容 夏本家の跡取りとして、祖父のもとに引
き取られた理央は、名門私立校へ転校してし
まった。理央が抜けたメイプルスターズは、
すっかり覇気をなくして、メンバーは練習に
来なくなってしまう。チーム存続の危機に、
優介は理央を連れもどす計画を立てる。「も
う一度、理央といっしょに野球がしたい。」み
んなの待つグラウンドに理央はあらわれるの
か？ あっと驚く展開の、完結編です！

『ビート・キッズ』風野潮作, 桑原草太絵
講談社 2010.8 250p 18cm（講談社
青い鳥文庫）620円 ①978-4-06-
285165-7
内容「おまえにはリズム感がある！」呼び
だされた音楽室で、いきなり同級生の菅野七
生にそういわれた、横山英二。「たたいてみ
ろ。」と渡されたバチで、力まかせに太鼓を
たたいた瞬間、英二の中で花火がはじけた！
マーチングってなに？ ドリルフェスって？
吹奏楽や楽器をよく知らなくても、読んでい
るうちにガツンと気持ちが熱くなる、涙あり
笑いありの大阪ブラスバンド物語。第38回講

談社児童文学新人賞・第36回野間児童文芸新人賞・第9回椋鳩十児童文学賞受賞作。小学上級から。

『マジカル・ドロップス』風野潮著　光文社　2009.12　299p　16cm（光文社文庫）552円　①978-4-334-74697-1
内容 私は樋口菜穂子四十二歳。夫とはすれ違い、息子や娘には無視される、ちょっとくたびれた主婦だ。ところが、二十七年前に埋めたタイムカプセルに入ってた缶入りドロップを舐めて、びっくり！ 十五歳の頃の自分に若返ってしまって…。効果は一粒、二時間十七分。女子高生ナオに変身した私が挑戦したのは―。ユーモラスで温かく、ちょっぴり切ない、異色青春小説。

『モデラートで行こう』風野潮著　ポプラ社　2010.3　222p　15cm（ポプラ文庫ピュアフル）〈ジャイブ2007年刊の新装版〉580円　①978-4-591-11395-0
内容 桜舞う4月。元男子校の男子ばかりの高校に入学した奈緒、ノリコたち。彼女たちが選んだ部活はカッコイイ先輩がいる吹奏楽部だった。思った以上にキツイ練習、思いがけない事件、そして恋と友情。さまざまな出来事によって彼女たちは成長していく…。高校の吹奏楽部を舞台に、等身大の女の子たちの日常を瑞々しいタッチで描き出す…。『ビート・キッズ』の著者による、もうひとつの青春音楽小説。

『レントゲン』風野潮著　講談社　2013.10　238p　19cm（YA！ENTERTAINMENT）〈画：ぢゅん子〉950円　①978-4-06-269477-3
内容 橘廉太郎と弦次郎は年子で同じ学年の高校一年。二人は小さい頃一緒に習っていたバイオリンのせいで、仲がぎくしゃくしていた。バイオリンを愛する弟より兄のほうがコンクールの成績が良かったからだ。弟の気持ちを思い、音楽をやめていた兄だったが―。

加藤　多一
かとう・たいち
《1934～》

『赤い首輪のバロ―フクシマにのこして』加藤多一作　汐文社　2014.6　163p　20cm　1500円　①978-4-8113-2081-6
内容 食べることが大好きな女の子、ユリカ。地震と津波、そして原発事故が起きて北海道に避難したけれど、のこしてきたばばちゃんと犬のバロのことが気になっています。

『オオカミの声が聞こえる』加藤多一著　地湧社　2014.1　190p　19cm　1500円　①978-4-88503-227-1
内容 北の地を離れ都会で暮らしていたアイヌの女性マウコは、あるとき自分のアイヌとしての自分を取り戻し、生きていく道を探すために北海道に戻る。図書館や博物館を巡っているうちに、百年以上も前に絶滅したエゾオオカミの剥製から見つめられ、何かのメッセージを感じて、行動に移すのだが…。

『空に棲む』加藤多一著　札幌日本児童文学者協会北海道支部　2010.8　169p　21cm（北海道児童文学シリーズ）1000円　①978-4-904991-00-8

『まがり道』加藤多一著，重岡静世絵　札幌日本児童文学者協会北海道支部　2011.2　207p　21cm（北海道児童文学シリーズ）1000円　①978-4-904991-11-4

釰子　ふたみ
かねこ・ふたみ

『やまわろ』釰子ふたみ著　大日本図書　2010.9　156p　20cm　1300円　①978-4-477-02362-5
内容 過去からは逃げられない…あの日、あのとき、自分はすべての望みを失って、生きることに執念を燃やす人たちを順番に消していく…心の折れた少女をめぐる幻想小説。

金城　一紀
かねしろ・かずき
《1968～》

『映画篇』金城一紀著　新潮社　2014.8　501p　16cm（新潮文庫）〈集英社2007年刊の再刊〉840円　①978-4-10-135152-0
内容 人生には、忘れたくても忘れられない、大切な記憶を呼び起こす映画がある。青春を共にし、別々の道を歩んだ友人。謎の死を遂げた夫。守りたいと初めて思った女性…。「太陽がいっぱい」「愛の泉」など名作映画をモチーフに、不器用ゆえ傷ついた人々が悲しみや孤独を分かち合う姿を描く5篇を収録。
別版 集英社（集英社文庫）2010.6

『SPEED』金城一紀著　角川書店　2011.6　301p　15cm（角川文庫）〈発売：角川グループパブリッシング〉552円　①978-4-04-385205-5

日本の作品　　　　　　　　　　　　　　　　　　　　川上健一

内容 頭で納得できても心が納得できなかっ
たら、とりあえず闘ってみろよ─。平凡な女
子高生・佳奈子の日常は家庭教師の謎の死を
きっかけに、きしんだ音を立て始める。謎を
探る佳奈子の前に立ちはだかる敵。そして、
偶然出会った風変わりなオチコボレ男子高校
生たちに導かれ、佳奈子は歪んだ世界に敢然
と立ち向かうことを決心する！ 大人気のザ・
ゾンビーズ・シリーズ第3弾。

『フライ，ダディ，フライ』金城一紀著　角
　川書店　2009.4　246p　15cm〈角川文
　庫〉〈2005年刊の加筆・訂正　発売：角
　川グループパブリッシング〉514円
　①978-4-04-385203-1
　内容 鈴木一、47歳。いたって平凡なサラリー
マン。ただし家族を守るためならスーパーマ
ンになれるはずだった。そう信じていた。あ
の日が訪れるまでは─。一人娘を不良高校生
に傷つけられ、刃物を手に復讐に向かった先
で鈴木さんが出会ったのは─ザ・ゾンビーズ
の面々だった！ 脆くも崩れてしまった世界
の中ではたして鈴木さんは大切なものを取り
戻せるのか。ひと夏の冒険譚がいま始まりを
告げる。

『レヴォリューションNo.0』金城一紀著
　角川書店　2013.6　160p　15cm（角川
　文庫）〈発売：角川グループホールディ
　ングス〉476円　①978-4-04-100831-7
　内容 典型的なオチコボレ男子高に入学した僕。
"学校"という箱庭で先の見えない苛立ちや息
苦しさを抱える僕らを「団体訓練」という名の
シゴキ合宿が待ち受ける。どうしてこんなク
ソみたいな目に遭いながらここにいるのか？
欺瞞に満ち溢れた世界に風穴を開けるため大
脱走計画を練るうち、停滞していた世界に熱
い血が通い始める─すべてを捨て去りゼロに
戻ることを恐れるな！ ザ・ゾンビーズ結成
前夜を描くシリーズ完結篇！
　別版 角川書店 2011.2

川上　健一
かわかみ・けんいち
《1949～》

『朝ごはん』川上健一著　甲府　山梨日日
　新聞社　2013.2　332p　20cm　1600円
　①978-4-89710-011-1
　内容 自分を好きになることは人生を好きに
なること。山の小さな朝ごはん屋さん物語。

『あのフェアウェイへ』川上健一著　講談
　社　2011.11　261p　19cm　1400円

①978-4-06-217339-1
内容 楽しかったあの頃を思い出させてくれ
た「忘れもの」、お義父さん、またゴルフしま
しょうね！「時間ドロボー」、似た者同士の
父子の溝は埋まるのか!?「ドライバーショッ
ト」、見知らぬ他人を支えるのがわたしの矜
持「パートナー」、廃れゆく商店街。家族か
らは大ブーイング「最後のコンペ」、孤独な戦
いが気付かせてくれた最高の仲間「あるがま
まに」、…誰かと分かち合いたくなる全12編。

『Yes─お父さんにラブソング』川上健一
　著　PHP研究所　2009.12　231p
　20cm　1500円　①978-4-569-70891-1
　内容 心がほっこり温まる67のショート・ス
トーリー。

『お父さんにラブソング』川上健一著
　PHP研究所　2013.5　237p　15cm
　（PHP文芸文庫）〈「yes─お父さんにラブ
　ソングー」（2009年刊）の改題〉619円
　①978-4-569-67993-8
　内容 家族の愛を背負ってるお父さんって、
カッコイイ！ 優しさが心に沁みる67の物語。

『渾身』川上健一著　集英社　2010.4
　280p　16cm（集英社文庫）524円
　①978-4-08-746560-0
　内容 坂本多美子は夫の英明と、まだ「お母ちゃ
ん」とは呼んでくれないが、前妻の娘である5
歳の琴世と幸せに暮らしていた。隠岐島一番
の古典相撲大会。夜を徹して行われた大会は
すでに結びの大一番。いよいよ結びの大一番。最高
位の正三役大関に選ばれた英明は、地区の名
誉と家族への思いを賭け、土俵に上がる。息
詰まる世紀の大熱戦、勝負の行方やいかに!?型
破りのスポーツ小説にして、感動の家族小説。

『サウスポー魂』川上健一著　PHP研究所
　2011.3　350p　20cm〈講談社1982年刊
　の加筆・修正〉1500円　①978-4-569-
　79575-1
　内容 シーズン奪三振401の世界記録をはじめ
奔放な言動とともに、記録と記憶に残る不世
出の左腕として野球ファンを魅了する江夏豊。
輝ける昭和40年代、50年代、その桁外れの活
躍を描くド根性野球小説。

『四月になれば彼女は』川上健一著　集英
　社　2009.2　483p　16cm（集英社文
　庫）743円　①978-4-08-746406-1
　内容 春まだ浅い青森は十和田。高校卒業三日
目。肩を壊し野球選手の夢を閉ざされた"ぼ
く"は同級生の駆け落ちを手伝ううちに相撲
取りにスカウトされ就職も取り消しに。初恋
の人との再会、釣り仲間との密漁と童貞卒業
計画、番長の喧嘩に乱入、米兵との静いに巻

き込まれたり、ドタバタでしょぼいけれど素敵な事件の数々。人生のターニングポイントになった24時間を描いた、青春の疾走感がまばゆい傑作。

『ジャパン・スマイル』川上健一著　PHP研究所　2009.7　223p　20cm　1500円　①978-4-569-77101-4
[内容]人がいて、街があって、暮らしがある―。「ありがとう」「ごめんなさい」「がんばって」「おつかれさま」そこで生まれる、それぞれのドラマと思い。読むごとに、心がまるく、あたたかくなる掌編小説。あなたの心に元気の灯がともる101の小さな物語。

『小さな幸せ物語』川上健一著　PHP研究所　2012.3　219p　15cm（PHP文芸文庫）〈『ジャパン・スマイル』（2009年刊）の改訂・改題〉571円　①978-4-569-67811-5
[内容]居酒屋に訪れたお客が話す家に帰りたくとも帰れない理由。幼馴染の先生が教えてくれた元気になる魔法。単身赴任中の父親に娘がねだったもの。一人がいて、街があって、暮らしがある。「ありがとう」「ごめんなさい」「おつかれさま」「おかえり」…、伝わる思い、伝えたかった思い。そこから生まれる小さなドラマを切り口鮮やかに描いた一〇一のショート・ストーリー。

『月の魔法』川上健一著　角川書店　2013.1　327p　20cm〈発売：角川グループパブリッシング〉1700円　①978-4-04-110373-9
[内容]小学五年生の重森昇治は小笠原行きの船に乗った。父親が自殺し、母親に恋人が出来たのだ。南の島で昇治を迎えたのは、エーブという若々しく格好いい老人だった。彼の店『ジュークボックス・カフェ』に集まるのは、ジェセ、ナサ爺といった元気でにぎやかな老人たち。やがて、冷たい目をした少女・加絵と出会う。加絵は一緒に島に来た父親について「自殺しそうなんだ」と語る。エーブと昇治は加絵親子を誘い、月を見るために中央山に登る。すると、山頂である「奇跡」が起き…。

『透明約束』川上健一著　光文社　2009.8　285p　19cm　1500円　①978-4-334-92677-9
[内容]気負わず素顔のままで生きてゆくのに必要な「ちょっとした勇気」を分けてくれる、大人のためのハートウォーミング・ストーリーズ。

『ナイン―9つの奇跡』川上健一著　PHP研究所　2011.12　491p　15cm（PHP文芸文庫）781円　①978-4-569-67751-4
[内容]野球大好きの男女九人が集まった草野球チーム「ジンルイズ」。二十歳から八十一歳まで、ラーメン屋店長に会社オーナー、元プロ野球選手もいる。楽しむことをテーマに野球をしてきた彼らだが、ある老人の魔法がもとで「全日本野球選手権大会」に出場することに。トーナメントの行方は？　そしてナインそれぞれに起こりはじめる小さな奇跡…。スポーツ小説の第一人者が描く、大人のファンタスティック・ストーリー。
[別版]PHP研究所　2009.9

『祭り囃子がきこえる』川上健一著　集英社　2010.8　218p　19cm　1400円　①978-4-08-771369-5
[内容]ヤッテマレ、ジョヤサノ、アソンレンセ…、祭り囃子が呼び覚ます優しい記憶の物語。涙と感動の8篇。

『ライバル』川上健一著　PHP研究所　2014.5　355p　19cm　1600円　①978-4-569-81849-8
[内容]天才VS.天然。対照的な2人の女子の奮闘を描く、純度100%の青春ゴルフ小説。

川上　弘美
かわかみ・ひろみ
《1958～》

『大きな鳥にさらわれないよう』川上弘美著　講談社　2016.4　340p　20cm　1500円　①978-4-06-219965-0
[内容]何人もの子供を育てる女たち。回転木馬のそばでは係員が静かに佇む。少女たちは日が暮れるまで緑の庭で戯れ、数字を名にもつ者たちがみずうみのほとりで暮らす。遙か遠い未来、人々は小さな集団に分かれ、密やかに暮らしていた。生きながらえるために、ある祈りを胸に秘め―。滅びゆく世界の、かすかな光を求めて―傑作長篇小説！

『風花』川上弘美著　集英社　2011.4　309p　16cm（集英社文庫）571円　①978-4-08-746684-3
[内容]ねえ、わたし、離婚したほうがいいのかな。普通の夫婦を続けていくって、どういうことなんだろう―。のゆり、33歳。結婚7年目の夫・卓哉の浮気を匿名の電話で知らされた。卓哉に離婚をほのめかされて、途方に暮れながらも日々の生活は静かに続く。やがてのゆりは少しずつ自分と向き合い、一歩ずつ前へと進み始める。移ろう季節のように、ゆるやかに変わっていく愛の形を描いた傑作恋愛小説。

日本の作品 川上弘美

『神様2011』川上弘美著　講談社　2011.9
45p　18cm〈文献あり〉800円　①978-
4-06-217232-5
内容　くまにさそわれて散歩に出る。「あの
こと」以来、初めて―。1993年に書かれたデ
ビュー作「神様」が、2011年の福島原発事故
を受け、新たに生まれ変わった―。「群像」発
表時より注目を集める話題の書。

『このあたりの人たち』川上弘美著　ス
イッチ・パブリッシング　2016.6　140p
20cm（SWITCH LIBRARY）1500円
①978-4-88418-450-6
内容　町ができていく。8年の歳月をかけ、丹
精込めて創り上げた、"このあたり"をめぐる
26の物語。

『これでよろしくて？』川上弘美著　中央
公論新社　2012.10　357p　16cm（中公
文庫）571円　①978-4-12-205703-6
内容　些細なことでもよくってよ。日々の「？」
をまな板に載せ老若男女が語らえば―女たち
の不思議な集まりに参加することになった主
婦菜月は、奇天烈な会合に面くらう一方、日
常をゆさぶる出来事に次々見舞われて…。幾
多の難儀を乗り越えて、菜月は平穏を取り戻
せるのか!?夫婦、嫁姑、親子、同僚。人との
かかわりに、ふと戸惑いを覚えてしまう貴女
に好適。コミカルなのに奥深い、川上弘美的
ガールズトーク小説。
別版　中央公論新社 2009.9

『ざらざら』川上弘美著　新潮社　2011.3
221p　16cm（新潮文庫）400円　①978-
4-10-129240-3
内容　風の吹くまま和史に連れられ、なぜか
奈良で鹿にえさをやっているあたし（「ラジオ
の夏」）。こたつを囲みおだをあげ、お正月が
終わってからお正月ごっこをしているヒマな
秋菜と恒美とバンちゃん（「ざらざら」）。恋
はそんな場所にもお構いなしに現れて、それ
ぞれに軽く無茶をさせたりして、やがて消え
ていく。おかしくも愛おしい恋する時間の豊
かさを、柔らかに綴る23の物語のきらめき。

『水声』川上弘美著　文藝春秋　2017.7
253p　16cm（文春文庫）600円　①978-
4-16-790881-2
内容　1996年、わたしと弟の陵はこの家に二
人で戻ってきた。ママが死んだ部屋と、手を
ふれてはならないと決めて南京錠をかけた部
屋のある古い家に。夢に現われたママに、わ
たしは呼びかける。「ママはどうしてパパと
暮らしていたの」―愛と人生の最も謎めいた
部分に迫る静謐な長編。読売文学賞受賞作。
別版　文藝春秋 2014.9

『天頂より少し下って』川上弘美著　小学
館　2014.7　216p　15cm（小学館文
庫）510円　①978-4-09-406063-8
内容　"ふたたび恋を始めたのは、三十代の半
ばころからだったか。その夏はじめてのプー
ルにつかるときの感じだったな、あれは、と
真琴は思う。まだ濡れていない体と水着で
もってプールの中へ入ってゆくときの、気持
ち悪いような、でも思い切って水に入ればす
ぐにやってくる解放感、久しぶりに男の人の
くちびるを自分のくちびるに感じたときの、
違和感と安心感が混じりあった感覚は、それ
にそっくりだった。"奇妙な味とユーモア、そ
してやわらかな幸福感。少女から大人の女ま
で、多彩な主人公たちが登場する傑作ぞろい
―川上マジックが冴えわたる、極上の恋愛小
説全七篇。
別版　小学館 2011.5

『どこから行っても遠い町』川上弘美著
新潮社　2011.9　362p　16cm（新潮文
庫）514円　①978-4-10-129241-0
内容　捨てたものではなかったです、あたし
の人生―。男二人が奇妙な仲のよさで同居す
る魚屋の話、真夜中に差し向かいで紅茶をの
む主婦と姑、両親の不仲をみつめる小学生、
そして裸足で男のもとへ駆けていった女…。
それぞれの人生はゆるくつながり、わずかに
かたちをかえながら、ふたたび続いていく。
東京の小さな町を舞台に、平凡な日々の豊か
さとあやうさを映し出す連作短篇小説。
別版　新潮社 2008.11

『七夜物語　上』川上弘美著　朝日新聞出
版　2015.5　296p　15cm（朝日文庫）
〈2012年刊の上下巻の三分冊〉540円
①978-4-02-264777-1
内容　小学校四年生のさよが図書館でみつけ
た『七夜物語』は、読んだはしから内容をすっ
かり忘れてしまうふしぎな本。さよは、物語
にみちびかれるように、同級生の仄田くんと
「夜の世界」へ迷いこみ、グリクレルという
料理上手の大ねずみから皿洗いを命じられる
ことになる。

『七夜物語　中』川上弘美著　朝日新聞出
版　2015.5　331p　15cm（朝日文庫）
〈2012年刊の上下巻の三分冊〉540円
①978-4-02-264778-8
内容　夜の世界で若き日の両親に出会ったさ
よと、自分そっくりの「情けない子」に向き
あった仄田くん。この冒険がどこかで現実と
つながっていることに気がついたふたりは、
元の世界を守るため、あらゆるモノを夜の世
界に連れ込もうとする「ウバ」とたたかうこ

ヤングアダルトの本　いま読みたい小説4000冊　115

『七夜物語　下』川上弘美著　朝日新聞出版　2015.5　343p　15cm（朝日文庫）〈2012年刊の上下巻の三分冊〉560円　①978-4-02-264779-5
内容　グリクレルの台所でさくらんぼのクラフティーを食べながら、忘れられない夜を過ごしたさよと仄田くん。やがて最後の夜を迎えたふたりは、夜の世界の住人たちを「ばらばら」に壊そうとする力と対決する。そして、七つの夜があけると―。
別版　朝日新聞出版　2012.5

『なめらかで熱くて甘苦しくて』川上弘美著　新潮社　2015.8　223p　16cm（新潮文庫）460円　①978-4-10-129243-4
内容　少女の想像の中の奇妙なセックス、女の自由をいまも奪う幻の手首の紐、母の乳房から情欲を吸いだす貪欲な嬰児と、はるか千年を越えて女を口説く男たち。やがて洪水は現実から非現実へとあふれだし、「それ」を宿す人々を呑み込んでいく…。水/土/空気/火の四つの元素、そして世界の名をもつ魅惑的な物語がときはなつ生命の迸りと、愛し、産み、老いていく女たちの愛おしい人生。
別版　新潮社　2013.2

『猫を拾いに』川上弘美著　新潮社　2018.6　298p　16cm（新潮文庫）〈マガジンハウス 2013年刊の再刊〉550円　①978-4-10-129244-1
内容　誕生日の夜、プレーリードッグや地球外生物が集い、夫婦人は可愛い息子の将来を案じた日々を懐かしむ。年寄りだらけになった日本では誰もが贈り物のアイデアに心悩ませ、愛を語る掌サイズのおじさんの頭上に蝉しぐれが降りそそぐ。不思議な人々と気になる恋。不機嫌上機嫌の風にあおられながら、それでも手に手をとって、つるつるごつごつ恋の悪路に素足でふみこむ女たちを慈しむ21篇。
別版　マガジンハウス　2013.6

『ハヅキさんのこと』川上弘美著　講談社　2009.11　229p　15cm（講談社文庫）476円　①978-4-06-276506-0
内容　かりん、という琺瑯の響き。温泉につかったあと、すっぴん風に描く眉。立ち飲みで味わう「今日のサービス珈琲」。四十八歳、既婚者で「中途半端」な私が夢中になった深い愛―さりげない日常、男と女の心のふれあいやすれ違いなど、著者独自の空気が穏やかに立ち上がる。虚と実のあわいを描いた掌篇小説集。

『パスタマシーンの幽霊』川上弘美著　新潮社　2013.6　296p　16cm（新潮文

庫）〈マガジンハウス 2010年刊の再刊〉550円　①978-4-10-129242-7
内容　恋をしたとき、女の準備は千差万別。海の穴に住む女は、男をすりつぶす丈夫な奥歯を磨き、OLの誠子さんは、コロボックルの山口さんを隠すせんべいの空き箱を用意する。おかまの修三ちゃんに叱られ通しのだめなアン子は、不実な男の誘いの電話にうっかり喜ばない強い心を忘れぬように。掌小説集『ざらざら』からさらに。女たちが足をとられた恋の深みの居心地を描く22の情景。
別版　マガジンハウス　2010.4

『ぼくの死体をよろしくたのむ』川上弘美著　小学館　2017.3　251p　20cm　1500円　①978-4-09-386455-8
内容　彼の筋肉の美しさに恋をした "わたし"、魔法を使う子供、猫にさらわれた "小さい人"、緑の箱の中の死体、解散した家族。恋愛小説？ ファンタジー？ SF？ ジャンル分け不能、ちょっと奇妙で可愛い物語の玉手箱。

『真鶴（まなづる）』川上弘美著　文藝春秋　2009.10　271p　16cm（文春文庫）〈文献あり〉514円　①978-4-16-763106-2
内容　12年前に夫の礼は失踪した、「真鶴」という言葉を日記に残して。京は、母親、一人娘の百と三人で暮らしを営む。不在の夫に思いをはせつつ新しい恋人と逢瀬を重ねている京は何かに惹かれるように、東京と真鶴の間を往還するのだった。京についてくる目に見えない女は何を伝えようとしているのか。遙かな視線の物語。

『森へ行きましょう』川上弘美著　日本経済新聞出版社　2017.10　507p　20cm　1700円　①978-4-532-17144-5
内容　1966年ひのえうまの同じ日に生まれた留津とルツ。「いつかは通る道」を見失った世代の女性たちのゆくてには無数の岐路があり、選択がなされる。選ぶ。判断する。突き進む。後悔する。また選ぶ。進学、就職、仕事か結婚か、子供を生むか…そのとき、選んだ道のすぐそばを歩いているのは、誰なのか。少女から50歳を迎えるまでの恋愛と結婚が、ふたりの人生にもたらしたものとは、はたして―日経新聞夕刊連載、待望の単行本化。

『夜の公園』川上弘美著　中央公論新社　2009.4　238p　16cm（中公文庫）552円　①978-4-12-205137-9
内容　「申し分のない」夫と、三十五年ローンのマンションに暮らすリリ。このまま一生、こういうふうに過ぎてゆくのかもしれない…。そんなとき、リリは夜の公園で九歳年下の青年に出会う―。寄り添っているのに、届かな

いのはなぜ。たゆたいながら確かに変わりゆく男女四人の関係を、それぞれの視点が描き出し、恋愛の現実に深く分け入る長篇小説。

川島　誠
かわしま・まこと
《1956〜》

『海辺でロング・ディスタンス』川島誠著
角川書店　2009.6　191p　15cm〈角川文庫〉〈『海辺でLSD』(平成18年刊)の改題　発売：角川グループパブリッシング〉438円　①978-4-04-364807-8
内容 無口だけどとびきりカッコいい上の兄・裕、おしゃべりでちょっと変人の下の兄・零。そして、彼らが踏み固めた道をずっと通って来た三兄弟の末っ子、沢井健、15歳。だけどこの春、高校生になったをきっかけに、彼の新たな日常が回りだす…。年上のガールフレンドのこと、バイト先で知り合った老女のこと、そして、走ること─何かを選び、何かを捨てながらゆっくりと大人になってゆく少年を描いた、弾けるような青春小説。

『神様のみなしご』川島誠著　角川春樹事務所　2014.12　228p　16cm(ハルキ文庫)580円　①978-4-7584-3863-6
内容 海辺にある養護施設・愛生園では、「ワケあり」なこどもたちが暮らしている。そのなかのある少年は、クールに言い放つ。「何が夢かって聞かれたら、この世界をぶちこわすことだって答えるね」。ままならない現実の中で、うつむくことなく生きる彼らに、救いの光は射すのか─。個性的な青春小説で人気の著者が切実かつユーモラスにつづる、少年少女たちの物語。
別版 角川春樹事務所　2012.4

『スタート・イン・ライフ』川島誠著　双葉社　2013.10　403p　20cm　1800円　①978-4-575-23837-2
内容 僕は長いこと父とふたりで暮らしてきた。父のもとでトレーニングを重ねてきた。僕の父は「アジアの帝王」。陸上競技、デカスロン(十種競技)のアジア記録保持者にしてオリンピアン。僕はいつも父と一緒だった。だけど今日、僕は決めた。「父のコピーはやめた」。長編青春小説。デカスロンに打ち込む少年の心と体の成長記。

『ファイナル・ラップ』川島誠著
KADOKAWA　2014.2　250p　15cm
(角川文庫)〈角川書店2010年刊の再刊〉560円　①978-4-04-101219-2

内容 海辺の街で育った3兄弟の末っ子・健は陸上部の長距離ランナー。進学校に通う高校3年生ながら、陸上にしか熱意を燃やせず、勉強には身が入らない。後輩との恋愛も上手くいかず、自分の将来を思い描けずにいたある夏の日、長兄の裕が事故に遭い帰らぬ人となってしまう…。いつもそばにいた兄の不在をきっかけに、悩み苦しみながらもゆっくりと大人になってゆく少年を、柔らかな筆致で描いた傑作青春小説。
別版 角川書店　2010.11

川端　裕人
かわばた・ひろと
《1964〜》

『青い海の宇宙港　春夏篇』川端裕人著
早川書房　2016.7　259p　19cm　1400円　①978-4-15-209629-6
内容 小学六年生、天羽駆たちは、ロケットの発射場がある島の小学校の宇宙遊学生として一年を過ごす。島の豊かな自然を体験しつつ、夏休みのロケット競技会へ参加する模様を描く、少年の成長物語。

『青い海の宇宙港　秋冬篇』川端裕人著
早川書房　2016.8　323p　19cm　1500円　①978-4-15-209630-2
内容 もっと遠くへ行くロケットを打ち上げようとする、駆たち宇宙探検隊は、町ぐるみの打ち上げミッションを計画する。宇宙港のある島から、果たして子どもたちのロケットは飛び立つのか？

『嵐の中の動物園─三日月小学校理科部物語 1』川端裕人作, 藤丘ようこ絵　角川書店　2009.7　215p　18cm(角川つばさ文庫)〈文献あり　発売：角川グループパブリッシング〉620円　①978-4-04-631027-9
内容 三日月小学校は、105年目を迎える超伝統校。天気図を描くのが趣味のリョータ、お屋敷に住むケンシロー、運動神経バツグンの翔が遅刻した朝、学校で不審な足跡が発見された。放課後、通称エコ部の七実を中心に、不審者を突き止めるべく、足跡を追っていくと…謎の多い理科部に行き当たった。10年前の嵐の動物園にタイムスリップ!?彼らのミッションは何？

『今ここにいるぼくらは』川端裕人著　集英社　2009.5　319p　16cm(集英社文庫)571円　①978-4-08-746435-1
内容 美しい自然が残る里山の近くで暮らす

小学生・大窪博士。読書が何より好きな博士だったが、放課後や夏休みには近所の野山を駆け回る日々。ちょっと変わり者のクラスメイトのサンペイ君や妹と、UFOを見に行ったり、「オオカミ山」に住むオニババを訪ねたり、小さな冒険を重ねる。ある日なぜか博士はクラス中から無視され始めて…。懐かしい昭和の風景の中で語られる少年の爽快な成長物語。

『エピデミック』川端裕人著　角川書店　2009.12　570p　15cm（角川文庫）〈発売：角川グループパブリッシング〉819円　①978-4-04-374804-4

内容 首都圏通勤圏内、農業と漁業の町、崎浜。常春の集落で、重症化するインフルエンザ患者が多発？ 現場に入った国立集団感染予防管理センター実地疫学隊隊員・島袋ケイトは、ただならぬ気配を感じた。重症患者が急増、死者が出ても、特定されない感染源。恐怖に陥った人々は、住民を感染地区に閉じこめ封鎖を始めた。ケイトは娘を母に預け、感染源を断つため集団感染のただ中に向かう！緊迫の10日間を描く、アウトブレイク小説。

『風のダンデライオン—銀河のワールドカップガールズ』川端裕人著　集英社　2012.3　175p　16cm（集英社文庫）381円　①978-4-08-746806-9

内容 理想のプレイスタイルはスピードスター。それが小学5年生のサッカー少女、高遠エリカの信条だった。でも、所属していた女子チームは解散してコーチも仲間もいなくなり、練習相手を探すのもひと苦労。ある日、下手くそなくせに声だけ大きな少年・翼と一対一をしているうちに、なでしこ日本代表の有名選手と出会う。自分たちでチームを作ればいいと言われ…。大人のチームに挑む小学生たちの物語。

『ギャングエイジ』川端裕人著　PHP研究所　2014.3　474p　15cm（PHP文芸文庫）857円　①978-4-569-76159-6

内容 えっ、前の先生が失踪!?—神無城小学校に赴任した新人教師・日野晃道。彼が受け持つ三年生は、前年に学級崩壊を起こしていた。最初は順調に思われたが、授業中に立ち歩く子や、お喋りをする子が徐々に出始める。親からは、新人の晃道で大丈夫なのかと苦情が寄せられ大ピンチ。一方、失踪した前の先生について、児童の一人から意外なことを打ち明けられ…。教師の奮闘と学校の「いま」を描いた感動作。

別版 PHP研究所　2011.8

『銀河へキックオフ!!　1』川端裕人原作，金巻ともこ著，TYOアニメーションズ絵　集英社　2012.7　203p　18cm（集英社みらい文庫）620円　①978-4-08-321100-3

内容 ボク、太田翔。サッカーが大好きなんだけど、突然、所属チームが解散することに！同じクラスに転校してきた俊足ドリブラーのエリカちゃんや、元チームメイトの"三つ子の悪魔"こと天才三兄弟に声を掛けて、チームを復活させるんだ！そのためにもコーチを見つけなきゃ。そんな中、ボクは公園でサッカーが上手な、奇妙な"オジサン"と出会い…。

『銀河へキックオフ!!　2』川端裕人原作，金巻ともこ著，TYOアニメーションズ絵　集英社　2012.11　205p　18cm（集英社みらい文庫）620円　①978-4-08-321122-5

内容 桃山プレデターが復活し、いよいよ地区予選が始まった。でも結成したばかりのチームということもあって、僕たちは思うようにプレーできない。花島コーチは「自分で考えろ」以外、なにもアドバイスをくれないしっ。このままじゃ強力なライバル、青砥君や景浦君たちと都大会で対戦するどころか、地区予選突破も難しいかも〜!?こんなとき主将の僕にできることっていったい…？ 小学中級から。

『銀河へキックオフ!!　3　完結編』川端裕人原作，金巻ともこ著，TYOアニメーションズ絵　集英社　2013.2　205p　18cm（集英社みらい文庫）620円　①978-4-08-321139-3

内容 僕たち「桃山プレデター」は、都大会で決勝戦に進むも敗退。再びチーム解散の危機と思われたけど、8人制のサッカー大会"未来カップ"に出場が決まったんだ！エリカちゃんが意外なストライカーをスカウトしてくれて、新しい仲間と、新たなステージで銀河一を目指すことになった！このチャンス、必ず生かしてみせる!!大人気シリーズ、ついに最終巻！ 小学中級から。

『雲の王』川端裕人著　集英社　2015.7　418p　16cm（集英社文庫）720円　①978-4-08-745340-9

内容 気象台に勤務する美晴は、息子の楓大と二人暮し。ある日、自分たちが天気を「よむ」能力を持つ一族の末裔であることを知る。美晴にも天気予知する不思議な能力が出現し、特別研究チームへの参加を任命される。それは、代々"空の一族"が担ってきた「外番」の仕事をすることを意味していた。「外番」とは、そして一族の「役割」とは一体何なのか？ かつてない気象エンタメ小説、こ

日本の作品　　　　　　　　　　　　　　　　　　　　川端裕人

こに開幕！
別版 集英社 2012.7

『雲の切れ間に宇宙船』川端裕人作, 藤丘
ようこ絵　角川書店　2010.5　223p
18cm（角川つばさ文庫―三日月小学校
理科部物語 2）〈発売：角川グループパ
ブリッシング〉620円　①978-4-04-
631093-4
内容 創立105年の伝統校三日月小学校に夏休
みがやってきた。せっかく理科部から脱出し
たと思ったのに、また部室にいるなんて！七実
は探偵気取りだし。翔はテンジクネズミの赤
ちゃんに夢中。ケンシローは校庭でペットボ
トルロケットの打ち上げ。まるで理科部員!?
理科部創設時の危機と100年前のラヴを救う
べく、再びぼくらが駆りだされる。理科する
心は、冒険する心って？ 小学上級から。

『声のお仕事』川端裕人著　文藝春秋
2016.2　302p　19cm　1400円　①978-
4-16-390386-6
内容 二十代後半にして代表作がない崖っぷ
ち声優の結城勇樹。背水の陣で臨んだ野球ア
ニメ「センターライン」のオーディションで
出会ったのは、同世代の人気声優、大島啓吾
だった。現場で顔を合わせたことのない結城
と、いっしょに仕事がしたいという大島。そ
の理由は、二人の過去にあった。声優たちの
世界に光をあてたリアルな青春お仕事小説。

『桜川ピクニック』川端裕人著　PHP研究
所　2012.8　274p　15cm（PHP文芸文
庫）〈文藝春秋 2007年刊の再刊〉629円
①978-4-569-67865-8
内容 「おとう、やくそくだよ」―ママは出産
を控え入院中。母親不在の不安に耐える二歳
半の息子がパパにねだったモノは "うんてん
しんとだっこひめ"。いったい息子は何が欲
しいのか？ 言わんとすることを理解しようと
パパは…。退院した妻たちの前で息子がとっ
た行動に、あたたかな気持ちが溢れ出す傑作
短篇（「うんてんしんとだっこひめ」）。ほか、
仕事と育児の間でゆれる "父と家族" を描い
た短篇五篇を収録。

『算数宇宙の冒険―アリスメトリック！』
川端裕人著　実業之日本社　2012.2
429p　16cm（実業之日本社文庫）686
円　①978-4-408-55065-7
内容 神秘性で知られた、東京郊外の桃山町。
小学6年生の千葉空良と河邑ユーキ、紺野ア
ランの3人組は、算術絵馬で名高い地元神社
への冒険を始めた。それを機に起こる偶然の
暗合―高等数学が得意な転校生の出現、担任
の先生から誘われた算数宇宙杯への出場。空

良たちはさらに、素数の正体、ゼータ関数の
定義を経て、ファンタジックな複素数の世界
へ…。数学小説の傑作。
別版 実業之日本社 2009.11

『12月の夏休み―ケンタとミノリの冒険日
記』川端裕人作, 杉田比呂美絵　偕成社
2012.6　166p　22cm　1200円　①978-
4-03-643100-7
内容 ケンタ十歳、ミノリ七歳、パパ写真家。
三人は、赤道をはさんで日本とさかさまの国、
ニュージーランドに住む。ママは、仕事が忙
しくて日本にいる。夏休みが始まった十二月、
パパの忘れものを届けるため、ケンタとミノ
リは、二人だけでパパを追う旅に出た。しか
し…パパはちっともじっとしていないんだ。
どこまでも南へ、パパを訪ねて旅はつづく。
小学校高学年から。

『12月の夏休み 続　ケンタとミノリのつ
づきの冒険日記』川端裕人作, 杉田比呂
美絵　偕成社　2014.12　190p　22cm
1300円　①978-4-03-643140-3
内容 ケンタ十一歳、ミノリ八歳、パパ写真家。
三人は、赤道をはさんで日本とさかさまの国、
ニュージーランドに住む。ママは仕事が忙し
くて日本にいる。去年のクリスマス（ぼくた
ちの夏休み！）は、三人で、ずっと南の海、亜南
極まで旅をした。今年はママも日本からやっ
てきて、家族そろってフィヨルドランドの山
歩きを楽しむはずだったが…特別な生態系
をもつニュージーランドの魅力に迫る愉快な
冒険物語。小学高学年以上。

『太陽ときみの声』川端裕人作　朝日学生
新聞社　2017.9　227p　19cm　1200円
①978-4-909064-25-7
内容 「お日様のように輝け」―そんな名前
の由来通り、部活でもクラスでも中心人物の
一輝。サッカー部のキャプテンにもなり、充
実した高校生活を送っていた矢先、左目の視
力が極端に落ちていることに気づく。ロービ
ジョン、視覚障がい…無縁だと思っていた世
界が現実として迫ってきた時、一輝は目隠し
をしながら音の出るボールを蹴る、不思議なス
ポーツに出会う。それは、音を頼りにプレイ
するサッカー、"ブラインドサッカー" だった。

『てのひらの中の宇宙』川端裕人著　角川
書店　2010.6　186p　15cm（角川文
庫）〈発売：角川グループパブリッシン
グ〉514円　①978-4-04-374805-1
内容 ミライとアスカ、2人の子どもと暮らすぼ
く。妻は、癌の再発で入院した。子どもたち
が初めて触れる死は、母親のものなのか。死
は絶望でないとどう伝えたらよいのだろう？

ヤングアダルトの本　いま読みたい小説4000冊　**119**

ぼくは地球の生命の果てしない連鎖について考えるようになった。また、友人に背中を押され、宇宙を巨大なカメにたとえ絵本を作り出す。野山や星空を眺めながら、子どもたちは生と死があることを理解し始めた。生命の不思議に、静かな感動が湧き上がる。

『天空の約束』川端裕人著　集英社　2017.10　292p　16cm（集英社文庫）580円　①978-4-08-745647-9

内容 かつて、いずれの時代にも重宝された能力があった―。"微気候"の研究者・八雲助壱は「雲の倶楽部」なるバーを訪れ、小瓶を預かった。八雲は、雲のアーティスト・かすみ、夢で天候を予知する早樹との運命的な巡り会いから、自分たちが代々受け継いできた"天候を感知"する能力を知る。果たして、「空の一族」とは？　そして、小瓶との関係は？　脈々と続く一族の謎に迫る壮大な気象エンタメ！

別版 集英社 2015.9

『はじまりの歌をさがす旅』川端裕人著　角川書店　2009.7　474p　15cm（角川文庫）〈『はじまりのうたをさがす旅』（文藝春秋2004年刊）の加筆修正　発売：角川グループパブリッシング〉781円　①978-4-04-374803-7

内容 「この航空券でオーストラリアに来て、ゲームに参加せよ」。写真でしか知らない曾祖父の死をきっかけに、謎の旅に招待された隼人。必要な持ち物は、きみの声と歌の言葉―。音楽活動に行き詰まりを感じ、日本を飛び出した隼人だったが、到着早々、案内人に荷物を燃やされ、身ひとつで砂漠に放り出されてしまう。熱砂の中、祖先の辿った「歌の道」を探す、想像を絶する過酷な旅が始まった！　音楽と冒険を広大なスケールで描くスペクタクル。

『星と半月の海』川端裕人著　講談社　2010.3　301p　15cm（講談社文庫）581円　①978-4-06-276615-9

内容 獣医のリョウコは、2匹のジンベエザメに「星」「半月」と名前をつけて、研究をしていた。懸命の処置も空しく半月は息を引き取るが、星は成長し海に放たれる。時は流れ、西オーストラリアで研究していたリョウコが海中で目にした光景とは（表題作）。パンダやペンギンなどの動物をテーマに、6作品を収録した珠玉の短編集。

『リョウ＆ナオ』川端裕人著　光村図書出版　2013.9　224p　20cm　1600円　①978-4-89528-689-3

内容 小6の冬、リョウは仲良しのいとこナオを亡くしてしまう。中学生になって、ぼんや

りと過ごすことが多くなったリョウ。そんな時、リョウの前に現れたのは、次世代の世界のリーダーを育成する団体「GeKOES」で同じユニットのメンバーだという、ナオにそっくりなナオミだった―。世界を舞台にした、切なくもきらめく青春物語。

北野　勇作
きたの・ゆうさく
《1962～》

『かめくん』北野勇作著　河出書房新社　2012.8　292p　15cm（河出文庫）〈徳間デュアル文庫 2001年刊の再刊〉740円　①978-4-309-41167-5

内容 かめくんは自分がほんもののカメではないことを知っている。クラゲ荘に住みはじめたかめくんは模造亀。新しい仕事は特殊な倉庫作業。リンゴが好き。図書館が好き。昔のことは憶えていない。とくに木星での戦争に関することは…。日常生活の背後に壮大な物語が浮上する叙情的名作。日本SF大賞受賞。

『かめくんのこと』北野勇作作, 森川弘子絵　岩崎書店　2013.7　245p　19cm（21世紀空想科学小説）1500円　①978-4-265-07501-0

内容 すごくでっかいカメがいる。ユウジとタカシが、そんな話をしているのを聞いたのは1時間目の始まる前のことだった。「足で立って歩いてたんだよ」それも、海でも動物園でもなく、空き地に、だよ。これは、絶対に自分の目でたしかめなくてはいけない。「私も行くから」なぜかいっしょに行くことになったハマノヨウコとぼくは、空き地が丘の驚くべき秘密を知ることになる!?

『かめ探偵K』北野勇作著　アスキー・メディアワークス　2011.5　299p　15cm（メディアワークス文庫）〈著作目録あり　発売：角川グループパブリッシング〉610円　①978-4-04-870559-2

内容 街はずれに、寂れた博物館が建っていました。なんの変哲もない建物ですが、その屋根裏部屋には、亀が住んでいるのです。部屋の扉には、クレヨンでこう書かれています。「かめ探偵K」。かめ探偵Kの仕事は3つ。1つめは「甲羅干し」。2つめは「かめ体操」。そして3つめが「謎解き」。依頼人が持ち込んでくる奇想天外な謎を、かめ探偵Kは甲羅の中で推理していきます。どこか懐かしい、でも近未来の小さな小さなおはなし。

『カメリ』北野勇作著　河出書房新社

2016.6 388p 15cm（河出文庫）820円 ①978-4-309-41458-4

内容 楽しいって、なんだろう？ 世界からヒトが消えた世界のカフェで、模造亀のカメリは思う。朝と夕方、仕事の行き帰りにカフェを訪れる客、ヒトデナシたちに喜んでほしいから、今日もカメリは石頭のマスターとヌートリアンのアンと共にカフェで働き、ささやかな奇跡を起こす。心温まるすこし不思議な物語。

『きつねのつき』北野勇作著 河出書房新社 2014.6 269p 15cm（河出文庫）〈著作目録あり〉700円 ①978-4-309-41298-6

内容 狐かオバケか、人に化けた者たちが徘徊する町。かつて巨人が生まれた町。ときに不思議なことが起こり、特定危険区域と呼ぶ人もいる。大災害に見舞われたあの日から。いま私は娘の春子と、異形の姿の妻と、三人で暮らす。この幸せを脅かすものがあれば、私は許さない…。切ない感動に満ちた再生の物語。

別版 河出書房新社 2011.8

『恐怖』北野勇作著 角川書店 2010.6 219p 15cm（角川ホラー文庫）〈発売：角川グループパブリッシング〉552円 ①978-4-04-369304-7

内容 戦前の16ミリ・フィルムの中に出現した白い光を目撃した姉妹・みゆきとかおり。17年後、死への誘惑に取り憑かれてしまった姉・みゆきは失踪する。姉の行方を追うかおりは、禁断の脳実験を繰り返す母親・悦子と再会。美しき姉妹と狂気の母親を待ち受けていたのは、彼女たちが生きる現実そのものを揺るがすほどの異常な惨劇だった…。世界を震撼させたJホラーシアター、ついに完結。

『社員たち』北野勇作著 河出書房新社 2013.10 285p 20cm（NOVAコレクション）1600円 ①978-4-309-62223-1

内容 会社が地中に沈んだ？ 怪獣クゲラの誕生？ 妻が卵になった？ 低所得者用未来改造プログラム？ 戦時下なのか不景気か？ 明日のために出社する。奇想と笑いと哀愁に満ちた、超日常の北野ワールド12編。

『大怪獣記』北野勇作著 創土社 2017.5 291p 20cm（クトゥルー・ミュトス・ファイルズ）2500円 ①978-4-7988-3042-1

内容 ある日、作家である私は、見知らぬ映画監督から「映画の小説化」を依頼される。喫茶店で渡された企画書には「大怪獣記」というタイトルが大きく書かれていた。物語の

舞台はこの町と周辺、そして、実際の撮影もここで行うということで、協力を仰ぐ商店街の名前や町内会なども記されていた。私の代表作は亀シリーズで、「亀伝」「電気亀伝」「天六亀」。その他には「メダカマン」「ヒメダカマン」「タニシ氏の生活」「ジャンボタニシ氏の日常」などがある。その映画監督は、そんな私の著作を「あなたの作品にはね、怪獣に対する愛がある。いや、もちろん怪獣そのものは出てこない。でもね、それはあれなんだな、愛なんだ。愛するが故に出せない」と褒めてくれた。当初映画のノベライズかと思っていたが、そうではなく「映画の小説化」だという。途中までできているシナリオを受取るために連れられて行った豆腐屋で、私は恐ろしい体験をする…。

『どろんころんど』北野勇作作、鈴木志保画 福音館書店 2010.8 505p 18cm（ボクラノSF）1700円 ①978-4-8340-2577-4

内容 アリスが長い長い長い眠りから覚めると、世界はどろんこになっていました。それは旅をしている夢だった。ひとりじゃなかった。ヒトのような形をした影みたいなものと、それから一「亀」、がいた。大きな亀だ。しかも二本足で立って歩いている。ヒトは、どこへいってしまったの。

『ヒトデの星』北野勇作著 河出書房新社 2013.1 284p 20cm 1600円 ①978-4-309-02154-6

内容 昔々あるところに―どんなものでも作ることができる工場があった。その工場は、世界を泥の海にしてしまう。昔々あるところに―ヒトデから作られた男がいた。ある日のこと、男は、仕事帰りに見たことのない箱を拾う。男の生活は一変し、ささやかな世界の再生がはじまった…。

『メイド・ロード・リロード』北野勇作著 アスキー・メディアワークス 2010.4 349p 15cm（メディアワークス文庫）〈著作目録あり 発売：角川グループパブリッシング〉590円 ①978-4-04-868534-4

内容 まったくさっぱりちっとも売れないSF作家・湯浅が、昔の担当編集者と電話で話していて訊かれた。「ライトノベル書けますか？」。生活に困っていた湯浅は、一も二もなく承諾。そして打ち合わせの日、指定された喫茶店へと赴くと、なんとそこはコテコテのメイド喫茶だった…。メイドに囚われ、四苦八苦しながらライトノベルらしきものを書いている小説家の姿を、個性派SF作家の北野勇作がシュール＆コミカルに描く。メイドの絶対領

域とシュレディンガーの猫の関係とは。

北村 薫
きたむら・かおる
《1949～》

『いとま申して─『童話』の人びと』北村
薫著　文藝春秋　2013.8　411p　16cm
（文春文庫）720円　①978-4-16-758608-
9
内容 父が遺した日記に綴られていたのは、旧
制中学に学び、読書と映画を愛し、創作と投
稿に夢を追う父と友人たちの姿だった。そし
て彼らが夢を託した雑誌「童話」には、金子み
すゞ、淀川長治と並んで父の名が記されてい
た─。著者の父の日記をもとに、大正末から
昭和初年の主人公の青春を描く、評伝風小説。
別版 文藝春秋 2011.2

『ヴェネツィア便り』北村薫著　新潮社
2017.10　280p　20cm　1500円　①978-
4-10-406613-1
内容 人生の一瞬を永遠に変える魔法…時の
向こうを透かす光。一瞬が永遠なら永遠も一
瞬。プリズムの燦めきを放つ“時と人”の短
篇集。なつかしくて色あざやかな15篇。

『慶應本科と折口信夫─いとま申して 2』
北村薫著　文藝春秋　2018.1　399p
16cm（文春文庫）880円　①978-4-16-
790997-0
内容 昭和4年。著者の父・宮本演彦は慶應の
予科に通い、さらに本科に進む。教壇に立つ
のは西脇順三郎や折口信夫。またたびたび訪
れた歌舞伎座の舞台には、十五代目羽左衛門、
五代目福助が…。父が遺した日記は、時代の
波の中に浮かんでは消えていく伝説の人々の
姿を捉えていた。著者のライフワーク3部作第2巻。
別版 文藝春秋 2014.11

『元気でいてよ、R2-D2。』北村薫著
KADOKAWA　2015.10　237p　15cm
（角川文庫）〈集英社文庫 2012年刊に書
き下ろし短編「スイッチ」を加え再刊〉
520円　①978-4-04-103377-7
内容 気心のしれた女同士で飲むお酒は、自分
を少し素直にしてくれる…そんな中、思い出
すのは、取り返しのつかない色んなこと（「元
気でいてよ、R2-D2。」）。産休中の女性編集
者の元に突然舞い込んだ、ある大物作家の原
稿。彼女は育児に追われながら、自ら本作
りに乗り出すが…（「スイッチ」）。本人です
ら気付かない本心がふと顔を出すとき、世界

は崩れ出す。人の本質を巧みに描く、書き下
ろしを含む9つの物語。
別版 集英社 2009.8
別版 集英社（集英社文庫）2012.8

『小萩のかんざし─いとま申して 3』北村
薫著　文藝春秋　2018.4　461p　20cm
2200円　①978-4-16-390822-9
内容 昭和八年。ドイツでは年の初めにヒト
ラー内閣が成立。日本は三月に国際連盟を脱
退した。その三月には、東北三陸地方を、想
像を絶する大地震が襲った。昨日から今日、
そして明日も続くように見える穏やかな日常
も、実はたやすく奪われるものだった。この
年、父は慶應義塾大学を卒業した。

『鷺と雪』北村薫著　文藝春秋　2011.10
285p　16cm（文春文庫）〈文献あり〉
495円　①978-4-16-758607-2
内容 昭和十一年二月、運命の偶然が導く切
なくて劇的な物語の幕切れ「鷺と雪」ほか、
華族主人の失踪の謎を解く「不在の父」、補
導され口をつぐむ良家の少年は夜中の上野で
何をしたのかを探る「獅子と地下鉄」の三篇
を収録した、昭和初期の上流階級を描くミス
テリ“ベッキーさん”シリーズ最終巻。第141
回直木賞受賞作。
別版 文藝春秋 2009.4

『紙魚家崩壊─九つの謎』北村薫著　講談
社　2010.3　264p　15cm（講談社文
庫）495円　①978-4-06-276595-4
内容 日常のふとした裂け目に入りこみ心が
壊れていく女性、秘められた想いのたどり着
く場所、ミステリの中に生きる人間たちの覚
悟、生活の中に潜むささやかな謎を解きほぐ
す軽やかな推理、オトギ国を震撼させた「カ
チカチ山」の“おばあさん殺害事件”の真相と
は？　優美なたくらみに満ちた九つの謎を描
く傑作ミステリ短編集。
別版 講談社（講談社ノベルス）2009.3

『1950年のバックトス』北村薫著　新潮社
2010.6　317p　16cm（新潮文庫）476円
①978-4-10-137332-4
内容 「野球って、こうやって、誰かと誰かを
結び付けてくれるものなんだね」忘れがたい
面影とともに、あのときの私がよみがえる…。
大切に抱えていた想いが、時空を超えて解き
放たれるとき─。男と女、友と友、親と子を、
人と人をつなぐ人生の一瞬。秘めた想いは、
今も胸を熱くする。過ぎて返らぬ思い出は、
いつも私のうちに生きている。謎に満ちた心
の軌跡をこまやかに辿る短編集。

『太宰治の辞書』北村薫著　東京創元社
2017.10　285p　15cm（創元推理文庫）

〈新潮社 2015年刊に「二つの『現代日本小説大系』」、「一年後の『太宰治の辞書』」、「白い朝」を収録し再刊〉700円
①978-4-488-41307-1
内容 大人になった "私" は、謎との出逢いを増やしてゆく。謎が自らの存在を声高に叫びはしなくても、冴えた感性は秘めやかな真実を見つけ出し、日々の営みに彩りを添えるのだ。編集者として仕事の場で、家庭人としての日常において、時に形のない謎を捉え、本をめぐる様々な想いを糧に生きる "私"。今日も本を読むことができた、円紫さんのおかげで本の旅が続けられる、と喜びながら
別版 新潮社 2015.3

『遠い唇』北村薫著　KADOKAWA
2016.9　209p　20cm　1400円　①978-4-04-104762-0
内容 コーヒーの香りとともに蘇る、学生時代の思い出とほろ苦い暗号。いまは亡き夫が、俳句と和菓子に隠した想い。同棲中の彼氏の、"いつも通り" ではない行動。―ミステリの巨人が贈る、極上の "謎解き"7篇。

『中野のお父さん』北村薫著　文藝春秋
2015.9　284p　20cm　1400円　①978-4-16-390325-5
内容 出版界に秘められた "日常の謎" は解けるのか!?体育会系な文芸編集者の娘&定年間際の高校国語教師の父。

『ニッポン硬貨の謎―エラリー・クイーン最後の事件』北村薫著　東京創元社
2009.4　333p　15cm（創元推理文庫）740円　①978-4-488-41306-4
内容 ミステリ作家にして名探偵エラリー・クイーンが出版社の招きで来日、公式日程をこなすかたわら、東京に発生していた幼児連続殺害事件に関心を持つ。同じ頃アルバイト先の書店で五十両玉二十枚を千円札に両替する男に遭遇していた小町奈々子は、クイーン氏の観光ガイドを務めることに。出かけた動物園で幼児誘拐の現場に行き合わせるが、名探偵は先の事件との関連を指摘し…。

『飲めば都』北村薫著　新潮社　2013.11
462p　16cm（新潮文庫）670円　①978-4-10-137333-1
内容 人生の大切なことは、本とお酒に教わった―日々読み、日々飲み、本創りのために、好奇心を力に突き進む女性文芸編集者・小酒井都。新入社員時代の仕事の失敗、先輩編集者たちとの微妙なおつきあい、出身と作家への深い愛情…。本を創って酒を飲む、タガを外して人と会う、そんな都の恋の行く先は？本好き、酒好き女子必読、酔っぱらい体験も

リアルな、ワーキングガール小説。
別版 新潮社 2011.5

『八月の六日間』北村薫著　KADOKAWA
2016.6　322p　15cm（角川文庫）640円
①978-4-04-104217-5
内容 雑誌の副編集長をしている「わたし」。柄に合わない上司と部下の調整役、パートナーや友人との別れ…日々の出来事に心を擦り減らしていた時、山の魅力に出会った。四季折々の美しさ、恐ろしさ、人との一期一会。一人で黙々と足を動かす時間。山登りは、わたしの心を開いてくれる。そんなある日、わたしは思いがけない知らせを耳にして…。日常の困難と向き合う勇気をくれる、山と「わたし」の特別な数日間。
別版 KADOKAWA 2014.5

『玻璃の天』北村薫著　文藝春秋　2009.9
246p　16cm（文春文庫）〈文献あり〉476円　①978-4-16-758605-8
内容 昭和初期の帝都を舞台に、令嬢と女性運転手が不思議に挑むベッキーさんシリーズ第二弾。犬猿の仲の両家手打ちの場で起きた絵画消失の謎を解く「幻の橋」、手紙の暗号を手がかりに、失踪した友人を探す「想夫恋」、ステンドグラスの天窓から墜落した思想家の死の真相を探る「玻璃の天」の三篇を収録。

『ひとがた流し』北村薫著　新潮社　2009.5　397p　16cm（新潮文庫）552円
①978-4-10-137331-7
内容 十代の頃から、大切な時間を共有してきた女友達、千波、牧子、美々。人生の苛酷な試練のなかで、千波は思う。「人が生きていく時、力になるのは自分が生きていることを切実に願う誰かが、いるかどうか」なのだと。幼い頃、人の形に作った紙に願い事を書いて、母と共に川に流した…流れゆく人生の時間のなかで祈り願う想いが重なりあう一人と人の絆に深く心揺さぶられる長編小説。

『野球の国のアリス』北村薫著　講談社
2016.1　235p　15cm（講談社文庫）590円　①978-4-06-293300-1
内容 春風に誘われたような気まぐれから、アリスは新聞記者の宇佐木さんのあとを追い、時計屋の鏡の中に入ってしまった。その日は夏休みの「全国中学野球大会最終戦」の前日。少年野球のエースだった彼女は、負け進んだチーム同士が戦う奇妙な大会で急遽投げることになる。美しい季節に刻まれた大切な記憶の物語。
別版 講談社（Mystery land）2008.8

草野　たき
くさの・たき
《1970〜》

『Q→A』草野たき著　講談社　2016.6
242p　20cm　1400円　①978-4-06-
220075-2
内容 アンケートが引きだす、ややこしくて、
ばからしくて、せつない、中学三年生の本音。
朝日中学生ウイークリー（現・朝日中高生新
聞）で大反響の連載を書籍化！

『空中トライアングル』草野たき著　講談
社　2012.8　220p　20cm　1300円
①978-4-06-217838-9
内容 律子が一つ年上の幼なじみで、誰もがう
らやむ彼氏、琢己とつきあうようになってちょ
うど一年になる。そんなある日、琢己の口か
ら、小学生の時に引っ越してしまったもう一
人の幼なじみ、圭が琢己と同じ高校に通って
いることを知らされる。圭の彼女と一緒にみ
んなで久しぶりに会おうという琢己の提案に
素直に喜ぶ律子だったが…。あのころ
三人は、まるで兄弟姉妹のように四六時中一
緒だった。それは、運命の正三角形…。苦く
て甘い、恋と友情。草野たき待望の最新作。

『グッドジョブガールズ』草野たき著　ポ
プラ社　2015.8　298p　20cm（teens'
best selections）1400円　①978-4-591-
14620-0
内容 あかりには、由香と桃子というふたりの
「悪友」がいる。お互いに干渉しない、ドラ
イで気軽な関係。だから、それは、家族の悩みも恋の
悩みもぜったいにいわない。でも、それは、
小学校生活最後の思い出づくりでチアダンス
をすると決めたときから、少しずつ摩擦をお
こし…。人気YA作家が描く、過剰で繊細な
女の子のリアル。

『なにがあってもずっといっしょ』くさの
たき作，つじむらあゆこ絵　金の星社
2016.6　94p　22cm　1200円　①978-4-
323-07346-0
内容 オレはサスケ。イヌだ。サチコさんのい
えのにわにすんでいる。小学生はオレのこと
をすきな名まえでよぶ。オレはほんとうの名
まえをおしえてやるのだが、小学生はイヌの
ことばがわからないらしい。でも、サチコさ
んはイヌのことばがわかる。オレはサチコさ
んといっしょにいるときがいちばんたのしい。
ところが、ある日のこと。ゆうがたになって
も、サチコさんがかえってこない。どうして
だ？　どこにいってしまったんだ!?小学校1・

2年生に！

『ハッピーノート』草野たき作，ともこエ
ヴァーソン画　福音館書店　2012.11
251p　17cm（福音館文庫）〈2005年刊
の再刊〉650円　①978-4-8340-2761-7

『ハーブガーデン』草野たき作，北見葉胡絵
岩崎書店　2009.10　221p　22cm（物語
の王国）1400円　①978-4-265-05770-2
内容 「子どもなんて仕事の邪魔でしかない」
電話口での母親の言葉を立ち聞きした由美は、
お母さんに嫌われないように自分の気持ちを
言わないでいた。けれど、心の中は寂しかっ
た。そんなとき、あこがれのモデルにそっく
りな中学生と出会う。彼女が誘ってくれたの
は、ハーブガーデンだった。

『反撃』草野たき著　ポプラ社　2009.9
221p　20cm（Teens' best selections）
1300円　①978-4-591-11138-3
内容 おとなしい子—と思ったら、大まちが
い！けしてあきらめない中学生5人、しぶと
く、しなやかに、進め！日本児童文学者協会
賞受賞作家のあたたかく爽快な最新YA小説。

『ふしぎなイヌとぼくのひみつ』くさのた
き作，つじむらあゆこ絵　金の星社
2012.11　92p　22cm　1100円　①978-
4-323-07249-4
内容 ひろきは二年生。ひろきにはひとつと
ししたのまさるがいます。まさるはおとうと
なのに、ひろきよりもからだが大きくて、い
ばっています。ある日、ひろきは「じてんしゃ
のれんしゅうしよう」とまさるにさそわれま
すが、ことわります。じてんしゃにのれない
のでくやしかったのです。そして、こうえん
にいくとき、「おとうとなんていらない」と
おもわずつぶやいてしまい、たいへんなこと
になるのです…。小学1・2年生向き。

『ふしぎなのらネコ』くさのたき作，つじ
むらあゆこ絵　金の星社　2010.9　94p
22cm　1100円　①978-4-323-07177-0
内容 さきちゃんは一年生になったおいわい
に、つくえをかってもらいました。いちばん
大きなひきだしにはたからものをいれました。
ところが、ある日、さきちゃんがひきだしを
あけると、たからものがばらばらです。「なな
ちゃん！わたしのひきだしあけたでしょ！」
「あけてないよ。わたし、シールなんてしら
ないもん」さあ、たいへん！さきちゃんは、
どうするのでしょうか？　小学1・2年生に。

『まほとおかしな魔法の呪文』草野たき作，
カタノトモコ絵　岩崎書店　2015.7
127p　22cm（おはなしガーデン）1300
円　①978-4-265-05498-5

日本の作品　　　　　　　　　　　　　　　　　　　　　　　　朽木祥

内容 三年生になったまほは学童保育で親友ができた。ところが夏休み前にやってきた転校生に親友をとられてしまう。どうして三人じゃダメなの？ 苦しむまほの前にあらわれたのは…

『リリース』草野たき著　ポプラ社　2010.4　237p　20cm（Teens' best selections）1300円　①978-4-591-11734-7

内容 「医者になれ」という父の遺言をまもってきた明良。周囲の期待に応えるため、ひたすら内心を隠して生きてきた。ところが、中二の夏、一人の女子から尊敬する兄の裏切りをきく、バスケ部でも問題発生…人生八方ふさがりだ。そんな中、おばあちゃんからも爆弾発言がとびだし、一家離散の危機。それぞれの人物が自分の本心と向き合った時、家族、チーム、兄弟の絆は…。

朽木　祥
くつき・しょう
《1957〜》

『あひるの手紙』朽木祥作, ささめやゆき絵　偕成出版社　2014.3　64p　20cm（おはなしみーつけた！シリーズ）1200円　①978-4-333-02644-9

内容 へんじは、いつ、くるかなあ。教室にとどいた、ふしぎな手紙から、一年生と「けんいちさん」との文通がはじまった。小学校低学年向け。

『海に向かう足あと』朽木祥著　KADOKAWA　2017.2　242p　19cm〈文献あり〉1400円　①978-4-04-104195-6

内容 村雲佑らヨットクルーは、念願の新艇を手に入れ外洋レースへの参加を決める。レース開催の懸念は、きな臭い国際情勢だけだった。クルーの諸橋は物理学が専門で、政府のあるプロジェクトに加わり多忙を極めていた。村雲達はスタート地点の島で諸橋や家族の合流を待つが、ついに現れず連絡も取れなくなる。SNSに「ある情報」が流れた後、すべての通信が沈黙して…。いったい、世界で何が起きているのか？ 被爆二世の著者が「今の世界」に問う、心に迫る切ないディストピア小説。

『オン・ザ・ライン』朽木祥著　小学館　2015.7　335p　15cm（小学館文庫）〈文献あり〉650円　①978-4-09-406184-0

内容 ウルトラ体育会系だけれども活字中毒でもある文学少年、侃は、高校入学後、仲良く

なった友だちに誘われて、テニス部に入ることになった。初めて手にするラケットだったが、あっという間にテニスの虜になり、仲間と一緒に熱中した。テニス三昧の明るく脳天気な高校生活が、いつでも続くように思えたが…。ある日の出来事を境に、少年たちは、自己を見つめ、自分の生き方を模索し始める。少年たちのあつい友情と避けがたい人生の悲しみ。切ないほどにきらめく少年たちの日々の物語。本作品は、青少年読書感想文全国コンクールの課題図書となる。待望の文庫化！

別版 小学館 2011.7

『風の靴』朽木祥著　講談社　2016.7　310p　15cm（講談社文庫）〈文献あり〉660円　①978-4-06-293447-3

内容 中学受験に失敗し、優秀な兄と比較されることにもううんざりしていた海生のもとに、祖父の急死の知らせが入る。ヨットの楽しさを教えてくれたおじいちゃんはもういない。サイアクの気分の夏休み、海生は親友の田明と家出を決意する。祖父の形見のディンギーに乗って。第57回産経児童出版文化賞大賞受賞作。

別版 講談社 2009.3

『とびらをあければ魔法の時間』朽木祥作, 高橋和枝絵　ポプラ社　2009.7　88p　21cm（新・童話の海）1000円　①978-4-591-11041-6

内容 おちこんだり、かなしいことがあったとき、元気をくれるすてきな場所「すずめいろ堂」。すずめいろ堂の魔法の時間には、心がわくわくおどりだすような、ふしぎなことがおこります。小学校中学年向き。

『八月の光』朽木祥作　偕成社　2012.7　145p　20cm　1000円　①978-4-03-744160-9

内容 あの朝、ヒロシマでは一瞬で七万の人びとの命が奪われた。二万の死があれば二十万の物語があり、残された人びとにはそれ以上の物語がある。なぜわたしは生かされたのか。そのうちのたった三つの物語。

『八月の光―失われた声に耳をすませて』朽木祥作　小学館　2017.7　251p　19cm〈「八月の光・あとかた」（小学館文庫 2015年刊）の改題、加筆、書下ろしを加えた新装版　文献あり〉1400円　①978-4-09-289756-4

内容 あの日、あの時、一瞬にして世界が変わった。そこに確かに存在した人々の物語。あなたに彼らの声が聞こえますか？ ヒロシマに祈りをこめて。失われた声を一つ一つ拾い上げた朽木祥、渾身の短編連作。

ヤングアダルトの本　いま読みたい小説4000冊　**125**

『八月の光・あとかた』朽木祥著　小学館
2015.8　237p　15cm（小学館文庫）
〈「八月の光」（偕成社 2012年刊）の改題、
改稿、書下ろしを加え再刊〉540円
①978-4-09-406180-2
内容 七万人もの命を一瞬にして奪った「光」。
原爆投下によって人々のかけがえのない日常
は、どう奪われたのか。ヒロシマを生きた人々
の「魂の記録」ともいうべき五つの物語。戦
後七十年の今年、書き下ろし二編を加え待望
の文庫化。

『花びら姫とねこ魔女』朽木祥作、こみね
ゆら絵　小学館　2013.10　80p　27cm
1600円　①978-4-09-726523-8
内容 むかし、むかし、ある国に、それは美し
くて、気まぐれなお姫さまがいました。お姫
さまは、着るものから食べるものまで、なん
でも "とくべつ" でなければならないと思っ
ていました。ところがある日、お姫さまはお
城を守る妖精たちをおこらせてしまいます。
すっかりはらをたてた妖精たちは、お姫さま
にいちばん恐ろしい魔法をかけてしまいまし
た―。どうしたら、魔法をとくことができる
のでしょうか？ そのかぎは、お姫さまにとっ
ての本当の "とくべつ" でした。朽木ファン
タジーとこみねゆらの待望のコラボレーショ
ン!!!自分を見つめるファンタジー。

『光のうつしえ―廣島ヒロシマ広島 Soul-
Lanterns』朽木祥作　講談社　2013.10
189p　20cm　1300円　①978-4-06-
218373-4
内容 中学1年生の希未は、昨年の灯篭流しの
夜に、見知らぬ老婦人から年齢を問われる。
仏壇の前で涙を流す母。同じ風景ばかりを描
く美術教師。ひとりぼっちになってしまった
女性。そして、思いを寄せた相手を失った具
一。希未は、同級生の友だちとともに、よく
知らなかった "あの日" のことを、周りの大人
たちから聞かせてもらうことに…。

『引き出しの中の家』朽木祥著　ポプラ社
2013.6　313p　16cm（ポプラ文庫）640
円　①978-4-591-13490-0
内容 再婚した父と離れて、おばあちゃんの
家で暮らすことになった七重。亡き母といっ
しょに人形のために作った、引き出しの中の
ミニチュアの家に、ある日、小さな小さなお
客様がやってきた。言い伝えの妖精「花明か
り」と少女の、時を越えた交流を描いた感動
のファンタジー。
別版 ポプラ社（ノベルズ・エクスプレ
ス）2010.3

『ぼくのネコにはウサギのしっぽ』朽木祥

作, 片岡まみこ絵　学習研究社　2009.6
90p　23cm（学研の新しい創作）1200
円　①978-4-05-203034-5
内容 "でき" のいいおねえちゃんと、ふつうの
ぼく。ことの始まりは、おねえちゃんの拾っ
てきたネコだった…。おどおどしているネコ
とぼくの出会いをえがいた「ぼくのネコには
ウサギのしっぽ」のほか、身近な動物との、
心が温かくなる3つのお話。

『妖精物語―遥かな国の深い森で 夢みるひ
とのところには、きっとやってくる』朽
木祥文, スザンナ・ロックハート絵　講
談社　2008.8　1冊（ページ付なし）24
×31cm　3500円　①978-4-06-214520-6

久保田　香里
くぼた・かおり

『根の国物語』久保田香里作, 小林葉子絵
文研出版　2015.11　167p　22cm（文研
じゅべに―る）1300円　①978-4-580-
82279-5
内容 出雲の王子ナムジは、出雲の国をまと
めた英雄スサノオから大刀と弓を授けてもら
おうと、母親サシクニの命令で根の谷へやっ
てくる。継承の証である伝説の大刀と弓を授
けてもらえば、出雲の国の後継者として認め
てもらえる。でも、後継を争う長兄ウカノが
兵士を連れて攻めてきた。

『駅鈴（はゆまのすず）』久保田香里作, 坂
本ヒメミ画　くもん出版　2016.7　347p
20cm（[くもんの児童文学]）〈年表あ
り〉1600円　①978-4-7743-2506-4
内容「重大な知らせを伝える。それがわた
したち駅家の仕事だ」メールも電話もない時
代。駅鈴を鳴らし、馬で駆け、急を知らせた
人たちがいた―。近江国（滋賀県）を舞台に
した奈良時代の感動ストーリー。

『緑瑠璃の鞠』久保田香里作, 十々夜絵
岩崎書店　2009.10　174p　22cm（物語
の王国）1300円　①978-4-265-05767-2
内容 夜の大路で、鬼に拾われた。泣いてばか
りいる小鬼に、鬼がくれた鞠だった。ながめ
ていると、いやなことも怖いことも忘れられ
た。これがあれば、おまえも鬼になれると、
いわれたとおりだった。いまでは暗闇も怖く
ない。いまに、なにもおそれることのない、
ほんとうの鬼になる。

日本の作品　　　　　　　　　　　　　　　　　　　　　　　　　越水利江子

越水　利江子
こしみず・りえこ
《1952～》

『あいしてくれて、ありがとう』越水利江
子作，よしざわけいこ絵　岩崎書店
2013.9　70p　22cm（おはなしガーデ
ン）1200円　①978-4-265-05489-3
内容 ぼくのおじいちゃん、あだなは「タイ
フーン」。いつも台風のように、ぼくたち家
族のところへやって来る。塩あじのきいたお
にぎり、ふすまにかいた「なんでもなる木」、
夜店ぶとんに、スイカ灯篭…。おじいちゃん
がくれたたくさんの思い出、ずっとわすれな
いよ。

『洗い屋お姫捕物帳―まぼろし若さま花変
化』越水利江子作，丸山薫絵　国土社
2008.10　143p　22cm　1300円　①978-
4-337-33071-9
内容 ヒュッ！　風を切る音とともに投げ縄が
舞う！　町娘のお姫は、なぞの死をとげた父親
のあとをつぎ、秘術の投げ縄をあやつって、
悪をほろぼす手助けをすることに。相棒は、
腕は立つが気弱な二枚目スズメ俊平と、少年
ゴン。おりしも、美貌の花蝶太夫の命をねら
う闇の一団が…。キュートなお姫が花のお江
戸で大活躍。

『ヴァンパイアの恋人―誓いのキスは誰の
もの？』越水利江子作，椎名咲月画　ポ
プラ社　2012.6　198p　18cm（ポプラ
カラフル文庫）790円　①978-4-591-
12936-4
内容 母親を失った少女・ルナのもとに、突
然、死に別れたはずの父親の使いがあらわれ
る。言われるがまま、ブルッド・ブラザー島
にあるハーフムーン学園の寄宿舎に入ること
になったルナ。しかし、そのブルッド・ブラ
ザー島こそが、ヴァンパイアと人間の共存す
る街だった！　ルナを待ち受ける運命とは―!?
ドキドキの展開が止まらない、ロマンチック
ホラー第1巻。小学校上級～。

『ヴァンパイアの恋人　［2］　運命のキス
を君に』越水利江子作，椎名咲月画　ポ
プラ社　2012.8　181p　18cm（ポプラ
カラフル文庫）790円　①978-4-591-
13035-3
内容 青の絵が発する光につつまれて、見知
らぬ地についたルナ。そこで出会った少年の
姿かたちは、エルゼァールそのものだった！
深まるエルゼァールの謎。ルナをつけねら

うギディオンの陰謀。どうしようもなくエル
ゼァールに惹かれていくルナ。そして、ルナ
の父親である黒太子の正体は―。胸いっぱい
のときめきとドキドキを贈るロマンチックホ
ラー第2弾。小学校上級～。

『うばかわ姫』越水利江子著　白泉社
2015.7　209p　15cm（白泉社招き猫文
庫）620円　①978-4-592-83116-7
内容 誰もが羨む美貌の少女、野朱。何不自
由なく暮らしてきた彼女が、ある老婆との出
会いをきっかけに、一夜にして醜い老女へと
変貌してしまう。自身の外見の魅力のみをよ
すがに生きてきた女の目に映った、その後の
世界とは。そして知った、この世で一番大切
なものとは―。女の業と愛、そして本当の幸
せとは何かを描いた、新感覚時代小説、ここ
に誕生！

『おしん』橋田壽賀子原作，山田耕大脚本，
越水利江子文，暁かおり絵　ポプラ社
2013.10　188p　18cm（ポプラポケット
文庫）650円　①978-4-591-13579-2
内容 「母ちゃん、おれ、奉公さ行く。もう決
めたんだ」はじめは、家族とはなれることに
抵抗したおしんだが、母のふじが冷たい川に
つかる姿を見て、奉公に行く覚悟を決めたの
だった。一世代と国境を越えて愛されてきた
『生きる力』の物語。小学校上級～。

『落窪物語―いじめられた姫君とかがやく
貴公子の恋』越水利江子著，沙月ゆう絵
岩崎書店　2012.12　195p　22cm（ス
トーリーで楽しむ日本の古典 2）1500円
①978-4-265-04982-0

『源氏物語―時の姫君いつか、めぐりあう
まで』紫式部作，越水利江子文，Izumi絵
角川書店　2011.11　215p　18cm（角川
つばさ文庫）〈発売：角川グループパブ
リッシング〉640円　①978-4-04-
631201-3
内容 わたし、ゆかりの姫。母上はわたしを産
んですぐに亡くなられたので、ばばさまと一
緒に暮らしている。わたしの願いはばばさま
の病気が良くなること、それから、あの方に
もう一度会うこと。ひとめ見たら忘れられな
いほど美しく光がやいていて、でも、どこ
かはかなく消えてしまいそうに見えたの…。
日本人が千年愛し続けてきた物語が新たによ
みがえる。"いちばん最初に出会う"「源氏物
語」。小学上級から。

『恋する新選組　1』越水利江子作，朝未絵
角川書店　2009.4　206p　18cm（角川
つばさ文庫）〈発売：角川グループパブ
リッシング〉580円　①978-4-04-

ヤングアダルトの本　いま読みたい小説4000冊　**127**

631020-0

内容 勝兄いが近藤勇になった日、あたし、宮川空は、雲ひとつない空に誓ったの。「あたしも、勝兄いのような、りっぱな剣士になります！」って。あたしは、13歳。夢をかなえるために、行動を開始します。やさしく強き剣士・沖田総司、美男子・土方歳三、にぎやかで楽しい試衛館の居候たち。ヒロイン・空を中心に時代は大きく動き始める。リトルラブ＆青春ストーリー。

『恋する新選組　2』越水利江子作, 青治絵角川書店　2009.9　206p　18cm（角川つばさ文庫）〈発売：角川グループパブリッシング〉600円　①978-4-04-631045-3

内容 あたしは空、13歳。夢は剣士になること。兄は、近藤勇。でも、兄と沖田さんたちは、だまって京の都に旅立ってしまい、あたしもみんなを追いかけて、ひとり京の都にやって来た。沖田さんと再会し、あこがれが恋に変わる!?時は若者が主人公になった幕末。浪士があばれる都で、若き志士たちは未来を信じて新選組を結成する！ 侍女子の純愛物語in京都!!小学上級から。

『恋する新選組　3』越水利江子作, 青治絵角川書店　2009.12　206p　18cm（角川つばさ文庫）〈発売：角川グループパブリッシング〉600円　①978-4-04-631071-2

内容 わたしは、宮川空。大好きな人は沖田総司！ 沖田さんは、やさしくて、最強の剣士。わたしは、女の子だということをかくすという条件で、新選組においてもらえることに。でも、京の都は血なまぐさい事件の連続。そんな中、新選組は池田屋事件で、大活躍!!そして、りょうちゃんこと、坂本龍馬から手紙が…。空と沖田は!?侍女子の青春＆純愛物語。小学上級から。

『こまじょちゃんとそらとぶねこ』越水利江子作, 山田花菜絵　ポプラ社　2008.4　76p　21cm（ポプラちいさなおはなし）900円　①978-4-591-10304-3

内容 ちいさなまじょのこまじょちゃんは、おおきなねこのこしろと、とってもなかよし。でも、きれいなほしがふるよる、ふたりはけんかをしてしまいました…。

『時空忍者おとめ組！』越水利江子作, 土屋ちさ美絵　講談社　2009.1　221p　18cm（講談社青い鳥文庫）580円　①978-4-06-285070-4

内容 クラスメイトと安土城址をトレッキング中に、竜胆はいきなり謎の男に刃物をつきつ

けられてしまう。幽霊が出るってうわさは、本当だった!?恐いと思いながらも、竜胆は背負い投げで対抗。しかし、対する相手も鮮やかに身をかわし、自らを伊賀忍者だとなのるのだった。忍者おたくの親友・三香は大喜びするが、それも束の間、その後に予想もしなかった展開が彼女たちを待ち受けていた。待望の新シリーズ、時間と場所を自由自在に飛び越える冒険の幕が開く。小学上級から。

『時空忍者おとめ組！　2』越水利江子作, 土屋ちさ美絵　講談社　2009.5　220p　18cm（講談社青い鳥文庫）580円　①978-4-06-285094-0

内容 現代から戦国時代へと時空を飛んでしまった竜胆、三香、薫子の3人組は、伊賀忍者の生き残りだという霧生丸らと出会ったことで、時の最高権力者・織田信長と敵対することに。信長の本拠地・安土城へと足を踏み入れたことで、彼女たちに想像もしなかった死と隣り合わせの危険が次々とふりかかってくるのだったが、ついにはなればなれになった3人は、自力でなんとかしようと奮闘する…。小学上級から。

『時空忍者おとめ組！　3』越水利江子作, 土屋ちさ美絵　講談社　2010.4　220p　18cm（講談社青い鳥文庫）580円　①978-4-06-285148-0

内容 薫子をさらった黒幕は、明智光秀ではないか。そうにらんだ竜胆は、坂本城へ潜入することを決意する。だが、坂本城は、女の子一人で忍びこめるようなところではなかった。そこで、竜胆は、信長の侍女たちにまじって潜入する。竜胆と三香は薫子をすくえるのか？ さらに竜胆を男の子と思いこんでしまった美剣士森乱と竜胆は、すれちがいをくり返しながら、ついに再会する…。小学上級から。

『時空忍者おとめ組！　4』越水利江子作, 土屋ちさ美絵　講談社　2010.11　220p　18cm（講談社青い鳥文庫）600円　①978-4-06-285175-6

内容 竜胆、薫子、三香は、自分たちのすぐ身近で今まさに本能寺の変が起ころうとしていることに気づいた。竜胆は、織田信長に仕える森乱の身の上が心配でたまらない。歴史を変えるというタブーをおかしても、好きな人の命を救いたいと決心して、薫子、三香とともに本能寺へ向かうのだが…。激動の戦乱の中、小学生女子3人で結成された「おとめ組」が活躍する、感動の最終巻！

『小公女』F.H.バーネット作, 越水利江子文, 丹地陽子絵　ポプラ社　2015.11　141p　22cm（ポプラ世界名作童話）

1000円 ①978-4-591-14700-9

内容 インドからイギリスにやってきた少女セーラは、お父さまと離れて、ひとりで女子学院に入学することに。明るく元気なセーラはすぐにクラスメイトと仲良くなり、人気者になります。ところが、あるできごとがおきて…。『小公子』とともに世界中で読み続けられている感動の児童文学。

『東海道中膝栗毛—弥次さん北さん、ずっこけお化け旅』越水利江子著, 十々夜絵 岩崎書店 2014.2 178p 22cm（ストーリーで楽しむ日本の古典 9）1500円 ①978-4-265-04989-9

『東海道中膝栗毛—弥次・北のはちゃめちゃ旅歩き！ 伊勢を目指す弥次と北の、おもしろドタバタ旅！』十返舎一九原作, 越水利江子文, 丸谷朋弘絵 学研プラス 2017.12 153p 21cm（10歳までに読みたい日本名作 加藤康子監修）940円 ①978-4-05-204763-3

内容 ゆかいな二人組、弥次さんと北さんは、お伊勢参りをするため、江戸から東海道を歩いて旅することに。しかし、そのとちゅうで、色々なさわぎが起こります。はてさて、二人は伊勢に、たどりつくことはできるのでしょうか。カラーイラストがいっぱい。ひとめでわかる、お話図解つき。

『とりかえばや物語—男装の美少女と、姫君になった美少年』越水利江子著, 十々夜絵 岩崎書店 2016.3 179p 22cm（ストーリーで楽しむ日本の古典 13）〈文献あり〉1500円 ①978-4-265-04993-6

『南総里見八犬伝—運命に結ばれし美剣士』越水利江子著, 十々夜絵 岩崎書店 2017.1 183p 22cm（ストーリーで楽しむ日本の古典 19）〈文献あり〉1500円 ①978-4-265-05009-3

『忍剣花百姫伝 1 めざめよ鬼神の剣』越水利江子著 ポプラ社 2012.5 205p 15cm（ポプラ文庫ピュアフル）540円 ①978-4-591-12943-2

内容 時は戦国乱世。忍者の城・八剣城を正体も知れぬ魔の軍勢が襲う。城主は戦死、わずか四歳の花百姫は霊剣を持ったまま行方知れずとなった…十年の歳月が流れた。記憶を失い、少年として育てられた姫。ふたたび魔が蠢きだす中、姫の記憶と不思議な力が次第に目覚め、神宝を持つ無敵の剣士・八忍剣も姫の下に集い始める。だが彼らの前には、巨大な敵と過酷な運命が立ちはだかっていた。

壮大な時代活劇ファンタジー。

『忍剣花百姫伝 2 魔王降臨』越水利江子著 ポプラ社 2012.7 222p 15cm（ポプラ文庫ピュアフル）560円 ①978-4-591-13015-5

内容 失われた記憶と、水天の法—遠くの世界を見通す力—を取り戻しはじめた花百姫。一方、八忍剣の裏切り者、美貌の忍剣士・美女郎は魔道の力により、亡くなった花百姫の父・八剣朱虎の肉体に憑依する。彼らの狙いは神宝・火切りの玉と、その宝を守る火海姫の玉風城だった。数万の亡者の軍勢が襲いかかる玉風城に、花百姫と隻眼の忍剣士・霧矢が急行する…。渾身の時代活劇ファンタジー、第二弾。

『忍剣花百姫伝 3 時を駆ける魔鏡』越水利江子著 ポプラ社 2012.9 217p 15cm（ポプラ文庫ピュアフル）600円 ①978-4-591-13079-7

内容 天竜剣を手にし、その力を取りもどした花百姫は、隻眼の忍剣士・霧矢との再会を果たした。そして近江にやってきた姫の前に、三百年の封印を解き、神宝・破魔の鏡が姿をあらわした。その力により時を超えた花百姫—待ち受けていたのは空天の術者だったが、そこへ魔王が襲いかかる！ 魔王もまた、時を超える力を持っていたのだ…渾身の時代活劇ファンタジー、第三弾。

『忍剣花百姫伝 4 決戦、逢魔の城』越水利江子著 ポプラ社 2012.11 229p 15cm（ポプラ文庫ピュアフル）600円 ①978-4-591-13153-4

内容 老天人の空天の法により時空の扉を開いた花百姫は、運命のいたずらから、十年前の時に降り立った。それは、魔王が亡者の軍勢を率いて八剣城に襲いかかる、まさにその時！ 花百姫は八忍剣の力を結集し、決戦に臨むが…父、朱虎の命を救うことができるか、運命を変えることはできるのか!? 手に汗握るシリーズ中盤のクライマックス、渾身の時代活劇ファンタジー第四弾。

『忍剣花百姫伝 5 紅の宿命』越水利江子著 ポプラ社 2013.1 231p 15cm（ポプラ文庫ピュアフル）620円 ①978-4-591-13214-2

内容 花百姫の下に集結をはじめた八忍剣。彼らは空天の法によりふたたび時空を超えた。降り立ったのは、カツラの木が紅に萌える踏鞴場。五十年後の多蛇羅城、魔に憑かれた城主が、選ばれし運命の子の肉体に魔王を甦らせようとしていた。そこで明らかになる美女郎の出生の秘密と、霧矢の悲恋のドラマ。そ

して花百姫を襲う恐ろしい運命…渾身の時代活劇ファンタジー第五弾。

『忍剣花百姫伝　6　星影の結界』越水利江子著　ポプラ社　2013.3　267p　15cm（ポプラ文庫ピュアフル）620円　①978-4-591-13422-1
内容　古の世から地中に眠っていた天の磐船が目覚め、飛び立つとともに、地獄の七口がつぎつぎ開いてゆく。そのとき魔王が真の復活を遂げ、もはや人間の力ではとどめようがない…八忍剣たちが、すべての魔道の勢力が、肥前の地に集結し、ついに最終決戦の火蓋が切られた！魔王の燐光石を胸にうけた花百姫は、命を蝕まれながらいかに戦い抜くのか!?渾身の時代活劇ファンタジー第六弾。
別版　ポプラ社（Dreamスマッシュ！）2009.2

『忍剣花百姫伝　7　愛する者たち』越水利江子著　ポプラ社　2013.5　330p　15cm（ポプラ文庫ピュアフル）〈2010年刊の加筆・修正〉660円　①978-4-591-13462-7
内容　真の姿をあらわした魔王は地獄の七口を開き、そこから魔物があふれだしてくる。各地で五鬼四天の忍びが決死の戦いを繰り広げるが、滅びの時が近づいていた。一方、霧矢は単身時の狭間を抜け、魔王を追った。彼に導かれるように花百姫たちが行き着いたのは、遠い未来か超古代か、魔王が支配する異世界。そして凄惨な戦いが待ち受けていた─渾身の時代活劇ファンタジー、感動の完結編。
別版　ポプラ社（Dreamスマッシュ！）2010.3

『霊少女清花　3　悪霊狩りの歌がきこえる』越水利江子作, 陸原一樹絵　岩崎書店　2010.4　210p　19cm（［Ya！フロンティア］）900円　①978-4-265-07226-2
内容　同じ精神感応者でもある七凪とは、恋人同士…のはずだった。七凪に接近する遙の出現で、清花は自分の存在に自信を失ってしまう。一方、清花の通う西中の「七不思議」に次々と異変が。そして突如現れた謎のエスパー集団の正体とは…。

小手鞠　るい
こでまり・るい
《1956〜》

『愛を海に還して』小手鞠るい著　河出書房新社　2009.6　189p　15cm（河出文庫）560円　①978-4-309-40966-5
内容　「わたしは、あなたに、恋しているのか

もしれない。愛を語りながら、恋をしている。だって、切ないとか恋しいとか淋しいとか、そういう感情を、わたしはあなたに対して、抱いている。晴天の霹靂。」愛の重みと恋の切なさ。ふたりの男性の間で揺れ動く女性の気持ちを見事に描いた渾身の恋愛小説。

『アップルソング』小手鞠るい著　ポプラ社　2016.4　449p　16cm（ポプラ文庫）〈文献あり〉740円　①978-4-591-14988-1
内容　終戦直前、空襲の焼け跡から助け出された赤ん坊の茉莉江。彼女は10歳でアメリカに渡り、長じて報道写真家となった。激動の時代に翻弄されながらも運命を自ら切り拓いた一人の女性の生涯を通し、戦後日本とアメリカ、戦争と平和について問いかける、美しく骨太な物語。
別版　ポプラ社　2014.5

『あなたとわたしの物語』小手鞠るい著　徳間書店　2009.6　251p　16cm（徳間文庫）571円　①978-4-19-892987-9
内容　「あなたにあげられるものはすべて、あげる。わたしは決して、出し惜しみはしない」女は言う。「彼女の躰と僕の体が別々なのがおかしい。耐えられない。一つになりたい」男が熱望する。新宿のホテルを舞台に恋が錯綜する。働く女、人妻、アーティストなど、心に傷を負いながら、恋に向き合い、欲望に忠実に生きる女性たち。

『あなたにつながる記憶のすべて』小手鞠るい著　実業之日本社　2013.9　301p　20cm　1600円　①978-4-408-53630-9
内容　未来から現在へ、現在から過去へと時の流れを遡り、立ち上がってくる記憶と声に身をゆだねながら、愛しい人の不在を、私は「存在」として書く。『欲しいのは、あなただけ』『美しい心臓』恋愛の真実を追い求めてきた著者による鎮魂歌。

『ありえない恋』小手鞠るい著　実業之日本社　2012.8　233p　16cm（実業之日本社文庫）514円　①978-4-408-55085-5
内容　親友の父親・松川に思いを寄せる女子大生の理名。しかし、松川はメールのやりとりをきっかけに、まだ見ぬ恋愛小説家・まりもに恋してしまった。まりもは、二度と会うことのできない元恋人・真人を忘れられずにいる。真人はその頃…。かなわぬ恋、ひとめ惚れの恋、忘れられない恋。八人の男女が織りなす六つの恋物語。文庫オリジナル、「お手紙編」を収録。
別版　実業之日本社　2009.9

『いちばん近くて遠い』小手鞠るい著

PHP研究所　2014.12　347p　20cm
〈文献あり〉1700円　①978-4-569-
82168-9
内容　優等生の悪女─松下絵里子（28）スポーツ用品メーカー勤務。結婚も決まり、公私ともに充実の日々が始まるも…。懲りない悪女─佐藤美鶴（34）小さなサンドイッチ店で働く主婦。元デパートの店員。献身的な夫がいながら過去の男に…。華麗なる悪女─加賀美さとみ（53）セレクトショップ「トップ・シークレット」社長。欲望にどこまでも忠実な女性起業家。多少の犠牲は…。純情そうな悪女─向井沙也香（21）セレクトショップ「トップ・シークレット」社員。さとみの下で働く新入社員。そこには絵里子の婚約者がいて…。正直に生きれば生きるほど、堕ちていく─。彼と同じ未来を見ていたはずなのに。彼女には僕の知らない別の顔がある。ままならない男と女の関係を、それぞれの視点で描いた、めくるめく長篇恋愛小説。

『いつも心の中に』小手鞠るい作　金の星社　2016.9　165p　20cm　1300円
①978-4-323-06337-9
内容　悲しみのあまり、心を閉ざしてしまった少女…。アメリカの大自然の中で、少女と伯母さんの共同生活がはじまる。希望と再生の物語。

『Wish』小手鞠るい著　河出書房新社　2008.1　195p　20cm　1400円　①978-4-309-01849-2
内容　こんなに好きなのに─なんだか、気持ちと躰がひとつにうまくまとまらないの。菜花、17歳。23歳までの、ピュアな恋愛成長物語。

『うさぎのマリーのフルーツパーラー』小手鞠るいさく、永田萠え　講談社　2018.6　77p　22cm（わくわくライブラリー）1250円　①978-4-06-195796-1
内容　どうぶつたちはみんな、マリーさんのフルーツパーラーの、フルーツパフェが大すきなのです。「いらっしゃいませ」お店のドアがあきました。さて、きょうはいったい、どんなフルーツパフェが、とうじょうするのでしょうか。1年生からひとりで読める！森のどうぶつたちのやさしいものがたり。小学初級から。

『美しい心臓』小手鞠るい著　新潮社　2016.2　242p　16cm（新潮文庫）490円　①978-4-10-130977-4
内容　DVに憑かれた冷酷な夫から逃げ出したわたしが、職場で偶然知り合った既婚者の彼。その導きで始まった密会のたわむれは、わたしを絶望の淵から救った。甘い官能に溺れる

ふたつの魂は、秘密の部屋を抜け、やがて緑滴る中米の地を目指す。生命が躍動する新世界で、わたしが望んだのは、しかし、欲して止まない彼の死だった。悪魔的に美しく、愛と見まごうほどに純粋な感情の行方。
別版　新潮社　2013.5

『海薔薇』小手鞠るい著　講談社　2011.11　265p　20cm〈文献あり〉1600円
①978-4-06-217208-0
内容　老舗デパート「菊本屋」のニューヨーク店に勤務する柘植波奈子は、仕事で訪れた倉敷で陶芸作家の栄森徹司と出会う。じつはふたりは高校の同級生で四半世紀ぶりの再会だったが、波奈子にはその記憶が全くなかった。しかし、徹司の作品、それを生み出す指、そして海のような徹司自身の大きさに、波奈子は惹かれていく。夫がいる身の波奈子はその気持ちに抗おうとするが、ふと徹司に伝えてしまう─「一年後のきょう、また会いたい」と。人はそれを不倫と呼ぶ。でもそれは、清らかな初恋かもしれない…。ニューヨークと倉敷、距離を隔てた大人の恋は、年に一度の、せつない逢瀬だけでつづけられる─。恋愛小説の旗手が描く、幸せな不倫のかたち。

『永遠』小手鞠るい著　KADOKAWA　2014.1　269p　15cm（角川文庫）〈角川書店 2011年刊の加筆修正　文献あり〉560円　①978-4-04-101184-3
内容　20年間、あなたを想ってきた。20年間、あなたを憎んできた。覚えていますか？わたしのことを。たとえあなたが忘れても、わたしだけは、忘れない─。非常勤講師として短大に勤める由樹は、衆議院議員の柏井惇と逢瀬を重ねていた。しかし思いがけない出来事によってふたりの運命は翻弄される。あの日、あの部屋で、いったい何があったのか。これは愛か、復讐か。揺れ動き葛藤しながらも力強く生きる女の姿を描き切った衝撃作。
別版　角川書店　2011.1

『エンキョリレンアイ』小手鞠るい著　新潮社　2010.3　238p　16cm（新潮文庫）400円　①978-4-10-130972-9
内容　何もいらない、ただあなたに会いたい。22歳の誕生日、書店アルバイトの桜木花音は、アメリカ留学を翌日に控えた井上海晴と、運命の恋に落ちる。やがて、遠く遠くはなれたふたりでもお互いを思わない日はなかった。東京/NY10000キロ、距離を越え、時間さえ越えて、ことばを通わす恋人たちを待つのは驚きの結末だった。涙あふれる十三年間の恋物語。恋愛小説3部作第1弾。

『お菓子の本の旅』小手鞠るい著　講談社

2012.4 229p 20cm〈文献あり〉1400円 ①978-4-06-217611-8
内容 「こんなはずじゃ、なかった」アメリカにホームステイしたものの、家族になじめず、孤独に過ごしていた遙。そんなときに、自分の荷物の中からみつけたのは1冊のお菓子の本。その本に書かれていたのは―。「その『音』は、となりの部屋から聞こえてくる、かあさんの泣き声だった」おじいちゃんが突然なくなり、かあさんとふたりで残された淳。途方にくれていた淳をはげまし、勇気づけてくれたのは、図書館でまちがえて持ってきてしまった1冊のお菓子の本だった。ふたりにとってたいせつな「なにか」を運んでくれる「旅するお菓子の本」。

『お手紙ありがとう』小手鞠るい作, たかすかずみ絵 WAVE出版 2013.1 79p 22cm（ともだちがいるよ！）1100円 ①978-4-87290-931-9
内容 四人のお友だちと校長先生が書いた心あたたまる、やさしい手紙。その手紙のあて先は、いったい、だれ？―。

『お手紙まってます』小手鞠るい作, たかすかずみ絵 WAVE出版 2015.2 71p 22cm（ともだちがいるよ！）1100円 ①978-4-87290-941-8
内容 地球の近くにうかぶ星、「カンガルー星」のルー君は、森の中で一通のお手紙を見つけました。そこに書かれていたのは…。カンガルー星から、地球の子どもたちへ伝えたい「やさしさ」と「おもいやり」の大切さ。

『カクテル・カルテット』小手鞠るい著 ポプラ社 2010.10 237p 16cm（ポプラ文庫）540円 ①978-4-591-12092-7
内容 過ぎた恋を切なく思い出し、現在の恋に身を焦がす。ままならない思いに苦しみながらも、そこにもまた甘美な感覚が潜むのを発見する一甘いだけでも、苦いだけでもないのが恋。カクテルもまたしかり。さまざまなカクテルに寄せて、4人の男女の恋模様が描かれる物語。

『ガラスの森』小手鞠るい著 ポプラ社 2010.1 235p 15cm（ポプラ文庫ピュアフル）〈白泉社1992年刊の加筆・訂正、増補〉540円 ①978-4-591-11561-9
内容 天才少女ともてはやされながら、怪我が原因のスランプで、フィギュアスケート界を去らざるをえなかった可南子。しかし、敏腕コーチに見出され、高校入学を前にペアスケーターとして復帰する。パートナーとなる2歳年上のナガルは、才気あふれるスケーターだが、強引で傲慢なタイプ。可南子は徐々に

惹かれつつも、素直になれず…。著者の原点となる「幻の処女作」が、ついに文庫化。

『きつね音楽教室のゆうれい』小手鞠るい作, 土田義晴絵 金の星社 2015.3 124p 20cm 1200円 ①978-4-323-07306-4
内容 きつね音楽教室では、きょうも、スミレ先生のピアノにあわせて、森のなかまたちがいろいろな楽器の練習をしています。そして今夜も、みんながおうちに帰ったあと、だれかが教室にやってきて、ひとりでピアノをひいています。いったい、だれが？ そんなある日のこと。ひつじ郵便局長、おおかみ消防署長、かめばあさん、スミレ先生は、くろくまレストランに集まって、みんなで、ある相談をしました。ところがその晩、スミレ先生はなかなかねむれません。こまった、こまった、どうしたら、いいの？ 3・4年生から。

『君が笑えば』小手鞠るい著 中央公論新社 2015.5 333p 20cm 1650円 ①978-4-12-004723-7
内容 幼なじみだったNYのジャズピアニストと岡山のシングルマザーは、互いに人生の曲がり角を迎えていた。そこに影を落とす男性写真家。微妙な年齢を迎え立ちすくむ者たちが選んだ未来とは―。ジャズセッションのような高揚感を放つ傑作長篇！

『きみの声を聞かせて』小手鞠るい著 偕成社 2016.10 189p 20cm 1400円 ①978-4-03-643160-1
内容 パソコンを消そうとした瞬間、ぱっと目にとびこんできた文字があった。「海を渡る風」―。日本に住む孤独な少女とアメリカに住むピアノ弾きの少年。二人は詩と音楽の交換をはじめる。中学生から。

『九死一生』小手鞠るい著 小学館 2016.1 283p 15cm（小学館文庫）〈2013年刊の加筆修正〉600円 ①978-4-09-406252-6
内容 著者自身の愛猫との別れの体験をもとに、絶望のどん底から立ち直る強さ、そして、小さき生きものたちを愛することの素晴らしさを教えてくれる珠玉の物語。猫を描かせたら右に出る者はいない著者の、「猫文学」最高傑作。
別版 小学館 2013.2

『きょうから飛べるよ』小手鞠るい作, たかすかずみ絵 岩崎書店 2014.4 94p 22cm（おはなしガーデン）1200円 ①978-4-265-05492-3
内容 楽しみにしていた新学期を前にして、さくらは熱をだし、入院してしまいました。な

日本の作品　　　　　　　　　　　　　　　　　　小手鞠るい

かなか退院できないさくらに、ある日、一枚の紙きれがとどきます。いったいだれが書いたの？　なんのために？　一歩をふみだす勇気と希望の物語。小学校中学年から。

『空中都市』小手鞠るい著　角川春樹事務所　2015.4　248p　16cm（ハルキ文庫）620円　①978-4-7584-3889-6
内容　母と娘には、互いに言えない〈秘密〉がある。十五歳の晴海は、高校へ進学したくない本当の理由を、両親に打ち明けている。一方、母親の可南子にも隠し事が。フィギュアスケーターとして活躍していた十代にまでさかのぼる、ある〈秘密〉があった。自らの過去と向き合うために、ニューヨークで姿を消した可南子が向かった先は…。ドラマチックな展開で交錯する二つの青春を描き、それぞれの〈選択〉が心に沁みる長篇小説。（解説・藤田香織）
別版　角川春樹事務所　2012.2

『くろくまレストランのひみつ』小手鞠るい作, 土田義晴絵　金の星社　2012.11　116p　20cm　1200円　①978-4-323-07250-0
内容　森のとしょかんには、たくさんの本があります。働いているのは、しろやぎのあごひげ館長だけ。ある日、くろくまがやってきました。だまったままでしたが、館長がやさしく語りかけると、ようやく話しはじめました。長いあいだ、ひとりぼっちでくらしていたくろくまは、森のなかまとなかよくしたくて、レストランをひらきました。でも、お客さんはきません…。どうしたら、いいの…？　館長はくろくまを助けることができるのでしょうか!?小学3・4年生から。

『恋するからだ』小手鞠るい著　徳間書店　2010.10　247p　16cm（徳間文庫）590円　①978-4-19-893238-1
内容　「このままずっと独りぼっちでいて、寂しくないの？」「寂しくない不幸せより寂しい幸福が好きなんだ」ハワイ生まれのキュートな女の子・アユが、日曜にだけ会う特別な人"落ちぶれ文士"の言葉だ。欲望の海の中で溺れそうなアユ。誰かのために生きるということが、自分のために生きることと重ねればいい。…辿りついた本物の愛の核心とは。

『心の森』小手鞠るい作　金の星社　2011.12　141p　20cm　1200円　①978-4-323-06331-7
内容　父の転勤で、少年はアメリカの小学校に転校する。少年の名は響。英語がわからず、友だちもいないので、最初はとまどいながらも、新たな生活がはじまる。ある日、家の裏庭に続く森で、響は不思議な少女に出会う。少

女は何も話さず、笑顔で見つめるだけ。名前をたずねると、一輪の花を手渡す。それが彼女の名前、デイジー。その後も、響はデイジーに会うようになり、森の動物とふれあいながら、彼女の優しさに心ひかれていく。だが、デイジーには、思いもよらない秘密があった…。

『サンカクカンケイ』小手鞠るい著　新潮社　2010.6　237p　16cm（新潮文庫）400円　①978-4-10-130973-6
内容　強引で傲慢で、役者になる夢につきすすむ龍也と、どんなときでも、温かな笑顔で見守ってくれる幼なじみの俊輔。初恋を追いかけて、故郷・岡山から京都に向かった大学生の広瀬あかねは、激しさと穏やかさ、ふたつの未来の前で立ち止まる。さよならサンカク、またきてシカク。なつかしい童歌にのせて送る、恋愛3部作第2弾は、過去の恋を乗り越え、現在の愛をキラキラ輝かせる物語。

『思春期』小手鞠るい著　講談社　2015.3　220p　20cm　1400円　①978-4-06-219401-3
内容　行きたくない場所は、学校。「自分にはまったく価値がないのではないか、生きていてもしかたがないのではないか、という不安」をかかえて暗い気持ちで日々を送る、中学1年生になったばかりの12歳の「わたし」。不安、後悔、劣等感、秘密、孤独、嫉妬、自己嫌悪、それでも毎日は続く―。

『シーツとシーツのあいだ』小手鞠るい著　徳間書店　2010.2　228p　20cm　1600円　①978-4-19-862903-8
内容　願いがかなうんですね？　このカクテルを飲むと…。こころの痛みに一杯のカクテルをどうぞ。苦いけれど甘いひとときの官能の味。心とからだが密着する恋の恍惚。生きてるって素敵！　それぞれの人生のきれはしを描く7篇の物語。

『シナモンのおやすみ日記』小手鞠るい作, 北見葉胡絵　講談社　2016.4　92p　20cm　1200円　①978-4-06-219910-0
内容　ボローニャ国際児童図書賞受賞コンビ最新作！　シナモンへ。新しいことを始めました。きょうから毎日、わたしは日記をつけます。夜、ねる前につけることにします。だからこれは「おやすみ日記」です。「遠い国からノートがやってきた」

『素足の季節』小手鞠るい著　角川春樹事務所　2015.1　248p　16cm（ハルキ文庫）〈文献あり〉620円　①978-4-7584-3868-1
内容　県立岡山A高校に入学した杉本香織は、読書が好きで、孤独が好きで、空想と妄想が得

ヤングアダルトの本　いま読みたい小説4000冊　**133**

意な十六歳。隣のクラスの間宮優美から、ある日、演劇部に誘われる。チェーホフの『かもめ』をアレンジすることが決まっているという。思いがけずその脚本を任されることになった香織は、六人の仲間たちとともに突き進んでゆく―。少女たちのむき出しの喜怒哀楽を、彫り深く、端正な筆致で綴った、著者渾身の書き下ろし長篇小説。

『好き、だからこそ』小手鞠るい著　新潮社　2010.12　247p　16cm（新潮文庫）400円　①978-4-10-130975-0
内容　画廊勤めの風子の前に台風のように現れ、19歳の身体を心ごと奪った大岸豪介。不器用で情にもろい豪介に深く刻まれた風子の愛の記憶は、幼い娘を抱えスナック勤めをした洋子との暮らしを彼が選んだかとも甘く、苦しいほどに切ない。元妻を自殺で失った河野至高と風子が結ばれた20年後のいまも…。70年代フォークの調べにのせ、秘めた想いを、肉体の歓びへと解き放つ大人の愛の物語。

『早春恋小路上ル』小手鞠るい著　幻冬舎　2010.2　282p　16cm（幻冬舎文庫）〈『それでも元気な私』（新潮社2000年刊）の改題、加筆修正〉533円　①978-4-344-41429-7
内容　乙女の春は、六畳と四畳半の修学院荘別館で始まった。京都を舞台に、恋に仕事に、泣き、笑う！ オトナになる切なさを描いた青春小説。

『その愛の向こう側』小手鞠るい著　徳間書店　2012.6　220p　20cm〈文献あり〉1600円　①978-4-19-863416-2

『空と海のであう場所』小手鞠るい著　ポプラ社　2008.4　253p　16cm（ポプラ文庫）540円　①978-4-591-10297-8
内容　イラストレーターとして着実にキャリアを積んでいる木の葉に、作家となったかつての恋人アラシから一篇の物語が届く。作品にこめられたものとは。遠い日の約束が果たされるとき、明らかになるのは―恋愛小説の名手が、時も距離も超える思いを描く、心ゆさぶる魂の愛の物語。

『闘う女』小手鞠るい著　角川春樹事務所　2016.8　241p　16cm（ハルキ文庫）620円　①978-4-7584-4024-0

『誰もいない』小手鞠るい著　幻冬舎　2012.10　406p　20cm　1600円　①978-4-344-02259-1
内容　もうひとつの「家」に帰る彼を、今日も見送る杏子。病身の妻を持つ彼の訪れを、ひたすら待つみずき。彼女たちは、「男の嘘」を許しながら、自らも秘密を重ねていく。それ

は破滅か？ 前進か？ 家族ある男を愛してしまった女に必ず訪れる“あの苦しみ”が、二人の“恋濃き女”を静かに狂わせた―。恋愛小説家・小手鞠るいが禁断の恋の、強烈な官能と孤独を描き切った衝撃作。

『テルアビブの犬』小手鞠るい著　文藝春秋　2015.9　205p　19cm〈文献あり〉1400円　①978-4-16-390327-9
内容　何があっても、あなたを愛します。なぜならわたしは、「あなたの犬」だから。戦後、貧困と逆境のなかで生きる少年と、犬との間に結ばれた強い絆。『フランダースの犬』へのオマージュとして書かれた、大人のための動物文学。

『天使の子』小手鞠るい著　河出書房新社　2014.1　186p　20cm　1600円　①978-4-309-02248-2
内容　心揺さぶられる衝撃の愛のかたち。28歳のわたしがアメリカ留学中に出会った彼。惹かれあう2人だが彼にはある秘密があった―。実話を元にして書き下ろされた問題作！

『時を刻む砂の最後のひとつぶ』小手鞠るい著　文藝春秋　2011.10　261p　16cm（文春文庫）552円　①978-4-16-782301-6
内容　愛のためにすべてを捧げた女たち。欲望に殉じて一直線に突きすすむ女、恋と刺しちがえ破滅の淵にたつ女、時の流れに逆らい愛を守りつづける女…。ひたむきに愛する女たちの美しくも哀しい人生。『エンキョリレンアイ』シリーズ3部作で若者たちの恋愛をリアルに描いて絶大な人気を集めた小手鞠るいがつむぎだす大人の恋愛模様。
別版　文藝春秋　2009.5

『年下の彼』小手鞠るい著　河出書房新社　2010.8　203p　20cm　1600円　①978-4-309-01999-4
内容　もしかしたら…もしかすると…私、出会ってしまった？ 何に？ 恋に。旅先で出会った9つ年下の彼。友香と順哉、すれちがうふたりの恋のゆくえ。

『泣くほどの恋じゃない』小手鞠るい著　原書房　2012.3　173p　20cm　1600円　①978-4-562-04779-6
内容　京都の小さな塾で講師を務める凪子（なぎこ）。ふとしたきっかけから教え子の父親、黒木と付き合いはじめるが、いつからか会えない夜の耐え難い苦しみが凪子を襲う。そんな絶望の手紙を埋めるため、凪子は筆を執った。他愛のない手紙を何通も、何通も――文字一文字が、一秒一秒の寂しさを埋めてくれた。だが、小説家になるという果てしない夢

日本の作品　　　　　　　　　　　　　　　　　　　　　　　　　小手鞠るい

を抱いた、まさにそのとき残酷な運命が凪子
を絡めとることに。

『なぜ泣くの』 小手鞠るい著　徳間書店
2014.8　248p　15cm（徳間文庫）580円
①978-4-19-893865-9
内容 最初の30分は「仕事」、残りの30分は「物
語」。見知らぬ男と過ごす1時間。愉楽の波間
を漂いながら泣く。「俺の話聞いてくれる？」
客は私の胸に顔を埋める。からだから、涙に
似た欲望のかたまりがわきだしてくるのはな
ぜ？ ホスピスでのひそやかな逢い引き。から
だ中が泣き出す。歌い出す。踊り出す。郊
外に建つログハウス風のアパートの各部屋で
繰り広げられる恋と官能を連作で描ききる。
別版 徳間書店 2008.7

『猫の形をした幸福』 小手鞠るい著　ポプ
ラ社　2011.12　261p　16cm（ポプラ文
庫）620円　①978-4-591-12696-7
内容 それは、悲しい予感に満ちた、あふれ
るほどの幸福。傷を負いながら生きてきたふ
たりが結ばれ、新しい生活に一匹の子猫を招
き入れる。ふたりの愛が育まれるとともに、
子猫はおとなになり、そして一たまらなく愛
おしく、そして切ない、魂の絆の物語。
別版 ポプラ社 2008.9

『ねこの町のダリオ写真館』 小手鞠るい作，
くまあやこ絵　講談社　2017.11　75p
22cm（わくわくライブラリー）1200円
①978-4-06-195787-9
内容 犬の親子が初の記念撮影！ 世界一かっ
こいい、ねこカメラマンがステキな「写真の
ひみつ」教えます！

**『ねこの町のリリアのパン—たべもののお
はなし・パン』** 小手鞠るい作，くまあや
こ絵　講談社　2017.2　74p　22cm（た
べもののおはなしシリーズ）1200円
①978-4-06-220439-2
内容 リリアの店のやきたてパンをめしあが
れ！ おはなしを楽しみながら、たべものが
もっと好きになる！ 小学初級から。

『野うさぎパティシエのひみつ』 小手鞠る
い作，土田義晴絵　金の星社　2016.3
124p　20cm　1200円　①978-4-323-
07343-9
内容 野うさぎは、くろくまシェフにお菓子
づくりを習っています。パティシエをめざし
て修業中なのです。ある日、野うさぎがお客
さんに出したケーキが食べのこされていまし
た。どうして？ じつは、くろくまシェフの
うっかりが原因だったのでした。でも、きょ
う、野うさぎが出したケーキはおいしかった
はずなのに、最後のひと切れが残されている

ではありませんか…。なぜなの？ どうした
らいいの？ そうだ、こまったときは、あの
ひとにそうだんしにいこう！ 小学3・4年生
から。

『はだしで海へ』 小手鞠るい著　ポプラ社
2009.11　212p　15cm（ポプラ文庫ピュ
アフル）〈『ふれていたい』（求龍堂2006
年刊）の改題、加筆・訂正〉540円
①978-4-591-11444-5
内容 かなわなかった恋ほど、あとをひくの
はなぜだろう？ はじめての彼・宗治は体育
会系男子。可南子は彼の話す関西弁が好きで
好きでたまらない。心も体も柔らかく包んで
くれるような宗治との甘くぎこちない恋のは
じまりに心躍らせる一方で、過去にフィギュ
アスケートでペアを組んでいた初恋相手・ナ
ガルを忘れられずにいて…。恋愛小説の名手
が、初恋と新しい恋の間で揺れる、等身大の
19歳を描いた、純度100%の青春恋愛小説。

『ひつじ郵便局長のひみつ』 小手鞠るい作，
土田義晴絵　金の星社　2014.4　125p
20cm　1200円　①978-4-323-07280-7
内容 大事件だ！ ひつじ郵便局長はひるねを
していて、たいせつな手紙やはがきを風にふ
きとばされてしまった。大あわてでぜんぶ、
ひろいあつめたつもりだったけれど…。数日
後、くろくまシェフが手紙をひろって、とどけ
にきてくれた。でも、あて名も、さしだし人
の名前も、文字も数字もぐちゃぐちゃになっ
て、読めなくなっている。ふたりは考えこん
でしまった。このままでは配達できない…。
どうする、くろくまシェフ!?どうする、ひつじ
郵便局長!?絶体絶命のピンチを優しい心と知
恵でのりこえていく、笑い満点の物語。好評
『くろくまレストランのひみつ』に続く、「森
の図書館」シリーズ第2作！ 3・4年生から。

『ふたり』 小手鞠るい著　世界文化社
2011.7　268p　20cm　1500円　①978-
4-418-11506-8
内容 また会えたね。失われたものは必ず、も
どってくる。人も、夢も、希望も。時間も、
過去も、思い出も。一恋愛小説の達人が紡ぐ
喪失と再生の物語。

『星ちりばめたる旗』 小手鞠るい著　ポプ
ラ社　2017.9　371p　20cm〈文献あ
り〉1700円　①978-4-591-15574-5
内容 1916年、既にアメリカに暮らす大原幹
三郎のもとへ「写真花嫁」として嫁ぎ、佳乃
は海を渡った。そこから全ては始まった。夢
が叶うと言われる大地で日々を積み上げてい
く一家。彼らはやがて時代の激流に呑み込ま
れていく。日本人というルーツに苦しめられ

ヤングアダルトの本　いま読みたい小説4000冊　**135**

小手鞠るい　　　　　　　　　　　　　　　　　　　　日本の作品

た祖母、捨てようとした母、惹かれる「私」——これまでの百年、そして今のこの世界の物語。

『炎の来歴』小手鞠るい著　新潮社　2018.5　239p　20cm〈文献あり〉1700円　①978-4-10-437106-8
内容 彼女は消えない炎のような人だった。この美しい年上の人に、僕は恋をした——。炎は消えてもその来歴は残る。ひとりの男の人生を根底から動かして、海の向こうへ、燃えさかる炎へと向かわせた、崇高なその行為とは。二人の間を流れた電流とは何だったのだろうか——。戦後の日本とヴェトナムを舞台に描かれた激しくも美しい物語。

『曲がり木たち』小手鞠るい著　原書房　2016.9　198p　20cm　1600円　①978-4-562-05346-9
内容 不思議な公園にぽつんと佇む優しい形をしたベンチ。あの人を。あなたをここで待っている。きょうもここで待っている。一見えない、歩けない、居場所がない、コミュニケーションができない。心の傷や生きづらさを抱えながらも、健気にしなやかに生きる愛すべき人々の「普通の」物語。

『また明日会いましょう——ホテル・リリーガーデンの五日間』小手鞠るい著　KADOKAWA　2015.3　203p　15cm（MF文庫ダ・ヴィンチ［MEW]）〈文献あり〉600円　①978-4-04-067489-6
内容 西新宿のはずれのアットホームなホテル「リリーガーデン」。小説家のサナギ・高橋愛の取材に応じて、喜子が語り始めたのは、スーパー・コンシェルジュとしての活き活きした仕事ぶりと、その職を選んだ理由。ちょっとしたトラブルから大きなトラブルまで。お客さまからいただくさまざまな要望。そんなある日、思いもよらない人が訪ねてきた。喜子の胸に隠されていた秘密とは…?

『見上げた空は青かった』小手鞠るい著　講談社　2017.7　155p　20cm〈文献あり〉1300円　①978-4-06-220682-2
内容 隠れ家に暮らすユダヤ人の少女ノエミ、学童疎開中の少年風太。ふたりが見た戦争——。

『ミュウとゴロンとおにいちゃん』小手鞠るい作,たかすかずみ絵　岩崎書店　2016.1　79p　22cm（おはなしトントン）1000円　①978-4-265-06730-5
内容 「あっ、あれは…」小学一年生の夏休みがはじまったばかりのある日、家のちかくにある公園の草むらのなかで、わたしは、いっぴきの子ねこをみつけた。夏だというのに、ぶるぶるふるえている。『やくそくだよ、ミュウ』の弟ねこ、ゴロンの物語。小学校低学年

から。

『望月青果店』小手鞠るい著　中央公論新社　2014.9　276p　16cm（中公文庫）680円　①978-4-12-206006-7
内容 夫の誠一郎、愛犬の茶々とともにアメリカで暮らす鈴子。病に倒れた母を見舞うため、日本への里帰りを決めた矢先、雪嵐で停電に…。雪に覆われた闇のなかで甦るのは、甘酸っぱい約束か、青く苦い思い出か。色とりどりの記憶のなかから、鈴子が見出した光とは?　恋愛小説の名手があたたかく切なく描く家族の物語。
別版 中央公論新社 2011.8

『もっとも危険な長い夜』小手鞠るい著　PHP研究所　2013.4　244p　15cm（PHP文芸文庫）〈文献あり〉619円　①978-4-569-67966-2
内容 幼くして母を亡くした瞳、双葉に、父の再婚相手の子・美子の三姉妹。幸せな家庭を築いてきた瞳に、双葉が美子との夕食を持ちかけてきた。かつて瞳の恋人と関係をもってしまった双葉。その過去は姉妹の恋愛に暗い影を落としていた。以来、疎遠であった双葉からの連絡一。瞳は心に引っ掛かりを感じ…。一瞬にして人生が変わってしまう恋愛の素晴らしさと怖さ。名手がつづる大人の恋愛小説。
別版 PHP研究所 2009.12

『やくそくだよ、ミュウ』小手鞠るい作,たかすかずみ絵　岩崎書店　2012.4　79p　22cm（おはなしトントン）1000円　①978-4-265-06295-9
内容 ぼくのおねえちゃんは、ゆきのふる日にやってきた。おとうさんとおかあさんは、おねえちゃんに「みゆき」という名まえをつけた。「みゆき」のいみは「うつくしい雪」。でも、ぼくはうまくいえなくて「ミュウ」ってよぶようになった一。

『野菜畑で見る夢は』小手鞠るい著　文藝春秋　2013.5　191p　16cm（文春文庫）〈日経BP社　2009年刊の再刊〉533円　①978-4-16-782302-3
内容 同窓会に参加するため帰郷したまゆみは、別れた彼と再会する。プロポーズを退けて東京で働くことを選んだ彼女と故郷で教師をしながら野菜畑を育てる彼。終わったはずの恋が10年の時を経てふたたび芽吹く一。恋愛小説の名手が描きだす、野菜のようにみずみずしく、栄養と幸せ満点の、3組の恋の物語。
別版 日経BP社 2009.3

『ラブ・オールウェイズ』小手鞠るい著　祥伝社　2014.2　283p　20cm　1500円

①978-4-396-63432-2

[内容] ふっと君が消えてしまうんじゃないかと思って一涙がでるほど恋してる。いつもそばにいること、それが愛なんだ。急逝した絵本作家・伊藤正道の遺作と共に贈る、20年にわたって恋人たちが書き紡いだ物語。きらめく結晶のように切なく美しい往復書簡小説。

『ラブ・ストーリーを探しに』小手鞠るい
著 角川学芸出版 2010.4 220p
19cm〈発売：角川グループパブリッシング〉1600円 ①978-4-04-621186-6
[内容] ジョニーに出会ったのは、今から三年前。三年前の、春だった。アメリカ人の夫と別れてシングルになり、それまで住んでいたマンハッタンのアパートメントからウッドストックへと引っ越してきて、四年が過ぎようとしていた（「花を愛した男」より）。移ろう季節のなか、忘れ得ぬ出会いを紡ぐ、珠玉の12篇。ウッドストックの四季とともに巡りめぐる、12のあざやかな物語。

『りすのきょうだいとふしぎなたね』小手鞠るい作, 土田義晴絵 金の星社
2017.6 124p 20cm 1200円 ①978-4-323-07383-5
[内容] くろくまレストランのうらにある林で、りすのきょうだい、ドンくんとグリちゃんが何かをさがしています。どうやら、おばあちゃんからもらったブローチを落としてしまったようです。「あっ、こんなところに！」―谷川のほとりでドンくんが見つけたのは、とても小さなふしぎなたねでした。ぴかぴか光っています。いったい、なんのたねだろう？くろくまシェフと野うさぎパティシエにもたずねてみましたが、まったくわかりません…。そうだ、あのひとにそうだんすれば、きっとわかる！3・4年生から。

『レンアイケッコン』小手鞠るい著 新潮社 2010.7 234p 16cm（新潮文庫）400円 ①978-4-10-130974-3
[内容] 恋と結婚は一度きり、そして二つはつながっている。自分の未来をそう占う八木雪香は、N.Y.ブライアント・パークの「夢見るベンチ」で、運命のひと黒柳と出会う。これが最初で最後の恋!?でも、幸福な日々は思わぬ出来事で一変。失意の雪香は偶然に見つけた「黒やぎ絵本館」にメールを送るのだが―。いま、幸せのファンファーレ響きわたる未来へ。感涙の恋愛3部作最終編。
[別版] 世界文化社 2008.3

『ロング・ウェイ』小手鞠るい著 祥伝社 2012.9 235p 16cm（祥伝社文庫）552円 ①978-4-396-33786-5

[内容] 双子の姉の恋人だった冬樹と激しい恋に落ち、駆け落ち同然で渡米した桜。十数年後、二人は離婚、桜は愛娘の美亜子とアメリカの田舎町に暮らしている。来るべき別れの予感を胸に秘めて、娘が乗った長距離バスをいつまでも見送っていた。「永遠の愛」を探し求めた日々。それは涙と笑い、光と陰に彩られた人生という長い道のりだった。
[別版] 祥伝社 2009.11

『別れのあと』小手鞠るい著 新潮社
2012.1 230p 16cm（新潮文庫）〈2009年刊の増補〉460円 ①978-4-10-130976-7
[内容] 嫉妬に身を焼く夫のあやつり人形として生きた私。愛にも似て濃密な情欲と束縛に従う日々、それは静かに育っていた（「別れのあと」）。男は亡き妻への、女は亡き子への追憶を胸に隠し欲望に身を委ねる（「静かな湖畔の森の影」）。失意のピアノ教師の心を乱す盲目の少年が奏でる音色（「はなむけの言葉」）ほか、愛のために血を流し、なお愛を信じ続ける人々の運命を描く短篇恋愛小説集。
[別版] 新潮社 2009.1

『私を見つけて』小手鞠るい著 幻冬舎
2008.8 321p 16cm（幻冬舎文庫）〈「アメリカ人を好きになってわかったこと。」（文香社2002年刊）の増訂〉600円 ①978-4-344-41169-2
[内容] 誠一と付き合っている間、彼の家庭を憎悪し、自分自身を愛せなかった麻子。彼女を変えたのはアフリカ系アメリカ人のマイクだった。アメリカで受けた差別を乗り越えてきた彼は麻子の傷だらけの過去も含めて愛する（「願いごと」）。どんなに甘い恋愛や結婚も、時が経てば変化する。価値観の違う二人にとって真実の愛とは何か。切なく描く五篇。

『私（わたし）の神様』小手鞠るい著 朝日新聞出版 2010.6 253p 20cm〈文献あり〉1600円 ①978-4-02-250755-6
[内容] 男女の不可思議と人生の深遠とは？恋愛小説の名手の新たなる到達点。

『私の何をあなたは憶えているの』小手鞠るい著 双葉社 2015.11 308p 15cm（双葉文庫）630円 ①978-4-575-51837-5
[内容] ひっそりと鎌倉で帽子屋を営むつぐみ。妻子を不慮の事故で亡くし、自らも余命幾ばくもない編集者の洋司。異国の地で夫と暮らしながら、「S」に秘めた想いを抱く由貴子。交わるはずのなかった三つの人生が、まるで何かに導かれるように交錯する。したたかさと烈しさを合わせ持った、大人のための極上

後藤竜二　　　　　　　　　　　　　　　　　　　　　　　日本の作品

の恋愛ミステリー。

後藤　竜二
ごとう・りゅうじ
《1943〜2010》

『尼子十勇士伝―赤い旋風篇』後藤竜二著
新日本出版社　2010.8　197p　20cm
1700円　①978-4-406-05379-2
内容 謀略渦巻く乱世に、人間への信頼を貫
き、誇り高く生きた男がいた。

『1ねん1くみ1ばんサイコー！』後藤竜二
作，長谷川知子絵　ポプラ社　2009.10
70p　23cm（こどもおはなしランド）
1000円　①978-4-591-11174-1
内容 あさ、1ねん1くみにくろさわくんがいな
い!!なぜ？どうして？すると、しらかわ先生
がおこったようにいったんだ。くろさわくん
がとつぜん、ほっかいどうにてんこうしたっ
て!!ぼくはどうしたらいいかわからない…。

『1ねん1くみ1ばんジャンプ！』後藤竜二
作，長谷川知子絵　ポプラ社　2008.11
61p　24cm（こどもおはなしランド）
1000円　①978-4-591-10579-5
内容 1ねん1くみでは、たいいくでなわとび
をやることになったんだよ。くろさわくんは
「おれは、五じゅうとびやる！」なんていっ
てるけど…。

『おにいちゃん』後藤竜二さく，小泉るみ
子え　佼成出版社　2008.8　63p　21cm
（おはなしドロップシリーズ）1100円
①978-4-333-02337-0
内容 いもうとは、なまいきです。いもうと
は、あまえんぼうです。いもうとは、なきむ
しです。いもうとは、すごく、うるさいです。
だけど、たまーに、ちょっと、かわいいです。

『後藤竜二童話集　1』後藤竜二作，長谷川
知子絵，あさのあつこ責任編集　ポプラ
社　2013.3　158p　21cm　1200円
①978-4-591-13310-1
内容 くろさわくんは、1ねん1くみで1ばんワ
ル。だけど、いつでも元気いっぱいで、ほん
とうは、1ばんいいやつ。そんなくろさわく
んと、しんくん、そして、クラスのみんなの友
情がたっぷりつまった「後藤竜二童話集1」。

『後藤竜二童話集　2』後藤竜二作，佐藤真
紀子絵，あさのあつこ責任編集　ポプラ
社　2013.3　142p　21cm　1200円
①978-4-591-13311-8
内容 1ねん二くみのごんちゃんは、やんちゃだ

けれど、だれよりも元気いっぱい。クラスの
友だちや先生は、ごんちゃんといると、ちょっ
とふしぎなできごとに出会うのです。日常の
中の大きな冒険に心がはずむ「後藤竜二童話集
2」。

『後藤竜二童話集　3』後藤竜二作，石井勉
絵，あさのあつこ責任編集　ポプラ社
2013.3　150p　21cm　1200円　①978-
4-591-13312-5
内容 秋は、まっ赤なりんごがみのる、しゅ
うかくの季節。ツヤツヤとうつくしいりんご
には、一年中、まい日まい日、心をこめてせ
わをした、かぞくみんなの思いがこもってい
る…。ふるさとの大地に、足をふんばって生
きる子どもたち。そのたくましい姿が、まぶ
しくかがやく「後藤竜二童話集3」。

『後藤竜二童話集　4』後藤竜二作，武田美
穂絵，あさのあつこ責任編集　ポプラ社
2013.3　150p　21cm　1200円　①978-
4-591-13313-2
内容 お母さんなんか、大きらい！―かぞくだ
から、ぶつかりあって、いっぱいけんかをし
てしまう。けれど、だいじなとき、「ひし！」
とだきあえるのも、かぞくだから。ぶつかり
ながらそだつ、かぞくの絆があたたかい「後
藤竜二童話集4」。

『後藤竜二童話集　5』後藤竜二作，小泉る
み子絵，あさのあつこ責任編集　ポプラ
社　2013.3　138p　21cm　1200円
①978-4-591-13314-9
内容 てんこうしてきたのは、なまいきな女
の子。ぜったい、口なんかきかないぞ！―け
れど、あたらしい出会いは、あたらしい、キ
ラキラした時間をつれてくる。ふとした出会
いから、心がひとつつよくなる。そんな瞬間
のよろこびがつまった「後藤竜二童話集5」。

『算数病院事件』後藤竜二作，田畑精一絵
新日本出版社　2009.8　204p　20cm（5
年3組事件シリーズ　2）〈1975年刊の新
装版〉1400円　①978-4-406-05267-2
内容 算数病院は、「みんなが算数ができるよ
うに」と、とも子先生が発明した病院です―。
楽しくて、わくわくして、人なつかしくなる
物語。

『十一月は変身！』後藤竜二作，福田岩緒
絵　新日本出版社　2008.11　92p
21cm（3年1組ものがたり　4）1200円
①978-4-406-05179-8
内容 パワー全開！ドジでも、ヘボでも、ド
ンマイ！ドンマイ！仲間を信じて、待ちま
す。―3年1組、うわさになんか、負けない。

『ジュン先生がやってきた！』後藤竜二作，

福田岩緒絵　新日本出版社　2008.4
92p　21cm（3年1組ものがたり 1）1200
円　①978-4-406-05127-9
内容 元気もりもり、3年1組。パワー全開、ジュン先生。一新シリーズスタート。

『白赤だすき小〇（こまる）の旗風―幕末・南部藩大一揆』後藤竜二著　新日本出版社　2008.12　348p　20cm　2000円
①978-4-406-05216-0
内容 636ヶ村がいっせいに蜂起、勝利した幕末・南部藩の大一揆をダイナミックに描く。

『ドンマイ！』後藤竜二作, 福田岩緒絵
新日本出版社　2009.2　91p　21cm（3年1組ものがたり 5）1200円　①978-4-406-05214-6
内容 春に咲く花は冬にぐんぐん根を張ってエネルギーをためる―冬こそ命。チューリップを新入生や卒業生への贈り物にするため、畑に植えた百個の球根。チューリップは本当に芽をだすのだろうか。

『のんびり転校生事件』後藤竜二作, 田畑精一絵　新日本出版社　2009.9　187p　20cm（5年3組事件シリーズ 3）〈1985年刊の新装版〉1400円　①978-4-406-05274-0
内容 5年3組一友情組！ いじめなんかぶっとばせ！ ナイーブな思春期たちの深い思いを生き生きと描きあげた傑作。

『ひかる！　2　本気。怒る！』後藤竜二作, スカイエマ絵　そうえん社　2008.10　111p　20cm（ホップステップキッズ！）950円　①978-4-88264-432-3
内容 サッカーゴールはみんなのもの。6年生だけがつかうなんて、ぜったいにゆるせないっ。

『ひかる！　3　本気（マジ）。走る！』後藤竜二作, スカイエマ絵　そうえん社　2009.5　117p　20cm（ホップステップキッズ！）950円　①978-4-88264-439-2
内容 わたし尾関ひかる。4年1組のみんな、大好き!!「思いをつなぐ」全校駅伝大会、よ～い、スタート！「ひかる！」シリーズ第3弾。

『㊙発見ノート事件』後藤竜二作, 田畑精一絵　新日本出版社　2009.6　220p　20cm（5年3組事件シリーズ 1）〈『歌はみんなでうたう歌』(1973年刊)の新装版〉1400円　①978-4-406-05250-4
内容 人情味あふれる、とも子先生とともに、ぶつかりあいながら育つ子どもたちを個性ゆたかに描いた傑作シリーズ、新装版。

『野心あらためず―日高見国伝』後藤竜二

著　光文社　2017.9　312p　16cm（光文社文庫）〈新日本出版社 2009年刊の再刊〉700円　①978-4-334-77527-8
内容 八世紀後半、東北地方には蝦夷とよばれる先住民が独自の文化で生活を続けており、そこへ豊かな資源を求めて大和朝廷が侵略を始めていた。東北地方で滅ぼされたアビ一族の生き残りにして鮫狩りの少年アビは、鮫狩りの師匠オンガとともに想い人宇伽の影を求めて故郷へ。そこでアビが見たものは一。戦後児童文学を作り上げてきた著者が遺した感動の大作、初文庫化。
別版 新日本出版社 2009.11

斉藤　洋
さいとう・ひろし
《1952～》

『アゲハが消えた日』斉藤洋作, 平澤朋子画　偕成社　2011.7　164p　19cm（偕成社文庫）700円　①978-4-03-652720-5
内容 このごろ正は、アゲハチョウを見るたび、おかしな気分になる。なにか、だいじなことを思い出そうとしているような、そんな気分だ。ときおりあらわれるアゲハは、なにを告げているのだろうか？ 児童文学の名手、斉藤洋の初期傑作を新装版にて待望の復刊。小学上級から。

『アーサー王の世界　1　大魔法師マーリンと王の誕生』斉藤洋作　静山社　2016.10　164p　20cm　1300円　①978-4-86389-363-4
内容 美しい娘と、夢の魔のあいだに、男の子が生まれた。名前はマーリン。森の修道院でひそかに育てられた少年は、成長とともに不思議な力を発揮し、やがて大魔法師として、王国を新しい時代へ導いていく…「アーサー王の世界」の幕をひらく大魔法師マーリンの物語。

『アーサー王の世界　2　二本の剣とアーサーの即位』斉藤洋作　静山社　2017.4　158p　20cm　1300円　①978-4-86389-378-8
内容 大魔法師マーリンの計らいで、エクター卿の次男として育てられたアーサーは、美しい少年に成長した。そして、誰ひとり抜くことのできない石に刺さった剣を、引き抜いた瞬間からアーサーは、国王としての道を歩みだす…。魔法の剣に導かれた、国王アーサー誕生の物語。

『アーサー王の世界　3　ガリアの巨人と

エクスカリバー』斉藤洋作　静山社
2018.3　168p　20cm　1300円　①978-
4-86389-407-5
内容 国王として歩みはじめたアーサーは、領
地をねらわれているカメラード城の王を助け
るため、出陣することになった。噂によれば、
その城には世界一美しい王女がいるという…。
十六歳になったアーサー王の初めての恋、そ
して、成長の物語。

『あたま山』斉藤洋文、高畠純絵　あかね
書房　2008.1　78p　22cm（ランランら
くご 5）1000円　①978-4-251-04205-7
内容 けちな男がさくらんぼうを、たねごとた
べると、頭からさくらの木がはえた。みんな
は男の頭の「あたま山」で、花見のどんちゃ
んさわぎ。いやになった男はとうとう…!?大
胆なアレンジが楽しい、古典落語をダイジェ
ストしたシリーズ。

『天草の霧―白狐魔記』斉藤洋作　偕成社
2010.2　381p　19cm〈画：高畠純　年
表あり〉1500円　①978-4-03-744250-7

『あやかしファンタジア』斉藤洋作、森田
みちよ絵　理論社　2011.11　133p
21cm（おはなしルネッサンス）1300円
①978-4-652-01327-4
内容 学校で、商店街で、マンションで、野球
場で…わたしが体験した奇怪な出来事をつづ
る。あなたの町にも、きっとある。こんな怖
い話、妖しい話。

『ありがとうのおはなし』森山京、末吉暁
子、斉藤洋作、高畠純絵　講談社　2009.
4　115p　20cm（[わくわくライブラ
リー]）1300円　①978-4-06-195713-8

『アリクイありえない』斉藤洋作、武田美
穂絵　理論社　2009.5　90p　22cm
（[はたらきもののナマケモノ][part
2]）1100円　①978-4-652-01161-4
内容 日曜日の朝は、いつもとちがう。ぼくの
へやのまどをあけ、ふしぎなだれかが、やっ
てくる。さて、きょうはナマケモノそれとも
アリクイ…。

『アリスのうさぎ―ビブリオ・ファンタジ
ア』斉藤洋作、森泉岳土絵　偕成社
2016.8　164p　20cm　1300円　①978-
4-03-727210-4
内容 図書館でアルバイトをしているわたし
のもとにはなぜか、不思議な話が集まってく
る。山で怪異に出会った少女をみちびいたの
は？　四編からなる斉藤洋の奇譚集。小学校
高学年から。

『アルフレートの時計台』斉藤洋著　偕成

社　2011.4　153p　20cm〈画：森田み
ちよ〉1200円　①978-4-03-643080-2
内容 その時計台にはいくつものうわさがあっ
た。入り口の扉から入る人はいても、そこか
ら出る人を見ることはない。深夜三時にひと
りでくると、池のペガサス像が翼をはばたか
せる。時計台の先端に白フクロウがとまって
いるのを見た者は…時をこえた少年の日の友
情を描いた幻想譚。小学校高学年から。

『いえのおばけずかん』斉藤洋作、宮本え
つよし絵　講談社　2014.11　74p
22cm（どうわがいっぱい）1100円
①978-4-06-199600-7
内容 いえのなかにも、こわ〜いおばけがいっ
ぱい。でも、このおはなしをよめば、だいじょ
うぶ！　小学1年生から。

『いえのおばけずかん―おばけテレビ』斉
藤洋作、宮本えつよし絵　講談社
2016.8　74p　22cm（どうわがいっぱ
い）1100円　①978-4-06-199611-3
内容 いえのなかには、こわ〜いおばけがど
んでてきます。でも、このおはなしをよ
めば、だいじょうぶ！　小学1年生から。

『いえのおばけずかん―ざしきわらし』斉
藤洋作、宮本えつよし絵　講談社
2017.7　76p　22cm（どうわがいっぱ
い）1100円　①978-4-06-199618-2
内容 いえのなかには、こわ〜いおばけがま
だ、こんなに！　でも、このおはなしをよめ
ば、だいじょうぶ！　小学1年生から。

『いえのおばけずかん―ゆうれいでんわ』
斉藤洋作、宮本えつよし絵　講談社
2015.11　76p　22cm（どうわがいっぱ
い）1100円　①978-4-06-199607-6
内容 いえのなかには、こわ〜いおばけがま
だまだいっぱい！　でも、このおはなしをよ
めば、だいじょうぶ！　小学1年生から。

『イーゲル号航海記　2　針路東、砂漠を
こえろ！』斉藤洋著、コジマケン絵　偕
成社　2008.12　269p　20cm　1300円
①978-4-03-744820-2
内容 天才科学者ローゼンベルク博士のつくっ
た最新式の小型潜水艇“イーゲル号”。小学生
のぼくは、その乗組員としてふたたび異世界
への冒険に出る。なぞの大渦にまきこまれ、
たどりついたさきは無人の砂漠のように見え
たが―。予測不能の展開にますます目がはな
せない、海洋アドベンチャー・第2弾！　小学
校高学年から。

『イーゲル号航海記　3　女王と一角獣の
都』斉藤洋著、コジマケン絵　偕成社

2011.1　278p　20cm　1300円　①978-4-03-744830-1

内容 異世界につながる巨大渦のなぞをとくために、天才科学者ローゼンベルク博士がつくった潜水艇 "イーゲル号"。変わり者ぞろいの仲間とともにぼくはまたあらたな航海へとのりだした。そこでぼくたちは、おどろくべき伝説の生物と出会うことになる―。たしかなリアリティをもって迫る海洋アドベンチャー・第3弾。小学校高学年から。

『いつでもインコ』斉藤洋, 武田美穂絵　理論社　2016.2　86p　22cm（［はたらきもののナマケモノ］［PART3]）1300円　①978-4-652-20141-1

内容 日曜日の朝、ぼくの部屋には、ふしぎな動物たちが、やってくる。ナマケモノ、アリクイ…、そして、こんどは見しらぬ鳥が!?

『いつでもしろくま』斉藤洋作, 高畠純絵　小峰書店　2014.12　126p　22cm（斉藤洋のしろくまシリーズ）1300円　①978-4-338-01703-9

内容 マルクとカール、しろくま兄弟。黒いぼうしは兄さんのマルク。双眼鏡をぶらさげた弟のカール。宅配便のはいたつがふたりのしごと。いつでもしろくま気分！

『海にかがやく』斉藤洋作　偕成社　2012.6　235p　19cm（偕成社文庫）〈画：小林系　講談社 1994年刊の再刊〉700円　①978-4-03-652740-3

内容 鉄道も通らない海辺の村に住む二郎はある夏、都会からやってきた少女、夏生と出会う。あざやかによみがえる、人生を変えたひと夏の物語。児童文学の名手、斉藤洋の初期傑作を新装版にて待望の復刊。小学上級から。

『うみのおばけずかん』斉藤洋作, 宮本えつよし絵　講談社　2013.6　74p　22cm（どうわがいっぱい）1100円　①978-4-06-198191-1

内容 うみには、こわーいおばけがいっぱい。でも、このおはなしをよめば、だいじょうぶ。

『オイレ夫人の深夜画廊』斉藤洋著　偕成社　2016.6　157p　20cm〈画：森田みちよ〉1200円　①978-4-03-643150-2

内容 そこは、運命を変えるたいせつな思い出に会える画廊。見しらぬ町で途中下車することになったフランツは、駅で聞いた「深夜画廊」という名の書店に心をひかれた。夜間専門の古本屋で、二階は画廊になっているらしい。小学校高学年から。

『「おまえだ！」とカピバラはいった』斉藤洋著, 佐々木マキ画　講談社　2008.11　169p　20cm　1200円　①978-4-06-215080-4

内容 ある日、ぼくの前にマンタが現れて、「ジンベエザメが元気をとりもどせるように、手伝ってほしい」といってきた。そして、なんとも不思議な冒険が始まった―。

『おめでとうのおはなし』山下明生, 角野栄子, 斉藤洋作, 高畠純絵　講談社　2009.4　117p　20cm（［わくわくライブラリー]）①978-4-06-195714-5

内容 人からおいわいされると、心からうれしくなる―小学2・3年生向け。「おめでとう」の思いを伝える3つのおはなし。

『オリンピックのおばけずかん』斉藤洋作, 宮本えつよし 絵　講談社　2017.11　72p　22cm（どうわがいっぱい）1100円　①978-4-06-199620-5

内容 四ねんに一どのオリンピックにも、なんと、おばけが！でも、このおはなしをよめば、だいじょうぶ！小学1年生から。

『オレンジ色の不思議』斉藤洋作, 森田みちよ絵　静山社　2017.7　175p　20cm　1300円　①978-4-86389-385-6

内容 謎の美少女といっしょに「あやしい」時間を体験してみませんか？どんなに追いかけても近づけない "去りゆく警察官"、いつまでも同じ会話をくりかえす "ブランコのカップル" など、まるでトリックアートのような奇妙な光景があらわれる…。稀代のストーリーテラーがおくる連作短編集。

『風さそう弥生の夜桜』斉藤洋作, 大矢正和絵　あすなろ書房　2016.4　182p　20cm（くのいち小桜忍法帖）1300円　①978-4-7515-2766-5

内容 少女忍者は、大人たちのたくらみが、許せない！江戸の町を舞台に、変幻自在のくのいちが、奇妙な事件の謎を解く、シリーズ第3弾！

『がっこうのおばけずかん』斉藤洋作, 宮本えつよし絵　講談社　2014.1　76p　22cm（どうわがいっぱい）1100円　①978-4-06-198197-3

内容 がっこうには、こわーいおばけがいっぱい。でも、このおはなしをよめば、だいじょうぶ！こわいけど、おもしろい！おばけずかんシリーズ。小学1年生から。

『がっこうのおばけずかん あかずのきょうしつ』斉藤洋作, 宮本えつよし絵　講談社　2014.8　76p　22cm（どうわがいっぱい）1100円　①978-4-06-199602-1

『がっこうのおばけずかん おきざりランド

セル』斉藤洋作，宮本えつよし絵　講談社　2015.2　74p　22cm（どうわがいっぱい）1100円　①978-4-06-199603-8

内容　がっこうには、こわ〜いおばけがまだ、こんなに！でも、このおはなしをよめば、だいじょうぶ！小学1年生から。

『がっこうのおばけずかん おばけにゅうがくしき』斉藤洋作，宮本えつよし絵　講談社　2015.8　74p　22cm（どうわがいっぱい）1100円　①978-4-06-199605-2

内容　がっこうには、こわーいおばけがいくらでもいます！でも、このおはなしをよめば、だいじょうぶ！小学1年生から。

『がっこうのおばけずかん ワンデイてんこうせい』斉藤洋作，宮本えつよし絵　講談社　2014.6　72p　22cm（どうわがいっぱい）1100円　①978-4-06-199601-4

内容　学校にはこわーいおばけが、まだまだいっぱい。でも、このお話しをよめばだいじょうぶ。

『かんたんせんせいとバク』斉藤洋作，大森裕子絵　講談社　2011.1　72p　22cm（どうわがいっぱい）1100円　①978-4-06-198178-2

内容　バクのムクのねがいは、じぶんのゆめをたべること。かんたんせんせいは、そんなムクに3つのほうほうをおしえます。はたして、ムクはじぶんのゆめをたべることができるでしょうか？小学1年生から。

『かんたんせんせいとライオン』斉藤洋作，大森裕子絵　講談社　2008.2　72p　22cm（どうわがいっぱい）1100円　①978-4-06-198169-0

内容　ライオンのバムのねがいは、かわいらしいハムスターになること。そんなバムに、かんたんせんせいは3つのほうほうをおしえてくれます。さあて、どうやってへんしんするのかな？小学1年生から。

『ギュレギュレ！』斉藤洋作　偕成社　2016.10　197p　22cm〈画：樋口たつの〉1500円　①978-4-03-727240-1

内容　さあ、商売の話をいたしましょう。うちにはときどき、きみょうなトルコ人がやってきます。そのトルコ人は、いってみれば、ふしぎなもののセールスマンなのです。児童文学作家・斉藤洋のクスリとおかしいユーモア小説！小学校高学年から。

『きょうりゅうじゃないんだ』斉藤洋作，高畑純絵　PHP研究所　2014.2　78p

22cm（とっておきのどうわ）1100円　①978-4-569-78287-4

内容　きょうりゅう・ランドでいじょうじたいはっせい!?ステゴサウルスもティラノサウルスもいじょうなし。そこに、きょだいなかいじゅうがあらわれて…。小学1〜2年生向。

『ギリシア神話トロイアの書』斉藤洋文，佐竹美保絵　理論社　2010.3　163p　21cm（[斉藤洋の「ギリシア神話」][3]）1400円　①978-4-652-01164-5

内容　ギリシアの神々の中でも、とりわけ美しいといわれたのが、全女性の守護神ヘラ、愛と美の女神アフロディテ、そして知恵と正義の女神アテナの三女神でした。では、三女神の中で、もっとも美しいのは誰か？あるとき神々は、この難しい問題に決着をつけることになりました。しかし、その結果が、ギリシアとトロイアのあいだに、あの有名な大戦争をまねいてしまうことになったのです…。斉藤洋の「ギリシア神話」シリーズ第三巻。

『ギリシア神話ペルセウスの書』斉藤洋文，佐竹美保絵　理論社　2009.10　149p　21cm（[斉藤洋の「ギリシア神話」][2]）1400円　①978-4-652-01163-8

内容　なみはずれた知恵と力と勇気をもち、神々にもまさる偉業を成し遂げた者たちを、ひとは「英雄」と呼びます。古代ギリシアには数多くの英雄たちがいました。なかでもペルセウスは、後世までその名をとどろかせる英雄のひとりです。彼は、生まれたときから数奇な運命を背負わされ、謀略によって危険な冒険に巻き込まれていきます。そんなペルセウスの物語が、いま、まったく新しい語り口でよみがえります。斉藤洋「ギリシア神話」シリーズ第二巻。

『きんたろうちゃん』斉藤洋作，森田みちよ絵　講談社　2017.5　77p　22cm（どうわがいっぱい）1200円　①978-4-06-199615-1

内容　きんたろうちゃんはなにをしているのかな？問いかけがいっぱいで親子がもりあがるまったく新しい金太郎のおはなし！小学1年生から。

『くるみわり人形』斉藤洋文，わたべめぐみ絵，ホフマン原作　講談社　2014.11　89p　22cm（クラシックバレエおひめさま物語）1200円　①978-4-06-219246-0

内容　クリスマスの定番バレエが、楽しい物語に！心から愛されたとき、そのふしぎな人形はもとのすがたにもどるのです─。時代をこえて愛されてきた、クラシックバレエの名作『くるみわり人形』。女の子ならだれで

日本の作品　　　　　　　　　　　　　　　斉藤洋

もあこがれるバレエのヒロインに光をあてた物語を斉藤洋が書きおろしました。

『K町の奇妙なおとなたち』斉藤洋作, 森田みちよ絵　偕成社　2012.9　221p　20cm　1200円　①978-4-03-727150-3
内容 ベティーとよばれるなぞめいた女性、銭湯で潜水艦の乗組員になりきる中年男、過去を背負うアパートの管理人一家。昭和30年代、東京のはずれのK町。あのころあの町にはこんな人びとがいた。少年期の追憶。小学校高学年から。

『現代落語おもしろ七席』斉藤洋作, 森田みちよ絵　理論社　2015.10　195p　19cm　1400円　①978-4-652-20130-5
内容 西東亭ひろし丸が古今東西の話題を縦横無尽に語ります。出し物は、ぜんぶで七席、どこから読んでもかまいません。洒落のなかにも教養あふれる、魔術のような話術をお楽しみください。

『元禄の雪』斉藤洋作　偕成社　2012.11　453p　19cm（白狐魔記）〈画：高畠純　年表あり〉1600円　①978-4-03-744620-8
内容 白駒山の仙人の弟子となり、修行ののち、人間に化けることができるようになった狐、白狐魔丸の人間探求の物語。時は江戸時代中期、元禄十四年。俳諧や歌舞伎など町の文化が花ひらき、人びとは天下太平の世を謳歌していた。しかし、白狐魔丸は江戸城から強い邪気がただよってくるのを感じる。赤穂事件がおきたのは、その直後だった。小学校高学年から。

『こうえんのおばけずかん―おばけどんぐり』斉藤洋作, 宮本えつよし絵　講談社　2017.3　74p　22cm（どうわがいっぱい）1100円　①978-4-06-199614-4
内容 こうえんには、こわ～いおばけがいっぱいいます。でも、このおはなしをよめば、だいじょうぶ！ 小学1年生から。

『こぎつねいちねんせい』斉藤洋作, にきまゆ絵　あかね書房　2013.2　76p　22cm　1000円　①978-4-251-04039-8
内容 こぎつねは、しょうがっこうにいきたくなりました。いちねんせいにばけて、おまもりをくびからさげて、「いってきまーす！」。しょうがっこうってどんなところでしょう…？ いちねんせいの「わくわくどきどき」にあふれた、たのしいおはなしです。5～7歳向き。

『ゴーゴーもるもくん』斉藤洋さく, 江田ななええ絵　偕成社　2009.9　71p　21cm　900円　①978-4-03-439360-4
内容 「もるもなきぶん」って、なーんだ？

それはね、ごきげんななめのひとも、うかないかおしたひとも、たちまちこんなふうにおどりだしたくなっちゃうきぶんのこと！ 小学校低学年から。

『コリドラス・テイルズ』斉藤洋著, ヨシタケシンスケ絵　偕成社　2012.10　215p　20cm　1200円　①978-4-03-744780-9

『斉藤洋の日本むかし話　こわいことの巻』斉藤洋文, 小中大地絵　ひさかたチャイルド　2013.7　160p　22cm　1400円　①978-4-89325-988-2
内容 祖父からきいたむかし話を斉藤洋が子どもたちに語る。おそろしいことを知ってしまった4つのこわいお話のはじまり、はじまり。

『斉藤洋の日本むかし話　こわいところの巻』斉藤洋文, 小中大地絵　ひさかたチャイルド　2013.7　160p　22cm　1400円　①978-4-89325-986-8
内容 祖父からきいたむかし話を斉藤洋が子どもたちに語る。あやしいところにいってしまった4つのこわいお話のはじまり、はじまり。

『斉藤洋の日本むかし話　こわいものの巻』斉藤洋文, 小中大地絵　ひさかたチャイルド　2013.7　160p　22cm　1400円　①978-4-89325-987-5
内容 祖父からきいたむかし話を斉藤洋が子どもたちに語る。ぶきみなものに出会ってしまった4つのこわいお話のはじまり、はじまり。

『斉藤洋の日本むかし話　ふしぎな生きものの巻』斉藤洋文, 小中大地絵　ひさかたチャイルド　2012.11　160p　22cm　1400円　①978-4-89325-967-7
内容 祖父からきいたむかし話を、斉藤洋が子どもたちに語る、ふしぎな生きものがいたという4つのふしぎなお話。

『斉藤洋の日本むかし話　ふしぎな国の巻』斉藤洋文, 小中大地絵　ひさかたチャイルド　2012.9　160p　22cm　1400円　①978-4-89325-965-3
内容 知らない場所にいって帰った4つのふしぎなお話のはじまり、はじまり―祖父からきいたむかし話を、斉藤洋が子どもたちに語る。

『斉藤洋の日本むかし話　ふしぎな人の巻』斉藤洋文, 小中大地絵　ひさかたチャイルド　2012.10　160p　22cm　1400円　①978-4-89325-966-0
内容 祖父からきいたむかし話を、斉藤洋が子どもたちに語る。ふしぎな人と出会ってしまった4つのふしぎなお話のはじまり、はじまり。

ヤングアダルトの本　いま読みたい小説4000冊　　143

斉藤洋　　　　　　　　　　　　　　　　　　　　　　　　　　日本の作品

『西遊記　8（怪の巻）』呉承恩原著, 斉藤洋文, 広瀬弦絵　理論社　2009.3　179p　21cm（［斉藤洋の西遊記シリーズ］［8]）1400円　①978-4-652-01158-4
内容 通天河近くの屋敷で、法事がいとなまれていた。そこに立ち寄った三蔵法師一行が聞いたところ、この法事は、これから死ぬもののための追善供養なのだという。近くのやしろにまつられている霊感大王が、年に一度の祭礼のたびに、子どものいけにえを要求してくるのだった。「子どもが死なずにすむようにしてやろう」と、悟空は秘策を考えた…。世界最強のファンタジー・アドベンチャー「西遊記」第8弾。

『西遊記　9（妖の巻）』呉承恩原著, 斉藤洋文, 広瀬弦絵　理論社　2010.8　182p　21cm（［斉藤洋の西遊記シリーズ］［9]）1400円　①978-4-652-01166-9
内容 孫悟空たちの一行は、西梁女人国にやってきた。この国は、その名のとおり女ばかりで、男がひとりもいない。そのかわり、子母河という川が流れていて、その水を飲んだ女たちは、おなかに子どもができるのだという。そんなことはまったく知らない玄奘三蔵と猪八戒が、子母河の水を飲んでしまった…。世界最強のファンタジー・アドベンチャー「西遊記」第9弾。

『西遊記　10（迷の巻）』呉承恩原著, 斉藤洋文, 広瀬弦絵　理論社　2012.2　163p　21cm（［斉藤洋の西遊記シリーズ］［10]）1400円　①978-4-652-01167-6
内容 孫悟空は以前、人をあやめたことを理由に、三蔵法師から破門を言い渡されたことがある。そのときは、妖怪から三蔵を救い出し、弟子に復帰したが、またしても、あやまちを繰り返してしまう。盗賊団の男たちを、勢いあまって殺してしまったのだ。悟空は、ふたたび破門!?そして、二度と許されることはないのか…？世界最強のファンタジー・アドベンチャー「西遊記」第10弾。

『西遊記　11　火の巻』呉承恩作, 斉藤洋文, 広瀬弦絵　理論社　2016.1　182p　21cm（［斉藤洋の西遊記シリーズ］［11]）1500円　①978-4-652-20139-8
内容 三蔵法師一行は、火焔山という火の山を越えなければ、西へ進むことができない。火を消すためには、芭蕉扇という扇が必要だ。孫悟空は扇を借りるため、山の洞窟に向かうが、そこにいたのは、悟空に深い恨みをもつ者だった…。世界最強のファンタジー・アドベンチャー「西遊記」第11弾！

『西遊記　12　珠の巻』呉承恩作, 斉藤洋文, 広瀬弦絵　理論社　2018.1　188p　21cm（［斉藤洋の西遊記シリーズ］［12]）1500円　①978-4-652-20249-4
内容 三蔵法師一行は、仏塔がそびえ立つ大きな町にやってきた。ところが、寺の僧たちには手枷・首枷がはめられている。三年前、塔にかがやく宝珠がなくなり、僧たちは盗みの濡れ衣を着せられているという。そこで悟空は、ほんとうの盗人の正体をあばこうとするが…。世界最強のファンタジー・アドベンチャー「西遊記」第12弾!!

『西遊後記　1　還の巻』斉藤洋作, 広瀬弦絵　理論社　2013.4　205p　21cm　1500円　①978-4-652-20014-8
内容 そのころ―三蔵法師は長安の都で、天竺から持ち帰ったお経を訳していた。一方、孫悟空は水簾洞に戻って、退屈な日々を過ごしていた。ふと思い立ち、三蔵法師のいる寺を訪ねてみた悟空は、そこで奇妙な話を耳にする…。あの「西遊記」の、その後を語るミステリー・アドベンチャー「西遊後記」第一弾。

『西遊後記　2　芳の巻』斉藤洋作, 広瀬弦絵　理論社　2014.4　205p　21cm　1500円　①978-4-652-20015-5
内容 このごろ―長安の都では、人がつぎつぎ消えるという。うわさを耳にした孫悟空は、都で経を訳している三蔵法師のことが気がかりだった。そこで奇妙な事件の、真相をつきとめようと長安に向かった…。あの「西遊記」の、その後を語るミステリー・アドベンチャー「西遊後記」第二弾！

『西遊後記　3　河の巻』斉藤洋作, 広瀬弦絵　理論社　2014.11　205p　21cm　1500円　①978-4-652-20016-2
内容 長安の都では、日照りでもないのに、芙蓉池が干あがりそうになっているという。原因をつきとめようと孫悟空がかけつけたとき、すでに、三蔵法師の弟子・辨機が、仏法で水をからしたと疑われ、宮殿にとらわれていた…。あの「西遊記」の、その後を語るミステリー・アドベンチャー「西遊後記」第三弾！

『サバンナのいちにち』斉藤洋さく, 高畠純え　講談社　2016.10　108p　20cm（わくわくライブラリー）1200円　①978-4-06-195775-6
内容 天の川は、川なのか、川じゃないのか、いいあらそっているワシとアフリカワシミミズク。毎朝、かけっこをするサイとカバ。走ってくるサイのサイをまちかまえる。「こんじょうだめし」をするヒョウの三兄弟。シマウマのむれにしのびこんで、いたずらをするオカピー。ロングセラー名作童話「どうぶつえん

日本の作品 斉藤洋

のいっしゅうかん」の姉妹編!!小学初級から。

『**しあわせ・レインボー・パウダー**』斉藤洋作, 村田桃香絵　あかね書房　2017.6　79p　22cm（ふしぎパティシエールみるか 3）1100円　①978-4-251-04363-4

内容　みるかはケーキやさん。今回もらったのは、8つのいろとあじのパウダーがでてくる、ふしぎなパラソル。ななつのあじの「レインボー・スムージー」。とうめいなチョコの「シンデレラ・シューズチョコ」。ちょっとへんてこな「なんでもロールケーキ」。ふしぎなパラソルや、まきつえをつかって、ミラクル・スイーツをつくります。

『**十二夜**』斉藤洋文, 佐竹美保絵, ウィリアム・シェイクスピア原作　あすなろ書房　2015.1　197p　20cm（シェイクスピア名作劇場 5）1300円　①978-4-7515-2775-7

内容　双子の兄妹を中心に、かりまりあう恋の糸。そこに、いたずらをしかける者が登場し、恋路は、さらに大混乱！ ハッピーエンドのシェイクスピア恋愛喜劇。

『**シュレミールと小さな潜水艦**』斉藤洋作, 小林ゆき子画　偕成社　2011.7　260p　19cm（偕成社文庫）700円　①978-4-03-652730-4

内容　港町でくらす白ねこシュレミールは、ふとしたことから全自動小型潜水艦アルムフロッサーに乗りこんでしまう。ものを思う潜水艦とねこの海洋冒険小説！ 児童文学の名手、斉藤洋の初期傑作を新装版にて待望の復刊。小学上級から。

『**しろくまだって**』斉藤洋作, 高畠純絵　新装版　小峰書店　2014.12　126p　22cm（斉藤洋のしろくまシリーズ）1300円　①978-4-338-01701-5

内容　マルクとカール、しろくま兄弟。黒いぼうしは兄さんのマルク、双眼鏡をぶらさげた弟のカール。人間のことばがしゃべれて字だってよめる。ホワイト・ベア・ブラザーズ新装版でパワーアップ─。

『**シンデレラのねずみ─ビブリオ・ファンタジア**』斉藤洋作, 森泉岳土絵　偕成社　2018.7　165p　19cm　1300円　①978-4-03-727220-0

内容　おかしなことに、わたしを見るとみな奇妙な話をしたくなるらしい。なぞめいた祖母から贈られたハムスターの秘密とは？ 図書館が舞台の斉藤洋の奇譚集第二弾。

『**空で出会ったふしぎな人たち**』斉藤洋作, 高畠純絵　偕成社　2017.8　173p

22cm　1500円　①978-4-03-727250-0

内容　さあ、カオスをさがしにいこう！ 空飛ぶ玄関マットに乗って出会ったのは、毘沙門天、撃墜王、竜宮の右大将！ ふしぎが連鎖する短編集。小学校高学年から。

『**月夜に見参！**』斉藤洋作, 大矢正和絵　あすなろ書房　2015.7　183p　20cm（くのいち小桜忍法帖）1300円　①978-4-7515-2757-3

内容　時は元禄、江戸の町では、同心や忍びがつぎつぎ殺され、子どもたちが、かどわかされていた。事件の謎を追う、くのいち小桜の身にも危険が…!?

『**TN探偵社怪盗そのまま仮面**』斉藤洋作, 南伸坊絵　日本標準　2009.4　125p　22cm（シリーズ本のチカラ）〈くもん出版1993年刊の改訂〉1300円　①978-4-8208-0397-3

内容　小学生の南雲健太郎は、TN探偵社のナンバー2。おじいさん探偵の東条四郎と今日も難事件に挑む！ 今回の依頼人は、「怪盗そのまま仮面参上！」と書かれた紙きれを持って現れたのだが…好評のシリーズ2作目。

『**TN探偵社消えた切手といえない犯人**』斉藤洋作, 南伸坊絵　日本標準　2011.5　125p　22cm（シリーズ本のチカラ）〈シリーズの編者：石井直人, 宮川健郎〉1400円　①978-4-8208-0540-3

内容　小学生の南雲健太郎は、毛のない年よりの東条四郎が営むTN探偵社の正式な探偵だ。今回の事件は、どうも「国際的な犯罪」らしい…。待望のシリーズ3作目。

『**テーマパークの黒髪人形**』斉藤洋作, かたおかまなみ絵　あかね書房　2014.10　106p　22cm（ナツカのおばけ事件簿13）1000円　①978-4-251-03853-1

内容　おばけやしきでナツカとパパが、おばけと対決!?ゾクッと楽しいおばけの事件。

『**どうぶつのおばけずかん**』斉藤洋作, 宮本えつよし絵　講談社　2016.2　76p　22cm（どうわがいっぱい）1100円　①978-4-06-199608-3

内容　かわいいどうぶつにも、こわーいおばけがいっぱい。でも、このおはなしをよめば、だいじょうぶ！ 小学1年生から。

『**遠く不思議な夏**』斉藤洋著, 森田みちよ絵　偕成社　2011.7　221p　20cm　1200円　①978-4-03-727130-5

内容　母の郷里ですごした、少年時代の夏休み。そのなんでもない田舎ぐらしの中でぼくは幻とも現実ともつかない不思議なできごと

ヤングアダルトの本　いま読みたい小説4000冊　**145**

に出会う。昭和三十年代を舞台につづる12の奇譚。小学校高学年から。

『とことんやろうすきなこと』斉藤洋, キッズ生活探検団作, 森田みちよ絵　町田玉川大学出版部　2011.1　93p　19cm（キッズ生活探検おはなしシリーズ）1300円　①978-4-472-05911-7
内容 クロヒョウの少年は"こうきしん"でいっぱい!?「物語」と「解説」のダブル構成！おもしろく、ためになり、役に立つ―新しい児童書シリーズは読まずにいられません。

『図書館の怪談』斉藤洋作, かたおかまなみ絵　あかね書房　2018.1　106p　22cm（ナツカのおばけ事件簿 16）1000円　①978-4-251-03856-2
内容 夜の図書館に、あやしい人かげ…その正体は!?ゾクッと楽しいおばけの事件！

『飛べ！ マジカルのぼり丸』斉藤洋作, 高畠純絵　講談社　2013.3　74p　22cm（おはなし12か月）1000円　①978-4-06-195741-1
内容 名馬（？）にまたがっていざ、しゅつじん！斉藤洋＆高畠純がおくる、とんでもない!?12か月のおはなし。

『とりつかれたバレリーナ』斉藤洋作, かたおかまなみ絵　あかね書房　2013.1　106p　22cm（ナツカのおばけ事件簿 11）1000円　①978-4-251-03851-7
内容 えっ!?こんどデビューするプリンシパルのバレリーナが、悪魔にとりつかれた…!?さあ、ナツカとパパといっしょに、おばけたいじに出発。

『どんどんもるもくん』斉藤洋さく, 江田ななええ　偕成社　2011.11　71p　21cm　900円　①978-4-03-439380-2
内容 ためいきついているのはだーれ？ぷんぷんおこっているのはだーれ？はずかしがりやさんはだーれ？でもね、だれでもこっちへおいで。もるもくんといっしょなら、みんなワハハとわらっちゃうから！小学校低学年から。

『夏の夜の夢』斉藤洋文, 佐竹美保絵, ウィリアム・シェイクスピア原作　あすなろ書房　2014.9　180p　20cm（シェイクスピア名作劇場 3）1300円　①978-4-7515-2773-3
内容 妖精王オーベロンの命にしたがって、恋の秘薬を手に、夜の森へとくりだした妖精パック。ところが…。「あらゆる文学の祖」といわれるシェイクスピアの名戯曲が小説に！

『にんぎょのバースデーケーキ』斉藤洋作,

村田桃香絵　あかね書房　2016.6　79p　22cm（ふしぎパティシエールみるか 1）1100円　①978-4-251-04361-0
内容 みるかは、なぞのおばあさんからかぎをもらって、ふしぎなせかいへ！オレンジ・クリスタルサンデーと、クラッカー・バースデーケーキと、シューキティーをつくります！

『のりものおばけずかん』斉藤洋作, 宮本えつよし絵　講談社　2015.5　76p　22cm（どうわがいっぱい）1100円　①978-4-06-199604-5
内容 たのしいのりものにも、こわ～いおばけがいっぱい。でも、このおはなしをよめば、だいじょうぶ！小学1年生から。

『呪いのまぼろし美容院』斉藤洋作, かたおかまなみ絵　あかね書房　2011.2　82p　22cm（ナツカのおばけ事件簿 9）1000円　①978-4-251-03849-4
内容 人をさそいこみ髪型をめちゃくちゃにする美容院。ナツカとパパは調査をするうちに…。

『初恋ゆうれいアート』斉藤洋作, かたおかまなみ絵　あかね書房　2017.1　1冊　22cm（ナツカのおばけ事件簿 15）1000円　①978-4-251-03855-5
内容 もしもし…えっ？有名な画家のアトリエで、ひとりでに描かれていく油絵のなぞ…!?さあ、ナツカとパパといっしょに、おばけたいじに出発!!

『ハムレット』斉藤洋文, 佐竹美保絵, ウィリアム・シェイクスピア原作　あすなろ書房　2014.5　196p　20cm（シェイクスピア名作劇場 1）1300円　①978-4-7515-2771-9
内容 夜な夜な現れる亡き国王の幽霊。父を殺した犯人を知った王子ハムレットは…。陰謀、ロマンス、策略、嫉妬…そして復讐。人々を魅了する要素がすべてつまった、「あらゆる文学の祖」といわれるシェイクスピアの名戯曲が小説に！四大悲劇のひとつ「ハムレット」を稀代のストーリーテラー、斉藤洋が小説化！読みやすく生まれ変わった「小説版・新シェイクスピア」シリーズ。

『バラの城のゆうれい』斉藤洋作, かたおかまなみ絵　あかね書房　2013.11　107p　22cm（ナツカのおばけ事件簿 12）1000円　①978-4-251-03852-4
内容 ナツカは、パパといっしょにおばけたいじ屋をはじめた。てごわいおばけを、知恵と勇気でたいじする、ちょっぴりこわくて楽しい、おばけたいじの物語！

日本の作品　　　　　　　　　　　　　　　　　　　　　　斉藤洋

『春待つ夜の雪舞台』斉藤洋作, 大矢正和
絵　あすなろ書房　2017.2　178p
20cm（くのいち小桜忍法帖）1300円
①978-4-7515-2865-5
内容　ある夜、小桜をのせた駕籠が、能面をつ
けた男に襲われた！ このごろ路上に出没す
るという辻斬りのしわざか…。不穏な気配た
だよう江戸の町で、小桜が、真実を知る!!変
幻自在のくのいちが奇妙な事件の謎を解く、
シリーズ完結編!!

『ひとりざむらいとおばけアパート』斉藤
洋作, 高畠那生絵　講談社　2008.8
70p　22cm（どうわがいっぱい）1200
円　①978-4-06-198173-7
内容　三つ目こぞうに、ろくろくび、火車、かま
いたち…つぎつぎとおそってくるおばけを、
ひとりざむらいは、どうやってやっつけるの
かな？ 大好評、ひとりざむらいシリーズ最
新作。小学1年生から。

『火の降る夜に桜舞う』斉藤洋作, 大矢正
和絵　あすなろ書房　2015.11　195p
20cm（くのいち小桜忍法帖）1300円
①978-4-7515-2761-0
内容　このごろ江戸の町では、妖しい炎が、空
を舞う。かつて町中を焼きつくした大火、あ
の「振袖火事」の再来か!?付け火の謎を追う
くのいち小桜が、たどりついた真実は…。

『びょういんのおばけずかん―おばけきゅ
うきゅうしゃ』斉藤洋作, 宮本えつよし
絵　講談社　2016.5　76p　22cm（どう
わがいっぱい）1100円　①978-4-06-
199610-6
内容　びょういんにも、こわ～いおばけがいっ
ぱい。でも、このおはなしをよめば、だいじょ
うぶ！ 小学1年生から。

『びょういんのおばけずかん―なんでもド
クター』斉藤洋作, 宮本えつよし絵　講
談社　2016.11　76p　22cm（どうわが
いっぱい）1100円　①978-4-06-199612-
0
内容　びょういんには、こわ～いおばけがま
だまだいっぱい。でも、このおはなしをよめ
ば、だいじょうぶ！ 小学1年生から。

『ふしぎなもるもくん』斉藤洋さく, 江田
ななええ　偕成社　2008.9　71p　21cm
900円　①978-4-03-439340-6
内容　もるもくんがあたまにぴょんととびのる
と一あら、ふしぎ。みんななんだかハッピー
になっちゃって、うきうきわくわくおどりだ
すよ！ よめばかならずハッピーになる斉藤
洋の新感覚・幼年どうわ。小学校1年生から。

『ペンギンがっしょうだん』斉藤洋作, 高
畠純絵　講談社　2012.5　71p　22cm
（どうわがいっぱい）1100円　①978-4-
06-198186-7
内容　ぎんぎらぎんのお日さまの下、やって
きました、がっしょうだん！ 五十のペンギ
ンたちはどんなうたをうたうのかな？ 小学1
年生から。

『ペンギンとざんたい』斉藤洋作, 高畠純
絵　講談社　2013.11　74p　22cm（ど
うわがいっぱい）1100円　①978-4-06-
198195-9
内容　ひこうせんからおりてきたのはいった
い、なにもの？ 1年生からひとりで読めます。

『ほらふき男爵どこまでも』G.A.ビュル
ガー編, 斉藤洋文, はたこうしろう絵
偕成社　2009.12　141p　22cm　1000
円　①978-4-03-516530-9
内容　わたしは、ヒエロニュムス・カール・フ
リードリッヒ・フォン・ミュンヒハウゼン男
爵だ。わたしは「ほらふき男爵」というあだ
名をつけられている。だが、わたしはほらな
ど一度だってふいたことはない。見たことは
見たまま、聞いたことは聞いたまま、思った
ことは思ったままに、話しているだけだ。今
回で、話は三度めだが、「三度めの正直」で
はなく、「三度めも正直」だから、そのつも
りで！ 小学校中学年から。

『魔界ドールハウス』斉藤洋作, かたおか
まなみ絵　あかね書房　2012.1　112p
22cm（ナツカのおばけ事件簿 10）1000
円　①978-4-251-03850-0
内容　おばけたいじ屋のナツカとパパは、女
の子が消えたアンティークショップで怪しい
ドールハウスを見つけ…!?ちょっぴり怖くて
楽しいお話。

『マクベス』斉藤洋文, 佐竹美保絵, ウィリ
アム・シェイクスピア原作　あすなろ書
房　2014.11　178p　20cm（シェイクス
ピア名作劇場 4）1300円　①978-4-
7515-2774-0
内容　「いずれは王になる」3人の魔女の謎め
いた予言。はじめは戯言と相手にしないマク
ベスだったが、ひとつめの予言が成就した瞬
間、眠っていた野心が目をさまし…。「あら
ゆる文学の祖」といわれるシェイクスピアの
名戯曲が小説に！

『まちのおばけずかん』斉藤洋作, 宮本え
つよし絵　講談社　2013.9　70p　22cm
（どうわがいっぱい）1100円　①978-4-
06-198193-5

ヤングアダルトの本　いま読みたい小説4000冊　**147**

内容 まちには、こわ～いおばけがいっぱい。でも、このおはなしをよめば、だいじょうぶ！こわいけど、おもしろい！ 小学1年生から。

『まよわずいらっしゃい―七つの怪談』斉藤洋作、奥江幸子絵 偕成社 2010.7 173p 22cm（偕成社ワンダーランド）1200円 ①978-4-03-540370-8
内容 ゾクッとする話、クスッとわらえる話、キュッとせつない話…7種のこわさがあじわえます。小学校中学年から。

『水色の不思議』斉藤洋作、森田みちよ絵 静山社 2018.4 189p 20cm 1300円 ①978-4-86389-422-8
内容 名前は知らないあの少女が、今日もわたしの前に、あらわれた。きっとこれから奇妙なことが起こりそう…？ 稀代のストーリーテラーがおくる、連作短編集第2弾！

『ミス・カナのゴーストログ 1 すずかけ屋敷のふたご』斉藤洋作 偕成社 2011.6 156p 19cm 900円 ①978-4-03-744740-3
内容 中学3年生の新学期。夏菜は、同じクラスになった警察官の息子・柏木俊介に誘われて、東京郊外の俊介の叔母の家をたずねる。そこで夏菜を待ち受けていたのは、この世ならぬ者からの、あるメッセージだった―。小学校高学年から。

『ミス・カナのゴーストログ 2 呼び声は海の底から』斉藤洋作 偕成社 2011.6 178p 19cm 900円 ①978-4-03-744750-2
内容 約束は守らなきゃ。たとえ相手が幽霊でも。中学3年生の夏休み。海辺の別荘で優雅にすごすはずだったが―霊能力者・三須夏菜が、またもしぶしぶ事件解決！ 小学校高学年から。

『ミス・カナのゴーストログ 3 かまいたちの秋』斉藤洋作 偕成社 2011.10 186p 19cm 900円 ①978-4-03-744760-1
内容 文化祭、部活、習いごと、受験。なにかといそがしい中3の秋、学校近くの公園で、通りがかりの人がとつぜん切り傷を負うという事件が連続しておこった。しかし、その犯人を目撃した人はだれもいない。現場に立つた夏菜は、そこで姿の見えない奇妙な声をきく。いったい犯人は、何者なのか…!?中学3年生の霊能力者・三須夏菜の日常と冒険。

『ミス・カナのゴーストログ 4 つばめの鎮魂歌（レクイエム）』斉藤洋作 偕成社 2012.2 181p 19cm 900円

①978-4-03-744770-0
内容 俊介の受験が終わり、中学校生活もあとわずかの冬。夏菜は、小さな男の子の幽霊と出会う。ふだんなら、（あちら側の者たち）とはかかわらないようにする夏菜だったが、その子のことは、なぜか気になってしかたがない…。小学校高学年から。

『ミラクルスプーンでドッキドキ！』斉藤洋作、村田桃香絵 あかね書房 2016.12 79p 22cm（ふしぎパティシエールみるか 2）1100円 ①978-4-251-04362-7
内容 かきまぜると、ソースがあまくなるミラクルスプーンをもらったみるかは、ふしぎなドアのむこうで、ミラクル・スイーツをつくります。ウサギといっしょに「キャロットおつきみだんご」。グリムのもりで「あかずきんちゃんのプリン」。おとなのあじの「ソルティー・ムース」。みるかのふしぎなケーキやさん。

『みんなのおばけずかん―あっかんべえ』斉藤洋作、宮本えつよし絵 講談社 2018.3 76p 22cm（どうわがいっぱい）1100円 ①978-4-06-199623-6
内容 みんなが考えたおばけが、本になったよ！ こわいけど、おもしろい！ おばけずかんシリーズ。小学1年生から。

『むらさき色の悪夢』斉藤洋作、かたおかまなみ絵 あかね書房 2015.8 104p 22cm（ナツカのおばけ事件簿 14）1000円 ①978-4-251-03854-8
内容 どうして!?「花子さん」をでないようにしたトイレに、こんどは「むらさきばばあ」が…？ むらさきばばあにナツカとパパが、まさかの完敗…!?ゾクッと楽しいおばけの事件！

『めざしてみよう計画の名人』斉藤洋、キッズ生活探検団作、森田みちよ絵 町田 玉川大学出版部 2011.4 93p 19cm（キッズ生活探検おはなしシリーズ）1300円 ①978-4-472-05912-4
内容 「お誕生日まであと三日！」ひいおじいちゃんのために、マングースの少年バムは、プレゼントをあれこれと考えます。"計画を立てる"こつが「物語」と「解説」のダブル構成で、かっこよく身につきます。おもしろく、ためになり、役に立つ―新しい児童書シリーズ。

『もぐらのおまわりさん』斉藤洋作、たかいよしかず絵 講談社 2011.9 76p 22cm（どうわがいっぱい）1200円 ①978-4-06-198183-6
内容 にんげんのしゃかいに、おまわりさんがいるように、もぐらのまちにもおまわりさ

んはいます。でも、いったい、どんなしごと
をしているのかなあ…。小学1年生から。

『もぐらのせんせい』斉藤洋作, たかいよ
しかず絵　講談社　2012.2　76p　22cm
（どうわがいっぱい）1200円　①978-4-
06-198184-3
内容 もぐらのがっこうって、どんながっこ
うなのでしょう？　もぐらのせんせいがいる
のかなあ…。もちろん、います！　小学1年生
からひとりで読めます。

『もぐらのたくはいびん』斉藤洋作, たか
いよしかず絵　講談社　2011.6　76p
22cm（どうわがいっぱい）1200円
①978-4-06-198181-2
内容 もぐらのたくはいびんやさんは、どこ
にでもにもつをとどけます。ただし、じめん
のしたにかぎります。地面の下で、はたらく
もぐらたちがかつやくする新シリーズ、第1
弾。小学1年生から。

『やっぱりしろくま』斉藤洋作, 高畠純絵
新装版　小峰書店　2014.12　126p
22cm（斉藤洋のしろくまシリーズ）
1300円　①978-4-338-01702-2
内容 マルクとカール。しろくま兄弟。黒い
ぼうしは兄さんのマルク、双眼鏡をぶらさげ
た弟のカール。プロレスだって強いし水泳は
おてのもの。やっぱりしろくまだから。

『やまのおばけずかん』斉藤洋作, 宮本え
つよし絵　講談社　2013.6　74p　22cm
（どうわがいっぱい）1100円　①978-4-
06-198192-8
内容 やまには、こわーいおばけがいっぱい。
でも、このおはなしをよめば、だいじょうぶ。

『ゆうれいパティシエ事件』斉藤洋作, か
たおかまなみ絵　あかね書房　2010.1
106p　22cm（ナッカのおばけ事件簿
8）1000円　①978-4-251-03848-7
内容 ナッカは、パパといっしょにおばけた
いじ屋をはじめた。てごわいおばけを、知恵
と勇気でたいじする。ちょっぴりこわくて楽
しい、おばけたいじの物語。

『夜空の訪問者』斉藤洋作, 森田みちよ絵
理論社　2010.5　129p　21cm（おはな
しルネッサンス）1300円　①978-4-652-
01323-6
内容 ある日、ぼくは公園で、ふしぎなオオハ
クチョウに出会った。彼は自分のことを「旅
するオオハクチョウ」と名のり、ハクチョウ
座にめぐりあうために旅をしているのだと言
う。そして、じっさいに星座にめぐりあった
ことのある動物たちの話を、ぼくにきかせて

くれるのだった。空にかがやく星座たちと地
上の動物たちとのふしぎな出会いの物語。小
学校中学年から。

『らくごでことわざ笑辞典―犬も歩けば』
斉藤洋作, 陣崎草子絵　偕成社　2016.4
124p　21cm　1000円　①978-4-03-
516830-0
内容 えェ、「らくご」といえば、これはもう、
おもしろくって、おちのある話のことですが、
このたびはことわざにまつわるおもしろくっ
て、ためになる話をゆるりとおたのしみくだ
さい。小学校中学年から。

『らくごで笑学校』斉藤洋作, 陣崎草子絵
偕成社　2013.7　116p　21cm　1000円
①978-4-03-516810-2
内容 「らくご」といえば、これはもう、おも
しろくって、おちのある話のこと。おかしな
小学校、じゃなくて、笑学校のお話。小学校
中学年から。

『らくごで笑児科』斉藤洋作, 陣崎草子絵
偕成社　2014.9　125p　21cm　1000円
①978-4-03-516820-1
内容 えェ、「らくご」といえば、おもしろくっ
て、おちのある話のことですが、今回するの
は、おかしな病院の小児科、ではなく笑児科
にいった一郎くんのお話。さて、どうなりま
すことやら…。小学校中学年から。

**『ルドルフとイッパイアッテナ―映画ノベ
ライズ』**斉藤洋原作, 加藤陽一脚本, 桜
木日向文　講談社　2016.6　215p
18cm（講談社青い鳥文庫）680円
①978-4-06-285553-2
内容 魚屋に追いかけられたはずみで、トラッ
クにのって東京に来てしまった黒ネコ、ルド
ルフ。そこで出会ったのは、ノラネコのボスで、
名前がいっぱいある「イッパイアッテナ」でし
た。イッパイアッテナには、人間の文字を読
んだり書いたりできるという秘密が！「キョ
ウヨウ」を教わったルドルフは、ついに大好
きなリエちゃんのいるふるさとへ…？　まる
で映画を見ているように楽しめます！　小学
中級から。総ルビ。

『ルドルフとイッパイアッテナ』斉藤洋著
講談社　2016.6　249p　15cm（講談社
文庫）580円　①978-4-06-293400-8
内容 ひょんなことから長距離トラックに乗っ
て東京にやってきてしまった、小さな黒ねこ、
ルドルフ。人間の字の読み書きができるボス
ねこ「イッパイアッテナ」たちと出会い、思
いがけないノラねこ生活をおくる。その
冒険と友情に子どもも大人も胸を熱くした不
朽の名作児童文学が、初めての文庫化！

斉藤倫　　　　　　　　　　　　　　　　　　　　　　　　　日本の作品

『ルドルフとスノーホワイト―ルドルフと
　イッパイアッテナ 4』斉藤洋作, 杉浦範
　茂絵　講談社　2012.11　287p　22cm
　（児童文学創作シリーズ）1400円
　①978-4-06-133522-6
　内容 笑いあり、涙あり、決闘あり、日本一有
　名なノラねこルドルフの痛快物語。

『ルドルフともだちひとりだち―ルドルフ
　とイッパイアッテナ 続』斉藤洋著　講
　談社　2016.6　207p　15cm（講談社文
　庫）580円　①978-4-06-293401-5
　内容 イッパイアッテナたちとのノラねこ生
　活にも慣れて、「キョウヨウ」も身につき、仲
　間もふえた。それでもやっぱり頭をよぎるの
　は、大好きな飼い主、リエちゃんのこと。心
　も体もひとまわり成長したルドルフは、つい
　に一匹でふるさとに帰る決心をするが、はた
　して…？

『霊界交渉人ショウタ　1　音楽室の幽霊』
　斉藤洋作, 市井あさ絵　ポプラ社
　2009.4　200p　18cm（ポプラポケット
　文庫）570円　①978-4-591-10904-5
　内容 霊感の強いショウタは、学校に住みつ
　く幽霊の「立ちのき」を交渉するはめに。夜
　の学校に出かけていって出会ったのは、骸骨、
　ベートーベン、トイレの花子と、定番っぽい
　けど、強烈な個性の幽霊たち…！　わらえる、
　でもちょっとこわい、シリーズ第1巻目。小
　学校上級～。

『霊界交渉人ショウタ　2　月光電気館の
　幽霊』斉藤洋作, 市井あさ絵　ポプラ社
　2009.11　195p　18cm（ポプラポケット
　文庫）570円　①978-4-591-11232-8
　内容 新しくできる、大型アミューズメント・
　ショッピングビルの工事現場には、毎晩たく
　さんの幽霊がでるらしい…。その幽霊たちの
　正体をつきとめるべく、調査をするショウタ
　がたどりついたのは、かつてこの場所にあっ
　た映画館の存在だった…！　強烈な幽霊キャ
　ラクターたちの活躍がわらえる、でもちょっ
　とこわい、シリーズ第2巻。小学校上級から。

『霊界交渉人ショウタ　3　ウエディング
　ドレスの幽霊』斉藤洋作, 市井あさ絵
　ポプラ社　2010.3　191p　18cm（ポプ
　ラポケット文庫）570円　①978-4-591-
　11528-2
　内容 幽霊との交渉も、ついに3回目になるショ
　ウタ。今度の交渉でショウタが出会ったのは、
　なぞのことばをつぶやく、人形だった…！　ショ
　ウタの家の同居人、花子・ベートーベン・ナ
　ポレオンのおばけ三人組の活躍も見のがせな
　い、人気シリーズ第3巻！　小学校上級から。

『ロミオとジュリエット』斉藤倫文, 佐竹
　美保絵, ウィリアム・シェイクスピア原
　作　あすなろ書房　2014.7　182p
　20cm（シェイクスピア名作劇場 2）
　1300円　①978-4-7515-2772-6
　内容 モンタギュー家のロミオとキャピュレッ
　ト家のジュリエット。長年、敵対してきた家
　に生まれた若い二人の運命は…？　陰謀、ロ
　マンス、策略、嫉妬…そして復讐。人々を魅
　了する要素がすべてつまった、「あらゆる文
　学の祖」といわれるシェイクスピアの名戯曲
　が小説に！

斉藤　倫
さいとう・りん
《1969～》

『クリスマスがちかづくと』斉藤倫作, く
　りはらたかし画　福音館書店　2017.10
　1冊（ページ付なし）21cm　1300円
　①978-4-8340-8363-7

『せなか町から、ずっと』斉藤倫著,
　junaida画　福音館書店　2016.6　195p
　20cm　1400円　①978-4-8340-8267-8
　内容 マンタのせなか、せなか町のふしぎな
　お話集。

『どろぼうのどろぼん』斉藤倫著, 牡丹靖
　佳画　福音館書店　2014.9　277p
　20cm　1500円　①978-4-8340-8122-0
　内容 「声」は、いつもむこうからやってき
　た。ぜったいにつかまらないはずだったどろ
　ぼうのはなし。

『波うちぎわのシアン』斉藤倫著, まめふ
　く画　偕成社　2018.3　319p　20cm
　1800円　①978-4-03-643170-0
　内容 ちいさな島、ラーラの診療所でひろわ
　れた少年、シアン。けっしてひらくことのない
　左手には、ふしぎな力があった。生まれる
　まえの記憶をめぐる傑作長編。小学校高学年
　から。

坂木　司
さかき・つかさ
《1969～》

『アンと青春』坂木司著　光文社　2016.3
　323p　20cm　1600円　①978-4-334-
　91084-6
　内容 ある日、アンちゃんの手元に謎めいた和

菓子が残された。これは、何を意味するんだろう――美人で頼りがいのある椿店長。「乙女」なイケメン立花さん。元ヤン人妻大学生の桜井さん。そして、食べるの大好きアンちゃん。『みつ屋』のみんなに、また会える。ベストセラー『和菓子のアン』の続編。

『**ウィンター・ホリデー**』坂木司著　文藝春秋　2014.11　477p　16cm（文春文庫）670円　①978-4-16-790217-9
内容 元ヤンキーでホストだった沖田大和の生活は、小学生の息子・進が突然に夏休みに現れたことから一変。宅配便のドライバーへと転身し子供のために奮闘する。そして冬休み、再び期間限定の親子生活がはじまるが、クリスマス、お正月、バレンタインとイベント盛り沢山のこの季節は、トラブルも続出で…。
別版 文藝春秋 2012.1

『**大きな音が聞こえるか**』坂木司著　KADOKAWA　2015.7　740p　15cm（角川文庫）〈文献あり〉880円　①978-4-04-103235-0
内容 退屈な毎日を持て余す高1の泳。サーフィンをしている瞬間だけは、全てを忘れられる気がした。そんなある日、泳は"終わらない波"ポロロッカの存在を知る。「この波に乗ってみたい―」。こみ上げる想いに、泳はアマゾン行きを決意する。アルバイトや両親の説得を経て、退屈な日常が動き出す。降り立った異国が出会ったのは、様々な価値観と強烈な個性を持った人々。泳はもがきながらも、少しずつ成長していき…。
別版 角川書店 2012.11

『**切れない糸**』坂木司著　東京創元社　2009.7　427p　15cm（創元推理文庫）880円　①978-4-488-45704-4
内容 周囲が新しい門出に沸く春、思いがけず家業のクリーニング店を継ぐことになった大学卒業間近の新井和也。不慣れな集荷作業で預かった衣類から、数々の謎が生まれていく。同じ商店街の喫茶店・ロッキーで働く沢田直之、アイロン職人・シゲさんなど周囲の人に助けられながら失敗を重ねつつ成長していく和也。商店街の四季と共に、人々の温かさを爽やかに描く、青春ミステリの決定版。

『**女子的生活**』坂木司著　新潮社　2016.8　286p　20cm　1500円　①978-4-10-312052-0
内容 女子的生活を楽しむため、東京に出てきたみき。アパレルで働きながら、念願のお洒落生活を満喫中。おバカさんもたまにはいるけど、いちいち傷ついてなんていられない。そっちがその気なら、いつだって受けて

立ってやる！彼女は、自由。だから、最高の生活を知っている。読めば胸がスッとする、痛快ガールズストーリー！

『**シンデレラ・ティース**』坂木司著　光文社　2009.4　309p　16cm（光文社文庫）〈文献あり〉571円　①978-4-334-74571-4
内容 大学二年の夏、サキは母親の計略に引っかかり、大っ嫌いな歯医者で受付のアルバイトをすることになってしまう。個性豊かで、患者に対し優しく接するクリニックのスタッフに次第にとけ込んでいくサキだったが、クリニックに持ち込まれるのは、虫歯だけではなく、患者さんの心に隠された大事な秘密もあって…。サキの忘れられない夏が始まった。

『**先生と僕**』坂木司著　双葉社　2011.12　292p　15cm（双葉文庫）〈文献あり〉571円　①978-4-575-51472-8
内容 都会の猫は推理好き。田舎のネズミは…―ひょんなことから大学の推理小説研究会に入ったこわがりな僕は、これまたひょんなことからミステリ大好きの先生と知り合う。そんな2人が、身のまわりにあるいろいろな「？」を解決すると同時に、古今東西のミステリ作品を紹介していく連作短編集。事件の真相に迫る名探偵は、あなたをミステリの世界に導く名案内人。巻末には仕掛けに満ちた素敵な「特別便」も収録。

『**短劇**』坂木司著　光文社　2011.2　347p　16cm（光文社文庫）619円　①978-4-334-74905-7
内容 懸賞で当たった映画の試写会で私が目にしたのは、自分の行動が盗撮された映像だった。その後、悪夢のような出来事が私を襲う…（「試写会」）。とある村に代々伝わる極秘の祭り。村の十七歳の男女全員が集められて行われる、世にも恐ろしく残酷な儀式とは？（「秘祭」）。ブラックな笑いと鮮やかなオチ。新鮮やオドロキに満ちた、坂木司版「世にも奇妙な物語」。
別版 光文社 2008.12

『**鶏小説集**』坂木司著　KADOKAWA　2017.10　253p　20cm　1400円　①978-4-04-105575-5
内容 『和菓子のアン』シリーズの著者が贈る、肉と人生の短篇集。トリドリな物語。旨さあふれる「鶏」小説を召し上がれ。

『**何が困るかって**』坂木司著　東京創元社　2017.12　268p　15cm（創元推理文庫）680円　①978-4-488-45705-1
別版 東京創元社 2014.12

『**肉小説集**』坂木司著　KADOKAWA

2017.9 243p 15cm（角川文庫）560円
①978-4-04-105574-8
内容 凡庸を嫌い「上品」を好むデザイナーの僕。何もかも自分と正反対な婚約者には、さらに強烈な父親がいて―。（「アメリカ人の王様」）サークルで憧れの先輩と部屋で2人きり。「やりたいなら面白い話をして」と言われた俺は、祖父直伝のホラ話の数々を必死で始めるが…。（「魚のヒレ」）不器用でままならない人生の瞬間を、肉の部位とそれぞれの料理で彩った、妙味あふれる傑作短篇集。
別版 KADOKAWA 2014.10

『僕と先生』坂木司著　双葉社　2017.6
387p 15cm（双葉文庫）685円 ①978-4-575-52008-8
内容 こわがりなのに、大学の推理小説研究会に入ってしまった「僕」と、ミステリが大好きな中学生の「先生」が、身のまわりで起きるちょっとした「？」を解決していく"二葉と隼人の事件簿"シリーズの第2弾。前作『先生と僕』同様、ふたりの活躍に加え、ミステリガイドとしてみなさんを愉しいミステリの世界へと導く！
別版 双葉社 2014.2

『ホテルジューシー』坂木司著　角川書店
2010.9 366p 15cm（角川文庫）〈発売：角川グループパブリッシング〉590円 ①978-4-04-394384-5
内容 大家族の長女に生まれた天下無敵のしっかり娘ヒロちゃん。ところがバイトにやってきた那覇のゲストハウス・ホテルジューシーはいつもと相当勝手が違う。昼夜二重人格のオーナー（代理）や、沖縄的テーゲー（アバウト）を体現するような双子の老ハウスキーパーなど規格外の職場仲間、さらにはワケありのお客さんたちにも翻弄されながら、ヒロちゃんの夏は過ぎてゆく―南風が運ぶ青春成長ミステリ、待望の文庫化。

『ホリデー・イン』坂木司著　文藝春秋
2017.4 218p 16cm（文春文庫）550円
①978-4-16-790824-9
内容 元ヤンキーの大和と小学生の息子・進の期間限定親子生活を描いた「ホリデー」シリーズ。彼らを取り巻く愉快な仕事仲間たち、それぞれの"事情"を紡ぐサイドストーリー。おかまのジャスミンが拾った謎の中年男の正体って？ 完璧すぎるホスト・雪夜がムカつく相手って？？ハートウォーミングな6つの物語。
別版 文藝春秋 2014.5

『夜の光』坂木司著　新潮社　2011.9
415p 16cm（新潮文庫）590円 ①978-4-10-136381-3

内容 約束は交わさない。別れは引きずらない。大事なのは、自分に課せられた任務を遂行すること。正体を隠しながら送る生活の中、出会う特別な仲間たち。天文部での活動を隠れ蓑に、今日も彼らは夜を駆ける。ゆるい部活、ぬるい顧問、クールな関係。ただ、手に持ったコーヒーだけが熱く、濃い。未来というミッションを胸に、戦場で戦うスパイたちの活躍を描く。オフビートな青春小説。
別版 新潮社 2008.10

『和菓子のアン』坂木司著　光文社　2012.10 405p 16cm（光文社文庫）〈文献あり〉667円 ①978-4-334-76484-5
内容 デパ地下の和菓子店「みつ屋」で働き始めた梅本杏子（通称アンちゃん）は、ちょっぴり（？）太めの十八歳。プロフェッショナルだけど個性的すぎる店長や同僚に囲まれる日々の中、歴史と遊び心に満ちた和菓子の奥深い魅力に目覚めていく。謎めいたお客さんたちの言動に秘められた意外な真相とは？ 読めば思わず和菓子屋さんに走りたくなる、美味しいお仕事ミステリー。
別版 光文社 2010.4

『ワーキング・ホリデー』坂木司著　文藝春秋　2010.1 326p 16cm（文春文庫）619円 ①978-4-16-777333-5
内容 「初めまして、お父さん」。元ヤンでホストの沖田大和の生活が、しっかり者の小学生・進の爆弾宣言で一変！ 突然現れた息子と暮らすことになった大和は宅配便ドライバーに転身するが、荷物の世界も親子の世界も謎とトラブルの連続で…!?ぎこちない父子のひと夏の交流を、爽やかに描きだす。文庫版あとがき＆掌編を収録。

桜庭　一樹
さくらば・かずき
《1971～》

『赤朽葉家の伝説』桜庭一樹著　東京創元社　2010.9 455p 15cm（創元推理文庫）〈文献あり〉800円 ①978-4-488-47202-3
内容 "辺境の人"に置き忘れられた幼子。この子は村の若夫婦に引き取られ、長じて製鉄業で財を成した旧家赤朽葉家に望まれ輿入れし、赤朽葉家の"千里眼奥様"と呼ばれることになる。これが、わたしの祖母である赤朽葉万葉だ。―千里眼の祖母、漫画家の母、そして何者でもないわたし。旧家に生きる三代の女たち、そして彼女たちを取り巻く一族の姿を鮮やかに描き上げた稀代の雄編。第60回日

本推理作家協会賞受賞。

『無花果とムーン』桜庭一樹著
KADOKAWA　2016.1　356p　15cm
〈角川文庫〉〈角川書店 2012年刊の再
刊〉640円　①978-4-04-103623-5
内容 お兄ちゃん、なんで死んじゃったの…!?
あたし、月夜は18歳のパープル・アイで「もら
われっ子」。誰よりも大好きなお兄ちゃんの
奈落の目の前で死なれてから、あたしの存在
は宙に浮いてしまった。そんな中、町で年に
一度開かれる「無花果UFOフェスティバル」
にやってきたのは、不思議な2人連れ男子の密
と約。あたしにはどうしても、密がお兄ちゃ
んに見えて…。少女のかなしみと妄想が世界
を塗り替える傑作長篇！
別版 角川書店 2012.10

『傷痕』桜庭一樹著　講談社　2012.1
334p　20cm〈文献あり〉1600円
①978-4-06-217459-6
内容 この国が20世紀に産み落とした偉大な
るポップスターがとつぜん死んだ夜、報道が
世界中を黒い光のように飛びまわった。彼は
51歳で、娘らしき、11歳の子どもが一人残さ
れた。彼女がどうやって、誰から生を受けた
のか、誰も知らなかった。凄腕のイエロー・
ジャーナリズムさえも、決定的な真実を捕ま
えることができないままだった。娘の名前は、
傷痕。多くの人が彼について語り、その真相
に迫ろうとする。偉大すぎるスターの真の姿
とは？ そして彼が世界に遺したものとは？
一。

『荒野』桜庭一樹著　文藝春秋　2017.5
538p　16cm〈文春文庫〉〈『荒野［1］〜
［3］』(2011年刊)の合本、加筆・修正〉
920円　①978-4-16-790845-4
内容 鎌倉で小説家の父と暮らす少女・荒野。
「好き」ってどういうことか、まだよくわか
らない。でも中学入学の日、電車内で見知ら
ぬ中年に窮地を救われたことがきっかけに、
彼女に変化が起き始める。少女から大人へ―
荒野の4年間を瑞々しく描き出した、この上
なくいとおしい恋愛 "以前" 小説。全1冊の合
本・新装版。
別版 文藝春秋(文春文庫) 2011.1〜2011.3

『GOSICK』桜庭一樹著　角川書店
2011.4　318p　15cm〈角川ビーンズ文
庫〉〈発売：角川グループパブリッシン
グ〉590円　①978-4-04-428116-8
内容 パイプを片手に、恐るべき頭脳で難事件
を解決していく不思議な少女ヴィクトリカ。
人形とみまごうほどの美貌をもつ彼女だが、
性格は超傍若無人!?真面目で誠実な留学生久

城一弥はそんな彼女に日々振り回されっぱな
し…。そんな中、とある占い師の死をきっか
けに、二人は豪華客船で起こる殺人事件に巻
き込まれてしまう。次々と命を落とす乗客達、
そして明かされる驚愕の事実とは―!?天才美
少女の極上ミステリー、開幕。
別版 角川書店(角川文庫)2009.9

『GOSICK　2　その罪は名もなき』桜庭
一樹著　角川書店　2011.4　392p
15cm〈角川ビーンズ文庫〉〈発売：角川
グループパブリッシング〉648円
①978-4-04-428117-5
内容 "灰色狼の末裔" に告ぐ。近く夏至祭。
我らは子孫を歓迎する―謎の新聞広告を目に
したヴィクトリカは、その夜たった一人で学
園を抜け出し、山奥の小さな村に降り立った。
後を追ってきた久城一弥がその訳を問うと、
母の無実を晴らすためだというが…？ 秘密に
満ちた "灰色狼" の村で、過去と現在に起きた
二つの殺人事件の謎が混迷する、波乱の第2
巻。
別版 角川書店(角川文庫)2009.11

『GOSICK　3　青い薔薇の下で』桜庭一
樹著　角川書店　2011.5　287p　15cm
〈角川ビーンズ文庫〉〈発売：角川グ
ループパブリッシング〉571円　①978-
4-04-428118-2
内容 風邪で寝込むヴィクトリカを学園に残
し、故郷の姉に頼まれた "青い薔薇" を買う
ため首都ソヴュレにやってきた一弥は、そこ
で謎の人間失踪事件に出くわす。食い違う証
言。消えた部屋。そして高級デパートに潜む
闇の正体とは…!?一方、ひとりぼっちのヴィ
クトリカは、熱と退屈と、寂しさにうなされ
ていた。「久城、め…ほんとに、出かけたの
か…」―離ればなれの二人が事件の真相を紡
ぎ出す、極上ミステリー第3巻。
別版 角川書店(角川文庫)2010.1

『GOSICK　4　愚者を代弁せよ』桜庭一
樹著　角川書店　2011.7　316p　15cm
〈角川ビーンズ文庫〉〈発売：角川
グループパブリッシング〉629円　①978-
4-04-428122-9
内容 その日、図書館塔で退屈を持て余すヴィ
クトリカの頭に落下してきた金色の書物。"汝、
愚者の代表者となりて、我が愚かなりし秘密
を暴け！"そこにはかつてこの王国に君臨し、
学園の時計塔から謎の失踪をとげた錬金術師
リヴァイアサンからの挑戦が！ 奇しくも同
じ頃、その時計塔で不可解な密室殺人が起こ
り…!?ヴィクトリカにより全ての謎が繋がれ
たとき、この王国の禁忌が明かされる―極上

ミステリー、急展開の第4巻。
別版 角川書店（角川文庫）2010.5

『GOSICK　5　ベルゼブブの頭蓋』桜庭
一樹著　角川書店　2011.10　270p
15cm（角川ビーンズ文庫）〈発売：角川
グループパブリッシング〉590円
①978-4-04-428125-0
内容 父・ブロワ侯爵の思惑により、突然遠く
異国の修道院 "ベルゼブブの頭蓋" に幽閉さ
れてしまったヴィクトリカ。一弥は、衰弱し
ていく彼女を救うべく、ひとり大陸横断列車
で修道院へと旅立った。その日、魔力の祭典
"ファンタスマゴリアの夜" で起きた、不審な
殺人事件をきっかけに、裏の顔が見え隠れし
始めた修道院—。その水面下では巨大な陰謀
が進行していた。果たして、二人の運命は…。
極上ミステリー、緊迫の第5巻。
別版 角川書店（角川文庫）2010.7

『GOSICK　6　仮面舞踏会の夜』桜庭一
樹著　角川書店　2011.11　242p　15cm
（角川ビーンズ文庫）〈発売：角川グ
ループパブリッシング〉571円　①978-
4-04-428126-7
内容 謎の修道院 "ベルゼブブの頭蓋" を辛く
も脱出し、豪華列車オールド・マスカレード
号に乗り込んだヴィクトリカと一弥。そこで
二人は "孤児" "公妃" "木こり" "死者" と己の
身分を偽る奇怪な乗客達に出会う。そして、
やっと手にした安息も束の間ブレーキ弁を壊
された列車は暴走を始め、車中では毒殺事件
が起き…!?誰もが疑惑の証言を呈する中、二
人は真実を見抜き、無事に学園に帰ることが
出来るのか!?極上ミステリー第6巻。
別版 角川書店（角川文庫）2010.11

『GOSICK　7　薔薇色の人生』桜庭一樹
著　角川書店　2011.3　314p　15cm
（角川文庫）〈発売：角川グループパブ
リッシング〉590円　①978-4-04-
428115-1
内容 クリスマス直前の気分に華やぐ聖マル
グリット学園。だが、外の世界では「2度目の
嵐」が迫りつつあった。父ブロワ侯爵によっ
て首都ソヴュールに召喚されたヴィクトリカ、
心配で後を追う一弥。ソヴュール王国最大の
スキャンダルにして謎、王妃ココ＝ローズの
首なし死体事件に挑むふたりに侯爵の謀略
が…。豪華劇場に過去と現在が交錯し、大い
なる罪が暴かれたとき、世界はその様相を変
える。ヴィクトリカと一弥の運命は—。

『GOSICK　8上　神々の黄昏　上』桜
庭一樹著　角川書店　2011.6　306p
15cm（角川文庫）〈発売：角川グループ

パブリッシング〉590円　①978-4-04-
428121-2
内容 クリスマス当日、ヴィクトリカが所望
したのは、15個の謎—必死で謎を集める一弥
は、村に起こりつつある異変に気づく。それ
は、大いなる変化、すなわち "2度目の嵐" の
前触れにほかならなかった。迫る別れと、自
分の運命を正しく予感したヴィクトリカは、
一弥にある贈り物をする。一方首都ソヴレム
では、ブロワ侯爵が暗躍、娘ヴィクトリカを
武器に権力を握ろうとしていた—大人気ミス
テリ怒涛の最終ステージへ。

『GOSICK　8下　神々の黄昏』桜庭一
樹著　角川書店　2011.7　229p　15cm
（角川文庫）〈発売：角川グループパブ
リッシング〉514円　①978-4-04-
428124-3
内容 監獄 "黒い太陽" に幽閉されていたヴィ
クトリカは、母コルデリアの身代わり計画に
より脱出。ロスコーとともにソヴュールを離
れて海の彼方へ。徴兵された一弥は、彼女を
想いつつ戦場の日々をひたすらに生き延びて
ゆくが、ある日の敵襲で…。アブリルに、セ
シルに、グレヴィールに、古き世界に大いな
る喪失と変化が訪れる。その先に待つものは？
そしてヴィクトリカと一弥に再会の日は…!?
大人気ミステリ、感動の完結編。

『GOSICK　BLUE』桜庭一樹著
KADOKAWA　2014.11　350p　19cm
1100円　①978-4-04-102354-9

『GOSICK　GREEN』桜庭一樹著
KADOKAWA　2016.12　300p　19cm
1100円　①978-4-04-104596-1
内容 新大陸に到着した早々、難事件を次々
解決したヴィクトリカと一弥。開業したグレ
イウルフ探偵社には早速、依頼人が殺到。脱
獄した伝説の銀行強盗・KIDと、マンハッタ
ンの中心にある広大な公園・セントラルパー
ク。この二つに関する厄介な依頼にヴィクト
リカが目を白黒させる中、見習い新聞記者と
なった一弥も、セントラルパークへ初の取材
に向かう。二人の仕事は、思わぬところで大
きな陰謀へと繋がって…？　奇跡の名コンビ
が、またもN.Y.中を巻きこむ大活躍!?探偵社
編、最新作！

『GOSICK　PINK』桜庭一樹著
KADOKAWA　2015.11　319p　19cm
1100円　①978-4-04-103646-4
内容 新大陸に到着し、一弥の姉・瑠璃の家に
身を寄せたヴィクトリカと一弥。自分たちの
家と仕事を得るために張り切る一弥は、ヴィ
クトリカとともにさっそくN.Y.の街中へ。あ

らゆる人種に喧騒―新世界の謎とも言うべき不可解な人々の暮らしが広がる街で、ふと目を離すとヴィクトリカの姿が忽然と消えていた。一弥がヴィクトリカを探しニューヨーク中を走り回る一方、ヴィクトリカは思わぬ人物と出会う。助力を請われ、戦時中に起きた未解決事件 "クリスマス休戦殺人事件" の謎を解くことになるが…。ヴィクトリカの超頭脳 "知恵の泉" が導き出した驚きの真実と、依頼人の正体とは!?大人気新シリーズ第三弾!

『**GOSICK　RED**』桜庭一樹著
KADOKAWA　2016.9　362p　15cm
（角川文庫）〈2013年刊の加筆・修正〉
640円　①978-4-04-104595-4
内容 世界一キュートで博覧強記な名探偵、でも相棒の一弥に迷惑かけまくり…のヴィクトリカがニューヨークにやってきた！ 禁酒法下の街にはジャズの音色が響き、危険な銃声も轟く。ヴィクトリカはさっそく探偵事務所をオープンし、一弥は新聞記者に。だがある日、闇社会の男からギャング連続殺人事件の捜査を頼まれたことから、2人は全米を揺るがす大陰謀に巻きこまれて―!?No.1ゴシックミステリシリーズ。新章、開幕！
別版 KADOKAWA 2013.12

『**GOSICKs―春来たる死神**』桜庭一樹著
角川書店　2011.6　334p　15cm（角川ビーンズ文庫）〈発売：角川グループパブリッシング〉629円　①978-4-04-428120-5
内容 1924年、春。東洋の島国からソヴュール王国に留学してきた優等生の久城一弥は、学園に伝わる "春やってくる旅人が死をもたらす" という怪談から "死神" とあだ名され、クラスで孤独な日々を送っていた。そんな中、怪談どおりに殺人事件が起きてしまい…!?容疑者となった一弥を救ったのは、図書館塔最上階で書物を読みあさる不思議な美少女、ヴィクトリカだった―。それぞれの出会いを描く、「GOSICK」はじまりの短編集。
別版 角川書店（角川文庫）2010.3

『**GOSICKs　2　夏から遠ざかる列車**』
桜庭一樹著　角川書店　2011.9　269p
15cm（角川ビーンズ文庫）〈発売：角川グループパブリッシング〉590円
①978-4-04-428123-6
内容 殆どの生徒がバカンスに出かけ、ほぼ無人の聖マルグリット学園。外出できないヴィクトリカと、彼女を思い学園に残った一弥は、二人っきりの夏休みを過ごすことに。二階の窓の外を横切る女、屋上から夜空へ消えた怪人、名画から抜け出した少女…。静かな学園

で数々の謎を共に解き明かし、世界を語り合う二人の平和な時間は、やがてくる嵐と別離を知る由もない―。互いに距離が更に近づく「GOSICK」珠玉の短編集第2弾。
別版 角川書店（角川文庫）2010.9

『**GOSICKs　3　秋の花の思い出**』桜庭一樹著　角川書店　2011.12　232p
15cm（角川ビーンズ文庫）〈発売：角川グループパブリッシング〉571円
①978-4-04-100048-9
内容 オールド・マスカレード号での事件を解決し学園に戻ってきたヴィクトリカと一弥。しかし長旅の疲れが出たのか、ヴィクトリカは熱を出して寝込んでしまう。「おもしろい話をもってきたまえ。それと、花もだ」一弥は、花とそれにまつわる不思議な逸話を手土産に、退屈する彼女のお見舞いに通い始めるが…？ 時代に埋もれた物語の真実を解き明かすたび、二人の絆がまた揺るぎなく深まっていく―。「GOSICK」短編集、第3弾。
別版 角川書店（角川文庫）2011.1

『**GOSICKs　4　冬のサクリファイス**』
桜庭一樹著　角川書店　2011.5　252p
15cm（角川文庫）〈発売：角川グループパブリッシング〉552円　①978-4-04-428119-9
内容 クリスマス前日、聖マルグリット学園は、最大のイベント "リビング・チェス大会" の準備で騒がしい。そんな中、いつものように独り読書にいそしむヴィクトリカ、彼女の退屈を追い払うため図書館塔を上る一弥―グレヴィールの初恋、アブリルの思い、ブライアンとブロワ侯爵の静かな戦い、そして一降りしきる雪の中解き明かされるのは、それぞれの "秘密"―名コンビ最後の平穏な日々を描く、大人気ミステリ外伝。

『**このたびはとんだことで―桜庭一樹奇譚集**』桜庭一樹著　文藝春秋　2016.3
296p　16cm（文春文庫）〈「桜庭一樹短編集」（2013年刊）の改題〉640円
①978-4-16-790566-8
内容 死んだ男を囲む、二人の女の情念。ミッションスクールの女子たちの儚く優雅な昼休み。鉄砲薔薇散る中でホテルマンが見た幻。古い猫の毛皮みたいな臭いを放つ男の口笛。ダンボールに隠れていたぼくのひと夏の経験。日常に口を開く異界、奇怪を覗かせる深淵を鮮やかに切り取った桜庭一樹の新世界、6つの短編小説。

『**桜庭一樹短編集**』桜庭一樹著　文藝春秋
2013.6　252p　20cm　1300円　①978-4-16-382210-5

|内容| 残酷に過ぎ去っていく時間、残された想い―こころの扉を叩く著者初の短編集。

『砂糖菓子の弾丸は撃ちぬけない―A lollypop or a bullet』桜庭一樹著 角川書店 2009.2 201p 15cm（角川文庫）〈発売：角川グループパブリッシング〉476円 ①978-4-04-428104-5
|内容| その日、兄とあたしは、必死に山を登っていた。見つけたくない「あるもの」を見つけてしまうために。あたし＝中学生の山田なぎさは、子供という境遇に絶望し、一刻も早く社会に出て、お金という"実弾"を手にするべく、自衛官を志望していた。そんななぎさに、都会からの転校生、海野藻屑は何かと絡んでくる。嘘つきで残酷だが、どこか魅力的な藻屑となぎさは序々に親しくなっていく。だが、藻屑は日夜、父からの暴力に曝されており、ある日―。直木賞作家がおくる、切実な痛みに満ちた青春文学。

『じごくゆきっ』桜庭一樹著 集英社 2017.6 334p 20cm 1550円 ①978-4-08-771114-1
|内容| 『砂糖菓子の弾丸は撃ちぬけない』の後日談を含む全7編。青春・SF・家族ドラマ…。読了後、世界は動き始める。想像力の可能性を信じる、著者10年間の軌跡。

『少女七竈と七人の可愛そうな大人』桜庭一樹著 角川書店 2009.3 285p 15cm（角川文庫―[Sakuraba Kazuki collection]）〈2006年刊の加筆 発売：角川グループパブリッシング〉514円 ①978-4-04-428105-2
|内容| 「たいへん遺憾ながら、美しく生まれてしまった」川村七竈は、群がる男達を軽蔑し、鉄道模型と幼馴染みの雪風だけを友として孤高の青春を送っていた。だが、可愛そうな大人たちは彼女を放っておいてくれない。実父を名乗る東堂、芸能マネージャーの梅木、そして出奔を繰り返す母の優és―誰もが七竈に、抱えきれない何かを置いてゆく。そんな中、雪風と七竈の間柄にも変化が―雪の街旭川を舞台に繰り広げられる、痛切でやさしい愛の物語。

『推定少女』桜庭一樹著 角川書店 2008.10 315p 15cm（角川文庫）〈ファミ通文庫2004年刊の増補 発売：角川グループパブリッシング〉590円 ①978-4-04-428103-8
|内容| とある事情から逃亡者となった"ぼく"こと巣篭カナは、逃げ込んだダストシュートの中で全裸の美少女・白雪を発見する。黒く大きな銃を持ち、記憶喪失を自称する白雪と、

疑いつつも彼女に惹かれるカナ。2人は街を抜け出し、東京・秋葉原を目指すが…直木賞作家のブレイク前夜に書かれた、清冽でファニーな成長小説。幻の未公開エンディング2本を同時収録。

『製鉄天使』桜庭一樹著 東京創元社 2012.11 365p 15cm（創元推理文庫）780円 ①978-4-488-47203-0
|内容| 東海道を西へ西へ、山を分け入った先の寂しい土地、鳥取県赤猪村。その地に根を下ろす製鉄会社の長女として生まれた赤緑豆小豆は、鉄を支配し自在に操るという不思議な能力を持っていた。荒ぶる魂に突き動かされるように、彼女はやがてレディース"製鉄天使"の初代総長として、中国地方全土の制圧に乗り出す―一九八×年、灼熱の魂が駆け抜ける。伝説の少女の唖然呆然の一代記。
|別版| 東京創元社 2009.10

『青年のための読書クラブ』桜庭一樹著 新潮社 2017.5 235p 16cm（新潮文庫―[nex]）〈文献あり〉520円 ①978-4-10-180096-7
|内容| 東京、山の手に広々とした敷地を誇る名門女学校"聖マリアナ学園"。清楚でたおやかな少女たちが通う学園はしかし、謎と浪漫に満ちていた。転入生・烏丸紅子がその中性的な美貌で皆を虜にした恋愛事件。西の官邸・生徒会と東の宮殿・演劇部の存在。そして、教師に没収された私物を取り戻すブーゲンビリアの君―。事件の背後で活躍した「読書倶楽部」部員たちの、華々しくも可憐な物語。
|別版| 新潮社（新潮文庫）2011.7

『道徳という名の少年』桜庭一樹著 角川書店 2013.3 166p 15cm（角川文庫）〈2010年刊に「インタビュー桜庭一樹クロニクル2006-2012」を増補 発売：角川グループパブリッシング〉476円 ①978-4-04-100750-1
|内容| 美しい娼婦の四姉妹が遺したものは？（「1、2、3、悠久！」）。愛するその「手」に抱かれて、わたしは天国を見る。（「ジャングリン・パパの愛撫の手」）。死にかけた伝説のロック・スターに会うため、少女たちは旅立つ。（「地球で最後の日」）。エロスと、魔法と、あふれる音楽！―直木賞作家が描く、甘美な滅びの物語集。最初期から最新作までを網羅したインタヴュー集「桜庭一樹クロニクル2006-2012」も同時収録。
|別版| 角川書店 2010.5

『ばらばら死体の夜』桜庭一樹著 集英社 2014.3 402p 16cm（集英社文庫）〈文献あり〉630円 ①978-4-08-745165-8

内容 神保町の古書店「泪亭」二階に住む謎の美女・白井沙漠。学生時代に同じ部屋に下宿していたことから彼女と知り合った翻訳家の解は、訝しく思いながらも何度も身体を重ねる。二人が共通して抱える「借金」という恐怖。破滅へのカウントダウンの中、彼らが辿り着いた場所とは―。「消費者金融」全盛の時代を生きる登場人物四人の視点から、お金に翻弄される人々の姿を緻密に描いたサスペンス。
別版 集英社 2011.5

『ファミリーポートレイト』桜庭一樹著
講談社 2011.11 703p 15cm（講談社文庫）876円 ①978-4-06-277062-0
内容 最初の記憶は五歳のとき。公営住宅の庭を眺めていたあたしにママが言った。「逃げるわよ」。母の名前はマコ、娘の名前はコマコ。老人ばかりが暮らす城塞都市や奇妙な風習の残る温泉街。逃亡生活の中でコマコは言葉を覚え、物語を知った。そして二人はいつまでも一緒だと信じていた。母娘の逃避行、その結末は。
別版 講談社 2008.11

『伏―贋作・里見八犬伝』桜庭一樹著 文藝春秋 2012.9 473p 16cm（文春文庫）667円 ①978-4-16-778406-5
内容 伏―人であって人でなく、犬の血が流れる異形の者―による凶悪事件が頻発し、幕府はその首に懸賞金をかけた。ちっちゃな女の子の猟師・浜路は兄に誘われ、江戸へ伏狩りにやってきた。伏をめぐる、世にも不思議な因果の輪。光と影、背中あわせにあるものたちを色鮮やかに描く傑作エンターテインメント。
別版 文藝春秋 2010.11

『ブルースカイ』桜庭一樹著 文藝春秋 2012.5 362p 16cm（文春文庫）〈ハヤカワ文庫 2005年刊の再刊 文献あり〉629円 ①978-4-16-778405-8
内容 1627年、魔女狩りの嵐が吹き荒れるドイツ・レンスで10歳の少女マリーは、「アンチ・キリスト」と遭遇する。2022年、近未来のシンガポールで、青年のディッキーは、かつて絶滅したはずの「少女」という生物と出会う。そして、2007年、鹿児島。私は、青い空の下にいた―。三つの空を見た、ある少女にまつわる物語。
別版 早川書房（ハヤカワ文庫）2011.4

『ほんとうの花を見せにきた』桜庭一樹著 文藝春秋 2017.11 325p 16cm（文春文庫）700円 ①978-4-16-790956-7
内容 中国の山奥からきた吸血種族バンブー

は人間そっくりだが若い姿のまま歳を取らない。マフィアによる一家皆殺しから命を救われた少年は、バンブーとその相棒の3人で暮らし始めるも、人間との同居は彼らの掟では大罪だった。禁断の、だが掛けがえのない日々―。郷愁を誘う計3篇からなる大河的青春吸血鬼小説。
別版 文藝春秋 2014.9

『私（わたし）の男』桜庭一樹著 文藝春秋 2010.4 451p 16cm（文春文庫）648円 ①978-4-16-778401-0
内容 落ちぶれた貴族のように、惨めでどこか優雅な男・淳悟は、腐野花の養父。孤児となった十歳の花を、若い淳悟が引き取り、親子となった。そして、物語は、アルバムを逆から捲るように、花の結婚から二人の過去へと遡る。内なる空虚を抱え、愛に飢えた親子が超えた禁忌を圧倒的な筆力で描く第138回直木賞受賞作。

笹生　陽子
さそう・ようこ
《1964～》

『家元探偵マスノくん―県立桜花高校★ぼっち部』笹生陽子著 ポプラ社 2014.5 205p 15cm（ポプラ文庫ピュアフル）〈2010年刊の加筆・訂正〉560円 ①978-4-591-13996-7
内容 友達作りに乗り遅れたチナツは、なりゆきで孤高の変人ばかりが集う「ぼっち部」へ入部することに。メンバーは、次期華道家元で探偵趣味のあるメガネ男子マスノくん、女優志望の西園寺さん、自称・魔剣の現身の田尻くん、ネット越しでしか会話をしない正体不明のスカイプさん。そんな超個性派集団のもとに、次々と事件が舞い込んで―。NGワードは「一致団結」「和気あいあい」。孤独と謎を愛する人に贈る青春学園ミステリー！
別版 ポプラ社（Teens' entertainment）2010.11

『今夜も宇宙の片隅で』笹生陽子著 講談社 2009.7 186p 20cm 1300円 ①978-4-06-215495-6
内容 「ネットにアクセスしてる時って、無限の宇宙空間にほうりだされた小さな星になっている気がしない？」ぼくたちはつながっている。ちょっぴりの勇気があれば、いつだって誰とだってつながれる。

『サンネンイチゴ』笹生陽子著 角川書店 2009.6 161p 15cm（角川文庫）〈理

佐藤多佳子　　　　　　　　　　　　　　　　　　　日本の作品

論社2004年刊の加筆修正　発売：角川
グループパブリッシング〉400円
①978-4-04-379003-6
内容 文芸部所属、読書好きのインドア派、森
下ナオミは中学2年生。正義感は人一倍強い
のに、やることなすことカラ回り。小心者で、
学校では存在感の欠片もないのが現実だ。ある
日、寄り道した古本屋でバッグを盗まれた
ナオミは、その事件をきっかけに、学年きっ
てのトラブルメーカー・柴咲アサミと、彼女
の彼氏（？）のヅカちんと話すようになり…。
奇妙な三角関係の友情がはじまった。―14歳
のホンネを描く、傑作青春小説。

『世界がぼくを笑っても』笹生陽子著　講
談社　2014.3　172p　15cm（講談社文
庫）500円　①978-4-06-277806-0
内容 浦沢中学2年D組、6番、北村ハルト。貧
乏×父子家庭。母はメール一通で家を出て、
親父はあらゆる賭け事で負け続ける。この世
の中、持てる者と持たざる者とでできている
のは知っている。せめて学校生活だけでも平
和に過ごしたい。しかし学校の危機に来たの
は史上最弱ダメ教師。そしてハルトの前に更
なる危機が！
別版 講談社 2009.5

『空色バトン』笹生陽子著　文藝春秋
2013.12　215p　16cm（文春文庫）530
円　①978-4-16-783890-4
内容 ある日突然おかんが死んだ。現役男子高
校生のオレに、通夜の席に現れた三人組のお
ばさんたちが渡してきたのはおかん達が中学
の時に作った漫画同人誌だった。25年前の同
人誌が場所も時代も性別も超えて伝える、あ
の頃の輝き―。児童文学の旗手による、何気
なくも大切な日々をつないだ青春連作短編集。
別版 文藝春秋 2011.6

『楽園のつくりかた』笹生陽子作, 渋谷学
志絵　講談社　2015.5　187p　18cm
（講談社青い鳥文庫）〈2002年刊の再
刊〉620円　①978-4-06-285484-9
内容 自称エリート中学生・星野優の目標は東
大に入学し、卒業後は有名企業に入社するこ
と。なのに、家庭の事情で過疎化の進んだ山
村の廃校寸前の分校へ転校しなければならな
くなった…。しかも、たった3人のクラスメー
トはいずれも全員クセ者。どう考えても、過
酷な受験競争には向かなそうな環境だ。この
ままではいられないと優は、「逆風」に立ち向
かおうとするのだけれど…。小学上級から。

佐藤　多佳子
さとう・たかこ
《1962～》

『明るい夜に出かけて』佐藤多佳子著　新
潮社　2016.9　284p　20cm　1400円
①978-4-10-419004-1
内容 今は学生でいたくなかった。きっかけに
なったトラブルはある。でも、うまく説明
できないし、自分でも整理がついていない。
実家を出て、バイトしながら、まったく違う
世界で、自分を見つめ直すつもりだった。「歴
史を変えた」と言われる伝説のあのラジオ番
組が小説内でオンエア！「青春小説」に名作
がまた誕生した。

『一瞬の風になれ　第1部　イチニツイテ』
佐藤多佳子著　講談社　2009.7　254p
15cm（講談社文庫）495円　①978-4-
06-276406-3
内容 春野台高校陸上部、一年、神谷新二。ス
ポーツ・テストで感じたあの疾走感…。ただ、
走りたい。天才的なスプリンター、幼なじみ
の連と入ったこの部活。すげえ走りを俺にも
いつか。デビュー戦はもうすぐだ。「おまえら
が競うようになったら、ウチはすげえチーム
になるよ」。青春陸上小説、第一部、スタート。

『一瞬の風になれ　第2部　ヨウイ』佐藤
多佳子著　講談社　2009.7　301p
15cm（講談社文庫）552円　①978-4-
06-276407-0
内容 オフ・シーズン。強豪校・鷲谷との合
宿が始まる。この合宿が終われば、二年生に
なる。新入生も入ってくる。そして、新しい
チームで、新しいヨンケイを走る！「努力の
分だけ結果が出るわけじゃない。だけど何も
しなかったらまったく結果は出ない」。まず
は南関東へ―。新二との連の第二シーズンが
始まる。吉川英治文学新人賞、本屋大賞ダブ
ル受賞。

『一瞬の風になれ　第3部　ドン』佐藤多
佳子著　講談社　2009.7　456p　15cm
（講談社文庫）743円　①978-4-06-
276408-7
内容 いよいよ始まる。最後の学年、最後の
戦いが。100m、県2位の連と4位の俺。「問題
児」でもある新人生も加わった。部長として
短距離走者として、春高初の400mリレー
でのインターハイ出場を目指す。「1本、1本、走
るだけだ。最高の走りで、最高の
バトンをしよう―。白熱の完結編。

『ごきげんな裏階段』佐藤多佳子著　新潮

158

日本の作品　　　　　　　　　　　　　　　　　　　　　　佐藤多佳子

社　2009.11　174p　16cm（新潮文庫）
362円　①978-4-10-123735-0
内容 アパートの裏階段。太陽も当たらず湿っ
たその場所には、秘密の生き物たちが隠れ住
んでいる。タマネギを食べるネコ、幸せと不
幸をつかさどる笛を吹く蜘蛛、身体の形を変
えられる煙お化け。好奇心いっぱいの子供た
ちは、奇妙な生き物たちを見逃さず、どうし
ても友達になろうとするが…。子供ならでは
のきらめく感性と素直な会話。児童文学から
出発した著者、本領発揮の初期作品集。
別版 日本標準（シリーズ本のチカラ）2009.4

『シロガラス　1　パワー・ストーン』佐藤
多佳子著　偕成社　2014.9　235p
19cm　900円　①978-4-03-750210-2
内容 パワー・スポットとして、ひそかな人
気の白鳥神社。そこにくらす藤堂千里は、古
武術の天才少女だ。祭の夜、子ども神楽の剣
士をつとめたあと、うたげの席によばれた千
里は、そこに、いるはずのないクラスメート
たちの顔を見ておどろく。仲よしばかりでは
ない。「敵」もいる。ぶつかりあい、まよい
ながら生まれる新しい関係。やがて六人は、
とんでもない事件に巻きこまれていく。小学
校高学年以上。

『シロガラス　2　めざめ』佐藤多佳子著
偕成社　2014.10　293p　19cm　900円
①978-4-03-750220-1
内容 なぞの青い光にうたれた千里たち六人。
それからというもの、子どもたちのまわりで、
ありえない、小さな事件がつづくようになる。
なにがおきているのか？　いったい、どうす
ればいいのか？　千里が目撃した幽霊の正体
をたしかめるため、六人はふたたび神社の境
内にむかうのだが…不思議に遭遇する子ども
たちをリアルに描く第2巻。

『シロガラス　3　ただいま稽古中』佐藤
多佳子著　偕成社　2014.12　323p
19cm　900円　①978-4-03-750230-0
内容 石像からあらわれた雪気の話にショッ
クをうけ、それぞれの力とむかいあう千里た
ち。子どもたちのようすに不安を感じ、なに
があったのか、さぐろうとする真行。うちす
てられた庵を秘密基地にしてはじまったトレー
ニング。白鳥神社に伝わる謎の核心がついに
あかされる。ますます快調、ジャンル無用の
エンターテイメント。

『シロガラス　4　お神楽の夜へ』佐藤多
佳子著　偕成社　2015.11　325p　19cm
900円　①978-4-03-750240-9
内容 コールドスリープ装置で眠っている森
崎古丹をさがそうとする子どもたち。神社の

古い記録に興味をもった数斗は、地元の郷土
史研究会に入ることに。しだいに近づいてく
るお神楽の本番。子どもたちは "清く" 舞うこ
とができるのか。青い光はあらわれるのか。
小学校高学年から。

『シロガラス　5　青い目のふたご』佐藤
多佳子著　偕成社　2018.7　277p
19cm　900円　①978-4-03-750250-8
内容 例大祭に青い光があらわれたあと、子ど
もたちの超能力は格段にアップした。それで
も友清の手紙を読みとくことができない数斗
は、なやんだすえに、ある提案をするが…？
なぞの青い目のふたごが白鳥神社に襲来し、
星司の身に危険がせまった。かつてない恐怖
を感じた千里は、大きな決断をする。小学校
高学年から。

『スローモーション』佐藤多佳子著　ポプ
ラ社　2010.3　178p　15cm（ポプラ文
庫ピュアフル）〈ジャイブ2006年刊の新
装版〉540円　①978-4-591-11376-9
内容 柿本千佐、女子高の1年生。22歳のニイ
ちゃんは元不良で無職、父さんは小学校教師
でクソ真面目人間、母さんはお見合いでバツ
イチ堅物男と結婚した専業主婦。父さんはあ
たしに、修道女みたいなタイプを望んでいる。
最近、いつも動作がスローな同級生・及川周
子が気になってしかたがない―。『一瞬の風
になれ』などで話題の著者による、ちょっと
痛くて切ない少女たちの物語。

『聖夜』佐藤多佳子著　文藝春秋　2013.12
235p　16cm（文春文庫）470円　①978-
4-16-785702-8
内容 学校と音楽をモチーフに少年少女の揺
れ動く心を瑞々しく描いたSchool and Music
シリーズ第二弾。物心つく前から教会のオル
ガンに触れていた18歳の一哉は、幼い自分を
捨てた母への思いと父への反発から、屈折し
た日々を送っていた。難解なメシアンのオル
ガン曲と格闘しながら夏が過ぎ、そして聖夜
―
別版 文藝春秋　2010.12

『第二音楽室』佐藤多佳子著　文藝春秋
2013.5　297p　16cm（文春文庫）505円
①978-4-16-785701-1
内容 学校と音楽をモチーフに少年少女の揺
れ動く心を瑞々しく描いたSchool and Music
シリーズ第一弾は、校舎屋上の音楽室に集う
鼓笛隊おちこぼれ組を描いた表題作をはじめ、
少女が語り手の四編を収録。嫉妬や憧れ、恋
以前の淡い感情、思春期のままならぬ想いが
柔らかな旋律と重なり、あたたかく広がって
ゆく。

佐藤友哉　　　　　　　　　　　　　　　　　　日本の作品

別版 文藝春秋 2010.11

佐藤　友哉
さとう・ゆうや
《1980〜》

『クリスマス・テロル―Invisible×
inventor』佐藤友哉著　講談社　2009.
3　272p　15cm（講談社文庫）600円
①978-4-06-276301-1
内容 女子中学生・小林冬子。苫小牧から船
に乗り、行き着いた先は見知らぬ孤島。いっ
たいここは一後頭部を殴られ小屋に寝かされ
た文子は、監視の役目を依頼される。「見る」
者と「見られる」者の関係が逆転するとき、
事態は一変する。話題をさらった佐藤友哉の
問題作ついに文庫化。著者本人による25頁の
解説つき。

『333のテッペン』佐藤友哉著　新潮社
2010.11　285p　20cm　1500円　①978-
4-10-452504-1
内容 そのテッペンで死体ハッケン、東京タ
ワー立入禁止。数に呪われた男。謎に愛され
る少女。東京タワー、東京ビッグサイト、東京
駅、東京スカイツリー。東京中がミステリー
空間に変貌する最新・最速エンターテインメ
ント。

『青酸クリームソーダ―〈鏡家サーガ〉入門
編』佐藤友哉著　講談社　2009.2　238p
18cm（講談社ノベルス）860円　①978-
4-06-182597-0
内容 普通の大学生、鏡公彦18歳。ごくごく平
均的な、何気なくコンビニエンスストアに行
こうと思って出かけただけの夜。運悪く、最
悪なことに目下殺人中の灰掛めじかに出会っ
てしまう。それを「見て」しまった責任を取
らされる公彦。それは、めじかの「殺人の動
機」を1週間の期限で探ることだった―。
ここから始める。ここから始まる―。「鏡家
サーガ」入門編、遂に幕開け。

『1000の小説とバックベアード』佐藤友哉
著　新潮社　2010.1　299p　16cm（新
潮文庫）438円　①978-4-10-134552-9
内容 二十七歳の誕生日に仕事をクビになるの
は悲劇だ。僕は四年間勤めた片说家集団を離
れ、途方に暮れていた。（片说は特定の依頼人
を恢復させるための文章で小説とは異なる。）
おまけに解雇された途端、読み書きの能力を
失う始末だ。謎めく配川姉妹、地下に広がる
異界、全身黒ずくめの男・バックベアード。古
今東西の物語をめぐるアドヴェンチャーが、

ここに始まる。三島由紀夫賞受賞作。

『ダンガンロンパ十神　上　世界征服未遂
常習犯』佐藤友哉著　星海社　2015.11
306p　19cm（星海社FICTIONS）〈発
売：講談社〉1250円　①978-4-06-
139926-6
内容 「これは『世界征服宣言』だ。今から
二十四時間以内に俺を殺すか、この世のどこ
かにいる『かわいそうな牛』を見つけ出せ」
己の偽者が放った『世界征服宣言』により、
すべての権力を奪われ、"世界の敵"となった
超高校級の御曹司・十神白夜を次々に襲う、
"超高校級"の刺客たち。一方、不気味な広ま
りをみせる謎の『絶望小説』によって、世界
そのものも混乱の極みに達していた…！『ダ
ンガンロンパ』×三島由紀夫賞作家！ 佐藤
友哉による最高傑作、いざ開幕！

『ダンガンロンパ十神　中　希望ケ峰学園
vs.絶望ハイスクール』佐藤友哉著　星
海社　2016.4　269p　19cm（星海社
FICTIONS）〈発売：講談社〉1250円
①978-4-06-139936-5
内容 「愚民に朗報を聞かせてやる。お前が
ぶち立てた世界征服を、俺が実現してやろう」
超高校級の御曹司・十神白夜は絶望の闇に沈
むプラハを舞台に "世界の敵"として世界征
服を宣言し、絶望高校級の才能が炸裂する刺
客たちを迎え撃つ。そのさなか、ニセモノの
禁忌の幕は剥ぎ取られ、全てのはじまりであ
る「十神一族最大最悪の事件」の真相がつい
に明かされる…！ 三島由紀夫賞作家による
ノベライズ！

『ダンガンロンパ十神　下　十神の名にか
けて』佐藤友哉著　星海社　2017.2
243p　19cm（星海社FICTIONS）〈文
献あり　発売：講談社〉1300円　①978-
4-06-139953-2
内容 ついに姿を現した「十神一族最大最悪
の事件」の犯人・十神和夜！ 超高校級の御曹
司・十神白夜は、世界保健機関疫病対策委員
実行部隊隊長となった彼に「絶望病」蔓延の
諸悪の根源として逮捕されてしまう。移送の
さなか語られる謎の『聖人計画』と『聖書
計画』。そして、血の抗争の果てでついに明
かされる「件」の正体…！「いい、世界征服
だったぞ」佐藤友哉×しまどりる×ダンガン
ロンパ堂々完結！

『デンデラ』佐藤友哉著　新潮社　2011.5
446p　16cm（新潮文庫）590円　①978-
4-10-134553-6
内容 斎藤カユは見知らぬ場所で目醒めた。姥
捨ての風習に従い、雪深い『お山』から極楽浄

土へ旅立つつもりだったのだが。そこはデンデラ。『村』に棄てられた五十人以上の女により、三十年の歳月をかけて秘かに作りあげられた共同体だった。やがて老婆たちは、猛り狂った巨大な雌羆との対決を迫られる一。生と死が絡み合い、螺旋を描く。あなたが未だ見たことのないアナザーワールド。

別版 新潮社 2009.6

『ナイン・ストーリーズ』佐藤友哉著　講談社　2013.8　285p　19cm　1600円
① 978-4-06-218474-8
内容 この世界に残された最後の希望をつかみとれ。サリンジャーの魂がよみがえる！構想10年、鏡家の七兄弟が汚辱の世界と戦う幻の名篇、ついに単行本化。

『灰色のダイエットコカコーラ』佐藤友哉著　星海社　2013.11　311p　15cm（星海社文庫）〈講談社 2007年刊の改稿　発売：講談社〉780円　① 978-4-06-138960-1
内容 かつて六十三人もの人間を殺害し、暴力と恐怖の体現者たる "覇王" として群臨した今は亡き偉大な祖父。その直系たる「僕」がこの町を、この世界を支配する一そんな虹色の未来の夢もつかの間、「肉のカタマリ」として未だ何者でもない灰色の現実を迎えてしまったことに「僕」は気づいてしまう…。「僕」の全力の反撃が始まる一!!青春小説のトップランナー・佐藤友哉と『悪の華』の押見修造のタッグが放つ、ゼロ年代の金字塔的青春小説！

『俳優探偵―僕と舞台と輝くあいつ』佐藤友哉著　KADOKAWA　2017.12　291p　15cm〈角川文庫〉600円　① 978-4-04-106238-8
内容 注目の2.5次元舞台『オメガスマッシュ』初日の幕が上がった。役者同期の水口が主役としてスポットライトを浴びる一方、僕はオーディションに落ちた敗者として客席からあいつを見上げていた。その上演中、キャストの1人が忽然と姿を消してしまう不可解な事件が発生する。僕は消えた役者の行方を追うが、そこには、役者であるがゆえの苦悩と真相が潜んでいて…。舞台に青春を捧げる若者たちの、夢と現実が交錯する3つの事件。

『ベッドサイド・マーダーケース』佐藤友哉著　新潮社　2013.12　196p　20cm　1500円　① 978-4-10-452505-8
内容 妻が殺された。僕の眠る隣で一。小さな町で密かに進行する『連続主婦首切り殺人事件』復讐者となった夫たちは犯人を追う。しかし、真相に迫る彼らの前に地球規模の恐怖が立ちはだかった。そう、この事件を解決

するとは、人類を救うことだったのだ！ジェノサイド/文明更新とは何か、そして「ほんとう」の真犯人は？ 三島賞作家4年ぶりのミステリー長篇。

『星の海にむけての夜想曲』佐藤友哉著　星海社　2012.7　198p　19cm（星海社FICTIONS）〈発売：講談社〉1050円
① 978-4-06-138831-4
内容 「奇跡は起こるよ」。夜空を見上げると一面の花。地面には屍体の山。未来永劫変わらぬはずだった空に突如咲いた、色とりどりの "花"。その花から地上に舞い降りた花粉は、人々を殺戮へと駆り立てた一が、死に尽くさなかった人びとは、それでも日々を生き続けた…。彼らがふたたび "星の海" を見ることができる世界は、いつ訪れるのか？ あの3.11を生き抜いてしまった僕らのために佐藤友哉が描く、"空が消えた世界" の千年紀。

佐野　洋子
さの・ようこ
《1938～2010》

『あっちの豚こっちの豚』佐野洋子作・絵　小学館　2012.10　73p　20cm〈小峰書店 1987年刊を佐野洋子の絵で再刊〉1300円　① 978-4-09-388271-2
内容 くさい？ 文化的？ 仕事？ お金？ 家族？ 自由ってなんだ？ 幸せってどこにある？ ヨーコさんが遺した30点の絵を初公開。大人と子どものための名作絵物語が甦る。

『あっちの豚こっちの豚/やせた子豚の一日』佐野洋子著　小学館　2016.2　155p　15cm（小学館文庫）〈2012年刊に「やせた子豚の一日」を併録〉470円
① 978-4-09-406272-4
内容 ヨーコさんの未発表作品が見つかった！父と娘、二人暮らしの子豚の一日を描いた童話を初公開。名作絵物語「あっちの豚こっちの豚」と合わせて二作品が楽しめる魅力あふれる作品集。

『あの庭の扉をあけたとき』佐野洋子著　偕成社　2009.4　162p　20cm〈ケイエス企画1987年刊の新装、修正〉1200円
① 978-4-03-643050-5
内容 すべての強情っぱりたちへ心をこめて贈る物語。5歳の「わたし」と70歳の「おばあさん」。似たもの同士が心が通い合い、小さな奇跡がおこった。「わたし」がそのとき目にしたのは、強情だった少女と、強情だった少年の、ひそやかな歴史―ユーモラスで、

力強く、ほろ苦くて、やさしい珠玉の言葉を
つめこんだ、佐野洋子のファンタジー小説。

『おとうさんおはなしして』佐野洋子作・
絵　理論社　2013.7　101p　21cm（名
作童話集）〈1999年刊の新装復刊〉1400
円　①978-4-652-20020-9
内容 雨がふって、ひまになったおとうさんが
話してくれたのは、たった一人で住んでいる
男の子のヘンテコでゆかいなお話。おとうさん
とルルくんのすてきな時間があふれだす。
「とても小さいお城で」「ジンセイのヨロコビ」
などひときわ輝く6つのお話。佐野洋子の珠
玉の童話待望の復刊。

『クク氏の結婚、キキ夫人の幸福』佐野洋
子著　朝日新聞出版　2011.12　129p
15cm（朝日文庫）540円　①978-4-02-
264642-2
内容 クク氏は三人の愛人をもつが、妊娠を
きっかけにそのうちの一人と再婚した。一方、
キキ夫人が再婚したのは、誰にでも優しい厄
介な男。キキ夫人がのぞきこんだ深い井戸に
は何が見えたのか…。男女の傷だらけの日々
を官能的に、詩的に描く恋愛小説。
別版 朝日新聞出版 2009.10

『コッコロから』佐野洋子著　講談社
2011.9　216p　15cm（講談社文庫）
〈2003年刊の改稿新装版〉552円
①978-4-06-277058-3
内容 私、恋って、どっか美人だけがするも
んだって思ってた一彼氏いない歴21年、こけ
しそっくり顔の亜子が、人生で初めて恋をし
た。コッコロから=心からでないとなにかを
「好き」と言えない亜子の、人生最初の恋。相
手は超美形の東大生って、怪しい？ 佐野洋
子が遺してくれた恋の本質。

『シズコさん』佐野洋子著　新潮社　2010.
10　248p　16cm（新潮文庫）400円
①978-4-10-135415-6
内容 四歳の頃、つなごうとした手をふりは
らわれた時から、母と私のきつい関係がはじ
まった。終戦後、五人の子を抱えて中国から
引き揚げ、その後三人の子を亡くした母。父
の死後、女手一つで家を建て、子供を大学ま
でやったたくましい母。それでも私は母が嫌
いだった。やがて老いた母に呆けのきざしが
一。母を愛せなかった自責、母を見捨てた罪
悪感、そして訪れたゆるしを見つめる物語。
別版 新潮社 2008.4

『そうはいかない』佐野洋子著　小学館
2014.5　296p　15cm（小学館文庫）
〈2010年刊に「或る女」を加えたもの〉
600円　①978-4-09-406046-1

内容 この本は、見事な "恋愛" 小説集だ。フィ
クションとエッセイの間を行ったり来たりす
る不思議な作品ぞろい。これを "物語エッセ
イ" と名づけることにしよう。単行本には収
録されなかった、強烈きわまりない "マチコ
さん" を主人公にした中篇「或る女」を加え
た完全版。著者自身によるイラストレーション
も多数収録。母と息子、母親と私、見栄っ
ぱりの女友だち、離婚した美女、イタリアの
女たらし、ニューヨークの日本人夫婦、舅姑
を看取った逞しい中年女たち。自らの周りに
いる愛すべき変人奇人がいっぱい。笑ってし
んみり、でもなぜか元気が出る三十四篇。

『食べちゃいたい』佐野洋子著　筑摩書房
2015.7　157p　15cm（ちくま文庫）640
円　①978-4-480-42878-3
内容 セクシーなじゃがいも。湯上りブロッ
コリー。ざくろの喜び。プリンスメロンのコン
プレックス。―野菜と果物を題材に、人生
の官能と悲哀と愉楽を描き出す傑作ショート
ショート集。

『天使のとき』佐野洋子著　朝日新聞出版
2008.12　141p　22cm　1500円　①978-
4-02-250451-7
内容 『シズコさん』につながるハハとの葛
藤、アニとの至福の時間。誕生から死へとぐ
るっとまわる命の物語。チチはハハにのしか
かり、ハハは私を憎み、私はアニとたわむれ
る。家族のシュールな物語を描く、幻の名作、
遂に刊行。エッチング12葉付き。

『ふたつの夏』谷川俊太郎, 佐野洋子著　小
学館　2018.5　139p　20cm〈光文社
1995年刊の再刊、書き下しを追加〉
1500円　①978-4-09-386512-8

『北京のこども』佐野洋子著　小学館
2016.2　137p　19cm（P+D BOOKS）
〈「こども」（リブロポート 1984年刊）の
改題〉450円　①978-4-09-352252-6

『右の心臓』佐野洋子著　小学館　2012.3
248p　15cm（小学館文庫）533円
①978-4-09-408701-7
内容 少女の目にうつる戦後の貧しい田舎生
活。父と母、そして最愛の兄さんと幼い弟と
妹。小さな共同体のなかで生きる子だくさん
の家族。昭和二十年代の日本の原風景が丸ご
と裸のままで立ち上がってくる。「もう死ん
だから下着もパンツもはかせないのか。いや
だなあ、とわたしは思った。パンツぐらいは
かせればいいのに」「母さんはわたしを見る
と、兄さんが死んだこと思い出して、わたし
がにくらしくなるんだ」少女の視線で鮮烈に
描かれた「心臓が右にある」兄の死。そのリ

日本の作品　　　　　　　　　　　　　　　　　　　　　椎名誠

アルな描写には、思わず息をのむ。この小説は聖も俗もごた混ぜに生きる子どものエネルギーではちきれそうだ。

『もぞもぞしてよゴリラ/ほんの豚ですが』
佐野洋子著　小学館　2015.7　173p
15cm（小学館文庫）〈白泉社 1988年刊と1983年刊の合本〉480円　①978-4-09-406183-3
内容 自由を求めて喫茶店から飛び出した“椅子”と海が見たくて動物園を逃げ出したゴリラ。“ふたり”が長い道行ですれちがう恋する少年と少女、人格者のブランコ、若いヤクザ、演説する桜の木、そして真っ白なハンカチと死んだ猫─これは、美しくも悲しい恋物語（「もぞもぞしてよゴリラ」）。気取り屋の狐・インカ帝国を背負った亀・傷ついている鰐・主体性のない馬・熊らしい立派な熊・恋を知らない河馬・見栄っぱりの蛙・「キー」しか言わない豚─動物たちが主役の皮肉でユーモラスな超短篇30篇（「ほんの豚ですが」）。知られざる二傑作を一冊で楽しめる大人のための物語集。

椎名　誠
しいな・まこと
《1944～》

『哀愁の町に霧が降るのだ　上』椎名誠著
小学館　2014.8　412p　15cm（小学館文庫）〈新潮文庫 1991年刊の復刊〉690円　①978-4-09-406075-1
内容 東京・江戸川区小岩の中川放水路近くにあるアパート「克美荘」。家賃はべらぼうに安いが、昼でも太陽の光が入ることのない暗く汚い六畳の部屋で、四人の男たちの共同貧乏生活がはじまった─。アルバイトをしながら市ヶ谷の演劇学校に通う椎名誠、大学生の沢野ひとし、司法試験合格をめざし勉強中の木村晋介、親戚が経営する会社で働くサラリーマンのイサオ。椎名誠と個性豊かな仲間たちが繰り広げる、大酒と食欲と友情と恋の日々。悲しくもバカバカしく、けれどひたむきな青春の姿を描いた傑作長編が復刊！茂木健一郎さんによる特別寄稿エッセイも収録。

『哀愁の町に霧が降るのだ　下』椎名誠著
小学館　2014.8　397p　15cm（小学館文庫）〈新潮文庫 1991年刊の復刊〉680円　①978-4-09-406076-8
内容 椎名誠、沢野ひとし、木村晋介、イサオの四人は、相変わらず「克美荘」の暗く汚い六畳の部屋で、共同貧乏生活の日々を送っていた。しかし、それぞれが徐々に自分の生活を

確立していくにつれ、四人が揃うことは少なくなっていく。そして、共同生活にもついに終わりの時が訪れた。木村は司法試験の勉強のために実家に戻り、沢野が去り、業界新聞社に就職した椎名も、次第に克美荘から足が遠のいていった─。自身のまわりを怪しく徘徊する魅力的な人々を、椎名誠が生き生きと描く傑作長編。書き下ろしのあとがきと、角田光代さんによる特別寄稿エッセイも収録。

『アイスプラネット』椎名誠著　講談社
2014.2　205p　20cm〈文献あり〉1200円　①978-4-06-218233-1
内容 ぼくは原島悠太、中学2年生。家には38歳のおじさん、「ぐうちゃん」がいる。ぐうたらしているけど、ぼくはぐうちゃんが好きだ。世界中を旅してきたぐうちゃんの話は、信じられないような「ほら話」ばかりだけど、とにかく、おもしろいから─。

『EVENA』椎名誠著　文藝春秋　2015.1
275p　20cm　1500円　①978-4-16-390197-8
内容 疾走する冷静な狂気。エクスタシーに壊れた奴らがまたどこかで死んだらしい。椎名誠初のエロティックハードボイルド。

『大きな約束』椎名誠著　集英社　2012.2
299p　16cm（集英社文庫）514円　①978-4-08-746797-0
内容 シーナ家に新しい家族が加わった。名前は「風太」。サンフランシスコに住む岳の子供だ。あいかわらず、旅に出て釣りをして写真を撮って酒を飲んで大量の原稿と格闘する日々の中に、涼風のように飛び込んでくる風太くんからの国際電話。スバヤク「じいじい」の声になって対応しながらシーナは思う。人生でいちばん落ちついたいい時代を迎えているのかもしれない、と─。シーナ的私小説、新章突入。
別版 集英社 2009.2

『大きな約束　続』椎名誠著　集英社
2012.3　270p　16cm（集英社文庫）457円　①978-4-08-746809-0
内容 サンフランシスコの息子・岳から家族ともども日本に帰るという連絡が入った。マゴの風太くん、海ちゃんとのひさびさの対面を前に、シーナの意識にタダナラヌ変化があらわれる。執筆や取材の旅で身辺多忙をきわめながらも「いいじいじ」になるためにベジタリアン化したり人間ドッグに入ったり…。もうすぐだ。マゴたちとの楽しい「約束」が待っている。シーナ家三世代の物語、待望の続編。
別版 集英社 2009.5

ヤングアダルトの本　いま読みたい小説4000冊　**163**

椎名誠 日本の作品

『屋上の黄色いテント』椎名誠, ロール・デュファイ著 札幌 柏艪舎 2010.2 188p 図版30枚 20cm〈発売：星雲社〉 1524円 ①978-4-434-13717-4
内容 余儀なく始めた銀座の屋上テント生活の意外な快適さを描く表題作。その他、ホラーあり、人情話あり、ファンタジー童話あり、"とびいり"絵物語あり。この一冊でシーナワールドを満喫できる久々の短編小説集。

『家族のあしあと』椎名誠著 集英社 2017.7 283p 19cm〈文献あり〉1300円 ①978-4-08-771115-8
内容 父がいた。母がいた。きょうだいがいた。シーナ少年が海辺の町で過ごした黄金の日々。『岳物語』前史、謎多き大家族の物語。

『銀座のカラス 上』椎名誠著 小学館 2016.6 483p 15cm（小学館文庫）〈朝日新聞社 1991年刊の再刊〉750円 ①978-4-09-406306-6
内容 二十三歳の松尾勇は、デパート業界の新聞や雑誌を発行している小さな会社の新米編集者。会社創業以来の人事異動によって配属された編集部で、『店舗経営月報』という、三十二頁、発行部数八百部という地味な雑誌を作っている。勤め始めて約一年、会社が新橋から銀座のビルへと引っ越した直後、松尾に大きな転機が訪れる。前任者の突然の退社により、なんといきなり編集長になってしまったのだ！ といっても部員は自分ひとり。経験もなければ部下もいない松尾の悪戦苦闘の日々が始まった。椎名誠初めての新聞連載小説として話題を集めた傑作長編がついに復刊。

『銀座のカラス 下』椎名誠著 小学館 2016.6 485p 15cm（小学館文庫）〈朝日新聞社 1991年刊の再刊〉750円 ①978-4-09-406307-3
内容 前任者の突然の退社により、右も左も分からないまま、デパート業界誌の編集長となってしまった松尾勇は、酒場でケンカをして留置場に入れられたり、先輩社員たちとの麻雀で大負けしたりと、慌ただしい毎日を過ごしていた。そんな松尾の心の支えとなっていたのは、親友の町田を通じて知り合った海老名千鶴の存在だった。徐々に仕事のコツを摑み、念願の部下もできた松尾は、さらなる野望に向けて新たな一歩を踏み出した！『哀愁の町に霧が降るのだ』『新橋烏森口青春篇』に続く自伝的青春小説の傑作。

『銀天公社の偽月』椎名誠著 新潮社 2009.11 195p 16cm（新潮文庫）362円 ①978-4-10-144833-6
内容 脂まじりの雨が降る街を、巨大でいびつな銀色の月が照らしだす。銀天公社の作業員が、この人工の月を浮かべるために、月に添って動くゴンドラで働いている。そこは知り玉が常に監視し、古式怪獣滑腸が咆哮する世界だ。過去なのか、未来なのか、それとも違う宇宙なのか？ あなたかもしれない誰かの日常を、妖しい言葉で語る不思議な7編。シーナ的言語炸裂の朧夜脂雨の戦闘世界。

『草の記憶』椎名誠著 集英社 2009.11 311p 16cm（集英社文庫）524円 ①978-4-08-746503-7
内容 昭和三十年代。舞台は海と山に囲まれた小さな町。小五になるぼくは、毎日、自然の中で小さな冒険を繰り返している。仲間は神田パッチン、遠田ガチャ丸、タタミ屋のいち六、及川のデブ。夏休みになると、五人は学校で立ち入りを禁止された川の上流を目指すが…。けんけん鬼、井戸ポンプ、プロレス中継、LPプレイヤー、『おもしろブック』など懐かしい昭和の風物の中で語られる熱く元気な青春小説。

『ケレスの龍』椎名誠著 KADOKAWA 2016.7 251p 19cm 1600円 ①978-4-04-104496-4
内容 「北政府」の元傭兵・灰汁銀次郎とその相棒のカンパチは、「脂玉工場」の番頭からとある誘拐事件の解決を請け負った。一方、ゴミ穴「すりばちホール」の発電所で働く策三、ダラ、スケルトンのもとにも同じ事件の解決依頼が舞い込む。犯人は北政府が半島戦争時代に作った生体兵器ドロイド。目的を同じくした灰汁と策三たちは協力して経営者の孫娘を助けだすことに成功するが、3体のドロイドは遙か宇宙へと逃亡してしまう。犯人に懸賞がかかっていることを知った灰汁たちは、「いけどり」を目論み宇宙を目指す。追跡の果て、宇宙で彼らを待っていたものとは―。

『国境越え』椎名誠著 新潮社 2015.2 229p 16cm（新潮文庫）〈著作目録あり〉490円 ①978-4-10-144838-1
内容 いくつもの国境を越え、おれを待っていたものは―。巨大なザックを背負い、塩が浮くほど乾燥したアンデスの山道をおれたち四人は空腹と怒りを抱えて歩き続けた（表題作）。バリ島の深い闇。怪しい女に誘われ、花の濃厚な匂いのなか激しいキスをした（「どんどんひゃらり」）。南の島のライオン女、川下りでずぶ濡れになったおれを救ったウィスキー。旅する作家、椎名誠が五感で紡ぐ物語。
別版 新潮社 2012.3

『三匹のかいじゅう』椎名誠著 集英社

2016.1　284p　16cm（集英社文庫）520
円　①978-4-08-745406-2
内容 シーナの息子一家が日本に帰ってきた。
しっかりものの風太君、おしゃまな妹の海ちゃ
ん、生まれたばかりの琉太君。三人のマゴた
ちに囲まれヨロコビに打ち震えるシーナ。仕
事の合い間にきっぱり育児参加、週末の家族
全員での寿司パーティが楽しみでのう、とマ
ゴバカ街道まっしぐら。東日本大震災の混乱
を乗り越え、気がつくと三匹はそれぞれの成
長をみせていく。シーナ家三世代の物語、感
動の最終章。
別版 集英社 2013.1

『椎名誠超常小説ベストセレクション』椎
名誠著　KADOKAWA　2016.11
469p　15cm（角川文庫）920円　①978-
4-04-104769-9
内容 "お召し送り"に選ばれた妻…3ヵ月も毎
日降り続く雨…とにかく異常に大量発生した
蚊…"盆戻り"で家に帰ってきた亡き母との対
面…さまざまな専門家たちがなにかの理由で
集められた収容所で、太軸二段式十字ドライ
バーを片手に脱出をはかろうとする男…。過
去30年にわたって発表された小説の中から著
者自らが厳選。SF、ファンタジーの枠に収ま
りきらない "不思議世界"の物語19編を濃密
収録したベスト版！

『新宿遊牧民』椎名誠著　講談社　2012.11
502p　15cm（講談社文庫）695円
①978-4-06-277426-0
内容 作家だけど、野外労働者に間違われる
こと数多な「おれ」、美味いビールを出す居
酒屋経営を夢見て働きまくる「トクヤ」、バ
ンカラ「西沢」。この "3バカトリオ"をはじめ
とした仲間たち。本気で遊び、本気で夢を追
いかけ、作り上げたものは？　名作『哀愁の
町に霧が降るのだ』から30年、愛すべき男た
ちの実録大河バカ小説。
別版 講談社 2009.10

『新橋烏森口青春篇』椎名誠著　小学館
2015.3　300p　15cm（小学館文庫）
〈新潮文庫 1991年刊の復刊〉610円
①978-4-09-406135-2
内容 東京の下町・小岩で、友人たちと共同下
宿生活を送っていた二十三歳のシーナマコト
は、偶然見た新聞の求人広告がきっかけで、
小さな業界新聞社の編集者になった。新橋西
口のずっと先にあるオンボロビルに入る
会社で、怪しく個性的な人物たちと出会い、
仕事、酒、賭け事という怒涛のサラリーマン
生活を過ごすシーナ。そして、恋の挫折も経
験し訪れた、ひとりの女性との決定的な出会

い…。明るくおかしくて、でも少しかなしい
青春を描いた『哀愁の町に霧が降るのだ』に続
く自伝的青春小説の傑作が復刊！　巻末には中
川淳一郎氏による特別寄稿エッセイを収録。

『そらをみてますないてます』椎名誠著
文藝春秋　2014.5　427p　16cm（文春
文庫）750円　①978-4-16-790096-0
内容 1964年、東京。大学をやめ、肉体労働
に汗を流し喧嘩に血を流す日々、おれは後に
妻となる女性と出会った。1988年、タクラ
マカン砂漠。おれは猛烈な砂嵐のなかを、夢の
場所・楼蘭を目指して歩いていた。あの日々
は、この時につながっていたのだ。人生のク
ライマックスを描く、青春の輝きあふれる自
伝的小説。
別版 文藝春秋 2011.10

『チベットのラッパ犬』椎名誠著　文藝春
秋　2013.2　334p　16cm（文春文庫）
619円　①978-4-16-733436-9
内容 人工眼球を作るために必要な胚を求め
て地方の寒村に潜入した「おれ」は、ひょん
なことから犬に変身させられ、ラッパ犬を追
うことに―。世界中を旅する著者だからこそ
描ける、リアリティに裏打ちされた世界観。
奇妙な動物や風景が息づく、世界戦争後の荒
廃したアジアを舞台にしたハイパーSFロード
ノベル。
別版 文藝春秋 2010.8

『月の夜のわらい猫』椎名誠著　札幌　柏
艪舎　2012.5　224p　20cm（超常小説
ベストセレクション 1）〈発売：星雲
社〉1600円　①978-4-434-16634-1

『ナマコ』椎名誠著　講談社　2016.7
266p　15cm（講談社文庫）600円
①978-4-06-293428-2
内容 ナマコとコノワタを愛する作家の「私」
は、新宿の居酒屋店主に誘われて、知床半島へ
の旅に出る。そこで出会った漁師との縁で、
「私」はその後、国際都市・香港でのナマコ
取引現場に立ち会うことに。高級食材として
需要が急増するナマコをめぐり、アヤシイ男
たちが続々と登場する。食材と旅のオモシロ
小説。
別版 講談社 2011.4

『波切り草』椎名誠著　文藝春秋　2009.4
298p　16cm（文春文庫）562円　①978-
4-16-733429-1
内容 昭和30年代。イサムは、埋め立て地のバ
ラックで暮らすツグモ叔父のように生きたい
と思っていた。やがて山中の高校の寮に入っ
たイサムは、栄という少女と出会う。海の家
でのアルバイト、台風の後の急激な秋の気配、

いつも傍には光る海があった。時には何かを喪いながら真直ぐ生きる姿にいつしか胸が熱くなる。

『ひとつ目女』椎名誠著　文藝春秋　2011.11　283p　16cm（文春文庫）600円　①978-4-16-733433-8
内容 生物と機械の境界が曖昧になった近未来のトーキョー。便利屋のおれが引き受けた「ラクダを捜してほしい」という奇妙な依頼が、謎の中国人、妖艶なひとつ目女を道連れにした、驚異に満ちた冒険へと発展する。著者の歩いたアジアの風景が、誰も見たことがない魅惑的な世界に結実した会心のシーナ的SFワールド。
別版 文藝春秋 2008.11

『武装島田倉庫』椎名誠著　新装版　小学館　2013.11　237p　15cm（小学館文庫）〈初版：新潮文庫 1993年刊〉476円　①978-4-09-408874-8
内容 壮絶な戦争が終わりを告げてから、二十年近くで経過した地球。都市や道路は破壊され、化学兵器や放射能に汚染された海や森には、異体進化した危険生物たちが蠢動する。この文明も国家も崩壊した終末世界で、物資と食料を狙い跳梁跋扈する組織略奪団や「北政府」と呼ばれる謎の勢力と闘いながら、「ただ生き延びること」だけを目的に日々を生きる男たちがいた―。

『埠頭三角暗闇市場』椎名誠著　講談社　2017.11　363p　15cm（講談社文庫）760円　①978-4-06-293798-6
内容 地震で傾いた巨大ビルと津波で打ち上げられた豪華客船が、埠頭を挟んで支えあう『埠頭三角暗闇市場』。アヤしい人々とヘンテコな生き物が行き交う一角で、闇医者・北山は悪徳刑事・古島と相関しつつ「生体融合手術」の辣腕を振るう。やがて患者は暗殺者となり、国を揺さぶる事態に。ベテランの技が光る痛快SF！
別版 講談社 2014.6

『砲艦銀鼠号』椎名誠著　集英社　2009.5　245p　16cm（集英社文庫）476円　①978-4-08-746433-7
内容 ある大きな戦争で崩壊した近未来世界。金も居場所もなくなった元戦闘員の三人組が、偶然、手に入れたオンボロ戦艦「銀鼠号」で海賊稼業を始めることになった。用心深く情に篤い灰汁、冷静沈着で陽気な可見、短気であくどい鼻裂。勢い込む三人だったが、戦艦は超低スピード、肝心の機関砲が使えない…。プロペラ巨人、泥豚、雲人間など未知なる生物が次々現れるシーナのドキドキ海洋大冒険

SF。

『水の上で火が踊る』椎名誠著　札幌　柏艪舎　2012.5　222p　20cm（超常小説ベストセレクション 2）〈発売：星雲社〉1600円　①978-4-434-16635-8

重松　清
しげまつ・きよし
《1963～》

『青い鳥』重松清著　新潮社　2010.7　437p　16cm（新潮文庫）590円　①978-4-10-134926-8
内容 村内先生は、中学の非常勤講師。国語の先生なのに、言葉がつっかえてうまく話せない。でも先生には、授業よりももっと、大事な仕事があるんだ。いじめの加害者になってしまった生徒、父親の自殺に苦しむ生徒、気持ちを伝えられずに抱え込む生徒、家庭を知らずに育った生徒―後悔、責任、そして希望。ひとりぼっちの心にそっと寄り添い、本当にたいせつなことは何かを教えてくれる物語。

『赤ヘル1975』重松清著　講談社　2016.8　631p　15cm（講談社文庫）〈文献あり〉880円　①978-4-06-293479-4
内容 弱小球団・カープの帽子が赤に変わった1975年、原爆の傷痕が生々しく残る広島に、中学一年生のマナブが転校してきた。「よそモン」マナブは、野球少年ヤスと新聞記者志望のユキオに出会い、街に少しずつ馴染んでいく。一方、カープは悲願のリーグ初優勝に向かって、真っ赤な奇跡を起こしつつあった―。
別版 講談社 2013.11

『アゲイン―28年目の甲子園』大森寿美男著, 重松清原作　集英社　2014.12　212p　16cm（集英社文庫）460円　①978-4-08-745264-8
内容 もう一度、甲子園を目指しませんか―。40代半ばの元高校球児、坂町は見知らぬ女性に突然、声を掛けられる。彼は高校時代、ある出来事が原因で甲子園への夢を絶たれていた。記憶の蓋をこじ開けるような強引な誘いに苛立ちを覚える坂町だったが、かつてのチームメイトと再会し、ぶつかり合うことで、再び自分自身と向き合うことを決意する。夢を諦めない全ての大人におくる感動の物語。

『あすなろ三三七拍子　上』重松清著　講談社　2014.1　337p　15cm（講談社文庫）〈毎日新聞社 2010年刊の再刊〉660円　①978-4-06-277737-7

日本の作品　　　　　　　　　　　　　　　　　　　　　重松清

内容 藤巻大介、四十五歳、総務課長。ワンマン社長直命の出向先は「あすなろ大学応援団」。団員ゼロで廃部寸前の『団』を救うため、大介は特注の襟高学ランに袖を通す決意をする。妻と娘は呆れるが、社長の涙とクビの脅しに、返事は「押忍！」しかありえない。団旗を掲げ太鼓を叩き、オヤジ団長・大介は団員集めに奔走する。

『あすなろ三三七拍子　下』重松清著　講談社　2014.1　349p　15cm（講談社文庫）〈毎日新聞社 2010年刊の再刊〉660円　①978-4-06-277738-4

内容 地獄の合宿を終え、『団』として成長した団長・大介と三人の団員たち。しかし初陣直前、鼓手・健太の父が危篤に陥る。軋轢を抱えながら向き合う父子に、大介が伝えられることはあるのか。人生の岐路に立つ若い団員たち、重い荷を負うオトナたち、そして同じ時代を生きるすべてのひとに、届け、オヤジの応援歌！

別版 毎日新聞社 2010.3

『あの歌がきこえる』重松清著　新潮社　2009.7　338p　16cm（新潮文庫）514円　①978-4-10-134924-4

『おじいちゃんの大切な一日』重松清著，はまのゆか絵　幻冬舎　2011.5　54p　22×22cm　1200円　①978-4-344-01994-2

内容 わたしの大好きなおじいちゃんは、無口だけど、いつもニコニコ笑っています。今日は、そんなおじいちゃんの、とても大切な一日だっていう。いったい、今日なんだろう…。すべての人に受け継がれる「明日」。それを、「希望」と呼ぶための物語。

『かあちゃん』重松清著　講談社　2012.4　539p　15cm（講談社文庫）752円　①978-4-06-277230-3

内容 同僚を巻き添えに、自らも交通事故で死んだ父の罪を背負い、生涯自分に、笑うことも、幸せになることも禁じたおふくろ。いじめの傍観者だった日々の焦りと苦しみを、うまく伝えられない僕。精いっぱい「母ちゃん」を生きる女性と、言葉にできない母への思いを抱える子どもたち。著者が初めて描く「母と子」の物語。

別版 講談社 2009.5

『カシオペアの丘で　上』重松清著　講談社　2010.4　415p　15cm（講談社文庫）648円　①978-4-06-276630-2

内容 丘の上の遊園地は、俺たちの夢だった―。肺の悪性腫瘍を告知された三十九歳の秋、俊介は二度と帰らないと決めていたふるさとへ向かう。そこには、かつて傷つけてしまっ

た友がいる。初恋の人がいる。「王」と呼ばれた祖父がいる。満天の星がまたたくカシオペアの丘で、再会と贖罪の物語が、静かに始まる。

『カシオペアの丘で　下』重松清著　講談社　2010.4　410p　15cm（講談社文庫）648円　①978-4-06-276631-9

内容 二十九年ぶりに帰ったふるさとで、病魔は突然暴れ始めた。幼なじみたち、妻と息子、そして新たに出会った人々に支えられ、俊介は封印していた過去の痛みと少しずつ向きあい始める。消えてゆく命、断ち切られた命、生まれなかった命、さらにこれからも生きてゆく命が織りなす、あたたかい涙があふれる交響楽。

『季節風　春』重松清著　文藝春秋　2010.12　328p　16cm（文春文庫）〈『ツバメ記念日』（2008年刊）の改稿・改題〉552円　①978-4-16-766910-2

内容 古いひな人形が、記憶の中の春とともに、母の面影を思い起こさせる「めぐりびな」、子どもが生まれたばかりの共働きの若い夫婦が直面した葛藤と、その後の日々を鮮やかに描き出した「ツバメ記念日」など、美しい四季と移りゆくひとの心をテーマにした短篇集「季節風」シリーズの春物語。旅立ちとめぐり合いの12篇を収録。

『季節風　夏』重松清著　文藝春秋　2011.7　400p　16cm（文春文庫）629円　①978-4-16-766911-9

内容 転校が決まった"相棒"と自転車で海へ向かう少年たちの冒険「僕たちのミシシッピ・リバー」、野球部最後の試合でラストバッターになった輝夫と、引退後も練習に出続ける控え選手だった渡瀬、二人の夏「終わりの後の始まりの前に」など一瞬の鼓動を感じさせる「季節風」シリーズの「夏」物語。まぶしい季節に人を想う12篇を収録。

『季節風　秋』重松清著　文藝春秋　2011.8　365p　16cm（文春文庫）590円　①978-4-16-766912-6

内容 同窓会で久しぶりに再会した中年五人が始めた秘密基地の集まりに、一人が息子を連れてきたいと言い出した…「秘密基地に午後七時」、男の子と、離婚する両親との最後の外食を描いた「少しだけ欠けた月」など、ひと恋しい季節にそっと寄り添うような「季節風」シリーズの「秋」物語。夕暮れの空を思い浮かべながら読みたくなる12篇。

『季節風　冬』重松清著　文藝春秋　2010.11　274p　16cm（文春文庫）〈『サンタ・エクスプレス』（2008年刊）の改題〉

ヤングアダルトの本　いま読みたい小説4000冊　**167**

514円 ①978-4-16-766909-6

内容 出産のために離れて暮らす母親のことを想う5歳の女の子の素敵なクリスマスを描いた『サンタ・エクスプレス』ほか、「ひとの"想い"を信じていなければ、小説は書けない気がする」という著者が、普通の人々の小さくて大きな世界を季節ごとに描き出す「季節風」シリーズの「冬」物語。寒い季節を暖かくしてくれる12篇を収録。

『希望ケ丘の人びと　上』重松清著　講談社　2015.11　386p　15cm（講談社文庫）〈小学館文庫 2011年刊の修正〉740円　①978-4-06-293258-5

内容 私は中学生の娘・美嘉と小学生の息子・亮太とともに、二年前に亡くなった妻のふるさと「希望ヶ丘」に戻ってきた。ここから再出発だ―そう思って開いた塾には生徒が集まらず、亮太は亡き母の思い出を探し続け、美嘉は学校になじめない。昔の妻を知る人びとが住むこのニュータウンに、希望はあるのだろうか？

『希望ケ丘の人びと　下』重松清著　講談社　2015.11　421p　15cm（講談社文庫）〈小学館文庫 2011年刊の修正〉740円　①978-4-06-293259-2

内容 妻の中学時代の同級生―親友のフーセン、すぐ教師にチクる宮嶋、初恋の人エーちゃん。それぞれが大人になり、家族を持ち、亡き妻のことを私に語る。娘の美嘉の授業参観に出席し、息子の亮太が通う書道教室の危機に慌てる私の塾には、この街の『ふつう』からはずれた生徒が集う。希望とはなんなのだろうか？

別版 小学館 2009.1
別版 小学館（小学館文庫）2011.5

『希望の地図―3.11から始まる物語』重松清著　幻冬舎　2015.2　285p　図版10枚　16cm（幻冬舎文庫）600円　①978-4-344-42308-4

内容 中学受験失敗から不登校になってしまった光司は、ライターの田村章に連れられ、被災地を回る旅に出た。宮古、陸前高田、釜石、大船渡、仙台、石巻、気仙沼、南三陸、いわき、南相馬、飯舘…。破壊された風景を目にし、絶望せずに前を向く人と出会った光司の心に徐々に変化が起こる。被災地への徹底取材により紡がれた渾身のドキュメントノベル。

別版 幻冬舎 2012.3

『きみ去りしのち』重松清著　文藝春秋　2013.3　426p　16cm（文春文庫）629円　①978-4-16-766913-3

内容 幼い息子を喪った「私」は旅に出た。前妻のもとに残してきた娘とともに。かつて「私」が愛した妻もまた、命の尽きる日を迎えようとしていたのだ。恐山、奥尻、オホーツク、ハワイ、与那国島、島原…"この世の彼岸"の圧倒的な風景に向き合い、包まれて、父と娘の巡礼の旅はつづく。鎮魂と再生への祈りを込めた長編小説。

別版 文藝春秋 2010.2

『きみの町で』重松清著，ミロコマチコ絵　朝日出版社　2013.5　164p　19cm　1300円　①978-4-255-00718-2

内容 あの町と、この町と、あの時と、いまは、つながっている。生きることをまっすぐに考える絵本「こども哲学」から生まれた物語！

『再会―Long long ago』重松清著　新潮社　2009.10　297p　20cm　1500円　①978-4-10-407510-2

内容 子供の頃、勇気はみんなから称えられ、努力は必ず報われる。だけど、おとなになったいまは？ 初恋の少女、親戚中の鼻つまみ者だった酔っぱらいのおじさん…なつかしい人との再会が教えてくれた、気づかなかった幸せの数々。「勝ち負け」だけじゃ量れない、生きることの豊かさを伝える全6編。

『さすらい猫ノアの伝説』重松清著，杉田比呂美絵　講談社　2010.8　230p　20cm　1300円　①978-4-06-216291-3

内容 黒猫が、首に風呂敷包みを巻きつけて、教室にやってきた。「こんにちは」と、ビー玉みたいにまんまるな目で見つめてる…。

『さすらい猫ノアの伝説　2　転校生は黒猫がお好きの巻』重松清作，杉田比呂美絵　講談社　2012.7　229p　18cm（講談社青い鳥文庫）620円　①978-4-06-285295-1

内容 小6の宏美は、転校のベテラン。学校ではいつだって「すぐにお別れだから」と考える、ちょっぴりクールな女の子です。もみじ市の小学校では、運動会のリレーの選手をだれにするかでもめてしまいました。沈んだ気持ちで河原の遊歩道を歩いていると、黒猫ノアが登場。ノアについて行くと、そこはなぎなた道場で、はかま姿のこわーいおばあさんが現れて、宏美は一気に大ピンチ。小学中級から。

『さすらい猫ノアの伝説　勇気リンリン！の巻』重松清作，杉田比呂美絵　講談社　2011.10　237p　18cm（講談社青い鳥文庫）620円　①978-4-06-285250-0

内容 新学期になって1か月、5年1組の教室に、とつぜん黒猫が現れました。しかも首に風呂

日本の作品　　　　　　　　　　　　　　　　　　　　　　　重松清

敷包みを巻きつけて。風呂敷の中には手紙が入っていました。(あなたのクラスはノアに選ばれました！ ノアはきっと、あなたたちのクラスが忘れてしまった大切なことを思いださせてくれるはずです。)健太、亮平、凛々…クラスの仲間を巻き込んで、いったいなにが起こるのか!?小学中級から。

『サンタ・エクスプレス─季節風・冬』重松清著　文藝春秋　2008.12　269p　20cm　1400円　①978-4-16-327670-0
内容 鈴の音ひびく冬が、いとおしい人の温もりを伝えてくれる。ものがたりの歳時記─「冬」の巻、12編。

『十字架』重松清著　講談社　2012.12　395p　15cm（講談社文庫）648円　①978-4-06-277441-3
内容 いじめを苦に自殺したあいつの遺書には、僕の名前が書かれていた。あいつは僕のことを「親友」と呼んでくれた。でも僕は、クラスのいじめをただ黙って見ていただけなのだ。あいつはどんな思いで命を絶ったのだろう。そして、のこされた家族は、僕のことをゆるしてくれるだろうか。吉川英治文学賞受賞作。
別版 講談社 2009.12

『小学五年生』重松清著　文藝春秋　2009.12　282p　16cm（文春文庫）514円　①978-4-16-766908-9
内容 クラスメイトの突然の転校、近しい人との死別、見知らぬ大人や、転校先での出会い、異性へ寄せるほのかな恋心、淡い性への目覚め、ケンカと友情─まだ「おとな」ではないけれど、もう「子ども」でもない。微妙な時期の小学五年生の少年たちの涙と微笑みを、移りゆく美しい四季を背景に描く、十七篇のショートストーリー。

『ステップ』重松清著　中央公論新社　2012.3　366p　16cm（中公文庫）629円　①978-4-12-205614-5
内容 結婚三年目、三十歳という若さで、朋子は逝った。あまりにもあっけない別れ方だった─男手一つで娘・美紀を育てようと決めた「僕」。初登園から小学校卒業までの足取りを季節のうつろいとともに切り取る、「のこされた人たち」の成長の物語。
別版 中央公論新社 2009.3

『青春夜明け前』重松清著　講談社　2009.8　311p　15cm（講談社文庫）581円　①978-4-06-276449-0
内容 10代、男子。愛おしくおバカな季節。何かというとボッキしてばかりいたあの頃の僕たちは、勘違い全開のエロ話と「同盟」「条

約」「宣戦布告」という言葉が好きだった。そして何より「親友」という言葉が大好きだった。男子の、男子による、男子のための（女子も歓迎！）、きらめく7編の物語。

『ゼツメツ少年』重松清著　新潮社　2016.7　501p　16cm（新潮文庫）750円　①978-4-10-134935-0
内容 「センセイ、僕たちを助けてください」ある小説家のもとに、手紙が届いた。送り主である中学二年のタケシと、小学五年の男子リュウに女子のジュン。学校や家で居場所をなくした三人を、「物語」の中に隠してほしい。その不思議な願いに応えて彼らのお話を綴り始めたセンセイだったが─。想像力の奇跡を信じ、哀しみの先にある光を探す、驚きと感涙の長編。毎日出版文化賞受賞。
別版 新潮社 2013.9

『せんせい。』重松清著　新潮社　2011.7　277p　16cm（新潮文庫）〈『気をつけ、礼。』（2008年刊）の改題〉438円　①978-4-10-134927-5
内容 先生、あのときは、すみませんでした─。授業そっちのけで夢を追いかけた先生。一人の生徒を好きになれなかった先生。厳しくすることでしか教え子に向き合えなかった先生。そして、そんな彼らに反発した生徒たち。けれど、オトナになればきっとわかる、あのとき、先生が教えてくれたこと。ほろ苦さとともに深く胸に染みいる、教師と生徒をめぐる六つの物語。

『卒業ホームラン─自選短編集 男子編』重松清著　新潮社　2011.9　330p　16cm（新潮文庫）476円　①978-4-10-134928-2
内容 少年野球チームに所属する智は、こつこつ努力しているのにいつも補欠の六年生。がんばれば必ず報われるそう教えてきた智の父親で、チームの監督でもある徹夫は、息子を卒業試合に使うべきかどうか悩むが─答えの出ない問いを投げかける表題作のほか、忘れられない転校生との友情を描く「エビスくん」などを含む、自身が選んだ重松清入門の一冊。新作「また次の春へ」を特別収録。

『空より高く』重松清著　中央公論新社　2015.9　360p　16cm（中公文庫）640円　①978-4-12-206164-4
内容 廃校が決まった東玉川高校、通称トンタマ。卒業を控えた最後の生徒たちの「終わり」に満ちた平凡な毎日は、熱血中年非常勤講師・ジン先生の赴任で一変した。暑苦しい「レッツ・ビギン！」のかけ声に乗せられて、大道芸に出会った省エネ高校生が少しずつ変

ヤングアダルトの本　いま読みたい小説4000冊　　169

わっていく―きっと何か始めたくなる、まっすぐな青春賛歌。

別版 中央公論新社 2012.9

『たんぽぽ団地』重松清著　新潮社　2015.
12　364p　20cm　1600円　①978-4-10-407514-0
内容 僕らの団地がなくなる前に、映画を撮ろう！　運命と奇跡のクランクイン。

『たんぽぽ団地のひみつ』重松清著　新潮社　2018.7　463p　15cm（新潮文庫）〈『たんぽぽ団地』改題書〉710円
①978-4-10-134937-4
内容 取り壊しが決まった団地に暮らす祖父を訪ねた六年生の杏奈。そこはかつてドラマ『たんぽぽ団地のひみつ』のロケ地だった。夢の中で主演の少年、ワタルくんに出会ったことをきっかけに、杏奈と祖父、そして住民たちは、団地をめぐる時空を超えた冒険に巻き込まれて―。大人たちが生きた過去への憧憬と、未来へ向かう子どもたちへの祝福に満ちたミラクルストーリー。

『鉄のライオン』重松清著　光文社　2011.
4　251p　16cm（光文社文庫）〈『ブルーベリー』（2008年刊）の改題、加筆〉495円　①978-4-334-74931-6
内容 一九八一年三月。大学の合格発表のため遠く離れた西の田舎町から東京に来た「僕」。その長旅には同級生の裕子という相棒がいて、彼女は、東京暮らしの相棒にもなるはずだった―。ロング・バケイション、ふぞろいの林檎たち、ボートハウス、見栄講座…。「'80年代」と現代を行き来しつつ描く、一人の上京組大学生が経験する出会いと別れ。

『峠うどん物語　上』重松清著　講談社　2014.10　290p　15cm（講談社文庫）600円　①978-4-06-277946-3
内容 中学二年生の淑子は、市営斎場の真ん前に建つ祖父母の店の手伝いをつづけていた。ある日、父親の中学時代の同級生が急死、クラスで一番うるさい男子も暴走族の親戚が事故で亡くなり、通夜が行われることになった。やりきれない気持ちで暖簾をくぐる人たちがそっと伝えてくれる、あたたかくて大切なこと。

別版 講談社 2011.8

『峠うどん物語　下』重松清著　講談社　2014.10　256p　15cm（講談社文庫）600円　①978-4-06-277947-0
内容 商売より味。頑固な祖父は、新しい料理屋に団体客を取られても黙々とうどんを打ちつづける。そんな折、五十年前の大水害の翌日、路上で素うどんをふるまった若い職人

がいたという投書が新聞に載った。淑子はその「希望の味」を知りたいと願う。出会いと別れに寄り添うあたたかい味が沁み込む極上の物語。

別版 講談社 2011.9

『永遠（とわ）を旅する者―ロストオデッセイ千年の夢』重松清著　講談社　2010.
10　433p　15cm（講談社文庫）676円
①978-4-06-276791-0
内容 カイム。永遠の生を生きる男―すなわち、死ねない男。数えきれないほどのひとの誕生と死を見つめながら一千年の旅をしてきたカイムがかつて訪れた町、出会った人々。あまりにも短くはかない、だからこそまばゆい、人間の命の輝きがそこにある。ゲームとのコラボレーションから生まれた一期一会の奇跡の物語。

『とんび』重松清著　角川書店　2011.10　420p　15cm（角川文庫）〈発売：角川グループパブリッシング〉629円
①978-4-04-364607-4
内容 昭和三十七年、ヤスさんは生涯最高の喜びに包まれていた。愛妻の美佐子さんとのあいだに待望の長男アキラが誕生し、家族三人の幸せを噛みしめる日々。しかしその団らんは、突然の悲劇によって奪われてしまう―。アキラへの愛あまって、時に暴走し時に途方に暮れるヤスさん。我が子の幸せだけをひたむきに願い続けた不器用な父親の姿を通して、いつの世も変わることのない不滅の情を描く。魂ふるえる、父と息子の物語。

別版 角川書店 2008.10

『なぎさ昇天―なぎさの媚薬 8』重松清著　小学館　2009.2　169p　15cm（小学館文庫）419円　①978-4-09-408356-9
内容 「おまえも、媚薬を服んでみればいいんだ。おまえ自身の過去に戻ればいい」―。週刊誌記者のアキラは、再会したなぎさを抱きながら、そう囁いた。「欲しいんです…なんか、今夜は変なんです…抱いてほしくて…だめなんです」何度も絶頂に達したなぎさは、自らの"媚薬"を口にして、過去へと旅立つ。その後を追うようにアキラともう一人の娼婦・翠もまた、ミルク色の霧に包まれたなぎさの過去へと導かれてゆく。そこには、二人の「なぎさ」がいた―。幾多の男を救い続けた伝説の娼婦の正体がついに明かされる、感動と救済の最終章。

『なぎさの媚薬　上』重松清著　講談社　2017.10　727p　15cm（講談社文庫）〈小学館文庫 2007～2008年刊の再編集〉1000円　①978-4-06-293778-8

日本の作品　　　　　　　　　　　　　　　　　　　　　　　重松清

内容 「わたしを買ってくれませんか？」—透き通るように白い肌、吸い込まれそうに深い瞳、まるくやわらかな声。伝説の娼婦なぎさは、自分を本当に必要とする客の前だけに現れる。なぎさとの甘美な時間の合間に男が見るのは、あまりにもリアルな、青春時代の自分と女性たちとの夢。切なさに満ちた官能恋愛小説。

『なぎさの媚薬　下』重松清著　講談社
2017.10　769p　15cm（講談社文庫）
〈小学館文庫 2008〜2009年刊の再編集〉
1000円　①978-4-06-293779-5
内容 「あの子を助けられるのは、あなたしかいないんです」—性犯罪や、余命の告知。男女のつらい過去を、時を遡って変える力をもつ娼婦のなぎさ。男を包み込み、女に救いの手をさしのべる、なぎさとは何者なのか。性の哀しさと愛おしさ、生きることの尊さを描き、読む者に深い余韻を残す傑作官能小説。

『なきむし姫』重松清著　新潮社　2015.7
293p　16cm（新潮文庫）550円　①978-
4-10-134933-6
内容 霜田アヤは、二児の母なのに大のなきむし。夫の哲也は、そんな頼りないアヤをいつも守ってくれていた。ところが哲也は一年間の単身赴任となって、アヤは期間限定のシングルマザーに。そこに現れたのは幼なじみの健。バツイチで娘を育てる健は、夫の不在や厄介なママ友に悩むアヤを何かと助けてくれて…。子供と一緒に育つママの奮闘を描く、共感度満点の愛すべきホームコメディ！

『一人っ子同盟』重松清著　新潮社　2017.7　477p　16cm（新潮文庫）710円
①978-4-10-134936-7
内容 ノブとハム子は、同じ団地に住む小学六年生。ともに“一人っ子”だが、実はノブには幼いころ交通事故で亡くなった兄がいて、ハム子にも母の再婚で四歳の弟ができた。困った時は助け合う、と密かな同盟を結んだ二人は、年下の転校生、オサムに出会う。お調子者で嘘つきのオサムにもまた、複雑な事情があって—。いまはもう会えない友だちと過ごしたあの頃と、忘れられない奇跡の一瞬を描く物語。
別版 新潮社 2014.9

『ファミレス　上』重松清著
KADOKAWA　2016.5　326p　15cm
（角川文庫）〈日本経済新聞出版社 2013年刊の上下巻分冊〉640円　①978-4-04-103160-5
内容 中学校教師の宮本陽平は、子どもたちが家を出て、妻・美代子との初めての二人暮

らしに困惑中。ある日陽平は、美代子の署名入りの離婚届を見つけてしまう。彼女は離婚を考えているのか？ 唯一の趣味である料理を通じた友人の一博と康文は、様子のおかしい陽平を心配するが、彼らの家庭も順風満帆ではなく…。「人生とは、腹が減ることと、メシを食うことの繰り返し」。50歳前後の料理好きオヤジ3人を待っていた運命とは？

『ファミレス　下』重松清著
KADOKAWA　2016.5　323p　15cm
（角川文庫）〈日本経済新聞出版社 2013年刊の上下巻分冊〉640円　①978-4-04-104219-9
内容 中学校教師の宮本陽平が見つけた離婚届には、妻・美代子の署名が入っていた。彼女に問いただすこともできずに途方に暮れる陽平。料理仲間の一博の家では、料理講師のエリカとその臨月の娘がなぜか居候。陽平と、幼なじみの康文も巻き込んだ出産騒動に。50歳前後のオヤジ3人それぞれの奮闘の行方は—？「メシをつくって食べること」を横軸に描き出す、夫婦、家族、友情。人生の滋味がぎゅっと詰まったおいしい物語。
別版 日本経済新聞出版社 2013.7

『ブランケット・キャッツ』重松清著　朝日新聞出版　2011.2　381p　15cm（朝日文庫）580円　①978-4-02-264595-1
内容 馴染んだ毛布とともに、2泊3日だけ我が家に「ブランケット・キャット」がやって来る。リストラされた父親が家族のために借りたロシアンブルー、子どものできない夫婦が迎えた三毛、いじめに直面した息子が選んだマンクス、老人ホームに入るおばあちゃんのために探したアメリカンショートヘア——。「明日」が揺らいだ人たちに、猫が贈った温もりと小さな光を描く7編。

『星に願いを—さつき断景』重松清著　新潮社　2008.12　311p　16cm（新潮文庫）〈「さつき断景」（祥伝社平成16年刊）の改題〉476円　①978-4-10-134923-7
内容 地下鉄サリン事件、そして阪神大震災が起きた一九九五年。復興ボランティアに参加した高校生のタカユキは、自分が少し変わったような気がした。サリン事件の衝撃を引きずるヤマグチさんは、娘の無邪気さに癒された。五十代のアサダ氏は、長女の結婚で家族の存在を実感した—。不安な時代。それでも大切なものはいつもそこにあった。三人が生きた世紀末を描く長編。

『星のかけら』重松清著　新潮社　2013.7　234p　16cm（新潮文庫）460円　①978-4-10-134931-2

ヤングアダルトの本　いま読みたい小説4000冊　**171**

重松清　日本の作品

[内容] それを持っていれば、どんなにキツいことがあっても耐えられるというお守り「星のかけら」。ウワサでは誰かが亡くなった交通事故現場に落ちているらしい。いじめにあっている小学六年生のユウキは、星のかけらを探しにいった夜、不思議な女の子、フミちゃんに出会う。生きるって、死ぬって、一体どういうこと？ 命の意味に触れ、少しずつおとなに近づいていく少年たちの物語。

『ポニーテール』重松清著　新潮社　2014.7　387p　16cm（新潮文庫）630円
①978-4-10-134932-9
[内容] 小学四年生のフミと、六年生のマキふたりは、お互いの父と母の再婚できょうだいになったばかり。おねえちゃんと仲良くなりたいフミだったが、無愛想なマキの心がわからずに泣いてしまうことも。マキはマキで新しくできた妹に戸惑っていた。そして、姉妹を見守る父と母も、「家族」の難しさに、迷ったり、悩んだり…。四人家族ひとりひとりの歩みを見つめた、優しさあふれる物語。
[別版] 新潮社 2011.7

『また次の春へ』重松清著　文藝春秋　2016.3　237p　16cm（文春文庫）〈扶桑社 2013年刊の再刊〉520円　①978-4-16-790565-1
[内容]「俺、高校に受かったら、本とか読もうっと」。幼馴染みの慎也は無事合格したのに、卒業式の午後、浜で行方不明になった。分厚い小説を貸してあげていたのに、読めないままだったかな。彼のお母さんは、まだ息子の部屋を片付けられずにいる（「しおり」）。突然の喪失を前に、迷いながら、泣きながら、一歩を踏み出す私達の物語集。
[別版] 扶桑社 2013.3

『まゆみのマーチ―自選短編集 女子編』重松清著　新潮社　2011.9　319p　16cm（新潮文庫）476円　①978-4-10-134929-9
[内容] まゆみは、歌が大好きな女の子だった。小学校の授業中も歌を口ずさむ娘を、母は決して叱らなかった。だが、担任教師の指導がきっかけで、まゆみは学校に通えなくなってしまう。そのとき母が伝えたことは―表題作のほか、いじめに巻き込まれた少女の孤独な闘いを描く「ワニとハブとひょうたん池で」などを含む著者自身が選んだ重松清入門の一冊。新作「また次の春へ」を特別収録。

『みんなのうた』重松清著　角川書店　2013.8　310p　15cm（角川文庫）〈発売：KADOKAWA〉552円　①978-4-04-100955-0

[内容] 東大を目指して上京するも、3浪の末、夢破れて帰郷したレイコさん。傷心の彼女を迎えるのは、個性豊かな森原家の面々と、弟のタカツグが店長をつとめるカラオケボックス『ウッド・フィールズ』だった。このまま田舎のしがらみに搦めとられて言い訳ばかりの人生を過ごすのか―レイコさんのへこんだ心を、ふるさとの四季はどんなふうに迎え、包み込んでくれるのか…。文庫オリジナル感動長編！

『娘に語るお父さんの歴史』重松清著　新潮社　2016.3　220p　16cm（新潮文庫）〈筑摩書房 2006年刊の加筆修正、新原稿を追加　文献あり〉460円
①978-4-10-134934-3
[内容]「お父さんの子どもの頃って、どんな時代だったの？」15歳の娘の問いを機に、父は自分が育ってきた時代の「歴史」を振り返ることに。あの頃、テレビが家庭の中心だった。親たちは「勉強すれば幸せになれる」と教えていた。宇宙や科学に憧れ、明るい未来を信じて全力疾走していた…。そして、父が出した答えとは。明日へ歩み出す子どもたちへ、切なる願いが込められた希望の物語。

『ラスト・スマイル』重松清著　小学館　2008.12　204p　15cm（小学館文庫―なぎさの媚薬 7）457円　①978-4-09-408336-1
[内容]「おまえは…誰なんだ？」週刊誌のフリーライター田山章は、"過去に戻れる媚薬"を持つ伝説の娼婦なぎさを追ううち、渋谷で謎の街娼ユリと出会う。彼女と入ったラブホテルの一室。モニターに映ったAV女優は、若い頃に離別した娘のあゆみだった―。再会したユリは、章の後悔をすべて知っているかのように彼を受け入れた。だが、絶頂の後、ユリもまた姿を消してしまう。困惑する章の前に、ついになぎさが現われる。「あなたが愛したたった一人の女の子を救いたいなら…わたしを抱いてください」感動の最終幕へとつながる傑作官能シリーズ第七弾。

『ロング・ロング・アゴー』重松清著　新潮社　2012.7　398p　16cm（新潮文庫）〈「再会」（2009年刊）の改題〉590円　①978-4-10-134930-5
[内容] 最後まで誇り高かったクラスの女王さま。親戚中の嫌われ者のおじさん。不運つづきでも笑顔だった幼なじみ。おとなになって思いだす初恋の相手。そして、子どもの頃のイタい自分。あの頃から時は流れ、私たちはこんなにも遠く離れてしまった。でも、信じている。いつかまた、もう一度会えるよね―。「こんなはずじゃなかった人生」に訪れた、小

さな奇跡を描く六つの物語。

柴崎　友香
しばさき・ともか
《1973〜》

『かわうそ堀怪談見習い』柴崎友香著
KADOKAWA　2017.2　202p　19cm
1500円　①978-4-04-104831-3
内容 読みかけていた本が、一ない。思い出さないほうがいい記憶が—よみがえる。別の世界との隙間に入り込んでしまったような。見慣れた風景の中にそっと現れる奇妙なものたち、残された気配。怖い日常。芥川賞作家が「誰かが不在の場所」を見つめつつ、怖いものを詰め込んだ怪談集。

『きょうのできごと、十年後』柴崎友香著
河出書房新社　2014.9　196p　20cm
〈文献あり〉1400円　①978-4-309-02323-6
内容 十年前、京都の飲み会に居あわせた男女。それぞれの時間を生きた彼らは、30代になり、今夜再会する。せつなく、おかしい、奇跡のような一夜の物語。

『週末カミング』柴崎友香著
KADOKAWA　2017.1　254p　15cm
（角川文庫）〈角川書店 2012年刊の再刊〉680円　①978-4-04-104827-6
内容 31歳のわたしは年末から風邪を引いて2日間寝込んで気づいたら年が明けていた。そこに会社の既婚者の先輩女性が転がり込んできて—（「ハッピーでニュー」）。東京で暮らすわたしは、人が住む中で一番暑い場所に近いハルツームの天気を毎日確かめる。偶然と今という一瞬が永遠とつながる場面を描いた傑作「ハルツームにわたしはいない」。週末はいつもより少しだけ特別。見慣れたはずの風景が違って感じられる、8つの物語。
別版 角川書店 2012.11

『主題歌』柴崎友香著　講談社　2011.3
203p　15cm（講談社文庫）448円
①978-4-06-276906-8
内容 職場の同僚と女の子のかわいさについて語り、グラビア誌の「永遠のセクシー女優名鑑」に見入ってしまう実加。美術大学時代の友人たちの行く末を思いつつ、自宅で催した女の子限定カフェなど、今ここに一緒にいることの奇跡のような時間をみずみずしく描いた表題作をはじめ、著者の世界が凝縮された作品集。

『千の扉』柴崎友香著　中央公論新社

2017.10　270p　20cm　1600円　①978-4-12-005011-4
内容 三十九歳の千歳は、親しいわけでもなかった一俊から「結婚しませんか？」と言われ、広大な都営団地の一室に移り住む。その部屋で四十年以上暮らしてきた一俊の祖父から人捜しを頼まれ、いるかどうかも定かでない人物を追うなかで、出会う人たち、そして、出会うことのなかった人たちの過去と人生が交錯していく…。

『その街の今は』柴崎友香著　新潮社
2009.5　158p　16cm（新潮文庫）324円
①978-4-10-137641-7
内容 ここが昔どんなんやったか、知りたいねん—。28歳の歌ちゃんは、勤めていた会社が倒産し、カフェでバイトをしている。初めて参加したのに最低最悪だった合コンの帰り道、年下の良太郎と出くわした。時々会って、大阪の古い写真を一緒に見たりするようになり—。過ぎ去った時間やささやかな日常を包みこみ、姿を変えていく大阪の街。今を生きる若者の日々を描く、温かな物語。芸術選奨文部科学大臣新人賞、織田作之助賞大賞、咲くやこの花賞の三賞受賞。

『ドリーマーズ』柴崎友香著　講談社
2012.8　226p　15cm（講談社文庫）524円　①978-4-06-277341-6
内容 父の一周忌のために故郷の街に暮らす姉夫婦を訪れた「わたし」は、眠りに引き込まれて、自分が死んだことに気づいていない父を夢に見る—。日常でふいに感じる思いのはかなさは、夢を思い出すときのもどかしさに似ている。夢も現もない交ぜになった目の前にある世界のかけがえのなさを描いた連作短篇集。
別版 講談社 2009.8

『虹色と幸運』柴崎友香著　筑摩書房
2015.4　317p　15cm（ちくま文庫）760円　①978-4-480-43259-9
別版 筑摩書房 2011.7

『寝ても覚めても』柴崎友香著　増補新版
河出書房新社　2018.6　341p　15cm
（河出文庫）740円　①978-4-309-41618-2
内容 謎の男・麦に出会いたちまち恋に落ちた朝子。だが彼はほどなく姿を消す。三年後、東京に引っ越した朝子は、麦に生き写しの男と出会う？—そっくりだから好きになったのか？好きになったから、そっくりに見えるのか？野間文芸新人賞受賞作。森泉岳土のマンガとコラボした魅惑の書き下ろし小説を増補。
別版 河出書房新社 2010.9

別版 河出書房新社（河出文庫）2014.5

『パノララ』柴崎友香著　講談社　2018.1
585p　15cm（講談社文庫）〈2015年刊
の加筆・修正〉980円　①978-4-06-
293843-3
内容 友人のイチローに誘われ、改築を繰り返
した奇妙な家の赤い小屋を間借りすることに
なったわたし。家を増築する父親や女優の母
親、個性派揃いの彼の家族たち。不思議な家
で生活し、家族の過去が気になりだした頃、イ
チローから「たまに同じ一日が二度繰り返され
る」と打ち明けられ、日常がゆがみ始める…。
別版 講談社 2015.1

『春の庭』柴崎友香著　文藝春秋　2017.4
245p　16cm（文春文庫）〈2014年刊に
「糸」「見えない」「出かける準備」の三
篇を加え再刊〉640円　①978-4-16-
790827-0
内容 東京・世田谷の取り壊し間近のアパー
トに住む太郎は、住人の女と知り合う。彼女
は隣に建つ「水色の家」に、異様な関心を示
していた。街に積み重なる時間の中で、彼ら
が見つけたものとは―第151回芥川賞に輝く
表題作に、「糸」「見えない」「出かける準備」
の三篇を加え、作家の揺るぎない才能を示し
た小説集。
別版 文藝春秋 2014.7

『ビリジアン』柴崎友香著　河出書房新社
2016.7　198p　15cm（河出文庫）〈毎
日新聞社 2011年刊の再刊〉680円
①978-4-309-41464-5
内容 突然空が黄色くなった十一歳の日、爆竹
を鳴らし続ける十四歳の日、街に現れるロッ
クスターと会話する十九歳の日…。自由に時
を往き来しながら鮮烈に描く、十歳から十九
歳の日々の鋭く熱い記憶、痛みと憧れ。読む
と世界が鮮やかに見えてくる、小説の可能性
と不思議な魅力に満ちた芥川賞作家の傑作。
読者の根強い支持を受け待望の文庫化。
別版 毎日新聞社 2011.2

『フルタイムライフ』柴崎友香著　河出書
房新社　2008.11　231p　15cm（河出文
庫）570円　①978-4-309-40935-1
内容 この春、美大を出てOLになった喜多川
春子。なれない仕事に奮闘する春子だが、会
社が終わると相変わらず大学の友人とデザイ
ンを続けたり、男友達にふられたりの日々。
ようやく仕事にもなれた頃、社内にリストラ
の噂がでて、周囲が変わり始める。一方、昼
休みに時々会う正吉が気になり出した春子に
も小さな心の変化が訪れて…新入社員の10ヶ
月を描く傑作長篇。

『星のしるし』柴崎友香著　文藝春秋
2008.10　165p　19cm　1238円　①978-
4-16-327480-5
内容 UFO、占い、家族…30歳を前にした会社
員・果絵と周囲の人々をつなぐ、いくつもの
見えないしるし。悩みがないわけじゃない。
でも、いいあらわせない大切なものが輝きは
じめる。街と人々をやさしく包みこむ、著者
の新たなる傑作。

『星よりひそかに』柴崎友香著　幻冬舎
2014.4　209p　19cm　1300円　①978-
4-344-02564-6

『また会う日まで』柴崎友香著　河出書房
新社　2010.10　190p　15cm（河出文
庫）530円　①978-4-309-41041-8

『わたしがいなかった街で』柴崎友香著
新潮社　2014.12　324p　16cm（新潮文
庫）550円　①978-4-10-137642-4
内容 離婚して1年、夫と暮らしていたマンショ
ンから引っ越した36歳の砂羽。昼は契約社員
として働く砂羽は、夜毎、戦争や紛争のドキュ
メンタリーを見続ける。凄惨な映像の中で、
怯え、逃げ惑う人々。何故そこにいるのか、わ
たしではなくて彼らなのか。サラエヴォで、
大阪、広島、東京で、わたしは誰かが生きた
場所を生きている―。生の確かさと不可思議
さを描き、世界の希望に到達する傑作。
別版 新潮社 2012.6

芝田　勝茂
しばた・かつも
《1949～》

『銀河鉄道の夜―かけがえのない親友と、
ふしぎな鉄道の旅へ！』宮沢賢治原作,
芝田勝茂文, 戸部淑絵　学研プラス
2017.5　153p　21cm（10歳までに読み
たい日本名作 1　加藤康子監修）940円
①978-4-05-204607-0
内容 町で、銀河のお祭りがある日のできご
と。少年ジョバンニと、親友カムパネルラは、
ふしぎな鉄道に乗って、旅に出ます。そこで
出会ったのは、たくさんのきれいな風景と個
性ゆたかな人たちでした―。人や自然へのや
さしさがつまった、一度は読んでおきたい名
作。カラーイラストいっぱい！お話図解「物
語ナビ」つき！

『空母せたたま小学校、発進！』芝田勝茂
作, 倉橋奈未, ハイロン絵　そうえん社
2015.5　245p　20cm（ホップステップ

キッズ！）1300円 ①978-4-88264-535-1

内容 わたしたちのせたたま小学校は豪華客船！今日、タマ川の桟橋に「やってくる」はずだった。なのに、なのに、やってきたのは、軍艦！それも、航空母艦！

『世界の謎はボクが解く！―空母せたたま小学校』芝田勝茂作, 倉馬奈未, ハイロン絵 そうえん社 2016.3 252p 20cm（ホップステップキッズ！）1300円 ①978-4-88264-539-9

『戦争ガ起キルカモシレナイ―空母せたたま小学校』芝田勝茂作, 倉馬奈未, ハイロン絵 そうえん社 2016.7 261p 20cm（ホップステップキッズ！）1300円 ①978-4-88264-540-5

内容 戦争はとめる。それができるのは、わたしたちだから。小学校中・高学年～

『ぼくの同志はカグヤ姫』芝田勝茂作, 倉馬奈未, ハイロン絵 ポプラ社 2018.2 191p 21cm（ポプラ物語館）1200円 ①978-4-591-15716-9

内容 かぐや姫がもたらした不老不死の薬が富士山の頂上にかくされている。この薬は地球だけでなく、宇宙全体に影響をおよぼすひみつがあるという。そう教えてくれたのは、ぼくの前にあらわれたカグヤ姫・天竹かおり。そして、宇宙のわるガキ・モンチがこの薬をねらっている!?ぼくはかおりとともに、富士山頂でのたたかいにいどむことになった！

『星の砦』芝田勝茂作, バラマツヒトミ絵 講談社 2009.4 269p 18cm（講談社青い鳥文庫）620円 ①978-4-06-285088-9

内容 新学期になって新しく赴任してきた校長先生が、「勉強最優先」主義の教育方針を打ち出した。成績順にクラスが分けられ、学校祭や体育祭などへの参加は控えなければならなくなるという。小学校生活最後の1年間なのに、思い出を作ることもできなくなっていいの!?受験には関係ない生徒ばかりが集まった6年5組は、学校側の言いなりにはなれないと、結束して立ち上がることに！小学上級から。

『坊っちゃん―正義感あふれる坊っちゃん、悪に立ちむかう！』夏目漱石原作, 芝田勝茂文, 城咲綾絵 学研プラス 2017.12 153p 21cm（10歳までに読みたい日本名作9 加藤康子監修）940円 ①978-4-05-204760-2

内容 物語の舞台は、今から約百数十年ほど前の明治時代。子どものころからむてっぽうで正義感が強い主人公、坊っちゃんは、やがて教師になります。学校では、いたずらずきの生徒たちや、個性ゆたかな先生たちがいて、騒動が待ちうけていました。さあ、坊っちゃんは、どうするのでしょう。カラーイラストがいっぱい。ひとめでわかる、お話図解つき。

島本 理生
しまもと・りお
《1983～》

『あなたの呼吸が止まるまで』島本理生著 新潮社 2011.3 170p 16cm（新潮文庫）〈2007年刊の改稿〉362円 ①978-4-10-131482-2

内容 舞踏家の父と暮らす朔は、物語を書くのが好きな十二歳。クラスの中で浮いた存在になることを恐れつつも、気の強い鹿山さんとの友情を深め、優しい田島君への憧れを抱きながら、少しずつ大人に近づいていた。だが、そんな朔の日常を突然切り裂くできごとが起こり―。私はきっと、なんらかの方法で戦わなくてはいけない。唐突に子供時代を終わらせられた少女が決意した復讐のかたちとは。

『あられもない祈り』島本理生著 河出書房新社 2013.7 183p 15cm（河出文庫）480円 ①978-4-309-41228-3

内容 幼い頃からずっと自分を大事にできなかった"私"。理不尽な義父と気まぐれな母、愛情と暴力が紙一重の恋人に、いつしか私は、追いやられていく。そんな日々のなか、私は、二十も年上の"あなた"と久々に再会する。そして婚約者がいるはずの"あなた"に、再び愛を告げられて―"あなた"と"私"…名前する必要としない二人の、密室のような恋。至上の恋愛小説。

別版 河出書房新社 2010.5

『アンダスタンド・メイビー 上』島本理生著 中央公論新社 2014.1 395p 16cm（中公文庫）〈文献あり〉724円 ①978-4-12-205895-8

内容 筑波に住む中学三年生の黒江は、研究者をしている母との二人暮らし。両親の離婚以来、家庭に居場所を見つけられずにいた。ある日、書店で目にした写真集に心を奪われ、カメラマンになるという夢を抱く。同じ頃、東京から転校生がやってくる。太めで垢抜けない印象の彌生に、なぜか心を奪われる黒江だった。「やっと見つけた、私だけの神様を」―

別版 中央公論新社 2010.12

『アンダスタンド・メイビー　下』島本理生著　中央公論新社　2014.1　364p　16cm（中公文庫）〈文献あり〉705円　①978-4-12-205896-5

内容　故郷でのおぞましい体験から逃れるように、黒江は憧れのカメラマンが住む東京へ向かった。師匠の家に住み込みながらアシスタントとして一歩を踏み出すが、不意によみがえる過去の記憶。それは、再び心を通わせはじめた初恋の相手・彌生との関係にも、暗い影を落とし出す―。

別版　中央公論新社　2010.12

『一千一秒の日々』島本理生著　角川書店　2009.2　202p　15cm（角川文庫）〈発売：角川グループパブリッシング〉476円　①978-4-04-388502-2

内容　仲良しのまま破局してしまった真琴と哲、メタボな針谷にちょっかいを出す美少女の一紗、誰にも言えない思いを抱きしめる瑛子。真剣で意地っ張りで、でもたまにずるくもあって、でもやっぱり不器用で愛おしい。そんな、あなたに似た誰かさん達の物語です。いろいろままならないことはあるけれど、やっぱり恋したい、恋されたい―『ナラタージュ』の島本理生がおくる傑作恋愛小説集、待望の文庫化。

『イノセント』島本理生著　集英社　2016.4　370p　20cm〈文献あり〉1600円　①978-4-08-771656-6

内容　やり手経営者と、カソリックの神父。美しい女性に惹き寄せられる、対照的な二人の男。儚さと自堕落さ、過去も未来も引き受けられるのは―。『ナラタージュ』『Red』を経て、島本理生がたどり着いた到達点。あふれる疾走感。深く魂に響く、至高の長編小説。

『大きな熊が来る前に、おやすみ。』島本理生著　新潮社　2010.3　196p　16cm（新潮文庫）362円　①978-4-10-131481-5

内容　きっかけは本当につまらないことだった。穏やかな暮らしを揺さぶった、彼の突然の暴力。それでも私は―。互いが抱える暗闇に惹かれあい、かすかな希望を求める二人を描く表題作。自分とは正反対の彼への憧れと、衝動的な憎しみを切り取る「クロコダイルの午睡」。戸惑いつつ始まった瑞々しい恋の物語、「猫と君のとなり」。恋愛によって知る孤独や不安、残酷さを繊細に掬い取る全三篇。

『君が降る日』島本理生著　幻冬舎　2012.4　269p　16cm（幻冬舎文庫）533円　①978-4-344-41843-1

内容　恋人の降一を事故で亡くした志保。その車を運転していた降一の親友・五十嵐。彼に冷たく接する志保だったが、同じ哀しみを抱える者同士、惹かれ合っていく「君が降る日」。結婚目前にふられた女性と年下の男との恋「冬の動物園」。恋人よりも友達になることの難しさと切なさを綴った「野ばら」。恋の始まりと別れの予感を描いた三編を収録した恋愛小説。

別版　幻冬舎　2009.3

『クローバー』島本理生著　角川書店　2011.1　283p　15cm（角川文庫）〈発売：角川グループパブリッシング〉514円　①978-4-04-388503-9

内容　ワガママで女子力全開の華子と、その暴君な姉に振り回されて、人生優柔不断ぎみな理系男子の冬治。双子の大学生の前に現れたのはめげない手強い求愛者と、健気で微妙に挙動不審な才女!?でこぼこ4人が繰り広げる騒がしくも楽しい日々。ずっとこんな時を過ごしていたいけれど、やがて決断の日は訪れて…。モラトリアムと新しい旅立ちを、共感度120%に書き上げた、キュートでちょっぴり切ない青春恋愛小説。

『週末は彼女たちのもの』島本理生著　幻冬舎　2013.8　165p　16cm（幻冬舎文庫）457円　①978-4-344-42064-9

内容　婚約者に結婚の延期を告げられた女、新しい恋を失ったシングルマザー、彼氏の代役をさせられた大学生、永遠を信じない実業家。そんな男女に突然訪れる新しい恋の予感。信号待ちの横断歩道、偶然立ち寄ったバーのカウンター…。いつでも、どこででも恋は生まれる。臆病なあなたに贈る、人を好きになることのときめきと切なさに溢れた恋愛小説。

『シルエット』島本理生著　KADOKAWA　2018.4　176p　15cm（角川文庫）〈講談社文庫　2004年刊の再刊〉520円　①978-4-04-106749-9

内容　何ヵ月も何ヵ月も雨が降り続き、もしかしたらこのまま雨の中に閉じ込められるかもしれない。そう予感するような季節の中にいた―。女性の体に嫌悪感を覚える元恋人の冠くん。冠くんと別れた後、半ばやけでつき合った遊び人の藤野。今の恋人、大学生のせっちゃん…人を求めることのよろこびと苦しさを、女子高生の内面から鮮やかに描く群像新人文学賞優秀作の表題作と、15歳のデビュー作他1篇を収録。島本恋愛文学の原点。

『匿名者のためのスピカ』島本理生著　祥伝社　2018.6　239p　15cm（祥伝社文庫）570円　①978-4-396-34424-5

内容　法科大学院生の笠井修吾は就職の相談

がきっかけで同級生の館林景織子と親しくなる。彼女には恋人に監禁された過去があり、今もその男らしき相手から連絡が来るという。怯える彼女を守ると誓った修吾だったが、ある日彼女は、その男と思しき人物の車に自ら乗って姿を消してしまう。修吾は彼らを追って南の島に向かうが…。著者が初めて挑む、衝撃の恋愛サスペンス！
別版 祥伝社 2015.7

『夏の裁断』島本理生著　文藝春秋　2015.8　125p　20cm　1100円　①978-4-16-390324-8
内容 小説家・萱野千紘の前にあらわれた編集者・柴田は悪魔のような男だった—。過去に性的な傷をかかえる女性作家。胸苦しいほどの煩悶と、そこからの再生を見事に描いた傑作。

『七緒のために』島本理生著　講談社　2016.4　199p　15cm（講談社文庫）550円　①978-4-06-293354-4
内容 転校した中学で、クラスメイトとは距離をおく多感な少女・七緒と出会った雪子。両親の離婚危機に不安を抱える雪子は、奔放な七緒の言動に振りまわされつつ、そこに居場所を見つけていた。恋よりも特別で濃密な友情が、人生のすべてを染めていた「あの頃」を描く、清冽な救いの物語。他に「水の花火」収録。
別版 講談社 2012.10

『波打ち際の蛍』島本理生著　角川書店　2012.7　229p　15cm（角川文庫）〈発売：角川グループパブリッシング〉476円　①978-4-04-100389-3
内容 川本麻由はかつての恋人によるDVで心に傷を負い、生きることに臆病になっていた。ある日、カウンセリングの相談室で植村蛍という年上の男性に出会い、次第に惹かれていく。徐々に生活を取り戻し始めた麻由だったが、もっと彼に近付きたいのに、身体は彼を拒絶してしまう。フラッシュバックする恐怖と彼を強く求める心。そんな麻由を蛍は受け止めようとするが…。リアルな痛みと、光へ向かう切実な祈りに満ちた眩い恋愛小説。

『ファーストラヴ』島本理生著　文藝春秋　2018.5　299p　20cm　1600円　①978-4-16-390841-0

『真綿荘の住人たち』島本理生著　文藝春秋　2013.1　309p　16cm（文春文庫）590円　①978-4-16-785201-6
内容 真綿荘に集う人々の恋はどれもままならない。性格の悪い美人に振り回される大和君、彼に片思いするも先輩の告白に揺れる鯨

ちゃん、男嫌いで、今は女子高生と付き合っている椿。大家で小説家の綿貫さんも内縁の夫との仲はいかにもワケありで。寄り添えなくても一緒にいたい—そんな切なくて温かい下宿物語。
別版 文藝春秋 2010.2

『よだかの片想い』島本理生著　集英社　2015.9　254p　16cm（集英社文庫）520円　①978-4-08-745361-4
内容 顔に目立つ大きなアザがある大学院生のアイコ、二十四歳。恋や遊びからは距離を置いて生きていたが、「顔にアザや怪我を負った人」をテーマにした本の取材を受け、表紙になってから、状況は一変。本が映画化されることになり、監督の飛坂逢太と出会ったアイコは彼に恋をする。だが女性に不自由しないタイプの飛坂の気持ちがわからず、暴走したり、妄想したり…。一途な彼女の初恋の行方は!?
別版 集英社 2013.4

『リトル・バイ・リトル』島本理生著　KADOKAWA　2018.5　169p　15cm（角川文庫）〈講談社文庫 2006年刊の再刊〉520円　①978-4-04-106750-5
内容 ふみは高校を卒業してから、アルバイトをして過ごす日々。家族は、ふみ、母、小学校2年生の異父妹の女3人。静かで平穏で、一見何の変哲もない生活だが、そこに時折暗い影を落とすのは、家族の複雑さだった。習字の先生の柳さん、母に紹介されたボーイフレンドの周、2番目の父—。「家族」を軸にした人々とのふれあいのなかで、ふみは少しずつ、光の射す外の世界へと踏み出してゆく。第25回野間文芸新人賞受賞作。

『Red』島本理生著　中央公論新社　2017.9　503p　16cm（中公文庫）780円　①978-4-12-206450-8
内容 夫の両親と同居する塔子は、可愛い娘がいて姑とも仲がよく、恵まれた環境にいるはずだった。だが、かつての恋人との偶然の再会が塔子を目覚めさせる。胸を突くような彼の問いに、仕舞い込んでいた不満や疑問がひとつ、またひとつと姿を現し、快楽の世界へも引き寄せられていく。上手くいかないのは、セックスだけだったのに—。島清恋愛文学賞受賞作。
別版 中央公論新社 2014.9

『わたしたちは銀のフォークと薬を手にして』島本理生著　幻冬舎　2017.6　237p　20cm　1500円　①978-4-344-03123-4
内容 限られた時間。たった一度の出会い。特別じゃないわたしたちの、特別な日常。

小路　幸也
しょうじ・ゆきや
《1961〜》

『アシタノユキカタ』小路幸也著　祥伝社
2016.2　259p　19cm　1500円　①978-
4-396-63487-2

『うたうひと』小路幸也著　祥伝社　2010.
10　326p　16cm（祥伝社文庫）〈平成
20年刊の増補〉619円　①978-4-396-
33613-4
　内容「百獣の王じゃないか。光栄だ」人気
バンドのドラマー、崎谷貫太はその風貌から
“笑うライオン”と呼ばれている。ある日人づ
てに、母親が倒れたことを知った貫太は、十年
ぶりに勘当された実家を訪れることに。母親
に嫌われていると思っていた貫太だったが、
実家で驚くべき光景を目にする—（「笑うライ
オン」）。誰もが持つその人だけの歌を、温か
く紡いだ傑作小説集。

『荻窪シェアハウス小助川』小路幸也著
新潮社　2014.8　495p　16cm（新潮文
庫）〈2012年刊の加筆・修正〉710円
①978-4-10-127744-8
　内容十九歳春、佳人々のシェアハウス生活が
始まった。地元の人々を診てきた医院を閉院
し、リノベーションした「シェアハウス小助
川」で一つ屋根の下に暮らすことになるのは、
年齢も職業も様々な男女六人。自室を持ちな
がらリビングや台所や風呂を共有する生活だ
から価値観の違いも見えてきて…。そして家
主のタカ先生をはじめ皆が抱える人生に触れ
ながら、佳人は夢に辿り着けるのか。
　別版新潮社 2012.2

『踊り子と探偵とパリを』小路幸也著　文
藝春秋　2018.5　317p　16cm（文春文
庫）720円　①978-4-16-791070-9
　内容1920年代、狂乱のパリ。作家志望のイギ
リス青年ユージンは、呪われた赤いダイヤの
噂を聞きつける。アメリカ人探偵マークと共
に、謎の宝石を狙って人気随一のキャバレー
に乗り込むが、焰の色の瞳を持つ美貌の踊り
子ブランシェにユージンは一目ぼれてしま
い…。ミステリアスな展開に息つく暇もない
恋と友情の華麗なる冒険物語。
　別版文藝春秋 2015.5

『おにいちゃんのハナビ』小路幸也著, 西
田征史原案　朝日新聞出版　2010.8
231p　15cm（朝日文庫）580円　①978-
4-02-264563-0

　内容小さい頃から病弱だった華が療養先か
ら自宅に戻ると、兄・太郎は引きこもりになっ
ていた。「すべては、わたしのせい？」。責任
を感じ、兄を立ち直らせようとする華。その
前向きな姿に励まされた太郎はついにアルバ
イトを始める。だが、華の病が再発して…。
実話から生まれた感動作。

『オブ・ラ・ディ オブ・ラ・ダ』小路幸也
著　集英社　2013.4　361p　16cm（集
英社文庫—東京バンドワゴン）600円
①978-4-08-745056-9
　内容東京下町で老舗古書店 “東京バンドワ
ゴン”を営む堀田家は、四世代の大家族。勘
一のひ孫・花陽は受験生になり、研人は中学
校に入学、かんなと鈴花もすくすく育ってい
る。ひとつ屋根の下、ふしぎな事件が舞い込
んで、今日も一家は大騒ぎ。だが近ごろ、勘
一の妹・淑子の体調が思わしくないようで…。
ご近所さん、常連さんも巻き込んで、堀田家
のラブ＆ピースな毎日は続く。大人気シリー
ズ第6弾！
　別版集英社 2011.4

『オール・マイ・ラビング』小路幸也著
集英社　2012.4　359p　16cm（集英社
文庫—東京バンドワゴン）600円
①978-4-08-746825-0
　内容東京、下町の老舗古書店「東京バンドワ
ゴン」を営む堀田家は、今は珍しく四世代の
大家族。店には色々な古本が持ち込まれ、堀
田家の面々はまたしても、ご近所さんともど
も謎の事件に巻き込まれる。ページが増える
百物語の和とじ本に、店の前に置き去りにさ
れた捨て猫ならぬ猫の本。そして、いつもふ
らふらとしている我南人にも、ある変化が…。
ますます賑やかになった大人気シリーズ、第5
弾。
　別版集英社 2010.4

『オール・ユー・ニード・イズ・ラブ』小
路幸也著　集英社　2016.4　359p
16cm（集英社文庫—東京バンドワゴ
ン）600円　①978-4-08-745430-7
　内容青の映画がいよいよ公開されることに。
東京下町の古書店 “東京バンドワゴン”には、
本日も訳ありのお客がやってくる。ある作家
の棚の前で涙をこぼしていた女性。実は高校
生のときに学校の焼却炉で何冊もの本を黙々
と処分していた少女だという。いったい彼女
に何があったのか、気になる堀田家の面々。
「LOVEだねぇ」が沁みわたる、やさしさと温
かいおせっかいに満ちた、人気シリーズ第9
弾！
　別版集英社 2014.4

日本の作品　　　　　　　　　　　　　　　　　　　　　　小路幸也

『怪獣の夏はるかな星へ』小路幸也著　筑摩書房　2015.6　265p　19cm　1500円　①978-4-480-80458-7
内容 1970年夏、地球の危機を救うのは子供たちだ!?人気作家、初の怪獣小説！

『カウハウス』小路幸也著　ポプラ社　2011.8　389p　16cm（ポプラ文庫）680円　①978-4-591-12545-8
内容 飛ばされて会社所有の大豪邸の住み込み管理人となった25歳の「僕」は、無人のはずの屋敷に次々と現れるワケありの人々に戸惑いつつも任務をまっとうしようと奮闘する。仕事とは、誰かを大切にすることとは―まっすぐな想いが心にしみるハートフル・ストーリー。
別版 ポプラ社　2009.6

『風とにわか雨と花』小路幸也著　キノブックス　2017.5　209p　19cm　1500円　①978-4-908059-71-1
内容 専業作家を目指す父、仕事に復帰した母、小学生の姉と弟。海辺の町を舞台に繰り広げられる、ひと夏の家族物語。

『家族はつらいよ』小路幸也作, 山田洋次, 平松恵美子原案　講談社　2015.12　202p　15cm（講談社文庫）570円　①978-4-06-293284-4
内容 長年連れ添った妻の誕生日の夜、平田周造は離婚届を突き付けられた。翌朝、犬の散歩に出ようとすれば次男は結婚したい相手がいると言い出し、家に戻れば長女が亭主と別れたいと泣いている。二世帯住宅でひらかれた家族会議は予想もしない展開に!?「男はつらいよ」から20年、山田洋次監督の待望作を小説化！

『家族はつらいよ　2』山田洋次原作・脚本, 平松恵美子脚本, 小路幸也著　講談社　2017.3　218p　15cm（講談社文庫）580円　①978-4-06-293568-5
内容 熟年離婚の危機を乗り越えた平田周造は、運転好きの頑固な高齢者。しかし自損事故をきっかけに、家族に「免許返納」を求められ憤慨する。そんな折、彼は高校時代の同級生と再会し、互いの境遇の違いを実感させられるのだった。「男はつらいよ」の山田洋次監督が描く新作喜劇映画シリーズ、小説化第2弾！

『壁と孔雀』小路幸也著　早川書房　2017.2　408p　16cm（ハヤカワ文庫JA）800円　①978-4-15-031265-7
内容 警視庁警護課の土甕英朗は35歳になるベテランSPだ。仕事の負傷で休暇を取り、幼い頃両親の離婚で別れたまま2年前に事故死した母の墓参りに赴く。北海道にある母の実家は町を支配する名家で、今は祖父母と小5の異父弟が住んでいた。初めて会う弟は、自ら座敷牢に入り、英朗に「僕がお母さんを殺した」と告げる。その言葉の真意は？　さらに町では不審な事故が相次ぐ。英朗は忍び寄る危険から弟達を護ろうとするが…
別版 早川書房（ハヤカワ・ミステリワールド）2014.8

『カレンダーボーイ』小路幸也著　ポプラ社　2010.12　387p　16cm（ポプラ文庫）680円　①978-4-591-12213-6
内容 ある朝目が覚めたら、小学五年生に逆戻り!?社会人としてそれなりの地位を築いてきた二人の男が、眠りについて目が覚めるごとに現在と過去を行き来するようになってしまう。二人は過去を変えることで、ある人を救うことができると気づく。あたたかな切なさに満ちた物語。

『キサトア』小路幸也著　文藝春秋　2012.5　318p　16cm（文春文庫）590円　①978-4-16-780190-8
内容 世界的アーティストだが病気で色がわからないアーチ、朝と夜それぞれ真逆の時間に眠る不思議な双子の妹キサとトア。不便な事もあるけれど、"風のエキスパート"である父と海辺の町の愉快な仲間と共に楽しく暮らしている。だが父の仕事が原因で一家は少し困ったことに…。やさしい四季の物語。文庫書き下ろし掌編を収録。

『キシャツー』小路幸也著　河出書房新社　2014.7　301p　15cm（河出文庫）640円　①978-4-309-41302-0
内容 うちらは、電車通学のことを、キシャツー、って呼ぶ。一両編成の電車は、今日も、ゆっくりと海岸線を走り続ける。部活に通う夏休み、仲良し女子高生三人組が、砂浜に張られた真っ赤なテントにいる謎の男子を見つけて…微炭酸のようにじんわり染み渡る、それぞれの成長物語。誰しもの胸に刻まれた大切な夏を思い起こす、青春小説の決定版。
別版 河出書房新社　2012.7

『恭一郎と七人の叔母』小路幸也著　徳間書店　2016.3　278p　20cm　1600円　①978-4-19-864126-9
内容 時代に流されずそれぞれに個性豊かで魅力的な八人姉妹。彼女たちを間近で見ていた少年が語るちょっと懐かしく新しい家族小説。

『コーヒーブルース』小路幸也著　実業之日本社　2015.2　423p　16cm（実業之日本社文庫）685円　①978-4-408-

55208-8

内容 北千住の"弓島珈琲"店主の僕(弓島大)は、近所の小学生の少女から、姉の行方を探してほしいと頼まれた。少女の両親には何か事情があるのだろうか。僕の家に間借りする三栖刑事や他の常連客も解決に乗り出してくれることになった。だがその矢先、僕と三栖が関わった過去の事件が、五年ぶりに頭をもたげ、事態は錯綜していくことになるが…。

別版 実業之日本社 2012.1

『さくらの丘で』小路幸也著 祥伝社 2013.6 269p 16cm(祥伝社文庫)571円 ①978-4-396-33845-9

内容 亡くなった祖母から一本の鍵と"さくらの丘"を遺すという遺言書を受け取った満ち。そこには、ともに少女時代を過ごした祖母の友人二人の孫も持ち主となるとあった。なぜ祖母たちはその土地を所有していたのか、どうして孫三人に譲ることにしたのか。その疑問を解くために、満ちるたちは"さくらの丘"へ。そしてそこで待っていたものは―。次世代に語り継ぎたい感動の物語。

別版 祥伝社 2010.9

『札幌アンダーソング』小路幸也著 KADOKAWA 2016.2 302p 15cm(角川文庫)600円 ①978-4-04-103490-3

内容 北海道は札幌の雪の中で全裸死体が見つかった。若手刑事の仲野久ことキュウは、無駄にイイ男の先輩・根来と捜査に乗り出すが、その死因はあまりにも変態的なもので、2人は「変態の専門家」に協力を仰ぐことに。その人物とは美貌の天才少年・志村春。彼は4代前までの先祖の記憶と知識を持ち、あらゆる真実を導き出せるというのだ。春は変態死体に隠されたメッセージを解くが!?平凡刑事と天才探偵の奇妙な事件簿、開幕!

別版 KADOKAWA 2014.1

『札幌アンダーソング [2] 間奏曲』小路幸也著 KADOKAWA 2017.1 268p 15cm(角川文庫)600円 ①978-4-04-105205-1

内容「大きな雪堆積場の3つのうちのひとつに男性の死体を埋めた」若手刑事の仲野久が勤める北海道警に謎の手紙が届いた。捜査のため、久は無駄に色男な先輩刑事・根来と、被害者とされる男性の家族に会いに行く。その家の娘に何らかの「背徳の匂い」を感じ取った根来は、天才にして変態の専門家である美少年・志村春に相談することに。どうやら事件には犯罪の怪物・山森が絡んでいるようだが…。異色ミステリエンタメ第2弾!

別版 KADOKAWA 2015.3

『札幌アンダーソング [3] ラスト・ソング』小路幸也著 KADOKAWA 2018.1 279p 15cm(角川文庫)680円 ①978-4-04-106443-6

内容 美貌の天才少年・春が知りたいのは、人のあらゆる感情。彼と出会って以来、キュウこと仲野久刑事は、怪しい事件に振り回されっぱなしだ。そして今回ついに、キュウは殺人事件の重要参考人とされてしまった!これまでの事件の中で常に敵対してきた"秘密クラブ"の主宰者にして知の怪物・山森の仕業と察した春は、ある賭けに出る―。北の街を舞台に繰り広げられる人気探偵シリーズ、心拍数最大のうちにグランドフィナーレ!

別版 KADOKAWA 2016.3

『ザ・ロング・アンド・ワインディング・ロード』小路幸也著 集英社 2018.4 360p 16cm(集英社文庫―東京バンドワゴン)600円 ①978-4-08-745725-4

内容 明治時代創業の老舗古本屋・東京バンドワゴンは本日も大騒ぎ!次々代の時代に錚々たる文士が寄稿して編まれ、強盗殺人までも引き起こした"呪いの目録"。ずっと封印されていたその目録を狙う不審な男がうろつきはじめた―。さらに、なんと英国の秘密情報部員が堀田家へ乗り込んできた!二代目が留学先から持ち帰ったある本を巡り、勘一、我南人たちはロンドンへ―。人情たっぷりの第11弾!

別版 集英社 2016.4

『小路幸也少年少女小説集』小路幸也著 筑摩書房 2013.10 283p 15cm(ちくま文庫)700円 ①978-4-480-43100-4

内容 夢、希望、怖れ、孤独、友情…。人気作家で贈る11の物語。ときに切なく、ときにほのぼのと、子供と大人たちの間に起こる様々なドラマ。『東京バンドワゴン』シリーズで知られる小路幸也ワールドを、単行本未収録を中心に、少年少女を主人公にした短篇集を選りすぐった傑作短篇集!巻末に作家本人による自作解説を付す。

『小説家の姉と』小路幸也著 宝島社 2016.7 246p 19cm 1500円 ①978-4-8002-5485-6

内容 五歳年上の姉は、学生時代に小説家としてデビューした。それから数年後、一人暮らしをしていた姉から突然、「防犯のために一緒に住んでほしい」と頼まれた大学生の弟・朗人。小説家としての姉を邪魔しないように、注意深く生活する中で、編集者や作家仲間とも交流し、疎遠だった幼なじみとも再び付き合うようになった朗人は、姉との同居の"真

意"について考え始める。姉には何か秘密があるのでは―。

『**少年探偵**』小路幸也著　ポプラ社　2017.5　257p　16cm（ポプラ文庫―[みんなの少年探偵団]）640円　①978-4-591-15486-1
内容　世間を騒がせる怪人二十面相の秘密を知り、身を挺して真実を伝えようとした少年と、彼に「力」を授ける謎の紳士。退廃に沈むかつての名探偵が立ち上がり、少年と出会うとき、「少年探偵団」が再び甦る。江戸川乱歩生誕120年オマージュ企画第3弾、ついに文庫化！
別版　ポプラ社 2015.1

『**シー・ラブズ・ユー**』小路幸也著　集英社　2009.4　333p　16cm（集英社文庫―東京バンドワゴン）552円　①978-4-08-746424-5
内容　東京、下町の老舗古本屋「東京バンドワゴン」。営む堀田家は今は珍しき8人の大家族。伝説ロッカー我南人60歳を筆頭にひと癖もふた癖もある堀田家の面々は、ご近所さんとともに、またまた、なぞの事件に巻き込まれる。赤ちゃん置き去り騒動、自分で売った本を1冊ずつ買い戻すおじさん、幽霊を見る小学生などなど…。さて、今回も「万事解決」となるか？ ホームドラマ小説の決定版、第2弾。

『**スターダストパレード**』小路幸也著　講談社　2017.7　295p　15cm（講談社文庫）630円　①978-4-06-293702-3
内容　1年の刑期を終えたその日、オレを迎えに来たのは刑事の鷹原さんだった。不審な死で母を亡くし、言葉を失った5歳の少女・ニノンを匿えと切り出す。なぜオレに？ かつて鷹原さんを裏切ったこのオレに？ ニノンとオレとの切ない逃避行が始まった―。それぞれの想いを乗せた、ハートフル・ミステリー！
別版　講談社 2014.9

『**スタンダップダブル！**』小路幸也著　角川春樹事務所　2015.11　379p　16cm（ハルキ文庫）680円　①978-4-7584-3957-2
内容　三十一歳を目前に北海道支局に「飛ばされ」た、全国紙スポーツ記者の前橋絵里。そこで出会った弱小の神別高校野球部が、旭川支部予選を勝ち上がっていく。彼らの不思議な強さの「秘密」に惹かれた絵里はやがて、ナインが甲子園を目指す特別な「理由」を知る。その中心には、見た目はそっくりで性格が対照的な、エースの青山康一とセンターの健一という双子がいて…。野球を知らなくて

もワクワクして元気が出るハートフル・エンターテインメント、待望の文庫化
別版　角川春樹事務所 2012.11

『**スタンダップダブル！**　[2]　甲子園ステージ』小路幸也著　角川春樹事務所　2016.2　368p　16cm（ハルキ文庫）680円　①978-4-7584-3980-0
内容　対照的なキャラの双子―エースの青山康一とセンターの健一を擁する神別高校野球部は、北北海道大会を勝ち抜き甲子園へ！ 彼らが優勝を目指す特別な「理由」を知る前橋絵里は、全国紙のスポーツ記者。彼女の前に、神別高校の監督・田村と高校時代にチームメイトだったスポーツライター・塩崎が現われ、周囲をしつこくかぎ回りはじめる。塩崎は、田村との間に因縁があるらしく…。野球を知らなくても楽しめるハートフル・エンターテインメント、感動のクライマックス！
別版　角川春樹事務所 2014.3

『**スタンド・バイ・ミー**』小路幸也著　集英社　2010.4　358p　16cm（集英社文庫―東京バンドワゴン）571円　①978-4-08-746557-0
内容　東京、下町の老舗古本屋「東京バンドワゴン」。営む堀田家は今は珍しい三世代の大家族。今回もご近所さんともども、ナゾの事件に巻き込まれる。ある朝、高価本だけが並べ替えられていた。誰が何のために？ 首をかしげる堀田家の面々。さらに買い取った本の見返しに「ほったこんひとごろし」と何とも物騒なメッセージが発見され…。さて今回も「万事解決」となるか？ ホームドラマ小説の決定版、東京バンドワゴンシリーズ第3弾。

『**ストレンジャー・イン・パラダイス**』小路幸也著　中央公論新社　2016.6　215p　20cm　1300円　①978-4-12-004860-9
内容　ここは阿形県賀家郡「晴太多」。名物も娯楽もない山奥の、ほぼ限界集落。そんな故郷を再生するため、町役場で働く土方あゆみは、移住希望者を募集する。やってきたのはベンチャー企業の若者、ニートの男、駆け落ちカップルなど、なんだかワケありなはぐれ者（ストレンジャー）たち。彼らが抱える忘れたい過去も心の傷も、優しい笑顔が包み込む―。『東京バンドワゴン』の著者が贈る、スローライフ・エンタメ小説。

『**すべての神様の十月**』小路幸也著　PHP研究所　2017.9　266p　15cm（PHP文芸文庫）〈2014年刊に書き下ろし短篇「御蒔け・迷う山の神」を加えて再刊〉680円　①978-4-569-76756-7

小路幸也　　　　　　　　　　　　　　　　日本の作品

内容 帆奈がバーで隣り合ったイケメンは、死神だった!?死神は、これまでに幸せを感じたことがないらしい。なぜなら幸せを感じた瞬間…（「幸せな死神」）。貧乏神に取り憑かれていた雅人。そうとは知らず、彼は冴えない自分の人生を“小吉人生”と呼び、楽しんでいたのだが…（「貧乏神の災難」）。人生の大切なものを見失った人間の前に現れる神々たち。その意外な目的とは？　優しさとせつなさが胸を打つ連作短篇集。
別版 PHP研究所 2014.7

『スローバラード』小路幸也著　実業之日本社　2016.9　331p　19cm　1500円　①978-4-408-53692-7
内容 事件の連鎖が呼び起こしたのは「あの頃」の記憶と私たちの絆―。青春時代のほろ苦さが沁みる、大好評！　珈琲店ミステリー。

『そこへ届くのは僕たちの声』小路幸也著　文藝春秋　2016.3　404p　16cm（文春文庫）〈新潮文庫 2011年刊の再刊〉720円　①978-4-16-790571-2
内容 中学生のかほりは2年前の震災で不思議な「声」に助けられる経験をしていた。ちまたで植物状態の人間を覚醒させる能力の存在が噂になるのと同じ頃、連続誘拐事件が発生。元刑事、ライターらが謎を追ううちに「ハヤブサ」なる存在が浮かび上がり…。すべての謎が明らかになったとき、起こる奇跡に涙する感動の青春小説。
別版 新潮社（新潮文庫）2011.2

『空へ向かう花』小路幸也著　講談社　2011.9　317p　15cm（講談社文庫）600円　①978-4-06-277034-7
内容 小学六年生のカホはある日、ビルの屋上から飛び降りようとする少年を見つける。彼の名前はハル。半年前にカホの親友を「殺した」相手だった―。十二歳の少年に科せられた人殺しの烙印と高額の賠償金。重い罪を背負った子供を大人たちは守ることができるのか。苦しみながらも前を向く人々を描いた感動作。

『ダウンタウン』小路幸也著　河出書房新社　2012.3　325p　15cm（河出文庫）〈『Down town』（2010年刊）の改題〉680円　①978-4-309-41134-7
内容 70年代後半、コーヒーの薫りと煙草の煙と、スピーカーから流れてきたシュガー・ベイブの「DOWN TOWN」。様々な悩みを抱えながら、狭くて小さな喫茶店「ぶろっく」に集う人々。高校生の僕と年上の女性ばかりが集うこの場所で繰り広げられる、「未来」という言葉が素直に信じられたあの頃の物語。著

者自身の体験から描く、大切な青春の原風景。
別版 河出書房新社 2010.2

『探偵ザンティピーの休暇』小路幸也著　幻冬舎　2010.10　254p　16cm（幻冬舎文庫）533円　①978-4-344-41549-2
内容 マンハッタンに住むザンティピーは数カ国語を操る名探偵。彼のもとに、日本人と結婚した妹・サンディから「会いに来て欲しい」と電話があった。嫁ぎ先の北海道の旅館で若女将になった妹の言葉を不審に思いながら、日本に向かった彼が目にしたのは、10年ぶりに目にする妹の姿と人骨だった―！謎と爽快感が疾走する痛快ミステリー。書き下ろし。

『探偵ザンティピーの惻隠』小路幸也著　幻冬舎　2012.10　243p　16cm（幻冬舎文庫）533円　①978-4-344-41928-5
内容 大学職員のエヴァの依頼は、祖父から託された古い写真の持ち主探し。その裏に書かれた数字で買った宝くじで大当たりをした彼女は、賞金で日本へ渡り、持ち主に写真を返したいという。祖父の遺した「ゴシック温泉」という言葉から、ザンティピーは持ち主の割り出しに成功。だが、写真からは驚愕の事実が浮かび上がる。書き下ろし大人気シリーズ。

『探偵ザンティピーの仏心』小路幸也著　幻冬舎　2011.10　238p　16cm（幻冬舎文庫）533円　①978-4-344-41748-9
内容 NYに住むザンティピーは数カ国語を操る名探偵。ある日、ボストンにあるスパの社長・エドから依頼が入る。娘のパットが、北海道の定山渓で日本の温泉経営を学ぶ間、ボディガードを頼みたいという。ザンティピーは依頼を受けるが、定山渓に向かう途中、何者かに襲われ気を失ってしまう…。謎と爽快感が疾走する痛快ミステリー。書き下ろし第二弾。

『駐在日記』小路幸也著　中央公論新社　2017.11　239p　20cm　1500円　①978-4-12-005023-7
内容 平和な田舎に事件なんて起きない…と思ってたのに。事件解決のカギは入念な捜査とお節介。駐在さん×元医者の妻がワケありな謎を解き明かす。「東京バンドワゴン」シリーズ著者が初めて描く、連作短編警察小説。

『妻よ薔薇のように―家族はつらいよ 3』山田洋次原作・脚本, 平松恵美子脚本, 小路幸也著　講談社　2018.3　192p　15cm（講談社文庫）580円　①978-4-06-293881-5
内容 平田家の長男に嫁いだ史枝は、三世代家族を支える専業主婦。日頃は家事全般を完璧にこなしていたが、ある時不注意から空き巣に入られ、へそくりを盗まれてしまう。日

頃の苦労に無頓着な夫は、謝罪も受け入れず嫌味ばかり。耐えかねた彼女が家出をしたため、一家は大混乱に陥った。傑作喜劇映画の小説化！

『**つむじダブル**』小路幸也, 宮下奈都著　ポプラ社　2015.2　301p　16cm（ポプラ文庫）620円　①978-4-591-14306-3
内容　柔道が大好きな小学4年生のまどかと、プロのミュージシャンを目指す高校生2年生の由一は、仲のよい家庭で暮らす兄妹。だが、ある電話がかかってきたことで、2人の知らない秘密があることに気づき―人気作家2人が兄妹の視点で交互に描く、ハートウォーミングストーリー。
別版　ポプラ社　2012.9

『**21（twenty one）**』小路幸也著　幻冬舎　2011.6　292p　16cm（幻冬舎文庫）571円　①978-4-344-41679-6
内容　二十一世紀に二十一歳になる二十一人。中学入学の日、クラス担任の先生が発見したその偶然が、僕たちに強烈な連帯感をもたらした。だが卒業して十年後、その仲間の一人が自殺した。僕たちに何も告げず。特別な絆で結ばれていると信じていた人を突然喪った時、胸に込み上げる思いをどうすればいいんだろう。"生きていく意味"を問いかける感動作。

『**東京カウガール**』小路幸也著　PHP研究所　2017.6　377p　19cm　1600円　①978-4-569-83257-9
内容　その夜、カメラマン志望の大学生・木下英志は夜景を撮っていた。人気のない公園で鈍い音を聞きつけカメラを向けると、そこには一人の女性がいた。彼女は屈強な男たちを叩きのめすと、車椅子の老人を伴い車へと消えた…。後日、改めて画像を見た英志は気づく。―似ている。横顔が、あの子に。カメラが捉えた不可解な事件に隠された哀しい過去とは？

『**東京公園**』小路幸也著　新潮社　2009.8　284p　16cm（新潮文庫）438円　①978-4-10-127741-7
内容　写真家をめざす大学生の圭司は、公園で偶然に出会った男性から、奇妙な依頼を受ける―「妻の百合香を尾行して写真を撮ってほしい」。砧公園、世田谷公園、和田堀公園、井の頭公園…幼い娘を連れて、都内の公園をめぐる百合香を、カメラ越しに見つめる圭司は、いつしか彼女に惹かれていく。憧れが恋へと成長する直前の、せつなくてもどかしい気持ちを、8つの公園を舞台に描いた、瑞々しい青春小説。

『**東京ピーターパン**』小路幸也著

KADOKAWA　2013.12　253p　15cm（角川文庫）〈角川書店 2011年刊の加筆・修正〉480円　①978-4-04-101138-6
内容　平凡な日常をそれなりにこなす印刷会社のサラリーマン・石井は、人身事故を起こし、パニックで逃げてしまう。伝説のギタリストでありながら、今はホームレスの辰吾、メジャーを夢見るバンドマン・小嶋を巻き込んで辿り着いた先は、寺の土蔵。そこは引きこもりの高校生・聖矢の住処だった。年齢も人生もバラバラ、けれど唯一の「共通点」を持つ彼らが出会ったとき、起こった「キセキ」とは―!?小路幸也が描く大人の青春小説!!
別版　角川書店　2011.10

『**夏のジオラマ**』小路幸也作, 桑原草太絵　集英社　2011.7　183p　18cm（集英社みらい文庫）580円　①978-4-08-321033-4
内容　夏休みに入って3日目。学校で"共同自由研究"をしていた僕たちに事件が起こった。体がでっかいマンタが消えたんだ。その直後、僕は理科準備室でおかしな木の箱を発見する。中には、模型みたいに小さな道路や川があって…これってジオラマ!?なぞを解明するうちに、不思議な出来事を体験していく。これは、僕たちのひと夏の冒険の話。

『**ナモナキラクエン**』小路幸也著　KADOKAWA　2014.5　278p　15cm（角川文庫）〈角川書店 2012年刊の加筆修正〉560円　①978-4-04-101623-7
内容　「楽園の話を、聞いてくれないか」そう言いかけて、父さんは逝ってしまった。山、紫、水、明と名付けられた僕らきょうだいと、一通の手紙を遺して。僕たちの母親は、4人とも違う。手紙には、それぞれの母親について書いてあった。「必要があると考えるなら、会ってこい」なぜ父さんは、結婚離婚を繰り返し、僕ら「家族」を作ったのか。一夏の旅の果てに明らかになる真実とは…。鮮烈な結末が胸を打つ、ビタースイート家族小説。
別版　角川書店　2012.8

『**猫ヲ捜ス夢―蘆野原偲郷**』小路幸也著　徳間書店　2017.10　310p　19cm　1600円　①978-4-19-864490-1
内容　古より、蘆野原の郷の者は、人に災いを為す様々な厄を祓うことが出来る力を持っていた。しかし、大きな戦争が起きたとき、郷は入口を閉ざしてしまう。その戦争の最中、蘆野原の長筋である正也には、亡くなった母と同じように、事が起こると猫になってしまう姉がいたが、行方不明になっていた。彼は、幼馴染みの知水とその母親とともに暮らしな

がら、姉と郷の入口を捜している。移りゆく時代の波の中で、蘆野原の人々は何を為すのか？　為さねばならぬのか？

『猫と妻と暮らす―蘆野原偲郷』小路幸也著　徳間書店　2014.4　263p　15cm（徳間文庫）〈2011年刊の加筆修正〉610円　①978-4-19-893820-8
内容　ある日、若き研究者・和野和弥が帰宅すると、妻が猫になっていた。じつは和弥は、古き時代から続く蘆野原一族の長筋の生まれで、人に災厄をもたらすモノを、祓うことが出来る力を持つ。しかし妻は、なぜ猫などに？そしてこれは、何かが起きる前触れなのか？同じ里の出で、事の見立てをする幼馴染みの美津濃泉水らとともに、和弥は変わりゆく時代に起きる様々な禍に立ち向かっていく。大人気『東京バンドワゴン』シリーズの著者が贈る穏やかで不思議な世界。懐古的幻想小説。
別版　徳間書店　2011.6

『残される者たちへ』小路幸也著　小学館　2011.10　397p　15cm（小学館文庫）657円　①978-4-09-408653-9
内容　デザイン事務所を経営する川方準一のもとに、方野葉小学校同窓会の通知が届いた。廃校になった方野葉小学校は、方野葉団地の敷地内にあった。その会場で、準一は幹事の押田明人に声をかけられる。親しげに話しかける彼のことを、しかし準一は何も思い出せない。他のクラスメイトのことは覚えているのに…。幼なじみで精神科医の藤間未香によると、方野葉団地の女子中学生が、やはり記憶のねじれを実感しているという。準一は記憶の改ざんが悪意ではなく、善意によって行われることもあることを知る。他者を傷つけるより他者の痛みを気遣おうとする人々を描いた。団地の記憶の物語。
別版　小学館　2008.12

『蜂蜜秘密』小路幸也著　文藝春秋　2015.9　363p　16cm（文春文庫）650円　①978-4-16-790441-8
内容　古くから大切に伝えられてきた“奇跡の蜂蜜”を守るため、自動車も使わず、火薬も制限し、さまざまな掟に従って暮らす“ポロウ村”。蜂蜜の秘密にかかわる名家の一人娘サリーが、不思議な転校生レオと出会う。だが、彼がやって来たのと時を同じくして、奇妙な出来事が…。美しい山あいの村を舞台に描く傑作ファンタジー。
別版　文藝春秋　2013.2

『HEARTBEAT』小路幸也著　東京創元社　2012.8　366p　15cm（創元推理文庫）740円　①978-4-488-48401-9

内容　優等生の委員長と不良少女の淡い恋、すべてはそこから始まった。彼女が自力で人生を立て直すことができたなら、十年後にあるものを渡そう。そして約束の日、三年前から行方不明だという彼女の代わりに、夫を名乗る人物がやってきたが―。ニューヨークから帰ってきた青年と、幽霊騒動に巻き込まれた少年少女、そして最高の「相棒」が織りなす、約束と再会の物語。

『HEARTBLUE』小路幸也著　東京創元社　2013.5　398p　15cm（創元推理文庫）900円　①978-4-488-48402-6
内容　ニューヨークの虹の朝、市警失踪人課を一人の少年が訪ねてきた。とある事件で知り合った少年は「ペギーがいなくなったんだ」とワットマンに告げる。彼の捜す少女は一年ほど前からどこか様子がおかしいという―。一方の巡矢も、一葉の写真に写っていた少女の行方を追い始める。二人が動いた末に明らかになった哀しい真実とは？『HEARTBEAT』に連なる青春ミステリの雄編。

『花歌は、うたう』小路幸也著　河出書房新社　2017.10　287p　19cm　1600円　①978-4-309-02612-1
内容　天才的ミュージシャンだった父の失踪から9年。秘められた音楽の才能が花開くとき、止まっていた時が動き始める―。幼なじみの勧めで歌をうたうことに真剣に向き合い始めた花歌は、父親譲りの天才的な音楽の才能を花開かせていく。そんな中、父・ハルオの目撃情報が届き…。祖母・母・娘、三世代女子家庭の再生の物語―。

『花咲小路一丁目の刑事』小路幸也著　ポプラ社　2015.10　349p　16cm（ポプラ文庫）680円　①978-4-591-14689-7
内容　たくさんのユニークな人々が暮らす花咲小路商店街。今回の主人公は「和食処　あかさか」を営む祖父母のもとに居候中の若手刑事。のんびりできるはずの非番の日に、なぜか必ず商店街の大小さまざまな相談ごとを持ちかけられて奔走する羽目になってしまう。
別版　ポプラ社　2013.11

『花咲小路二丁目の花乃子さん』小路幸也著　ポプラ社　2017.12　375p　16cm（ポプラ文庫）700円　①978-4-591-15687-2
内容　元・怪盗紳士のご隠居や若手刑事などユニークな人々が暮らす花咲小路商店街。今回の語り手は「花の店にらやま」を営む花乃子さんのもとに居候中の女の子。慶びごとにも悲しみにも寄り添う花屋の仕事を手伝うなかで、ある日ちょっと気がかりなお客さんが

来店して一。

別版 ポプラ社 2015.9

『花咲小路三丁目のナイト』小路幸也著
ポプラ社　2016.12　334p　20cm
1600円　①978-4-591-15277-5
内容 元「怪盗紳士」も、若手刑事も、ちょっと不思議な花屋さんもいる花咲小路商店街。たくさんのユニークな人々が暮らし、日々大小さまざまな事件が起こる。今回の舞台は花咲小路唯一の深夜営業のお店、「喫茶ナイト」。商店街のみなさんの、夜にしかできない相談ごとに応えていて一。

『花咲小路四丁目の聖人』小路幸也著　ポプラ社　2013.10　351p　16cm（ポプラ文庫）680円　①978-4-591-13623-2
内容 舞台は花咲小路商店街。英語塾を営む亜弥の父は日本に帰化したイギリス人で、既に隠居の身だが、その実、若い頃は美術品を中心とする泥棒として名を馳せていた人物。商店街で起こる事件をその手腕で解決していく。楽しくて心温まるエンターテイメント。

別版 ポプラ社 2011.11

『話虫干』小路幸也著　筑摩書房　2015.5
309p　15cm（ちくま文庫）740円
①978-4-480-43273-5
内容 漱石「こころ」がヘンになった！ 話虫が作り変えた話を元に戻すため、新人図書館員が物語内世界に潜入する。

別版 筑摩書房 2012.6

『早坂家の三姉妹―brother sun』小路幸也著　徳間書店　2011.8　333p　15cm（徳間文庫）629円　①978-4-19-893417-0
内容 三年前、再婚した父が家を出た。残されたのは長女あんず、次女かりん、三女なつめの三姉妹。ひどい話に聞こえるが、実際はそうじゃない。スープの冷めない距離に住んでいるし、義母とは年が近いから、まるで仲良し四姉妹のようだったりする。でも、気を遣わずに子育てが出来るようにと、長姉が提案して、同居することにした。そんな早坂家を二十年ぶりに訪ねてきた伯父が掻き乱す…。

『ヒア・カムズ・ザ・サン』小路幸也著
集英社　2017.4　364p　16cm（集英社文庫―東京バンドワゴン）600円
①978-4-08-745567-0
内容 明治時代から続く古本屋を舞台にした"東京バンドワゴン"シリーズは、皆様に愛されてついに第十巻目！ さて、今回のお話は、真夏の幽霊騒動、そっと店に置き去りにされた謎の本をめぐる珍事、そして突如湧き起こる我南人引退危機!?や研人の高校受験の顛末な

ど、笑いと涙の全四編。堀田家恒例の全員勢揃いの騒がしい朝食シーンや、初公開の堀田家の正月もお楽しみ。結局、「LOVEだねぇ」！

別版 集英社 2015.4

『ピースメーカー』小路幸也著　ポプラ社
2013.8　269p　16cm（ポプラ文庫）620円　①978-4-591-13549-5
内容 校内で対立する運動部と文化部の架け橋となり、平和をもたらす「ピースメーカー」。その実態は、放送部の凸凹コンビ。二人は知恵と愛嬌と放送部ならではの方法で、学校内の事件を解決していく。温かでちょっとノスタルジックな青春エンターテインメント。

別版 ポプラ社 2011.1

『ビタースイートワルツ』小路幸也著　実業之日本社　2016.8　381p　16cm（実業之日本社文庫）639円　①978-4-408-55305-4
内容 2000年、39歳になった "弓島珈琲" 店主の私（弓島大）の元に二つの事件が舞い込んだ。ダイの恩人であり常連客でもある三栖警部が、"ダイへ"というメッセージを残して失踪。店を手伝う女子大生・あゆみからは、親友と連絡が取れないと相談される。ダイと常連客の純也が調べ始めると、暴力団組長・松木の影が一。甘く苦い過去をめぐる珈琲店ミステリー。

別版 実業之日本社 2014.7

『Brother sun早坂家のこと』小路幸也著
徳間書店　2009.8　286p　20cm　1600円　①978-4-19-862776-8
内容 早坂家の三姉妹が、それぞれが感じている、家族の姿。ちゃぶ台を囲みながらそれぞれの思いが一つになったとき、本当の家族の姿が見えてくる。考えたり悩んだり、苦しかったりするけれど、それぞれが補いながら暮らしている。「東京バンドワゴン」シリーズを始め、様々な家族を描いてきた著者が三姉妹を通し描く、新しい家族のカタチ。

『ブロードアレイ・ミュージアム』小路幸也著　文藝春秋　2011.9　407p　16cm（文春文庫）695円　①978-4-16-780147-2
内容 1920年代のニューヨーク。裏通りの小さな博物館 "BAM" の収蔵品は一風変わったものばかり。そこでは、物に触れると未来を予知できる不思議な少女フェイとワケあり個性派揃いのキュレーターが、悲劇を防ぐべく日夜活躍しているのだ。ジャズエイジの世界へъ誘います。文庫版ボーナストラック「ドラキュラのマント」収録。

別版 文藝春秋 2009.3

小路幸也　　　　　　　　　　　　　　　　　　　　　　日本の作品

『フロム・ミー・トゥ・ユー』小路幸也著
集英社　2015.4　366p　16cm（集英社
文庫―東京バンドワゴン）600円
①978-4-08-745305-8
[内容] 今から30年前、突然、我南人が「この
子ぉ、僕の子供なんだぁ」と生まれたての青
をつれて帰ってきた――（「紺に交われば青くな
る」）。二十歳の亜美が旅先の函館で置き引き
に遭う。たまたま同じボストンバックを持っ
ていた紺にいきなりの跳び蹴り。それが二人
の出逢いだった（「愛の花咲くこともある」）
など、「東京バンドワゴン」シリーズの知られ
ざる過去のエピソードが明かされる全11編。
[別版] 集英社　2013.4

『ヘイ・ジュード』小路幸也著　集英社
2018.4　298p　20cm（東京バンドワゴ
ン）1500円　①978-4-08-775441-4
[内容] 花陽の医大受験を目前に控え、春を待
つ堀田家。古書店“東京バンドワゴン”の常
連・藤島さんの父親が亡くなって、書家だっ
た父親のために記念館を設立するという。す
ると古書をきっかけに思いがけないご縁がつ
ながって…。笑って泣ける、下町ラブ＆ピー
ス小説の決定版！下町の大家族が店に舞い
込む謎を解決する人気シリーズ第13弾！

『僕たちの旅の話をしよう―みらい文庫版』
小路幸也作, pun2絵　集英社　2011.11
254p　18cm（集英社みらい文庫）〈メ
ディアファクトリー2009年刊の加筆・
修正〉630円　①978-4-08-321057-0
[内容] ある日、赤い風船が小5の健一のもとに
飛んでくる。しかも、手紙つき！健一は、ほ
かにも手紙を手にしたという小6の隼人、小5
の麻里安と出会う。実は3人とも視力、聴覚、
嗅覚に特殊な能力を持っていた。手紙を出し
た少女に会いに行こうとするが、事件に巻き
込まれてしまい…!?すべては手紙を受け取っ
た瞬間から始まった！目がはなせない、ドキ
ドキ冒険ミステリー！小学上級・中学から。
[別版] メディアファクトリー（MF文庫―ダ・
ヴィンチ）2009.10

『僕は長い昼と長い夜を過ごす』小路幸也
著　早川書房　2012.6　511p　16cm
（ハヤカワ文庫 JA）840円　①978-4-
15-031070-7
[内容] 50時間起きて20時間眠る特異体質のメ
イジは、のんびりした性格とは反対に、母親が
失踪、父親が強盗に殺されるつらい過去があっ
た。あるとき、ときどき引き受けている“監
視”のアルバイトで二億円を拾ってしまい、裏
社会から命を狙われるようになる。家族を、
大切な人たちを守るため、知恵と友情を武器

に立ち向かう。だが、その体質が驚愕の事態
を引き起こし…人とは違う時間を生きる青年
が挑むタイムリミットサスペンス。
[別版] 早川書房（ハヤカワ・ミステリワール
ド）2010.6

『ホームタウン』小路幸也著　幻冬舎
2008.10　317p　16cm（幻冬舎文庫）
600円　①978-4-344-41208-8
[内容] 札幌の百貨店で働く行島征人へ妹の木
実から近く結婚するという手紙が届いた。両
親が互いに殺し合った過去を持つ征人と木実
は、家族を持つことを恐れていたにもかかわ
らず。結婚を素直に喜ぶ征人。だが結婚直前、
妹と婚約者が失踪する。征人は二人を捜すた
め決して戻らなかった故郷に向かう…。家族
の絆を鮮烈に描く傑作青春ロードノベル。

『マイ・ディア・ポリスマン』小路幸也著
祥伝社　2017.7　275p　20cm　1500円
①978-4-396-63522-0
[内容] 奈々川市坂見町は東京にほど近い古い
町並みが残る町。元捜査一課の刑事だった宇
田巡は、理由あって“東楽観寺前交番”勤務
を命じられて戻ってきたばかり。寺の副住職
で、幼なじみの大村行成と話していると、セー
ラー服姿のかわいい女子高生・楢島あおいが
おずおずと近づいてきた。マンガ家志望の彼
女は警官を主人公にした物語を描くために、
巡の写真を撮らせてほしいという。快くOK
した巡だったが、彼女が去ったあと、交番前
のベンチにさっきまでなかったはずの財布
が。誰も近づいていないのに誰が、なぜ、ど
うやって？疑問に包まれたまま財布の持ち
主を捜し始めた巡は、やがて意外な事実を知
ることに…。

『マイ・ブルー・ヘブン』小路幸也著　集
英社　2011.4　365p　16cm（集英社文
庫―東京バンドワゴン）600円　①978-
4-08-746686-7
[内容] 終戦直後の東京。華族の娘、咲智子は
父親からある文書が入った“箱”を託される。
それを狙う敵から彼女の窮地を救ったのは、
堀田勘一という青年だった。古本屋“東京バ
ンドワゴン”を営む堀田家で、咲智子はひと
癖もふた癖もある仲間たちと出会い、敵に連
れ去られた両親の行方と“箱”の謎を探るた
め奮闘する。いつも皆を温かく見守るおばあ
ちゃん・サチの娘時代を描く人気シリーズ感
動の番外編。
[別版] 集英社　2009.4

『娘の結婚』小路幸也著　祥伝社　2016.6
265p　16cm（祥伝社文庫）580円
①978-4-396-34212-8

|内容| 「会ってほしい人がいるの」男手ひとつで育てた娘の実希が結婚相手を紹介したいという。相手は昔住んでいたマンションの隣人、古市家の真だった。彼との結婚を祝福したい父・孝彦だったが、真の母と亡き妻の間には何か確執があったようなのだ。悩む孝彦の前に、学生時代の恋人・綾乃が現れ、力を貸してくれるというが…。父が娘を想う気持ちが心を打つ傑作家族小説。

|別版| 祥伝社 2013.7

『モーニング』小路幸也著 実業之日本社 2010.12 348p 16cm（実業之日本社文庫）619円 ①978-4-408-55020-6

|内容| 二十数年ぶり、親友の葬儀で福岡に集まったのは、大学時代の四年間、共同生活を送った三人の仲間と私。葬儀を終え、一人の仲間が言う。「レンタカーで帰って自殺する」。一思いにとどまらせるため、私たちは一緒に東京まで帰る決意をし、あの頃へ遡行するロングドライブが始まった。それは同時に、心の奥底に沈めた出来事を浮上させることになるが…。

『ラプソディ・イン・ラブ』小路幸也著 PHP研究所 2013.11 369p 15cm（PHP文芸文庫）648円 ①978-4-569-76096-4

|内容| 日本映画界を支えてきた名優・笠松市朗は、ろくでなしだった。そのせいで、家族は崩壊した。その笠松の最後の映画撮影がはじまった。共演者は別れた妻と息子、後妻の息子と彼の恋人、みな、かつて笠松が愛した家族だった。ひとつ屋根の下、それぞれが役者としての矜持を胸に秘め、父でもある笠松とカメラの前に立つ。彼らは「家族を演じる」ことで、再び家族に戻れるのか―。虚と実の交錯する物語の幕が開く。

|別版| PHP研究所 2010.11

『ラブ・ミー・テンダー』小路幸也著 集英社 2017.4 292p 20cm（東京バンドワゴン）1500円 ①978-4-08-775434-6

|内容| 若き日の堀田我南人はコンサート帰りに、ある女子高校生と出会った。名は秋実。彼女はアイドルとして活躍する親友・桐子の窮地を救うため、ひそかに東京に来たという。話を聞いた我南人と、古書店 "東京バンドワゴン" の一同は、彼女のために一肌脱ぐが、思いもよらぬ大騒動に発展し…？ 下町の大家族が店に舞い込む謎を解決する人気シリーズ、番外長編！

『旅者の歌―始まりの地』小路幸也著 幻冬舎 2014.12 432p 16cm（幻冬舎文庫）770円 ①978-4-344-42281-0

|内容| この世界の神は人と野獣とを分けて創ったが、稀に人から野獣に換身し二度と戻れない者もいる。ある日、ニィマールの兄と姉、婚約者が、人間の心を残したまま野獣に換身してしまう。だが誰も辿り着いたことのない果ての地に行けば、三人を人間に戻すことができると聞いた少年は、一縷の望みを胸に試練の旅に出た―。一大エンタメ叙事詩、開幕！

|別版| 幻冬舎 2013.12

『旅者の歌 ［2］ 中途の王』小路幸也著 幻冬舎 2014.12 337p 19cm 1300円 ①978-4-344-02693-3

|内容| 魂が人間のまま野獣に換身してしまった兄姉と許嫁。かつて誰も足を踏み入れたことのない "果ての地" に行けば、彼らを人間に戻すことができると聞いたニィマールはその名を捨て、リョシャと名乗り、野獣の姿となった三人とともに試練の旅に出た。死が蔓延する冬山を越え、時に戦い、行く先々で、初めて会う民族に助けられ、そして新たな仲間を増やしながら "果ての地" を目指す一行。やがて彼らの前に現れたのは、呪われた地である戸惑いの "白い森" だった…。興奮と感動が巻き起こる長編エンターテインメント!!!

『旅者の歌 ［2］ 魂の地より』小路幸也著 幻冬舎 2015.12 702p 16cm（幻冬舎文庫）〈2014年刊に「旅者の歌 第三部」を加え、修正〉960円 ①978-4-344-42417-3

|内容| 旅とは、愛と絆を試すもの。兄姉と許嫁を人間に戻すため仲間と共に試練の旅に出たニィマールは、その名を捨てリョシャと名乗った。行く手を阻むのは、死が蔓延する冬山、見た事もない民族、そして強大すぎる敵。一歩踏み出すごとに故郷の安寧は遠ざかる。苦難の旅路の果てに彼らを待つのは歓喜か、絶望か。興奮と感動のエンタメ叙事詩、完結！

『リライブ』小路幸也著 新潮社 2012.10 327p 16cm（新潮文庫）520円 ①978-4-10-127743-1

|内容| 死に逝くあなたの "思い出" をいただくために参上しました。代わりに、人生で失ったものを一つだけ取り戻すことができます。"バク" が誘うもう一つの人生とは―二人の学生から告白された下宿屋の娘・輝子。研修医の恋人に手料理を振る舞い、幸せを夢見る亜由。そして幼なじみの二人が親子になった真理恵と琴美―それぞれが迎える温かくもせつない「終焉」に息を呑む7つの物語。

|別版| 新潮社 2009.12

『レディ・マドンナ』小路幸也著 集英社 2013.8 361p 16cm（集英社文庫―東

京バンドワゴン）600円　①978-4-08-745100-9

[内容] 堀田家は、下町で古書店「東京バンドワゴン」を営む四世代の大家族。一家の大黒柱である勘一は、齢八十を超えてもなお元気に店を切り盛りしている。なにやら、そんな勘一をお目当てに通ってくる女性客がいるようで…？ さらには、蔵から貴重な古本が盗み出されて一家は大混乱！ 次々に事件が舞い込む堀田家を、"母の愛"が優しく包んで、家族の絆をますます強くする。大人気シリーズ第7弾！

[別版] 集英社 2012.4

『ロング・ロング・ホリディ』小路幸也著　PHP研究所　2016.1　298p　19cm　1500円　①978-4-569-82746-9

[内容] 一1981年、札幌。喫茶店"D"でアルバイトをしている大学生・幸平のもとに、東京で働いているはずの姉が「しばらく泊めて」と突然、現れた。幸平は理由を聞き出せないまま、姉との暮らしを始める。一方、"D"では、オーナーと店長が「金と女」のことで衝突。そんな二人を見て、幸平たちは"ある行動"に出た。それは一人の女性を守るためだったが、姉の心にも影響を…。

『わたしとトムおじさん』小路幸也著　朝日新聞出版　2012.9　351p　15cm（朝日文庫）〈2009年刊に「それからの旅、これからの旅」を加筆〉720円　①978-4-02-264675-0

[内容] 小学校になじめない帆奈と高校を中退した元・引きこもりのトムおじさん。生きづらさを抱える二人は、懐かしい建物が集まる「明治たてもの村」で一緒に暮らし始める。帆奈の成長と共に起こる小さな事件の数々。ゆるやかに流れる時間が二人を少しずつ変えてゆく。

[別版] 朝日新聞出版 2009.1

白岩　玄
しらいわ・げん
《1983～》

『愛について』白岩玄著　河出書房新社　2012.3　183p　20cm　1400円　①978-4-309-02096-9

[内容] 人はただ愛されたいと願うのに、なぜ、愛にわがままになってしまうんだろう。今カノ、元カノ、忘れられない女、未知の女…白岩玄初の異色恋愛小説集。

『世界のすべてのさよなら』白岩玄著　幻

冬舎　2017.6　187p　19cm　1300円　①978-4-344-03131-9

[内容] 30歳になった同級生4人の物語。会社員としてまっとうに人生を切り拓こうとする悠。ダメ男に振り回されてばかりの翠。画家としての道を黙々と突き進む竜平。体を壊して人生の休み時間中の瑛一。悠の結婚をきっかけに、それぞれに変化が訪れて…。失われた時間と関係性を抱きしめながら、今日の次に明日が続く。

『空に唄う』白岩玄著　河出書房新社　2012.6　265p　15cm（河出文庫）650円　①978-4-309-41157-6

[内容] 海生は、23歳の新米の坊主。初めてお勤めをすることになった通夜の最中、棺の上に突然、裸足の女性が現れる。遺影と同じ顔をした彼女は、なんと死んだはずの女子大生だった。自分以外、誰の目にも見えない彼女を放っておけず、海生は寺での同居を提案する。だが次第に、彼女に心惹かれて…若い僧侶の成長を描く感動作。

[別版] 河出書房新社 2009.2

『野ブタ。をプロデュース』白岩玄著　河出書房新社　2008.10　201p　15cm（河出文庫）450円　①978-4-309-40927-6

[内容] 人間関係を華麗にさばき、みんなの憧れのマリ子を彼女にする桐谷修二は、クラスの人気者。ある日、イジメられっ子の転校生・小谷信太が、修二に弟子入りを志願する…はたして修二のプロデュースで、信太＝野ブタは人気者になれるのか?!TVドラマ化もされた青春小説の決定版・第41回文藝賞受賞作。

『ヒーロー！』白岩玄著　河出書房新社　2016.3　187p　20cm　1400円　①978-4-309-02448-6

[内容] 学校のいじめをなくすため、大仏のマスクをかぶり、休み時間ごとに、パフォーマンスショーをする新島英雄とその演出担当の佐古鈴。二人のアイデアは一見、成功するかに見えた。だが無愛想な美少女転校生が新たないじめの標的になり、佐古の唯一の親友・小峰玲花が、敵となって立ちはだかる!?

『未婚30』白岩玄著　幻冬舎　2014.9　204p　20cm　1400円　①978-4-344-02632-2

[内容] 過去に大ヒット作を出したきり、売れなくなった作家の佑人。仕事は真面目にやりつつ、掃除も料理もできない編集者の里奈。30代の結婚は、好きだけじゃ無理。『野ブタ。をプロデュース』から10年。隠された心情をあばく、本音小説。

新城　カズマ
しんじょう・かずま

『15×24（イチゴーニイヨン）link one
せめて明日（あした）まで、と彼女は
言った』新城カズマ著　集英社　2009.9
318p　15cm（集英社スーパーダッシュ
文庫）〈イラスト：箸井地図〉638円
①978-4-08-630509-9
内容 Subject：なんで自殺しちゃいけないの？
SF星雲賞受賞作家受賞後第1作！TOKYO・
15人の24時間漂流記。

『15×24（イチゴーニイヨン）link two
大人はわかっちゃくれない』新城カズマ
著　集英社　2009.9　355p　15cm（集
英社スーパーダッシュ文庫）〈イラス
ト：箸井地図〉667円　①978-4-08-
630510-5
内容 Re：わたし、ジュンくんが死ぬのを応
援します。長編サスペンス。タイムリミット
は24時間。

『15×24（イチゴーニイヨン）link three
裏切者！』新城カズマ著　集英社
2009.10　240p　15cm（集英社スーパー
ダッシュ文庫）〈イラスト：箸井地図〉
533円　①978-4-08-630514-3
内容 あたしたちみんな、今夜死んでもおか
しくない>all。誰かが裏切っている。

『15×24（イチゴーニイヨン）link four
Riders of the mark city』新城カズ
マ著　集英社　2009.11　330p　15cm
（集英社スーパーダッシュ文庫）〈イラ
スト：箸井地図〉638円　①978-4-08-
630519-8

『15×24（イチゴーニイヨン）link five
ロジカルなソウル/ソウルフルなロジッ
ク』新城カズマ著　集英社　2009.12
269p　15cm（集英社スーパーダッシュ
文庫）〈イラスト：箸井地図〉571円
①978-4-08-630521-1
内容 突然―スタジオから飛び出して、アタ
シは"捜索隊"に復帰したくなった。なにも
かも放り出して、ビキニのままで、今日初め
て知り合った大切な仲間たちのために、東京
中を走り回りたくなった。（おちつけ、おち
つけ、オサリバン・愛！）これは仕事なんだ。
アタシの選んだ仕事なんだ。ここがアタシの
戦線なんだ。だからアタシは歌うんだ。―今
のアタシは、こんなことしかできないけど。

ビキニ姿の道化師で、見事に鼻フックやりと
げて、お屠蘇気分のお茶の間の皆さんにクス
リと笑ってもらうのが精いっぱいだけど。で
も、仲間たちが、がんばってるから。どこか
できっと、がんばってるから。だからアタシ
も全力で歌う。遠い遠い異国の、アタシの遥
かなる故郷、遥かなる一族の歌を（パート11
「Into the Midnight」169ページより）。

『15×24（イチゴーニイヨン）link six
この世でたった三つの、ほんとうのこ
と』新城カズマ著　集英社　2009.12
303p　15cm（集英社スーパーダッシュ
文庫）〈イラスト：箸井地図〉619円
①978-4-08-630522-8
内容 その時だ。オレ、ふいに解ったんだ。イ
チナナが誰なのか。心中の決行時刻が、どう
して途中で半日も延期されたのか（パート13
「この世でたった三つの、ほんとうのことin-
strumental verion」167ページより）。

『玩物双紙』新城カズマ著　双葉社　2014.
11　166p　20cm　1200円　①978-4-
575-23882-2
内容 私たちが日々、語っていること。それが
歴史になる。物らは語る。信長の天下統一は
自転車操業だと。戦国大名の争いはショバ争
いだと。応仁の乱は、ただ文明を殺したと。
そして再び、信長は何と産婆だと。見方を変
えると別の歴史が見えてくる。これほど刺激
的な歴史小説があっただろうか。新鋭が描く
想像力爆裂小説。

『さよなら、ジンジャー・エンジェル』新
城カズマ著　双葉社　2013.7　365p
15cm（双葉文庫）648円　①978-4-575-
51594-7
内容 書店でアルバイトをする継美は、本と妄
想することが好きな大学生。書店で見かけた
メガネの美青年に惹かれデートをするが、そ
の最中に美青年は消える。馬橋南署巡査の司
郎は継美が気になっていた。遠くから眺める
うち、彼女がストーカー被害に遭っているの
ではと助けようとするが、さまざまな「ルー
ル」で思うようにならない。司郎は幽霊だっ
たのだ…。ミステリー×ファンタジー×ラブ
ストーリーの三重奏で描くハートウォーミン
グな物語。
別版 双葉社 2010.2

『島津戦記　1』新城カズマ著　新潮社
2017.8　227p　16cm（新潮文庫―
［nex］）〈2014年刊を2巻本として再編
集、改訂〉520円　①978-4-10-180102-5
内容 時は戦国黎明期、大航海時代。火縄銃・
銀・宣教師…世界につながる薩摩の海には、

後の大乱の世の火種が流れ着いていた。島津宗家の四兄弟が、祖父・日新斎から受け継いだ「海内統一」「天下静謐」の大願。その鍵は、失われた明の巨大艦船を甦らせることにある。史実を基に、奇才が圧倒的な想像力で物語を展開。歴史小説の新時代の到来を告げるかつて無い戦国巨編が、いま始まる。

『島津戦記　2』新城カズマ著　新潮社　2017.12　313p　16cm（新潮文庫—[nex]）〈2014年刊を2巻本として再編集、改訂〉590円　①978-4-10-180112-4
内容 長い夢を見ていた―。合戦に次ぐ合戦、流血の果てに、島津家の大願「天下静謐」も絶え果てようとしていた。島津宗家三男歳久は、それでも見果てぬ夢を見ていた。島津・織田・明智・浅井・延暦寺…あらゆる策謀が交錯する戦国の世で、歳久は、兄の島津義弘を殺す決意を静かに固めていた。島津家の九州統一の端緒を切り開いた「木崎原の戦い」を描く、圧倒的大河浪漫第二幕。
別版 新潮社 2014.9

『tokyo404』新城カズマ著　文藝春秋　2013.3　234p　19cm　1300円　①978-4-16-382030-9
内容 東京・佃島に400年住み着いている多和田家の娘・笑子は、大学入学をきっかけに一人暮らしを計画。大学近くの洋館「メゾン・ボテ」でルームシェアをすることに。ところがこのお屋敷、改築と増築で中は迷宮状態な上、住んでいる住人たちもなにやら奇妙奇天烈で…。一方、小説家の新城カズマ氏は家出少女たちの相互扶助組織「家出少女連盟」なる組織の噂を聞き込み、その正体を探るべく取材を進めるのだった―。SF・ライトノベルのカリスマが贈る、都市をさすらう非定住者たちのサーガ。

『ドラゴン株式会社』新城カズマ作, アントンシク絵　岩崎書店　2013.12　189p　19cm（21世紀空想科学小説）1500円　①978-4-265-07509-6
内容 はじまりは、ぼくに届けられたひとつの種だった。ぼくは、「とりあえず、せつめい書のとおりに」うめてみた。ただそれだけだ。五十五秒めには、種が大きくなっていた。三分がすぎるころには、ほそながい、青い芽がはえてきた。そして、ぼくの目のまえでぐんぐん育っていたのは、それはもうだれがどう見ても、一匹のドラゴンのあかちゃんだったんだ！しかも、この物語の結末を決めるのは、読者のきみだ！

『マルジナリアの妙薬』新城カズマ著　早川書房　2010.7　138p　18cm　1500円

①978-4-15-209146-8
内容 活字と電子の狭間で物語のあり方が大きく変容しつつある現在、その最前線で思索を深める著者が物語的想像力の可能性を問い直す全12話。

菅野　雪虫
すがの・ゆきむし
《1969〜》

『羽州ものがたり』菅野雪虫著　角川書店　2011.1　290p　20cm（カドカワ銀のさじシリーズ）〈発売：角川グループパブリッシング〉1600円　①978-4-04-874168-2
内容 ひとつしか瞳をもたない鷹のアキと暮らす少女・ムメは、都から来たばかりの少年・春名丸と出会った。それが縁で春名丸の父親・小野春風にさまざまなことを教わるムメ。やがて見違えるような娘へと育ったムメは、春名丸との友情をはぐくんでいく。だがそのころ、羽州では都に対する戦いが起きようとしていて―。それが、東北の地、羽州で起きた「元慶の乱」のはじまりだった。

『オズの魔法使い』L.F.ボーム作, 菅野雪虫文, 丹地陽子絵　ポプラ社　2016.11　141p　22cm（ポプラ世界名作童話）1000円　①978-4-591-15182-2
内容 たつまきにとばされて、ドロシーはオズの国へ。いだいな魔法使い・オズ大王に、家に帰してもらうため、エメラルドの都をめざします。ゆかいな仲間との出会い、楽しいほうけんがドロシーをまっていました。世界中で愛され読みつがれてきた名作を、現代の日本の児童文学作家たちが新しい命をふきこんだシリーズ。小学校低学年から。

『キラキラ！―ココロときめくアンソロジー』工藤純子, 菅野雪虫, みずのまい, 宮下恵茉, 向井湘吾作　ポプラ社　2015.7　289p　18cm（ポプラポケット文庫）〈絵：イケダケイスケほか〉720円　①978-4-591-14594-4
内容 「恋する和パティシエール」「お願い！フェアリー」「トリプル・ゼロの算数事件簿」の人気シリーズの番外編や、今一番読みたい新作が読める一冊。心がキラキラ輝きだす、ステキなストーリーを届けます！小学校上級〜

『女王さまがおまちかね』菅野雪虫作, うっけ絵　ポプラ社　2011.6　236p　19cm（ノベルズ・エクスプレス）1300

円 ①978-4-591-12467-3

内容 「女王さま」という怪人物が世界中の人気シリーズを収集、新刊本が出なくなるという事件が大発生!!本が大好きなゆいは、女王さまと対決するために「ある世界」へのりこんでいきますが…。本嫌いの荒太と頭脳派の現もまきこんで、ゆいは世界を救えるの!?一。

『チポロ』菅野雪虫著　講談社　2015.11
278p　20cm〈文献あり〉1400円
①978-4-06-219745-8

内容 力も弱く、狩りも上手ではない少年・チポロ。そんなチポロに、姉のような優しさで世話を焼く少女・イレシュ。彼らの住む村に、神であるシカマ・カムイが滞在し、"魔物"たちが現れることを告げる。そして、その言葉どおり、大挙して現れた魔物たちは、イレシュをさらっていったのだった一。アイヌ神話をモチーフに描かれる長編ビルドゥングスロマン、ここに誕生！

『天山の巫女ソニン　1　黄金の燕』菅野雪虫著　講談社　2013.9　291p　15cm（講談社文庫）640円　①978-4-06-277588-5

内容 長年の修行のかいなく、才能を見限られ天山から里へ帰された、落ちこぼれの巫女ソニン。ある日ソニンは、沙維の王子イウォルが落とした守り袋を拾う。口のきけないイウォルに袋を手渡した瞬間、ソニンはイウォルの"声"を聞いてしまい一。不思議な力をそなえた少女をめぐる、機知と勇気の王宮ファンタジー！ 日本児童文学者協会新人賞、講談社児童文学新人賞ダブル受賞作品。

別版 講談社（講談社ノベルス）2011.9

『天山の巫女ソニン　2　海の孔雀』菅野雪虫著　講談社　2013.11　296p　15cm（講談社文庫）640円　①978-4-06-277589-2

内容 江南の第二王子クワンの招きで隣国を訪れた沙維の王子イウォルとソニンは、戦災から見事に復興を遂げた都の様子に驚く。イウォルがお忍びで街を見て回っている間、ソニンはクワンより思いもよらない依頼を受ける。クワンが二人を呼び寄せた本当の狙いは何か。国の命運は誰の手に一波乱の王宮ファンタジー！

別版 講談社（講談社ノベルス）2012.3

『天山の巫女ソニン　3　朱鳥の星』菅野雪虫著　講談社　2014.3　280p　15cm（講談社文庫）730円　①978-4-06-277590-8

内容 国境付近で捕われた "森の民" を救う

ため、北国 "巨山" に向かったイウォル王子と侍女ソニン。天文学が発展した国の、城の中央広間には精密な「天象之図」が置かれていた。だが、その星図には重要な何かが欠けている―ソニンの指摘をはねつけるイェラ王女はしかし、孤独の中にある秘密を抱えていた。

別版 講談社 2008.2
別版 講談社（講談社ノベルス）2013.3

『天山の巫女ソニン　4　夢の白鷺』菅野雪虫著　講談社　2015.3　297p　15cm（講談社文庫）770円　①978-4-06-293060-4

内容 未曾有の大嵐に見舞われ深刻な被害を受けた "江南"。折しもクワン王子に請われて隣国を訪れていたソニンは、国民の困窮する姿を見て心を痛める。"巨山"はすかさず食料の援助を申し出るも、侵略の布石ともとれる話に警戒するクワン。そんな中、"江南"に向かう "沙維"のイウォル王子が乗る馬に魔の手が迫る。

別版 講談社 2008.11
別版 講談社（講談社ノベルス）2014.3

『天山の巫女ソニン　5　大地の翼』菅野雪虫著　講談社　2016.3　292p　15cm（講談社文庫）770円　①978-4-06-293344-5

内容 半島を形作る三国の平和がついに崩れ去る。ソニンとイウォル王子が暮らす "沙維"は、半島征服をもくろむ強国 "巨山"に狙われ、南の楽園 "江南"では、第二王子クワンに地位陥落の危機が。争いは続くが、平和を望む王子・王女たちは密かに行動を起こしていた。混乱の中で最終的にソニンが選んだ道はいったい…!?

別版 講談社 2009.6
別版 講談社（講談社ノベルス）2015.3

『天山の巫女ソニン　巨山外伝　予言の娘』菅野雪虫作　講談社　2012.3　215p　20cm　1400円　①978-4-06-217568-5

内容 ソニンが天山の巫女として成長したのは美しい四季に恵まれた沙維の国。イェラが王女として成長したのはその北に草原と森林が広がる寒さ厳しい巨山の国。孤高の王女イェラが、春風のようなソニンと出会うまで、どのように生きてきたのかを紹介する、本編「天山の巫女ソニン」のサイドストーリー。

『天山の巫女ソニン　江南外伝　海竜の子』菅野雪虫作　講談社　2013.2　247p　20cm　1400円　①978-4-06-218165-5

内容 江南の美しく豊かな湾を統治する「海竜商会」。その有力者サヴァンを伯父にもち、何不自由なく幸せな日々を送っていた少年・

図子慧　　　　　　　　　　　　　　　　日本の作品

クワン。ところがクワンの落とした首飾りが
きっかけとなって、陰謀に巻きこまれていく。
多くの人の心を引きつける江南の第二王子クワンの絶望と波乱に満ちた再生の物語。

『女神のデパート　1　小学生・結羽、社長になる。』菅野雪虫作, 椋本夏夜絵　ポプラ社　2016.4　214p　18cm（ポプラポケット文庫）650円　①978-4-591-14982-9
[内容]小澤結羽、小学五年生。老舗（おんぼろ）デパート・弁天堂の娘である。おもしろくない毎日…と思っていたら、とつぜん社長になることに！大混乱の中、弁天堂と結羽を空からじっと見守っている存在がいて…。人気ファンタジー作家がおくる、汗と涙の小学生社長奮闘記スタート！

『女神のデパート　2　天空テラスで星にねがいを☆』菅野雪虫作, 椋本夏夜絵　ポプラ社　2016.11　222p　18cm（ポプラポケット文庫）650円　①978-4-591-15232-4
[内容]元・小学生社長（11）屋上復活に運命をたくす!?小澤結羽、倒産寸前のデパート・弁天堂の娘である。父が退院し、社長代理の役目も終了した結羽は、もっと弁天堂ではたらきたい！と思うが、両親は猛反対。夢で弁天堂を見守る女神・弁才天に出会った結羽は、やがてある計画を思いつくのだが…。小学校上級～

『女神のデパート　3　街をまきこめ！TVデビュー!?』菅野雪虫作, 椋本夏夜絵　ポプラ社　2017.9　229p　18cm（ポプラポケット文庫）650円　①978-4-591-15496-0
[内容]倒産寸前のデパート・弁天堂に、せまる魔の八月。売り上げアップのヒントを求めていった東京で、結羽は意外な人物に出会う。さらに、デパートから街へと視野をひろげる結羽の前には新たな壁が。幼なじみの友則といっしょにどう立ちむかう!?

図子　慧
ずし・けい
《1960～》

『アンドロギュヌスの皮膚』図子慧著　河出書房新社　2013.12　416p　20cm（NOVAコレクション）〈文献あり〉1800円　①978-4-309-62224-8
[内容]大型台風の被害で東京東部が水没して、十年。"ホーム"と呼ばれる地下施設で育った

殺し屋の三井は、彼の過去を知る人物に遭遇し、指令を受ける。「おまえの仕事は、ホームにいた子どもたちをみつけだして、回収することだ」一方、縁陰大学病院の女性理事が何者かに襲われ重傷を負い、その息子、天才ハッカーの定法哲がアメリカから帰国する。二十年前の犯罪、十年前の過ちが二人を結ぶ一。

『駅神ふたたび』図子慧著　早川書房　2008.10　262p　19cm　1600円　①978-4-15-208966-3
[内容]気まぐれに駅の四番線ホームに現われて易を立てる謎の老人、通称ヨンバンセン。よく当たるということからしだいに評判を呼ぶことになり、その正体に迫ろうとする者まで現われる!?東京の下町を舞台にした、異色の連作人情ミステリ第2弾。

『晩夏』図子慧著　東京創元社　2010.10　230p　15cm（創元推理文庫）〈集英社1991年刊の加筆〉640円　①978-4-488-48901-4
[内容]夜が明けても伯母は帰らなかった。今泉酒造の奔放な家付き娘ながら、無断外泊は一切したことのないあの伯母が。愛する瑞生の美しい横顔をみつめながら、想子は不安にとらわれる。彼は、何を知っているのか一。夏の気怠い空気の向こうに次第に浮かび上がる、殺人事件の意外な真相とは。実力派作家が夏の終わり、少女の時間の終わりを繊細な筆致で綴った上質な青春恋愛ミステリ。

住野　よる
すみの・よる

『青くて痛くて脆い』住野よる著　KADOKAWA　2018.3　309p　20cm　1400円　①978-4-04-105206-8
[内容]人に不用意に近づきすぎないことを信条にしていた大学一年の春、僕は秋好寿乃に出会った。空気の読めない発言を連発し、周囲から浮いていて、けれど誰よりも純粋だった彼女。秋好の理想と情熱に感化され、僕たちは二人で「モアイ」という秘密結社を結成した。それから3年。あのとき将来の夢を語り合った秋好はもういない。僕の心には、彼女がついた嘘が棘のように刺さっていた。

『か「」く「」し「」ご「」と「」』住野よる著　新潮社　2017.3　275p　20cm　1400円　①978-4-10-350831-1
[内容]みんなは知らない、ちょっとだけ特別なちから。そのせいで、君のことが気になって仕方ないんだ一きっと誰もが持っている、

日本の作品　　　　　　　　　　　　　　　　　　　　　　　瀬尾まいこ

自分だけのかくしごと。5人のクラスメイトが繰り広げる、これは、特別でありふれた物語。共感度No.1の青春小説！

『**君の膵臓をたべたい**』住野よる著　双葉社　2017.4　325p　15cm（双葉文庫）667円　①978-4-575-51994-5

内容 ある日、高校生の僕は病院で一冊の文庫本を拾う。タイトルは「共病文庫」。それはクラスメイトである山内桜良が綴った、秘密の日記帳だった。そこには、彼女の余命が膵臓の病気により、もういくばくもないと書かれていて―。読後、きっとこのタイトルに涙する。「名前のない僕」と「日常のない彼女」が織りなす、大ベストセラー青春小説！

別版 双葉社 2015.6

『**また、同じ夢を見ていた**』住野よる著　双葉社　2016.2　257p　20cm　1400円　①978-4-575-23945-4

内容 きっと誰にでも「やり直したい」ことがある。学校に友達がいない“私”が出会ったのは手首に傷がある“南さん”とても格好いい“アバズレさん”一人暮らしの“おばあちゃん”そして、尻尾の短い“彼女”だった―

『**よるのばけもの**』住野よる著　双葉社　2016.12　245p　20cm　1400円　①978-4-575-24007-8

内容 夜になると、僕は化け物になる。化け物になった僕は、夜の学校で、ひとりぼっちの少女と出会う―

瀬尾　まいこ
せお・まいこ
《1974～》

『**あと少し、もう少し**』瀬尾まいこ著　新潮社　2015.4　361p　16cm（新潮文庫）590円　①978-4-10-129773-6

内容 陸上部の名物顧問が異動となり、代わりにやってきたのは頼りない美術教師。部長の桝井は、中学最後の駅伝大会に向けてメンバーを募り練習をはじめるが…。元いじめられっ子の設楽、不良の大田、頼みを断れないジロー、プライドの高い渡部、後輩の俊介。寄せ集めの6人は県大会出場を目指して、襷をつなぐ。あと少し、もう少し、みんなと走りたい。涙が止まらない、傑作青春小説。

別版 新潮社 2012.10

『**おしまいのデート**』瀬尾まいこ著　集英社　2014.5　209p　16cm（集英社文庫）440円　①978-4-08-745188-7

内容 中学三年生の彗子は両親の離婚後、月

に一度、父の代わりに祖父と会っていた。公園でソフトクリームを食べ、海の見える岬まで軽トラを走らせるのがお決まりのコース。そんな一風変わったデートを楽しむ二人だったが、母の再婚を機に会うことをやめることになり…。表題作のほか、元不良と教師、バツイチOLと大学生、園児と保育士など、暖かくも切ない5つのデートを瑞々しく描いた短編集。

別版 集英社 2011.1

『**温室デイズ**』瀬尾まいこ著　角川書店　2009.6　215p　15cm（角川文庫）〈発売：角川グループパブリッシング〉476円　①978-4-04-394201-5

内容 みちると優子は中学3年生。2人が通う宮前中学校は崩壊が進んでいた。校舎の窓は残らず割られ、不良たちの教師への暴力も日常茶飯事だ。そんな中学からもあと半年で卒業という頃、ある出来事がきっかけで、優子は女子からいじめを受け始める。優子を守ろうとみちるは行動に出るが、今度はみちるがいじめの対象に。2人はそれぞれのやり方で学校を元に戻そうとするが…。2人の少女が起こした、小さな優しい奇跡の物語。

『**狐フェスティバル**』瀬尾まいこ著　全国学校図書館協議会　2010.5　49p　19cm（集団読書テキスト）〈挿絵：スカイエマ　シリーズの編者：全国SLA集団読書テキスト委員会　年譜あり〉260円　①978-4-7933-8126-3

『**君が夏を走らせる**』瀬尾まいこ著　新潮社　2017.7　281p　20cm　1500円　①978-4-10-468603-2

内容 小さな手。でたらめな歌。喜ぶ顔。増えていく言葉。まっしぐらに走ってくる姿。夏はまだ残っているというのに、それらをすべて手放さないといけないのだ。寂しい、悲しい。そういう言葉はピンとこないけど、体の、生活の、心の、ど真ん中にあったものを、するっと持っていかれるような心地。金髪ピアスの俺が1歳の女の子の面倒をみるなんて!?16歳の少年の思いがけない夏。青春小説の傑作が誕生！

『**強運の持ち主**』瀬尾まいこ著　文藝春秋　2009.5　262p　16cm（文春文庫）495円　①978-4-16-776801-0

内容 元OLが営業の仕事で鍛えた話術を活かし、ルイーズ吉田という名前の占い師に転身。ショッピングセンターの片隅で、悩みを抱える人の背中を押す。父と母のどちらを選ぶべき？　という小学生男子や、占いが何度外れても訪れる女子高生、物事のおしまいが見え

ヤングアダルトの本　いま読みたい小説4000冊　**193**

るという青年…。じんわり優しく温かい著者の世界が詰まった一冊。

『**そして、バトンは渡された**』瀬尾まいこ著　文藝春秋　2018.2　372p　20cm　1600円　①978-4-16-390795-6
内容 血の繋がらない親の間をリレーされ、四回も名字が変わった森宮優子、十七歳。だが、彼女はいつも愛されていた。身近な人が愛おしくなる、著者会心の感動作。

『**図書館の神様**』瀬尾まいこ著　筑摩書房　2009.7　232p　15cm（ちくま文庫）500円　①978-4-480-42626-0
内容 思い描いていた未来をあきらめて赴任した高校で、驚いたことに"私"は文芸部の顧問になった。…「垣内君って、どうして文芸部なの？」「文学が好きだからです」「まさか」！…清く正しくまっすぐな青春を送ってきた"私"には、思いがけないことばかり。不思議な出会いから、傷ついた心を回復していく再生の物語。ほかに、単行本未収録の短篇「雲行き」を収録。

『**戸村飯店青春100連発**』瀬尾まいこ著　文藝春秋　2012.1　313p　16cm（文春文庫）590円　①978-4-16-776802-7
内容 大阪の超庶民的中華料理店、戸村飯店の二人の息子。要領も見た目もいい兄、ヘイスケと、ボケがうまく単純な性格の弟、コウスケ。家族や兄弟でも、折り合いが悪かったり波長が違ったり。ヘイスケは高校卒業後、東京に行く。大阪と東京で兄弟が自分をみつめ直す、温かな笑いに満ちた傑作青春小説。坪田譲治文学賞受賞作。

『**春、戻る**』瀬尾まいこ著　集英社　2017.2　215p　16cm（集英社文庫）460円　①978-4-08-745541-0
内容 結婚を控えたさくらの前に、兄を名乗る青年が突然現れた。どう見ても一回りは年下の彼は、さくらのことをよく知っている。どこか憎めない空気を持つその"おにいさん"は、結婚相手が実家で営む和菓子屋にも顔を出し、知らず知らずのうち生活に溶け込んでいく。彼は何者で目的は何なのか。何気ない日常の中からある記憶が呼び起こされて―。今を精一杯生きる全ての人に贈るハートフルストーリー。
別版 集英社　2014.2

『**僕の明日を照らして**』瀬尾まいこ著　筑摩書房　2014.2　278p　15cm（ちくま文庫）580円　①978-4-480-43141-7
内容 中学2年生の隼太は、この春に名字が変わった。シングルマザーだった母が、町で人気の歯医者と結婚したのだ。すごく嬉しかっ

た。なのに…。優ちゃんはときどきキレて隼太を殴る。母さんは気づかない。隼太が、優ちゃんの抗議をものともせず全力で隠しているからだ。この孤独な闘いから隼太が得たものはなにか。友だち、淡い初恋、そしてこの家族に、選択の時が迫る。
別版 筑摩書房　2010.2

『**僕らのごはんは明日で待ってる**』瀬尾まいこ著　幻冬舎　2016.2　255p　16cm（幻冬舎文庫）500円　①978-4-344-42450-0
内容 兄の死以来、人が死ぬ小説ばかりを読んで過ごす亮太。けれど高校最後の体育祭をきっかけに付き合い始めた天真爛漫な小春と過ごすうち、亮太の時間が動きはじめる。やがて家族となった二人。毎日一緒に美味しいごはんを食べ、幸せな未来を思い描いた矢先、小春の身に異変が。「神様は乗り越えられる試練しか与えない」亮太は小春を励ますが…。泣いて笑って温かい、優しい恋の物語。
別版 幻冬舎　2012.4

瀬名　秀明
せな・ひであき
《1968〜》

『**エヴリブレス**』瀬名秀明著　徳間書店　2012.11　331p　15cm（徳間文庫）〈TOKYO FM出版 2008年刊の再刊〉629円　①978-4-19-893620-4
内容 夏休みはいつまで続く？　いつまで私たちは仲良しでいられる？　ほら、あそこ、"帯星"…。圧倒的な大きさの渦と虹色の輝き。杏子と洋平、幼い二人が見た目映い光景がその世界に再現される―。"BREATH"と呼ばれるバーチャルワールドと現実世界が奇妙にシンクロする、切なくも確かなラヴ・ストーリー。呼吸が合ったとき、想い出も重なる。

『**大空のドロテ　上**』瀬名秀明著　双葉社　2015.11　493p　15cm（双葉文庫）〈「大空のドロテ 1〜3」（2012年刊）の加筆訂正〉778円　①978-4-575-51834-4
内容 これは、「実在」した紳士盗賊アルセーヌ・ルパンと、彼を巡る様々な謎と冒険を描いた気宇壮大な物語である。―1919年のフランス。空に憧れる少年・ジャンは、飛んでいる飛行機で曲芸をするサーカスの少女・ドロテと出会う。ドロテは、彼女自身が持つ金色のメダルのために"疣鼻の老人"から追われており、ジャンはドロテを助ける。だが、ジャンの祖父は殺され、家も焼かれる。

日本の作品　　　　　　　　　　　　　　　　　　　　　　宗田理

『大空のドロテ　下』瀬名秀明著　双葉社
　2015.11　527p　15cm（双葉文庫）
　〈『大空のドロテ 1～3』（2012年刊）の加
　筆訂正　文献あり〉778円　①978-4-
　575-51835-1
　内容 ドロテの持つ金色のメダルは、中世ヨー
　ロッパにおいて絶大な力で支配者となったプ
　ランタジネット家の秘宝を示していた。メダ
　ルは複数枚あり、それをルパンも狙っており、
　やがて犯行予告が届く。激しい争奪戦ののち、
　ジャンとドロテはある場所へ向かう。そこで
　二人が目にしたのは…。稀代のストーリーテ
　ラーが紡ぐ歴史冒険ミステリーの大作、待望の
　文庫化。驚異の "旅" を存分にお楽しみあれ！
　別版 双葉社 2012.10～2012.12

『希望』瀬名秀明著　早川書房　2011.7
　377p　16cm（ハヤカワ文庫）720円
　①978-4-15-031039-4
　内容 少女は語った。エレガントな宇宙の不
　在を証明した母親と、コミュニケーションの
　定性・定量化モデルを構築した父親と、自分
　の人生を。科学と哲学と文学を融合し、SFの
　目指すべき方向を示した表題作。声を持たず
　に生まれた女性は夢を叶えるため、特別な本
　の制作を依頼する―「光の栞」、マジックと
　ロボット工学をテーマにしたラブストーリイ
　「魔法」他、文学と科学の接点を追求する全7
　篇を収録した、待望の第一短篇集。

『この青い空で君をつつもう』瀬名秀明著
　双葉社　2016.10　298p　20cm　1500
　円　①978-4-575-23990-4
　内容 高校の美術部に所属する早季子は、ク
　リスマスの朝、信じがたい光景を目にする。
　自分宛に届いた一枚のはがきが、折り紙のよ
　うに生き物の形に折られていたのだった。か
　つて、さよならも言えず亡くなった同級生の
　和志が、何かを伝えようとしているのか。止
　まっていた早季子の心が、動き始めた―。想
　い出さえも、残せなかったあの日にいま、ふ
　たりは未来を繋ぐ。力強い希望が溢れる、青
　春ラブストーリー。

『新生』瀬名秀明著　河出書房新社　2014.
　2　271p　20cm（NOVAコレクション）
　〈文献あり〉1600円　①978-4-309-
　62225-5
　内容 それは、未来が生まれる瞬間だった。あ
　の震災から45年。突如として天空に超構造体
　"SS" が現れた―ダンテ『神曲』の衝撃、小松
　左京のヴィジョンに挑む、圧巻の連作集。

『第九の日』瀬名秀明著　光文社　2008.12
　413p　16cm（光文社文庫）667円
　①978-4-334-74512-7

　内容 イギリスで一人旅をつづけるケンイチ
　が迷い込んだ「永遠の町」は、人間のいない
　ロボットだけの町だった―。なぜ、ぼくたち
　は、痛みを感じないのか？　心は、神の奇跡
　なのか？　AIとロボティクスの近未来を描い
　て、瀬名秀明が永遠の命題に挑む、畢生の恋
　愛科学小説。憧れと驚き、そして歓び。思索
　の沃野を翔ける「物語」の力が、いま、世界
　を救う。

『月と太陽』瀬名秀明著　講談社　2015.10
　402p　15cm（講談社文庫）〈文献あり〉
　760円　①978-4-06-293236-3
　内容 太平洋上の島に招待されてホラー作家
　はその双子と会った。皆既日食を見た後、弟
　のほうが言う。「ぼくらが世界を変えてやる
　よ」（「絆」）。きみは誰かの獲物になる―奇妙
　な男にかつて予言された女性からの連絡が絶
　えた。顔のわからない篤志家は敵だったのか
　（「瞬きよりも速く」）。圧倒的な想像力で未
　来の夢を描く傑作！
　別版 講談社 2013.10

『のび太と鉄人兵団―小説版ドラえもん』
　藤子・F・不二雄原作, 瀬名秀明著　小
　学館　2011.3　351p　20cm　1400円
　①978-4-09-289726-7
　内容 のび太が北極で拾った物は、なんと巨大
　ロボットの部品だった。鏡面世界でロボット
　を組み立てたのび太とドラえもん。しかし、
　それはビルを一撃で破壊する武器を持つ恐ろ
　しいロボットだった。のび太たちは、そのロ
　ボットの存在を秘密にしようとするが…。

『夜の虹彩』瀬名秀明著　出版芸術社
　2014.1　265p　19cm（ふしぎ文学館）
　〈著作目録あり〉1500円　①978-4-
　88293-456-1
　内容 大学院生の野本映子は、研究室や恋人と
　の関係に違和感を感じていた。そんなとき友
　人から1枚のCDを渡される。そのなかに入っ
　ていた遺伝子解析ゲームに次第にのめり込ん
　でいき…傑作ホラー「Gene」、鉄人28号をノ
　ベライズした横山光輝トリビュート作品「プ
　ロメテウスの悪夢」ほか10編を収録。

宗田 理
そうだ・おさむ
《1928～》

『おばけアパートの秘密―東京キャッツタ
　ウン』宗田理作, 加藤アカツキ絵　角川
　書店　2009.4　238p　18cm（角川つば
　さ文庫）〈発売：角川グループパブリッ

ヤングアダルトの本　いま読みたい小説4000冊　**195**

シング〉620円 ①978-4-04-631019-4

内容 1300万人がくらす大都市・東京に異世界へと通じるネコの町があった。そこでは、10歳の誕生日にネコカブリがわたされ、黒ネコに変身することができる。ネコになると夜でも明るく見え、夜の猫学園で、ネコの特技を身につけ自由に生きることができるのだ。代々、秘密は守られてきたのだが、事件がつぎつぎと起こり…。人気作家・宗田理のファンタジーシリーズがはじまる。

『おばけカラス大戦争─東京キャッツタウン』宗田理作, 加藤アカツキ絵 角川書店 2010.7 223p 18cm〈角川つばさ文庫〉〈発売：角川グループパブリッシング〉620円 ①978-4-04-631111-5

内容 祐司と祥子は、秘密の道具・ネコカブリで、ネコになることができるネコ一族！ 塾に行っていない祐司たちを、母親たちは天神アカデミーという塾に無理矢理つれていく。そこでは、謎のシールで、だれでも天才になることができる!?そんなシールがあったらいいけど、その裏には、悪だくみするおばけカラスの存在が…。「ぼくら」の宗田理、人気シリーズ第3弾。小学上級から。

『白いプリンスとタイガー─東京キャッツタウン』宗田理作, 加藤アカツキ絵 角川書店 2009.12 254p 18cm〈角川つばさ文庫〉〈発売：角川グループパブリッシング〉620円 ①978-4-04-631068-2

内容 秘密の道具・ネコカブリで、ネコになることができる黒ネコ一族の女の子、祥子の前に、伝説の白ネコ一族があらわれた。しかも、人気モデルのイケメン男子。ところが、白ネコ一族の長は、黒ネコ一族をだまし、おそろしい計画を…。祥子の弟の祐司は、巨大なサーベルタイガーのネコカブリで、白ネコ一族の白虎に立ち向かう！ 人気シリーズ第2弾。小学上級から。

『痛快！ 天才キッズ・ミッチー─不思議堂古書店三代目のベストセラー大作戦』宗田理著 PHP研究所 2018.4 231p 19cm（カラフルノベル）1200円 ①978-4-569-78553-0

内容 不思議堂古書店の一人娘、ミッチーこと大木未知子は、大の本好きの小学生。ミッチーは古書店の店番のかたわら、小説家志望の中年男・栗原一郎の原稿の助言・指導役も担い、次第に出版プロデューサーを意識する。ある日、古書店の倉庫から幕末裏面史の資料が見つかると…。昨日までのルールなんて関係ないでしょ！ 大人たちの常識に宣戦布告!!

奇想天外な発想で快進撃。

『2年A組探偵局─ラッキーマウスと3つの事件』宗田理作, はしもとしん絵 角川書店 2013.6 292p 18cm（角川つばさ文庫〉〈「ラッキーマウスの謎」（角川文庫 1991年刊）の改題・加筆修正 発売：角川グループホールディングス〉660円 ①978-4-04-631312-6

内容 ぼくらの仲間、前川有季は、中学2年になり、探偵事務所を始めた。それが2年A組探偵局。略して2A探偵局！ 所長は有季で、助手は、アッシーこと足田貢。会社社長の子ども誘拐、金持ち専門家庭教師の日記帳の盗難、中学校の幽霊＆学校占領計画と事件発生！ 解決は有季におまかせに!!3つの事件は驚くべき犯人だった!?宗田理の新ミステリー第1巻！

『2年A組探偵局 ［2］ ぼくらの魔女狩り事件』宗田理作, はしもとしん絵 KADOKAWA 2013.12 286p 18cm（角川つばさ文庫〉〈「魔女狩り学園」（角川文庫 1992年刊）の改題・加筆修正〉660円 ①978-4-04-631350-8

内容 クラスの生徒の持ち物がつぎつぎと盗まれ、犯人にされたのは勉強も体育もだめな、いじめられっ子のみさ子。2A＆ぼくらの英治や安永は、みさ子を助けようとするが、家からも消えてしまう。そして、成績トップクラスの4人に殺人脅迫状が届いて…。みさ子の命があぶない!?知恵と勇気で事件解決に挑む。犯人は意外な人物!?宗田理の2A探偵局、第2弾！ 小学上級から。

『2年A組探偵局 ［3］ ぼくらの仮面学園事件』宗田理作, はしもとしん絵 KADOKAWA 2014.8 286p 18cm（角川つばさ文庫〉〈「仮面学園殺人事件」（角川文庫 1999年刊）の改題、加筆修正〉660円 ①978-4-04-631416-1

内容 いじめられていた少年が仮面マスクをして中学校にやってきた。すると、別の人になったように明るい性格に変わっていた！ ニュースとなり、マスクは全国の学校に大流行!?ところが、殺人事件が発生して…。有季と貢は、仮面の集会にもぐりこみ、裏にかくされた陰謀を探る。ぼくらの英治と相原たちも捜査に協力！ 宗田理のミステリー2A探偵局、第3弾。小学上級から。

『2年A組探偵局 ［4］ ぼくらの交換日記事件』宗田理作, はしもとしん絵 KADOKAWA 2015.3 279p 18cm（角川つばさ文庫〉〈「殺しの交換日記」（角川文庫 1997年刊）の改題、加筆修

正〉660円　①978-4-04-631457-4

内容 男子と女子の交換日記が、貢の家のレストランに置き忘れてあった。それは、殺人事件を予告する2A探偵局への挑戦状だった！殺人を実行するのは4月7日の始業式。それまでに犯人を見つけなければ、Aが殺される。有季は、貢、真之介、英治、相原と推理するが…。犯人は、まさかの恐るべき人物。驚きのラスト!?宗田理のミステリー2A探偵局、第4弾！小学上級から。

『2年A組探偵局　[5]　ぼくらのテスト廃止事件』宗田理作、はしもとしん絵　KADOKAWA　2015.8　238p　18cm（角川つばさ文庫）〈「答案用紙の秘密」（角川文庫 1998年刊）の改題、加筆修正〉640円　①978-4-04-631529-8

内容 奇跡が起きた！明日のテストの答えが書かれた紙が窓から舞いこんできた。クラスほぼ全員が百点をとり、教師攻略法で生徒が暴力先生をやっつける。さらに、内申書が教室にはりだされて、学校は大混乱。キーワードは、「テストなんかいらない」。ダブル・ツー探偵団というライバルも現れて、ぼくらの英治や相原も活躍。宗田理のミステリー2A探偵局、第5弾！小学上級から。

『2年A組探偵局　[6]　ぼくらのロンドン怪盗事件』宗田理作、はしもとしん絵　KADOKAWA　2016.3　223p　18cm（角川つばさ文庫）640円　①978-4-04-631528-1

内容 ロンドンを騒がせている怪盗マリオットを捕まえるため、2A探偵局に依頼がきた!?有季、真之介、貢はロンドンへ！ところが、怪盗の本当の狙いは英国王室が持つ世界最大級ダイヤモンドだった！ダイヤをのせた豪華客船クイーン・エリザベス号に、有季たちも乗りこむが…!?ぼくらメンバーも全員集合！2A&ぼくらは、怪盗と対決する！つばさ文庫2Aシリーズ初の書きおろしスペシャル物語!!小学上級から。

『2年A組探偵局　[7]　ぼくらとランドセル探偵団』宗田理作、はしもとしん絵　KADOKAWA　2016.7　287p　18cm（角川つばさ文庫）〈「ランドセル探偵団」（角川文庫 2001年刊）の改題、加筆〉680円　①978-4-04-631640-0

内容 小学生だけを襲う通り魔事件が起きた！バットでなぐられたり、ナイフで刺されたり、事件はエスカレート。犯人を捕まえるため、小学生は探偵団を結成した！そのころ、中学生の彼女の浮気調査の依頼を引きうけた貢は、思いがけないことから警察に捕まって…!?2A

探偵局と、ぼくらの英治や安永も捜査に協力。犯人は意外な人物!?2A探偵局、第7弾!!小学上級から。

『2年A組探偵局　[8]　ぼくらの都市伝説』宗田理作　YUME絵　KADOKAWA　2017.8　231p　18cm（角川つばさ文庫）680円　①978-4-04-631675-2

内容 幽霊はいると思う？2A探偵局の有季は非科学的なことを信じない。ところが、悪ガキから奇妙な事件の依頼がきた。それは、広樹という少年が転校してきて、不思議な出来事がつづき、悪ガキの妹が人さらいにあったという！さらに、「学校は炎上し、教師が死ぬ」と、脅迫状が校長に届いた。悪霊があらわれ、学校は大混乱。2A&ぼくらが全員集合、都市伝説を解決する！つばさ文庫書きおろし!!小学上級から。

『ぼくらと七人の盗賊たち』宗田理作、はしもとしん絵　角川書店　2010.10　284p　18cm（角川つばさ文庫）〈発売：角川グループパブリッシング〉660円　①978-4-04-631128-3

内容 「ぼくらの七日間戦争」を戦った英治と相原たちは、遊びに行った山で、泥棒たちのアジトを発見する！「七福神」と名のる七人の泥棒は、アジトに盗んだ品をかくし、催眠商法をつかって老人に高く売りつけていた！ぼくらは盗品をうばい返し、貧しい人にバラまく計画を立てる。手強い泥棒集団との攻防戦！スリルと冒険の大人気「ぼくら」シリーズ第4弾！小学上級から。

『ぼくらとスーパーマウスJの冒険』宗田理著　角川書店　2010.6　200p　15cm（角川文庫）〈発売：角川グループパブリッシング〉476円　①978-4-04-160278-2

内容 東京近郊に住む小学生・智也は、5年生になるときのクラス替えで、札付きのいじめっ子3人と同じクラスになってしまった。ひどいいじめに耐えかねた彼は、海と山に囲まれた愛知県幡豆町にたどり着く。自殺を考え海辺にたたずむ智也を呼びとめたのは、人間並みの知能を持つネズミ次郎吉と不可能とも思える壮大な夢に取り組む女性オリビア。過疎に悩みながらも地域の力を取り戻そうとがんばる町の人々との出会いを経て、智也は―。

『ぼくらのアラビアン・ナイト―アリ・ババと四十人の盗賊シンドバッドの冒険』宗田理文、はしもとしん絵　角川書店　2010.6　220p　18cm（角川つばさ文庫）〈発売：角川グループパブリッシン

グ〉600円 ①978-4-04-631099-6

内容 財宝がかくされた、岩の部屋の扉をひらく、ひみつの呪文を手にいれたアリ・ババは…?!海から海へと、気のむくまま、仲間と航海をつづけるシンドバッドの冒険…。宗田理さんが、小学生のとき、夢中になった『アラビアン・ナイト』を、『ぼくら』読者のきみに! とびっきりのワクワク保証つきの新・大冒険物語。小学上級から。

『ぼくらのいたずらバトル』宗田理作、は
　しもとしん絵　KADOKAWA　2015.7
　218p　18cm（角川つばさ文庫）620円
　①978-4-04-631506-9

内容 いつもいたずらしている英治たちぼくらに、小学生の強敵がいたずらを仕かけてきた!紙ねんどのチーズケーキを食べさせられ、中身を風船にしたスイカが、バーンと破裂、凍りつくいたずらの連続! 英治とひとみが海水浴へ、二人の恋は!?ところが大事件が…、力を合わせて、悪い大人をやっつけろ! つばさ文庫書きおろし、気分痛快ぼくらシリーズ第17弾!!小学上級から。

『ぼくらの一日校長』宗田理作、はしもと
　しん絵　KADOKAWA　2014.12
　223p　18cm（角川つばさ文庫）620円
　①978-4-04-631452-9

内容 英治たちの東中学60周年創立記念日に、人気アイドルの水谷亮くんが一日校長として来ることになった! ぼくらのいたずら全開! 給食には生きてるザリガニ、先生が知らない秘密通路、一日校長を変装させて握手会! ところが、水谷くんが誘拐され、ガイコツになって発見された!?人気アイドルを救いだせ! つばさ文庫書きおろし、ぼくらシリーズ第16弾! 小学上級から。

『ぼくらの怪盗戦争』宗田理作、はしもと
　しん絵　角川書店　2012.6　234p
　18cm（角川つばさ文庫）〈発売：角川グ
　ループパブリッシング〉640円　①978-
　4-04-631246-4

内容 夏休み、ぼくらは、有季のアイディアで、ミステリーツアーに行くことになった。英治、相原、安永、ひとみたち16人は、幽霊船がでるという死の島でキャンプ!?洞くつを発見、国際的怪盗団に出くわし、久美子たちが捕まって…。怪盗たちとの大戦争に、無人島での大冒険、かくされた宝さがし。「ぼくら」シリーズ第10巻記念、イラスト66点の豪華スペシャル本。小学上級から。

『ぼくらの学校戦争』宗田理作、はしもと
　しん絵　角川書店　2011.3　222p
　18cm（角川つばさ文庫）〈発売：角川グ

ループパブリッシング〉620円　①978-4-04-631150-4

内容 大人気「ぼくら」シリーズに書きおろし新刊!『ぼくらの七日間戦争』の続編! こんどは学校が解放区! 英治たちが卒業した小学校が廃校になり壊される!?ぼくらは廃校を幽霊学校にする計画を立て、おばけ屋敷、スーパー迷路を作る。ところが、本物の死体を発見!?凶悪犯があらわれ、ぼくらと悪い大人との大戦争がはじまる。「ぼくら」シリーズ第5弾。小学上級から。

『ぼくらの消えた学校』宗田理作、YUME
　絵　KADOKAWA　2017.12　226p
　18cm（角川つばさ文庫）640円　①978-
　4-04-631734-6

内容 英治と相原は、山奥の学校で、楽しそうに遊ぶ生徒に出会うが、生徒も校舎もあとかたもなく消えてしまった!?その後、谷本から、それはVR（仮想現実）かもしれないと言われ、ぼくらは捜査を開始。6人の子どもが誘拐されていた。そして、記憶を消されてハッカーに…!?国際的な犯罪組織から、子どもたちを救いだせ! つばさ文庫書きおろし、ぼくらシリーズ第21弾! 小学上級から。

『ぼくらの奇跡の七日間（なのかかん）』宗
　田理著　ポプラ社　2011.11　302p
　15cm（ポプラ文庫ピュアフル）640円
　①978-4-591-12663-9

内容 星が丘学園中等部二年二組、通称「ワルガキ組」。個性的な生徒たちが集まるこのクラスは、前任教師の休職により、新しい担任・甘利卓を迎えることに。教師らしくない態度でフランクに接する甘利をぼくらは認めはじめる。そんな折、ぼくらの住む星が丘で、なぜかおよそだけに、ある症状が発症した。おとなたちは避難を余儀なくされ、子どもたちは聖域を手に入れることになる。子どもだけの居留地で、ぼくらはどんな奇跡を起こすのか!?大人気の「ぼくら」シリーズ文庫最新刊。

『ぼくらの恐怖ゾーン』宗田理作　ポプラ
　社　2011.7　303p　20cm（「ぼくら」シ
　リーズ 16）〈角川書店1992年刊の加筆
　修正〉1200円　①978-4-591-12503-8

内容 次々と館で起きる変死事件の謎を解明せよ!「ぼくら」シリーズ最新刊。

『ぼくらのC（クリーン）計画』宗田理作、
　はしもとしん絵　角川書店　2012.3
　287p　18cm（角川つばさ文庫）〈1990
　年刊の改筆、加筆　発売：角川グループ
　パブリッシング〉660円　①978-4-04-
　631225-9

内容 中学2年の3学期。ぼくらは、心やお金

にきたない大人をやっつけようと、C計画委員会を結成する。悪い政治家が書かれているマル秘の"黒い手帳"を武器に、大人との知恵くらべ大会を実行！ 手帳を奪おうとする殺し屋三人組とスクープをねらうマスコミが押しよせて、予想をこえる大ハプニングに…!? 笑いとスリルと恋の大人気「ぼくら」シリーズ第9弾！ 小学上級から。

『ぼくらの『最強』イレブン』宗田理作 ポプラ社　2010.7　304p　20cm（「ぼくら」シリーズ 14）〈角川書店1994年刊の加筆修正〉1200円　①978-4-591-11960-0
内容 ぼくらがサッカーを!?全員攻撃、全員守備、ぼくらだって絶対に負けられない。

『ぼくらの最後の聖戦』宗田理著　ポプラ社　2013.12　229p　15cm（ポプラ文庫ピュアフル）560円　①978-4-591-13669-0
内容 ぼくらの住む街で、赤い靴をはいた子どもが次々失踪する事件が起こる。公園の像の台座には、犯行予告とも取れるメッセージが。調査を始めたぼくらを翻弄するかのように、今度は放火事件が起こり…。世界に災いをもたらすという石「天使の泪」を巡る闘いがついにクライマックス。市長や警察も巻き込む大混乱の中、最大の敵から石を守りとおせるか？ 大人気シリーズ感動の完結編！
別版 ポプラ社 2010.12

『ぼくらの修学旅行』宗田理作, はしもとしん絵　角川書店　2013.3　300p　18cm（角川つばさ文庫）〈角川文庫 1990年刊の改訂　発売：角川グループパブリッシング〉680円　①978-4-04-631297-6
内容 ぼくらも、ついに3年生になり、高校受験のことばかり言われる。そこで、相原は、自分たちだけで修学旅行をやると言いだした。先生をだまして、勉強合宿を実行させ、そこから修学旅行へ逃げだす計画を立てる。ところが黒い手帳の恨みを持つ大人が、ぼくら13人を交通事故に見せかけて殺しにきた！ 命をかけた最大の戦い！ ぼくらシリーズ第12弾。小学上級から。

『ぼくらの卒業いたずら大作戦　上』宗田理作, YUME絵　KADOKAWA　2018.3　194p　18cm（角川つばさ文庫）〈「ぼくらの最終戦争」（角川文庫 1991年刊）の改題、改訂、加筆〉620円　①978-4-04-631735-3
内容 高校受験を前に、「純子はおまえを好きなんだよ」安永にそう言われた英治は、ひとみと純子との三角関係に悩みだし…。そんな

中、英治と相原は、学校がひっくり返るようなでかいことを卒業式に計画していた！ ところが、ルミの父親が企業の闇組織に連れさられ、殺されそうになっていることがわかった。父親を救出するため、殺し屋との大バトル！ ぼくら最大のいたずら作戦が始まる!!ぼくらシリーズ第22巻。小学上級から。

『ぼくらの体育祭』宗田理作, はしもとしん絵　KADOKAWA　2014.3　223p　18cm（角川つばさ文庫）620円　①978-4-04-631383-6
内容 ぼくらが楽しみにしていた体育祭を前に、「体育祭を中止しなければ、十人を殺す」と脅迫電話が！ 先生たちは、また、いたずらだと思い…。ぼくらと先生の仮装パーティーや、ひとみと英治のリレー、棒倒しの戦い。ところが、パン食い競走のパンに毒が入っている!?犯人はだれ？ 大爆笑&スリル満点の体育祭！ つばさ文庫書きおろし、ぼくらシリーズ第14弾!!小学上級から。

『ぼくらの『第九』殺人事件』宗田理作 ポプラ社　2010.7　293p　20cm（「ぼくら」シリーズ 13）〈角川書店1993年刊の加筆修正〉1200円　①978-4-591-11959-4
内容 一糸乱れぬぼくらのハーモニーを乱すのは誰だ？

『ぼくらの大脱走』宗田理作　ポプラ社　2011.7　292p　20cm（「ぼくら」シリーズ 15）〈角川書店1992年刊の加筆修正〉1200円　①978-4-591-12502-1
内容 とんでもない学校から奇跡の大脱走をせよ！「ぼくら」シリーズ最新刊。

『ぼくらの太平洋戦争』宗田理作, はしもとしん絵　KADOKAWA　2014.7　239p　18cm（角川つばさ文庫）640円　①978-4-04-631413-0
内容 夏休み、兵器工場の跡地を見学にいった英治、ひとみたちは、不思議なことから、1945年にタイムスリップ!?そこは戦争の真っ最中。男子は丸坊主、男女の会話禁止、食べものもなくて、ノミで眠れない!?でも、ぼくらは防空壕パーティーや、いやな大人にはいたずら！戦争の悲惨さを体験する笑いと涙の物語。つばさ文庫書きおろし、ぼくらシリーズ第15弾!!小学上級から。

『ぼくらの大冒険』宗田理著　改版　KADOKAWA　2014.8　313p　15cm（角川文庫）〈初版：角川書店 1989年刊〉560円　①978-4-04-101619-0
内容 「ぼくらの七日間戦争」を戦った東中学校元1年2組の面々の前に、アメリカから木下

ヤングアダルトの本　いま読みたい小説4000冊　199

宗田理　　　　　　　　　　　　　　　　　　　　　　　　　　日本の作品

という名の転校生がやってきた。UFOを呼べ
るという彼と、荒川の河川敷でまちあわせた
英治たち15人。だが、そこで宇野と安永が消
えてしまう。UFOの仕業か!?英治たちは、2
人の大救出作戦を開始した。失踪事件の背後
には、謎の宗教団体や埋蔵金伝説が—!?イン
チキな大人たちに鉄槌を与える、大好評「ぼく
ら」シリーズ第3弾！
　別版 角川書店（角川つばさ文庫）2010.2

『ぼくらのデスゲーム』宗田理作, はしも
　としん絵　角川書店　2011.7　287p
　18cm（角川つばさ文庫）〈『ぼくらのデ
　スマッチ』（1989年刊）の改筆、改題　発
　売：角川グループパブリッシング〉640
　円　①978-4-04-631173-3
　内容 新しい校長・大村と担任・真田がやっ
　てきた。手本は二宮金次郎、2年1組にきびし
　い規則がつぎつぎと決められ、破ると、おそ
　ろしい罰則が…。ぼくらは、いたずらで新担
　任と攻防戦。ところが、真田先生に殺人予告
　状がとどき、純子の弟・光太が誘拐されてし
　まう。ぼくらは、殺人犯との死をかけた戦い
　にいどむ。大人気「ぼくら」シリーズ第6弾。
　小学上級から。

『ぼくらのテーマパーク決戦』宗田理作,
　はしもとしん絵　角川書店　2013.7
　255p　18cm（角川つばさ文庫）〈文献
　あり　発売：KADOKAWA〉640円
　①978-4-04-631331-7
　内容 転校生の小林は、福島県に子どもしか入
　れないテーマパークがあると言う。英治たち
　が行ってみると、本物そっくりの恐竜や巨大
　迷路、透明な銀河特急など、まさにここは、子
　どもだけのワンダーランド！ところが、金も
　うけをたくらむ大人たちが乗っとろうと侵入
　してきて…!?ぼくらと悪い大人との大決戦！
　つばさ文庫書きおろし、ぼくらシリーズ第
　13弾!!小学上級から。

『ぼくらの天使ゲーム』宗田理著　改版
　KADOKAWA　2014.7　349p　15cm
　（角川文庫）〈初版：角川書店1987年
　刊〉600円　①978-4-04-101620-6
　内容 夏休みに「ぼくらの七日間戦争」を戦っ
　た東中1年2組。大人たちは異例のクラス替え
　を言い渡した。だが、元2組の面々はばらば
　らになってもくすぶってはいられない。今度
　はぼくらの一日一善運動“天使ゲーム”を始め
　た。父さんの煙草に水をかけ、お酒にしょう
　ゆを入れ—。ある日、東中の美少女が学校の
　屋上から落ちて死んでいるのが見つかった。
　彼女の死の真相は？ぼくらの犯人捜しが始
　まった！名作「ぼくら」シリーズ第2弾！

　別版 角川書店（角川つばさ文庫）2009.9

『ぼくらの七日間戦争』宗田理著　改版
　KADOKAWA　2014.6　381p　15cm
　（角川文庫）〈初版：角川書店1985年
　刊〉640円　①978-4-04-101334-2
　内容 明日から夏休みという暑いある日のこ
　と。東京下町にある中学校の1年2組の男子生
　徒が全員、姿を消した。彼らは河川敷にある
　工場跡に立てこもり、そこを解放区として、体
　面ばかりを気にする教師や親、大人たちへの
　“叛乱”を起こした！女子生徒たちの奇想天
　外な大作戦に、本物の誘拐事件がからまって、
　大人たちは大混乱に陥るが—。何世代にもわ
　たって読み継がれてきた、不朽のエンターテ
　インメントシリーズ最高傑作。

　別版 角川書店（角川つばさ文庫）2009.3

『ぼくらのハイジャック戦争』宗田理作,
　YUME絵　KADOKAWA　2017.4
　208p　18cm（角川つばさ文庫）620円
　①978-4-04-631676-9
　内容 中3の冬、ぼくらはスキー旅行に北海道
　へ行くことに！ところが、東京への帰りに、
　銃と爆弾を持った男たちがあらわれ、飛行機
　がハイジャックされてしまった！犯人は乗客
　一人につき一千万円の身代金を要求してきた
　が…。政府も警察も大パニック!?ぼくらは知
　恵と勇気で、凶悪なハイジャック犯と戦う！
　つばさ文庫書きおろし、ぼくらシリーズ第20
　弾！小学上級から。

『ぼくらの秘密結社』宗田理作　ポプラ社
　2012.7　297p　20cm（「ぼくら」シリー
　ズ18）〈角川文庫1994年刊の加筆修
　正〉1200円　①978-4-591-12865-7
　内容 「ぼくら」が秘密結社を結成。その名
　は「KOBURA」。

『ぼくらの黒（ブラック）会社戦争』宗田理
　作, はしもとしん絵　角川書店　2012.
　12　252p　18cm（角川つばさ文庫）
　〈発売：角川グループパブリッシング〉
　640円　①978-4-04-631284-6
　内容 とんでもない最強いたずらばあさんが、
　ぼくらの家にやってきた!?会社の不正を知っ
　たことで、命を落とした息子のため、ぼくらと
　ばあさんは、悪い大人たちの企業と大戦争！
　パソコンを使えなくして、会社は大さわぎ！
　暗号をとき、秘密文書を手に入れ…。英治の
　家を要塞にして悪いやつらを迎え撃つ。つば
　さ文庫書きおろし、「ぼくら」シリーズ第11
　弾。小学上級から。

『ぼくらの魔女戦記　1　黒ミサ城へ』宗
　田理作　ポプラ社　2015.7　318p

200

20cm（「ぼくら」シリーズ 21）〈角川文庫 1996年刊の加筆修正〉1200円 ①978-4-591-14586-9

内容 夏休み、イタリアのフィレンツェに料理修業に行っていた日比野が、消えてしまった。ものすごい美人のガールフレンドができ、一緒に古い街に出かけたというのが、最後の情報。かけつけた英治と相原に、ヴィットリオは言う。彼女は魔女かもしれない―

『ぼくらの魔女戦記　2　黒衣の女王』宗田理作　ポプラ社　2016.1　287p　20cm（「ぼくら」シリーズ 22）〈角川文庫 1996年刊の加筆修正〉1200円 ①978-4-591-14783-2

内容 夏休み、イタリアのフィレンツェに料理修行に行った日比野は、ルチアという美少女と友だちになった。腕に紋章の痣がある彼女は、魔女になる資格をもつという。闇の組織『黒い雌鶏』から狙われるルチアを、日比野は守りきることができるのか―

『ぼくらの魔女戦記　3　黒ミサ城脱出』宗田理作　ポプラ社　2016.7　334p　20cm（「ぼくら」シリーズ 23）〈角川文庫 1996年刊の加筆修正　文献あり〉1200円　①978-4-591-15075-7

内容 ぼくらと黒魔術の対決！イタリア編最終巻！魔女交替の契約期限である満月の夜が迫る。地下牢からの脱出をはかる英治たち。さあ全員生きて戻れるか!?

『ぼくらの（秘）学園祭』宗田理作, はしもとしん絵　KADOKAWA　2015.12　287p　18cm（角川つばさ文庫）〈角川文庫 1990年刊の大幅修正〉660円 ①978-4-04-631420-8

内容 ぼくらにとって、中学校最後の学園祭！演し物を計画していると、いじめられて不登校になってしまった女子を救ってほしいと相談される。ところが、10億円の絵がニセモノという事件が起きて、少年と殺し屋マフィアがイタリアからやってきた!?マフィアとの全面戦争！学園祭では、先生に大爆笑のいたずら炸裂！最高のまる秘劇！ぼくらシリーズ第18弾!!小学上級から。

『ぼくらのミステリー列車』宗田理作　ポプラ社　2010.7　308p　20cm（「ぼくら」シリーズ 12）〈角川書店1993年刊の加筆修正〉1200円　①978-4-591-11958-7

内容 夏休み、鈍行列車の旅でぼくらが遭遇した謎の敵とは？

『ぼくらの南の島戦争』宗田理作, はしもとしん絵　角川書店　2011.9　287p　18cm（角川つばさ文庫）〈『ぼくらの秘島探険隊』(1991年刊)の加筆、改題　文献あり　発売：角川グループパブリッシング〉660円　①978-4-04-631183-2

内容 中学2年の夏休み、1年前の「七日間戦争」と同じように、ぼくらは大人たちに戦いを挑む。こんどの敵は、美しい自然を壊す桜田組。やつらは、数家族だけが住む南の島を買いしめ、ゴルフ場にしようとしている。ぼくらは島の学校に立てこもり、勇気といたずらで、悪い大人と大戦争。組長、殺し屋までやってきて…!?大人気「ぼくら」シリーズ第7弾。小学上級から。

『ぼくらの無人島戦争』宗田理作, はしもとしん絵　KADOKAWA　2016.8　208p　18cm（角川つばさ文庫）620円 ①978-4-04-631639-4

内容 南太平洋の美しい秘島にタダで行けるという夢のような話が持ちこまれた!?そこは無人島で、ぼくらはジャングルの迷路で死にそうになっていると、黄金の宮殿とかっこいい王様に出会う。ところが、製薬会社の大人たちが万能薬になる秘密の植物をねらって、島を占拠しようと上陸してきた。島の自然と王国を守るため、ぼくらは勇気といたずらで、戦車や戦闘部隊と戦う！ぼくらシリーズ第19弾!!小学上級から。

『ぼくらのメリークリスマス』宗田理作　ポプラ社　2011.11　297p　20cm（「ぼくら」シリーズ 17）〈角川書店1992年刊の加筆修正〉1200円　①978-4-591-12703-2

内容 聖夜に「ぼくら」が大暴れ！元泥棒チームとタッグを組んで、大人たちの陰謀をぶっつぶせ！絶好調！高校生編。

『ぼくらのモンスターハント』宗田理著　ポプラ社　2012.5　256p　15cm（ポプラ文庫ピュアフル）〈文献あり〉560円 ①978-4-591-12942-5

内容 本好きの摩耶が書店で偶然見つけた「モンスター辞典」。それは、街の悪者たちの名前が次々と現れるという不思議な本だった。摩耶は、ある事件をきっかけに学園を退学になった「ぼくら」と手を組み、町にあふれる悪事を撃退しに出かけることに。悪者退治をし始めると、新任でやってきた校長・赤堀の様子がおかしいということがわかってきた…。大人気の「ぼくら」シリーズ文庫第二弾！大人たちの闇をあばく、痛快エンターテインメント。

別版 ポプラ社 2009.4

宗田理　　　　　　　　　　　　　　　　　　　　日本の作品

『ぼくらの（ヤ）（ヤ）バイト作戦』宗田理
作，はしもとしん絵　角川書店　2011.
12　314p　18cm（角川つばさ文庫）
〈『ぼくらの（危）バイト作戦』（1989年
刊）の改筆、加筆、改題　発売：角川グ
ループパブリッシング〉680円　①978-
4-04-631208-2
内容　中学2年の2学期、安永は、交通事故で
働けない父親にかわり、肉体労働のバイトを
して、学校を休んでいる。ぼくらは、安永を
助けるため、お金もうけ作戦を実行。占い師
や探偵になったり、教師の暴力から子どもを
守るアンポ・クラブを結成したり…。ところ
が、本当の殺人事件に出くわし、政界をゆる
がす黒い手帳を手に入れる！　大人気「ぼく
ら」の第8弾。小学上級から。

『ぼくらのロストワールド』宗田理作　ポ
プラ社　2017.7　325p　20cm（「ぼく
ら」シリーズ 24）〈角川文庫 1997年刊
の加筆修正　文献あり〉1200円　①978-
4-591-15502-8
内容　安永の妹と、純子の弟がいる中学校に、
「修学旅行をやめないと自殺する」という脅
迫電話がかかってきた。犯人探しのためにク
ラスの意見を聞くと、「面倒くさいから修学
旅行に行きたくない」という生徒が3分の1ほ
どもいるという。驚いたぼくらは、なんとか
したいと思う…。

『ぼくらの悪校長退治』宗田理作　ポプラ
社　2013.7　286p　20cm（「ぼくら」シ
リーズ 19）〈「ぼくらの校長送り」（角川
文庫 1995年刊）の改題、加筆修正〉
1200円　①978-4-591-13533-4
内容　ひとみの友人のお姉さん、あすかさんは
青森の中学校の新米先生。熱意があって、
生徒に慕われるいい先生なのに、いじめにあっ
ているという。だれにって、その学校の校長
たちからだというから驚きだ。そんなことが
許せるわけがない。ぼくらが行って、悪い校
長を退治してやるぞ！

『悪ガキ7─いたずらtwinsと仲間たち』宗
田理著　静山社　2013.3　271p　20cm
1100円　①978-4-86389-212-5
内容　大人も子どものんきに暮らす小さな
町、葵町。ところがある日、事件が起こる。
この町の危機に立ち向かうのは、いたずら大
好きな小学5年生、双子のマリとユリと仲間
たち。いじめっこをやっつけろ！「幽霊大作
戦」、隣町のワルボスに挑む「秋葉神社の決
闘」など、元気いっぱいな7話。

『悪ガキ7─モンスター・デスマッチ！』宗
田理著　静山社　2013.10　242p　20cm

1100円　①978-4-86389-224-8

『悪ガキ7─タイ行きタイ！』宗田理著
静山社　2014.12　245p　20cm　1100
円　①978-4-86389-296-5
内容　双子のマリとユリと仲間たちが、みんな
の悩みを、得意のいたずらでスッキリ解決！
さて、今回の相談は─葵町にオープンしたタ
イ料理店「ラジャ」から、大事な仏像が盗ま
れた！　実はその仏さまには、こわ～い言い
伝えがあって、一刻も早く、タイのお寺に返
しにいかないと、とんでもないことが!?モテ
モテ涼介のケータイをめぐる恋の事件も勃発
して大騒ぎ！　悪ガキ7は、無事にタイへ行け
るのか!?

『悪ガキ7─転校生は魔女!?』宗田理著
静山社　2015.7　238p　20cm　1100円
①978-4-86389-310-8
内容　転校生の間宮小夜は、ある事件をきっ
かけに占いの能力が宿ったという不思議な少
女。みんなの悩みをぴたりと言い当てて解決
してしまうので、あっというまにクラスの人
気者に。うわさは広まり、ついには学校中が
小夜の占いに夢中になってしまう。「なんで
も占いで解決するなんておかしい！」と反対
する悪がキ7はクラスで孤立してしまい…!?

『悪ガキ7─人工知能は悪ガキを救う!?』
宗田理著　静山社　2017.2　215p
20cm　1100円　①978-4-86389-376-4
内容　大好きな河合先生の代理でやってきた
じわる先生。わざと難しい問題を出してはい
やみばかり…。そんなうんざりするような授
業をぶちこわし、先生をやっつけてくれたの
は、二郎がカッパ池で拾ったスーパーロボッ
トのサム！　人工知能搭載で、どんな問題も
スラスラ。子どもたちにしか聞こえない声で
話すことができるから、先生たち大人に見つ
かることもない。みんなはすっかり夢中にな
るけれど、やがてとんでもない事件が…！

『悪ガキ7─学校対抗イス取りゲーム！』
宗田理著　静山社　2018.2　247p
20cm　1100円　①978-4-86389-406-8
内容　双子のマリとユリと仲間たちが通う葵小
学校は、教室も机も古くてボロボロ。ところ
が、ある事件によって隣町の北小の子どもた
ちが葵小の教室を借りることになり、そのた
めの教室はピカピカに整備される。ずるい！
と息巻く悪ガキ7。子どもたちのゲームは、や
がて葵町に古くから伝わる埋蔵金伝説まで巻
き込み大騒ぎ。果たして勝負の行方は？

日本の作品　　　　　　　　　　　　　　　　　　　　高楼方子

高楼　方子
たかどの・ほうこ
《1955〜》

『いたずら人形チョロップ』たかどのほう
　こ作絵　ポプラ社　2012.10　149p
　18cm（ポプラポケット文庫）620円
　Ⓘ978-4-591-13106-0
　内容 いたずらが大すきな人形、チョロップ
　が、一家そろって気むずかしいキムヅカさん
　の家にもらわれていきました。チョロップが
　犬のシロと組んで、毎日、いたずらをするう
　ちに、キムヅカ家の人たちは…!?小学校中級
　から。

『いたずら人形チョロップと名犬シロ』た
　かどのほうこ作・絵　ポプラ社　2012.
　11　148p　21cm（ポプラ物語館）1000
　円　Ⓘ978-4-591-13128-2
　内容 人形のチョロップのいたずらのおかげ
　で、気むずかしいキムヅカ家の人たちは、だ
　んだん明るい一家になってきました。ほら、
　きょうも、チョロップと犬のシロが、大かつ
　やくしていますよ。

『おーばあちゃんはきらきら』たかどのほ
　うこさく，こみねゆらえ　福音館書店
　2015.2　108p　21cm（［福音館創作童
　話シリーズ］）1400円　Ⓘ978-4-8340-
　8147-3

『くだものっこの花』たかどのほうこ作，
　つちだのぶこ絵　フレーベル館　2018.2
　79p　22cm（おはなしのまど）1200円
　Ⓘ978-4-577-04609-8
　内容 青田くだもの店のかたすみにある、だ
　れにもつかわれていないへや。そこは、く
　だものの子どもたちの学童保育『くだものっ
　こ』でした。ほら、きょうもにぎやかな声がきこ
　えてきましたよ！「はらはらかくれんぼ」「楽
　しいうんどうかい」「なつかしい花」の3つの
　お話。くだものっこチャートつき！　小学校
　低学年から。

『グドーさんのおさんぽびより』たかどの
　ほうこ著，佐々木マキえ　福音館書店
　2018.2　157p　19cm（［福音館創作童
　話シリーズ］）1800円　Ⓘ978-4-8340-
　8387-3

『ココの詩』高楼方子作，千葉史子絵　福
　音館書店　2016.10　427p　21cm〈リブ
　リオ出版　1987年刊の再刊〉2200円
　Ⓘ978-4-8340-8295-1

　内容 金色の鍵を手に入れ、初めてフィレン
　ツェの街にでた人形のココ。無垢なココを待
　ち受けていたのは、名画の贋作事件をめぐる
　ネコ一味との攻防、そして焦がれるような恋
　でした。

『十一月の扉』高楼方子著　福音館書店
　2016.10　332p　21cm〈新潮文庫 2006
　年刊の再刊〉1800円　Ⓘ978-4-8340-
　8294-4
　別版 講談社（講談社青い鳥文庫）2011.6

『十五少年漂流記』J.ベルヌ作，高楼方子
　文，佐竹美保絵　ポプラ社　2016.11
　161p　22cm（ポプラ世界名作童話）
　1000円　Ⓘ978-4-591-15178-5
　内容 夏休み、チェアマン寄宿学校の少年た
　ちは、船の旅に参加するため、帆船スラウギ
　号に乗りこんだ。ところが、船は十五人の少
　年だけを乗せたまま流され、嵐にあい、たど
　りついたのは無人島だった！世界中で愛さ
　れ読みつがれる名作に、現代の児童文学
　作家たちが新しい命をふきこんだシリーズ。
　小学校低学年から。

『すてきなルーちゃん』たかどのほうこ
　作・絵　偕成社　2009.10　109p　19cm
　1200円　Ⓘ978-4-03-528390-4
　内容 ルーちゃんはママの妹で、絵かきさんで
　す。ルーちゃんがうちにくると、わたしはぞ
　くぞくって、うれしくなるの。だって、ふだん
　とはちがう何日かがはじまるんだな、って思
　うから。あのね、ルーちゃんがしてくれるお
　話って、ちょっとふうがわりなんだよ。目に
　見えることがすべてじゃない。ママの妹、絵
　かきのルーちゃんがしてくれたお話6つ。小
　学校中学年から。

『ぜったいくだものっこ』たかどのほうこ
　作，つちだのぶこ絵　フレーベル館
　2015.10　78p　22cm（おはなしのまど
　2）1000円　Ⓘ978-4-577-04331-8
　内容 青田くだもの店にあるつかわれていな
　いへや。そこは、くだものの子どもたちの
　がくどうほいく『くだものっこ』がありまし
　た。『くだものっこ』にあつまるゆかいなな
　かまのお話です。小学校低学年から。

『ちゃめひめさまとあやしいたから』たか
　どのほうこ作，佐竹美保絵　あかね書房
　2018.5　76p　21cm（ちゃめひめさま
　2）1100円　Ⓘ978-4-251-04372-6
　内容 ちゃめひめさまたちは、もりにたから
　さがしにでかけます。ところが、モモのきで
　みちをまがるはずが、「スモモも　モモも　モ
　モのうち！」とスモモのところでまがってし
　まい…？

高楼方子　　　　　　　　　　　　　　　　　　　　　　　　日本の作品

『ちゃめひめさまとペピーノおうじ』たかどのほうこ作, 佐竹美保絵　あかね書房　2017.10　77p　21cm（ちゃめひめさま1）1100円　①978-4-251-04371-9
内容「やんちゃできかんぼうのおうじさまにあうなんてまっぴら！」こまづかいのミミーとふくをとりかえたちゃめひめさまは、ヒツジのけがわをきて、おしろをぬけだしますが、なんとであったのはオオカミ…!?読めばにっこり、しあわせな気持ちになるシリーズ、はじまりです！

『時計坂の家』高楼方子著, 千葉史子絵　福音館書店　2016.10　339p　21cm〈リブリオ出版 1992年刊の再刊〉1900円　①978-4-8340-8293-7

『トランプおじさんと家出してきたコブタ』たかどのほうこ作, にしむらあつこ絵　偕成社　2013.4　199p　21cm　1200円　①978-4-03-528430-7
内容トランプさんは、しょうしょう変わり者と評判のおじさんです。でも、動物たちにはとても人気があります。なぜって、おじさんは、動物の言葉がわかるからなのです。そんなおじさんをたよって、ある日、きみょうなお客がとびこんできました。小学校高学年から。

『トランプおじさんとベロンジのなぞ』たかどのほうこ作, にしむらあつこ絵　偕成社　2008.12　178p　21cm　1200円　①978-4-03-528360-7
内容トランプさんは、しょうしょう変わり者と評判のおじさんです。村はずれのガタピシした家にひとりで犬とくらいているでもあり、皮肉やでがんこだから、でもあります。けれど、トランプさんが、ほかの人とちがっているいちばんのことといったら…、じつは、このトランプさん、動物のことばがわかるおじさんだったのです。小学校高学年から。

『ドレミファ荘のジジルさん―ピピンとトムトム物語』たかどのほうこ作, さとうあや絵　理論社　2011.10　175p　21cm　1400円　①978-4-652-01326-7
内容ドレミファ荘の四階に住むジジルさんのなぞを追いながら、新しいともだち、マドちゃんを守るため、ピピンとトムトムが大活躍。小学校中・高学年から。

『ニレの木広場のモモモ館』高楼方子作, 千葉史子絵　ポプラ社　2015.10　262p　19cm（ノベルズ・エクスプレス）1400円　①978-4-591-14682-8
内容ある土曜日の朝、ニレの木の下でぐう

ぜん出会った、5年生のモモとモカと、4年生のカンタ。初めて出会った3人なのに、その日のお昼まえには、壁新聞“モモモ館”作りに夢中になっていた！ 本物の仲間に出会った瞬間からかがやき始める子どもたちの時間！

『ピピンとトムトム―怪盗ダンダンの秘密』たかどのほうこ作, さとうあや絵　理論社　2009.4　163p　21cm（おはなしルネッサンス）1400円　①978-4-652-01314-4
内容「地球にいるほうがずっといいもの」コマドリの鳴く、うららかな街で、九歳のピピンとトムトムは思いました。夢は宇宙飛行士より、だんぜん…。

『ペルペルの魔法』たかどのほうこ作, さとうあや絵　理論社　2015.11　174p　21cm（ピピンとトムトム物語）1500円　①978-4-652-20128-2
内容ドレミファ荘の二階にこしてきたマルタさんはクリームのような声で話すかわいいおねえさん。ピピンとトムトムの二人だけにうちあけられたマルタさんの秘密につきあううちに、あやしい魔法のにおいが…。小学校中・高学年から。

『へんてこもりのまるぼつぼ』たかどのほうこ作・絵　偕成社　2011.9　79p　21cm（へんてこもりのはなし5）900円　①978-4-03-460330-7
内容ヘンテ・コスタさんがつくったへんてこもりでやっぱりまるぼであったなかよし四人グ。まんげつが三日つづいたから（？）きょうは「ことばぐさ」をつむひなんだって！ところがなんと、にせもののまるぼがあらわれた。5歳から。

『ボンちゃんはお金もち』たかどのほうこさく・え　こぐま社　2016.3　71p　22cm（こぐまのどんどんぶんこ）1200円　①978-4-7721-9059-6
内容“はらっぱ公園”は、きょうからたのしいところにかわります。それなのに、テストの点がわるかったコータは、へやでべんきょうしていなければなりません。まんげつのそとに、しらない男の子がさそいにきて…。小学校1・2年向き。

『街角には物語が……』高楼方子作, 出久根育絵　偕成社　2017.10　164p　20cm　1400円　①978-4-03-814430-1
内容街の路地のそこここで毎日、小さな物語が生まれています。ふしぎでおかしく美しい八つの話。中学生から。

『夜にくちぶえふいたなら』たかどのほう

こ作，市居みか絵　全国学校図書館協議
会　2010.5　25p　21cm（集団読書テキ
スト　全国SLA集団読書テキスト委員
会編）〈年譜あり〉200円　①978-4-
7933-7056-4

『4ミリ同盟』高楼方子著，大野八生画　福
音館書店　2018.3　115p　20cm　1200
円　①978-4-8340-8395-8

『リリコは眠れない』高楼方子作，松岡潤
絵　あかね書房　2015.1　165p　21cm
（スプラッシュ・ストーリーズ）1200円
①978-4-251-04421-1
内容「スーキー!!」眠れない夜，リリコは，奇
妙な絵の中に，会えなくなった大切な友だち
の姿を見つけた。追いかけようとした瞬間，
リリコは絵の中へ—。汽車に乗り，ふしぎな
旅をつづけた先に，リリコが見たものは…。
幻惑と，深い感動の物語。

『ルゥルゥおはなしして』たかどのほうこ
作・絵　岩波書店　2014.11　124p
21cm　1300円　①978-4-00-115664-5
内容はじめはさくらんぼだったふたりが海
をわたってルゥルゥの家にくるまで（『さらん
とぽんぽんのぼうけんの話』）。ナニーはトト
とミンミのいたずらにお手上げ。とうとう家
出をします！（『ナニーのおかしな旅の話』）。
ルリコくんは"どこかいいとこ"行きのバスの
運転手。みんなをのせてプップーッ！（『あた
らしいお友だちの話』）

高橋　秀雄
たかはし・ひでお
《1948～》

『朝霧の立つ川』高橋秀雄作，小林豊絵
岩崎書店　2009.11　158p　22cm（物語
の王国）1300円　①978-4-265-05771-9
内容ミチエはきょうだい四人の長女。両親
はひたむきに働くけれど，家は貧しさからぬ
けだせない。ともすれば，貧乏におしつぶさ
れそうになる。それでもミチエはけなげに生
きる。

『地をはう風のように』高橋秀雄作，森英
二郎画　福音館書店　2011.4　203p
20cm（［福音館創作童話シリーズ］）
1500円　①978-4-8340-2645-0
内容何もかも吹き飛ばす荒々しい風。どん底
の生活。だれかの温かい眼差し。あわい初恋。
本当の幸せ，そして強さ。小学校上級以上。

『釣りに行こう！』高橋秀雄作，福田岩緒

絵　文研出版　2016.9　151p　22cm
（文研じゅべにーる）1300円　①978-4-
580-82298-6
内容いとことイワナを釣り上げた佑太は，ク
ラスのテツを誘って，釣りを始めようとする。
じいちゃんも何十年ぶりに釣りを始めること
に。釣り道具をそろえた佑太とテツだが，近
くの大谷川は来年春まで禁漁だった。二人は
クラスのまゆみちゃんも誘って，じいちゃん
に管理釣り場へ連れて行ってもらう。みんな，
釣りの解禁日がとても待ち遠しい。

『ひみつのゆびきりげんまん』高橋秀雄作，
夏目尚吾絵　文研出版　2011.3　70p
22cm（わくわくえどうわ）1200円
①978-4-580-82122-4
内容だいごは，二年二組で，おなじクラス。
だいごとぼくでじんじゃにたからものをうめ
て，たからもののひみつのちずをこうかんし
た。でも，ちずをいれたズボンをおかあさん
がせんたくしてしまい，ちずがダンゴになっ
てしまった。どうしよう。

『やぶ坂からの出発（たびだち）』高橋秀雄
作，宮本忠夫絵　小峰書店　2009.11
211p　21cm（文学の散歩道）1500円
①978-4-338-22410-9
内容出会い，そして別れ。人は皆，旅立つ
昨日につづく今日があった。明日は，どんな
明日なのだろう。

『やぶ坂に吹く風』高橋秀雄作，宮本忠夫
絵　小峰書店　2008.10　196p　21cm
（文学の散歩道）1500円　①978-4-338-
22406-2
内容いつも囲炉裏には，火があった。まず
しい，けれど，心あたたかい。人と人は，こ
うして，生きていける。手をつないで，ささ
え，ささえられ…。

滝本　竜彦
たきもと・たつひこ
《1978～》

『僕のエア』滝本竜彦著　文藝春秋　2012.
8　207p　16cm（文春文庫）495円
①978-4-16-783810-2
内容定職も生き甲斐も友人も恋人もなく，当
然のことながら貯金も少ない24歳男子の俺。
憧れのスミレ姉ちゃんから結婚式の招待状が
届き，傷心のまま高校の同窓会に出かけた結
果，さらに最悪の事態に。そのときから，俺
の目の前にエアとなのる幻覚少女が現れた。
シニカルかつ自虐的な笑いで抱腹絶倒の青春

小説。

別版 文藝春秋 2010.9

『ムーの少年』滝本竜彦著　角川書店
2011.3　245p　18cm〈発売：角川グ
ループパブリッシング〉1200円　①978-
4-04-874082-1

内容 「先生、僕のお話ホントにホントに聞
きたいですか？ だからつまり、つまりそう
なんです、この屋上にひっそり忍び込んだ僕
が、いまこうして先生と遭遇しちゃったみた
いに、あの日の弓子さんも気づけばすぐ後ろ
に佇んでたんです。ごごご、ゴルゴ13なら殴
り倒してたところですよね、アハハハ…」でも
僕は弓子さんを殴り倒さず恋をした。14歳の
初恋だった。しかし彼女は夢見がちな人だっ
た。魔法使いだったのだ。もはや、虚構の世
界の妄想に精神を飲み込まれた彼女を救える
のは、雑誌『ムー』を愛読し、日々オカルト
を実践している僕しかいない！ ねえ、フォ
ボス…もしかしたら僕、ガールフレンドがで
きたのかもしれないよ…。

辻村　深月
つじむら・みずき
《1980～》

『青空と逃げる』辻村深月著　中央公論新
社　2018.3　389p　20cm　1600円
①978-4-12-005061-9

内容 深夜の電話が、母と息子の日常を奪い
去った。疑心、恐怖、そして怒り。壊れてし
まった家族が、たどり着く場所は―。母の覚
悟と、息子の決意。

『朝が来る』辻村深月著　文藝春秋　2015.
6　346p　20cm〈文献あり〉1500円
①978-4-16-390273-9

内容 「子どもを、返してほしいんです」親
子三人で穏やかに暮らす栗原家に、ある朝か
かってきた一本の電話。電話口の女が口にし
た「片倉ひかり」は、だが、確かに息子の産
みの母の名だった…。子を産めなかった者、
子を手放さなければならなかった者、両者の
葛藤と人生を丹念に描いた、感動長篇。

『オーダーメイド殺人クラブ』辻村深月著
集英社　2015.5　472p　16cm（集英社
文庫）720円　①978-4-08-745313-3

内容 クラスで上位の「リア充」女子グルー
プに属する中学二年生の小林アン。死や猟奇
的なものに惹かれる心を隠し、些細なことで
激変する友達との関係に悩んでいる。家や教
室に苛立ちと絶望を感じるアンは、冴えない

「昆虫系」だが自分と似た美意識を感じる同級
生の男子・徳川に、自分自身の殺害を依頼す
る。二人が「作る」事件の結末は―。少年少
女の痛切な心理を直木賞作家が丹念に描く、
青春小説。

別版 集英社 2011.5

『かがみの孤城』辻村深月著　ポプラ社
2017.5　554p　20cm　1800円　①978-
4-591-15332-1

内容 どこにも行けず部屋に閉じこもってい
たこころの目の前で、ある日突然、鏡が光り始
めた。輝く鏡をくぐり抜けた先の世界には、
似た境遇の7人が集められていた。9時から17
時まで。時間厳守のその城で、胸に秘めた願
いを叶えるため、7人は隠された鍵を探す―

『鍵のない夢を見る』辻村深月著　文藝春
秋　2015.7　269p　16cm（文春文庫）
500円　①978-4-16-790398-5

内容 どうして私にはこんな男しか寄ってこ
ないのだろう？ 放火現場で再会したのは合コ
ンで知り合った冴えない男。彼は私と再会す
るために火を？（「石蕗南地区の放火」）。夢
ばかり追う恋人に心をすり減らす女性教師を
待つ破滅（「芹葉大学の夢と殺人」）他、地方の
町でささやかな夢を見る女たちの暗転を描き
絶賛を浴びた直木賞受賞作。

別版 文藝春秋 2012.5

『家族シアター』辻村深月著　講談社
2018.4　375p　15cm（講談社文庫）720
円　①978-4-06-293848-8

内容 息子が小学六年の一年間「親父会」な
る父親だけの集まりに参加することになった
私。「夢は学校の先生」という息子が憧れる熱
血漢の担任教師は積極的に行事を企画、親子
共々忘れられない一年となる。しかしその八
年後、担任のある秘密が明かされる（「タイム
カプセルの八年」）。家族を描く心温まる全7
編。

別版 講談社 2014.10

『きのうの影踏み』辻村深月著
KADOKAWA　2015.9　266p　20cm
（［幽BOOKS］）1500円　①978-4-04-
103207-7

内容 怪談には死者の“思い”が込められてい
る。人の喪失に寄り添ってきた文学に、辻村
深月が心血を注ぎ込んだ。失った“大切な誰
か”を思い出して読んでほしいと願いながら。
辻村深月の新境地！ 絆を感じる傑作短篇集。

『クローバーナイト』辻村深月著　光文社
2016.11　337p　19cm　1400円　①978-
4-334-91130-0

内容 何が“普通”になるのかは、誰にもわか

らないのだ。ママ友の不倫疑惑、熾烈な保活、過酷なお受験、驚愕のお誕生会、そして―。保育園に通う一男一女を抱える鶴峯家。家族の幸せを守るべく、新米騎士が右往左往しながら奮闘中！VERY連載時から話題沸騰‼直木賞作家、待望の最新刊！

『凍りのくじら』辻村深月著　講談社
2008.11　568p　15cm（講談社文庫）
781円　①978-4-06-276200-7
内容　藤子・F・不二雄を「先生」と呼び、その作品を愛する父が失踪して5年。高校生の理帆子は、夏の図書館で「写真を撮らせてほしい」と言う一人の青年に出会う。戸惑いつつも、他とは違う内面を見せていく理帆子。そして同じ頃に始まった不思議な警告。皆が愛する素敵な"道具"が私たちを照らすとき―。

『子どもたちは夜と遊ぶ　上』辻村深月著
講談社　2008.5　500p　15cm（講談社文庫）733円　①978-4-06-276049-2
内容　大学受験間近の高校三年生が行方不明になった。家出か事件か。世間が騒ぐ中、木村浅葱だけはその真相を知っていた。「『i』はとてもうまくやった。さあ、次は、俺の番―」。姿の見えない『i』に会うために、ゲームを始める浅葱。孤独の闇に支配された子どもたちが招く事件は、さらなる悲劇を呼んでいく。

『子どもたちは夜と遊ぶ　下』辻村深月著
講談社　2008.5　569p　15cm（講談社文庫）781円　①978-4-06-276050-8
内容　「浅葱、もう少しで会える」『i』は冷酷に二人のゲームを進めていく。浅葱は狐塚や月子を傷つけることに苦しみながら、兄との再会のためにまた、人を殺さなければならない―。一方通行の片思いが目覚めさせた殺人鬼『i』の正体が明らかになる。大人になりきれない彼らを待つ、あまりに残酷な結末とは。

『サクラ咲く』辻村深月著　光文社　2014.3　297p　16cm（光文社文庫）560円
①978-4-334-76704-4
内容　塚原マチは本好きで気弱な中学一年生。ある日、図書館で本をめくっていると一枚の便せんが落ちた。そこには『サクラチル』という文字が。一体誰がこれを？やがて始まった顔の見えない相手との便せん越しの交流は、二人の距離を近付けていく。（「サクラ咲く」）輝きに満ちた喜びや、声にならない叫びが織りなす青春のシーンをみずみずしく描き出す。表題作含む三編の傑作集。
別版　光文社（BOOK WITH YOU）2012.3

『島はぼくらと』辻村深月著　講談社
2016.7　424p　15cm（講談社文庫）700円　①978-4-06-293451-0

内容　瀬戸内海に浮かぶ島、冴島。朱里、衣花、源樹、新の四人は島の唯一の同級生。フェリーで本土の高校に通う彼らは卒業と同時に島を出る。ある日、四人は冴島に「幻の脚本」を探しにきたという見知らぬ青年に声をかけられる。淡い恋と友情、大人たちの覚悟。旅立ちの日はもうすぐ。別れるときは笑顔でいよう。
別版　講談社　2013.6

『スロウハイツの神様　上』辻村深月著
講談社　2010.1　362p　15cm（講談社文庫）648円　①978-4-06-276556-5
内容　人気作家チヨダ・コーキの小説で人が死んだ―あの事件から十年。アパート「スロウハイツ」ではオーナーである脚本家の赤羽環とコーキ、そして友人たちが共同生活を送っていた。夢を語り、物語を作る。好きなことに没頭し、刺激し合っていた6人。空室だった201号室に、新たな住人がやってくるまでは。

『スロウハイツの神様　下』辻村深月著
講談社　2010.1　483p　15cm（講談社文庫）724円　①978-4-06-276557-2
内容　莉々亜が新たな居住者として加わり、コーキに急接近を始める。少しずつ変わっていく「スロウハイツ」の人間関係。そんな中、あの事件の直後に百二十八通もの手紙で、潰れそうだったコーキを救った一人の少女に注目が集まる。彼女は誰なのか。そして環が受け取った一つの荷物が彼らの時間を動かし始める。

『ゼロ、ハチ、ゼロ、ナナ。』辻村深月著
講談社　2012.4　487p　15cm（講談社文庫）〈文献あり〉743円　①978-4-06-277224-2
内容　地元を飛び出した娘と、残った娘。幼馴染みの二人の人生はもう交わることなどないと思っていた。あの事件が起こるまでは。チエミが母親を殺し、失踪してから半年。みずほの脳裏に浮かんだのはチエミと交わした幼い約束。彼女が逃げ続ける理由が明らかになるとき、全ての娘は救われる。著者の新たな代表作。
別版　講談社　2009.9

『太陽の坐る場所』辻村深月著　文藝春秋
2011.6　392p　16cm（文春文庫）590円
①978-4-16-781701-5
内容　高校卒業から十年。元同級生たちの話題は、人気女優となったキョウコのこと。クラス会に欠席を続ける彼女を呼び出そうと、それぞれの思惑を胸に画策する男女たちだが、一人また一人と連絡を絶ってゆく。あの頃の出来事が原因なのか…？教室内の悪意や痛

辻村深月　　　　　　　　　　　　　　　　　　　　　　日本の作品

み、十年後の葛藤、挫折そして希望を鮮やか
に描く。
別版 文藝春秋 2008.12

『ツナグ』辻村深月著　新潮社　2012.9
441p　16cm（新潮文庫）630円　①978-
4-10-138881-6
内容 一生に一度だけ、死者との再会を叶え
てくれるという「使者」。突然死したアイド
ルの心の支えだったOL、年老いた母に癌告
知出来なかった頑固な息子、親友に抱いた嫉
妬心に苛まれる女子高生、失踪した婚約者を
待ち続ける会社員…ツナグの仲介のもと再会
した生者と死者。それぞれの想いをかかえた
一夜の邂逅は、何をもたらすのだろうか。心
の隅々に染み入る感動の連作長編小説。
別版 新潮社 2010.10

『東京會舘とわたし　上　旧館』辻村深月
著　毎日新聞出版　2016.8　285p
20cm　1500円　①978-4-620-10821-6
内容 海外ヴァイオリニストのコンサート、灯
火管制下の結婚式、未知のカクテルを編み出
すバーテンダー…“會舘の人々”が織り成すド
ラマが、読者の心に灯をともす。大正十一年、
丸の内に誕生した国際社交場・東京會舘。“建
物の記憶”が今、甦る。激動の時代を生きた
人々を描く。直木賞作家の傑作長編小説！

『東京會舘とわたし　下　新館』辻村深月
著　毎日新聞出版　2016.8　285p
20cm〈文献あり〉1500円　①978-4-
620-10822-3
内容 緊張で肩を震わす舞台女優、東日本大震
災の日、直木賞受賞を知らされた青年…優し
さと慈しみに満ちた物語は、ついに終章へ。

『名前探しの放課後　上』辻村深月著　講
談社　2010.9　430p　15cm（講談社文
庫）724円　①978-4-06-276744-6
内容 依田いつかが最初に感じた違和感は撤
去されたはずの看板だった。「俺、もしかし
て過去に戻された？」動揺する中で浮かぶ一
つの記憶。いつかは高校のクラスメートの坂
崎あすなに相談を持ちかける。「今から俺た
ちの同級生が自殺する。でもそれが誰なのか
思い出せないんだ」二人はその「誰か」を探
し始める。

『名前探しの放課後　下』辻村深月著　講
談社　2010.9　451p　15cm（講談社文
庫）724円　①978-4-06-276745-3
内容 坂崎あすなは、自殺してしまう「誰か」
を依田いつかとともに探し続ける。ある日、
あすなは自分の死亡記事を書き続ける河野と
いう男子生徒に出会う。彼はクラスでいじめ
に遭っているらしい。見えない動機を抱える

同級生。全員が容疑者だ。「俺がいた未来す
ごく暗かったんだ」二人はXデーを回避でき
るのか。

『ハケンアニメ！』辻村深月著　マガジン
ハウス　2017.9　622p　15cm（マガジ
ンハウス文庫）〈2014年刊に「執事とか
ぐや姫」と巻末対談を加え再刊〉880円
①978-4-8387-7100-4
内容 1クールごとに組む相手を変え、新タイ
トルに挑むアニメ制作の現場は、新たな季節
を迎えた。伝説の天才アニメ監督・王子千晴
を口説いたプロデューサー・有科香屋子は、早
くも面倒を抱えている。同クールには気鋭の
監督・斎藤瞳と敏腕プロデューサー・行城理
が手掛ける話題作もオンエアされる。ファン
の心を摑むのはどの作品か。声優、アニメー
ターから物語の舞台まで巻き込んで、熱いド
ラマが舞台裏でも繰り広げられる―。
別版 マガジンハウス 2014.8

『光待つ場所へ』辻村深月著　講談社
2013.9　420p　15cm（講談社文庫）
〈2012年刊の増補〉700円　①978-4-06-
277649-3
内容 大学二年の春。清水あやめには自信が
あった。世界を見るには感性という武器がい
る。自分にはそれがある。最初の課題で描い
た燃えるような桜並木も自分以上に表現でき
る学生はいないと思っていた。彼の作品を見
るまでは（「しあわせのこみち」）。文庫書下
ろし一編を含む扉の開く瞬間を描いた、五編
の短編集。
別版 講談社 2010.6
別版 講談社（講談社ノベルス）2012.6

『V.T.R.』辻村深月著　講談社　2013.2
203p　15cm（講談社文庫）419円
①978-4-06-277478-9
内容 辻村深月の長編ミステリーから物語が
飛び出した。「スロウハイツ」の住人を受け
止め、支えたあの作家。物語に生きる彼らと
同じ視線で、チヨダ・コーキのデビュー作を
味わおう。『スロウハイツの神様』の世界へ
ようこそ。
別版 講談社（講談社ノベルス）2010.2

『ふちなしのかがみ』辻村深月著　角川書
店　2012.6　348p　15cm（角川文庫）
〈発売：角川グループパブリッシング〉
590円　①978-4-04-100326-8
内容 この学校の花子さんは、音楽室から飛
び降り自殺した少女の霊です。花子さんは階
段に棲んでいて、一生懸命掃除すれば会うこ
とができます。でも、彼女がくれる食べ物や
飲み物を口にしてはいけません。嘘をついて

208

もいけません。さもないと―。おまじないや占い、夢中で話した「学校の七不思議」、おそるおそる試した「コックリさん」。青春ミステリの旗手・辻村深月の新境地。懐かしくって怖い現代の怪談が、ついに文庫化。

別版 角川書店 2009.6

『ぼくのメジャースプーン』辻村深月著
講談社 2009.4 514p 15cm（講談社文庫）〈文献あり〉762円 ①978-4-06-276330-1
内容 ぼくらを襲った事件はテレビのニュースよりもっとずっとどうしようもなくひどかった―。ある日、学校で起きた陰惨な事件。ぼくの幼なじみ、ふみちゃんはショックのあまり心を閉ざし、言葉を失った。彼女のため、犯人に対してぼくだけにできることがある。チャンスは本当に一度だけ。これはぼくの闘いだ。

『本日は大安なり』辻村深月著
KADOKAWA 2014.1 419p 15cm（角川文庫）〈角川書店 2011年刊の再刊〉640円 ①978-4-04-101182-9
内容 11月22日、大安。県下有数の高級結婚式場では、4月の結婚式が行われることになっていた。だが、プランナーの多香子は、クレーマー新婦の式がつつがなく進むか気が気ではない。白須家の控え室からは大切な物がなくなり、朝から式場をうろつくあやしい男が1人。美人双子姉妹はそれぞれ、何やらたくらみを秘めているようで―。思惑を胸に、華燭の典に臨む彼らの未来は？ エンタメ史上最強の結婚式小説！

別版 角川書店 2011.2

『水底フェスタ』辻村深月著　文藝春秋
2014.8 397p 16cm（文春文庫）600円
①978-4-16-790157-8
内容 湖畔の村に彼女が帰ってきた。東京に出て芸能界で成功した由597美。ロックフェスの夜に彼女と出会った高校生・広海はその謎めいた魅力に囚われ、恋に落ちた。だが、ある夜、彼女は言う、自分はこの村に復讐するために帰ってきたのだと。村の秘密と美しい女の嘘が引き起こす悲劇。あまりに脆く切ない、恋の物語。

別版 文藝春秋 2011.8

『盲目的な恋と友情』辻村深月著　新潮社
2017.2 302p 16cm（新潮文庫）550円
①978-4-10-138882-3
内容 タカラジェンヌの母をもつ一瀬蘭花は自身の美貌に無自覚で、恋もまだ知らなかった。だが、大学のオーケストラに指揮者として迎えられた茂実星近が、彼女の人生を一変

させる。茂実との恋愛に溺れる蘭花だったが、やがて彼の裏切りを知る。五年間の激しい恋の衝撃的な終焉。蘭花の友人・留利絵の目からその歳月を見つめたとき、また別の真実が―。男女の、そして女友達の妄執を描き切る長編。

別版 新潮社 2014.5

『ロードムービー』辻村深月作, toi8絵　講談社 2013.8 285p 18cm（講談社青い鳥文庫）〈2008年刊の抜粋、加筆・訂正〉680円 ①978-4-06-285377-4
内容 直木賞作家・辻村深月の作品が、青い鳥文庫に初登場！ 人気者のトシと、友達の少ないワタル。ある日、小5の二人は家出をする。いつの間にか、クラスで孤立していた二人。でも、家出の本当の理由は？（『ロードムービー』）表題作のほか、『雪の降る道』を収録。大切な人への思いを、謎ときのドキドキがつまった一冊！ 小学上級から。

別版 講談社 2008.10
別版 講談社（講談社ノベルス）2010.9
別版 講談社（講談社文庫）2011.9

津村　記久子
つむら・きくこ
《1978～》

『アレグリアとは仕事はできない』津村記久子著　筑摩書房 2013.6 207p 15cm（ちくま文庫）580円 ①978-4-480-43075-5
内容 「おまえなあ、いいかげんにしろよ！」と叫びたくなるほどの性悪女、アレグリア。男に媚ばかり売って、すぐ疲れたと言っては休み、ふて腐れて動かなくなる。ミノベの怒りはとどまるところを知らないのだが、まわりの反応はいまひとつ。コピー機に文句を言ってもねえ、と先輩は言うが…。表題作に、地下鉄で繰り広げられる心理戦を描く「地下鉄の叙事詩」を併録。

別版 筑摩書房 2008.12

『ウエストウイング』津村記久子著　朝日新聞出版 2017.8 419p 15cm（朝日文庫）900円 ①978-4-02-264853-2
内容 女性事務員ネゴロ、塾通いの小学生ヒロシ、若手サラリーマンのフカボリ。ビルの物置き場で、3人は物々交換から繋がりができる。なんとなる日豪雨警報が流れ―。古ぼけた雑居ビルに集う見知らぬ者同士のささやかな交わりを温かな手触りで描いた長編小説。

別版 朝日新聞出版 2012.11

津村記久子　　　　　　　　　　　　　　　　　　　　日本の作品

『エヴリシング・フロウズ』津村記久子著
文藝春秋　2017.5　398p　16cm（文春
文庫）850円　①978-4-16-790848-5
内容 中学三年生のヒロシは、背は低め、勉
強は苦手。唯一の取り柄の絵を描くことも、
最近は情熱を失っている。クラス替えで、気
になる女子と同じクラスになったはいいけれ
ど…。自分自身の進路と人生に迷いながらも、
仲良くなったクラスメイトたちに起こる事件
に立ち向かう。少年の成長の日々を描く傑作
青春小説。
別版 文藝春秋　2014.8

『カソウスキの行方』津村記久子著　講談
社　2012.1　179p　15cm（講談社文
庫）457円　①978-4-06-277044-6
内容 不倫バカップルのせいで、郊外の倉庫
に左遷されたイリエ。28歳、独身、彼氏なし。
やりきれない毎日から逃れるため、同僚の森
川を好きになったと仮定してみる。でも本当
は、恋愛がしたいわけじゃない。強がってい
るわけでもない。奇妙な「仮想好き」が迎え
る結末は―。芥川賞作家が贈る、恋愛 "しな
い" 小説。
別版 講談社　2008.2

『君は永遠にそいつらより若い』津村記久
子著　筑摩書房　2009.5　254p　15cm
（ちくま文庫）580円　①978-4-480-
42612-3
内容 大学卒業を間近に控え、就職も決まり、
単位もばっちり。ある意味、手持ちぶさたな
日々を送る主人公ホリガイは、身長175セン
チ、22歳、処女。バイトと学校と下宿を行き
来し、友人とぐだぐだした日常をすごしてい
る。そして、ふとした拍子に、そんな日常の
裏に潜む「暴力」と「哀しみ」が顔を見せる…。
第21回太宰治賞受賞作にして、芥川賞作家の
鮮烈なデビュー作。

『この世にたやすい仕事はない』津村記久
子著　日本経済新聞出版社　2015.10
347p　20cm　1600円　①978-4-532-
17136-0
内容 「コラーゲンの抽出を見守るような仕
事はありますか？」燃え尽き症候群のように
なって前職を辞めた30代半ばの女性が、職業
安定所でそんなふざけた条件を相談員に出す
と、ある、という。そして、どんな仕事にも
外からはほかりしれない、ちょっと不思議な
未知の世界があって―1年で、5つの異なる仕
事を、まるで惑星を旅するように巡っていく
連作小説。

『これからお祈りにいきます』津村記久子
著　KADOKAWA　2017.1　236p

15cm（角川文庫）〈角川書店 2013年刊
の加筆・修正〉640円　①978-4-04-
104751-4
内容 高校生シゲルの町には、自分の体の「取
られたくない」部分を工作して、神様に捧げる
奇妙な祭がある。父親は不倫中、弟は不登校、
母親とも不仲の閉塞した日常のなか、彼が神
様に託したものとは―（「サイガサマのウィッ
カーマン」）。大切な誰かのために心を込めて
祈ることは、こんなにも愛おしい。芥川賞作
家が紡ぐ、不器用な私たちのための物語。地
球の裏側に思いを馳せる「バイアブランカの
地層と少女」を併録。
別版 角川書店　2013.6

『婚礼、葬礼、その他』津村記久子著　文
藝春秋　2013.2　158p　16cm（文春文
庫）467円　①978-4-16-785401-0
内容 「呼ぶことはできなくても頻繁に呼ば
れる人生」を送るOLヨシノ。友人から結
婚式招待状が届き、申し込んだその日に旅行
をキャンセル。二次会幹事まで頼まれ準備万
端当日を迎えたが、途中で上司の父親の通夜
手伝いに呼び出され、空腹のまま駆けつける
はめに…芥川賞受賞後、ますます快調な著者
の傑作中篇集。
別版 文藝春秋　2008.7

『ディス・イズ・ザ・デイ』津村記久子著
朝日新聞出版　2018.6　366p　19cm
1600円　①978-4-02-251548-3
内容 好きなものが、どんな時も自分たちを
支えてくれる。22のチーム、22の人生。

『とにかくうちに帰ります』津村記久子著
新潮社　2015.10　207p　16cm（新潮文
庫）460円　①978-4-10-120141-2
内容 うちに帰りたい。切ないぐらいに、恋
をするように、うちに帰りたい―。職場のお
じさんに文房具を返してもらえない時。微妙
な成績のフィギュアスケート選手を応援する
時。そして、豪雨で交通手段を失った日、長
い長い橋をたって家に向かう時。それぞ
れの瞬間がはらむ悲哀と矜持、小さなぶつかり
合いと結びつきを丹念に綴って、働き・悩み・
歩き続ける人の共感を呼びさます六篇。
別版 新潮社　2012.2

『八番筋カウンシル』津村記久子著　朝日
新聞出版　2014.4　273p　15cm（朝日
文庫）660円　①978-4-02-264739-9
内容 30歳を目前に会社を辞めたタケヤス。実
家に戻り友人と再会するも、地元の八番筋商
店街は近郊に巨大モール建設のためカウンシ
ル（青年団）の面々が騒がしい。そんな中、あ
る噂をきっかけに転校したカジオと再会し…。

人生の岐路を迎えた男女を描く物語。
別版 朝日新聞出版 2009.2

『浮遊霊ブラジル』津村記久子著　文藝春秋　2016.10　180p　20cm　1300円　①978-4-16-390542-6
内容 ただ生きてきた時間の中に溶けていくのは、なんて心地よいことなんだろう。卓抜なユーモアと鋭い人間観察、リズミカルな文章と意表を突く展開。会心の短篇集！

『ポースケ』津村記久子著　中央公論新社　2018.1　338p　16cm（中公文庫）820円　①978-4-12-206516-1
内容 奈良のカフェ「ハタナカ」でゆるやかに交差する七人の女性の日常。職場の人間関係や、睡眠障害、元彼のストーカー、娘の就活、子供がいない…人生にはままならないことが多いけれど、思わぬところで小さな僥倖に出逢うこともある―。芥川賞受賞作『ポトスライムの舟』五年後の物語。
別版 中央公論新社 2013.12

『ポトスライムの舟』津村記久子著　講談社　2011.4　198p　15cm（講談社文庫）〈著作目録あり〉400円　①978-4-06-276929-7
内容 29歳、工場勤務のナガセは、食い扶持のために、「時間を金で売る」虚しさをやり過ごす日々。ある日、自分の年収と世界一周旅行の費用が同じ一六三万円で、一年分の勤務時間を「世界一周という行為にも換金できる」と気付くと―。ユーモラスで抑制された文章が胸に迫り、働くことを肯定したくなる芥川賞受賞作。
別版 講談社 2009.2

『まともな家の子供はいない』津村記久子著　筑摩書房　2016.3　286p　15cm（ちくま文庫）680円　①978-4-480-43337-4
内容 気分屋で無気力な父親が、セキコは大嫌いだった。彼がいる家にはいたくない。塾の宿題は重く、母親はうざく、妹はテキトー。1週間以上ある長い盆休みをいったいどう過ごせばいいのか。怒れる中学3年生のひと夏を描く表題作のほか、セキコの同級生いつみの物語「サバイブ」を収録。14歳の目から見た不穏な日常から、大人と子供それぞれの事情と心情が浮かび上がる。
別版 筑摩書房 2011.8

『ミュージック・ブレス・ユー!!』津村記久子著　角川書店　2011.6　243p　15cm（角川文庫）〈2008年刊の加筆修正　発売：角川グループパブリッシング〉514円　①978-4-04-394447-7

内容 オケタニアザミは「音楽について考えることは、将来について考えることよりずっと大事」な高校3年生。髪は赤く染め、目にはメガネ、歯にはカラフルな矯正器。数学が苦手で追試や補講の連続、進路は何一つ決まらないぐだぐだの日常を支えるのは、パンクロックだった！ 超低空飛行でとにかくイケてない、でも振り返ってみればいとおしい日々。野間文芸新人賞受賞、青春小説の新たな金字塔として絶賛された名作がついに文庫化。
別版 角川書店 2008.6

『ワーカーズ・ダイジェスト』津村記久子著　集英社　2014.6　217p　16cm（集英社文庫）420円　①978-4-08-745200-6
内容 大阪のデザイン事務所で働く傍ら、副業でライターの仕事をこなす奈加子。ある日、上司の代理の打ち合わせ先で、東京の建設会社に勤める重信と出会う。共に人間関係や仕事の理不尽に振り回され、肉体にも精神にも災難がふりかかる32歳。たった一度会ったきり、しかし偶然にも名字と生年月日が同じだったことから、二人はふとした瞬間に互いを思い出す。男女のささやかな繋がりを描くお仕事小説。
別版 集英社 2011.3

富安　陽子
とみやす・ようこ
《1959〜》

『天の川のラーメン屋―たべもののおはなし・ラーメン』富安陽子作, 石川えりこ絵　講談社　2017.2　74p　22cm（たべもののおはなしシリーズ）1200円　①978-4-06-220440-8
内容 ラーメン、さいこう！ 天の川ラーメンなら、もっとさいこう！ おはなしを楽しみながら、たべものがもっと好きになる！ 小学初級から。

『天（あめ）と地（つち）の方程式　1』富安陽子著　講談社　2015.8　251p　20cm〈画：五十嵐大介〉1400円　①978-4-06-219566-9
内容 この春で中学二年生になる田代有礼は、おかしな夢を見た。猿に「くるすの丘に、来い」と言われる夢だ。その直後に引っ越しが決まり、できたばかりの公立の小中一貫校「栗栖の丘学園」に通うこととなる。中学二年生にあたる八年生の生徒はたったの三人。うちひとりは、とんでもなく数学ができ、とてつもなく馬鹿とうわさのQだった。関わりあいに

富安陽子　　　　　　　　　　　　　　　　　　　　日本の作品

なりたくないと思った矢先、Qとともに異空間に閉じこめられる―。息つく間もなく展開される古事記を下敷きにした、学園異能ファンタジー第1巻！

『天（あめ）と地（つち）の方程式　2』富安陽子著　講談社　2015.9　276p　20cm〈画：五十嵐大介〉1400円　①978-4-06-219688-8
内容　一神ガ、コノ地ニ、下ラレル。カンナギハ、神迎セヨ―。黄泉ツ神のカクレドから脱けだすことに成功した田代有礼たちは、再び猿から天ツ神の言葉を伝えられる。いつどこに神が下るのか、残る二柱のカンナギは誰なのか。答えがわからないまま、一年生の男の子が校内で行方不明になるという事件が起きる。その子を捜せと急きたてるように鳴る天ツ神のメロディが、田代有礼たちを、次の計画へと導く。

『天（あめ）と地（つち）の方程式　3』富安陽子著　講談社　2016.3　285p　20cm〈画：五十嵐大介〉1400円　①978-4-06-219945-2
内容　ついに七柱目のカンナギを見つけだした田代有礼たちだったが、その直後、岡倉ひかるが影の大蛇にのみこまれる。勢いを増す、黄泉ツ神。はたして田代有礼たちは、地の底に通じる天ツ扉を開け、黄泉ツ神を封じ、この地を未曾有の災いから救うことができるのか。黄泉ツ神の予兆、天ツ神の先触れ。天と地が揺れるなか、カンナギたちが、新たな神話を紡ぐ。物語は大団円へ。古事記を下敷きにした、学園異能ファンタジー最終巻！

『アヤカシさん』富安陽子作、野見山響子画　福音館書店　2014.10　237p　21cm（福音館創作童話シリーズ）1400円①978-4-8340-8127-5
内容　ケイにとって、メイおばさんは、とっても特別な人だった。あんまり歳がちがわなくて、お姉さんみたいな存在だから？　ちっちゃいときから、よく子守をしてもらったから？　今も週に三回、家庭教師として勉強をみてくれるから？…いやいや、そんなことじゃない。じつは、ケイとメイおばさんには、ふたりだけしか知らない、重大な秘密があったのだ。その秘密というのは…

『SOS！七化山のオバケたち―内科・オバケ科ホオズキ医院』富安陽子作、小松良佳絵　ポプラ社　2010.12　142p　21cm（おはなしフレンズ！）950円①978-4-591-12202-0
内容　オバケ科の専門医、鬼灯先生によびだされ、座敷わらしの案内で、七化山へいった

恭平…。そこで待ちうけていたものは、オバケたちが次つぎに石になってしまう、なぞの病気だった！「もしかして、ぼくも、石になるの!?」。

『絵物語古事記』富安陽子文、山村浩二絵、三浦佑之監修　偕成社　2017.12　253p　22cm〈文献あり〉1600円　①978-4-03-744870-7
内容　息のかよった文と迫力のある絵でよみがえる神話の世界。こんなにも面白かったいにしえの神々の物語。全ページ挿画入り。小学校中学年から。

『鬼まつりの夜―2月のおはなし』富安陽子作、はせがわかこ絵　講談社　2013.12　74p　22cm（おはなし12か月）1000円　①978-4-06-218699-5
内容　節分の夜、よび声に引きよせられたケイタは、「鬼ごっこ」をするはめに。ちょっとふしぎで、すごく楽しい、とっておきの節分のおはなし！

『オバケとキツネの術くらべ』富安陽子作、たしろちさと絵　ひさかたチャイルド　2017.3　111p　22cm（スギナ屋敷のオバケさん）1300円　①978-4-86549-097-8
内容　料理研究家のオバケさんは、オバケではありません。でも、このあだ名のせいで、本物のオバケたちは、勝手に、オバケさんを仲間だと思っています。ある日、テンテル山に住む意地悪ギツネが、オバケさんに術くらべを挑んできて…。おいしいレシピ付！

『オバケに夢を食べられる!?―内科・オバケ科ホオズキ医院』富安陽子作、小松良佳絵　ポプラ社　2010.1　118p　21cm（おはなしフレンズ！）950円　①978-4-591-11478-0
内容　オバケのしわざで、町じゅうの人が悪夢にうなされている！　このままでは、町はたいへんなことになってしまう！　オバケ科の専門医、鬼灯京十郎先生と恭平は、犯人をつかまえるために、きのうの夜の世界へ出かけていくが…、一体、犯人の正体は。

『オバケ屋敷にお引っ越し―スギナ屋敷のオバケさん』富安陽子作、たしろちさと絵　ひさかたチャイルド　2016.3　118p　22cm　1300円　①978-4-86549-062-6
内容　オバケさんは、オバケではありません。名前が「オバケンイチロウ」…だから、みんなに「オバケさん」と呼ばれています。オバケさんは、ひょんなことから山の中の古い一軒家、スギナ屋敷に引っ越しをしました。でも、オバケさんは知らなかったのです。スギナ屋

日本の作品　　　　　　　　　　　　　　　　　富安陽子

敷には本物のオバケがいるということを…。

『かいじゅうのさがしもの』富安陽子作，
あおきひろえ絵　ひさかたチャイルド
2012.11　79p　22cm　1200円　①978-
4-89325-969-1
内容　ある家のおしいれの中に，一ぴきの古
ぼけた，かいじゅうのぬいぐるみが住んでい
ました。自分に何かたりないものがある気が
していたかいじゅうは，ある日，その何かを
さがしに外のせかいへ出ていきますが…。

『かなと花ちゃん』富安陽子作，平澤朋子
絵　アリス館　2012.2　239p　20cm
1400円　①978-4-7520-0573-5
内容　四天王像たち，本物そっくりのお人形，
青い目のお人形。加奈と花代が出会う人形た
ちの3つの物語。

『消えた白ギツネを追え』富安陽子著，大
庭賢哉絵　偕成社　2012.12　265p
20cm（シノダ！）1300円　①978-4-03-
644070-2
内容　人間のパパとキツネのママ，そして，キ
ツネ一族から特別な力をうけついだユイ，タ
クミ，モエの三人の子どもたち。そんな信田
家に，ある日，お客様がくることになった。九
尾婦人という，とても由緒ある血統の高貴な
キツネらしい。とつぜんのなりゆきに，とま
どうユイたち。はたして，九尾婦人とはどん
なキツネなのか？　いったいなんのために，こ
の町にやってくるのか？　小学校高学年から。

『樹のことばと石の封印』富安陽子著　新
潮社　2012.12　347p　16cm（新潮文
庫―シノダ！）〈偕成社 2004年刊の再刊〉
590円　①978-4-10-138182-4
内容　「どうして，ひきだしの中に，林が見
えるの？」そう言ってのぞきこんだ友達が吸
い込まれた！　追うユイとモエが目にしたの
は石にされた友達。一方，タクミはもじゃも
じゃヒゲの男につかまって…。3人が立ち向
かうのは，見た者を石に変える恐ろしいオロ
チ。果たして呪いは解けるのか？　人間の
パパとキツネのママを持つ3きょうだいが活躍
する大人気シノダ！シリーズ第二弾。

『サラとピンキーパリへ行く』富安陽子
作・絵　講談社　2017.6　79p　20cm
（わくわくライブラリー）1200円
①978-4-06-220603-7
内容　花の都パリは，ポカポカした春の日に出
かけるのにぴったり！　女の子のサラちゃん
と，ブタのぬいぐるみのピンキー・ブルマー
は，うんとおしゃれをして，赤い車にのって
パリへ行きました。そこで，エメラルドの女
王というほうせきをぬすんだどろぼうとまち

がえられてしまい!?小学初級から。

『サラとピンキーヒマラヤへ行く』富安陽
子作・絵　講談社　2017.10　79p
20cm（わくわくライブラリー）1200円
①978-4-06-195789-3
内容　雪にとざされたヒマラヤ山脈は，あつ
い日に出かけるのにぴったり！　女の子のサ
ラちゃんと，ブタのぬいぐるみのピンキー・
ブルマーは，青いひこうきにのりこんで，ヒ
マラヤへ行きました。そこで，ピンキーは，
雪男たちのつくった，おとしあなにはまって
しまい!?ハラハラドキドキ，ゆかいなおはな
し！　野間児童文芸賞受賞作家が作・絵を手
がけたはじめての幼年童話！　小学初級から。

『シノダ！キツネたちの宮へ』富安陽子
著，大庭賢哉絵　偕成社　2012.2　317p
20cm　1300円　①978-4-03-644060-3
内容　信田家の子どもたち，ユイ，タクミ，モ
エには重大な秘密がある。それは，三人のマ
マがじつはキツネだということ。人間のパパ
とキツネのママが，キツネ一族の反対をおし
きって結婚し，そして生まれた子どもたちな
のだ。そんな信田一家が，ドライブのとちゅ
う，なぜか道にまよってたどりついたのは，婚
礼まっただ中のキツネたちの山。どうやら何
者かが一家を山におびきよせたらしい。いっ
たいだれが？　なんのために？　小学校高学年。

『シノダ！チビ竜と魔法の実』富安陽子著
新潮社　2012.2　214p　16cm（新潮文
庫）460円　①978-4-10-138181-7
内容　信田家の3人きょうだい，ユイ，タクミ，
モエには，それぞれ特殊な能力がある。とい
うのも，3人は学者のパパとキツネのママの間
に生まれた子どもだから。正体を隠して静か
に暮らしたいママの気持ちとは裏腹に，ちゃ
らんぽらんな夜叉丸おじさんや，不吉な予言
を告げるホギおばさんや，キツネ一族はいつ
も騒動を持ち込んで来る。大人気「シノダ！
シリーズ」第一弾。待望の文庫化。

『シノダ！時のかなたの人魚の島』富安陽
子著，大庭賢哉絵　偕成社　2010.7
271p　20cm　1300円　①978-4-03-
644050-4
内容　ユイ，タクミ，モエ，三人の子どもたち
のパパは，もちろん人間，でも，ママの正体
はキツネ?!そんな秘密をもつ信田家に，南の
島のホテルから招待状がとどいた。とまった
ことのないホテルからの手紙をふしぎに思い
ながらも，よろこんで家族旅行に出かけた信
田家のまえには，やはりつぎつぎとあやしい
できごとが…いったいなぜ，信田家が招待さ

富安陽子　　　　　　　　　　　　　　　　　　　　　　　　日本の作品

れたのか？　人魚にまつわる島の伝説の真実とは？　南の海にうかぶ小さな島を舞台にしたミステリアスな物語。小学校高学年から。

『シノダ！　魔物の森のふしぎな夜』富安陽子著, 大庭賢哉絵　偕成社　2008.11　253p　20cm　1300円　①978-4-03-644040-5
[内容]信田家の子どもたち、ユイ、タクミ、モエには重大な秘密がある。それは、三人のママがじつはキツネだということ。人間のパパとキツネのママが結婚して生まれた子どもたちなのだ。そのパパとママは、おとなになってしりあうまえに、子どものころにも、いちど、であっていたらしい。魔物が出るという、いいつたえがある森で、子どもだったパパとママ、イッチとサキが体験したふしぎな夜の物語。

『それいけ！　ぽっこくん』富安陽子作, 小松良佳絵　偕成社　2015.2　93p　21cm　1000円　①978-4-03-345390-3
[内容]ぽっこくんは家のまもり神です。ぽっこくんのすがたはふつう、みえません。ぽっこくんは、まほうの竹ぼうきをもっています。ぽっこくんのしごとは、その竹ぼうきで、小さな妖怪チミモーたちをおいはらうことです!!小学2・3年から。

『とどろケ淵のメッケ』富安陽子作, 広瀬弦絵　佼成出版社　2010.4　208p　22cm　1500円　①978-4-333-02425-4
[内容]ぼくは、メッケ。とどろケ淵で一番チビすけの河童だよ。でも、どんなものでも見つけられる、特別な目を持ってるんだ。仲間が、ぼくに留守番をさせて、夏越しの大相撲大会に出かけた日。ぼくは、気づいちゃったんだ。滝の水が落っこちてこないことに。河童にとって、水はいのち。だから、ぼくは、なぜ水が流れてないのか、確かめにいくことにしたんだ―。自分の一番大切なものと引きかえに仲間を救えますか？　上質なファンタジー。

『夏休みの秘密の友だち』富安陽子著, 大庭賢哉絵　偕成社　2015.6　285p　20cm（シノダ！）1300円　①978-4-03-644090-0
[内容]ユイとタクミとモエのパパは、もちろん人間だ。でも、ママがキツネだということは、パパのお父さんもお母さんもしらない秘密だった。今年の夏休み、ユイとタクミは、はじめて二人だけでパパの故郷の町にいくことになった。なんとかぶじにたどりついた夜、おじいちゃんたちとホタルを見にいった二人は、河原で、キツネのお面をかぶった男の子とその兄に出あった。小学校高学年から。

『菜の子先生の校外パトロール―学校ふしぎ案内・番外編スペシャル』富安陽子作, YUJI画　福音館書店　2011.3　219p　21cm（［福音館創作童話シリーズ］）1500円　①978-4-8340-2648-1

『菜の子先生はどこへ行く？―学校ふしぎ案内・花ふぶきの三学期』富安陽子作, Yuji画　福音館書店　2008.5　251p　21cm　1500円　①978-4-8340-2351-0
[内容]雪女の家に落とし物を届けに行ったら、一大事に！いきなり現われた鬼を相手に、学校中で鬼ごっこ！ふしぎな雛祭り、知らぬ間にふえている同級生…菜の子先生が登場すれば、たちまち始まる大冒険。小学校中級以上。

『菜の子ちゃんとカッパ石』富安陽子作, YUJI画　福音館書店　2016.4　134p　20cm（［福音館創作童話シリーズ］―日本全国ふしぎ案内 2）1300円　①978-4-8340-8256-2
[内容]菜の子ちゃん、またまた大活躍！平家がほろんだ壇ノ浦がある本州の西の端、下関。山あいの里で昔さんざん悪さをしたカッパたちが、百五十年ぶりにもどってくる！それを防ぐには、行方不明の「カッパ石」を見つけなければならない。菜の子ちゃんと地元の子トオルは、町を救えるか!?小学校中級から。

『菜の子ちゃんとキツネ力士』富安陽子作, 蒲原元画　福音館書店　2018.5　141p　20cm（［福音館創作童話シリーズ］―日本全国ふしぎ案内 3）1400円　①978-4-8340-8403-0
[内容]「まけきらい稲荷」の伝説がある、兵庫県・丹波篠山。るり色の蝶オオムラサキに導かれ、菜の子ちゃんと地元の少女リカコはキツネの相撲試合に迷いこむ。負け越しの大ピンチにおちいったキツネ力士たちを救うため、ふたりが向かった先は…？　小学校中級から。

『菜の子ちゃんと龍の子』富安陽子作, YUJI画　福音館書店　2015.3　109p　20cm（［福音館創作童話シリーズ］―日本全国ふしぎ案内 1）1200円　①978-4-8340-8154-1
[内容]菜の子ちゃん、さっそうと登場！修験道メッカ「大峯山」のふもとにある小学校に、ある日いきなり現れた転校生、山田菜の子ちゃん。秋祭りの夜、地元の女の子・トキと いっしょに、一匹の龍の子が空にのぼるのを助けようとします。けれど、あともう一歩のところで大ピンチが…。

『ねこじゃら商店へいらっしゃい』富安陽

日本の作品　　　　　　　　　　　　　　　　　　　　　　富安陽子

子作，平澤朋子絵　ポプラ社　2013.8
141p　18cm（ポプラポケット文庫）
〈1999年刊の再刊〉620円　①978-4-591-
13554-9
内容　ねこじゃら商店は、ほしいものがなんで
も手にはいる、ふしぎなお店。白菊丸という
名の年とったぶちネコが、店番をしています。
でも、その場所を知っているのは、のらネコ
だけ。運がよければ、あなたもつれていって
もらえるかもしれません…。小学校中級〜。

『ねこじゃら商店世界一のプレゼント』富
安陽子作，平澤朋子絵　ポプラ社
2013.9　122p　21cm（ポプラ物語館）
1000円　①978-4-591-13570-9
内容　おのぞみのものがなんでも手にはいる、
「ねこじゃら商店」。店のあるじは、白菊丸と
いう名の年とったぶちネコです。どんなお客
が、どんなすばらしい買い物をしたのか…？
あなただけに、こっそりお教えしましょう。

『ひそひそ森の妖怪』富安陽子作，山村浩
二絵　理論社　2014.2　160p　21cm
（妖怪一家九十九さん）1300円　①978-
4-652-20044-5
内容　ひそひそと声のする森がなくなったと
き、妖怪一家の住む化野原団地に何が起きる？
人間たちにまじって、こっそり団地生活を始
めた妖怪一家の物語。

『ふたつの月の物語』富安陽子著　講談社
2012.10　285p　20cm　1400円　①978-
4-06-217880-8
内容　養護施設で育った美月と、育ての親を
亡くしたばかりの月明は、中学二年生の夏休
み、津田節子という富豪の別荘に、養子候補
として招かれる。悲しみのにおいに満ちた別
荘で、ふたりは手を取りあい、津田節子の思
惑を探っていく。十四年前、ダムの底に沈ん
だ村、その村で行われていた魂呼びの神事、
そして大口真神の存在。さまざまな謎を追う
うちに、ふたりは、思いもかけない出生の秘
密にたどりつく…。

『鬼灯先生がふたりいる!?―内科・オバケ
科ホオズキ医院』富安陽子作，小松良
佳絵　ポプラ社　2008.11　140p　21cm
（おはなしフレンズ！）950円　①978-4-
591-10586-3
内容　ひょんなことで、オバケの世界にはい
りこんだぼくは、オバケ科の専門医、鬼灯京
十郎先生から、むりやり助手をたのまれて、
たいへんな目にあったんだ。ある日、図書館
にはられたマジック・ショーのポスターに鬼
灯先生そっくりの魔術師、ミスターJの写真
が！これって、一体どういうこと…。

『ぼくはオバケ医者の助手！―内科・オバ
ケ科ホオズキ医院』富安陽子作，小松良
佳絵　ポプラ社　2011.12　124p　21cm
（おはなしフレンズ！）950円　①978-4-
591-12679-0
内容　ホオズキのすずの音にさそわれて、オ
バケの世界の鬼灯医院に出かけた恭平…。と
ころが、診察室にいたのは、先生のお母さん
だった！先生のかわりに、オバケの急患の
往診にいった恭平を待っていたものは…。

『盆まねき』富安陽子作，高橋和枝絵　偕
成社　2011.7　191p　21cm　1000円
①978-4-03-530610-8
内容　毎年8月がくるとなっちゃんの家族はお
盆をむかえにおじいちゃんの家へでかけます。
富安陽子が描く日本の夏。

『都ギツネの宝』富安陽子著，大庭賢哉絵
偕成社　2014.10　325p　20cm（シノ
ダ！）1300円　①978-4-03-644080-1
内容　人間のパパとキツネのママの子ども、ユ
イ、タクミ、モエには、キツネ一族からうけつ
いだ特別な力があります。ときどきやってきて、
めんどうをもちこむキツネの親戚たちには、
いつもこまらせられているのだが、今回は、
いちばんのトラブルメーカー、夜叉丸おじさ
んといっしょに、京都で宝さがしをすること
に。なぞがなぞをよぶ展開に、京都の町をか
けまわるユイたち。夜叉丸おじさんは、都ギ
ツネの宝にたどりつけるのか。小学校高学年
から。

『ムジナ探偵局　[7]　完璧な双子』富安
陽子作，おかべりか画　童心社　2008.9
193p　19cm　850円　①978-4-494-
01436-1
内容　家族をのこし、失そうした男。その男
が突然帰ってきた。しかも、うりふたつの双
子になって。幽霊!?お化け!?双子の正体は…。

『ムジナ探偵局　[8]　学校の七不思議』
富安陽子作，おかべりか画　童心社
2012.10　217p　19cm　1100円　①978-
4-494-01447-7
内容　双葉小学校で、つぎつぎとおこる「学
校の七不思議」！事件現場にはかならず、白
い花が残されていた。源太とムジナ探偵は、
みちびかれるように校舎うらの"死人塚"に
たどりつく。すべての事件をつなぐ、双葉小
の秘密が今、あかされる。

『ムジナ探偵局　[9]　火の玉合戦』富安
陽子作，おかべりか画　童心社　2014.9
201p　19cm　1100円　①978-4-494-
01453-8
内容　源太がいつものように3人の友だちとつ

ヤングアダルトの本　いま読みたい小説4000冊　**215**

富安陽子　　　　　　　　　　　　　　　　　　　　　　　　日本の作品

れだって学校から帰っていると、じっと源太を見つめているおじいさんがいる。この人が今回の依頼人、大黒さんだ。桜の老木の下に、毎夕ふしぎな者が「出る」というのだ。はじめは、しぶしぶひきうけたムジナ探偵だったが、現場に着くと目の色がかわり…。年とった子ども!?の正体と出没の悲しいわけにせまる!!

『メアリー・ポピンズ』P.L.トラヴァース作, 富安陽子文, 佐竹美保絵　ポプラ社　2015.11　141p　22cm（ポプラ世界名作童話）1000円　①978-4-591-14707-8
内容　東風にのって、バンクスさんの家に子守りのメアリー・ポピンズがやってきてから、ジェインとマイケルは毎日が楽しくてたまりません。メアリー・ポピンズは、魔法のような力で、ふしぎな世界につれていってくれるのです。ところが、風がかわったある日…。発表以来80年以上、世界中で愛読され映画化もされたイギリスを代表する児童文学。

『やまんばあかちゃん』富安陽子文, 大島妙子絵　理論社　2011.7　32p　26cm　1400円　①978-4-652-04097-3
内容　かわいくて、すごいあかちゃん生まれたよ。やまんばあさん296年前のひみつ。

『やまんばあさんとなかまたち』富安陽子作, 大島妙子絵　理論社　2008.11　203p　21cm　1400円　①978-4-652-01159-1
内容　やまんばあさんにだって子どものころがあったのです。290年前、友だちと遊んだ、とっても楽しい思い出。

『遊園地の妖怪一家』富安陽子作, 山村浩二絵　理論社　2016.2　149p　21cm（妖怪一家九十九さん）1300円　①978-4-652-20146-6
内容　遊園地の中を怪しいやつがうろついている。観覧車に緑のクマ、コーヒーカップにピンクのウサギ、ジェットコースターに変身ロボットが乗っていた—。目撃情報をうけて、九十九さん一家が出動です!

『幽霊屋敷貸します』富安陽子作, 篠崎三朗絵　新装版　新日本出版社　2018.2　216p　20cm　1500円　①978-4-406-06193-3
内容　りっぱな家を格安で貸し出すなんてあやしい…。季子は悪い予感がしていた—。フランス窓に真鍮のドアノブ。一級品の洋館。幽霊つき。

『指きりは魔法のはじまり』富安陽子著, 大庭賢哉絵　偕成社　2016.11　265p　20cm（シノダ!）1300円　①978-4-03-644100-6
内容　人間のパパとキツネのママ、そして、キツネ一族から特別な力をうけついだ三人の子どもたち。そんな信田家は、個性的なキツネの親戚がおしかけてきたり、人ならぬものたちの世界にまきこまれたり、トラブルがたえない。ある日、末っ子のモエは、幼稚園で男の子から、ぬけ穴を通って、いいとこにいこうとさそわれる。秘密を守る約束に、その子と、ふうがわりな指きりをしたことが、とんでもないできごとのはじまりだった。小学校高学年から。

『妖怪一家九十九さん』富安陽子作, 山村浩二絵　理論社　2012.1　150p　21cm　1300円　①978-4-652-01329-8
内容　化野原団地東町三丁目B棟の地下十二階に、九十九さんの一家は住んでいます。なんと、九十九家の七人家族は実は妖怪なんです。一番大事なお約束は、「ご近所さんを食べないこと」。人間たちにまじって、こっそり団地生活を始めた妖怪一家。お父さんはヌラリヒョン、お母さんはろくろっ首。ユーモア・ホラーの決定版。

『妖怪一家の温泉ツアー』富安陽子作, 山村浩二絵　理論社　2018.2　164p　21cm（妖怪一家九十九さん）1300円　①978-4-652-20250-0
内容　巨大化して、人をおどろかせたい見越し入道のおじいちゃんとガブリ、パックンとなんでも食べちゃうやまんばおばあちゃんが人間たちの老人会温泉ツアーに参加。どうなる!?こっそり団地生活をはじめた7人の妖怪たちの物語。

『妖怪一家の夏まつり』富安陽子作, 山村浩二絵　理論社　2013.1　166p　21cm（妖怪一家九十九さん）1300円　①978-4-652-20005-6
内容　やまんばのおばあちゃんが封印の石を掘り起こしてしまったことで大騒動に。化野原団地東町三丁目B棟に住む妖怪一家七人はぶじに夏まつりの日を向かえることができるでしょうか。

『妖怪一家のハロウィン』富安陽子作, 山村浩二絵　理論社　2017.9　171p　21cm（妖怪一家九十九さん）1300円　①978-4-652-20224-1
内容　妖怪と人間の共生をめざして、新たな国際交流が始まる夜のはずでしたが…。こっそり団地生活をはじめた妖怪一家の物語。

『妖怪きょうだい学校へ行く』富安陽子作, 山村浩二絵　理論社　2015.1　148p　21cm（妖怪一家九十九さん）1300円

①978-4-652-20087-2

内容 ある夜、アマノジャクのマアくんは、サトリのさっちゃんと一つ目小僧のハジメくんをさそって、隣町の廃校へ遊びに行くことにしました。そこで、妖怪たちもびっくりする出来事が―。妖怪三きょうだいが体験する学校の七不思議！

中川　なをみ
なかがわ・なおみ
《1946～》

『アブエラの大きな手』中川なをみ作, あずみ虫絵　国土社　2009.11　134p　22cm　1300円　①978-4-337-33601-8

内容 るりは、なにをするにも"めんどうくさい"が口ぐせですが、パワーストーンともいわれる青い石ラリマールにひかれて、カメラマンのおじさんとともにドミニカを訪れます。すいこまれそうなカリブの青い海に感激したり、さまざまな日本とのちがいにとまどったり…。でも、一人の女性アブエラと出会ったことで、るりは少しずつ変わっていきます。アブエラがはなしてくれた「しあわせの記憶」、そして、るりに託された「おくりもの」とは…？「自分が今、ここにあることの大切さ」に気づかせてくれる物語。

『有松の庄九郎』中川なをみ作, こしだミカ絵　新日本出版社　2012.11　172p　20cm　1500円　①978-4-406-05651-9

内容 尾張の国・阿久比の庄。貧しい百姓家の若者たちは、新しい村への移住を決意する―。だが、丁寧に耕して開拓した土地は肝心の作物が育たなかった。藍の絞り染めの技術を獲得すれば、なんとか暮らしをたてることができるのではないか―生き残りをかけた庄九郎たちの試行錯誤の日々が始まる。

『茶畑のジャヤ』中川なをみ作　鈴木出版　2015.9　213p　20cm（鈴木出版の児童文学 この地球を生きる子どもたち）　1500円　①978-4-7902-3310-7

内容 知り合いなどいるはずもないのに、女の子が手をふりながら茶畑の斜面をかけおりてくるのが見えた。「シュー、シューでしょ？」スリランカの茶畑で周は声をかけられた。

『晴れ着のゆくえ』中川なをみ著　文化学園文化出版局　2017.2　213p　19cm　1600円　①978-4-579-30453-0

内容 祖父は孫娘のために、むらさき草を育て紫根染めの晴れ着を作った。やがて晴れ着は、少女のもとを離れ、幾人かの数奇な運命

と共に歩むことになる。晴れ着を巡る物語。

『ひかり舞う』中川なをみ著, スカイエマ絵　ポプラ社　2017.12　391p　20cm（teens' best selections）1500円　①978-4-591-15649-0

内容 「男の針子やなんて、はじめてやわ。あんた、子どもみたいやけど、いくつなん？」仕事のたびに、平史郎は歳をきかれた。明智光秀の家臣だった父は討ち死に、幼い妹は亡くなり、戦場で首洗いをする母とも別れて、七歳にして独り立ちの道をえらんだ平史郎。雑賀の鉄砲衆タツ、絵描きの周二、そして朝鮮からつれてこられた少女おたね。「縫い物師」平史郎をとりまく色あざやかな人物たち―。激動の時代を生きぬいた人々の人生模様を描く!!

『ユキとヨンホ―白磁にみせられて』中川なをみ作, 舟橋全二絵　新日本出版社　2014.7　189p　20cm　1500円　①978-4-406-05805-6

内容 美しいものに心ひかれるユキと、朝鮮からやってきたヨンホの物語。

『龍の腹』中川なをみ作, 林喜美子画　くもん出版　2009.3　349p　20cm（［くもんの児童文学］）〈付（1枚）：寄りそう関係 中川なをみ著〉1500円　①978-4-7743-1626-0

内容 「焼き物の技術を学びたい」という、父の夢に引きずられ、父とともに日本から宋へと渡った少年、希龍。苦難の道程をへて、焼き物の地、龍泉にたどりついた二人の前に、まるで丘をはう龍のような、巨大な登り窯が現れた…。戦乱激しい南宋時代末期を舞台に、陶工として、焼き物作りに身を投じる少年、希龍の命の物語。

中田 永一
→乙一（おついち）を見よ

長野　まゆみ
ながの・まゆみ
《1959～》

『兄と弟、あるいは書物と燃える石』長野まゆみ著　大和書房　2015.7　186p　20cm　1400円　①978-4-479-65011-9

内容 現実と虚構、嘘と真実、過去と未来―さまざまな二重写しの出来事が複雑なモザイク画のように描きだす謎に満ちた物語。

『あめふらし』長野まゆみ著　文藝春秋

2009.8 233p 16cm（文春文庫）533円
①978-4-16-775371-9
内容 きみがそうやって生きているのは、おれがまだタマシイをつかまえているからなんだぜ―ウヅマキ商會を営む橘河にタマシイを拾われた岬。蛇を捕まえたり、昭和32年生まれの少年に傘を届けたり、アルバイトとして様々な雑事を引き受けるが、背後には常に怪しげな気配が…。時空を超えて煌く8篇の和風幻想譚。

『いい部屋あります。』長野まゆみ著
KADOKAWA 2017.10 238p 15cm
（角川文庫）〈「白いひつじ」（筑摩書房2009年刊）の改題、加筆修正〉600円
①978-4-04-106163-3
内容 大学進学のために上京した鳥貝一弥17歳。東京での部屋さがしに行き詰まっていたところ、いい部屋があると薦められて訪ねた先は高級住宅街の奥に佇む洋館だった。条件つけだが家賃も破格の男子寮だという。そこで共同生活を営んでいるのは揃ってひとクセある男ばかり。先輩たちに翻弄され戸惑いつつも、鳥貝は幼い頃の優しい記憶の断片を呼び覚まし、自らの出生の秘密と向き合っていく。艶っぽくて甘酸っぱい、極上の青春小説！

『お菓子手帖』長野まゆみ著 河出書房新社 2009.6 172p 20cm〈文献あり〉1300円 ①978-4-309-01924-6
内容 この本は、ぜんぶがすきでほったお菓子でできた、あまくてなつかしいお話です。ことばの菓子司が贈る自伝風極上スイーツ小説。

『カルトローレ』長野まゆみ著 新潮社
2011.1 369p 16cm（新潮文庫）552円
①978-4-10-113952-4
内容 謎の航海日誌「カルトローレ」を託された青年・タフィ。彼はかつて大空を航行していた巨大な"船"の乗員だったが、"船"は空から沈み、乗員たちは地上に帰還したという。その理由。他の乗員たちの運命は。幾重にも折り畳まれた記憶の迷宮が開く時、"船"とタフィの出自の秘密が明らかになる―。豊かな想像力を駆使して硬質な物語を創造してきた著者による数奇で壮大な最高傑作。

『雪花（きら）草子』長野まゆみ著 新潮社
2012.8 236p 16cm（新潮文庫）〈河出書房新社 1994年刊の再刊〉460円
①978-4-10-113953-1
内容 都の北東、深山に棲まう白薇童子は、父・地雷鬼の強くあれという望み虚しく朱唇艶やかな美貌の夜叉。これを母の仇と討伐に向かった中納言の嫡男・琉璃若。宮処で対峙したものの、半陰陽の童子にいつしか心奪わ

れ…不思議な縁を描く「白薇童子」他、夜叉に堕ちゆく美しき舞手の苦悩、将軍家に生を受けた双子の運命の悲哀など、心に巣食う残虐性を流麗な文で綴った官能溢れる草子3編。

『銀河の通信所』長野まゆみ著 河出書房新社 2017.8 261p 20cm〈文献あり〉1400円 ①978-4-309-02597-1
内容 銀河通信につないでごらん。賢治の声やいろんな声が、聞こえてくる。足穂や百閒（けん）とおぼしき人々から詩や童話の登場人物までが賢治を語る未知なる4次元小説体験へ！

『紺極まる』長野まゆみ著 大和書房
2009.12 189p 16cm（だいわ文庫）552円 ①978-4-479-30265-0
内容 「先生は真木のことを好きでしょう。なんとなく、そんな気がする」―決して手に入らないものを希み続ける頑なな少年と心を通わせようとする予備校教師、川野。マンションの一室で同居することになった二人はすれ違い、諍いあうが…。瑞々しい長野まゆみワールド。

『咲くや、この花―左近の桜』長野まゆみ著 角川書店 2013.3 293p 15cm（角川文庫）〈発売：角川グループパブリッシング〉552円 ①978-4-04-100741-9
内容 春の名残が漂う頃、隠れ宿「左近」の長男・桜蔵のもとに黒ずくめの男が現れる。タマシイを喰う犬を連れた男、髪や皮をわがものにしようとする男、この世の限りに交わりを求める男…行きずりのあやかしたちをついひろってしまうらしい桜蔵は、そこで彼らのほしいままにされ…酔いしれるような夢と現、濃厚にたちのぼる死の気配と生とのあわいを往還しながら繰り広げられる、蠱惑の幻想譚。
別版 角川書店 2009.3

『さくら、うるわし』長野まゆみ著
KADOKAWA 2017.11 237p 20cm
（左近の桜）1400円 ①978-4-04-105066-8
内容 犬に姿を変えられたつくろい師、死者の衣を剝ぐお婆、曰くつきの私家版の稀覯本…霊界の異形のものたちとの交わりを円熟味増す筆で紡ぐ、甘美で幻想的な異界への誘い。陶酔感あふれる「左近の桜」シリーズ第3弾！

『左近の桜』長野まゆみ著 角川書店
2011.7 269p 15cm（角川文庫）〈発売：角川グループパブリッシング〉552円 ①978-4-04-394457-6
内容 武蔵野にひっそりとたたずむ一軒の古

屋敷。そこは、世界をはばかる逢瀬のための隠れ宿「左近」である。十六歳になる長男の桜蔵は、最近どうも奇妙な男にかかわることが多い。生まれながらの性質なのか、その気もないのに、この世ならざるあやかしたちを引き寄せてしまうのだ。彼らは入れかわりたちかわり現れては、桜蔵を翻弄するのだが…。これは夢か現か、人か幻か――。生と死の境をゆきかう、いともかぐわしき物語。

『**ささみみささめ**』長野まゆみ著　筑摩書房　2013.10　255p　20cm　1500円
①978-4-480-80449-5
内容 日常のなにげないひとこと。その言葉をふと拾ってみれば、酩酊をさそう25の物語がゆらりとあらわれる。不気味な話、怖い話、しみじみする話、苦笑いする話、不思議な話、にやりとする話、呆然とする話、あざやかな話、びっくりする話、泣ける話、笑うしかない話、感動する話…。百花繚乱！　長野まゆみワールド。

『**少年アリス**』長野まゆみ著　改造版　河出書房新社　2008.11　173p　20cm　1200円　①978-4-309-01884-3
内容 夜の学校をのぞいてごらん。今夜も少年たちが夜空に星をぬいつけているよ。ラストを含め大幅改稿！　あの『少年アリス』が改造され生まれ変わった。

『**白いひつじ**』長野まゆみ著　筑摩書房　2009.11　218p　20cm　1400円　①978-4-480-80423-5
内容 進学のため上京した鳥貝は、大学で出会った学生に、ある男子寮を紹介される。二階建ての洋館に住まう "おとな" な男たちに、鳥貝は翻弄されるばかり…。生意気で才気溢れる青年たちと素直で愛らしい少年。長野まゆみワールド全開。

『**新学期**』長野まゆみ著　河出書房新社　2009.3　179p　15cm（河出文庫）450円①978-4-309-40951-1
内容 17歳も年上の兄・朋彦に引き取られることになった史生。兄が教師を勤める学校に転校した彼は、そこで朋彦を慕う二人の少年に、少々手荒な歓迎を受ける。朋彦を自分だけの兄にしたいのだという彼らに、次第に史生は心を通わせるようになって…限られた時を生きる十四歳の少年たちの心の交流を描いた、感動の名作。

『**絶対安全少年**』長野まゆみ著　ポプラ社　2010.10　339p　16cm（ポプラ文庫）640円　①978-4-591-12093-4
内容 多額の借金を背負ってしまった学生の緑朗は、多額の報酬を謳った求人に応募する。

依頼人は緑朗を見て「君ならば私を愉しませてくれそうだ」と笑う（「遊郭の少年」）。短篇にエッセイ、特製『豆蔵辞典』に読み違え「少年」詩歌集…著者の世界観満載の名著が待望の文庫化。

『**団地で暮らそう！**』長野まゆみ著　毎日新聞社　2014.3　194p　20cm　1300円
①978-4-620-10805-6
内容 築50年の団地に移り住んだ平成の青年・安彦くん。間取り2K、家賃3万circ000円。いま、めぐりあう不思議な "昭和"。なつかしさいっぱい、謎いっぱい、著者初の団地小説！

『**チマチマ記**』長野まゆみ著　講談社　2017.3　312p　15cm（講談社文庫）640円　①978-4-06-293626-2
内容 複雑な関係ながら、皆個性的で仲がいい宝来家で飼われることになったネコ兄弟、チマキとノリマキ。一家の息子のカガミさんは、みんなの健康のために美味しくてヘルシーな料理を日々作り続ける。そんな彼が気になっているのは居候の桜川くんなのだが…。著者真骨頂、ネコ目線のほっこり「不思議家族」物語。
別版 講談社　2012.6

『**超少年**』長野まゆみ著　河出書房新社　2010.12　191p　15cm（河出文庫）470円　①978-4-309-41051-7
内容 スワンは兄と二人暮らし。13歳の誕生日、立て続けに三人の少年から "王子" に間違えられた。"超" の最中に事故にあい、行方不明になっている王子にそっくり、というのだ。本当の王子はどこに？…"超" する少年たちの出会いと別れを描く "超" 人気作、待望の文庫化。

『**デカルコマニア**』長野まゆみ著　新潮社　2011.5　280p　20cm　1500円　①978-4-10-306812-9
内容 21世紀の少年が図書室で見つけた革装の古書には、亀甲文字で23世紀の奇妙な物語が綴られていた。200年後のあなたに届けたい、時空を超えた不可思議な一族の物語。

『**テレヴィジョン・シティ**』長野まゆみ著　新装版　河出書房新社　2016.4　707p　15cm（河出文庫）〈「テレヴィジョン・シティ　上・下」(1996年刊)の合本〉1300円　①978-4-309-41448-5
内容 アナナスとイーイーは "鐶の星" の巨大なビルディングで同室に暮らしている。二人は、父と母が住むという碧い惑星に憧れ、帰還を夢みている。出口を求めて迷路をひた走る二人に脱出の道はあるのか。そして、碧い惑星はまだ存在しているのか？…SF巨篇を一

冊で待望の復刊！

『**となりの姉妹**』長野まゆみ著　講談社
2011.5　227p　15cm（講談社文庫）476
円　①978-4-06-276600-5
内容 近所の小母さんが遺した、謎めいた「暗
号」。隣家に住む姉妹とともに解読をこころ
みる佐保は、土地に根づく習俗がからみあう、
不思議な世界に迷いこむ。幾重にも交わる家
や人の縁、わけしり顔の兄、そして庭から見
つかった蛇の石の意味とは？　懐かしくも妖
しい世界を描き出し、著者の新境地を拓く長
編小説。

『**野川**』長野まゆみ著　河出書房新社
2014.4　183p　15cm（河出文庫）550円
①978-4-309-41286-3
内容 もしも鳩のように飛べたなら…転校生
の音和が、新しい学校で出会った、少し変わっ
た教師。伝書鳩を育てる楽しい仲間たち。それ
に、飛べない鳩のコマメ。人は、心の目で
空を飛べるだろうか？　読書感想文コンクー
ル課題図書となった永遠の名作！
別版 河出書房新社 2010.7

『**八月六日上々天氣**』長野まゆみ著　河出
書房新社　2011.7　154p　15cm（河出
文庫）500円　①978-4-309-41091-3
内容 昭和二〇年八月六日、広島は雲ひとつな
い快晴だった―東京の女学校に通う十五歳の
珠紀。戦争の影が濃くなるなか、友人たちは
次々軍人に嫁いでゆき、珠紀は従弟の担任教
師と結婚する。だが突然、夫は軍に志願した
ため、二人で過ごせる時はたった一週間しか
なかった。珠紀は姑と暮らすため広島へ移り、
やがてその地で運命の日を迎えることに…。
少女たちの目から原爆を描き話題となった
名作。

『**フランダースの帽子**』長野まゆみ著　文
藝春秋　2016.2　202p　20cm　1400円
①978-4-16-390407-8
内容 ポンペイの遺跡、猫めいた老婦人、白
い紙の舟。不在の人物の輪郭、消えゆく記憶
の彼方から、おぼろげに浮かび上がる六つの
物語。

『**ぼくはこうして大人になる**』長野まゆみ
著　KADOKAWA　2014.8　154p
15cm（角川文庫）〈大和書房 2000年刊
の再刊〉400円　①978-4-04-101940-5
内容 だて眼鏡をかけ、まともな優等生を演
じながら、平穏な中学校生活を送るはずだっ
た。季節外れ、いわくつきの転校生・七月が
やってくるまでは…。十歳違いの双子の姉兄
によって、ある時期まで自分を女だと思い込
んで育った印貝一は、人には云えない不安

抱える生意気でユウウツな十五歳。一鎧をま
とい、屈折した心と体をもてあましながら思
春期をしのぐ、繊細で残酷な少年たちの危う
いひと夏を描いた鮮烈な青春小説！

『**三日月少年の秘密**』長野まゆみ著　河出
書房新社　2008.10　171p　15cm（河出
文庫）450円　①978-4-309-40929-0
内容 夏の夜届いた "少年電気曲馬団" への招
待状に誘われて、ぼくはお台場へ向かってい
た。しかし、遊覧船は知らぬまに "日付変更
線" を超え、船で出会った紺という名の少年
と二人、時をスリップしてしまう。やがてぼ
くらは、東京タワァ完成祝いの点灯式を見に
いくのだが…単行本を大幅改稿。空中電氣式
人形の秘密が、今明らかに。

『**冥途あり**』長野まゆみ著　講談社　2015.
7　189p　20cm　1500円　①978-4-06-
219572-0
内容 川辺の下町、東京・三河島。そこに生
まれた父の生涯は、ゆるやかな川の流れのよ
うにつつましくおだやかだった―。そう信じ
ていたが、じつは思わぬ蛇行を繰り返してい
たのだった。亡くなってから意外な横顔に触
れた娘は、あらためて父の生き方に思いを馳
せるが…。遠ざかる昭和の原風景とともに描
き出すある家族の物語。

『**メルカトル**』長野まゆみ著
KADOKAWA　2018.2　190p　15cm
（角川文庫）〈大和書房 2007年刊の再
刊〉520円　①978-4-04-106166-4
内容 港町ミロナの地図収集館で働き始めた
リュスは救済院育ちの17歳。感情を封じて慎
ましく暮らす彼のもとにメルカトルなる人物
から一通の手紙が届いたその夜、アパートに見
知らぬ女が立て続けに訪ねてくる。以来、彼
の周辺で不可解な事件が起こり、リュ
スの平穏な日々は大きく転回し始める―謎多
き女たち、変死した大女優、紅い封鑞つきの
手紙…やわらかな心をくすぐるロマンチック
な冒険活劇。

『**夜啼く鳥は夢を見た**』長野まゆみ著　新
装版　河出書房新社　2009.9　153p
20cm　1200円　①978-4-309-01939-0
内容 瑠璃色の夜にゆらぐ少年たちの心を描
いた初期傑作。カラーイラスト入りオリジナ
ル単行本が新たな装いで待望の復刻。

『**45°**』長野まゆみ著　講談社　2013.3
233p　20cm　1500円　①978-4-06-
218224-9
内容 おもしろい話ほど、不思議。謎が響き
合う9つの物語。

『**レモンタルト**』長野まゆみ著　講談社

日本の作品　　　　　　　　　　　　　　　　　　　　　　　　中村航

2012.10　205p　15cm（講談社文庫）
476円　①978-4-06-277373-7
[内容]　姉は若くして逝った。弟の私は、姉の夫だった義兄と、遺された一軒家でふたり暮らしをしている。会社では無理難題を持ちかける役員のもとで秘密の業務にあたり、私生活でも奇妙な事件ばかり。日増しに募る義兄への思いと、亡き姉への思慕。もどかしい恋の行方と日常にひそむ不思議を、軽やかに紡ぐ連作集。
[別版]　講談社　2009.10

中村　航
なかむら・こう
《1969～》

『あなたがここにいて欲しい』中村航著
角川書店　2010.1　237p　15cm（角川文庫）〈祥伝社2007年刊の加筆・訂正　発売：角川グループパブリッシング〉
476円　①978-4-04-394328-9
[内容]　懐かしいあの日々、温かな友情、ゆっくりと育む恋―常に目立たず控えめな吉田くんは、さまざまな思いを秘めて大学生活を営んでいた。小学校時代の図書室での幸福感。小田原城のゾウ、親友でヤンキーの又野君、密かに恋心を寄せる舞子さん…。やがて、高校卒業後に音信が途絶えていた又野君と再会。2人に去来する思いとは？そして舞子さんとの恋の行方は？（表題作より）名作「ハミングライフ」を含む、新たな青春小説の傑作。

『あのとき始まったことのすべて』中村航著　角川書店　2012.6　316p　15cm（角川文庫）〈2010年刊の加筆修正　発売：角川グループパブリッシング〉552円　①978-4-04-100322-0
[内容]　社会人3年目、営業マンとして働く僕は、中学時代の同級生、石井さんと10年ぶりに再会した。奈良の東大寺を訪れた修学旅行や、複雑な気持ちを秘めて別れた卒業式。当時の面影を残す彼女を前に、楽しかった思い出が一気に甦る。そして新たに芽生えた思い…。しかし、一夜を共にした僕らに待っていたのは意外な結末だった―。きらきらと輝いていたあの頃を丹念に掬い上げた、切なくて甘酸っぱい最高純度のラブストーリー。
[別版]　角川書店　2010.3

『ありがとう～ただ、君がスキ～』ナカムラコウ文, 宮尾和孝絵　学研パブリッシング　2011.7　119p　19cm（ピチレモンノベルズ）〈発売：学研マーケティン

グ）800円　①978-4-05-203465-7
[内容]　わたしが片思いしている市川くんに好きな人ができた、らしい。その子は運動部の女の子で、名前は六文字…もしかして、わたし？（第1話・初恋と一日一善より）。人気ファッション誌「ピチレモン」のモデルが体験した片思いや告白、別れなどをもとに描いた5つの恋物語。

『オニロック』中村航文, 宮尾和孝絵
ジャイブ　2009.2　1冊（ページ付なし）20cm　1429円　①978-4-86176-641-1

『奇跡』中村航著, 是枝裕和原案　文藝春秋　2013.6　273p　16cm（文春文庫）560円　①978-4-16-783860-7
[内容]　両親の別れによって鹿児島と福岡で離ればなれに暮らす航一と龍之介の兄弟。ふたたび家族揃って暮らす望みを抱く航一はある噂を耳にする。新たに開通する新幹線の一番列車がすれ違うとき、奇跡が起きる―。家族の絆を取り戻すため奇跡を信じた子どもたちと、彼らを温かく見守る大人たちの想いを描いた感動作。
[別版]　文藝春秋　2011.4

『恋を積分すると愛』中村航著
KADOKAWA　2017.7　252p　15cm（角川文庫）560円　①978-4-04-105735-3

『小森谷くんが決めたこと』中村航著　小学館　2017.10　347p　15cm（小学館文庫）670円　①978-4-09-406465-0
[内容]　波瀾万丈な人生を送ってきたドラマの主人公のような人物ではなく、どこにでもいる普通の男子の物語を書いてみよう。作家との話し合いの末、編集者が連れてきたのは三十代前半の会社員。しかし、話を聞いてみると、彼の半生はちょっと普通とはいいがたいものだった。暗黒面に落ちた中学時代、悪友とのおバカな高校時代。美容師の女性と初めて交際をした大学時代を経て、紆余曲折の後、憧れの全国映画館チェーンに就職が決まる。しかし、そんなある日、彼は余命2か月、末期がんであることを告げられてしまう。
[別版]　小学館　2014.8

『さよなら、手をつなごう』中村航著　集英社　2013.3　284p　16cm（集英社文庫）500円　①978-4-08-745052-1
[内容]　あの頃、僕らはいつだって、目の前の何かに夢中になって、彼方の誰かに恋をしていた。宇宙飛行士を目指す兄の背中を、一途に追いかけていた幼い日々。たったひとりの親友以外には友達もいない学校生活で、不意に胸に焼きついた女の子の横顔―。まっすぐで

ヤングアダルトの本　いま読みたい小説4000冊　　221

イノセントな少年少女たちの一瞬を切り取った、心あたたまる青春小説集。巻末に可愛い絵本も収録の、中村航・初の文庫オリジナル作品。

『世界中の青空をあつめて』 中村航著　キノブックス　2015.10　227p　19cm　1300円　①978-4-908059-23-0
内容　祖父母の手紙を通じて出会った二人は、かつて少年少女だった5人の、叶わなかった夢のその先を探す旅に出る―。1964年、東京。そこには確かに5人の "約束" があった。「デビクロくんの恋と魔法」「100回泣くこと」作者が描く、大人の "あわキュン" 小説誕生！

『絶対、最強の恋のうた』 中村航著　小学館　2008.11　222p　16cm（小学館文庫）476円　①978-4-09-408319-4
内容　社会科教師のおでこのテカリ占いをしては大受けしていた陽気でマシンガンな中学時代から、クールで一目置かれる弓道部員の高校時代を経て、大学生になった私がしたことは、恋をすることだった。付き合いはじめて三か月。幸せすぎて自分を見失いがちな私は、ふと怖くなってしまう。そのことを彼に告げると、とりあえず、毎日死ぬほど会う生活をやめ、デートは週末に三回、電話は週三回にするという提案を受けた。トラックを全速で駆け抜けた日々のあとに訪れたのは、恋のスタンプカードを少しずつ押していくような、かけがえのない大切な時間だった。18万部突破のロングセラー「100回泣くこと」に続く、初恋青春小説。

『デビクロくんの恋と魔法』 中村航著　小学館　2014.10　281p　15cm（小学館文庫）〈2013年刊の加筆改稿〉600円　①978-4-09-406087-4
内容　やさしいけど、ちょっとへたれな書店員・光にはもうひとつの顔があった。夜になると、「デビクロ通信」という謎のビラを、全力でボム（配布）するのだ。そんな光に、ある日、運命的な出来事が訪れる―。
別版　小学館　2013.12
別版　特装版　小学館（小学館文庫）2014.10

『デビクロ通信200』 中村航, 宮尾和孝著　小学館　2014.11　157p　15cm（小学館文庫）600円　①978-4-09-406096-6
内容　大切なのは意志と勇気。それだけでね、大抵のことはうまくいくのよ。『デビクロくんの恋と魔法』のなかに登場する謎の「デビクロ通信」が新たに描きおろされた、ユニークなスピン・オフ文庫がついに誕生！作中、主人公の書店員・山本光が夜な夜なボム（配布）行為を繰り返している不思議なビラ、デ

ビクロ通信。本作では、この「デビクロ通信」のことばを新たに200点セレクトして名言集的に構成。そのうち50点以上については、デビクロくんの描きおろしイラストがページを彩ります。付録として、デビクロくんの特製シールも封入されています。

『年下のセンセイ』 中村航著　幻冬舎　2018.4　275p　16cm（幻冬舎文庫）540円　①978-4-344-42723-5
別版　幻冬舎　2016.1

『トリガール！』 中村航作, 菅野マナミ絵　KADOKAWA　2017.8　275p　18cm（角川つばさ文庫）〈角川文庫 2014年刊の改訂〉740円　①978-4-04-631736-0
内容　わたし、ゆきな。優して先輩の圭に誘われて、人の力で空を飛ぶ、人力飛行機を作る部活に入ることに。圭と同じパイロット班になったわたしは、もう一人の先輩、坂場さんに出会うんだけど…こいつが超ムカつくヤツだったの！「女には無理だ」なんて言われて、だまったままでいられるかっ！絶対に、坂場をぎゃふんと言わせてやるんだから!!空を飛ぶため、坂場を見返すため、ゆきなの熱い夏がはじまる！小学上級から。
別版　角川マガジンズ　2012.8
別版　KADOKAWA（角川文庫）2014.6

『夏休み』 中村航著　集英社　2011.6　231p　16cm（集英社文庫）457円　①978-4-08-746708-6
内容　僕とユキ、舞子さんと吉田くん。女同士の絆でつながる2組のカップルは、吉田くんの家出をきっかけに、破局の危機に!?次々と舞い込む女子2人からの手紙や電報。それに導かれて始まった、僕と吉田くんの不思議な旅路。男同士のドライブ、温泉宿、月夜の探検…少しずつ距離が縮まる僕らの行く手には、予想外の出来事が待っていて―。とびきり爽やかで、たまらなくいとおしい、ひと夏の物語。

『初恋ネコ　1　放課後、いつもの場所で』 ナカムラコウ作, アルコ絵　集英社　2011.3　187p　18cm（集英社みらい文庫）580円　①978-4-08-321008-2
内容　沙代は、中1になったばかりの女の子。親友の真希ちゃんと吹奏楽部に入り、楽しい学校生活がスタートした。ある日、ひょんなことでサッカー部の優大くんと出会う。放課後、毎日会うことになるのだが、それは "ネコ" をめぐる、あるヒミツができたからだった。2人にちょっとずつ "好き" の気持ちがめばえてきて…!?思わずきゅんとしちゃう、沙代と優大の初恋ストーリー。小学中級から。

日本の作品 中村航

『初恋ネコ　2　帰り道、素直なキモチで』
ナカムラコウ作, アルコ絵　集英社
2011.11　189p　18cm（集英社みらい文庫）580円　①978-4-08-321054-9
内容 優大くんと両想いだと知った沙代。久しぶりにネコのクローバーを見つけ、また2人で会いに行こうと約束をする。ヒミツの場所に向かうと、そこにいたのは優大くんと…知らない女の子！どうして―!?と、とまどう沙代。一方、優大は、沙代が千葉先輩と仲良く話している姿を目撃して…。おたがい好きなのに、すれ違ってしまう2人。夏休み、花火大会ももうすぐ！どうなる!?2人の恋！―小学中級から。

『初恋ネコ　3　本当にスキなひと』ナカムラコウ作, アルコ絵　集英社　2012.6　189p　18cm（集英社みらい文庫）620円　①978-4-08-321096-9
内容 すこーん、と晴れわたったある日。沙代の親友、真希ちゃんに運命の出会いが!!相手はやさしくってイケメンの樹先輩。一緒に帰る仲になるけれど、「緊張してうまく話せない。本当に好きかわからない」と悩んでしまう。そんなとき、幼なじみの大竹くんは真希ちゃんの様子がおかしいことに気づく。ふだんはおちゃらけキャラの大竹くんだが…。恋の行方を見守る沙代はやきもき。真希ちゃん、本当に好きな人って―!?小学中級から。

『BanG Dream！　バンドリ』中村航著
KADOKAWA　2016.8　325p　19cm　1300円　①978-4-04-892448-1
内容 2015年2月よりスタートした『BanG Dream！』プロジェクト。その原典となる小説が、中村航書き下ろしでついに登場！引っ込み思案の香澄が、ギターや仲間と出会い音楽を紡ぐ物語。『BanG Dream！』の伝説はここから始まった―！

『僕の好きな人が、よく眠れますように』
中村航著　角川書店　2011.1　232p　15cm（角川文庫）〈発売：角川グループパブリッシング〉476円　①978-4-04-394406-4
内容 「こんなに人を好きになったのは生まれて初めて」。東京の理系大学で研究を続ける大学院生の僕の前に、運命の人が現れた。春、北海道からゲスト研究員でやって来た斉藤恵―めぐ。だが直後の懇親会で、彼女はある事情から誰ともつきあえないことを知る。やがて日夜研究を続けて一緒に過ごすうちに、僕はめぐへの思いを募らせ、遂に許されない関係に踏み出してしまった。お互いに幸福と不安を噛みしめる2人の恋の行方は。

別冊 角川書店 2008.10

『僕らはまだ、恋をしていない！』中村航著　角川春樹事務所　2013.8　242p　16cm（ハルキ文庫）495円　①978-4-7584-3767-7
内容 私立梅山高校に入学した川瀬真一は、マンモス校ではまったく目立つことのない、平凡な男子。唯一同中学出身の村上遙香に、恋心のようなものを抱いている。強引な彼女に誘われ、ドキドキしながら、活動内容がさっぱりわからない「サバイ部」の部室を訪れた。そこに部長として登場したのは、七年前に真一の前から姿を消した当時の親友、高坂アキラだった―。ばかばかしくて切ない青春の日々を軽やかな筆致で綴る学園小説シリーズ、ここに開幕！

『僕らはまだ、恋をしていない！　2』中村航著　角川春樹事務所　2015.2　232p　16cm（ハルキ文庫）500円　①978-4-7584-3875-9
内容 高校に入学早々、活動内容がさっぱりわからない「サバイ部」に入部した川瀬真一。部長にして幼なじみの高坂アキラが珍しく登校しなかったことに不安を覚え、大雨の中、二人の思い出の延生山へと向かった。七年前に果たせなかった"大切な約束"を果たすために―。無事再会し、約束の地で"闘いと冒険"の旅に出た彼らが目にしたのは赤い「門」とそれを守る「門番」の少年や少女たちの姿だったが…。笑いと涙の学園＆相棒小説シリーズ、甘酸っぱさ全開の第二弾！

『僕らはまだ、恋をしていない！　3』中村航著　角川春樹事務所　2015.4　229p　16cm（ハルキ文庫）500円　①978-4-7584-3892-6
内容 川瀬真一と高坂アキラの約束の地・延生山で、サバイ部の面々を待ち受けていたのは数々の難問だった。特殊技能で対決を挑んでくる"門番"たち、謎めいた言葉を残しては姿を消す長い黒髪に黒い制服の女、姿を見せず地の底から響くような声で語りかけてくる男…。どうやら三十年前のバス事故とかかわっているらしいこの"闘いと冒険"の世界の中で、アキラは真一に言う。お前と一緒なら、悲しいことだって、辛いことだって、きっと半分だろ。大好評シリーズ、いよいよ感動の大団円！

『僕は小説が書けない』中村航, 中田永一著　KADOKAWA　2017.6　260p　15cm（角川文庫）〈2014年刊の加筆・修正〉560円　①978-4-04-105612-7
内容 なぜか不幸を招き寄せてしまう体質と、

ヤングアダルトの本　いま読みたい小説4000冊　223

中脇初枝　　　　　　　　　　　　　　　　日本の作品

家族とのぎくしゃくした関係に悩む高校1年生の光太郎。先輩・七瀬の強引な勧誘で廃部寸前の文芸部に入ると、部の存続をかけて部誌に小説を書くことに。強烈なふたりのOBがたたかわす小説論、2泊3日の夏合宿、迫り来る学園祭。個性的な部のメンバーに囲まれて小説の書き方を学ぶ光太郎はやがて、自分だけの物語を探しはじめる―。ふたりの人気作家が合作した青春小説の決定版!!
別版 KADOKAWA 2014.10

『星に願いを、月に祈りを』中村航著　小学館　2013.6　416p　15cm（小学館文庫）〈2012年刊の改稿〉695円　①978-4-09-408831-1
内容 小学生のアキオ、大介、麻里は、夏の学童キャンプで、夜、ホタルを見るため、宿を抜け出し、川に向かう。ようやく川にたどり着いた三人は、偶然ラジオから流れる謎の深夜放送を耳にする。その後、中学で野球部に入ったアキオは、一学年先輩の合唱部員・里崎さんを好きになるが、告白できないまま、時間が経過する。高校生になったアキオは、夏休みに、かつてのキャンプ場を訪れ、再び謎のラジオ番組を聞き、ある、ことに気づく。そして、さらなる時間が流れ、アキオたちは大人になった。物語は、大きく動き始める。
別版 小学館 2012.4

『まさか逆さま』中村航、フジモトマサル著　キノブックス　2016.10　213p　19cm　1300円　①978-4-908059-50-6
内容 中村航×フジモトマサルがお届けする回文とイラストが育んだ"奇蹟の物語"。

『無敵の二人』中村航著　文藝春秋　2017.8　357p　20cm　1750円　①978-4-16-390713-0

中脇　初枝
なかわき・はつえ
《1974～》

『あかいくま』中脇初枝作, 布川愛子絵　講談社　2011.8　60p　21cm（わくわくライブラリー）1200円　①978-4-06-195729-9
内容 おしえてちょうだい。わたしはにんげんかしら。それともあかいくまかしら。りかちゃんは、あかいくまといっしょにそのこたえをさがすたびにでました。「じぶん」に気づく幼年童話。小学初級から。

『祈禱師の娘』中脇初枝著　ポプラ社　2012.7　236p　15cm（ポプラ文庫ピュ

アフル）560円　①978-4-591-13016-2
内容 祈禱師の家に暮らす中学生の春永は、父親とも母親とも血の繋がりがない。実の娘である姉の和花とは違う。自分だけが血が繋がっていないということを自覚し始めた春永は、なんとも言えない所在なさを感じるようになる。複雑な想いを抱えきれなくなった春永は、ある日、生みの母親を訪ねることに。そこで春永が目にしたあるものとは…。話題作『きみはいい子』で注目を集めている著者による隠れた感動作、待望の文庫化。

『きみはいい子』中脇初枝著　ポプラ社　2014.4　329p　16cm（ポプラ文庫）660円　①978-4-591-13975-2
内容 17時まで帰ってくるなと言われ校庭で待つ児童と彼を見つめる新任教師の物語をはじめ、娘に手を上げてしまう母親とママ友など、同じ町、同じ雨の日の午後となる連作短篇集。家族が抱える傷とそこに射すたしかな光を描き出す心を揺さぶる物語。
別版 ポプラ社 2012.5

『こんこんさま』中脇初枝著　河出書房新社　2013.1　173p　15cm（河出文庫）〈「稲荷の家」（1997年刊）の改題、加筆〉580円　①978-4-309-41195-8
内容 「こんこんさま」と呼ばれる北鎌倉の朽ちかけた屋敷に末娘が連れてきたのは、占い師。怪しい闖入者により、てんでばらばらな家族の秘密が思いがけず明かされてゆく―。小さなこどもの瞳から見た、家族再生のささやかなものがたり。

『魚のように』中脇初枝著　新潮社　2015.8　161p　16cm（新潮文庫）〈河出文庫1997年刊の再刊〉430円　①978-4-10-126041-9
内容 ある日、高校生の姉が家を出た。僕は出来の悪い弟でいつも姉に魅かれていた。バラバラになった家族を捨てて僕も、水際を歩きながら考える。姉と君子さんの危うい友情と、彼女が選んだ人生について…。危うさと痛みに満ちた青春を17歳ならではの感性でまぶしく描く坊っちゃん文学賞受賞作（「魚のように」）。ほか、家庭に居場所のないふたりの少女の孤独に迫る短編「花盗人」を収録。

『世界の果てのこどもたち』中脇初枝著　講談社　2018.6　473p　15cm（講談社文庫）840円　①978-4-06-293902-7
内容 珠子、茉莉、美子―。三人の出会いは、戦時中の満洲だった。生まれも境遇も何もかも違った三人が、戦争によって巡り会い、確かな友情を築き上げる。やがて終戦が訪れ、三人は日本と中国でそれぞれの道を歩む。時

日本の作品　　　　　　　　　　　　　　　　　　　　名木田恵子

や場所を超えても変わらないものがある―。
二〇一六年本屋大賞第三位の傑作、遂に登場。
別版 講談社 2015.6

『みなそこ』中脇初枝著　新潮社　2017.5
349p　16cm（新潮文庫）590円　①978-
4-10-126042-6
内容 清流をまたぐ沈下橋の向こう、懐かし
いひかげの家に10歳のみやびを連れ里帰りし
たさわ。自分を呼ぶ声に車をとめると、そこ
には親友ひかるの息子で、褐色の手足が伸び
すっかり見違えた13歳のりょうがいた…。蜘
蛛相撲、お施餓鬼の念仏、遠い記憶を呼び戻す
ラヴェルの調べ。水面を叩くこどもたちの歓
声と、死んだ人たちの魂が交錯する川べりに、
互いの衝動をさぐる甘く危うい夏が始まる。
別版 新潮社 2014.10

『わたしをみつけて』中脇初枝著　ポプラ
社　2015.6　261p　16cm（ポプラ文
庫）600円　①978-4-591-14557-9
内容 施設で育ち、今は准看護師として働く
弥生は、問題がある医師にも異議は唱えない。
なぜならやっと得た居場所を失いたくないか
ら。その病院に新しい師長がやってきて―。
『きみはいい子』と同じ町を舞台に紡がれる、
明日にたしかな光を感じる物語。
別版 ポプラ社 2013.7

名木田　恵子
なぎた・けいこ
《1949～》

『赤い実たちのラブソング』名木田恵子著
PHP研究所　2011.9　330p　19cm
1400円　①978-4-569-79924-7
内容 赤い実はじけた。そして、みんな大人に
なった。あの頃、同じ学校で、同じ時間を過ご
した。そして、別々の道を歩きはじめた。そ
れぞれの愛のカタチを描く15のストーリー。

『air―だれも知らない5日間』名木田恵子
作　講談社　2011.6　189p　18cm（講
談社青い鳥文庫）〈絵：toi8　金の星社
2003年刊の加筆・訂正〉680円　①978-
4-06-285221-0
内容 絵亜は私立中学の2年生。「こんな家に
いたくない！」―眠っていた思いが、ある日
突然わきあがってきた。小学校の同級生・佐
和子が絵亜を連れていった先は、謎の人物が
居場所をなくした子どもたちを受け入れてい
る「シェルター（避難所）」だった。絵亜はそ
こで、自分とはまったく違う環境で生きてき
たチヒロやシュースケに会う。ともにすご

した秘密の5日間で、大きく変わっていく絵
亜たちの姿を描く。中学生向け。

『風夢緋伝』名木田恵子著　ポプラ社
2017.3　237p　20cm
（TEENS'ENTERTAINMENT）1400
円　①978-4-591-15396-3
内容 一300年、きみを待っていた。鬼の少年
と出会い、少女はめざめる。自らの「力」、そ
して運命に。ロマンスの名手が放つ、巡りゆ
く魂と愛の物語。

『小説キャンディ・キャンディFINAL
STORY　上』名木田恵子著　祥伝社
2010.11　349p　20cm　1600円　①978-
4-396-46030-3
内容 原作者・名木田恵子（水木杏子）が大人
のために書き下ろした真実の『キャンディ・
キャンディ』愛の物語。あの日々、たくさん
流した涙は今はきらめくような美しい思い出
になった―。

『小説キャンディ・キャンディFINAL
STORY　下』名木田恵子著　祥伝社
2010.11　338p　20cm　1600円　①978-
4-396-46031-0
内容 30代になったキャンディが回想する切
なくも愛おしい日々。わたしが求めているの
は、ほんのささやかなこと。愛する"あのひ
と"と生きていくこと―。

『空のしっぽ』名木田恵子さく, こみねゆ
らえ　佼成出版社　2012.2　63p　21cm
（おはなしドロップシリーズ）1100円
①978-4-333-02523-7
内容 こしょこしょ、クスクス、キャハハ…し
あわせはこぶ、空のしっぽ。小学1年生から。

『友恋×12歳―ホントの気持ち』名木田恵
子作, 山田デイジー絵　講談社　2015.
10　205p　18cm（講談社青い鳥文庫）
620円　①978-4-06-285516-7
内容 友だちだから話せることも、友だちだ
から、言えないこともある―。そんな、ホン
トの気持ちを描いた短編集。主人公は、同じ
小学校に通う5人―おまじないにこっている
夕菜、親友の恋にゆれる早希子、「一目ぼれ
の達人」と友だちにからかわれる千古、幼な
じみに複雑な想いをいだく寿々、漫画の主人
公に自分を重ねている日向。12歳のリアルが
つまった一冊です。小学上級から。総ルビ。

『ドラキュラの町で、二人は』名木田恵子
作, 山田デイジー絵　講談社　2017.2
221p　18cm（講談社青い鳥文庫）620
円　①978-4-06-285605-8
内容 わたしは中1の森野しおり。学校の帰り

ヤングアダルトの本　いま読みたい小説4000冊　225

道、かわいい子ネコに、とつぜん、首すじを
かまれた。そこにあらわれた転校生の氷月イ
カルに「『ドラキュ・ララ』にかまれたのだ
から、ただじゃすまない。」と、告げられて。
ドラキュ・ララって!?わたしになにが起こっ
ているの？ そして、謎につつまれたイカル
の正体は？ 一冊読み切りのロマンティック
ホラー登場！ 小学上級から。

『ドラゴンとふたりのお姫さま』名木田恵
子作、かわかみたかこ絵　講談社
2014.4　95p　18cm（ことり文庫）950
円　①978-4-06-218904-0
内容 なんにでもすがたをかえる魔法のフラ
イパンは、フライ王国さいごの宝物。フライ
姫は、そのフライパンを頭にかぶったぺちゃ
んこ姫。パンばあにのろいをかけられ、頭に
魔法のフライパンがくっついてしまったの。
でも、りょうりをするときだけ、美しいすが
たにもどるのです！ フライ王国のふっかつ
のために『夢の木』をさがして、『どこにも
ない島』をめざしますが…。

『トラム、光をまき散らしながら』名木田
恵子著　ポプラ社　2009.10　220p
20cm（Teens' best selections）1300円
①978-4-591-11181-9
内容 もう子どもではない。わたしは、でも、
おとなでもない。光の箱にすべてをつみこん
で、たくさんのやさしさやぬくもりを心にい
だいて―今日、わたしは駆けている。

『バースディクラブ　第5話』名木田恵子
作、亜月裕絵　講談社　2008.11　217p
18cm（講談社青い鳥文庫）620円
①978-4-06-285055-1
内容 新人歌手「森田マリモ」の発言がきっ
かけとなり、HP「バースディクラブ」の掲
示板は大荒れに。母の名をかたった悪意ある
書きこみに、てまりは衝撃を受ける。いった
い、だれが…？ 難病とたたかうクリスも心
配なのに、よそよそしい態度の親友・里鶴と
はうまくいかず、里鶴の兄・杜仁への片想い
は苦しくて。落ちこむてまりは、顔も知らな
い「メル友」に悩みをうちあけてしまう…。

『バースディクラブ　第6話』名木田恵子
作、亜月裕絵　講談社　2009.5　253p
18cm（講談社青い鳥文庫）620円
①978-4-06-285093-3
内容 メル友の正体を知り、杜仁を必死に忘
れようとするてまり。さまよう街で目撃した
父の姿。となりにいる女の人はだれ？ てま
りの家族になにがおきているの？ はたして
"まりも"とは再会できるの？ そして、クリ
スの臍帯血移植は成功するの？ "バースディ

クラブ"の仲間たちがそれぞれの人生を歩き
出す。シリーズ完結編！ 小学中級から。

『初恋×12歳―赤い実はじけた』名木田恵
子作、山田デイジー絵　講談社　2015.3
200p　18cm（講談社青い鳥文庫）620
円　①978-4-06-285476-4
内容 うまくいくこと、楽しいことばっかりじ
ゃなくてゆれる12歳。友情、そして、恋も…。
恋に落ちる瞬間を描いた「赤い実はじけた」
は、小学校6年生国語の教科書にのり、大
人気だった作品です。ほかに、初恋の彼と再会
した莉子、好きな人ができてなやむ舞子
など、全部で6つの初恋ストーリーが入った、
胸キュンまちがいなしの一冊です！ 小学上
級から。総ルビ。

『フライ姫、どこにもない島へ』名木田恵
子作、かわかみたかこ絵　講談社
2014.9　95p　18cm（ことり文庫）950
円　①978-4-06-219132-6
内容 頭に魔法のフライパンがくっついて、ぺ
ちゃんこ姫にへんしんしたフライ姫。フライ
王国のふっかつのために『どこにもない島』
をさがしていますが、旅のとちゅう、大事件
がおこって…！

『魔法のフライパン』名木田恵子作、かわ
かみたかこ絵　講談社　2012.11　126p
18cm（ことり文庫）950円　①978-4-
06-217998-0
内容 さばくでくらすフライ姫は、パンばあ
にのろいをかけられ、頭に魔法のフライパン
がくっついたぺちゃんこ姫にへんしん。フラ
イ王国のふっかつをめざし、『夢の木』をさ
がす旅がはじまります。小学3年生から。

『メリンダハウスは魔法がいっぱい』名木
田恵子作、サクマメイ絵　WAVE出版
2014.5　74p　22cm（ともだちがいる
よ！）1100円　①978-4-87290-939-5
内容 「メリンダハウス」のおばあさんたち
が、おむかいにひっこしてきてから、みゆの
まいにちは、ドキドキがいっぱい！ 時間が
とまる魔法の夜、にじ色のピアノのうえで、
小人たちとダンスしましょ！

『ラ・プッツン・エル―6階の引きこもり
姫』名木田恵子著　講談社　2013.11
202p　20cm〈装画：三村久美子〉1400
円　①978-4-06-218703-9
内容 少女は、親と闘ってマンションに引き
こもり、自分を「ラ・プッツン・エル」と名
づけた。双眼鏡で「少年」を見つけたとき、
止まっていたなにかが動きはじめた―。

『レネット―金色の林檎』名木田恵子作

講談社　2012.4　157p　18cm（講談社
青い鳥文庫）〈絵：丹地陽子　金の星社
2006年刊の加筆・訂正、再刊〉680円
①978-4-06-285284-5
内容 わたしは忘れない、11歳の夏を―。兄
が事故で死んでから、うまくいかなくなった
徳光海歌の家族のもとへ、その夏、12歳の少
年・セリョージャがやってきた。チェルノブ
イリ原発事故で被災しながらも、明るさを失
わないセリョージャに対して、冷たい態度を
とりつづける海歌。どうしても素直になれな
かった。セリョージャへの思いは、初恋だっ
たのに―。生きる希望を描く、日本児童文芸
家協会賞受賞作品。

梨木　香歩
なしき・かほ
《1959～》

『海うそ』梨木香歩著　岩波書店　2018.4
211p　15cm（岩波現代文庫―文芸
298）〈文献あり〉740円　①978-4-00-
602298-3
内容 昭和の初め、人文地理学の研究者、秋
野は南九州の遅島へ赴く。かつて修験道の霊
山があったその島は、豊かで変化に富んだ自
然の中に、無残にかき消された人びとの祈り
の跡を抱いて、彼の心を捉えて離さない。そ
して、地図に残された「海うそ」ということ
ば…。五十年後、再び遅島を訪れた秋野が見
たものは―。
別版 岩波書店 2014.4

『f植物園の巣穴』梨木香歩著　朝日新聞出
版　2012.6　237p　15cm（朝日文庫）
500円　①978-4-02-264667-5
内容 月下香の匂い漂ふ一夜。歯が痛む植物
園の園丁は、誘われるように椋の木の巣穴に
落ちた。前世は犬だった歯科医の家内、ナマ
ズ神主、烏帽子を被った鯉、アイルランドの治
水神と出会う。動植物と地理を豊かに描き、
命の連なりをえがく会心の異界譚。
別版 朝日新聞出版 2009.5

『岸辺のヤービ』梨木香歩著，小沢さかえ
画　福音館書店　2015.9　223p　21cm
（Tales of Madguide Water）1600円
①978-4-8340-8197-8
内容 「世界ってなんてすばらしいんでしょ
う！」あの晴れた夏の日、わたしが岸辺で出
会ったのは、ふわふわの毛につつまれた、二
本足で歩くハリネズミのようなふしぎな生き
ものでした。物語を愛するすべてのひとに贈

る、驚きと喜びに満ちたファンタジー、マッ
ドガイド・ウォーターシリーズ開幕。

『冬虫夏草』梨木香歩著　新潮社　2017.6
304p　16cm（新潮文庫）550円　①978-
4-10-125343-5
内容 亡き友の家を守る物書き、綿貫征四郎。
姿を消した忠犬ゴローを探すため、鈴鹿の山
中へ旅に出た彼は、道中で印象深い邂逅を経
験する。河童の少年。秋の花実。異郷から来
た老女。天狗。お産で命を落とした若妻。荘
厳な滝。赤竜の化身。宿を営むイワナの夫婦。
人間と精たちとがともに暮らす清澄な山で、果
たして再びゴローに会えるのか。『家守綺譚』
の主人公による、ささやかで豊饒な冒険譚。
別版 新潮社 2013.10

『丹生都比売―梨木香歩作品集』梨木香歩
著　新潮社　2014.9　251p　20cm
1500円　①978-4-10-429910-2
内容 しずかに澄み渡る梨木香歩の小説世界。
短篇9篇を収録する、初めての作品集。

『西の魔女が死んだ―梨木香歩作品集』梨
木香歩著　新潮社　2017.4　215p
20cm　1500円　①978-4-10-429911-9
内容 少女は祖母を「西の魔女」と呼んでい
た。光あふれる夏が始まる―。ロングベスト
セラーの表題作に繋がる短篇小説「ブラッキー
の話」「冬の午後」、書き下ろし「かまどに小枝
を」の3篇をあわせて収録する愛蔵版小説集。

『沼地のある森を抜けて』梨木香歩著　新
潮社　2008.12　523p　16cm（新潮文
庫）667円　①978-4-10-125339-8
内容 はじまりは、「ぬかどこ」だった。先祖
伝来のぬか床が、うめくのだ―「ぬかどこ」
に由来する奇妙な出来事に導かれ、久美は故
郷の島、森の沼地へと進み入る。そこで何が
起きたのか。濃厚な緑の気息。厚い苔に覆わ
れ寄生植物が繁茂する生命みなぎる森。久美
が感じた命の秘密とは。光のように生まれ来
る、すべての命に仕込まれた可能性への夢。
連綿と続く命の繋がりを伝える長編小説。

『ピスタチオ』梨木香歩著　筑摩書房
2014.11　340p　15cm（ちくま文庫）
620円　①978-4-480-43224-7
内容 緑溢れる武蔵野にパートナーと老いた
犬と暮らす棚（たな）。ライターを生業とす
る彼女に、ある日アフリカ取材の話が舞い込
む。犬の病、カモの渡り、前線の通過、友人
の死の知らせ…。不思議な符合が起こりはじ
め、何者かに導かれるようにアフリカへ。内
戦の記憶の残る彼の地で、失った片割れを探
すナカトと棚が出会うものは。生命と死、
水と風が循環する、原初の物語。

別版 筑摩書房 2010.10

『『秘密の花園』ノート』梨木香歩著　岩波
書店　2010.1　71p　21cm（岩波ブック
レット）560円　①978-4-00-009473-3

内容 誰からも愛されることなく、「ひねくれ
て」育ったメアリは、荒涼としたムアに建つ
屋敷で、うち捨てられた「庭」に出会った。
彼女は、従兄弟のコリン、友人ディコンとと
もにその「庭」を美しい「花園」へと甦らせ
ていく…。作家梨木香歩が「庭」とともにた
くましく甦る生命のプロセスに寄り添い、名
作の世界を案内する。

『僕は、そして僕たちはどう生きるか』梨
木香歩著　岩波書店　2015.2　273p
15cm（岩波現代文庫─文芸 258）〈理論
社 2011年刊の再刊　文献あり〉860円
①978-4-00-602258-7

内容 やあ。よかったら、ここにおいでよ。気
に入ったら、ここが君の席だよ─『君たちは
どう生きるか』の主人公になんで「コペル」
と呼ばれる十四歳の僕。ある朝、染織家の叔
父ノボちゃんがやって来て、学校に行くのを
やめた親友ユージンに会いに行くことに…。
そこから始まる、かけがえのない一日の物語。

別版 理論社 2011.4

『雪と珊瑚と』梨木香歩著　KADOKAWA
2015.6　366p　15cm（角川文庫）〈角
川書店 2012年刊の再刊〉600円　①978-
4-04-103010-3

内容 生まれたばかりの赤ん坊・雪を抱え途
方に暮れていたシングルマザー山野珊瑚、21
歳。「赤ちゃん、お預かりします」の貼り紙
の主で年配の女性くららと出会ったのをきっ
かけに、果敢に人生を切り拓いてゆく。どん
な絶望的な状況からでも、人には潜在的に立
ち上がる力がある─様々な助けに支えられ、
心にも体にもやさしい総菜カフェをオープン
させた珊瑚の奮闘を通して、生きること食べ
ることの根源的な意味を問いかける。

別版 角川書店 2012.4

梨屋　アリエ
なしや・ありえ
《1971～》

『いつのまにデザイナー!?─ハピ☆スタ編
集部 4』梨屋アリエ作、甘塩コメコ画
愛蔵版　金の星社　2012.3　162p
18cm　1200円　①978-4-323-06044-6

内容 未来乃がつくった編みぐるみのハナハ
ナとホワホワが、おしゃれスクールマガジン

『ハピ☆スタ』で大人気！ キャラクター商品
化の話が来て、「あと十種類キャラクターを
考えてほしい」って、たのまれちゃったんで
すぅ！ お姉ちゃんは一緒に考えてくれるって
言うけど、うわーん、絶対ムリですぅ～！ お
しゃれになれる!?お仕事コメディー、第四弾。

別版 金の星社（フォア文庫）2009.9

『インタビューはムリですよう！─ハピ☆
スタ編集部 3』梨屋アリエ作、甘塩コメ
コ画　愛蔵版　金の星社　2012.3　172p
18cm　1200円　①978-4-323-06043-9

内容 未来乃はあまったれな小学六年生。や
る気がないのに、おしゃれスクールマガジン
『ハピ☆スタ』の子ども編集長になっちゃった。
編集部員のみんなと行った劇団の取材は、大
失敗。おわびの手紙を書いたのに、取材拒否
なんて、あんまりですう！ うわーん、子ども
編集部は、どうなっちゃうんですかぁ～？ お
しゃれになれる!?お仕事コメディー、第三弾。

別版 金の星社（フォア文庫）2009.2

『キズナキス』梨屋アリエ著　静山社
2017.11　399p　19cm　1400円　①978-
4-86389-398-6

内容 もしも、他人の心が覗けたら、不安は
なくなるだろうか。もしも、心を完全に閉ざ
すことができたら、他人に傷つけられること
もなくなるだろうか。もしも、称賛に値する
才能があれば、孤独なんて感じなくなるだろ
うか。この物語に描かれているのは、もうひ
とつの現実世界。

『きみスキ─高校生たちのショートストー
リーズ』梨屋アリエ著　ポプラ社
2012.9　266p　20cm（teens' best
selections）1300円　①978-4-591-
13066-7

『きみのためにはだれも泣かない』梨屋ア
リエ著　ポプラ社　2016.12　270p
20cm（teens' best selections）1400円
①978-4-591-15266-9

内容 中学1年生の松木鈴理は、自転車で転び
そうになったひいおじいちゃんを助けてくれ
た高校生の近藤彗を、運命の人だと思った。
彼は同学年の近藤光の兄で、そして湯川夏海
という可愛い想い人がクラスにいるらしい。
その湯川夏海はいま恋愛より、親友の野上未
莉亜が心配でたまらない。爽やかイケメンの
山西達之と付き合い始めてからの変化に、な
んだか嫌な予感がしていて…。高校生7人＋
中学生3人、それぞれの真剣な想いに共感す
る青春ストーリー。

『雲のはしご』梨屋アリエ作、くまあやこ絵
岩崎書店　2010.7　177p　20cm（物語

の王国）1300円　①978-4-265-05781-8

内容 いつからだろう、自分が「自分」なんだって思うようになったのは一大好きな親友といっしょにいたい、だけどうまくいかなくて。優由とと実月、まっすぐに前をみつめて歩いていく。

『クリスマスクッキングふしぎなクッキーガール—12月のおはなし』梨屋アリエ作、山田詩子絵　講談社　2013.10　74p　22cm（おはなし12か月）1000円　①978-4-06-218571-4

『恋する熱気球』梨屋アリエ著　講談社　2017.8　239p　19cm　1200円　①978-4-06-220637-2

内容 青春はモヤモヤする。「たくさんのなぜ。人はなぜ恋をするのか。恋はなぜ突然醒めるのか」YA小説の名手による傑作青春文学の誕生！

『ココロ屋』梨屋アリエ作、菅野由貴子絵　文研出版　2011.9　118p　22cm（文研ブックランド）1200円　①978-4-580-82134-7

内容「ココロを入れかえなさい。」また先生におこられてしまった。教室からにげだしたぼくの目の前にココロ屋があらわれて、「さて、どのココロにいたしましょうか。」—えっ、ココロって、取りかえられるの？　ぼくは、ココロ屋の『やさしいココロ』と自分のココロを取りかえてみた。すると…。

『シャボン玉同盟』梨屋アリエ著　講談社　2009.11　237p　20cm　1300円　①978-4-06-215885-5

内容 ぼくはシャボン玉のあの子に恋をした。それは触れただけでパチンと消えてしまう、あまりに儚い恋だった—。YA文学をリードする、梨屋アリエ最新短編集。

『スノウ・ティアーズ』梨屋アリエ著　ポプラ社　2016.11　286p　15cm（ポプラ文庫ピュアフル）〈角川書店 2009年刊の再刊〉660円　①978-4-591-15238-6

内容 君枝には日常的に不思議なことが起こる。トルソーがしゃべる。大人の傘で宙に浮く。植物の家族と暮らす。高校の教室が海になってあふれだす…。誰にも見えないものが見え、ありえないことを体験してしまう彼女を「不思議体質」と呼んだのは、幼なじみの陸。君枝を理解していたのは陸だけだった。でも、あの頃の二人は、お互いの大切さに気づくことができなくて—。恋と孤独と清冽な願いがアドレッセンスな心を揺さぶる感動作！

別版 角川書店 2009.6

『スリースターズ』梨屋アリエ著　講談社

2012.10　485p　15cm（講談社文庫）819円　①978-4-06-277388-1

内容 ブログ『死体写真館』の管理人・弥生、運命の恋を夢見る飢餓状態の愛弓、周囲の期待にがんじがらめの水晶。自殺を決意してケータイで出会った中学生の少女たちは"この間違った世界"を変えるため爆弾テロ計画を企てた。行き場を失くした孤独な少女たちのあやうい青春を描いた衝撃作、待ちに待った文庫化。

『空を泳ぐ夢をみた』梨屋アリエ作　ほるぷ出版　2012.8　238p　19cm（NHKネットコミュニケーション小説）1400円　①978-4-593-53436-4

内容 新しいことを始めたい、いつかは夢をかなえたい。未空、真実、結芽、響—4人の少女が、透明の糸でつながった。インターネットで結ばれた、きらめく友情物語。

『でりばりぃAge』梨屋アリエ作　講談社　2012.7　267p　18cm（講談社青い鳥文庫）〈絵：岩崎美奈子〉680円　①978-4-06-285288-3

内容 わたしはあの夏にやりたかったことをやる。わたしは、あの庭に大きな忘れ物をしてしまったから—。ある雨の日、息苦しくなって夏期講習をぬけだした真名子は、校舎の窓から見えていた古い家にひかれ、その広い庭に入りこんでしまう。そこで自称「ローニンセイ」の青年奥窪と出会い、語りあううちに、真名子の心にある変化がおとずれる。14歳の夏、大人じゃない、でももう子どもでもない「あなた」の物語。講談社児童文学新人賞受賞作。中学生向け。

『夏の階段』梨屋アリエ著　全国学校図書館協議会　2013.6　47p　19cm（集団読書テキスト　全国SLA集団読書テキスト委員会編）〈ポプラ社 2008年刊の抜粋　挿絵：金子恵　年譜あり〉240円　①978-4-7933-8128-7

別版 ジャイブ（ピュアフル文庫）2009.5

別版 ポプラ社（ポプラ文庫ピュアフル）2010.3

『なんであたしが編集長!?—ハピ☆スタ編集部 1』梨屋アリエ作、甘塩コメコ画　愛蔵版　金の星社　2012.2　182p　18cm　1200円　①978-4-323-06041-5

内容 妹、未来乃は、内気で、あまったれな小学五年生。しっかり者で世話好きな中学三年生の姉、巴里花は、おしゃれ雑誌の人気モデルでいやだし。でも、高校生になったら『青春』したい！　お姉ちゃんは、妹のあまったれを直そうと、何かをたくらんでいるみたい…。

『ピアニッシシモ』梨屋アリエ作　講談社
2011.6　189p　18cm（講談社青い鳥文
庫）〈絵：釣巻和〉680円　①978-4-06-
285227-2
内容　「金色の音の雨が降れば、心の深いと
ころが安らぐ—。」小学生のころから、松葉
は、隣の家から流れてくるピアノの音色と暮
らしてきた。中学3年になった松葉は、その
ピアノの新しい持ち主、紗英と出会う。なに
ごとにも自信がない松葉は、同じ年なのに、
ピアニストを目指し、美しく、自信たっぷり
にふるまう紗英に夢中になる。学校や家族と
まったく接点のないつながりをえた、少女二
人の物語。中学生向け。

『プラネタリウム』梨屋アリエ著　講談社
2009.11　253p　15cm（講談社文庫）
495円　①978-4-06-275977-9
内容　恋をしたことがないのに恋多き女と誤
解されている中学生の美野里。付き合ったつ
もりのない相手から新学期早々に別れ話を切
り出されてしまう。その時、美野里のもとに
青いカケラが落ちてくる。それは後輩の恋心
が結晶してできたフレークだった（「あおぞら
フレーク」）。東京の"世界谷"を舞台に描か
れた4つの不思議な物語。

『プラネタリウムのあとで』梨屋アリエ著
講談社　2010.12　244p　15cm（講談社
文庫）495円　①978-4-06-276559-6
内容　友人の眞姫に誘われて、美香萌は同級
生の川田歩と眞姫の兄の4人で鉱物採集にい
く。心の中で小石を作ってしまう秘密の体
質を持っている美香萌は、石に詳しい川田の
ことが少しずつ気になっていく。あり時、眞
姫から川田が好きだと聞かされて—（「笑う石
姫」）。他にも別世界へ誘う3作品を収録した、
美しく切ない珠玉の短編集。

『モデルになっちゃいますぅ!?—ハピ☆ス
タ編集部 5』梨屋アリエ作, 甘塩コメコ
画　愛蔵版　金の星社　2012.3　164p
18cm　1200円　①978-4-323-06045-3
内容　『ハピ☆スタ』の読者プレゼント用に、編
みぐるみのハナハナとホワホワを三十個つ
くることになった未来乃。お姉ちゃんは「み
んなが手伝ってくれるなら、よかったじゃな
い」って。編み方を教えてってメンバーは言
うけれど…。うわーん、めんどくさいですぅ！
あたしばっかり、なんでぇ〜!?おしゃれにな
れる!?お仕事コメディー、第五弾！小学校高
学年・中学校向き。
別版　金の星社（フォア文庫）2010.2

『やっぱりあたしが編集長!?—ハピ☆スタ
編集部 6』梨屋アリエ作, 甘塩コメコ画

愛蔵版　金の星社　2012.3　178p
18cm　1200円　①978-4-323-06046-0
内容　未来乃は子ども編集部会に大遅刻。『ハ
ピ☆スタ』編集部に着いたときには、もうメン
バーは帰ったあと。そこにとつぜん、モデル
のキセリーノが「一日編集長」としてやってき
て、「どちらが編集長にふさわしいか、あたし
と勝負しなさい！」って、未来乃に言うの…。
うわーん、勝負なんてムリですぅ〜！おしゃ
れになれる!?お仕事コメディー、完結編。
別版　金の星社（フォア文庫）2010.9

『レポーターなんてムリですぅ！—ハピ☆
スタ編集部 2』梨屋アリエ作, 甘塩コメ
コ画　愛蔵版　金の星社　2012.3　174p
18cm　1200円　①978-4-323-06042-2
内容　未来乃はあまったれな小学六年生。しっ
かり者で高校一年生の姉・巴里花は人気モデ
ル。お姉ちゃんのたくらみで、未来乃は、お
しゃれスクールマガジン『ハピ☆スタ』の子
ども編集部員になっちゃって、やる気がない
のに、子ども編集長にも内定!?メンバーはす
ぐケンカするし、も〜どうなっちゃうの？お
しゃれになれる!?お仕事コメディー、第二弾。

『わらうきいろオニ』梨屋アリエ作, こが
しわかおり絵　講談社　2013.7　［87p］
20cm　1200円　①978-4-06-218422-9
内容　きいろなんて変なオニ？みんなのなか
まになりたいな。自分のままで頑張ればだい
じょうぶ。勇気と元気が出るおはなし。

奈須　きのこ
なす・きのこ
《1973〜》

『空の境界—the Garden of sinners
上』奈須きのこ著　20周年記念版　通常
版　星海社　2018.1　398p　20cm〈初
版：講談社2004年刊　発売：講談社〉
3000円　①978-4-06-511012-6
内容　永遠のデビュー作を装いも新たにハー
ドカバーとして再結晶化。

『空の境界—the Garden of sinners
下』奈須きのこ著　20周年記念版　通常
版　星海社　2018.1　442p　20cm〈初
版：講談社2004年刊　発売：講談社〉
3000円　①978-4-06-511013-3
内容　永遠のデビュー作を装いも新たにハー
ドカバーとして再結晶化。

『空の境界未来福音—the Garden of
sinners/recalled out summer　終末

録音 the Garden of oblivion』奈須きのこ著 20周年記念版 通常版 星海社 2018.1 278p 20cm〈初版：星海社文庫 2011年刊 発売：講談社〉3000円 ①978-4-06-511014-0
内容 永遠のデビュー作外伝を装いも新たにハードカバーとして再結晶化。
別版 星海社（星海社文庫）2011.11

『月の珊瑚』奈須きのこ著 星海社 2011.10 1冊（ページ付なし）19cm（星海社FICTIONS—星海社朗読館）〈朗読：坂本真綾 イラスト：武内崇，逢倉千尋 発売：講談社〉2857円 ①978-4-06-138816-1
内容 当代きってのストーリーテラー、奈須きのこが挑む新境地。遠い未来の地球と月を舞台に歌い上げられる極上のSFラブストーリーを、声優・坂本真綾が余すところなく朗読しきった90分を超えるピクチャーディスクCD二枚組と、武内崇＋逢倉千尋の強力タッグによる美麗なフルカラーイラストレーションによって彩られた特製ハードカバーブックレットをパッケージ化した、星海社朗読館シリーズ第四弾。

にしがき ようこ

『おれのミュ〜ズ！』にしがきようこ作 小学館 2013.7 223p 19cm 1300円 ①978-4-09-290575-7
内容 ミューズ。—ありったけの技術と想像力をこめてかきたくなる、画家にとってたった一人の女性。気になったものはなんでも絵にしてみる。それがおれの習性だ。心の中でぶつぶつつぶやきながら絵をかく。本当は、なにがかきたいんだろう…。おれにとってのミューズは、誰だろう？

『川床にえくぼが三つ』にしがきようこ著 小学館 2015.7 239p 19cm 1400円 ①978-4-09-290582-5
内容 中学二年の夏休み。日本を脱出!!初めての飛行機、初めての海外、初めての研究調査。初めてばかりの夏。滝のようにふるスコール、香辛料のにおい、人なつっこい笑顔。期待とともに不安もいっぱい。あつ〜い夏に体験したカルチャーショックと新発見とは？ 50万年の時を超えて、ずっとずっと友だち！ 親友へと進化した、ラッキーガールズの友情物語。

『ねむの花がさいたよ』にしがきようこ作，戸田ノブコ絵 小峰書店 2013.7 124p 22cm（おはなしメリーゴーラウンド）1300円 ①978-4-338-22209-9
内容 ママはもう、どこにもいないの？ ママは亡くなりました。でも、ねむの花は今年もピンク色の花をつけました。ママのお誕生日のお花です。小学四年生のきららは、ママの死にどんなふうにむきあうのでしょうか？

『ピアチェーレ—風の歌声』にしがきようこ作 小峰書店 2010.7 188p 20cm（Green Books）〈画：北見葉胡〉1400円 ①978-4-338-25002-3
内容 少女の歌声は、野をわたり、頂へかけあがり、蒼天高くたゆたう。そして、今しずかに自分の立っている場所、ここへおりたつ、しっかりと。…長編児童文学新人賞受賞作。

橋本 紡
はしもと・つむぐ
《1967〜》

『彩乃ちゃんのお告げ』橋本紡著 講談社 2011.3 204p 15cm（講談社文庫）419円 ①978-4-06-276841-2
内容 なぜか "教主さま" だという女の子を預かることになった。彩乃ちゃんといって、一見ごく普通の、小学五年生の女の子が—。花屋に勤める二十代の智佳子、進路に悩む高校三年生の徹平、東京から地方に越してきた小学五年生の佳奈が、彩乃ちゃんとの出会いで知った人生の奇跡。前に進むすべてのひとに捧げる物語。

『いつかのきみへ』橋本紡著 文藝春秋 2011.7 289p 16cm（文春文庫）〈「橋をめぐる」（2008年刊）の改題〉581円 ①978-4-16-781901-9
内容 進学校に通う陸には本当の友がいない。校内模試の順位に一喜一憂する日々のなか、幼なじみの嘉人を思い出す。中学の頃、乱暴な896校生から守ってくれた奴。札つきのワルだった。潔癖で繊細な少年たちの交流がひかる傑作「大富橋」ほか、水の都・深川で昨日と少し違う今日を生きる彼と彼女を描く秀作六篇。

『イルミネーション・キス』橋本紡著 双葉社 2015.12 267p 15cm（双葉文庫）593円 ①978-4-575-51846-7
内容 デザイン事務所で働くわたしは上京して数年、流されるまま生きてきた。そんな単調な日々のなかで、ある年下デザイナーの存在がふと気になりだす。—不器用な生き方の二人が恋を始めるのに必要なのは、今この瞬間に交わすキスだった。（表題作）友達、恋人、

家族…様々なシチュエーションのキス。そこにある温かくて切ないつながりを、繊細な筆致ですくいとった五編。

別版 双葉社 2012.1

『今日のごちそう』橋本紡著　講談社 2012.3 283p 19cm 1400円 ①978-4-06-217542-5

内容 ふっくら、ことこと、こんがり、とろり。悲しい時もせつない時も、ごはんが元気を連れてくる。おいしいものいろいろ詰め合わせ、心がほっこりあたたまる極上お料理小説。

『月光スイッチ』橋本紡著　角川書店 2010.1 213p 15cm（角川文庫）〈発売：角川グループパブリッシング〉514円 ①978-4-04-394332-6

内容 たとえば、月の光を灯すように、世界を少しだけ変えるスイッチがあるのかもしれない―。夏、恋人セイちゃんとの期間限定・新婚生活(仮)が始まった。ちょっぴり後ろめたいけど、確実に幸せな日々。その中で出会う不思議な人々、不穏なこころの波立ち。こんなことずっと続くわけないってわかってるけど、本当にあなたのこと、愛してるんだよ―ままならない思いを抱えて真摯に生きる彼女と、彼女に似たあなたのための物語。

『九つの、物語』橋本紡著　集英社 2011.2 372p 16cm（集英社文庫）〈文献あり〉619円 ①978-4-08-746665-2

内容 大学生のゆきなの前に、長く会っていなかった兄がいきなり現れた。女性と料理と本を愛し、奔放に振舞う兄に惑わされつつ、ゆきなは日常として受け入れていく。いつまでもいつまでも幸せな日々が続くと思えたが…。ゆきなはやがて、兄が長く不在だった理由を思い出す。人生は痛みと喪失に満ちていた。生きるとは、なんと愚かで、なんと尊いのか。そのことを丁寧に描いた、やさしく強い物語。

『空色ヒッチハイカー』橋本紡著　新潮社 2009.8 345p 16cm（新潮文庫）514円 ①978-4-10-135183-4

内容 人生に一度だけの18歳の夏休み。受験勉強を放り出して、僕は旅に出る。兄貴の残した車に乗って、偽の免許証を携えて。川崎→唐津、七日間のドライブ。助手席に謎の女の子を乗せて、心にはもういない人との想い出を詰めて、僕は西へ向かう。旅の終わりに、あの約束は果たされるだろうか―。大人になろうとする少年のひと夏の冒険。軽やかな文章が弾ける、ポップでクールな青春小説。

『猫泥棒と木曜日のキッチン』橋本紡著　新潮社 2008.12 220p 16cm（新潮文庫）400円 ①978-4-10-135182-7

内容 お母さんが家出した、わたしたちを置いて。お父さんはずっと前にいなくなった。けれどもわたしは大丈夫。弟のコウちゃんと二人で生きていく。友だちの健一君だって応援してくれる。そんなある日、わたしは道ばたで「絶望」に出会ってしまった―。失くした希望を取り戻すために、拒まれた願いを実現させるために、高校生・みずきの戦いと冒険が始まる。生きることへの励ましに満ちた物語。

『葉桜』橋本紡著　集英社 2014.4 278p 16cm（集英社文庫）540円 ①978-4-08-745185-6

内容 高校三年生の佳奈は、書道教室の先生に長い片思いをしている。けれど、先生には奥さんがいた。叶わない思いを胸に、佳奈は日々教室で文字を書く。先生が見せた、知らなかった一面。美人で天才の妹・紗英が抱える、命のリミット。書道に打ち込む同い年の津田くん。周囲の人々に背中を押されるように佳奈のなかで何かが変わってゆく―。春から夏へ、少女から大人へ。まぶしく切ない青春恋愛小説。

別版 集英社 2011.8

『橋をめぐる―いつかのきみへ、いつかのぼくへ』橋本紡著　文藝春秋 2008.12 280p 19cm 1333円 ①978-4-16-327650-2

内容 広告会社に勤めるOL、友香。父と和解はできるのか『清洲橋』、銀座でならしたバーテンダー、耕平。深川で自分の店を持つが『亥之堀橋』、進学校の秀才と不良少年の再会『大富橋』、バツイチの佳子は英会話教室の生徒との逢瀬をやめられない『八幡橋』、新居探しで足を棒にする美穂と哲也のカップル『まつぼっくり橋』、世田谷から来た千恵と、祖父エンジとの交流の物語『永代橋』。水の都・深川を舞台に描く六つの人生。

『ハチミツ』橋本紡著　新潮社 2012.6 269p 20cm 1300円 ①978-4-10-300754-8

内容 しっかり者の澪、おっとりした環、天然な杏は歳の離れた三姉妹。いつも美味しいものを食べながら仲良く暮らしている…はずでした。なのに次女、環の妊娠をきっかけに、それぞれの人生に転機が訪れて―。恋、仕事、からだのこと…女子は生きてるだけで悩みがいっぱい！ 曲がり角だらけの人生を暖かく包み込むガールズ長編小説。

『半分の月がのぼる空　1』橋本紡著　文藝春秋 2013.7 316p 16cm（文春文庫）〈アスキー・メディアワークス 2010年刊の再刊〉650円 ①978-4-16-781902-6

日本の作品　　　　　　　　　　　　　　羽田圭介

内容 肝炎で入院中の高校生・戎崎裕一はエロ本集めが趣味の多田さんや元ヤンキーの看護師・亜希子さんに翻弄される日々のなか、同い年の秋庭里香に出会う。人形のように美しく本を愛する文学少女、そして女王様のようにワガママである彼女は、難しい病気をかかえていた。ライトノベルの金字塔のリメイク版、イラストも新たに登場!!

『半分の月がのぼる空　2』橋本紡著　文藝春秋　2013.7　259p　16cm（文春文庫）〈アスキー・メディアワークス 2010年刊の再刊〉610円　①978-4-16-781903-3
内容 生まれつき心臓がわるく、学校に行ったことがない里香に高校生活を味わわせてあげたい！ 裕一はお菓子づくりが趣味の巨漢・世古口司やスケベな悪友・山西保、幼馴染み・水谷みゆきの協力を仰ぎ、たった一日のスクールライフ実現に向けて突っ走る。恰好悪く、必死で全速力の十代を描きあげた青春小説のバイブル、待望の第二巻。

『半分の月がのぼる空　3』橋本紡著　文藝春秋　2013.8　297p　16cm（文春文庫）〈アスキー・メディアワークス 2010年刊の再刊〉640円　①978-4-16-781904-0
内容 里香の主治医、イケメンにして天才心臓外科医の夏目吾郎。性格の悪さと奇妙な優しさで裕一は翻弄されどおしだが、その夏目の青春時代が明かされる。「病人って面倒くさそう」と嘯く、臨床ではなく研究志望の野心家が、地方病院でワガママな子供相手に格闘するようになった陰には、最愛の恋人にして妻、小夜子の存在があった。

『半分の月がのぼる空　4』橋本紡著　文藝春秋　2013.9　255p　16cm（文春文庫）〈アスキー・メディアワークス 2010年刊の再刊〉610円　①978-4-16-781905-7
内容 春になり、裕一は進級のため、レポート三昧の日々。香里の手術はひとまず成功したものの、余命の長さはおぼつかない。やがて二人は『チボー家の人々』に各々の想いを託し、物語はクライマックスを迎える。病院という閉鎖された空間で見えない明日を信じて生きる少年少女たちを活写し、巡礼地をも生んだ現代の名作、遂に完結！
別版 アスキー・メディアワークス 2010.4〜2010.5

『ひかりをすくう』橋本紡著　光文社　2009.6　277p　16cm（光文社文庫）533円　①978-4-334-74598-1
内容 智子はパニック障害の治療に専念するため仕事を辞めることにした。一緒に暮らす哲ちゃんと共に都心から離れて始めた新生活。

細かな不安を抱えながらも、何気なく過ごしていく日常が、智子をやさしく癒してくれる。そんなつましい生活を続けるうちに、薬を手放せなかった日々がだんだんと遠いものへとなっていく―。ひたむきで一生懸命な「疲れた心」に響く一作。

『ふれられるよ今は、君のことを』橋本紡著　文藝春秋　2012.11　258p　20cm　1400円　①978-4-16-381800-9
内容 冴えない中学教師・楓は年下の彼と同棲中。困るのは、この素敵な恋人がときどき“消えて”しまうこと―。奇跡の恋愛ファンタジー。

『もうすぐ』橋本紡著　新潮社　2011.11　519p　16cm（新潮文庫）〈文献あり〉710円　①978-4-10-135184-1
内容 ネット新聞社に勤務する篠原由佳子は、全国紙から依頼され、ある事件を追い始める。それは手術中に妊婦を死亡させたとして、産婦人科医が過失致死で逮捕された医療事故だった。次々と明らかになる。出産現場の驚くべき事実。やがて行き着いたのは、現代において子どもを求めるとはどういうことなのか、という大きな問いだった―生命の業と隣り合わせの希望を描いた、渾身の長編。
別版 新潮社 2009.3

羽田　圭介
はだ・けいすけ
《1985〜》

『隠し事』羽田圭介著　河出書房新社　2016.2　168p　15cm（河出文庫）550円　①978-4-309-41437-9
内容 すべての女は男の携帯を見ている。男は…女の携帯を覗いてはいけない！ 同棲する彼女の携帯を軽い気持ちで盗み見たことから生まれた、小さな疑い。だが、疑いは疑いを呼び、秘密は深まるばかり。引き返せなくなった男の運命は？ 話題の芥川賞作家による、驚愕の家庭内ストーキング小説。
別版 河出書房新社 2012.1

『5時過ぎランチ』羽田圭介著　実業之日本社　2018.5　224p　20cm〈文献あり〉1300円　①978-4-408-53721-4
内容 ガソリンスタンドのアルバイト、アレルギー持ちの殺し屋、写真週刊誌の女性記者。日々過酷な仕事に臨む三人が遭遇した、しびれるほどの“時間外労働”！ 芥川賞作家・羽田圭介だから書ける、限りなく危険なお仕事＆犯罪小説！

ヤングアダルトの本　いま読みたい小説4000冊　**233**

羽田圭介　　　　　　　　　　　　　　　　　　　　　　　日本の作品

『御不浄バトル』羽田圭介著　集英社
2015.10　203p　16cm（集英社文庫）
440円　①978-4-08-745370-6
内容 僕が入社したのは、悪徳ブラック企業!?
過酷な労働と精神的負担で営業部員は半年で
辞めていく中、事務職の僕は無難に仕事をこ
なし二年目に。唯一の楽しみは、会社や駅の
トイレでくつろぐこと。素性不明なトイレ常
連メンバーたちと静かな個室争奪戦を毎日繰
り広げる。しかし、ある電話がきっかけで、
日常が一気に崩れ出す。限界に達した僕は、
退職を決意するが…。芥川賞作家の話題作。
別版 集英社 2010.7

『コンテクスト・オブ・ザ・デッド』羽田
圭介著　講談社　2016.11　417p　20cm
1600円　①978-4-06-220334-0
内容 編集者の須賀は作家と渋谷で打ち合わ
せ中、スクランブル交差点で女の子を襲うゾ
ンビを目撃する。各地で変質暴動者＝ゾンビ
の出現が相次ぐ中、火葬されたはずの文豪た
ちまで甦り始め…。デビュー10年目の極秘作
家K、久しぶりに小説を発表した美人作家の
桃咲カヲル、家族で北へ逃げる小説家志望の
南雲晶、区の福祉事務所でゾンビ対策に追わ
れるケースワーカーの新垣、ゾンビに嚙まれ
てしまった女子高生の青崎希。この世界で生
き残れるのは誰なのか!?

『スクラップ・アンド・ビルド』羽田圭介著
文藝春秋　2018.5　150p　16cm（文春
文庫）550円　①978-4-16-791066-2
内容 「じいちゃんなんて早う死んだらよか」。
ぼやく祖父の願いをかなえようと、孫の健斗
はある計画を思いつく。自らの肉体を筋トレ
で鍛え上げ、転職のため面接に臨む日々。人
生を再構築中の青年は、祖父との共生を通し
て次第に変化してゆく―。瑞々しさと可笑し
み漂う筆致で、老人の狡猾さも描き切った、
第153回芥川賞受賞作。
別版 文藝春秋 2015.8

『成功者K』羽田圭介著　河出書房新社
2017.3　324p　20cm　1400円　①978-
4-309-02551-3
内容 芥川賞を受賞したKは、いきなりTVに
出まくり、寄ってくるファンや友人女性と次々
性交する。突如人生が変わってしまったKの
運命は？　芥川賞作家の超話題作。

『盗まれた顔』羽田圭介著　幻冬舎　2014.
10　403p　16cm（幻冬舎文庫）〈文献
あり〉730円　①978-4-344-42264-3
内容 逮捕に必要なのは、記憶、視力、そして直
感。3千人もの指名手配犯の顔を覚えた刑事
を描き切る、あまりにもリアルな警察小説！

別版 幻冬舎 2012.10

『走ル』羽田圭介著　河出書房新社　2010.
11　154p　15cm（河出文庫）550円
①978-4-309-41047-0
内容 なんとなく授業をさぼって国道4号線を
北に走り始めただけだった…やがて僕の自転
車は、福島を越え、翌日は山形、そして秋田、
青森へと走り続ける。彼女、友人、両親には
嘘のメールを送りながら、高2の僕の旅はど
こまで続く？　21世紀日本版『オン・ザ・ロー
ド』と激賞された、文藝賞作家の話題作。
別版 河出書房新社 2008.3

『不思議の国の男子』羽田圭介著　河出書
房新社　2011.4　163p　15cm（河出文
庫）〈『不思議の国のペニス』（2006年刊）
の改題〉570円　①978-4-309-41074-6
内容 年上の彼女を追いかけて、おれは恋の
穴に落っこちた…男子校に通う高1の遠藤は、
女子校に通う高3の彼女と、年下であること
を隠してつきあっていく。二人の、SMなら
ぬSSというおかしな関係の行方は？　恋もギ
ターもSEXも、ぜーんぶ“エアー”な男子の
“純愛”を描く、各紙誌絶賛の青春小説。

『ミート・ザ・ビート』羽田圭介著　文藝
春秋　2015.9　172p　16cm（文春文
庫）550円　①978-4-16-790460-9
内容 東京から電車で約1時間の地方都市。勉
強とバイトに明け暮れる予備校生「彼」の日
常は、中古車ホンダ「ビート」を手に入れて
から変わってゆく。デリヘル嬢との微妙な関
係、地方都市の閉塞感と青春群像、マシンを
操る身体感覚、作家の資質を鮮やかに示し、第
142回芥川賞候補になった表題作。短篇「一
丁目一番地」を併録。
別版 文藝春秋 2010.2

『メタモルフォシス』羽田圭介著　新潮社
2015.11　257p　16cm（新潮文庫）520
円　①978-4-10-120161-0
内容 その男には2つの顔があった。昼は高齢
者に金融商品を売りつける高給取りの証券
マン。一転して夜はSMクラブの女王様に跪き、
快楽を貪る奴隷。よりハードなプレイを求め、
死ぬほどの苦しみを味わった彼が見出したも
のとは―芥川賞選考委員の賛否が飛び交った
表題作のほか、講師と生徒、奴隷と女王様、
公私で立場が逆転する男と女の奇妙な交錯を
描いた「トーキョーの調教」収録。
別版 新潮社 2014.7

『ワタクシハ』羽田圭介著　講談社　2013.
1　350p　15cm（講談社文庫）600円
①978-4-06-277446-8
内容 高校生でメジャーデビューを果たしたも

のの、バンド解散後は売れないギタリストとして燻っていた太郎。大学三年の秋、慌しく動き出す周囲の言動に違和感を覚えながらとりあえず始めたシューカツだったが…。「元有名人」枠などどこにもないというキビシイ現実の中、太郎は内定獲得に向けて走り出していく。

別版 講談社 2011.1

花形　みつる
はながた・みつる
《1953〜》

『アート少女—根岸節子とゆかいな仲間たち』花形みつる著　ポプラ社　2011.9
235p　15cm（ポプラ文庫ピュアフル）〈2008年刊の加筆・訂正〉560円
①978-4-591-12583-0
内容 優秀な三年生が引退して、オタクにヒキコモリ…変なメンバーばかりが残った美術部。弱小部活と校長に目をつけられて、存続の危機に。部室も部費も日にちもないのに県展に入選する作品をつくるには、いったいどうすれば？すぐブチキレる部長の根岸節子を筆頭に、個性豊かな仲間たちがタイムリミットぎりぎりまで色を塗り続ける。あきらめないヤツが強いんだ。アート愛と蘊蓄あふれる、爆笑で感動の青春ストーリー。

『おひさまへんにブルー』花形みつる著　国土社　2015.5　199p　20cm　1400円
①978-4-337-18757-3
内容 究極のいじめられっ子・拓実。クラスが変わっても転校しても、ずっと暴力の標的になってきた拓実を救ったのは、汗のしみこんだ古い麦わら帽子みたいな匂いがする少年—「鬼」というだけで退治されてしまった、桃太郎の鬼みたいな少年だった。

『キノコのカミサマ』花形みつる作, 鈴木裕之絵　金の星社　2016.7　142p
20cm　1300円　①978-4-323-07362-0
内容 タケオは、夏休みに単身赴任中の父親をたずねた。父親は、村の研究所でキノコの研究をしている。村人たちは変わり者ばかり。とくにあやしいのは、"カミサマ"と名乗るドレッドヘアのおじさんだ。最近、村では「笑うキノコ」や「いろんな食べ物の味がするキノコ」が見つかっていたが、どうやらそれは、このカミサマの仕業らしい。まさか、カミサマって、本物の神さま？

『君の夜を抱きしめる』花形みつる作　理論社　2012.7　257p　19cm　1500円

①978-4-652-07996-6
内容 彼女いなくてイクメン？『遠まわりして、遊びに行こう』の登場人物再び。子どもがこの世にいる愛しさが、風のように駆け抜ける。夜泣きでフラフラ、よだれとうんちまみれのハートウォーミングストーリー。

『キリンちゃん』花形みつる作, 久本直子絵　学研教育出版　2012.6　124p
22cm（ジュニア文学館）〈発売：学研マーケティング〉1300円　①978-4-05-203433-6
内容 おじいちゃんの古い本を「虫ぼし」していたら、開いた本の上にのった、へんなものを見つけた。毛糸玉みたいな、黄色くて丸いもの…。もそっと動くし、ぼくの指をペロッとなめる。手のひらにのせたら、じわ〜っとおしっこが…。キモかわいいキリン（？）が、ボクの家にやってきた。ボクとキリンの、出会いと友情の物語。

『Go Forward！—櫻木学院高校ラグビー部の熱闘』花形みつる著　ポプラ社　2018.1　495p　19cm　1680円　①978-4-591-15712-1
内容 名門・東京中央大学ラグビー部でEチームからのし上がりAチームのリザーブ入りまで果たしたが、公式試合には5分しか出場できなかった酒田公男は、就職が決まらず、恩師の伝手で私立櫻木学院高校の臨任体育講師の枠にもぐりこむ。そこで若い新理事長から、ラグビー部の立ち上げと花園出場を命じられ、背水の陣で挑むことに。なんとか集めた部員は、もちろん素人ばかり…。

『サイテーなあいつ』花形みつる作, 垂石眞子絵　長崎　童話館出版　2011.6　180p　23cm（子どもの文学・青い海シリーズ）〈講談社1999年刊の修正、復刊〉1400円　①978-4-88750-120-1

『しばしとどめん北斎羽衣』花形みつる作　理論社　2015.6　229p　19cm　1500円
①978-4-652-20107-7
内容 学校に行けなくなったボクの前にコツゼンと現れた、葛飾北斎。中学生が巻きこまれた粋なタイムスリップ。現代にやって来た美の巨人・北斎。時空を超えたアートの物語。

『椿先生、出番です！』花形みつる作, さげさかのりこ絵　理論社　2009.1
185p　21cm（おはなしルネッサンス）1400円　①978-4-652-01312-0
内容 子どもと大人と動物たちがくりひろげるヘンテコ幼稚園のおかしな日々。小学校中学年から。

『遠まわりして、遊びに行こう』花形みつ

る作　理論社　2010.2　268p　19cm
1500円　①978-4-652-07966-9
[内容] コドモトソウグウス。新太郎、18歳の
クライシス。

帚木　蓬生
ははきぎ・ほうせい
《1947〜》

『安楽病棟』帚木蓬生著　集英社　2017.8
607p　16cm（集英社文庫）〈新潮文庫
2001年刊の再編集〉840円　①978-4-08-
745623-3
[内容] お地蔵さんの帽子と前垂れを縫い続け
る老婆、深夜になると引き出しに排尿する男
性、異食症で五百円硬貨が腹に入ったままの
女性、気をつけの姿勢で寝る元近衛兵、自分
を二十三歳の独身だと思い張る腰の曲がった
八十四歳。様々な症状の老人が暮らす痴呆
病棟で起きた相次ぐ患者の急死。理想の介護を
模索する新任看護婦が気づいた衝撃の事実と
は!?終末期医療の現状を鮮やかに描く傑作ミ
ステリー。

『インターセックス』帚木蓬生著　集英社
2011.8　610p　16cm（集英社文庫）838
円　①978-4-08-746729-1
[内容] 「神の手」と評判の若き院長、岸川に請
われてサンビーチ病院に転勤した秋野翔子。
そこでは性同一障害者への性転換手術や、性
染色体の異常で性器が男でも女でもない、“イ
ンターセックス”と呼ばれる人たちへの治療
が行われていた。「人は男女である前に人間
だ」と主張し、患者のために奔走する翔子。
やがて彼女は岸川の周辺に奇妙な変死が続く
ことに気づき…。命の尊厳を問う、医学サス
ペンス。
[別版] 集英社 2008.8

『移された顔』帚木蓬生著　新潮社　2013.
8　185p　20cm　1300円　①978-4-10-
331421-9
[内容] あなたは「顔移植」を知っていますか？
銃創、火傷─失われた顔を取り戻すための方
法は、「顔移植」だけ─。手術を受けた女性
たちの苦悩と希望を昇華させる、短編と著者
初の戯曲。さらに「顔移植」の歴史や可能性
を医師と作家、ふたつの視点から考察したレ
ポートを収録。

『風花病棟』帚木蓬生著　新潮社　2011.11
375p　16cm（新潮文庫）〈2009年刊の
改訂〉590円　①978-4-10-128821-5
[内容] 乳癌と闘いながら、懸命に仕事を続け

る、泣き虫先生（「雨に濡れて」）。診療所を
守っていた父を亡くし、寂れゆく故郷を久々
に訪れた勤務医（「百日紅」）。三十年間地域で
頼りにされてきたクリニックを、今まさに閉
じようとしている、老ドクター（「終診」）。医
師は患者から病気について学ぶのではなく、
生き方を学ぶのだ─。生命の尊厳と日夜対峙
する、十人の良医たちのストーリー。
[別版] 新潮社 2009.1

『カシスの舞い』帚木蓬生著　改版　新潮
社　2012.1　427p　15cm（新潮文庫）
630円　①978-4-10-128803-1
[内容] 分裂病と覚醒剤中毒の治療・研究に成
果を上げている、南仏マルセイユの大学病院
解剖実習室で、首なし死体が発見された！だ
が、被害者とおぼしき元患者のカルテは消え
ている。疑惑を抱き、調査を始めた日本人精
神科医・水野の周囲で次々に起こる、不可解
な事件。暗号名“カシスの舞い”の意味する
ものは。そして、脳研究所で行なわれている
実験とは─。戦慄の医学ミステリー。

『十二年目の映像』帚木蓬生著　集英社
2014.11　322p　16cm（集英社文庫）
〈新潮文庫 1986年刊の再刊〉600円
①978-4-08-745251-8
[内容] その映像は、開けてはならないパンドラ
の箱だった!?大手放送局に勤務する川原庸次
は、かつて学生運動に参加していたという上
司からT大時計台闘争にまつわるスクープ映
像の存在を聞かされる。初めは半信半疑の庸
次だったが、十二年間にわたり地下に潜伏し
続ける男、井田と出会い、その存在を確信す
る。しかし彼の死を境に事態は急変し…。テ
レビ局を舞台にした緊迫の長編サスペンス。

『守教　上』帚木蓬生著　新潮社　2017.9
331p　20cm　1600円　①978-4-10-
331423-3
[内容] 初めてだった。これほどに、自分を認
めてくれる教えは。だから、信じることに決
めた。百姓たちは、苦しい日々を生き抜くた
めにキリシタンになった。なにかが変わるか
もしれないという、かすかな希望。手作りの
ロザリオ。村を訪れた宣教師のミサ。ときの
権力者たちも、祈ることを奨励した。時代が
変わる感触がそのときは、確かにあった。し
かし─。感涙の歴史巨編。戦国期から開国ま
で。無視されてきたキリシタン通史。

『守教　下』帚木蓬生著　新潮社　2017.9
339p　20cm〈文献あり〉1600円
①978-4-10-331424-0
[内容] 教えを棄てた。そう偽り、信念を曲げ
ず、隠れ続けたキリシタンたち。密告の恐怖。

眼前でおこなわれる残虐な処刑。なんのために、信じているのか？そう迷うこともあった。だが。九州のその村には、おびえながらも江戸時代が終わるまで決して逃げなかった者たちがいた。隠れ、そして信じ続けた者たちがいた。いままで誰も描きえなかった美しく尊い魂の記録。慟哭の隠れキリシタン秘史。

『受難』帚木蓬生著　KADOKAWA
2016.6　525p　20cm　1800円　①978-4-04-104205-2
[内容]韓国の珍島沖で大型旅客フェリー「世月号」が沈没、三百人超の犠牲者が出る大惨事となった。船への過積載、乗組員の経験不足など、事故調査が進むにつれ、その杜撰な管理体制が明らかになる。さらに船会社のオーナーも事故直後から姿を消していた。時を同じくして、日系ブラジル人の津村リカルド民男が経営する韓国・麗水の細胞工学治療院に、冷凍保存された少女の遺体が運ばれた。依頼者の男は、滝壷に落下して溺死したその遺体を蘇らせてほしいという。津村はiPS細胞と最先端の3Dプリンターを駆使し、彼女のレプリカを作ることを決心する。見事に蘇生した少女は、徐々に記憶を取り戻しながら、世月号の事故に関心を抱いていくが…。

『受命』帚木蓬生著　角川書店　2009.9
680p　15cm〈角川文庫〉〈発売：角川グループパブリッシング〉819円
①978-4-04-358902-9
[内容]日系ブラジル人医師の津村は、北京の国際医学会で知り合った北朝鮮の医師に技術を伝えて欲しいと請われ、招聘医師として平壌産院に赴く。北園舞子は、職場の会長で在日朝鮮人の平山の付き添いとして、万景峰号に乗船する。一方、舞子の友人で韓国人の李寛順は、とある密命を帯びて「北」への密入国を敢行する。三者三様の北朝鮮入国。だが、彼らの運命が交錯する時、世界史を覆す大事件が勃発する。衝撃のサスペンス巨編。

『賞の柩』帚木蓬生著　集英社　2013.11
352p　16cm〈集英社文庫〉〈新潮文庫1996年刊の加筆訂正、再編集〉650円
①978-4-08-745139-9
[内容]イギリス医学界の重鎮、アーサー・ヒルがノーベル賞を受賞した―。知らせを受けた青年医師の津田は、同じ分野で研究を続けながら惜しくもこの世を去った恩師、清原の死因を探るなかで、アーサーの周辺に不審な死が多いことに気付く。彼らを死へと追いやった見えざる凶器とは一体何か。真相を追ううちに津田は怪しき陰謀に飲み込まれてゆく。ノーベル賞を題材にした本格医療サスペンス。

『白い夏の墓標』帚木蓬生著　改版　新潮

社　2010.10　361p　15cm（新潮文庫）
514円　①978-4-10-128801-7
[内容]パリで開かれた肝炎ウィルス国際会議に出席した佐伯教授は、アメリカ陸軍微生物研究所のベルナールと名乗る見知らぬ老紳士の訪問を受けた。かつて仙台で机を並べ、その後アメリカ留学中に事故死した親友黒田が、実はフランスで自殺したことを告げられたのだ。細菌学者の死の謎は真夏のパリから残雪のピレネーへ、そして二十数年前の仙台へと遡る。抒情と戦慄のサスペンス。

『水神　上巻』帚木蓬生著　新潮社　2012.6　348p　16cm（新潮文庫）〈2009年刊の改訂〉550円　①978-4-10-128822-2
[内容]目の前を悠然と流れる筑後川。だが台地に住む百姓にその恵みは届かず、人力で愚直に汲み続けるしかない。助左衛門は歳月をかけて地形を足で確かめながら、この大河を堰止め、稲田の渇水に苦しむ村に水を分配する大工事を構想した。その案に、類似した事情を抱える四ヵ村の庄屋たちも同心する。彼ら五庄屋の悲願は、久留米藩と周囲の村々に容れられるのか―。新田次郎文学賞受賞作。
[別版]新潮社　2009.8

『水神　下巻』帚木蓬生著　新潮社　2012.6　345p　16cm（新潮文庫）〈2009年刊の改訂〉550円　①978-4-10-128823-9
[内容]ついに工事が始まった。大石を沈めて堰を作り、水路を切りひらいてゆく。百姓たちは汗水を拭う暇もなく働いた。「水が来たぞ」。苦難の果てに叫び声は上がった。子々孫々にまで筑後川の恵みがもたらされた瞬間だ。そして、この大事業は、領民の幸せをひたすらに願った老武士の、命を懸けたある行為なくしては、決して成されなかった。故郷の大地に捧げられた、熱涙溢れる歴史長篇。
[別版]新潮社　2009.8

『聖灰の暗号　上巻』帚木蓬生著　新潮社　2010.1　362p　16cm（新潮文庫）〈2007年刊の改訂〉514円　①978-4-10-128819-2
[内容]歴史学者・須貝彰は、南仏の図書館で世紀の発見をした。異端としてカトリックに憎悪され、十字軍の総攻撃を受けたカタリ派についての古文書を探りあてたのだ。運命的に出会った精神科医クリスチーヌ・サンドルとともに、須貝は、後世に密かに伝えられた"人間の大罪"を追い始める。構想三十年、時代に翻弄された市井の男女を描き続ける作家が全身全霊をこめた、歴史ミステリ。

『聖灰の暗号　下巻』帚木蓬生著　新潮社　2010.1　396p　16cm（新潮文庫）

〈2007年刊の改訂　文献あり〉552円
①978-4-10-128820-8
内容　長き眠りから覚めた古文書は、須貝たちの胸を揺さぶった。神を仰ぎ慎ましく暮らしてきた人びとがなぜ、聖職者により、残酷な火刑に処されなければならなかったのか。そして、恋人たちの目前で連続する奇怪な殺人事件。次々と暗号を解いてきた須貝とクリスチーヌの行く手には、闇が顎を開けていた。遙かな過去、遠きヨーロッパの地から、いま日本人に問いかける、人間という名の難問。

『千日紅の恋人』帚木蓬生著　新潮社　2008.4　429p　16cm（新潮文庫）590円
①978-4-10-128818-5
内容　宗像時子は父が遺した古アパート、扇荘の管理人をしている。扇荘には様々な事情を抱えた人たちが住んでおり、彼女はときに厳しく、ときには優しく、彼らと接している。ある日、新たな入居者が現れた。その名は有馬生馬。ちょっと古風な好青年だった。二度の辛い別離を経験し、恋をあきらめていた時子は、有馬のまっすぐな性格にひかれてゆく。暖かで、どこか懐かしい恋愛長篇。

『ソルハ』帚木蓬生著　あかね書房　2010.4　353p　20cm　1400円　①978-4-251-09261-8
内容　1996年9月27日、アフガン政権崩壊。タリバンが首都カブールを制圧─生まれたときから戦争が日常の風景だった少女ビビは、初めてタリバンの厳しい監視下に置かれた生活を送ることに。ビビは何を決意し、生きる支えを持ち続けたのか。若い人へ向け、遺言の意を込めて放つ、渾身の一冊。

『天に星地に花　上』帚木蓬生著　集英社　2017.5　358p　16cm（集英社文庫）〈2014年刊を上下二巻として再編集〉660円　①978-4-08-745583-0
内容　享保十三年、久留米藩領井上村。大庄屋、高松家の長男である甚八と次男の庄十郎は、父に連れられて訪れた善導寺で、何千と集まる人々の姿を目の当たりにする。「ようく見とけ。これが百姓の力ぞ」。藩主から言い渡された増税に抗議して集まる群衆。あわや一揆かと思われたそのとき、あるお達しが下り─。九州の田舎で飢餓と圧政に苦しむ百姓のために医者を志した少年の成長を描く歴史巨編。

『天に星地に花　下』帚木蓬生著　集英社　2017.5　425p　16cm（集英社文庫）〈2014年刊を上下二巻として再編集〉720円　①978-4-08-745584-7
内容　貧富を問わず患者の看病にあたる鎮水

のもとで医師修業を積む庄十郎。一方で兄の甚八は大庄屋を継いでいた。あの一揆騒動から二十六年、身を挺して増税を撤回した稲次家老は病に倒れた。度重なる不作、飢饉、人別銀。再び百姓に困難が降りかかるとき、怒りの矛先は甚八のいる大庄屋へ向けられた。時代のうねりの中で懸命に慈愛の心を貫こうとする青年医師の目を通して市井の人々を見た歴史大作。
別版　集英社　2014.8

『蝿の帝国─軍医たちの黙示録』帚木蓬生著　新潮社　2014.1　602p　16cm（新潮文庫）〈2011年刊の改訂　文献あり〉790円　①978-4-10-128824-6
内容　日本占領下の東南アジアに、B29の大空襲を受けた東京に、原爆投下直後の広島に、そしてソ連軍が怒涛のように押し寄せる満州や樺太の地に医師たちの姿があった。国家に総動員された彼らは、食料や医薬品が欠乏する過酷な状況下で、陸海軍将兵や民間人への医療活動を懸命に続けていた。二十年の歳月をかけ、世に送り出された、帚木蓬生のライフ・ワーク。日本医療小説大賞受賞作。
別版　新潮社　2011.7

『薔薇窓の闇　上』帚木蓬生著　集英社　2014.8　467p　16cm（集英社文庫）〈『薔薇窓 上巻』（新潮文庫 2004年刊）の改題〉780円　①978-4-08-745221-1
内容　1900年、万国博覧会で賑わうパリ。精神科医のラゼーグは警察に保護された少女を診察する。日本人らしき彼女は音奴と名乗るほかは多くを語ろうとしない。一方でラゼーグの元に、万国博を訪れた外国人女性の連続失踪事件の知らせが届く。事件解決に協力するよう要請されるラゼーグだったが、行く先々で謎の馬車に見張られていることに気付き─。異国の地を舞台とした傑作長編サスペンス。

『薔薇窓の闇　下』帚木蓬生著　集英社　2014.8　393p　16cm（集英社文庫）〈『薔薇窓 下巻』（新潮文庫 2004年刊）の改題〉680円　①978-4-08-745222-8
内容　精神科医ラゼーグら周囲の心遣いから次第に心を開くようになった音奴。日本の旅芸人一座にいたという彼女が語り始めた身の上にラゼーグは驚きを隠せない。そんななか、連続女性失踪事件を追うパリ警視庁警視の妹で、ラゼーグとも親しい仲だったラボリ嬢が殺害される。犯人は誰で、その目的は何なのか。失踪事件の真相とは。華やかなパリ万国博覧会の陰で起こった猟奇的事件をスリリングに描く。

『悲素　上巻』帚木蓬生著　新潮社　2018.

2 382p 16cm（新潮文庫）630円 ①978-4-10-118826-3 [内容] 一九九八年、和歌山市内の夏祭りでカレーを食べた住民六十名以上が中毒症状を呈し、四名が死亡した。県警から、毒物中毒の第一人者である沢井直尚九州大学医学部教授のもとに、協力要請が入る。現地入りした沢井は、事件の深刻さを前に誓う一本物の医学の力で犯罪をあぶりだすと。被害者たちの診察と診療録の解析の果てに浮上する、小林真由美の保険金詐取疑惑と過去の事件、戦慄の闇。

『悲素 下巻』帚木蓬生著 新潮社 2018.2 406p 16cm（新潮文庫）〈文献あり〉670円 ①978-4-10-118827-0 [内容] カレー事件の背後にあった複数の犯罪、鬼畜夫婦が詐取した高額の死亡保険金。だが、真由美は逮捕後も、完全黙秘のまま。難航する物証固め、捜査を支える専門医たちの知見。緊迫の公判が始まった─。事件の全容は解明されたのか。なぜカレー鍋に砒素を入れたのか？ 毒の魔力に取り憑かれた女の底知れぬ暗部とは。現役医師の著者が、小説でしか描けない真相に迫る医学捜査小説の金字塔。 [別版] 新潮社 2015.7

『日御子 上』帚木蓬生著 講談社 2014.11 396p 15cm（講談社文庫）700円 ①978-4-06-277971-5 [内容] 代々、使譯（通訳）を務める"あずみ"一族の子・針は、祖父から、那国が漢に使者を遣わして「金印」を授かったときの話を聞く。超大国・漢の物語に圧倒される一方、金印に「那」ではなく「奴」という字を当てられたことへの無念が胸を衝く。それから十七年後、今度は針が、伊都国の使譯として、漢の都へ出発する。

『日御子 下』帚木蓬生著 講談社 2014.11 372p 15cm（講談社文庫）700円 ①978-4-06-277972-2 [内容] 漢へ赴いた針のひ孫の炎女は、弥摩大国の巫女となり、まだ幼い女王の日御子に漢字や中国の歴史を教える。成長した日御子が魏に朝貢の使者を送るとき、使譯を務めたのは炎女の甥の在葉だった。1〜3世紀、日本のあけぼのの時代を、使譯の"あずみ"一族9代の歩みを通して描いた超大作。傑作歴史ロマン小説！ [別版] 講談社 2012.6

『蛍の航跡─軍医たちの黙示録』帚木蓬生著 新潮社 2014.8 760p 16cm（新潮文庫）〈2011年刊の改訂 文献あり〉990円 ①978-4-10-128825-3 [内容] インパール作戦下、抗命によって師団長職を解かれた中将の精神鑑定を行う医師。祖国を遠く離れたシベリアやスマトラ島で、敗戦後を生き抜いた医師。満州からアジア全域、灼熱の太平洋の島々まで、陸海軍将兵あるところ、かならず軍医たちは存在した。十五名の目に映った戦争、そして生命の実相とは？『蠅の帝国』と共に日本医療小説大賞を受けた著者のライフ・ワーク、完結篇。 [別版] 新潮社 2011.11

濱野　京子
はまの・きょうこ
《1956〜》

『アカシア書店営業中！』濱野京子作, 森川泉絵 あかね書房 2015.9 172p 21cm（スプラッシュ・ストーリーズ）1200円 ①978-4-251-04424-2 [内容] 大地は、読書好きな五年生。ところが、大好きな「アカシア書店」の児童書コーナーが、減らされてしまうかも…。大地は、智也、真衣、琴音と力を合わせてコーナーを守るため、奮闘して─!?

『アギーの祈り』濱野京子著 偕成社 2010.11 286p 20cm〈画：平澤朋子〉1400円 ①978-4-03-643070-3 [内容] 大きな戦争のため、難民が集められた島。学堂の教師アギーは、ある少女の、特別な舞いの才能に気づく。おりしも各国は、大戦中に兵士たちのために舞い、やがて姿を消した舞姫を追いはじめていた。坪田譲治文学賞受賞作家が書きあげた祈りと再生の物語。小学校高学年から。

『甘党仙人』濱野京子作, ジュン・オソン絵 理論社 2010.1 135p 21cm（おはなしルネッサンス）1200円 ①978-4-652-01321-2 [内容] バレンタインデーの甘い香りにさそわれて中国からやってきたのはなんと仙人!?小学校中学年から。

『アラビアンナイト』濱野京子文, ひらいたかこ絵 ポプラ社 2013.8 238p 18cm（ポプラポケット文庫）〈文献あり〉650円 ①978-4-591-13545-7 [内容] 読みやすい文章と、美しいさし絵で彩られた名作が児童文庫に登場！「アリ・ババと四十人の盗賊」「空とぶ馬」「アラ・ディーンと魔法のランプ」など人気の5編を収録。小学校上級〜。

『アラビアンナイト』濱野京子文, 篠崎三朗絵 ポプラ社 2018.3 173p 22cm

（ポプラ世界名作童話）1000円 ①978-
4-591-15814-2
内容 ファンタジーの宝箱「アラビアンナイ
ト」。スリル満点の冒険には、ありったけの勇
気を用意して。さあ、おどろきとロマンに満
ちた物語の世界へ旅にでましょう！小学校低
学年から読みやすい、正しく美しい日本語！

『石を抱くエイリアン』濱野京子著 偕成
社 2014.3 189p 20cm〈文献あり〉
1300円 ①978-4-03-727180-0
内容 わたしの辞書に「希望」なんかない。
1995年に生まれ、2011年3月に卒業式をむか
えた15歳たちの1年間。中学生から。

『歌に形はないけれど―初音ミクポケッ
ト』濱野京子作, nezuki絵 図書館版
ポプラ社 2015.4 195p 18cm（初音
ミクポケットシリーズ 3）1100円
①978-4-591-14378-0
別版 ポプラ社（ポプラポケット文庫―初音ミ
クポケット）2014.2

『くりぃむパン』濱野京子作, 黒須高嶺絵
くもん出版 2012.10 142p 21cm
1300円 ①978-4-7743-2117-2
内容 小学四年生の香里の家には、五世代九
人の大家族と、ふたりの下宿人がくらしてい
る。そんな香里の家にやってきた、同い年で
親せきの未来。未果のお父さんは仕事をなく
し、香里の家族をたよってきたのだった。自
分より、かわいがられる未果が気に入らない
香里。でもある日学校で、未果が、お金をひ
ろっているといううわさが流れて…。小学校
中学年から。

『紅に輝く河』濱野京子著 KADOKAWA
2014.9 341p 15cm（角川文庫）〈角
川書店 2012年刊の再刊〉640円 ①978-
4-04-101845-3
内容 神託が全てを決定する宗教国家、ファ
スール王国。正妃の娘に生まれた赤子・アス
タナは、「国に仇なす」「国を救う」という異
なる神託により、3日違いで生まれた第二夫
人・カミーナの娘と、母親にも内密に入れ替
えられることになった。男勝りで好奇心旺盛
に育ったアスタナは、国の学寮に忍び込むう
ちに、留学生のサルーと出会い、恋に落ちる。
一方、アスタナの成長に従い、カミーナは血
の繋がりに疑惑を深めていく。『碧空の果て
に』『白い月の丘で』に続く三部作、ついに
完結。波乱の王女の青春を描く、ドラマチッ
ク・ファンタジー！
別版 角川書店（カドカワ銀のさじシリー
ズ）2012.1

『ことづて屋』濱野京子著 ポプラ社

2015.3 263p 15cm（ポプラ文庫ピュ
アフル）620円 ①978-4-591-14457-2
内容 「お言伝てを預かっています」山門津多
恵の頭には時折、死者からの伝言がひびいて
くる。宛てた人物にその言葉を伝えるまで、
津多恵は楽になれない。見ず知らずの人物を
訪ねるために外見を装うのを、美容師の恵介
が手助けしている。幼くして死んだ娘から母
親へ、放蕩息子から父親へ、少年院の中から親
友へ…。伝えられた言葉は残された人に何を
もたらすのか。痛みをかえええた心をほぐす、
あたたかくやさしい物語。

『ことづて屋 ［2］ 停電の夜に』濱野京
子著 ポプラ社 2016.1 256p 15cm
（ポプラ文庫ピュアフル）620円
①978-4-591-14789-4
内容 頭に聞こえてくる死者からの伝言を相
手に届けるうちに、「ことづて屋」を名乗るよ
うになった津多恵。届ける人や言葉はいろい
ろ。「ママを守って」と幼い息子に言い遺した
父親から、改めて息子へ。夫から老いた妻へ、
大事な物の隠し場所を。熊谷空襲で亡くなっ
た親友が七十年ごしで明かす、秘めた恋心。
そして、来ると約束したのに現れなかった恋
人からの伝言。それは震災後の計画停電の夜
で―。人の気持ちにあたたかくよりそう、や
さしい物語、第二弾。

『ことづて屋 ［3］ 寄りそう人』濱野京
子著 ポプラ社 2017.3 280p 15cm
（ポプラ文庫ピュアフル）660円
①978-4-591-15411-3
内容 山門津多恵が、「ことづて屋」として、
頭に聞こえてくる死者からの伝言を指定され
た相手に届けるようになってから2年半が過
ぎた。いつも助けてくれる恵介は、津多恵の
最大の理解者となっており、感謝しつつも、
つき合わせて申し訳ないような気持ちも。あ
る時、届ける相手の居場所がわからず、なん
とか探してたどりついてみると、それは思い
もかけない人物で…。二人が新しい一歩を踏
み出す、感動のシリーズ第3巻！

『しえりの秘密のシール帳』濱野京子著,
十々夜絵 講談社 2014.7 187p
19cm〈イラスト：みやべゆり〉920円
①978-4-06-218960-6
内容 あたし、上川詩絵里。深山小学校の五
年生になったばかり。今日は始業式だけど、
今日のあたしの運勢は、十二星座中九番目で、
イマイチだから、ちょっと心配。"友だち関係
で落ち込むことがあるかもしれませんが、前
向きに考えましょう。ラッキーカラーはピン
ク。アイテムはパイル地のハンカチ"だって。
占いの大好きなしえりが、シールでえがく秘

日本の作品　　　　　　　　　　　　　　　　　　　　　　　　　　　濱野京子

密って?

『白い月の丘で』濱野京子著
KADOKAWA　2014.6　318p　15cm
（角川文庫）〈角川書店 2011年刊の再
刊〉560円　①978-4-04-101808-8
内容 ハジュンは大国アインスに併合された
亡国トールの王子。過去を捨てシーハン公国
で生きていたが、10年ぶりに密かに故郷に帰
る。そこで出会ったのは、仇であるアインス
の王子・カリオル。正体を隠したまま2人の
間には友情が芽生えるが、大切な幼なじみの
マーリィにカリオルが想いを寄せていると知
り、ハジュンは複雑な思いにかられる。そん
な中、トールの将だったジョンシェが、国再
興の旗印になってほしいと接近してきて…!?
別版 角川書店（カドカワ銀のさじシリー
ズ）2011.1

『すべては平和のために』濱野京子作, 白
井裕子絵　新日本出版社　2016.5
206p　20cm（文学のピースウォーク）
1800円　①978-4-406-06029-5
内容 国と国との戦争がなくなり、各地の紛
争は企業が調停するようになった近未来、和
菜にあるミッションが与えられる一。

『空はなに色』濱野京子作, 小塚類子絵
そうえん社　2015.10　199p　20cm
（ホップステップキッズ！）1300円
①978-4-88264-536-8
内容 突然うちにやってきたいとこの中学生・
美蘭ちゃん。校則やぶりのお化粧に金髪。そ
の上、タそつき？ でも、美蘭ちゃんといっ
しょに見た景色からわたしの毎日が変わって
いった…小学校中・高学年向き読み物。

『ソーリ！』濱野京子作, おとないちあき
画　くもん出版　2017.11　211p　20cm
（［くもんの児童文学］）1300円　①978-
4-7743-2710-5
内容 総理大臣になりたいって笑われるよう
な夢なの!?小学校5年生の少女・照葉の物語
をとおして、政治や社会について考える児童
文学。

『天下無敵のお嬢さま！　1　けやき御殿
のメリーさん』濱野京子作, こうの史代
画　新装版　童心社　2012.3　187p
20cm　1600円　①978-4-494-01960-1
内容 わたくし、沢崎菜奈と申します。ここ、
花月町に暮らし、花月小学校に通う六年生。
はっきりいって、美少女です。それに、運動
神経抜群で成績優秀。中国武術・長拳とバイ
オリンをたしなんでおります。人はわたくし、
菜奈と
芽衣、そしてメリーさんとの出会いからはじ

まるすてきな物語。シリーズ第一作。

『天下無敵のお嬢さま！　2　けやき御殿
のふしぎな客人』濱野京子作, こうの史
代画　新装版　童心社　2012.3　189p
20cm　1600円　①978-4-494-01961-8
内容 わたくし、沢崎菜奈と申します。ここ、
花月町に暮らし、花月小学校に通う六年生。
はっきりいって、美少女です。それに、優等
生で運動神経抜群。人はわたくしを、天下無
敵のお嬢さまといいます。こんなわたくしの
欠点は、美しい殿方にすぐ心ひかれて
しまうこと。それでときどき失敗をしてしま
うのです一。菜奈と芽衣、そしてメリーさん
の前に現れた謎の美少年。葉加瀬小五郎がま
きおこす大騒動！ シリーズ第二弾。

『天下無敵のお嬢さま！　3　ひと夏の恋
は高原で』濱野京子作, こうの史代画
新装版　童心社　2012.3　187p　20cm
1600円　①978-4-494-01962-5
内容 わたくし、沢崎菜奈と申します。はっ
きりいって、美少女です。学術優秀にして運
動神経抜群、中国武術は長拳をたしなんでい
ます。わたくしは今、高原の避暑地にある、別
荘にきております。今年の夏は、特に心がは
ずみます。それというのも、初めてお友だち
を招待したからなのです。アメリカから来た
お嬢さま・キャッシーと菜奈が芽衣をめぐり、
恋の日米お嬢さま対決!?シリーズ第三弾。

『天下無敵のお嬢さま！　4　柳館の
ティーパーティー』濱野京子作, こうの
史代画　新装版　童心社　2012.3　184p
20cm　1600円　①978-4-494-01963-2
内容 この町に越してきて半年、あたしのまわ
りにはいつも菜奈がいた。転校してくる前、
友だちなんていらないと思っていたことを、
いつのまにか忘れていた。ふりまわされてば
かりだったけれど、菜奈がいたから、親がい
ない寂しさも忘れられた。一だめだよ、
菜奈。そっちにいっちゃだめだ！ あたしは
信じてる。菜奈のことを。菜奈の本当の強さ
を。天下無敵のお嬢さま・菜奈、恋やつれで
命も危ない？ 菜奈を助けるために奮闘する
芽衣と仲間たち一シリーズ第四弾。
別版 童心社（フォア文庫）2008.10

『トーキョー・クロスロード』濱野京子著
ポプラ社　2010.3　285p　15cm（ポプ
ラ文庫ピュアフル）〈2008年刊の加筆・
訂正〉560円　①978-4-591-11785-9
内容 別人に変装して、ダーツにあたった山
手線の駅で降りてみる。これが休日の栞の密
かな趣味。そこで出会ったかつての同級生、

耕也となぜか縁がきれなくて…。素直になれない二人をジャズ喫茶のバンドマン、一児の母、辛口の秀才、甘えん坊の美少女（すべて高校生！）が支える。「東京」という街の中ですれ違う人間関係が静かなジャズの音にのせて描かれる極上の青春小説。第25回坪田譲治文学賞受賞。

別版 ポプラ社（Teens' best selections）2008.11

『ドリーム・プロジェクト』濱野京子著　PHP研究所　2018.6　205p　20cm（［わたしたちの本棚］）1400円　①978-4-569-78777-0

内容 中学2年生の拓真は、かつて過ごした古い家を懐かしむ祖父・勇を気にかけていた。家屋の修繕を願っていた拓真は、同級生・日菜子からの提案で地域の憩いの場として古民家再生を試みることになり…。インターネットを通じて、家族、同級生、学校、地域、企業をも巻き込んでの挑戦が始まった。

『バンドガール！』濱野京子作, 志村貴子絵　偕成社　2016.8　198p　19cm（偕成社ノベルフリーク）900円　①978-4-03-649020-2

内容 初心者で、ドラム担当の沙良。ある日『忘れられた歌』という曲をみつけるけれど、その曲は演奏してはいけない、といわれてしまって!?近未来が舞台のちょっぴり社会派ガールズバンド・ストーリー。小学校高学年から。

『ビブリオバトルへ、ようこそ！』濱野京子作, 森川泉絵　あかね書房　2017.9　207p　21cm（スプラッシュ・ストーリーズ）〈文献あり〉1300円　①978-4-251-04430-3

内容 柚希は、あこがれの幸哉くんと同じ図書委員になった。図書委員会のイベント、好きな本を紹介して投票する「ビブリオバトル」に挑戦。佑、歌音、陽人たちとのバトルで「チャンプ本」を勝ち取り、幸哉くんに注目してもらう！と張り切る柚希は…!?

『フュージョン』濱野京子著　講談社　2008.2　250p　20cm　1300円　①978-4-06-214484-1

内容 何なの、これ？何やってんだよ、あいつら。それが、あたしとヤツらの、そして、あたしとダブルダッチの出会いだった―。いま人気のスポーツを題材に、少女たちの交流と成長を描いた、感動のYA青春小説。

『フランダースの犬』ウィーダ作, 濱野京子文, 小松咲子絵　ポプラ社　2015.11　133p　22cm（ポプラ世界名作童話）1000円　①978-4-591-14702-3

内容 やさしいジェハン・ダースおじいさんとネロ少年に、命をたすけられてから、犬のパトラッシュはずっと二人といっしょにいました。暮らしはまずしくとも幸せでした。ところで、ネロには画家になるというひそかな夢がありましたが、クリスマスの日…。悲しい結末と、犬と少年のかたいきずなと愛情に、強く胸を打たれる名作。

『ヘヴンリープレイス』濱野京子作, 猫野ぺすか絵　ポプラ社　2010.7　205p　19cm（ノベルズ・エクスプレス）1200円　①978-4-591-11957-0

内容 引っ越してきたまちで、和希は、暮らしに悩みをかかえた少年少女たちと出会う。彼らを救いたい―でも、助けられないのは、自分が子供だからなの？自分の生活、両親、そして社会に目を向けはじめる…。緑ふかい林の中の幸福な時間をえがく、ひと夏の物語。

『碧空の果てに』濱野京子著　KADOKAWA　2014.2　249p　15cm（角川文庫）〈角川書店 2009年刊の再刊〉480円　①978-4-04-101229-1

内容 文武に優れるメイリン姫は並外れた大力の持ち主。早く婿をとれるよう父王に強いられるが、自分が自分らしく生きられる場所を求め、男装して国を飛び出す。辿り着いたのは賢者の国・シーハン。そこで彼女は孤高を保つ美貌の首長・ターリンと出会う。足が不自由な彼に、従者として仕えることになるメイリン。「わたくしがあなたの『足』になります」「あなたの支えなど必要ない」静いと葛藤を重ねながら、2人は少しずつ心通わせていくが―。

別版 角川書店（カドカワ銀のさじシリーズ）2009.5

『ペンネームは夏目リュウ！―キミも物語が書ける』濱野京子文, サクマメイ絵, 日本児童文学者協会編　くもん出版　2008.2　237p　19cm　900円　①978-4-7743-1364-1

内容 宏樹は、読書と野球が大好きな小学5年生。ひょんなことから、クラスメイトの明日香とはりあって、物語を書くハメに！はじめて書きあげた物語は、なんだかイマイチ…。そんな宏樹の前に、自分が書いた物語の主人公、高校生探偵リュウがあらわれた。

『木工少女』濱野京子著　講談社　2011.3　216p　20cm　1300円　①978-4-06-216853-3

内容 1年間限定で山奥の学校に引っ越してきた少女と木の触れ合いを叙情豊かに綴る、坪田譲治文学賞作家の最新作。

日本の作品 はやみねかおる

『竜の木の約束』濱野京子作, 丹地陽子絵
あかね書房　2010.10　191p　20cm
1300円　①978-4-251-07301-3
内容　"竜の木"の下で、桂は不思議な少年と
出あう。優等生の麻琴にそっくりな顔で、不
敵にほほえむ少年。すべての関係を適度にや
りすごしてきたはずの、桂の日々が、変わり
はじめた…。

『レガッタ！―水をつかむ』濱野京子著
講談社　2012.6　258p　19cm〈YA！
ENTERTAINMENT〉950円　①978-4-
06-269455-1
内容　「たかがスポーツに、そんなにむきに
なるなんて」。優秀な姉の言葉に反発し、強
豪ボート部に入部した飯塚有里は、力があり
ながらも、水上でうまく発揮できずにいた。
ボートはひとりでは漕げないと知ったとき、
オールが水をつかみはじめる…。

『レガッタ！　2　風をおこす』濱野京子
著　講談社　2013.3　250p　19cm
（YA！ ENTERTAINMENT）〈画：一
瀬ルカ〉950円　①978-4-06-269468-1
内容　強豪ボート部に所属する飯塚有里は、イ
ンターハイ予選で、2年生でただひとりA艇の
"天狼"に乗ることに。このメンバーなら、負
けない。揺るぎない自信をもって大会に臨ん
だ有里を、思いがけない事故が襲う。

『レガッタ！　3　光をのぞむ』濱野京子
著　講談社　2013.8　253p　19cm
（YA！ ENTERTAINMENT）〈画：一
瀬ルカ〉950円　①978-4-06-269472-8
内容　この2年と3か月。迷わずに進むことな
んてできなかった。それでも、仲間とともに
乗り越えてきた。だからこそ、3年生だけで
"天狼"に乗りたい。そして、優勝したい。は
たして、有里の願いはかなうのか!?ついにイ
ンターハイへ！ ボート部小説第3弾！

『レッドシャイン』濱野京子著　講談社
2009.4　268p　20cm〈文献あり〉1300
円　①978-4-06-215383-6
内容　エネ研、ソーラーカー、大潟村…太陽
の光に導かれて、淡い恋が始まった―。ソー
ラーカーレースにかける高専生たちの青春。

はやみね　かおる
《1964～》

『踊る夜光怪人―名探偵夢水清志郎事件
ノート』はやみねかおる著　講談社
2008.7　291p　15cm（講談社文庫）
〈著作目録あり〉571円　①978-4-06-
276104-8
内容　夜光怪人出没の噂を確かめに亜衣たちは
夜の桜林公園へ。やはりそこには闇に踊り、
首が取れる光る怪人が！ 文芸部後輩の千秋
の実家、虹斎寺の和尚さんは、亜衣と麗一に
難解な暗号が記された古い巻物を見せる。怪
人と暗号、両方の謎が解けたという教授、名
探偵夢水清志郎は、町の人を集めて何を始め
るのか。

『怪盗クイーン、かぐや姫は夢を見る』は
やみねかおる作, K2商会絵　講談社
2011.10　491p　18cm（講談社青い鳥文
庫）〈著作目録あり〉740円　①978-4-
06-285233-3
内容　怪盗の美学にかなう、次なる獲物は、な
んと日本！ 舞台は、竹取の翁の末裔が住むと
いわれる、秘境、竹鳥村。狙うは、不老不死
の秘薬 "蓬莱" だ。そんなおり、竹鳥村では、
絶世の美女、春咲華代をめぐって、現代のか
ぐや姫騒動が勃発していた。探偵卿の仙太郎
やヴォルフ、クイーンの命を狙う暗殺臣まで
乗りこんできて、竹鳥村は大騒動！ はたし
て、蓬莱を手にするのは、だれか…!?小学上
級から。

『怪盗クイーン、仮面舞踏会にて』はやみ
ねかおる作, K2商会絵　講談社　2008.2
459p　18cm（講談社青い鳥文庫―ピラ
ミッドキャップの謎 前編）〈著作目録
あり〉720円　①978-4-06-285002-5
内容　舞台は、ドイツの深き森のなかにたた
ずむ古城。なんと、その城は奇怪にも「あべ
こべ」に建っていた。逆立ちして地中に深く
つきささる「あべこべ城」。その奥深くには、
「怪盗殺し」といわれるピラミッドキャップ
が眠っていた。人智を超える存在、ピラミッ
ドキャップをめぐって、怪盗クイーン、皇帝、
探偵卿、謎の組織ホテルベルリンが仮面舞踏
会で火花を散らす―。小学上級から。

『怪盗クイーンケニアの大地に立つ』はや
みねかおる作, K2商会絵　講談社
2017.9　381p　18cm（講談社青い鳥文
庫）820円　①978-4-06-285655-3
内容　今回の舞台はアフリカのケニア！ 擬態
する新種の猫が発見されたというニュースを
きいたクイーンは、さっそく猫をうばう予告
状を出して、ケニアへとむかう。擬態の研究
成果を某国に売りわたそうともくろむ科学者
兄弟、それを阻止しようとするホテルベルリ
ン、さらには探偵卿たちがケニアに集結。サ
バンナでの大バトルのすえに、クイーンは獲
物を手にすることができるのか―!?小学上級
から。

『怪盗クイーン公式ファンブック―週間で

はやみねかおる　　　　　　　　　　　　　　日本の作品

わかる怪盗の美学』はやみねかおる作，
K2商会絵　講談社　2013.10　233p
19cm（青い鳥おもしろランド）〈著作目
録あり〉1200円　①978-4-06-218638-4
内容 描き下ろしイラスト満載。はやみねかお
る＆K2商会スペシャル対談つき。怪盗クイー
ンのすべてがつまった公式ファンブック。

『怪盗クイーンと悪魔の錬金術師―バース
デイパーティ 前編』はやみねかおる作，
K2商会絵　講談社　2013.7　391p
18cm（講談社青い鳥文庫）〈著作目録
あり〉740円　①978-4-06-285369-9
内容 「怪盗ポスト」にとどいた，一通の赤い
封筒。それは，プラハに住む少女ライヒから
の，クイーンへの依頼の手紙だった！何人に
も解読できなかったというヴォイニッチ文書
を盗んでほしいというのだ。古文書には，錬
金術の大いなる秘法が記されているという…
しかし，古文書を横から奪ったのは，人造人
間ティタン。さらには，ホテルベルリンや宇
宙一の人工知能マガが登場し，プラハの街は
大騒動に―!?小学上級から

『怪盗クイーンと魔界の陰陽師―バース
デイパーティ 後編』はやみねかおる作，
K2商会絵　講談社　2014.4　599p
18cm（講談社青い鳥文庫）〈著作目録
あり〉790円　①978-4-06-285421-4
内容 衝撃的なジョーカーの死から数日。ク
イーンは，ジョーカーを生き返らせるため，
日本の原伊島に向かう。その島には，完璧な
生命生成に必要な"クリスタルタブレット"
があるという。人造人間ルイヒやホテルベル
リン，ヴォルフ…クリスタルタブレットをね
らう人物が，次々と島に集結。仙太郎やヤウ
ズ，さらには名探偵夢水清志郎まで総動員で，
事態はますます大波乱！ジョーカーの命は，
どうなっちゃうの!?小学上級から。

『怪盗クイーンに月の砂漠を』はやみねか
おる作，K2商会絵　講談社　2008.5
523p　18cm（講談社青い鳥文庫―ピラ
ミッドキャップの謎 後編）〈著作目録
あり〉760円　①978-4-06-285023-0
内容 「あべこべ城」での眠りから覚めたピラ
ミッドキャップは，はやくもその力を発動し，
モーリッツ教授をエジプトへと飛ばした！ピ
ラミッドキャップを追って，クイーン，皇帝，
探偵卿，ホテルベルリンらも一路エジプトへ。
しかし，そんな人間たちの思惑を超えて，ピ
ラミッドキャップは，地球を滅亡に導こうと
していた！ギザの三大ピラミッドに舞台を
うつし，怪盗クイーンは地球を救えるか!?

『怪盗クイーンブラッククイーンは微笑ま

ない』はやみねかおる作，K2商会絵　講
談社　2016.7　357p　18cm（講談社青
い鳥文庫）〈著作目録あり〉780円
①978-4-06-285565-5
内容 このところ，華麗な手口で世界中の秘
宝・財宝を盗みまくり，世間を騒がす「怪盗
クイーン」。だが，その正体はクイーンの名を
騙る「ブラッククイーン」だった！ブラック
クイーンが予告してきた次なる獲物は『ホー
プ・エッグ』。約500年前に，世界各地で起き
た奇跡の謎を解く鍵といわれる『エッグ』を
めぐって，クイーンvs.ブラッククイーンvs.
探偵卿の闘いの火ぶたが切られる！小学上
級から。

『帰天城の謎―TRICK青春版』はやみね
かおる著，鶴田謙二絵　講談社　2010.5
292p　19cm〈著作目録あり〉1000円
①978-4-06-216231-9
内容 花も恥じらう，女子中学生，山田奈緒
子。日本一周武者修行の旅をしている，上田
次郎。不思議な縁で出会った二人は，N県の
踊蝶那村で，奇妙な事件に巻き込まれる。消
えた城，隠された埋蔵金，玲姫の妖術…。超
常現象は，すべてトリックで説明できるか。

『機巧館（からくりやかた）のかぞえ唄―名
探偵夢水清志郎事件ノート』はやみねか
おる著　講談社　2009.1　281p　15cm
（講談社文庫）〈著作目録あり〉581円
①978-4-06-276255-7
内容 霧に包まれる機巧館。館に住む老推理
作家は密室の書斎から煙のように消えた。机
に残された『夢の中の失楽』という題名の推理
小説。やがて作中のかぞえ唄の通りに見立て
殺人が起きて…。どこまでが現実でどこまで
が夢なのか。名探偵夢水清志郎をして，「謎を
解くのが怖い」と言わしめた事件の真相とは。

『奇譚ルーム』はやみねかおる著　朝日新
聞出版　2018.3　244p　19cm　980円
①978-4-02-331659-1
内容 ぼくが招待されたのは，SNSの仮想空
間「奇譚ルーム」。ぼくをふくむ10人のゲスト
が，奇譚－不思議な話－を語りあうために
集まった。そのとき突然，発言主不明のふき
だしが現れる。「わたしは殺人者。これから，
きみたちをひとりずつ殺していくのだよ」殺
人者とはいったいだれなのか？死の制裁に
はなんの目的があるのか？衝撃のラストが
きみを待っている！

『ギヤマン壺の謎―名探偵夢水清志郎事件
ノート外伝』はやみねかおる著　講談社
2009.7　279p　15cm（講談社文庫）
〈著作目録あり〉600円　①978-4-06-

244

276412-4

内容 黒船あらわる時代。長崎の出島で、高価なギヤマンの壺が蔵から消えた。"密室"の謎を鮮やかに解いてみせたのは黒ずくめの怪しい男夢水清志郎左右衛門だった。土佐弁の愉快な侍と道中をともにし、江戸に着いた彼は三姉妹が大家の割長屋で暮らすことに。みんなを幸せにする夢水シリーズ、痛快番外大江戸編。

『恐竜がくれた夏休み』はやみねかおる作, 武本糸会絵 講談社 2014.8 265p 18cm（講談社青い鳥文庫）〈2009年刊の再刊 著作目録あり〉650円 ①978-4-06-285437-5

内容 小学校生活最後の夏休み、美亜はなんだか寝不足。五日連続で恐竜の夢を見つづけているせいだ。そしてどうやら、恐竜が泳ぐ夢を見た人はほかにもいるらしい。夜中の海野浦小学校を調べにいった美亜たちは、プールの水面に長い首を出す恐竜を見た――。恐竜ロロのメッセージを人類に伝えるため、美亜たちが考えた計画とは？ 退屈な夏休みをふきとばす、とびきりのファンタジー！ 小学上級から。

別版 講談社 2009.5

『少年名探偵虹北恭助の冒険』はやみねかおる作, 藤島康介絵 講談社 2011.4 301p 18cm（講談社青い鳥文庫）670円 ①978-4-06-285211-1

内容 古本屋の店番をしながら本を読んで生活するヘンな小学生・虹北恭助。幼なじみの野村響子といっしょに、虹北商店街でおこるさまざまな事件にいどむ。"毒入りお菓子事件"に"心霊写真"。透明人間"の怪から"お願いビルディング"の謎まで！ そして"卒業記念"にひそむ秘密とはいったい!?細い目をルビーのように見ひらいて、魔法使いのように謎解きする恭助から目がはなせない！ 小学上級から。

『少年名探偵虹北恭助の冒険フランス陽炎村事件』はやみねかおる著 講談社 2009.8 371p 18cm（講談社ノベルス）〈著作目録あり〉1100円 ①978-4-06-182666-3

内容 あの少年名探偵・虹北恭助がついに帰ってきた！ フランスの田舎村にあらわれた亡霊の正体とは一？ 歩く大木と、触れた人が祟られる岩の謎とは一？ 陽炎村へ向かった美少女高校生・野村響子ちゃんをワトソン役に虹北恭助の推理が冴える！ はやみねかおるの新本格ミステリ魂がいっぱいにつまった一冊。

『少年名探偵Who―透明人間事件』はやみ

ねかおる作, 武本糸会絵 講談社 2008.7 157p 18cm（講談社青い鳥文庫）505円 ①978-4-06-285021-6

内容 「今夜10時、あなたのたいせつなものをうばいに参上します。」玩具メーカーB‐TOY社に、なんと透明人間から犯行予告状がとどいた。透明人間にたちむかうのは、われらが少年名探偵WHO！ 助手のネコイラズくん、新聞記者のインインチョー、アラン警部とともに、透明人間の謎に挑む！ 武本糸会先生のイラスト満載の画期的な新シリーズ見参！

『卒業―開かずの教室を開けるとき 名探偵夢水清志郎事件ノート』はやみねかおる作, 村田四郎絵 講談社 2009.3 517p 18cm（講談社青い鳥文庫）〈著作目録あり〉760円 ①978-4-06-285078-0

内容 最後の舞台は、虹北学園。亜衣・真衣・美衣の岩崎三姉妹とレーチたちにも、ついに卒業の時がせまっていた。そんなとき、古い木造校舎にあった、「開かずの教室」を、レーチが開けてしまった！ 封印はとかれ、「夢喰い」があらわれた!!四十数年まえの亡霊がふたたび虹北学園をさまよい歩く。亜衣、真衣、美衣、レーチら、みんなの「夢」は喰われてしまうのか？ 夢水清志郎、最後の謎解きに刮目せよ。

『大中小探偵クラブ―神の目をもつ名探偵、誕生！』はやみねかおる作, 長谷垣なるみ絵 講談社 2015.9 249p 18cm（講談社青い鳥文庫）〈著作目録あり〉650円 ①978-4-06-285510-5

内容 ぼくの名前は佐々井彩矢。背は低い。6年生だけど、よく3年生とまちがえられる。背が低いことをのぞけば、たいした特徴のない小学生だ。でも、周りからは「彩矢は、ものすごく変わってる。」と言われる。その原因は、ぼくが人よりも神経質な性格をしているからだ―。そんな主人公の彩矢が、クラスメイトの大山昇、真中杏奈とともに難事件に挑む、本格ミステリー！ 小学中級から。

『大中小探偵クラブ ［2］ 鬼腕村の殺ミイラ事件』はやみねかおる作, 長谷垣なるみ絵 講談社 2016.3 281p 18cm（講談社青い鳥文庫）〈著作目録あり〉680円 ①978-4-06-285542-6

内容 大中小探偵クラブに、あらたな依頼がまいこんだ！ 今回の依頼は、鬼腕村に受け継がれてきたミイラ信仰の謎を調べること。鬼腕村では、古くから伝わる言いつけを守らないと、ミイラが鬼に変わって村に災いを起こすという―。そして、調査を開始した彩矢たちの前に、つぎつぎとおどろくべき出来事

が！ はやみねかおるの本格ミステリー・シリーズ第2弾。小学中級から。

『大中小探偵クラブ ［3］ 猫又家埋蔵金の謎』はやみねかおる作, 長谷垣なるみ絵　講談社　2017.1　265p　18cm（講談社青い鳥文庫）〈著作目録あり〉700円　①978-4-06-285602-7

内容 大中小探偵クラブが今回とりくむのは、かつての大名だった猫又家に伝わる埋蔵金伝説！ お家お取りつぶしのときに隠されたといわれる埋蔵金は本当にあるのか？ 隠された場所は？ そして、それを受け継ぐ資格のある者とは――。新たにクラスの「エリート」こと北岡恵理人が加わり、ますますパワーアップした探偵クラブが、「猫又家埋蔵金」の謎にせまる！ 小学中級から。

『打順未定、ポジションは駄菓子屋前』はやみねかおる作, ひのた絵　講談社　2018.6　235p　18cm（講談社青い鳥文庫）650円　①978-4-06-512097-2

内容 ぼく、春日温。野球部所属の中学2年生。みんなからは「ヌク」って呼ばれている。背は低くて力もないけど、野球は大好きだ。ポジションは『駄菓子屋前』だ。フェンスを越えて飛んでくるファールボールを、駄菓子屋の前でくい止めるのがぼくの役目。そんなぼくの定位置には、今日もワケありな人がやってきて!?万年補欠のヌクの奮闘を描く、非リア充系青春ストーリー！ 小学上級・中級から。

『ディリュージョン社の提供でお送りします』はやみねかおる著　講談社　2017.4　287p　15cm（講談社タイガ）〈著作目録あり〉720円　①978-4-06-294069-6

内容 物語を現実世界で体験できる新しいエンターテインメント「メタブック」を提供する会社――ディリュージョン社で働く新人エディターの森永美月と、天才作家と名高い手塚和志。突如舞い込んだ「不可能犯罪小説を体験したい」という厄介な依頼で、完璧な台本と舞台を用意する二人。しかし怪しい手紙や殺意ある事件、と不測の事態が続き…。リアル殺人鬼が登場人物の中にいる!?

『ドキドキ新学期―4月のおはなし』はやみねかおる作, 田中六大絵　講談社　2013.2　72p　22cm（おはなし12か月）1000円　①978-4-06-195740-4

内容 現代を代表する一流童話作家の書きおろし。物語の楽しさを味わいながら、日本の豊かな季節感にふれることができます。上質なイラストもたっぷり。低学年から、ひとりで読めます。巻末の「まめちしき」で、行事の背景についての知識が高まります。

『徳利長屋の怪―名探偵夢水清志郎事件ノート外伝』はやみねかおる著　講談社　2010.1　307p　15cm（講談社文庫）〈著作目録あり〉600円　①978-4-06-276564-0

内容 亜衣たち三姉妹のいる徳利長屋に落ち着いた夢水清志郎左右衛門は、住人たちと花見で浮かれる。ところが幕府と薩長は一触即発、明日にも江戸は火の海に。どこで知り合ったか夢水は、勝海舟と西郷隆盛の両雄を徳利長屋に呼び寄せた。名探偵は歴史を変えて皆を幸せにできるのか!?夢水時代劇場大団円の巻。

『復活!!虹北学園文芸部』はやみねかおる作, 佐藤友生絵　講談社　2015.4　275p　18cm（講談社青い鳥文庫）〈2009年刊の再刊　著作目録あり〉680円　①978-4-06-285479-5

内容 中学1年の岩崎マインは、文芸部に入ることを楽しみに、虹北学園に入学してきた。ところが、入学早々知らされたのは、文芸部が数年前に廃部になったという事実。「そりゃないよ、セニョ～ル！」マインは文芸部を復活させるため、クラブ創設に必要な4人の部員を集めようと、メンバー獲得にのりだす！ 愛と笑い、夢と希望をつめこんで、すべての本好きにおくる熱血文芸部物語!!小学上級から。

別版 講談社 2009.7

『ぼくと先輩のマジカル・ライフ　1』はやみねかおる作, 庭絵　KADOKAWA　2013.11　237p　18cm（角川つばさ文庫）〈「僕と先輩のマジカル・ライフ」（角川文庫 2006年刊）の改題、一部書きかえ〉640円　①978-4-04-631352-2

内容 ぼくは井上快人。「超」がつくほどまじめな大学1年生。この春ひとり暮らしをスタートしたぼくの下宿に、なんと幽霊が現れた―!?ぼくの身のまわりで起こる「あやしい」事件の数々を、オカルト愛好家で年齢不詳の先輩・長曽我部慎太郎と、幼なじみの霊能力者・川村春奈といっしょに解きあかす！ はやみねかおるの青春キャンパス・ミステリーシリーズ第1弾！ きみにはこの謎が解けるか!?小学上級から。

『ぼくと先輩のマジカル・ライフ　2』はやみねかおる作, 庭絵　KADOKAWA　2014.2　181p　18cm（角川つばさ文庫）〈「僕と先輩のマジカル・ライフ」（角川文庫 2006年刊）の改題、一部書きかえ〉620円　①978-4-04-631379-9

内容 ぼくは井上快人。ぼくの学校のプールで「カッパを見た！」という人が現れた！ 超

常現象には目がない長曽我部先輩と幼なじみの春奈と3人でカッパの正体を探りはじめたのだがそこにはもっと大きな謎が隠されていた。そして春が近づくと『京洛公園の桜の下に、死体が埋まってる』という噂を耳にした。ぼくはカッパにも死体にもかかわりたくないんだけど。はやみねかおる大人気シリーズ第2弾！ 小学上級から。

『**ぼくと未来屋の夏**』はやみねかおる作，武本糸会絵　講談社　2013.6　253p　18cm（講談社青い鳥文庫）〈2003年刊の再刊〉650円　①978-4-06-285356-9
内容 夏休み前日、「未来を知りたくないかい？」と未来を売る「未来屋」の猫柳と出会った風太。この出会いから奇妙な夏休みがはじまった。風太の住む髪櫛町には、子どもが消えるという「神隠しの森」、「人喰い小学校」や「人魚の宝物」など、不気味な伝説がたくさんあって!?「神隠しの森」を自由研究のテーマにした風太に謎が立ちはだかる!?ドキドキの夏休み冒険ストーリー！ 小学上級から。
別版 講談社（講談社ノベルス）2010.7

『**ぼくらの先生！**』はやみねかおる著　講談社　2008.10　199p　20cm　1300円　①978-4-06-214991-4
内容 定年退職をむかえた元・小学校の先生が、子どもたちとの日々を小さな謎をひそませながら、奥さんに語ります。謎がとけたとき、幸せな子ども時代がよみがえる一。小学校を舞台に、先生と子どもたちのきらめくような夏をとじこめた、はやみねかおる最新ミステリ短編集。

『**魔女の隠れ里―名探偵夢水清志郎事件ノート**』はやみねかおる著　講談社　2008.1　295p　15cm（講談社文庫）〈著作目録あり〉552円　①978-4-06-275953-3
内容 桜もちに釣られて名探偵夢水清志郎は亜衣たち三姉妹と、山深い笙野之里にやってきた。山荘に11体のマネキンを送りつけた "魔女" と名乗る謎の女が、恐怖の推理ゲームの開始を告げる。桜吹雪の夜、亜衣たちが目撃したのは空飛ぶ魔女なのか!?解決編に、亜衣たちも知らないもう一つの謎解きを加えた完全版。

『**都会（まち）のトム＆ソーヤ　1**』はやみねかおる著　講談社　2012.9　341p　15cm（講談社文庫）600円　①978-4-06-277326-3
内容 冒険の始まりには、こんな三日月の夜こそふさわしいと思わないかい一。午後10時のビジネス街、塾帰りの内藤内人は同級生の竜王創也の姿を見かけ尾行するが、途中で忽然と見失ってしまう。だが、やがて内人は創也に秘密にたどりつき、少年たちは特別な友だちになる。都会の少年冒険小説、シリーズ第一弾。

『**都会（まち）のトム＆ソーヤ　2　乱！RUN！ラン！**』はやみねかおる著　講談社　2012.9　347p　15cm（講談社文庫）600円　①978-4-06-277327-0
内容 普通の中学生の内人と竜王グループの後継者で成績優秀な創也はクラスメイト。創也はゲームオタクで、いつか究極のゲームをつくる目標があった。謎の天才ゲームクリエイターの招待状に応じ、訪れた洋館で待っていたのは『ルージュ・レーブ』をさがすゲームだった。知恵と勇気の少年冒険小説、シリーズ第二弾。

『**都会（まち）のトム＆ソーヤ　3　いつになったら作戦終了？**』はやみねかおる著　講談社　2012.12　349p　15cm（講談社文庫）〈文献あり〉600円　①978-4-06-277405-5
内容 頭脳明晰、紅茶マニアの竜王創也。冒険スキル少年の内藤内人。「砦」の秘密を共有する親友二人の学園ストーリー第三弾。内人が女の子をデートに誘うための盛大な "S計画" とは？ 文化祭が現金輸送車襲撃犯ほか、侵入者で大騒動になる "ミッション・イン・スクールフェスティバル"。コメディ満載の二つの物語。

『**都会（まち）のトム＆ソーヤ　4　四重奏**』はやみねかおる著　講談社　2013.12　317p　15cm（講談社文庫）640円　①978-4-06-277471-0
内容 塾の帰り道、古びた洋館の窓に現れる謎の美少女に気づいた内人。幽霊が出る噂もある "斑屋敷" と呼ばれる怪しい館を創也と内人はテレビクルーとともに探索する。"妖精" と名づけた美少女に内人は出会えるのか？ 館にまつわる数々の謎の実体は？ 竜王創也と内藤内人、二人の中学生の冒険ミステリー第四弾！

『**都会（まち）のトム＆ソーヤ　5［上］IN塀戸 上**』はやみねかおる著　講談社　2014.7　261p　15cm（講談社文庫）660円　①978-4-06-277527-4
内容 天才ゲーム制作者に招待され内人と創也はN県塀戸村に向かった。そこに待っていたのは廃村寸前の村に大規模な工事を加え舞台としたリアルRPGだった。集められた参加者たちは詳細不明、予想困難なゲーム『IN塀戸』への挑戦を開始する。天才的頭脳とサ

バイバル能力が光る。"大長編"少年冒険小説
前編！

『都会（まち）のトム＆ソーヤ　5［下］
IN塀戸 下』はやみねかおる著　講談社
2014.7　283p　15cm（講談社文庫）660
円　①978-4-06-277528-1
内容 リアルRPG『IN塀戸』は謎の連続。閉ざ
された村でのゲームに全力を尽くす内人と創
也。だがUFO、宇宙人Xと続々登場する未体
験レベルの怪現象に、かえって謎は深まるばか
り。創也の天才的頭脳が遂に敗北するのか？
二人の父親が初登場の短編、短編コミックも
余さず収録。"大長編"少年冒険小説完結編！

『都会（まち）のトム＆ソーヤ　6　ぼくの
家へおいで』はやみねかおる著　講談社
2014.12　324p　15cm（講談社文庫）
700円　①978-4-06-277988-3
内容 創也の家にいくことになった内人。創
也と砦以外の場所に行くとたいへんな目に
あうのはわかっていたのだが、堀越美晴もく
る、この言葉に内人は弱かった。しかも、最
凶の相手、最新鋭のホームセキュリティシス
テム「AKB24」と二人は対決する羽目にな
る。謎と不思議と危険満載。少年冒険ミステ
リー小説！
別版 講談社（YA！ entertainment）2008.9

『都会（まち）のトム＆ソーヤ　7　怪人は
夢に舞う　理論編』はやみねかおる著
講談社　2015.7　396p　15cm（講談社
文庫）770円　①978-4-06-293144-1
内容 内人と創也は究極のR・RPGを作り始
める。世界を救うため、夢の世界に住む怪人
を追いかけていくゲームのタイトルは「怪人
は夢に舞う」。そんな時、脅迫めいたメッセー
ジが姿なき「ピエロ」から次々と届く。その
正体は驚きの人物だった。謎に取り囲まれた
二人の運命は!?「YA！」大ヒットシリーズ文
庫版第七弾。
別版 講談社（Ya！ entertainment）2009.11

『都会（まち）のトム＆ソーヤ　8　怪人は
夢に舞う　実践編』はやみねかおる著
講談社　2015.12　389p　15cm（講談社
文庫）770円　①978-4-06-293207-3
内容 奪われた「勇者の資格」をとりもどし、
夢の世界から脱出する―、新作ゲーム『怪人
は夢に舞う』は完成した。伝説のゲームクリ
エイター集団「栗井栄太」とともにテストプ
レイに参加した内人は勝利の条件、"自分が
映らない鏡"を探し出すため、謎を解き、街
を駆け巡る。「YA！」大ヒットシリーズ文庫
版第八弾。
別版 講談社（Ya！ entertainment）2010.9

『都会（まち）のトム＆ソーヤ　9　前夜祭
〈内人side〉』はやみねかおる著　講談
社　2016.7　259p　15cm（講談社文
庫）720円　①978-4-06-293442-8
内容 たった2日間だけど内人と創也の中二最
大の学校イベント、職場体験学習の時期が来
た。創也は早々にコンビニ「シャドウ」学校
前店を選び、内人は悩みながらも片思いの堀
越美晴と同じ図書館を体験先に選ぶ。彼らを
待っていたものは？ 同じ頃、町では奇妙な
出来事が起こり始めていた。少年たちの冒険
が動き始める。
別版 講談社（Ya！ entertainment）2011.11

『都会（まち）のトム＆ソーヤ　10　前夜
祭（イブ）創也side』はやみねかおる著
講談社　2012.2　355p　19cm（Ya！
entertainment）〈著作目録あり〉980円
①978-4-06-269452-0
内容 コンビニの売り上げアップのため、創
也が企画した水鉄砲サバイバルゲーム。手ご
わいメンバーの中、内人は優勝できるのか？
「魔物」の正体は？ 前巻の謎がすべて解き明
かされる、"前夜祭"解決編。

『都会（まち）のトム＆ソーヤ　10　前夜
祭〈創也side〉』はやみねかおる著　講
談社　2017.2　362p　15cm（講談社文
庫）760円　①978-4-06-293601-9
内容 成績優秀かつクールな竜王創也と、ごく
普通の少年ながら、もし山で遭難しても必ず
生還しそうな内藤内人。二人はコンビニ商品
券一千万円分がかかったバトルゲーム「WA-
TER WARS」で勝利を目指す。戦う相手は
伝説のゲームクリエイター、栗山栄太ほか、
強敵ばかり。知恵と勇気と冒険の傑作ジュブ
ナイル。

『都会（まち）のトム＆ソーヤ　11上
DOUBLE 上巻』はやみねかおる著
講談社　2013.8　271p　19cm（YA！
ENTERTAINMENT）950円　①978-4-
06-269471-1
内容 伝説のゲームクリエイター集団、栗井
栄太の新作ゲーム「DOUBLE」がベールを
ぬぐ！ 参加した創也と内人たちのまわりで、
つぎつぎと不思議なできごとが。これはゲー
ムか、現実なのか…？

『都会（まち）のトム＆ソーヤ　11下
DOUBLE 下巻』はやみねかおる著
講談社　2013.8　269p　19cm（YA！
ENTERTAINMENT）〈著作目録あり〉
950円　①978-4-06-269474-2
内容 たんなるコンピュータゲームのように

見えた「DOUBLE」は、やはりおそろしいゲームだった！創也と内人たちは、無事に謎をといて、ゲームの世界から脱出することができるのか…？

『都会のトム＆ソーヤ　12　IN THEナイト』はやみねかおる著　講談社　2015.3　235p　19cm（YA！ENTERTAINMENT）〈著作目録あり〉950円　①978-4-06-269493-3

内容 栗井栄太も乱入する危険な体育祭。予算を削られた文化系クラブと生徒会の対立にまきこまれる創也と内人。とんでもない冒険をくりひろげてきた二人が、今回ばかりは落ち着いて、中学校の平凡な日常生活を描く…はずが、やっぱりそうはいかなかった！相次ぐ奇妙な依頼、そして奇妙なことに、内人の下駄箱にラブレターが!?はたして「いい夢」を見ることはできるのか？

『都会のトム＆ソーヤ　13　黒須島クローズド』はやみねかおる著　講談社　2015.11　379p　19cm（YA！ENTERTAINMENT）〈著作目録あり〉1100円　①978-4-06-269501-5

内容 幻のゲームクリエーター黒須幻充郎が残した人工島・黒須島に、内人・創也をはじめゲーム関係者が招待され、命がけのゲームが始まる。生き残る方法はただひとつ、「黒須の遺産」を見つけだすこと―！

『都会のトム＆ソーヤ　14上　夢幻　上巻』はやみねかおる著　講談社　2016.11　259p　19cm（YA！ENTERTAINMENT）〈著作目録あり〉950円　①978-4-06-269508-4

内容 内人と創也は、ついに究極のゲームを完成させた！基本コンセプトは「悪夢からの脱出」。ゲームにいどむオールスターたちは、校舎の中に隠された“ナイスピロー”を見つけだし現実世界にもどることができるのか？シリーズのクライマックスが、いよいよ始まる！

『都会（まち）のトム＆ソーヤ　14下　夢幻　下巻』はやみねかおる著　講談社　2017.2　265p　19cm（YA！ENTERTAINMENT）〈著作目録あり〉950円　①978-4-06-269510-7

内容 究極のゲーム、「夢幻」のプレイがついに始まった。内人と創也は、二人を始末しようとする「ネズミ」の危険から逃れることができるのか？ゲームが一気に動きだす、待望の下巻！おまけ短編も3つ。

『都会（まち）のトム＆ソーヤ　15　エア

ポケット』はやみねかおる著　講談社　2018.3　284p　19cm（YA！ENTERTAINMENT）〈著作目録あり〉1000円　①978-4-06-269514-5

内容 定期テストは終わったばかり。のんびりした雰囲気の中学校に、ふたりの教育実習生が。ナイスバディの美人（？）と、もう一人はあのゲームクリエイター集団のメンバー?!にわかに、あぶない予感が…。

『都会（まち）のトム＆ソーヤ完全ガイド』はやみねかおる原作、にしけいこ画　講談社　2009.4　175p　19cm（Ya！entertainment）〈文献あり　著作目録あり〉1000円　①978-4-06-269416-2

内容 都会のトム＆ソーヤーシリーズを知ってる人も、知らない人も大満足の一冊です。これまでのあらすじ事件簿、内人の三分間クッキング総集編、カルトクイズマチトマニア、描きおろしマンガ、はやみねかおる×にしけいこ特別対談etc.マチトマの魅力満載。

『名探偵と封じられた秘宝』はやみねかおる作、佐藤友生絵　講談社　2014.11　345p　18cm（講談社青い鳥文庫―名探偵夢水清志郎の事件簿 3）〈著作目録あり〉740円　①978-4-06-285457-3

内容 今からおよそ百年まえ。「絵師」を名乗るものが、鬼ヶ谷一族の秘宝のありかを「三枚の絵」にかくした。絵封師の目的は？秘宝の正体は？すべての謎が解けたとき、そこにはさらにおどろきの真実が―!!伊緒・ルイ、亜衣・真衣・美衣、レーチ…夢水の歴代メンバーが、総出演！はじめて夢水を読む人にもおすすめの夢水20周年記念短編集。短編「歩く御神木」も収録。小学上級から。

『名探偵VS.（バーサス）怪人幻影師』はやみねかおる作、佐藤友生絵　講談社　2011.2　316p　18cm（講談社青い鳥文庫―名探偵夢水清志郎の事件簿 1）〈著作目録あり〉670円　①978-4-06-285197-8

内容 50年まえの町を再現した「レトロシティ」に名探偵夢水清志郎がやってきた！そこには、秘宝をねらってシティをさわがす謎の怪人幻影師の存在が―。謎解き大好きの小学生、宮里伊緒・美緒の姉妹とともに、夢水清志郎がつぎつぎとおこる怪事件に立ちむかう！名探偵VS.幻影師の世紀の対決はどうなるのか!?大人気本格ミステリーの新シリーズがスタート!!小学上級から。

『名探偵VS.学校の七不思議』はやみねかおる作、佐藤友生絵　講談社　2012.8　317p　18cm（講談社青い鳥文庫―名探

偵夢水清志郎の事件簿 2）670円
①978-4-06-285307-1
内容 「黄泉の国につながる井戸」「図書室にある呪いの古文書」…。よくある学校の七不思議。だが、武蔵虹北小学校の七不思議には、七つめがなかった！七つめがそろったとき、人は学校に囚われるというが…!?名探偵夢水清志郎と伊緒、ルイは、夜の学校で、クラスメイトたちと七不思議に挑戦するが、そこには、七不思議を超えた、さらなる不思議とどんでん返しが待っていた！

『モナミは宇宙を終わらせる？―We are not alone！』はやみねかおる著　角川書店　2013.2　287p　20cm（カドカワ銀のさじシリーズ）〈発売：角川グループパブリッシング〉1400円　①978-4-04-110301-2
内容 真749モナミ、武蔵虹北高校2年生。『ミス武蔵虹北』。本人は“武蔵虹北高校一の美少女”と勘違いしているが、本当は、“武蔵虹北高校一、ミスが多いドジっ娘”だ。そのモナミが突然なにものかに襲われ、救いにあらわれた転校生・丸男が言い放った。「シンクロがおきた。人類絶滅の危機だ」シンクロとは、身近におきたことが世界の大事件になってしまうこと。「地球外生命体が地球侵略をもくろみ、人類を絶滅させようとしている」丸男の信じられない言葉は、実際に起こった事件で証明される。おかしな二人は、人類滅亡の危機を阻止することができるのか…？最後まで楽しく笑わせてくれる学園サスペンス＆ファンタジー。

『モナミは時間を終わらせる？―Time waits for no one！　なのだよ』はやみねかおる著　KADOKAWA　2014.12　287p　20cm（カドカワ銀のさじシリーズ）1400円　①978-4-04-101861-3
内容 「おまえは、時間と空間を無茶苦茶にしてる」想像を超える事件を起こす萌奈美と、彼女を守ろうとする○男。そして、謎の転校生!?タイムマシンを手にしたモナミは時をかけ、世界を救うため、大きなトリックに挑む。ユーモアいっぱい！タイムトラベル・ストーリーの大傑作!!

『モナミは世界を終わらせる？』はやみねかおる作, KeG絵　KADOKAWA　2015.2　270p　18cm（角川つばさ文庫）〈角川書店 2011年刊の修正〉680円　①978-4-04-631481-9
内容 モナミは食べることが大好きなドジっ娘。ナルシストのナル造や美女のルナと、楽しい学校生活を送っていた。ところが、「お

まえ、命をねらわれてるんだぜ」転校生の丸男にモナミは宣言される！そして、明日、世界が終わってしまうことに!?最凶モナミと最強イケメン丸男は、だれも予想できない大きなトリックに挑む！笑わせて、驚かせてくれるミステリー!!小学上級から。
別版 角川書店（カドカワ銀のさじシリーズ）2011.9
別版 KADOKAWA（角川文庫）2014.10

原田　マハ
はらだ・まは
《1962〜》

『あなたは、誰かの大切な人』原田マハ著　講談社　2017.5　213p　15cm（講談社文庫）580円　①978-4-06-293660-6
内容 勤務先の美術館に宅配便が届く。差出人はひと月前、孤独の内に他界した父。つまらない人間と妻には疎まれても、娘の進路を密かに理解していた父の最後のメッセージとは…（「無用の人」）。歳を重ねて寂しさと不安を感じる独身女性が、かけがえのない人の存在に気が付いた時の温かい気持ちを描く珠玉の六編。
別版 講談社 2014.12

『アノニム』原田マハ著　KADOKAWA　2017.6　291p　19cm　1500円　①978-4-04-105926-5
内容 ジャクソン・ポロック幻の傑作「ナンバー・ゼロ」のオークション開催が迫る香港。建築家である真矢美里は七人の仲間とともにオークション会場へ潜入していた。一方、アーティストを夢見る高校生・張英才は“アノニム”と名乗る謎の窃盗団からメッセージが届く。「本物のポロック、見てみたくないか？」という言葉に誘われ、英才はある取引に応じるが…!?ポロックと英才、ふたつの才能の出会いが“世界を変える”一枚の絵を生み出した。痛快華麗なアート・エンタテインメント開幕!!

『暗幕のゲルニカ』原田マハ著　新潮社　2018.7　510p　15cm（新潮文庫）750円　①978-4-10-125962-8
内容 ニューヨーク、国連本部。イラク攻撃を宣言する米国務長官の背後から、「ゲルニカ」のタペストリーが消えた。MoMAのキュレーター八神瑶子はピカソの名画を巡る陰謀に巻き込まれていく。故国スペイン内戦下に創造した衝撃作で、世紀の画家は何を託したか。ピカソの恋人で写真家のドラ・マールが生きた過去と、瑶子が生きる現代との交錯の

中で辿り着く一つの真実。怒涛のアートサスペンス！

別版 新潮社 2016.3

『**生きるぼくら**』原田マハ著　徳間書店　2015.9　423p　15cm（徳間文庫）690円　①978-4-19-894014-0

内容 いじめから、ひきこもりとなった二十四歳の麻生人生。頼りだった母が突然いなくなった。残されていたのは、年賀状の束。その中に一枚だけ記憶にある名前があった。「もう一度会えますように。私の命が、あるうちに」マーサばあちゃんから？　人生は四年ぶりに外へ！　祖母のいる蓼科へ向かうと、予想を覆す状況が待っていた―。人の温もりにふれ、米づくりから、大きく人生が変わっていく。

別版 徳間書店 2012.9

『**一分間だけ**』原田マハ著　宝島社　2009.6　300p　16cm（宝島社文庫）467円　①978-4-7966-7067-8

内容 ファッション雑誌編集者の藍は、ある日ゴールデンレトリバーのリラを飼うことになった。恋人の浩介と一緒に育て始めたものの、仕事が生きがいの藍はは、日々の忙しさに翻弄され、何を愛し何に愛されているかを見失っていく…。浩介が去り、残されたリラとの生活に苦痛を感じ始めた頃、リラが癌に侵されてしまう。愛犬との闘病生活のなかで、藍は「本当に大切なもの」に気づきはじめる。"働く女性"と"愛犬"のリアル・ラブストーリー。

『**異邦人（いりびと）**』原田マハ著　PHP研究所　2018.3　421p　15cm（PHP文芸文庫）〈2015年刊の加筆・修正〉840円　①978-4-569-76816-8

内容 「美」は魔物―。たかむら画廊の青年専務・篁一輝と結婚した有吉美術館の副館長・菜穂は、出産を控えて東京を離れ、京都に長逗留していた。妊婦としての生活に鬱々とする菜穂だったが、気分転換に出かけた老舗画廊で、一枚の絵に心を奪われる。強い磁力を放つその絵の作者は、まだ無名の若き女性画家だったのだが…。彼女の才能と「美」に翻弄される人々の隆盛と凋落を艶やかに描く、著者新境地の衝撃作。

別版 PHP研究所 2015.3

『**インディペンデンス・デイ**』原田マハ著　PHP研究所　2010.3　365p　20cm　1500円　①978-4-569-77575-3

内容 楽しみじゃない？　いちから始められるなんて。すごいじゃない？　誰にもたよらないなんて。ひとりの女性に、ひとつの独立を！

さまざまに悩み、しがらみに揺れる女性たちに贈る連作短篇集。

『**おいしい水**』原田マハ著　岩波書店　2008.11　85p　19cm（Coffee books）〈画：伊庭靖子〉1500円　①978-4-00-028172-0

内容 あの頃、誰かを好きになると、世界が、変わる。―若い恋の"決定的瞬間"をたどったラブストーリー。

『**風のマジム**』原田マハ著　講談社　2014.8　307p　15cm（講談社文庫）〈文献あり〉590円　①978-4-06-277887-9

内容 派遣社員から女社長に。日本初の純沖縄産ラム酒を造りたい！　すべての働く女性に勇気を与える奮闘記。

別版 講談社 2010.12

『**カフーを待ちわびて**』原田マハ著　宝島社　2008.5　346p　16cm（宝島社文庫）457円　①978-4-7966-6352-6

内容 もし絵馬の言葉が本当なら、私をあなたのお嫁さんにしてください―。きっかけは絵馬に書いた願い事だった。「嫁に来ないか。」と書いた明青のもとに、神様が本当に花嫁をつれてきたのだ―。沖縄の小さな島でくりひろげられる、やさしくて、あたたかくて、ちょっぴりせつない恋の話。選考委員から「自然とやさしい気持ちになれる作品」と絶賛された第1回『日本ラブストーリー大賞』大賞受賞作品。

『**奇跡の人**』原田マハ著　双葉社　2018.1　430p　15cm（双葉文庫）722円　①978-4-575-52071-2

内容 アメリカ留学帰りの去場安のもとに、伊藤博文から手紙が届いた。「盲目で、耳が聞こえず、口も利けない少女」が青森県弘前の名家にいるという。明治二十年、教育係として招かれた安はその少女、介良れんに出会った。使用人たちに「けものの子」のように扱われ、暗い蔵に閉じ込められていたが、れんは強烈な光を放っていた。彼女に眠っている才能を開花させるため、二人の長い闘いが始まった―。著者渾身の感動傑作！

別版 双葉社 2014.10

『**キネマの神様**』原田マハ著　文藝春秋　2011.5　331p　16cm（文春文庫）619円　①978-4-16-780133-5

内容 39歳独身の歩は突然会社を辞めるが、折しも趣味は映画とギャンブルという父が倒れ、多額の借金が発覚した。ある日、父が雑誌「映友」に歩の文章を投稿したのをきっかけに歩は編集部に採用され、ひょんなことから父の映画ブログをスタートさせることに。

"映画の神様"が壊れかけた家族を救う、奇跡の物語。
別版 文藝春秋 2008.12

『ギフト』原田マハ著　イースト・プレス　2009.7　137p　19cm　1300円　①978-4-7816-0074-1
内容 忙しさの中で見落としている「贈り物」をあなたへ。第1回「日本ラブストーリー大賞」大賞受賞、『カフーを待ちわびて』の著者が贈る、珠玉のショートストーリー。

『ごめん―where life goes』原田マハ著　講談社　2008.5　280p　20cm　1500円　①978-4-06-214732-3
内容 範子―偶然目にした詩が、自分たちを捨てた父親の記憶を呼び起こした。陽菜子―意識不明の夫の口座に毎月お金を振りこみ続けていた人物と、ついに対面を。咲子―不倫と新たな恋。病気を告知され、自分の願いがはっきりわかる。麻理子―行方不明の親友と暮らしていたNYのアパートを、7年ぶりに訪れて。―その瞬間、4人の女性は何を決意したのか？『カフーを待ちわびて』から2年。日本ラブストーリー大賞作家が、揺れ動く女性たちを描いた感動小説集。

『さいはての彼女』原田マハ著　角川書店　2013.1　236p　15cm（角川文庫）〈発売：角川グループパブリッシング〉514円　①978-4-04-100642-9
内容 25歳で起業した敏腕若手女性社長の鈴木涼香。猛烈に頑張ったおかげで会社は順調に成長したものの結婚とは縁遠く、絶大な信頼を寄せていた秘書の高見沢さえも会社を去るという。失意のまま出かけた一人旅のチケットは行き先違いで、沖縄で優雅なヴァカンスと決め込んだつもりが、なぜか女満別!?だが、予想外の出逢いが、こわばった涼香の心をほぐしていく。人は何度でも立ち上がれる。再生をテーマにした、珠玉の短篇集。
別版 角川書店 2008.9

『サロメ』原田マハ著　文藝春秋　2017.1　322p　20cm　〈文献あり〉1400円　①978-4-16-390589-1
内容 「不謹慎」「不健全」「奇怪」「退廃的」…世紀末、すべては賛辞の裏返し。その悪徳とスキャンダルで時代の寵児となった作家オスカー・ワイルドと、イギリス画壇に彗星のごとく現れた夭折の天才画家、ビアズリーの愛憎を描く。

『ジヴェルニーの食卓』原田マハ著　集英社　2015.6　276p　16cm（集英社文庫）〈文献あり〉560円　①978-4-08-745327-0
内容 ジヴェルニーに移り住み、青空の下で庭の風景を描き続けたクロード・モネ。その傍には義理の娘、ブランシュがいた。身を持ち崩したパトロン一家を引き取り、制作を続けた彼の目には何が映っていたのか。(「ジヴェルニーの食卓」)新しい美を求め、時代を切り拓いた芸術家の人生が色鮮やかに蘇る。マティス、ピカソ、ドガ、セザンヌら印象派たちの、葛藤と作品への真摯な姿を描いた四つの物語。
別版 集英社 2013.3

『小説のある展覧会―文芸ワークショップ参加者による掌編集』原田マハ講評　水戸　水戸芸術館現代美術センター　2011.8　125p　15cm（CAC文庫）①978-4-943825-96-8

『スイート・ホーム』原田マハ著　ポプラ社　2018.3　236p　20cm　1500円　①978-4-591-15668-1
内容 幸せのレシピ。隠し味は、誰かを大切に想う気持ち―。うつくしい高台の街にある小さな洋菓子店で繰り広げられる、愛に満ちた家族の物語。さりげない日常の中に潜む幸せを掬い上げた、心温まる連作短篇集。

『総理の夫』原田マハ著　実業之日本社　2016.12　452p　16cm（実業之日本社文庫）639円　①978-4-408-55318-4
内容 20××年、相馬凛子は42歳の若さで第111代総理大臣に選出された。鳥類学者の夫・日和は、「ファースト・ジェントルマン」として妻を支えることを決意。妻の奮闘の日々を、後世に遺すべく日記に綴る。税制、原発、社会福祉。混迷の状況下、相馬内閣は高く支持されるが、陰謀を企てる者が現れ…。凛子の理想は実現するのか？ 感動の政界エンタメ！
別版 実業之日本社 2013.7

『太陽の棘』原田マハ著　文藝春秋　2016.11　268p　16cm（文春文庫）〈文献あり〉610円　①978-4-16-790726-6
内容 終戦後の沖縄。米軍の若き軍医・エドワードはある日、沖縄の画家たちが暮らす集落―ニシムイ美術村に行きつく。警戒心を抱く画家たちだったが、自らもアートを愛するエドは、言葉、文化、何よりも立場の壁を越え、彼らと交流を深める。だがそんな美しい日々に影が忍び寄る―。実話をもとにした感動作。
別版 文藝春秋 2014.4

『旅屋おかえり』原田マハ著　集英社　2014.9　349p　16cm（集英社文庫）600円　①978-4-08-745225-9
内容 あなたの旅、代行します！ 売れない崖っ

日本の作品　　　　　　　　　　　　　　　　原田マハ

ぷちアラサータレント "おかえり" こと丘えりか。スポンサーの名前を間違えて連呼したことが原因でテレビの旅番組を打ち切られた彼女が始めたのは、人の代わりに旅をする仕事だった―。満開の桜を求めて秋田県角館へ、依頼人の姫を探して愛媛県内子町へ。おかえりは行く先々で出会った人々を笑顔に変えていく。感涙必至の "旅" 物語。
別版 集英社 2012.4

『たゆたえども沈まず』原田マハ著　幻冬舎　2017.10　408p　20cm　1600円
①978-4-344-03194-4
内容 19世紀末、パリ。浮世絵を引っさげて世界に挑んだ画商の林忠正と助手の重吉。日本に憧れ、自分だけの表現を追い求めるゴッホと、孤高の画家たる兄を支えたテオ。四人の魂が共鳴したとき、あの傑作が生まれ落ちた―。原田マハが、ゴッホとともに闘い抜いた新境地、アート小説の最高峰。ここに誕生！

『翼をください　上』原田マハ著
KADOKAWA　2015.1　299p　15cm
（角川文庫）〈毎日新聞社 2009年刊の上下2分冊〉600円　①978-4-04-101476-9
内容 暁星新聞の記者である青山翔子は、社内の資料室で一枚の写真を見つけた。それは、1939年に世界初の世界一周を成し遂げた「ニッポン号」の写真だった。翔子は当時、暁星新聞社が社運をかけて取り組んでいたプロジェクトにカメラマンとして参加していた男を追って、カンザス州アチソンへと飛ぶ。老人ホームで暮らす山田は、翔子から渡された古い写真を見て、重い口を開いた。そこには、ある米国人女性パイロットの姿が―。

『翼をください　下』原田マハ著
KADOKAWA　2015.1　317p　15cm
（角川文庫）〈毎日新聞社 2009年刊の上下2分冊　文献あり〉600円　①978-4-04-101477-6
内容 カンザス州の田舎町に生まれ育ったエイミー・イーグルウィングは、女性として初めて大西洋横断飛行に成功するなど、数々の記録を打ち立てていた。大空を自由に駆けることに魅了されたエイミーは、空から見た地平には国境が存在しないことに気づく。世界平和のために、自分は飛ぶのだ。その強い信念はやがて彼女を、世界一周に挑む「ニッポン号」との邂逅へとみちびく。数奇な真実に彩られた、感動のヒューマンストーリー。
別版 毎日新聞社 2009.9

『デトロイト美術館の奇跡』原田マハ著
新潮社　2016.9　104p　20cm　1200円
①978-4-10-331753-1

内容 ゴッホ、セザンヌ、マティス。綺羅星のようなコレクションを誇る美術館が、市の財政難から存続の危機にさらされる。市民の暮らしと前時代の遺物、どちらを選ぶべきか？全米を巻き込んだ論争は、ある男の切なる思いによって変わっていく―。アメリカの美術館で本当に起こった感動の物語。『楽園のカンヴァス』『暗幕のゲルニカ』の系譜を継ぐ珠玉のアート小説。

『でーれーガールズ』原田マハ著　祥伝社　2014.10　253p　16cm（祥伝社文庫）580円　①978-4-396-34070-4
内容 一九八〇年、岡山。佐々岡鮎子は東京から引っ越してきたばかり。無理に「でーれー（すごい）」と方言を連発して同じクラスの武美に馬鹿にされていた。ところが、恋人との恋愛を自ら描いた漫画を偶然、武美に読まれたことから、二人は急速に仲良しに。漫画に夢中になる武美に鮎子はどうしても言えないことがあって…。大切な友だちに会いたくなる、感涙の青春小説。
別版 祥伝社 2011.9

『独立記念日』原田マハ著　PHP研究所　2012.11　364p　15cm（PHP文芸文庫）〈「インディペンデンス・デイ」（2010年刊）の改題〉762円　①978-4-569-67913-6
内容 恋愛や結婚、進路やキャリア、挫折や別れ、病気や大切な人の喪失…。さまざまな年代の女性たちが、それぞれに迷いや悩みを抱えながらも、誰かと出会うことで、何かを見つけることで、今までは「すべて」だと思っていた世界から、自分の殻を破り、人生の再スタートを切る。寄り道したり、つまずいたりしながらも、独立していく女性たちの姿を鮮やかに描いた、24の心温まる短篇集。

『翔ぶ少女』原田マハ著　ポプラ社　2016.4　319p　16cm（ポプラ文庫）660円　①978-4-591-14996-6
内容 1995年、神戸市長田区。震災で両親を失った少女・丹華は、兄妹とともに医師のゼロ先生に助けられる。復興へと歩む町で、少しずつ絆を育む一家を待ち受けていたのは、思いがけない出来事だった―。『楽園のカンヴァス』の著者が、絶望の先にある希望を温かく謳いあげる感動作。
別版 ポプラ社 2014.1

『永遠（とわ）をさがしに』原田マハ著　河出書房新社　2016.2　281p　15cm（河出文庫）600円　①978-4-309-41435-5
内容 「響き合う幸せを、音楽を愛する人々と分かち合うために。ふたりはチェロを弾き

続けていたんだね」。世界的な指揮者の父とふたりで暮らす、和音十六歳。そこへ型破りな"新しい母"がやってきて―。親子の愛情、友情、初恋、そして実母との奇跡の再会。音楽を通して描くドラマチックな感動物語。

別版 河出書房新社 2011.11

『夏を喪くす』原田マハ著　講談社　2012.10　293p　15cm（講談社文庫）〈「ごめん」（2008年刊）の改題〉552円　①978-4-06-277382-9

内容 「なんだか、硬いね」ベッドで恋人が乳房の異変に気づいた。仕事と恋を謳歌する咲子の人生に暗雲が翳る。夫との冷えた関係に加え、急に遠ざかる不倫相手に呆然とする。夏の沖縄で四十歳を迎えた女性の転機を描く表題作「夏を喪くす」。揺れる女心の決意の瞬間を、注目作家が鮮烈に綴る中編集。

『#9（ナンバーナイン）』原田マハ著　宝島社　2009.12　347p　16cm（宝島社文庫―[Japan love story award]）〈『ナンバーナイン』（2008年刊）の加筆・改訂〉476円　①978-4-7966-7518-5

内容 東京でインテリア・アートの販売員をするOL、真紅。仕事に挫折し、母親の待つ故郷に帰るべきではないかと悩んでいたある日。ふと立ち寄った宝石店で出会った見知らぬ中国人紳士に運命的な恋をする。真紅は「また会いたい」という一心で、紳士に渡された電話番号を頼りに上海に渡る。まるで見えない糸に導かれるように再会する二人。未来は、幸せなものかと思われたが―。上海を舞台に繰り広げられる大人の恋愛物語。

別版 宝島社 2008.3

『花々』原田マハ著　宝島社　2012.7　218p　16cm（宝島社文庫）629円　①978-4-7966-9613-5

内容 島を愛する旅人の純子と、故郷の沖縄を出て東京のキャリアウーマンとして生きる成子。「おんな一人旅の宿」というテーマで奄美諸島の神秘の島々を取材する二人だが、彼女らが見つけたものは、取材の目的以上の大きなもの。それは、それぞれが背負う「宿命」だった―。第1回日本ラブストーリー大賞・大賞作『カフーを待ちわびて』の明青と幸の暮らしの傍でくり広げられていた、もう一つの感動ストーリー。

別版 宝島社 2009.3

『星がひとつほしいとの祈り』原田マハ著　実業之日本社　2013.10　302p　16cm（実業之日本社文庫）600円　①978-4-408-55145-6

内容 売れっ子コピーライターの文香は、出張後に寄った道後温泉の宿でマッサージ師の老女と出会う。盲目のその人は上品な言葉遣いで、戦時中の令嬢だった自らの悲恋、献身的な女中との交流を語り始め…（「星がひとつほしいとの祈り」）。表題作ほか、娘として妻として母として、20代から50代まで各世代女性の希望と祈りを見つめ続けた物語の数々。

別版 実業之日本社 2010.4

『星守る犬―小説』原田マハ著，村上たかし原作　双葉社　2014.6　155p　15cm（双葉文庫）528円　①978-4-575-51681-4

内容 道ばたでないていた子犬の「ぼく」を、みくちゃんって女の子が拾ってくれた。ぼくの新しい生活がはじまった。みんな一緒の楽しいくらしは、ずっと続くと思ってた。でも、家族はだんだん離ればなれになって、ぼくは一人取りのこされたおとうさんと「旅」に出ることになったんだ―日本中が涙した大ヒットコミック、その感動が小説になって蘇る！

別版 双葉社 2011.6

『本日は、お日柄もよく』原田マハ著　徳間書店　2013.6　381p　15cm（徳間文庫）648円　①978-4-19-893706-5

内容 OL二ノ宮こと葉は、想いをよせていた幼なじみ厚志の結婚式に最悪の気分で出席していた。ところがその結婚式で涙が溢れるほど感動的な衝撃的なスピーチだった。それは伝説のスピーチライター久遠久美の祝辞だった。空気を一変させる言葉に魅せられてしまったこと葉はすぐに弟子入り。久美の教えを受け、「政権交代」を叫ぶ野党のスピーチライターに抜擢された！目頭が熱くなるお仕事小説。

別版 徳間書店 2010.8

『まぐだら屋のマリア』原田マハ著　幻冬舎　2014.2　385p　16cm（幻冬舎文庫）690円　①978-4-344-42157-8

内容 東京・神楽坂の老舗料亭「吟遊」で修業をしていた紫紋は、料亭で起こった偽装事件を機にすべてを失った。料理人としての夢、大切な仲間。そして、後輩・悠太の自殺。逃げ出した紫紋は、人生の終わりの地を求めて彷徨い、尽果というバス停に降り立った…。過去に傷ある優しい人々、心が喜ぶ料理に癒され、紫紋はどん底から生き直す勇気を得る。

別版 幻冬舎 2011.7

『モダン』原田マハ著　文藝春秋　2018.4　183p　16cm（文春文庫）560円　①978-4-16-791046-4

別版 文藝春秋 2015.4

『ユニコーン―ジョルジュ・サンドの遺言』

日本の作品　　　　　　　　　　　　　　　　はらだみずき

原田マハ著　NHK出版　2013.9　142p
20cm〈文献あり〉1300円　①978-4-14-
005641-7
内容 タピスリーの貴婦人は、ジョルジュ・
サンドに助けを求めた。中世美術の最高傑作
「貴婦人と一角獣」に秘められた物語が、幕を
開ける。ジョルジュ・サンドの短編も収載。

『楽園のカンヴァス』原田マハ著　新潮社
2014.7　440p　16cm（新潮文庫）〈文
献あり〉670円　①978-4-10-125961-1
内容 ニューヨーク近代美術館のキュレー
ター、ティム・ブラウンはある日スイスの大
邸宅に招かれる。そこで見たのは巨匠ルソー
の名作「夢」に酷似した絵。持ち主は正しく
真贋判定した者にこの絵を譲ると告げ、手が
かりとなる謎の古書を読ませる。リミットは
7日間。ライバルは日本人研究者・早川織絵。
ルソーとピカソ、二人の天才がカンヴァスに
篭めた想いとは一。山本周五郎賞受賞作。
別版 新潮社　2012.1

『ランウェイ・ビート』原田マハ著　新装
版　宝島社　2011.2　376p　19cm　933
円　①978-4-7966-8157-5
内容 現役高校生の天才ファッションデザイ
ナー・ビートとクラスメイトがファッション
ブランド立ち上げ！陰謀渦巻く大人の世界
を前に戸惑う仲間たち。しかしビートは大人
には計り知れない奇策を一。
別版 宝島社　2008.1
別版 宝島社（宝島社文庫）2010.11

『リーチ先生』原田マハ著　集英社　2016.
10　464p　20cm〈文献あり〉1800円
①978-4-08-771011-3
内容 日本の美を愛し続けた英国人陶芸家、
バーナード・リーチ。明治42年、22歳で芸術
の道を志して来日。柳宗悦、濱田庄司ら若き
日本人芸術家との邂逅と友情が彼の人生を大
きく突き動かしていく。明治、大正、昭和に
わたり東洋と西洋の架け橋となった生涯を描
く感動の"アートフィクション"

『ロマンシエ』原田マハ著　小学館　2015.
11　333p　19cm　1500円　①978-4-09-
386423-7
内容 アーティストを夢見る乙女な美・男子
が、パリの街角で、ある小説家と出会った一。
ラスト277ページから、切なさの魔法が炸裂
する、『楽園のカンヴァス』著者の新たなる
代表作！

はらだ　みずき
《1964〜》

『赤いカンナではじまる』はらだみずき著
祥伝社　2009.11　265p　20cm　1429
円　①978-4-396-63329-5

『あの人が同窓会に来ない理由』はらだみ
ずき著　幻冬舎　2015.12　262p　19cm
1400円　①978-4-344-02873-9
内容 机を並べた同級生のことを、僕は何も知
らなかった。同窓会の幹事をするはめになっ
た宏樹。だが、出席者は一向に集まらない。
かつての仲間たちの消息を尋ねることにする
が一。思い出したくない過去、知られたくな
い現状。20年の空白が埋まる時、もうひとつ
の真実が明らかになる。

『海が見える家』はらだみずき著　小学館
2017.8　341p　15cm（小学館文庫）
〈「波に乗る」（2015年刊）の改題、加筆・
改稿〉650円　①978-4-09-406439-1
内容 入社一ヶ月で会社を辞めた直後、田舎
暮らしをしていた父の死を知らされた。電話
は知らない男からだった。孤独死したのか。
文哉が霊安室で対面した父は、なぜか記憶と
はまるで違う風貌をしていた。家族に遺され
たのは、丘の上にある、海が見える家。文哉
は早々にその家を処分するため、遺品整理を
はじめる。そして、疎遠にしていた父の足跡
をたどると、意外な事実を突きつけられてい
くのだった。夏、豊かな自然が残る南房総の
海辺の暮らしを通して、文哉はもう一度自分
の人生を見つめる時間を過ごす。「幸せとは
何か」を静かに問いかける、著者、新境地の
感動作。

『風の声が聞こえるか―サッカーボーイズ
U-17』はらだみずき著　KADOKAWA
2017.10　340p　19cm　1500円　①978-
4-04-105738-4
内容 県立青嵐高校サッカー部の武井遼介は、2
年に進級してもAチーム入りが叶わず、Bチー
ムでもがいていた。県第3部リーグ優勝を目標
に戦う中、遼介はチームのエース・上崎響と
試合中に口論となり、衝突してしまう。上崎
は、サッカーに対して迷いを抱えていた。イ
ンターハイでは、スタンドで応援役にまわる
遼介らBチームの部員たち。Aチームのため
に声を嗄らし、練習を重ねた応援歌を熱唱す
るが、遼介の胸には、このままでは終われな
い、という気持ちが強くなっていく。青春
ど真ん中17歳、熱き高校サッカー小説。

『帰宅部ボーイズ』はらだみずき著　幻冬
舎　2014.8　350p　16cm（幻冬舎文
庫）600円　①978-4-344-42238-4
内容 まっすぐ家に帰って何が悪い！入部し
た野球部に馴染めない直樹。喧嘩早くクラス

はらだみずき　　　　　　　　　　　　　　　　　　　　　　　　日本の作品

で浮いた存在のカナブン。いじめられっ子のテツガク。学校にも家にも居場所のない3人が、共に過ごしたかけがえのない時間。喧嘩、初恋、友情、そして別れ…。帰宅部にだって汗と涙の青春はあるのだ。「10年に一冊の傑作青春小説」と評された、はみだし者達の物語。
別版 幻冬舎 2011.5

『ここからはじまる―父と息子のサッカーノート』はらだみずき著　新潮社 2018.5　393p　16cm（新潮文庫）〈2014年刊の改訂〉630円　①978-4-10-121381-1
内容 小学三年生の勇翔の夢はプロサッカー選手。父・拓也は、息子に現実を気づかせるため、無謀と知りながらもJリーグ下部組織のセレクションを受けさせた。それをきっかけに勇翔は「サッカーノート」を書き始める。拓也は子供のスポーツに過熱する親たちの中で、息子との向き合い方を見つめ直していく。スポーツを通して親子二人の成長と、子育てのリアルな悩み、喜びを描いた感動の家族小説！
別版 新潮社 2014.4

『最近、空を見上げていない』はらだみずき著　KADOKAWA 2013.11　242p　15cm（角川文庫）〈「赤いカンナではじまる」（祥伝社 2009年刊）より抜粋、加筆・修正し、新たに「最近、空を見上げていない」を加える〉520円　①978-4-04-101084-6
内容 出版社の営業マン・作本龍太郎は、ある日、書棚の前で静かに涙する書店員を目にする。彼女はなぜ涙を流していたのだろう―（「赤いカンナではじまる」）。営業部との折り合いが悪い編集者、旭川から上京してきた青年、夢と現実のちがいに戸惑う保育士…本を通じて作本が出逢った、心あたたまる4つの物語。ときにうつむきがちになる日常から一歩ふみ出す勇気をくれる、珠玉の連作短編集。

『サッカーの神様をさがして』はらだみずき著　KADOKAWA 2015.8　392p　15cm（角川文庫）〈角川書店 2012年刊の加筆・修正　文献あり〉640円　①978-4-04-102592-5
内容 高校ではサッカーをすると心に決めていた春彦。しかし入学した新設高校にはサッカー部自体がなかった。あきらめきれず部の創設に奔走するが、難題が立ちはだかる。そんなとき、右足にハンデを持つ不思議な生徒が現れ、コーチになりたいと春彦に告げる。果たしてサッカー部として認められるのか。

やがて彼らは最後の夏を迎える―。かけがえのない出逢いと別れ。輝かしい日々と人生に立ち止まった現在を描く傑作青春小説！
別版 角川書店 2012.5

『サッカーボーイズ―再会のグラウンド』はらだみずき作, ゴツボ×リュウジ絵　角川書店　2010.3　299p　18cm（角川つばさ文庫）〈発売：角川グループパブリッシング〉680円　①978-4-04-631083-5
内容 ジュニアサッカークラブ・桜ヶ丘FCの武井遼介は、サッカーにうちこむ小学6年生。しかし、6年生になって早々にキャプテンをおろされてしまい、初めての挫折を味わう…。そして、新監督・木暮と出会い、遼介は自分がサッカーをやる意味を考え始める。悩みながらも、ひたむきな少年たちの姿が感動を呼ぶ、熱くせつない青春ストーリー！　小学上級から。

『サッカーボーイズ卒業―ラストゲーム』はらだみずき作, ゴツボリュウジ絵　KADOKAWA　2016.11　359p　18cm（角川つばさ文庫）〈角川文庫 2016年6月刊の一部改訂〉820円　①978-4-04-631582-3
内容 県大会出場をかけた大事な試合で、右膝にケガを負ってしまった遼介。さらに草間監督までもがベンチで倒れ入院してしまう！遼介たち3年生にとって中学最後の大会となる夏の総体はもう目前!!彼らにはいったいどんな結末が待っているのか…？　そして遼介と美咲との関係に進展は…!?がむしゃらでただひたむきにサッカーに打ちこむ少年たちの姿を描いた大人気シリーズ、ついに感動の完結巻！　小学上級から。
別版 角川書店 2013.3
別版 KADOKAWA（角川文庫）2016.6

『サッカーボーイズ13歳―雨上がりのグラウンド』はらだみずき作, ゴツボ×リュウジ絵　角川書店　2011.6　342p　18cm（角川つばさ文庫）〈発売：角川グループパブリッシング〉780円　①978-4-04-631169-6
内容 桜ヶ丘中学校サッカー部に入部した武井遼介。小学校時代の仲間たちは、サッカーを続ける者、サッカーからはなれる者、みなそれぞれの道を選んだ。入部してすぐに公式戦に出場することになった遼介は、上級生との体格、スピードのちがいに圧倒される。競技スポーツの入り口に立ったサッカー少年たちの、新たな青春の日々が始まる―。感動のスポーツ小説第2弾。

256

別版 角川書店（角川文庫）2009.6

『サッカーボーイズ14歳―蟬時雨のグラウンド』はらだみずき作, ゴツボリュウジ絵　角川書店　2013.1　349p　18cm（角川つばさ文庫）〈角川文庫 2011年刊の改訂　発売：角川グループパブリッシング〉780円　①978-4-04-631281-5
内容 桜ヶ丘中学2年になり、サッカー部のキャプテンになった武井遼介。新入部員も入り、ライバルだった星川良もついに入部。そして小学校時代に仲間だったオッサも野球部をやめてサッカー部に戻ってきた！けれど、昔は陽気でチームのムードメーカーだったオッサの様子が、どうもおかしくて…!?悩んで、傷ついて、それでもサッカーがやりたい！少年たちの熱い思いが胸をうつ、感動のスポーツ小説、第3弾！小学上級から。
別版 角川書店 2009.7
別版 角川書店（角川文庫）2011.6

『サッカーボーイズ15歳―約束のグラウンド』はらだみずき作, ゴツボリュウジ絵　KADOKAWA　2013.11　324p　18cm（角川つばさ文庫）〈角川文庫 2013年6月刊の一部改訂〉780円　①978-4-04-631357-7
内容 中3となった4月、遼介たちが所属する桜ヶ丘中学校サッカー部に、新しい顧問がやってきた！そいつがなんと鬼監督!!次々とチームの改革を進める草間監督に戸惑うメンバーたち。遼介も突然センターバックを命じられ…!?「自由にサッカーをすることができない」そんな大きな壁にぶち当たった遼介は―。悩んでさらに大きく成長する少年たちを描いた大人気サッカー小説、波乱の第4弾！小学上級から。
別版 角川書店 2011.7
別版 角川書店（角川文庫）2013.6

『スパイクを買いに』はらだみずき著　KADOKAWA　2014.4　350p　15cm（角川文庫）〈角川書店 2010年刊の加筆・修正〉600円　①978-4-04-101318-2
内容 出版社に勤める41歳の岡村は、突然の異動により、会社での居場所を失いつつあった。そんなとき、息子の陽平から中学校のサッカー部をやめると宣言される。息子の気持ちが知りたい岡村は、陽平の元コーチの真田に誘われ、草サッカーチームに参加することに。思うように身体は動かず、筋肉痛の日々。しかし、それぞれの事情を抱える仲間とボールを追ううちに、岡村の中で何かが変わり始める―。今に悩む人の背中を押してくれる、人生の再出発の物語。

別版 角川書店 2010.3

『たとえば、すぐりとおれの恋』はらだみずき著　祥伝社　2016.4　289p　16cm（祥伝社文庫）580円　①978-4-396-34199-2
内容 就職した夏、保育士の向井すぐりは、新米営業マンの高萩草介と偶然出会い、付き合い始める。草介のことをもっと知りたいと望むすぐり。だが、草介は自分の過去の恋愛や家族については触れたがらず、なぜかデートの最中に突然姿を消してしまう。お互いをどこまで知ることが幸せな明日につながるのか…。男女の視点から恋の成長を追いかける、新感覚ラブストーリー。
別版 祥伝社 2012.9

『波に乗る』はらだみずき著　小学館　2015.2　286p　19cm　1500円　①978-4-09-386401-5
内容 「あんたの親父、亡くなったぞ」卒業し、入社一ヶ月で会社を辞めた直後のことだ。連絡してきたのは、名乗りもしないぶっきらぼうな男。孤独死だったのか？霊安室で対面した父は、なぜか記憶とはまるで違う風貌をしていた。文哉は、疎遠になっていた父の足跡をたどりはじめる。新境地の感動作。

『名もなき風たち―サッカーボーイズU-16』はらだみずき著　KADOKAWA　2016.10　277p　19cm　1400円　①978-4-04-104122-2
内容 2011年、高校生になった武井遼介は、関東の強豪サッカー部に入部する。東日本大震災から1ヶ月、ふつうにサッカーができる現状に葛藤を抱きながら、遼介は新入部員約50名でスタートした部活に励む。しかし、全国大会を視野に入れたレベルの高い部内では、1年生チームの中ですらポジションを確保できずにいた。やがて1年生は2チームに分裂し、紅白戦が開催されることに。勝敗によって両チームの選手を入れ替えるサッカー版"大富豪"という特殊ルールで、遼介はチーム内での立場を思い知らされ、夏の1年生大会、ルーキーズ杯へと向かう―。無名の高校生16歳、リアル青春サッカー小説。

『はじめて好きになった花』はらだみずき著　祥伝社　2015.12　198p　16cm（祥伝社文庫）520円　①978-4-396-34165-7
内容 隣の教室で偶然出会った女の子。想いを寄せるが、彼女のある噂を耳にし、自分から距離を置いてしまった―。心の奥底にずっと閉じ込めていた中学生時代の甘くもほろ苦い記憶。それを鮮やかに甦らせてくれたのは、愛娘が森の中で見つけた懐かしい花だった（「は

じめて好きになった花」)。大切な過去、そっとしまっておきたい思い出を抱えて生きるあなたに贈る、珠玉のラブストーリー集。

『ヘブンズ・ドア』はらだみずき著, 大森美香脚本　角川書店　2009.1　233p　15cm（角川文庫）〈発売：角川グループパブリッシング〉476円　①978-4-04-389902-9
内容　さえない人生を送ってきた28歳の勝人は、突然、末期の脳腫瘍と診断され、即入院に。そんな勝人の前に、幼い頃からずっと病院で過ごしてきた、同じく余命わずかの14歳の春海が現れる。2人は、病院の駐車場に偶然停まっていた車を盗んで、海へ向かう。車には、拳銃と大金が積まれていることも知らずに…。生まれて初めて、真っ直ぐに人生と向き合い、"生ききろう"とする勝人と春海―。映画『ヘブンズ・ドア』小説版。

『ぼくの最高の日』はらだみずき著　実業之日本社　2013.7　268p　20cm　1500円　①978-4-408-53626-2
内容　72歳のマスターが営む「バー・ピノッキオ」。そこには連日、さまざまな客がやってくる。文具店勤務の女性、リサイクルショップ経営の青年、三年目の新人編集者、謎の中年男性…たやすくない日々を歩む彼らの"人生で最高の日"とは？　困難な日々を送るすべての人に届けたい心にしみるあたたかな物語。

『ホームグラウンド』はらだみずき著　KADOKAWA　2015.4　273p　15cm（角川文庫）〈本の雑誌社 2012年刊の加筆・修正〉560円　①978-4-04-102596-3
内容　建設会社に勤める圭介は、広大な休耕地をもつ祖父の雄蔵に土地の有効利用を持ちかけていた。しかし、脳卒中から快復した雄蔵は圭介の提案を断ると、自分の命を救ってくれた少年について語り、荒れ果てた土地をひとり耕し始める。芝生の広場をつくる、という老人の夢に巻き込まれていく圭介は、両親と祖父母の確執の真実を知り、迷いのあった人生の舵を切る。愛しい人のために今を変えようと奔走する、家族の絆の物語。
別版　本の雑誌社 2012.2

『ムーンリバーズを忘れない―少年サッカークラブ・ストーリー』はらだみずき著　角川春樹事務所　2018.6　422p　15cm（ハルキ文庫）720円　①978-4-7584-4174-2
内容　森山健吾は、生きていれば二十歳になる息子の墓前に、長くボランティアコーチを務めた少年サッカークラブを去ることを報告した。会長には引き留められる森山だが、勤

務する会社は業績悪化が続き、人員削減のため早期退職者を募るという噂まで出てくる。仕事や家庭、そしてコーチという立場でも悩む森山は、ある日、グラウンドに姿を現した不思議な青年と交流を始める。森山は妻と共にその青年に亡き息子の面影を見出すのだが―。それぞれの人生に声援を贈る感涙の物語、待望の文庫化。
別版　角川春樹事務所 2015.5

『ようこそ、バー・ピノッキオへ』はらだみずき著　幻冬舎　2017.4　277p　16cm（幻冬舎文庫）〈「ぼくの最高の日」（実業之日本社 2013年刊）の改題、加筆、修正〉600円　①978-4-344-42597-2
内容　白髪の無口なマスターが営む「バー・ピノッキオ」。カウンターにわずか8席の小さな店に、連日、仕事や恋愛に悩む客がやってくる。人生に迷い疲れた彼らは、店での偶然の出会いによって、それぞれの「幸せな記憶」を呼び醒ましていき…。そして、マスター自身もまた、誰にも言えない秘密を抱えていた。バーに集う人々が織りなす大人味の物語。

東野　圭吾
ヒガシノ・ケイゴ
《1958～》

『赤い指』東野圭吾著　講談社　2009.8　306p　15cm（講談社文庫）552円　①978-4-06-276444-5
内容　少女の遺体が住宅街で発見された。捜査上に浮かんだ平凡な家族。一体どんな悪夢が彼等を狂わせたのか。「この家には、隠されている真実がある。それはこの家の中で、彼等自身の手によって明かされなければならない」。刑事・加賀恭一郎の謎めいた言葉の意味は？　家族のあり方を問う直木賞受賞後第一作。

『あの頃の誰か』東野圭吾著　光文社　2011.1　328p　16cm（光文社文庫）590円　①978-4-334-74897-5

『祈りの幕が下りる時』東野圭吾著　講談社　2016.9　443p　15cm（講談社文庫）780円　①978-4-06-293497-8
内容　明治座に幼馴染みの演出家を訪ねた女性が遺体で発見された。捜査を担当する松宮は近くで発見された焼死体との関連を疑い、その遺品に日本橋の12の橋の名が書き込まれていることに加賀恭一郎は激しく動揺する。それは孤独死した彼の母に繋がっていた。シリーズ最大の謎が決着する。吉川英治文学

日本の作品　　　　　　　　　　　　　　　　　　　　東野圭吾

賞受賞作。
別版 講談社 2013.9

『虚ろな十字架』東野圭吾著　光文社
2017.5　367p　16cm（光文社文庫）640
円　①978-4-334-77466-0
内容 中原道正・小夜子夫妻は一人娘を殺害
した犯人に死刑判決が出た後、離婚した。数
年後、今度は小夜子が刺殺されるが、すぐに
犯人・町村が出頭する。中原は、死刑を望む
小夜子の両親の相談に乗るうち、彼女が犯罪
被害者遺族の立場から死刑廃止反対を訴えて
いたと知る。一方、町村の娘婿である仁科史
也は、離婚して町村たちと縁を切るよう母親
から迫られていた―。
別版 光文社 2014.5

『カッコウの卵は誰のもの』東野圭吾著
光文社　2013.2　392p　16cm（光文社
文庫）648円　①978-4-334-76529-3
内容 往年のトップスキーヤー緋田宏昌は、
妻の死を機に驚くべきことを知る。一人娘の
風美は彼の実の娘ではなかったのだ。苦悩し
つつも愛情を注いだ娘は、彼をも凌ぐスキー
ヤーに成長した。そんな二人の前に才能と遺
伝子の関係を研究する科学者が現れる。彼へ
の協力を拒みつつ、娘の出生の秘密を探ろう
とする緋田。そんな中、風美の大会出場を妨
害する脅迫者が現れる―。
別版 光文社 2010.1

『ガリレオの苦悩』東野圭吾著　文藝春秋
2011.10　376p　16cm（文春文庫）648
円　①978-4-16-711013-0
内容 "悪魔の手"と名のる人物から、警視庁
に送りつけられた怪文書。そこには、連続殺
人の犯行予告と、帝都大学准教授・湯川学を
名指して挑発する文面が記されていた。湯川
を標的とする犯人の狙いは何か？　常識を超
えた恐るべき殺人方法とは？　邪悪な犯罪者
と天才物理学者の対決を圧倒的スケールで描
く、大人気シリーズ第四弾。
別版 文藝春秋 2008.10

『危険なビーナス』東野圭吾著　講談社
2016.8　379p　19cm　1600円　①978-
4-06-220240-4
内容 弟が失踪した。彼の妻・楓は、明るくし
たたかで魅力的な女性だった。楓は夫の失踪
の原因を探るため、資産家である夫の家族に
近づく。兄である伯朗は楓に頼まれ協力する
が、時が経てばたつほど彼女に惹かれていく。

『虚像の道化師』東野圭吾著　文藝春秋
2012.8　276p　19cm（ガリレオ 7）
1350円　①978-4-16-381570-1
内容 指一本触れずに転落死させる術、他人

には聴こえない囁き、女優が仕組んだ罠…刑
事はさらに不可解な謎を抱え、あの研究室の
ドアを叩く。

『虚像の道化師』東野圭吾著　文藝春秋
2015.3　475p　16cm（文春文庫）〈「虚
像の道化師」（2012年刊）と「禁断の魔
術」（2012年刊）の改題、再編集、合本〉
700円　①978-4-16-790311-4
内容 ビル5階にある新興宗教の道場から、信
者の男が転落死した。男は何かから逃れるよ
うに勝手に窓から飛び降りた様子だったが、
教祖は自分が念を送って落としたと自首して
きた。教祖は本当にその力を持っているのか、
そして湯川はからくりを見破ることができる
のか（「幻惑す」）。ボリューム満点、7編収録
の文庫オリジナル編集。

『麒麟の翼』東野圭吾著　講談社　2014.2
372p　15cm（講談社文庫）700円
①978-4-06-277766-7
内容 「私たち、お父さんのこと何も知らな
い」。胸を刺された男性が日本橋の上で息絶
えた。瀕死の状態でそこまで移動した理由を
探る加賀恭一郎は、被害者が「七福神巡り」
をしていたことを突き止める。家族はその目
的に心当たりがない。だが刑事の一言で、あ
る人物の心に変化が生まれる。父の命懸けの
決意とは。
別版 講談社 2011.3

『禁断の魔術』東野圭吾著　文藝春秋
2015.6　294p　16cm（文春文庫）
〈2012年刊の抜粋、大幅な加筆・改稿〉
630円　①978-4-16-790377-0
内容 高校の物理研究会で湯川の後輩にあた
る古芝伸吾は、育ての親だった姉が亡くなっ
て帝都大を中退し町工場で働いていた。ある
日、フリーライターが殺された。彼は代議士
の大賀を追っており、また大賀の担当の新聞
記者が伸吾の姉だったことが判明する。伸吾
が失踪し、湯川は伸吾のある"企み"に気づく
が…。シリーズ最高傑作！
別版 文藝春秋 2012.10

『恋のゴンドラ』東野圭吾著　実業之日本
社　2016.11　260p　19cm　1200円
①978-4-408-53695-8
内容 この恋の行方は、天国か地獄か。怒濤
の連続どんでん返し！

『黒笑小説』東野圭吾著　集英社　2008.4
332p　16cm（集英社文庫）552円
①978-4-08-746284-5
内容 作家の寒川は、文学賞の選考結果を編
集者と待っていた。「賞をもらうために小説
を書いているわけじゃない」と格好をつけな

がら、内心は賞が欲しくて欲しくてたまらない。一方、編集者は「受賞を信じている」と熱弁しながら、心の中で無理だなとつぶやく。そして遂に電話が鳴って―。文学賞をめぐる人間模様を皮肉たっぷりに描いた「もうひとつの助走」をはじめ、黒い笑いに満ちた傑作が満載の短編集。

『**さまよう刃**』東野圭吾著　角川書店
2008.5　499p　15cm（角川文庫）〈発売：角川グループパブリッシング〉705円　①978-4-04-371806-1
内容 長峰の一人娘・絵摩の死体が荒川から発見された。花火大会の帰りに、未成年の少年グループによって蹂躙された末の遺棄だった。謎の密告電話によって犯人を知った長峰は、突き動かされるように娘の復讐に乗り出した。犯人の一人を殺害し、さらに逃走する父親を、警察とマスコミが追う。正義とは何か。誰が犯人を裁くのか。世論を巻き込み、事件は予想外の結末を迎える―。重く哀しいテーマに挑んだ、心を揺さぶる傑作長編。

『**疾風ロンド**』東野圭吾著　実業之日本社
2014.12　364p　20cm〈2013年刊の再刊〉1600円　①978-4-408-53660-6
内容 大学の研究所から強力な生物兵器「K-55」が盗み出された。大学を脅迫してきた犯人は、なんと直後に事故死してしまう。上司に生物兵器の回収を命じられた中年研究員は犯人が遺したテディベアの写真だけを手掛かりに、息子と共に里沢温泉スキー場に向かった―。ゲレンデを舞台に二転三転する事件の行方は!?ラスト1ページまで気が抜けない娯楽快作！
別版 実業之日本社（実業之日本社文庫）2013.11

『**しのぶセンセにサヨナラ**』東野圭吾著
新装版　講談社　2011.12　365p　15cm（講談社文庫）571円　①978-4-06-277131-3
内容 休職中の教師、竹内しのぶ。秘書としてスカウトされた会社で社員の死亡事故が発生。自殺にしては不自然だが、他殺としたら密室殺人。かつての教え子たちと再び探偵ごっこを繰り広げるしのぶは、社員たちの不審な行動に目をつける。この会社には重大な秘密が隠されている。浪花少年探偵団シリーズ第二弾。

『**使命と魂のリミット**』東野圭吾著　角川書店　2010.2　452p　15cm（角川文庫）〈発売：角川グループパブリッシング〉705円　①978-4-04-371807-8
内容 「医療ミスを公表しなければ病院を破壊

する」突然の脅迫状に揺れる帝都大学病院。「隠された医療ミスなどない」と断言する心臓血管外科の権威・西園教授。しかし、研修医・氷室夕紀は、その言葉を鵜呑みにできなかった。西園が執刀した手術で帰らぬ人となった彼女の父は、意図的に死に至らしめられたのではという疑念を抱いていたからだ…。あの日、手術室で何があったのか？　今日、何が起こるのか？　大病院を前代未聞の危機が襲う。

『**新参者**』東野圭吾著　講談社　2013.8　400p　15cm（講談社文庫）700円　①978-4-06-277628-8
内容 日本橋の片隅で一人の女性が絞殺された。着任したばかりの刑事・加賀恭一郎の前に立ちはだかるのは、人情という名の謎。手掛かりは江戸情緒残る街に暮らす普通の人びと。「事件で傷ついた人がいるなら、救い出すのも私の仕事です」。大切な人を守るために生まれた謎が、犯人へと繋がっていく。
別版 講談社 2009.9

『**素敵な日本人―東野圭吾短編集**』東野圭吾著　光文社　2017.4　277p　19cm　1300円　①978-4-334-91151-5
内容 たとえば、毎日寝る前に一編。ゆっくり、読んでください。豊饒で多彩な短編ミステリーが、日常の倦怠をほぐします。意外性と機知に富み、四季折々の風物を織り込んだ、極上の九編。読書の愉楽を、存分にどうぞ。

『**聖女の救済**』東野圭吾著　文藝春秋　2012.4　424p　16cm（文春文庫）676円　①978-4-16-711014-7
内容 資産家の男が自宅で毒殺された。毒物混入方法は不明、男から一方的に離婚を切り出されていた妻には鉄壁のアリバイがあった。難航する捜査のさなか、草薙刑事が美貌の妻に魅かれていることを察した内海刑事は、独断でガリレオこと湯川教授に協力を依頼するが…。驚愕のトリックで世界を揺るがせた、東野ミステリー屈指の傑作。
別版 文藝春秋 2008.10

『**雪煙チェイス**』東野圭吾著　実業之日本社　2016.12　409p　16cm（実業之日本社文庫）648円　①978-4-408-55323-8
内容 殺人の容疑をかけられた大学生の脇坂竜実。彼のアリバイを証明できる唯一の人物―正体不明の美人スノーボーダーを捜しに、竜実は日本屈指のスキー場に向かった。それを追う所轄の刑事・小杉。村の人々も巻き込み、広大なゲレンデを舞台に予測不能のチェイスが始まる！　どんでん返し連続の痛快ノ

日本の作品　　　　　　　　　　　　　　　　　　　　　　　　　　東野圭吾

ンストップ・サスペンス。

『ダイイング・アイ』東野圭吾著　光文社
2011.1　408p　16cm（光文社文庫）667
円　①978-4-334-74896-8

『天空の蜂』東野圭吾著　新装版　講談社
2015.6　490p　20cm　2300円　①978-
4-06-219407-5
　内容　巨大ヘリを奪った犯人の標的は原発。要
求は日本全土の原発廃棄。果たして政府が下
す決断とは。

『浪花少年探偵団』東野圭吾著　新装版
講談社　2011.12　361p　15cm（講談社
文庫）571円　①978-4-06-277130-6
　内容　小学校教師の竹内しのぶ。担当児童の
父親が殺された。家庭内暴力に悩んでいた児
童と母親に嫌疑がかかるが、鉄壁のアリバイ
が成立。しかし疑念を覚えたしのぶは調査を
開始。子供の作文から事件解決の鍵が、たこ
焼きにあることに気づく。教え子たちを引き
連れて探偵ごっこを繰り広げる痛快シリーズ、
第一弾。

『ナミヤ雑貨店の奇蹟』東野圭吾作，よん絵
KADOKAWA　2017.9　398p　18cm
（角川つばさ文庫）〈角川文庫 2014年刊
の再刊〉780円　①978-4-04-631744-5
　内容　幼なじみの三人組、敦也・翔太・幸平
は、いまは営業していない「ナミヤ雑貨店」に
逃げこんだ。そこで受けとった、見知らぬ人
からの一通の手紙。それはなんと、30年以上
むかしの人からのお悩み相談だった！ わけ
がわからないけれど、困っている人の力にな
りたい。そう思って返事を書くと、相談の手
紙が次々と届いて―!?いったい何が起きてい
る!?今夜、「ナミヤ雑貨店」で奇蹟が起きる！
感動の物語。小学上級から。
　別版　角川書店 2012.3
　別版　KADOKAWA（角川文庫）2014.11

『人魚の眠る家』東野圭吾著　幻冬舎
2018.5　469p　16cm（幻冬舎文庫）730
円　①978-4-344-42730-3
　内容　「娘の小学校受験が終わったら離婚す
る」。そう約束していた播磨和昌と薫子に突然
の悲報が届く。娘がプールで溺れた―。病院
で彼等を待っていたのは、“おそらく脳死”とい
う残酷な現実。一旦は受け入れた二人だった
が、娘との別れの直前に翻意。医師も驚く
方法で娘との生活を続けることを決意する。
狂気とも言える薫子の愛に周囲は翻弄されて
いく。
　別版　幻冬舎 2015.11

『白銀ジャック』東野圭吾著　実業之日本
社　2011.11　341p　20cm　1600円
①978-4-408-53599-9
　内容　ゲレンデ全体が乗っ取られた。このス
キー場にいるすべての人々が人質だ。
　別版　実業之日本社（実業之日本社文庫）2010.
10

『パラドックス13』東野圭吾著　講談社
2014.5　562p　15cm（講談社文庫）
〈毎日新聞社 2009年刊の再刊〉830円
①978-4-06-277827-5
　内容　13時13分13秒、街から人が消えた。無人
の東京に残されたのは境遇も年齢も異なる13
人の男女。なぜ彼らが選ばれたのか。大雨と
地震に襲われる瓦礫の山と化した街。そして
生き抜こうとする人達の共通項が見えてくる。
世界が変れば善悪も変る。殺人すらも善とな
る。極限状態で見えてくる人間の真理とは。
　別版　毎日新聞社 2009.4

『プラチナデータ』東野圭吾著　幻冬舎
2012.7　493p　16cm（幻冬舎文庫）724
円　①978-4-344-41884-4
　内容　国民の遺伝子情報から犯人を特定する
DNA捜査システム。その開発者が殺害され
た。神楽龍平はシステムを使って犯人を突き
止めようとするが、コンピュータが示したの
は何と彼の名前だった。革命的システムの裏
に隠された陰謀とは？ 鍵を握るのは謎のプロ
グラムと、もう一人の "彼"。果たして神楽
は警察の包囲網をかわし、真相に辿り着ける
のか。
　別版　幻冬舎 2010.6

『分身』東野圭吾著　集英社　2011.6
463p　15cm（集英社文庫）〈第76刷（初
版1996年）〉695円　①978-4-08-748519-
6
　内容　函館市生まれの氏家鞠子は18歳。札幌
の大学に通っている。最近、自分にそっくり
な女性がテレビ出演していたと聞いた―。小
林双葉は東京の女子大生で20歳。アマチュア
バンドの歌手だが、なぜか母親からテレビ出
演を禁止される。鞠子と双葉、この二人を結
ぶものは何か？ 現代医学の危険な領域を描
くサスペンス長篇。

『マスカレード・イブ』東野圭吾著　集英
社　2014.8　331p　16cm（集英社文
庫）600円　①978-4-08-745216-7
　内容　ホテル・コルテシア大阪で働く山岸尚美
は、ある客たちの仮面に気づく。一方、東京
で発生した殺人事件の捜査に当たる新田浩介
は、一人の男に目をつけた。事件の夜、男は
大阪にいたと主張するが、なぜかホテル名を
言わない。殺人の疑いをかけられてでも守り

ヤングアダルトの本　いま読みたい小説4000冊　261

たい秘密とは何なのか。お客さまの仮面を守り抜くのが彼女の仕事なら、犯人の仮面を暴くのが彼の職務。二人が出会う前の、それぞれの物語。「マスカレード」シリーズ第2弾。

『マスカレード・ナイト』東野圭吾著　集英社　2017.9　457p　19cm　1650円　①978-4-08-775438-4
内容 若い女性が殺害された不可解な事件。警視庁に届いた一通の密告状。犯人は、コルテシア東京のカウントダウンパーティに姿を現す!?あのホテルウーマンと刑事のコンビ、再び。

『マスカレード・ホテル』東野圭吾著　集英社　2014.7　515p　16cm（集英社文庫）760円　①978-4-08-745206-8
内容 都内で起きた不可解な連続殺人事件。容疑者もターゲットも不明。残された暗号から判明したのは、次の犯行場所が一流ホテル・コルテシア東京ということのみ。若き刑事・新田浩介は、ホテルマンに化けて潜入捜査に就くことを命じられる。彼を教育するのは、女性フロントクラークの山岸尚美。次から次へと怪しげな客たちが訪れる中、二人は真相に辿り着けるのか!?いま幕が開く傑作新シリーズ。
別版 集英社 2011.9

『真夏の方程式』東野圭吾著　文藝春秋　2013.5　463p　16cm（文春文庫）686円　①978-4-16-711015-4
内容 夏休みを玻璃ヶ浦にある伯母一家経営の旅館で過ごすことになった少年・恭平。一方、仕事で訪れた湯川も、その宿に宿泊することになった。翌朝、もう1人の宿泊客が死体で見つかった。その客は元刑事で、かつて玻璃ヶ浦に縁のある男を逮捕したことがあったという。これは事故か、殺人か。湯川が気づいてしまった真相とはー。
別版 文藝春秋 2011.6

『魔力の胎動』東野圭吾著　KADOKAWA　2018.3　316p　19cm　1500円　①978-4-04-106739-0
内容 自然現象を見事に言い当てる不思議な力。君はいったい何者なんだ？『ラプラスの魔女』前日譚。

『夢幻花』東野圭吾著　PHP研究所　2016.4　476p　15cm（PHP文芸文庫）780円　①978-4-569-76560-0
内容 花を愛でながら余生を送っていた老人・秋山周治が殺された。第一発見者の孫娘・梨乃は、祖父の庭から消えた黄色い花の鉢植えが気になり、ブログにアップするとともに、この花が縁で知り合った大学院生・蒼太と真相解明に乗り出す。一方、西荻窪署の刑事・

早瀬も、別の思いを胸に事件を追っていた…。宿命を背負った者たちの人間ドラマが展開していく"東野ミステリの真骨頂"。第二十六回柴田錬三郎賞受賞作。
別版 PHP研究所 2013.5

『夜明けの街で』東野圭吾著　角川書店　2010.7　391p　15cm（角川文庫）〈発売：角川グループパブリッシング〉629円　①978-4-04-371808-5
内容 不倫をする奴なんて馬鹿だと思っていた。ところが僕はその台詞を自分に対して発しなければならなくなる―。建設会社に勤める渡部は、派遣社員の仲西秋葉と不倫の恋に墜ちた。2人の仲は急速に深まり、渡部は彼女が抱える複雑な事情を知ることになる。15年前、父親の愛人が殺される事件が起こり、秋葉はその容疑者とされているのだ。彼女は真犯人なのか？ 渡部の心は揺れ動く。まもなく事件は時効を迎えようとしていた…。

『容疑者Xの献身』東野圭吾著　文藝春秋　2008.8　394p　16cm（文春文庫）629円　①978-4-16-711012-3
内容 天才数学者でありながら不遇な日日を送っていた高校教師の石神は、一人娘と暮らす隣人の靖子に秘かな想いを寄せていた。彼女たちが前夫を殺害したことを知った彼は、二人を救うため完全犯罪を企てる。だが皮肉にも、石神のかつての親友である物理学者の湯川学が、その謎に挑むことになる。ガリレオシリーズ初の長篇、直木賞受賞作。

『ラプラスの魔女』東野圭吾著　KADOKAWA　2018.2　493p　15cm（角川文庫）760円　①978-4-04-105493-2
内容 ある地方の温泉地で硫化水素中毒による死亡事故が発生した。地球化学の研究者・青江が警察の依頼で事故現場に赴くと若い女の姿があった。彼女はひとりの青年の行方を追っているようだった。2か月後、遠く離れた別の温泉地でも同じような中毒事故が起こる。ふたりの被害者に共通点はあるのか。調査のため青江が現地を訪れると、またも例の彼女がそこにいた。困惑する青江の前で、彼女は次々と不思議な"力"を発揮し始める。
別版 KADOKAWA 2015.5

『流星の絆』東野圭吾著　講談社　2011.4　617p　15cm（講談社文庫）838円　①978-4-06-276920-4
内容 何者かに両親を惨殺された三兄妹は、流れ星に仇討ちを誓う。14年後、互いのことだけを信じ、世間を敵視しながら生きる彼らの前に、犯人を突き止める最初で最後の機会

が訪れる。三人で完璧に仕掛けはずの復讐計画。その最大の誤算は、妹の恋心だった。涙があふれる衝撃の真相。著者会心の新たな代表作。

別版 講談社 2008.3

『歪笑小説』東野圭吾著　集英社　2012.1
355p　16cm（集英社文庫）619円
①978-4-08-746784-0
内容 新人編集者が目の当たりにした、常識破りのあの手この手を連発する伝説の編集者。自作のドラマ化話に舞い上がり、美人担当者に恋心を抱く、全く売れない若手作家。出版社のゴルフコンペに初参加して大物作家に翻弄されるヒット作症候群の新鋭…俳優、読者、書店、家族を巻き込んで作家の身近は事件がいっぱい。ブラックな笑い満載！ 小説業界の内幕を描く連続ドラマ。とっておきの文庫オリジナル。

ひこ・田中
ひこたなか
《1953～》

『お引越し』ひこ・田中著　福音館書店
2013.11　258p　19cm〈福武書店 1990年刊に書き下ろし「忘れたころのあと話」を加えて再刊〉1400円　①978-4-8340-8033-9
別版 新装版 講談社（講談社文庫）2008.11

『カレンダー』ひこ・田中著　福音館書店
2014.1　458p　19cm〈福武書店 1992年刊に書き下ろし「忘れたころのあと話」を加える〉1600円　①978-4-8340-8051-3

『ごめん』ひこ・田中著　福音館書店
2014.2　482p　19cm〈偕成社 1996年刊に「「ごめん」によせて」を追加し再刊〉1800円　①978-4-8340-8055-1
内容 思春期、初恋…小学校6年生の男の子の心模様を軽快に描く傑作。第44回産経児童出版文化賞JR賞受賞。

『サンタちゃん』ひこ・田中作, こはらかずの絵　講談社　2017.10　1冊　20cm
1300円　①978-4-06-220701-0

『なりたて中学生　初級編』ひこ・田中著
講談社　2015.1　255p　20cm　1400円
①978-4-06-219323-8
内容 中学入学の直前、ひとつ隣の学区に引っ越したばかりに、まわりに知ってる友達はゼロ！ ヘタレのテツオは、ヘタレなりに立ち

位置を探り始めた。"小学生が中学生になるということ"だれしもが通過したあの時期のドキドキを、3部作で描きます。

『なりたて中学生　中級編』ひこ・田中著
講談社　2015.11　335p　20cm　1500円　①978-4-06-219698-7
内容 中学入学の直前、ひとつ隣の学区に引っ越したばかりに、まわりに知ってる友達がゼロのテツオ。英語の授業に部活に体育祭…。やたらと、やることあらへんか!?すべての小学6年生に再び告ぐ！ 中学校はこわくないけど、いそがしい！

『なりたて中学生　上級編』ひこ・田中著
講談社　2016.10　391p　20cm　1500円　①978-4-06-220074-5
内容 すべての小学6年生に三度告ぐ！ 中学校はなんだかんだで、おもしろい!!!!!学区外の小学校から、友達ゼロの中学に入学したテツオも、夏休み、二学期を迎えます。中学生になる前、なってからの不安が消える体験型物語、いよいよ最終巻です!!

『ハルとカナ』ひこ・田中作, ヨシタケシンスケ絵　講談社　2016.8　141p　20cm　1300円　①978-4-06-220099-8
内容 ハルもカナも、小学2年生。でも、ふたりとも、なんか気持ちが変わってきたことに気がついたんだ。なんでだろ、あの子のこと、もっと知りたいな。ひこ・田中とヨシタケシンスケが贈る小さな小さな恋のものがたり。

『メランコリー・サガ』ひこ・田中作, 中島梨絵画　福音館書店　2014.5　204p　19cm（モールランド・ストーリー 1）1200円　①978-4-8340-8100-8
内容 大きなショッピングモールや、おしゃれなデパート、背中合わせのオタク街…たくさんの人でにぎわう都会の真ん中。ここに暮らす小6の3人が出会ったレトロなゲームソフトは、何を語り出すのだろう？

『レッツがおつかい』ひこ・田中さく, ヨシタケシンスケえ　そうえん社　2011.1　64p　20cm（まいにちおはなし―レッツ・シリーズ 3）1000円　①978-4-88264-476-7
内容 レッツは5さい。5さいのレッツは、はじめてのおつかいにでかけることにした!?レッツ・シリーズの新刊。

『レッツとネコさん』ひこ・田中さく, ヨシタケシンスケえ　講談社　2018.6　63p　20cm〈そうえん社 2010年刊の新装版〉1200円　①978-4-06-221064-5
内容 3さいのレッツ。かあさんがつれてきた

かぞくとなかよくできるかな。絵本作家として大人気のヨシタケシンスケさんが、児童文学作家のひこ・田中さんと組んで、初めて児童書にイラストを描き下ろした記念碑的作品が、この「レッツ」シリーズです。このたび、オールカラーの新装版になりました！
別版 そうえん社（まいにちおはなし―レッツ・シリーズ）2010.7

『レッツのふみだい』ひこ・田中さく，ヨシタケシンスケえ　そうえん社　2010.10　64p　20cm（まいにちおはなし―レッツ・シリーズ 2）1000円　①978-4-88264-474-3
内容 レッツは5さい。5さいのレッツが、4さいのころを思いだす。それは、むかしむかしの、ちょっとむかし。『レッツとネコさん』につづく、レッツ・シリーズの新刊。

『ロックなハート』ひこ・田中作，中島梨絵画　福音館書店　2015.11　350p　19cm（モールランド・ストーリー 2）1500円　①978-4-8340-8206-7

藤野　千夜
ふじの・ちや
《1962～》

『親子三代、犬一匹』藤野千夜著　朝日新聞出版　2009.11　469p　20cm　1900円　①978-4-02-250658-0
内容 柴崎家のアイドル、マルチーズのトビ丸が食卓をぐるりとまわれば、自然と笑みがこぼれだす。祖母、母、姉、トビ丸、そして時々おじさんと、下町に暮らす柴崎章太の、何でもないけどかけがえのない日々。朝日新聞好評連載の書籍化。

『君のいた日々』藤野千夜著　角川春樹事務所　2015.5　262p　16cm（ハルキ文庫）640円　①978-4-7584-3901-5
内容 「どこかではぐれないように。はぐれてもまた会えるように」と、ふたりで約束した一春生は去年、妻の久里子を病気で亡くした。いまだにメソメソしていて息子の亜土夢にあきれられている。久里子は去年、夫の春生を突然亡くした。倒れた朝、彼にちょっとだけ意地悪をしたことをいまも悔いている…〈妻を失った夫〉〈夫を失った妻〉のそれぞれの世界から優しく紡ぐ、人生の愛しさに満ちあふれた感動の物語。
別版 角川春樹事務所 2013.11

『主婦と恋愛』藤野千夜著　小学館　2009.5　307p　15cm（小学館文庫）〈2006年刊の加筆修正〉552円　①978-4-09-408377-4
内容 三十一歳の主婦・チエミは六つ年上の高校教師の夫・忠彦と平穏な暮らしを営んでいた。ところが、大のサッカーファンである忠彦とワールドカップを見に行くことになって、なぜか次々と新しい知り合いが増えてしまう。ビジュアルはかなりカワイイのに「いいっすよ」なんて今ふうのしゃべり方をするワカナちゃん。そして前髪さらさらのイケメンカメラマン・サカマキさん。みんなでサッカーを楽しんでいるうち、チエミの心の中には誰にもいえない想いが芽生えてしまう。主婦の揺れ動く心をやさしくあたたかく描いた恋愛小説。

『すしそばてんぷら』藤野千夜著　角川春樹事務所　2017.1　278p　16cm（ハルキ文庫）〈文献あり〉640円　①978-4-7584-4064-6
内容 早朝のテレビ番組で、お天気お姉さんをしている寿々は、隅田川のそばで祖母とふたり暮らし。おばあちゃんには、ノシたこ、おにぎらーずなど、おやつまでも作ってもらっていた。そんな彼女が「江戸まちめぐり」ブログを開設することに。浅草の天ぷら、どじょう、うなぎ、寿司、神田のそば、王子の玉子焼きなどと出会い、寿々は料理もお店も街も人も、時間がずっとつながっていることを知り、日々の暮らしと人生の愛しさを感じるのだった。心も身体も幸せな長篇小説。
別版 角川春樹事務所 2016.2

『スラスラ描けるマンガ教室―ピリカの魔法のペン』藤野千夜作，かぼ絵　学研パブリッシング　2013.3　190p　19cm（アニメディアブックス）〈発売：学研マーケティング〉880円　①978-4-05-203753-5
内容 私、ピリカ。おじいちゃんの古本屋で見つけた虹色のペンで、愛犬・とびまるを描いたら上手に描けちゃった！ 私って天才!?…と思ったら、他のペンではうまく描けないみたい。もしかして、この虹色のペンは絵が上手に描ける魔法のペン？ でも、意地悪なおじいちゃんが貸してくれない…。そんな私に、いろんな人が絵の描き方を教えてくれて、どんどん絵が上達！ 誰でも簡単に上手な絵が描けるようになる方法をみんなにも教えちゃう。

『中等部超能力戦争』藤野千夜著　双葉社　2010.6　302p　15cm（双葉文庫）629円　①978-4-575-51360-8
内容 はるかの友人しーちゃんはプライドが高くてわがままで、しかも気に入らないことがあると不思議な力で人を困らせる。今は恋

日本の作品　　　　　　　　　　　　　　　　　　　　　　　　　　　　古内一絵

に夢中のはるかと、小説家志望のしーちゃん。そんな二人の間の溝は深まり、静かな「戦争」が始まっていく。ついにある日、仲を引き裂く決定的な出来事が起きて…。少女たちのリアルな心の衝突を描いた学園小説。

『D菩薩峠漫研夏合宿』藤野千夜著　新潮社　2015.10　250p　20cm　1800円　①978-4-10-328522-9
|内容| 都心の有名男子校・あおい学園の漫画研究部の夏合宿は、D菩薩峠のバンガローに持ち込んだ漫画本を一週間ひたすら読む、だけ。副産物として、合宿中にお熱いカップルがいくつも出来上がるらしい。高一の「わたし」は、出発前に「おにいさま」からのメモを見つけ、胸を高鳴らせていた。メモは、本気なのか冗談なのか、予告なのか悪戯なのか。「おにいさま」はいったい誰なのか。テレビもラジオもない漫画漬けの日々、熱愛カップルの復活、お耽美なOB達の乱入、肝だめしの夜、消えたパンツ、意外な告白、夜更けの甘いあえぎ声…。ずっと誰からも愛されないかもしれないと怯えていた15歳の「わたし」の物語。

『時穴みみか』藤野千夜著　講談社　2015.2　346p　19cm〈文献あり〉1500円　①978-4-06-219325-2
|内容| 小学六年生の美々加は、バツイチ独身のママ・菜摘と二人暮らし。大好きなママに熊田剛という恋人ができてから、美々加は道草をして、わざと帰りを遅らせるようになった。十二歳の誕生日まであと五日という放課後、黒猫のあとをつけ、巨木の根元の空洞をくぐり抜けた美々加は、知らない家で目を覚ました。くみ取りトイレとダイヤル式電話。見知らぬ家族に「さら」と呼ばれ、パニックになる美々加。平成生まれの女の子が、昭和49年にタイムスリップ！ スプーン曲げにこっくりさん、タカラヅカの華麗な舞台…。キティちゃんも生まれていない懐かしい優しい「あの時代」で、美々加は何に出会ったのか？

『願い』藤野千夜著　講談社　2010.10　240p　20cm　1600円　①978-4-06-216509-9
|内容| 可愛い妹が欲しい、元恋人と復縁したい、部下と不倫をしてみたい、とにかく誰かと話したい…。芥川賞作家が掬い取る、街にあふれたいくつもの小さな願いごと。静かだけれど切実な、9つの物語。

『ネバーランド』藤野千夜著　新潮社　2010.11　283p　20cm　1700円　①978-4-10-328521-2
|内容| もうやめよう、こんな人。もう絶対にやめよう。そう固く心に誓うのは、一体これで

何度目なのか―。小説家のミサの部屋は、誰が呼んだか「S町のネバーランド」。いつしか部屋には年下のイケメン隆文が居着いちゃって…。ふざけているのが好き、堅苦しいのは嫌い。そんな二人の行く末は!?決めてくれない年下の彼と心配性の私の、終わらない恋の物語。

『編集ども集まれ！』藤野千夜著　双葉社　2017.9　420p　20cm〈文献あり〉1700円　①978-4-575-24057-3

『ホームメイキング同好会』藤野千夜作　理論社　2016.12　414p　19cm〈別タイトル：HM同好会〉1600円　①978-4-652-20186-2
|内容| 高校の伝統で、文化祭は三年に一度だけ。そんなレアなイベントに燃えない手はないと、亜矢はランチ仲間を誘い、クラスの有志の模擬店カフェに参加することに…。恋に！ 友情に！ 高校一年生たちの、ざわめく青春！

古内　一絵
ふるうち・かずえ
《1966～》

『蒼のファンファーレ』古内一絵著　小学館　2017.7　306p　19cm　1500円　①978-4-09-386472-5
|内容| 藻屑の漂流先と揶揄されていた廃業寸前の厩舎。芦原瑞穂という女性騎手の真摯な姿勢と情熱でメンバーが一つになり、大きな夢であるG1桜花賞に挑戦、惨敗した翌年。場違いな超良血馬がやってくる。馬主はメディアでも有名な風水師。一体、なぜ…？ そして、厩舎のメンバーに様々な事件が降りかかる。それらを乗り越えた彼らが再び一丸となって臨む、大きな大きな夢の行方は…？

『十六夜荘ノート』古内一絵著　中央公論新社　2017.9　341p　16cm〈中公文庫〉〈ポプラ社 2012年刊の加筆・修正　文献あり〉680円　①978-4-12-206452-2
|内容| 英国でこの世を去った大伯母・玉青から、高級住宅街にある屋敷「十六夜荘」を遺された雄哉。思わぬ遺産に飛びつくが、大伯母は面識のない自分に、なぜこの屋敷を託したのか？ 遺産を受け取るため、親族の中で異端視された大伯母について調べるうちに、「十六夜荘」にこめられた大伯母の想いと、そして「遺産」の真の姿を知ることになり―。
|別版| ポプラ社 2012.9

『痛みの道標』古内一絵著　小学館　2015.

ヤングアダルトの本　いま読みたい小説4000冊　　265

7　325p　19cm〈文献あり〉1500円
①978-4-09-388434-1
|内容| この地球上に、卵がたつという奇蹟の場所がある。その場所で、70年前なにがあったのか？ 深い悲しみの果てに見つける、命の道標。戦後70年。ある「真実」から生まれた超大型エンタメ小説!!

『快晴フライング』古内一絵著　ポプラ社　2013.4　437p　16cm（ポプラ文庫）〈2011年刊に「夏のエール」を加える〉660円　①978-4-591-13433-7
|内容| 廃部寸前の弓が丘第一中学水泳部。部の存続条件は『メドレーリレーで大会優勝すること』。けれど残っていたのは、戦力外メンバーばかり。頭を抱える部員たちが諦めかけたその時、人魚のように泳ぐ謎の少女が現れ…。第5回ポプラ社小説大賞特別賞受賞作。
|別冊| ポプラ社 2011.4

『風の向こうへ駆け抜けろ』古内一絵著　小学館　2017.7　413p　15cm（小学館文庫）〈2014年刊の加筆・改稿〉690円　①978-4-09-406428-5
|内容| 芦原瑞穂（18歳）は地方競馬界にデビューした女性騎手。配属先は「藻屑の漂流先」と揶揄される寂れた弱小厩舎。調教師、厩務員たちは皆それぞれが心に傷を抱え、人生をあきらめたポンコツ集団だった。当初は廃業寸前だった厩舎も、瑞穂の真摯な努力と純粋な心、情熱から徐々に皆の心は一つとなり、ついには大きな夢、中央競馬の桜花賞を目指すまでになる。が、行く手には様々な試練が。温かな絆でつながった彼らの運命は…？ 競馬に興味がない人も、競馬好きも大満足の爽やかな感動を呼ぶ人間ドラマの大傑作、待望の文庫化。巻末に騎手・藤田菜七子氏の特別寄稿つき。
|別冊| 小学館 2014.1

『キネマトグラフィカ』古内一絵著　東京創元社　2018.4　296p　19cm　1600円　①978-4-488-02785-8
|内容| 映画がフィルムだったころ、老舗映画会社に勤めた同期六人。働く事情も夢も、六人六様。けれど自分の信じた道を必死に進んでいた。あのころ、思い描いていた自分になれているだろうか？―二十年間、映画の変遷を目撃してきた著者が贈る、働く人すべての心を熱くする、渾身の傑作!!

『きまぐれな夜食カフェ』古内一絵著　中央公論新社　2017.11　273p　20cm（マカン・マラン みたび）〈文献あり〉1500円　①978-4-12-005022-0

『女王さまの夜食カフェ―マカン・マラン

ふたたび』古内一絵著　中央公論新社　2016.11　268p　20cm〈文献あり〉1500円　①978-4-12-004910-1

『花舞う里』古内一絵著　講談社　2016.5　285p　19cm　1500円　①978-4-06-220049-3
|内容| 母親に連れられ、奥三河の集落に来た潤。そこは花祭りという伝統神楽が根付く地だった。村のみんなが一体となって準備を進める中、潤は祭りへの参加を拒否する。潤の心には、どうしても癒やすことのできない傷があった。

『フラダン』古内一絵作　小峰書店　2016.9　288p　20cm（Sunnyside Books）1500円　①978-4-338-28710-4
|内容| 「ようこそ、フラ男子」藍色の垂れ幕が、ホールの後方の壁にでかでかと貼ってあった。天井の高い会場は、お年寄りたちでいっぱいだ。車椅子に座った人や、腕に点滴の針を刺したままの人もいる。その全員が、きらきらした眼差しでこちらを見ていた。自ずと穣の足に力がこもった―。宙彦と動きを合わせ、軽快なリズムに乗って、ステージの床を踏みしめる。

『マカン・マラン―二十三時の夜食カフェ』古内一絵著　中央公論新社　2015.11　265p　20cm〈文献あり〉1500円　①978-4-12-004788-6

星　新一
ほし・しんいち
《1926～1997》

『あいつが来る』星新一作, 和田誠絵　理論社　2009.3　213p　19cm（星新一YAセレクション 5）1300円　①978-4-652-02385-3
|内容| 新鮮なアイデア、完全なプロット、意外な結末―三要素そろったショートショートの傑作。

『悪魔のいる天国』星新一著　改版　新潮社　2014.7　294p　16cm（新潮文庫）520円　①978-4-10-109806-7
|内容| ふとした気まぐれや思いつきによって、人間を残酷な運命へ突きおとす“悪魔”の存在を、卓抜なアイデアと透明な文体を駆使して描き出すショートショート36編を収録する。人間に代って言葉を交わすロボットインコの話『肩の上の秘書』、未来社会を想像力にあふれた人間を待ち受ける恐怖を描く『ピーターパンの島』など、日常社会、SFの世界、夢の

日本の作品　　　　　　　　　　　　　　　　　　星新一

空間にくりひろげられるファンタジア。

『あるスパイの物語』星新一作, 和田誠絵
　理論社　2009.6　210p　19cm〈星新一
　YAセレクション 6）1300円　①978-4-
　652-02386-0
　内容 新鮮なアイデア、完全なプロット、意
　外な結末―三要素そろったショートショート
　の傑作。

『宇宙の声―星新一ジュブナイル・セレク
　ション』星新一作, 片山若子絵　角川書
　店　2009.11　173p　18cm（角川つばさ
　文庫）〈発売：角川グループパブリッシン
　グ〉580円　①978-4-04-631061-3
　内容 日本のSF（サイエンス・フィクション）
　は、星新一の物語から始まりました。そのな
　かでも、「まぼろしの星」（『まぼろしの星』収
　録）と「宇宙の声」は、少年少女のために書か
　れた名作。宇宙船、研究所、ロボット、調査
　隊員、不思議な装置、そしてまだ見ぬ惑星、宇
　宙の冒険…と、星作品のエッセンスがちりば
　められています。みんなが夢中になったジュ
　ブナイル・セレクション。小学中級から。

『うらめしや』星新一作, 和田誠絵　理論
　社　2010.2　206p　19cm〈星新一YAセ
　レクション 10）1300円　①978-4-652-
　02390-7
　内容 新鮮なアイデア、完全なプロット、意
　外な結末―三要素そろったショートショート
　の傑作。

『エヌ氏の遊園地』星新一著　改版　新潮
　社　2013.2　304p　15cm（新潮文庫）
　490円　①978-4-10-109831-9
　内容 エヌ博士の研究室を襲った強盗。金の
　もうかる薬を盗んだのはよかったけれど…。
　女性アレルギーの名探偵のもとに届いた大き
　な箱。その箱の中に入っていたものは…。別
　荘で休暇を過すエヌ氏のもとに、突然かかっ
　てきた電話。なんとその電話は江戸時代の霊
　魂からだった…。卓抜なアイデアと奇想天外
　なユーモアで、不思議な世界にあなたを招待
　するショートショート31編。

『おかしな先祖』星新一著　改版　角川書
　店　2008.1　268p　15cm（角川文庫）
　〈発売：角川グループパブリッシング〉
　438円　①978-4-04-130324-5
　内容 ある日の午後。にぎやかな街のなかに突
　然裸の男と女が現れた。20歳くらいの美しい
　二人は、腰のあたりを大きな葉っぱでおおっ
　ているだけ。すぐに警察に連行された二人は、
　男はアダム、女はイブと名乗り、楽園から追
　放されて来たのだと話す。たちまちテレビ局
　が目をつけ、専門家はさまざまな説を唱えて

議論をするが、どうしても本物としか考えら
れない―そして事件がおこった！ 全10篇を
収録した傑作 “SF落語” 集。

『おのぞみの結末』星新一著　改版　新潮
　社　2016.5　221p　15cm（新潮文庫）
　460円　①978-4-10-109807-4
　内容 家事万能のロボットを手に入れたら…。
　世界平和をめざす秘密組織が実権を握った
　ら…。安逸と平穏をのぞみながら、退屈な
　日々にあきたらず、精神と肉体の新たな冒険
　を求める人間。超現代のなかでも、あいかわ
　らず滑稽で愛すべき、人間らしい心の動きを
　スマートに描く11編。新鮮な発想、奇想天外
　なストーリーの展開、そして意外な結末は、
　あたかもアイディアを凝集した玉手箱。

『きつね小僧』星新一作, 和田誠絵　理論
　社　2009.12　205p　19cm〈星新一YA
　セレクション 9）1300円　①978-4-652-
　02389-1

『気まぐれ指数』星新一著　改版　新潮社
　2014.6　388p　16cm（新潮文庫）590円
　①978-4-10-109803-6
　内容 ビックリ箱作りのアイデアマン黒田一
　郎は、犯罪批評を趣味とする教養高き紳士。
　ふとした気まぐれから自ら完全犯罪を計画し
　仏像窃盗に乗り出すが、はからずも神主、未
　亡人、セールス・ガールをめぐって、てんやわ
　んやの大騒動がまき起きる…。ショートショー
　トの第一人者星新一が、傑出したギャグと警
　句をふんだんにもり込んだ、スマートでユー
　モアにみちた長編コメディーの傑作。

『きまぐれロボット』星新一作, あらゐけ
　いいち絵　KADOKAWA　2014.3
　166p　18cm（角川つばさ文庫）〈改版
　角川文庫 2006年刊の抜粋・再編集〉580
　円　①978-4-04-631382-9
　内容 おなかがすいたら料理を作り、あとかた
　づけに、へやのそうじ、退屈すれば話し相手
　に。なんでもできるロボットを連れて離れ島
　の別荘に出かけたエヌ氏。だがロボットはし
　だいにおかしな行動を取りはじめる…。次々
　と飛びだす博士のフシギな発明、発見が、さ
　まざまな騒動を巻き起こす―！ ちょっぴり
　リアルでちょっぴりユーモラス。「ショート
　ショートの神様」と呼ばれた星新一の、時を
　こえて読みつがれる傑作27編!小学中級から。

『ご依頼の件』星新一著　改版　新潮社
　2015.10　373p　15cm（新潮文庫）630
　円　①978-4-10-109840-1
　内容 常識的で、ありふれた世界に安住して
　いる人々の意識を痛撃し、人間の心の奥にひ
　そむ願望をユーモアと諷刺で描いたショート

ヤングアダルトの本　いま読みたい小説4000冊　**267**

ショート40編。

『殺し屋ですのよ』星新一作, 和田誠絵
理論社　2008.10　213p　19cm（星新一
YAセレクション 2）1300円　①978-4-
652-02382-2
内容　新鮮なアイデア、完全なプロット、意
外な結末―三要素そろったショートショート
の傑作！切れ味ばつぐん！人生のスパイス
をどうぞ。

『三十年後』星一著, 星新一要約・解説, 星
マリナ監修　［東京］新潮社図書編集
室　2015.9　158p　18cm（ホシヅル文
庫）〈新報知社 1918年刊の要約版　文
献あり　発売：新潮社〉1001円　①978-
4-10-910056-4

『死体ばんざい』星新一作, 和田誠絵　理
論社　2008.8　213p　19cm（星新一YA
セレクション 1）1300円　①978-4-652-
02381-5

『城のなかの人』星新一著　改版　角川書
店　2008.11　278p　15cm（角川文庫）
〈発売：角川グループパブリッシング〉
476円　①978-4-04-130326-9
内容　太閤秀吉の遺言に従って、豊臣秀頼は7
歳を迎えた正月早々、大坂城に移された。世
間と隔絶され、美と絢爛のうちに育った秀頼
にとっては、大坂城の中だけが現実であり、
安らぎに満ちた世界であった。ところが、徳
川との対立が激化するにつれ、秀頼は城の外
にある「悪徳」というものの存在に気づく。
異常な人間関係の中での苦悩と滅びの人生を
描いた表題作のほか、「正雪と弟子」「はんぱ
もの維新」など5編の時代小説を収録。

『つぎはぎプラネット』星新一著　新潮社
2013.9　442p　16cm（新潮文庫）670円
①978-4-10-109853-1
内容　同人誌、PR誌に書かれて以来、書籍に
収録されないままとなっていた知られざる名
ショートショート。日本人火星へ行けば火星
人…「笑兎」の雅号で作られた、奇想天外で
シニカルなSF川柳・都々逸。子供のために書
かれた、理系出身ならではのセンスが光る短
編。入手困難な作品や書籍、文庫未収録の作
品を集めた、ショートショートの神様のすべ
てが分かる、幻の作品集。

『どこかの事件』星新一著　改版　新潮社
2015.6　354p　15cm（新潮文庫）550円
①978-4-10-109838-8
内容　平凡なサラリーマンが、ねごとで妻にも
らした見知らぬ男への殺意。ねごとでの殺人
計画はしだいに具体化していく。はたして、
夢の中の出来事なのか、それとも本当は…。

他人には信じてもらえない、不思議な事件は
いつもどこかで起きている。日常的な時間や
空間を超えて展開する非現実的現実世界をウ
イットあふれる語り口で描く、夢とサスペン
スにみちたショートショート21編。

『不吉な地点』星新一作, 和田誠絵　理論
社　2009.10　206p　19cm（星新一YA
セレクション 8）1300円　①978-4-652-
02388-4
内容　新鮮なアイデア、完全なプロット、意
外な結末―三要素そろったショートショート
の傑作。

『星新一時代小説集　天の巻』星新一著
ポプラ社　2009.8　301p　16cm（ポプ
ラ文庫）560円　①978-4-591-11105-5
内容　わたしは彼らと違うのだ。いかにむな
しくても、それはどうしようもないことだ―。
殿さまには殿さまの悩みがあって、些細な物事
にも思いを馳せる（『殿さまの日』）。“ショー
トショートの神様”が、斬新な切り口によっ
て描き出す傑作時代小説集第一弾。

『星新一時代小説集　地の巻』星新一著
ポプラ社　2009.10　273p　16cm（ポプ
ラ文庫）560円　①978-4-591-11198-7
内容　父親から受けた誤解が元で誕生した、江
戸を代表する義賊・ねずみ小僧。庶民の間に
日増しに高まる名声は更なる“期待”へとエス
カレートして…（「ねずみ小僧次郎吉」）。松本
大洋の描くイラストが佳作・名作に新たな彩
りを添える傑作時代小説集の第二弾。

『星新一時代小説集　人の巻』星新一著
ポプラ社　2009.12　287p　16cm（ポプ
ラ文庫）560円　①978-4-591-11456-8
内容　真面目一徹の田舎藩士・六左衛門は、連
れていかれた吉原で遊びの面白さにハマり、
金の価値を初めて知る。とめどない女遊びの
ツケは、やがて藩の金を流用するという事態
にまで発展し…（「薬草の栽培法」）。星新一
が遺した異色の時代小説集、ついに完結。

『星新一ショートショート遊園地　1　気ま
ぐれ着地点』星新一著, 江坂遊編　横浜
樹立社　2010.3　229p　19cm（樹立社
大活字の〈杜〉）①978-4-901769-43-3

『星新一ショートショート遊園地　2　お
みそれショートショート』星新一著, 江
坂遊編　横浜　樹立社　2010.3　237p
19cm（樹立社大活字の〈杜〉）①978-4-
901769-44-0

『星新一ショートショート遊園地　3　そ
ううまくいくもんかの事件』星新一著,
江坂遊編　横浜　樹立社　2010.3

日本の作品　　　　　　　　　　　　　　　　　　　誉田哲也

213p　19cm（樹立社大活字の〈杜〉）
①978-4-901769-45-7

『星新一ショートショート遊園地　4　おかしな遊園地』星新一著, 江坂遊編　横浜　樹立社　2010.3　213p　19cm（樹立社大活字の〈杜〉）①978-4-901769-46-4

『星新一ショートショート遊園地　5　たくさんの変光星』星新一著, 江坂遊編　横浜　樹立社　2010.3　217p　19cm（樹立社大活字の〈杜〉）①978-4-901769-47-1

『星新一ショートショート遊園地　6　味わい銀河』星新一著, 江坂遊編　横浜　樹立社　2010.3　217p　19cm（樹立社大活字の〈杜〉）①978-4-901769-48-8

『星新一すこしふしぎ傑作選』星新一作, 瀬名秀明選, yum絵　集英社　2013.11　189p　18cm（集英社みらい文庫）620円　①978-4-08-321183-6

『マイ国家』星新一著　改版　新潮社　2014.6　334p　16cm（新潮文庫）520円　①978-4-10-109808-1
内容 マイホームを "マイ国家" として独立宣言した男がいた。訪れた銀行外勤係は、不法侵入・スパイ容疑で、たちまち逮捕。犯罪か？狂気か？一世間の常識や通念を、新鮮奇抜な発想でくつがえし、一見平和な文明社会にひそむ恐怖と幻想を、冴えた皮肉とユーモアでとらえたショートショート31編。卓抜なアイディアとプロットを縦横に織りなして、夢の飛翔へと誘う魔法のカーペット。

『まぼろしの星』星新一作, 片山若子絵　角川書店　2009.7　173p　18cm（角川つばさ文庫）〈発売：角川グループパブリッシング〉580円　①978-4-04-631036-1
内容 宇宙は広く、いろんな星がある。黄色い花の咲く星。自動装置で動いている星。みどり色のネズミが襲ってくる星。ノブオ少年と愛犬ペロは、調査に出かけたきり戻ってこないお父さんをさがしに、宇宙へ旅立つ。日本のSF小説を開拓した星新一のジュブナイル小説「まぼろしの星」、ユーモアあふれる「ユキコちゃんのしかえし」「花とひみつ」など4つのショートショートを収録。

『夢魔の標的』星新一著　改版　新潮社　2013.8　328p　16cm（新潮文庫）550円　①978-4-10-109813-5

『妄想銀行』星新一作, 和田誠絵　理論社　2009.8　213p　19cm（星新一YAセレク

ション 7）1300円　①978-4-652-02387-7
内容 新鮮なアイデア、完全なプロット、意外な結末―三要素そろったショートショートの傑作。

『ゆきとどいた生活』星新一作, 和田誠絵　理論社　2008.12　213p　19cm（星新一YAセレクション 3）1300円　①978-4-652-02383-9
内容 新鮮なアイデア、完全なプロット、意外な結末―三要素そろったショートショートの傑作。

『妖精配給会社』星新一著　改版　新潮社　2014.8　357p　16cm（新潮文庫）590円　①978-4-10-109809-8
内容 他の星から流れ着いた "妖精" は従順で遠慮深く、なぐさめ上手でほめ上手、ペットとしては最適だった。半官半民の配給会社もでき、たちまち普及した。しかし、会社がその使命を終え、社史編集の仕事を残すだけとなった時、過去の記録を調べていた老社員の頭を一つの疑惑がよぎった…諷刺と戦慄の表題作など、ショートショートの傑作35編を収録した、夢と笑いの楽しい宝石箱。

『夜の侵入者』星新一作, 和田誠絵　理論社　2009.2　213p　19cm（星新一YAセレクション 4）1300円　①978-4-652-02384-6
内容 斬新なアイデア、完全なプロット、意外な結末―三要素そろったショートショートの傑作。切れ味ばつぐん、人生のスパイスをどうぞ。

誉田　哲也
ほんだ・てつや
《1969～》

『あなたが愛した記憶』誉田哲也著　集英社　2015.11　378p　16cm（集英社文庫）640円　①978-4-08-745378-2
内容 興信所を営む曽根崎栄治の前に、女子高生・民代が現れる。十九年前に突然姿を消した恋人・真弓が産んだ栄治の娘だと主張する彼女は、二人の人物を探して欲しいと依頼する。半信半疑ながら栄治が調査を進めるうち、民代は、調査対象者のどちらが世間を騒がす残虐な連続監禁殺人事件の犯人だと言いだし…。この子は一体、何者なのか。犯人の正体は何なのか。ノンストップ恋愛ホラーサスペンス！
別版 集英社 2012.6

ヤングアダルトの本　いま読みたい小説4000冊　269

『**あなたの本**』誉田哲也著　中央公論新社
2014.12　309p　16cm（中公文庫）580
円　①978-4-12-206060-9
内容 父の書斎で見つけた奇妙な本。『あなた
の本』と題されたそれを開くと、自分の誕生か
ら現在までが一つ違わず記されていた。この
まま読み進めれば、未来までもわかってしま
うのか。その先をめぐるか否か、悩みぬいた
男の決断とは？ サスペンス、ユーモア、ファ
ンタジー、SFなど人気作家の多彩な作風を堪
能できる七つの作品集。
別版 中央公論新社 2012.2

『**あの夏、二人のルカ**』誉田哲也著
KADOKAWA　2018.4　357p　20cm
1500円　①978-4-04-106586-0
内容 思春期に抱えた、心の傷と謎。夢のよう
に輝いていたあの夏、本当は何が起きたのか
―。名古屋での結婚生活に終止符を打ち、谷
中に戻ってきた沢口遙。ガールズバンド「RU-
CAS」を始動させた高校生の久美子。二人の
女性の語る旋律が、やがて一つの切ないハー
モニーを奏で始める。キラキラした夏の日、
いったい何があったのか―。

『**妖（あやかし）の華**』誉田哲也著　文藝春
秋　2010.11　459p　16cm（文春文庫）
〈『ダークサイド・エンジェル紅鈴 妖の
華』（学習研究社2003年刊）の加筆、改
稿〉695円　①978-4-16-778002-9
内容 ヒモのヨシキは、ヤクザの恋人に手を
出して半殺しにあうところを、妖艶な女性に
助られる。同じころ、池袋では獣牙の跡が残
る、完全に失血した惨殺体が発見された。そ
の手口は、3年前の暴力団組長連続殺人と酷
似していた。事件に関わったとされる女の正
体とは？ 「姫川」シリーズの原点ともなる伝
奇小説が復刊。第2回ムー伝奇ノベルス大賞
優秀賞受賞作。

『**インデックス**』誉田哲也著　光文社
2017.8　447p　16cm（光文社文庫）740
円　①978-4-334-77506-3
内容 裏社会の人間が次々と惨殺された「ブ
ルーマーダー事件」。その渦中で暴力団組長・
皆藤が行方不明になっていた。組長の妻は、
彼も巻き込まれたのではというのだが。（表
題作）マンションの一室で男が合成麻薬によ
る不審死を遂げた。近くでは、車と接触事故
に遭った女性が、被害届も出さずにその場を
去っていた―。（「女の敵」）ほか、姫川玲子が
様々な貌を見せる全八編！
別版 光文社 2014.11

『**インビジブルレイン**』誉田哲也著　光文
社　2012.7　490p　16cm（光文社文

庫）743円　①978-4-334-76433-3
内容 姫川班が捜査に加わったチンピラ惨殺
事件。暴力団同士の抗争も視野に入れて捜査
が進む中、「犯人は柳井健斗」というタレ込み
が入る。ところが、上層部から奇妙な指示が
下った。捜査線上に柳井の名が浮かんでも、
決して逮捕してはならない、というのだ。隠
蔽されようとする真実―。警察組織の壁に玲
子はどう立ち向かうのか？ シリーズ中もっ
とも切なく熱い結末。
別版 光文社 2009.11

『**歌舞伎町セブン**』誉田哲也著　中央公論
新社　2013.9　405p　16cm（中公文
庫）686円　①978-4-12-205838-5
内容 歌舞伎町の一角で町会長の死体が発見
された。警察は病死と判断。だがその後も失
踪者が続き、街は正体不明の企業によって蝕
まれていく。そして不穏な空気と共に広まる
謎の言葉「歌舞伎町セブン」…。『ジウ』の
歌舞伎町封鎖事件から六年。再び迫る脅威か
ら街を守るため、密かに立ち上がる者たちが
いた。戦慄のダークヒーロー小説。
別版 中央公論新社 2010.11

『**歌舞伎町ダムド**』誉田哲也著　中央公論
新社　2017.2　441p　16cm（中公文
庫）720円　①978-4-12-206357-0
内容 日本列島を震撼させた「歌舞伎町封鎖事
件」から七年。伝説となった犯罪者 “ジウ”に
自らを重ねる新たな怪物 “ダムド”が現れた。
吹き荒れる殺戮の嵐、再び動き出す「新世界
秩序」の陰謀、新宿署の東弘樹警部補に迫る
危険…謎の男と対峙するのは、アナーキーな
ダークヒーロー “歌舞伎町セブン”！
別版 中央公論新社 2014.9

『**硝子の太陽R―ルージュ**』誉田哲也著
光文社　2016.5　380p　20cm〈文献あ
り〉1500円　①978-4-334-91093-8
内容 祖師谷で起きた一家惨殺事件。深い闇
の中に、血の色の悪意が仄見えた。捜査一課
殺人班十一係の姫川班。警部補に昇任した菊
田が同じ班に入り、姫川を高く評価する林が統
括主任として見守る。個性豊かな新班員たち
とも、少しずつ打ち解けてきた。謎の多い凄
惨な事件を前に、捜査は難航するが、闘志はみ
なぎっている―そのはずだった。日本で一番
有名な女性刑事、姫川玲子。凶悪犯にも臆せ
ず立ち向かう彼女は、やはり死に神なのか？

『**硝子の太陽N―ノワール**』誉田哲也著
中央公論新社　2016.5　382p　20cm
1500円　①978-4-12-004850-0
内容 沖縄での活動家死亡事故を機に「反米
軍基地」デモが全国で激化した二月、新宿署

の東弘樹警部補は「左翼の親玉」を取り調べることに。その直後、異様な覆面集団による滅多刺し事件が起こる。被害者は歌舞伎町セブンにとってかけがえのない男。社会に蔓延る悪意の連鎖を断ち切るべく、東とセブンの共闘が始まる！

『ガール・ミーツ・ガール』誉田哲也著　光文社　2011.12　381p　16cm（光文社文庫）629円　①978-4-334-76335-0

内容 柏木夏美は、デビュー間近の事務所期待のミュージシャン。けれども、ビジネスモードな大人たちとは噛み合わないことばかり。マネージャーの宮原祐司も、気分屋で頑固な夏美に振り回されっぱなしだ。そんなとき、二世タレントのお嬢様アーティストとのコラボレーションの話が舞い込む。性格も音楽性も天と地ほど違う異色コンビの命運は？　痛快で熱い青春小説。

別版 光文社 2009.4

『感染遊戯』誉田哲也著　光文社　2013.11　355p　16cm（光文社文庫）640円　①978-4-334-76648-1

内容 会社役員刺殺事件を追う姫川玲子に、ガンテツこと勝俣警部補が十五年前の事件を語り始める。刺された会社役員は薬害を蔓延させた元厚生官僚で、その息子もかつて殺害されていたという。さらに、元刑事の倉田と姫川の元部下・葉山が関わった事案も、被害者は官僚一。バラバラに見えた事件が一つに繋がるとき、戦慄の真相が立ち現れる！　姫川玲子シリーズ最大の問題作。

別版 光文社 2011.3

『Qrosの女』誉田哲也著　講談社　2016.9　423p　15cm（講談社文庫）〈文献あり〉760円　①978-4-06-293465-7

内容 世間を騒がす謎のCM美女「Qrosの女」の素性を暴くべく奮闘する「週刊キンダイ」芸能記者の矢口慶太。CMで彼女と共演した人気俳優・藤井涼介の自宅を、先輩記者・栗山と一緒に張り込むとそこに当人が!?藤井との熱愛スクープ・ゲット！それともリーク？錯綜するネット情報と悪意。怒涛のエンタメ誕生!!

別版 講談社 2013.12

『黒い羽』誉田哲也著　光文社　2014.8　354p　16cm（光文社文庫）640円　①978-4-334-76794-5

内容 右肩にある瑕に、君島典子は幼い頃から苦しんできた。激しい痒みと痛み。どんな治療もほとんど効果はなかった。病院を転々とした末に辿り着いた遺伝子治療という選択。典子は主治医らとともに、人里離れた山奥に

ある研究施設へと向かう。ところが、そこには何体もの惨殺死体が転がっていた！ここには凄まじく危険なナニカがいる…。衝撃のサスペンス・ホラー。

『月光』誉田哲也著　中央公論新社　2013.4　395p　16cm（中公文庫）〈徳間書店2006年刊の再刊　文献あり〉648円　①978-4-12-205778-4

内容 同級生の少年が運転するバイクに轢かれ、美しく優しかった姉が死んだ。殺人を疑う妹の結花は、真相を探るべく同じ高校に入学する。やがて、姉のおぞましい過去と、残酷な真実に直面するとも知らずに…。ピアノソナタの哀切な調べとともに始まる禁断の恋、そして逃れられない罪と罰を描く衝撃のR18ミステリー。

別版 徳間書店（徳間文庫）2009.3

『ケモノの城』誉田哲也著　双葉社　2017.5　479p　15cm（双葉文庫）759円　①978-4-575-51995-2

内容 警察は、自ら身柄保護を求めてきた少女を保護した。少女には明らかに暴行を受けたあとがあった。その後、少女と同じマンションの部屋で暮らしていた女性を傷害容疑で逮捕するが、その女性にも、暴行を受けていたと思われる傷があった。やがて、少女が口を開く。お父さんは、殺されました一。単行本刊行時に大反響を呼んだ問題作がついに文庫化。読者の心をいやおうなく揺さぶる衝撃のミステリー。

別版 双葉社 2014.4

『国境事変』誉田哲也著　中央公論新社　2010.6　421p　16cm（中公文庫）〈文献あり〉686円　①978-4-12-205326-7

内容 新宿で在日朝鮮人が殺害された。"G4"の存在を隠匿しようとする公安は独自捜査を開始するが、捜査一課の東警部補は不審な人脈を探り始める。刑事と公安、決して交わるはずのない男達は激しくぶつかりながらも、国家と人命の危機を察し、銃声轟く国境の島・対馬へと向かう一警察官の矜持と信念を描く、渾身の長篇小説。

『幸せの条件』誉田哲也著　中央公論新社　2015.8　460p　16cm（中公文庫）〈文献あり〉640円　①978-4-12-206153-8

内容 恋も仕事も中途半端、片山製作所勤務の「役立たずOL」梢恵に、ある日まさかの社命が下された一単身長野に赴き、新燃料・バイオエタノール用のコメを作れる農家を探してこい。行く先々で断られ、なりゆきで農業見習いを始めた24歳に勝算はあるか!?働くこと、生きることの意味を問う、『ジウ』シリー

ズ著者による新境地。

別版 中央公論新社 2012.8

『ジウ―警視庁特殊犯捜査係　1』誉田哲
也著　中央公論新社　2008.12　391p
16cm（中公文庫）667円　①978-4-12-
205082-2

内容 都内の住宅地で人質篭城事件が発生し
た。所轄署や機動隊とともに警視庁捜査一課
特殊犯捜査係が出動し、門倉美咲巡査は差し
入れ役として犯人のもとへ向かうが―!?篭城
事件と未解決の児童誘拐事件を結ぶ少年、その
背後で蠢動する巨大な事件とは？ ハイスピー
ド、未曾有のスケールで描く新・警察小説。

『ジウ　2　警視庁特殊急襲部隊』誉田哲
也著　中央公論新社　2009.1　400p
16cm（中公文庫）667円　①978-4-12-
205106-5

内容 連続児童誘拐事件の黒幕・ジウを威信
にかけて追う警視庁。実行犯の取り調べを続
ける東署部補と門倉巡査は、“新世界秩序”と
いう巨大な闇の存在に気づき、更なる事件の
予兆に戦慄する。一方、特進を果たした伊崎
巡査部長は特殊急襲部隊を離れ、所轄に異動
したが、そこにも不気味な影が迫っていた。

『ジウ　3　新世界秩序』誉田哲也著　中
央公論新社　2009.2　453p　16cm（中
公文庫）〈文献あり〉705円　①978-4-
12-205118-8

内容 新宿東口で街頭演説中の総理大臣を標
的としたテロが発生。大混乱の中、伊崎基子
らSAT隊員が総理の身柄を確保し、警察上層
部は安堵する。だがそれは、さらなる悪夢の
始まりに過ぎなかった。“新世界秩序”を唱え
るミヤジと象徴の如く佇むジウ。彼らの狙い
は何なのか？ そして美咲と基子は―!?シリー
ズ完結篇。

『疾風ガール』誉田哲也著　光文社　2009.
4　389p　16cm（光文社文庫）648円
①978-4-334-74570-7

内容 柏木夏美19歳。ロックバンド「ペルソ
ナ・パラノイア」のギタリスト。男の目を釘
付けにするルックスと天才的なギターの腕前
の持ち主。いよいよメジャーデビューもとい
う矢先、敬愛するボーカルの城戸薫が自殺し
てしまう。体には不審な傷。しかも、彼の名
前は偽名だった。夏美は、薫の真実の貌を探
す旅へと走り出す―。ロック＆ガーリーな青
春小説。

『主よ、永遠の休息を』誉田哲也著　中央
公論新社　2016.3　423p　16cm（中公
文庫）〈実業之日本社 2010年刊の再刊〉
640円　①978-4-12-206233-7

内容 「名無し少女推定六歳完全無修正」―
共有通信の若き記者・鶴田は、暴力団事務所
との接触から、ある誘拐殺人事件の犯行ビデ
オがネット配信されている事実を知る。真相
を探る鶴田を影のように追う男、ほのかな恋
情を交わすコンビニの店員…やがて十四年前
の悪夢が甦る。大いなる不条理を見つめた慟
哭のミステリー。

別版 実業之日本社 2010.3

別版 実業之日本社（実業之日本社文庫）2012.
10

『シンメトリー』誉田哲也著　光文社
2011.2　326p　16cm（光文社文庫）590
円　①978-4-334-74904-0

内容 百人を超える死者を出した列車事故。
原因は、踏切内に進入した飲酒運転の車だっ
た。危険運転致死傷罪はまだなく、運転して
いた男の刑期はたったの五年。目の前で死ん
でいった顔見知りの女子高生、失った自分の右
腕。元駅員は復讐を心に誓うが…（表題作）。
ほか、警視庁捜査一課刑事・姫川玲子の魅力
が横溢する七編を収録。警察小説No.1ヒット
シリーズ第三弾。

別版 光文社 2008.2

『ストロベリーナイト』誉田哲也著　光文
社　2008.9　435p　16cm（光文社文
庫）667円　①978-4-334-74471-7

内容 溜め池近くの植え込みから、ビニール
シートに包まれた男の惨殺死体が発見された。
警視庁捜査一課の警部補・姫川玲子は、これが
単独の殺人事件で終わらないことに気づく。
捜査で浮上した謎の言葉「ストロベリーナイ
ト」が意味するものは？ クセ者揃いの刑事た
ちとともに悪戦苦闘の末、辿り着いたのは、
あまりにも衝撃的な事実だった。人気シリー
ズ、待望の文庫化始動。

『世界でいちばん長い写真』誉田哲也著
光文社　2012.11　297p　16cm（光文社
文庫）552円　①978-4-334-76485-2

内容 人気者だった親友の洋輔が転校してか
ら、宏伸の毎日は冴えない感じだ。特にやり
たいこともなく、クラブ活動の写真部でも、部
長からしかられてばかり。そんなある日、祖
父の古道具屋で、大砲みたいにごつい不思議
なカメラに出合う。世界一長い写真が撮れる
カメラって!?その日から、宏伸の日常がきら
めき始める。ワクワクして胸にジンとくる、
青春小説の新たな傑作。

別版 光文社 2010.8

『ソウルケイジ』誉田哲也著　光文社
2009.10　438p　16cm（光文社文庫）
686円　①978-4-334-74668-1

[内容] 多摩川土手に放置された車両から、血塗れの左手首が発見された！ 近くの工務店のガレージが血の海になっており、手首は工務店の主人のものと判明。死体なき殺人事件として捜査が開始された。遺体はどこに？ なぜ手首だけが残されていたのか？ 姫川玲子ら捜査一課の刑事たちが捜査を進める中、驚くべき事実が次々と浮かび上がる―。シリーズ第二弾。

『ドルチェ』誉田哲也著　新潮社　2014.6　332p　16cm（新潮文庫）〈2011年刊の改稿〉550円　①978-4-10-130872-2

[内容] 元捜査一課の女刑事・魚住久江、42歳独身。ある理由から一課復帰を拒み、所轄で十年。今は練馬署強行犯係に勤務する。その日、一人の父親から、子供が死亡し母親は行方不明との通報があった。翌日、母親と名乗る女性が現れたが（「袋の金魚」）。女子大生が暴漢に襲われた。捜査線上には彼女と不倫関係の大学准教授の名も挙がり…（「ドルチェ」）。所轄を生きる、新・警察小説集第1弾。

[別版] 新潮社 2011.10

『ドンナビアンカ』誉田哲也著　新潮社　2016.3　446p　16cm（新潮文庫）〈2013年刊の改稿　文献あり〉670円　①978-4-10-130873-9

[内容] 虫けら同然の人生で、初めて落ちた本気の恋。これは俺に心からの幸福を、地獄を招いた―。大手外食企業役員と店長が誘拐された。練馬署強行犯係の魚住久江は、一課時代の腐れ縁・金本らと捜査に召集される。だが身代金受渡しは失敗、切断された体の一部が送りつけられる。やがて捜査線上に浮かんだのは、一人の中国人女性。一課復帰を拒み所轄を生きる女刑事が事件の真相を追う！

[別版] 新潮社 2013.2

『ノーマンズランド』誉田哲也著　光文社　2017.11　402p　20cm〈文献あり〉1600円　①978-4-334-91192-8

[内容] またしても同僚の殉職を経験し、心身に疲弊の残る姫川玲子が入ったのは、葛飾署管内で起こった若い女性の殺人事件捜査本部。心機一転、捜査に集中する玲子だったが、すぐに行き詰まってしまう。有力な被疑者がすでに別の所轄に連捕されており、情報が流れてこないのだ。玲子は、あらゆる伝手をたどり、事件の全体像を探りはじめるが…。

『春を嫌いになった理由（わけ）』誉田哲也著　光文社　2010.2　389p　16cm（光文社文庫）648円　①978-4-334-74723-7

[内容] フリーターの秋川瑞希は、テレビプロデューサーの叔母から、霊能力者・エステラの通訳兼世話役を押しつけられる。嫌々ながら向かったロケ現場。エステラの透視通り、廃ビルから男性のミイラ化した死体が発見された！ヤラセ？ それとも…。さらに、生放送中のスタジオに殺人犯がやって来るとの透視が!?読み始めたら止まらない、迫真のホラー・ミステリー。

『ハング』誉田哲也著　中央公論新社　2012.9　422p　16cm（中公文庫）〈徳間書店 2009年刊の再刊〉686円　①978-4-12-205693-0

[内容] 警視庁捜査一課の堀田班は、宝飾店オーナー殺人事件の容疑者を自供により逮捕。だが公判では自白強要があったと証言され、翌日、班の刑事の一人が首を吊った姿で見つかる。そしてさらなる死の連鎖が…。刑事たちは巨大な闇から仲間を、愛する人を守ることができるのか。誉田作品史上もっともハードな警察小説。

[別版] 徳間書店 2009.9

『ヒトリシズカ』誉田哲也著　双葉社　2012.4　330p　15cm（双葉文庫）619円　①978-4-575-51493-3

[内容] 本書は、あなたに新しい興奮をもたらす。それは、第一章「闇一重」で幕を開ける。男が拳銃で撃たれて死亡する。犯人逮捕が間近となった失先、司法解剖をした法医学者から連絡が入る。心臓に達していた銃弾は、一度止まってからまた動いたというのだ―。第二章「蛍蜘蛛」で驚愕、第四章「罪時雨」で唖然、最終章「独静加」で…何を見る？―。

[別版] 双葉社 2008.10

『武士道エイティーン』誉田哲也著　文藝春秋　2012.2　428p　16cm（文春文庫）〈文献あり〉629円　①978-4-16-778004-3

[内容] 宮本武蔵を心の師と仰ぐ香織と、日舞から剣道に転進した早苗。早苗が福岡に転校して離れた後も、良きライバルであり続けた二人。三年生になり、卒業後の進路が気になりだすが…。最後のインターハイで、決戦での対戦を目指す二人のゆくえ。剣道少女たちの青春エンターテインメント、堂々のクライマックス。

[別版] 文藝春秋 2009.7

『武士道ジェネレーション』誉田哲也著　文藝春秋　2015.7　347p　20cm　1500円　①978-4-16-390300-2

[内容] あれから六年、大学を卒業した早苗は結婚。香織は、道場で指導しながら変わらぬ日々を過ごすが、玄明先生が倒れ、桐谷道場

に後継者問題が―。剣道女子を描く傑作エンタメ、六年ぶりの最新刊。

『**武士道シックスティーン**』誉田哲也著
文藝春秋　2010.2　414p　16cm（文春文庫）629円　①978-4-16-778001-2
内容 武蔵を心の師とする剣道エリートの香織は、中学最後の大会で、無名選手の早苗に負けてしまう。敗北の悔しさを片時も忘れられない香織と、勝利にこだわらず「お気楽不動心」の早苗。相反する二人が、同じ高校に進学し、剣道部で再会を果たすが…。青春を剣道にかける女子二人の傑作エンターテインメント。

『**武士道セブンティーン**』誉田哲也著　文藝春秋　2011.2　415p　16cm（文春文庫）629円　①978-4-16-778003-6
内容 「強さは力」の香織と「お気楽不動心」の早苗。対照的な相手から多くを吸収したふたりだったが、早苗は、家の事情で福岡の剣道強豪校に転入。そこでの指導方法の違いに戸惑う。一方、香織は後輩の育成に精を出す。互いを思いつつも、すれ違うふたりは、目指す剣道に辿り着けるか。大人気剣道青春小説、二本目。
別版 文藝春秋 2008.7

『**ブラージュ**』誉田哲也著　幻冬舎　2017.6　452p　16cm（幻冬舎文庫）690円　①978-4-344-42627-6
内容 仕事も恋愛も上手くいかない冴えないサラリーマンの貴生。気晴らしに出掛けた店で、勧められるままに覚醒剤を使用し、逮捕される。仕事も友達も住む場所も一瞬にして失った貴生が見つけたのは、「家賃5万円、掃除交代制、仕切りはカーテンのみ、ただし美味しい食事付き」のシェアハウスだった。だが、住人達はなんだか訳ありばかりのようで…。
別版 幻冬舎 2015.9

『**ブルーマーダー**』誉田哲也著　光文社　2015.6　474p　16cm（光文社文庫）〈文献あり〉740円　①978-4-334-76918-5
内容 池袋の繁華街。雑居ビルの空き室で、全身二十カ所近くを骨折した暴力団組長の死体が見つかった。さらに半グレ集団のOBと不良中国人が同じ手口で殺害される。池袋署の形事・姫川玲子は、裏社会を恐怖で支配する怪物の存在に気づく―。圧倒的な戦闘力で夜の街を震撼させる連続殺人鬼の正体とその目的とは？　超弩級のスリルと興奮！　大ヒットシリーズ第六弾。
別版 光文社 2012.11

『**増山超能力師事務所**』誉田哲也著　文藝春秋　2016.5　372p　16cm（文春文庫）640円　①978-4-16-790605-4
内容 日暮里駅から徒歩10分。ちょっとレトロな雑居ビルの2階にある増山超能力師事務所―。所長の増山率いる、見た目も能力も凸凹な所員たちは、浮気調査や人探しなど、依頼人の悩み解決に今日も奔走。超能力が使えても、そこは人の子。異端の苦悩や葛藤を時にユーモラスに時にビターに描く人気シリーズ第1弾。
別版 文藝春秋 2013.7

『**増山超能力師大戦争**』誉田哲也著　文藝春秋　2017.6　347p　20cm　1600円　①978-4-16-390659-1
内容 ここは、超能力が事業認定された日本。いまや超能力関連の科学技術は国家レベルの重大機密情報となっている。そんななか、最先端の技術開発に携わっている人物が行方不明に。本人の意志なのか、はたまた海外の産業スパイによる拉致なのか。「面倒くさい」が口癖の一級超能力師・増山圭太郎が調査を開始すると、所員や家族に魔の手が迫る…。

『**吉原暗黒譚**』誉田哲也著　文藝春秋　2013.2　311p　16cm（文春文庫）〈学研M文庫 2004年刊の再刊〉590円　①978-4-16-778005-0
内容 江戸の吉原で黒い狐面の集団による花魁殺しが頻発。北町奉行所の貧乏同士、今村圭吾は花魁たちを抱える女衒に目をつけ、金で殺しを解決してやるともちかけた。一方、大工の幸助は思いを寄せていた裏長屋の華、おようの異変に気づき過去を調べ始める。「姫川」シリーズの著者初の時代小説。傑作捕物帳登場。

『**レイジ**』誉田哲也著　文藝春秋　2014.3　393p　16cm（文春文庫）600円　①978-4-16-790048-9
内容 音楽の才能は普通だが、世渡り上手なワタル。高みを目指すゆえ周囲と妥協できない礼二。中学で出逢った二人は、文化祭でバンドを結成するが、その後、それぞれ違う道を歩み続ける。女子の青春小説でも定評のある著者が、今度は、二人のロック少年の苦悩と成長を描く。ほろ苦く切ない、青春ロック小説。
別版 文藝春秋 2011.7

舞城　王太郎
まいじょう・おうたろう
《1973～》

『**イキルキス**』舞城王太郎著　講談社

2014.3　312p　15cm（講談社文庫）
〈2010年刊に書き下ろし短編2編を加え
る〉660円　①978-4-06-277800-8
内容 無軌道な生、理不尽な奇跡。支離滅裂
な死、不可解な愛と暴力。みんなカナグリ生
きている。吹きすさぶ言葉たちが紙の上に降
り積もり小説となる。生をもたらすキスと、
死を招くキスって何―？ 表題作「イキルキ
ス」の他、文庫書き下ろし短編「アンフーア
ンフー」「無駄口を数える。」を含めた5編の
中短編小説集。
別版 講談社 2010.8

『キミトピア』舞城王太郎著　新潮社
2013.1　445p　20cm　1700円　①978-
4-10-458006-4
内容 夫の「優しさ」を耐えられない私（「やさ
しナリン」）、進路とBITCHで悩む俺（「すっ
とこどっこいしょ」。）、卑猥な渾名に抗う私
（「ンポ先輩」）、"作日の僕"と対峙する僕―
（「あまりぼっち」）。出会いと別離のディス
トピアで個を貫こうともがく七人の「私」た
ちが真実のYOUTOPIAを求めて歩く小説集。
第148回芥川賞候補作「美味しいシャワーヘッ
ド」収録。

『獣の樹』舞城王太郎著　講談社　2012.8
524p　15cm（講談社文庫）762円
①978-4-06-277319-5
内容 ある日ある朝、西暁町で十四歳くらい
の僕が馬から生まれる。記憶も名前もないま
まヒトとしての生活にようやく馴れてきたと
ころに、蛇に乗る少女楡が現れ、僕を殺人現
場に誘う。失踪した父親。地下密室。殺人。
獣の大革命。そして恋。混乱と騒動の中、僕
は暗い森を駆ける駆ける駆け抜けていく。
別版 講談社（講談社ノベルス）2010.7

『JORGE JOESTAR』荒木飛呂彦原作,
舞城王太郎著　集英社　2017.12　891p
18cm（JUMP j BOOKS）1400円
①978-4-08-703441-7
内容 ジョナサン亡き後、カナリア諸島で母エ
リナと暮らす少年ジョージ・ジョースターは、
リサリサと愛を誓い、成長してパイロットと
なり、世界大戦の空を駆る！ 一方、日本で
は、福井県西暁町の少年探偵ジョージ・ジョー
スターが杜王町へ向かう！ 二人のジョージ
の"運命"とは…!?作家・舞城王太郎が渾身の
JOJO愛を込めた"舞ジョジョ"が究極新装版
となって降臨！ 何が起こるかわからない、こ
れぞ"奇妙な冒険"！
別版 集英社 2012.9

『深夜百太郎　入口』舞城王太郎,
MASAFUMI SANAI著　ナナロク社

2015.9　428p　19cm　1500円　①978-
4-904292-61-7
内容 舞城版百物語。立ち向かう50+50通り
の愛と哀と逢。出口へ急げ!!!

『深夜百太郎　出口』舞城王太郎,
MASAFUMI SANAI著　ナナロク社
2015.10　533p　19cm　1500円　①978-
4-904292-62-4
内容 二つの街を行き来する百物語、遂に出
口へ。その先で何を見たの？ 50写真！ 一話
完結50小説！

『SPEEDBOY！』舞城王太郎著　講談
社　2012.7　213p　15cm（講談社文
庫）448円　①978-4-06-277314-0
内容「孤独だからいいんだ。孤独だからこ
そ速くなれる」。友人、家族、町、世界、そ
して愛―すべてを置き去りにして鬣の生えた
少年スプリンター成雄は速さの果てを追う。
そこに何があった？ 何が見えた??―誰がい
た???疾風怒涛、音速も超え、すべての枠を
壊しマイジョウオウタロウの世界は、限界の
向こう側へ。

『短篇五芒星』舞城王太郎著　講談社
2016.9　179p　15cm（講談社文庫）580
円　①978-4-06-293499-2
内容「許せないんだよ」「りゅ、ふう、…っ
ぐ、りゅう、流産が」。二十七歳の春、突然
流産のことが気になりだした僕。理不尽な赤
ちゃんの死が高頻度で起きることに怒り、妄
執する男を描いた「美しい馬の地」。他「ア
ユの嫁」「四点リレー怪談」「バーベル・ザ・
バーバリアン」「あうだうだう」収録の奇跡
の短篇集！
別版 講談社 2012.7

『ディスコ探偵水曜日　上巻』舞城王太郎
著　新潮社　2011.2　369p　16cm（新
潮文庫）552円　①978-4-10-118634-4
内容 迷子専門の米国人探偵ディスコ・ウェ
ンズデイは、東京都調布市で、六歳の山岸梢
と暮らしている。ある日彼の眼前で、梢の体
内に十七歳の少女が"侵入"。人類史上最大の
事件の扉が開いた。魂泥棒、悪を体現する黒
い鳥の男、円柱状の奇妙な館に集いし名探偵
たちの連続死―。「お前が災厄の中心なんだ
よ」。ジャスト・ファクツ！ 真実だけを追い
求め、三千世界を駆けめぐれ、ディスコ。

『ディスコ探偵水曜日　中巻』舞城王太郎
著　新潮社　2011.2　485p　16cm（新
潮文庫）629円　①978-4-10-118635-1
内容 蝶空寺嬉遊、桜月淡雪、美神二瑠主、名
探偵たちは華麗な推理を披露してゆく。果た
して、ミステリー作家・暗病院終了の怪死と

パインハウスが秘めた謎は解明できるのか。そして、二〇〇六年七月十五日二十三時二十六分にいったい何が起こるのか？ 真実は逃げ水の如く近づけば遠ざかる。「無駄ですよ。この事件絶対終わりませんよ」。行け、ディスコ、世界がお前を待っている。

『ディスコ探偵水曜日　下巻』舞城王太郎著　新潮社　2011.2　603p　16cm（新潮文庫）781円　①978-4-10-118636-8
内容 弱いことって罪なの？ 悲痛な言葉が孤児院に木霊する。ムチ打ち男爵と泣き叫ぶ子供たち、神々の黄昏、ラミア症候群。「踊り出せよディスコテック。急いでな」。時空を超える旅のなかで、"地獄"を知ってしまった迷子探偵。彼が選択した究極の決断とは？ ディスコ・ウェンズデイと名探偵たちの戦いはクライマックスへ。発表後即伝説と化した、舞城王太郎の最高傑作、ここに完結。

『NECK』舞城王太郎著　講談社　2010.7　577p　15cm（講談社文庫）819円　①978-4-06-276706-4
内容 首で分断された想像力が、お化けを作りだすんやで—幼少体験をもとにした「ネック理論」の真実。首から下を埋められた三人の、地獄の一日。山奥に潜む恐怖の首物語。首の長い女の子が巻き込まれた殺人事件…映画原案、舞台原作、そして書下しを含めた、4つの「ネック＝首」の物語。

『ビッチマグネット』舞城王太郎著　新潮社　2014.9　235p　16cm（新潮文庫）490円　①978-4-10-118637-5
内容 すべてを分かち合う仲が良すぎ？ な香緒里と友徳の姉弟。夫の浮気と家出のせいで、沈み込みがちな母・由起子。その張本人である父・和志は愛人・佐々木花とのんびり暮らしている。葛藤や矛盾を抱えながらもバランスを保っていた彼らの世界を、友徳のガールフレンド・三輪あかりが揺さぶりはじめて—。あなた自身の「物語」っていったい何？ 優しくて逞しい、ネオ青春×家族小説。
別版 新潮社 2009.11

『淵の王』舞城王太郎著　新潮社　2017.12　402p　16cm（新潮文庫）670円　①978-4-10-118638-2
内容 中島さおりは"影"に憑依された幼児に襲いかかられる。堀江果歩のマンガには、描いた覚えがない黒髪の女が現れる。中村悟堂が移り住んだ西暁町の家の屋根裏部屋には、闇の穴が黒々と開いている。「俺は君を食べるし、今も食べてるよ」。真っ暗坊主—それはあなたの眼前にもきっといる。日常を浸食する魔、そして狂気。作家・舞城王太郎の集大成、恐ろしくて、切ない、傑作ホラー長篇。

別版 新潮社 2015.5

『魔界探偵冥王星O　デッドドールのダブルD』越前魔太郎原作、舞城王太郎著　講談社　2010.9　359p　18cm（講談社ノベルス）1000円　①978-4-06-182743-1
内容 「"冥王星O"。"吸血鬼"の一人娘を保護してもらいたい」魔界探偵の俺に下される指令は、いつも無茶なもんばかりだが、その中でもこいつは格別だ。なるほど、俺に死ねってことかよ。だが…"彼ら"の館で待ち受けていたのは、不死者の首無し死体。死ねないヤツが死んで、生きたい探偵は化け物に命を狙われる。生き残りたければ、躊躇な！ 語れ！ 騙れ！ すべてを誤魔化せ！ "冥王星O"、最悪のfrom dusk to dawn。

又吉　直樹
またよし・なおき
《1980〜》

『劇場』又吉直樹著　新潮社　2017.5　207p　20cm　1300円　①978-4-10-350951-6
内容 演劇を通して世界に立ち向かう永田と、その恋人の沙希。夢を抱いてやってきた東京で、ふたりは出会った一。『火花』より先に書き始めていた又吉直樹の作家としての原点にして、書かずにはいられなかった、たったひとつの不器用な恋。夢と現実のはざまにもがきながら、かけがえのない大切な誰かを想う、切なくも胸にせまる恋愛小説。

『火花』又吉直樹著　文藝春秋　2017.2　180p　16cm（文春文庫）〈2015年刊に「芥川龍之介への手紙」を併録〉580円　①978-4-16-790782-2
内容 売れない芸人の徳永は、天才肌の先輩芸人・神谷と出会い、師と仰ぐ。神谷の伝記を書くことを乞われ、共に過ごす時間が増えるが、やがて二人は別の道を歩むことになる。笑いとは何か、人間とは何かを描ききったデビュー小説。第153回芥川賞受賞作。芥川賞受賞記念エッセイ「芥川龍之介への手紙」を収録。
別版 文藝春秋 2015.3

松本　祐子
まつもと・ゆうこ
《1963〜》

日本の作品　　　　　　　　　　　　　　　　　　　　まはら三桃

『カメレオンを飼いたい！』松本祐子作
小峰書店　2011.7　244p　20cm
（Green Books）〈画：佐竹美保〉1500
円　①978-4-338-25004-7
内容 とにかく、まわりの注目を浴びたくな
くて、ぼくはできるだけ自己主張せず、どん
どん内向して、無愛想になった…。でも、だ
れかとこうしてつながっている。一人じゃな
いんだ。

『ツン子ちゃん、おとぎの国へ行く』松本
祐子作, 佐竹美保絵　小峰書店　2013.11
158p　22cm（おはなしメリーゴーラウ
ンド）1400円　①978-4-338-22210-5
内容 ツン子ちゃんは、とってもたいせつなも
のをさがしにいきます。それが、なにかは、
まだ、わかりません？ ツン子ちゃんのみつけ
たもの、それは、きみだって、しっかりもって
いるもの。でも、だいじにしておかないと、
なくしちゃうよ！

『魔女は真昼に夢を織る』松本祐子著　上
尾　聖学院大学出版会　2016.12　255p
22cm　2300円　①978-4-907113-20-9
内容 みずからの手で世界を紡ごうとする異
端の“魔女”のイメージをまとうヒロインた
ち。『リューンノールの庭』や『8分音符のプ
レリュード』の松本祐子が描く創作ファンタ
ジーをあなたに。

maha
→原田マハ（はらだ・まは）を見よ

まはら　三桃
まはら・みと
《1966〜》

『おかあさんの手』まはら三桃作, 長谷川
義史絵　講談社　2012.8　76p　22cm
（どうわがいっぱい）1100円　①978-4-
06-198188-1
内容 ピンポーン、まほうのちからで、もち
もちのおだんご、できあがり。母と娘が手と
心をかさねるお月見の夜。一年生から。

『おとうさんの手』まはら三桃作, 長谷川
義史絵　講談社　2011.5　74p　22cm
（どうわがいっぱい）1100円　①978-4-
06-198180-5
内容 かおりのおとうさんは、目が見えませ
ん。でも、おとうさんは、においや音から、な
んでもわかってしまいます。目の見えないお
とうさんが見せてくれる、あざやかな景色と、

家族のたしかなつながり。小学一年生から。

『疾風の女子マネ！』まはら三桃著　小学
館　2018.6　266p　19cm〈文献あり〉
1400円　①978-4-09-289762-5
内容 “いい男狙い”で運動部マネージャーを
志望した女子高生、咲良。そんな彼女が、あ
る男子の走る姿に思わず目を奪われ入部した
陸上部。ひとめぼれした彼はリレー選手だっ
た―。敏腕で厳しい先輩マネージャーと行動
を共にするにつれ、描いていたマネージャー
像を覆され、その存在意義に目覚める。咲良
自身のおごった感情との葛藤、部員たちとの
衝突などを通し、大きく成長していく姿を、
痛快かつ颯爽と描いた青春物語。

『白をつなぐ』まはら三桃著　小学館
2015.10　270p　19cm　1400円　①978-
4-09-289743-4
内容 一月、広島で開催される都道府県対抗
男子駅伝。福岡を代表して出場する中学生か
ら社会人までの世代の違う選手たちが、それ
ぞれの思いを胸に、たすきをつないで走る姿
を描く―。

『鷹のように帆をあげて』まはら三桃著
講談社　2012.1　237p　20cm〈文献あ
り〉1400円　①978-4-06-217447-3
内容 女子中学生、鷹匠になる！ 九州の空を
舞台に、生きる気流をつかむ青春小説。

『たまごを持つように』まはら三桃著　講
談社　2009.3　251p　20cm〈文献あ
り〉1400円　①978-4-06-195321-8
内容 自信が持てず臆病で不器用な初心者、早
弥。ターゲットパニックに陥った天才肌、実
良。黒人の父をもち武士道を愛する少年、春。
たまごを持つように、弓を握り、心を通わせ
ていく、中学弓道部の男女三人。こわれやす
い心が、ぶつかりあう。

『つくしちゃんとすぎなさん』まはら三桃
作, 陣崎草子絵　講談社　2015.10
131p　22cm（わくわくライブラリー）
1400円　①978-4-06-195763-3
内容 小学2年生のつくしちゃんは、「魔女」の
家のわきをとおらないとおうちに帰れませ
ん。そこに住んでいたのは、すぎなさんという
おばあさん。ひとり暮らしで、あまり人とお話
することのないすぎなさんは、垣根のすきま
からのぞいた若葉の色をしたお月々の女の子
が、とっても気になるようになりました―。
小学中級から。

『鉄のしぶきがはねる』まはら三桃著　講
談社　2011.2　237p　20cm〈文献あ
り〉1400円　①978-4-06-216761-1
内容 工業高校機械科1年唯一の女子、冷たく

ヤングアダルトの本　いま読みたい小説4000冊　277

熱い鉄の塊に挑む！　めざせ「ものづくり」の
真髄！「高校生ものづくりコンテスト」旋盤
青春物語。

『伝説のエンドーくん』まはら三桃著　小
　学館　2018.6　324p　15cm（小学館文
　庫）630円　①978-4-09-406520-6
　内容 中学校の職員室を舞台に、14歳という
　繊細で多感な年齢の子どもたちと日々真剣に
　向きあう中学教師たちの、リアルな姿を描い
　た連作集。その中学校には代々語り継がれる
　伝説のヒーロー「エンドーくん」がいる。校
　内のあちらこちらに残された「エンドーくん」
　にまつわる落書きの言葉が、それを目にした
　悩みや葛藤を抱える教師や生徒の一歩踏み出
　すきっかけとなった。なぜ「エンドーくん」
　が伝説となったのか？　その謎がラストで明
　かされる─。坪田譲治文学賞受賞作家の傑作
　が待望の文庫化。巻末に文庫版のために書き
　下ろした「エンドーくん」のその後の物語を
　収載。
　別版 小学館 2014.4

『なみだの穴』まはら三桃作　小峰書店
　2014.10　177p　20cm（Green Books）
　1400円　①978-4-338-25013-9
　内容 なみだの穴は、泣くのをがまんしてい
　る人のところに流れてくるんだ。なみだを流
　させるためにね─心がすっきり軽くなる。坪
　田譲治文学賞作家、なみだにまつわる6つの
　物語。

『のはらキッチンへぜひどうぞ─おしごと
　のおはなしコックさん』まはら三桃作、
　木村いこ絵　講談社　2015.11　74p
　22cm（シリーズおしごとのおはなし）
　1100円　①978-4-06-219781-6
　内容 おはなしを楽しみながらあこがれのお
　仕事がよくわかる！　コックさんって、食いし
　ん坊なだけではなれないの？　小学中級から。

『青がやってきた』まはら三桃作、田中寛
　崇絵　偕成社　2017.10　212p　19cm
　（偕成社ノベルフリーク）900円
　①978-4-03-649050-9
　内容「おれの名前はスズキハルなのである。
　青空の春の日に生まれたのだ。」サーカスと
　ともにやってくる、かたやぶりな転校生があ
　なたに魔法をかけるかも!?鹿児島、福岡、山
　口、大阪、千葉をめぐる「ご当地」連作短編
　集。小学校高学年から。

『ひかり生まれるところ』まはら三桃著
　小学館　2016.11　270p　19cm　1400
　円　①978-4-09-289752-6
　内容 赤ん坊のころ、そして思春期と、神社
　の存在に助けられて成長した希美。大人にな

り、神職として神社で働く希美が、ある日、
ご神木のそばに見たものとは？　主人公の心
の葛藤と成長を、神社の行事や境内で起こる
さまざまな事件とともに生き生きと描いた爽
快青春物語。

『ひなまつりのお手紙─3月のおはなし』
　まはら三桃作，朝比奈かおる絵　講談社
　2014.1　72p　22cm（おはなし12か月）
　1000円　①978-4-06-218713-8
　内容 おばあちゃんのひみつ、見つけちゃっ
　た！　季節にぴったりの童話。上質なイラス
　トもたっぷり。低学年から、ひとりで読めま
　す。巻末の「まめちしき」で、行事の背景に
　ついての知識が高まります。

『風味[さんじゅうまる]』まはら三桃著
　講談社　2014.9　240p　20cm　1400円
　①978-4-06-219074-9
　内容 中二の伊藤風味は、大正時代からつづ
　く和菓子屋「菓匠・一斗餡」の娘。その一斗
　餡に、長崎街道＝シュガーロード沿いの菓子
　店が集結し、新製品で競い合うSS-1グラン
　プリ参加のお誘いが舞い込んだ。超かわいい
　同級生に八つ当たりをして美術部に顔を出し
　づらくなった風味は、新しいお菓子作りを手
　伝うことにした。そこに、和菓子職人になる
　修業中のはずの、チャラ男の兄も加わって…。
　九州発のスイーツな“ご当地青春コメディ”。

『奮闘するたすく』まはら三桃著　講談社
　2017.6　239p　20cm　1400円　①978-
　4-06-283245-8
　内容 最近、佑のおじいちゃんの様子がおか
　しい。近所で道に迷ったかのように歩いてい
　たり、やかんをコンロにかけっぱなしにしてボ
　ヤ騒ぎを起こしたり…。「行きたくない」と
　しぶるおじいちゃんをなだめすかして、佑は
　デイサービス（通所介護）に連れていくこと
　になった。しかも、佑が逆らうことのできな
　い早田先生は、そこで見たこと、聞いたこと
　をレポートして夏休みの自由研究として提出
　しなさいって…。友だちの一平と“ケアハウ
　スこもれび”に通うことになった佑は、お年
　寄りと接しながら、介護される人と介護する
　人、それぞれの気持ちに気づいていく。坪田
　譲治文学賞受賞作家が描く、子どもにとって
　の「介護」とは？

『三島由宇、当選確実！』まはら三桃著
　講談社　2016.11　265p　20cm（講談
　社・文学の扉）1400円　①978-4-06-
　283240-3
　内容 三島由宇は若葉小学校児童会の副会長
　にして、五年二組の学級委員。学校行事も、
　おうちのことも、何でもビシッとしきりたい。
　お父さんが会おうともしないおじいちゃんは、

じつは政治家で、選挙運動を手伝う "特別な春休み" を過ごすことに…。十八歳選挙権が実現したいま必読！ 小学生から政治や選挙の仕組みが頭に入る物語。

『わからん薬学事始 1』まはら三桃著
講談社 2013.2 196p 20cm〈文献あり〉1200円 ①978-4-06-269464-3

内容 理系学園生活って、たのしい！ 草多、15歳、久寿理島の運命を背負って、東京の私立和漢学園へと旅立つ。坪田譲治文学賞作家が描く「"薬学"青春エンターテインメント」。

『わからん薬学事始 2』まはら三桃著
講談社 2013.4 200p 20cm〈文献あり〉1200円 ①978-4-06-218270-6

内容 薬の製造を唯一の産業とする島「木寿理島」で、約400年間、女子直系一族だった木葉家に突然生まれた男子・草多は、15歳の春、その製法が女性のみに受け継がれてきた「気休め丸」を万人に効く薬へ改良するために、島の運命を背負って東京へと旅立つ。入学した和漢学園では、伝承薬をつくる特別クラスでの特訓をうけることになる。そんなある日、胆石症の牛の胆嚢からとれる漢方薬のゴオウを求めて、牧場に行った草多だったが…。

『わからん薬学事始 3』まはら三桃著
講談社 2013.6 204p 20cm〈文献あり〉1200円 ①978-4-06-218361-1

内容 草多の出生の秘密がついに明らかに！ 忍者の末裔の先輩とともに訪れた甲賀流忍者屋敷で草多は「気休め丸」の声を聞く手がかりを見つける。薬学エンターテインメント小説完結編。

三浦 しをん
みうら・しおん
《1976〜》

『あの家に暮らす四人の女』三浦しをん著
中央公論新社 2018.6 341p 15cm（中公文庫）680円 ①978-4-12-206601-4

内容 ここは杉並の古びた洋館。父の行方を知らない刺繍作家の佐知と気ままな母・鶴代、佐知の友人の雪乃（毒舌）と多恵美（ダメ男に甘い）の四人が暮らす。ストーカー男の闖入に謎の老人・山田も馳せ参じ、今日も笑いと珍事に事欠かない牧田家。ゆるやかに流れる日々が、心に巣くった孤独をほぐす同居物語。織田作之助賞受賞作。

別版 中央公論新社 2015.7

『風が強く吹いている』三浦しをん著 新

潮社 2009.7 670p 16cm（新潮文庫）〈文献あり〉819円 ①978-4-10-116758-9

内容 箱根駅伝を走りたい―そんな灰二の想いが、天才ランナー走と出会って動き出す。「駅伝」って何？ 走るってどういうことなんだ？ 十人の個性あふれるメンバーが、長距離を走ること（＝生きること）に夢中で突き進む。自分の限界に挑戦し、ゴールを目指し襷を繋ぐことで、仲間と繋がっていく…風を感じて、走れ！「速く」ではなく「強く」―純度100パーセントの疾走青春小説。

『神去なあなあ日常』三浦しをん著 徳間書店 2012.9 355p 15cm（徳間文庫）〈文献あり〉619円 ①978-4-19-893604-4

別版 徳間書店 2009.5

『神去なあなあ夜話』三浦しをん著 徳間書店 2016.6 347p 15cm（徳間文庫）640円 ①978-4-19-894117-8

内容 三重県の山奥、神去村に放りこまれて一年が経った。最初はいやでたまらなかった田舎暮らしにも慣れ、いつのまにか林業にも夢中になっちゃった平野勇気、二十歳。村の起源にまつわる言い伝えや、村人たちの生活、かつて起こった事件、そしてそして、気になる直紀さんとの恋の行方などを、勇気がぐいぐい書き綴る。人気作『神去なあなあ日常』の後日譚。みんなたち、待たせたな！

別版 徳間書店 2012.11

『きみはポラリス』三浦しをん著 新潮社 2011.3 394p 16cm（新潮文庫）552円 ①978-4-10-116760-2

内容 どうして恋に落ちたとき、人はそれを恋だと分かるのだろう。三角関係、同性愛、片想い、禁断の愛…言葉でいくら定義しても、この地球上にどれひとつとして同じ関係性はない。けれど、人は生まれながらにして、恋を恋だと知っている―。誰かをとても大切に思うとき放たれる、ただひとつの特別な光。カタチに囚われずその光を見出し、感情の宇宙を限りなく広げる、最強の恋愛小説集。

『木暮荘物語』三浦しをん著 祥伝社 2014.10 286p 16cm（祥伝社文庫）600円 ①978-4-396-34069-8

内容 小田急線の急行通過駅・世田谷代田から徒歩五分、築ウン十年、全六室のぼろアパート木暮荘。そこでは老大家木暮と女子大生の光子、サラリーマンに花屋の店員繭の四人が、平穏な日々を送っている。だが、一旦愛を求めた時、それぞれが抱える懊悩が痛烈な悲しみとなって滲み出す。それを和らげ

癒すのは、安普請ゆえに繋がりはじめる隣人たちのぬくもりだった…。

別版 祥伝社 2010.11

『天国旅行』三浦しをん著　新潮社　2013.8　312p　16cm（新潮文庫）520円
①978-4-10-116762-6
内容 現実に絶望し、道閉ざされたとき、人はどこを目指すのだろうか。すべてを捨てて行き着く果てに、救いはあるのだろうか。富士の樹海で出会った男の導き、命懸けで結ばれた相手へしたためた遺言、前世の縁を信じる女が囚われた黒い夢、一家心中で生き残った男の決意―。出口のない日々に閉じ込められた想いが、生と死の狭間で溶け出していく。すべての心に希望が灯る傑作短編集。

別版 新潮社 2010.3

『ののはな通信』三浦しをん著
KADOKAWA　2018.5　448p　19cm　1600円　①978-4-04-101980-1
内容 横浜で、ミッション系のお嬢様学校に通う、野々原茜（のの）と牧田はな。庶民的な家庭で育ち、頭脳明晰、クールで毒舌なののと、外交官の家に生まれ、天真爛漫で甘え上手のはな。二人はなぜか気が合い、かけがえのない親友同士となる。しかし、ののには秘密があった。いつしかはなに抱いた、友情以上の気持ち。それを強烈に自覚し、ののは玉砕覚悟ではなに告白する。不器用にはじまった、密やかな恋。けれどある裏切りによって、少女たちの楽園は、音を立てて崩れはじめ…。運命の恋を経て、少女たちは大人になる。女子の生き方を描いた傑作小説。女子校で出会い、運命の恋を得た少女たちの20年超を、全編書簡形式で紡いだ、女子大河小説の最高峰。

『光』三浦しをん著　集英社　2013.10　374p　16cm（集英社文庫）600円
①978-4-08-745121-4
内容 島で暮らす中学生の信之は、同級生の美花と付き合っている。ある日、島を大災害が襲い、信之と美花、幼なじみの輔、そして数人の大人だけが生き残る。島での最後の夜、信之は美花を守るため、ある罪を犯し、それは二人だけの秘密になった。それから二十年。妻子とともに暮らしている信之の前に輔が現れ、過去の事件の真相を匂めかす。信之は、美花を再び守ろうとするが―。渾身の長編小説。

別版 集英社 2008.11

『仏果を得ず』三浦しをん著　双葉社　2011.7　325p　15cm（双葉文庫）〈文献あり〉600円　①978-4-575-51444-5
内容 高校の修学旅行で人形浄瑠璃・文楽を観劇した健は、義太夫を語る大夫のエネルギーに圧倒されその虜になる。以来、義太夫を極めるため、傍からはバカに見えるほどの情熱を傾ける中、ある女性に恋をする。芸か恋か。悩む健は、人を愛することで義太夫の肝をつかんでいく―。若手大夫の成長を描く青春小説の傑作。

『舟を編む』三浦しをん著　光文社　2015.3　347p　16cm（光文社文庫）〈文献あり〉620円　①978-4-334-76880-5
内容 出版社の営業部員・馬締光也は、言葉への鋭いセンスを買われ、辞書編集部に引き抜かれた。新しい辞書『大渡海』の完成に向け、彼と編集部の面々の長い長い旅が始まる。定年間近のベテラン編集者。日本語研究に人生を捧げる老学者。辞書作りに情熱を持ち始める同僚たち。そして馬締がついに出会った運命の女性。不器用な人々の思いが胸を打つ本屋大賞受賞作！

別版 光文社 2011.9

『星間商事株式会社社史編纂室』三浦しをん著　筑摩書房　2014.3　351p　15cm（ちくま文庫）560円　①978-4-480-43144-8
内容 川田幸代29歳は社史編纂室勤務。姿が見えない幽霊部長、遅刻常習犯の本間課長、ダイナマイトボディの後輩みっこちゃん、「ヤリチン先輩」矢田がそのメンバー。ゆるゆるの職場でそれなりに働き、幸代は仲間と趣味（同人誌制作・販売）に没頭するはずだった。しかし、彼らは社の秘密に気づいてしまった。仕事が風雲急を告げる一方、友情も恋愛も五里霧中に。決断の時が迫る。

別版 筑摩書房 2009.7

『政と源』三浦しをん著　集英社　2017.6　291p　15cm（集英社オレンジ文庫）590円　①978-4-08-680135-5
内容 東京都墨田区Y町。つまみ簪職人・源二郎の弟子である徹平の様子がおかしい。どうやら、昔の不良仲間に強請られたらしい。それを知った源二郎は、幼なじみの国政とともにひと肌脱ぐことにするが―。当年とって七十三歳の国政と源二郎は、正反対の性格ながら、なぜか良いコンビ。水路のある下町を舞台に老人パワーを炸裂させるふたりの、痛快で心温まる人情譚！

別版 集英社 2013.8

『まほろ駅前狂騒曲』三浦しをん著　文藝春秋　2017.9　521p　16cm（文春文庫）〈2013年刊に「サンタとトナカイはいい相棒」を収録〉830円　①978-4-16-790918-5
内容 まほろ市は東京都南西部最大の町。駅

日本の作品　　　　　　　　　　　　　　湊かなえ

前で便利屋を営む多田と、居候になって丸二年がたつ行天。四歳の女の子「はる」を預かることになった二人は、無農薬野菜を生産販売する謎の団体の沢村、まほろの裏社会を仕切る星、おなじみの岡老人たちにより、前代未聞の大騒動に巻き込まれる！まほろシリーズ完結篇。
別版 文藝春秋 2013.10

『まほろ駅前多田便利軒』三浦しをん著　文藝春秋　2009.1　351p　16cm（文春文庫）543円　①978-4-16-776101-1
内容 まほろ市は東京のはずれに位置する都南西部最大の町。駅前で便利屋を営む多田啓介のもとに高校時代の同級生・行天春彦がころがりこんだ。ペットあずかりに塾の送迎、納屋の整理etc.―ありふれた依頼のはずがこのコンビにかかると何故かきな臭い状況に。多田・行天の魅力全開の第135回直木賞受賞作。

『まほろ駅前番外地』三浦しをん著　文藝春秋　2012.10　299p　16cm（文春文庫）505円　①978-4-16-776102-8
内容 東京都南西部最大の町・まほろ市の駅前で便利屋を営む多田と、高校時代の同級生・行天。汚部屋清掃、老人の見舞い、庭掃除に遺品整理、子守も料理も承ります―。多田・行天の物語とともに、前作でお馴染みの星、曽根田のばあちゃん、由良、岡老人の細君が主人公となるスピンアウトストーリー七編を収録。
別版 文藝春秋 2009.10

湊　かなえ
みなと・かなえ
《1973〜》

『Nのために』湊かなえ著　双葉社　2014.8　325p　15cm（双葉文庫）〈東京創元社 2010年刊の再刊〉630円　①978-4-575-51704-0
内容 超高層マンション「スカイローズガーデン」の一室で、そこに住む野口夫妻の変死体が発見された。現場に居合わせたのは、20代の4人の男女。それぞれの証言は驚くべき真実を明らかにしていく。なぜ夫妻は死んだのか？それぞれが想いを寄せるNとは誰なのか？切なさに満ちた、著者初の純愛ミステリー。
別版 東京創元社 2010.1

『往復書簡』湊かなえ著　幻冬舎　2012.8　325p　16cm（幻冬舎文庫）〈2010年刊に「一年後の連絡網」を追加〉600円

①978-4-344-41906-3
内容 高校教師の敦史は、小学校時代の恩師の依頼で、彼女のかつての教え子六人に会いに行く。六人と先生は二十年前の不幸な事故で繋がっていた。それぞれの空白を手紙で報告する敦史だったが、六人目となかなか会う事ができない（「二十年後の宿題」）。過去の「事件」の真相が、手紙のやりとりで明かされる。感動と驚きに満ちた、書簡形式の連作ミステリ。
別版 幻冬舎 2010.9

『境遇』湊かなえ著　双葉社　2015.10　317p　15cm（双葉文庫）630円　①978-4-575-51823-8
内容 政治家の妻であり、息子のために描いた絵本『あおぞらリボン』がベストセラーとなった高倉陽子と、新聞記者の相田晴美は親友同士。共に幼いころ親に捨てられ児童養護施設で育った過去を持つ。ある日、「息子を返してほしければ、真実を公表しろ」という脅迫状とともに、陽子の息子が誘拐された。「真実」とは一体何なのか。そして犯人は…。絵本『あおぞらリボン』（作・みなとかなえ、絵・すやまゆうか）を特別収録。
別版 双葉社 2011.10
別版 絵本付特別版 双葉社 2011.10

『高校入試』湊かなえ著　KADOKAWA　2016.3　427p　15cm（角川文庫）〈角川書店 2013年刊の再刊〉680円　①978-4-04-103809-3
別版 角川書店 2013.6

『告白』湊かなえ著　双葉社　2010.4　317p　15cm（双葉文庫）619円　①978-4-575-51344-8
内容 「愛美は死にました。しかし事故ではありません。このクラスの生徒に殺されたのです」我が子を校内で亡くした中学校の女性教師によるホームルームでの告白から、この物語は始まる。語り手が「級友」「犯人」「犯人の家族」と次々と変わり、次第に事件の全体像が浮き彫りにされていく。衝撃的なラストを巡り物議を醸した、デビュー作にして、第6回本屋大賞受賞のベストセラーが遂に文庫化！"特別収録"中島哲也監督インタビュー『告白』映画化によせて』。
別版 双葉社 2008.8

『サファイア』湊かなえ著　角川春樹事務所　2015.5　318p　16cm（ハルキ文庫）630円　①978-4-7584-3895-7
内容 あなたの「恩」は、一度も忘れたことがなかった―「二十歳の誕生日プレゼントには、指輪が欲しいな」。わたしは恋人に人生初の

おねだりをした…(「サファイア」より)。林田万砂子(五十歳・主婦)は子ども用歯磨き粉の「ムーンラビットイチゴ味」がいかに素晴らしいかを、わたしに得々と話し始めたが…(「真珠」より)。人間の摩訶不思議で切ない出逢いと別れを、己の罪悪と愛と夢を描いた傑作短篇集。

別版 角川春樹事務所 2012.4

『少女』湊かなえ著　双葉社　2012.2
323p　15cm（双葉文庫）〈著作目録あり〉619円　①978-4-575-51483-4
内容 親友の自殺を目撃したことがあるという転校生の告白を、ある種の自慢のように感じた由紀は、自分なら死体ではなく、人が死ぬ瞬間を見てみたいと思った。自殺を考えたことのある敦子は、死体を見たら、死を悟ることができ、強い自分になれるのではないかと考える。ふたりとも相手には告げずに、それぞれ老人ホームと小児科病棟へボランティアに行く―死の瞬間に立ち合うために。高校2年の少女たちの衝撃的な夏休みを描く長編ミステリー。

別版 早川書房（ハヤカワ・ミステリワールド）2009.1

『贖罪』湊かなえ著　双葉社　2012.6
316p　15cm（双葉文庫）〈東京創元社2009年刊の再刊〉619円　①978-4-575-51503-9
内容 15年前、静かな田舎町でひとりの女児が殺害された。直前まで一緒に遊んでいた四人の女の子は、犯人と思われる男と言葉を交わしていたものの、なぜか顔が思い出せず、事件は迷宮入りとなる。娘を喪った母親は彼女たちに言った―あなたたちを絶対に許さない。必ず犯人を見つけなさい。それができないのなら、わたしが納得できる償いをしなさい、と。十字架を背負わされたまま成長した四人に降りかかる、悲劇の連鎖の結末は!?特別収録：黒沢清監督インタビュー。

別版 東京創元社（東京創元社・ミステリ・フロンティア）2009.6

『白ゆき姫殺人事件』湊かなえ著　集英社2014.2　312p　16cm（集英社文庫）600円　①978-4-08-745158-0
内容 化粧品会社の美人社員が黒こげの遺体で発見された。ひょんなことから事件の糸口を摑んだ週刊誌のフリー記者、赤星は独自に調査を始める。人人への聞き込みの結果、浮かび上がってきたのは行方不明になった被害者の同僚。ネット上では憶測が飛び交い、週刊誌報道は過熱する一方、匿名という名の皮をかぶった悪意と集団心理。噂話の矛先は一体誰に刃を向けるのか。傑作長編ミステリー。

別版 集英社 2012.7

『絶唱』湊かなえ著　新潮社　2015.1
249p　20cm　1400円　①978-4-10-332913-8
内容 心を取り戻すために、約束を果たすために、逃げ出すために。忘れられないあの日のために。別れを受け止めるために。「死」に打ちのめされた彼女たちが秘密を抱えたまま辿りついた場所は、太平洋に浮かぶ島―。喪失と再生。これは、人生の物語。

『花の鎖』湊かなえ著　文藝春秋　2013.9
357p　16cm（文春文庫）590円　①978-4-16-786001-1
内容 両親を亡くし仕事も失った矢先に祖母がガンで入院した梨花。職場結婚したが子供ができず悩む美雪。水彩画の講師をしつつ和菓子屋でバイトする紗月。花の記憶が3人の女性を繋いだ時、見えてくる衝撃の事実。そして彼女たちの人生に影を落とす謎の男「K」の正体とは。驚きのラストが胸を打つ、感動の傑作ミステリ。

別版 文藝春秋 2011.3

『ポイズンドーター・ホーリーマザー』湊かなえ著　光文社　2016.5　245p20cm　1400円　①978-4-334-91094-5
内容 女優の藤吉弓香は、故郷で開催される同窓会の誘いを断った。母親に会いたくないのだ。中学生の頃から、自分を思うようにコントロールしようとする母親が原因の頭痛に悩まされてきた。同じ苦しみを抱えた親友からの説得もあって悩んだのだが…。そんな折、「毒親」をテーマにしたトーク番組への出演依頼が届く（「ポイズンドーター」）。呆然、驚愕、爽快、感動―さまざまに感情を揺さぶられる圧巻の傑作集！

『望郷』湊かなえ著　文藝春秋　2016.1
293p　16cm（文春文庫）550円　①978-4-16-790523-1
内容 暗い海に青く輝いた星のような光。母と二人で暮らす幼い私の前に現れて世話を焼いてくれた"おっさん"が海に出現させた不思議な光。そして今、私は彼の心の中にあった秘密を知る…日本推理作家協会賞受賞作「海の星」他、島に生まれた人たちの島への愛と憎しみが生む謎を、名手が万感の思いを込めて描く。

別版 文藝春秋 2013.1

『母性』湊かなえ著　新潮社　2015.7
359p　16cm（新潮文庫）590円　①978-4-10-126771-5
内容 女子高生が自宅の中庭で倒れているのが発見された。母親は言葉を詰まらせる。「愛

能う限り、大切に育ててきた娘がこんなこと
になるなんて」。世間は騒ぐ。これは事故か、
自殺か。…遡ること十一年前の台風の日、彼
女たちを包んだ幸福は、突如奪い去られてい
た。母の手記と娘の回想が交錯し、浮かび上
がる真相。これは事故か、それとも―。圧倒
的に新しい、「母と娘」を巡る物語。
別版 新潮社 2012.10

『豆の上で眠る』湊かなえ著　新潮社
2017.7　367p　16cm（新潮文庫）590円
①978-4-10-126772-2
内容 小学校一年生の時、結衣子の二歳上の
姉・万佑子が失踪した。スーパーに残された
帽子、不審な白い車の目撃証言、そして変質者
の噂。必死に捜す結衣子たちの前に、二年後、
姉を名乗る見知らぬ少女が帰ってきた。喜ぶ
家族の中で、しかし自分だけが、大学生になっ
た今も微かな違和感を抱き続けている。―お
姉ちゃん、あなたは本物なの？ 辿り着いた真
実に足元から頽れる衝撃の姉妹ミステリー。
別版 新潮社 2014.3

『未来』湊かなえ著　双葉社　2018.5
445p　20cm　1680円　①978-4-575-
24097-9
内容 ある日、突然届いた一通の手紙。送り
主は未来の自分だという…。『告白』から10
年。湊ワールドの集大成！ 待望の書き下ろ
し長編ミステリー！

『物語のおわり』湊かなえ著　朝日新聞出
版　2018.1　357p　15cm（朝日文庫）
640円　①978-4-02-264873-0
内容 病の宣告、就職内定後の不安、子ども
の反発…様々な悩みを抱え、彼らは北海道へ
ひとり旅をする。その旅の途中で手渡された
紙の束、それは「空の彼方」という結末の書
かれていない小説だった。そして本当の結末
とは。あなたの「今」を動かす、力強い物語。
別版 朝日新聞出版 2014.10

『夜行観覧車』湊かなえ著　双葉社　2013.
1　380p　15cm（双葉文庫）648円
①978-4-575-51552-7
内容 高級住宅地に住むエリート一家で起き
たセンセーショナルな事件。遺されたこども
たちは、どのように生きていくのか。その家
族と向かいに住む家族の視点から、事件の動
機と真相が明らかになる。『告白』の著者が
描く、衝撃の「家族」小説。
別版 双葉社 2010.6

『山女日記』湊かなえ著　幻冬舎　2016.8
381p　16cm（幻冬舎文庫）〈2014年刊
に「カラフェスに行こう」を追加〉650
円　①978-4-344-42516-3

内容 こんなはずでなかった結婚。捨て去れ
ない華やいだ過去。拭いきれない姉への劣等
感。夫から切り出された別離。いつの間にか
心が離れた恋人。…真面目に、正直に、懸命
に生きてきた。なのに、なぜ？ 誰にも言え
ない思いを抱え、山を登る彼女たちは、やがて
自分なりの小さな光を見いだしていく。新
しい景色が背中を押してくれる、感動の連作
長篇。
別版 幻冬舎 2014.7

『ユートピア』湊かなえ著　集英社　2018.
6　357p　15cm（集英社文庫）640円
①978-4-08-745748-3
内容 太平洋を望む美しい景観の港町・鼻崎町。
先祖代々からの住人と新たな入居者が混在す
るその町で生まれ育った久美香は、幼稚園の
頃に交通事故に遭い、小学生になっても車椅
子生活を送っている。一方、陶芸家のすみれ
は、久美香を広告塔に車椅子利用者を支援す
るブランドの立ち上げを思いつく。出だしは
上々だったが、ある噂がネット上で流れ、徐々
に歯車が狂い始め―。緊迫の心理ミステリー。
別版 集英社 2015.11

『リバース』湊かなえ著　講談社　2017.3
338p　15cm（講談社文庫）640円
①978-4-06-293586-9
内容 深瀬和久は平凡なサラリーマン。自宅
の近所にある "クローバー・コーヒー" に通う
ことが唯一の楽しみだ。そんな穏やかな生活
が、越智美穂子との出会いにより華やぎ始め
る。ある日、彼女のもとへ『深瀬和久は人殺
しだ』と書かれた告発文が届く。深瀬は懊悩
する。遂にあのことを打ち明ける時がきたの
か―と。
別版 講談社 2015.5

宮下　奈都
みやした・なつ
《1967～》

『田舎の紳士服店のモデルの妻』宮下奈都
著　文藝春秋　2013.6　263p　16cm
（文春文庫）560円　①978-4-16-783858-
4
内容 東京から夫の故郷に移り住むことになっ
た梨々子。田舎行きに戸惑い、夫とすれ違い、
恋に胸を騒がせ、変わってゆく子供たちの成
長に驚き―三十歳から四十歳、「何者でもな
い」等身大の女性の十年間を二年刻みの定点
観測のように丁寧に描き出す。じんわりと胸
にしみてゆく、いとおしい「普通の私」の物語。

別版 文藝春秋 2010.10

『終わらない歌』宮下奈都著　実業之日本社　2015.10　280p　16cm（実業之日本社文庫）593円　①978-4-408-55262-0
内容 声楽を志して音大に進学した御木元玲は、自分の歌に価値を見いだせず、もがいている。ミュージカル女優をめざす原千夏は、なかなかオーディションに受からない。惑い悩む二十歳のふたりは、突然訪れた「若手公演」の舞台でどんな歌声を響かせるのか。名作『よろこびの歌』の三年後を描き、宮下ワールド屈指の熱量を放つ青春群像劇、待望の文庫化！
別版 実業之日本社 2012.11

『静かな雨』宮下奈都著　文藝春秋　2016.12　107p　20cm　1200円　①978-4-16-390571-6
内容 忘れても忘れても、ふたりの世界は失われない。新しい記憶を留めておけないこよみと、彼女の存在がすべてだった行動。『羊と鋼の森』と対をなす、著者の原点にして本屋大賞受賞第一作。

『スコーレno.4』宮下奈都著　光文社　2009.11　316p　16cm（光文社文庫）571円　①978-4-334-74678-0
内容 自由奔放な妹・七葉に比べて自分は平凡だと思っている女の子・津川麻子。そんな彼女も、中学、高校、大学、就職を通して4つのスコーレ（学校）と出会い、少女から女性へと変わっていく。そして、彼女が遅まきながらやっと気づいた自分のいちばん大切なものとは…。ひとりの女性が悩み苦しみながらも成長する姿を淡く切なく美しく描きあげた傑作。

『太陽のパスタ、豆のスープ』宮下奈都著　集英社　2013.1　286p　16cm（集英社文庫）500円　①978-4-08-745026-2
内容 結婚式直前に突然婚約を解消されてしまった明日羽。失意のどん底にいる彼女に、叔母のロッカさんが提案したのは“ドリフターズ（やりたいこと）・リスト”の作成だった。自分はこれまで悔いなく過ごしてきたか。相手の意見やその場の空気に流されていなかっただろうか。自分の心を見つめ直すことで明日羽は少しずつ成長してゆく。自らの気持ちに正直に生きたいと願う全ての人々におくる感動の物語。
別版 集英社 2010.1

『たった、それだけ』宮下奈都著　双葉社　2017.1　212p　15cm（双葉文庫）546円　①978-4-575-51961-7
内容 「逃げ切って」。贈賄の罪が発覚する前

に、望月正幸を浮気相手の女性社員が逃がす。告発するのは自分だというのに―。正幸が失踪して、残された妻、ひとり娘、姉にたちまち試練の奔流が押し寄せる。正幸はどういう人間だったのか。私は何ができたか…。それぞれの視点で語られる彼女たちの内省と一歩前に踏み出そうとする“変化”。本屋大賞受賞作家が、人の心が織りなす人生の機微や不確かさを、精緻にすくいあげる。正幸のその後とともに、予想外の展開が待つ連作形式の感動作。
別版 双葉社 2014.11

『誰かが足りない』宮下奈都著　双葉社　2014.10　191p　15cm（双葉文庫）528円　①978-4-575-51717-0
内容 おいしいと評判のレストラン「ハライ」に、同じ時に訪れた6組の客の物語。仕事に納得がいっていない。認知症の症状がではじめた。ビデオを撮っていないと部屋の外に出られない。人の失敗の匂いをかぎとってしまう―「足りない」を抱える事情はさまざまだが、前を向いて一歩踏み出そうとする時、おいしい料理とともに始めたい。決心までの心の裡を丁寧に掬いあげ、本屋大賞にノミネートされた感動作。
別版 双葉社 2011.10

『つぼみ』宮下奈都著　光文社　2017.8　240p　20cm　1500円　①978-4-334-91179-9
内容 『スコーレNo.4』の女たちはひたむきに花と向き合う。凛として、たおやかに、6つのこれからの物語。宮下奈都11年の軌跡。

『つむじダブル』小路幸也,宮下奈都著　ポプラ社　2015.2　301p　16cm（ポプラ文庫）620円　①978-4-591-14306-3
内容 柔道が大好きな小学4年生のまどかと、プロのミュージシャンを目指す高校生2年の由一は、仲のよい家庭で暮らす兄妹。だが、ある電話がかかってきたことで、2人の知らない秘密があることに気づき一人気作家2人が兄妹の視点で交互に描く、ハートウォーミングストーリー。
別版 ポプラ社 2012.9

『遠くの声に耳を澄ませて』宮下奈都著　新潮社　2012.3　278p　16cm（新潮文庫）490円　①978-4-10-138431-3
内容 端々しい感性と肌理細やかな心理描写で注目される著者が紡ぎ出す、ポジティブな気持ちになれる物語。看護師、会社員、母親。その淡々とした日常に突然おとずれる、言葉を失うような、背筋が凍るような瞬間。どん底の気持ちを建て直し、彼らが自分ひとりで

日本の作品　　　　　　　　　　　　　　　　　　　　　宮部みゆき

人生に決断を下すとき何を護り、どんな一歩を踏み出すのか。人生の岐路に立つ人々を見守るように描く、12編の傑作短編集。
別版 新潮社 2009.3

『羊と鋼の森』宮下奈都著　文藝春秋　2018.2　274p　16cm（文春文庫）650円　①978-4-16-791010-5
内容 高校生の時、偶然ピアノ調律師の板鳥と出会って以来、調律に魅せられた外村は、念願の調律師として働き始める。ひたすら音と向き合い、人と向き合う外村。個性豊かな先輩たちや双子の姉妹に囲まれながら、調律の森へと深く分け入っていく―。一人の青年が成長する姿を温かく静謐な筆致で描いた感動作。
別版 文藝春秋 2015.9

『ふたつのしるし』宮下奈都著　幻冬舎　2017.4　226p　16cm（幻冬舎文庫）500円　①978-4-344-42599-6
内容 美しい顔を眼鏡で隠し、田舎町で息をひそめるように生きる優等生の遙名。早くに母を亡くし周囲に貶されてばかりの落ちこぼれの温之。遠く離れた場所で所在なく日々を過ごしてきた二人の "ハル" が、あの3月11日、東京が出会った―。何度もすれ違った二人を結びつけた「しるし」とは？ 出会うべき人と出会う奇跡を描いた、心ふるえる愛の物語。
別版 幻冬舎 2014.9

『窓の向こうのガーシュウィン』宮下奈都著　集英社　2015.5　257p　16cm（集英社文庫）520円　①978-4-08-745316-4
内容 周囲にうまく馴染めず、欠落感を抱えたまま十九年間を過ごしてきた私は、ヘルパーとして訪れた横江先生の家で、思い出の品に額をつける "額装家" の男性と出会う。他人と交わらずひっそりと生きてきた私だったが、「しあわせな景色を切り取る」という彼の言葉に惹かれて、額装の仕事を手伝うようになり―。不器用で素直な女の子が人の温かさに触れ、心を溶かされてゆく成長ものがたり。
別版 集英社 2012.5

『メロディ・フェア』宮下奈都著　ポプラ社　2013.4　293p　16cm（ポプラ文庫）〈2011年刊に書き下ろしの番外編を併録〉620円　①978-4-591-13430-6
内容 大学を卒業した私は、田舎に戻り、「ひとをきれいにする仕事」を選んだ。けれども、お客は思うように来ず、家では妹との溝がなかなか埋まらない―いま注目の著者が、迷いながらも、一歩ずつ進んでいく若い女性を描いた、温かく軽やかな物語。書き下ろし番外編を収録。

別版 ポプラ社 2011.1

『よろこびの歌』宮下奈都著　実業之日本社　2012.10　267p　16cm（実業之日本社文庫）533円　①978-4-408-55099-2
内容 著名なヴァイオリニストの娘で、声楽を志す御木元玲は、音大附属高校の受験に失敗、新設女子高の普通科に進む。挫折感から同級生との交わりを拒み、母親へのコンプレックスからも抜け出せない玲。しかし、校内合唱コンクールを機に、頑なだった玲の心に変化が生まれる。見えない未来に惑う少女たちが、歌をきっかけに心を通わせ、成長する姿を美しく紡ぎ出した傑作。
別版 実業之日本社 2009.10

宮部　みゆき
みやべ・みゆき
《1960～》

『あかんべえ』宮部みゆき著　PHP研究所　2014.9　689p　15cm（PHP文芸文庫）920円　①978-4-569-76231-9
内容 おりんの両親が江戸深川に開いた料理屋「ふね屋」に、抜き身の刀が現れ、暴れ出す。成仏できずにいる亡者・おどろ髪の仕業だった。その姿を見ることができたのは、おりんただ一人。しかもこの屋敷には、おどろ髪以外にも亡者が住み着いていた。調べていくうちに、三十年前の忌まわしい事件が浮かび上がり…。人間の心に巣食う闇を見つめつつ成長していくおりんの健気さが胸に迫る。怖く、切なく、心に沁みる物語。

『あやかし草紙―三島屋変調百物語伍之続』宮部みゆき著　KADOKAWA　2018.4　565p　20cm　1800円　①978-4-04-106792-5
内容 固く封じ込めたはずのわだかまりが、どこまでも追いかけてくる。一歩を踏みだすために、人は胸につかえる秘事を吐き出し心の重荷をそっと下ろす。「語ってしまえば、消えますよ」

『あやし』宮部みゆき著　新人物往来社　2012.7　275p　18cm（新人物ノベルス）〈角川ホラー文庫 2007年刊の再刊〉714円　①978-4-404-04225-5
内容 十四歳の銀次が奉公にあがった木綿問屋「大黒屋」で、若旦那の藤一郎に縁談が起こった。話は順調にまとまって、あとは祝言の段取りを決めるばかりというところになって、藤一郎に女がいたことが露見した。女は「大黒屋」の女中・おはる。しかもおはるは藤一

郎の子を身篭もっていたのだ。おはるは、藤一郎に二度と近づかないと約束させられ、店を追い出される。おはるが出ていって、しばらくして銀次は藤一郎からおはるへの届け物を頼まれる。尋ね当てたおはるの家で銀次が見たものは…。「居眠り心中」をはじめ、人間の業の深さを描いた「影牢」など9篇を収録。

『あんじゅう―三島屋変調百物語事続』宮部みゆき著 角川書店 2013.6 629p 15cm（角川文庫）〈中央公論新社 2010年刊の再刊 発売：角川グループホールディングス〉819円 ①978-4-04-100822-5
内容 一度にひとりずつ、百物語の聞き集めを始めた三島屋伊兵衛の姪・おちか。ある事件を境に心を閉ざしていたおちかだったが、訪れる人々の不思議な話を聞くうちに、徐々にその心は溶け始めていく。ある日おちかは、深考塾の若先生・青野利一郎から「紫陽花屋敷」の話を聞く。それは、暗獣"くろすけ"にまつわる切ない物語であった。人を恋いながら人のそばでは生きられない"くろすけ"とは―。三島屋シリーズ第2弾！
別版 中央公論新社 2010.7
別版 新人物往来社（新人物ノベルス）2012.2

『ICO―霧の城 上』宮部みゆき著 講談社 2010.11 330p 15cm（講談社文庫）581円 ①978-4-06-276809-2
内容 霧の城が呼んでいる、時が来た、生贄を捧げよ、と。イコはトクサ村に何十年かに一人生まれる角の生えたニエの子。その角を持つ者は「生贄の刻」が来たら、霧の城へ行き、城の一部となり永遠の命を与えられるという。親友トトによって特別な御印を得たイコは「必ず戻ってくる」と誓い、村を出立するが―。

『ICO―霧の城 下』宮部みゆき著 講談社 2010.11 381p 15cm（講談社文庫）600円 ①978-4-06-276810-8
内容 断崖絶壁に建つ夢の城にやってきたイコは、鳥篭に囚われた一人の少女・ヨルダと出逢う。「ここにいちゃいけない。一緒にこの城を出よう。二人ならきっと大丈夫」。なぜ霧の城はニエを求めるのか。古のしきたりとヨルダの真実とは。二人が手を取り合ったとき、この城で起きた悲しい事件の幻が現れ始める。

『英雄の書 上』宮部みゆき著 新潮社 2012.7 431p 16cm（新潮文庫）670円 ①978-4-10-136933-4
内容 森崎友理子は小学五年生。ある日、中学生の兄・大樹が同級生を殺傷し、失踪するという事件が起きた。兄の身を心配する妹は、彼の部屋で不思議な声を聞く。「ヒロキは『エルムの書』に触れたため、"英雄"に憑かれてしまった」。大叔父の別荘から彼が持ち出した赤い本がそう囁いていた。友理子は兄を救い出すべくたった一人で、英雄が封印されていた"無名の地"へと果敢に旅立った。

『英雄の書 下』宮部みゆき著 新潮社 2012.7 414p 16cm（新潮文庫）670円 ①978-4-10-136934-1
内容 友理子は"印を戴く者"ユーリとなり、額の印に魔力を授かって無名の地から帰還した。兄を探して、彼女が次に向かったのは『エルムの書』発祥の地ヘイトランドだった。従者として連れ帰った無名僧ソラ、魔法でネズミに化身した赤い本アジュ、謎の"狼"アッシュも同行するが、旅先では幾つもの試練が待ち受けていた―。苛酷な冒険の果て、ユーリが知らされる驚愕の真実と本当の使命とは？待ち受ける幾つもの試練と驚異。手に汗握るめくるめく冒険譚。
別版 毎日新聞社 2009.2
別版 光文社（Kappa novels）2011.5

『おそろし―三島屋変調百物語事始』宮部みゆき著 角川書店 2012.4 489p 15cm（角川文庫）〈発売：角川グループパブリッシング〉705円 ①978-4-04-100281-0
内容 17歳のおちかは、ある事件を境に、ぴたりと他人に心を閉ざした。ふさぎ込む日々を、叔父夫婦が江戸で営む袋物屋「三島屋」に身を寄せ、黙々と働くことでやり過ごしている。ある日、叔父の伊兵衛はおちかに、これから訪ねてくるという客の応対を任せると告げ、出かけてしまう。客と会ったおちかは、次第にその話に引き込まれていき、いつしか次々に訪れる客のふしぎ話は、おちかの心を溶かし始める。三島屋百物語、ここに開幕。
別版 角川書店 2008.7
別版 新人物往来社（新人物ノベルス）2010.6

『お文の影』宮部みゆき著 KADOKAWA 2014.6 392p 15cm（角川文庫）〈「ばんば憑き」（角川書店 2011年刊）の改題〉640円 ①978-4-04-101333-5
内容 「おまえも一緒においで。お文のところへ連れていってやるよ」月の光の下、影踏みをして遊ぶ子供たちのなかにぽつんと現れた、ひとつの影。その正体と、悲しい因縁とは。「ぼんくら」シリーズの政五郎親分とおでこが活躍する表題作をはじめ、「三島屋」シリーズの青野利一郎と悪童3人組など人気キャラクターが勢揃い！ おぞましい話から切ない

話、ちょっぴり可笑しい話まで、全6編のあやしの世界。

『おまえさん　上』宮部みゆき著　講談社　2011.9　506p　20cm　1800円　①978-4-06-217252-3

内容　痒み止め薬「王疹膏」を売り出し中の瓶屋の主人、新兵衛が斬り殺された。本所深川の“ぼんくら”同心・井筒平四郎は、将来を期待される同心・間島信之輔（残念ながら醜男）と調べに乗り出す。その斬り口は、少し前にあがった身元不明の亡骸と同じだった。両者をつなぐ、隠され続けた二十年前の罪。さらなる亡骸…。瓶屋に遺された美しすぎる母娘は事件の鍵を握るのか。大人気“ぼんくら”シリーズ第三弾。あの愉快な仲間たちを存分に使い、前代未聞の構成で著者が挑む新境地。

別版　講談社（講談社文庫）2011.9

『おまえさん　下』宮部みゆき著　講談社　2011.9　508p　20cm　1800円　①978-4-06-217253-0

内容　二十年前から続く因縁は、思わぬかたちで今に繋がり、人を誤らせていく。男は男の嘘をつき、女は女の道をゆく。こんがらがった人間関係を、“ぼんくら”同心・井筒平四郎の甥っ子、弓之助は解き明かせるのか。事件の真相が語られた後に四つの短篇で明かされる、さらに深く切ない男女の真実。

別版　講談社（講談社文庫）2011.9

『かまいたち』宮部みゆき著　改版　新潮社　2014.8　303p　15cm（新潮文庫）〈49刷（1刷1996年）〉590円　①978-4-10-136916-7

内容　夜な夜な出没して江戸市中を騒がす正体不明の辻斬り“かまいたち”。人は斬っても懐中は狙わないだけに人々の恐怖はいよいよ募っていた。そんなある晩、町医者の娘おようは辻斬りの現場を目撃してしまう…。サスペンス色の強い表題作はじめ、純朴な夫婦に芽生えた欲望を描く「師走の客」、超能力をテーマにした「迷い鳩」「騒ぐ刀」を収録。宮部ワールドの原点を示す時代小説短編集。

『蒲生邸事件　上』宮部みゆき著　新装版　文藝春秋　2017.11　342p　16cm（文春文庫）680円　①978-4-16-790957-4

内容　一九九四年二月二十六日未明、予備校受験のために上京した浪人生の孝史は宿泊中のホテルで火事に遭遇する。目の前に現れた時間旅行の能力を持つという男と共に何とか現場から逃れるも、気づくとそこはなぜか雪降りしきる昭和十一年の帝都・東京。ホテルではなく、陸軍大将蒲生憲之の屋敷だった。日本SF大賞受賞の長篇大作。

『蒲生邸事件　下』宮部みゆき著　新装版　文藝春秋　2017.11　425p　16cm（文春文庫）760円　①978-4-16-790958-1

内容　二・二六事件の当日、蒲生大将が自宅で拳銃自殺。だが、殺人の疑いも出てきた。戦争への色濃さを増す戒厳令下の東京にタイムスリップし、事件に巻き込まれた孝史はどう行動するのか。再び現代に戻って来られるのか…。大きな歴史の転換点に送り込まれた時、人には何が出来るのかを問う、著者会心の意欲作。

別版　講談社（講談社青い鳥文庫）2013.7〜2013.8

『堪忍箱』宮部みゆき著　改版　新潮社　2014.8　265p　15cm（新潮文庫）〈27刷（1刷2001年）〉550円　①978-4-10-136922-8

内容　蓋を開けたら最後、この近江屋に災いが降りかかる…。決して中を見てはいけないというその黒い文箱には、喪の花・木蓮の細工が施してあった―。物言わぬ箱が、しだいに人々の心をざわめかせ、呑み込んでいく表題作。なさぬ仲の親と子が互いに秘密を抱えながらも、寄り添い、いたわり合う「お墓の下まで」。名もなき人たちの日常にひそむ一瞬の闇。人生の苦さが沁みる時代小説八篇。

『〈完本〉初ものがたり』宮部みゆき著　PHP研究所　2013.7　477p　15cm（PHP文芸文庫）〈「初ものがたり」（1997年刊）の改題〉762円　①978-4-569-76056-8

内容　文庫本未収録の三篇を加え、茂七親分の物語が再び動き始めた！茂七とは、手下の糸吉、権三とともに江戸の下町で起こる難事件に立ち向かう岡っ引き。謎の稲荷寿司屋、超能力をもつ拝み屋の少年など、気になる登場人物も目白押し。鰹、白魚、柿など季節を彩る「初もの」を巧みに織り込んだ物語は、ときに妖しく、哀しく、優しく艶やかに人々の心に忍び寄る。ミヤベ・ワールド全開の人情捕物ばなし。

『希望荘』宮部みゆき著　小学館　2016.6　460p　20cm　1750円　①978-4-09-386443-5

内容　家族と仕事を失った杉村三郎は、東京都北区に私立探偵事務所を開業する。ある日、亡き父・武藤寛二が生前に残した「昔、人を殺した」という告白の真偽を調査してほしいという依頼が舞い込む。依頼人の相沢幸司によれば、父は母の不倫による離婚後、息子と再会するまで30年の空白があった。果たして、武藤は人殺しだったのか。35年前の殺人事件の関係者を調べていくと、昨年発生した女性殺

害事件を解決するカギが隠されていた!?（表題作「希望荘」）。「聖域」「希望荘」「砂男」「二重身」…私立探偵・杉村三郎が4つの難事件に挑む!!

『クロスファイア　上』宮部みゆき著　光文社　2011.7　410p　16cm（光文社文庫―光文社文庫プレミアム）667円
①978-4-334-74973-6
内容 青木淳子は常人にはない力を持って生まれた。念じるだけですべてを燃やす念力放火能力―。ある夜、瀕死の男性を"始末"しようとしている若者四人を目撃した淳子は、瞬時に三人を焼殺する。しかし一人は逃走。淳子は息絶えた男性に誓う。「必ず、仇はとってあげるからね」正義とは何か!?裁きとは何か!?哀しき「スーパーヒロイン」の死闘を圧倒的筆致で描く。

『クロスファイア　下』宮部みゆき著　光文社　2011.7　384p　16cm（光文社文庫―光文社文庫プレミアム）648円
①978-4-334-74974-3
内容 連続焼殺事件を追う警視庁の石津ちか子・牧原両刑事。事件の背後に"念力放火能力者"の存在を感じた二人は、過去の事件関係者を洗い、ついに淳子の存在に気付く…。さらに、"ガーディアン"を名乗る自警組織が、一連の"処刑"は淳子によるものと察知！彼らは巧妙に淳子を組織に誘う。胸に迫る孤独！痛切な愛！正義感の向こう側に何を見つけるのか―。

『刑事の子』宮部みゆき著　光文社　2013.9　311p　16cm（光文社文庫―光文社文庫プレミアム）571円　①978-4-334-76627-6
内容 十三歳の八木沢順は、刑事の父・道雄と東京の下町に引っ越した。慎吾という友人もでき新しい生活に慣れた順に、町内で奇妙な噂が流れる。"ある家で人殺しがあった"と。そんな矢先、荒川でバラバラ死体の一部が実際に発見されてしまう。更に、順のもとに事件の犯人を知らせる手紙が!?刑事の子・順は捜査に乗り出す！宮部みゆきの初期傑作が装いも新たに登場。『東京下町殺人暮色』改題作。
別版 光文社（BOOK WITH YOU）2011.9

『幻色江戸ごよみ』宮部みゆき著　改版　新潮社　2014.8　386p　15cm（新潮文庫〈46刷（1刷1998年）〉670円
①978-4-10-136919-8
内容 盆市で大工が拾った迷子の男の子。迷子札を頼りに家を訪ねると、父親は火事ですでに亡く、そこにいた子は母と共に行方知れ

ずだが、迷子の子とは違うという…（「まひごのしるべ」）。不器量で大女のお信が、評判の美男子に見そめられた。その理由とは、あら恐ろしや…（「器量のぞみ」）。下町の人情と怪異を四季折々にたどる12編。切なく、心暖まる、ミヤベ・ワールドの新境地！

『荒神』宮部みゆき著　新潮社　2017.7　685p　16cm（新潮文庫）〈朝日新聞出版 2014年刊の再刊〉940円　①978-4-10-136941-9
内容 時は元禄、東北の小藩の山村が、一夜にして壊滅した。隣り合い、いがみ合う二藩の思惑が交錯する地で起きた厄災。永津野藩主の側近を務める曽谷弾正の妹・朱音は、村から逃げ延びた少年を助けるが、語られた真相は想像を絶するものだった…。太平の世にあっても常に争いの火種を抱える人びと。その人間が生み出した「悪」に対し、民草はいかに立ち向かうのか。
別版 朝日新聞出版 2014.8

『荒神絵巻』こうの史代絵と文,宮部みゆき原作　朝日新聞出版　2014.8　151p　21cm　1200円　①978-4-02-251205-5
内容 新聞連載小説『荒神』の挿絵で新たに編んだ絵物語。漫画家・こうの史代による"もう一つの『荒神』の世界"。大好評の挿絵403点全点プラスαを、たっぷり書き下ろした文章と共にオールカラーで収録！

『小暮写眞館　1』宮部みゆき著　新潮社　2017.1　186p　16cm（新潮文庫―［nex]）〈講談社 2010年刊の4分冊〉460円　①978-4-10-180084-4
内容 築三十三年、木造二階建て。臨死状態の古びた商店街にひっそりと佇む「小暮写真館」。都立三菱高校に通う花菱英一は、両親の趣味により、この写真館に住むことになる。そして、弟を含めた家族四人の暮らしが始まった矢先、英一の同級生の女子高生が持ち込んだ不思議な写真をめぐる謎に、英一自身も関わることになり…。写真に秘められた物語を解き明かす、心温まる現代ミステリー。

『小暮写眞館　2　世界の縁側』宮部みゆき著　新潮社　2017.1　273p　16cm（新潮文庫―［nex]）〈講談社 2010年刊の4分冊〉520円　①978-4-10-180085-1
内容 高校の先輩に呼び出された花菱英一は、当事者に話を聞くことなく、三年前に撮影された写真の謎を解明するよう言い渡される。困惑する英一だったが、親友の店子力や同級生の寺内千春の助力を得て、当時の出来事を調べ始める。唐突に破棄された婚約。父親の病死。涙を流す家族。一枚の写真に隠された

物語とは？ 現代を生きる人の温もりと優しさを描き出す、宮部ミステリーの真骨頂。

『小暮写眞館　3　カモメの名前』宮部みゆき著　新潮社　2017.2　260p　16cm（新潮文庫―[nex]）〈講談社 2010年刊の4分冊〉520円　①978-4-10-180087-5
内容 顔馴染みになった不動産屋の社長から渡された一枚の写真。そこに写る不格好なぬいぐるみを「カモメ」と断言する少年は、不登校の小学生だった。クラスの人気者で、成績優秀な彼は、ある日突然、学校に行かなくなった。その原因と「カモメ」はどう関係するのか…。相談を受けた花菱英一は、関係者に話を聞く中で、ある映画に行き当たる。家族の絆に思いを馳せる、心震わす物語。

『小暮写眞館　4　鉄路の春』宮部みゆき著　新潮社　2017.2　305p　16cm（新潮文庫―[nex]）〈講談社 2010年刊の4分冊〉550円　①978-4-10-180088-2
内容 花菱英一の父親が家出した。理由を問う息子に対し、祖父危篤の知らせを受けて、縁を切った大船の実家に行くかどうかで母親と喧嘩をした、と弁明する秀夫。夜風を浴びながら、二人は生家と断絶する契機となった七年前の出来事、妹・風子の死について語り合う。そうした中、今度は垣本順子の抱える過去と問題が明らかになる―。青春。恋愛。家族。あらゆる世代の胸を打つ感動の物語。
別版 講談社 2010.5
別版 講談社（講談社文庫）2013.10

『ここはボツコニアン　1』宮部みゆき著　集英社　2016.3　286p　16cm（集英社文庫）520円　①978-4-08-745420-8
内容 “ボツ”になったゲームネタが集まってできた、できそこないの世界“ボツコニアン”。そんなダメダメな世界をより良くするために、「長靴の戦士」に選ばれた少年ピノと少女ピピ。黄色い花の植木鉢の姿をした、しゃべる取扱説明書・トリセツに導かれ、二人は夢と笑いの溢れる壮大な冒険に出る！ あの宮部みゆきが、書きたくて仕方がなかった抱腹絶倒のNEWファンタジーシリーズ。ついに、開幕！
別版 集英社 2012.2

『ここはボツコニアン　2　魔王がいた街』宮部みゆき著　集英社　2016.5　261p　16cm（集英社文庫）480円　①978-4-08-745440-6
別版 集英社 2012.11

『ここはボツコニアン　3　二軍三国志』宮部みゆき著　集英社　2016.7　269p　16cm（集英社文庫）500円　①978-4-08-745467-3
内容 “ボツコニアン”の世界では、中国四千年の歴史「三国志」でもやっぱりボツネタ集めちゃいました。曹操、劉備ら小説・ゲームでお馴染みのメンバーはもちろん、軽視されがちなサブキャラも、なんなら怪獣やロボットまで登場しちゃう。これまで見たことも、聞いたこともない「赤壁バトル」に、おなじみピノとピピが直面する！ 宮部みゆき渾身の脱力系ファンタジー第3巻は、「三国志」ファン必読！
別版 集英社 2013.8

『ここはボツコニアン　4　ほらホラHorrorの村』宮部みゆき著　集英社　2016.9　239p　16cm（集英社文庫）460円　①978-4-08-745490-1
内容 毎度おなじみ「長靴の戦士」ピノとピピが迷い込んだのはホラーゲームのボツ世界！ そこは、なぜか三角錐の頭をした人々が支配するなんだか怖いような怖くないような村。どうにかこうにか村を脱出して二人が辿り着いたのは、住民がすべて偽者になっている街だった。おいおい、今度はSFか!?ゆる系RPGファンタジー第4巻はホラーからSFまで、禁断と掟破りてんこ盛り。負けるなピノピ！
別版 集英社 2014.9

『ここはボツコニアン　5　FINALためらいの迷宮』宮部みゆき著　集英社　2016.11　325p　16cm（集英社文庫）600円　①978-4-08-745512-0
内容 “ボツコニアン”をより良い世界に創り変えるため、長く厳しい試練の旅を続けてきたピノとピピ。葵ニンゲンの支配するSFチックな世界から、ついに“ラスボス”の待ち受けるダンジョンへ。彼らは、ボツコニアンと魔王の謎を明かせるのか？ あの宮部みゆきの壮大にしてお気楽な人気RPGファンタジーシリーズ、ついに完結！ 予想をはるかに超える感動のクライマックスがあなたを待っている！
別版 集英社 2015.9

『孤宿の人　上巻』宮部みゆき著　新潮社　2009.12　493p　16cm（新潮文庫）743円　①978-4-10-136931-0
内容 北は瀬戸内海に面し、南は山々に囲まれた讃岐国・丸海藩。江戸から金比羅代参に連れ出された九歳のほうは、この地に捨て子同然置き去りにされた。幸いにも、藩医を勤める井上家に引き取られるが、今度はほうの面倒を見てくれた井上家の琴江が毒殺されてしまう。折しも、流罪となった幕府要人・加賀殿が丸海藩へ入領しようとしていた。やがて領内では、不審な毒死や謎めいた凶事が相

次いだ。

『孤宿の人　下巻』宮部みゆき著　新潮社
2009.12　520p　16cm（新潮文庫）781
円　①978-4-10-136932-7
内容　加賀様は悪霊だ。丸海に災厄を運んで
くる。妻子と側近を惨殺した咎で涸滝の屋敷
に幽閉された加賀殿の祟りを領民は恐れてい
た。井上家を出たほうは、引手見習いの宇佐
と姉妹のように暮らしていた。やがて、涸滝
に下女として入ったほうは、頑なに心を閉ざ
す加賀殿といつしか気持ちを通わせていく。
水面下では、藩の存亡を賭した秘策が粛々と
進んでいた。著者の時代小説最高峰、感涙の
傑作。

『この世の春　上』宮部みゆき著　新潮社
2017.8　397p　20cm　1600円　①978-
4-10-375013-0
内容　憑きものが、亡者が、そこかしこで声を
あげる。青年は恐怖の果てに、ひとりの少年
をつくった…。史上最も不幸で孤独な、ヒー
ローの誕生。

『この世の春　下』宮部みゆき著　新潮社
2017.8　399p　20cm　1600円　①978-
4-10-375014-7
内容　底知れぬ悪意のにじむ甘い囁き。かけが
えのない人々の尊厳までも、魔の手は蝕んで
ゆく。前代未聞の大仕掛け、魂も凍る復讐劇。

『桜ほうさら　上』宮部みゆき著　PHP研
究所　2016.1　412p　15cm（PHP文芸
文庫）〈2013年刊の2分冊〉740円
①978-4-569-76481-8
内容　父の汚名をすすごうと上総国から江戸
へ出てきた古橋笙之介は、深川の富勘長屋に
住むことに。母に疎まれるほど頼りなく、世
間知らずの若侍に対し、写本の仕事を世話す
る貸本屋の治兵衛や、おせっかいだが優しい
長屋の人々は、何かと手を差し伸べてくれる。
家族と心が通い合わないもどかしさを感じる
なか、笙之介は「桜の精」のような少女・和
香と出逢い…。しみじみとした人情が心に沁
みる、宮部時代小説の真骨頂。

『桜ほうさら　下』宮部みゆき著　PHP研
究所　2016.1　429p　15cm（PHP文芸
文庫）〈2013年刊の2分冊〉740円
①978-4-569-76482-5
内容　江戸で父の死の真相を探り続ける古橋
笙之介は、三河屋での奇妙な拐かし事件に巻
き込まれる。「桜の精」のような少女・和香
の協力もあり、事件を解決するのだが…。つ
いに父を陥れた偽文書作りの犯人にたどり着
いた笙之介。絡み合った糸をほぐして明らか
になったのは、上総国搦根藩に渦巻く巨大な

陰謀だった。「真実」を突き付けられた笙之
介が選んだ道とは…。切なくも温かい、宮部
みゆき時代ミステリーの新境地！
別版　PHP研究所　2013.3

『淋しい狩人』宮部みゆき著　改版　新潮
社　2014.8　362p　15cm（新潮文庫）
〈46刷（1刷1997年）〉590円　①978-4-
10-136917-4
内容　東京下町、荒川土手下にある小さな共同
ビルの一階に店を構える田辺書店。店主のイ
ワさんと孫の稔で切り盛りするごくありふれ
た古書店だ。しかし、この本屋を舞台に様々
な事件が繰り広げられる。平凡なOLが電車
の網棚から手にした本に挟まれていた名刺。
父親の遺品の中から出てきた数百冊の同じ本。
本をきっかけに起こる謎をイワさんと稔が解
いていく。ブッキッシュな連作短編集。

『サボテンの花―「我らが隣人の犯罪」よ
り』赤木かん子編, 宮部みゆき著　ポプ
ラ社　2008.4　42p　21cm（ポプラ・
ブック・ボックス　王冠の巻 2）①978-4-
591-10207-7

『三鬼―三島屋変調百物語四之続』宮部み
ゆき著　日本経済新聞出版社　2016.12
565p　20cm　1800円　①978-4-532-
17141-4
内容　江戸の洒落者たちに人気の袋物屋、神田
の三島屋は“お嬢さん”のおちかが一度に一人
の語り手を招き入れての変わり百物語も評判
だ。訪れる客は、村でただ一人お化けを見た
という百姓の娘に、夏場はうなぎで休業する
絶品の弁当屋、山陰の小藩の元江戸家老、心
の時を十四歳で止めた老婆。亡者、憑き神、
家の守り神、とあの世やあやかしの者を通し
て、せつない話、こわい話、悲しい話を語り
出す。「もう、胸を塞ぐものはない」それぞ
れの身の処し方に感じ入る、聞き手のおちか
の身にもやがて、心ゆれる出来事が…。日経
朝刊連載「迷いの旅篭」、待望の単行本化！

『過ぎ去りし王国の城』宮部みゆき著
KADOKAWA　2018.6　379p　15cm
（角川文庫）680円　①978-4-04-106434-
4
内容　中学3年の尾垣真が拾った中世ヨーロッ
パの古城のデッサン。分身を描き込むと絵の
世界に入り込めることを知った真は、同級生
で美術部員の珠美に制作を依頼。絵の世界に
いたのは、塔に閉じ込められたひとりの少女
だった。彼女は誰か。何故この世界は描かれ
たのか。同じ探索者で大人のパクさんと謎を
追う中、3人は10年前に現実の世界で起きた
失踪事件が関係していることを知る。現実を

日本の作品　　　　　　　　　　　　　　　　　　　　宮部みゆき

生きるあなたに贈る、宮部みゆき渾身の冒険
小説！
別版 KADOKAWA 2015.4

『スナーク狩り』宮部みゆき著　光文社
2011.7　405p　16cm（光文社文庫—光
文社文庫プレミアム）667円　①978-4-
334-74970-5
内容 その夜一。関沼慶子は散弾銃を抱え、
かつて恋人だった男の披露宴会場に向かって
いた。すべてを終わらせるために。一方、釣
具店勤務の織口邦男は、客の慶子が銃を持っ
ていることを知り、ある計画を思いついてい
た。今晩じゅうに銃を奪い、「人に言えぬ目
的」を果たすために。いくつもの運命が一夜
の高速道路を疾走する。人間の本性を抉るノ
ンストップ・サスペンス。

『ソロモンの偽証　第1部［上巻］　事件 上
巻』宮部みゆき著　新潮社　2014.9
515p　16cm（新潮文庫）〈2012年刊の2
分冊〉750円　①978-4-10-136935-8
内容 クリスマス未明、一人の中学生が転落
死した。柏木卓也、14歳。彼は なぜ死んだの
か。殺人か。自殺か。謎の死への疑念が広が
る中、"同級生の犯行"を告発する手紙が関係
者に届く。さらに、過剰報道によって学校、
保護者の混乱は極まり、犯人捜しが公然と始
まった一。一つの死をきっかけに膨れ上がる
人々の悪意。それに抗し、死の真相を求める
生徒達を描く、現代ミステリーの最高峰。

『ソロモンの偽証　第1部［下巻］　事件 下
巻』宮部みゆき著　新潮社　2014.9
503p　16cm（新潮文庫）〈2012年刊の2
分冊〉750円　①978-4-10-136936-5
内容 もう一度、事件を調べてください。柏
木君を突き落としたのは一。告発状を報じた
HBSの報道番組は、厄災の箱を開いた。止ま
ぬ疑心暗鬼。連鎖する悪意。そして、同級生
がまた一人、命を落とす。拡大する事件を前
に、為す術なく屈していく大人達に対し、捜
査一課の刑事を父に持つ藤野涼子は、真実を
知るため、ある決断を下す。それは「学校内
裁判」という伝説の始まりだった。
別版 新潮社 2012.8

『ソロモンの偽証　第2部［上巻］　決意 上
巻』宮部みゆき著　新潮社　2014.10
525p　16cm（新潮文庫）〈2012年刊の2
分冊〉750円　①978-4-10-136937-2
内容 二人の同級生の死。マスコミによる偏
向報道。当事者の生徒達を差し置いて、ただ
事態の収束だけを目指す大人。結局、クラス
メイトはなぜ死んだのか。なにもわからない
ままでは、あたし達は前に進めない。だった

ら、自分達で真相をつかもう一。そんな藤野
涼子の思いが、周囲に仲間を生み出し、中学
三年有志による「学校内裁判」開廷が決まる。
求めるはただ一つ、柏木卓也の死の真実。

『ソロモンの偽証　第2部［下巻］　決意 下
巻』宮部みゆき著　新潮社　2014.10
496p　16cm（新潮文庫）〈2012年刊の2
分冊〉750円　①978-4-10-136938-9
内容 いよいよ動き出した「学校内裁判」。検
事となった藤野涼子は、大出俊次の"殺人"を
立証するため、関係者への聴取に奔走する。
一方、弁護を担当する他校生、神原和彦は鮮
やかな手腕で証言、証拠を集め、"無罪"獲得
に向けた布石を着々と打っていく。次第に明
らかになる柏木卓也の素顔。繰り広げられる
検事と弁護人の熱戦。そして、告発状を書い
た少女が遂に…。夏。開廷の日は近い。
別版 新潮社 2012.9

『ソロモンの偽証　第3部［上巻］　法廷 上
巻』宮部みゆき著　新潮社　2014.11
564p　16cm（新潮文庫）〈2012年刊の2
分冊〉790円　①978-4-10-136939-6
内容 空想です一。弁護人・神原和彦は高らか
に宣言する。大出俊次が柏木卓也を殺害した
根拠は何もない、と。城東第三中学校は"問
題児"というレッテルから空想を作り出し、彼
をスケープゴートにしたのだ、と。対する検
事・藤野涼子は事件の目撃者にして告発状の
差出人、三宅樹理を証人出廷させる。あの日、
クリスマスイヴの夜、屋上で何があったのか。
白熱の裁判は、事件の核心に触れる。

『ソロモンの偽証　第3部［下巻］　法廷 下
巻』宮部みゆき著　新潮社　2014.11
596p　16cm（新潮文庫）〈2012年刊の2
分冊に書き下ろし「負の方程式」を収
録〉840円　①978-4-10-136940-2
内容 ひとつの嘘があった。柏木卓也の死の
真相を知る者が、どうしても吐かなければな
らなかった嘘。最後の証人、その偽証が明ら
かになるとき、裁判の風景は根底から覆され
る一。藤野涼子が辿りついた真実。三宅樹理
の叫び。法廷が告げる真犯人。作家生活25年
の集大成にして、現代ミステリーの最高峰、
堂々の完結。20年後の"偽証"事件を描く、書
き下ろし中編「負の方程式」を収録。
別版 新潮社 2012.10

『チヨ子』宮部みゆき著　光文社　2011.7
244p　16cm（光文社文庫）476円
①978-4-334-74969-9
内容 五年前に使われたきりであちこち古び
てしまったピンクのウサギの着ぐるみ。大学
生の「わたし」がアルバイトでそれをかぶっ

ヤングアダルトの本　いま読みたい小説4000冊　**291**

て中から外を覗くと、周囲の人はぬいぐるみやロボットに変わり―(「チヨ子」)。表題作を含め、超常現象を題材にした珠玉のホラー&ファンタジー五編を収録。個人短編集に未収録の傑作ばかりを選りすぐり、いきなり文庫化した贅沢な一冊。

別版 全国学校図書館協議会(集団読書テキスト)2008.6

『天狗風』宮部みゆき著 新装版 講談社 2014.4 625p 15cm(講談社文庫―霊験お初捕物控)890円 ①978-4-06-277826-8

内容 真っ赤な朝焼けの中、娘が一陣の風とともに忽然と消えた。居合わせた父親が自身番に捕らえられるが、自ら命を絶ってしまう。不自然な失踪に「神隠し」を疑うお初と右京之介。探索を始めた二人は、娘の嫁ぎ先に不審な点があることを突き止める。だがその時、第二の事件が起こった。霊験お初シリーズ第二弾。

『ドリームバスター 1』宮部みゆき著 徳間書店 2009.1 232p 18cm (Tokuma novels edge)〈イラスト:コサト〉857円 ①978-4-19-850815-9

内容 燃え上がる火。焼け落ちそうな家。その中で、へんてこなダンスを踊る黒い人影…。悪夢に悩まされる道子とその幼い娘・真由は、夢の中で、奇妙な少年に助けられる。西部劇のガンマンに似た格好、背中に青竜刀を背負い、額には真っ赤なハチマキ。彼の名は、シェン。人の夢の中に逃げ込んだ凶悪犯の意識を退治する賞金稼ぎ、"ドリームバスター"であった…。壮大な物語のプロローグ「ジャック・イン」とシェンたちの住む惑星"テーラ"の姿が明らかになるエピソード「ファースト・コンタクト」を収録。大人気アクション・ファンタジー巨篇。

『ドリームバスター 2』宮部みゆき著 徳間書店 2009.7 251p 18cm (Tokuma novels edge)〈イラスト:コサト〉857円 ①978-4-19-850836-4

内容 今回のD・Pは、二十歳の新米OL村野理恵子。けっこうな美人なのに気が小さくて自信が持てず、いつだっておろおろ。首をぐらぐらと動かしてしまうのは、不安なときの悪い癖。そんな彼女が、たまたま殺人事件を目撃したことをきっかけに、惑星テーラから逃げ出した凶悪犯につけこまれ、悪夢に悩まされるようになった。理恵子の夢に出現したシェンとマエストロは、いかにしい彼女を救うのか…。長篇「目撃者」ほか、シェンの友人である謎のキャラクター、リップとの"別れ"を描く、中篇「D・Bたちの"穴"」を収録。宮

部みゆきの大人気アクション・ファンタジー巨篇、第2弾が登場。

『ドリームバスター 3』宮部みゆき著 徳間書店 2010.1 285p 18cm (Tokuma novels edge)〈イラスト:コサト〉857円 ①978-4-19-850852-4

内容 「赤いドレスの女」では、前巻に引き続いて、OL理恵子が登場。「ちょっと可愛い娘じゃん。何だよ、恥ずかしがっちゃって」―理恵子の耳に響く声。夢の中でマエストロにもらったリストバンドを装着したあの日以来、彼女はまるでプチ超能力者のように他人の心の声を聞き取ることができるようになった。そして、赤いドレスの女の"幽霊"を頻繁に目にするようにも。困惑した理恵子はインターネットである言葉を検索する。"ドリームバスター"と。そこに現れたのは…。他、虐待を受ける少年タカシの夢に潜った凶悪犯の顛末を描く「星の切れっ端し」「モズミの決算」を収録。シリーズの転換点となる第3弾。

『ドリームバスター 4 時間鉱山 前篇』宮部みゆき著 徳間書店 2010.7 229p 18cm(Tokuma novels edge)〈イラスト:コサト〉857円 ①978-4-19-850869-2

内容 シェンの友人D・Bマッキーが、謎の「場」で行方不明になった。ドレクスラー博士によると、そこは通常の「場」ではなく、時間の源泉のそばにあり、湧きだした時間が結晶化している「時間鉱山」なのだという。確かに、そこから帰還したD・Bレイモンは、複数の「時間律」の影響で、分離系二重во奇妙な現象に見舞われていた。マッキー救出のため時間鉱山に飛んだシェンは、そこで、三人の日本人、ヒロム、キエ、ユキオに出会う。彼らがそこにいるということは、現実世界では昏睡状態であることを示している。ヒロムは交通事故、キエとユキオは、心中を企てたらしい…。シリーズ最大のエピソード、開幕。

『ドリームバスター 5 時間鉱山 後篇』宮部みゆき著 徳間書店 2010.8 249p 18cm(Tokuma novels edge)〈イラスト:コサト〉857円 ①978-4-19-850870-8

内容 宣言ではなく、決意でもなく、自然に優しくこみあげてきた感情―あたしは、あたしの人生を生き直さなくてはならない。現実世界でそれぞれの事情で瀕死の状態に陥っているヒロム、キエ、ユキオの三人は、生きる気力を取り戻し、時間鉱山の三つの頂を目指す。シェンはそれを手助けするため、行方不明の友人マッキーとようやく出会う。自らの意思でここに残ったという彼もやはり、耐

え難い現実ゆえの選択だった。迫り来る火山弾、大ミミズ、漆黒の巨鳥。そして出没する、シェンの母親にして凶悪犯、血まみれローズの「幻影」。やがて、キエ、ヒロムの体温が下がり始めた…。怒涛のクライマックス、「時間鉱山篇」完結。

『**長い長い殺人**』宮部みゆき著　光文社　2011.7　413p　16cm（光文社文庫―光文社文庫プレミアム）667円　①978-4-334-74971-2
内容 轢き逃げは、じつは惨殺事件だった。被害者は森元隆一。事情聴取を始めた刑事は、森元の妻・法子に不審を持つ。夫を轢いた人物はどうなったのか、一度もきこうとしないのだ。隆一には八千万円の生命保険がかけられていた。しかし、受取人の法子には完璧なアリバイが…。刑事の財布、探偵の財布、死者の財布―。"十の財布"が語る事件の裏に、やがて底知れぬ悪意の影が。

『**泣き童子（わらし）―三島屋変調百物語参之続**』宮部みゆき著　KADOKAWA　2016.6　475p　15cm（角川文庫）〈文藝春秋 2013年刊の再刊〉760円　①978-4-04-103991-5
内容 三島屋伊兵衛の姪・おちか一人が聞いては聞き捨てる変わり百物語が始まって一年。幼なじみの祝言をひかえた娘や田舎から江戸へ来た武士など様々な客から不思議な話を聞く中で、おちかの心の傷も癒えつつあった。ある日、三島屋を骸骨のように痩せた男が訪れ「話が終わったら人を呼んでほしい」と願う。男が語り始めたのは、ある人物の前でだけ泣きやまぬ童子の話。童子に隠された恐ろしき秘密とは―三島屋シリーズ第三弾！
別版 文藝春秋 2013.6

『**名もなき毒**』宮部みゆき著　文藝春秋　2011.12　607p　16cm（文春文庫）848円　①978-4-16-754909-1
内容 今多コンツェルン広報室に雇われたアルバイトの原田いずみは、質の悪いトラブルメーカーだった。解雇された彼女の連絡窓口となった杉村三郎は、経歴詐称とクレーマーぶりに振り回される。折しも街では無差別と思しき連続毒殺事件が注目を集めていた。人の心の陥穽を圧倒的な筆致で描く吉川英治文学賞受賞作。
別版 光文社 (Kappa novels) 2009.5

『**初ものがたり**』宮部みゆき著　改版　新潮社　2014.8　295p　15cm（新潮文庫）〈34刷（1刷1999年）〉550円　①978-4-10-136920-4
内容 鰹、白魚、鮭、柿、桜…。江戸の四季を彩る「初もの」がからんだ謎また謎。本所深川一帯をあずかる「回向院の旦那」こと岡っ引きの茂七が、子分の糸吉や権三らと難事件の数々に挑む。夜っぴて屋台を開いている正体不明の稲荷寿司屋の親父、霊力をもつという「拝み屋」の少年など、一癖二癖ある脇役たちも縦横無尽に神出鬼没。人情と季節感にあふれた時代ミステリー・ワールドへご招待！

『**鳩笛草―燔祭/朽ちてゆくまで**』宮部みゆき著　光文社　2011.7　372p　16cm（光文社文庫―光文社文庫プレミアム）648円　①978-4-334-74972-9
内容 亡き両親が残したビデオを見た智子は、かつて自分に特殊な力があったことを知る（「朽ちてゆくまで」）。わたしは凶器になれる―。念じただけで人や物を発火させる能力を持つ淳子は、妹を惨殺された過去を持つ男に、報復の協力を申し出る（「燔祭」）。他人の心が読める刑事・貴子は、試練に直面し、刑事としての自分の資質を疑ってゆく（「鳩笛草」）。超能力を持つ三人の女性をめぐる三つの物語。

『**ばんば憑き**』宮部みゆき著　新人物往来社　2012.7　335p　18cm（新人物ノベルス）〈角川書店 2011年刊の再刊〉857円　①978-4-404-04224-8
内容 江戸で小間物商を営む佐一郎・お志津の若夫婦は、箱根湯治の帰途、雨のために戸塚宿で足止めになった。そして、やはり足止めの老女との相部屋を引き受ける。不機嫌なお志津をよそに、老女の世話を焼く佐一郎。その夜、風の音に混じって老女のすすり泣きで目を覚ました佐一郎に、老女が語り出したのは、五十年前の奇怪な出来事だった…。表題作はじめ6篇を収録。収録の「お文の影」では、『日暮らし』の岡っ引き・政五郎とおでこの三太郎が謎を解き明かす。また「討債鬼」では、『あんじゅう』の青野利一郎と悪童たちが奮闘するなど、他のシリーズの登場人物たちが縦横に活躍する傑作集。
別版 角川書店 2011.2

『**ぱんぷくりん**』宮部みゆき文, 黒鉄ヒロシ絵　PHP研究所　2010.10　99p　15cm（PHP文芸文庫）552円　①978-4-569-67555-8
内容 宝船のテンプク、招き猫の肩こり、鳥居の引越し、ふるさとに帰った竜、怒りんぼうのだるま、金平糖と流れ星―縁起物を使ったかわいい六つのお話しが収まったこの絵本は、ベストセラー作家・宮部みゆきさんのものがたりと、人気漫画家・黒鉄ヒロシさんの絵による夢のコラボ。ちょっぴり疲れた心に、じんわり幸せ気分が広がります。『ぱんぷくり

宮部みゆき　　　　　　　　　　　　　　　　　　　　　　　日本の作品

ん 鶴之巻』『ぱんぷくりん 亀之巻』を合本。

『日暮らし　上』宮部みゆき著　新装版
講談社　2011.9　444p　15cm（講談社
文庫）667円　①978-4-06-277048-4
内容 佐吉が人を殺めた疑いで捕らえられた。
しかも殺した相手は実の母、葵だという。生
き別れた親子に何があったのか。「この世の
ことを一人で全部背負い込むわけにはいかな
いんだよ」。辛くても悲しくても決して消え
てなくならない遺恨と嘘。本所深川の同心、
平四郎と超美形の甥っ子、弓之助は真実を探
り始める。

『日暮らし　下』宮部みゆき著　新装版
講談社　2011.9　461p　15cm（講談社
文庫）667円　①978-4-06-277049-1
内容 葵殺しの裏に見え隠れするのは、二年
前に鉄瓶長屋で起きた事件から尾を引く、大
店湊屋のお家事情。絡まった心を解きほぐそ
うとする平四郎。「叔父上、ここはひとつ白
紙に戻してはいかがでしょう」。弓之助
の推理が過去の隠し事の目くらましを晴らし
ていく。進化する著者の時代ミステリー感動
の結末へ。
別版 講談社（講談社文庫）2008.11

『悲嘆の門　上巻』宮部みゆき著　新潮社
2017.12　370p　16cm（新潮文庫）〈毎
日新聞社 2015年刊の3分冊〉670円
①978-4-10-136942-6
内容 インターネット上に溢れる情報の中で、
法律に抵触するものや犯罪に結びつくものを
監視し、調査するサイバー・パトロール会社
「クマー」。大学一年生の三島孝太郎は、先輩
の真岐に誘われ、五カ月前からアルバイトを
始めたが、ある日、全国で起きる不可解な殺人
事件の監視チームに入るよう命じられる。そ
の矢先、同僚の大学生が行方不明になり…。
"言葉"と"物語"の根源を問う、圧倒的大作
長編。

『悲嘆の門　中巻』宮部みゆき著　新潮社
2017.12　343p　16cm（新潮文庫）〈毎
日新聞社 2015年刊の3分冊〉630円
①978-4-10-136943-3
内容 失踪した同僚の森永を探す三島孝太郎
は、西新宿セントラルラウンドビルで元捜査
一課の刑事・都築に出会う。だが、そこで二
人を待ち受けていたのは、まさに"怪物"と呼
ぶべき存在だった…。"狼"を名乗る謎の美少
女・森崎友理子との遭遇。クマー社長・山科
鮎子を襲う悲劇。悪意による"物語"が拡散
され、汚濁に満ちた闇が日常へと迫る中、正
義と復讐に燃える青年は、ある決断を下す。

『悲嘆の門　下巻』宮部みゆき著　新潮社

2017.12　395p　16cm（新潮文庫）〈毎
日新聞社 2015年刊の3分冊〉670円
①978-4-10-136944-0
内容 おまえは後悔する―。度重なる守護戦
士の忠告に耳を貸さず、連続切断魔の特定に
奔走する三島孝太郎。なぜ、惨劇は起きたの
か。どうして、憎しみは消えないのか。犯人
と関わる程に、彼の心もまた、蝕まれていく。
そうした中、妹の友人・園井美香の周囲で積
み重なった負の感情が、新たな事件を引き起
こす。都築の、ユーリの制止を振り切り、孝
太郎が辿りついた場所。"悲嘆の門"が、いま
開く。
別版 毎日新聞社 2015.1

『震える岩』宮部みゆき著　新装版　講談
社　2014.3　425p　15cm（講談社文庫
―霊験お初捕物控）750円　①978-4-06-
277782-7
内容 死んだはずの人間が生き返る「死人憑
き」が本所深川で起きた。甦った人物が以前
より若返っていると感じた「姉妹屋」のお初
は、老奉行の御前さまから紹介された与力見
習の右京之介と探索を始めた。だがその時、
油樽から女の子の遺体が発見される。人は過
去にも家族にも縛られる。霊験お初シリーズ
第一弾。

『ブレイブ・ストーリー　1　幽霊ビル』宮
部みゆき作, 鶴田謙二絵　角川書店
2009.6　411p　18cm（角川つばさ文
庫）〈発売：角川グループパブリッシン
グ〉780円　①978-4-04-631029-3

『ブレイブ・ストーリー　2　幻界（ヴィ
ジョン）』宮部みゆき作, 鶴田謙二絵
角川書店　2009.9　333p　18cm（角川
つばさ文庫）〈発売：角川グループパブ
リッシング〉780円　①978-4-04-
631054-5
内容 ワタルはゲームが好きな小学5年生。運
命を変えるため異世界"幻界"へと旅立つ。老
人ラウ導師の試練を受け、見習い勇者として
5つの宝玉を集めながら、願いを叶える女神の
住む"運命の塔"を目指す。途中、気の優しい
水人族キ・キーマと出会い、いっしょに旅を
始めるが、幻界の町ガサラで殺人犯にされて
しまう―。宮部みゆき、愛と勇気の冒険ファ
ンタジー第2弾。小学上級から。

『ブレイブ・ストーリー　3　再会』宮部み
ゆき作, 鶴田謙二絵　角川書店　2010.4
388p　18cm（角川つばさ文庫）〈発売：
角川グループパブリッシング〉780円
①978-4-04-631078-1
内容 運命を変えるため、異世界"幻界"を旅

日本の作品　　　　　　　　　　　　　　　　　　　　　　　　　宮部みゆき

するワタルは、水人族のキ・キーマ、ネ族の少女ミーナと知り合い、一緒に運命の塔を目指す。3人は幻界の町ガサラを守るハイランダーの仕事をしながら旅を続けていた。さまざまな経験をかさねるうちに成長していくワタルは、自分の願いをかなえるための旅に疑問を持ち始める─。宮部みゆきの本格冒険ファンタジー第3弾。小学上級から。

『ブレイブ・ストーリー　4　運命の塔』宮部みゆき作, 鶴田謙二絵　角川書店　2010.6　388p　18cm〈角川つばさ文庫〉〈発売：角川グループパブリッシング〉780円　①978-4-04-631079-8
内容 "幻界"に、何もかもが無になってしまう混沌の時期が近づいていた。幻界を救うためには、ヒト柱を闇の冥王に捧げなければならないという。混乱する幻界の人々…。そして、ミツルは最後の宝玉を手に入れるため、現実世界から持ち込まれた動力船の設計図を北の統一帝国に渡そうとしていた。それを知ったワタルは、ミツルの後を追う。愛と冒険のファンタジー、感動の完結巻。小学上級から。

『ペテロの葬列　上』宮部みゆき著　文藝春秋　2016.4　407p　16cm〈文春文庫〉〈集英社 2013年刊の再刊〉690円　①978-4-16-790584-2
内容 「皆さん、お静かに。動かないでください」。拳銃を持った、丁寧な口調の老人が企てたバスジャック。乗客の一人に、杉村三郎がいた。呆気なく解決したと思われたその事件は、しかし、日本社会のそして人間の心に潜む巨大な闇への入り口にすぎなかった。連続ドラマ化もされた、『誰か』『名もなき毒』に続く杉村シリーズ第3作。

『ペテロの葬列　下』宮部みゆき著　文藝春秋　2016.4　462p　16cm〈文春文庫〉〈集英社 2013年刊の再刊〉700円　①978-4-16-790585-9
内容 杉村三郎らバスジャック事件の被害者に届いた「慰謝料」。送り主は？　金の出所は？　老人の正体は？　謎を追う三郎が行き着いたのは、かつて膨大な被害者を生んだ、ある事件だった。待ち受けるのは読む者すべてが目を疑う驚愕の結末。人間とは、かくも不可思議なものなのか─。これぞ宮部みゆきの真骨頂。
別版 集英社 2013.12

『返事はいらない』宮部みゆき著　改版　新潮社　2010.10　311p　15cm〈新潮文庫〉514円　①978-4-10-136913-6
内容 失恋からコンピュータ犯罪の片棒を担ぐにいたる微妙な女性心理の動きを描く表題作。『火車』の原型ともいえる「裏切らない

で」。切なくあたたかい「ドルシネアにようこそ」など6編を収録。日々の生活と幻想が交錯する東京。街と人の姿を鮮やかに描き、爽やかでハートウォーミングな読後感を残す。宮部みゆきワールドを確立し、その魅力の全てが凝縮された山本賞受賞前夜の作品集。

『本所深川ふしぎ草紙』宮部みゆき著　改版　新潮社　2012.1　294p　15cm〈新潮文庫〉590円　①978-4-10-136915-0
内容 近江屋藤兵衛が殺された。下手人は藤兵衛と折り合いの悪かった娘のお美津だという噂が流れたが…。幼い頃お美津に受けた恩義を忘れず、ほのかな思いを抱き続けた職人がことの真相を探る「片葉の芦」。お嬢さんの恋愛成就の願掛けに丑三つ参りを命ぜられた奉公人の娘おりんの出会った怪異の顛末「送り提灯」など深川七不思議を題材に下町人情の世界を描く7編。宮部ワールド時代小説篇。

『魔術はささやく』宮部みゆき著　改版　新潮社　2010.11　476p　15cm〈新潮文庫〉629円　①978-4-10-136911-2
内容 それぞれは社会面のありふれた記事だった。一人めはマンションの屋上から飛び降りた。二人めは地下鉄に飛び込んだ。そして三人めはタクシーの前に。何人たりとも相互の関連など想像し得べくもなく仕組まれた三つの死。さらに魔の手は四人めに伸びていた…。だが、逮捕されたタクシー運転手の甥、守は知らず知らず事件の真相に迫っていたのだった。日本推理サスペンス大賞受賞作。

『楽園　上』宮部みゆき著　文藝春秋　2010.2　503p　16cm〈文春文庫〉667円　①978-4-16-754907-7
内容 未曾有の連続誘拐殺人事件（「模倣犯」事件）から9年。取材者として肉薄した前畑滋子は、未だ事件のダメージから立ち直れずにいた。そこに舞い込んだ、女性からの奇妙な依頼。12歳で亡くした息子、等が"超能力"を有していたのか、真実を知りたい、というのだ。かくして滋子の眼前に、16年前の少女殺人事件の光景が立ち現れた。

『楽園　下』宮部みゆき著　文藝春秋　2010.2　442p　16cm〈文春文庫〉648円　①978-4-16-754908-4
内容 彼の告白には、まだ余白がある。まだ何かが隠されている。親と子をめぐる謎に満ちた物語が、新たなる謎を呼ぶ。

『理由』宮部みゆき著　改版　新潮社　2014.8　790p　15cm〈新潮文庫〉〈44刷（1刷2004年）〉990円　①978-4-10-136923-5
内容 事件はなぜ起こったか。殺されたのは

ヤングアダルトの本　いま読みたい小説4000冊　　295

「誰」で、いったい「誰」が殺人者であったのか―。東京荒川区の超高層マンションで凄惨な殺人事件が起きた。室内には中年男女と老女の惨殺体。そして、ベランダから転落した若い男。ところが、四人の死者は、そこに住んでいるはずの家族ではなかった…。ドキュメンタリー的手法で現代社会ならではの悲劇を浮き彫りにする、直木賞受賞作。

村山　由佳
むらやま・ゆか
《1964～》

『明日（あした）の約束―おいしいコーヒーのいれ方Second Season 2』村山由佳著　集英社　2010.6　189p　16cm（集英社文庫）381円　①978-4-08-746575-4
内容 いつのまに、彼女はここまで凛ときれいになったんだろう。久々にふたりで過ごす休日、"おとなの女"になったかれんに、愛しさが募る反面、焦りや不安を感じる勝利。ひとり東京に戻り、一緒にいられない理不尽さに悶々としているころ、大家の裕恵さんの義弟が帰国する。一方、喫茶店『風見鶏』のマスターの身辺もあわただしくなる。かれんの同僚だった桐島先生の視点で描くサイドストーリーも収録。

『アダルト・エデュケーション』村山由佳著　幻冬舎　2013.4　334p　16cm（幻冬舎文庫）600円　①978-4-344-42010-6
内容 「ミズキさんとでないと、だめな軀になっちゃうよ」。弟を愛するあまり、その恋人・千砂と体を重ね続けるミズキ―その愛撫に溺れ―（「最後の一線」）。女子校のクラスメイト、年下の同僚、叔母の夫、姉の…。欲望に忠実だからこそ人生は苦しい。覚悟を決めてこそ恍惚は訪れる。自らの性や性愛に罪悪感を抱く十二人の不埒でセクシャルな物語。
別版 幻冬舎 2010.7

『天翔る』村山由佳著　講談社　2015.8　522p　15cm（講談社文庫）〈文献あり〉780円　①978-4-06-293177-9
内容 不登校になったまりもは、看護師の貴子から誘われた石狩湾の志渡銀二郎の牧場で、乗馬の楽しさを知った。そして人と馬が一体となりゴールを目指す耐久レース・エンデュランスと出合う。まりもを見守る大人たちも皆、痛みを抱え生きていた。世界最高峰デヴィス・カップ・ライドへのはるかなる道のりを描く。
別版 講談社 2013.3

『ありふれた愛じゃない』村山由佳著　文藝春秋　2016.9　474p　16cm（文春文庫）730円　①978-4-16-790692-4
内容 銀座の老舗真珠店に勤務する32歳の真奈。女性上司に敵視されつつも仕事は充実し、私生活では年下の恋人と半同棲生活を送っていたが、出張先のタヒチで彼女を待っていたのは元彼との再会だった。抑えようとしてもなお、二人の男の間で揺れる心。生命力溢れるタヒチが真奈を変えてゆくのか。珠玉の恋愛長篇。
別版 文藝春秋 2014.3

『嘘―Love Lies』村山由佳著　新潮社　2017.12　535p　20cm　1800円　①978-4-10-339952-0
内容 刀根秀俊、美月、亮介、陽菜乃は仲のいい友達グループだった。あの事件が起こるまでは―。恐怖、怒り、後悔、そして絶望。生涯拭えぬ過ちと心の傷を負ったまま、各々の人生を歩んでいた4人。純粋な想いと暴力の行き着く果てに迎えた結末とは？　純愛と狂気。聖と瀆い。読む者すべての感情を揺さぶる究極の愛！

『風は西から』村山由佳著　幻冬舎　2018.3　407p　20cm　〈文献あり〉1600円　①978-4-344-03268-2
内容 大手居酒屋チェーン『山背』に就職し、繁盛店の店長となって張り切っていたはずの健介が突然、自ら命を絶った。なぜ彼の辛さをわかってあげられなかったのか―恋人の千秋は悲しみにくれながらも、同じく息子の死の真相を知りたいと願う健介の両親と協力し、「労災」の認定を得るべく力を尽くす。だが『山背』側は、都合の悪い事実をことごとく隠し、証拠隠滅を図ろうとするのだった。千秋たちはついに、大企業を相手にとことん闘い抜くことを誓う。

『彼方の声』村山由佳著　集英社　2012.6　198p　16cm（集英社文庫―おいしいコーヒーのいれ方 Second Season6）381円　①978-4-08-746842-7
内容 かれん。…ああ、かれん。名前をはっきり思い浮かべるだけで、胸が焦がれて息が詰まる。逢いたかった。だけど、駄目だ、まだ逢えない。いや、違う、もう、逢えない―。いまだに悪夢にうなされる傷心の勝利の前に現れた金髪の美少女アレックス。無愛想で、ワガママで、最悪の第一印象だった。彼女の素晴らしい歌声を聞くまでは…。反目し合っていたふたりだが、やがて心をかよわせるようになる。
別版 集英社（Jump J books）2011.12

日本の作品　　　　　　　　　　　　　　　　　　　　　　村山由佳

『記憶の海』村山由佳著　集英社　2013.6
211p　16cm（集英社文庫─おいしい
コーヒーのいれ方 Second Season7）
420円　①978-4-08-745082-8
内容 いちばん逃げたくないと思っているの
は、勝利自身のはずだ。誰よりも勝利こそが、
今の自分を不甲斐なく思っているに違いない
んだから…。勝利がオーストラリアに旅立ち、
残された傷心のかれんを支える弟の丈。勝利
の辛さもかれんの寂しさも、そばでずっと見
てきた丈には、わかりすぎるほどわかる。そ
んなもどかしい日々の中、由里子の思いがけな
い提案によって、新しい光が差し込み始める。
別版 集英社（JUMP J BOOKS）2012.6

『雲の果て』村山由佳著　集英社　2012.6
198p　16cm（集英社文庫─おいしい
コーヒーのいれ方 Second Season5）
381円　①978-4-08-746841-0
内容 すべての現実から顔をそむけ、自分を
責め続けて膝を抱えているのは、ある意味い
ちばん楽なことだ。でも、人は、生きている
限り永遠に立ち止まっているわけにはいかな
い─。勝利が逃げるようにオーストラリアに
来て、半年がたった。秀人の仕事の手伝いに
も生活にも慣れてきたが、かれんから送られ
てくる手紙を読むことは、まだできないでい
た。そんな勝利のもとに、かれんの弟、丈か
らの手紙が届く。
別版 集英社（Jump J books）2011.6

『消せない告白─おいしいコーヒーのいれ
方Second Season 3』村山由佳著　集
英社　2011.6　195p　16cm（集英社文
庫）381円　①978-4-08-746706-2
内容 楽しい焼肉パーティー…のはずだった。
オーストラリアから一時帰国した秀人さんを
囲んだにぎやかな会が、一転、激しい兄弟ゲ
ンカに。さらに運の悪いことに、仲裁に入っ
た勝利の頬に強烈なパンチがはいった。顔面
が腫れ、歯を失い、部活を休んだ勝利のもと
を星野りんこ子が見舞いに訪れ、これまでとは
違う一面を見せる。一方、かれんはひとり悩
みを抱えているが…。セカンドシーズン第3
弾。
別版 集英社（Jump J books）2009.5

『凍える月─おいしいコーヒーのいれ方
Second Season 4』村山由佳著　集英
社　2011.6　190p　16cm（集英社文
庫）381円　①978-4-08-746707-9
内容 僕はいったい、どんなことでなら頑張
れるんだろう…。勝利は本格的な就職活動の
時期を迎えるが、自分が何をやりたいのかが
わからず、漠然とした将来への不安を覚える。

そして、いま、大きな困難に直面しているかれ
ん。仕事のこと、おばあちゃんのこと、悩み
ながらも精一杯お年寄りの世話をする日々。
責任とは、社会的立場とは…、大人への転換
期に戸惑う勝利。セカンドシーズン第4弾。
別版 集英社（Jump J books）2010.5

『ダブル・ファンタジー　上』村山由佳著
文藝春秋　2011.9　301p　16cm（文春
文庫）495円　①978-4-16-770903-7
内容 三十五歳の脚本家、奈津は、才能に恵
まれながら、田舎で同居する夫の抑圧に苦し
んでいた。ある日、夫の創作への関与に耐え
られなくなった奈津は、長く敬愛していた演
出家・志澤の意見に従い、家を飛び出す決意
をする。束縛から解き放たれた女性が、初め
てめぐり合う生と性、その彷徨の行方を正面
から描く衝撃的な官能の物語。

『ダブル・ファンタジー　下』村山由佳著
文藝春秋　2011.9　294p　16cm（文春
文庫）495円　①978-4-16-770904-4
内容 志澤とのかつてないセックスを経験し
た奈津は、テレビの取材で訪れた香港で、大
学時代の先輩・岩井と久しぶりに出会う。夫
とも、志澤とも異なる、友情にも似た岩井と
の性的関係は、彼女をさらなる境地へと導く。
抑圧を解放した女性が、官能の果てで見たも
のは？　作家・村山由佳が新境地を切り開い
た金字塔的小説。
別版 文藝春秋　2009.1

『ダンス・ウィズ・ドラゴン』村山由佳著
幻冬舎　2014.8　280p　16cm（幻冬舎
文庫）540円　①978-4-344-42242-1
内容 井の頭公園の奥深く潜む、夜にしか開
かない図書館。生い立ちに消えない痛みを刻
むオリエ。過去に妹を傷つけたことを悔やみ
続ける兄・スグルと、彼を救済したい妹・マ
ナミ。前世の記憶をもてあますキリコ。"永遠
なる"ドラゴンに導かれるように集う彼らは、
痛みとともに、それぞれの"性"と"禁忌"を
解き放ってゆく。ミステリアスな官能長篇。
別版 幻冬舎 2012.5

『地図のない旅』村山由佳著　集英社
2014.6　198p　16cm（集英社文庫─お
いしいコーヒーのいれ方 Second
Season8）400円　①978-4-08-745198-6
内容 誰一人として、勝利くんを罰しようと
しなかった。その結果、彼はあそこまで追い
詰められたんです─中沢の言葉を反芻しなが
ら、風見鶏のマスターは、自分がかれんの兄
であることを花村家に告げに行く。由里子さ
ん、若菜ちゃんもそれぞれのつらい経験を乗
り越えようと、一歩ずつ足を前に進める。あ

ヤングアダルトの本　いま読みたい小説4000冊　**297**

村山由佳

日本の作品

のとき以来、時間がとまったままの勝利だったが、急遽オーストラリアから帰国することになり…。

別版 集英社 (JUMP J BOOKS) 2013.6

『天使の柩』村山由佳著　集英社　2016.6
314p　16cm（集英社文庫）500円
①978-4-08-745453-6
内容 家にも学校にも居場所を見出せず、自分を愛せずにいる14歳の少女。茉莉。かつて最愛の人を亡くし、心に癒えない傷を抱え続けてきた画家・歩太。20歳年上の歩太と出会い、茉莉は生まれて初めて心安らぐ居場所を手にする。二人はともに「再生」への道を歩むが、幸福な時間はある事件によって大きく歪められ—。いま贈る、終わりにして始まりの物語。『天使の卵』から20年、ついに感動の最終章。

別版 集英社 2013.11

『蜂蜜色の瞳—おいしいコーヒーのいれ方second season 1』村山由佳著　集英社　2009.6　208p　16cm（集英社文庫）400円　①978-4-08-746442-9
内容 何の保証もないとわかっていても、彼女から強い約束を引き出したい。僕だけだ、と。一生、僕以外は愛さない、と。遠距離恋愛で、思うように会えない勝利とかれん。久々に週末を一緒に過ごすが、ちょっとした誤解から、なんとなくギクシャクしてしまう。愛おしすぎて、相手を思いやる気持ちが空回りする。それでも少しずつふたりの歩みはすすんでいく…。人気シリーズ待望のSecond Seasonへ。

『花酔ひ』村山由佳著　文藝春秋　2014.9
395p　16cm（文春文庫）600円　①978-4-16-790177-6
内容 浅草の呉服屋の一人娘、結城麻子はアンティーク着物の仕入れで、京都の葬儀社の桐谷正隆と出会う。野心家の正隆がしだいに麻子との距離を縮めていく一方、入り組んだ暗い過去を抱える正隆の妻・千桜は、人生ではじめて見つけた「奴隷」に悦びを見出していく…。かつてなく猥雑で美しい官能世界が交差する傑作長篇。

別版 文藝春秋 2012.2

『遥かなる水の音』村山由佳著　集英社　2012.11　436p　16cm（集英社文庫）〈文献あり〉700円　①978-4-08-745003-3
内容 「僕が死んだら、その灰をサハラにまいてくれないかな」。亡き周の希望を叶えるために共にモロッコへと旅立つ4人。いまの恋愛関係の行き先に不安を覚える緋沙子。近づきつつある老いにおびえるゲイのフランス人、ジャン＝クロード。ふとしたはずみで身体の関係ができ、気持ちの整理がつかない幼なじみの浩介と結衣。愛の深さ、強さとは。そして生きることとは。様々な愛の形を浮き彫りにする感動長編。

別版 集英社 2009.11

『ヘヴンリー・ブルー』村山由佳著　集英社　2009.1　254p　16cm（集英社文庫）457円　①978-4-08-746391-0
内容 8歳年上の姉、春妃が自分のボーイフレンドと恋に落ちた。精神科医として働く、美しく優しい姉と、やっと両思いになった同級生の歩太くんに「嘘つき！　一生恨んでやるから！」。口をついて出たとり返しのつかないあの言葉。あの日に戻りたい。あの日に戻れたら。お姉ちゃん、お姉ちゃん、私は…。夏姫の視点から描かれる『天使の卵』アナザーストーリー。文庫版特別エッセイ付き。

『放蕩記』村山由佳著　集英社　2014.11
519p　16cm（集英社文庫）750円
①978-4-08-745245-7
内容 厳しい母親を恐れながらも、幼い頃は誇りに思っていた。いつからだろう、母を愛せなくなってしまったのは—。小説家の夏帆は、母親への畏怖と反発を抱えながら生きてきた。反抗の果ての密かな放蕩、結婚と離婚。38歳になりあらためて母娘関係と向き合う夏帆に訪れた、衝撃の真実とは。愛と憎、最も近い女同士の、逃れられないつながり。母を持つすべての人に贈る、共感と感動の自伝的小説。

別版 集英社 2011.11

『ミルク・アンド・ハニー』村山由佳著　文藝春秋　2018.5　553p　20cm　1800円　①978-4-16-390839-7
内容 「誰に何言われてもええわ、もう。二人で仲良う、汗かこか」。愛と官能を突き詰める、村山由佳の最高傑作。

『約束—村山由佳の絵のない絵本』村山由佳著　集英社　2011.3　164p　16cm（集英社文庫）381円　①978-4-08-746673-7
内容 自分たちにできないことは何もないと信じていたあのころ。ケンカをしても、いたずらして怒られても、ただ一緒にいるだけで楽しかった…。子どもに読ませたい物語を大人になったいま、読んでみると、深いところで切なく心に響く。打算なくつきあっていた友だち、当たり前のように思っていた親からの愛情。自分の中にあった真っ白な心。村山由佳が子どもむけに発表した三篇の本絵を文字だけで再構成。

日本の作品　　　　　　　　　　　　　　　　　　　　　　　森絵都

『ラヴィアンローズ』村山由佳著　集英社
2016.7　282p　20cm　1500円　①978-
4-08-771667-2
　内容　二度とないと思っていた恋、二度とな
いと諦めていた自由。夫が作り上げた透明な
檻から羽ばたこうともがく咲季子。その「薔
薇色の人生」の行方は―新境地を拓く衝撃の
長編サスペンス。

『ワンダフル・ワールド』村山由佳著　新
潮社　2016.3　183p　20cm　1400円
①978-4-10-339951-3
　内容　恋と呼べるかどうかもわからない、け
れど決して替えのきかない唯一のものたちへ
の想いを、香りとともに綴った喪失と再生の
物語。全五篇。

森　絵都
もり・えと
《1968～》

『雨がしくしく、ふった日は―6月のおは
なし』森絵都作, たかおゆうこ絵　講談
社　2013.4　73p　22cm（おはなし12か
月）1000円　①978-4-06-195742-8
　内容　しくしくしくしく、しくしくしくしく。
ああ、気になってたまらない！くまのマーく
んは、なき声のぬしをさがしに行きました。

『アーモンド入りチョコレートのワルツ』
森絵都作, 優絵　KADOKAWA　2013.
12　221p　18cm（角川つばさ文庫）
〈角川文庫 2005年刊の改訂〉640円
①978-4-04-631358-4
　内容　中1の奈緒がピアノを教わっている絹子
先生の元に、フランスからサティのおじさん
がやってきた。「アーモンド入りチョコレート
のように生きていきなさい」大好きな人と、と
きめきの時間がすぎていく表題作。少年たち
のひと夏をふうじこめた「子どもは眠る」。不
眠症の少年とうそつき少女のラブストーリー
「彼女のアリア」。胸の奥のやさしい心をきゅ
んとさせる三つの物語。第20回路傍の石文学
賞受賞。小学上級から。

『異国のおじさんを伴う』森絵都著　文藝
春秋　2014.10　237p　16cm（文春文
庫）470円　①978-4-16-790202-5
　別版　文藝春秋 2011.10

『宇宙のみなしご』森絵都著　角川書店
2010.6　176p　15cm（角川文庫）〈講
談社1994年刊の加筆修正　発売：角川
グループパブリッシング〉438円

①978-4-04-394108-7
　内容　中学2年生の陽子と1つ歳下の弟リン。
両親が仕事で忙しく、いつも2人で自己流の
遊びを生み出してきた。新しく見つけたとっ
ておきの遊びは、真夜中に近所の家に忍び込
んで屋根にのぼること。リンと同じ陸上部の
七瀬さんも加わり、ある夜3人で屋根にいた
ところ、クラスのいじめられっ子、キオスク
にその様子を見られてしまう…。第33回野間
児童文芸新人賞、第42回産経児童出版文化賞
ニッポン放送賞受賞の青春物語。

『オムライスのたまご―たべもののおはな
し・オムライス』森絵都作, 陣崎草子絵
講談社　2016.10　75p　22cm　1200円
①978-4-06-220264-0
　内容　まぼろしのオムライスになりたければ、
オーディションをかちぬいてくれたまえ。お
はなしを楽しみながらたべものがもっと好き
になる！小学初級から。

『架空の球を追う』森絵都著　文藝春秋
2011.8　207p　16cm（文春文庫）419円
①978-4-16-774104-4
　内容　何気ない言葉に傷ついたり、理想と現
実のギャップに嫌気がさしたり、いきなり頭
をもたげてくる過剰な自意識にとまどった
り…。生きているかぎり面倒は起こるのだけ
れど、それも案外わるくないと思える瞬間が
ある。ふとした光景から"静かな苦笑いのひ
ととき"を抽出した、読むとちょっと元気に
なる小説集。
　別版　文藝春秋 2009.1

『風に舞いあがるビニールシート』森絵都
著　文藝春秋　2009.4　342p　16cm
（文春文庫）〈文献あり〉543円　①978-
4-16-774103-7
　内容　才能豊かなパティシエの気まぐれに奔
走させられたり、犬のボランティアのために
水商売のバイトをしたり、難民を保護し支援
する国連機関で夫婦の愛のあり方に苦しんだ
り…。自分だけの価値観を守り、お金よりも
大切な何かのために懸命に生きる人々を描い
た6編。あたたかくて力強い、第135回直木賞
受賞作。

『カラフル』森絵都著　講談社　2011.11
275p　19cm〈理論社1998年刊の加筆修
正〉1500円　①978-4-06-217362-9
　内容　一度死んだぼくは、天使業界の抽選に
当たり他人の体にホームステイすることに。
そして気がつくと、ぼくは小林真だった…。
デビュー20周年、新しくて、温かい、もう一
度読み返したい森絵都作品。
　別版　理論社（フォア文庫）2010.3

ヤングアダルトの本　いま読みたい小説4000冊　　299

森絵都　　　　　　　　　　　　　　　　　　　　日本の作品

『気分上々』森絵都著　KADOKAWA
2015.1　285p　15cm〈角川文庫〉〈角
川書店 2012年刊の加筆修正〉560円
①978-4-04-102061-6
内容 中学2年生の柊也は、クラスメイトの翼
に誘われて渋々行った中華街で無銭飲食の罪
を着せられてしまう。困った柊也がとった行
動は…（「気分上々」）。"自分革命"を起こすべ
く親友との縁を切った女子高生、8年前の"あ
の日"を忘れられない女性、一族に伝わる理
不尽な"掟"に苦悩する有名女優…。毎日を
もがきながらも一生懸命に生きる人たち。こ
れまでに発表された短編から選りすぐった、
元気と勇気をくれる9つの人生物語。
別版 角川書店 2012.2

『クラスメイツ　"前期"』森絵都著
KADOKAWA　2018.6　221p　15cm
〈角川文庫〉560円　①978-4-04-106747-
5
内容 中学校にはいろいろな生徒がいる。自
分を変えられるような部活を探す千鶴、人気
者になりたいのにキツいツッコミで女子を敵
に回してしまう蒼太、初めてできた親友と恋
敵になるかもしれないと焦る里緒…。小さな
ことで悩んだり、なんでもないことが笑った
りした、かけがえのない一瞬のまぶしさがよ
みがえる。北見第二中学校1年A組の1年間を
クラスメイツ24人の視点でリレーのように
つなぐ、青春連作短編集。
別版 偕成社 2014.5

『クラスメイツ　"後期"』森絵都著
KADOKAWA　2018.6　244p　15cm
〈角川文庫〉560円　①978-4-04-106782-
6
内容 目立つためだけに指揮者を引き受けた
心平は、合唱コンクールを成功に導けるのか。
持久走大会の裏で行われた里緒とアリスのあ
る賭けの行方は。そして迎えた修了式、委員
長のヒロはこの日もクラスの問題に頭を抱え
ていたが―。毎日顔を合わせていてもまだ
まだ知らないことがある。イベントとトラブル
が盛りだくさんの1年A組後半戦、クラス全員
が主人公となって繰り広げられる、ひとりひ
とりの成長物語、完結！
別版 偕成社 2014.5

『この女』森絵都著　文藝春秋　2014.6
330p　16cm〈文春文庫〉〈筑摩書房
2011年刊の再刊〉610円　①978-4-16-
790114-1
内容 釜ヶ崎のドヤ街に暮らす僕に、奇妙な
依頼が舞いこんだ。金持ちの奥さんの話を小
説に書けば、三百万円もらえるというのだ。

ところが彼女は勝手気侭で、身の上話もデタ
ラメばかり…。彼女はなぜ、過去を語らない
のか。そもそもなぜ、こんな仕事を頼んでく
るのか。渦巻く謎に揉まれながら、僕は少し
ずつ彼女の真実を知ってゆく。
別版 筑摩書房 2011.5

『ゴールド・フィッシュ』森絵都著　角川
書店　2009.6　128p　15cm〈角川文
庫〉〈講談社1991年刊の加筆・修正　発
売：角川グループパブリッシング〉400
円　①978-4-04-379107-1
内容 中学3年になったさゆきは、高校受験を
ひかえ揺れていた。大好きなとこの真ちゃ
んは、音楽で成功するという夢のために東京
へ出て行った。幼なじみのテツは、めっきり
大人びて、自分の進む道を見つけている。そ
れに引き換え、さゆきは未だにやりたいことが
見つからない。そんなある日、真ちゃんのバン
ドが解散したという話を聞き…。デビュー
作『リズム』の2年後の世界を描き、世代を
超えて熱い支持を得る著者の初期傑作。

『ショート・トリップ―ふしぎな旅をめぐ
る28の物語』森絵都作，長崎訓子絵　集
英社　2011.8　171p　18cm〈集英社み
らい文庫〉〈2007年刊の抜粋・加筆・修
正〉580円　①978-4-08-321039-6
内容 前へ七歩進んで、後ろに五歩さがる。
くるりとターンして、カニ歩きで右に三歩。
片足ケンケンで左に三歩。最後に「シュワッ
チ！」とさけんでジャンプ。そんな刑罰の旅
を続ける、ならず者18号の話、20歳の男たち
の『超難関スタンプラリーの旅』、年に一度
の竜巻で別世界に飛ばされることに憧れるタ
ラシラスの町の人々の話など…。想像するほ
ど楽しくなる、奇妙でゆかいな28の旅の世界
へご案内！　小学中級から。

『Dive!!　1　前宙返り三回半抱え型』森
絵都作，霜月かよ子絵　講談社　2009.7
221p　18cm〈講談社青い鳥文庫〉580
円　①978-4-06-285105-3
内容 高さ10メートル。そそり立つ飛込み台
から空中へと体を投げだして、水中までわず
か1.4秒。ほんの一瞬に全身の筋肉を使って
複雑な演技を披露するのが、飛込み競技。危
険と隣り合わせの、とてつもない緊張を要す
る、このきびしいスポーツの魅力を、体で味
わってしまった3人の少年がいた。全くタイ
プのちがう彼らが、自分の可能性に賭けて、
オリンピックをめざす青春小説の傑作！　小
学上級から。

『Dive!!　2　スワンダイブ』森絵都作，霜
月かよ子絵　講談社　2009.10　189p

18cm（講談社青い鳥文庫）580円　①978-4-06-285117-6

内容 オリンピックへの第一歩ともいえるアジア合同強化合宿。その参加権を賭けて、知季、要一、飛沫の3人は選考会へのぞんだ。そして、その結果は、彼らにとってはっきりした明暗をもたらす―。遙か遠くにあると思っていた、4年に1度の大舞台。夢を現実のものにしようと、みずからの可能性の限界にまで挑戦する少年たちの青春を描く名作、第2巻。

『Dive!!　3　SSスペシャル'99』森絵都作, 霜月かよ子絵　講談社　2010.1　203p　18cm（講談社青い鳥文庫）580円　①978-4-06-285133-6

内容 選考会を待たずして、突如発表された五輪代表内定。夢だったオリンピック出場がかなったというのに、要一の心は弾まなかった。降ってわいたような朗報に、うれしい反面、信じられない気持ちもあった。そして、選考過程にどうしても納得できないわだかまりもある。自分の気持ちに決着をつけるため、要一はある人物に会見を申し込むのだったが…。

『Dive!!　4　コンクリート・ドラゴン』森絵都作, 霜月かよ子絵　講談社　2010.3　237p　18cm（講談社青い鳥文庫）620円　①978-4-06-285140-4

内容 オリンピックの代表権を賭けた選考会が始まった。知季、飛沫、要一の3人は、無事予選を通過し、決勝に挑む。正真正銘のラストチャンス。あとはもう、これまで積み重ねてきたものをすべて出しきるだけ。しかし、勝負の厳しさと重圧が3人を待ち受けていた…。スポーツという枠を越えて、人間の限りない可能性と絵を描いた傑作、感動の完結編。小学上級から。

『出会いなおし』森絵都著　文藝春秋　2017.3　230p　20cm　1400円　①978-4-16-390620-1

内容 年を重ねるということは、おなじ相手に、何回も、出会いなおすということだ。出会い、別れ、再会、また別れ―。人は会うたびに知らない顔を見せ、立体的になる。人生の特別な瞬間を凝縮した、名手による珠玉の六編。

『みかづき』森絵都著　集英社　2016.9　467p　20cm　1850円　①978-4-08-771005-2

内容 昭和36年。小学校用務員の大島吾郎は、勉強を教えていた児童の母親、赤坂千明に誘われ、ともに学習塾を立ち上げる。女手ひとつで娘を育てる千明と結婚し、家族になった吾郎。ベビーブームと経済成長を背景に、塾

も順調に成長してゆくが、予期せぬ波瀾がふたりを襲い―。山あり谷あり涙あり。昭和～平成の塾業界を舞台に、三世代にわたって奮闘を続ける家族の感動巨編！

『ラン』森絵都著　講談社　2014.4　382p　19cm〈角川文庫 2012年刊の加筆修正〉1600円　①978-4-06-218827-2

内容 不安でも孤独でも走らなければ、ゴールでみんなとまた会えない。「カラフル」につづく、感動ふたたび。

別版 角川書店（角川文庫）2012.2

『リズム』森絵都著　角川書店　2009.6　129p　15cm（角川文庫）〈講談社1991年刊の加筆・修正　発売：角川グループパブリッシング〉400円　①978-4-04-379106-4

内容 さゆきは中学1年生。近所に住むいとこの真ちゃんが、小さい頃から大好きだった。真ちゃんは高校には行かず、バイトをしながらロックバンドの活動に打ち込んでいる。金髪頭に眉をひそめる人もいるけれど、さゆきにとっては昔も今も変わらぬ存在だ。ある日さゆきは、真ちゃんの両親が離婚するかもしれないという話を耳にしてしまい…。第31回講談社児童文学新人賞、第2回椋鳩十児童文学賞を受賞した、著者のデビュー作。

『漁師の愛人』森絵都著　文藝春秋　2016.7　190p　16cm（文春文庫）580円　①978-4-16-790650-4

内容 郷里ゆかりの地で漁師になった長尾。彼に伴われ移り住んだ紗江は「二号丸」と呼ばれ、地域のコミュニティから拒まれる一方、長尾の妻とは電話を通じて不思議な交流を続けていたが…。表題作ほか、プリンを巡る男たちの思いが熱い短篇三作と、大震災以降を生きる女性たちを描いた中篇「あの日以降」を収録。

別版 文藝春秋 2013.12

森　博嗣
もり・ひろし
《1957～》

『相田家のグッドバイ―Running in the Blood』森博嗣著　幻冬舎　2014.12　270p　16cm（幻冬舎文庫）580円　①978-4-344-42286-5

内容 紀彦にとって相田家はごく普通の家庭だったが、両親は変わっていた。母は整理収納に異常な情熱を傾け、孤独を愛す建築家の父はそんな母に感心していた。紀彦も結婚し

子供ができる。やがて母が癌で亡くなり、看取りのあと父も自ら入った施設で亡くなる。家のあちこちに母が隠したヘソクリが出現し…。限りなく私小説の姿を纏う告白の森ミステリィ。

別版 幻冬舎 2012.2

『青白く輝く月を見たか？』森博嗣著　講談社　2017.6　276p　15cm（講談社タイガ）〈著作目録あり〉690円　①978-4-06-294075-7

内容 オーロラ。北極基地に設置され、基地の閉鎖後、忘れさられたスーパ・コンピュータ。彼女は海底五千メートルで稼働し続けた。データを集積し、思考を重ね、そしていまジレンマに陥っていた。放置しておけば暴走の可能性もあるとして、オーロラの停止を依頼されるハギリだが、オーロラとは接触することも出来ない。孤独な人工知能が描く夢とは。知性が涵養する萌芽の物語。

『赤目姫の潮解』森博嗣著　講談社　2016.7　365p　15cm（講談社文庫）〈著作目録あり〉700円　①978-4-06-293443-5

内容 霧の早朝、私と鮭川は声を持たない聡明な赤目姫と三人でボートに乗っていた。目指す屋敷で、チベットで、ナイアガラで。私たちの意識は混線し、視点は時空を行き来し、やがて自分が誰なのかもわからなくなっていく―。これは幻想小説かSFか？　百年シリーズ最終作にして、森ファン熱狂の最高傑作！

別版 講談社 2013.7

『ηなのに夢のよう』森博嗣著　講談社　2010.8　297p　15cm（講談社文庫）552円　①978-4-06-276705-7

内容 地上12メートルの松の枝に、首吊り死体がぶら下がっていた。そばには、「ηなのに夢のよう」と書かれた絵馬が。その後も特異な場所での首吊り自殺が相次ぐ。一方、西之園萌絵は、両親の命を奪った10年まえの飛行機事故の真相に近づく。これら一連の事件に、天才・真賀田四季は、どう関わっているのか―。

『イデアの影』森博嗣著　中央公論新社　2015.11　233p　20cm　1800円　①978-4-12-004786-2

『イナイ×イナイ―PEEKABOO』森博嗣著　講談社　2010.9　320p　15cm（講談社文庫）581円　①978-4-06-276746-0

内容 黒髪の佳人、佐竹千鶴は椙田探偵事務所を訪れて、こう切り出した。「私の兄を捜していただきたいのです」。双子の妹、千春とともに都心の広大な旧家に暮らすが、兄の

鎮夫は母屋の地下牢に幽閉されているのだという。椙田の助手、小川と真鍋が調査に向かうが、謎は深まるばかり―。Xシリーズ、文庫化始動。

『εに誓って』森博嗣著　講談社　2009.11　310p　15cm（講談社文庫）552円　①978-4-06-276498-8

内容 山吹早月と加部谷恵美が乗り込んだ中部国際空港行きの高速バスが、ジャックされてしまった。犯人グループからは都市部とバスに爆弾をしかけたという声明が出される。乗客名簿にあった「εに誓って」という団体客名は、「φは壊れたね」から続く事件と関係があるのか。西之園たちが見守る中、バスは疾走する。

『ヴォイド・シェイパ』森博嗣著　中央公論新社　2013.4　370p　16cm（中公文庫）705円　①978-4-12-205777-7

内容 人は無だ。なにもかもない。ないものばかりが、自分を取り囲む―ある静かな朝、師から譲り受けた一振りの刀を背に、彼は山を下りた。世間を知らず、過去を持たぬ若き侍・ゼンは、問いかけ、思索し、そして剣を抜く。「強くなりたい」…ただそれだけのために。

別版 中央公論新社 2011.4

『失われた猫』森博嗣作, 佐久間真人画　光文社　2011.12　1冊（ページ付なし）18×20cm〈訳：大須賀典子　英文併記〉2000円　①978-4-334-92792-9

内容 白い猫は建築家。斑の猫は革命家。伝説の猫は、ずっと昔にいなくなった―『猫の建築家』から9年。新たな贈り物が届きました。みずみずしく深遠な物語詩と、情緻に描かれた猫だけがいる街。

『χの悲劇』森博嗣著　講談社　2016.5　294p　18cm（講談社ノベルス）〈著作目録あり〉960円　①978-4-06-299073-8

内容 あの夏、真賀田研究所でプログラマとして働いていた島田文子が、いくつかの職を経て、香港を拠点とする会社に籍を置いていた。人工知能に関するエキシビションの初日、島田は遠田長通という男に以前、愛知で起きた飛行機事故に関する質問をされる。トラムという動く密室で起きる殺人。その背後に感じられる陰謀。静かだった島田の生活が、その日を機に大きく動き始める。Gシリーズの転換点。後期三部作開幕！

『カクレカラクリ』森博嗣著　メディアファクトリー　2009.8　357p　15cm（MF文庫―ダ・ヴィンチ）648円　①978-4-8401-2893-3

内容 郡司朋成と栗城洋輔は、同じ大学に通う真知花梨とともに鈴鳴村を訪れた。彼らを待ち受けていたのは奇妙な伝説だった。天才絡繰り師・礒貝機九朗は、明治維新から間もない頃、120年後に作動するという絡繰りを密かに作り、村のどこかに隠した。言い伝えが本当ならば、120年めに当たる今年、それが動きだすという。二人は花梨たちの協力を得て、絡繰りを探し始めるのだが…。廃墟マニアの大学生とメカ好きのヒロインたちが挑む、カクレカラクリの謎。かつて天才絡繰り師が仕掛けたというその絡繰りは、いったい何のために作られ、そして、どこにあるのか。全編にわたって張りめぐらされた伏線、論理的な展開。謎解きに加えて、個性的な登場人物たちのユニークなやりとりも楽しい爽やかな青春ミステリィ。

『風は青海を渡るのか？』森博嗣著　講談社　2016.6　261p　15cm（講談社タイガ）〈著作目録あり〉690円　①978-4-06-294036-8

内容 聖地。チベット・ナクチュ特区にある神殿の地下、長い眠りについていた試料の収められた遺跡は、まさに人類の聖地だった。ハギリはヴォッシュらと、調査のためその峻厳な地を再訪する。ウォーカロン・メーカHIXの研究員に招かれた帰り、トラブルに足止めされたハギリは、聖地以外の遺跡の存在を知らされる。小さな気づきがもたらす未来。知性が掬い上げる奇跡の物語。

『彼女は一人で歩くのか？』森博嗣著　講談社　2015.10　261p　15cm（講談社タイガ）660円　①978-4-06-294003-0

内容 ウォーカロン。「単独歩行者」と呼ばれる、人工細胞で作られた生命体。人間との差はほとんどなく、容易に違いは識別できない。研究者のハギリは、何者かに命を狙われた。心当たりはなかった。彼を保護しに来たウグイによると、ウォーカロンと人間を識別するためのハギリの研究成果が襲撃理由ではないかとのことだが。人間性とは命とは何か問いかける、知性が予見する未来の物語。

『神様が殺してくれる』森博嗣著　幻冬舎　2016.4　354p　16cm（幻冬舎文庫）600円　①978-4-344-42470-8

内容 パリの女優殺害に端を発する連続殺人。両手を縛られ現場で拘束されていた重要参考人リオンは「神が殺した」と証言。容疑者も手がかりもないまま、ほどなくミラノで起きたピアニスト絞殺事件。またも現場にはリオンが。手がかりは彼の異常な美しさだけ。舞台をフランクフルト、東京へと移し国際刑事警察機構の僕は独自に捜査を開始した

一。

別版 幻冬舎 2013.6

『キウイγは時計仕掛け』森博嗣著　講談社　2016.11　379p　15cm（講談社文庫）〈著作目録あり〉720円　①978-4-06-293541-8

内容 建築学会が開催される大学に、γの字が刻まれたキウイがひとつ届いた。銀のプルトップが差し込まれ手榴弾にも似たそれは誰がなぜ送ってきたのか。その夜、学長が射殺される。学会に参加する犀川創平、西之園萌絵、国枝桃子、海月及介、加部谷恵美と山吹早月。取材にきた雨宮純らが一堂に会し謎に迫るが。

別版 講談社（講談社ノベルス）2013.11

『喜嶋先生の静かな世界』森博嗣著　講談社　2013.10　383p　15cm（講談社文庫）690円　①978-4-06-277681-3

内容 文字を読むことが不得意で、勉強が大嫌いだった僕。大学4年のとき卒論のために配属された喜嶋研究室での出会いが、僕のその後の人生を大きく変えていく。寝食を忘れるほど没頭した研究、初めての恋、珠玉の喜嶋語録の数々。学問の深遠さと研究の純粋さを描いて、読む者に深く静かな感動を呼ぶ自伝的小説。

別版 講談社 2010.10

『キラレ×キラレ―CUTTHROAT』森博嗣著　講談社　2011.3　311p　15cm（講談社文庫）552円　①978-4-06-276903-7

内容 満員電車の中、三十代の女性がナイフのようなもので切りつけられる事件が立て続けに起こった。探偵・鷹知祐一朗から捜査協力の依頼を受けた小川と真鍋は、一見無関係と思われた被害者たち全員に共通する、ある事実を突き止める。その矢先に新たな事件が起こり、意外な展開を見せるが…。Xシリーズ第二弾。

『銀河不動産の超越』森博嗣著　講談社　2011.11　293p　15cm（講談社文庫）524円　①978-4-06-277103-0

内容 気力と体力不足の高橋が、やっと職を得たのは下町の「銀河不動産」。頑張らずに生きる―そんな省エネ青年を訪れる、奇妙な要望をもったお客たち。彼らに物件を紹介するうちに、彼自身が不思議な家の住人となっていた…？「幸せを築こうとする努力」が奏でる、やさしくあたたかい森ミステリィ組曲。

別版 講談社（講談社ノベルス）2009.9

『暗闇・キッス・それだけで』森博嗣著　集英社　2018.1　391p　16cm（集英社

文庫）660円　①978-4-08-745688-2

内容　本職・探偵、副業・ライタ。飄々と生きる頸城悦夫。IT長者ウィリアム・ベックを取材するため、富豪の別荘を訪れたその日に、敷地内で射殺事件が起きる。被害者はベックの主治医。生前の彼と最後に話したのは、こともあろうか頸城だった!?富豪の妻、息子、息子の恋人に使用人たち。一癖二癖ある人々の話を聞き、頸城は事件解決を試みるが、第二の殺人が起き…。瀟洒でビターなミステリィ。

別版　集英社 2015.1

『工学部・水柿助教授の解脱』森博嗣著　幻冬舎　2011.10　358p　16cm（幻冬舎文庫）600円　①978-4-344-41756-4

内容　本シリーズの特徴は話題の些末さ、否、多方面性のため、なかなか進まず、本題が何か忘却、否、もともと本題などない、というまさに人間の思考、会話、関係を象徴する点にあったのだが、前作で人気作家となりし水柿君なんとあっさり断筆、作家業を引退宣言。限りなく実話に近いらしいM（水柿）&S（須摩子）シリーズ、絶好調のまましみじみ完結。

別版　幻冬舎（Gentosha novels）2009.12

『サイタ×サイタ―EXPLOSIVE』森博嗣著　講談社　2017.9　377p　15cm（講談社文庫）〈著作目録あり〉720円　①978-4-06-293657-6

内容　匿名の依頼を受け、ある男の尾行を始めたSYアート&リサーチの小川と真鍋。男は毎日何時間も映画館を見張っていた。単調な仕事かと思われた頃、ニュースを騒がせている連続爆発事件にアルバイトの永田が遭遇。そして殺人事件が―。依頼人は誰か、目的は。爆弾魔との関係は。緊張感に痺れるXシリーズ第五弾！

別版　講談社（講談社ノベルス）2014.11

『ジグβは神ですか』森博嗣著　講談社　2015.10　409p　15cm（講談社文庫）730円　①978-4-06-293216-5

内容　βと名乗る教祖をあおぐ宗教団体の施設・美之里。調査に訪れた探偵・水野は加部谷恵美たちと偶然の再会を果たす。つかの間、フィルムでラッピングされ棺に入った若い女性の美しい全裸死体が発見された。あちらこちらに見え隠れする真賀田四季の影。紅子が、萌絵が、加部谷たちが近づいた「神」の真実とは。

別版　講談社（講談社ノベルス）2012.11

『実験的経験』森博嗣著　講談社　2014.7　288p　15cm（講談社文庫）610円　①978-4-06-277868-8

内容　小説であり、小説でない。ミステリィ

でもエッセィでも詩でもない。創作の可能性を無限に広げる、奇才・森博嗣の新たな境地がここにある。究極の読書体験が味わえる話題作、待望の文庫化！

別版　講談社 2012.5

『女王の百年密室―GOD SAVE THE QUEEN』森博嗣著　講談社　2017.1　597p　15cm（講談社文庫）〈著作目録あり〉880円　①978-4-06-293583-8

内容　旅の途中で道に迷ったサエバ・ミチルとウォーカロンのロイディは、高い城壁に囲まれた街に辿りつく。高貴な美しさを持つ女王、デボウ・スホの統治の下、百年の間、完全に閉ざされていたその街で殺人が起きる。時は二一一三年、謎と秘密に満ちた壮大な密室を舞台に生と死の本質に迫る、伝説の百年シリーズ第一作。

『スカイ・イクリプス』森博嗣著　中央公論新社　2009.2　277p　16cm（中公文庫）552円　①978-4-12-205117-1

内容　空で、地上で、海で。「彼ら」は「スカイ・クロラ」の世界で生き続ける。憧れ、望み、求め、諦めながら―。さまざまな登場人物によって織りなされる八つの物語は、この世界に満ちた謎を解く鍵となる。永遠の子供、クサナギ・スイトを巡る大人気シリーズ、最初で最後の短編集。

別版　中央公論新社（C novels bibliotheque）2008.11

『スカル・ブレーカ』森博嗣著　中央公論新社　2015.3　374p　16cm（中公文庫）720円　①978-4-12-206094-4

内容　生きるとは負け続けること、死ぬとはもう負けぬこと―侍同士の真剣勝負に出くわし、誤解から城に連行されたゼン。彼を待っていたのは、思いもよらぬ「運命」だった。旅を続けながらさらなる高みを目指す若き剣士は、ついに師、そして自らの過去に迫る。

別版　中央公論新社 2013.4

『少し変わった子あります』森博嗣著　文藝春秋　2009.6　230p　16cm（文春文庫）495円　①978-4-16-774302-4

内容　失踪した後輩が通っていたお店は、毎回訪れるたびに場所がかわり、違った女性が相伴してくれる、いっぷう変わったレストラン。都会の片隅で心地よい孤独に浸りながら、そこで出会った〝少し変わった子〟に私は惹かれていくのだが…。人気ミステリィ作家・森博嗣がおくる甘美な幻想。著者の新境地をひらいた一冊。

『ZOKUDAM―長編小説』森博嗣著　光文社　2010.1　328p　16cm（光文社文

庫）590円 ①978-4-334-74709-1

内容 「この赤い方が、ゾクダム・一号機、通称、赤い稲妻だ」黒古葉博士が指さした先には全長十二メートルの巨大ロボットが！遊園地の地下にあるZOKUDAMに配属されたロミ・品川とケン・十河の任務は、このロボットに乗り込み戦士として怪獣と戦うことらしいのだが…。この様子を密かに窺う男女の姿が。対抗組織TAIGONの揖斐純弥と永良野乃の二人だった。

『ZOKURANGER』森博嗣著　光文社 2011.8 310p 16cm（光文社文庫）571円 ①978-4-334-74982-8

内容 民間企業から転職し、大学の准教授に赴任したロミ・品川。研究環境改善委員会なる組織の委員に任命されたが、その実態について、まるで把握できない。ある日、委員の一人が「サイズを測らせて」と尋ねてきた。それぞれが色違いのユニフォームを着て活動するらしい。困惑が増すばかりの彼女に、メンバの「妄想」が絡み合う！ 大学で繰り広げられる不可思議な物語。

別版 光文社 2009.4

別版 光文社（Kappa novels）2010.8

『ゾラ・一撃・さようなら』森博嗣著　集英社　2010.8 313p 16cm（集英社文庫）571円 ①978-4-08-746600-3

内容 気侭な探偵・頸城悦夫のもとに舞い込んだ、謎に満ちた美女からの依頼。それは「天使の演習」と呼ばれる古い美術品を、彼女の母のために取り戻すことだった。頸城は「天使の演習」の在処を探ろうと、引退した大物タレントに近づく。だが、彼は世界的に有名な伝説の殺し屋 "ゾラ" に命を狙われていて…!? 洒脱でスリリング、ちょっぴりほろ苦い新感覚のハードボイルド。

別版 講談社（講談社ノベルス）2009.2

『タカイ×タカイ—CRUCIFIXION』森博嗣著　講談社　2012.3 339p 15cm（講談社文庫）600円 ①978-4-06-277167-2

内容 人気マジシャン・牧村亜佐美の邸宅で発見された他殺体。奇妙なことにそれは、高さ十五メートルのポールの上に「展示」されていた一。牧村に投資していた実業家から依頼を受け、調査に乗り出した探偵・鷹知、謎に惹かれた小川と真鍋、そして大学教員・西之園萌絵の推理が交差する。絶好調Xシリーズ第三弾。

『ダマシ×ダマシ』森博嗣著　講談社 2017.5 337p 18cm（講談社ノベルス）〈著作目録あり〉1000円 ①978-4-

06-299096-7

内容 「もしかして、ある人に騙されてしまったかもしれないんです」上村恵子は、銀行員の鳥坂大介と結婚したはずだった。求められるまま口座を新設し、預金のすべてを振り込んだ。だが、彼は消えてしまった。預金と共に。鳥坂の捜索依頼を受けたSYアート＆リサーチの小川令子は、彼がほかに二人の女性を騙していたことをつきとめる。だが、その鳥坂は死体となって発見された。事務所メンバの新たなる局面。Xシリーズ最終話！

『探偵伯爵と僕』森博嗣著　講談社　2008.11 275p 15cm（講談社文庫）495円 ①978-4-06-276207-6

内容 もう少しで夏休み。新太は公園で、真っ黒な服を着た不思議なおじさんと話をする。それが、ちょっと変わった探偵伯爵との出逢いだった。夏祭りの日、親友のハリィが行方不明になり、その数日後、また友達がさらわれた。新太にも忍び寄る犯人。残されたトランプの意味は？ 探偵伯爵と新太の追跡が始まる。

『血か、死か、無か？』森博嗣著　講談社 2018.2 292p 15cm（講談社タイガ）〈著作目録あり〉720円 ①978-4-06-294099-3

内容 イマン。「人間を殺した最初の人工知能」と呼ばれる軍事用AI。電子空間でデボラらの対立勢力と通信の形跡があったイマンの解析に協力するため、ハギリはエジプトに赴く。だが遺跡の地下深くに設置されたイマンには、外部との通信手段はなかった。一方、蘇生に成功したナクチュの冷凍遺体が行方不明に。意識が戻らない「彼」を誘拐する理由とは。知性が抽出する輪環の物語。

『デボラ、眠っているのか？』森博嗣著　講談社　2016.10 271p 15cm（講談社タイガ）〈著作目録あり〉690円 ①978-4-06-294037-5

内容 祈りの場。フランス西海岸にある古い修道院で生殖可能な一族とスーパ・コンピュータが発見された。施設構造は、ナクチュのものと相似。ヴォッシュ博士は調査に参加し、ハギリを呼び寄せる。一方、ナクチュの頭脳が再起動。失われていたネットワークの再構築が開始され、新たにトランスファの存在が明らかになる。拡大と縮小が織りなす無限。知性が挑発する閃きの物語。

『天空の矢はどこへ？—Where is the Sky Arrow？』森博嗣著　講談社 2018.6 274p 15cm（講談社タイガ）720円 ①978-4-06-511817-7

内容 カイロ発ホノルル行き。エア・アフリカ

ンの旅客機が、乗員乗客200名を乗せたまま消息を絶った。乗客には、日本唯一のウォーカロン・メーカ、イシカワの社長ほか関係者が多数含まれていた。時を同じくして、九州のアソにあるイシカワの開発施設が、武力集団に占拠された。膠着した事態を打開するため、情報局はウグイ、ハギリらを派遣する。知性が追懐する忘却と回帰の物語。

『どちらかが魔女―森博嗣シリーズ短編集』森博嗣著　講談社　2009.7　515p　15cm（講談社文庫）838円　①978-4-06-276418-6
内容 西之園家のキッチンでは、ディナの準備が着々と進んでいる。ゲストは犀川、喜多、大御坊、木原。晩餐の席で木原に続き、大御坊の不思議な体験が語られた。その謎を解いたのは―（表題作）。ほかに「ぷるぷる人形にうってつけの夜」「誰もいなくなった」など、長編シリーズのキャラクタが活躍する8編を収録。

『トーマの心臓』森博嗣著, 萩尾望都原作　メディアファクトリー　2012.4　323p　15cm（MF文庫ダ・ヴィンチ）〈メディアファクトリー 2009年刊、講談社 2010年刊の再刊〉619円　①978-4-8401-4563-3
内容 オスカーの友人・ユーリに手紙を残して死んだトーマという下級生。ユーリを慕っていたという彼は、なぜ死を選んだのか。最近不安定なユーリの心に、彼の死がまた暗い影を落とすのではないか。そんな憂慮をするオスカーの前に現われた転校生エーリク。驚くことに彼はトーマそっくりだったのだ―。原作を敬愛する著者による渾身の小説化。若さゆえの苦悩を森博嗣的世界観で描いた美しい物語。小説化の経緯を綴った文庫版あとがきも収録。
別版 メディアファクトリー（［ダ・ヴィンチブックス］）2009.7
別版 講談社（講談社ノベルス）2010.10

『フォグ・ハイダ』森博嗣著　中央公論新社　2016.3　396p　16cm（中公文庫）740円　①978-4-12-206237-5
内容 山の中で盗賊に襲われたゼンは、用心棒らしき侍と剣を交える。勝負。おそらく、勝てない―歴然たる力の差を感じながらも辛うじてその場を凌いだゼン。彼を戦慄させた凄腕の剣士には、やむにやまれぬ事情があった。「守るべきもの」は足枷か、それとも…。
別版 中央公論新社 2014.4

『ψの悲劇』森博嗣著　講談社　2018.5　284p　18cm（講談社ノベルス）〈著作目録あり〉1000円　①978-4-06-299122-3
内容 遺書ともとれる手紙を残し、八田洋久博士が失踪した。大学教授だった彼は、引退後も自宅で研究を続けていた。失踪から一年、博士と縁のある者たちが八田家へ集い、島田文子と名乗る女性が、実験室にあったコンピュータから「ψの悲劇」と題された奇妙な小説を発見する。そしてその夜、死が屋敷を訪れた。失われた輪を繋ぐ、Gシリーズ後期三部作、第二幕！

『ブラッド・スクーパ』森博嗣著　中央公論新社　2014.4　408p　16cm（中公文庫）760円　①978-4-12-205932-0
内容 生も死もない。己も敵もない―「都」を目指す途上、立ち寄った村で護衛を乞われたゼン。庄屋の屋敷に伝わる「秘宝」を盗賊から守ってほしいのだという。気乗りせず、一度は断る彼だったが…。この上なく純粋な剣士が刀を抜くとき、その先にあるものは？
別版 中央公論新社 2012.4

『ペガサスの解は虚栄か？』森博嗣著　講談社　2017.10　285p　15cm（講談社タイガ）〈著作目録あり〉720円　①978-4-06-294090-0
内容 クローン。国際法により禁じられている無性生殖による複製人間。研究者のハギリは、ペガサスというスーパー・コンピュータからパリの博覧会から逃亡したウォーカロンには、クローンを産む擬似受胎機能が搭載されていたのではないかという情報を得た。彼らを捜してインドへ赴いたハギリは、自分の三人めの子供について不審を抱く資産家と出会う。知性が喝破する虚構の物語。

『僕は秋子に借りがある―森博嗣自選短編集』森博嗣著　講談社　2009.7　469p　15cm（講談社文庫）790円　①978-4-06-276417-9
内容 初めて秋子に会ったのは、大学生協の食堂だった。ちょっと壊れている彼女と授業をサボって出かけ、死んだ兄貴の話を聞かされた。彼女が僕にどうしても伝えたかった思いとは？　胸が詰まるラストの表題作ほか、「小鳥の恩返し」「卒業文集」など、文学的な香りが立ちのぼる、緻密で美しい13の傑作短編集。

『マインド・クァンチャ』森博嗣著　中央公論新社　2017.3　401p　16cm（中公文庫）740円　①978-4-12-206376-1
内容 その美しい速さ、比類なき鋭さ。こんな剣がこの世にあったのか―。突如現れた謎の刺客。ゼンは己の最期さえ覚悟しつつ、最強の敵と相対する。至高の剣を求め続けた若

き侍が、旅の末に見出した景色とは？
別版 中央公論新社 2015.4

『魔法の色を知っているか？』森博嗣著
講談社 2016.1 261p 15cm（講談社
タイガ）660円 ①978-4-06-294013-9
内容 チベット、ナクチュ。外界から隔離された特別居住区。ハギリは「人工生体技術に関するシンポジウム」に出席するため、警護のウグイとアネバネと共にチベットを訪れ、その地では今も人間の子供が生まれていることを知る。生殖による人口増加が、限りなくゼロになった今、何故彼らは人を産むことができるのか？ 圧倒的な未来ヴィジョンに高揚する、知性が紡ぐ生命の物語。

『ムカシ×ムカシ—REMINISCENCE』
森博嗣著 講談社 2017.4 377p
15cm（講談社文庫）〈著作目録あり〉
720円 ①978-4-06-293604-0
内容 東京近郊に広大な敷地をもつ百目鬼家は大正期の女流作家、百目一葉を世に出した旧家。その息子夫妻が屋敷内で刺殺され、遺品の整理と鑑定を請け負ったSYアート＆リサーチの小川と真鍋、アルバイトの永田は新たな殺人に遭遇する。古い河童の絵と謎めいた文の意味するものは。Xシリーズ、待望の第四弾！
別版 講談社（講談社ノベルス）2014.6

『迷宮百年の睡魔—LABYRINTH IN ARM OF MORPHEUS』森博嗣著
講談社 2017.2 601p 15cm（講談社文庫）〈新潮社 2003年刊の再刊 著作目録あり〉880円 ①978-4-06-293607-1
内容 百年の間、外部に様子が伝えられたことのない宮殿より取材許可を得て、伝説の島を訪れたミチルとウォーカロンのロイディ。一夜にして海に囲まれたと言い伝えられる島には、座標システムも機能しない迷宮の街が広がり、かつて会った女性に酷似した女王がいた。あらゆる前提を覆す、至高の百年シリーズ第二作！

『目薬αで殺菌します』森博嗣著 講談社
2012.12 334p 15cm（講談社文庫）
600円 ①978-4-06-277442-0
内容 関西で発見された劇物入りの目薬の名には「α」の文字が。同じ頃、加部谷恵美が発見した変死体が握り締めていたのもやはり目薬「α」！ 探偵・赤柳初朗は調査を始めるが、事件の背後にはまたも謎のプロジェクトが？ ギリシャ文字「α」は「φ」から連なる展開を意味しているのか？ Gシリーズ第7作。

『もえない』森博嗣著 角川書店 2010.12
271p 15cm（角川文庫）〈発売：角川

グループパブリッシング〉514円
①978-4-04-389102-3
内容 クラスメイトの杉山が死に、僕の名前「FUCHITA」を彫り込んだ金属片と手紙を遺していった。手紙には「友人の姫野に、山岸小夜子という女と関わらないよう伝えてほしい」という伝言が。しかし、山岸もまた死んでいるらしい。不可解な事件に否応なく巻き込まれていく僕は、ある時期から自分の記憶がひどく曖昧なことに気づく。そして今度は、僕の目前で殺人が—。森ミステリィの異領域を拓く、冷たさと鋭さに満ちた少年小説。
別版 角川書店（カドカワ・エンタテインメント）2008.12

『λに歯がない』森博嗣著 講談社 2010.
3（第2刷）294p 15cm（講談社文庫）
524円 ①978-4-06-276608-1
内容 完全に施錠されていたT研究所で、四人の銃殺死体が発見された。いずれも近距離から撃たれており、全員のポケットに「λに歯がない」と書かれたカードが入っていた。また四人とも、死後、強制的に歯を抜かれていた。謎だらけの事件に迫る過程で、西之園萌絵は欠け落ちていた過去の大切な記憶を取り戻す。

『レタス・フライ』森博嗣著 講談社
2009.3 331p 15cm（講談社文庫）581円 ①978-4-06-276307-3
内容 西之園萌絵は、叔母を連れて白刀島へやってきた。加部谷と、この島の出身者である山吹、海月と合流し、夕食の席で、島の診療所に女性の幽霊が出るという噂話を耳にする。（「刀之津診療所の怪」）。ほか「砂の街」、文庫版に初収録の「ライ麦畑で増幅して」など、煌めく魅力を湛えた、全10作の短編を収録。

『私たちは生きているのか？』森博嗣著
講談社 2017.2 269p 15cm（講談社タイガ）〈著作目録あり〉690円
①978-4-06-294061-0
内容 富の谷。「行ったが最後、誰も戻ってこない」と言われ、警察も立ち入らない閉ざされた場所。そこにフランスの博覧会から脱走したウォーカロンたちが潜んでいるという情報を得たハギリは、ウグイ、アネバネと共にアフリカ南端にあるその地を訪問した。富の谷にある巨大な岩を穿って造られた地下都市で、ハギリらは新しい生のあり方を体験する。知性が提示する実存の物語。

森岡　浩之
もりおか・ひろゆき
《1962〜》

『地獄で見る夢』森岡浩之著　徳間書店
2015.9　332p　15cm（徳間文庫）650円
①978-4-19-894001-0
内容 死者たちが生前の記憶を仮想人格として保たれて暮らす電脳空間、すなわち死後の世界。ここで私立探偵を営む朽網に持ち込まれる難事件は、現実世界の歪みが投影されたものなのか？「暴力」「犯罪」の概念があらたに登場。近々、「殺人」が可能になるなんて噂もあったり…。警察なんかあてにならやしない。SFハードボイルド・ミステリー『優しい煉獄』の続篇にしてシリーズ初の長篇！
別版 徳間書店 2012.1

『星界の戦旗　5　宿命の調べ』森岡浩之
著　早川書房　2013.3　290p　16cm
（ハヤカワ文庫JA）620円　①978-4-
15-031106-3
内容 "アーヴによる人類帝国"が"ハニア連邦"を併合するはずの雪晶作戦が発動したが、逆に"ハニア連邦"は帝都への進撃を開始していた。作戦に加わった、ラフィールの弟ドゥヒールが乗り組む戦列艦も予定外の交戦状態にあった。一方、勅命にて帝宮に呼び出されたラフィールには、皇帝ラマージュから、新たな艦と任務が与えられる。苛烈な戦闘は、アーヴに大きなうねりをもたらすことになる。"戦旗"シリーズ・第一部完結。

『星界の断章　3』森岡浩之著　早川書房
2014.3　301p　16cm（ハヤカワ文庫
JA）620円　①978-4-15-031153-7
内容 修技館はアーヴの初等学校にあたる。多くのアーヴは、軍士か交易者か、あるいは両方の人生を経験するのだが、いずれにせよ、修技館で学ぶ技術が必要になる。そこでは伝統的に、訓練生へ、とある行事が実施されていた。緊急事態への対応の差異を、皇族、貴族、士族の立場からそれぞれ描いた「野営」、そして「野営」の舞台となった惑星にまつわる、古き地上人とアーヴの関わりを語った、書き下ろし「来遊」等全7篇収録。

『突変』森岡浩之著　徳間書店　2014.9
733p　15cm（徳間文庫）1000円
①978-4-19-893889-5
内容 関東某県酒河市一帯がいきなり異世界に転移（突然変移＝突変）した。ここ裏地球は、危険な異源生物が蔓延る世界。妻の末期癌を宣告された町内会長、家事代行会社の女性ス

タッフ、独身男のスーパー店長、陰謀論を信じ込む女性市会議員、ニートの銃器オタク青年、夫と生き別れた子連れパート主婦…。それぞれの事情を抱えた彼らはいかにこの事態に対処していくのか。特異災害SF超大作！

『突変世界　異境の水都』森岡浩之著　徳間
書店　2016.12　613p　15cm（徳間文
庫）900円　①978-4-19-894180-2
内容 水都セキュリティーサービス警護課に所属する岡崎大希は、グループ総帥じきじきに呼び出され、ある特殊任務を与えられた。それは、宗教団体アマツワタリの指導者である天川煌という十七歳の少女の護衛だった。教団の内紛で事故にあった彼女は入院中。さまざまな思惑を持つ連中の追跡を振り切り、彼女をようやく安全なホテルへ送り届けたと思った矢先、大阪府ほぼ全域が、異世界に転移した!!（日本SF大賞受賞『突変』シリーズ新作）

『優しい煉獄』森岡浩之著　徳間書店
2015.6　599p　15cm（徳間文庫）
〈2007年刊と「騒がしい死者の街」（2008年刊）の合本〉900円　①978-4-19-893984-7
内容 おれの名は朽網康雄。この街でただひとりの探偵。喫茶店でハードボイルドを読みながら、飲むコーヒーは最高だ。この世界は、生前の記憶と人格を保持した連中が住む電脳空間。いわゆる死後の世界ってやつだ。おれが住むこの町は昭和の末期を再構築しているため、ネットも携帯電話もない。しかし、日々リアルになるため、逆に不便になっていき、ついには「犯罪」までが可能になって…。

『夢のまた夢―決戦！　大坂の陣』森岡浩之
著　朝日新聞出版　2011.10　271p
19cm　1600円　①978-4-02-250887-4
内容 戦乱で親を失った少年・庚丸は、大坂城に上がり、秀頼の奥小姓となった。折から迫る徳川の重圧。秀頼に取り立てられ若武者となった庚丸は、関ヶ原の戦いを生き延びた島左近を軍師に迎え、戦場に向かう。わたしは、この少年に注目して、綿密な検証を始めた。この「大坂の陣」に至るまでに何があったのか、そして戦いの帰結はどこに。

森見　登美彦
もりみ・とみひこ
《1979〜》

『有頂天家族』森見登美彦著　幻冬舎
2010.8　423p　16cm（幻冬舎文庫）686

日本の作品 森見登美彦

円 ①978-4-344-41526-3

内容 「面白きことは良きことなり！」が口癖の矢三郎は、狸の名門・下鴨家の三男。宿敵・夷川家が幅を利かせる京都の街を、一族の誇りをかけて、兄弟たちと駆け廻る。が、家族はみんなへなちょこで、ライバル狸は底知らず、矢三郎が慕う天狗は落ちぶれて人間の美女にうつつをぬかす。世紀の大騒動を、ふわふわの愛で包む、傑作・毛玉ファンタジー。

『有頂天家族 [2] 二代目の帰朝』森見登美彦著 幻冬舎 2017.4 539p 16cm（幻冬舎文庫）770円 ①978-4-344-42582-8

内容 狸の名門・下鴨家の矢三郎は、親譲りの無鉄砲で子狸の頃から警蟄ばかり買っている。皆が恐れる天狗や人間にもちょっかいばかり。そんなある日、老いれた天狗・赤玉先生の跡継ぎ"二代目"が英国より帰朝し、狸界は大困惑。人間の悪食集団「金曜倶楽部」は、恒例の狸鍋の具を探しているし、平和な日々はどこへやら…。矢三郎の「阿呆の血」が騒ぐ！

別版 幻冬舎 2015.2

『きつねのはなし』森見登美彦著 新潮社 2009.7 323p 16cm（新潮文庫）〈2006年刊の改訂〉476円 ①978-4-10-129052-2

内容 「知り合いから妙なケモノをもらってね」篭の中で何かが身じろぎする気配がした。古道具屋の主から風呂敷包みを託された青年が訪れた、奇妙な屋敷。彼はそこで魔に魅入られたのか（表題作）。通夜の後、男たちの酒宴が始まった。やがて先代より預かったという"家宝"を持った女が現われて（「水神」）。闇に蠢くもの、おまえの名は？ 底知れぬ謎を秘めた古都を舞台に描く、漆黒の作品集。

『恋文の技術』森見登美彦著 ポプラ社 2011.4 343p 16cm（ポプラ文庫）620円 ①978-4-591-12421-5

内容 京都の大学院から、遠く離れた実験所に飛ばされた男が一人。無聊を慰めるべく、文通修業と称して京都に住むかつての仲間たちに手紙を書きまくる。文中で友人の恋の相談に乗り、妹に説教を垂れるが、本当に想いを届けたい相手への手紙は、いつまでも書けずにいるのだった。

別版 ポプラ社 2009.3

『新釈走れメロス―他四篇』森見登美彦著 KADOKAWA 2015.8 246p 15cm（角川文庫）〈祥伝社 2007年刊の再刊〉520円 ①978-4-04-103369-2

内容 芽野史郎は激怒した―大学内の暴君に反抗し、世にも破廉恥な桃色ブリーフの刑に瀕した芽野は、全力で京都を疾走していた。そう、人質となってくれた無二の親友を見捨てるために！（「走れメロス」）。最強の矜持を持った、孤高の自称天才が歩む前代未聞の運命とは？（「山月記」）。近代文学の傑作五篇が、森見登美彦によって現代京都に華麗なる転生をとげる！ こじらせすぎた青年達の、阿呆らしくも気高い生き様をとくと見よ！

別版 祥伝社（祥伝社文庫）2009.10

『聖なる怠け者の冒険』森見登美彦著 朝日新聞出版 2016.9 367p 15cm（朝日文庫）〈2013年刊の加筆修正〉640円 ①978-4-02-264822-8

内容 社会人2年目の小和田君は、仕事が終われば独身寮で缶ビールを飲みながら夜更かしをすることが唯一の趣味。そんな彼の前に狸のお面をかぶって「ぽんぽこ仮面」なる人物が現れて…。宵山で賑やかな京都を舞台に果てしなく長い冒険が始まる。著者による文庫版あとがき付き。

別版 朝日新聞出版 2013.5

『美女と竹林』森見登美彦著 光文社 2010.12 328p 16cm（光文社文庫）571円 ①978-4-334-74895-1

内容 「これからは竹林の時代であるな！」閃いた登美彦氏は、京都の西、桂へと向かった。実家で竹林を所有する職場の先輩、鍵屋さんを訪ねるのだ。荒れはてた竹林の手入れを取っ掛かりに、目指すは竹林成金！ MBC（モリミ・バンブー・カンパニー）のカリスマ経営者となり、自家用セグウェイで琵琶湖を一周…。はてしなく拡がる妄想を、著者独特の文体で綴った一冊。

『ペンギン・ハイウェイ』森見登美彦作, ぶーた絵 KADOKAWA 2018.6 365p 18cm（角川つばさ文庫）780円 ①978-4-04-631798-8

内容 ぼくはまだ小4だけど、おとなに負けないほど、いろんなことを知っている。毎日きちんとノートをとるし、本をたくさん読むからだ（キリッ）。ぼくはある日、すごいナゾに出会った。最近、ぼくの住む街では、どこからともなくペンギンの群れが現れる、あやしい現象がおきている。そしてぼくは、大好きな歯科医院のお姉さんが、コーラ缶をペンギンに変えるところを見てしまったのだ！ さっそく、ナゾの研究にとりかかると…!?小学上級から。

別版 角川書店 2010.5

別版 角川書店（角川文庫）2012.11

『夜行』森見登美彦著 小学館 2016.10

253p　20cm　1400円　①978-4-09-386456-5

内容　『夜は短し歩けよ乙女』『有頂天家族』『きつねのはなし』代表作すべてのエッセンスを昇華させた、森見ワールド最新作！旅先で出会う謎の連作絵画「夜行」。この十年、僕らは誰ひとり彼女を忘れられなかった。

『宵山万華鏡』森見登美彦著　集英社　2012.6　258p　16cm（集英社文庫）476円　①978-4-08-746845-8

内容　一風変わった友人と祇園祭に出かけた「俺」は“宵山法度違反”を犯し、屈強な男たちに捕らわれてしまう。次々と現れる異形の者たちが崇める「宵山様」とは？（「宵山金魚」）目が覚めると、また宵山の朝。男はこの繰り返しから抜け出せるのか？（「宵山迷路」）祇園祭宵山の一日を舞台に不思議な事件が交錯する。幻想と現実が入り乱れる森見ワールドの真骨頂、万華鏡のように多彩な連作短篇集。

別版　集英社　2009.7

『四畳半王国見聞録』森見登美彦著　新潮社　2013.7　275p　16cm（新潮文庫）490円　①978-4-10-129053-9

内容　「ついに証明した！俺にはやはり恋人がいた！」。二年間の悪戦苦闘の末、数学氏はそう叫んだ。果たして、運命の女性の実在を数式で導き出せるのか（「大日本凡人會」）。水玉ブリーフの男、モザイク先輩、凹氏、マンドリン辻説法、見渡すかぎり阿呆ばっかり。そして、クリスマスイブ、鴨川で奇跡が起きる―。森見登美彦の真骨頂、京都を舞台に描く、笑いと妄想の連作短編集。

別版　新潮社　2011.1

『四畳半神話体系公式読本』森見登美彦, 四畳半神話研究会著　太田出版　2010.7　134p　19cm　1300円　①978-4-7783-1219-0

内容　森見登美彦全面協力。書き下ろしエッセイ「或る四畳半主義者の想い出」収録。

『夜は短し歩けよ乙女』森見登美彦作, ぶーた絵　KADOKAWA　2017.4　317p　18cm（角川つばさ文庫）〈角川文庫 2008年刊の一部書きかえ〉760円　①978-4-04-631704-9

内容　クラブの後輩の女の子を「黒髪の乙女」とよんで、ひそかに片思いしてる「先輩」。なんとかお近づきになろうと今日も「なるべく彼女の目にとまる」ナカメ作戦として乙女が行きそうな場所をウロウロしてみるけど…行く先々でヘンテコな人たちがひきおこす事件にまきこまれ、ぜんぜん前にすすめない！この恋、いったいどうなるの!?天然すぎる乙女

と空まわりしまくりな先輩の予測不能な初恋ファンタジー！小学上級から。

別版　角川書店（角川文庫）2008.12

椰月　美智子
やずき・みちこ
《1970～》

『明日の食卓』椰月美智子著　KADOKAWA　2016.8　299p　20cm　1600円　①978-4-04-104104-8

内容　同じ名前の男の子を育てる3人の母親たち。愛する我が子に手を上げたのは誰か―。どこにでもある家庭の光と闇を描いた、衝撃の物語。

『枝付き干し葡萄とワイングラス』椰月美智子著　講談社　2012.6　204p　15cm（講談社文庫）476円　①978-4-06-277279-2

内容　夫に突然離婚を切り出された妻の悲嘆が消えた瞬間。第2子を身ごもった女が目にした、産婦人科での光景。浮気相手の妊娠を妻に告げた夜。人生の豊饒の時、「結婚後」の男女の点景を通して、あたりまえの生活をいとなむ、そのすぐそばに潜んでいる奇異なものたちを見逃さずに描き出した、傑作短編小説集。

別版　講談社　2008.10

『かっこうの親もずの子ども』椰月美智子著　実業之日本社　2014.10　358p　16cm（実業之日本社文庫）〈2012年刊の加筆・修正　文献あり〉620円　①978-4-408-55194-4

内容　統子は、幼児誌の編集部で働くシングルマザー。四歳の息子・智康は、夫の希望もあって不妊治療の末に授かったが、ささいな喧嘩をきっかけに離婚に至った。仕事上のトラブル、子どもの突然の病気、実母やママ友との関係など悩みはつきない。全力の日々を送る中、雑誌の記事に智康と似た双子の少年を見かけた。それをきっかけに、親子で五島列島の中通島へと向かうが…。

別版　実業之日本社　2012.8

『消えてなくなっても』椰月美智子著　KADOKAWA　2017.5　253p　15cm（角川文庫）〈2014年刊に「春の記憶」を追加　文献あり〉600円　①978-4-04-105602-8

内容　あおのはタウン誌の新人編集者。幼少期に両親を亡くした彼は、ストレス性の病を患っていた。そんな彼が神話の世界のような

山中にある、どんな病気でも治してしまうという鍼灸治療院を取材で訪れる。そこには、不思議な力を持つ節子先生がいて…。運命がもたらす大きな悲しみを、人はどのように受け入れるのか。治療院に "呼ばれた" 理由は何だったのか―多くの読者の涙を誘った "死生観" を問う魂の救済の物語。
別版 KADOKAWA（幽BOOKS）2014.3

『坂道の向こう』椰月美智子著　講談社2013.4　306p　15cm（講談社文庫）〈「坂道の向こうにある海」（2009年刊）の改題・加筆訂正〉552円　①978-4-06-277463-5
内容 城下町、小田原。介護施設の同僚だった朝子と正人、梓と卓也は恋人同士。けれど以前はお互いの相手と付き合っていた。新しい恋にとまどい、別れの傷跡に心疼かせ、過去の罪に苦しみながらも、少しずつ前を向いて歩き始める二組の恋人たちを季節の移ろいと共にみずみずしく描く。

『坂道の向こうにある海』椰月美智子著　講談社　2009.11　263p　20cm　1500円　①978-4-06-215897-8
内容 朝子と正人、卓也と梓は恋人同士。けれど少し前までは、朝子は卓也と、正人が梓と付き合っていて…。城下町・小田原を舞台に描かれる、傷つき、もつれた四角関係の "その後"。『しずかな日々』『るり姉』で人気急上昇の著者、初の青春群像ストーリー。

『さしすせその女たち』椰月美智子著　KADOKAWA　2018.6　214p　19cm　1400円　①978-4-04-105853-4
内容 39歳の多香実は、5歳の娘と4歳の息子を育てながら、デジタルマーケティング会社の室長として慌ただしい毎日を過ごしていた。仕事と子育ての両立がこんなに大変だとは思っていなかった。ひとつ上の夫・秀介は「仕事が忙しい」と何もしてくれない。不満と怒りが募るなか、息子が夜中に突然けいれんを起こしてしまう。そのときの秀介の言動に多香実は驚愕し、思いも寄らない考えが浮かんでいく―。書き下ろし短編「あいうえおかの夫」収録。

『しずかな日々』椰月美智子作，またよし絵　講談社　2014.6　274p　18cm（講談社青い鳥文庫）〈2006年刊の再刊〉680円　①978-4-06-285430-6
内容 おじいさんの家で過ごした日々。ぼくは時おり、あの頃のことを丁寧に思い出す。ぼくはいつだって戻ることができる。あの、はじまりの夏に―。毎日の生活が、それまでとはまったく違う意味を持つようになった小学5年の "えだいち"。少年の夏休みを描いた感動作。第45回野間児童文芸賞、第23回坪田譲治文学賞受賞作品。小学上級から。
別版 講談社（講談社文庫）2010.6

『十二歳』椰月美智子作，またよし絵　講談社　2014.4　227p　18cm（講談社青い鳥文庫）〈2002年刊の改訂　文献あり〉650円　①978-4-06-285419-1
内容 鈴木さえは小学6年生。友だちもいっぱいいるし、楽しい毎日を過ごしていたのに、ある日突然、何かがずれはじめた。頭と身体がちぐはぐで、なんだか自分が自分でないみたいな気がする。―大人になったら、自分は特別な「何か」になることができるのだろうか？―「思春期」の入り口に立ったさえの日々は少しずつ変化していく。第42回講談社児童文学新人賞受賞作。小学上級から。

『14歳の水平線』椰月美智子著　双葉社2018.5　365p　15cm（双葉文庫）667円①978-4-575-52110-8
内容 中二病真っ只中で何かといらついてばかりの加奈太。だが夏休みに、父親の故郷の島で中二男子限定のキャンプに参加することに。初対面6人の共同生活が始まった―。一方、シングルファザーの征人は、思春期の加奈太の気持ちをうまくつかめないでいた。そんななか共にやって来た島では、たちまち30年前の自分に引き戻されていく。父親を亡くした、あの暑い夏へと―。14歳の息子と、かつて14歳だった父親。いつの時代も変わらぬ思春期の揺らぎと迷い、そしてかけがえのない時期のきらめきを、温かな眼差しで掬いとった感動長編。
別版 双葉社 2015.7

『純愛モラトリアム』椰月美智子著　祥伝社　2014.9　285p　16cm（祥伝社文庫）620円　①978-4-396-34060-5
内容 「こ、こ、これ一応誘拐だから」中学生の美希は部活帰りに突然車に連れ込まれた。犯人は西小原さん。若くして美希を生んだ母の恋人だ。痴話げんかの腹いせらしい。呆れた美希はいつも自由奔放な母を心配させるため、動揺する西小原さんをドライブへ誘い出し…（「西小原さんの誘拐計画」より）。好きなのにうまく言えない!?不器用な恋愛初心者たちを描く八つの心温まる物語。
別版 祥伝社 2011.3

『市立第二中学校2年C組―10月19日月曜日』椰月美智子著　講談社　2013.10245p　15cm（講談社文庫）530円①978-4-06-277670-7
内容 朝は、いとも簡単にやってくる。8時09

分、瑞希は決まらない髪型に悩み、10時24分、貴大は里中さんを好きになる。12時46分、グループ分けで内海があぶれ、12時59分、みちるは嫌いな人にイヤと言えないでいる―。少年少女小説の第一人者の手で描かれた、中二思春期、今しか存在しない輝いた時間。心に温もりが残る短編集。

別版 講談社 2010.8

『シロシロクビハダ』椰月美智子著　講談社　2012.11　308p　19cm　1400円　①978-4-06-218031-3

内容 化粧品メーカーの研究部に勤める秋山箱理、27歳。入社4年目にして最大の危機＆恋のめざめが到来。

『その青の、その先の、』椰月美智子著　幻冬舎　2016.6　333p　16cm（幻冬舎文庫）690円　①978-4-344-42483-8

内容 17歳のまひるは、親友4人で騒ぐ放課後や落語家を目指す彼氏・亮司とのデートが何よりも楽しい高校生活を送る。将来の夢はぼんやりしていて、大人になるのはもっと先だと思っていたが、亮司に起こった事故をきっかけにまひるの周囲は一変する。大好きな人のため、憧れに近づくため、道を切り拓いていく若者たちの成長を爽やかに綴った物語。

別版 幻冬舎 2013.8

『体育座りで、空を見上げて』椰月美智子著　幻冬舎　2011.6　277p　16cm（幻冬舎文庫）600円　①978-4-344-41689-5

内容 不良の影に怯えながらも、中学校に入学した和光妙子。はじめて同級生に異性を感じた一年生。チェッカーズに夢中になり、恋の話に大騒ぎした二年生。自分の感情を持て余し、親に当たり散らした三年生。そしてやって来る高校受験…。誰にもある、特別な三年間を瑞々しい筆致で綴り、読者を瞬時に思春期へと引き戻す、おかしくも美しい感動作。

『ダリアの笑顔』椰月美智子著　光文社　2012.11　343p　16cm（光文社文庫）667円　①978-4-334-76488-3

内容 「綿貫さんち」は四人家族。「明るく笑うもう一人の自分」を空想する長女・真美。主婦業と仕事をこなしながら、揺れる40代を惑う母・春子。転校生の女子に投手の座を奪われそうな長男・健介。経理課係長の仕事に疲れ、うつ病を心配する父・明弘。どこにでもいそうな家族が、悩みを抱えながらお互いを支え合う日常を、それぞれの視点から描いた小さな宝石のような物語。

別版 光文社 2010.7

『チョコちゃん』椰月美智子さく，またよしえ　そうえん社　2015.4　46p　20cm（まいにちおはなし）1200円　①978-4-88264-481-1

内容 チョコちゃんは、想像力ゆたかなおんなの子。クラスでいちばん背が高くなったじぶんを想像したり、うんとうんと小さくなったじぶんを想像したり。椰月美智子の初めての幼年童話。

『つながりの蔵』椰月美智子著　KADOKAWA　2018.4　216p　20cm　1400円　①978-4-04-106757-4

内容 その出来事のあと、強い絆で結ばれた少女たち。三十年前の、あの蔵の思い出が今、蘇る―。小学5年生の夏。遼子と美音は四葉の家でよく遊ぶようになった。四葉の家は幽霊屋敷という噂が立つほど、広大な敷地に庭園、広い縁側、裏には隠居部屋や祠、そして古い蔵のある家だった。亡くなった弟への伝えられなかった思い、こじれてしまった友情、記憶を失っていく大好きな祖母との関係など、自分ではどうにもできない思いを抱えた少女たちは、ある"蔵での出来事"をきっかけに絡まった糸をほどいていく…。繊細な少年たちの心を描いた椰月美智子の名作『しずかな日々』の少女版！ 輝く少女たちのひと夏の物語。

『どんまいっ！』椰月美智子著　幻冬舎　2012.4　289p　16cm（幻冬舎文庫）600円　①978-4-344-41855-4

内容 青春―。それは人生のなかで最も輝かしく希望に満ちた頃。でもキラキラしていなくったって青春なのだ！ ラクダ顔のくせにイチ早く童貞を捨てたキャメル。年上の風俗嬢にハマったマッハ。初めての彼女と付き合い続けるゲイリー。それぞれに、人生の岐路はやってきて…。くだらなくも幸せな男たちの日々を鮮やかに描写した青春群像劇の傑作。

『フリン』椰月美智子著　角川書店　2013.1　249p　15cm（角川文庫）〈発売：角川グループパブリッシング〉514円　①978-4-04-100643-6

内容 高校生の真奈美は、カレと入ったラブホテルで、自分の父親が同じマンションに住むOLの葵さんと一緒に歩いているのを目撃してしまう（『葵さんの初恋』）。元カレと逢瀬を繰り返す主婦、人生最後の恋に落ちた会社員、壮絶な過去を持つ管理人の老夫婦…。ある川辺に建つマンションを舞台に繰り広げられる反道徳の恋。愛憎、恐怖、哀しみ…様々なフリンの形を通じて、人と人の温かさ、夫婦や家族の関係性を描ききった連作短編集。

別版 角川書店 2010.5

『**みきわめ検定**』椰月美智子著　講談社
2012.6　203p　15cm（講談社文庫）476
円　①978-4-06-277278-5
内容 この男とキスのその先をするかどうか
の、慎重なみきわめ。電車待ちのホームで突
然わき起こる、見ず知らずの冴えない男に抱
かれたい衝動。恋人に別れを告げられた女の
一日。人生の花の盛り、「結婚前」の男女の
点景を通して、日常に突如おとずれる取り返
しのつかない瞬間を鋭敏に描き出した、傑作
短編小説集。
別版 講談社 2008.10

『**見た目レシピいかがですか？**』椰月美智
子著　PHP研究所　2017.10　293p
19cm　1500円　①978-4-569-83687-4

『**未来の手紙**』椰月美智子著　光文社
2016.11　254p　16cm（光文社文庫）
560円　①978-4-334-77378-6
内容 いじめを受ける五年生のぼくは、未来
のぼくへ手紙を出す。中学一年から三十二歳
まで二十年間分。一年ごとの明るい目標を書
いた手紙は、毎年ぼくの元へ届けられた。そ
して三十三歳になったある日、来るはずのな
い「未来の手紙」が届く。それは、悪夢の手
紙だった…。(表題作) 確実に何かが変わって
しまう十代前半の少年少女。その不安と期待
を等身体で描く珠玉の短編集。
別版 光文社（BOOK WITH YOU）2014.4

『**メイクアップデイズ**』椰月美智子著　講
談社　2016.4　356p　15cm（講談社文
庫）〈「シロシロクビハダ」（2012年刊）
の改題、加筆修正〉680円　①978-4-06-
293367-4
内容 化粧品メーカーの研究部でファンデー
ション開発に奮闘する秋山麻理、27歳。ある
日、弟が婚約者を連れてくるが、祖母だけは
猛反対！　それをめぐり、家族にさえ素顔を
見せない祖母の"厚化粧"の"謎"が明らかに。
女にとって化粧とは何かを鮮やかに描く、希
望に満ちた成長物語。

『**るり姉**』椰月美智子著　双葉社　2012.10
283p　15cm（双葉文庫）600円　①978-
4-575-51527-5
内容 十代の三姉妹が「るり姉」と呼んで慕う
るり子は、母親の妹つまり叔母さん。天真爛
漫で感激屋で、愉快なことを考える天才だ。
イチゴ狩りも花火も一泊旅行もクリスマスも、
そして日々のなんでもない出来事も、るり子
と一緒だとたちまち愛おしくなる―。「本の
雑誌」2009年上半期エンターテインメント・
ベスト1に輝いた傑作家族小説。ラストの静
かな感動が胸いっぱいに広がる。

別版 双葉社 2009.4

『**伶也と**』椰月美智子著　文藝春秋　2017.
12　308p　16cm（文春文庫）730円
①978-4-16-790976-5
内容 ふたりが迎えた衝撃の結末は最初のペー
ジで明かされる！―32歳の直子は初めて訪れ
たライブで「ゴライアス」のボーカル・伶也
と出会う。持てるお金と時間を注ぎ込み、す
べてをなげうち伶也を見守り続ける直子。失
われていく若さ、変わりゆく家族や友人たち
との関係。恋愛を超えた究極の感情を描く問
題作！
別版 文藝春秋 2014.11

『**恋愛小説**』椰月美智子著　講談社　2014.
9　556p　15cm（講談社文庫）870円
①978-4-06-277918-0
内容 23歳の美緒には、大好きな彼の健太郎
がいる。かっこよくて、優しくて、結婚する
だろうなと思っている彼が。しかし、サスケ
と寝てしまった。気が合う同士、会ってるだ
けだからいいじゃん、と思っていたが―。好
意、愛情、執着、秘密、嫉妬…。恋愛の感覚、
感情のすべてが描かれた恋愛大河叙事小説。
別版 講談社 2010.11

八束　澄子
やつか・すみこ
《1950～》

『**明日（あした）につづくリズム**』八束澄子
著　ポプラ社　2011.11　227p　15cm
（ポプラ文庫ピュアフル）〈2009年刊の
加筆・訂正〉560円　①978-4-591-
12661-5
内容 瀬戸内海に浮かぶ因島。千波は、船造
所で働く父親、明るく世話好きな母親、血の
つながらない弟・大地と暮らす中学三年生。
親友の恵と一緒に、同じ島出身の人気ロック
バンド・ポルノグラフィティにあこがれている。
島を出るか、残るか―高校受験を前に心
悩ませていた頃、ある事件が起こり…。夢と
現実の間で揺れ動きながら、おとなへの一歩
を踏み出す少女を瑞々しく描いた感動作。
別版 ポプラ社（Teens' best selections）2009.
8

『**明日のひこうき雲**』八束澄子著　ポプラ
社　2017.4　286p　20cm（teens' best
selections）1400円　①978-4-591-
15429-8
内容 家族の問題に直面し、晴れない心を抱
える遊。ある日、遊の目にとびこんできた、

ひとりの少年。おもむろにふりかえった鋭い
まなざしを見た、そのとき、一遊は恋に落ち
た。そこから、遊の生活が変わりはじめる。
14歳の等身大の、恋、友情、葛藤を描く青春
小説！

『いのちのパレード』八束澄子著　講談社
2015.4　207p　20cm　1300円　①978-
4-06-219416-7
内容 妊娠？ 赤ちゃん？ なにそれ！ うちら、
まだ中学生だよ。それはとつぜんの告白だっ
た。野間児童文芸賞受賞作家が描く、いのち
と友情のドラマ。思春期の心情によりそう青
春小説。

『おたまじゃくしの降る町で』八束澄子著
講談社　2010.7　190p　20cm　1300円
①978-4-06-216298-2
内容 おれは、ハルが好きだ。ハル、おまえ
はおれのこと、好きか？ ソフトボール部の
ハルとラグビー部のリュウセイ、ひと夏の恋
を、みずみずしくもドキッとするタッチで描
く、新感覚青春小説。

『オレたちの明日に向かって―Life is
Beautiful』八束澄子著　ポプラ社
2012.10　237p　20cm（teens' best
selections）1400円　①978-4-591-
13105-3
内容 花岡勇気、中学2年。オレは何に向かっ
て進めばいいんだろう―!?偏屈な老人、当た
り屋の少年、不審な自動車事故…保険代理店
でのジョブトレーニングは、怖くて、しんど
くて、最高にあったかい。悩める少年たちの
ための青春ストーリー。

『空へのぼる』八束澄子著　講談社　2012.
7　197p　20cm　1300円　①978-4-06-
283224-3
内容 ただ産んでもらったんじゃない。だれ
もが、自分の力をつかって生まれてきたんだ。
姉・桐子の妊娠を通して、小5の乙葉が感じ
た"真実"が胸をうつ、ふたりの姉妹の物語。

『月の青空』八束澄子作、ささめやゆき絵
岩崎書店　2009.11　168p　22cm（物語
の王国）1300円　①978-4-265-05772-6
内容 月は、千花の母親が勤めている動物園
で人気者の道産子だ。淡いベージュ色のおで
こに、まるで夕月みたいな白い三日月が浮か
んでいるので、そう名づけられた。

『てんせいくん』八束澄子作、大島妙子絵
新日本出版社　2011.3　109p　21cm
1400円　①978-4-406-05466-9
内容 あのときからした。ユメちゃんは、ぼく
の中でスペシャルになった。それなのに…。ど
うやらユメちゃんは、てんせいくんのことが

すきらしい。てんせいくんちは、お寺。お寺
にはお墓や地獄絵があるんだ。こわいけど…
ワクワクするー！「ぼく」の、友情と初恋の
物語。

『パパは誘拐犯』八束澄子作、バラマツヒ
トミ絵　講談社　2011.4　204p　18cm
（講談社青い鳥文庫）600円　①978-4-
06-285208-1
内容 小学4年生のまり亜のパパはタイ生まれ。
日本人のママとは国際結婚だ。春休み中のあ
る日、学童クラブに珍しくパパが迎えに来た。
これから、関西国際空港から飛行機に乗って、
タイのおばあちゃんの家に行こうと言う。突
然の話にとまどいつつも、ゾウに乗せてもら
えると聞いて、動物好きのまり亜の心が動か
された。実は、その旅行が、ママと弟には内
緒にされているとは知らずに…！ 小学中級
から。

『ぼくらの山の学校』八束澄子著　PHP研
究所　2018.1　223p　20cm（[わたし
たちの本棚]）1400円　①978-4-569-
78727-5
内容 学校や家での居場所をなくしつつある
壮太。ある日、ふとしたきっかけで「山村留
学センター」を知り、13人のメンバーと共同
生活をはじめることに。そこでは、のびのび
とした毎日が待っていた。

『わたしの、好きな人』八束澄子作、くま
おり純絵　講談社　2012.12　204p
18cm（講談社青い鳥文庫）620円
①978-4-06-285327-9
内容 小学6年生のさやかの家は、父である「お
やっさん」が、右腕の杉田と二人でやってい
る町工場。不景気のせいで、生活は決して楽
ではないけれど、さやかの毎日は輝いている。
それは好きな人がいるからだ。12年前に工場
にやってきて、今や家族も同然の杉田をひそ
かに想っているのである。ただひとつ、さや
かが気にしているのは自分が杉田より二回り
も年下だということだった…。第44回野間児
童文芸賞受賞。小学上級から。

柳　広司
やなぎ・こうじ
《1967～》

『怪談』柳広司著　講談社　2014.6　263p
15cm（講談社文庫）〈光文社 2011年刊
の再刊〉610円　①978-4-06-277857-2
内容 残業を終え帰路を急ぐ赤坂俊一が真っ
暗な坂道をのぼる途中、うずくまって泣いて

いる女を見かけた。声をかけると、女はゆっくりと向き直り、両手に埋めていた顔をしずかに上げた—その顔は（「むじな」）。ありふれた現代の一角を舞台に、期せずして日常を逸脱し怪異に呑み込まれた老若男女の恐怖を描いた傑作6編。
別版 光文社 2011.12

『贋作『坊っちゃん』殺人事件』柳広司著
角川書店 2010.11 208p 15cm〈角川文庫〉〈集英社2005年刊の加筆訂正 発売：角川グループパブリッシング〉514円 ①978-4-04-382905-7
内容 四国から東京に戻った「おれ」—坊っちゃんは元同僚の山嵐と再会し、教頭の赤シャツが自殺したことを知らされる。無人島 “ターナー島” で首を吊ったらしいのだが、山嵐は「誰かに殺されたのでは」と疑っている。坊っちゃんはその死の真相を探るため、四国を再訪する。調査を始めたふたりを待つ驚愕の事実とは？『坊っちゃん』の裏に浮かび上がるもう一つの物語。名品パスティーシュにして傑作ミステリー。

『キング＆クイーン』柳広司著　講談社
2012.2 367p 15cm〈講談社文庫〉629円 ①978-4-06-277198-6
内容 「巨大な敵に狙われている」。元警視庁SPの冬木安奈は、チェスの世界王者アンディ・ウォーカーの護衛依頼を受けた。謎めいた任務に就いた安奈を次々と奇妙な「事故」が襲う。アンディを狙うのは一体誰なのか。盤上さながらのスリリングな攻防戦—そして真の敵が姿を現した瞬間、見えていたはずのものが全て裏返る。
別版 講談社 2010.5

『最初の哲学者』柳広司著　幻冬舎 2010.11 190p 20cm 1400円 ①978-4-344-01914-0
内容 偉大な父を超えるには、狂うしかなかった（「ダイダロスの息子」）。この世でもっとも憂鬱なことは、どんなことだろうか（「神統記」）。死ぬことと生きることは、少しも違わない（「最初の哲学者」）。世界は、“語られる” ことではじめて、意味あるものになる（「ヒストリエ」）。13の掌編から解き明かされる、歴史を超えた人間哲学。ギリシアをモチーフに、吉川英治文学新人賞・日本推理作家協会賞をダブル受賞の著者が満を持して放つ、文学の原点であり極上のエンターテインメント。

『ザビエルの首』柳広司著　講談社 2008.8 392p 15cm〈講談社文庫〉〈「聖フランシスコ・ザビエルの首」（2004年刊）の改題〉733円 ①978-4-06-276083-6

内容 聖フランシスコ・ザビエル。日本にキリスト教を伝えたその人の首が、あるはずのない鹿児島で発見されたという。彼の首と、目を合わせてしまった修平の意識は、聖人が立ち会った四百年以上前の殺人の現場へ跳ばされる—。時空を超えて、誰もがその名を知る歴史上の人物にまつわる謎を解く異色ミステリー。

『シートン探偵記』柳広司著　文藝春秋
2015.7 322p 16cm〈文春文庫〉〈「シートン〈探偵〉動物記」（光文社2006年刊）の改題　文献あり〉630円 ①978-4-16-790404-3
内容 「狼王ロボ」の異名を持つ巨大狼を追跡中の老人が、喉を裂かれて殺された。「犯人」は狼なのか？だが居合わせたシートンは、真犯人は他にいると断言する—名著『シートン動物記』の著者、シートン先生は名探偵でもあった!?動物たちを巻き込む怪事件をホームズばりの推理で解決する心優しい連作ミステリ。

『シートン（探偵）動物記—連作短編ミステリー』柳広司著　光文社 2009.3 319p 16cm〈光文社文庫〉〈文献あり〉571円 ①978-4-334-74559-2
内容 “悪魔” と恐れられる巨大な狼との知恵比べの最中、のどを食い破られた死体に遭遇する「カランポーの悪魔」。老カラスの宝物からダイヤを見つけたことで奇妙な殺難事件に巻き込まれる「銀の星」等、全七編収録。自然観察者にして『動物記』の作者シートン氏が、動物たちを巡って起こるさまざまな難事件に挑む連作短編ミステリー。

『ジョーカー・ゲーム』柳広司著　角川書店 2011.6 280p 15cm〈角川文庫〉〈発売：角川グループパブリッシング〉552円 ①978-4-04-382906-4
内容 結城中佐の発案で陸軍内に極秘裏に設立されたスパイ養成学校 “D機関”。「死なぬ、殺すな、とらわれるな」。この戒律を若き精鋭達に叩き込み、軍隊組織の信条を真っ向から否定する “D機関” の存在は、当然、猛反発を招いた。だが、頭脳明晰、実行力でも群を抜く結城は、魔術師の如き手さばきで諜報戦の成果を上げてゆく…。吉川英治文学新人賞、日本推理作家協会賞に輝く究極のスパイ・ミステリー。
別版 角川書店 2008.8

『漱石先生の事件簿—猫の巻』柳広司著
角川書店 2010.11 310p 15cm〈角川文庫〉〈発売：角川グループパブリッシング〉590円 ①978-4-04-382904-0

ヤングアダルトの本　いま読みたい小説4000冊　**315**

柳広司　　日本の作品

内容 探偵小説好きの「僕」はひょんなことから英語の先生の家で書生として暮らすことになった。先生は癇癪もちで、世間知らず。はた迷惑な癖もたくさんもっていて、その“変人”っぷりには正直うんざり。ただ、居候生活は刺激に満ち満ちている。この家には先生以上の“超変人”が集まり、そして奇妙奇天烈な事件が次々と舞い込んでくるのだから…。『吾輩は猫である』の物語世界がミステリーとしてよみがえる。抱腹絶倒の“日常の謎”連作集。

『**象は忘れない**』柳広司著　文藝春秋　2016.2　235p　20cm　1350円　①978-4-16-390400-9
内容 あの日あの場所で何が起きたのか（「道成寺」）、助けられたかもしれない命の声（「黒塚」）、原発事故によって崩れてゆく言葉の世界（「卒都婆小町」）など、エンターテインメントの枠を超え、研ぎ澄まされた筆致で描かれた五編。

『**ソクラテスの妻**』柳広司著　文藝春秋　2014.12　187p　16cm（文春文庫）〈「最初の哲学者」（幻冬舎 2010年刊）の改題〉550円　①978-4-16-790249-0
内容 皆さんがおっしゃるほど、わたしはあの人にとって“悪い妻”だったのでしょうか？ソクラテスの死後、悪妻クサンティッペが亡夫の実像を語る表題作の他、オイディプス、ゼウス、ミノタウロス、イカロス、タレス…いつか耳にしたギリシアの神や人々が、生き生きとよみがえる。平明な文体に深遠な哲学が沁み込んだ掌編集。

『**ダブル・ジョーカー**』柳広司著　角川書店　2012.6　321p　15cm（角川文庫）〈2009年刊に「眠る男」を収録　発売：角川グループパブリッシング〉590円　①978-4-04-100328-2
内容 結城中佐率いる異能のスパイ組織“D機関”の暗躍の陰で、もう一つの諜報組織“風機関”が設立された。その戒律は「躊躇なく殺せ。潔く死ね」。D機関の追い落としを謀る風機関に対し、結城中佐が放った驚愕の一手とは？ 表題作「ダブル・ジョーカー」ほか、“魔術師”のコードネームで伝説となったスパイ時代の結城を描く「柩」など5篇に加え、単行本未収録作「眠る男」を特別収録。超話題「ジョーカー・ゲーム」シリーズ第2弾。
別版 角川書店 2009.8

『**トーキョー・プリズン**』柳広司著　角川書店　2009.1　420p　15cm（角川文庫）〈発売：角川グループパブリッシング〉667円　①978-4-04-382902-6

内容 戦時中に消息を絶った知人の情報を得るため巣鴨プリズンを訪れた私立探偵のフェアフィールドは、調査の交換条件として、囚人・貴島悟の記憶を取り戻す任務を命じられる。捕虜虐殺の容疑で拘留されている貴島は、恐ろしいほど頭脳明晰な男だが、戦争中の記憶は完全に消失していた。フェアフィールドは貴島の相棒役を務めながら、プリズン内で発生した不可解な服毒死事件の謎を追ってゆく。戦争の暗部を抉る傑作長編ミステリー。

『**虎と月**』柳広司著　文藝春秋　2014.1　237p　16cm（文春文庫）〈理論社 2009年刊の再刊〉540円　①978-4-16-790011-3
内容 父は虎になった。幼いぼくと母を残して。いつかは、ぼくも虎になるのだろうか…。父の変身の真相を探るため、少年は都へと旅に出た。行く先々で見聞きするすべてが謎解きの伏線。ラストの鮮やかなどんでん返し！中島敦の名作「山月記」を、大胆な解釈で生まれ変わらせた、新感覚ミステリ。
別版 理論社（ミステリーya！）2009.2

『**ナイト＆シャドウ**』柳広司著　講談社　2015.6　406p　15cm（講談社文庫）750円　①978-4-06-293151-9
内容 世界最強の警護官集団「シークレットサービス」での研修のため渡米したSP首藤は初日、フォトジャーナリストの美和子と出会う。国際テロ組織が大統領暗殺を予告し緊張が走るなか、美和子が誘拐される。首藤は相棒バーンと共に警護を完遂し、彼女を助け出すことができるのか。圧巻のボディガードミステリ。
別版 講談社 2014.7

『**パラダイス・ロスト**』柳広司著　角川書店　2013.6　303p　15cm（角川文庫）〈著作目録あり　発売：角川グループホールディングス〉552円　①978-4-04-100826-3
内容 大日本帝国陸軍内にスパイ養成組織“D機関”を作り上げ、異能の精鋭たちを統べる元締め、結城中佐。その正体を暴こうとする男が現れた。英国タイムズ紙極東特派員アーロン・プライス。結城の隠された生い立ちに迫るが…（「追跡」）。ハワイ沖の豪華客船を舞台にした初の中篇「暗号名ケルベロス」を含む全5篇。世界各国、シリーズ最大のスケールで展開する、究極の頭脳戦！「ジョーカー・ゲーム」シリーズ、待望の第3弾。
別版 角川書店 2012.3

『**パルテノン―アクロポリスを巡る三つの物語**』柳広司著　実業之日本社　2010.

10　428p　16cm（実業之日本社文庫）
686円　①978-4-408-55007-7
内容 ペルシア戦争で勝利をおさめ、民主制とパルテノン神殿の完成によって、アテナイが栄華を極めた紀元前五世紀。都市国家の未来に希望を託し、究極の美を追究した市民の情熱と欲望を活写する表題作「パルテノン」ほか、「巫女」「テミストクレス案」の三編を収録。『ジョーカー・ゲーム』でブレイク前夜に刊行、著者の"原点"として位置づけるべき意欲作、待望の文庫化。

『風神雷神　風の章』柳広司著　講談社
2017.8　249p　20cm　1500円　①978-4-06-220715-7
内容 扇屋「俵屋」の養子となった伊年は、醍醐の花見や、出雲阿国の舞台、また南蛮貿易で輸入された数々の品から意匠を貪っていた。俵屋の扇は日に日に評判を上げ、伊年は「平家納経」の修理を任される。万能の文化人・本阿弥光悦が版下文字を書く「嵯峨本」「鶴下絵三十六歌仙和歌巻」下絵での天才との共同作業を経て、伊年の筆はますます冴える。

『風神雷神　雷の章』柳広司著　講談社
2017.8　266p　20cm　1500円　①978-4-06-220716-4
内容 妻を娶り、二人の子を生した宗達は、名門公卿の烏丸光広に依頼され、養源院の唐獅子図・白象図、相国寺の蔦の細道図屏風を制作する。法橋の位を与えられ禁中の名品を模写し、古今東西のあらゆる技法を学んだ宗達。盟友が次々に逝くなか、国宝・関屋澪標図屏風、重要文化財・舞楽図屏風を描いた天才絵師は、国宝・風神雷神図屏風で何を描いたのか。

『柳屋商店開店中』柳広司著　原書房
2016.8　307p　19cm　1600円　①978-4-562-05340-7
内容 『ジョーカー・ゲーム』シリーズ作品アリマス。ホームズにメロスにかぐや姫もアリマス。さらに縦横無尽のエッセイまで大盤振る舞い。柳広司の全部ココにアリマス。

『楽園の蝶』柳広司著　講談社　2013.6
310p　20cm　1500円　①978-4-06-218363-5
内容 脚本家志望の若者・朝比奈英一は、制約だらけの日本から海を渡り、満州映画協会の扉を叩く。だが提出するメロドラマはすべて、ドイツ帰りの若き女性監督・桐谷サカエから「この満洲では使い物にならない」とボツの繰り返し。彼女の指示で現地スタッフの陳雲と二人で、探偵映画の脚本を練り始めるのだが…。

『ラスト・ワルツ』柳広司著

KADOKAWA　2016.3　299p　15cm
（角川文庫）〈2015年刊に「パンドラ」（書き下ろし）を加え再刊　著作目録あり〉600円　①978-4-04-104023-2
内容 華族に生まれ陸軍中将の妻となった顕子は、退屈な生活に倦んでいた。アメリカ大使館主催の舞踏会で、ある人物を捜す顕子の前に現れたのは―（「舞踏会の夜」）。ドイツの映画撮影所、仮面舞踏会、疾走する特急車内。帝国陸軍内に極秘裏に設立された異能のスパイ組織 "D機関" が世界で繰り広げる諜報戦。ロンドンでの密室殺人を舞台にした特別書き下ろし「パンドラ」収録。スパイ・ミステリの金字塔「ジョーカー・ゲーム」シリーズ！
別版 KADOKAWA　2015.1

『ロマンス』柳広司著　文藝春秋　2013.11
311p　16cm（文春文庫）550円　①978-4-16-783886-7
内容 ロシア人の血を引く白皙の子爵・麻倉清彬は、殺人容疑をかけられた親友・多岐川嘉人に呼び出され、上野のカフェーへ出向く。見知らぬ男の死体を前にして、何ら疚しさを覚えぬ二人だったが、悲劇はすでに幕を開けていた…。不穏な昭和の華族社会を舞台に、すべてを有するが故に孤立せざるを得ない青年の苦悩を描いた渾身作。
別版 文藝春秋　2011.4

『吾輩はシャーロック・ホームズである』
柳広司著　角川書店　2009.9　272p
15cm（角川文庫）〈文献あり　発売：角川グループパブリッシング〉552円
①978-4-04-382903-3
内容 ロンドン留学中の夏目漱石が心を病み、自分をシャーロック・ホームズだと思い込む。漱石が足繁く通っている教授の計らいで、当分の間、ベーカー街221Bにてワトスンと共同生活を送らせ、ホームズとして過することになった。折しも、ヨーロッパで最も有名な霊媒師の降霊会がホテルで行われ、ワトスンと共に参加する漱石。だが、その最中、霊媒師が毒殺されて…。ユーモアとペーソスが横溢する第一級のエンターテインメント。

山田　悠介
やまだ・ゆうすけ
《1981～》

『＠ベイビーメール』山田悠介著
KADOKAWA　2015.7　263p　15cm
（角川文庫）〈角川ホラー文庫 2005年刊の再刊〉520円　①978-4-04-102925-1

内容「私の赤ちゃん、大切に育ててあげて」。抉られた腹部にへその緒だけを残した女性の変死体が次々と発見された。高校教師の雅斗は、親友の恋人が犠牲になったことから調査を始め、被害者全員が死亡前に、赤ん坊の泣き声が聞こえるメールを受信していたことを知る。"ベイビーメール"という題名のそれは、恋人である朱美のもとにも届いていて…!?雅斗は恋人の命を救うことができるのか─山田悠介初期の傑作都市型ホラー!

『アバター』山田悠介著　角川書店　2013.2　245p　15cm（角川文庫）〈発売：角川グループパブリッシング〉514円
①978-4-04-100690-0
内容クラスで一番地味な阿武隈川道子は高校2年生で初めて携帯電話を手に入れる。クラスを仕切っている女王様からSNSサイト"アバQ"へ強制的に登録させられた道子だったが、その日から日常が一変。地味な自分に代わって分身である"アバター"を着飾ることにハマっていく。やがて超レアアイテムを手に入れた道子は学校の女王として君臨し、自らサークルを立ち上げてアバターで日本を支配しようとし始めるが─。
別版 角川書店 2009.11

『Aコース』山田悠介著　KADOKAWA　2016.10　178p　15cm（角川文庫）〈幻冬舎文庫2004年刊の再刊〉440円
①978-4-04-104926-6
内容バーチャワールドという新感覚のゲームに挑む賢治や敏晃ら高校生5人組。決められたルールに従い病院脱出を目指す賢治たちだったが、ある女性患者の自殺を目撃したことから事態は急変する。謎の少年アキラが現れ、ゲームは予測不可能な方向に進んでいく。ひとり、またひとりとリタイアしていく仲間たち。何故アキラは5人の前に現れたのか─ゲームをクリアした者にだけ明かされる哀しき"運命"とは!?

『Fコース』山田悠介著　KADOKAWA　2017.5　173p　15cm（角川文庫）〈幻冬舎文庫2005年刊の再刊〉520円
①978-4-04-104927-3
内容仮想現実に入り込む新感覚ゲーム・バーチャワールド。高校生の智里は周囲の期待に応える完璧な自分を演じることに疲れ、ゲーム世界にのめり込んでいく。そんな中、同級生の瑠華たちと4人で挑んだ新作『Fコース』。ミッションは深夜の美術館に侵入し、天才画家バッジスの最後の作品を盗み出し脱出すること。罠を回避しながらクリアを目指す智里だが、このミッションには大きな秘密が隠されていて!?

『奥の奥の森の奥に、いる。』山田悠介著　幻冬舎　2015.8　317p　16cm（幻冬舎文庫）580円　①978-4-344-42383-1
内容政府がひた隠す悪魔村。ここで育つ少年は15歳で"悪魔を発症"し、ほとんどが「使えない」と殺されてしまう。一方少女たちは、悪魔を産ませるために飼われている。少年メロは仲間と逃げ出すが、大好きな友が次々と、魂を喰う邪悪な姿に…。ついにメロの体にも前兆が！それでも愛する少女を守り続けるが─。悲しき運命と戦う少年たちの物語。
別版 幻冬舎 2013.1

『お宝探しが好きすぎて』山田悠介著　文芸社　2017.2　162p　15cm（文芸社文庫）580円　①978-4-286-18396-1
内容「オイラ兄ちゃんのためにコドモランドから来たんだ」孝平はあの世とこの世を行き来していた。今日もあの世で、孝平は少年ゼロと「お宝探し」ゲームに興じていた。しかし、お宝は警備員の身体の一部だった!?そして、次にゼロの標的は、現実の世界のホームレスのおじさんだった。ゼロの魔手は、兄の孝広にも伸びた！大好きな兄のため、孝平はゼロに立ち向かった─。そして、雨が降りしきる中、孝平が目にしたものは？

『オール』山田悠介著　角川書店　2009.11　318p　15cm（角川文庫）〈発売：角川グループパブリッシング〉552円
①978-4-04-379208-5
内容地元を出て東京の一流企業に入ったものの1年も経たずに辞めてしまった健太郎は、刺激のある仕事を求めて「何でも屋」に飛び込んだ。個性的なメンバーぞろいの「何でも屋」には、奇妙な依頼ばかりが舞い込んでくる。「午後5時までにゴミ屋敷を片付けてくれたら報酬500万円」。しかも、依頼メールのタイトルは「私を見つけて」。半信半疑で現場に向かった健太郎たちを待っていたものは!?痛快度ナンバーワンの人気シリーズ第1弾。

『オール　ミッション2』山田悠介著　角川書店　2011.4　327p　15cm（角川文庫）〈発売：角川グループパブリッシング〉590円　①978-4-04-379210-8
内容どんな依頼も引き受ける「何でも屋」の仕事にも慣れてきた健太郎だが、生意気な後輩の駒田と美人の由衣が仲間に加わって、毎日が落ち着かない。そのうえ持ち込まれるのは「校庭に埋めたタイムカプセルを見つけて」「連敗続きの少年野球チームを勝たせて」と相変わらずおかしな依頼ばかり。健太郎はだんだん由衣といい雰囲気になってきたのに、よりによって駒田も由衣を狙っている?!絶好

調ノンストップお仕事小説第2弾。

『神様のコドモ』山田悠介著　幻冬舎
2016.3　230p　19cm　1200円　①978-
4-344-02907-1
内容 反省しない殺人者には、死ぬより辛い
苦痛が。虐待を受けた者には、復讐のチャン
スが。そして、愛する者を失った人のもとに
は、幸せな奇跡が―。天上界から "神様の子"
が見た、1話3分で読める42の物語。

『貴族と奴隷』山田悠介著　幻冬舎　2018.
4　238p　16cm（幻冬舎文庫）〈文芸社
2013年刊の再刊〉500円　①978-4-344-
42733-4
別版 文芸社 2013.11

『君がいる時はいつも雨』山田悠介著　文
芸社　2014.12　180p　15cm（文芸社文
庫）580円　①978-4-286-16035-1
内容 孝広は幼いころに事故で両親を亡くし、
叔父夫婦のもとに身を寄せている。夏休みが
始まり、寂しさを紛らわせようと大好きな野
球に打ち込むのだが、そこへ謎の男の子が現
れた。必ず雨とともに姿を見せる彼はいった
い何者なのか？　そしてやってきた本当の目
的は？　やんちゃな性格に振り回されながら
も、孝広は少しずつ変わってゆくのだが…。
出会うはずのなかった2人の切ない夏休みが
始まる。

『93番目のキミ』山田悠介著　河出書房新
社　2017.8　350p　15cm（河出文庫）
600円　①978-4-309-41542-0
内容 心を持つ「スマートロボット2」が発売
された。遊び暮らしていた大学生の也太は、
しっかり者のスマロボ「シロ」を使って想い
を寄せる都奈の気を引こうとする。ところが
都奈の弟・和毅が事件に巻き込まれ、也太の
中で何かが変わり始めた。二人は絶望する姉
弟を救えるのか。機械の心がみんなの気持ち
を変えていく感動の物語。
別版 文芸社 2013.4
別版 文芸社（文芸社文庫）2016.2

『キリン』山田悠介著　角川書店　2013.6
478p　15cm（角川文庫）〈発売：角川
グループパブリッシング〉629円
①978-4-04-100876-8
内容 天才精子バンクで生まれた兄弟―天才
数学者の遺伝子を受け継ぐ兄は容姿に優れな
かったため、弟の麒麟は「パーフェクトベイ
ビー」を望む母親の期待を一身に背負ってい
た。しかし、背中に怪しいシミが浮かんだ時
から成長が停止。"失敗作" の烙印を押された
彼は母と兄から見捨てられてしまう。孤島に
幽閉されても家族の絆を信じ続ける麒麟に、

運命が残酷に立ちはだかる！ 最も切ない山
田悠介作品が、待望の文庫化!!
別版 角川書店 2010.9

『自殺プロデュース』山田悠介著　幻冬舎
2012.4　235p　16cm（幻冬舎文庫）495
円　①978-4-344-41856-1
内容 深夜のビルの屋上に、管弦楽の演奏が
響き、男がそこから飛び降りた。内臓の飛び
出た死体に、演奏していた女たちが群がる…。
白川琴音が所属する大学の極秘サークルは、
自殺する者を何人も、音楽で見送ってきた。
がある日、自殺志願者が「やっぱり死ぬのを
やめる」と言った途端、美人指揮者の真理乃が
豹変。演奏を聴いた者は死なねばならない!?
―。
別版 幻冬舎 2009.6

『スイッチを押すとき―他一篇』山田悠介
著　河出書房新社　2016.2　432p
15cm（河出文庫）〈角川文庫 2008年刊
の改稿〉600円　①978-4-309-41434-8
内容 増加する若年層の自殺を防ごうと、政府
が始めた戦慄のプロジェクト。心理
データ取得のためにあえて自殺に追い込まれ
る子供たちを、監視員の洋平は救うことがで
きるのか。感動のラストに多くの読者が涙し
た、初期の名作大幅改稿版。ホラー短篇「魔
子」も併録。
別版 角川書店（角川文庫）2008.10

『スピン』山田悠介著　角川書店　2010.6
347p　15cm（角川文庫）〈発売：角川
グループパブリッシング〉590円
①978-4-04-379209-2
内容 ネットで知り合った、顔を知らない6人
の少年たち。「世間を驚かせようぜ」その一言
で、彼らは6都市で同時刻にバスジャックを
開始した。そんなバスに運悪く乗り合わせた
のは、正月早々バイトをクビになった無職の
奥野修一。コンビニで万引きをしてしまい、
店員から逃げたあげくに乗り込んだバスが、
ジャックされてしまったのだ。少年たちの目
的地は東京タワー。果たして6台のバスの結
末と、乗り合わせた乗客の運命は―。

『その時までサヨナラ』山田悠介著　河出
書房新社　2017.7　364p　15cm（河出
文庫）〈文芸社 2008年刊に書き下ろし
「その後の物語」を加えて再刊〉600円
①978-4-309-41541-3
内容 妻子が列車事故に遭遇した。敏腕編集
者の悟は仕事のことしか頭になく、奇跡的に
生還した息子を義理の両親に引き取らせよう
とする。ところが亡き妻の友人・春子の登場
で悟の中で何かが変わり始めた。彼女は何者

なのか。そして事故現場から見つかった結婚
指輪に妻が託した想いとは？ ヒットメーカー
が切り拓く愛と絆の感動大作に、スピンオフ
「その後の物語」を新規収録した完全版！
別刷 文芸社 2008.4
別版 文芸社（文芸社文庫）2012.2
『種のキモチ』山田悠介著　文芸社　2016.
　8　195p　15cm（文芸社文庫）600円
　①978-4-286-17852-3
別版 文芸社 2012.9
『天使が怪獣になる前に』山田悠介著　文
　芸社　2015.2　163p　15cm（文芸社文
　庫）580円　①978-4-286-16250-8
内容 ふたたび現実世界にやってきた孝平は、
街中でたたずむ男の子と出会う。とある母子
の様子を眺め続ける男の子は決して名前を言
わず、孝平は仕方なく『ナナシ』と名付ける
のだった。ところが母子との距離が縮まるに
つれ、悲しい過去が明らかになっていく。ナ
ナシは家族の愛に触れることができるのか。
家族の行く末に意外なラストが待っている。
『ドアD』山田悠介著　幻冬舎　2009.8
　235p　16cm（幻冬舎文庫）495円
　①978-4-344-41353-5
内容 優奈は、大学のテニスサークルの仲間7
人とともに、見知らぬ部屋に拉致された。一
つだけあるドアは施錠されている。突然、壁
穴から水が噴き出した。瞬く間に水位は喉元
まで…。溺死を免れるには、一人が部屋に残
り、ドアの開錠のスイッチを押し続けるしか
ない。誰が犠牲になる？ 人間の本性を剥き
出しにした、壮絶な殺人ゲームが始まった。
『特別法第001条dust』山田悠介著　幻冬
　舎　2009.4　509p　16cm（幻冬舎文
　庫）724円　①978-4-344-41297-2
内容 二〇一一年、国はニートと呼ばれる若者
たちを"世の中のゴミ"として流罪にする法律
を制定した。ある日突然、孤島に"棄民"され
た章弘と五人の若者たち。刑期は五〇〇日。
絶えず襲いかかる敵の襲撃と飢餓の恐怖。生
死を賭けたサバイバルの中で、仲間同士の裏
切り、殺し合い、そして友情と恋愛。この島
から、いったい何人が生きて出られるのか。
『名のないシシャ』山田悠介著
　KADOKAWA　2014.2　392p　15cm
　（角川文庫）〈角川書店 2011年刊の再
　刊〉600円　①978-4-04-101222-2
内容 少年は人の『死までの時間』が分かり、
命を与える特別な力を持つ『シシャ』という
存在だった。名を持たぬ彼は人間の少女・玖
美から"テク"という名前をもらい、少しずつ
喜びや悲しみといった感情を知る。しかし、

永遠に大人にならないテクと成長していく玖
美には、避けられない別れの運命が迫ってい
た。いつか、命を捧げてもいいと思う人間に
出会えるのだろうか―切なすぎるラストが胸
をうつ、ナナシの命と運命の物語。
別版 角川書店 2011.11
『ニホンブンレツ　上』山田悠介著，
　woguraイラスト　小学館　2016.8
　232p　18cm（小学館ジュニア文庫）
　〈文芸社文庫 2013年刊をもとに改稿〉
　700円　①978-4-09-230887-9
内容 「2027年日本は東と西に分かれ、巨大な
"東西の壁"ができ、人々の行き来ができなく
なりました」…小学生に歴史を教える東条博
文は、恋人の恵実と東京で幸せに暮らしてい
た。だが恵実が西日本の実家に帰っている時
にニホンブンレツがおき、2人は二度と会え
なくなってしまったのだ！ 恵実に再び会う
ため、博文は戦場で西日本の兵士になりすま
し、なんとか西に潜り込む。だがそこは「華
族」「平民」「実験」「奴隷」と4つの階級エリ
アに分かれた絶望の国で―!?
『ニホンブンレツ　下』山田悠介著，
　woguraイラスト　小学館　2016.8
　191p　18cm（小学館ジュニア文庫）
　〈文芸社文庫 2013年刊をもとに改稿〉
　650円　①978-4-09-230888-6
内容 4つの階級エリアに分かれていた西。東
条博文が探していた恋人の恵実は、なんと奴
隷エリアで働かされていたのだった。博文は
看守として恵実と再会するが、階級が異なる2
人は決して結ばれないという。将来に絶望す
る博文にさらなる悲劇が襲う。東の密告によ
りスパイ容疑で両親が逮捕されてしまったの
だ！ 博文は恵実を巻きこまないように1人で
逃げようとするが、恵実は最後まで一緒にい
たいと覚悟を決めていて…。悪夢のような運
命を乗り越えて2人は幸せになれるのか―!?
別版 文芸社 2009.3
別版 文芸社（文芸社文庫）2013.2
『配信せずにはいられない』山田悠介著
　文芸社　2015.4　200p　15cm（文芸社
　文庫）580円　①978-4-286-16398-7
『パズル―48時間戦争』山田悠介作，徒花
　スクモ絵　角川書店　2012.2　303p
　18cm（角川つばさ文庫）〈発売：角川グ
　ループパブリッシング〉680円　①978-
　4-04-631219-8
内容 超有名進学校が、正体不明の武装集団
に占拠された。人質とされた担任教師を救う
ためには、3年A組の生徒だけで、広い学校
の校舎にかくされた2,000ものパズルのピー

スを探しだし、完成させるしかない。タイムリミットは、48時間。全てのパズルを探しだせるのか？ 犯人の目的は？ パズルの絵の謎は？ いま始まる究極のゲーム―君ならどうする？ 小学上級から。

『パーティ』山田悠介著　幻冬舎　2016.11　381p　16cm（幻冬舎文庫）〈角川文庫2011年刊の再刊〉580円　①978-4-344-42504-0
内容 幼なじみの4人の少年は、深刻な病に侵された同級生の少女を守るため、ある"罪深い秘密"を共有し、そのまま離ればなれになっていた。だが、大人になった彼らのもとに、殺したいほど憎い"あの女"から謎の手紙が届き、過去が動き出す！ 手紙に導かれ、神様がいると言われる「神獄山」の山頂を目指す4人。そこには何が待ち受けているのか？
別版 角川書店（角川文庫）2011.6

『パラシュート』山田悠介著　幻冬舎　2011.5　203p　16cm（幻冬舎文庫）457円　①978-4-344-41668-0
内容 首相官邸に入った、テロリストからの脅迫電話。一大学生二人を拉致した。A国への攻撃を止めなければ二人の命はない、と。だが、首相はそれを無視。国から見放された賢一と光太郎は、無人島上空でジェット機から突き落とされる。生き延びる手段は、意識のない光太郎につけられたパラシュートだけ。テロリストと首相への復讐に燃える賢一は。

『復讐したい』山田悠介著　幻冬舎　2013.4　250p　16cm（幻冬舎文庫）495円　①978-4-344-42011-3
内容 「復讐法」に則り家族を殺された遺族は犯人を殺してもいい。ただしルール厳守。（1）場所は孤島・蛇岩島に限る。（2）制限時間は100時間。（3）遺族には武器と食料とGPS等が与えられるが犯人は丸腰。（4）ここでは誰が殺傷しても罪にならない。一最愛の妻を殺された泰之は最も残虐な方法で犯人を殺すことに決めた！ 背筋の凍る復讐ホラー。
別版 幻冬舎 2011.4

『ブラック』山田悠介著, わんにゃんぷーイラスト　小学館　2017.10　190p　18cm（小学館ジュニア文庫）〈文芸社文庫 2015年刊をもとに改稿〉650円　①978-4-09-231198-5
内容 「1話」交通事故で野球選手になる夢を閉ざされ、絶望している中学生の俊太。俊太を励ますため、プロ野球選手が奇跡のサイクルヒットを約束するが…。「2話」終われた島で貧しい生活を送る少年リョウ。腕に×印がついた仲間たちが病気で死んでいくなか、

彼は島を出る決意をするが…。「3話」病弱な少女ミサに助けられた、年老いたカンちゃん。助けてくれた恩返しに、ミサが探しているタカシクンを見つけるが…。3つの物語がつながるとき、あなたは驚きの真実を知ることに！
別版 文芸社 2011.7
別版 文芸社（文芸社文庫）2015.12

『ブレーキ』山田悠介著　KADOKAWA　2015.6　291p　15cm（角川文庫）〈角川書店 2008年刊の再刊〉520円　①978-4-04-102924-4
内容 ビンゴに己の運命を託す死刑囚。命を狩るサッカーで大金を稼ぐ男。"とある役割"を決めるためにトランプに挑む家族。観客の命を守るために優勝しなければいけないゴルファー。そして、愛する者の処刑を防ぐためにブレーキを踏まずに死のコースを駆ける青年。生き残りたければ勝つしかない―これは、自らの生命を賭けて繰り広げられる死の遊戯。山田悠介の原点ともいえる5つのサバイバルゲームが、装いも新たに再文庫化！

『僕はロボットごしの君に恋をする』山田悠介著　河出書房新社　2017.10　252p　19cm　1000円　①978-4-309-02610-7
内容 二〇六〇年、三度目のオリンピック開催が迫る東京で、人型ロボットを使った国家的極秘プロジェクトが進んでいた。プロジェクトメンバーの健は、幼なじみで同僚の龍一郎と彼の妹の咲に助けられながら奮闘する。ところが、咲の勤務先にテロ予告が届き事態は急変した。目的を達するために、はてしなく暴走する研究者の狂気。はたして健は、テロを防ぎ、想いを寄せる咲を守れるのか？ そしてラストに待ち受ける衝撃と、涙の結末は？ 男の打った最後の一手が、開けてはいけない扉を開ける！

『魔界の塔』山田悠介著　幻冬舎　2010.8　237p　16cm（幻冬舎文庫）495円　①978-4-344-41528-7
内容 「最後のボスを絶対に倒せないRPGがある」という噂を聞いた、ゲーマーの嵩典。実際に噂のゲーム『魔界の塔』に挑んだ友人達がプレイ中に倒れ、次々と病院送りに。しかも途中で終わったゲームの画面には「お前も、石にしてやるわ」のメッセージが…。それでも嵩典がゲームクリアに挑戦すると、死よりも怖い「まさか」の結末が待ち構えていた。

『メモリーを消すまで　1』山田悠介著　文芸社　2014.2　269p　15cm（文芸社文庫）620円　①978-4-286-14880-9
内容 犯罪防止のため、全国民の頭に埋められたメモリーチップ。「記憶削除」を執行する

組織MOCの相馬誠は腐敗はびこる所内の権力闘争に巻き込まれていく。実権を掌握しようとする黒宮の真の目的はなんなのか？そして争いに巻き込まれたストリートチルドレンの悲劇とは？「消えた9時間」をめぐる戦慄のストーリー！隠蔽、逃走、復讐のはてに、感動のラストが待ち受ける!!

別版 文芸社 2010.6

『メモリーを消すまで 2』山田悠介著
　文芸社　2014.2　295p　15cm（文芸社文庫）620円　①978-4-286-14881-6
　内容 栄達のために、ストリートチルドレンへの凶行に走った黒宮。関係者すべての記憶は消され、事件は闇に葬られた。黒宮はMOC東京本部のトップに昇りつめ、さらに野望を加速させる。すべてを失った相馬は、真実を暴くことができるのか。そして権力の階段を昇る黒宮の真の目的と、背後にうごめく黒幕の正体は？記憶争奪をめぐる頭脳戦のはてに、それぞれに待ち受ける運命は!?

別版 文芸社 2010.6

『モニタールーム』山田悠介著　角川書店
　2012.6　311p　15cm（角川文庫）〈発売：角川グループパブリッシング〉552円　①978-4-04-100329-9
　内容 月収100万円という破格の仕事を見つけた徳井。その仕事内容とは、刑務所の地下のモニタールームで、いくつものモニターを見るという簡単なものだという。不審に思いながら、ひとつ目のモニターをのぞき込んだ徳井が見たモノとは、無数の地雷で隔絶された地帯に住む少年少女たちの姿だった！そして別のモニターには、牢獄に入った中年女性の姿が映し出されており―!?山田悠介が放つ最高の絶対不可能ゲーム。

別版 角川書店 2008.10

『ライヴ』山田悠介著　幻冬舎　2017.7
　334p　16cm（幻冬舎文庫）〈角川文庫2009年刊の改訂〉540円　①978-4-344-42628-3
　内容 感染すると死に至るウイルスが流行する中、大学生の直人は「未認可の特効薬」の情報をネットで見つけた。病気の母のため絶対に手に入れる！だが薬は、謎の主催者によるトライアスロンレースの完走と引き換えだった。無数の罠、壊れゆく参加者、命を狙う秘密組織が絶えず襲い来る過酷なレース。それでも愛する人を救うには、走り切るしかない！

別版 角川書店（角川文庫）2009.6

『リアル鬼ごっこ』山田悠介著　小学館
　2014.7　285p　18cm（小学館ジュニア

文庫）〈イラスト：wogura　文芸社2001年刊の再刊〉700円　①978-4-09-230762-9
　内容 小さなころ母と妹の愛と、悲劇の生き別れをした佐藤翼。だがそんな境遇にもめげずに、翼は短距離走者として期待されていた。あの日がくるまでは―。この国にいる絶対的な王様「佐藤」。王様はある日「自分と同じ名字は許せない！」と全国に500万人いる"佐藤"さんを殺す「リアル鬼ごっこ」を思いついた。それは、7日間鬼から逃げきらなければ殺される、という残虐なゲームだったのだ！全国放送のテレビで「リアル鬼ごっこ」開始の合図が流れるなか、翼は最後まで生き残ることができるのか!?

『リアル鬼ごっこLIMITED』山田悠介著
　文芸社　2010.6　331p　20cm　1200円
　①978-4-286-09375-8

山本　文緒
やまもと・ふみお
《1962～》

『アカペラ』山本文緒著　新潮社　2011.8
　303p　16cm（新潮文庫）476円　①978-4-10-136061-4
　内容 身勝手な両親を尻目に、前向きに育った中学三年生のタマコ。だが、大好きな祖父が老人ホームに入れられそうになり、彼女は祖父との"駆け落ち"を決意する。一方、タマコを心配する若い担任教師は、二人に振り回されて―。奇妙で優しい表題作のほか、ダメな男の二十年ぶりの帰郷を描く「ソリチュード」、独身の中年姉弟の絆を見つめた「ネロリ」を収録。温かくて切ない傑作小説集。

『あなたには帰る家がある』山本文緒著
　角川書店　2013.6　440p　15cm（角川文庫）〈集英社 1994年刊の再刊　発売：角川グループホールディングス〉705円
　①978-4-04-100872-0
　内容 家を建て直そうか。新しい書斎、広い台所。そうすれば家族はもっと幸福になるに違いない。学校教師の茄子田太郎は、住宅展示場で営業マン・秀明と出会う。一方、秀明の妻・真弓ががむしゃらに手に入れた家庭は、天国ではなかった。子供は好きだけど、もし自分が夫と同じくらい稼げたら？"たまには憂さ晴らしをする権利"だってほしい。そうだ、働こう。二組の家族の、運命の歯車が動き出す！家族の幸福を問う、極上小説。

『カウントダウン』山本文緒著

日本の作品 　　　　　　　　　　　　　　　　　　　　唯川恵

KADOKAWA　2016.12　231p　15cm
（角川文庫）〈光文社 2010年刊の再刊〉
520円　①978-4-04-104746-0
内容 岡花小春16歳、夢は漫才師の高校生。何
をやってもカンペキにこなす梅太郎とコンビ
を組んでお笑いコンテストに挑戦したけれど、
美少女審査員・鶴子にけなされ、散々な結果
に。彼女はなんと大手芸能プロ社長の娘だっ
た。小さなプロダクションからのスカウトの
電話で夢が現実になりかけたとき、小春の前
に再び鶴子が登場して!?恋も家族も巻き込ん
で、目指すは笑いの花道だ！ 夢に向かって
ひた走る高校生たちを描いた青春小説。
別版 光文社（BOOK WITH YOU）2010.10

『群青の夜の羽毛布』山本文緒著
　KADOKAWA　2014.1　300p　15cm
（角川文庫）〈幻冬舎 1995年刊の再刊〉
560円　①978-4-04-100696-2
内容 24歳になっても、さとるの門限は夜10時
だ。学校教師の母には逆らえない。スーパー
で知り合った大学生・鉄男と付き合い始めて
も、さとるは母を怖れていた。屈託の無い笑
顔、女性に不自由したことのない鉄男は、少し
神経質なさとるに夢中だった。だが、さとる
は次第に追いつめられていく。家族が恋を、
踏みつける。このまま一生、私はこの家で
母と暮らすのだろうか。さとるの家で鉄男が
見たものは―。息詰まる母子関係を描く。

『チェリーブラッサム』山本文緒作，ミ
ギー絵　角川書店　2009.3　253p
18cm（角川つばさ文庫）〈2000年刊の
修正　発売：角川グループパブリッシン
グ〉640円　①978-4-04-631005-7
内容 中学2年生になったばかりの実乃は、お
父さんと姉の花乃との3人ぐらし。さいきん、
なぜか素直になれなくて、ためいきばかり。
そんなある日、とつぜんお父さんが「会社を
やめて、家族で『便利屋』をやるぞ」と言いだ
した。そこに、幼なじみのハズムから飼い犬
のラブリーをさがしてほしいと依頼が舞いこ
む。にわかに中学生探偵となった実乃は…。
山本文緒の傑作ミステリー。小学上級から。

『なぎさ』山本文緒著　KADOKAWA
2016.6　385p　15cm（角川文庫）
〈2013年刊の加筆修正〉680円　①978-
4-04-103989-2
内容 故郷を出て佐々井と二人、久里浜で暮
らす冬乃のもとに、連絡を絶っていた妹・菫
が転がり込んできた。一方、芸人に挫折し会
社員となった川崎は、勤め先がブラック企業
だと気付いていた。だが上司の佐々井はどこ
吹く風で釣り三昧。妹の誘いでカフェを始め

ることになった冬乃だが、夫に言い出せずに
おり―。小さな秘密が家族と暮らしに変化を
もたらしてゆく。生き惑いもがきながらも、
人生を変えてゆく大人たち。傑作長篇！
別版 KADOKAWA 2013.10

『落花流水』山本文緒著　KADOKAWA
2015.1　286p　15cm（角川文庫）〈集
英社 1999年刊の再刊〉480円　①978-4-
04-101956-6
内容 早く大人になりたい。一人ぼっちでも
平気な大人になって、自由を手に入れる。そ
して新しい家族をつくる、勝手な大人に翻弄
されたりせずに。気性の激しい若い母のもと
で育った手毬。犬のジョンと、隣に住むジョ
ンに似たアメリカ人の男の子が、無二の親友
だった。父親不在の家庭にやってきた新しい
義父を通じ、人のぬくもりを知る手毬だった
―。思うままに生き、変転を続ける女性の60
年にわたる人生と家族、愛を描く。

唯川 恵
ゆいかわ・けい
《1955～》

『愛に似たもの』唯川恵著　集英社　2009.
10　260p　16cm（集英社文庫）476円
①978-4-08-746486-3
内容 母親のようにはなりたくない。美貌と若
さを利用して、すべてを手に入れてやる（『真
珠の雫』）。親友の真似をして人生の選択をし
てきた。ある日を境にふたりの立場が逆転。
その快感が（『ロールモデル』）。過去の失敗
は二度と繰り返さない。たとえ自分を偽って
も、今度こそ結婚までこぎつけなければ（『教
訓』）。など、幸せを求める不器用な女たちを
描きだす8編の短篇作品集。第21回柴田錬三
郎賞受賞作。

『雨心中』唯川恵著　講談社　2013.7
379p　15cm（講談社文庫）676円
①978-4-06-277557-1
内容 施設育ちの芳子と周也は、実の姉弟の
ように生きてきた。芳子にとって、周也はこ
の世で唯一「私のもの」といえる存在だ。周
也は仕事が続かないが、芳子は優しく受け入
れる。周也を甘やかし、駄目にしてきたのは
自分だと芳子はわかっていた。そう、周也が
「罪」を犯した時でさえ―。直木賞作家によ
る究極の恋愛小説。
別版 講談社 2010.6

『息がとまるほど』唯川恵著　文藝春秋
2009.9　280p　16cm（文春文庫）505円

①978-4-16-772702-4
内容 同僚にプロポーズされたのを機に、不倫中の上司と別れる決意をした朋絵だったが、最後のデートを後輩に目撃され…。男と女の間に流れる、もはや愛とは呼べないくろぐろとした感情、女と女の間の、友情とは呼べない嫉妬や裏切り、優越感。女たちの心に沈む思いを濃密に描きだした、八つの傑作恋愛短篇。

『一瞬でいい　上巻』唯川恵著　新潮社
2012.3　329p　16cm（新潮文庫）550円
①978-4-10-133435-6
内容 軽井沢育ちの稀世と英次、東京から別荘へ避暑に来る未来子と創介。夏を一緒に過ごすうち、同年齢の四人はいつしか友情や恋心を育んでいた。高校の卒業記念に登った浅間山で悲劇は起きる。英次の事故死。残された三人はそれぞれの悔悟を胸に、創介は実家を飛び出し、未来子は留学、稀世は看護学校へ進んだ。三人とも彼の死を背負って生きる決意をして。32年間にわたる壮大な恋愛長編開幕。

『一瞬でいい　下巻』唯川恵著　新潮社
2012.3　379p　16cm（新潮文庫）630円
①978-4-10-133436-3
内容 それぞれの道を三人は歩み始めるが、人生の折々で英次の死が暗い影を落とした―。創介は、倒産寸前の不動産会社を再建すべく20年ぶりに実家へ戻る。化粧品会社で広告に携る未来子は、結婚し娘を出産する。看護婦を辞め医師との結婚も破談にした稀世は、やがて銀座でバーを経営する。そんな三人の運命が、50歳を目前にし、いま再び交錯する―。凄絶な愛を描く著者の集大成の長編。

『ヴァニティ』唯川恵著　光文社　2014.5
353p　16cm（光文社文庫）640円
①978-4-334-76735-8
内容 「こんなはずじゃなかった」との戦いだ―。恋や仕事、そして結婚に精一杯な "彼女" たちが、ふとした瞬間につまずく虚栄。それはいつかの、あるいはこれから出会う、あなたの姿かもしれない。泣きながら、それでも明日に向かう人々を、巧みに描き込んだ色とりどりの物語。アンソロジー等に掲載された貴重な中短編を、特別な装いで一冊にまとめて贈る、極上の傑作集。
別版 光文社 2011.11

『逢魔』唯川恵著　新潮社　2017.6　323p
16cm（新潮文庫）550円　①978-4-10-133438-7
内容 抱かれたい。触れられたい。早くあなたに私を満たして欲しい――。身分の違いで仲を裂かれ、命を落としたはずの女との、蕩けるほどに甘く激しい交わり。殿様の側室と女

中が密かにたがいを慰め合う、快楽と恍惚の果て。淫らな欲望と嫉妬に惑い、魔性の者と化した高貴な女の告白。牡丹燈籠、雨月物語、四谷怪談、源氏物語…古の物語に濃厚なエロティシズムを注ぎ描き出した、八つの愛欲の地獄。
別版 新潮社 2014.11

『片想い白書』唯川恵著　光文社　2014.4
194p　19cm（BOOK WITH YOU）
〈「ステキな五つの片想い」（集英社文庫1991年刊）の改題、加筆・修正〉1000円
①978-4-334-92943-5
内容 真実は友達のユカリを紹介してほしいと幼なじみの健から頼み事を受ける。仕方なく真実はユカリの文化祭に健をつれていくと、二人は良い雰囲気に。ところが、ユカリにその気はなく、何故か真実がユカリの代わりに断りの手紙を健に出すことになってしまい…。（身代わりの恋人）あなただけに届ける、五つのビターな恋の物語。小学生高学年から。

『彼女の嫌いな彼女』唯川恵著　集英社
2008.10　278p　16cm（集英社文庫）
〈幻冬舎2000年刊の増訂〉514円
①978-4-08-746357-6
内容 35歳の瑞子と23歳の千絵。何かと反目しあう二人が所属する第二販売部に、ロサンジェルスからきたエリート男性・冴木が配属された。いつの間にかお局さまと呼ばれている瑞子、自分より若い女子社員より焦り気味の千絵。それぞれの思惑を持って、冴木に近づくが…。一方の冴木も、何やらはっきりしない態度。誰もが感じる年齢の不安や、結婚や仕事に揺れる女心を語りつくす爽快恋愛小説。

『霧町ロマンティカ』唯川恵著　新潮社
2015.8　402p　16cm（新潮文庫）〈「途方もなく霧は流れる」（2012年刊）の改題〉670円　①978-4-10-133437-0
内容 霧の町、軽井沢。航空会社をリストラされた岳夫は、父親が遺した古い別荘で一人暮らすため、東京から越してきた。自由と不安の間に揺れる彼の新生活は、次々と立ち現れる女たちに翻弄される。誘いをかけてくる人妻、知的な女性獣医、ワケありらしい小料理屋の女将と、その十九歳の娘―。したたかで魅力的な女たちと運命に漂う男の恋愛ラプソディ。

『今夜は心だけ抱いて』唯川恵著　集英社
2012.10　397p　16cm（集英社文庫）
〈朝日文庫 2009年刊の加筆・修正〉680円　①978-4-08-746892-2
内容 47歳の経験と智恵があって、身体が17

歳だったとしたら。あの頃、躊躇してできなかったこと、悔いの残ったことを、もう一度やり直せるとしたら。バツイチの柊子と、幼い頃に手放した娘の美羽の身体が、ある日、入れ替わった。久しぶりの学校の試験に四苦八苦しながらも若さを楽しむ柊子。一方いきなり30歳も身体だけが歳をとってしまった美羽は…。母と娘、女と女として向き合うふたりの運命は。
別版 朝日新聞出版（朝日文庫）2009.8

『淳子のてっぺん』唯川恵著　幻冬舎
2017.9　435p　20cm〈文献あり〉1700円　①978-4-344-03168-5
内容 2016年10月に逝去した登山家・田部井淳子。男女差別が色濃い時代、女性として世界で初めてエベレスト登頂に成功した彼女は、どのように生き、どのように山に魅入られたのか—その物語を完全小説化。山を愛し、家族を思い、人生を慈しんだ淳子が、その "てっぺん" に至るまでの、辛く苦しくも、喜びと輝きに満ちた日々。すべての女性の背中を優しく押してくれる、感動長篇！

『セシルのもくろみ』唯川恵著　光文社
2013.4　324p　16cm（光文社文庫）590円　①978-4-334-76553-8
内容 平凡な生活を送る専業主婦・宮地奈央の生活は一変した。友人に誘われ軽い気持ちで応募した女性誌『ヴァニティ』の読者モデル募集で思いがけず採用されたのだ。華やかなファッションの世界に渦巻くモデルたちの様々な思惑に困惑しながらも、奈央は "負けたくない" という自分の中の「女」に気付く—。人気女性誌『STORY』の大好評連載、待望の文庫化。
別版 光文社 2010.2

『刹那に似てせつなく』唯川恵著　新装版
光文社　2016.5　333p　16cm（光文社文庫）〈文献あり〉600円　①978-4-334-77290-1
内容 並木響子は娘を死に追いやった男を殺す機会をついに得た。復讐を遂げ、放心状態で立ち尽くしていたとき、見知らぬ若い女・道田ユミに手を引かれ、その場から逃げ出すことに。数奇な過去を抱えた響子とユミ。ふたりの息つく間もない逃亡劇の終着点は、いったいどこなのか—。著者の新境地を開拓した傑作クライム・ロマンが、新装版として生まれ変わる！

『そろそろ最後の恋がしたい—ももさくら日記』唯川恵著　角川春樹事務所
2012.7　239p　16cm（ハルキ文庫）〈2009年刊の加筆・訂正〉552円

①978-4-7584-3676-2
別版 角川春樹事務所 2009.3

『ためらいがちのシーズン』唯川恵著　光文社　2013.4　239p　19cm（BOOK WITH YOU）〈集英社文庫 1988年刊の加筆・修正〉952円　①978-4-334-92881-0
内容 陽菜は五年ぶりに戻ってきた懐かしい町の中学校で、友人たちと再会する。初恋の陸人とも、ときめきの出会いが！だが、親友だったりりなはすっかり変わってしまっていて…。それでも陽菜の思いが伝わり、以前の友情が復活する。でも一人の男の子を巡って二人の関係は微妙なものになっていき…。

『テティスの逆鱗』唯川恵著　文藝春秋
2014.2　360p　16cm（文春文庫）590円　①978-4-16-790026-7
内容 華やかな美貌で売る女優、出産前の身体に戻りたい主婦、完璧な男との結婚をねらうキャバ嬢、そして、独自の美を求め続ける資産家令嬢。美容整形に通い詰める四人はやがて「触れてはならない何か」に近づいてゆく—。終わりなき欲望を解き放った女たちが踏み込んだ戦慄の風景を、深くリアルに描く傑作長編！
別版 文藝春秋 2010.11

『手のひらの砂漠』唯川恵著　集英社
2016.9　412p　16cm（集英社文庫）〈文献あり〉700円　①978-4-08-745488-8
内容 この不幸は、いつまで続くのだろうか—。平凡な結婚生活の先に待っていたのは、思いもよらぬ夫からの暴力だった。シェルターからステップハウス、DVの被害女性だけで運営される自然農園…。離婚を経て、居場所を変えながら少しずつ自立を果たそうとあがく可穂子に、元夫・雄二の執拗な追跡の手が迫ってくる…。現代の闇に恋愛小説の女王が切り込む、衝撃のノンストップサスペンス！
別版 集英社 2013.4

『天に堕ちる』唯川恵著　集英社　2013.10
271p　16cm（集英社文庫）〈小学館2009年刊の再刊〉520円　①978-4-08-745120-7
内容 騙されていると知りながらも、出張ホストに貢ぐ「りつ子」。男の都合に合わせ、ソープ嬢へと身を落としていく「茉莉」。中学生の男子生徒に密かな欲情を抱く養護教諭の「和美」。ありきたりの生活の中にある、小さな小さなくぼみ。わかっていて足を踏み入れるのか、気づかないうちに、穴が広がってすべり堕ちてしまうのか。一途に愛することの幸せ、そしてその代償。十人十色の愛のカタチ

を描く、傑作短編集。

別版 小学館 2009.10

『とける、とろける』唯川恵著　新潮社
2010.11　293p　16cm（新潮文庫）438
円　①978-4-10-133433-2

内容 恥ずかしいことなんて何もない。彼と
なら、何でもできる―。幸福な家庭を守りた
いのに、気の遠くなるほどの快感とオーガズ
ムを与えてくれる男と出会ってしまった女。
運命の相手を探すため、様々な男と身体を重
ねていく女。誰にも知られずに秘密の恋人と
痺れるようなセックスを楽しむ女。甘やかで、
底知れない性愛の深みに堕ちていく女たちを
描く、官能に満ちあふれた九つの物語。

『途方もなく霧は流れる』唯川恵著　新潮
社　2012.2　301p　20cm　1500円
①978-4-10-446905-5

内容 女は素知らぬ振りをして、いつも抜か
りなくすべてを整えている―。仕事を辞め、
失意のうちに東京を引き払って田舎で暮らす
ことに決めた岳夫。ボロ家に手を入れ、一人
静かな暮らしを始めた彼の前に現れた一匹の
犬と女たち。思いがけなく展開する人生に立
ち向かう、大人のための物語。

『TROIS―恋は三では割りきれない』石
田衣良, 佐藤江梨子, 唯川恵著　角川書
店　2012.1　303p　15cm〈角川文庫〉
〈発売：角川グループパブリッシング〉
552円　①978-4-04-100094-6

内容 新進気鋭の作詞家・遠山響樹は、年上
のエステ経営の実業家・浅木季理子と8年の
付き合いを続けていた。ある時、響樹は訪れ
た銀座のクラブで、ダイヤモンドの原石のよ
うな歌手の卵と出会った。名はエリカ。やが
て響樹は、季理子とともにエリカをスターダ
ムに押し上げようと計画するが、同時にエリ
カと恋に落ちてしまう…。絡み合う嫉妬と野
心、官能。果たして三角関係の行方は？　リ
レー形式で描く奇跡の恋愛小説。

別版 角川書店 2009.8

『泣かないで、パーティはこれから』唯川
恵著　文藝春秋　2010.1　215p　16cm
〈文春文庫〉〈幻冬舎1999年刊の加筆〉
495円　①978-4-16-772703-1

内容 勤めていた会社が突然倒産し、恋人に
も振られてしまった琴子。生まれ故郷には帰
りたくないけれど、就職活動は連戦連敗。そ
んな彼女にも、パーティでは新しい出会いが
待っていた…。「私を求めてくれる場所」を
探し、まっすぐ前向きに奮闘する姿を描いた
爽やかな長篇小説。初期の作品に加筆した新
装改訂版。

『啼かない鳥は空に溺れる』唯川恵著　幻
冬舎　2015.8　306p　20cm　1500円
①978-4-344-02795-4

内容 愛人の援助を受けセレブ気取りで暮ら
す32歳の千遥は、幼い頃から母の精神的虐待
に痛めつけられてきた。一方、中学生のとき
父を亡くした27歳の亜沙子は、母と二人助け
合って暮らしてきた。千遥は公認会計士の試
験に受かった年下の恋人と、母の薦
めるおとなしい男と、結婚を決める。けれど
その結婚が、それぞれの"歪んだ"母娘関係
を、さらに暴走させていく。

『22歳、季節がひとつ過ぎてゆく』唯川恵
著　新潮社　2009.3　264p　16cm〈新
潮文庫〉438円　①978-4-10-133432-5

内容 征子、早穂、絵里子は、生まれも育ちも
性格も違うけれど、気が合う親友同士。征子
はインテリアデザイナー、早穂は公務員を目
指し、社長令嬢の絵里子は婚約を決めた。だ
が征子は、アルバイト先で絵里子の婚約者、
本城に偶然出会い、彼の隠された恋を知って
しまう。そして絵里子と早穂も、それぞれに
秘密を抱えていて―。恋と友情の間で揺れな
がら、新たな季節を迎える三人の物語。瑞々
しさが溢れだす著者初期の長編小説。

『夢美と愛美の消えたバースデー・プレゼ
ント？』唯川恵作, 杉崎ゆきる絵　角川
書店　2009.11　157p　18cm〈角川つば
さ文庫〉〈発売：角川グループパブリッ
シング〉560円　①978-4-04-631041-5

内容 わたしは、一ノ瀬夢美。11歳の誕生日の
夜、小さいときに死んじゃった双子の愛美が、
とつぜんあらわれた！　そのうえ、スポーツ
も勉強もできる、一番人気の松岡くんからプ
レゼントされたハンカチが消えてしまって!?
幼なじみで、いつもはケンカばかりの翔太が
たすけてくれたものの、意外な展開！　直木
賞作家＆人気漫画家による、ドキドキのおす
すめ物語！　小学中級から。

『夢美と愛美の謎がいっぱい？　怪人Xを追
え！』唯川恵作, 杉崎ゆきる絵　角川書
店　2010.7　158p　18cm〈角川つばさ
文庫〉〈ポプラ社1991年刊の改筆　発
売：角川グループパブリッシング〉560
円　①978-4-04-631077-4

内容 わたしは、一ノ瀬夢美。11歳の誕生日
の夜、双子の愛美が天国からやってきた学校
で、ミニバスケのクラス対抗試合をすること
になって、自主トレ開始！　そんなとき、謎の
怪人Xから、試合をやめろと、脅迫状がと
どいた…!?わたしが犯人じゃないかって疑わ
れて、大ピンチ！　大人気・作家＆漫画家、ド

日本の作品　　　　　　　　　　　　　　柚木麻子

リームチームによる大好評シリーズ第2巻！
小学中級から。

『**夜明け前に会いたい**』唯川恵著　文藝春
秋　2015.6　276p　16cm（文春文庫）
〈新潮文庫 2000年の一部改訂〉610円
①978-4-16-790381-7
内容　金沢で生まれ育ち、もと芸者の母と二人
暮らしの希和子二十四歳。新進の友禅作家・
瀬尾との穏やかな恋が始まったかに思えた東
京出張の夜、思いがけない事実に打ちのめさ
れた希和子は最終の新幹線に飛び乗った―。
純粋な恋がもたらす歓びと哀しみ、親子の情
愛が雪の古都を舞台に美しく描かれる長編恋
愛小説。

『**瑠璃でもなく、玻璃でもなく**』唯川恵著
集英社　2011.5　327p　16cm（集英社
文庫）600円　①978-4-08-746696-6
内容　美月・26歳・未婚・OL・妻がある会社の同
僚と不倫中。英利子・34歳・既婚・専業主婦・
子供なし。バリバリ働く友人に感じているの
じている。将来像を描けない不安を抱える美
月と、単調な毎日に漠然とした不満を覚える
英利子。恋も家庭も仕事も自由な時間も、他
人にあって自分にないものは妬ましい。女は
どこまで欲張りなのか。結婚という選択はど
れだけ女の人生に影響を与えるものなのか。
別版　集英社 2008.10

『**別れの言葉を私から**』唯川恵著　新装版
光文社　2016.4　238p　16cm（光文社
文庫）540円　①978-4-334-77275-8
内容　「さよなら」なぜ、この言葉をもっと
早く言えなかったのだろう。恋や友情、仕事
と、日々の中で誰しもがいつか直面する別れ
のシーン。そんなとき、傷つきながらも、気
丈であれる強さを持ちたい。凛と、潔く、美
しい別れのための振る舞いを、遠距離恋愛、
女友達、仕事など、八つのテーマにちなんだ
短編小説とエッセイで描き出す。新たな装い
で贈る別れのための書。

┌─────────────────┐
│　　　柚木　麻子　　　│
│　　　ゆずき・あさこ　　│
│　　　《1981〜》　　　│
└─────────────────┘

『**あまからカルテット**』柚木麻子著　文藝
春秋　2013.11　270p　16cm（文春文
庫）〈文献あり〉560円　①978-4-16-
783202-5
内容　女子中学校の頃から仲良し四人組の友
情は、アラサーの現在も進行中。ピアノ講師
の咲子、編集者の薫子、美容部員の満里子、

料理上手な由香子は、それぞれ容姿も性格も
違うけれど、恋に仕事に悩みは尽きず…稲荷
寿司、甘食、ハイボール、ラー油、おせちな
ど美味しいものを手がかりに、無事に難題解
決なるか!?
別版　文藝春秋 2011.10

『**伊藤くんA to E**』柚木麻子著　幻冬舎
2016.12　314p　16cm（幻冬舎文庫）
580円　①978-4-344-42555-2
内容　美形でボンボンで博識だが、自意識過剰
で幼稚で無神経。人生の決定的な局面から逃
げ続ける喰えない男、伊藤誠二郎。彼の周り
には恋の話題が尽きない。こんな男のどこが
いいのか。尽くす美女は粗末にされ、フリー
ターはストーカーされ、落ち目の脚本家は逆
襲を受け…。傷ついてもなんとか立ち上がる
女性たちの姿が共感を呼んだ、連作短編集。
別版　幻冬舎 2013.9

『**王妃の帰還**』柚木麻子著　実業之日本社
2015.4　253p　16cm（実業之日本社文
庫）556円　①978-4-408-55227-9
内容　私立女子校中等部二年生の範子は、地
味ながらも気の合う仲間と平和に過ごしてい
た。ところが、公開裁判の末にクラスのトッ
プから陥落した滝沢さん（＝王妃）を迎え入
れると、グループの調和は崩壊！範子たちは
穏やかな日常を取り戻すために、ある計画を
企てるが…。傷つきやすくてわがままで―。
みんながプリンセスだった時代を鮮烈に描き
出すガールズ小説！
別版　実業之日本社 2013.1

『**奥様はクレイジーフルーツ**』柚木麻子著
文藝春秋　2016.5　243p　20cm　1300
円　①978-4-16-390451-1
内容　夫と安寧な結婚生活を送りながらも、
セックスレスに悩む初美。同級生と浮気未満
のキスをして、義弟に良からぬ妄想をし、果
ては乳房を触診する女医にまでムラムラする
始末。この幸せを守るためには、性欲のはけ
口が別に必要…なのか!?柚木がたわわに実る、
果汁滴る12房の連なる物語。

『**幹事のアッコちゃん**』柚木麻子著　双葉
社　2016.2　181p　20cm　1200円
①978-4-575-23944-7
内容　背中をバシッと叩いて導いてくれる、
アッコさん節、次々とサク裂！妙に冷めて
いる男性新入社員に、忘年会プロデュースの
極意を…（「幹事のアッコちゃん」）。敵意を
もってやって来た取材記者に、前向きに仕事
に取り組む姿を見せ…（「アンチ・アッコちゃ
ん」）。時間の使い方が下手な"永遠の部下"
澤田三智子を、平日の習い事に強制参加させ

て…（「ケイコのアッコちゃん」）。スパイス絶妙のアドバイスで3人は変わるのか？　そして「祭りとアッコちゃん」ではアッコ女史にも一大転機が⁉突破の大人気シリーズ第3弾。

『けむたい後輩』柚木麻子著　幻冬舎
2014.12　302p　16cm（幻冬舎文庫）
580円　①978-4-344-42288-9
内容 14歳で作家デビューした過去があり、今もなお文学少女気取りの栞子は、世間知らずな真実子の憧れの先輩。二人の関係にやたらイラついてしまう美人で頑張り屋の美里は、栞子の恋人である大学教授に一目惚れされてしまう―。名門女子大を舞台に、プライドを持て余した女性たちの嫉妬心と優越感が行き着く先を描いた、胸に突き刺さる成長小説。
別版 幻冬舎 2012.2

『さらさら流る』柚木麻子著　双葉社
2017.8　284p　20cm　1400円　①978-4-575-24052-8
内容 あの人の内部には、淀んだ流れがあった―。28歳の井出薫は、かつて恋人に撮影を許したヌード写真が、ネットにアップされていることを偶然発見する。その恋人、垂井光成は薫の家族や仲間の前では見せないが、どこか不安定な危うさを秘めており、ついていけなくなった薫から別れを告げた。しかし、なぜ6年も前の写真が出回るのだ。苦しみの中、薫は光晴との付き合いを思い起こす。初めて意識したのは、二人して渋谷から暗渠を辿って帰った夜だった…。薫の懊悩と不安をすくいとりながら、逆境に立ち向かうしなやかな姿に眼差しを注ぐ、清々しい余韻の会心作。

『3時のアッコちゃん』柚木麻子著　双葉社　2017.10　200p　15cm（双葉文庫）〈2014年刊の加筆修正　文献あり〉537円　①978-4-575-52037-8
内容 澤田三智子は高潮物産の契約社員。現在はシャンパンのキャンペーン企画チームに所属しているが、会議が停滞してうまくいかない。そこに現れたのが黒川敦子女史、懐かしのアッコさんだった。会議に出すアフタヌーンティーを用意して三智子の会社に五日間通うと言い出した。不安に思う三智子だったが…⁉表題作はじめ、全4編を収録。読めば元気になるビタミン小説、シリーズ第二弾！
別版 双葉社 2014.10

『終点のあの子』柚木麻子著　文藝春秋
2012.4　254p　16cm（文春文庫）533円
①978-4-16-783201-8
内容 プロテスタント系女子高の入学式。内部進学の希代子は、高校から入学した奥沢朱里に声をかけられた。海外暮らしが長い彼女

の父は有名なカメラマン。風変わりな彼女が気になって仕方がないが、一緒にお昼を食べる仲になった矢先、希代子にある変化が。繊細な描写が各紙誌で絶賛されたオール讀物新人賞受賞作含む四篇。
別版 文藝春秋 2010.5

『その手をにぎりたい』柚木麻子著　小学館　2017.3　253p　15cm（小学館文庫）570円　①978-4-09-406399-8
内容 八十年代。都内で働いていた青子は、二十五歳で会社を辞め、栃木の実家へ帰る決意をする。その日、彼女は送別会をかね、上司に連れられて銀座の高級鮨店のカウンターに座っていた。彼女は、そのお店で衝撃を受ける。そこでは、職人が握った鮨を掌から貰い受けて食べるのだ。青子は、その味にのめり込み、決して安くはないお店に自分が稼いだお金で通い続けたい、と一念発起する。そして東京に残ることを決めた。お店の職人・一ノ瀬への秘めた思いも抱きながら、転職先を不動産会社に決めた青子だったが、到来したバブルの時代の波に翻弄されていく。
別版 小学館 2014.1

『デートクレンジング』柚木麻子著　祥伝社　2018.4　232p　20cm　1400円
①978-4-396-63541-1

『ナイルパーチの女子会』柚木麻子著　文藝春秋　2018.2　403p　16cm（文春文庫）〈文献あり〉750円　①978-4-16-791012-9
内容 商社で働く志村栄利子は愛読していた主婦ブロガーの丸尾翔子と出会い意気投合。だが他人との距離感をうまくつかめない彼女をやがて翔子は拒否。執着する栄利子は悩みを相談した同僚の男と寝たことが婚約者の派遣女子・高杉真織にばれ、とんでもない約束をさせられてしまう。一方、翔子にも実家に問題を抱え、友情とは何かを描いた問題作。第28回山本周五郎賞＆第3回高校生直木賞を受賞！
別版 文藝春秋 2015.3

『嘆きの美女』柚木麻子著　朝日新聞出版　2014.6　269p　15cm（朝日文庫）540円
①978-4-02-264744-3
内容 ほぼ引きこもり、外見だけでなく性格も「ブス」、ネットに悪口ばかり書き連ねる耶居子。あるとき美人ばかりがブログを公開している「嘆きの美女」というHPに出会い、ある出来事をきっかけに彼女たちと同居するハメに。全女性に送る成長小説。
別版 朝日新聞出版 2011.12

『ねじまき片想い』柚木麻子著　東京創元

社 2018.6 253p 15cm（創元推理文庫）660円 ①978-4-488-49411-7
内容 豊かな想像力を武器に老舗おもちゃ会社で敏腕プランナーとして働く富田宝子。彼女は取引先のデザイナー西島に5年も片想いをしており、気持ちを伝えられずにいる。彼に次々に降りかかる災難を、持ち前の機転と西島は宝子の奮闘にまったく気がつかず?!自分の心にねじを巻くのは、自分だけ。宝子が自分の心を解放したとき彼女を待つ未来は―。
別版 東京創元社 2014.8

『BUTTER』柚木麻子著 新潮社 2017.4 460p 20cm〈文献あり〉1600円 ①978-4-10-335532-8
内容 結婚詐欺の末、男性3人を殺害したとされる容疑者・梶井真奈子。世間を騒がせたのは、彼女の決して若くも美しくもない容姿と、女性としての自信に満ち溢れた言動だった。週刊誌で働く30代の女性記者・里佳は、親友の伶子からのアドバイスでカジマナとの面会を取り付ける。だが、取材を重ねるうち、欲望と快楽に忠実な彼女の言動に、翻弄されるようになっていく―。読み進むほどに濃厚な、圧倒的長編小説。

『本屋さんのダイアナ』柚木麻子著 新潮社 2016.7 386p 16cm（新潮文庫）630円 ①978-4-10-120242-6
内容 私の名は、大穴。おかしな名前も、キャバクラ勤めの母が染めた金髪も、はしばみ色の瞳も大嫌い。けれど、小学三年生で出会った彩子がそのすべてを褒めてくれた―。正反対の二人だったが、共通点は本が大好きなこと。地元の公立と名門私立、中学で離れても心はひとつと信じていたのに、思いがけない別れ道が…。少女から大人に変わる十余年を描く、最強のガール・ミーツ・ガール小説。
別版 新潮社 2014.4

『ランチのアッコちゃん』柚木麻子著 双葉社 2015.2 199p 15cm（双葉文庫）537円 ①978-4-575-51756-9
内容 地味な派遣社員の三智子は彼氏にフラれて落ち込み、食欲もなかった。そこへ雲の上の存在である黒川敦子部長、通称"アッコさん"から声がかかる。「一週間、ランチを取り替えっこしましょう」。気乗りがしない三智子だったが、アッコさんの不思議なランチコースを巡るうち、少しずつ変わっていく自分に気づく（表題作）。読むほどに心が弾んでくる魔法の四編。読むとどんどん元気が出るスペシャルビタミン小説！
別版 双葉社 2013.4

『早稲女、女、男』柚木麻子著 祥伝社 2015.9 278p 16cm（祥伝社文庫）600円 ①978-4-396-34143-5
内容 早稲田大学四年の早乙女香夏子には、留年を繰り返す脚本家志望のダメ男・長津田という腐れ縁の彼氏がいた。しかし、必死で就活に励んでいる間に後輩の女子が彼に急接近。動揺する香夏子だが、内定先の紳士的な先輩に告白されて…。自意識過剰で不器用で面倒臭い早稲女の香夏子と、彼女を取り巻く微妙な距離感の女子五人。傷つきながら成長する女子たちの等身大の青春小説。
別版 祥伝社 2012.7

『私にふさわしいホテル』柚木麻子著 新潮社 2015.12 282p 16cm（新潮文庫）〈扶桑社 2012年刊の再刊 文献あり〉520円 ①978-4-10-120241-9
内容 文学新人賞を受賞した加代子は、憧れの"小説家"になれる…はずだったが、同時受賞者は元・人気アイドル。すべての注目をかっさらわれて二年半、依頼もないのに「山の上ホテル」に自腹でカンヅメになった加代子を、大学時代の先輩・遠藤が訪ねてくる。大手出版社に勤める遠藤から、上の階で大御所作家・東十条宗典が執筆中と聞き―。文学史上最も不遇な新人作家の激闘開始！
別版 扶桑社 2012.10

湯本　香樹実
ゆもと・かずみ
《1959～》

『岸辺の旅』湯本香樹実著 文藝春秋 2012.8 232p 16cm（文春文庫）533円 ①978-4-16-783811-9
内容 きみが三年の間どうしていたか、話してくれないか―長い間失踪していた夫・優介がある夜ふいに帰ってくる。ただその身は遠い水底で蟹に喰われたという。彼岸と此岸をたゆたいながら、瑞希は優介とともに死後の軌跡をさかのぼる旅に出る。永久に失われたものへの愛のつよさに心震える、魂の再生の物語。
別版 文藝春秋 2010.2

『ポプラの秋』湯本香樹実著 改版 新潮社 2015.2 199p 15cm（新潮文庫）460円 ①978-4-10-131512-6
内容 父が急死した夏、母は幼い私を連れて知らない町をあてもなく歩いた。やがて大きなポプラの木のあるアパートを見つけ、引っ越すことにした。こわそうな大家のおばあさん

と少しずつ親しくなると、おばあさんは私に不思議な秘密を話してくれた—。大人になった私の胸に、約束を守ってくれたおばあさんや隣人たちとの歳月が鮮やかに蘇る。『夏の庭』の著者による、あたたかな再生の物語。

『夜の木の下で』湯本香樹実著　新潮社　2017.11　209p　16cm（新潮文庫）460円　①978-4-10-131514-0

内容 また会おうよ。実現しないとわかっていても、言わずにはいられなかった—。病弱な双子の弟と分かち合った唯一の秘密。二人の少女が燃える炎を眺めながら話した将来の夢。いじめられっ子からのケットウジョウを受け取った柔道部員の決断。会ったこともない少年少女のなかに、子どもの頃の自分が蘇る、奇跡のような読書体験。過ぎ去ってしまった時間をあざやかに瑞々しく描く、珠玉の作品集。

別版 新潮社 2014.11

横山　充男
よこやま・みつお
《1953〜》

『おたすけ妖怪ねこまんさ』横山充男作，よこやまようへい絵　文研出版　2010.5　119p　22cm（文研ブックランド）1200円　①978-4-580-82084-5

内容 「ねこじゃら神社」といって、木でほられた、まねきねこが、神さまとしてまつられていました。ほんとうにこまったとき、さんまのひらきか、あじのひらきをおそなえしたら、ねがいを聞いてくれるらしいのです。ただし、ねがいを聞いてくれるのは、満月の夜だけ。おまけに、ねこまんさをおこらせたら、ねこにされてしまうといいます。だから、子どもたちは、妖怪だとうわさしていました。たくやのねがいを、ねこまんさは、聞いてくれるでしょうか。小学中級から。

『鬼にて候　3』横山充男作，橋賢亀絵　岩崎書店　2009.3　221p　19cm（[Ya！フロンティア]）900円　①978-4-265-07219-4

内容 保の住む西乃荘市では最近、謎めいたミサンガ売りが出没するようになった。同じころ、市長公舎周辺で怪奇現象が起こるなど、不可解な事件もあいついでいた。真相究明のため、保一家がふたたび立ち上がる。

『里見八犬伝—八人の運命の仲間で、里見家ののろいを、とけ！』曲亭馬琴原作，横山充男文，佐々木メエ絵　学研プラス　2017.7　161p　21cm（10歳までに読みたい日本名作4　加藤康子監修）940円　①978-4-05-204654-4

内容 時は、戦国時代。ふしぎな玉を持つ、八人の若者「八犬士」が、正義のために戦う！はたして、おそろしいのろいや悪人たちに、勝てるのか!?カラーイラストいっぱい！お話図解「物語ナビ」つき！

『自転車少年（チャリンコボーイ）』横山充男著，黒須高嶺絵　くもん出版　2015.10　223p　20cm　1500円　①978-4-7743-2418-0

内容 八・五キロのコースを三人組のチームで二周する、自転車のタイム・トライアルレースがスタート。旗がふりおろされると同時に飛び出した、ちょっとめずらしい取り合わせの中小の三人。「ヒャッホー」とさけぶムードメーカーの吉平、自転車は坂道に強いマウンテンバイク。「ゴーッ」とあわせたキャプテンの颯太、自転車はスポーツ車のクロスバイク。「ラジャー」とこたえた情報係の晴美、自転車はがっしり型のランドナー。本気で、あいつらに勝ちてーっ！よっしゃ。勝負はここからだぜ！断トツ優勝候補の、南小のチームにどう挑む？はじけろ、小学校高学年男子！

『夏っ飛び！』横山充男作，よこやまようへい絵　文研出版　2013.5　183p　22cm（文研じゅべにーる）1300円　①978-4-580-82179-8

『ビワイチ！—自転車で琵琶湖一周』横山充男作，よこやまようへい絵　文研出版　2018.4　174p　22cm（文研じゅべにーる）1300円　①978-4-580-82330-3

内容 「ない。ひとつも、ない。」春休みが明けた教室で、山本斗馬は困っていた。春休みにこれをした、と発表できることが何もないのだ。クラスのみんなにからかわれた斗馬は、自転車で琵琶湖を一周する、「ビワイチ」に挑戦することを決める。ビワイチに挑戦する5人の小学生と、おじさん2人の1泊2日の物語。

『結び蝶物語』横山充男作　あかね書房　2018.6　191p　19cm　1300円　①978-4-251-02001-7

内容 家紋の「二つ蝶」に出会った少女が、滋賀、兵庫、京都と、神社を訪ねて自らのルーツを探る。そして、戦国時代の徳川家康と山の少女、古墳時代の若き石工と見習い巫女、幕末の坂本龍馬と菓子屋の娘、三つの物語をつなげていく。「二つ蝶」の家紋がひも解く、時代を超えた運命の物語!!

『ラスト・スパート！』横山充男作，コマ

日本の作品　　　　　　　　　　　　　　　　　　　　　　　　　吉野万理子

ツシンヤ絵　あかね書房　2013.11
197p　21cm（スプラッシュ・ストー
リーズ）1300円　①978-4-251-04416-7
内容 四万十川が豊かに流れる高知の町で、小
学校最後の春をむかえた翔と親友の正信。町
は、お祭り好きの大人たちのおかげで活気が
あるが、翔たちは、ただ元気に毎日をすごし
ているだけだった。そんなある日、河川敷で
くらす男と出会う…。

吉富　多美
よしとみ・たみ

『きっときみに届くと信じて』吉富多美作
金の星社　2013.11　229p　20cm
1300円　①978-4-323-06335-5
内容 「うざいアイツが完全に消えるまで頑張
ります」FMブルーウエーブ南條佐奈の番組
に、"リカちゃん"から「いじめ予告」のメール
が届く。リカちゃんからの心のSOSだと佐奈
は気付くが、何もできないまま、今度は"マリ
ン"から手紙が届き、こう書かれていた。「今
夜、死のうと思います」。児童文学作家でもあ
る佐奈が書店で偶然見かけた少女・倉沢海と
友人・田淵晴香、そして佐奈。番組を通して
つながっていく三人。（わたしを見て！　わた
しに話して！）心で叫びつづける少女たちに、
今日も佐奈はラジオから語りかける。きっと
きみに届くと信じて―。

『トモダチックリの守り人―希望をかなえ
る実』吉富多美作　金の星社　2011.12
237p　20cm〈装画・挿画：長田恵子〉
1200円　①978-4-323-06333-1
内容 なんとなくすぎていく北原タケルの毎
日。ところが夏休み、はじめて行った母のふ
るさとで不思議な少女・野音と不思議な森に
出あった時からなんとなくすぎなくなる。他
人や自然とのつながりなんてメンドーでカン
ケーないと思っていたタケルには森の守り人
としての力があった。一方クラスメートの杉
田くんには命の危機がせまっていた。

『ハードル　3』吉富多美作, 四分一節子画
金の星社　2009.9　253p　20cm　1400
円　①978-4-323-06328-7
内容 中学3年生になった麗音は、心に恐怖を
かかえながら新学期を迎えていた。いじめに
よる転落事件で入院し、休息地からももどって
きた麗音を待っていたのは、共に前へ歩んで
くれる友人たちだった。麗音は、自分をたく
さんの人たちが応援してくれていたことを知
り、道を切り開いていく勇気をもらう。麗音
の決意、そして新たな出会いを描く、ベスト

セラーシリーズ、待望の続編。

『まほうのほうせきばこ』吉富多美作, 小
泉晃子絵　金の星社　2017.6　91p
22cm　1200円　①978-4-323-07390-3
内容 会うのをたのしみにしていたおじいち
ゃんが、とつぜんいなくなってしまい、ユウナ
の心はこおりがつまったみたいにチクチクし
ます。いたくて、くるしくて、ザワザワして。
そんなユウナに、ママはきもちを書いて入れ
るほうせきばこをくれます。ほうせきばこに
きもちを入れたら、どうなるのかな？『ハッ
ピーバースデー』の作者が贈る心が軽くなる
お話。小学校1・2年むき。

吉野　万理子
よしの・まりこ
《1970〜》

『青空トランペット』吉野万理子作, 宮尾
和孝絵　学研プラス　2017.10　231p
20cm（ティーンズ文学館）1400円
①978-4-05-204709-1
内容 小学校6年生の広記は、父、妹、それに仲
良しの建太郎、トモちんといっしょに、野球
の応援をするのが、一番の楽しみ。ところが
ある日、建太郎が"応援"引退宣言。親に「応
援する人じゃなく、応援される人になれ」
といわれたらしい。建太郎だけでなく、トモち
んや、自分が守ると思っていた妹まで、少し
ずつゆめに向かいはじめ、あせる広記。そん
な広記に、父は言葉をかけた―。人は誰かを
応援したり、応援されたりしながら生きてい
く。2016年のベイスターズと交錯する、熱い
"応援"ストーリー。

『赤の他人だったら、どんなによかった
か。』吉野万理子著　講談社　2015.6
237p　20cm　1400円　①978-4-06-
219531-7
内容 ある日、隣町で危険ドラッグを吸った
犯人による通り魔事件が発生！　教室はその
話題でもちきりに。中学2年生の風雅は、容
疑者が親戚だと知って、大ショック…。クラ
スメイトに知られたくないと思う。なのに、
夏休みが終わったら犯人の娘・聡子が転校し
てきて、同じクラスになってしまった！　い
じめられている彼女に、してあげられること
は―!?「他人とは何か」「血のつながりとは何
なのか」…、前編で風雅、後編で聡子と対照
的な2人の視点から描く物語。

『雨のち晴れ、ところにより虹』吉野万理
子著　新潮社　2016.8　350p　16cm

ヤングアダルトの本　いま読みたい小説4000冊　**331**

（新潮文庫）590円　①978-4-10-125682-5

内容　人を好きになったら、相手にも同じように想い返してほしい。それって、奇跡を望むことなのかな？　小さなことがきっかけですれ違った夫と妻。母の恋人の存在をうたがう女子高生。思春期の頃にひどく傷つけてしまった女の子の記憶に悩み、余命いくばくもない男。由比ヶ浜、鶴岡八幡宮、江ノ電、逗子マリーナ…潮騒の町を舞台に、離れた心と心が再びつながる瞬間を描く、湘南・六つの物語。

『いい人ランキング』吉野万理子著　あすなろ書房　2016.8　254p　20cm　1400円　①978-4-7515-2861-7

内容　人の悪口を言わないし、掃除はサボらないし、「宿題を見せて」と頼まれたら、気前よく見せる人。「いい人」と呼ばれるのは、いいことだと思っていたけれど、実は…？　巧妙に仕掛けられた罠。それが、悪意の連鎖を引き起こし、2年1組の空気を変えていく。なす術もなく立ちつくす木佐貫桃は、妹の鞠が「師匠」とあがめる尾島圭機に助けを求めるが…。

『エキストラ！』吉野万理子著　PHP研究所　2008.10　282p　19cm　1400円　①978-4-569-70191-2

内容　会社の倒産によって転職を余儀なくされた紺野真穂。趣味は、我流だが、短歌を詠むこと。人生のクライマックスはいつなのか。ぼんやりと、そんなことを考えてしまう―。前職はコピーライターであったが、いまの仕事は、キャラクタービジネスを手がけるベンチャー企業、『キャラパーク』の営業アシスタント。新たなプロジェクトに向け組織変更が行なわれ、真穂は憧れのセンパイ・大賀諒と同じチームになるのだが…。ムクムクと元気がわいてくる共感度ピカ☆イチのワーキング・ガール小説。

『想い出あずかります』吉野万理子著　新潮社　2013.12　311p　16cm（新潮文庫）520円　①978-4-10-125681-8

内容　子供たちしか知らない秘密。岬の崖の下に石造りの家があって、魔法使いが「おもいで質屋」を営んでいた想い出を担保にお金を貸してくれるという。でも二十歳までに取り戻さないと想い出は返ってこない。中学生の里華は、魔法使いと出会ってすっかり仲良しになり、共に青春の季節を駆け抜けてゆく。やがて二十歳を迎えた時…。きらきらと胸を打つ、あの頃が蘇る魔法のストーリー。

別版　新潮社　2011.5

『オレさすらいの転校生』吉野万理子著、

平沢下戸イラスト　理論社　2016.11　189p　19cm〈イラスト：平沢下戸　文献あり〉1000円　①978-4-652-20173-2

内容　小学4年にして10回目というベテラン転校生、曲角風馬。今度の学校では、みんな"競歩"をやっていた！　しかも隣町の小学校との対決があるんだって？　よしっ、やったことないけど、特訓だ！　トップとってやる！

『海岸通りポストカードカフェ』吉野万理子著　双葉社　2014.8　319p　15cm（双葉文庫）630円　①978-4-575-51700-2

内容　横浜の私立校で教師をする五月雨丈司のもとに不思議な知らせが届いた。港の片隅にある喫茶店に自分あての葉書が届いているという。行ってみると、そこは届けられたポストカードを壁一面に貼って公開し、永遠に保管するような風変わりな喫茶店だった。差出人に心当たりのない丈司は、記憶をたどり始めるが―。その店にいると、一枚の葉書に込められた真摯な想いと、それぞれが抱える人生が見えてくる。読み終わったあと、大切な誰かに手紙を書きたくなる、あたたかで鮮やかな連作短篇。

別版　双葉社　2012.1

『99通のラブレター』吉野万理子著　PHP研究所　2010.1　221p　20cm　1400円　①978-4-569-77501-2

内容　京王線に息づく男女の現在、よみがえる過去―。不慮の事故に遭い眠りつづける恋人・涼に、眞夕子が書きつづけたラブレター。愛するただひとりに贈る真珠色のラブ・ストーリー。

『劇団6年2組』吉野万理子作、宮尾和孝絵　学研教育出版　2012.11　226p　20cm（ティーンズ文学館）〈発売：学研マーケティング〉1300円　①978-4-05-203559-3

内容　卒業式の少し前、お別れ会で劇をやることになった6年2組。なんとか探してきた台本でスタートしたけれど、役の気持ちが、いまひとつわからない。実際の友だちの気持ちだって、なかなかわかりづらいもの。そんな6年2組の、自分たちだけの劇が、今、幕を開ける。

『今夜も残業エキストラ』吉野万理子著　PHP研究所　2012.1　309p　15cm（PHP文芸文庫）〈『エキストラ！』（2008年刊）の改訂・改題〉648円　①978-4-569-67781-1

内容　キャラクタービジネスを手掛ける小さな会社に転職した紺野真穂。26歳。大手企業

日本の作品　　　　　　　　　　　　　　　　　　　　　　　吉野万理子

の下請け業務が中心で、プロジェクトの主役にはなれず、いわば「エキストラ」ですけど、それが何か？　社会の隅っこにいたって会社の下っ端だって、意地とプライドでいい仕事、目指しますから！　憧れの先輩、面倒くさい同僚、困った後輩と共に、さあ今日もお仕事ですっ。共感度ピカ・イチのワーキング・ガール小説。

『ジゼル』吉野万理子文、丹地陽子絵、ハイネ原作　講談社　2015.1　88p　22cm（クラシックバレエおひめさま物語）1200円　①978-4-06-219287-3
[内容]初めての恋は、"運命の恋"。彼と結婚の約束までするが、彼の大きな秘密がジゼルの運命を変える―。夢のような恋におちた美しいジゼルの物語。

『時速47メートルの疾走』吉野万理子著　講談社　2014.9　253p　20cm　1400円　①978-4-06-219090-9
[内容]中学生4人の視点で中学生たちの"弱さ"と"本音"が浮かび上がる！　クラスで存在感がない町平直司は、体育祭で緑組の応援団長を引き受けた。そしてビリチームの罰ゲームとして逆立ちで校庭二百メートルを一周することに。きっと途中であきらめるだろうとみんなが思うなか…。誰もが抱えている弱い部分を奮い立たせてくれる小説がここに誕生！

『シネマガール』吉野万理子著　KADOKAWA　2016.12　250p　15cm（角川文庫）〈角川書店 2009年刊の加筆修正　文献あり〉720円　①978-4-04-104498-8
[内容]真琴が勤める廃校寸前の大学総務課に、前理事長の孫娘・リラがやってきた。ハリウッドでストーリー分析家として活躍したリラは、大学再建のために送り込まれたという。無鉄砲なリラに振り回されながらも、彼女のアドバイスを受け、片思い相手の教授との距離を縮めていく真琴。リラの勧める映画には、人生のヒントが詰まっていた。そんな中、大学内で重大事件が起きて―。働く女子にエールを送る、ポップでキュートな物語。
[別冊]角川書店 2009.6

『空色バウムクーヘン』吉野万理子著　徳間書店　2017.9　365p　15cm（徳間文庫）〈文献あり〉670円　①978-4-19-894262-5
[内容]鏡池若葉の夢はお笑い芸人になること！　高校入学初日の運命の相手・大月弥生に出会い、心が震え早速声をかけるが、相方が入部したのは、なんとウエイトリフティング部。弥生の気を引こうと渋々入部する若葉だった

が、一キロ一キロ、重さをかさねて、深まる弥生と仲間との友情に若葉の心が奪われていく。ウエイトリフティングに高校生活をかけた少女たちの爽快青春小説。
[別冊]徳間書店 2015.4

『チーム！　上』吉野万理子著　小学館　2015.10　349p　15cm（小学館文庫）〈「チームふたり」新装版（学研教育出版 2013年刊）と「チームあした」新装版（学研教育出版 2013年刊）の改題、合本〉650円　①978-4-09-406218-2
[内容]東小卓球部を舞台に部活動に打ち込む少年少女の姿をリアルに描いた大人気『チーム』シリーズはここから始まった。「チームふたり」は、キャプテン大地が主人公。小学生最後の大会で県大会出場を目指す大地に、さまざまな試練が降りかかる。果たして、県大会出場はなるのか。仲間との交流を通して成長する部員ひとりひとりの姿も描かれる。「チームあした」では大地のあとを継いだ新キャプテン純が仲間と共に難題に立ち向かう。新コーチ大滝の突然の失踪、強力なライバル西小の出現。波乱続きの東小卓球部の未来は？　さらにスピンオフ二編を掲載し待望の文庫化。

『チーム！　中』吉野万理子著　小学館　2015.10　389p　15cm（小学館文庫）〈「チームひとり」新装版（学研教育出版 2013年刊）と「チームあかり」新装版（学研教育出版 2013年刊）の改題、合本〉690円　①978-4-09-406219-9
[内容]累計二十二万部突破の大ヒット小説『チーム』シリーズ文庫版、上巻に続く第二弾！「チームひとり」は、東小に転校してきたふたご、広海と大洋の物語。ずっと一緒に卓球をしてきたふたりが初めて別々の道を歩く。同じ部に入るのを拒んだ大洋の思いとは。ひとり卓球部に入部した広海を待っていたものとは。ふたりの葛藤と成長が描かれる。続く「チームあかり」は女子部が舞台。ぜんそくと闘いながらも卓球を続けるミチルが新キャプテンとなり、仲間たちと共に西小とのライバル対戦に挑む。はたしてその結果は。胸を熱くする東小卓球部の戦いはクライマックスへ！

『チーム！　下』吉野万理子著　小学館　2015.11　397p　15cm（小学館文庫）〈「チームみらい」新装版（学研教育出版 2013年刊）と「チームつばさ」（学研教育出版 2013年刊）の改題、合本〉690円　①978-4-09-406226-7
[内容]「チームみらい」は、クラブチーム山吹が舞台。かつてのライバル陽子と美月がペア

ヤングアダルトの本　いま読みたい小説4000冊　**333**

吉野万理子　　　　　　　　　　　　　　　　　　　　日本の作品

を組み、全国大会出場を目指す。時に激しく
ぶつかり合いながらも次第に信頼を寄せてい
くふたり。試合を重ねていく中で彼女たちが
得たものとは…。「チームつばさ」では登場
人物たちのその後が描かれる。進学校で学問
と卓球の両立に挑む純、モデルになる決意を
したルリ。一方、卓球の世界でさらなる上を
目指す大地と広海は自分達の進路を決めかね
ていた。悩み抜いた末、ふたりがたどり着い
た決断は？『チーム！』シリーズ、遂に完結。

『チームあかり』吉野万理子作, 宮尾和孝
絵　新装版　学研教育出版　2013.7
226p　19cm〈発売：学研マーケティン
グ〉900円　①978-4-05-203824-2
内容 東小卓球部女子部のキャプテンに選ば
れたミチルは、ぜんそくだが大好きな卓球を
続けている。試合の日に休んでしまい、5年
生の陽子とのダブルスに出られなかったこと
から、体をきたえようとがんばるが…。迷え
るミチルに大地や純、広海が協力して市大会
に向かう物語。「チーム」シリーズ第4弾の、
待望の新装版！　巻末に、登場人物のプロフ
のおまけ、ついてます。
別版 学研教育出版(学研の新・創作シリー
ズ)2010.10

『チームあした』吉野万理子作, 宮尾和孝
絵　新装版　学研教育出版　2013.5
209p　19cm〈初版：学研 2008年刊　発
売：学研マーケティング〉900円
①978-4-05-203785-6
内容 「チームふたり」から、半年たった東小
卓球部。純は、新しいコーチをむかえて、張
り切っていた。だが、ある日突然、そのコー
チが姿を見せなくなってしまう。そのうえ、
西小の手ごわそうなライバルも現れて…。大
人気卓球小説シリーズ第二弾の、待望の新装
版！　書き下ろしのスピンオフ短編も収録し
ています。
別版 学習研究社(学研の新・創作シリー
ズ)2008.12

『チームつばさ』吉野万理子作, 宮尾和孝
絵　新装版　学研教育出版　2013.10
227p　19cm〈発売：学研マーケティン
グ〉900円　①978-4-05-203858-7
内容 『チームみらい』から、一年。それぞ
れが、自分の「みらい」に向かって、チャレ
ンジを続けている。進学校へ入学した純、思
いがけない誘いを受けるルリ、そしてさらに
上の世界へとチャレンジする大地と広海─。
「チーム」シリーズ登場人物の「つばさをつ
けて飛び立つ物語」を、新装版書き下ろしで
お届けします。新装版、完結編！

『チームひとり』吉野万理子作, 宮尾和孝
絵　新装版　学研教育出版　2013.7
226p　19cm〈発売：学研マーケティン
グ〉900円　①978-4-05-203823-5
内容 東小に転校してきた広海と大洋。ふた
ごのふたりは、それまで卓球でチームを組ん
でいたが、東小では広海がひとりで卓球部に
入ることになる。そこには、大洋とは違うタ
イプの純、思わぬ提案をする大滝コーチと
の出会いがあった─。「チーム」シリーズ第
三弾の、待望の新装版！　巻末に、登場人物
のプロフのおまけ、ついてます。
別版 学研教育出版(学研の新・創作シリー
ズ)2009.12

『チームふたり』吉野万理子作, 宮尾和孝
絵　新装版　学研教育出版　2013.5
190p　19cm〈初版：学研 2007年刊　発
売：学研マーケティング〉900円
①978-4-05-203784-9
内容 東小卓球部のキャプテン大地は、小学校
最後の試合で最強のダブルスを組みたかった
のに、5年生の純と組むことになりがっかり。
納得のいかない大地だったが、それどころで
はない「事件」が、学校でも家でも起こって
しまう。それらを乗り越えて、大地が見つけ
た「チームふたり」のカタチとは？　大人気
卓球小説シリーズ第一弾の、待望の新装版！
書き下ろしのスピンオフ短編も収録。

『チームみらい』吉野万理子作, 宮尾和孝
絵　新装版　学研教育出版　2013.10
237p　19cm〈著作目録あり　発売：学
研マーケティング〉900円　①978-4-05-
203857-0
内容 とうとう始動した、卓球クラブチーム
山吹。6年生になった陽子は、一大決心をし
てクラブチームに専念することにする。結果
を出そうとする陽子に、待ったをかける大滝
コーチ。やる気を失い、練習をさぼっていた
陽子に、広海がクラブチームに「異変」を告
げる…！「チーム」シリーズ第5弾の、待望
の新装版！　巻末に、なんと吉野先生、宮尾
先生へのインタビューを収録！
別版 学研教育出版(学研の新・創作シリー
ズ)2011.7

『連れ猫』吉野万理子著　新潮社　2013.2
264p　20cm〈文献あり〉1500円
①978-4-10-300634-3
内容 二匹の名は、いい孤独・ソリチュード
と悪い孤独・ロンリネス。恋人に暴力をふる
うDV男、好きでもない男と契約結婚する女、
整形して過去を捨てた青年。貰われる先々で
二匹は、寂しさで破裂しそうなヒトという生

334

き物を見つめる。ふたつの「孤独」から、生きる真理を問いかける。心揺さぶる、最新長編小説。

『ドラマデイズ』吉野万理子著　小学館　2016.5　325p　15cm（小学館文庫）〈角川書店 2007年刊の改稿〉630円　Ⓘ978-4-09-406293-9

内容　脚本家を夢見るOLのドラマな日常を描いたお仕事小説。丸の内総研に勤める仁藤茉由子はデータ入力。かわり映えのしない退屈な毎日を送るなかでシナリオコンクール入賞の朗報が届く。「これで脚本家に！」と期待に胸躍らせる茉由子だったが、待っていたのは厳しい現実…。原稿料の出ない仕事、プロデューサーのセクハラ…。それでも「いつか君が脚本を書いて僕が主演する」─新人俳優、秋月愁の言葉を胸に脚本家デビューを目指す茉由子。迷い傷ついた先に見つけた本当に書きたいドラマとは。巻末に、人気脚本家後藤法子さんとのスペシャル対談を掲載。

『パイロットのたまご─おしごとのおはなしパイロット』吉野万理子作, 黒須高嶺絵　講談社　2017.11　74p　22cm（シリーズおしごとのおはなし）1200円　Ⓘ978-4-06-220820-8

内容　いつか、ぼくも空を飛びたい!!おはなしを楽しみながらあこがれのお仕事がよくわかる！小学中級から。

『はじまりはオトコトモダチ』吉野万理子著　メディアファクトリー　2009.8　283p　15cm（MF文庫─ダ・ヴィンチ）590円　Ⓘ978-4-8401-2892-6

内容　お世辞にも可愛いとは言えないアキホは、大のイケメン好き。イケメン彼氏をゲットすべく奔走するも、目当ての先輩は気の合う女友達としか見てくれないし、ほかのコたちも最初から射程外宣告してくる始末。でも…100人のイケメン男友達をつくればひとりくらいは好きになってくれるかも！果たしてアキホの作戦の行方やいかに。てゆーか、そもそも男女の友情なんて成立するの。

『走れ！みらいのエースストライカー─おしごとのおはなしサッカー選手』吉野万理子作, 羽尻利門絵　講談社　2015.10　1冊　22cm　1100円　Ⓘ978-4-06-219719-9

内容　小学生男子人気NO.1おしごと、プロサッカー選手になるヒケツがここにある─。おはなしを楽しみながらあこがれのお仕事がよくわかる！小学中級から。

『ひみつの校庭』吉野万理子作, 宮尾和孝絵　[東京]　[学研プラス]　2015.12

228p　20cm（ティーンズ文学館）〈文献あり〉1300円　Ⓘ978-4-05-204345-1

内容　葉太の学校では、入学すると自分の木を決めて、卒業までの間、観察ノートをつけることになっている。もともと自然が多く、昔、植物園だった校庭はフェンスで区切られ、半分は、元園長の家に。ある日、校庭の奥に木戸があることを知った葉太。その先にはふしぎな植物と、思いがけないひみつがあったのだ─。ノートとかぎがつなぐ、植物ファンタジー。

『100％ガールズ　1st season』吉野万理子著　講談社　2012.7　262p　19cm（YA！ ENTERTAINMENT）950円　Ⓘ978-4-06-269456-8

内容　将来、宝塚をめざしている司真純は、家から遠くはなれた横浜の女子校に通うことに。"お嬢様のいないお嬢様学校"でサッカー部に入り、そこで初めて同級生をライバルと意識する。体育祭、合唱コンクール、夏合宿、そして文化祭。ひとつ乗り越えるごとに、新しい世界が真純を待ち受ける。

『100％ガールズ　2nd season』吉野万理子著　講談社　2013.3　252p　19cm（YA！ ENTERTAINMENT）950円　Ⓘ978-4-06-269467-4

内容　2年生に進級すれば、新しい風景が見えてくる。平凡ながらも楽しく充実した学校生活…かと思いきや、なんでこんなに前途多難!?新入生は入部してくれる？サッカー準クラブは部活に無事、昇格できる？真純たちの女子校ライフ、2nd seasonが幕を開ける。

『100％ガールズ　3rd season』吉野万理子著　講談社　2013.10　255p　19cm（YA！ ENTERTAINMENT）950円　Ⓘ978-4-06-269478-0

内容　めでたく部活動に昇格したサッカー部に、元なでしこリーグの選手がコーチとして来てくれることに。強くなって、悲願の公式戦1勝目をあげられるのか!?真純の宝塚受験はどうなる？女子校ライフ3年目も波瀾万丈！

『風船教室』吉野万理子作　金の星社　2014.9　221p　20cm　1200円　Ⓘ978-4-323-06336-2

内容　小学六年生の多波時生が転校したのは、ふしぎな小学校。子ども一人につき一個、名札代わりに風船を持たされる。理由もわからないまま転校させられたことや、親友と離ればなれにされたことに不満を持つ時生だったが、ある日、どうやら風船が普通ではないことに気づく。おかしな風船は宇宙人の手先？それとも何かの呪い？家族、友情、人の思

い。風船に秘められたなぞを知るとき、時生はひとつの真実にたどりつく。

『忘霊トランクルーム』吉野万理子著　新潮社　2018.5　261p　16cm〈新潮文庫―[nex]〉550円　①978-4-10-180122-3
内容 夏休み、湘南。祖母の長期旅行中、彼女が営むトランクルームで留守番のアルバイトをすることになった十七歳の星哉。一人暮らしに胸ふくらませ、お客である年上の西条さんに淡い憧れを抱くものの、どうやらこのトランクルームには、物に憑りつく幽霊＝忘霊が出没するようなのだ。品に刻まれた持ち主の"想い"を解放しようとする星哉と西条さんは…。爽やかで少しほろ苦い青春ミステリ。

『虫ロボのぼうけん―カブトムシに土下座!?』吉野万理子作, 安部繭子絵　理論社　2014.6　175p　22cm〈文献あり〉1300円　①978-4-652-20060-5
内容 小学四年生の森野志馬は、ゲームが大好き。正直、虫なんかちっとも興味ない。ところが、最近いっしょに住むようになったおじいちゃん、かつて有名な昆虫学者だったそうで、自分の部屋でこっそり、世界もおどろくような大発明をしていた！「さあ、カブトムシに会いに行くぞ！」いやいやいや、え、どうやって？　ムリだと思うんですけど―！巻き込まれて、大パニックの志馬。さあ、その運命やいかに!?

『虫ロボのぼうけん　02　赤トンボとレース！』吉野万理子作, 安部繭子絵　理論社　2014.9　191p　22cm〈文献あり〉1300円　①978-4-652-20061-2
内容 小学四年生の森野志馬の楽しみは、虫ロボを運転すること。昆虫学者のおじいちゃんが発明した虫型ロボットで虫たちと、話をすることができるんだ。ある日、ひょんなことから、口の悪い赤トンボと知り合いになり、レースをして勝負をすることに！　しかもその前に「予選」があって、とんでもない試練が―!!学校にかわいい転校生が現れて、ホントはそれどころじゃないのに～。

『虫ロボのぼうけん　03　スズメバチの城へ！』吉野万理子作, 安部繭子絵　理論社　2015.2　175p　22cm〈文献あり〉1300円　①978-4-652-20062-9
内容 小学四年生の森野志馬の楽しみは、虫ロボを運転すること。昆虫学者のおじいちゃんが発明した虫型ロボットで虫たちと、話をすることができるんだ。ところが、かわいい転校生にこの秘密がバレたみたい！　どうしてバレたんだ？　そんな中、友達になった女王スズメバチ（のゆうれい）の願いをかなえ

るため、キイロスズメバチの巨大な巣に行くことに！　命がけの旅が始まる!!

『虫ロボのぼうけん　04　バッタとジャンプ大会！』吉野万理子作, 安部繭子絵　理論社　2015.7　191p　22cm〈文献あり〉1300円　①978-4-652-20108-4
内容 小学五年生の森野志馬の楽しみは、虫ロボを運転すること。昆虫学者のおじいちゃんが発明した虫型ロボットで虫たちと、話をすることができるんだ。かわいいけどちょっと怖いマリーゴールドとバッタに会いに行く途中、緑色のモンスターが現れた！　怒るモンスターとの決着をつけるため、虫たちのジャンプ大会を開催することに！　バッタにコオロギ、キリギリスも参戦。この勝負のゆくえ、どうなる!?

『虫ロボのぼうけん　05　フンコロ牧場へGO！』吉野万理子作, 安部繭子絵　理論社　2016.1　175p　22cm〈文献あり〉1300円　①978-4-652-20142-8
内容 小学五年生の森野志馬の楽しみは、虫ロボを運転すること。昆虫学者のおじいちゃんが発明した虫型ロボットで虫たちと、話をすることができるんだ。ある日、おじいちゃんの友達から「新種の虫を発見した！」という連絡があって、志馬たちは大興奮！　牧場へ見に行くことに。しかし当日、仲間のマリーゴールドを虫ロボに乗せようとしたら、そこにはジャマ者による"悪のたくらみ"が―!?

『ライバル・オン・アイス　1』吉野万理子作, げみ絵　講談社　2016.10　190p　19cm　1200円　①978-4-06-220263-3
内容 ある日、クラスメイトの江見香とフィギュアスケートを習うことになった小学4年生の美馬。フィギュアスケートはすごくおもしろくって楽しくなるはずが、イジワルするライバルや、フィギュアをやめさせようとする母親もいて…！「でも、わたしはフィギュアが好きだから、負けない！」スポーツ青春群像！　一番星を目指すフィギュアスケート物語。

『ライバル・オン・アイス　2』吉野万理子作, げみ絵　講談社　2016.12　205p　19cm〈文献あり〉1200円　①978-4-06-220346-3
内容 フィギュアスケートスクールの特待生に選ばれた美馬。ライバルの飛風美とスクールの川崎校ナンバー1をあらそい、負けたほうがスクールをやめる約束をする。その競技会が近づいたある日、最悪の事件が起きる！

『ライバル・オン・アイス　3』吉野万理子作, げみ絵　講談社　2017.3　220p　19cm　1200円　①978-4-06-220434-7

日本の作品　　　　　　　　　　　　　　　　　　　　　　　　吉橋通夫

内容 ナンバーワンを決定する最終選考会で
ヴィルタネン・センターの全国代表5人が東
京に集結！ライバルたちはフィギュアスケー
トの全国大会上位入賞者や、演技力抜群の帰
国子女、女優のような超美人など、実力も個
性もある強敵ぞろい。フィギュアをはじめた
ばかりの美馬は勝てるの??自分を信じる！そ
れしかない！全員を追い越して、トップに
立つ！

『恋愛映画は選ばない』吉野万理子著　実
業之日本社　2012.11　252p　19cm
1500円　①978-4-408-53616-3
内容 目黒花歩里、39歳独身。彼氏ナシ。40
歳へのカウントダウンの一年間で彼女が選ん
だこと、選べなかったこと。人生の"選択"
に惑うアラフォーのゆれる女ゴコロをリアル
に、ちょっぴり辛口に描く。

『ロバのサイン会』吉野万理子著　光文社
2018.3　304p　16cm（光文社文庫）720
円　①978-4-334-77618-3
内容 わたしはタレント猫のリリアン。一発
OKカットだって簡単にできるわよ。それで
も幾つかNGを出してるのは、編集のときに、
そういう映像が意外とうまくはまるって知っ
てるからなの。人間が思ってるよりも、いろ
いろと考えてるものなのよ。（「女優のプライ
ド」）。人生の山あり谷ありを、動物たちが優
しく、時に厳しく見つめた八つの物語。
別版 光文社 2016.3

吉橋　通夫
よしはし・みちお
《1944〜》

『蒼き戦記―はるかな道へ』吉橋通夫作,
瀬島健太郎絵　角川書店　2009.5
222p　18cm（角川つばさ文庫）〈発売：
角川グループパブリッシング〉600円
①978-4-04-631022-4
内容 美しい山々に囲まれた蒼き里で、少女ア
オは暮らしていた。アオは、五感（視覚・聴
覚・嗅覚・味覚・触覚）が優れ、動物の心を感
じる力をもっていた。隣国にさらわれた友・
リョウを助けるため、アオは弓矢の天才・シュ
ンと旅立つ。巨鳥クウ、一本角、森の精との
出会い。そして、蒼き里に戦火がせまる…。
大切なものを守るため、心やさしき勇者たち
は、はるかな道へ踏みだす。小学上級から。

『蒼き戦記　空と海への冒険』吉橋通夫作,
瀬島健太郎絵　角川書店　2009.10
198p　18cm（角川つばさ文庫）〈発売：

角川グループパブリッシング〉620円
①978-4-04-631060-6
内容 動物と心を通いあわせるアオ、薬にく
わしいヨモギ、勇者のシュン、賢明なリョウ
は大海原へ旅立つ。海の守り神シーク、川の
精・川ッコと出会い、大機国では、新しい武
器を手にする。しかし、アオは忍び兵を捕ら
えようとして目が見えなくなってしまう。巨
鳥クウに助けられ、アオとシュンは、玄武国
軍との決戦に挑む。わくわくドキドキ、興奮
の大冒険物語!!

『蒼き戦記　星と語れる者』吉橋通夫作,
瀬島健太郎絵　角川書店　2010.1
198p　18cm（角川つばさ文庫）〈発売：
角川グループパブリッシング〉620円
①978-4-04-631074-3
内容 特異な力をもつ少女・アオは、美しい
山々に囲まれた蒼き里に暮らす。アオの目は、
はるか遠くまで見通せ、動物と話す力もある。
しかし、海をへだてた漢都国が金鉱石をうば
うため侵略し、蒼き里の者はどれいに…。ア
オは弓矢の天才・シュン、知略に富むリョウ
と立ち向かう。そして、伝説の生き物・ドー
ガとアオの謎があかされる！今、最後の戦
いがはじまる！小学上級から。

『風の海峡　上　波頭をこえて』吉橋通夫
著　講談社　2011.9　190p　20cm
1300円　①978-4-06-217195-3
内容 青い海峡をはさんだふたつの国。日本
と朝鮮―。はるかな昔より、海峡の白い波頭
をこえてふたつの国のあいだを船が往来し、
人と物を運んだ。移り変わる季節の中で、お
たがいに信頼ときずなを深め、移住した家族
もいれば、恋をみのらせた若者もいる。ふた
つの国をへだてたもの、それは、為政者がひ
きおこす戦争だった。文禄・慶長の役を壮大
なスケールで描く歴史小説。

『風の海峡　下　戦いの果てに』吉橋通夫
著　講談社　2011.9　181p　20cm〈文
献あり〉1300円　①978-4-06-217222-6
内容 進吾と香玉―日本と朝鮮の若者は、顔
を見合わせて誓った。「戦争を起こさぬため
のつっかい棒になる」。日本と朝鮮の若者た
ちの葛藤を描く歴史小説。

『官兵衛、駆ける。』吉橋通夫著　講談社
2013.11　243p　20cm〈文献あり　年譜
あり〉1400円　①978-4-06-218634-6
内容 信長・秀吉・家康に重用され、生涯の戦
で一度も負けなかった黒田官兵衛。天下一の
軍師と呼ばれた官兵衛の戦略は、「戦わずし
て勝つ」。その原点は、どこにあるのか？野
間児童文芸賞受賞作家・吉橋通夫が渾身の力

をこめて描く黒田官兵衛！

『京のほたる火―京都犯科帳』吉橋通夫著
講談社 2010.10 227p 15cm（講談社
文庫）〈岩崎書店1981刊の抜粋、加筆修
正〉524円 ①978-4-06-276767-5
内容 京の町に帰ってきた親方と初めての音
吉。辻で人を集めて芸をみせ、商いをする、
けん玉売りの二人には、人には言えない、も
う一つの仕事があった。危ない橋を渡ろうと
する、その先には…（「けん玉売り」)他、短編
8編を収録。貧しくとも毎日を懸命に生きる
庶民と、揺れる心を見事に綴った時代小説短
編集。

『真田幸村と忍者サスケ』吉橋通夫作, 佐
嶋真実絵 KADOKAWA 2016.1
215p 18cm（角川つばさ文庫）640円
①978-4-04-631563-2
内容 日本一の兵となる真田幸村は、少年のこ
ろ、忍者修行にはげむサスケに出会い、大冒険
が始まった！ 3人だけで800人の兵と戦って
撃退し、幸村の命をねらう忍者集団と決闘す
る。幸村とサスケは強い友情で結ばれていく
が、徳川家康の大軍が真田の城に攻めよせて
きた。少数の真田軍は、いかにして戦うか!?
天才武将・真田幸村とサスケが活躍する、勇
ましく大興奮の戦国物語！ 小学中級から。

『小説鶴彬―暁を抱いて』吉橋通夫著 新
日本出版社 2009.3 205p 20cm〈文
献あり〉1800円 ①978-4-406-05230-6

『すし食いねえ』吉橋通夫著 講談社
2015.7 223p 20cm（［講談社文学の
扉］）〈文献あり 年表あり〉1400円
①978-4-06-283232-8
内容 豆吉が店番をしていると、店先で若侍
とふたりの追っ手が立ち回りを始めた。する
とそこに現れたもみじ色の小そでの娘が…!?
痛快グルメ時代小説。小学上級から。

『なまくら』吉橋通夫著 講談社 2009.8
248p 15cm（講談社文庫）552円
①978-4-06-276425-4
内容 故郷を離れ、砥石運びの仕事をしてい
た矢吉は幼なじみのトメと再会するが…。表
題作の他、幕末から明治の京の周辺、若いと
いうには、あまりに年少の者たちの、汗して
働き、行く道に迷う懸命の日々を描いた珠玉
の時代小説短編集。解説者あさのあつこ氏絶
賛の名作が文庫化。第四十三回野間児童文芸
賞受賞。

『はっけよい！ 雷電』吉橋通夫著 講談社
2017.3 251p 20cm（［講談社・文学
の扉］）1400円 ①978-4-06-283243-4

内容 さあきみも、すてきな出会いが待って
いる江戸時代にタイムスリップ！ 見合って
見合って！ 小学生から読める痛快すもう時
代小説。小学上級から。

『風雪のペン』吉橋通夫著 新日本出版社
2014.12 301p 20cm 2300円 ①978-
4-406-05877-3
内容 声なき民に寄り添い、命をかけて真実を
伝える一草わけの女性新聞記者となるフキ、
その波瀾万丈の半生。

米澤 穂信
よねざわ・ほのぶ
《1978～》

『いまさら翼といわれても』米澤穂信著
KADOKAWA 2016.11 353p 20cm
1480円 ①978-4-04-104761-3
内容 神山市が主催する合唱祭の本番前、ソロ
パートを任されている千反田えるが行方不明
になってしまった。夏休み前のえるの様子、
伊原摩耶花と福部里志の調査と証言、課題曲、
ある人物がついた嘘―折木奉太郎が導き出し、
ひとりで向かったえるの居場所は。そして、
彼女の真意とは？（表題作）。奉太郎、える、
里志、摩耶花―"古典部"4人の過去と未来が
明らかになる、瑞々しくもビターな全6篇！

『インシテミル』米澤穂信著 文藝春秋
2010.6 522p 16cm（文春文庫）〈著作
目録あり〉686円 ①978-4-16-777370-0
内容 「ある人文科学的実験の被験者」になる
だけで時給十一万二千円がもらえるという破
格の仕事に応募した十二人の男女。とある施
設に閉じ込められた彼らは、実験の内容を知
り驚愕する。それはより多くの報酬を巡って
参加者同士が殺し合う犯人当てゲームだった
―。いま注目の俊英が放つ新感覚ミステリー
登場。

『王とサーカス』米澤穂信著 東京創元社
2015.7 413p 20cm〈文献あり〉1700
円 ①978-4-488-02751-3
内容 二〇〇一年、新聞社を辞めたばかりの
太刀洗万智は、知人の雑誌編集者から海外旅
行特集の仕事を受け、事前取材のためネパー
ルに向かった。現地で知り合った少年にガイ
ドを頼み、穏やかな時間を過ごそうとしてい
た矢先、王宮で国王をはじめとする王族殺害
事件が勃発する。太刀洗はジャーナリストと
して早速取材を開始したが、そんな彼女を嘲
笑うかのように、彼女の前にはひとつの死体
が転がり…。「この男は、わたしのために殺

日本の作品 米澤穂信

されたのか？ あるいは―」疑問と苦悩の果てに、太刀洗が辿り着いた痛切な真実とは？『さよなら妖精』の出来事から十年の時を経て、太刀洗万智は異邦でふたたび、自らの人生をも左右するような大事件に遭遇する。二〇〇一年に実際に起きた王宮事件を取り込んで描いた壮大なフィクションにして、米澤ミステリの記念碑的傑作！

『折れた竜骨 上』米澤穂信著 東京創元社 2013.7 290p 15cm（創元推理文庫）〈2010年刊の上下2分冊〉620円 ①978-4-488-45107-3
内容 ロンドンから出帆し、北海を三日も進んだあたりに浮かぶソロン諸島。その領主を父に持つアミーナは、放浪の旅を続ける騎士ファルク・フィッツジョンと、その従士の少年ニコラに父を、御身は恐るべき魔術の使い手である暗殺騎士に命を狙われている、と告げた…。いま最も注目を集める俊英が渾身の力で放ち絶賛を浴びた、魔術と剣と謎解きの巨編！ 第64回日本推理作家協会賞受賞作。

『折れた竜骨 下』米澤穂信著 東京創元社 2013.7 264p 15cm（創元推理文庫）〈2010年刊の上下2分冊 文献あり〉620円 ①978-4-488-45108-0
内容 自然の要塞であったはずの島で、偉大なるソロンの領主は暗殺騎士の魔術に斃れた。"走狗"候補の八人の容疑者、沈められた封印の鐘、塔上の牢から忽然と消えた不死の青年―そして、甦った「呪われたデーン人」の襲来はいつ？ 魔術や呪いが跋扈する世界の中で、推理の力は果たして真相に辿り着くことができるのか？ 第64回日本推理作家協会賞を受賞した、瞠目の本格推理巨編。
別版 東京創元社（東京創元社・ミステリ・フロンティア）2010.11

『さよなら妖精』米澤穂信著 新装版 東京創元社 2016.10 326p 20cm〈文献あり〉1700円 ①978-4-488-02768-1
内容 雨宿りをする彼女との偶然の出会いが、謎に満ちた日々への扉を開けた。忘れ難い余韻をもたらす、出会いと祈りの物語。初期の大きな、そして力強い一歩となった、鮮やかなボーイ・ミーツ・ガール・ミステリをふたたび。書き下ろし短編「花冠の日」巻末収録。

『秋期限定栗きんとん事件 上』米澤穂信著 東京創元社 2009.2 254p 15cm（創元推理文庫）580円 ①978-4-488-45105-9
内容 あの日の放課後、手紙で呼び出されて以降、ぼくの幸せな高校生活は始まった。学校

中を二人で巡った文化祭。夜風がちょっと寒かったクリスマス。お正月には揃って初詣。ぼくに「小さな誤解でやきもち焼いて口げんか」みたいな日が来るとは、実際、まるで思っていなかったのだ。―それなのに、小鳩君は機会があれば彼女そっちのけで謎解きを繰り広げてしまい…シリーズ第三弾。

『秋期限定栗きんとん事件 下』米澤穂信著 東京創元社 2009.3 242p 15cm（創元推理文庫）580円 ①978-4-488-45106-6
内容 ぼくは思わず苦笑する。去年の夏休みに別れたというのに、何だかまた、小佐内さんと向き合っているような気がする。ぼくと小佐内さんの間にあるのが、極上の甘いものをのせた皿か、連続放火事件かという違いはあるけれど…ほんの少しずつ、しかし確実にエスカレートしてゆく連続放火事件に対し、ついに小鳩君は本格的に推理を巡らし始める。小鳩君と小佐内さんの再会はいつ―。

『真実の10メートル手前』米澤穂信著 東京創元社 2018.3 328p 15cm（創元推理文庫）680円 ①978-4-488-45109-7
別版 東京創元社 2015.12

『追想五断章』米澤穂信著 集英社 2012.4 288p 16cm（集英社文庫）495円 ①978-4-08-746818-2
内容 大学を休学し、伯父の古書店に居候する菅生芳光は、ある女性から、死んだ父親が書いた五つの「結末のない物語」を探して欲しい、という依頼を受ける。調査を進めるうちに、故人が20年以上前の未解決事件「アントワープの銃声」の容疑者だったことがわかり―。五つの物語に秘められた真実とは？ 青春去りし後の人間の光と陰を描き出す、米澤穂信の新境地。精緻きわまる大人の本格ミステリ。
別版 集英社 2009.8

『遠まわりする雛』米澤穂信著 角川書店 2010.7 410p 15cm（角川文庫）〈発売：角川グループパブリッシング〉629円 ①978-4-04-427104-6
内容 省エネをモットーとする折木奉太郎は"古典部"部員・千反田えるの頼みで、地元の祭事「生き雛まつり」へ参加する。十二単をまとった「生き雛」が町を練り歩くという祭りだが、連絡の手違いで開催が危ぶまれる事態に。千反田の機転で祭事は無事に執り行われたが、その「手違い」が気になる彼女は奉太郎とともに真相を推理する―。あざやかな謎と春に揺れる心がまぶしい表題作ほか"古典部"を過ぎゆく1年を描いた全7編。

ヤングアダルトの本 いま読みたい小説4000冊 339

『儚い羊たちの祝宴』米澤穂信著　新潮社
2011.7　329p　16cm（新潮文庫）〈文献あり〉476円　①978-4-10-128782-9
内容　夢想家のお嬢様たちが集う読書サークル「バベルの会」。夏合宿の二日前、会員の丹山吹子の屋敷で惨劇が起こる。翌年も翌々年も同日に吹子の近親者が殺害され、四年目には凄惨な事件が。優雅な「バベルの会」をめぐる邪悪な五つの事件。甘美なまでの語り口が、ともすれば暗い微笑を誘い、最後に明かされる残酷なまでの真実が、脳髄を冷たく痺れさせる。米澤流暗黒ミステリの真骨頂。
別版　新潮社 2008.11

『ふたりの距離の概算』米澤穂信著　角川書店　2012.6　287p　15cm（角川文庫）〈発売：角川グループパブリッシング〉552円　①978-4-04-100325-1
内容　春を迎え高校2年生となった奉太郎たちの"古典部"に新入生・大日向友子が仮入部する。千反田えるたちともすぐに馴染んだ大日向だが、ある日、謎の言葉を残し、入部はしないと告げる。部室での千反田との会話が原因のようだが、奉太郎は納得できない。あいつは他人を傷つけるような性格ではない―。奉太郎は、入部締め切り日に開催されたマラソン大会を走りながら、心変わりの真相を推理する！"古典部"シリーズ第5弾。
別版　角川書店 2010.6

『ボトルネック』米澤穂信著　新潮社
2009.10　312p　16cm（新潮文庫）476円　①978-4-10-128781-2
内容　亡くなった恋人を追悼するため東尋坊を訪れていたぼくは、何かに誘われるように断崖から墜落した…はずだった。ところが気がつくと見慣れた金沢の街にいる。不可解な思いで自宅へ戻ったぼくを迎えたのは、見知らぬ「姉」。もしやここでは、ぼくは「生まれなかった」人間なのか。世界のすべてと折り合えず、自分に対して臆病。そんな「若さ」の影を描き切る、青春ミステリの金字塔。

『満願』米澤穂信著　新潮社　2017.8
422p　16cm（新潮文庫）670円　①978-4-10-128784-3
内容　「もういいんです」人を殺めた女は控訴を取り下げ、静かに刑に服したが…。鮮やかな裏切りに真の動機が浮上する表題作をはじめ、恋人との復縁を望む主人公が訪れる「死人宿」、美しき中学生姉妹による官能と戦慄の「柘榴」、ビジネスマンが最悪の状況に直面する息詰まる傑作「万灯」他、全六篇を収録。史上初めての三冠を達成したミステリー

短篇集の金字塔。山本周五郎賞受賞。
別版　新潮社 2014.3

『リカーシブル』米澤穂信著　新潮社
2015.7　522p　16cm（新潮文庫）750円　①978-4-10-128783-6
内容　越野ハルカ。父の失踪により母親の故郷に越してきた少女は、弟とともに過疎化が進む地方都市での生活を始める。だが、町では高速道路の誘致運動を巡る暗闘と未来視にまつわる伝承が入り組み、不穏な空気が漂い出していた。そんな中、弟サトルの言動をなぞるかのような事件が相次ぎ…。大人たちの矛盾と、自分が進むべき道。十代の切なさと成長を描く、心突き刺す青春ミステリ。
別版　新潮社 2013.1

令丈　ヒロ子
れいじょう・ひろこ
《1964～》

『アイドル・ことまり！　1　コイがつれてきた恋!?』令丈ヒロ子作, 亜沙美絵　講談社　2017.4　203p　18cm（講談社青い鳥文庫）620円　①978-4-06-285620-1

『アイドル・ことまり！　2　試練のオーディション！』令丈ヒロ子作, 亜沙美絵　講談社　2017.8　201p　18cm（講談社青い鳥文庫）620円　①978-4-06-285648-5
内容　二人でメジャーなアイドルを目指すことりと鞠香。一人だけスカウトされたことりは、レッスンとCM撮影のため東京へ。一緒にレッスンを受ける紗生とみな美にくらべて、ダメな自分に落ちこむことり。しかも、過酷なレッスンのあとに、まさかのオーディション!!CMの主役に選ばれるのは？一方、花の湯温泉にのこった鞠香は、ことりを応援しつつもフクザツな気持ちで…。小学中級から。

『アイドル・ことまり！　3　夢をつかもう！』令丈ヒロ子作, 亜沙美絵　講談社　2018.1　185p　18cm（講談社青い鳥文庫）620円　①978-4-06-285677-5
内容　「ことまり」として、二人でメジャーなアイドルをめざすことりと鞠香は、CMのオーディションで主役の座をうばいあうことに！勝負の結果、主役に選ばれたのは―？そしてCMの収録当日、まさかのアクシデントが！思わず和良居ノ神様を呼んだことり。「ことまり」コンビはどうなるの？二人の夢はかなうの？ドキドキの結末が待っていま

日本の作品　　　　　　　　　　　　　　　　　　　　　　令丈ヒロ子

す。小学中級から。

『あたしの、ボケのお姫様。』令丈ヒロ子著
ポプラ社　2016.10　231p　20cm
（teens' best selections）1400円
①978-4-591-15161-7

『S力人情商店街　3』令丈ヒロ子作, 岡本
正樹絵　岩崎書店　2009.2　172p
19cm（［Ya！ フロンティア］）900円
①978-4-265-07216-3
内容 塩力商店街を守るため、スーパー「ショー
エー」の開店記念パーティーで茶子たちはあっ
と驚く作戦を実行することにした。先代のお
リキ様がいったい誰なのかも明らかになる。

『S力人情商店街　4』令丈ヒロ子作, 岡本
正樹絵　岩崎書店　2010.1　199p
19cm（［Ya！ フロンティア］）900円
①978-4-265-07224-8
内容 塩力様に仲間四人の将来の役割を決め
るようにと言われ、悩む茶子。みんなの気持
ちも知ってしまい、なおさら悩ましい。そん
なとき、茶子が何者かにさらわれる。いよい
よクライマックスの最終巻。

『おかし工場のひみつ!!―笑って自由研究』
令丈ヒロ子作, MON絵　集英社　2011.
3　157p　18cm（集英社みらい文庫）
580円　①978-4-08-321004-4
内容 「ポッキーの山にうもれたい」「ドーナツ
めっちゃ食べたい！」。そんなかるいノリか
ら、おかし工場にせんにゅうする、大阪人のぴ
ろコン、MONMON、そしてナゾのおじょう
様・みのPの三人。ベルトコンベヤを流れる、
なが〜いポッキー生地にこうふん！ ドーナツ
を秒単位でウラがえすワザにはびっくり!?楽
しくって役にたつ "自由研究メモ帳" や "取材
レポート" つきで、一冊で二度おいしいよー。
小学初級・中級から。

『おかね工場でびっくり!!』令丈ヒロ子作,
MON絵　集英社　2012.7　174p　18cm
（集英社みらい文庫―笑って自由研究）
〈年譜あり〉600円　①978-4-08-321102-
7
内容 「ええーっ、おかねを作ってる工場が
ほんまにあるんか！」。さっそく見学に出か
けた、ぴろコン、MONMON、みのPの3人。
貨幣を作っている "造幣局" では、大判小判、
千両箱などふるーいおかねを見て大さわぎ。
お札を作っている "国立印刷局" では、でっか
い紙に一万円札がいっぱい印刷されているの
を見て、口をあんぐり。シリーズ第三弾、今
回もびっくりネタまんさいだよ〜。

『おっことチョコの魔界ツアー』令丈ヒロ
子, 石崎洋司作, 亜沙美, 藤田香絵　新装
版　講談社　2013.9　168p　18cm（講
談社青い鳥文庫）580円　①978-4-06-
285379-8
内容 冬休みに春の屋で出会ったものの、「忘
却魔法」でおたがいのことを忘れてしまった
おっことチョコ。忘却魔法を解いて二人を友
情で結びつければ、魔界での宴会にご招待、
という耳寄りな情報に目がくらんだギュービ
ッドと鈴鬼に、ウリ坊や美陽も加わって、ある
計画を実行。はたして二人はおたがいを思い
だせるの!?人間、黒魔女、ユーレイが入りみ
だれての魔界ツアー、はじまりはじまり！ 小
学中級から。

『おもちゃ工場のなぞ!!―笑って自由研究』
令丈ヒロ子作, MON絵　集英社　2011.
11　136p　18cm（集英社みらい文庫）
580円　①978-4-08-321052-5
内容 「本物そっくり！ すごっ！」。おもし
ろ消しゴム工場でこうふん。「人生ゲームっ
てこんなにいっぱい種類あるのん？」。おも
ちゃ会社で大はしゃぎ。好奇心おうせいな、
ぴろコン、MONMON、みのPの3人。今回は
おもちゃ工場のなぞにせまる！ そして…「み
のP、なに者なんや!?」。なぞのお嬢様の正体
も、ついに明らかになる!?大爆笑！ 自由研究
シリーズ、第二弾。小学初級・中級から。

『おリキ様の代替わり』令丈ヒロ子著　新
潮社　2013.3　187p　16cm（新潮文庫
―S力人情商店街 3）〈「S力人情商店街
3」（岩崎書店 2009年刊）の改題〉430円
①978-4-10-127043-2
内容 商店街に進出してきたスーパー相手に、
いよいよSSB（S力商店街防衛隊）が戦闘開始。
こんどの茶子はちょっと大人っぽい！ 取り巻
きの男の子たちが隠してきた本音がだんだん
と明らかになると、歴代おリキ様に呼び出
された茶子は、七代目として、ある重要な任務
を言い渡される。シリーズ完結に向けて加速
度的におもしろさを増すユーモア青春小説。

『温泉アイドルは小学生！　1　コンビ結
成!?』令丈ヒロ子作, 亜沙美絵　講談社
2015.11　251p　18cm（講談社青い鳥文
庫）650円　①978-4-06-285525-9
内容 「若おかみは小学生！」のキャラもつぎ
つぎ登場する、新シリーズです！ 春野琴理は
超マイペースの5年生。親戚で、温泉旅館の
若おかみ・おっこがいる町に引っ越してきた。
外では優等生だけど、琴理にはダメ出しを連
発する糸居鞠香と二人でいるときに、小さな
神様に出会ってしまい!?琴理がアイドルにな
りたいと願ったら、鞠香と二人で「歌うまク

ヤングアダルトの本　いま読みたい小説4000冊　341

イーンコンテスト」に出場することに…！小学中級から。

『温泉アイドルは小学生！　２　暴走ママを止めて！』令丈ヒロ子作, 亜沙美絵　講談社　2016.3　234p　18cm（講談社青い鳥文庫）650円　①978-4-06-285544-0
内容 早くも大人気の新シリーズ！ 花の湯温泉に引っ越してきた二人―春野琴理と糸居鞠香は、歌のコンテスト出場がきっかけで、楽しく花の湯温泉をもりあげようと、おもしろアイドルを目指している。鳥居くんの叔父さんのウエディングパーティで歌うことになり、はりきる琴理と鞠香。ところが、まさかの問題発生！ なんと、二人のママが、それぞれ暴走を始めたのだった…。小学中級から。総ルビ。

『温泉アイドルは小学生！　３　いきなり！ コンサート!?』令丈ヒロ子作, 亜沙美絵　講談社　2016.6　203p　18cm（講談社青い鳥文庫）620円　①978-4-06-285557-0
内容 「若おかみは小学生！」でおなじみのキャラもつぎつぎ登場する新シリーズ、第3弾！ 秋好旅館の超豪華な部屋で、「歌うまクイーン」の愛瑠と再会して喜ぶことりと鞠香。でも、なんとなく愛瑠の様子がヘン。愛瑠のかくされた秘密とは？ また、ステキな出会いがほしい！（ことり）、澄川様と両思いになりたい！（鞠香）、という二人の強引な願いを、和良居ノ神様は、かなえてくれるの？ 小学中級から。総ルビ。

『かえたい二人』令丈ヒロ子作　PHP研究所　2017.9　223p　20cm　1300円　①978-4-569-78693-3
内容 「変人」だから「ちょっとかわいい女の子」にあこがれる。「お嬢様」だから「悪魔少女」にあこがれる。真逆を求める幼なじみ女子の成長物語。

『緊急招集、若だんなの会』令丈ヒロ子著　新潮社　2013.1　222p　16cm（新潮文庫―S力人情商店街 2）〈「S力人情商店街 2」（岩崎書店 2008年刊）の改題〉460円　①978-4-10-127042-5
内容 「ふとん店」事件を解決した塩力商店街の中学生4人組。一難去ってダレていたところ、またも「ショボイ超能力」が出始めた。今度の危機は商店街の客を奪いかねないスーパーの進出計画。しかも、塩力神社と商店街の歴史に興味を示す経営者にはなにやら狙いがある様子。そして、初めて明らかにされる千原先輩の正体。

『恋のギュービッド大作戦！―「黒魔女さんが通る!!」×「若おかみは小学生！」』石崎洋司, 令丈ヒロ子作, 藤田香, 亜沙美絵　講談社　2015.2　315p　18cm（講談社青い鳥文庫）〈2010年刊の再刊〉680円　①978-4-06-285470-2
内容 「黒魔女さんが通る!!」「若おかみは小学生！」大人気コラボ第3弾が、青い鳥文庫になったよ！「たいへん！ おじいちゃんとおばあちゃんが結婚してくれないと、あたしたち、消えてしまうかも！」おばあちゃんが、知らないおじいちゃんと仲良くうつっている写真を見つけたおっことチョコは、黒魔法グッズで60年まえの世界へ！ またまた二人の大冒険がはじまります！ 小学中級から。総ルビ。
別版 講談社 2010.12

『今昔物語集―今も昔もおもしろい！ おかしくてふしぎな平安時代のお話集』令丈ヒロ子著, つだなおこ絵　岩崎書店　2014.1　191p　22cm（ストーリーで楽しむ日本の古典 7）〈文献あり〉1500円　①978-4-265-04987-5

『ダイエットパンチ！　１　あこがれの美作女学院デビュー！』令丈ヒロ子作, 岸田メル絵　ポプラ社　2009.3　174p　18cm（ポプラポケット文庫）〈2006年刊の新装改訂〉570円　①978-4-591-10847-5
内容 あこがれの"おじょうさま学校"の入学式。コヨリをむかえたのは、超美人生徒会長の「この学院にふさわしい女性になるために、痩せてください」のひとことだった。そのままダイエット寮に連行され…、ドキドキの新生活スタート！ 小学校上級から。

『ダイエットパンチ！　２　あまくてビターな寮ライフ』令丈ヒロ子作, 岸田メル絵　ポプラ社　2009.4　222p　18cm（ポプラポケット文庫）〈2007年刊の新装改訂〉570円　①978-4-591-10903-8
内容 ダイエット寮での生活がいよいよ本格スタート。本気でダイエットに立ち向かう決心をしたコヨリたちは、少しずつ体重もおちてきます。そんなところに、コヨリたち三人となかよしになりたいという女の子があらわれ…波乱万丈の第二巻。小学校上級から。

『ダイエットパンチ！　３　涙のリバウンド！ そして卒寮！』令丈ヒロ子作, 岸田メル絵　ポプラ社　2009.5　175p　18cm（ポプラポケット文庫）〈2008年刊の新装改訂〉570円　①978-4-591-10957-1

内容 寮生活にも慣れてきたころ、コヨリたちにしのびよるのは—恐怖のリバウンド！ それぞれのダイエットの結末は？ 本当のダイエットとは…!?心とからだの健康を考える、おもしろシリーズ完結です。

『茶子と三人の男子たち』令丈ヒロ子著 新潮社 2012.11 221p 16cm（新潮文庫—S力人情商店街 1）〈「S力人情商店街1」（岩崎書店 2007年刊）の改題〉460円 ①978-4-10-127041-8

内容 さびれつつある商店街で育った幼なじみの中学生、茶子、吾郎、研、吉野の4人組は、神社で雷に打たれ、超能力を授かった。エスパーアイドル誕生か？…と思いきや、それぞれの不思議な力はどこか「しょぼい」。果たして、彼らの脱力系の活躍でふとん店を襲う謎の事件は解決できるのか？ 商店街をこよなく愛する大人気作家によるユーモア青春小説。

『茶子の恋と決心』令丈ヒロ子著 新潮社 2013.5 213p 16cm（新潮文庫—S力人情商店街 4）〈「S力人情商店街 4」（岩崎書店 2010年刊）の改題〉460円 ①978-4-10-127044-9

内容 男子4人の運命を預かるハメになり、途方に暮れる「7代目おリキ様」の茶子。そこへ忍び寄る怪しい魔の手…。茶子が誘拐されたって!?誰が何の目的で？ しょぼいながらも超能力を駆使して地元商店街の危機を救う中学生防衛隊5人組の活躍をユーモアたっぷりに描き出す痛快青春小説。男の子たちの役割もついに明らかになり、ぜったい目が離せない完結編。

『なぎさくん、女子になる』令丈ヒロ子作、立樹まや絵 ポプラ社 2015.1 200p 18cm（ポプラポケット文庫—おれとカノジョの微妙Days 1）〈「おれとカノジョの微妙Days」（2005年刊）の改題、新装改訂〉680円 ①978-4-591-14265-3

内容 おれは、庄司なぎさ。はっきりしてしまうと、世にいう「美少年」ってやつだ。夏休みの1週間をオンナばかりの家ですごすことになったんだけど、この家のやつらが、全員オトコぎらいで…。生きぬくために、まさかのオンナのふりをすることになったおれ！ どうなんの!?小学校上級～

『なぎさくん、男子になる』令丈ヒロ子作、立樹まや絵 ポプラ社 2015.4 203p 18cm（ポプラポケット文庫—おれとカノジョの微妙Days 2）〈「おれとカノジョの微妙Days」（2005年刊）の改題、新装改訂〉680円 ①978-4-591-14480-0

内容 おれは、庄司なぎさ。11歳、オトコ。わけあって今、オンナのふりして生活してる。でも、好きな女の子ができて、いよいよオトコだってことを、かくしきれなくなってきた…！ おれのウソ、ばれたらどうなるんだ？「おれとカノジョの微妙Days」完結巻。書き下ろし短編「なぎさくん、デートする」を収録！ 小学校上級～

『なりたい二人』令丈ヒロ子作 PHP研究所 2014.6 222p 20cm 1300円 ①978-4-569-78401-4

内容 コンプレックス×2。弱点を知っているから、いちばん応援したくなる。中学に入ってからお互いを避けていた幼なじみの女子と男子の、不器用でかわいい成長物語。

『××（バツ）天使』令丈ヒロ子作、宮原響画 岩崎書店 2011.9 195p 18cm（フォア文庫）650円 ①978-4-265-06426-7

内容 落ちこぼれ天使のパイは、授業をさぼっているところを見つかり、人間界に実習に行くことに—。その地上で、予備校に通う小学生・レンたちと出会ったパイは、みんなと仲良くなり、人間のいろいろな気持ちを知っていきます。ところが、こんどは天使の力が弱まってしまい…。さわやかで、ちょっとせつない、パイの下界実習の3日間。小学校高学年・中学生向き。

別本 理論社（フォア文庫）2010.8

『ハリネズミ乙女、はじめての恋』令丈ヒロ子著 KADOKAWA 2016.12 270p 19cm 1400円 ①978-4-04-104235-9

内容 トゲトゲになった心を、この物語は毛布のように温かく包んでくれます。

『パンプキン！—模擬原爆の夏』令丈ヒロ子作、宮尾和孝絵 講談社 2011.7 95p 22cm〈文献あり〉1200円 ①978-4-06-217077-2

内容 1945年、終戦の年。原爆投下の練習のため、模擬原爆・通称パンプキン爆弾が日本各地に49発も落とされていた事実を知っていますか？ 本当にあったことを、小説で読む・知る。

『ブラック◆ダイヤモンド 1』令丈ヒロ子作、谷朋画 岩崎書店 2011.9 197p 18cm（フォア文庫）650円 ①978-4-265-06428-1

内容 ママを亡くした灯花理が、おばあちゃんの家で暮らしはじめて一ヵ月。ある日、偶然見つけたママの日記をいとこの美影と読んでいると、「B・D」という言葉が目に飛び込んできた。—ん？「B・D」ってなに？ 気にな

令丈ヒロ子　　　　　　　　　　　　　　　　　　　　日本の作品

る二人は、その正体をさがしはじめるが…新シリーズ「ブラック・ダイヤモンド」スタート。小学校高学年・中学生向き。
別版 理論社（フォア文庫）2010.10

『ブラック◆ダイヤモンド　2』令丈ヒロ子作，谷朋画　岩崎書店　2011.9　183p　18cm（フォア文庫）650円　①978-4-265-06429-8
内容 学校の人気者・陽坂くんが、灯花理に一目ぼれ!?突然の恋バナにとまどう灯花理は、かくしごとはしない！と、美影と約束をした。その後、恋の実るおまじないのカードをもらったり、宝石に夢中になったり、新しい友達もできたりと、すべてがうまく進んでいるように思えたのだが…☆魅惑のガールズ・サスペンス第2弾。

『ブラック◆ダイヤモンド　3』令丈ヒロ子作，谷朋画　岩崎書店　2012.3　195p　18cm（フォア文庫）650円　①978-4-265-06435-9
内容 くるこんとの散歩中、灯花理がママとの思い出の家へ立ちよると、そこには陽坂くん一家が住んでいた！とまどいながらも、明るいママや、クールな兄の峻、陽坂くんとも話がはずみ、ひさしぶりに楽しいひとときを過ごす灯花理。ところがその帰り道、峻の瞳に宝石のような不思議な輝きを見た灯花理は胸騒ぎをおぼえた。―これは、いったい？令丈ヒロ子が贈る、ガールズ・サスペンス第3弾。

『ブラック◆ダイヤモンド　4』令丈ヒロ子作，谷朋画　岩崎書店　2014.7　217p　18cm（フォア文庫）650円　①978-4-265-06475-5
内容 「B・D」、ブラック・ダイヤモンド…。御堂家のかくされた財宝を独り占めしたいがために、魔女ばあちゃんがうそをついている…。そう美影と灰country おばさんにいわれ、灯花理の気持ちは重く沈む。B・Dなんて、もう、ないほうがいい！でも知りたい。B・Dの正体は？謎が謎をよぶ、魅惑のガールズ・サスペンス第4弾！

『ブラック◆ダイヤモンド　5』令丈ヒロ子作，谷朋画　岩崎書店　2014.11　201p　18cm（フォア文庫）650円　①978-4-265-06476-2
内容 「B・D」という御堂家に伝わる財宝があると、美影ちゃんは信じこんでいる。美影ちゃんがあたしに優しかったのも、いつも気にかけてくれていたのも、全部B・Dのためだったの？灯花理は考えれば考えるほど、不安がつのる。B・Dの力って何？あたしはど

うしたらいいの？魅惑のガールズ・サスペンス最終巻！小学校高学年～

『枕草子―千年むかしのきらきら宮中ライフ』令丈ヒロ子著，鈴木淳子絵　岩崎書店　2017.1　188p　22cm（ストーリーで楽しむ日本の古典 16）〈文献あり〉1500円　①978-4-265-05006-2

『負けるな！すしヒーロー！　ダイナシーの巻』令丈ヒロ子作，やぎたみこ絵　講談社　2017.1　111p　22cm（わくわくライブラリー）1300円　①978-4-06-195778-7
内容 ええ～っ!?ぼくが、ヒーローに!?「おいしいもの」を守るため！食いしんぼうで、運動がにがてな小4のこうきが、すしヒーローにだいへんしん！ぼくが来たからには、この町のおいしいものをだいなしになんかさせないぞ！小学2～3年生から。

『魔リンピックでおもてなし―黒魔女さんが通る!!×若おかみは小学生!』石崎洋司，令丈ヒロ子作，藤田香，亜沙美絵　講談社　2015.6　242p　18cm（講談社青い鳥文庫）650円　①978-4-06-285495-5
内容 チョコの通う第一小学校に「おもてなしの授業」をしに行くことになり、大喜びのおっこ。いっぽう、ギュービッドさまと鈴鬼は、666日に一度の魔リンピックをなんと、第一小学校へ招致しようと悪だくみ！自由すぎる5年1組のおもてなしは、魔界の人たちに通じるの？はたして、魔リンピックの開催地はどこに!?「黒魔女さんが通る!!」「若おかみは小学生！」大人気コラボ、第4弾だよ！小学中級から。

『ミラクルうまいさんと夏―8月のおはなし』令丈ヒロ子作，原ゆたか絵　講談社　2013.6　63p　22cm（おはなし12か月）1000円　①978-4-06-218360-4

『メニメニハート』令丈ヒロ子作，結布絵　講談社　2015.3　289p　18cm（講談社青い鳥文庫）〈2009年刊の再刊〉680円　①978-4-06-285475-7
内容 転校してきたばかりのぼくの名は小国景太。マンションのお隣さんは、マジメすぎて、ちょっとコワいマジ子と、美人だけどウソつきのサギ乃。二人ともぼくと同じクラスなんだけど、仲が悪くて、しょっちゅう言い争いをしているんだ。ところがある日、「呪いの大鏡」の前でぶつかった二人からハートが飛び出て、ぼくの目の前で入れ替わったから、たいへん！小学上級から。総ルビ。
別版 講談社　2009.3

344

日本の作品　　　　　　　　　　　　　　　　　　　　　　　　　　　　令丈ヒロ子

『モナコの謎カレ』令丈ヒロ子作, 藤丘よ
うこ画　岩崎書店　2011.9　169p
18cm（フォア文庫）600円　①978-4-
265-06427-4
内容　ミス6年B組のモナコは、転校生・ツキ
ノハジメから、いきなり一目惚れ宣言をされ
てしまう！ 原始人のようなハジメの言動に困
惑していたクラスメイトも、いつのまにか彼
のペースに巻き込まれ、モナコは怒りがおさ
まらない。しかも、ハジメをカッコいい〜！
という子まで現れて…。一爽やかな学園コメ
ディ。小学校高学年・中学生向き。
別版　理論社（フォア文庫）2010.9

『りんちゃんともちもち星人』令丈ヒロ子
作, まつむらまきお絵　講談社　2012.
11　135p　18cm（ことり文庫）950円
①978-4-06-217999-7
内容　小学校3年生のりんちゃんのところに、
もちもち星人がやってきた。もちもち星をす
くうために、「おいしい」ってなにかをけん
きゅうするっていうんだけど…。小学3年生
から。

『ロケット＆電車工場でドキドキ!!』令丈
ヒロ子作, MON絵　集英社　2013.6
185p　18cm（集英社みらい文庫―笑っ
て自由研究）620円　①978-4-08-
321157-7
内容　関西を走る“阪急電車”の工場にきた、
ぴろコンたち。「わ、電車が宙づりに!?」。車
輪をはずして、ゆっくり上を移動していく車
体にびっくり。そこでされていたこととは!?
さらに“ロケット”にも興味をもったぴろコ
ンたちは、JAXAの筑波宇宙センターにのり
こむことに。「ロケットってどうやって飛ぶ
の？」「人工衛星ってなに!?」。知れば知るほ
ど、ドキドキがとまらない!!小学初級・中級
から。

『若おかみは小学生！　　part13』令丈ヒ
ロ子作, 亜沙美絵　講談社　2009.4
219p　18cm（講談社青い鳥文庫―花の
湯温泉ストーリー）620円　①978-4-06-
285091-9
内容　大みそかの春の屋旅館。お客様からも
らった卵を、友だちに配りにいったおっこだ
が、その卵を食べた人たちの様子がおかしい。
むちゃをいう鳥居くん、無口なよりこ、地味
好みのあかね、仕事をほうりだす真月…おっ
この周りは大混乱。まちがえて配ったのは、
魔界の鶏、「魔骨鶏」の卵。食べるとその人
の「黒性格」が出るというが、みんな、この
ままで無事に年が越せるのか？

『若おかみは小学生！　　part14』令丈ヒ
ロ子作, 亜沙美絵　講談社　2010.6
219p　18cm（講談社青い鳥文庫―花の
湯温泉ストーリー）620円　①978-4-06-
285152-7
内容　鈴鬼の鈴が、ぱっかり割れた、その後…。
「魔物が喜ぶことをすれば、魔界に連れ戻さ
れずにすむ」ときいたおっこは、子魔鬼寺子
屋の同窓会を春の屋旅館ですることに。とこ
ろが、新しく幹事になった死似可美の打ち
合わせ中から、トラブル続出で、どうなる同
窓会？ おまけに、ずっと修業をつづけてき
た、おっこの「おかみになりたい」という将
来の夢にも迷いが…。小学中級から。

『若おかみは小学生！　　part15』令丈ヒ
ロ子作, 亜沙美絵　講談社　2011.1
203p　18cm（講談社青い鳥文庫―花の
湯温泉ストーリー）620円　①978-4-06-
285191-6
内容　鈴鬼を魔界へ連れ戻されないための、寺
子屋同窓会がいよいよスタート。お客様が全
員魔物でも、人間の姿でいて春の屋旅館から出
なければだいじょうぶ。そう思っていたおっ
こだが、真月と会った魔物たちが秋好旅館へ
遊びに行ったあげく、もりあがりすぎて、真
月が大変なことに！ たいせつな友だちをあ
ぶない目にあわせてしまったおっこ。シリー
ズ最大のピンチを乗りこえられる!?小学中級
から。

『若おかみは小学生！　　part16』令丈ヒ
ロ子作, 亜沙美絵　講談社　2011.7
229p　18cm（講談社青い鳥文庫―花の
湯温泉ストーリー）620円　①978-4-06-
285230-2
内容　このままだと、真月が消えてしまう!?
だいじな友だちを助けるために、おっこ、い
よいよ魔界へ。でも、魔菓子を食べたら性格
がかわっちゃったり、露天風呂に入っていた
ら、思いがけない、だけど、いちばん会いた
かった人に再会したり、魔界の旅は、やっぱ
りトラブル続き。おっこは無事に戻れる？ そ
して、真月はどうなってしまうの!?小学中級
から。

『若おかみは小学生！　　part17』令丈ヒ
ロ子作, 亜沙美絵　講談社　2012.1
233p　18cm（講談社青い鳥文庫―花の
湯温泉ストーリー）620円　①978-4-06-
285273-9
内容　おっこが、魔界の温泉旅館のおかみにス
カウトされた！ ゴム魔時間をつかえば、魔界
で長時間すごしても人間界では数分しかたっ
ていないようにできるときいて、1週間だけ
お試しすることに。夢のように楽しい魔界の

令丈ヒロ子　　　　　　　　　　　　　　　　　　　日本の作品

旅館づくりは、ぐったりするほどの忙しさ。なにも知らないウリケンをおいて、行ったり来たりするおっこ。だいじょうぶなの？　小学中級から。

『若おかみは小学生！　PART18』令丈ヒロ子作, 亜沙美絵　講談社　2012.8　201p　18cm（講談社青い鳥文庫―花の湯温泉ストーリー）600円　①978-4-06-285303-3
内容　よりこたちと女子会で大盛り上がり！ウリケンとは、水着で遊べる温泉施設でデートすることになって、毎日が充実しているおっこ。バレンタインデーのチョコの準備もバッチリ!?でも、ひとつだけ気になることがあった。ときどき、ウリ坊や美陽の姿が、きゅうにうすくなったり、声が聞こえなくなったりするのだ。心配になったおっこは…。

『若おかみは小学生！　PART19』令丈ヒロ子作, 亜沙美絵　講談社　2013.3　212p　18cm（講談社青い鳥文庫―花の湯温泉ストーリー）640円　①978-4-06-285339-2
内容　"霊界通信力"をとり戻すため、おっこは魔界で「思い出接客」をはじめる。魔物の同窓会のメンバーをはじめ、つぎつぎと、なつかしいお客様がやってくる。過去の失敗をふりかえり、今度こそ完璧な接客を！と、はりきるおっこだけど…。300万人が笑って泣いた、大人気シリーズ。物語は、いよいよクライマックスへ。小学中級から。

『若おかみは小学生！　PART20』令丈ヒロ子作, 亜沙美絵　講談社　2013.7　319p　18cm（講談社青い鳥文庫―花の湯温泉ストーリー）700円　①978-4-06-285363-7
内容　「思い出接客」は、人の命をもらう、危険な魔技だった！　鈴鬼が厳しく処分される一方、おっこは、許可をもらい、「思い出接客」を最後までつづけることに。おっこは、佳鈴の力を借りて、接客を思いっきり楽しむ。最後にやってきた、意外なお客様は？　おっこの"霊界通信力"は、どうなるの？　大人気シリーズ、感動の完結編！　小学中級から。

『若おかみは小学生！　スペシャルおっこのTaiwanおかみ修業！』令丈ヒロ子作, 亜沙美絵　講談社　2009.11　253p　18cm（講談社青い鳥文庫）620円　①978-4-06-285123-7
内容　はずれクジ体質のおっこが、台湾旅行を引き当てた！　真月とセレブ修業をするはずが、やっぱり台湾でも温泉旅館のもめごと解決にのりだすことに。"鬼"が見える陰陽眼

の持ち主で、おっこと仲良くなった佳鈴の、マンガ家になるという夢。佳鈴の夢に反対する姉の、祖母のあとをついで旅館のおかみになるという夢。おっこは、二人の夢を守ることができるのか？　ウリ坊、美陽、鈴鬼も大活躍の「若おかみ」シリーズ特別編。小学中級から。

『若おかみは小学生！　スペシャル短編集0』令丈ヒロ子作, 亜沙美絵　講談社　2018.5　237p　18cm（講談社青い鳥文庫）〈「おもしろい話が読みたい！　ラブリー編」（2010年刊）と「初恋アニヴァーサリー」（2008年刊）の改題、加筆、修正、書き下ろしを追加〉650円　①978-4-06-511748-4
内容　両親を事故でなくしたおっこは、おばあちゃんの温泉旅館「春の屋」で若おかみ修業中！　一人でやってきた若い女性のお客様には秘密が!?ほかに、ライバルでおっとり娘・真月とおっこが、なぜか男子になって、60年後にタイムスリップしてしまう話や、おっこのカレシ・ウリケンなど、3人の男子の夢におっこが出てきて大混乱!?など、書き下ろし1編をふくめた、豪華3本立て！　小学中級から。

『若おかみは小学生！　スペシャル短編集1』令丈ヒロ子作, 亜沙美絵　講談社　2014.1　272p　18cm（講談社青い鳥文庫）680円　①978-4-06-285401-6
内容　温泉旅館で若おかみ修業をしているおっこが主人公の大人気シリーズ、待望の番外編！読者のみなさんからのリクエストをもとに、新聞連載で大好評だった「若おかみは中学生！」のほか、同級生・鳥居くんの告白や、おっこと仲良しのユーレイ、ウリ坊と美陽ちゃんの生まれ変わりをテーマにした豪華3本立て。笑いと涙で一気読みまちがいなしのおもしろさ！小学中級から。

『若おかみは小学生！　スペシャル短編集2』令丈ヒロ子作, 亜沙美絵　講談社　2014.9　224p　18cm（講談社青い鳥文庫）650円　①978-4-06-285443-6
内容　温泉旅館で若おかみ修業をしているおっこが主人公の大人気シリーズ、番外編第2弾！大好評「若おかみは中学生！」は、リクエスト多数の東京デートがテーマ。ほかに、作家・鈴鬼をやる気にしようとがんばる編集者・真月鬼葉の日々や、ユーレイの美陽が、真月の誕生を見守るお話が入った豪華3本立て。今回も、笑って泣いて、一気読み！　小学中級から。

『わたしはなんでも知っている』令丈ヒロ

346

日本の作品　　　　　　　　　　　　　　　　　　　　　和田竜

子作,カタノトモコ絵　ポプラ社
2009.7　109p　21cm（新・童話の海）
1000円　①978-4-591-11040-9
|内容| 小学4年生にして、「世の中のことはなんでも知っている」と思っているクス子。ある日奇妙なおじいさんから「知らないことがどんどんわかる薬」をもらい、はじめて知ったこととは…⁉強気、もの知り、1ぴきオオカミ。スーパー小学生クス子の運命をかえた日。小学校中学年向き。

『わたしはみんなに好かれてる』令丈ヒロ子作,カタノトモコ絵　ポプラ社
2012.7　124p　21cm（新・童話の海）
1000円　①978-4-591-12991-3
|内容| 人気者になるため、かわいい女の子になるために、毎日努力を重ねている4年生の紀沙。ある日ピンクのうさぎから、「本物の人気者になりたくなあい？」と声をかけられて…。

和田　竜
わだ・りょう
《1969～》

『小太郎の左腕』和田竜著　小学館　2011.9　381p　15cm（小学館文庫）〈2009年刊の加筆・改稿〉657円　①978-4-09-408642-3
|内容| 一五五六年。勢力図を拡大し続ける西国の雄、戸沢家は敵対する児玉家との戦いの時を迎えた。戸沢家の武功者「功名漁り」こと林半右衛門は、児玉家で「功名餓鬼」の異名をとる花房喜兵衛麾下の軍勢に次第に追い込まれていく。そんななか、左構えの鉄砲で絶人の才を発揮する十一才の少年・雑賀小太郎の存在が「最終兵器」として急浮上する。小太郎は、狙撃集団として名を馳せていた雑賀衆のなかでも群を抜く銃の使い手だが、心根が優しすぎるため、祖父・要蔵がその才能をひた隠しに隠していた少年だ。事態は、半右衛門のある行動を機に思わぬ方へと転じていく。
|別版| 小学館　2009.11

『忍びの国』和田竜著　新潮社　2011.3
375p　16cm（新潮文庫）〈文献あり〉
552円　①978-4-10-134977-0
|内容| 時は戦国。忍びの無門は伊賀一の腕を誇るも無類の怠け者。女房のお国に稼ぎのなさを咎められ、百文の褒美目当てに他家の伊賀者を殺める。このとき、伊賀攻略を狙う織田信雄と百地三太夫率いる伊賀忍び軍団との、壮絶な戦の火蓋が切って落とされた―。

破天荒な人物、スリリングな謀略、迫力の戦闘。「天正伊賀の乱」を背景に、全く新しい歴史小説の到来を宣言した圧倒的快作。
|別版| 新潮社　2008.5

『のぼうの城　上』和田竜著　小学館
2010.10　219p　15cm（小学館文庫）
457円　①978-4-09-408551-8
|内容| 戦国期、天下統一を目前に控えた豊臣秀吉は関東の雄・北条家に大軍を投じた。そのなかに支城、武州・忍城があった。周囲を湖で取り囲まれた「浮城」の異名を持つ難攻不落の城である。秀吉方約二万の大軍を指揮した石田三成の軍勢に対して、その数、僅か五百。城代・成田長親は、領民たちに木偶の坊から取った「のぼう様」などと呼ばれても泰然としている御仁。武・智・仁で統率する、従来の武将とはおよそ異なるが、なぜか領民の人心を掌握していた。従来の武将とは異なる新しい英傑像を提示した四十万部突破、本屋大賞二位の戦国エンターテインメント小説。

『のぼうの城　下』和田竜著　小学館
2010.10　218p　15cm（小学館文庫）
〈文献あり〉457円　①978-4-09-408552-5
|内容| 「戦いまする」三成軍使者・長束正家の度重なる愚弄に対し、予定していた和睦の姿勢を翻した「のぼう様」こと成田長親は、正木丹波、柴崎和泉、酒巻靱負ら癖のある家臣らの強い支持を得て、忍城軍総大将としてついに立ちあがる。「これよ、これ。儂が求めていたものは」一方、秀吉に全権を託された忍城攻城軍総大将・石田三成の表情は明るかった。我が意を得たり、とばかりに忍城各門に向け、数の力で圧倒的に有利な兵を配備した。後に「三成の忍城水攻め」として戦国史に記される壮絶な戦いが、ついに幕を開ける。

『村上海賊の娘　第1巻』和田竜著　新潮社　2016.7　343p　16cm（新潮文庫）
590円　①978-4-10-134978-7
|内容| 時は戦国。乱世にその名を轟かせた海賊衆がいた。村上海賊―。瀬戸内海の島々に根を張り、強勢を誇る当主の村上武吉。彼の剛勇と荒々しさを引き継いだのは、娘の景だった。海賊働きに明け暮れ、地元では嫁の貰い手のない悍婦で醜女。この姫が合戦前夜の難波へ向かう時、物語の幕が開く―。本屋大賞、吉川英治文学新人賞ダブル受賞！ 木津川合戦の史実に基づく壮大な歴史巨編。

『村上海賊の娘　第2巻』和田竜著　新潮社　2016.7　327p　16cm（新潮文庫）
590円　①978-4-10-134979-4
|内容| 天下統一に乗り出した織田信長が、大

ヤングアダルトの本　いま読みたい小説4000冊　**347**

坂本願寺を攻め立てていた天正四年。一向宗の門徒たちは籠城を余儀なくされていた。海路からの支援を乞われた毛利家は、村上海賊に頼ろうとする。織田方では、泉州淡輪の海賊、眞鍋家の若き当主、七五三兵衛が初の軍議に臨む。武辺者揃いの泉州侍たち。大地を揺るがす「南無阿弥陀仏」の大合唱。難波海で、景が見たものは―。激突の第二巻。

『村上海賊の娘　第3巻』和田竜著　新潮社　2016.8　358p　16cm（新潮文庫）630円　①978-4-10-134980-0
内容 織田方の軍勢は木津砦に襲い掛かった。雑賀党一千の銃口が轟然と火を吹き、その猛攻を食い止める。本願寺門徒の反転攻勢を打ち砕いたのは、京より急襲した信長だった。封鎖された難波海へ、ついに姿を現す毛利家と村上家の大船団。村上海賊には、毛利も知らぬ恐るべき秘策があった。自らの家を保つため、非情に徹し、死力を尽くして戦う男たち。景の咆哮が天に響く―。波瀾の第三巻。

『村上海賊の娘　第4巻』和田竜著　新潮社　2016.8　363p　16cm（新潮文庫）〈文献あり〉630円　①978-4-10-134981-7
内容 難波海での睨み合いが終わる時、夜陰に浮かび上がったわずか五十艘の船団。能島村上の姫、景の初陣である。ここに木津川合戦の幕が切って落とされた！煌めく白刃、上がる血飛沫。炸裂する村上海賊の秘術、焙烙玉。眞鍋家の船はたちまち炎に包まれる。門徒、海賊衆、泉州侍、そして景の運命は―。乱世を思うさまに生きる者たちの合戦描写が、読者の圧倒的な支持を得た完結編。
別版 新潮社 2013.10

綿矢　りさ
わたや・りさ
《1984～》

『意識のリボン』綿矢りさ著　集英社　2017.12　187p　20cm　1300円　①978-4-08-771128-8
内容 少女も、妻も、母親も。女たちは、このままならない世界で、手をつなぎ、ひたむきに生きている。恋をして、結婚し、命を授かった―。人生の扉をひらく、綿矢りさの最新短編集。

『ウォーク・イン・クローゼット』綿矢りさ著　講談社　2017.10　277p　15cm（講談社文庫）580円　①978-4-06-293771-9
内容 "対男用"のモテ服好みなOL早希と、豪華な衣装部屋をもつ人気タレントのだりあは、

幼稚園以来の幼なじみ。危うい秘密を抱えてマスコミに狙われるだりあを、早希は守れるのか？　わちゃわちゃ掻き回されっ放しの、ままならなくも愛しい日々を描く恋と人生の物語。表題作他「いなか、の、すとーかー」収録。
別版 講談社 2015.10

『勝手にふるえてろ』綿矢りさ著　文藝春秋　2012.8　218p　16cm（文春文庫）〈2010年刊の増補〉457円　①978-4-16-784001-3
内容 江藤良香、26歳。中学時代の同級生への片思い以外恋愛経験ナシ。おたく期が長かったせいで現実世界にうまく順応できないヨシカだったが、熱烈に愛してくる彼が出現！理想と現実のはざまで揺れ動くヨシカは時に悩み、時に暴走しながら現実の扉を開けてゆく。妄想力爆発のキュートな恋愛小説が待望の文庫化。
別版 文藝春秋 2010.8

『かわいそうだね？』綿矢りさ著　文藝春秋　2013.12　267p　16cm（文春文庫）500円　①978-4-16-784002-0
内容 「許せないなら別れる」―恋人の隆大が求職中の元彼女・アキヨを居候させると言い出した。百貨店勤めの樹理恵は、勤務中も隆大とアキヨとの関係に思いを巡らせ落ち着かない。週刊誌連載時から話題を呼んだ表題作と、女子同士の複雑な友情を描く「亜美ちゃんは美人」の二篇を収録。第6回大江健三郎賞受賞作
別版 文藝春秋 2011.10

『しょうがの味は熱い』綿矢りさ著　文藝春秋　2015.5　176p　16cm（文春文庫）450円　①978-4-16-790360-2
内容 結婚という言葉を使わずに、言いたいことを言うのは難しい。「私たちこれからどうするの」―いつも疲弊している絃と同棲して一年近くになる奈世。並んで横たわる二人の思考は、どんどんかけ離れてゆく。煮え切らない男と煮詰まった女。トホホと笑いながら何かが吹っ切れる、すべての迷える男女に贈る一冊。
別版 文藝春秋 2012.12

『大地のゲーム』綿矢りさ著　新潮社　2016.1　196p　16cm（新潮文庫）460円　①978-4-10-126652-7
内容 二十一世紀終盤。かの震災の影響で原発が廃止され、ネオン煌めく明るい夜を知らないこの国を、新たな巨大地震が襲う。第二の地震が来るという政府の警告に抗い、大学の校舎で寝泊まりを続ける学生たちは、カリスマ的"リーダー"に希望を求めるが…極限

状態において我々は何を信じ、何を生きるよすがとするのか。大震災と学生運動をモチーフに人間の絆を描いた、異色の青春小説。

別版 新潮社 2013.7

『手のひらの京（みやこ）』綿矢りさ著　新潮社　2016.9　220p　20cm　1400円
①978-4-10-332623-6
内容 おっとりした長女・綾香、恋愛に生きる次女・羽依、自ら人生を切り拓く三女・凛。生まれ育った土地、家族への尽きせぬ思い。かけがえのない日常に宿るしあわせ。京都に暮らす奥沢家三姉妹を描く、春夏秋冬があざやかに息づく綿矢版『細雪』。

『ひらいて』綿矢りさ著　新潮社　2015.2　189p　16cm（新潮文庫）430円　①978-4-10-126651-0
内容 華やかでモテる女子高生・愛が惹かれた相手は、哀しい眼をした地味男子。自分だけが彼の魅力に気づいているはずだったのに、手紙をやりとりする女の子がいたなんて。思い通りにならない恋にもがく愛は予想外の行動に走る―。身勝手にあたりをなぎ倒し、傷つけ、そして傷ついて。芥川賞受賞作『蹴りたい背中』以来、著者が久しぶりに高校生の青春と恋愛を瑞々しく描いた傑作小説。

別版 新潮社 2012.7

『憤死』綿矢りさ著　河出書房新社　2015.3　185p　15cm（河出文庫）480円
①978-4-309-41354-9
内容 自殺未遂をしたと噂される、小中学校時代の女友達。興味本位で病室を訪れた私は、彼女が自宅のバルコニーから飛び降りた驚きの真相を聞く…表題作のほか、「おとな」「トイレの懺悔室」「人生ゲーム」を収めた、綿矢りさによる世にも奇妙な物語。

別版 河出書房新社 2013.3

『夢を与える』綿矢りさ著　河出書房新社　2012.10　325p　15cm（河出文庫）590円　①978-4-309-41178-1
内容 幼い頃からチャイルドモデルをしていた美しく健やかな少女・夕子。中学入学と同時に大手芸能事務所に入った夕子は、母親の念願どおり、ついにブレイクする。連ドラ、CM、CDデビュー…急速に人気が高まるなか、夕子は深夜番組で観た無名のダンサーに恋をする。だがそれは、悲劇の始まりだった。夕子の栄光と失墜の果てを描く、芥川賞受賞第一作。

『私をくいとめて』綿矢りさ著　朝日新聞出版　2017.1　222p　20cm　1400円
①978-4-02-251445-5
内容 黒田みつ子、もうすぐ33歳。一人で生き

ていくことに、なんの抵抗もない。だって、私の脳内には、完璧な答えを教えてくれる「A」がいるんだから。私やっぱり、あの人のこと好きなのかな。でも、いつもと違う行動をして、何かが決定的に変わってしまうのがこわいんだ―。感情が揺れ動かないように、「おひとりさま」を満喫する、みつ子の圧倒的な日常に、共感必至！ 同世代の気持ちを描き続けてきた、綿矢りさの真骨頂。初の新聞連載。

《人気のシリーズ作品》

逢空 万太 あいそら・まんた
<這いよれ！ニャル子さん> ソフトバンククリエイティブ→SBクリエイティブ（GA文庫）2009.4〜2014.3〈第1回GA文庫大賞「優秀賞」受賞　全12冊〉

愛七 ひろ あいなな・ひろ
<デスマーチからはじまる異世界狂想曲> KADOKAWA（カドカワBOOKS）2014.3〜（2018.7）〈既刊14冊・EX1冊〉

葵 せきな あおい・せきな
<ゲーマーズ！> KADOKAWA（富士見ファンタジア文庫）2015.3〜（2018.5）〈既刊10冊〉
<生徒会の一存> 富士見書房（富士見ファンタジア文庫）2008.1〜2013.7〈本編全10冊・番外編8冊・外伝・後日談2冊〉

青柳 碧人（1980〜）あおやぎ・あいと
<浜村渚の計算ノート> 講談社（講談社文庫）2011.6〜（2018.7）〈第3回「講談社Birth」小説部門受賞　既刊10冊。講談社Birth2009.7〜2011.5、既刊3冊〉

蒼山 サグ（1981〜）あおやま・さぐ
<天使の3P！> アスキー・メディアワークス→KADOKAWA（電撃文庫）2012.6〜（2018.2）〈既刊11冊〉
<ロウきゅーぶ！> アスキー・メディアワークス→KADOKAWA（電撃文庫）2009.2〜2015.7〈第15回電撃小説大賞「銀賞」受賞　全15冊〉

赤川 次郎（1948〜）あかがわ・じろう
<吸血鬼はお年ごろ> 集英社（コバルト文庫→集英社オレンジ文庫））1981.12〜（2017.7）〈既刊35冊・集英社文庫から再刊既刊19冊（2009.12〜）〉

赤城 大空（1991〜）あかぎ・ひろたか
<下ネタという概念が存在しない退屈な世界> 小学館（ガガガ文庫）2012.7〜2016.7〈第6回小学館ライトノベル大賞「優秀賞」受賞　本編全11冊・短編集1冊〉

暁 佳奈 あかつき・かな
<ヴァイオレット・エヴァーガーデン> 京都アニメーション（KAエスマ文庫）2015.12〜2018.3〈第5回京都アニメーション大賞「大賞」受賞　本編全2冊・外伝1冊〉

暁 なつめ あかつき・なつめ
<この素晴らしい世界に祝福を！> 角川書店→KADOKAWA（角川スニーカー文庫）2013.10〜（2018.7）〈既刊本編14冊・スピンオフ8冊〉

赤松 中学 あかまつ・ちゅうがく
<緋弾のアリア> メディアファクトリー→KADOKAWA（MF文庫J）2008.8〜（2018.5）〈既刊本編28冊・番外編1冊・スピンオフ4冊〉

秋川 滝美 あきかわ・たきみ
<居酒屋ぼったくり> アルファポリス2014.5〜（2018.3）〈既刊9冊・アルファポリス文庫から再刊2冊（2018.3〜）〉

秋田 禎信（1973〜）あきた・よしのぶ
<魔術士オーフェン> TOブックス2011.9〜2015.10〈富士見ファンタジア文庫1994.5〜2003.10、本編「はぐれ旅」全20冊・短編集「無謀編」全13冊の新装版。「はぐれ旅」全10冊、短編集「無謀編」全7冊、および書き下ろしの新シリーズ10冊。TO文庫より新シリーズが再刊、2017.9〜2018.6、全10冊〉

日日日（1986〜）あきら
<狂乱家族日記> エンターブレイン（ファミ通文庫）2005.6〜2011.8〈第6回えんため大賞「佳作」受賞　本編全15冊・番外編9冊〉
<ささみさん@がんばらない> 小学館（ガガガ文庫）2009.12〜（2013.6）〈既刊11冊〉

浅井 ラボ（1974〜）あさい・らぼ
<されど罪人は竜と踊る> 小学館（ガガガ文庫）2008.5〜（2018.3）〈第7回スニーカー大賞「奨励賞」受賞　角川スニーカー文庫2003.2〜2006.5、全8冊。ガガガ文庫で継続、既刊21冊、1・2冊目はスニーカー文庫版のリメイク〉

アサウラ（1984〜）
<ベン・トー> 集英社（集英社スーパーダッシュ文庫）2008.2〜2014.2〈本編全12冊・箸休め3冊〉

日本の作品

安里 アサト　あさと・あさと
<86−エイティシックス−>
KADOKAWA（電撃文庫）2017.2〜
（2018.5）〈第23回電撃小説大賞「大賞」
受賞　既刊4冊〉

あざの 耕平　あざの・こうへい
<東京レイヴンズ>　富士見書房→
KADOKAWA（富士見ファンタジア文
庫）2010.5〜（2017.9）〈既刊本編15冊・
短編集4冊〉

<Black blood brothers>　富士見書房
（富士見ファンタジア文庫）2004.7〜
2009.5〈本編全11冊・短編集6冊〉

あさの ハジメ
<まよチキ！>　メディアファクトリー
（MF文庫J）2009.11〜2012.7〈全12冊
第5回MF文庫Jライトノベル新人賞「最
優秀賞」受賞〉

東 龍乃助　あずま・りゅうのすけ
<エイルン・ラストコード>
KADOKAWA（MF文庫J）2015.1〜
（2018.4）〈既刊8冊〉

アネコ ユサギ
<盾の勇者の成り上がり>　メディアファ
クトリー→KADOKAWA（MFブック
ス）2013.8〜（2018.1）〈既刊本編19冊・
スピンオフ「槍の勇者のやり直し」既刊
2冊〉

天城 ケイ　あまぎ・けい
<アサシンズプライド>　KADOKAWA
（富士見ファンタジア文庫）2016.1〜
（2018.2）〈第28回ファンタジア大賞
「大賞」受賞　既刊本編7冊・短編集1冊〉

雨木 シュウスケ　あまぎ・しゅうすけ
<鋼殻のレギオス>　富士見書房（富士見
ファンタジア文庫）2006.3〜2013.9〈本
編全25冊・スピンオフ11冊〉

天酒之瓢　あまざけの・ひさご
<ナイツ＆マジック>　主婦の友社（ヒー
ロー文庫）2013.2〜（2017.10）〈既刊8
冊〉

新木 伸（1968〜）あらき・しん
<GJ部>　小学館（ガガガ文庫）2010.3
〜2014.4〈本編17冊, 特別編3冊〉

あわむら 赤光　あわむら・あかみつ
<聖剣使いの禁呪詠唱>　ソフトバンクク
リエイティブ→SBクリエイティブ（GA
文庫）2012.11〜2018.6〈全22冊〉

庵田 定夏　あんだ・さだなつ
<ココロコネクト>　エンターブレイン
（ファミ通文庫）2010.2〜2013.10〈第
11回えんため大賞「特別賞」受賞　本編
全8冊・短編集3冊〉

五十嵐 雄策　いがらし・ゆうさく
<乃木坂春香の秘密>　アスキー・メディ
アワークス→KADOKAWA（電撃文
庫）2004.10〜2012.7, 2018.4〈本編全16
冊・続編「乃木坂明日夏の秘密」1冊〉

石之宮 カント　いしのみや・かんと
<始まりの魔法使い>　KADOKAWA
（富士見ファンタジア文庫）2017.5〜
（2018.2）〈既刊3冊〉

石踏 一榮（1981〜）いしぶみ・いちえい
<ハイスクールD×D>　富士見書房→
KADOKAWA（富士見ファンタジア文
庫）2008.9〜2018.3〈本編全25冊・短編
集4冊〉

犬塚 惇平　いぬずか・じゅんぺい
<異世界食堂>　主婦の友社（ヒーロー文
庫）2015.3〜（2017.7）〈既刊4冊〉

犬村 小六（1971〜）いぬむら・ころく
<「飛空士」シリーズ>　小学館（ガガガ
文庫）2008.2〜2015.11〈全17冊〉

井上 堅二（1980〜）いのうえ・けんじ
<バカとテストと召喚獣>　エンターブレ
イン→KADOKAWA（ファミ通文庫）
2007.2〜2015.3〈第8回えんため大賞
「編集部特別賞」受賞　本編全12冊・短
編集6冊〉

入江 君人　いりえ・きみひと
<神さまのいない日曜日>　富士見書房→
KADOKAWA（富士見ファンタジア文
庫）2010.1〜2014.5〈第21回ファンタジ
ア大賞受賞　全9冊。角川文庫2013.5〜
2013.7, 既刊3冊〉

入間 人間（1986〜）いるま・ひとま
<嘘つきみーくんと壊れたまーちゃん>
アスキー・メディアワークス→
KADOKAWA（電撃文庫）2007.6〜
2017.6〈本編全11冊・短編集1冊〉

ヤングアダルトの本　いま読みたい小説4000冊　**351**

<電波女と青春男> アスキー・メディア
ワークス（電撃文庫）2009.1〜2011.4
〈本編全8冊, SF（すこしふしぎ）版〉

岩井 恭平（1979〜）いわい・きょうへい
<ムシウタ> 角川書店（角川スニーカー
文庫）2003.5〜2014.5〈既刊本編15冊・
中編集1冊・短編集「bug」8冊〉

上栖 綴人 うえす・てつと
<新妹魔王の契約者（テスタメント）> 角
川書店→KADOKAWA（角川スニー
カー文庫）2012.10〜2018.4〈本編全12
冊・番外編2冊〉
<はぐれ勇者の鬼畜美学（エステティカ）>
ホビージャパン（HJ文庫）2010.5〜
2013.3〈既刊11冊〉

ウスバー
<この世界がゲームだと俺だけが知ってい
る> エンターブレイン→
KADOKAWA 2013.5〜（2018.4）〈既刊
9冊〉

内田 弘樹（1980〜）うちだ・ひろき
<シュヴァルツェスマーケン> エンター
ブレイン→KADOKAWA（ファミ通文
庫）2011.6〜2016.2〈本編全7冊・短編
集2冊・外伝2冊〉

宇野 朴人（1988〜）うの・ぼくと
<天鏡のアルデラミン> アスキー・メ
ディアワークス→KADOKAWA（電撃
文庫）2012.6〜（2017.12）〈既刊13冊〉

虚淵 玄（1972〜）うろぶち・げん
<Fate/Zero> 星海社（星海社文庫）
2011.1〜2011.6〈全6冊〉

江口 連 えぐち・れん
<とんでもスキルで異世界放浪メシ>
オーバーラップ（OVERLAP
NOVELS）2016.11〜（2018.4）〈既刊5
冊〉

EDA
<異世界料理道> ホビージャパン（HJ
NOVELS）2015.2〜（2018.5）〈既刊14
冊〉

榎田 ユウリ えだ・ゆうり
<カブキブ！> 角川書店→KADOKAWA
（角川文庫）2013.8〜2017.11〈全7冊〉

江本 マシメサ えもと・ましめさ
<エノク第二部隊の遠征ごはん> マイク
ロマガジン社（GC NOVELS）2017.9
〜（2018.5）〈既刊3冊〉

遠藤 浅蜊（1979〜）えんどう・あさり
<魔法少女育成計画> 宝島社（このライ
トノベルがすごい！文庫）2012.6〜
（2016.12）〈既刊11冊〉

おおじ こうじ
<ハイ☆スピード！> 京都アニメーショ
ン（KAエスマ文庫）2013.7〜2014.7
〈第2回京都アニメーション大賞小説部
門・「奨励賞」受賞 全2冊〉

太田 紫織（1978〜）おおた・しおり
<櫻子さんの足下には死体が埋まっている
> 角川書店→KADOKAWA（角川文
庫）2013.2〜（2017.10）〈E★エブリス
タ 電子書籍大賞ミステリー部門「優秀
賞」受賞 既刊13冊〉

鳳乃 一真 おおとりの・かずま
<龍ヶ嬢七々々の埋蔵金> エンターブレ
イン→KADOKAWA（ファミ通文庫）
2012.2〜2016.12〈第13回えんため大賞
「大賞」受賞 全12冊〉

大森 藤ノ おおもり・ふじの
<ダンジョンに出会いを求めるのは間違っ
ているだろうか> ソフトバンククリエ
イティブ→SBクリエイティブ（GA文
庫）2013.1〜（2018.5）〈第4回GA文庫
大賞「大賞」受賞 既刊本編13冊・外伝
11冊〉

岡田 伸一（1984〜）おかだ・しんいち
<奴隷区 僕と23人の奴隷> 双葉社（双
葉文庫）2013.11〜2014.6〈僕と23人の
奴隷（2012.3〜12）の改題。本編3冊・番
外編1冊・続編1冊〉

オキシ タケヒコ（1973〜）
<筐底のエルピス> 小学館（ガガガ文
庫）2014.12〜（2017.8）〈既刊5冊〉

沖田 雅 おきた・まさし
<オオカミさんシリーズ> メディアワーク
ス→KADOKAWA（電撃文庫）2006.
8〜2017.4〈全13冊〉

荻野目 悠樹（1965〜）おぎのめ・ゆうき
<野望円舞曲> 徳間書店（徳間デュアル
文庫）2000.8〜2010.12〈原案：田中芳

日本の作品

樹 本編全10冊・外伝1冊〉

海道 左近 かいどう・さこん
<"Infinite Dendrogram" - インフィ
ニット・デンドログラム> ホビージャ
パン（HJ文庫）2016.11〜（2018.6）〈既
刊7冊〉

海冬 レイジ かいとう・れいじ
<機巧少女（マシンドール）は傷つかない>
メディアファクトリー→KADOKAWA
（MF文庫J）2009.11〜2017.7〈全17冊〉

鏡 貴也 かがみ・たかや
<いつか天魔の黒ウサギ> 富士見書房→
KADOKAWA（富士見ファンタジア文
庫）2008.11〜2013.12〈本編全13冊・短
編集5冊〉
<伝説の勇者の伝説> 富士見書房→
KADOKAWA（富士見ファンタジア文
庫）2002.2〜（2017.10）〈第4回龍皇杯
優勝 既刊本編24冊・短編集19冊〉

蝸牛 くも かぎゅう・くも
<ゴブリンスレイヤー> SBクリエイティ
ブ（GA文庫）2016.2〜（2018.3）〈既刊
7冊〉

神楽坂 淳 かぐらざか・あつし
<大正野球娘。> 徳間書店（Tokuma
novels）2007.4〜2010.6〈全4冊〉

春日 みかげ かすが・みかげ
<織田信奈の野望> ソフトバンククリエ
イティブ→KADOKAWA（GA文庫→
富士見ファンタジア文庫）2009.8〜
（2018.6）〈既刊本編20冊・外伝6冊・短
編集3冊。GA文庫2009.8〜2013.3、既刊
11冊。富士見ファンタジア文庫よりGA
文庫既刊分の新装版が刊行〉

春日部 タケル かすかべ・たける
<俺の脳内選択肢が、学園ラブコメを全力
で邪魔している> 角川書店→
KADOKAWA（角川スニーカー文庫）
2012.2〜2016.2〈本編全12冊・短編集1
冊〉

香月 美夜 かずき・みや
<本好きの下剋上> TOブックス 2015.2
〜（2018.4）〈既刊14冊〉

片山 憲太郎（1973〜）かたやま・けんたろう
<紅> 集英社（集英社スーパーダッシュ
文庫→ダッシュエックス文庫）2005.12

〜（2014.12）〈既刊4冊・最新刊ととも
にダッシュエックス文庫から既刊の新
装版が刊行〉
<電波的な彼女> 集英社（集英社スー
パーダッシュ文庫）2004.9〜（2005.7）
〈第3回スーパーダッシュ小説新人賞
「佳作」受賞 既刊3冊〉

賀東 招二（1971〜）がとう・しょうじ
<甘城ブリリアントパーク>
KADOKAWA（富士見ファンタジア文
庫）2013.2〜（2016.6）〈既刊8冊・スピ
ンアウト作品八奈川景晶著「甘城ブリリ
アントパーク メープルサモナー」2014.
10〜2015.2（全3冊）〉
<コップクラフト> 小学館（ガガガ文
庫）2009.11〜（2016.10）〈既刊6冊〉
<フルメタル・パニック！> 富士見書房
（富士見ファンタジア文庫）1998.9〜
2008.2〈長編全12冊・短編集9冊・外伝2
冊。スピンアウト作品大黒尚人著「フル
メタル・パニック！ アナザー」2011.8
〜2016.2（長編全11冊・短編集2冊）〉

上遠野 浩平（1968〜）かどの・こうへい
<ブギーポップシリーズ> メディアワー
クス→アスキー・メディアワークス→
KADOKAWA（電撃文庫）1998.2〜
（2018.4）〈第4回電撃ゲーム小説大賞受
賞 既刊22冊〉

金沢 伸明（1982〜）かなざわ・のぶあき
<王様ゲーム> 双葉社 2009.11〜2015.12
〈全12冊・双葉文庫（2011.10〜2017.2）・
双葉社ジュニア文庫（2015.7〜）から再
刊〉

鎌池 和馬 かまち・かずま
<とある魔術の禁書目録> メディアワー
クス→アスキー・メディアワークス→
KADOKAWA（電撃文庫）2004.4〜
（2018.6）〈既刊本編44冊・短編集1冊〉
<ヘヴィーオブジェクト> アスキー・メ
ディアワークス→KADOKAWA（電撃
文庫）2009.10〜（2018.4）〈既刊15冊〉

神永 学（1974〜）かみなが・まなぶ
<心霊探偵 八雲> 文芸社→角川書店→
KADOKAWA 2004.10〜（2017.3）〈既
刊本編10冊・外伝4冊・角川文庫版
（2008.3〜）〉

日本の作品

神野 オキナ（1970〜）かみの・おきな
<あそびにいくヨ！> メディアファクトリー→KADOKAWA（MF文庫J）2003.10〜2015.2〈全20冊〉

榎宮 祐 かみや・ゆう
<クロックワーク・プラネット> 講談社（講談社ラノベ文庫）2013.4〜（2015.12）〈既刊4冊〉
<ノーゲーム・ノーライフ> メディアファクトリー→KADOKAWA（MF文庫J）2012.4〜2018.2〈既刊本編10冊・外伝1冊〉

鴨志田 一（1978〜）かもしだ・はじめ
<さくら荘のペットな彼女> アスキー・メディアワークス→KADOKAWA（電撃文庫）2010.1〜2014.3〈本編全10冊・短編集3冊〉
<青春ブタ野郎シリーズ> KADOKAWA（電撃文庫）2014.4〜（2018.4）〈既刊8冊〉

カルロ・ゼン
<幼女戦記> KADOKAWA 2013.11〜（2018.1）〈既刊9冊〉

枯野 瑛 かれの・あきら
<終末なにしてますか？ 忙しいですか？ 救ってもらっていいですか？> KADOKAWA（角川スニーカー文庫）2014.11〜（2018.6）〈第1部全5冊・EX1冊・2部「終末なにしてますか？ もう一度だけ、会えますか？」既刊5冊〉

川上 稔（1975〜）かわかみ・みのる
<境界線上のホライゾン> アスキー・メディアワークス→KADOKAWA（電撃文庫）2008.9〜（2018.3）〈既刊本編27冊・番外編3冊〉

川岸 殴魚 かわぎし・おうぎょ
<「人生」シリーズ> 小学館（ガガガ文庫）2012.1〜2016.11〈本編全10冊・スペシャル版2冊〉

川口 士（1979〜）かわぐち・つかさ
<魔弾の王と戦姫（ヴァナディース）> KADOKAWA（MF文庫J）2011.4〜2017.11〈全18冊〉

川口 雅幸（1971〜）かわぐち・まさゆき
<虹色ほたる> アルファポリス（アルファポリス文庫）2010.7〈上下2冊・軽

装版あり（2012.3）〉

川原 礫 かわはら・れき
<アクセル・ワールド> KADOKAWA（電撃文庫）2009.2〜（2017.11）〈第15回電撃小説大賞「大賞」受賞 既刊22冊〉
<ソードアート・オンライン> アスキー・メディアワークス→KADOKAWA（電撃文庫）2009.4〜（2018.5）〈既刊本編20冊・外伝「ソードアート・オンラインプログレッシブ」既刊6冊・スピンオフ作品時雨沢恵一著「ソードアート・オンライン オルタナティブ ガンゲイル・オンライン」既刊7冊〉

神坂 一（1964〜）かんざか・はじめ
<スレイヤーズ> 富士見書房（富士見ファンタジア文庫）1990.1〜2011.11〈第1回ファンタジア長編小説大賞準入選 本編1990.1〜2000.5、全15冊。外伝短編集「すぺしゃる」1991.7〜2008.1、全30冊→「すまっしゅ」2008.7〜2011.11、全5冊〉

神崎 紫電（1985〜）かんざき・しでん
<ブラック・ブレット> アスキー・メディアワークス→KADOKAWA（電撃文庫）2011.7〜（2014.4）〈既刊7冊〉

木緒 なち きお・なち
<ぼくたちのリメイク> KADOKAWA（MF文庫J）2017.3〜（2018.4）〈既刊4冊〉

城崎 火也（1972〜）きざき・かや
<ドラゴンクライシス！> 集英社（集英社スーパーダッシュ文庫）2007.1〜2011.3〈全13冊〉

北山 結莉 きたやま・ゆうり
<精霊幻想記> ホビージャパン（HJ文庫）2015.10〜（2018.4）〈既刊10冊〉

衣笠 彰梧 きぬがさ・しょうご
<ようこそ実力至上主義の教室へ> KADOKAWA（MF文庫J）2015.5〜（2018.5）〈既刊本編8冊・短編集2冊〉

聴猫 芝居（1986〜）きねこ・しばい
<ネトゲの嫁は女の子じゃないと思った？> アスキー・メディアワークス→KADOKAWA（電撃文庫）2013.7〜

（2018.6）〈既刊17冊〉

木村 心一（1982〜）きむら・しんいち
＜これはゾンビですか？＞　富士見書房→
KADOKAWA（富士見ファンタジア文
庫）2009.1〜2015.6〈第20回ファンタジ
ア長編小説大賞「佳作」受賞　全19冊〉

夾竹桃　きょうちくとう
＜戦国小町苦労譚＞　アース・スターエン
ターテイメント（EARTH STAR
NOVEL）2016.1〜（2018.4）〈既刊8冊〉

九岡 望　くおか・のぞむ
＜エスケヱプ・スピヰド＞　アスキー・メ
ディアワークス→KADOKAWA（電撃
文庫）2012.2〜2015.4〈第18回電撃小説
大賞「大賞」受賞　本編全7冊・特別編1
冊〉

久慈 マサムネ　くじ・まさむね
＜魔装学園H×H（ハイブリッド・ハー
ト）＞　KADOKAWA（角川スニーカー
文庫）2014.2〜2018.7〈第18回スニー
カー大賞「優秀賞」受賞　全13冊〉

栗本 薫（1953〜2009）くりもと・かおる
＜グイン・サーガ＞　早川書房（ハヤカワ
文庫JA）1979.9〜（2018.5）〈本編130
冊・外伝22冊（21作）で未完。以降の本
編131〜143巻、外伝23〜26巻、「グイ
ン・サーガ・ワールド」1〜8巻は、複数
人の著者によって書き継がれたもの。
2009年にアニメ化を記念した本編1〜8
巻を2巻ずつ1冊にまとめた新装版が刊
行（2009.3〜6）されている〉

上月 司（1982〜）こうづき・つかさ
＜れでぃ×ばと！＞　メディアワークス→
アスキー・メディアワークス（電撃文
庫）2006.9〜2012.3〈全13冊〉

香月 日輪（1963〜2014）こうづき・ひのわ
＜妖怪アパートの幽雅な日常＞　講談社
（YA！ entertainment）2003.10〜2013.
8〈第51回産経児童出版文化賞「フジテ
レビ賞」受賞　本編全10冊・外伝1冊・
講談社文庫版（2008.10〜2017.5）〉

河野 裕（1984〜）こうの・ゆたか
＜サクラダリセット＞　角川書店（角川ス
ニーカー文庫）2009.6〜2012.4〈全7冊〉

寿 安清　ことぶき・やすきよ
＜アラフォー賢者の異世界生活日記＞

KADOKAWA（MFブックス）2016.9〜
（2018.4）〈既刊6冊〉

虎走 かける　こばしり・かける
＜ゼロから始める魔法の書＞
KADOKAWA（電撃文庫）2014.2〜
（2017.12）〈第20回電撃小説大賞「大
賞」受賞　既刊11冊〉

子安 秀明（1978〜）こやす・ひであき
＜ランス・アンド・マスクス＞　ポニー
キャニオン（ぽにきゃんBOOKS）
2013.12〜（2016.12）〈既刊7冊〉

今野 緒雪（1965〜）こんの・おゆき
＜マリア様がみてる＞　集英社（コバルト
文庫）1998.5〜2012.5〈全39冊・スピン
オフ作品「お釈迦様もみてる」全10冊
（2008.8〜2013.11）〉

三枝 零一（1977〜）さえぐさ・れいいち
＜ウィザーズ・ブレイン＞　アスキー・メ
ディアワークス→KADOKAWA（電撃
文庫）2001.2〜（2014.12）〈第7回電撃
ゲーム小説大賞「銀賞」受賞　既刊17
冊〉

榊 一郎（1969〜）さかき・いちろう
＜アウトブレイク・カンパニー 萌える侵
略者＞　講談社（講談社ラノベ文庫）
2011.12〜2017.8〈全18冊〉
＜棺姫（ひつぎ）のチャイカ＞　富士見書房
→KADOKAWA（富士見ファンタジア
文庫）2010.12〜2015.3〈全12冊〉

さがら 総（1986〜）さがら・そう
＜変態王子と笑わない猫。＞　メディア
ファクトリー→KADOKAWA（MF文
庫J）2010.10〜2018.3〈第6回新人賞
「最優秀賞」受賞　全12冊〉

左京 潤　さきょう・じゅん
＜勇者になれなかった俺はしぶしぶ就職を
決意しました。＞　富士見書房→
KADOKAWA（富士見ファンタジア文
庫）2012.1〜2014.7〈第23回ファンタジ
ア大賞「金賞」受賞　全10冊〉

桜坂 洋（1970〜）さくらざか・ひろし
＜よくわかる現代魔法＞　集英社（集英社
スーパーダッシュ文庫）2003.12〜2009.
3〈既刊6冊・新版（2008.4）〉

笹本 祐一（1963〜）ささもと・ゆういち
＜ARIEL＞　朝日新聞社（ソノラマノベ

ルス）2007.12～2011.7〈ソノラマ文庫
1987.3～2006.2、全20冊・番外編2冊の
再刊、全10冊・EX1冊、朝日エアロ文庫
から2014.11～2015.7が書き下ろしのSS
全3冊〉

＜ミニスカ宇宙海賊＞　朝日新聞出版（朝
日ノベルズ）2008.10～2014.8〈全12冊〉

佐島 勤　さとう・つとむ

＜魔法科高校の劣等生＞　アスキー・メ
ディアワークス→KADOKAWA（電撃
文庫）2011.7～（2018.4）〈既刊本編25
冊・番外編1冊〉

更伊 俊介　さらい・しゅんすけ

＜犬とハサミは使いよう＞　エンターブレ
イン（ファミ通文庫）2011.3～2015.4
〈第12回エンターブレインえんため大賞
小説部門「優秀賞」受賞　本編全10冊・
短編集4冊・外伝1冊〉

時雨沢 恵一（1972～）しぐさわ・けいいち

＜キノの旅＞　メディアワークス→アス
キー・メディアワークス→
KADOKAWA（電撃文庫）2000.7～
（2017.10）〈既刊21冊・絵本1冊・パロ
ディ「学園キノ」既刊5冊・角川つばさ
文庫版1冊（2011.7）〉

＜ソードアート・オンラインオルタナティ
ブ ガンゲイル・オンライン＞
KADOKAWA（電撃文庫）2014.12～
（2018.6）〈既刊7冊・川原礫著「ソード
アート・オンライン」スピンオフ作品〉

＜一つの大陸の物語シリーズ＞　メディア
ワークス→アスキー・メディアワークス
（電撃文庫）2002.3～2013.5〈「アリソ
ン」全4冊、「リリアとトレイズ」全6冊、
「メグとセロン」全7冊、「一つの大陸の
物語」全2冊〉

芝村 裕吏　しばむら・ゆうり

＜マージナル・オペレーション＞　星海社
（星海社FICTIONS）2012.2～（2018.4）
〈既刊本編9冊・短編集2冊・番外編2冊〉

志瑞 祐（1982～）しみず・ゆう

＜精霊使いの剣舞（ブレイドダンス）＞　メ
ディアファクトリー→KADOKAWA
（MF文庫J）2010.12～（2018.5）〈既刊
本編17冊・短編集1冊〉

十文字 青　じゅうもんじ・あお

＜灰と幻想のグリムガル＞　オーバーラッ

プ（オーバーラップ文庫）2013.6～
（2018.6）〈既刊13冊〉

白石 定規　しらいし・じょうぎ

＜魔女の旅々＞　SBクリエイティブ（GA
ノベル）2016.4～（2018.3）〈既刊6冊〉

白米 良　しらこめ・りょう

＜ありふれた職業で世界最強＞　オーバー
ラップ（オーバーラップ文庫）2015.6～
（2018.7）〈既刊本編8冊・外伝2冊〉

白鳥 士郎（1977～）しらとり・しろう

＜のうりん＞　ソフトバンククリエイティ
ブ→SBクリエイティブ（GA文庫）
2011.8～（2016.10）〈既刊13冊〉

＜りゅうおうのおしごと！＞　SBクリエイ
ティブ（GA文庫）2015.9～（2018.3）
〈第28回将棋ペンクラブ大賞文芸部門
「優秀賞」受賞　既刊8冊〉

杉井 光（1978～）すぎい・ひかる

＜神様のメモ帳＞　メディアワークス→ア
スキー・メディアワークス→
KADOKAWA（電撃文庫）2007.1～
2014.9〈全9冊〉

朱雀 新吾　すじゃく・しんご

＜異世界落語＞　主婦の友社（ヒーロー文
庫）2016.6～（2018.3）〈既刊4冊〉

すずき あきら

＜百花繚乱＞　ホビージャパン（HJ文庫）
2009.3～2014.8〈全17冊〉

鈴木 大輔　すずき・だいすけ

＜お兄ちゃんだけど愛さえあれば関係ない
よねっ＞　メディアファクトリー→
KADOKAWA（MF文庫J）2010.12～
2014.3〈既刊11冊〉

スズキ ヒサシ

＜魔法戦争＞　メディアファクトリー→
KADOKAWA（MF文庫J）2011.11～
2015.9〈全12冊〉

周藤 蓮　すどう・れん

＜賭博師は祈らない＞　KADOKAWA
（電撃文庫）2017.3～（2018.6）〈第23回
電撃小説「大賞」受賞　既刊4冊〉

住滝 良　すみたき・りょう

＜探偵チームKZ事件ノート＞　講談社
（講談社青い鳥文庫）2011.3～（2018.3）
〈藤本ひとみ原作　既刊26冊〉

日本の作品

瀬尾 つかさ せお・つかさ
<スカイ・ワールド> 富士見書房→
KADOKAWA（富士見ファンタジア文
庫）2012.4～2015.8〈全11冊〉

蝉川 夏哉（1983～）せみかわ・なつや
<異世界居酒屋「のぶ」> 宝島社 2014.9
～（2018.4）〈第2回エリュシオンライト
ノベルコンテスト（なろうコン大賞）受
賞　既刊5冊〉

SOW
<戦うパン屋と機械じかけの看板娘> ホ
ビージャパン（HJ文庫）2015.4～
（2018.6）〈既刊8冊〉

田尾 典丈 たお・のりたけ
<中古でも恋がしたい！> SBクリエイ
ティブ（GA文庫）2015.3～（2018.6）
〈既刊12冊〉

高橋 弥七郎 たかはし・やしちろう
<灼眼のシャナ> メディアワークス→ア
スキー・メディアワークス（電撃文庫）
2002.11～2012.11〈本編全22冊・短編集
4冊〉

喬林 知 たかばやし・とも
<まるマシリーズ> 角川書店（角川ビー
ンズ文庫）2001.10～2010.1〈既刊は17
冊・外伝5冊。角川文庫より再刊（2013.
3～）〉

田口 一 たぐち・はじめ
<この中に1人、妹がいる！> メディア
ファクトリー（MF文庫J）2010.8～
2013.3〈本編全10冊・短編集1冊〉

竹井 10日 たけい・とうか
<彼女がフラグをおられたら> 講談社
（講談社ラノベ文庫）2011.12～2016.9
〈全16冊〉

丈月 城 たけづき・じょう
<カンピオーネ！> 集英社（スーパー
ダッシュ文庫→ダッシュエックス文庫）
2008.5～2017.11〈全21冊〉

武田 綾乃（1992～）たけだ・あやの
<響け！ユーフォニアム> 宝島社（宝島
社文庫）2013.12～（2018.4）〈既刊8冊〉

健速 たけはや
<六畳間の侵略者!?> ホビージャパン
（HJ文庫）2009.3～2018.7〈既刊本編29
冊・外伝2冊〉

竹宮 ゆゆこ（1978～）たけみや・ゆゆこ
<ゴールデンタイム> アスキー・メディ
アワークス→KADOKAWA（電撃文
庫）2010.9～2014.3〈本編全8冊・外伝1
冊・番外1冊・列伝1冊〉
<とらドラ！> メディアワークス→アス
キー・メディアワークス（電撃文庫）
2006.3～2010.4〈本編全10冊・スピンオ
フ3冊〉

橘 公司 たちばな・こうし
<デート・ア・ライブ> 富士見書房→
KADOKAWA（富士見ファンタジア文
庫）2011.3～（2018.3）〈本編既刊18冊・
アンコール7冊・スピンオフ作品東出祐
一郎著「デート・ア・バレット」既刊3
冊（2017.3～2018.4）〉

橘 ぱん たちばな・ぱん
<だから僕は、Hができない。> 富士見
書房（富士見ファンタジア文庫）2010.6
～2013.8〈全11冊〉

竜ノ湖 太郎（1986～）たつのこ・たろう
<問題児たちが異世界から来るそうです
よ？> 角川書店→KADOKAWA（角
川スニーカー文庫）2011.4～2015.4〈全
11冊・短編集1冊〉

伊達 康 だて・やすし
<友人キャラは大変ですか？> 小学館
（ガガガ文庫）2016.12～（2018.6）〈既
刊5冊〉

棚花 尋平 たなか・じんぺい
<用務員さんは勇者じゃありませんので>
KADOKAWA（MFブックス）2015.2～
2017.8〈全8冊〉

田中 芳樹（1952～）たなか・よしき
<アルスラーン戦記> 光文社（KAPPA
NOVELS）2003.2～2017.12〈全11冊。
これまでに角川文庫1986.8～1999.12、
既刊10冊。光文社文庫2012.4～2017.11、
既刊13冊〉
<銀河英雄伝説> 東京創元社（マッグ
ガーデン・ノベルズ）2018.5～（2018.
7）〈トクマ・ノベルズ1982.11～1989.7、
全10冊・外伝4冊の再刊、既刊は本編3
冊。これまでに徳間文庫（1988.2, 1996.
11～1998.6、外伝1巻のみ・本編全10

冊）、ハードカバー愛蔵版（1992.6, 1998.3, 全5冊・外伝2冊）、徳間デュアル文庫（2000.8〜2002.11, 全20冊・外伝9冊）、創元SF文庫（2007.2〜2009.6）でも再刊あり〉

<タイタニア> 講談社（講談社文庫）2008.9〜2017.5〈全5冊。これまでにトクマ・ノベルズ1988.12〜1991.5, 既刊3冊。EXノベルズ2003.10〜2004.4, 既刊3冊。講談社ノベルス2010.4〜2015.2, 全3冊〉

<薬師寺涼子の怪奇事件簿> 講談社（講談社ノベルス）1998.10〜（2015.9）〈既刊10冊、講談社文庫1996.10〜2015.3, 既刊9冊〉

<野望円舞曲> 徳間書店（徳間デュアル文庫）2000.8〜2010.12〈原案：田中芳樹　本編全10冊・外伝1冊〉

田中 ロミオ（1973〜）たなか・ろみお
<人類は衰退しました> 小学館（ガガガ文庫）2007.5〜2016.9〈本編全9冊、短編集2冊〉

谷 瑞恵（1967〜）たに・みずえ
<伯爵と妖精> 集英社（コバルト文庫）2004.3〜2014.1〈全33冊〉

谷川 流（1970〜）たにがわ・ながる
<涼宮ハルヒシリーズ> 角川書店（角川スニーカー文庫）2003.6〜（2011.6）〈第8回スニーカー大賞「大賞」受賞　既刊11冊〉

CHIROLU
<うちの娘の為ならば、俺はもしかしたら魔王も倒せるかもしれない。> ホビージャパン（HJ NOVELS）2015.2〜（2018.2）〈既刊7冊〉

ツカサ（1983〜）
<銃皇無尽のファフニール> 講談社（講談社ラノベ文庫）2013.7〜2018.3〈全15冊・短編集1冊〉

築地 俊彦　つきじ・としひこ
<けんぷファー> メディアファクトリー（MF文庫J）2006.11〜2010.3〈全12冊・番外短編集3冊〉

<まぶらほ> 富士見書房（富士見ファンタジア文庫）2001.10〜2015.3〈長編4冊・短編集22冊・特別編6冊・番外編1冊〉

橙乃 ままれ（1973〜）とうの・ままれ
<まおゆう魔王勇者> エンターブレイン2011.1〜2013.1〈本編全5冊・外伝3冊〉

<ログ・ホライズン> エンターブレイン→KADOKAWA 2011.4〜（2018.3）〈既刊11冊〉

豊田 巧（1967〜）とよだ・たくみ
<**RAIL WARS**> 創芸社→実業之日本社（創芸社クリア文庫→Jノベルライト文庫）2012.2〜（2017.12）〈既刊14冊〉

虎虎　とらこ
<中二病でも恋がしたい！> 京都アニメーション（KAエスマ文庫）2011.5〜2017.12〈第1回京都アニメーション大賞「奨励賞」受賞　全4冊〉

長月 達平（1987〜）ながつき・たっぺい
<**Re**: ゼロから始める異世界生活> KADOKAWA（MF文庫J）2014.1〜（2018.6）〈既刊本編16冊・短編集3冊・外伝3冊〉

七沢 またり　ななさわ・またり
<火輪を抱いた少女> KADOKAWA 2015.12〜2016.6〈全3冊〉

七月 隆文（1976〜）ななつき・たかふみ
<俺がお嬢様学校に「庶民サンプル」としてゲッツされた件> 一迅社（一迅社文庫）2011.12〜2016.8〈全11冊・短編集1冊〉

成田 良悟（1980〜）なりた・りょうご
<デュラララ!!> メディアワークス→アスキー・メディアワークス→KADOKAWA（電撃文庫）2004.4〜（2016.2）〈既刊本編17冊・外伝1冊・スピンオフ2冊・コラボレーション作品1冊木崎ちあき著「デュラララ!!×博多豚骨ラーメンズ」（2016.10）〉

<バッカーノ！> メディアワークス→アスキー・メディアワークス→KADOKAWA（電撃文庫）2003.2〜（2016.8）〈第9回電撃ゲーム小説大賞「金賞」受賞　既刊22冊〉

西尾 維新（1981〜）にしお・いしん
<戯言シリーズ> 講談社（講談社ノベルス）2002.2〜2005.11〈第23回「メフィスト賞」受賞　全9冊。講談社文庫2008.4〜2009.6, 全9冊。外伝に人間シリー

ズ、最強シリーズがある〉
<「忘却探偵」シリーズ> 講談社 2014.10
〜（2018.1）〈既刊10冊〉
<物語シリーズ> 講談社（講談社BOX）
2006.11〜（2018.6）〈既刊27冊〉

西野 かつみ にしの・かつみ
<かのこん> メディアファクトリー
（MF文庫J）2005.10〜（2010.12）〈第1
回MF文庫Jライトノベル新人賞「佳作」
受賞 既刊15冊〉

望 公太（1989〜）のぞみ・こうた
<異能バトルは日常系のなかで> ソフト
バンククリエイティブ→SBクリエイ
ティブ（GA文庫）2012.6〜2018.1〈全
13冊〉

支倉 凍砂（1982〜）はせくら・いすな
<狼と香辛料> メディアワークス→アス
キー・メディアワークス→
KADOKAWA（電撃文庫）2006.2〜
（2018.2）〈第12回電撃小説大賞「銀賞」
受賞 既刊20冊・続編「狼と羊皮紙」既
刊3冊〉

秦野 宗一郎 はたの・そういちろう
<無彩限のファントム・ワールド> 京都
アニメーション（KAエスマ文庫）2013.
12〜2016.2〈第4回京都アニメーション
大賞小説部門「奨励賞」受賞 全3冊〉

初野 晴（1973〜）はつの・せい
<ハルチカシリーズ> 角川書店→
KADOKAWA（角川文庫）2010.7〜
2017.2〈既刊本編5冊・番外編1冊。これ
までに角川書店2008.10〜2015.9、既刊
本編5冊。角川つばさ文庫2017.1〜2017.
12、既刊本編2冊再刊〉

埴輪星人 はにわせいじん
<フェアリーテイル・クロニクル> メ
ディアファクトリー→KADOKAWA
（MFブックス）2013.9〜（2018.4）〈既
刊17冊〉

馬場 翁 ばば・おきな
<蜘蛛ですが、なにか？> KADOKAWA
（カドカワBOOKS）2015.12〜（2018.
3）〈既刊8冊〉

早見 裕司（1961〜）はやみ・ゆうじ
<メイド刑事（デカ）> ソフトバンククリ
エイティブ（GA文庫）2006.4〜2009.7

〈全9冊〉

柊★ たくみ ひいらぎぼし・たくみ
<アブソリュート・デュオ> メディア
ファクトリー→KADOKAWA（MF文
庫J）2012.8〜（2016.7）〈既刊11冊〉

東川 篤哉（1968〜）ひがしがわ・とくや
<謎解きはディナーのあとで> 小学館
2010.9〜2012.10〈全3冊・ノベライズ1
冊。小学館文庫より再刊2012.10〜2015.
1、全3冊。小学館ジュニア文庫より再
刊2017.5、既刊1冊〉

羊 太郎 ひつじ・たろう
<ロクでなし魔術講師と禁忌教典（アカ
シックレコード）> KADOKAWA（富
士見ファンタジア文庫）2014.7〜（2018.
3）〈第26回ファンタジア大賞「大賞」
受賞 既刊11冊〉

暇奈 椿 ひまな・つばき
<クロックワーク・プラネット> 講談社
（講談社ラノベ文庫）2013.4〜（2015.
12）〈既刊4冊〉

日向 夏 ひゅうが・なつ
<薬屋のひとりごと> 主婦の友社（ヒー
ロー文庫）2014.9〜（2018.3）〈既刊7
冊。1冊目はRay Books2012.10の再刊〉

漂月 ひょうげつ
<人狼への転生、魔王の副官> アース・
スターエンターテイメント（EARTH
STAR NOVEL）2015.11〜（2018.5）
〈既刊9冊〉

平坂 読 ひらさか・よみ
<妹さえいればいい。> 小学館（ガガガ
文庫）2015.3〜（2018.2）〈既刊9冊〉
<僕は友達が少ない> メディアファクト
リー→KADOKAWA（MF文庫J）2009.
8〜2015.8〈本編全11冊・番外編1冊・ア
ンソロジー2冊〉

深沢 美潮 ふかざわ・みしお
<フォーチュン・クエスト> 角川書店→
メディアワークス→アスキー・メディア
ワークス→KADOKAWA（角川スニー
カー文庫→電撃文庫）1989.12〜（2017.
12）〈本編は角川スニーカー文庫1989.
12〜1993.6、全8冊→電撃文庫で新装版
（2002.5〜2002.9、全8冊）→ポプラポ
ケット文庫で再刊（2007.10〜2008.11）、

全8冊。「新」は電撃文庫で1994.8〜2012.8、全20冊。「新2」は、2013.4〜2017.12、既刊9冊。外伝は1996.3〜1998.12、2冊→電撃文庫で2001.10、3冊（1・2巻は再刊）。「バイト編」は角川mini文庫で1996.11〜1997.11、2冊→スニーカー文庫で2000.1、1冊→電撃文庫で2002.9、1冊。「新L」は電撃文庫で1997.7〜2004.3、既刊3冊〉

福井 晴敏（1968〜）ふくい・はるとし
<機動戦士ガンダムUC> 角川書店（角川コミックス・エース）2007.9〜2016.3〈全10冊。角川文庫2010.1〜2011.5、全10冊。角川スニーカー文庫2010.2〜2011.6、全10冊。短編集1冊〉

藤木 稟（1961〜）ふじき・りん
<バチカン奇跡調査官> 角川書店→KADOKAWA（角川ホラー文庫）2010.12〜（2018.4）〈既刊本編14冊・短編集3冊。角川書店2007.12〜2009.8、既刊2冊（途絶）〉

伏見 つかさ（1981〜）ふしみ・つかさ
<エロマンガ先生> KADOKAWA（電撃文庫）2013.12〜（2018.7）〈既刊10冊〉
<俺の妹がこんなに可愛いわけがない> アスキー・メディアワークス（電撃文庫）2008.8〜2013.6〈全12冊〉

伏見 ひろゆき ふしみ・ひろゆき
<R-15> 角川書店（角川スニーカー文庫）2009.7〜2012.8〈第13回スニーカー大賞「奨励賞」受賞 全11冊〉

藤本 ひとみ ふじもと・ひとみ
<探偵チームKZ事件ノート> 講談社（講談社青い鳥文庫）2011.3〜（2018.3）〈住滝良文 既刊26冊〉

伏瀬 ふせ
<転生したらスライムだった件> マイクロマガジン社（GC NOVELS）2014.6〜（2018.3）〈既刊12冊〉

FUNA
<私、能力は平均値でって言ったよね！> アース・スターエンターテイメント（EARTH STAR NOVEL）2016.5〜（2018.3）〈既刊7冊〉

冬原 パトラ ふゆはら・ぱとら
<異世界はスマートフォンとともに。>

ホビージャパン（HJ NOVELS）2015.5〜（2018.6）〈既刊13冊〉

ぶんころり
<田中—年齢イコール彼女いない歴の魔法使い> マイクロマガジン社（GC NOVELS）2015.12〜（2018.5）〈なろうコン大賞受賞 既刊7冊〉

保利 亮太（1980〜）ほり・りょうた
<ウォルテニア戦記> ホビージャパン（HJ NOVELS）2015.9〜（2018.3）〈既刊9冊。フェザー文庫2011.11〜2013.5、既刊3冊〉

まいん
<二度目の人生を異世界で> ホビージャパン（HJ NOVELS）2014.11〜（2018.5）〈既刊18冊〉

牧野 圭祐（1980〜）まきの・けいすけ
<月とライカと吸血姫（ノスフェラトゥ）> 小学館（ガガガ文庫）2016.12〜（2018.2）〈既刊3冊〉

松 智洋（1972〜2016）まつ・ともひろ
<パパのいうことを聞きなさい！> 集英社（集英社スーパーダッシュ文庫）2009.12〜2016.7〈本編全18冊・番外編1冊〉
<迷い猫オーバーラン！> 集英社（集英社スーパーダッシュ文庫）2008.10〜2012.2〈全12冊〉

松野 秋鳴（1979〜2011）まつの・あきなり
<えむえむっ！> メディアファクトリー（MF文庫J）2007.2〜2010.9〈既刊10冊・短編集2冊。作者逝去のため未完〉

丸戸 史明 まると・ふみあき
<冴えない彼女（ヒロイン）の育てかた> 富士見書房→KADOKAWA（富士見ファンタジア文庫）2012.7〜2017.10〈本編全13冊・短編集4冊〉

丸山 くがね まるやま・くがね
<オーバーロード> エンターブレイン→KADOKAWA 2012.8〜（2018.4）〈既刊13冊〉

三浦 勇雄（1983〜）みうら・いさお
<聖剣の刀鍛冶> メディアファクトリー（MF文庫J）2007.11〜2013.8〈全16冊〉

日本の作品

三上 延（1971〜）みかみ・えん
<ビブリア古書堂の事件手帖> アスキー・メディアワークス→KADOKAWA（メディアワークス文庫）2011.3〜2017.2〈全7冊。角川つばさ文庫より再刊2016.8〜2018.2、既刊3冊〉

三雲 岳斗（1970〜）みくも・がくと
<アスラクライン> メディアワークス→アスキー・メディアワークス（電撃文庫）2005.7〜2010.2〈全14冊〉
<ストライク・ザ・ブラッド> アスキー・メディアワークス→KADOKAWA（電撃文庫）2011.5〜（2018.4）〈既刊18冊・番外編2冊〉
<ダンタリアンの書架> 角川書店（角川スニーカー文庫）2008.11〜2011.7〈全8冊〉

水城 正太郎　みずき・しょうたろう
<いちばんうしろの大魔王> ホビージャパン（HJ文庫）2008.2〜2014.4〈全13冊〉

水沢 夢　みずさわ・ゆめ
<俺、ツインテールになります。> 小学館（ガガガ文庫）2012.6〜（2018.4）〈第6回小学館ライトノベル大賞審査員「特別賞」受賞　既刊15冊〉

瑞智 士記　みずち・しき
<星刻の竜騎士> メディアファクトリー→KADOKAWA（MF文庫J）2010.6〜2015.11〈全20冊〉

水野 良（1963〜）みずの・りょう
<ロードス島戦記> 新装版 KADOKAWA（角川スニーカー文庫）2013.11〜2014.2〈本編の新装版、全7冊。これまでに本編1988.4〜1995.7、全7冊・番外編2冊。第2シリーズ「伝説」1994.9〜2002.11、全5冊・短編集2冊。「新」1998.5〜2006.12、全8冊〉

海空 りく（1987〜）みそら・りく
<落第騎士の英雄譚（キャバルリィ）> ソフトバンククリエイティブ→SBクリエイティブ（GA文庫）2013.7〜（2018.4）〈既刊14冊・短編集1冊〉

緑川 聖司　みどりかわ・せいじ
<本の怪談シリーズ> ポプラ社（ポプラポケット文庫）2010.7〜（2017.7）〈既刊14冊。図書館版2013.4〜2015.4、既刊12冊〉

水瀬 葉月　みなせ・はずき
<C³_シーキューブ_> メディアワークス→アスキー・メディアワークス（電撃文庫）2007.9〜2013.6〈全17冊〉

三屋咲 ゆう　みやざき・ゆう
<学戦都市アスタリスク> メディアファクトリー→KADOKAWA（MF文庫J）2012.9〜（2018.4）〈既刊本編14冊・外伝2冊〉

むらさき ゆきや
<覇剣の皇姫アルティーナ> エンターブレイン→KADOKAWA（ファミ通文庫）2012.11〜（2018.2）〈既刊13冊〉

森京 詞姫　もりきょう・うたひめ
<花子さんがきた!!> 竹書房（バンブー・キッズ・シリーズ）1994.9〜2014.5〈1994.9〜1996.8、全10冊。続編「新花子さんがきた!!」2006.5〜2014.5、全20冊〉

森橋 ビンゴ（1979〜）もりはし・びんご
<この恋と、その未来。> KADOKAWA（ファミ通文庫）2014.7〜2016.11〈全6冊〉

諸星 悠　もろほし・ゆう
<空戦魔導士候補生の教官> 富士見書房→KADOKAWA（富士見ファンタジア文庫）2013.7〜2017.7〈第24回後期ファンタジア大賞「金賞」受賞　全14冊〉

屋久 ユウキ（1991〜）やく・ゆうき
<弱キャラ友崎くん> 小学館（ガガガ文庫）2016.5〜（2018.5）〈第10回小学館ライトノベル大賞「優秀賞」受賞　既刊6冊〉

柳内 たくみ　やない・たくみ
<ゲート 自衛隊彼の地にて、斯く戦えり> アルファポリス 2010.4〜（2018.5）〈本編5冊・外伝5冊。アルファポリス文庫2013.1〜2016.3、本編10冊。アルファライト文庫2014.12〜2016.3、外伝10冊。シーズン2、既刊2冊〉

柳野 かなた　やなぎの・かなた
<最果てのパラディン> オーバーラップ（オーバーラップ文庫）2016.3〜（2017.

9)〈既刊5冊〉

柳実 冬貴（1985〜）やなぎみ・とうき
<対魔導学園35試験小隊> 富士見書房→
KADOKAWA（富士見ファンタジア文
庫）2012.5〜2016.8〈本編全13冊・短編
集2冊〉

山形 石雄（1982〜）やまがた・いしお
<戦う司書シリーズ> 集英社（集英社
スーパーダッシュ文庫）2005.9〜2010.1
〈第4回スーパーダッシュ小説新人賞
「大賞」受賞 全10冊〉
<六花の勇者> 集英社（ダッシュエック
ス文庫）2011.8〜（2016.3）〈既刊本編6
冊・短編集1冊〉

ヤマグチ ノボル（1972〜2013）
<ゼロの使い魔> メディアファクトリー
（MF文庫J）2004.6〜2017.2〈本編全22
冊・外伝5冊。作者逝去のため、21、22
巻は志瑞祐による代筆〉

結城 光流 ゆうき・みつる
<少年陰陽師> 角川書店→KADOKAWA
（角川ビーンズ文庫）2002.1〜（2017.
11）〈既刊44冊・短編集8冊・外伝1冊〉

裕時 悠示 ゆうじ・ゆうじ
<俺の彼女と幼なじみが修羅場すぎる>
ソフトバンククリエイティブ→SBクリ
エイティブ（GA文庫）2011.2〜（2017.
9）〈既刊本編13冊・番外編1冊〉

雪乃 紗衣（1982〜）ゆきの・さい
<彩雲国物語> 角川書店→
KADOKAWA（角川ビーンズ文庫）
2003.11〜2016.3〈第1回ビーンズ小説賞
「奨励賞・読者賞」受賞 本編全18冊・
外伝4冊・短編集2冊〔角川書店2012.3の
再刊〕。角川文庫2011.10〜（2018.6）よ
り再刊、既刊本編4冊・短編集2冊〉

弓弦 イズル ゆみずる・いずる
<IS〈インフィニット・ストラトス〉>
オーバーラップ（オーバーラップ文庫）
2013.4〜（2018.4）〈既刊12冊。MF文庫
J版は、2009.5〜2011.4、既刊7冊で途
絶〉

夢枕 獏（1951〜）ゆめまくら・ばく
<キマイラ・吼> 朝日新聞社（ソノラマ
ノベルス）2008.6〜（2018.3）〈ソノラ
マ文庫1982.7〜2002.3、16冊の再刊で9

冊目以降は書き下ろし、既刊13冊・別巻
1冊。愛蔵版の再刊あり（2000.12〜2002.
9、8冊）。外伝ハードカバー2006.2、1
冊。角川文庫よりソノラマノベルスを分
冊し再刊、2013.8〜2018.3、既刊19冊〉

吉岡 平 よしおか・ひとし
<宇宙一の無責任男シリーズ> 富士見書
房→エンターブレイン→KADOKAWA
1989.1〜（2017.10）〈既刊43巻・外伝8
巻・朝日スーパーデラックス版2巻〉

吉野 匠 よしの・たくみ
<レイン> アルファポリス 2005.10〜
（2017.6）〈既刊本編15冊・外伝2冊。ア
ルファポリス文庫→アルファライト文
庫版2009.5〜2017.7、既刊本編14冊、外
伝1冊〉

駱駝 らくだ
<俺を好きなのはお前だけかよ>
KADOKAWA（電撃文庫）2016.2〜
（2018.3）〈第22回電撃小説大賞「金賞」
受賞 既刊8冊〉

藍上 陸（1985〜）らんじょう・りく
<アキカン！> 集英社（集英社スーパー
ダッシュ文庫）2007.5〜2013.3〈既刊10
冊〉

理不尽な孫の手 りふじんなまごのて
<無職転生> KADOKAWA（MFブック
ス）2014.1〜（2018.5）〈既刊18冊〉

澪亜 れいあ
<公爵令嬢の嗜み> KADOKAWA（カ
ドカワBOOKS）2015.11〜（2018.3）
〈既刊6冊〉

Y.A
<八男って、それはないでしょう！>
KADOKAWA（MFブックス）2014.4〜
（2018.4）〈既刊13冊〉

和ヶ原 聡司 わがはら・さとし
<はたらく魔王さま！> アスキー・メ
ディアワークス→KADOKAWA（電撃
文庫）2011.2〜（2018.6）〈第17回電撃
小説大賞「銀賞」受賞 既刊18冊・外伝
2冊・短編集1冊〉

渡 航（1987〜）わたり・わたる
<やはり俺の青春ラブコメはまちがってい
る。> 小学館（ガガガ文庫）2011.3〜
（2017.9）〈既刊12冊・短編集3冊〉

海外の作品

アヴィ
Avi
《1937〜》

『シャーロット・ドイルの告白』アヴィ作,
茅野美と里訳　あすなろ書房　2010.7
319p　20cm　1600円　①978-4-7515-
2215-8
内容 はじめから、何かがおかしかった。船長
の名を耳にしただけで逃げ出したポーター。
船体を一目見るなり、あいさつもなしに走り
去った男。同行するはずの家族は、どちらも
リバプール港に姿を見せなかった。何も知ら
ず、ただ一人の乗客としてシーホーク号に上船
したシャーロットの運命は…。ニューベリー
賞銀賞受賞作。

『はじまりのはじまりのはじまりのおわり
―小さいカタツムリともっと小さいア
リの冒険』アヴィ作, トリシャ・トゥサ
画, 松田青子訳　福音館書店　2012.11
181p　17cm（福音館文庫）600円
①978-4-8340-2183-7
内容 カタツムリのエイヴォンは本が大好き。
本の中では色んな生き物たちが冒険をくりひ
ろげ、そして冒険を終えたみんなはとても幸
せそう。エイヴォンはアリのエドワードとと
もに「冒険を探すための冒険」の旅に出ます。
数々の不思議なできごとに出会いながら、枝
の上のゆかいな冒険はゆっくり続きます。小
学校中級以上。

アースキン, キャスリン
Erskine, Kathryn

『ぼくの見つけた絶対値』キャスリン・
アースキン著, 代田亜香子訳　作品社
2012.7　266p　20cm〈選：金原瑞人〉
1800円　①978-4-86182-393-0
内容 数学者のパパは、中学生のぼくを将来
エンジニアにしようと望んでいるけど、実は
ぼく、数学がまるで駄目。でも、この夏休み、

ぼくは小さな町の人々を幸せにするすばらし
いプロジェクトに取り組む "エンジニア" に
なった！ 全米図書賞受賞作家による、笑い
と感動の傑作YA小説。

『モッキンバード』キャスリン・アースキ
ン著, ニキリンコ訳　明石書店　2013.1
270p　20cm　1300円　①978-4-7503-
3750-0
内容 アメリカ、バージニア州の小さな町の中
学校で銃乱射事件が起きた。アスペルガー症
候群の少女ケイトリンは、ただひとり頼りに
していたお兄ちゃんを事件で失ってしまう。
絵が得意で本が大好きだけれど、他人の気持
ちを読み取ることができないケイトリンは、
小学校で友だちもできない。パパは悲しみに
くれているし、親身になって支えてくれる学
校カウンセラーのブルック先生も、ケイト
リンの本当の思いはわかってくれない。そんな
とき出合ったある言葉の意味をさぐるうち、
ケイトリンは、社会で生きるために大事なこ
とに気づいていく。全米図書賞（2010年）児
童文学部門受賞。

アトウッド, マーガレット
Atwood, Margaret Eleanor
《1939〜》

『オリクスとクレイク』マーガレット・ア
トウッド著, 畔柳和代訳　早川書房
2010.12　467p　20cm　3000円　①978-
4-15-209181-9
内容 人類がいなくなった海辺で、スノーマン
は夢うつつを漂っている。思い出すのは、
文明があったころの社会。スノーマンがまだ
ジミーという名前だった少年時代。高校でめ
ぐりあった親友クレイクとかわした会話。最
愛の人オリクスとのひととき―。誰がこんな
世界を望んでいたのだろうか。そして、自分
はなにをしてしまったのだろうか。カナダを
代表する作家マーガレット・アトウッドが透
徹した視点で描き出す、ありうるかもしれな
い未来の物語。

『キャッツ・アイ』マーガレット・アト

ヤングアダルトの本　いま読みたい小説4000冊　**363**

ウッド著, 松田雅子, 松田寿一, 柴田千秋訳 開文社出版 2016.12 576p 20cm 2600円 ①978-4-87571-085-1

『テント』マーガレット・アトウッド著, 中島恵子, 池村彰子訳 英光社 2017.11 195p 19cm 2300円 ①978-4-87097-142-4

内容 「サロメは踊り子」「猫ちゃん天国に登場」他。『テント』に収められたカジュアルで深淵な短編メタフィクションが, 日常性の中に潜む幻想と神秘の迷宮へ読者を誘う…。

アーモンド, デイヴィッド
Almond, David
《1951～》

『肩胛骨は翼のなごり』デイヴィッド・アーモンド著, 山田順子訳 東京創元社 2009.1 241p 15cm（創元推理文庫）〈著作目録あり〉700円 ①978-4-488-54302-0

内容 引っ越してきたばかりの家。古びたガレージの暗い陰で, ぼくは彼をみつけた。ほこりまみれでやせおとろえ, 髪や肩にはアオバエの死骸が散らばっている。アスピリンやテイクアウトの中華料理, 虫の死骸を食べ, ブラウンエールを飲む。誰も知らない不可思議な存在。彼はいったい何？ 命の不思議と生の喜びに満ちた, 素晴らしい物語。カーネギー賞, ウィットブレッド賞受賞の傑作。

『パパはバードマン』デイヴィッド・アーモンド作, ポリー・ダンバー絵, 金原瑞人訳 フレーベル館 2011.10 161p 21cm 1400円 ①978-4-577-03963-2

内容 ここ, イギリス北部の町ではちょっとおかしなことが起こりはじめた。パパは, つばさを作り, 虫を食べ, 巣作りをしている。ドリーンおばさんは, ふきげんな顔でダンプリングなる料理を作り, ミスター・プープは, 大声を上げて通りをねり歩き校長のミント先生まで, そわそわするしまつ。そしてこの本の主人公, しっかり者のリジーは, なんて美しい鳥の羽なんだろうと思いながら…。すべてのなぞは…, そう, だれがいちばんすごい鳥人間でしょうコンテストにあるのだ！ 国際アンデルセン賞受賞作家デイヴィッド・アーモンドのお話が始まるよ。

『ヘヴンアイズ』デイヴィッド・アーモンド著, 金原瑞人訳 新装版 河出書房新社 2010.6 253p 19cm 1500円 ①978-4-309-20541-0

内容 自由を求めて孤児院を抜け出し, 筏に乗り込んだ3人の子どもたち。川を下ってたどり着いたのは, 真っ黒な泥が広がるブラック・ミドゥン。そこには, 両手に水かきのある女の子と奇妙な老人が, 二人きりで暮らしていた。黒い黒いその泥のなかには, たくさんの秘密と悲しみと, 「奇跡」が埋まっていた…。

『ポケットのなかの天使』デイヴィッド・アーモンド著, 山田順子訳 東京創元社 2018.2 274p 19cm 1900円 ①978-4-488-01077-5

内容 バートはこの十年, ずっとこの路線でバスを走らせてきた。同じ道, 同じバス停, 停車・発車の繰り返し…もううんざりだ。そんなある日, バートのもとに天使がやってきた。指でつまみあげられるくらいのちっこい天使。かわいい天使に妻のベティも大喜び。セント・マンゴー校で調理師をしているベティは, アンジェリーノと名付けた天使を早速学校に連れていった。学校に天使がいる！ たちまち生徒たちの人気者に。だが, そんなアンジェリーノの様子を物陰からうかがう黒ずくめの怪しい影があった…。国際アンデルセン賞を受賞した名手アーモンドが描く, 『肩胛骨は翼のなごり』とはひと味ちがうかわいい天使の物語。

『ミナの物語』デイヴィッド・アーモンド著, 山田順子訳 東京創元社 2012.10 234p 19cm 1600円 ①978-4-488-01348-6

内容 あたしの名前はミナ。あたしは夜が大好き。あたしは夜をのぞきこむ。フクロウやコウモリが夜空を飛び, 月を横切っている。どこかでネコのウィスパーが, 月の光でできた影から影へと歩きまわっているだろう。目を閉じると, そういう生きものたちがあたしのなかで動きまわっているような気がする。あたし自身があやしげな生きものみたいな気持ち。あたしはミナという名前の女の子だけど, ただの女の子じゃない。そう, ミナはただの女の子じゃない。型にはまらず自由で, 喜びに満ちていて…喜びを歌うために生まれてきた鳥が, 篭に閉じこめられて, どうして歌えるというのだ？ 『肩胛骨は翼のなごり』の前日譚。個性的な女の子ミナの羽ばたく心の物語。

アリグザンダー, ロイド
Alexander, Lloyd
《1924～2007》

『王国の独裁者』ロイド・アリグザンダー

海外の作品　　　　　　　　　　　　　　　　　　　　　アルボム

作, 宮下嶺夫訳　評論社　2008.11
266p　20cm（ウェストマーク戦記 1）
1600円　①978-4-566-02406-9
内容 馬車が走り、マスケット銃が火を吹き、書物が知識の宝庫として大切にされていたころの架空の国ウェストマーク。そこでは、一人娘を失って心身を病んだ国王に代わり、宰相カバルスが圧政を敷き、独裁権力を振るっていた。印刷見習い工のテオは、警察軍に逆らって故郷の町を追われ、気のいいイカサマ師とともに放浪の旅をつづける羽目に…。とちゅう、浮浪児の少女ミックルに出会ったことから、一行はいつしか、王国をめぐる動乱の渦に巻きこまれてしまう。全米図書賞、アメリカ図書館協会年間最優秀図書賞にかがやく三部作。

『ケストレルの戦争』ロイド・アリグザンダー作, 宮下嶺夫訳　評論社　2008.11
341p　20cm（ウェストマーク戦記 2）
1800円　①978-4-566-02407-6
内容 独裁者カバルスは追放された。しかし、王国の立て直しをはかる新女王アウグスタとその婚約者テオの前に、新たな敵があらわれる。国内では、貴族や大土地所有者が陰謀をめぐらし、国外からは、彼らと結んでレギア王国が侵略をくわだてる。そして、戦争─はげしい敵の攻撃に、撤退をくり返すウェストマーク軍。フロリアンの市民軍は？　ジャスティンのゲリラ部隊は？　全米図書賞、アメリカ図書館協会年間最優秀図書賞にかがやく三部作。

『ゴールデンドリーム─果てしなき砂漠を越えて』ロイド・アリグザンダー作, 宮下嶺夫訳　評論社　2014.6　381p
19cm　1680円　①978-4-566-02448-9
内容 本当の宝物って何だろう!?仕事をクビになったカルロは、宝探しの旅に出る。仲間は、嘘つき男や、謎の美少女、わけあり老人。行く手に待ち受けるものは…

『マリアンシュタットの嵐』ロイド・アリグザンダー作, 宮下嶺夫訳　評論社　2008.11　334p　20cm（ウェストマーク戦記 3）1800円　①978-4-566-02408-3
内容 ウェストマークの見かけの平和は、二年で終わりを告げた。レギア王国にひそんでいたカバルスが、不意をついて帰国し、ふたたび独裁政府を打ち立てる。散りぢりになった女王と三人の執政官たち…。傷つき、斃れゆく者たち…。人々の、みずから立ち上がろうとするうねりの中で、正義と不正、団結と離反、愛と憎しみの嵐が、首都マリアンシュタットをおおう。全米図書賞、アメリカ図書

館協会年間最優秀図書賞にかがやく三部作。

┌─────────────────────┐
│　　アルバレス, フーリア
│　　　Alvarez, Julia
│　　　　《1950～》
└─────────────────────┘

『蝶たちの時代』フリア・アルバレス著, 青柳伸子訳　作品社　2012.10　437p　20cm　3200円　①978-4-86182-405-0
内容 時の独裁者トルヒーリョへの抵抗運動の中心となり、命を落とした長女パトリア、三女ミネルバ、四女マリア・テレサと、ただひとり生き残った次女デデの四姉妹それぞれの視点から、その生い立ち、家族の絆、恋愛と結婚、そして闘いの行方までを濃密に描き出す、傑作長篇小説。

『わたしたちが自由になるまえ』フーリア・アルバレス著, 神戸万知訳　武蔵野ゴブリン書房　2016.12　294p　20cm　1500円　①978-4-902257-32-8
内容 一九六〇年、カリブ海にのぞむ美しい国─ドミニカ共和国。もうすぐ十二歳になるアニータのまわりには、不穏な空気がただよっていた。なかよしのいとこ一家は、逃げるようにアメリカに渡り、おじさんのひとりは、行方がわからない。そして、ある朝、秘密警察がやってきた─。独裁政権末期のドミニカ共和国で、自由をもとめる闘いを見つめた少女の物語。プーラ・ベルプレ賞（ヒスパニック系作家による、すぐれた児童書に贈られる賞）受賞作。

┌─────────────────────┐
│　　アルボム, ミッチ
│　　　Albom, Mitch
│　　　　《1958～》
└─────────────────────┘

『天国からの電話』ミッチ・アルボム著, 大野晶子訳　静山社　2015.10　399p　19cm　1700円　①978-4-86389-329-0
内容 ある金曜日の朝、ミシガン湖畔の小さな町・コールドウォーターで、次々と電話が鳴りだした。その電話は、病気で亡くなった母親や姉、戦地で散っていった息子たちがかけてくる「天国からの電話」だった…。

『時の番人』ミッチ・アルボム著, 甲斐理恵子訳　静山社　2014.5　286p　20cm　1500円　①978-4-86389-280-4
内容 洞窟へ追放されたドールは世界じゅうの人々の訴えに耳を傾けることになった。もっと、もっと多くの時間がほしい…！人類史の

ヤングアダルトの本　いま読みたい小説4000冊　　365

始まりのころに生を受けたドール、現代を生きるティーンエイジャーのサラ、病をわずらう大富豪の老人ヴィクター。三人はそれぞれの時を生きていた。天界の老人が、ドールに不可思議な砂時計と、ある使命を与えるまでは…。それは時をめぐる物語の始まりだった。

アレグザンダー, ウィリアム
Alexander, William Joseph
《1976～》

『仮面の街』ウィリアム・アレグザンダー著, 斎藤倫子訳　東京創元社　2015.4　268p　20cm　1900円　①978-4-488-01043-0
内容 孤児の少年ロウニーは、ゾンベイ市の南側にある、魔女グラバの家で暮らしていた。グラバはロウニーの親でも祖母でもない。みなしごたちを集めて動き回る家に住んでいる、不思議な老婆だ。ある日グラバの使いで街に出かけたロウニーは、ゾンベイでは禁止されている、芝居を上演するゴブリンの一座に出会う。どうしても芝居が見たくなり、必死でもぐりこんだゴブリンたちのところでロウニーが耳にしたのは、行方不明になっているたったひとりの兄ロウワンの噂だった…。機械仕掛けの体をもつ奇妙な人々、ゴブリン一座の謎の仮面劇、洪水におびえるゾンベイ市。グラバの家を逃げだしたロウニーは、兄に会うことができるのか？　全米図書賞受賞。ル＝グウィン、ピーター・S・ビーグルも称賛した、注目のファンタジー。

『影なき者の歌』ウィリアム・アレグザンダー著, 斎藤倫子訳　東京創元社　2015.7　211p　20cm　1700円　①978-4-488-01046-1
内容 カイルの家はパン屋兼酒場。母は街いちばんのパン職人だ。パンをあげたお礼にゴブリンからもらった小さな笛をカイルがひと吹きすると、なんと影がなくなってしまった。影がないのは死者。家族からもカイルは死んだことにされてしまう。「わたしは生きているのに！」影を取りもどすためのカイルの奮闘が始まる。一方ゾンベイの街には、刻一刻と洪水が迫っていた。洪水から石造りの橋を守るためには、楽士たちが演奏しなくてはならない。そしてカイルの死んだ祖父も橋の楽士だったというのだ。ミソピーイク賞最終候補作。ル＝グウィン、ピーター・S・ビーグル絶賛、全米図書賞受賞の『仮面の街』姉妹編登場！

アレクシー, シャーマン
Alexie, Sherman
《1966～》

『はみだしインディアンのホントにホントの物語』シャーマン・アレクシー著, エレン・フォーニー絵, さくまゆみこ訳　小学館　2010.2　349p　19cm（Super！YA）1500円　①978-4-09-290514-6
内容 インディアンとして、保留地で生まれ育ったオレ。ある日、オレは、ここを出て行くことに決めた。ここを出て、白人のエリート学校に通う。それは、一つの冒険であり、大きな発見だった。自分の居場所をさがしつづける少年のリアルでユニークな生き方に感動！全米図書賞受賞、ボストングローブ・ホーンブック賞受賞、アメリカンインディアン図書館賞、北米図書賞、ワシントン図書賞、オデッセイ賞、ピーターパン賞などなど…受賞多数。

イ　ヨンド
I, Yondo
《1972～》

『フューチャーウォーカー　1　彼女は飛ばない』イ・ヨンド作, ホン・カズミ訳, 金田榮路絵　岩崎書店　2010.11　300p　19cm　950円　①978-4-265-05071-0
内容 ヘゲモニアに住む巫女のミ・V・グラシエルは、未来をみることができる人間＝フューチャーウォーカーだ。ミはふとしたことから、氷にかこまれた北海へ向けて旅立つ決意をする。無謀な旅にでたミを追うのは、妹のファと剣士チェイン。破滅へと導かれる世界で、彼らが進むべき道とは―。時間をめぐる奇跡の旅がはじまる。

『フューチャーウォーカー　2　詩人の帰還』イ・ヨンド作, ホン・カズミ訳, 金田榮路絵　岩崎書店　2011.2　325p　19cm　950円　①978-4-265-05072-7
内容 グラン、ウンチャイ、ネリアと旅をともにするミは、目的地への道をそれ、困惑していた。一方、ミを追うファとチェインは、ゴスビルの酒場で一行に関する情報をえた。そして、すれちがう思いをかかえたまま、馬を走らせ、ひたすら先を急ぐ。未来を失ったミを救うのは、ファか、チェインかそれとも…？ミが語る衝撃の未来とは？　シリーズ第2巻。

海外の作品　　　　　　　　　　　　　　　　　　　　イーザウ

『フューチャーウォーカー　3　影はひとりで歩かない』イ・ヨンド作, ホン・カズミ訳, 金田榮路絵　岩崎書店　2011.5　300p　19cm　950円　①978-4-265-05073-4

内容 エクセルハンド、アフナイデル、ジェレイント、アイルペサスは、復活したデスナイトから逃れ、ケンタンにたどりついた。ジュリオ市長らと面会した一行は、追ってくるデスナイトへの対策を練るが、よい方法はみつからない。ついにケンタンを襲撃するデスナイト。時をこえた壮絶なたたかいがはじまる。

『フューチャーウォーカー　4　未来へはなつ矢』イ・ヨンド作, ホン・カズミ訳, 金田榮路絵　岩崎書店　2011.8　277p　19cm　950円　①978-4-265-05074-1

内容 シンチャイ船長ひきいるレッドサーパント号は、東北航路へと航海をはじめた。退屈な航海がつづく船上で、チタリやイシドは、それぞれのやり方で日々を充実させていた。一方、イルリルらは、対話を通じておたがいの理解を深めている。嵐のまえの静けさのなか、破滅へとむかう異変がせまっていた―。

『フューチャーウォーカー　5　忘れられたものを呼ぶ声』イ・ヨンド作, ホン・カズミ訳, 金田榮路絵　岩崎書店　2011.11　277p　19cm　950円　①978-4-265-05075-8

内容 ハルシュタイル侯爵が遺言の謎にせまる日がきた。シンスライフ邸の庭園は、トンビル市民をはじめ、多くの人びとでうめつくされている。ウンチャイ、チェインらの一行、それにレザーとルソンのすがたもあった。ついにその瞬間が訪れる。「過去にむかう流れと未来にむかう流れ、その交差点とは？」―闇の聖職者が集結するシリーズ第5巻。

『フューチャーウォーカー　6　時の匠人』イ・ヨンド作, ホン・カズミ訳, 金田榮路絵　岩崎書店　2012.2　297p　19cm　950円　①978-4-265-05076-5

内容 シンスライフ邸の庭園では、ズブルキンひきいるコリのプリーストがハルシュタイル侯爵を追いつめていた。階段をのぼったズブルキンが、ゆっくりと腰をかがめる。そして、つぎのしゅんかん、フォーチャードが侯爵の腹をつらぬいた。これが、死か。しかし、この世界はハルシュタイル侯爵の死を許さなかった。

『フューチャーウォーカー　7　愛しい人を待つ海辺』イヨンド作, ホンカズミ訳, 金田榮路絵　岩崎書店　2012.6　285p　19cm　950円　①978-4-265-05077-2

内容 チェインとミは、ハルシュタイル侯爵と行動をともにしていた。一行は、シンスライフを追うため、シンチャイ船長ひきいるレッドサーパント号に乗りこもうとする。そのころシンスライフは、氷山にかこまれた海で、内なるファと思いをぶつけあっていた。極北の地を舞台に、最後の攻防がくりひろげられる。時間をめぐる奇跡の旅激動のクライマックス。グランドフィナーレ、シリーズ第7巻。

イーザウ, ラルフ
Isau, Ralf
《1956～》

『緋色の楽譜　上』ラルフ・イーザウ著, 酒寄進一訳　東京創元社　2011.10　309p　19cm　2000円　①978-4-488-01337-0

内容 百二十四年の眠りからさめたフランツ・リストの自筆の楽譜。演奏されたその曲を聴いた若き美貌の天才ピアニスト、サラ・ダルビーは光輝くシンボルが目の前に浮かぶのを見た。それは、サラが母から譲り受けたペンダントに刻まれているものと寸分違わぬモノグラム。そのモノグラムと、続いて現れた一篇の詩が、サラを嵐のただ中に投げ込んだ。何者かがホテルの部屋を荒してリストの楽譜を奪い、サラの命を執拗に狙う。謎を解く鍵はサラが見たリストの詩のなかに。ミヒャエル・エンデに続く現代ドイツ文学の旗手が贈る、時空を超えた破天荒で壮大なミステリ。

『緋色の楽譜　下』ラルフ・イーザウ著, 酒寄進一訳　東京創元社　2011.10　333p　19cm　2000円　①978-4-488-01338-7

内容 暴漢に襲われたサラを助けたのは、かつてサラのストーカーとして捕まった男ヤーニンだった。彼によると、リストの楽譜を狙ったのはファルベンラウシャーという秘密結社で、大昔から“力の音”で人々を操ってきたという。彼らは聖堂騎士団、フリーメイソンなどを利用し、聖書の時代から“力の音”を守ってきたのだ。リストが何処かに隠した“緋色の楽譜”こそ彼らが探し求めるもの。サラはヤーニンと共にリストの詩を手掛かりに“緋色の楽譜”を追うが…。パリ、ワイマール、コペンハーゲン、アムステルダム…そしてローマ。ヨーロッパ全土を股にかけた、万華鏡のようにきらびやかなミステリ。

『ミラート年代記　2　タリンの秘密』ラルフ・イーザウ著, 酒寄進一訳　あすなろ書房　2009.4　575p　20cm　2400円　①978-4-7515-2412-1

内容 闇の神マゴスの手下が動きだした！黒

ヤングアダルトの本　いま読みたい小説4000冊　367

い魔剣 “悲痛” をマゴスに届けるため暗躍するのは、謎のカメレオン人カグアン。その不気味な正体とは…？ 一方、終わりの見えない冬の時代、ソートラント王国の若き王エルギルとトウィクスは民の信頼をとりもどすことができるのか。

『ミラート年代記 3 シルマオの聖水』ラルフ・イーザウ著, 酒寄進一訳 あすなろ書房 2010.4 599p 20cm 2400円 ①978-4-7515-2413-8

[内容] 今、明かされる闇の神マゴスの呪い。若き王エルギルのもとに三たび結集した光の同志は、この凍える世界を救うことができるのか?!あの「ネシャン・サーガ」の姉妹編。ついに完結。

イボットソン, エヴァ
Ibbotson, Eva
《1925〜2010》

『おいでフレック、ぼくのところに』エヴァ・イボットソン著, 三辺律子訳 偕成社 2013.9 309p 20cm 1600円 ①978-4-03-744930-8

[内容] 長いあいだずっと夢みていた犬との生活。おたがいにひと目でひかれあったフレックとすごす時間は、想像していた以上にすばらしいものでした。それなのに、フレックが自分の犬ではなく、週末だけのレンタルだったこと、それを両親が自分にかくしていたことを知ったとき、ハルはとても大きな決心をしました。個性的な5匹の犬と子どもたちが、ほんとうの居場所をさがす冒険の旅に。物語の楽しさを描きつづけたイボットソンからの最後の贈り物。小学校高学年から。

『クラーケンの島』エヴァ・イボットソン著, 三辺律子訳 偕成社 2011.10 317p 20cm 1500円 ①978-4-03-744690-1

[内容]「おまえさんたちは誘拐されたわけじゃない。選ばれたんだ」あやしい「おばさん」たちにさらわれた子どもたちがつれてこられたのは、伝説の生きものたちの島だった。作者のウィットあふれる語りの魅力がいきいきと発揮された傑作長編。小学校高学年から。

『黒魔女コンテスト』エヴァ・イボットソン著, 三辺律子訳 偕成社 2009.10 277p 20cm 1400円 ①978-4-03-744680-2

[内容] 偉大なる魔法使い「恐ろしのアリマン」は、ある朝、自分が心底みじめな気持ちでい

ることに気づいた。悪と闇と黒魔術の世界を守りつづけていくことにもうすっかりつかれはててしまったのだ。そこで、とうとう、長年の独身ぐらしをあきらめて、あとつぎを育てるために、コンテストを開いて、もっとも黒い魔法をおこなった魔女を花嫁にすると発表した。あこがれのアリマンと結婚できるときいて、色めきたった七人の魔女たちが集まってきたが、それはアリマンの予想をこえる個性的な顔ぶれだった。

『リックとさまよえる幽霊たち』エヴァ・イボットソン著, 三辺律子訳 偕成社 2012.9 214p 20cm 1300円 ①978-4-03-744920-9

[内容] 幽霊の男の子 “おそろしのハンフリー” は、自分がちっともおそろしくないことを気にしていたけれど、りっぱな幽霊の家族にかこまれて、幸せに暮らしていた。ところがある日、一家が住んでいたお城がリゾート施設として近代化されることになったので、しかたなく、新しいすみかをもとめて旅に出ることになった。幽霊たちのことを応援してくれる少年リックと出会い、いっしょにロンドンをめざすことになったのだが、途中、すみかをなくしたほかの幽霊たちもくわわって、一行はしだいに大人数になっていった。イギリスの人気ファンタジー作家エヴァ・イボットソンのデビュー作。

ウィーラン, グロリア
Whelan, Gloria

『ハンナの学校』グロリア・ウィーラン作, 中家多惠子訳, スギヤマカナヨ絵 文研出版 2012.10 111p 22cm（文研ブックランド）1200円 ①978-4-580-82161-3

[内容] ハンナは、目が見えないけれど、いろいろなことを空想するのがとくいな女の子。そんなハンナの家に、ロビン先生が下宿にやってきた。ロビン先生は、ハンナがみんなといっしょに学校に行けるよう、手伝ってくれると言ってくれた。ハンナはわくわくしながらはじめて学校へ行ってみたのだけれど…。小学中級から。

ウィリアムズ, マイケル
Williams, Michael
《1962〜》

『路上のストライカー』マイケル・ウィリ

アムズ作, さくまゆみこ訳 岩波書店 2013.12 269p 19cm（STAMP BOOKS）1700円 ①978-4-00-116404-6
内容 デオは年のはなれた兄のイノセントとともに、故郷ジンバブエでの虐殺を生きのび、南アフリカを目指す。ところが苦難の果てに待っていたのは、外国人である自分たちに向けられる憎しみとおそれだった。過酷な運命に翻弄されながらも、デオはサッカーで人生を切り開いていく。

ウィリアムズ＝ガルシア, リタ
Williams - Garcia, Rita
《1957～》

『クレイジー・サマー』リタ・ウィリアムズ＝ガルシア作, 代田亜香子訳　鈴木出版　2013.1　285p　20cm（鈴木出版の海外児童文学 この地球を生きる子どもたち）1600円　①978-4-7902-3261-2
内容 目立ちたがりでおませな次女ヴォネッタ。いざとなると勇敢な末っ子のファーン。そして、11歳の長女デルフィーンは妹たちのめんどうをみることを最優先するしっかり者。キング牧師が暗殺された年。母とくらしたことのない黒人の三姉妹がカリフォルニア州オークランドにむかう。ひと夏を母とすごすために。ひとつの願いを胸に秘めて。2011年ニューベリー賞オナーブック、2010年全米図書賞児童書部門ファイナリスト、2011年コレッタ・スコット・キング賞作家部門、2011年スコット・オデール賞他受賞作。

ウィルキンソン, キャロル
Wilkinson, Carole
《1950～》

『ドラゴンキーパー　月下の翡翠龍』キャロル・ウィルキンソン作, もきかずこ訳　金の星社　2009.11　429p　22cm　2200円　①978-4-323-07169-5
内容 少女は、しがみつくようにして、崖をのぼりつづけた。油断すれば、滝はたちまち少女を払い落とし、はるか下の岩にたたきつけるだろう。からだ全体が悲鳴をあげていた。岩のくぼみから、指先がはずれかけたが、もう気にしなかった。少女はそのまま目を閉じて、ゆっくりと指先から力を抜いた—老龍ダンザから贈られた地図は、いったい何を意味していたのか。少女が探し求めた龍の楽園は、

果たして実在するのだろうか。

『ドラゴンキーパー　紫の幼龍』キャロル・ウィルキンソン作, もきかずこ訳　金の星社　2009.1　429p　22cm　2200円　①978-4-323-07120-6
内容 太陽が雲に隠れた。少女の首すじの毛が急に逆立つ。その男が、頭をおおっている布をめくると、少女はひざからくずれそうになった。その男—死霊使い（ネクロマンサー）は、やはり生きていたのだ。少女は、自分の手に託された、幼い龍の命を思う。邪悪な力を持つ死霊使いから、小さな龍を守りきることができるのか…。

『ラモーゼ—プリンス・イン・エグザイル　上』キャロル・ウィルキンソン作, 入江真佐子訳　くもん出版　2014.3　281p　22cm　1800円　①978-4-7743-2215-5
内容 ラモーゼは宮殿にうずまく陰謀から逃れ、ひそかに書記の弟子として生きのびた。はたして彼は、ファラオの後継者として宮殿にもどることができるのか!?古代エジプトを舞台にしたアドベンチャー・ロマン！

『ラモーゼ—プリンス・イン・エグザイル　下』キャロル・ウィルキンソン作, 入江真佐子訳　くもん出版　2014.3　327p　22cm　1800円　①978-4-7743-2216-2
内容 父王のいるテーベをめざし、ラモーゼの旅はつづいていた。彼は、みずからの運命を切りひらくことができるか!?古代エジプトを舞台にしたアドベンチャー・ロマン！

ウィルソン, ジャクリーン
Wilson, Jacqueline
《1945～》

『キスはオトナの味』ジャクリーン・ウィルソン作, 尾高薫訳　理論社　2008.10　455p　19cm　1500円　①978-4-652-07939-3
内容 切ない恋の終わり方、あなたはしたことありますか？　大人気作家J.ウィルソンが"ガールズ"のハートに捧げるほろ苦い恋のストーリー。

『トレイシー・ビーカー物語　1　おとぎ話はだいきらい』ジャクリーン・ウィルソン作, ニック・シャラット絵, 稲岡和美訳　偕成社　2010.9　181p　19cm《『おとぎばなしはだいきらい』(2000年刊)の再刊》1000円　①978-4-03-726810-7
内容 ママとはなれ、養護施設でくらすトレ

ウィルソン　　　　　　　　　　　　　　　　　　　　　　　　　海外の作品

イシー・ビーカーは、やんちゃでパワフルな
女の子。施設や里親家庭を転々としてきたけ
れど、いつかはママが迎えにきてくれるとい
う希望をもちつづけている。ある日、取材に
やってきた作家のカムと意気投合し…。笑い
あり、涙あり、少女の視点で書きつづった物
語。小学校高学年から。

『トレイシー・ビーカー物語　2　舞台の
　上からママへ』ジャクリーン・ウィルソ
　ン作, ニック・シャラット絵, 小竹由美
　子訳　偕成社　2010.9　209p　19cm
　1000円　①978-4-03-726820-6
内容 養護施設でくらすトレイシーは、学校の
劇で「クリスマス・キャロル」の主役を演じ
ることになった。ところが、ライバルのジャ
スティンとけんかをしたせいで、校長先生か
ら出演禁止令が！ ママが見にくるかもしれな
いだいじなチャンスなのに…。トレイシー、
大ピンチ！ 小学校高学年から。

『トレイシー・ビーカー物語　3　わが家
　がいちばん！』ジャクリーン・ウィルソ
　ン作, ニック・シャラット絵, 小竹由美
　子訳　偕成社　2010.9　329p　19cm
　1300円　①978-4-03-726830-5
内容 養護施設を出て、里親のカムとくらす
トレイシーのもとに、とつぜんママから連絡
がきた。「いっしょにくらさない？」長いあ
いだ夢見ていた、ママとの生活！ でも、カム
はどうなるの？ トレイシーにとって、ほん
とうの“わが家”とは？ 小学校高学年から。

『バイバイわたしのおうち』ジャクリー
　ン・ウィルソン作, ニック・シャラット
　絵, 小竹由美子訳　長崎　童話館出版
　2018.2　214p　22cm（子どもの文学・
　青い海シリーズ）〈偕成社 2000年刊の
　修正〉1500円　①978-4-88750-157-7
内容 親の離婚と再婚で、お母さんの家とお
父さんの家を一週間ごとにいったりきたりす
るアンディー。失った“自分の家”を求めつ
づける少女の物語。

『ベストフレンズいつまでも！』ジャク
　リーン・ウィルソン作, ニック・シャ
　ラット絵, 尾高薫訳　理論社　2010.9
　343p　19cm　1500円　①978-4-652-
　07976-8
内容 サッカー少女の“ジェマ”と本好きな女
の子“アリス”。ふたりは同じ日に同じ病院
で生まれて以来、一日だってはなれていたこ
とがない。なにをとっても正反対のふたりだ
けど、「永遠に大親友！」と思ってきた。そ
う、ジェマがアリスの日記をぬすみ見て、ヒ
ミツがあることを知るまでは…。

『マイ・ベスト・フレンド』ジャクリー
　ン・ウィルソン作, ニック・シャラット
　絵, 小竹由美子訳　長崎　童話館出版
　2012.10　274p　22cm（子どもの文学―
　青い海シリーズ 20）1500円　①978-4-
　88750-133-1

ウィルソン, バッジ
Wilson, Budge
《1927～》

『こんにちはアン　上巻』バッジ・ウィル
　ソン著, 宇佐川晶子訳　新潮社　2008.7
　320p　16cm（新潮文庫）590円　①978-
　4-10-211339-4
内容 はじめまして。あたしの名前はアン、お
しまいにeが付くのよ。学校の先生だった両
親は、あたしの誕生をとっても喜んだけど、
病気で亡くなって、今は一人ぼっち。でも元
気はなくさないわ。まっ赤な髪とソバカスは
嫌いだけど、お母さん譲りの鼻は気に入って
いる。一つでもいいところがあるってすて
きよね。世界じゅうの女の子たちを魅了し続
ける赤毛のアン、誕生100周年記念作品。

『こんにちはアン　下巻』バッジ・ウィル
　ソン著, 宇佐川晶子訳　新潮社　2008.7
　325p　16cm（新潮文庫）590円　①978-
　4-10-211340-0
内容 トマスさんちで9歳まで暮らしたけど、お
じさんが亡くなって、こんどはハモンドさん
ちへ。なんと双子が3組よ。食器棚の扉に映
るケティ・モーリスの代りに、こだまのヴィ
オレッタがお友達になったの。そのハモンド
さんも急に亡くなり、あたしの引き取り手は
誰も現れず…でも夢だけは捨てなかったわ。
そしてついにプリンス・エドワード島へ。ア
ンがマシュウに出会うまでの物語。

ヴェゲリウス, ヤコブ
Wegelius, Jakob
《1966～》

『サリー・ジョーンズの伝説―あるゴリラ
　の数奇な運命』ヤコブ・ヴェゲリウス
　作, オスターグレン晴子訳　福音館書店
　2013.6　103p　27cm（［世界傑作童話シ
　リーズ］）2300円　①978-4-8340-2610-8
内容 はるか遠く、霧に包まれた街の謎めい
た事件。憧れと希望、そして裏切り。灼熱の
ジャングルにうごめく狡猾な悪意、嵐の海原

海外の作品　　　　　　　　　　　　　　　　　　　　ウェストール

でも揺るがない友情。これは、サリー・ジョーンズの伝説である。小学校上級以上。

ウェスターフェルド, スコット
Westerfeld, Scott
《1963～》

『ゴリアテ―ロリスと電磁兵器』スコット・ウエスターフェルド著, 小林美幸訳　早川書房　2014.10　594p　16cm（ハヤカワ文庫 SF）1180円　①978-4-15-011978-2
内容 英国海軍の飛行獣リヴァイアサンで東京へ向かっていた公子アレックと男装の士官候補生デリンは、天才科学者ニコラ・テスラと遭遇する。テスラは、戦争終結の可能性を秘めた電磁兵器ゴリアテをアメリカに所持しているという。戦争を終わらせたいアレックは、ゴリアテの真価を判断すべくテスラに接近するが…。アレックの願いはかなうのか。そしてデリンのアレックへの想いの行方は？スチームパンク冒険譚三部作完結篇。
別版 早川書房（新☆ハヤカワ・SF・シリーズ）2012.12

『ベヒモス―クラーケンと潜水艦』スコット・ウエスターフェルド著, 小林美幸訳　早川書房　2014.6　543p　16cm（ハヤカワ文庫 SF）1080円　①978-4-15-011949-2
内容 英国ら "ダーウィニスト" と、ドイツら "クランカー"、対立するふたつの勢力は世界大戦に突入した。英国海軍の巨大飛行獣リヴァイアサンは、親ドイツ化しつつあるオスマン帝国の皇帝を説得するためイスタンブールに赴く。だが男装の士官候補生デリンらは、そこでドイツ軍の侵攻を目撃する。いっぽう、亡きオーストリア大公の息子アレックはリヴァイアサンからの逃亡を図るが…。スチームパンク冒険譚、激動の第二部！
別版 早川書房（新☆ハヤカワ・SF・シリーズ）2012.6

『リヴァイアサン―クジラと蒸気機関』スコット・ウエスターフェルド著, 小林美幸訳　早川書房　2013.12　494p　16cm（ハヤカワ文庫 SF）900円　①978-4-15-011933-1
内容 1914年、世界は遺伝子操作した獣を基盤とする英国ら "ダーウィニスト" と、機械工学を発展させたドイツら "クランカー" の二大勢力が拮抗し、一触即発の状態にあった。暗殺されたオーストリア大公の息子アレックは、

逃亡中に空への憧れから男装して英国海軍航空隊に志願した少女デリンと出会う…。ふたりの運命を軸に、二律背反のテクノロジーが彩る世界大戦を描いたローカス賞受賞の冒険スチームパンク三部作、開幕篇。
別版 早川書房（新☆ハヤカワ・SF・シリーズ）2011.12

ウェストール, ロバート
Westall, Robert
《1929～1993》

『ゴーストアビー』ロバート・ウェストール著, 金原瑞人訳　あかね書房　2009.3　285p　20cm（YA dark）2100円　①978-4-251-06661-9
内容 この館には何かいる。戦慄のゴシックホラー。いわく付きの元修道院に移り住んだマギーとその家族。ある日、闇からの歌声に誘われて、マギーは恐ろしいものを見てしまいます…。

『水深五尋』ロバート・ウェストール作, 金原瑞人, 野沢佳織訳, 宮崎駿画　岩波書店　2009.3　348p　21cm　1900円　①978-4-00-001077-1
内容 舞台は、第二次大戦下、イングランド北東部の小さな港町―貨物船がUボートに撃沈されるのを見たチャスは、翌朝、砂浜で発信器らしきものを発見する。友人たちと興味半分で始めたスパイさがしは、しだいに深刻な事態に…。カーネギー賞受賞作『"機関銃要塞" の少年たち』のチャス・マッギルと幼なじみが十六歳になって登場。本邦初訳。

『遠い日の呼び声―ウェストール短編集』ロバート・ウェストール作, 野沢佳織訳　徳間書店　2014.11　324p　19cm（WESTALL COLLECTION）1600円　①978-4-19-863886-3
内容 ひとりきりでいた夜に、パラシュートで降下してきた敵兵を発見してしまった少年は…？（「空襲の夜に」）。大おばから受けついだ家にとりついている不気味な存在に、サリーは気づかなかった。だが、猫たちが気づいて…？（「家に棲むもの」）。「海辺の王国」「弟の戦争」などで知られる、イギリス児童文学を代表する作家、ロバート・ウェストール。短編の名手としても知られたウェストールの全短編の中から選びぬいた18のうち、9編を収めた珠玉の短編集です。

『真夜中の電話―ウェストール短編集』ロバート・ウェストール作, 原田勝訳　徳

ヤングアダルトの本　いま読みたい小説4000冊　**371**

間書店　2014.8　280p　19cm
（WESTALL COLLECTION）〈著作目
録あり〉1600円　①978-4-19-863836-8
内容 年に一度、真夜中に電話をかけてくる
女の正体は…？（「真夜中の電話」）恋人とと
もに、突然の吹雪に巻きこまれ、命の危険に
さらされた少年は…？（「吹雪の夜」）戦地にい
るお父さんのことを心配していたマギーが、
ある日、耳にした音とは…？（「屋根裏の音」）
「海辺の王国」「弟の戦争」などで知られる、イ
ギリス児童文学を代表する作家、ロバート・
ウェストール。短編の名手としても知られた
ウェストールの全短編の中から選びぬいた18
編のうち、9編を収めた珠玉の短編集。

ウォリアムズ, デイヴィッド
Walliams, David
《1971～》

『おばあちゃんは大どろぼう?!』デイ
ヴィッド・ウォリアムズ作、三辺律子訳、
きたむらさとし絵　小学館　2013.12
285p　20cm　1500円　①978-4-09-
290557-3
内容 「おばあちゃんって超たいくつなんだ
よ」おばあちゃんが苦手なベンは、ある日、お
ばあちゃんの秘密を発見してびっくり！　な
んと、おばあちゃんは、大どろぼうだった?!
二人は、一世一代の大どろぼうを計画。ハラ
ハラドキドキの大冒険！

『大好き！クサイさん』デイヴィッド・
ウォリアムズ作、クェンティン・ブレイ
ク絵、久山太市訳　評論社　2015.10
262p　19cm（評論社の児童図書館・文
学の部屋）1200円　①978-4-566-01395-
7
内容 路上生活者のクサイさんは、ものすご
く、くさかった。そばにいるだけで涙が出る
くらい、くさい。でも、クロエはなぜか心ひ
かれ、ある日、思い切って話しかけて…二人
の友情がはじまった…んだけど?!

『ドレスを着た男子』デイヴィッド・ウォ
リアムズ作、クェンティン・ブレイク画、
鹿田昌美訳　福音館書店　2012.5　222p
20cm　1500円　①978-4-8340-2682-5
内容 デニスは、学校中でいちばんサッカー
の上手な男の子。母さんが家を出ていってか
らは、父さんと兄さんの三人で暮らしている。
ある日、雑貨店で見かけた『ヴォーグ』のなか
に、母さんが着ていたワンピースとよく似
たドレスを発見し、きらびやかな服の世界に

夢中になる―。イギリス児童文学界期待の新
星（実は人気コメディアン）のデビュー作。

『世にもおそろしいフクロウおばさん』デ
イヴィッド・ウォリアムズ作、三辺律子
訳、平澤朋子絵　小学館　2018.1　333p
20cm　1500円　①978-4-09-290618-1
内容 アルバータおばさんは、世界一いじわ
るだ。どんなにいじわるかって？　ここでは
ちょっといえないくらいいじわるなんだ。あ
る日、ステラが目をさますと、なにもかもが奇
妙にしずまりかえっていた。おばさんとステ
ラのハラハラドキドキの攻防戦がはじまる！
全世界を夢中にさせるゆかいな物語。

ウォレス, ダニエル
Wallace, Daniel
《1959～》

『ミスター・セバスチャンとサーカスから
消えた男の話』ダニエル・ウォレス著、
川副智子訳　武田ランダムハウスジャ
パン　2012.12　455p　15cm（RHブッ
クス・プラス）950円　①978-4-270-
10436-1
内容 1954年アメリカ。ある日突然サーカス
団から一人の魔術師の姿が消えた。ヘンリー・
ウォーカー―黒人の魔術師だった。謎の失踪
について、そしてヘンリーの人生について、
様々な語り手たち―団長、奇体の団員、私立探
偵―がそれぞれに別の物語を語りはじめる。
702号室で出会った魔術師のこと、彼と交わし
た「血の誓い」、殺人、黒人ではないこと…次
第に見えてくる黒い魔術師の本当の姿とは？
映画『ビッグ・フィッシュ』原作者の変幻自
在な物語。
別版 武田ランダムハウスジャパン　2010.4

ウチダ, ヨシコ
Uchida, Yoshiko
《1921～1992》

『最高のハッピーエンド』ヨシコ・ウチダ
作、吉田悠紀子訳　浜松　ひくまの出版
2010.1　203p　21cm〈絵：かるべめぐ
み〉1600円　①978-4-89317-431-4
内容 カリフォルニアに暮らしている日系二
世の少女リンコは、あまり得意でない日本語
の勉強のために、スギノ夫人のところにいく
ことになった。そこで出会ったさまざまなひ
とびととの交流の中で、リンコが、ほんとう

海外の作品　　　　　　　　　　　　　　　　　　　　ウリツカヤ

に素晴らしい人とはなにかを見つけるまでの物語。アメリカ社会での差別のなかでけんめいに、希望に向かって生きる日系の人々の姿を、少女の目を通して描き出す。カリフォルニア児童文学最高賞を受賞した日系二世の児童文学作家ヨシコ・ウチダの遺作「リンコ三部作」の完結編。

『**わすれないよいつまでも―日系アメリカ人少女の物語**』ヨシコ・ウチダ文, ジョアナ・ヤードリー絵, 浜崎絵梨訳　晶文社　2013.7　[32p]　26cm（〈いのちのバトン〉シリーズ）1500円　①978-4-7949-6802-9
内容　日本とアメリカが戦争をしていたころ、アメリカに住む多くの日本人や日系人が強制収容所へおくられました。日系人の少女エミも、住みなれた家や友だちとわかれ、収容所に入れられることになります。出発の日、親友のローリエが金色のブレスレットを届けにきました。ふたりの思い出のしるしとして…。しかし、エミは、その大切なブレスレットを収容所でなくしてしまいます―。残酷な運命のなかでも、生きる勇気を見出していく少女の物語。

ウッドソン, ジャクリーン
Woodson, Jacqueline
《1964〜》

『**わたしは、わたし**』ジャクリーン・ウッドソン作, さくまゆみこ訳　鈴木出版　2010.7　219p　20cm（鈴木出版の海外児童文学　この地球を生きる子どもたち）1400円　①978-4-7902-3233-9
内容　真実を証言する。あたりまえのことをしたはずなのに…。証人保護プログラムによって、アイデンティティをすべて失った家族の喪失と再生。

ウリツカヤ, リュドミラ
Ulitskaia, Liudmila
《1943〜》

『**女が嘘をつくとき**』リュドミラ・ウリツカヤ著, 沼野恭子訳　新潮社　2012.5　221p　20cm（CREST BOOKS）1800円　①978-4-10-590095-3
内容　お人よしで思いやりがあり頭の良い女性ジェーニャ。離婚や再婚を経験し息子を育てながら働く彼女の恋愛・仕事・成長を縦糸

に、人生のその時々に出会った女たちが語る「嘘の話」を横糸に織りなされる物語。一夏の別荘で毎晩ポートワインを飲みながら波瀾万丈の辛い人生を語るアイリーン。ところがその話はほとんど嘘で、彼女は結婚したこともも子供を亡くしたこともない…。真実を知って打ちのめされるジェーニャ。しかし不幸のどん底に落ちた彼女を絶望から立ち上がらせたのも、無神経だが信心深い女の「嘘かもしれない話」だった。6篇からなる連作短篇集。

『**クコツキイの症例―ある医師の家族の物語　上**』リュドミラ・ウリツカヤ著, 日下部陽介訳　横浜　群像社　2013.7　329p　17cm（群像社ライブラリー）1800円　①978-4-903619-42-2
内容　古くからの医師の家系に生まれ産婦人科医となったパーヴェル・クコツキイが結婚の相手に選んだのは疎開先の病院で手術をした患者のエレーナだった。エレーナを娘のターニャと共に家族としてもかえたパーヴェルは、堕胎が違法だったソ連で女性を救う中絶手術に賛成で、いつ逮捕されるか分からなかった。夫婦の関係は少しずつゆがんでいき、思春期に入ったターニャは冷徹な科学の世界に反発して家を出ていく…。恐怖政治といわれたスターリン時代を背景に、いくつもの傷をもつひとつの家族が人間の生と死の問題をつきつけられる。女性作家ではじめてロシア・ブッカー賞を受賞した話題の長編。

『**クコツキイの症例―ある医師の家族の物語　下**』リュドミラ・ウリツカヤ著, 日下部陽介訳　横浜　群像社　2013.7　231p　17cm（群像社ライブラリー）1500円　①978-4-903619-43-9
内容　社会主義国家ソ連のアングラ社会に足を踏み入れたターニャはジャズ・ミュージシャンと人生の喜びを見いだしていく。孤独なエレーナは徐々に精神に異常をきたしていき、パーヴェルはもはや家族とのつながりを取り戻すことができそうにない。ばらばらになった家族を娘のターニャはもう一度ひとつに織り合わせることはできるのか…。若者文化が非公式の世界で活気にあふれていたスターリン死後の社会のなかで、生と死の問題がひとつの結末を迎える。ロシア・ブッカー賞受賞作。

『**子供時代**』リュドミラ・ウリツカヤ著, 沼野恭子訳　新潮社　2015.6　124p　18cm（CREST BOOKS）〈絵：ウラジーミル・リュバロフ〉1800円　①978-4-10-590118-9
内容　中庭のあるアパートに住む子供たちが出会った奇跡。遠縁のおばあさんに引き取られたけなげな孤児の姉妹の話「キャベツの奇

ヤングアダルトの本　いま読みたい小説4000冊　**373**

跡」、ほとんど目が見えなくなった時計職人の曾祖父が孫娘にしてやったこと「つぶやきおじいさん」、いじめられっこのゲーニャのために母が開いた誕生会で奇跡が起きた「折り紙の勝利」…。ウラジーミル・リュバロフの絵とともに贈る、6編からなる連作短編集。

『通訳ダニエル・シュタイン　上』リュドミラ・ウリツカヤ著，前田和泉訳　新潮社　2009.8　318p　20cm（Crest books）2000円　①978-4-10-590077-9
内容 ダニエル・シュタインはポーランドのユダヤ人一家に生まれた。奇跡的にホロコーストを逃れたが、ユダヤ人であることを隠したままゲシュタポでナチスの通訳として働くことになる。ある日、近々、ゲットー殲滅作戦が行われることを知った彼は、偽の情報をドイツ軍に与えて撹乱し、その隙に三百人のユダヤ人が町を離れた…。戦後は、カトリックの神父となってイスラエルへ渡る。心から人間を愛し、あらゆる人種や宗教の共存の理想を胸に闘い続けた激動の生涯。実在のユダヤ人カトリック神父をモデルにした長篇小説。

『通訳ダニエル・シュタイン　下』リュドミラ・ウリツカヤ著，前田和泉訳　新潮社　2009.9　381p　20cm（Crest books）2200円　①978-4-10-590078-6
内容 ナチズムの東欧からパレスチナ問題のイスラエルへ一惜しみない愛と寛容の精神で、あらゆる人種と宗教の共存の理想のために闘った激動の生涯。実在のユダヤ人カトリック神父をモデルにし、21世紀を生きる勇気と希望を与える長篇小説。ボリシャヤ・クニーガ賞受賞、アレクサンドル・メーニ賞受賞。

『陽気なお葬式』リュドミラ・ウリツカヤ著，奈倉有里訳　新潮社　2016.2　204p　20cm（CREST BOOKS）1800円　①978-4-10-590124-0
内容 舞台は1991年夏、猛暑のニューヨーク。亡命ロシア人で画家のアーリクの重病の床に集まる五人の女たちと友人たち。妻として、元恋人として、愛人として、友だちとして、彼らはアーリクとともに歩んだ、喜びと悲しみに満ち、決して平坦ではなかった人生の道のりを追想する。ウォッカを飲み、テレビで報道される祖国のクーデターの様子を観ながら。そして、皆に渡されたアーリクの最期の贈り物が、生きることに疲れた皆の虚無感を埋めていく…。不思議な祝祭感と幸福感に包まれる中篇小説。

ウルフ, ヴァージニア・ユウワー
Wolff, Virginia Euwer
《1937～》

『トゥルー・ビリーヴァー』ヴァージニア・ユウワー・ウルフ著，こだまともこ訳　小学館　2009.6　399p　19cm（Super！YA）1500円　①978-4-09-290502-3
内容 ラヴォーンの人生の目標は、大学に行くこと！でも、ラヴォーンの毎日は、悩み事でいっぱいだ。近ごろはすれ違ってばかりの親友のマートル＆アニー。突然、受けることになった、特別授業。そして、一番の悩み事は、大好きなジョディのこと。前向きに生きる若者の感動ストーリー。

エイキン, ジョーン
Aiken, Joan
《1924～2004》

『ウィロビー・チェースのオオカミ』ジョーン・エイキン作，こだまともこ訳　冨山房　2008.11　302p　19cm〈画：パット・マリオット〉1619円　①978-4-572-00472-7
内容 舞台は架空の時代のイギリス。できたばかりの英仏海峡トンネルを通って、きびしい冬の寒さに追われたオオカミの大群が、ぞくぞくとイギリスにわたってきていた。ロンドンから遠く離れた、ここウィロビー高原にも腹をすかせたオオカミがうろつきはじめている。ある日、ウィロビー高原にぽつんと建つ広大な屋敷ウィロビー・チェースに、住みこみの家庭教師があらわれて…。知恵と勇気と友情の特大冒険物語。

『おとなりさんは魔女』ジョーン・エイキン作，猪熊葉子訳　岩波書店　2010.6　243p　18cm（岩波少年文庫―アーミテージ一家のお話 1）680円　①978-4-00-114167-2
内容 これから先ずっと、たいくつしませんように…おくさんのそんな願いごとがすべてのはじまりでした。魔女がおとなりで幼稚園をひらいたり、庭がユニコーンでいっぱいになったり、一家にはとんでもないできごとが連発します。小学3・4年以上。

『コールド・ショルダー通りのなぞ』ジョーン・エイキン作，こだまともこ訳，

海外の作品　　　　　　　　　　　　　　　　　エイキン

山本美希画　冨山房　2012.5　519p
19cm（「ダイドーの冒険」シリーズ）
1819円　①978-4-572-00476-5
内容「北の国」の黄金王から子どもたちを
救いだしたイスは、いとこのアランと黒ダイ
ヤ号に乗り、故郷をめざす。そんなふたりを
待ち受けていたのは、なぞの密輸団「陽気な
紳士たち」。あやしい人物がつぎつぎとあら
われるなか、姿を消したアランの母親の行方
を追って、ふたりはなぞの糸をたぐりはじめ
るのだが…海辺の町の通りから、今夜も悲鳴
がきこえる。母親の行方を追ってアランとイ
スのなぞ解きが始まる。

『少女イス地下の国へ』ジョーン・エイキ
ン作、こだまともこ訳　冨山房　2010.3
478p　19cm〈画：パット・マリオッ
ト〉1819円　①978-4-572-00473-4
内容ロンドンの街から、ひとり、またひと
りと子どもたちが消えていく…ハンメルンの
笛吹伝説のように、ロンドンの街から、毎月
のように大勢の子どもたちがすがたを消して
いく。なんとリチャード王の息子までもが行
方不明に。子どもたちの行方を追って、ダイ
ドーの妹であるイスは、ひとり「黄金王」の
支配する『北の国』へと向かったのだが…。
小学校高学年からおとなまで。

『ゾウになった赤ちゃん』ジョーン・エイ
キン作、猪熊葉子訳　岩波書店　2010.
11　314p　18cm（岩波少年文庫―アー
ミテージ一家のお話 3）760円　①978-
4-00-114169-6
内容小さな弟ミロが秘密を知ったためゾウ
に変えられてしまったり、切りぬき細工の庭
がほんものの庭になったり、暴走したロボット
に家をめちゃくちゃにされたり…あいかわ
らずとっぴなことばかりの一家は、たいくつ
しらずです。小学3・4年以上。

『ナンタケットの夜鳥』ジョーン・エイキ
ン作、こだまともこ訳　冨山房　2016.
10　358p　19cm（「ダイドーの冒険」シ
リーズ）〈画：パット・マリオット〉
1800円　①978-4-572-00478-9
内容海に投げだされ行方不明のダイドー。故
郷イギリスではだれもが死んだものと思って
いた。捕鯨船に助けられたダイドーは、10か
月の眠りから奇跡的に目ざめた。幻のピンク
のクジラを追うキャスケット船長の船で、地
球を半まわり！美しき島ナンタケット島へ。
船に潜む謎の女の正体は？またもや悪だく
みが…シリーズ第3作新訳、奇想天外な海洋
冒険物語！小学校高学年からおとなまで。

『ねむれなければ木にのぼれ』ジョーン・

エイキン作、猪熊葉子訳　岩波書店
2010.8　288p　18cm（岩波少年文庫―
アーミテージ一家のお話 2）720円
①978-4-00-114168-9
内容マークとハリエットの兄妹は、いつも
てんてこまい！のぼってはいけない木にの
ぼって、その魔力でねむりこけてしまったり、
家に住みついている幽霊と古城へお茶の会に
出かけたり、またまたへんてこなさわぎばか
り起こります。小学3・4年以上。

『バタシー城の悪者たち』ジョーン・エイ
キン作、こだまともこ訳　冨山房　2011.
7　407p　19cm〈画：パット・マリオッ
ト〉1781円　①978-4-572-00475-8
内容絵を学ぶためにロンドンにやってきた
サイモン。なんと下宿先の主人トワイト夫妻
は、陰謀をくわだてるハノーバー党の一味だっ
た。悪だくみを知ったサイモンは、トワイト
夫妻の娘ダイドーと、幼なじみのソフィーら
とともに、知恵と勇気で立ち向かうのだが…。

『ひとにぎりの黄金　鍵の章』ジョーン・
エイキン著、三辺律子訳　竹書房
2013.12　205p　15cm（竹書房文庫）
571円　①978-4-8124-9752-4
内容「今日は疲れたね」「悲しかったね」―誰
が言ってくれなくても、この本はあなたの心
の痛みをきっとわかってくれています…そん
な優しい友達のような、親のようなお話が、
ここにはたくさん詰まっています。さりげな
く、けして押しつけがましくない笑いと涙。
読めば読むほど、あとからじんわりと胸にき
ます。いつか自分の子供に読み聞かせたいと
思う、素朴だけれどかけがえのないメモリー。
そんなあなたの心の宝物にしていただければ
幸いです…。明日のあなたに、夢と勇気と頑
張る力を与えてくれる、英国を代表する女流
作家の優しく感動的な珠玉のファンタジー短
編集！

『ひとにぎりの黄金　宝箱の章』ジョー
ン・エイキン著、三辺律子訳　竹書房
2013.10　207p　15cm（竹書房文庫）
571円　①978-4-8124-9699-2
内容10年たっても、20年たっても、なぜか
忘れられないお話があります。ずっと心のど
こかに住み続けていて、あるときふっと顔を
出し、微笑みかけてくれる…そんな優しい友
達のようなお話が、ここにはたくさん詰まっ
ています。さりげなく、けして押しつけがま
しくない笑いと涙。読めば読むほど、あとか
らじんわりと胸にきます。いつか自分の子供
に読み聞かせたいと思う、素朴だけれどかけ
がえのないメモリー。明日のあなたに、夢と

エリス　　　　　　　　　　　　　　　　　　　　海外の作品

勇気と頑張る力を与えてくれる、英国発の優しく感動的な珠玉のファンタジー短編集！

『ふしぎな八つのおとぎばなし』ジョーン・エイキン文，クェンティン・ブレイク絵，こだまともこ訳　冨山房　2012.12　187p　22cm　1900円　①978-4-572-00477-2
内容　エイキンとブレイクのコラボレーションによる本書は、まさに現代のおとぎばなし。森をさまようクマと結婚したいむすめ、海の王ネプチューン、お姫さまやまじょ、歌をうたう青いくつや、ピンクのヘビも登場する。火星人にすてられたかいじゅうや宇宙でのサッカーの試合！　まほうとなぞに満ち、ユーモアあふれ、しかも古典の味わいをもかねそなえた魅力たっぷりの短編集。小学校低学年からおとなまで。

『レンタルの白鳥―その他のちょっと怖いお話十五篇』ジョーン・エイケン著，秋國忠教訳　文芸社　2012.2　321p　19cm　1200円　①978-4-286-11025-7

エリス, デボラ
Ellis, Deborah
《1960〜》

『希望の学校―新・生きのびるために』デボラ・エリス作，もりうちすみこ訳　さ・え・ら書房　2013.4　253p　22cm　1500円　①978-4-378-01498-2
内容　米軍からテロリストとうたがわれたアフガンの少女は…身の危険、女性差別、折れそうになる心…。さまざまな困難とたたかいながら、なお希望を捨てない人びと。胸ゆさぶる物語。戦乱のアフガンを生きぬく少女を描いた連作の最終巻。

『きみ、ひとりじゃない』デボラ・エリス作，もりうちすみこ訳　さ・え・ら書房　2011.4　287p　20cm　1600円　①978-4-378-01489-0
内容　なぜ、命がけでドーバー海峡をわたるのか？　戦乱のバグダッドを去った15歳のアブドゥルは、フランス、カレーの移民キャンプ「ジャングル」からイギリスへ向かおうとする。立ちはだかる高波と国境の壁。

『九時の月』デボラ・エリス作，もりうちすみこ訳　さ・え・ら書房　2017.7　287p　20cm　1600円　①978-4-378-01522-4
内容　15歳のファリンは、イランの首都テヘランの名門女子校に通う裕福な家の一人娘。学校では孤立し、運転手付きの車で家と学校を

往復するだけの鬱屈した毎日を送っている。だが、美しいサディーラが転校してきたことで、ファリンの日常は一変する。親友となった二人は、学校だけでなく休日も行動を共にするようになり、互いを想う気持ちを深めていく…LGBTとは、恋とは、愛とは。革命後のイランを舞台とした、愛し合う二人の少女たちの悲しい運命を描く実話をもとにした物語。

エルスワース, ロレッタ
Ellsworth, Loretta

『とむらう女』ロレッタ・エルスワース著，代田亜香子訳　作品社　2009.11　158p　20cm〈選者：金原瑞人〉1600円　①978-4-86182-267-4
内容　ママを亡くしたあたしたち家族の世話をしにやってきたフローおばさんは、死んだ人を清めて埋葬の準備をする「おとむらい師」だった…。19世紀半ばの大草原地方を舞台に、母の死の悲しみを乗りこえ、死者をおくる仕事の大切な意味を見いだしていく少女の姿をこまやかに描く感動の物語。

『ハートビートに耳をかたむけて』ロレッタ・エルスワース著，三辺律子訳　小学館　2011.3　351p　19cm（Super！YA）1500円　①978-4-09-290566-5
内容　フィギュアスケートの大会で起きた突然の事故で急死したイーガンの心臓が、重い心臓病で苦しむアメリアに移植された。アメリアは、自分のものではない記憶を感じ、自分のものではない感覚に襲われる。交わるはずのない二人の少女の運命が交錯する。心優しいハートウォーミングストーリー。

エンデ, ミヒャエル
Ende, Michael
《1929〜1995》

『ジム・ボタンと13人の海賊』ミヒャエル・エンデ作，上田真而子訳　岩波書店　2011.9　378p　18cm（岩波少年文庫）880円　①978-4-00-114208-2
内容　フクラム国にもどったジム・ボタンは、ふたたび機関士ルーカスと旅に出ます。一年の眠りからさめた竜の助言にしたがい、いよいよ宿敵、海賊「荒くれ13」と、あれくるう嵐の海で対決。ジムの意外な出生の秘密が明らかになります。小学4・5年以上。

『ジム・ボタンの機関車大旅行』ミヒャエ

376

海外の作品 オースター

ル・エンデ作, 上田真而子訳　岩波書店
2011.8　386p　18cm（岩波少年文庫）
880円　①978-4-00-114207-5
内容 小さな島国フクラム国に、ある日とどいたなぞの小包。中にはなんと赤んぼうが！赤んぼうは成長してジム・ボタンと名づけられ、親友の機関士ルーカスと、機関車エマに乗って冒険の旅に出ます。さらわれたお姫さまを救い出すために…。小学4・5年以上。

『だれでもない庭―エンデが遺した物語集』
ミヒャエル・エンデ著, ロマン・ホッケ編, 田村都志夫訳　岩波書店　2015.8
484p　15cm（岩波現代文庫―文芸
268）1400円　①978-4-00-602268-6

『はだかのサイ』ミヒャエル・エンデ作,
ヨッヘン・シュトゥーアマン絵, 佐々木田鶴子訳　フレーベル館　2013.4
[34p]　31cm　1300円　①978-4-577-04102-4
内容 アフリカの草原に、でっかいサイがいた。サイは、自分のことを、頭もいいし、力もあるし、いちばんえらいのは、おれさまだ、と思いこんでいた。だけど、まわりのみんなは大めいわく。どうすればいいのか、みんなで集まって、会議をしたけれど、いい考えはなかなか出ない…。ユーモラスな動物寓話。

『魔法の学校―エンデのメルヒェン集』ミヒャエル・エンデ作, 池内紀, 佐々木田鶴子, 田村都志夫, 矢川澄子訳　岩波書店　2017.1　325p　18cm（岩波少年文庫）〈1996年刊の抜粋〉760円　①978-4-00-114236-5
内容 魔法の学校の授業では、自分のほんとうの望みを知って、きちんと想像することが一番大切だと教えます。表題作のほか、「レンヒェンのひみつ」「はだかのサイ」など、エンデならではのユーモアと風刺に満ちた、心にひびく10の物語。小学4・5年以上。

オースター, ポール
Auster, Paul
《1947〜》

『オラクル・ナイト』ポール・オースター著, 柴田元幸訳　新潮社　2016.1　338p
16cm（新潮文庫）〈著作目録あり〉630
円　①978-4-10-245116-8
内容 重病から生還した34歳の作家シドニーはリハビリのためにブルックリンの街を歩き始め、不思議な文具店で魅入られたようにブルーのノートを買う。そこに書き始めた小説

は…。美しく謎めいた妻グレース、中国人の文具店主M・R・チャン、ガーゴイルの石像や物語内の物語『神託の夜』。ニューヨークの闇の中で輝き、弦楽四重奏のように響き合う重層的な愛の物語。魅力溢れる長編小説。
別版 新潮社 2010.9

『ガラスの街』ポール・オースター著, 柴田元幸訳　新潮社　2013.9　251p
16cm（新潮文庫）520円　①978-4-10-245115-1
内容「そもそものはじまりは間違い電話だった」。深夜の電話をきっかけに主人公は私立探偵になり、ニューヨークの街の迷路へ入りこんでゆく。探偵小説を思わせる構成と透明感あふれる音楽的な文章、そして意表をつく鮮やかな物語展開―。この作品で一躍脚光を浴びた現代アメリカ文学の旗手の記念すべき小説第一作。オースター翻訳の第一人者・柴田元幸氏による新訳、待望の文庫化！
別版 新潮社 2009.10

『幻影の書』ポール・オースター著, 柴田元幸訳　新潮社　2011.10　429p　16cm
（新潮文庫）〈著作目録あり〉705円
①978-4-10-245114-4
内容 その男は死んでいたはずだった―。何十年も前、忽然と映画界から姿を消した監督にして俳優のヘクター・マン。その妻からの手紙に「私」はとまどう。自身の妻子を飛行機事故で喪い、絶望の淵にいる「私」を救った無声映画こそが彼の作品だったのだから…。ヘクターは果たして生きているのか。そして、彼が消し去ろうとしている作品とは。深い感動を呼ぶ、著者の新たなる代表作。
別版 新潮社 2008.10

『写字室の旅』ポール・オースター著, 柴田元幸訳　新潮社　2014.1　173p
20cm〈著作目録あり〉1800円　①978-4-10-521716-7
内容 机には、机と書かれたテープ、ランプには、ランプと書かれたテープ。病院？　牢獄？　それとも…謎にみちた場所から紡ぎ出される闇と希望の物語。

『ティンブクトゥ』ポール・オースター著, 柴田元幸訳　新潮社　2010.7　238p
16cm（新潮文庫）〈著作目録あり〉476円　①978-4-10-245113-7
内容 ミスター・ボーンズは犬だ。だが彼は知っていた。主人のウィリーの命が長くないことを。彼と別れてしまえば自分は独りぼっちになることを。世界からウィリーを引き算したら、なにが残るというのだろう？　放浪の詩人を飼い主に持つ犬の視点から描かれる

ヤングアダルトの本　いま読みたい小説4000冊　377

オズボーン　　　　　　　　　　　　　　　　　　　　海外の作品

思い出の日々、捜し物の旅、新たな出会い、別れ。詩人の言う「ティンブクトゥ」とは何なのか？　名手が紡ぐ、犬と飼い主の最高の物語。

『ブルックリン・フォリーズ』ポール・オースター著, 柴田元幸訳　新潮社　2012.5　331p　20cm〈著作目録あり〉2300円　①978-4-10-521715-0

内容 傷ついた犬のように、私は生まれた場所へと這い戻ってきた―ブルックリンの、幸福の物語。静かに人生を振り返ろうと故郷に戻ってきたネイサンが巻き込まれる思いがけない冒険。暖かく、ウィットに富んだ、再生の物語。

『ムーン・パレス』ポール・オースター著, 柴田元幸訳　新潮社　2010.12　532p　15cm（新潮文庫）819円　①978-4-10-245104-5

内容 人類がはじめて月を歩いた夏だった。父を知らず、母とも死別した僕は、唯一の血縁だった伯父を失う。彼は僕と世界を結ぶ絆だった。僕は絶望のあまり、人生を放棄しはじめた。やがて生活費も尽き、餓死寸前のところを友人に救われた。体力が回復すると、僕は奇妙な仕事を見つけた。その依頼を遂行するうちに、偶然にも僕は自らの家系の謎にたどりついた…。深い余韻が胸に残る絶品の青春小説。

『闇の中の男』ポール・オースター著, 柴田元幸訳　新潮社　2014.5　237p　20cm〈著作目録あり〉1900円　①978-4-10-521717-4

内容 祖父と孫娘が、眠れぬままに語る家族の秘密と歴史―ポール・オースターが21世紀に生きる人すべてに贈る、闇の中の光の物語。全米各紙でオースターのベスト・ブック、年間のベスト・ブックと絶賛した、感動的長編。

『幽霊たち』ポール・オースター著, 柴田元幸訳　改版　新潮社　2013.12　156p　15cm（新潮文庫）430円　①978-4-10-245101-4

内容 私立探偵ブルーは奇妙な依頼を受けた。変装した男ホワイトから、ブラックを見張るように、と。真向いの部屋から、ブルーは見張り続ける。だが、ブラックの日常に何の変化もない。彼は、ただ毎日何かを書き、読んでいるだけ。ブルーは空想の世界に彷徨う。ブラックの正体やホワイトの目的を推理して。次第に、不安と焦燥と疑惑に駆られるブルー…。'80年代アメリカ文学の代表的作品！

オズボーン, メアリー・ポープ
Osborne, Mary Pope
《1949～》

『愛と友情のゴリラ』メアリー・ポープ・オズボーン著, 食野雅子訳　KADOKAWA　2014.2　157p　19cm（マジック・ツリーハウス 13）〈増刷（初刷2005年）〉780円　①978-4-04-066480-4

『アーサー王と黄金のドラゴン』メアリー・ポープ・オズボーン著, 食野雅子訳　KADOKAWA　2017.6　155p　19cm（マジック・ツリーハウス 42）780円　①978-4-04-105801-5

内容 本の世界につれていってくれる魔法のツリーハウスで、ジャックとアニーは多くの国々へ冒険に出かけていた。ある日キャメロットに侵略者がおしよせ、アーサー王に重傷を負わせた上、守護神のドラゴン像を略奪した。ふたりは、王の命を救うために立ちあがる！

『アマゾン大脱出』メアリー・ポープ・オズボーン著, 食野雅子訳　上製版　KADOKAWA　2015.4　157p　20cm（マジック・ツリーハウス 3）〈初版：メディアファクトリー 2002年刊〉1250円　①978-4-04-067366-0

別版 KADOKAWA（マジック・ツリーハウス）2014.2

『嵐の夜の幽霊海賊』メアリー・ポープ・オズボーン著, 食野雅子訳　KADOKAWA　2014.5　157p　19cm（マジック・ツリーハウス 28）〈増刷（初刷2010年）〉780円　①978-4-04-066666-2

内容 ジャックとアニーは、ジャズ音楽発祥の地ニューオーリンズにやってきた。こんどの使命は、音楽をあきらめようとしている天オトランペッター、ルイ少年を、ふたたび音楽の道に引きもどすことだった。ところが、その日は「一年でいちばん幽霊が出る日」といわれていて…。

別版 メディアファクトリー 2010.6

『アラビアの空飛ぶ魔法』メアリー・ポープ・オズボーン著, 食野雅子訳　KADOKAWA　2014.2　157p　19cm（マジック・ツリーハウス 20）〈増刷（初刷2007年）〉780円　①978-4-04-066481-1

|内容| 千二百年ほど昔、砂漠の国に、世界でもっとも繁栄した都があった。都市の名は「バグダッド」。ジャックとアニーは、砂漠の商人から「宝の木箱を守ってほしい」とたのまれる。約束をはたすためバグダッドへと向かうふたりに、つぎつぎと災難がふりかかるのだった―。

『アルプスの救助犬バリー』メアリー・ポープ・オズボーン著, 食野雅子訳
KADOKAWA 2014.2 157p 19cm（マジック・ツリーハウス 32）〈増刷（初刷2012年）〉780円 ①978-4-04-066496-5
|内容| 本の世界に連れていってくれる魔法のツリーハウスで、ジャックとアニーは多くの国へ冒険に出かけていた。ふたりは、ペニーの魔法を解くために、アルプスへ "白と黄色の花"をさがしに行くが、着いたとたんに雪崩にまきこまれ、雪の中にうもれてしまう―。
|別版| メディアファクトリー 2012.6

『アレクサンダー大王の馬』メアリー・ポープ・オズボーン著, 食野雅子訳
KADOKAWA 2013.11 157p 19cm（マジック・ツリーハウス 35）780円 ①978-4-04-066110-0
|内容| 本の世界につれていってくれる魔法のツリーハウスで、ジャックとアニーは多くの国へ冒険に出かけていた。ある日ふたりは、古代ギリシャの時代で、ひとりの王子と出会う。王子は、一頭の暴れ馬を助けるために、「自分が調教してみせる！」と宣言するが…！

『インド大帝国の冒険』メアリー・ポープ・オズボーン著, 食野雅子訳
KADOKAWA 2014.5 157p 19cm（マジック・ツリーハウス 31）〈増刷（初刷2011年）〉780円 ①978-4-04-066676-1
|内容| 本の世界に連れていってくれる魔法のツリーハウスで、ジャックとアニーは多くの国へ冒険に出かけていた。ふたりは、世界にたった一つの "バラの形のエメラルド"を手に入れるために、十七世紀のインドへ旅立つ。だがそこには、おそろしいキングコブラが待ちうけていた。
|別版| メディアファクトリー 2011.11

『SOS！海底探険』メアリー・ポープ・オズボーン著, 食野雅子訳 上製版
KADOKAWA 2015.4 157p 20cm（マジック・ツリーハウス 5）〈初版：メディアファクトリー 2002年刊〉1250円 ①978-4-04-067368-4
|別版| KADOKAWA 2014.2

『江戸の大火と伝説の龍』メアリー・ポープ・オズボーン著, 食野雅子訳
KADOKAWA 2014.2 157p 19cm（マジック・ツリーハウス 23）〈増刷（初刷2008年）〉780円 ①978-4-04-066495-8
|内容| 新たな任務を受けて、ジャックとアニーは、江戸時代の日本へやって来た。だが、外国人をきびしく取り締まっていた江戸の町で、侍に追われる羽目に。親切な老人に助けられ、町見物を楽しむふたりだったが、その夜、江戸を揺るがす大事件に巻きこまれる。
|別版| メディアファクトリー 2008.6

『オオカミと氷の魔法使い』メアリー・ポープ・オズボーン著, 食野雅子訳
KADOKAWA 2014.5 157p 19cm（マジック・ツリーハウス 18）〈増刷（初刷2006年）〉780円 ①978-4-04-066667-9
|内容| クリスマスも近いある日、ジャックとアニーに、メッセージがとどいた。こんどの使命は、"冬の魔法使い"の「目」を取りもどしてくること。もし失敗すれば、マーリンたちの命はないという。危険な冒険に出発したふたりを、なぞのオオカミが追いかける―。

『カリブの巨大ザメ』メアリー・ポープ・オズボーン著, 食野雅子訳
KADOKAWA 2016.6 157p 19cm（マジック・ツリーハウス 40）780円 ①978-4-04-104386-8
|内容| 本の世界につれていってくれる魔法のツリーハウスで、ジャックとアニーは多くの国へ冒険に出かけていた。夏休みにカリブ海へ行ったふたりは、まちがって古代マヤ文明の時代にタイムスリップしてしまう。そうとは知らず泳ぐふたりの背後に、巨大な影が!!

『恐竜の谷の大冒険』メアリー・ポープ・オズボーン著, 食野雅子訳 上製版
KADOKAWA 2015.4 157p 20cm（マジック・ツリーハウス 1）〈初版：メディアファクトリー 2002年刊〉1250円 ①978-4-04-067364-6
|別版| KADOKAWA 2014.2

『巨大ダコと海の神秘』メアリー・ポープ・オズボーン著, 食野雅子訳
KADOKAWA 2014.2 157p 19cm（マジック・ツリーハウス 25）〈増刷（初刷2009年）〉780円 ①978-4-04-066483-5
|内容| 三つめの "幸せのひけつ"をさがしに、美

しい南の島へやってきたジャックとアニー。そこで、海洋学者ヘンリーたちと出会い、船に乗せてもらうことに。ところがそのとき、おそろしい大嵐がやってくる。はげしくゆれる甲板で、ジャックが波にさらわれて—夢と魔法とスリルいっぱいの大冒険ファンタジー。とじこみミニポスターつき。

別版 メディアファクトリー 2009.2

『古代オリンピックの奇跡』メアリー・ポープ・オズボーン著, 食野雅子訳 上製版 KADOKAWA 2015.4 151p 20cm（マジック・ツリーハウス 8）〈初版：メディアファクトリー 2003年刊〉1250円 ①978-4-04-067371-4

別版 KADOKAWA 2014.5

『サッカーの神様』メアリー・ポープ・オズボーン著, 食野雅子訳 KADOKAWA 2015.6 157p 19cm（マジック・ツリーハウス 38）780円 ①978-4-04-067683-8

内容 本の世界につれていってくれる魔法のツリーハウスで、ジャックとアニーは多くの国へ冒険に出かけていた。ふたりは、"サッカーの神様"と呼ばれるペレ選手の試合を見るため、一九七〇年サッカーワールドカップが開かれるメキシコへと旅立ったが…!!

『サバイバル入門』メアリー・ポープ・オズボーン, ナタリー・ポープ・ボイス著, 高畑智子訳 KADOKAWA 2015.11 127p 19cm（マジック・ツリーハウス探険ガイド 11）780円 ①978-4-04-103685-3

内容 ジャックとアニーは、魔法のツリーハウスでいろいろな時代へ冒険に出かけます。本書では、これまでふたりが体験した大地震、洪水、火山の噴火、竜巻などの災害や、ジャングル、サバンナ、海など、大自然の中での"身を守る方法"を、1冊にまとめて紹介します！

『砂漠のナイチンゲール』メアリー・ポープ・オズボーン著, 食野雅子訳 KADOKAWA 2014.11 157p 19cm（マジック・ツリーハウス 37）780円 ①978-4-04-067165-9

内容 本の世界につれていってくれる魔法のツリーハウスで、ジャックとアニーは多くの国へ冒険に出かけていた。世界的に有名な看護師ナイチンゲールに会うために、エジプトへやってきたふたり。しかし、当の本人は、人ちがいだと言い残して、姿を消してしまう—!!

『サバンナ決死の横断』メアリー・ポープ・

プ・オズボーン著, 食野雅子訳 上製版 KADOKAWA 2015.4 156p 20cm（マジック・ツリーハウス 6）〈初版：メディアファクトリー 2003年刊〉1250円 ①978-4-04-067369-1

別版 KADOKAWA 2014.5

『女王フテピのなぞ』メアリー・ポープ・オズボーン著, 食野雅子訳 上製版 KADOKAWA 2015.4 154p 20cm（マジック・ツリーハウス 2）〈初版：メディアファクトリー 2002年刊〉1250円 ①978-4-04-067365-3

別版 KADOKAWA 2014.2

『すばらしき犬たち』メアリー・ポープ・オズボーン, ナタリー・ポープ・ボイス著, 高畑智子訳 メディアファクトリー 2012.6 127p 19cm（マジック・ツリーハウス探険ガイド）700円 ①978-4-8401-4614-2

内容 ジャックとアニーは、魔法のツリーハウスでいろいろな時代へ冒険に出かけます。今回ふたりが出かけたのは、アルプスの山。そこで、遭難した人を助ける救助犬に出会い、人間と犬は強い絆で結ばれていることを知りました。さあ、きみも、ジャックやアニーといっしょにすばらしい犬たちに会いに行こう。

『世紀のマジック・ショー』メアリー・ポープ・オズボーン著, 食野雅子訳 KADOKAWA 2014.6 157p 19cm（マジック・ツリーハウス 36）780円 ①978-4-04-066764-5

内容 本の世界につれていってくれる魔法のツリーハウスで、ジャックとアニーは多くの国へ冒険に出かけていた。ふたりは、約百年前のニューヨークへ、伝説のマジック・ショーを見に行く。ところが、時間になっても出演者があらわれず、舞台は大さわぎに。

『聖剣と海の大蛇』メアリー・ポープ・オズボーン著, 食野雅子訳 KADOKAWA 2014.3 157p 19cm（マジック・ツリーハウス 17）〈増刷（初刷2006年）付属資料：ポスター1〉780円 ①978-4-04-066632-7

内容 伝説にうたわれるアーサー王の聖剣 "エクスカリバー"が、なに者かに奪われ、遠い海の底に沈められてしまった。魔法使いマーリンから、聖剣を取りもどしてとのたのまれたジャックとアニー。だが、つぎつぎと苦難がおそいかかる。はたして、日没までに聖剣を救いだすことができるのか。

『背番号42のヒーロー』メアリー・ポープ・

海外の作品　　　　　　　　　　　　　　　　　　　　　オズボーン

プ・オズボーン著, 食野雅子訳
KADOKAWA　2017.11　155p　19cm
（マジック・ツリーハウス 43）780円
①978-4-04-106320-0
内容 本の世界につれていってくれる魔法の
ツリーハウスで、ジャックとアニーは多くの
国へ冒険に出かけていた。ある日ふたりは、
「野球でだいじなことを学ぶ」ため、一九四七
年の大リーグ開幕戦へ行くことに。そこで、
背番号「42」をつけた、ひとりの選手と出会
う—!!

『戦場にひびく歌声』メアリー・ポープ・
オズボーン著, 食野雅子訳
KADOKAWA　2014.3　153p　19cm
（マジック・ツリーハウス 11）〈増刷
（初刷2008年）〉780円　①978-4-04-
066631-0
内容 ジャックとアニーは、魔法のツリーハ
ウスで、南北戦争中にタイム・スリップ。そ
こでふたりは傷ついた少年兵と出会い…。
別版 メディアファクトリー 2008.5

『タイタニック号の悲劇』メアリー・ポー
プ・オズボーン著, 食野雅子訳
KADOKAWA　2014.2　153p　19cm
（マジック・ツリーハウス 9）〈増刷（初
刷2003年）〉780円　①978-4-04-066493-
4

『大統領の秘密』メアリー・ポープ・オズ
ボーン著, 食野雅子訳　メディアファク
トリー　2012.11　157p　19cm（マジッ
ク・ツリーハウス 33）780円　①978-4-
8401-4889-4
内容 本の世界に連れていってくれる魔法のツ
リーハウスで、ジャックとアニーは多くの国
へ冒険に出かけていた。こんどの使命は、リ
ンカン大統領に会って鳥の羽根をもらってく
ること。だが、大統領官邸を訪れたふたりは、
そこで思わぬ大事件にまきこまれてしまう。

『第二次世界大戦の夜』メアリー・ポー
プ・オズボーン著, 食野雅子訳
KADOKAWA　2015.11　157p　19cm
（マジック・ツリーハウス 39）780円
①978-4-04-103684-6
内容 本の世界につれていってくれる魔法のツ
リーハウスで、ジャックとアニーは多くの国
へ冒険に出かけていた。ある日、親友のキャ
スリーンが第二次世界大戦下のフランスで行
方不明になったことを知り、ふたりは、パラ
シュートで戦地に降りたつ決意をする—!!

『ダ・ヴィンチ空を飛ぶ』メアリー・ポー
プ・オズボーン著, 食野雅子訳

KADOKAWA　2014.5　157p　19cm
（マジック・ツリーハウス 24）〈増刷
（初刷2008年）〉780円　①978-4-04-
066668-6
内容 ジャックとアニーのつぎの使命は、十
五世紀に活躍した偉大な芸術家レオナルド・
ダ・ヴィンチに会い、"幸せのひけつ"を聞き
だすこと。だが、やっと見つけたダ・ヴィン
チは、変わり者で気分屋で、失敗ばかり。は
ては、自作の飛行機で「空を飛ぶ」と言いだ
して—。
別版 メディアファクトリー 2008.11

『ドラゴンと魔法の水』メアリー・ポー
プ・オズボーン著, 食野雅子訳
KADOKAWA　2014.2　157p　19cm
（マジック・ツリーハウス 15）〈増刷
（初刷2005年）〉780円　①978-4-04-
066494-1
内容 クリスマスの前夜、ジャックとアニー
になぞの招待状がとどいた。だが、伝説の王
国キャメロットに行くと、そこは闇ののろい
によってすっかり荒れはてていた！ ふたり
は、キャメロットを救うため、ツリーハウス
に乗って、危険な "別世界"へと冒険の旅に
出る—。

『南極のペンギン王国』メアリー・ポー
プ・オズボーン著, 食野雅子訳
KADOKAWA　2014.5　157p　19cm
（マジック・ツリーハウス 26）〈増刷
（初刷2009年）〉780円　①978-4-04-
066662-4
内容 四つめの「幸せのひけつ」を求めて、
ジャックとアニーは南極大陸へ。「燃える山
へ行け」というお告げにしたがい火山へ向か
うが、その途中、深い氷の割れめに転落して
しまう！ 落ちたところは、たくさんのペン
ギンが暮らす、ふしぎなペンギン王国だった
—。
別版 メディアファクトリー 2009.6

『走れ犬ぞり、命を救え！』メアリー・
ポープ・オズボーン著, 食野雅子訳
KADOKAWA　2016.11　155p　19cm
（マジック・ツリーハウス 41）780円
①978-4-04-105019-4
内容 本の世界につれていってくれる魔法の
ツリーハウスで、ジャックとアニーは多くの
国へ冒険に出かけていた。一九二五年冬、ア
ラスカ北西部の町ノームに伝染病が発生。氷
点下五十度の猛吹雪の中、ジャックとアニー
は、犬ぞりを駆って命がけの血清輸送にいど
む—!!

『パリと四人の魔術師』メアリー・ポー

ヤングアダルトの本　いま読みたい小説4000冊　　**381**

プ・オズボーン著, 食野雅子訳
KADOKAWA 2014.2 157p 19cm
（マジック・ツリーハウス 21）〈増刷
（初刷2007年）〉780円 ①978-4-04-
066482-8
内容 一八八九年、パリで開かれた万国博覧
会に、四人の魔術師が集まっていた。ジャッ
クとアニーは、悪の魔法使いが四人の「秘密」
を盗もうとしていることを知り、彼らを助け
るために十九世紀末のパリへ向かう。だがそ
こには、魔法使いの不気味な罠が待っていた
─。

『ハワイ、伝説の大津波』メアリー・ポー
プ・オズボーン著, 食野雅子訳
KADOKAWA 2014.5 157p 19cm
（マジック・ツリーハウス 14）〈増刷
（初刷2005年）〉780円 ①978-4-04-
066672-3
内容 ジャックとアニーは、ハワイでサーフィ
ンにチャレンジ。そのとき海に起こった異変
が、「伝説の大津波」の前兆だと知って…。わ
くわくドキドキの冒険ファンタジー。アニー
とジャックのきせかえ紙人形のふろく付き。

『パンダ救出作戦』メアリー・ポープ・オ
ズボーン著, 食野雅子訳 メディアファ
クトリー 2013.6 157p 19cm（マ
ジック・ツリーハウス 34）780円
①978-4-8401-5215-0
内容 本の世界に連れていってくれる魔法の
ツリーハウスで、ジャックとアニーは多くの
国へ冒険に出かけていた。こんどの冒険は、
中国の四川省。そこでふたりはランランとい
うパンダに出会う。そのとき大地震が発生！
ランランが行方不明になってしまう!?

『ふしぎの国の誘拐事件』メアリー・ポー
プ・オズボーン著, 食野雅子訳 メディ
アファクトリー 2010.11 157p 19cm
（マジック・ツリーハウス 29）780円
①978-4-8401-3575-7
内容 アイルランドに住むオーガスタという
少女は、人々を感動させられる特別な才能を
もっているのに、それに気づいていなかった。
ジャックとアニーは、「妖精なんか信じない」
と言うオーガスタのために、魔法の笛で妖精
を呼びだそうとするが、そのときとんでもな
い事件が!?─。

『ベネチアと金のライオン』メアリー・
ポープ・オズボーン著, 食野雅子訳
KADOKAWA 2014.5 157p 19cm
（マジック・ツリーハウス 19）〈増刷
（初刷2007年）〉780円 ①978-4-04-

066674-7
内容 「"ラグーナの貴婦人"を救え」という指
令を受けとったジャックとアニーは、水の都
ベネチアへと旅立つ。街じゅうがカーニバル
でにぎわう中、ふたりは貴婦人をさがしてま
わるが、無実の罪で投獄されてしまう。一方、
街には、ひたひたと危険が押しよせていた…。

『ポンペイ最後の日』メアリー・ポープ・
オズボーン著, 食野雅子訳 上製版
KADOKAWA 2015.4 157p 20cm
（マジック・ツリーハウス 7）〈初版：
メディアファクトリー 2003年刊〉1250
円 ①978-4-04-067370-7
別版 KADOKAWA 2014.2

『マジック入門』メアリー・ポープ・オズ
ボーン, ナタリー・ポープ・ボイス著,
高畑智子訳 KADOKAWA 2014.6
127p 19cm（マジック・ツリーハウス
探険ガイド 8）700円 ①978-4-04-
066765-2
内容 ジャックとアニーは、魔法のツリーハ
ウスでいろいろな時代へ冒険に出かけます。
ある日ふたりは、約百年前のニューヨークへ
タイムスリップ。そこで、マジック・ショー
の舞台に立ち、いろいろなマジックに挑戦し
ます。ジャックやアニーといっしょにたのし
いマジックをマスターしよう！

『マンモスとなぞの原始人』メアリー・
ポープ・オズボーン著, 食野雅子訳 上
製版 KADOKAWA 2015.4 156p
20cm（マジック・ツリーハウス 4）〈初
版：メディアファクトリー 2002年刊〉
1250円 ①978-4-04-067367-7
別版 KADOKAWA 2014.5

『モーツァルトの魔法の笛』メアリー・
ポープ・オズボーン著, 食野雅子訳
KADOKAWA 2014.5 157p 19cm
（マジック・ツリーハウス 27）〈増刷
（初刷2009年）〉780円 ①978-4-04-
066663-1
内容 ジャックとアニーは "世界じゅうの人を
幸せにする天才" をさがしに、ウィーンの宮殿
に行く。そこで出会ったのは、わがままで自
由きままな少年だった。彼は、きびしい父親
のいいつけを守らず、皇后陛下のパーティー
を抜けだして行方不明に。そのころ、動物園
の猛獣が逃げだして…。
別版 メディアファクトリー 2009.11

『幽霊城の秘宝』メアリー・ポープ・オズ
ボーン著, 食野雅子訳 KADOKAWA
2014.5 157p 19cm（マジック・ツ

海外の作品　　　　　　　　　　　　　　　　オーツ

リーハウス 16）〈増刷（初刷2006年）〉
780円　①978-4-04-066673-0
[内容] ハロウィーンの夜、ジャックとアニー
に二通めの招待状がとどいた。ふたりは、魔
法使いの少年テディとともに森の中の城をお
とずれる。だがそこは、幽霊たちが待ち受け
る、のろわれた城だった！ そしていま、"伝
説の秘宝"をもとめて、夢と魔法の冒険がは
じまる―。

『ユニコーン奇跡の救出』メアリー・ポー
プ・オズボーン著, 食野雅子訳
KADOKAWA　2014.5　157p　19cm
（マジック・ツリーハウス 22）〈増刷
（初刷2008年）〉780円　①978-4-04-
066665-5
[内容] ジャックとアニーに四つめの使命がく
だった。それは、一九三八年のニューヨーク
に行き、数百年ぶりに目覚めるという「世界最
後のユニコーン」を助けだすこと。厳寒のセ
ントラルパークに着いたふたりを待ちうけて
いたのは、なんと観測史上最悪の猛吹雪だっ
た―。
[別版] メディアファクトリー 2008.2

『夜明けの巨大地震』メアリー・ポープ・
オズボーン著, 食野雅子訳
KADOKAWA　2014.2　157p　19cm
（マジック・ツリーハウス 12）〈増刷
（初刷2004年）〉780円　①978-4-04-
066479-8

『リンカン大統領』メアリー・ポープ・オ
ズボーン, ナタリー・ポープ・ボイス著,
高畑智子訳　メディアファクトリー
2012.11　127p　19cm（マジック・ツ
リーハウス探険ガイド）〈年譜あり 索
引あり〉700円　①978-4-8401-4890-0
[内容] ジャックとアニーは、魔法のツリーハ
ウスでいろいろな時代へ冒険に出かけます。
今回ふたりがおとずれたのは、19世紀のアメ
リカ。貧しい開拓民の子エイブラハム・リン
カンが努力のすえにアメリカ大統領となり、
多くの人々の尊敬を集めるようになるまでの
お話だよ。きみも、ジャックやアニー
といっしょにリンカンが活躍した時代へ、冒
険に出かけよう。

『ロンドンのゴースト』メアリー・ポー
プ・オズボーン著, 食野雅子訳
KADOKAWA　2014.5　157p　19cm
（マジック・ツリーハウス 30）〈増刷
（初刷2011年）〉780円　①978-4-04-
066675-4
[内容] 本の中の世界に連れていってくれる魔法

のツリーハウスで、ジャックとアニーはいろ
いろな国へ冒険に出かけていた。こんどの旅
先は十九世紀のロンドン。ふたりは、作品が
書けなくなった小説家を立ち直らせようと知
恵をしぼるが、手ちがいでとんでもないゴー
ストを呼びだしてしまう―。
[別版] メディアファクトリー 2011.6

オーツ, ジョイス・キャロル
Oates, Joyce Carol
《1938～》

『邪眼―うまくいかない愛をめぐる4つの
中篇』ジョイス・キャロル・オーツ著,
栩木玲子訳　河出書房新社　2016.2
234p　20cm　2200円　①978-4-309-
20699-8
[内容] 死ね、死ね、マイ・ダーリン、死ね。死
と暴力、初恋と悪夢、身勝手な殺人、抑圧され
た記憶…ノーベル文学賞有力候補にして、ア
メリカ・ゴシック・サスペンスの女王、ジョ
イス・キャロル・オーツによる、怪しいたく
らみに満ちた自選中篇小説集。

『とうもろこしの乙女、あるいは七つの悪
夢』ジョイス・キャロル・オーツ著, 栩
木玲子訳　河出書房新社　2018.1
466p　15cm（河出文庫）1300円
①978-4-309-46459-6
[内容] 美しい金髪女子中学生の誘拐事件、誕生
前から仲違いしてきた双子の兄弟、赤ん坊を
見守るネコの魔力、腕利きの美容整形医がは
まる悪夢のような現実…。ミステリ/ホラー
/ファンタジーの垣根を超えて心の暗闇と現
実の歪みを描き、近年ノーベル文学賞の候補
と目されるアメリカ女性作家の自選中短篇傑
作集。
[別版] 河出書房新社 2013.2

『二つ、三ついいわすれたこと』ジョイス・
キャロル・オーツ作, 神戸万知訳　岩波
書店　2014.1　340p　19cm（STAMP
BOOKS）1800円　①978-4-00-116408-4
[内容] 元子役という華やかなキャリアをもち、
小生意気で目を離せない魅力のあった友人
ティンクが、謎の死をとげた。仲良くしてい
たメリッサやナディアはなかなか立ち直れず、
それぞれが学校や家庭で抱える生きづらさに
も向き合っていくことになる…。静かな希望
と余韻の残る物語。

オルレブ, ウーリー
Orlev, Uri
《1931～》

『くじらの歌』ウーリー・オルレブ作, 母袋夏生訳, 下田昌克絵　岩波書店　2010.6　158p　20cm　1600円　①978-4-00-115640-9
内容　おじいちゃんは, ぼくの最高の友だち。国際アンデルセン賞作家オルレブのとびっきりあったかい物語。

『太陽の草原を駆けぬけて』ウーリー・オルレブ作, 母袋夏生訳　岩波書店　2014.12　254p　19cm　1700円　①978-4-00-115665-2
内容　五歳のエリューシャと家族は, 戦争で故郷を追われ, ポーランドから東へ東へと向かった。落ちのびたのは, カザフスタンの草原の小さな村。何もかもが未知の暮らしのなかで, エリューシャは友だちをつくり, 言葉をおぼえ, 狩りの知恵を教わり, たくましく成長していく―。終戦後, イスラエルにたどり着くまで, どんなときも前を向いて生きた, 母と子の長い長い旅の物語。

『遠い親せき』ウーリー・オルレブ作, 母袋夏生訳, 小林豊絵　岩波書店　2010.11　110p　20cm　1400円　①978-4-00-115642-3
内容　やわらかなユーモアに満ちた兄弟の冒険物語。オルレブの自伝的作品。

『走れ, 走って逃げろ』ウーリー・オルレブ作, 母袋夏生訳　岩波書店　2015.6　297p　18cm（岩波少年文庫）〈2003年刊の再刊〉720円　①978-4-00-114614-1
内容　第二次世界大戦下のポーランド。ナチス・ドイツによるユダヤ人迫害の嵐が吹き荒れるなか, 8歳のスルリックは, ゲットーの外へ脱出する。農村と森を放浪する過酷なサバイバル。少年は片腕と過去の記憶を失うが…。勇気と希望の物語。中学生から。

カウエル, クレシーダ
→コーウェル, クレシッダを見よ

ガジェゴ・ガルシア, ラウラ
Gallego García, Laura
《1977～》

『この世のおわり』ラウラ・ガジェゴ・ガルシア作, 松下直弘訳　偕成社　2010.10　395p　22cm　1600円　①978-4-03-540490-3
内容　紀元九九七年, 中世ヨーロッパ。吟遊詩人マティウスは, ふうがわりな少年修道士ミシェルと出会う。"この世のおわり"が近いと信じるミシェルは世界を救うため, 三つの胸飾りをさがしているという。マティウスは半信半疑ながらも, ともに旅立つことになる。『漂泊の王の伝説』のスペイン人気作家が二十歳で書き上げた, 圧巻のデビュー作。バルコ・デ・バポール児童文学賞受賞。小学校高学年から。

『漂泊の王の伝説』ラウラ・ガジェゴ・ガルシア作, 松下直弘訳　偕成社　2008.3　315p　22cm　1500円　①978-4-03-540480-4
内容　砂漠の王国, キンダの王子ワリードは貧しい絨毯織りの詩によって, 夢と名誉をうばわれてしまう。憎しみにかられ, ワリードはその男に難題をもうしつける。人類の歴史をすべて織りこんだ絨毯をつくれ, と。それは, 成しとげられない命令のはずであった…。スペインのバルコ・デ・バポール児童文学賞にかがやき世界八カ国で翻訳された, 傑作歴史ファンタジー。小学校高学年から。

カーター, アリー
Carter, Ally

『快盗ビショップの娘』アリー・カーター著, 橋本恵訳　理論社　2010.4　397p　19cm　1500円　①978-4-652-07972-0
内容　ダイヤモンドも美術品も飽き飽き。大泥棒ビショップ家に生まれたカタリーナ（カット）は, "家業"をやめ, フツーの高校生に。ところが, 名画を盗まれたマフィアがパパを疑い, 「二週間で盗せ。さもなくば命をいただく」と言う。濡れ衣を晴らすため, 警備厳重な, あのギャラリーを襲うしかない。そう, 泥棒だって命は惜しい…。ロンドンのギャラリーに, いとこ総出で大仕事!?好評「スパイガール」シリーズ作者の最新作。

『スパイガール　episode 3　セレブ警護!』アリー・カーター作, 橋本恵訳　理論社　2009.9　385p　19cm　1500円　①978-4-652-07956-0
内容　女の子とスパイ, どっちがウソが得意？ヒミツの名門女子スパイ学園にも大統領選の波―候補者の娘を守るギャラガーガールに闇組織の手が!?映画化決定のシリーズ第3弾。

海外の作品　　キニー

『スパイガール　episode 4　あの娘をつかまえて！』アリー・カーター作，橋本恵訳　理論社　2012.6　389p　19cm　1600円　①978-4-652-07994-2
内容 いったい誰を信じたらいいの？女子スパイ学園は24時間の厳戒態勢。闇組織の手は、ギャラガーガールのすぐ近くに迫っている…アメリカの大人気シリーズ衝撃の第4弾。

カドハタ, シンシア
Kadohata, Cynthia
《1956～》

『サマーと幸運の小麦畑』シンシア・カドハタ著，代田亜香子訳　作品社　2014.8　241p　20cm〈選：金原瑞人〉1800円　①978-4-86182-492-0
内容 全米図書賞受賞作！小麦の刈り入れに雇われた祖父母とともに広大な麦畑で働く思春期の日系少女。その揺れ動く心の内をニューベリー賞作家が鮮やかに描ききる。

『象使いティンの戦争』シンシア・カドハタ著，代田亜香子訳　作品社　2013.5　235p　20cm〈選：金原瑞人〉1800円　①978-4-86182-439-5
内容 ベトナム高地の森にたたずむ静かな村で幸せな日々を送る少年象使いを突然襲った戦争の嵐。家族と引き離された彼は、愛する象を連れて森をさまよう…。日系のニューベリー賞作家シンシア・カドハタが、戦争の悲劇、家族の愛、少年の成長を鮮烈に描く力作長篇。

ガルブレイス, ロバート
→ローリング, J.K.を見よ

カンシーノ, エリアセル
Cansino, Eliacer
《1954～》

『フォスターさんの郵便配達』エリアセル・カンシーノ作，宇野和美訳　偕成社　2010.11　254p　20cm　1400円　①978-4-03-744590-4
内容 つい、うそばかりついて、学校にも行かない少年ペリーコ、村にただひとりのイギリス人フォスター。ふたりの出会いは、ペリーコの世界を大きく変えていく。一九六〇年代スペイン、海辺の村を舞台にえがかれ

るだれもが共感する、みずみずしい成長の物語。スペイン実力派作家のアランダール賞受賞作。小学校高学年から。

キニー, ジェフ
Kinney, Jeff
《1971～》

『グレッグのダメ日記―グレッグ・ヘフリーの記録』ジェフ・キニー作，中井はるの訳　ハンディ版　ポプラ社　2015.11　221p　19cm　750円　①978-4-591-14775-7
内容 これを書くことにしたわけは、ただひとつ。ボクがしょうらい、金もちの有名人になったとき、1日中ばかばかしいしつもんに答えるのが、めんどうだからだ。そういう場合、これをだせば、いっぱつでかいけつするからね。世界で1億5000万部超の大ヒットシリーズ！

『グレッグのダメ日記　［3］　もう、がまんできない！』ジェフ・キニー作，中井はるの訳　ポプラ社　2009.4　221p　21cm　1200円　①978-4-591-10910-6
内容 この日記を書くことにしたわけは、ただひとつ。有名人になった時、これを出せば一発で解決するからね。―アメリカで話題のコメディー読み物。

『グレッグのダメ日記　［4］　あ～あ、どうしてこうなるの!?』ジェフ・キニー作，中井はるの訳　ポプラ社　2009.11　221p　21cm　1200円　①978-4-591-11226-7
内容 ボクがすきな夏休みのすごし方は、部屋のカーテンをしめて、あかりもつけないでテレビゲームをすることなんだ。でも、今年はボクの思いどおりに、いかないみたいだ。だって、ママが家族みんなで「最高の夏」にしようって意気ごんでるんだもん。

『グレッグのダメ日記　［5］　なんとか、やっていくよ』ジェフ・キニー作，中井はるの訳　ポプラ社　2010.11　221p　21cm　1200円　①978-4-591-12117-7
内容 もと大親友のロウリーと大げんかをしてかれこれ2週間と3日がたった。正直なところ、こんなに日がたつ前にロウリーはのそのそともどってくるだろうと思ってた。なのに、どういうわけか、そのまんま。

『グレッグのダメ日記　［6］　どうかしてるよ！』ジェフ・キニー作，中井はるの訳　ポプラ社　2011.11　221p　21cm

1200円　①978-4-591-12646-2

内容 クリスマスの前の約1か月間、ボクはいつもぴりぴりしてしまう。この期間にバカをやったらクリスマスにとりかえしのつかない結果になるからね。1か月近くもいい子にしてるなんて、プレッシャーがかかりすぎるよ。

『グレッグのダメ日記　[7]　どんどん、ひどくなるよ』ジェフ・キニー作, 中井はるの訳　ポプラ社　2012.11　221p　21cm　1200円　①978-4-591-13131-2

内容 これは、すごーくダメな少年の日記です。女子からよく思われるためにボクには、あとなにが必要なんだろう？ ボクはダンスパーティーの招待状をまだだれからももらえてないんで心配になってきている。

『グレッグのダメ日記　[8]　わけがわからないよ！』ジェフ・キニー作, 中井はるの訳　ポプラ社　2013.11　221p　21cm　1200円　①978-4-591-13651-5

内容 これは、すごーくダメな少年の日記です。正直いって、あのロウリーにカノジョができるなんて、ありえないと思ってた！ ボクとロウリーはいつもいっしょにやりたいことを好きなだけやってきた。でも今は、なにもかもが変わってしまったんだ。

『グレッグのダメ日記　[9]　とんでもないよ』ジェフ・キニー作, 中井はるの訳　ポプラ社　2014.11　221p　21cm　1200円　①978-4-591-14196-0

内容 夏休みに入ったら、ボクはやらなきゃいけないことも、行かなきゃいけないところもない。エアコンがちゃんとついていて、テレビのリモコンに電池がはいってさえいれば、のんびりとステキな休みをすごすことができる。なのに、とつぜん、こんなことに…

『グレッグのダメ日記　[10]　やっぱり、むいてないよ！』ジェフ・キニー作, 中井はるの訳　ポプラ社　2015.11　221p　21cm　1200円　①978-4-591-14720-7

内容 「むかしは、よかった」「なつかしい」おとなは、いつもそういって、自分が子どもだったときのほうが、だんぜんよかったんだって話してる。だけど、ボクはそう思わない。おとなは、ただボクたちがうらやましいだけだろう。

『グレッグのダメ日記　[11]　いちかばちか、やるしかないね！』ジェフ・キニー作, 中井はるの訳　ポプラ社　2016.11　221p　21cm　1200円　①978-4-591-15225-6

内容 ボクは、毎日の暮らしをだれかにずっ

と見はられているような気がしている。宇宙には、いっぱい惑星があるんだから、どこかに宇宙人がいるにちがいない。今もこっそりとボクたちのことを見はってどんな暮らしをしているのか情報を集めているんだろう。

『グレッグのダメ日記　[12]　にげだしたいよ！』ジェフ・キニー作, 中井はるの訳　ポプラ社　2017.11　221p　21cm　1200円　①978-4-591-15622-3

内容 ボクはいつもどおりのクリスマスをすごく楽しみにしていた。ところが、パパとママが今年はみんなでリゾートへ行こうっていいだした。クリスマスプレゼントをどうやってもらうのかって聞いたら、この旅行こそがプレゼントだとさ。そんなヒドイ話はないよ。

ギフ, パトリシア・ライリー
Giff, Patricia Reilly
《1935～》

『語りつぐ者』パトリシア・ライリー・ギフ作, もりうちすみこ訳　さ・え・ら書房　2013.4　268p　20cm　1600円　①978-4-378-01497-5

内容 身なりはぜんぜんちがうけれど、目鼻立ちがそっくりなふたり。ひとりはアメリカ独立戦争に巻き込まれた18世紀の少女、もうひとりは21世紀の。羊皮紙に描かれた絵がふたりの少女をひきあわせ、二〇〇年後の語り手を得て、肖像画の少女が鮮やかによみがえる。

『からまっちゃんスパゲッティの宙返り』パトリシア・ライリー・ギフ作, もりうちすみこ訳, 矢島眞澄絵　さ・え・ら書房　2008.12　116p　21cm（ポークストリート小学校のなかまたち 7）1300円　①978-4-378-01767-9

内容 「リンダ、グループのリーダーになってちょうだい」ルーニー先生のことばに、エミリーはおもわずリンダを見た。リンダはとくいそうに、にこにこしている。からまっちゃんスパゲッティの宙返り！ グループでアイデアを出しあっての創作活動。リーダーになれなかったエミリーは、いばりんぼのリンダに協力する気になれない。このままなにもつくれず、最低のグループになるのか。

『コンクリートで目玉やき』パトリシア・ライリー・ギフ作, もりうちすみこ訳, 矢島眞澄絵　さ・え・ら書房　2009.4　125p　21cm（ポークストリート小学校のなかまたち 10）1300円　①978-4-378-01770-9

海外の作品　　　　　　　　　　　　　　　　　　　　　　　　　　　　キャボット

内容 「やっぱり、夏がベストだね」「エミリーのプールは、いいねえ」まちにまった夏休み。補習授業はあっても、ビーストとマシューは、エミリーとプールであそぶ毎日だ。ところが、たいへん！ マシューが、とんでもないことに…。でも、つぶれた目玉やきを見ながら、ビーストは、いいことをおもいついた。これ、今までで、一番すごいおもいつきだぞ。

『11をさがして』パトリシア・ライリー・ギフ作, 岡本さゆり訳, 佐竹美保絵　文研出版　2010.9　191p　22cm（文研じゅべにーる）1400円　①978-4-580-82101-9
内容 サムはうずくまって新聞記事をじっと見つめた。大きな活字の下に、男の子の写真がある。サムははっと息をのんだ。すごく小さいけれどこれはぼくじゃないか！ 三歳くらいのときの！ なんで新聞なんかに出ているんだろう？ サムは指で文字を追った。でもほとんど読めない。読めない理由は、サムには読み書きがうまくできないディスレクシアという学習障害があるからだ。それでもなんとか「行方不明」という文字がわかった。えっ！ 行方不明？ ぼくが行方不明だということ？―。

『ジュビリー』パトリシア・ライリー・ギフ作, もりうちすみこ訳　さ・え・ら書房　2017.10　207p　22cm　1500円　①978-4-378-01523-1
内容 ジュディスは小学校五年生の女の子。アメリカ東部の小さな島で、伯母さんとくらしている。おさないころ、母親にすてられ、しゃべることができなくなった。そんなジュディスを、伯母さんはジュビリー「最高の喜び」と呼ぶ。普通クラスでの新学期が始まった。でも、ジュディスはクラスになじめない。そんなある日、ジュディスは、伯母さんに届いた母親からの手紙を見つける…

『ターザンロープがこわい』パトリシア・ライリー・ギフ作, もりうちすみこ訳, 矢島眞澄絵　さ・え・ら書房　2009.3　119p　21cm（ポークストリート小学校のなかまたち 8）1300円　①978-4-378-01768-6
内容 体育館の天井から、だらーんと下がったターザンロープ。「あたし、目をつむったままだって、のぼれる」とエミリー。「ぼく、そのつぎにのぼるから」とマシュー。リチャードは、おもわず、目をつぶった。リチャードは、ターザンロープがこわくてしかたがない。しかも、このひみつを、あのイライラミラー先生に知られてしまった。どうしよう？ ロープからも先生からもにげられない…。

『みんなそろって、はい、チーズ！』パトリシア・ライリー・ギフ作, もりうちすみこ訳, 矢島眞澄絵　さ・え・ら書房　2009.4　116p　21cm（ポークストリート小学校のなかまたち 9）1300円　①978-4-378-01769-3
内容 「二年生、さいごの月です。クラスで、ピクニックに行きましょう。バーベキューもするし、クラス写真もとりますよ」ルーニー先生のよびかけに、みんな、大はりきり。でも、エミリーには、親友がいない。みんなとはなれ、ひとりぼっちで、林の中へ、はいっていった。「おーい！ だれも、わたしがいないのに、気づかないの？」。

『ライオンの風にのって』パトリシア・ライリー・ギフ原作, もりうちすみこ訳, 矢島眞澄絵　さ・え・ら書房　2008.11　126p　21cm（ポークストリート小学校のなかまたち 6）1300円　①978-4-378-01766-2
内容 三月は、通知表をもらう月。成績がわるいと、また、らくだいしてしまうのに、ビーストの一番にがてな作文が、宿題にだされてしまった。「でも、いったい、だれについて書けばいいんだ？ あー、こんどの通知表も、きっと、ひどい成績だ」ビースト最大のピンチ。

キャボット, メグ
Cabot, Meg
《1967～》

『アリー・フィンクルの女の子のルール 1（ドタバタひっこし篇）』メグ・キャボット著, 代田亜香子訳　河出書房新社　2011.6　213p　20cm　1400円　①978-4-309-20565-6
内容 あたし、アリー・フィンクル。大きくなったら獣医さんになりたい、小学生。家族は、お父さん、お母さん、そして弟がふたり。誕生日の直前にひっこすことになり、転校させられる…かも。

『アリー・フィンクルの女の子のルール 2（転校生になっちゃった！ 篇）』メグ・キャボット著, 代田亜香子訳　河出書房新社　2011.7　205p　20cm　1400円　①978-4-309-20568-7
内容 転校して「あたらしい子」になったアリーの運命はどうなるの!?ますますさえる、アリーのルールをお楽しみに！ 世界的大ベストセラー『プリンセス・ダイアリー』の作者メグがすべての女の子へ贈る、大人気新シ

ヤングアダルトの本　いま読みたい小説4000冊　**387**

リーズ。

『アリー・フィンクルの女の子のルール
3（友達？ それとも親友？ 篇）』メグ・
キャボット著, 代田亜香子訳　河出書房
新社　2011.8　185p　20cm　1400円
①978-4-309-20569-4
|内容| 友だちって、どうやって作るもの？ ク
ラスのみんなと仲よくなるため、アリーはい
つも真剣勝負。そんな時、カナダから転校生
がやってきた。世界的大ベストセラー『プリ
ンセス・ダイアリー』の作者メグがすべての
女の子へ贈る、大人気新シリーズ。

『アリー・フィンクルの女の子のルール
4（主演女優はだれ？ 篇）』メグ・キャ
ボット著, 代田亜香子訳　河出書房新社
2011.9　194p　20cm　1400円　①978-
4-309-20576-2
|内容| クラスで演劇をすることになったア
リー。みんながプリンセスになりたいらしい
けど、さあどうする!?―。

『アリー・フィンクルの女の子のルール
5（お誕生日パーティ篇）』メグ・キャ
ボット著, 代田亜香子訳　河出書房新社
2011.10　183p　20cm　1500円　①978-
4-309-20578-6
|内容| うそがどんどん大きくなって、アリー
は大ピンチ！ 前の学校の友だちからお誕生
日パーティに招かれたアリー。先に今の学校
の友だちとの用事があったのに―世界的大ベ
ストセラー『プリンセス・ダイアリー』の作
者メグがすべての女の子へ贈る、大人気新シ
リーズ。

『アリー・フィンクルの女の子のルール
6（遠足で大騒ぎ！ 篇）』メグ・キャ
ボット著, 代田亜香子訳　河出書房新社
2011.11　217p　20cm　1500円　①978-
4-309-20580-9
|内容| 学校生活は、楽しいルールでいっぱい。
アリーたちが遠足に出かけたら、なんと前の
学校の友だちと一緒になった。毎度お騒がせ
のアリーだけど…。世界的大ベストセラー
『プリンセス・ダイアリー』の作者が贈る大
人気新シリーズ、最終巻。

『ヴィンテージ・ドレス・プリンセス』メ
グ・キャボット著, 松本裕訳　原書房
2010.1　441p　15cm（ライムブック
ス）886円　①978-4-562-04377-4
|内容| ミシガン大学での専攻は服飾史で、ヴィ
ンテージの服をこよなく愛するリジーは卒業
式を終えたばかり。就職先は未定ながら、家
族で卒業祝いのパーティを開いていた最中、
衝撃の知らせが！ なんと彼女は卒業できて

いなかった…意気消沈しつつも、つかの間の
夏休みをイギリス人留学生のボーイフレンド
と過ごすためロンドンへ旅立つが、夢みてい
た甘いバカンスとはほど遠く、素敵な英国紳
士だと思い込んでいた彼はただのダメ男と判
明。逃げるようにして親友が滞在するフラン
スのワイナリーに向かう途中、投資銀行家ジャ
ン＝リュックと出会ったリジーは、優しくて
ハンサムな彼に、失敗した恋の顛末を打ち明
ける…と・こ・ろ・が！「プリンセス・ダイ
アリー」シリーズで大人気のメグ・キャボッ
トが贈る、女性なら誰もが一度はぶつかり思
い悩んだことがある、恋と仕事と自分探しの
物語。

『嘘つきは恋のはじまり』メグ・キャボッ
ト作, 代田亜香子訳　理論社　2010.3
355p　19cm　1500円　①978-4-652-
07967-6
|内容| 人気者でスポーツマンのカレシ、おしゃ
れで楽しい毎日…のハズ。そこへ昔のヒミツ
をにぎる幼なじみが町にもどってきた。目的
は復讐？ それとも―。ガールズトーク満載
のロマンチックコメディ。

『エアヘッド！―売れっ子モデルになっ
ちゃった!?』メグ・キャボット著, 代田
亜香子訳　河出書房新社　2012.8　300p
20cm　1600円　①978-4-309-20600-4
|内容| N.Y.のオタク女子高生エムとトップ・
モデル、ニッキーのからだが入れ替わってし
まった!?全米ベストセラー、女の子の気持ち
を書かせたら世界一！ メグ・キャボット最
新作。

『恋の続きはマンハッタンで』メグ・キャ
ボット著, 松本裕訳　原書房　2010.7
415p　15cm（ライムブックス）876円
①978-4-562-04389-7
|内容| 卒論を書き上げて大学卒業にこぎつけ
たリジーは、大好きなファッションの仕事を
しようと、故郷のミシガン州からニューヨー
クへやってきた。銀行を辞めて医者を目指す
彼氏ルークも大学編入のために引っ越してき
て、彼の家族が持つ五番街のコンドミニアム
に住んでいる。目下仕事も住む場所もないリ
ジーはルークの家に居候中。彼が「ここに一
緒に住めばいい」と言ってくれてから、結婚
のことばかり意識してしまい、プロポーズを
してほしくて悶々と思い悩む日々を送ってい
る。一方で、仕事がいっこうに決まらず焦り
をつのらせていたところ、偶然ウェディング
ドレス修復専門店に働き口がみつかった。し
かしインターンで無給でいいとはずみで言っ
てしまったものだから…。『ヴィンテージ・
ドレス・プリンセス』でおなじみ、リジーの

海外の作品　　　　　　　　　　　　　キャボット

ニューヨークライフはワクワクハラハラドキドキの連続。

『サイズ12はでぶじゃない』 メグ・キャボット著，中村有希訳　東京創元社　2010.6　462p　15cm（創元推理文庫）1200円　①978-4-488-23202-3
内容　わたしヘザー・ウェルズ28歳。服のサイズは12。サイズ12はでぶじゃない、アメリカ女性の平均よ。元アイドル歌手だけど今は学生寮の副寮母。わけあって、元婚約者のお兄さんで探偵のクーパーの家に居候中。ある日寮のエレベーターから女子学生が転落死した。エレベータサーフィンをしてたらしいんだけど…。『プリンセス・ダイアリー』の著者のポップなミステリ三部作開幕。

『サイズ14でもでぶじゃない』 メグ・キャボット著，中村有希訳　東京創元社　2011.2　454p　15cm（創元推理文庫）1200円　①978-4-488-23203-0
内容　わたしヘザー・ウェルズ。元アイドル歌手で、今は学生寮の副寮母。ホリデーシーズンについたお肉のおかげでサイズ14に突入したけど、まだまだアメリカ女性の平均のうちよね。前の学期の事件のせいで、"死の寄宿舎"なんて呼び名を頂戴した我がフィッシャー寮で、よりによってまたも殺人事件が発生!?オトナのための過激なミステリ第二弾。

『ジンクス─恋の呪い』 メグ・キャボット作，代田亜香子訳　理論社　2009.3　363p　19cm　1400円　①978-4-652-07946-1
内容　NYにやってきた「魔女の卵」が好きになったのは隣の高校生！カッコイイあの子をふりむかせたくて、恋の「ジンクス」に賭けてみたけれど…。

『でぶじゃないの、骨太なだけ』 メグ・キャボット著，中村有希訳　東京創元社　2011.11　356p　15cm（創元推理文庫）1000円　①978-4-488-23204-7
内容　わたしヘザー・ウェルズ。元アイドル歌手で、今は学生寮の副寮母。現在数学の補講の担当教授とお付き合い中よ。わたしはね、でぶじゃないの、骨太なだけ。朝っぱらから不本意なジョギングでへとへとになって出勤してみると、またしても殺人事件。しかも死んでいたのは新しい上司。あんまりじゃない？オトナのための過激なミステリ第三弾。

『嘆きのマリアの伝言』 メグ・キャボット著，代田亜香子訳　ヴィレッジブックス　2013.1　273p　15cm（ヴィレッジブックス─霊能者は女子高生！　2）〈「メディエータ0 episode2」（理論社 2007年

刊）の改題・再編集〉660円　①978-4-86491-035-4
内容　スザンナ・サイモン、16歳。あたしは霊能者である。この世にとどまっている幽霊を説得し（もしくは強制的に）、あの世へ導く案内役。だけど、なにかの事情であたしの部屋に棲みついているイケメン幽霊のジェシーに恋をしないように毎日必死なのだ。そんなある日の夜中、金切り声で泣き叫ぶ女の人の幽霊があたしの枕元に現れた。彼女は「あなたがわたしを殺したんじゃない」と"レッド"という人物に伝えてほしいと言う。何のあてもないまま"レッド"なる人を捜しはじめたけど、どうやらとんでもない人物にたどり着いちゃったみたい─最大のピンチがスーズを襲う。好評シリーズ第2弾。

『プリンセス・ダイアリー　がけっぷちのプリンセス篇』 メグ・キャボット著，代田亜香子訳　河出書房新社　2009.5　261p　19cm　1400円　①978-4-309-20519-9
内容　ミアの彼氏、マイケルは大学生。そろそろHなことも期待しちゃうお年頃。そんなビミョーなふたりに訪れた大転機！なんとマイケルが外国、しかも日本へ行き1年間離れ離れになることに!?お騒がせラブコメディ、どんどん加速します。

『プリンセス・ダイアリー　崖の下のプリンセス篇』 メグ・キャボット著，代田亜香子訳　河出書房新社　2010.1　299p　19cm　1600円　①978-4-309-20533-5
内容　マイケルがついに日本に行っちゃった！それで気もそぞろなミアなのに、JPとウワサされたり、リリーは、だから連絡もくれないし、という「ミア・サモパリス大キライ・ドット・コム」なんてひどいウェブサイトを発見しちゃったからもうタイヘン！またまたひと騒動おこる予感がたっぷりのロマンチック・ラブ・コメディ第9弾。

『プリンセス・ダイアリー　永遠のプリンセス篇』 メグ・キャボット著，代田亜香子訳　河出書房新社　2010.7　397p　19cm　1800円　①978-4-309-20544-1
内容　ミアもついに高校卒業の時期をむかえ、大学進学か、ジェノヴィアへ行くか、はたまた小説家になる夢も捨てきれず、悩みまくりの日々。そして、マイケルが帰ってきた。ミアの心は揺れ動きます…高校生活最大のイベント、プロムの夜にロストヴァージン!?お騒がせラブコメディ、涙と笑いで感動の大団円。

『プリンセス・ダイアリー　ロイヤル・ウェディング篇』 メグ・キャボット著，

ヤングアダルトの本　いま読みたい小説4000冊　　**389**

代田亜香子訳　河出書房新社　2016.8
405p　19cm　1800円　①978-4-309-
20714-8
内容 プリンセスは結婚するのも、ひと苦労!?
マイケルとの恋は実ったものの、何から何ま
で超・大変なミア。そんなミアの前に、なんと
腹違いの妹まで現れて、さらにはなんと…!?

『霊能者は女子高生！』メグ・キャボット
著, 代田亜香子訳　ヴィレッジブックス
2012.10　285p　15cm（ヴィレッジブッ
クス）〈「メディエータ0 episode1」（理
論社 2007年刊）の改題・再編集〉660円
①978-4-86491-018-7
内容 スザンナ・サイモン、高校二年生。あた
しには人には言えない秘密がある。それは、こ
の世に未練を残したあらゆる幽霊が視えると
いうこと。そしてその幽霊をあの世に送るこ
とができるという不幸にして特殊な力を持っ
ているということだ。ママの再婚を機に引っ
越した家のあたしの部屋には、ジェシーと名
乗るイケメン幽霊が憑いていた。ここにいる
理由を話してくれることもなく、出ていって
くれる気配もない。よりによってなんで幽霊
と一緒に住まなきゃいけないの!?さらに、転
校先の学校にもやっかいな幽霊があらわれて
―。ガールズエンタメのカリスマが贈る人気
シリーズ第1弾。

キング, スティーヴン
King, Stephen Edwin
《1947～》

『悪霊の島　上』スティーヴン・キング著,
白石朗訳　文藝春秋　2016.1　550p
16cm（文春文庫）1080円　①978-4-16-
790541-5
内容 その島には何かがいる―事故で片腕を
失い、孤島に移住したエドガーは、突如、絵
を描く衝動に襲われた。意思と関わりなく彼
の手が描いたのは、少女と船の絵。これは何
を意味するのか。夜ごと聴こえる謎の音は何
か。そして島に建つ屋敷が封じる秘密とは。
巨匠が久々に放つ圧巻のモダンホラー大作。
恐怖の帝王、堂々の帰還！
別版 文藝春秋 2009.9

『悪霊の島　下』スティーヴン・キング著,
白石朗訳　文藝春秋　2016.1　540p
16cm（文春文庫）1050円　①978-4-16-
790542-2
内容 エドガーの描いた絵は話題を呼び、個
展は大盛況となる。だが平穏な日々はそこま

でだ。じっと機会をうかがってきた怪異が悪
意が絶望が、ついにあふれだして愛する者を
襲う。沈みゆく船、溺れ死んだ双子、屋敷に
潜む忌まわしいもの。これぞモダンホラー！
月光の照らす涙の最終章まで、黒い恐怖の奔
流は止まらない。
別版 文藝春秋 2009.9

『アンダー・ザ・ドーム　1』スティーヴ
ン・キング著, 白石朗訳　文藝春秋
2013.10　478p　16cm（文春文庫）810
円　①978-4-16-781226-3
内容 ある晴れた日、田舎町チェスターズミル
は透明の障壁によって外部から遮断された。
上方は高空に達し、下方は地下深くまで及び、
空気と水とをわずかに通す壁。2000人の町民
は、脱出不能、破壊不能、原因不明の "ドー
ム"に幽閉されてしまった…。スピルバーグ
のプロダクションでTV化。恐怖の帝王の新
たなる代表作。全4巻。

『アンダー・ザ・ドーム　2』スティーヴ
ン・キング著, 白石朗訳　文藝春秋
2013.10　569p　16cm（文春文庫）900
円　①978-4-16-781227-0
内容 恐怖に駆られた町民たちが引き起こし
たパニックで死者が続出。軍は障壁の外側か
ら、ドーム破壊のためのミサイル攻撃を計画
する。そんな中、一人の男が立ち上がった。
その名はビッグ・ジム。町を牛耳る権力者。
彼は混乱に乗じて警察力を掌握、暴力による
支配を目論む。逃げ場のないドームの中で、
絶対的恐怖政治が開始された！

『アンダー・ザ・ドーム　3』スティーヴ
ン・キング著, 白石朗訳　文藝春秋
2013.11　553p　16cm（文春文庫）900
円　①978-4-16-781228-7
内容 透明な壁に閉ざされた町は独裁者ジム
の手に落ちた。対抗しようとしたバービーは
無実の罪で投獄され、悪意と暴力が人々を陥
れてゆく。法も秩序も正義もドームの中には
手を伸ばすことはできない！　一方、天才少
年ジョーと仲間たちは山中でドーム発生装置
とおぼしき謎の機械を発見し…。破滅への予
兆が高まりゆく緊迫の第3巻。

『アンダー・ザ・ドーム　4』スティーヴ
ン・キング著, 白石朗訳　文藝春秋
2013.11　516p　16cm（文春文庫）850
円　①978-4-16-781229-4
内容 臨時町民集会が目前に迫る。そこで反
対勢力は死刑を宣告されるだろう。一方、子
どもをはじめとする町民たちは中に悪い夢を見
始める。それは最後の災厄の予兆…。町は爆
発の臨界に達した。浄めの炎が迫りくる。業

火のハロウィンがやってくる！巨匠の筆力が描き出す未曾有の大破滅。あまりに圧倒的な大作、完結。

別版 文藝春秋 2011.4

『11/22/63 上』スティーヴン・キング著, 白石朗訳 文藝春秋 2016.10 478p 16cm（文春文庫）〈2013年刊の上下巻の三分冊〉890円 ①978-4-16-790721-1

『11/22/63 中』スティーヴン・キング著, 白石朗訳 文藝春秋 2016.10 477p 16cm（文春文庫）〈2013年刊の上下巻の三分冊〉950円 ①978-4-16-790722-8

『11/22/63 下』スティーヴン・キング著, 白石朗訳 文藝春秋 2016.10 469p 16cm（文春文庫）〈2013年刊の上下巻の三分冊〉950円 ①978-4-16-790723-5

別版 文藝春秋 2013.9

『キャリー』スティーヴン・キング著, 永井淳訳 改版 新潮社 2013.9 390p 15cm（新潮文庫）710円 ①978-4-10-219304-4

内容「おまえは悪魔の申し子だよ」狂信的な母、スクールカーストの最下層…悲劇はその夜、訪れた。三度の映画化を経た永遠の名作。巨匠キングの鮮烈なるデビュー作にして、三度の映画化を経た永遠の名作。

『グリーン・マイル 上』スティーヴン・キング著, 白石朗訳 小学館 2014.7 389p 15cm（小学館文庫）〈新潮社2000年刊の加筆修正・再編集〉810円 ①978-4-09-408898-4

内容大恐慌さなかの一九三二年、アメリカ南部、コールド・マウンテン刑務所。電気椅子へと続く通路は、床に緑のリノリウムが張られていることから通称“グリーン・マイル”と呼ばれた罪で。ここに、双子の少女を強姦殺害した罪で死刑が確定した黒人男性ジョン・コーフィが送られてくる。看守主任のポールは、巨体ながら穏やかな性格のコーフィに一抹の違和感を抱いていた。そんなある日、ポールはコーフィの手が起こした奇跡を目の当たりにしてしまう…。全世界で驚異的ベストセラーとなったエンタテインメントの帝王による名作が、十七年の時を経て鮮やかに蘇る。

『グリーン・マイル 下』スティーヴン・キング著, 白石朗訳 小学館 2014.7 445p 15cm（小学館文庫）〈新潮社2000年刊の加筆修正・再編集〉830円 ①978-4-09-408899-1

内容死刑囚コーフィの不思議な力を知ったコールド・マウンテン刑務所看守主任のポールは、彼の罪状に疑問を抱きはじめる。そんななか、刑務所長の妻が脳腫瘍に倒れる。ポールは他の看守たちとともにコーフィを連れ出し、所長の妻の治療をさせるという賭けに出た。またも奇跡が起き、戻った刑務所ではさらにコーフィが驚くべき力を発揮する。そしてポールは、コーフィの事件の真実を知ることになる。しかしその時にはすでに、彼の処刑が目前に迫っていた。世界屈指のストーリーテラーによる、二十世紀最高の奇跡の物語が鮮やかに蘇る！

『シャイニング 上』スティーヴン・キング著, 深町眞理子訳 新装版 文藝春秋 2008.8 421p 16cm（文春文庫）848円 ①978-4-16-770563-3

内容“景観荘”ホテルはコロラド山中にあり、美しいたたずまいをもつリゾート・ホテル。だが冬季には零下25度の酷寒と積雪に閉ざされ、外界から完全に隔離される。そのホテルに作家とその妻、5歳の息子が一冬の管理人として住み込んだ。S・キューブリックによる映画化作品でも有名な「幽霊屋敷」ものの金字塔が、いま幕を開ける。

『シャイニング 下』スティーヴン・キング著, 深町眞理子訳 新装版 文藝春秋 2008.8 441p 16cm（文春文庫）848円 ①978-4-16-770564-0

内容すずめばちは何を予告する使者だったのか？ 鏡の中に青火で燃えるREDRUMの文字の意味は？ 絶え間なく襲い来る怪異の中で狂気の淵へ向かう父親と、もうひとつの世界へ行き来する少年。恐怖と憎しみが惨劇へとのぼりつめ、そのあとに訪れるものとは一。現代最高の物語作家、キングの精髄この一作にあり。

『ジョイランド』スティーヴン・キング著, 土屋晃訳 文藝春秋 2016.7 376p 16cm（文春文庫）860円 ①978-4-16-790666-5

内容海辺の遊園地、ジョイランド。彼女に振られたあの夏、大学生の僕はそこでバイトをしていた。そこで出会った仲間や大人たちとすごすうち、僕は幽霊屋敷で過去に殺人があったこと、遊園地で殺人を繰り返す殺人鬼がいることを知る。もう戻れない青春時代の痛みと美しさを描くキングの筆が冴え渡る！ 感涙必至の青春ミステリー。

『1922』スティーヴン・キング著, 横山啓明, 中川聖訳 文藝春秋 2013.1 308p 16cm（文春文庫）686円 ①978-4-16-

キング　　　　　　　　　　　　　　　　　　　　　　海外の作品

781214-0
内容 8年前、私は息子とともに妻を殺し、古
井戸に捨てた。殺すことに迷いはなかった。
しかし私と息子は、これをきっかけに底なし
の破滅へと落ちていったのだ…罪悪のもた
らす魂の地獄！ 恐怖の帝王がパワフルな筆
致で圧倒する荒涼たる犯罪小説「1922」と、
黒いユーモア満載の「公正な取引」を収録。
巨匠の最新作品集。

『ダークタワー　1　ガンスリンガー』ス
ティーヴン・キング著, 風間賢二訳
KADOKAWA　2017.1　394p　15cm
（角川文庫）〈新潮文庫 2005年刊の加
筆・修正〉880円　①978-4-04-104962-4
内容 時間も空間も変転する異界の地 “中間世
界”。最後の拳銃使いローランドは、宿敵で
ある “黒衣の男”を追いつづけていた。タル
の町で死から甦った男や妖艶な女説教師らか
ら情報を聞き出し、旅は続く。やがて、別の
世界からやってきた少年ジェイクと出会い、
少しずつ心を通わせてゆく。だが思いがけな
い事態が2人を襲った…。キングの物語世界
はすべて、本シリーズにつながる。今世紀最
高のダーク・ファンタジー、待望の復活！

『ダークタワー　2［上］　運命の三人　上』
スティーヴン・キング著, 風間賢二訳
KADOKAWA　2017.1　315p　15cm
（角川文庫）〈新潮文庫 2006年刊の加
筆・修正〉800円　①978-4-04-104963-1
内容 “暗黒の塔”を目指し、孤独な旅を続け
るローランド。浜辺に辿りついた彼は、夜ご
と出現する異形の化け物に、拳銃使いには欠
かせない2本の指を食いちぎられ、さらに高
熱にも苦しめられる。そんな時、奇妙なドア
が出現し、その向こうには80年代ニューヨー
クが広がっていた。麻薬の運び屋で麻薬中毒
のエディと出会ったローランドは彼の危機を
救うが…。著者の作家人生の始まりにして集
大成である究極のシリーズ、第2弾！

『ダークタワー　2［下］　運命の三人　下』
スティーヴン・キング著, 風間賢二訳
KADOKAWA　2017.1　405p　15cm
（角川文庫）〈新潮文庫 2006年刊の加
筆・修正　著作目録あり〉880円
①978-4-04-104964-8
内容 砂浜に突如現れた不思議なドア。それ
を通じて、両脚を事故で失った、美しい黒人
の二重人格者オデッタが “中間世界”にやっ
て来た。2つの人格の落差に驚愕しつつも、エ
ディは彼女に惹かれていく。そして、もう1人
の旅の仲間の候補者は、何と連続殺人鬼だっ
た―。エディも含め、異なる時代に生きてい

るらしい3人の中から、真の仲間を得ること
はできるのか？ 物語が加速度的に動きだし、
ローランドは “暗黒の塔”に一歩ずつ近づい
ていく。

『ダークタワー　3［上］　荒地　上』ス
ティーヴン・キング著, 風間賢二訳
KADOKAWA　2017.4　463p　15cm
（角川文庫）〈新潮文庫 2006年刊の加
筆・修正〉960円　①978-4-04-104965-5
内容 異なる時代のニューヨークから “中間
世界”にやってきたエディとスザンナ。“旅の
仲間”を得たローランドは、2人をガンスリン
ガーに育てあげるべく修行を開始した。ある
日、凶暴化した巨大なクマとの死闘を経て、
“暗黒の塔”へと導いてくれる “ビーム”の道
を発見する。その一方で彼は、見殺しにした
ジェイク少年への罪悪感で、着実に心を蝕ま
れていく。そしてジェイクもまた、生々しい
死の記憶に苦しめられていた…。

『ダークタワー　3［下］　荒地　下』ス
ティーヴン・キング著, 風間賢二訳
KADOKAWA　2017.4　452p　15cm
（角川文庫）〈新潮文庫 2006年刊の加
筆・修正　著作目録あり〉960円
①978-4-04-104966-2
内容 3人目の運命の仲間はジェイクだった！
ローランドと少年を責め苛んでいたタイム・
パラドックスはようやく終結した。人の言葉
を理解する小動物オイがジェイクになつき、
旅の道連れとなる。一行が都市 “ラド”へと
向かう途中、高齢者ばかりが住む小さな町に
辿り着く。そこで荒地を疾駆する超高速モノ
レールの存在を知るのだが…。暴力と狂気、
跋扈する異形のものたち―キングの本領がい
かんなく発揮された白眉の1冊！

『ダークタワー　4［上］　魔道師と水晶球
上』スティーヴン・キング著, 風間賢二
訳　KADOKAWA　2017.6　701p
15cm（角川文庫）〈「ダークタワー 上・
中・下」（新潮文庫 2006年刊）の加筆・
修正、2分冊〉1360円　①978-4-04-
104967-9
内容 毒ガス、殺人ビーム、化け物が跋扈す
る荒地を疾駆する、知性を持った超高速モノ
レール “ブレイン”。列車VS人間の命がけの
謎かけ合戦は、絶体絶命の最中、思わぬ形で終
結を迎えた。危機を乗り越え、結束を強める
旅の仲間たちに、ローランドは心の奥底に秘
めた思い出を語りはじめる。彼が14歳で “ガ
ンスリンガー”の試練を突破し、初めての任
務についた時のこと。そして、過酷な人生で
初めて、唯一愛した少女のことを…。

392

海外の作品　　　　　　　　　　　　　　　　　　　　　　　キング

『ダークタワー　4［下］　魔道師と水晶球　下』スティーヴン・キング著, 風間賢二訳　KADOKAWA　2017.6　679p　15cm（角川文庫）〈「ダークタワー 上・中・下」（新潮文庫 2006年刊）の加筆・修正、2分冊〉1360円　①978-4-04-104968-6
内容 ガンスリンガーである父の密命を帯びたローランドは、陽気なカスバートと、冷静沈着なアランとともに故郷を出発し、小さな町ハンブリーを訪れる。そこで美しいスーザンに出会い、一目で恋に落ちるが、彼女はある契約のため自由に恋ができない身だった。そんな中、ローランドは、一見平和な町に漂う不穏な空気と陰謀に気づくのだが…。禁断の恋の行方は甘美でむごい―冷酷無比なローランドを誕生させた、壮絶な愛の物語。

『ダークタワー　5［上］　カーラの狼　上』スティーヴン・キング著, 風間賢二訳　KADOKAWA　2017.7　600p　15cm（角川文庫）〈「ダークタワー 5上・中・下」（新潮文庫 2006年刊）の加筆・修正、2分冊〉1280円　①978-4-04-104969-3
内容 カーラの町は恐怖に包まれていた。もうすぐ凶悪な "狼" たちがやってくる。奴らは23年に1度、双子の片割れだけをさらっていく。戻ってきた子どもは、知性を奪われ、体はいびつに成長し、抜け殻のようだった。怯える人々を前に、一人の老人がガンスリンガーの力を借り、戦うことを提案する。一方ローランドたちは70年代ニューヨークで "暗黒の塔" の化身である薔薇が危機に瀕していること、スザンナの様子が変なことに気づく。

『ダークタワー　5［下］　カーラの狼　下』スティーヴン・キング著, 風間賢二訳　KADOKAWA　2017.7　696p　15cm（角川文庫）〈「ダークタワー 5上・中・下」（新潮文庫 2006年刊）の加筆・修正、2分冊〉1360円　①978-4-04-104970-9
内容 ローランドたちの指導のもと、町の人々は戦闘準備に余念がない。だが、"狼" たちとの決戦の日が近づいてくる中、スザンナのもう一つの人格である妊婦ミーアの奇矯な振る舞いはエスカレートしていく…。"狼" たちはいったい何者なのか？ そして、キャラハン神父が隠し持つ水晶球の真の力とは？ 時空を超え、いくつもの謎が複雑に絡み合い "カ・テット" の運命を翻弄する。縦横無尽に広がる物語世界の凄みに驚嘆の1冊。

『ダークタワー　6［上］　スザンナの歌　上』スティーヴン・キング著, 風間賢二訳　KADOKAWA　2017.8　381p

15cm（角川文庫）〈新潮文庫 2006年刊の加筆・修正〉920円　①978-4-04-104971-6
内容 ローランド一行が "狼" たちとの戦いの勝利にひたるも束の間、スザンナが消えた。彼女の中に生まれた第4の人格ミーアが、妖魔の子を無事産み落とすため、1999年のニューヨークにスザンナを連れ去ったのだ。キャラハンが封印した忌まわしい水晶球とともに。不安に苛まれるエディは、時空を超えローランドとともに妻を捜す旅に出る。だが、そこで待ち受けていた人物に急襲されてしまう…。"カ・テット" を最大の危機が襲う！

『ダークタワー　6［下］　スザンナの歌　下』スティーヴン・キング著, 風間賢二訳　KADOKAWA　2017.8　357p　15cm（角川文庫）〈新潮文庫 2006年刊の加筆・修正〉920円　①978-4-04-104972-3
内容 ミーアの奇異な振る舞いと、おなかにいる子どもへの異様な執着。彼女の真の目的はいったい何なのか？ 仲間たちから引き離されたスザンナは、孤独な戦いを強いられていた。彼女の行方を必死で追う、ジェイクとキャラハン神父は、恐るべき敵と対決するはめになる。一方、ローランドとエディは1977年のメイン州で、すべての謎を解くべく、ある作家のもとを訪ねていた―。先が読めない展開に、驚愕と絶望が待ち受ける衝撃作。

『ダークタワー　7［上］　暗黒の塔　上』スティーヴン・キング著, 風間賢二訳　KADOKAWA　2017.10　723p　15cm（角川文庫）〈「ダークタワー 7上・中・下」（新潮文庫 2006～2007年刊）の加筆・修正、2分冊〉1480円　①978-4-04-104973-0
内容 ついに妖魔の子・モルドレッドが誕生した。クモに変態する赤ん坊は、母の肉体を喰らい、父親殺しを宿命づけられていた。囚われのスザンナは、逃げようともがくうち、脳内にジェイクの気配を感じていた。まさにその瞬間、少年はキャラハン神父とオイと、異形の魔物たちの巣窟に突入しようとしていた…。離ればなれになった旅の仲間たちは、時空を超えて再会する。喜びも束の間、それは苛烈な闘いの前の安らぎにすぎなかった。

『ダークタワー　7［下］　暗黒の塔　下』スティーヴン・キング著, 風間賢二訳　KADOKAWA　2017.10　743p　15cm（角川文庫）〈「ダークタワー 7上・中・下」（新潮文庫 2006～2007年刊）の加筆・修正、2分冊〉1480円　①978-4-04-

ヤングアダルトの本　いま読みたい小説4000冊　393

104974-7

内容 ローランド一行が出会った、予知能力やテレポーテーション能力を持つ異能者たち。彼らの力を借りて"暗黒の塔"を倒壊させようとする勢力を阻止する計画は、果たして成功するのか？ 徐々に明らかになるNYに咲く薔薇の秘密、不穏な数字19の呪縛―。旅の仲間を次々に失い、ローランドは悲嘆も狂気も超越し、ただ虚ろだった。だが、彼は塔に向かう。ホラーの帝王が半生を賭して完成させた、魂を震わせるサーガ、堂々の完結！

『ダークタワー　4-1/2　鍵穴を吹き抜ける風』スティーヴン・キング著, 風間賢二訳　KADOKAWA 2017.6 496p 15cm（角川文庫）1000円　①978-4-04-104975-4

内容 デバリアの町で起きた連続惨殺事件。それは、変身能力を持つスキンマンの仕業ではないかと囁かれていた。父に命じられ、調査に赴いたローランドは、父親を目の前で殺され、記憶を失った少年に出会う。彼は少年に、幼い頃読み聞かせてもらった、勇敢なティム少年が活躍するお伽噺を語りだす…。若き日のローランドの冒険譚と、母の思い出とともにある優しい物語が入れ子構造に。ファン熱望のシリーズ最新作が、本邦初翻訳！

『ドクター・スリープ　上』スティーヴン・キング著, 白石朗訳　文藝春秋 2018.1 459p 16cm（文春文庫）1050円　①978-4-16-791007-5

内容 冬季閉鎖中のホテルで起きた惨劇から30年。超能力"かがやき"をもつかつての少年ダンは、大人になった今も過去に苦しみながら、ホスピスで働いていた。ある日、彼の元に奇妙なメッセージが届く。差出人は同じ"かがやき"をもつ少女。その出会いが新たな惨劇の扉を開いた。ホラーの金字塔『シャイニング』の続編、堂々登場！

別版 文藝春秋 2015.6

『ドクター・スリープ　下』スティーヴン・キング著, 白石朗訳　文藝春秋 2018.1 494p 16cm（文春文庫）1080円　①978-4-16-791008-2

内容 「あの人たちが野球少年を殺してる！」少女アブラは超能力を介し、陰惨な殺人事件を"目撃"する。それは、子どもの"かがやき"を食らって生きる"真結族"による犯行の現場だった。その魔の手はやがてアブラへと迫る。助けを求められたダンは、彼らとの闘いを決意。そして次なる悪夢へと導かれる…。

別版 文藝春秋 2015.6

『呪われた町　上』スティーヴン・キング

著, 永井淳訳　改訂新版　集英社 2011.11 380p 16cm（集英社文庫）762円　①978-4-08-760635-5

内容 幼い頃を過ごした町に舞い戻った作家ベン。町を見下ろす丘の上に建つ廃墟同然の館は昔と同様、不気味な影を投げかけていた。少年の失踪事件、続発する不可解な死、遺体の紛失事件。田舎の平穏な町に何が起きているのか？ ベンたちは謎の解明に果敢に挑むのだが…。「永遠の不死」を体現する吸血鬼の悪の力に蝕まれ崩壊していく町を迫真のリアリティで描いた恐怖小説。

『呪われた町　下』スティーヴン・キング著, 永井淳訳　改訂新版　集英社 2011.11 399p 16cm（集英社文庫）762円　①978-4-08-760636-2

内容 町の平穏な日常の陰で事態はさらに悪化していた。増え続ける犠牲者たちи甦った死者たちの出現…。ベンと彼の仲間は次第に自分たちの敵が何であるのか分かりかけたところで、彼ら自身の命が危険に曝され始める。ベンたちは町を吸血鬼の侵略から守ることが出来るのか？「モダン・ホラーの旗手」キングの世界を存分に堪能できる名作が改訂新版で登場。

『ビッグ・ドライバー』スティーヴン・キング著, 高橋恭美子, 風間賢二訳　文藝春秋 2013.4 364p 16cm（文春文庫）724円　①978-4-16-781218-8

内容 小さな町での講演会に出た帰り、テスは山道で暴漢に拉致された。暴行の末に殺害されかかるも、何とか生還を果たしたテスは、この傷を癒すには復讐しかないと決意し…表題作と、夫が殺人鬼であったと知った女の恐怖の日々を濃密に描く「素晴らしき結婚生活」を収録。圧倒的筆力で容赦ない恐怖を描き切った最新作品集。

『ファインダーズ・キーパーズ　上』スティーヴン・キング著, 白石朗訳　文藝春秋 2017.9 313p 20cm 1800円　①978-4-16-390711-6

『ファインダーズ・キーパーズ　下』スティーヴン・キング著, 白石朗訳　文藝春秋 2017.9 319p 20cm 1800円　①978-4-16-390712-3

『不眠症　上』スティーヴン・キング著, 芝山幹郎訳　文藝春秋 2011.10 669p 16cm（文春文庫）1095円　①978-4-16-770597-8

内容 70歳の老人、ラルフの睡眠時間は日に日に短くなり、ついに幻覚を見るようになる。自分は狂いはじめているのか？ 孤独に「チ

海外の作品　　クシュマン

ビでハゲの医者」が放つ悪意に怯える日々を過ごすラルフ。一方、妊娠中絶支持派の女性活動家の講演が近づき、穏やかな町・デリーは憎悪と反目に染められていく一人知を超えた邪悪な存在が迫りくる。

『不眠症　下』スティーヴン・キング著,芝山幹郎訳　文藝春秋　2011.10　635p　16cm（文春文庫）1095円　①978-4-16-770598-5
内容 運命を司る、「別次元の存在」たち。そのうちのひとりが今、デリーの町を皮切りに世界を破滅させようとしている。阻止できるのは、その秘密を知ったラルフと長年の女友達、ロイスの老人ふたりだけ。残された時間はわずか。老いのもたらす非力さを自覚しながらも、世界を救うため、ふたりは立ち上がった。

『ミザリー』スティーヴン・キング著,矢野浩三郎訳　新装版　文藝春秋　2008.8　530p　16cm（文春文庫）952円　①978-4-16-770565-7
内容 雪道の自動車事故で半身不随になった流行作家のポール・シェルダン。元看護師の愛読者、アニーに助けられて一安心と思いきや、彼女に監禁され、自分ひとりのために作品を書けと脅迫される一。キング自身の体験に根ざす"ファン心理の恐ろしさ"を極限まで追求した傑作。のちにロブ・ライナー監督で映画化。

『ミスター・メルセデス　上』スティーヴン・キング著, 白石朗訳　文藝春秋　2016.8　355p　20cm　1850円　①978-4-16-390516-7

『ミスター・メルセデス　下』スティーヴン・キング著, 白石朗訳　文藝春秋　2016.8　359p　20cm　1850円　①978-4-16-390517-4

『ミスト─短編傑作選』スティーヴン・キング著, 矢野浩三郎 ほか訳　文藝春秋　2018.5　360p　16cm（文春文庫）860円　①978-4-16-791076-1
内容 その町を覆ったのは霧─目の前さえ見通せぬ濃霧。その奥には何かおそるべきものが潜む…豪雨に襲われてスーパーマーケットに集まった被災者を襲う災厄とパニックを描き、映画化、TVドラマ化された伝説の中編「霧」他、「恐怖の帝王」の凄みを凝縮した問答無用の傑作集。キング入門者に最適、キング・ファン必携の一冊！

『夕暮れをすぎて』スティーヴン・キング著, 白石朗他訳　文藝春秋　2009.9　344p　16cm（文春文庫）638円　①978-4-16-770578-7

内容 愛娘を亡くした痛手を癒すべく島に移り住んだ女性を見舞った想像も絶する危機とは？ 平凡な女性の勇気と再生を圧倒的な緊迫感で描き出す「ジンジャーブレッド・ガール」、静かな鎮魂の祈りが胸を打つ「彼らが残したもの」など、切ない悲しみから不思議の物語まで、天才作家キングの多彩な手腕を大いに見せつける傑作短篇集。

『夜がはじまるとき』スティーヴン・キング著, 白石朗他訳　文藝春秋　2010.1　330p　16cm（文春文庫）638円　①978-4-16-770582-4
内容 悲しみに暮れる彼女のもとに突如かかってきた電話の主は…愛する者への思いを静かに綴る「ニューヨーク・タイムズを特別割引価格で」、ある医師を訪れた患者が語る鬼気迫る怪異譚「N」、猫を殺そうと依頼された殺し屋を襲う恐怖の物語「魔性の猫」ほか全6篇を収録した最新短篇集。

『リーシーの物語　上』スティーヴン・キング著, 白石朗訳　文藝春秋　2015.2　470p　16cm（文春文庫）970円　①978-4-16-790308-4
内容 作家だった夫を亡くした痛手を抱えるリーシーは、ようやく遺品整理をはじめた。すると、夫が自分に遺したメッセージが見つかる。彼は何かを伝えようとしている。それは夫の創作の秘密、つらい時に彼が訪れた異世界"ブーヤ・ムーン"に関わるものだった…。人に降りかかる理不尽との戦いを巨匠が全力を注いで描く超大作。
別版 文藝春秋 2008.8

『リーシーの物語　下』スティーヴン・キング著, 白石朗訳　文藝春秋　2015.2　491p　16cm（文春文庫）980円　①978-4-16-790309-1
内容 花が咲き乱れる森"ブーヤ・ムーン"。その空に月がかかる時、世界は恐るべきものに一変する。まだら模様のものが這い回り、死者が佇む暗い森。そこへ赴こうとリーシーは決断する。夫が心に秘めてきた忌まわしい過去と直面し、彼を救うために。痛ましい宿命と、それに打ち克つ愛を描き、巨匠が自作のベストと断言する感動大作。
別版 文藝春秋 2008.8

クシュマン, カレン
Cushman, Karen
《1942〜》

『ロジーナのあした─孤児列車に乗って』

ヤングアダルトの本　いま読みたい小説4000冊　395

カレン・クシュマン作, 野沢佳織訳　徳間書店　2009.4　265p　19cm　1400円　①978-4-19-862726-3

内容　一八八一年アメリカ中部シカゴ、寒い朝。あたしたち二十二人の孤児は、養い親になってくれる人をさがすために、西部行きの列車に乗った。ほんとうに新しい家族が見つかるのかな。どこかの農家にひきとられ、奴隷のように働かされるんじゃないかな。パパ、ママ、どうして死んじゃったの？　会いたいよ…。あいついで家族を亡くしひとりぼっちになり、心をとざしていた十二歳のロジーナ。引率の冷淡な女のお医者さんから、年少の子どもたちの世話をまかされ、めんどうをみるうちに…？　元気な孤児の少年たち、ロジーナをたよりにするのろまな少女、偏見に満ちた大人、大草原の穴倉で暮らす貧しい子だくさんの一家、花嫁募集の新聞広告で見も知らない人へ嫁いでいく女性…「孤児列車」の旅でのさまざまな出会いを通し、ひとりの少女が「家族」という居場所をさがしもとめながら成長していく姿を丹念に描く、感動の物語。小学校高学年～。

クリーチ, シャロン
Creech, Sharon
《1945～》

『あの犬が好き』シャロン・クリーチ作, 金原瑞人訳　偕成社　2008.10　141p　20cm　1200円　①978-4-03-726750-6

内容　いやだ。だって、女の子のもんだよ、詩なんてさ。男は書かない。けれどジャックは書いてみた。きっかけは、紙とパソコンと先生とそして犬―。ジャックは書きつづけた。詩と少年と犬の物語。

『トレッリおばあちゃんのスペシャル・メニュー』シャロン・クリーチ作, せなあいこ訳　評論社　2009.8　173p　20cm（児童図書館・文学の部屋）1400円　①978-4-566-01377-3

内容　親友のベイリーとけんかしてしまった「あたし」。目の見えないベイリーの役に立ちたいだけなのに。そんなとき、トレッリおばあちゃんは、おいしいスープやパスタを作りながら教えてくれる。人と人が心を開きあう方法を…。

『ハートビート』シャロン・クリーチ作, もきかずこ訳, 堀川理万子絵　偕成社　2009.3　253p　20cm　1400円　①978-4-03-726760-5

内容　タッタッ、タッタッ、12歳のアニーが好きなのは走ること、絵を描くこと。アニーのまわりでいろいろなことが変わりはじめた。お母さんのおなかの中には、赤ちゃんがいる。おじいちゃんは、日に日に忘れっぽくなっていく。幼なじみのマックスは、気分屋。アニーは自分をみつめながら、ひとつのりんごを100日間描きつづける。12歳の少女が見つめた生まれくる命と老いていく命の物語。小学校高学年から。

グリーン, ジョン
Green, John
《1977～》

『アラスカを追いかけて』ジョン・グリーン作, 金原瑞人訳　岩波書店　2017.1　305p　19cm（STAMP BOOKS）1800円　①978-4-00-116414-5

内容　アラバマの高校に転入したマイルズは新しい環境で寮生活をはじめる。タフでめまぐるしい日々がはじまり、マイルズはカリスマ的な魅力をもつ同級生の女の子、アラスカに惹かれていくが…。ピュアで切ない、ベストセラー作家ジョン・グリーンのデビュー作。

『ウィル・グレイソン、ウィル・グレイソン』ジョン・グリーン, デイヴィッド・レヴィサン作, 金原瑞人, 井上里訳　岩波書店　2017.3　397p　19cm（STAMP BOOKS）1900円　①978-4-00-116415-2

内容　シカゴの街角で、同じ名前をもつ二人の少年が奇跡的に出会う。一人は打ちひしがれたゲイの少年、一人は平凡なヘテロセクシャルな高校生。偶然の出会いがさらなる出会いを呼んで、巻き起こるいくつもの愛の物語。米国の人気YA作家二人による共作。

『さよならを待つふたりのために』ジョン・グリーン作, 金原瑞人, 竹内茜訳　岩波書店　2013.7　337p　19cm（STAMP BOOKS）1800円　①978-4-00-116405-3

内容　ヘイゼルは十六歳。甲状腺がんが肺に転移して以来、もう三年も酸素ボンベが手放せない生活。骨肉腫で片脚を失った少年オーガスタスと出会い、互いにひかれあうが…。死をみつめながら日々を生きる若者の姿を力強く描く、傑作青春小説。

『ペーパータウン』ジョン・グリーン作, 金原瑞人訳　岩波書店　2013.1　381p　19cm（STAMP BOOKS）1900円　①978-4-00-116402-2

内容　平凡な高校生クエンティンが、物心つ

いたころから恋していた幼なじみ、マーゴ。ある晩を境に忽然と姿を消したマーゴのゆくえを追ううちに、クエンティンは、彼女の意外な一面を発見していく。新世代青春小説の旗手、ジョン・グリーンによるエドガー賞受賞作。

グレイ, キース
Gray, Keith
《1972～》

『ロス、きみを送る旅』キース・グレイ作, 野沢佳織訳 徳間書店 2012.3 318p 20cm 1600円 ①978-4-19-863379-0
内容 十五歳の少年ブレイク、シム、ケニーは、親友のロスが交通事故で死んだことを受け入れられないでいた。葬式は心のこもらない形ばかりのものに思えたし、おまけに警察が、自殺かもしれないなんていいだした。あいつのことを本当にわかっているのはぼくたちだけだ―。三人は、遺灰の入った壺をリュックに入れ、ロスが「自分と同じ名前だから」と行きたがっていた、北の海辺の小さな町「ロス」を目ざす。それがあいつの「本当の葬式」になるはずだから。もちろん悲しいけれど、三人でトラブルをのりこえながら行く旅は、充実して楽しい気がした。ここにロスがいないことだけが残念だ…。ところが、やっとのことで警察の目をかいくぐり、目的地まであと少しというところで、それぞれがだまっていた事実が明らかになる―。イギリス気鋭の作家が、少年たちの痛くて熱く繊細な友情を、あざやかに描く青春物語。二〇〇九年カーネギー賞最終候補作。

クレメンツ, アンドリュー
Clements, Andrew
《1949～》

『ジェイとレイふたりはひとり!?』アンドリュー・クレメンツ著, 田中奈津子訳 講談社 2010.1 189p 20cm 1300円 ①978-4-06-215976-0
内容 ジェイとレイは、見た目がそっくりのふたごの兄弟です。二人はとても仲よしですが、いつもどちらかと間違われることや、ふたごの片方、としてしか見られないことがイヤで、おそろいの服装も二年生になってすぐにやめました。そんな二人の家族が引っ越しをして、六年生の新学期から二人は転校をします。そして、その一日目、レイが熱を出し

てしまい、ジェイはだれも知らない小学校に一人だけで登校することに。…これは使えそうです。けっこう。きっと。

『はるかなるアフガニスタン』アンドリュー・クレメンツ著, 田中奈津子訳 講談社 2012.2 201p 20cm（講談社・文学の扉）1400円 ①978-4-06-217468-8
内容 学校の課題で、地球儀を見てなにげなく選んだ国の誰かに手紙を書いたアビー。だが、まもなく届いた返事には楽しい秘密が隠されていた。アメリカの少女とアフガニスタンの兄妹の友情物語。

『ぼくたち負け組クラブ』アンドリュー・クレメンツ著, 田中奈津子訳 講談社 2017.11 255p 20cm（講談社・文学の扉）1400円 ①978-4-06-283247-2
内容 放課後ひとりで本を読むために、つけた名前は「負け組クラブ」！ だれも入りたくない「負け組クラブ」へ、ようこそ!?

クローデル, フィリップ
Claudel, Philippe
《1962～》

『ブロデックの報告書』フィリップ・クローデル著, 高橋啓訳 みすず書房 2009.1 316p 20cm 2800円 ①978-4-622-07440-3
内容 終戦直後の寒村で起きた集団殺人。その記録を命じられたのは人外に堕したことと引き換えに収容所を生き延びた「僕」だった…。円熟の小説家、待望の長編。2007年高校生ゴンクール賞受賞作。

ケイ, ジャッキー
Kay, Jackie
《1961～》

『トランペット』ジャッキー・ケイ著, 中村和恵訳 岩波書店 2016.10 295p 19cm 1800円 ①978-4-00-061155-8
内容 人気のトランペット奏者ジョス・ムーディが死んだ。遺体が露わにした驚愕の事実にマスコミは大騒ぎ。混乱する息子、追いこまれる妻―それぞれに辿り着いた"本当"の"彼"とは？ 恋と愛とセックスと音楽、そして家族の物語。実話にモデルをとった、驚愕のストーリー。現代スコットランドを代表する作家の傑作、ついに邦訳！

ヤングアダルトの本 いま読みたい小説4000冊 **397**

ケリー, ジャクリーン
Kelly, Jacqueline

『ダーウィンと旅して』ジャクリーン・ケリー作, 斎藤倫子訳　ほるぷ出版　2016.8　402p　19cm　1500円　①978-4-593-53496-8

内容 1900年、新しい時代をむかえようとしているテキサスの田舎町。12歳のキャルパーニアは、変わり者のおじいちゃんの「共同研究者」として実験や観察をかさね、科学のおもしろさにのめりこんでいきますが…。ニューベリー賞オナーにえらばれた人気作『ダーウィンと出会った夏』続編。

『ダーウィンと出会った夏』ジャクリーン・ケリー作, 斎藤倫子訳　ほるぷ出版　2011.7　412p　19cm　1500円　①978-4-593-53474-6

内容 1899年、新世紀を目前にしたテキサスの田舎町。11歳のキャルパーニアは、変わり者のおじいちゃんの「共同研究者」となり、実験や観察をかさねるうち、しだいに科学のおもしろさにひかれていきますが…。ニューベリー賞オナー作。

コーウェル, クレシッダ
Cowell, Cressida
《1966～》

『ヒックとドラゴン　1　伝説の怪物』ヒック・ホレンダス・ハドック三世作, クレシッダ・コーウェル古ノルド語訳, 相良倫子, 陶浪亜希日本語共訳　小峰書店　2009.11　230p　19cm　900円　①978-4-338-24901-0

内容 ヒックは、ごく平凡な少年バイキング。特技はドラゴン語を話せること。そんなヒックが、ちょっとわがままなチビドラゴンと出会い、力を合わせて巨大な怪物ドラゴンと戦うことに…。ヒックは、凶暴なドラゴンを倒し、バイキングのヒーローになれるのか…。

『ヒックとドラゴン　2　深海の秘宝』ヒック・ホレンダス・ハドック三世作, クレシッダ・コーウェル古ノルド語訳, 相良倫子, 陶浪亜希日本語共訳　小峰書店　2009.11　229p　19cm　900円　①978-4-338-24902-7

内容 ヒックは、ごく平凡な少年バイキング。特技はドラゴン語を話せること。そんなヒッ

クが、島に流れついた怪しげな男にそそのかされ、伝説の大海賊の秘宝をさがしに、恐怖のドラゴンのすむ島へ向かう。ヒックとチビドラゴン、トゥースレスは秘宝を見つけることができるのか…。

『ヒックとドラゴン　3　天牢の女海賊』ヒック・ホレンダス・ハドック三世作, クレシッダ・コーウェル古ノルド語訳, 相良倫子, 陶浪亜希日本語共訳　小峰書店　2010.1　238p　19cm　900円　①978-4-338-24903-4

内容 ヒックと、ごく平凡な少年バイキング。そんなヒックが今度は、バイキングの宿敵・ローマ軍に誘拐されてしまう。ローマ軍の要塞にそびえる天牢に閉じこめられたヒック。そこには、脱出の名人を名のる女海賊がいた。ヒックたちは無事に脱出することができるのか…。

『ヒックとドラゴン　4　氷海の呪い』ヒック・ホレンダス・ハドック三世作, クレシッダ・コーウェル古ノルド語訳, 相良倫子, 陶浪亜希日本語共訳　小峰書店　2010.3　246p　19cm　900円　①978-4-338-24904-1

内容 100年に一度という特別に寒い冬のある日、ヒックの親友フィッシュが恐ろしい病気におかされた。ヒックは、親友の命を救うため、トゥースレスと女海賊カミカジとともに、呪われた一族から解毒剤をうばう冒険に出かけることに。ヒックは、無事に解毒剤を手に入れ、バーク島へもどることができるのか…。

『ヒックとドラゴン　5　灼熱の予言』ヒック・ホレンダス・ハドック三世作, クレシッダ・コーウェル古ノルド語訳, 相良倫子, 陶浪亜希日本語共訳　小峰書店　2010.6　263p　19cm　900円　①978-4-338-24905-8

内容 世にも恐ろしい怪物ドラゴンが、火山の大噴火とともに誕生する。バイキングの世界はその恐怖におののいていた。怪物ドラゴンの誕生をはばもうと決意したヒックは、トゥースレスたちと火山島へと向かう。ヒックは、火山の噴火をくい止めて、怪物ドラゴンの誕生をはばむことができるのか…。

『ヒックとドラゴン　6　迷宮の図書館』ヒック・ホレンダス・ハドック三世作, クレシッダ・コーウェル古ノルド語訳, 相良倫子, 陶浪亜希日本語共訳　小峰書店　2010.8　208, 32p　19cm　900円　①978-4-338-24906-5

内容 今日はヒックの12歳の誕生日。ところ

が、トゥースレスのせいで、迷宮のような図書館にしのびこむことになってしまった。侵入者の命を容赦なくうばう冷酷な図書館員、そして恐ろしいドラゴンたちがうろつく恐怖の図書館から、ヒックは無事に脱出することができるのか…。「ヒーローになる最強ドラゴン百科」の特別ふろくつき。

『ヒックとドラゴン 7 復讐の航海』
ヒック・ホレンダス・ハドック三世作,クレシッダ・コーウェル古ノルド語訳,相良倫子,陶浪亜希日本語共訳 小峰書店 2010.12 278p 19cm 900円 ①978-4-338-24907-2
内容 ヒックは、3か月と5日と6時間のあいだに、ホッキョクドラゴンと戦い、ヤバン諸島にもどって民族交流水泳大会に勝ち、お父さんを救わなければならない。はたして、ヒックは間に合うのか。

『ヒックとドラゴン 8 樹海の決戦』
ヒック・ホレンダス・ハドック三世作,クレシッダ・コーウェル古ノルド語訳,相良倫子,陶浪亜希日本語共訳 小峰書店 2011.3 329, 4p 19cm 900円 ①978-4-338-24908-9
内容 ヒックの親友、フィッシュが恋をした。バイキングの恋は命がけ。失敗すれば、命はない。親友を助けようとするヒック。だが、ふたりともジャングルの怪物のいけにえにされることに…。そんななか、ヒックは、あの宿敵と再会する。ヒックは、この絶体絶命のピンチを切りぬけることができるのか…。

『ヒックとドラゴン 9 運命の秘剣』
ヒック・ホレンダス・ハドック三世作,クレシッダ・コーウェル古ノルド語訳,相良倫子,陶浪亜希日本語共訳 小峰書店 2012.6 388p 19cm 1000円 ①978-4-338-24909-6
内容 ヤバン諸島に暗黒の時代がやってくる。まるで世界が呪われてしまったかのようだ。はたしてヒックは、剣をだれにもわたさずにドラゴンの反乱に立ちむかい、アルビンが西の荒野の新王になることを阻止できるのか？ヒック・ホレンダス・ハドック三世は、ドラゴン語をあやつるすぐれた剣士であり、史上最高のバイキングヒーローだった。

『ヒックとドラゴン 10 砂漠の宝石』
ヒック・ホレンダス・ハドック三世作,クレシッダ・コーウェル古ノルド語訳,相良倫子,陶浪亜希日本語共訳 小峰書店 2013.7 411p 19cm 1000円 ①978-4-338-24910-2
内容 ヒック・ホレンダス・ハドック三世は、バイキングのたぐいまれなヒーローである。史上最高の剣士であるとともに、ドラゴン語の達人でもあった。ドラゴン解放軍の反乱が始まった。ヒックは、たったひとりで、魔女とドラゴンからにげながら、ドラゴンジュエルをさがしている。はたして、見つけられるのだろうか？

『ヒックとドラゴン 11 孤独な英雄』
ヒック・ホレンダス・ハドック三世作,クレシッダ・コーウェル古ノルド語訳,相良倫子,陶浪亜希日本語共訳 小峰書店 2014.7 407p 19cm 1000円 ①978-4-338-24911-9
内容 人間対ドラゴンの全面戦争は、ドラゴン軍優勢のまま、最後の局面をむかえようとしていた。このまま人類はドラゴンにほろぼされてしまうのか…。人類の未来がかかった"運命の冬至"まで、あと4日。ヒックは、失われし宝を取りもどして、人類を救うことができるのか？ついに、カウントダウンが始まった。

『ヒックとドラゴン 12［上］ 最後の決闘 上』ヒック・ホレンダス・ハドック三世作,クレシッダ・コーウェル古ノルド語訳,相良倫子,陶浪亜希日本語共訳 小峰書店 2016.10 258p 19cm 900円 ①978-4-338-24912-6
内容 乗っていた船が沈没し、"失われし十の宝"をアルビンに奪われてしまったヒック。このままではアルビンが新王になってしまう…。ヒックは、それを阻止することができるのだろうか？滅びるのはドラゴンか、それとも人類か…。

『ヒックとドラゴン 12［下］ 最後の決闘 下』ヒック・ホレンダス・ハドック三世作,クレシッダ・コーウェル古ノルド語訳,相良倫子,陶浪亜希日本語共訳 小峰書店 2016.10 278p 19cm 900円 ①978-4-338-24913-3
内容 人間対ドラゴンの最終戦争。いよいよ決着の時がきた。真のヒーローになるための、最後の試練をむかえたヒック。ヒックはフュリオスと対決して、平和をとりもどすことができるのか…。

『ヒックとドラゴン外伝―トゥースレス大騒動』クレシッダ・コーウェル作,相良倫子,陶浪亜希日本語共訳 小峰書店 2012.11 198p 19cm 1000円 ①978-4-338-24951-5
内容 ヒックの狩り用ドラゴン、ちょっぴり

わがままなトゥースレスが主人公の、一話完結のショートストーリー。ヒックとマボロシドラゴンの対決と同時に、トゥースレスが巻きおこす、こわくて、かわいい大騒動とは？特別収録「トゥースレス危機一髪」―トゥースレスが書いた、忘れられない一夜の物語。ヒックとのかたい友情の秘密がここに。

『ヒックとドラゴンドラゴン大図鑑―ドラゴン・ガイドブック』クレシッダ・コーウェル作・絵, 相良倫子, 陶浪亜希日本語共訳　小峰書店　2014.12　205p　19cm　1800円　①978-4-338-24952-2
内容　大むかし、地球上にはたくさんのドラゴンがいました。この本には、さまざまな種類のドラゴンのデータが入っています。ドラゴンの乗り方、しつけ方、そして、攻撃されたときの対処法についての情報も満載です。この本は、バイキングの偉大なるヒーローであり、有名なドラゴン博士でもある、ヒック・ホレンダス・ハドック三世が少年のころに書いたものです。

『ヒックとドラゴンヒーロー手帳』クレシッダ・コーウェル作, 相良倫子, 陶浪亜希訳　小峰書店　2015.7　1冊（ページ付なし）19cm　900円　①978-4-338-24953-9
内容　「ヒックとドラゴン」シリーズの心に残る名言の数々、そして個性的な登場人物たちの紹介など、シリーズのエッセンスがつまった書きこみ式の本。人類とドラゴンの全面戦争の結末は？シリーズ最終章へとつながる1冊だ。

コエーリョ, パウロ
Coelho, Paulo
《1947～》

『アルケミスト』パウロ・コエーリョ著, 山川紘矢, 山川亜希子訳　Anniversary Edition　KADOKAWA　2014.11　255p　16cm〈初版：地湧社 1994年刊〉1200円　①978-4-04-102355-6
内容　半飼いの少年サンチャゴは、宝物がピラミッドに隠されているという夢のお告げを信じ、アンダルシアから砂漠を越えエジプトを目指す。彼はさまざまな出会いと前兆に導かれ困難な旅を続けていく。そしてある錬金術師との大いなる出会いを果たし、ようやくたどり着いたピラミッドで、彼を待ち受けていたものとは―。世界中で大ベストセラーとなった夢と勇気の物語。

『ヴァルキリーズ』パウロ・コエーリョ著, 山川紘矢, 山川亜希子訳　KADOKAWA　2016.6　279p　15cm（角川文庫）〈角川書店 2013年刊の再刊〉920円　①978-4-04-104038-6
内容　『アルケミスト』の執筆後、パウロは師のマスターJに、ある詩ののろいを打ち破るために守護天使と話す、という課題を与えられた。手がかりに沿い砂漠の旅を始めたパウロと妻クリスは、守護天使に会う条件を知るヴァルキリーズと呼ばれる女性たちに出会い行動をともにすることに。しかし2人は守護天使に会うどころか、激しい嫉妬や自己疑念、恐怖と戦わねばならなくなる。名作『星の巡礼』続編の重要作。山川夫妻訳で登場！
別版　角川書店　2013.2

『ザーヒル』パウロ・コエーリョ著, 旦敬介訳　角川文庫　2009.2　437p　15cm（角川文庫）〈発売：角川グループパブリッシング〉743円　①978-4-04-275008-6
内容　ある日、著名な作家のもとを妻が去った。作家はその後も成功を重ね、新しい恋愛も始めたが、当惑は止まない。彼女は誘拐されたのか、それとも単に結婚生活に飽きたのか。答えを求め、作家は旅に出る。フランスからスペイン、クロアチア。数々の不思議な出会いに導かれ、ついには中央アジアの平原へ。風吹きすさぶその地で、作家が触れる愛の真実と運命の力とは―。コエーリョの半自伝的小説。

『ブリーダ』パウロ・コエーリョ著, 木下眞穂訳　角川書店　2012.4　317p　15cm（角川文庫）〈発売：角川グループパブリッシング〉667円　①978-4-04-100173-8
内容　アイルランドの女子大生ブリーダの、英知を求めるスピリチュアルな旅が始まる。旅を導くのは、ふたりの師。恐怖を乗り越えることを教える男と、魔女になるための秘儀を伝授する女。ふたりから特別な力があると認められたブリーダだが、自分の道は自らの手で切り拓かねばならない。実世界との結びつきと、刻々と変容していく自分自身との狭間で、ブリーダの心は揺れる―。コエーリョ初期の感動作、待望の文庫化。
別版　角川書店　2009.9

『不倫』パウロ・コエーリョ著, 木下眞穂訳　KADOKAWA　2016.4　303p　19cm　1800円　①978-4-04-104017-1
内容　優しく裕福な夫、二人の子ども、ジャーナリストとしての恵まれた仕事。幸福を絵に

海外の作品　　　　　　　　　　　　　　　　ゴフスタイン

描いたような生活を送っていたリンダだった
が、ある取材を機に人生を見つめ直し、自分
が抱える深い悲しみに気づいてしまった。自
分は日常生活に追われ、危険を冒すことを恐
れ鈍感になっていた。結婚生活にも情熱は感
じられない。感動も喜びも消え、この孤独感
はだれにも理解してもらえないとリンダは絶
望し始めていた。そんなとき、元彼と再会す
る。政治家として出世街道を歩みながらも同
じような孤独を抱えたその男、ヤコブはリン
ダに問いかけた。「きみは幸せなのかい」と。
その一言がきっかけで、リンダは刺激を求め
危険な道に足を踏み入れる—。

『**星の巡礼**』パウロ・コエーリョ著、山川紘
矢、山川亜希子訳　Anniversary Edition
KADOKAWA　2017.12　382p　16cm
〈初版：角川文庫ソフィア 1998年刊〉
1400円　Ⓘ978-4-04-106327-9
内容 神秘の扉を前に最後の試験に失敗し、奇
跡の剣を手にできなかったパウロは、剣を見
つけ出すため、スペイン北部を東西に横切る
巡礼の道、「銀河の道」へ向かう。聖地サン
チャゴを目指す長い旅路の途中、幾多の試練
が降りかかり、オカルトや魔法に心を奪われ
ていたパウロに、真のマスターへの道が示さ
れる。遠い旅の最後にパウロが行きついた真
実とは—。著者の人生を一変させた体験をも
とに描いた自伝的デビュー作。

『**ポルトベーロの魔女**』パウロ・コエー
リョ著、武田千香訳　角川書店　2011.1
374p　15cm（角川文庫）〈発売：角川
グループパブリッシング〉667円
Ⓘ978-4-04-275009-3
内容 ルーマニアで生まれロンドンで育った
ミステリアスな女性、アテナ。やがて "ポル
トベーロの魔女" と呼ばれるようになるアテ
ナの驚くべき半生が、彼女をよく知る人々、
或いは、よく知っていると思っているだけの
人人によって描かれていく。悪女なのか犠牲
者なのか。詐欺師なのか伝道師なのか。実在
の女性なのか架空の存在なのか。夢を追いか
けて生きるアテナの日々をスピリチュアルに
綴る、パウロ・コエーリョの最高傑作。

『**マクトゥーブ—賢者の教え**』パウロ・コ
エーリョ著、木下眞穂訳　角川書店
2011.2　195p　20cm〈発売：角川グ
ループパブリッシング〉2000円　Ⓘ978-
4-04-791640-1
内容 世界中の多様な文化から紡ぎ出された
知恵の物語たち。『アルケミスト』のパウロ・
コエーリョがおくる、愛と叡智に満ちた人生
のメッセージ。

ゴッデン, ルーマー
Godden, Rumer
《1907〜1998》

『**ポケットのなかのジェーン—四つの人形
のお話　1**』ルーマー・ゴッデン作、プ
ルーデンス・ソワードさし絵、久慈美貴
訳、たかおゆうこ装画　復刊　徳間書店
2018.6　76p　21cm　1400円　Ⓘ978-4-
19-864645-5
内容 ジェーンはせの高さ十センチのお人形。
「ポケットにいれて、外につれてって」とね
がっていますが、もちぬしになった女の子たち
は、ジェーンを人形の家にいれっぱなし。と
ころがある日、ジェーンはげんきな男の子ギ
デオンにであいました。ギデオンは、ジェー
ンをポケットにいれて、はしったり、ぶらん
こにのったり、木のぼりだってするのです！
物語の名手ゴッデンが、人形と子どもたちを
あたたかく描いた珠玉の幼年童話。装画を新
たに復刊です。小学校低・中学年〜

ゴフスタイン, M.B.
Goffstein, M.B.
《1942〜》

『**ゴールディーのお人形**』M.B.ゴフスタイ
ン作、末盛千枝子訳　現代企画室　2013.
11　55p　16×18cm（末盛千枝子ブック
ス）〈すえもりブックス 2003年刊の
再刊〉Ⓘ978-4-7738-1314-2
内容 両親が残した人形を作る仕事を続けな
がら、ひとりで暮らす女の子ゴールディーは、
人形を作るときいつも、四角く切られた木っ
端ではなく、森で拾った枝を使っています。
それじゃないと「生きている」感じがしない
からです。ただの人形、と友だちのオームス
に笑われてもひとつひとつに心をこめて、て
いねいに仕事をしています。そんなある日、
お気に入りの店で、ゴールディーは今までに
見たこともないほど美しい中国製のランプを
見つけます。そしてすばらしい出会いをする
ことになるのです。

『**ピアノ調律師**』M・B・ゴフスタイン作・
絵、末盛千枝子訳　現代企画室　2012.
11　65p　21cm（末盛千枝子ブックス）
〈すえもりブックス 2005年刊の再刊〉
1800円　Ⓘ978-4-7738-1217-6
内容 デビー・ワインストックは、活発でがん

ばり屋さんの女の子です。彼女にとって、ピアノを調律する音は、もうそれだけで、他のどんな音楽よりも最高に美しい音楽でした。デビーのおじいさんのルーベン・ワインストックは世界一のピアノ調律師です。仕事に厳しく、そしてデビーをとても愛している、素晴らしい人です。デビーは、そんなおじいさんのような調律師になる決心をしました。

ゴメス＝セルダ, アルフレッド
Gómez Cerdá, Alfredo
《1951～》

『雨あがりのメデジン』アルフレッド・ゴメス＝セルダ作, 宇野和美訳　鈴木出版　2011.12　173p　20cm〈鈴木出版の海外児童文学 この地球を生きる子どもたち〉1400円　①978-4-7902-3250-6
[内容]数か月前、カミーロたちの住む山の斜面に図書館ができました。空からズドンと落ちてきたまっ黒い岩のような建物は、斜面で奇跡的にとまって、空にむかって口をあけている岩のようです。でも、カミーロとアンドレスは図書館のそばにくるといつもくるりと背をむけます。そのわけは…。スペイン屈指の児童文学作家が、南アメリカ、コロンビアのメデジンできょうを生きぬく十歳のふたりの少年の姿をえがいた、雨あがりの物語。スペイン国民児童文学賞受賞作。

ゴルデル, ヨースタイン
Gaarder, Jostein
《1952～》

『ソフィーの世界―哲学者からの不思議な手紙　上』ヨースタイン・ゴルデル著, 池田香代子訳, 須田朗監修　新装版　NHK出版　2011.5　362p　19cm〈初版：日本放送出版協会1995年刊〉1000円　①978-4-14-081478-9
[内容]ソフィーはごく普通の十四歳の女の子。ある日、ソフィーのもとへ一通の手紙が舞い込んだ。消印も差出人の名前もないその手紙にはたった一行、『あなたはだれ？』と書かれていた。おもいがけない問いかけに、ソフィーは改めて自分をみつめ直す。「わたしっていったいだれなんだろう？」今まであたりまえだと思っていたことが、ソフィーにはとても不思議なことのように思えてきた。その日からソフィーの周りで奇妙なことが次々と起こり始めた…。

『ソフィーの世界―哲学者からの不思議な手紙　下』ヨースタイン・ゴルデル著, 池田香代子訳, 須田朗監修　新装版　NHK出版　2011.5　317p　19cm〈初版：日本放送出版協会1995年刊　索引あり〉1000円　①978-4-14-081479-6
[内容]差出人の名前もない手紙がきっかけで、不思議な哲学講座を受けることになったソフィー。だが、十五歳の誕生日の前日、ソフィーは自分の存在の秘密に気づいてしまった。存在するとはどういうことか？　ソフィーの世界はどこにあるのか？　そして謎の少女ヒルデはいったいどこに？　哲学ミステリーはいよいよクライマックスを迎える…。世界50か国1500万人以上の読者と思考でつながるロングベストセラー。

『ピレネーの城』ヨースタイン・ゴルデル著, 畑澤裕子訳　NHK出版　2013.3　301p　20cm　2000円　①978-4-14-081597-7
[内容]1970年代、学生時代をともに過ごし、愛し合い、認め合っていたスタインとソルルン。ところが、ある“出来事”をきっかけに、突然の別れがやってくる。30年の歳月が流れ、思い出のホテルで、偶然に再会するふたり。離れていた時間を埋めるかのように濃密なメールのやりとりが始まる。なつかしさ、せつなさ、苦い思いを胸にふりかえる青春の日々。ふたりは、たがいに片時も忘れることのなかった“愛”を確認していく。そしていつしか、封印していたあの“出来事”の核心へと話が及んだとき…人生を操るのは“運命”なのか“偶然”なのか。衝撃のラストに心震えるおとなの哲学ミステリー。

コルファー, オーエン
Colfer, Eoin
《1965～》

『アルテミス・ファウル　失われし島』オーエン・コルファー著, 大久保寛訳　角川書店　2010.8　444p　22cm〈発売：角川グループパブリッシング〉2200円　①978-4-04-791637-1
[内容]一万年前、妖精と人間の戦いが起こり、敗色濃厚な妖精族は地下に移動することに決めたが、妖精第八の種族、デーモンだけはそれを拒んだ。彼らは、自らの住むハイブラス島を魔法の力で時空を超えた異次元に移した。だがその魔法の効力は永遠ではなく、一万年たったいま、魔法が解けはじめ、デーモンが

海外の作品 / サッカー

ハイブラス島から地球に戻りはじめていた。アルテミスはデーモンが現れる場所を正確に予測するが、その場所に謎の天才少女が現れ一。

『エアーマン』オーエン・コルファー作,茅野美ど里訳　偕成社　2011.7　585p　22cm　2200円　①978-4-03-726840-4
内容　アイルランド沖の小さな君主国、ソルティー・アイランズ。少年コナー・ブロークハートは、王の殺害犯に仕立てあげられ、リトル・ソルティー島の監獄へ送られてしまう。少年は2年に及ぶ過酷な牢獄ぐらしを生きのび、いま真犯人に復讐を果たすべく、黒い翼の『エアーマン』となる。

『新銀河ヒッチハイク・ガイド　上』E.コルファー著,安原和見訳　河出書房新社　2011.5　284p　15cm（河出文庫）760円　①978-4-309-46356-8
内容　アーサー、フォード、トリリアン、ランダムは、それぞれが長く幸せな生涯を送っていた…つもりだった。ある日、鳥の姿をした『銀河ヒッチハイク・ガイドその二』が、仮想現実の世界を解除してしまうまでは。現実に戻ってみれば、地球は破壊される五分前。今度こそ終わりと覚悟した四人の前に、あの男が現れる一。待望のシリーズ公式続編。

『新銀河ヒッチハイク・ガイド　下』E.コルファー著,安原和見訳　河出書房新社　2011.5　304p　15cm（河出文庫）760円　①978-4-309-46357-5
内容　雷神トールとの密会を果たしたゼイフォードが、意気揚々と宇宙船に戻ってみれば…トリリアンは不死人ワウバッガーと恋に落ち、それを見たランダムはグレまくり、アーサーは恋人姿のコンピュータにご執心で、フォードは飲んだくれていた。一方、地球人絶滅にいそしむヴォゴン船団のミサイルが、刻一刻と彼らに迫っていた一。シリーズついに完結。

サッカー, ルイス
Sachar, Louis
《1954～》

『ウェイサイド・スクールはきょうもへんてこ』ルイス・サッカー作,野の水生訳,きたむらさとし絵　偕成社　2010.4　252p　21cm　1400円　①978-4-03-631570-3
内容　30教室がならぶ平屋の校舎になるはずが、ちょっとした手ちがい(!?)で、建ったのはひとつの階にひとつの教室、ひょろひょろ

の30階建て校舎。この妙ちきりんなウェイサイド・スクールでは、きょうもまた、ごくありふれたふつうの一日が始まろうとしています…小学校高学年以上。

『ウェイサイド・スクールはますますへんてこ』ルイス・サッカー作,野の水生訳,きたむらさとし絵　偕成社　2010.9　317p　21cm　1600円　①978-4-03-631580-2
内容　たとえどんなに理不尽な先生がいても、どんなに凶悪なクラスメートがいても、カフェテリアのメニューがとてつもなくとんでもなくても、自分の本当の名を呼んでもらえなくても、「存在しない」クラスがあっても、地下に「謎の男」がいても、やっぱり学校っておもしろい！奇才ルイス・サッカーの技が光る30話。小学校高学年以上。

『きみの声がききたいよ！』ルイス・サッカー作,はるらい訳,むかいながまさ絵　文研出版　2012.4　127p　22cm（文研ブックランド）1200円　①978-4-580-82155-2
内容　マーヴィンは、ケイシーの家にさそわれ、まほうの水晶を見せられる。何でも願いがかなうというケイシーに、半信半疑のマーヴィン。あやしい点をあげているうちに口論となり、マーヴィンは思わず、「だまりますように！」と願ってしまう。すると、まほうがきいたのか、ケイシーはぴたっと口をとじ、どんなにおこってもなだめても、ひと言もしゃべらなくなる。話している証拠を見つけようとするマーヴィンと、スキを見せないケイシーの無言のバトル。一マーヴィンはまほうをとくことができるのか？「マーヴィン・レッドポスト」シリーズ第4弾。小学中級から。

『地獄坂へまっしぐら！』ルイス・サッカー作,はるらい訳,むかいながまさ絵　文研出版　2012.10　119p　22cm（文研ブックランド）1200円　①978-4-580-82180-4
内容　いつのまにか、度胸だめしの「地獄坂」を、マウンテンバイクでかけおりることになったマーヴィン。ところが、新しいバイクは大きすぎて、またぐのもやっと。ギアやブレーキの使い方もわからない。「やるといったら、やるよな、マーヴィン。」「勇気あるんだ。わたしも見にいくからね。」「舌をかみ切った子もいるから、気をつけて。」猛スピードでふくらむクラスメートの期待に、押しつぶされそうになるマーヴィン。一マーヴィンは「地獄坂」に立つことができるのか？「マーヴィン・レッドポスト」シリーズ第5弾。小学中級から。

ヤングアダルトの本　いま読みたい小説4000冊　403

サトクリフ   海外の作品

『どうしてぼくをいじめるの？』ルイス・
サッカー作, はらるい訳, むかいながま
さ絵　文研出版　2009.4　111p　22cm
（文研ブックランド）1200円　①978-4-
580-82063-0
　内容　マーヴィンは、いじめっ子に「鼻をほ
じってた」といってからかわれる。みんなに
「ほじってない」といえばいうほど、うわさ
がひとり歩きして、親友にも仲間はずれにさ
れ、先生にまで「きたない子」と思われてし
まう。泣きそうになったマーヴィンは、ふと
ベッドで鼻をほじっている自分に気づき、が
くぜんとする。マーヴィンはこのピンチをき
りぬけることができるのか？―読みだしたら
とまらず、読みおえたら勇気が出てくるお話
です。

『ぼくって女の子??』ルイス・サッカー作,
はらるい訳, むかいながまさ絵　文研出
版　2011.8　127p　22cm（文研ブック
ランド）1200円　①978-4-580-82129-3
　内容　マーヴィンはケイシーに、「ひじの外側
にキスしたら、男子は女子になる。」と言わ
れ、「ありえない！」と思いながらも、試さず
にはいられない。偶然にも「やってしまった」
マーヴィンは、あわててパジャマの中をのぞ
くが、まだだいじょうぶ。ところが、お母さ
んに妹の声とまちがえられたり、髪をピッグ
テールにしてみたくなったり、「i」の字の点を
ハートマークにしてみたり…なんかヘン。―
マーヴィンは、女子になってしまうのか？ま
たもとのマーヴィンにもどれるのか？「マー
ヴィン・レッドポスト」シリーズ第3弾。小
学中級から。

サトクリフ, ローズマリ
Sutcliff, Rosemary
《1920～1992》

『運命の騎士』ローズマリ・サトクリフ作,
猪熊葉子訳　岩波書店　2009.8　437p
18cm（岩波少年文庫）800円　①978-4-
00-114594-6
　内容　犬飼いの孤児ランダルは、ふとしたこ
とから、騎士ダグイヨンの孫、ベービスの小
姓として育てられることになった。ノルマン
人によるイギリス征服の時代を背景に、二人
の青年騎士の数奇な運命と、生涯をかけた友
情を描く。

『王のしるし　上』ローズマリ・サトクリ
フ作, 猪熊葉子訳　岩波書店　2010.1
254p　18cm（岩波少年文庫）680円

①978-4-00-114595-3
　内容　およそ2000年前のスコットランド。奴
隷の剣闘士フィドルスは、不当に王位を追わ
れ盲目にされたダルリアッド族の王マイダー
の替え玉として雇われる。氏族の運命をかけ
た戦いのなかで、フィドルスはしだいに「王」
になってゆく。中学以上。

『王のしるし　下』ローズマリ・サトクリ
フ作, 猪熊葉子訳　岩波書店　2010.1
222p　18cm（岩波少年文庫）640円
①978-4-00-114596-0
　内容　マイダーから不当に王位を奪ったカレド
ニア族の女王リアサンを、ローマ軍の砦に追
い詰めたフィドルスとマイダー。復讐はなし
得るのか。氏族を守るためにフィドルスが下
した決断とは…。人は何によって生きるかを
深く問う衝撃作。中学以上。

『ケルトの白馬/ケルトとローマの息子』
ローズマリー・サトクリフ著, 灰島かり
訳　筑摩書房　2013.1　493p　15cm
（ちくま文庫―ケルト歴史ファンタ
ジー）〈「ケルトの白馬」（ほるぷ出版
2000年刊）と「ケルトとローマの息子」
（ほるぷ出版 2002年刊）の合本〉880円
①978-4-480-43021-2
　内容　古代ケルト人の描いた巨大地上絵「ア
フィントンの白馬」の謎をもとに、BC1世紀の
古イングランドで、馬と生きたイケニ族の少
年を描く「ケルトの白馬」。その200年後、ロー
マのブリタニア遠征を背景に、ケルト人に育
てられたローマ人の息子が、困難を乗り越え
たくましく生きる姿を描く「ケルトとローマ
の息子」。いずれもサトクリフ得意の古代ブ
リテンものの傑作である。

『白馬の騎士―愛と戦いのイギリス革命
上』ローズマリ・サトクリフ著, 山本史
郎訳　原書房　2008.11　254p　20cm
1800円　①978-4-562-04183-1
　内容　清教徒革命に向かうイギリス最大の内
乱時代、議会派を率いるクロムウェル軍の総
司令官トマス・フェアファックスと気丈な妻
アン。アンは夫とともに戦いの前線におもむ
き、捕虜となりながらも理不尽な略奪を阻止
する。困難な状況をくつがえす決定的な勝利
の後、真の愛に目覚める物語。

『白馬の騎士―愛と戦いのイギリス革命
下』ローズマリ・サトクリフ著, 山本史
郎訳　原書房　2008.11　252p　20cm
1800円　①978-4-562-04184-8
　内容　清教徒革命に向かうイギリス最大の内
乱時代、議会派を率いるクロムウェル軍の総
司令官トマス・フェアファックスと気丈な妻

海外の作品 シアラー

アン。アンは夫とともに戦いの前線におもむき、捕虜となりながらも理不尽な略奪を阻止する。困難な状況をくつがえす決定的な勝利の後、真の愛に目覚める物語。

『辺境のオオカミ』ローズマリ・サトクリフ作, 猪熊葉子訳 岩波書店 2008.10 383p 18cm（岩波少年文庫）760円 ①978-4-00-114586-1
内容 北ブリテンの辺境守備隊に左遷されたローマ軍の若き指揮官アレクシオス。衰退の一途をたどる帝国の辺境で、挫折と挑戦、出会いと別れを経て、やがて"辺境のオオカミ"として生きる決意を固める。ローマン・ブリテン四部作の最終編。中学生以上。

『ほこりまみれの兄弟』ローズマリー・サトクリフ著, 乾侑美子訳 評論社 2010.8 325p 20cm 1700円 ①978-4-566-02096-2
内容 孤児の少年ヒューは、意地悪なおばさんの家を逃げ出した。お供は、愛犬のアルゴスと、ツルニチニチソウの鉢植え。めざすは、学問の都オクスフォード。ところが、とちゅうで旅芸人の一座に出会い、すっかり魅せられたヒューは、彼らとともに旅することに。やがて―ヒューに、つらい決断をせまる時がやってくる…。自由で楽しい旅暮らしの物語の奥に、生きることの意味を考える、深い主題がかくされた秀作。

『炎の戦士クーフリン 黄金の騎士フィン・マックール』ローズマリー・サトクリフ著, 灰島かり, 金原瑞人, 久慈美貴訳 筑摩書房 2013.2 509p 15cm（ちくま文庫―ケルト神話ファンタジー）〈「炎の戦士クーフリン」（ほるぷ出版 2003年刊）と「黄金の騎士フィン・マックール」（ほるぷ出版 2003年刊）の合本〉880円 ①978-4-480-43022-9
内容 太陽神ルグとアルスターの王女テビテラのあいだに生まれた英雄クーフリンの哀しい戦いの物語と、フィアンナ騎士団の英雄で、未来を見通し病人を癒やす不思議な力を持つフィン・マックールの物語。エリンと呼ばれた古アイルランドで活躍した美しく逞しい騎士たちを、神々や妖精が息づく世界のなかで鮮やかに描く。サトクリフ神話英雄譚の傑作2作を1冊にまとめる。

シアラー, アレックス
Shearer, Alex
《1949～》

『あの雲を追いかけて』アレックス・シアラー著, 金原瑞人, 秋川久美子訳 竹書房 2012.11 374p 20cm 1400円 ①978-4-8124-9205-5
内容 クラウド・ハンターは、空の生き物で、翼はないけど空魚みたいなものだ。船がクラウド・ハンターの翼で、帆が羽であり鱗である。空高く舞いあがり、自由に生まれついた人々なんだ。雲を狩る一族の少女とふつうの少年の、ひと夏の冒険。

『ガラスの封筒と海と』アレックス・シアラー著, 金原瑞人, 西本かおる訳 求龍堂 2017.6 255p 20cm 1600円 ①978-4-7630-1705-5
内容 ぼくは、最後にもう一度手紙を書いた。ずっと海に送りたかった手紙を。あきらめない勇気とさわやかな感動をくれる奇跡の物語。

『骨董通りの幽霊省』アレックス・シアラー著, 金原瑞人, 西本かおる訳 竹書房 2016.12 318p 19cm 1600円 ①978-4-8019-0919-9
内容 幽霊省は幽霊がいるか調べるお役所だが、あと3か月で見つけないと取りつぶされてしまう。そこで幽霊探しのアルバイトを募集するが…!?

『スキ・キス・スキ！』アレックス・シアラー著, 田中亜希子訳 あかね書房 2011.2 351p 19cm（YA Step！）1500円 ①978-4-251-06671-8
内容 アリーは人気バンド「ファイブナイン」のボーカル、スティービーに夢中。誕生日にコンサートに行くことになったけど、行く手には嫌味なライバル、マーリーンが！スターに恋しちゃったアリーの、ドキドキラブ物語。アレックス・シアラーの初期作品、ついに日本上陸。

『世界でたったひとりの子』アレックス・シアラー著, 金原瑞人訳 竹書房 2012.10 453p 15cm（竹書房文庫）705円 ①978-4-8124-9165-2
内容 医療技術が発達し、いつまでも若いまま生きられるようになった世界では、かわりに子どもが生まれなくなった。数少ない本物の子ども、タリンは「子どもとのひととき」を提供することで暮らしをたてていたが、大人になる前に見た目を子どものままにしておく「永遠の子ども」手術を受けるよう期待される。大人だらけの世界で生きる少年タリンの運命は？…。

『This is the Life』アレックス・シアラー著, 金原瑞人, 中村浩美訳 ［東京］

求龍堂　2014.3　301p　20cm　1600円
①978-4-7630-1417-7
内容 アレックス・シアラーの実体験を基に
した、書き下ろし小説。死にゆく兄を見守る
弟の心を描いた美しい物語。

『魔法があるなら』アレックス・シアラー
著, 野津智子訳　愛蔵版　PHP研究所
2015.1　332p　19cm　1400円　①978-
4-569-78441-0
内容 午後6時。世界一すてきなデパートでお
金も住む家もない3人組のとんでもない冒険
が始まる！ ぐいぐい引き込まれるスリル満
点！ 傑作ストーリー。

『ラベルのない缶詰をめぐる冒険』アレッ
クス・シアラー著, 金原瑞人訳　竹書房
2012.7　356p　15cm（竹書房文庫）667
円　①978-4-8124-9042-6
内容 くるくる天然パーマに牛乳瓶めがねの
少年、ファーガルの趣味は、スーパーで安売り
される、「ラベルのない（取れてしまった）」缶
詰を集めること。中身を想像し、並べて楽し
むのだ。ところがある日手に入れたのは、軽
くて振るとカラコロ音がするおかしな缶詰。
好奇心に負け、ふたを開けると、中には金
のピアスが入っていた！ いったいなぜ―？
こうして、ファーガルの、ラベルのない缶詰
をめぐる冒険がはじまった…。

シェパード, ジム
Shepard, Jim
《1956～》

『わかっていただけますかねえ』ジム・
シェパード著, 小竹由美子訳　白水社
2016.11　278p　20cm（エクス・リブリ
ス）2600円　①978-4-560-09047-3
内容 あるときは古代ローマの書記官、あると
きはフランス革命の死刑執行人、またあると
きは世界初のソ連女性宇宙飛行士。古今の歴
史のひと幕から、渦中の人物になりきって語
る11の“体験談”。「虚実皮膜」の味わい。米
の異才による傑作短篇集。全米図書賞最終候
補、ストーリー賞受賞作品。

シェム＝トヴ, タミ
Shem‐Tov, Tami
《1969～》

『ぼくたちに翼があったころ―コルチャッ
ク先生と107人の子どもたち』タミ・

シェム＝トヴ作, 樋口範子訳, 岡本よし
ろう画　福音館書店　2015.9　350p
20cm　1700円　①978-4-8340-8116-9
内容 そこには、輝くような日々があった！
子どもを心から愛する大人たちに支えられ、
一歩一歩自立していく孤児たち。厳しさとや
さしさに満ちたいとなみは、いつまでも続く
はずだった…。コルチャック先生が全身全霊
で伝えた大切なメッセージ。

シスネロス, サンドラ
Cisneros, Sandra
《1954～》

『マンゴー通り、ときどきさよなら』サン
ドラ・シスネロス著, くぼたのぞみ訳
白水社　2018.5　191p　18cm（白水u
ブックス―海外小説の誘惑）〈晶文社
1996年刊の再刊〉1300円　①978-4-560-
07218-9
内容 アメリカンドリームを求めて、プエル
トリコやメキシコから渡ってきた移民が集ま
る街に引っ越してきたエスペランサ。成功と
自由を夢見る人びとの日常の喜びと悲しみ、
声にならない声を、少女のみずみずしい感性
ですくいあげた名作。

シャスターマン, ニール
Shusterman, Neal
《1962～》

『エヴァーロスト』ニール・シャスターマ
ン著, 岡田好惠訳　ソフトバンククリエ
イティブ　2008.2　477p　16cm（ソフ
トバンク文庫）800円　①978-4-7973-
4227-7
内容 14歳のニックとアリーは、交通事故で
即死した。しかし、9カ月後、二人はふたた
び目を覚ます。そこは、事故で死んだ子ども
たちが一時的に滞在する中間地点“エヴァー
ロスト”だった。慣れない世界に恐怖と戸惑
いを感じながらも、どうしても家に帰りたい
アリーはニックとともに旅へ出る。そこには
エヴァーロストのカリスマ的指導者、美少女
メアリーとの出会いが待っていた―生と死の
狭間の世界を精緻に描いた、魅惑の冒険ファ
ンタジー。

『僕には世界がふたつある』ニール・シャ
スタマン著, 金原瑞人, 西田佳子訳　集
英社　2017.7　357p　19cm　2200円

海外の作品　　　　　　　　　　　　　　　シャン

①978-4-08-773489-8
内容 妄想と幻覚が見せる海の世界、それは
いつしか現実と混ざりはじめ…精神疾患の不
安な "航海" をリアルに描く青春小説。2015
年全米図書賞児童文学部門受賞、2015年ボス
トングローブ・ホーンブック賞オナー受賞、
2016年ゴールデン・カイト賞受賞。息子の闘
病経験にもとづくベストセラー小説。

ジャック, クリスチャン
Jacq, Christian
《1947～》

『スフィンクスの秘儀　上』クリスチャ
　ン・ジャック著、伊藤直子監訳、伊禮規
　与美、澤田理恵訳　竹書房　2018.2
　303p　15cm（竹書房文庫）800円
　①978-4-8019-1364-6

『スフィンクスの秘儀　下』クリスチャ
　ン・ジャック著、伊藤直子監訳、伊禮規
　与美、澤田理恵訳　竹書房　2018.2
　303p　15cm（竹書房文庫）800円
　①978-4-8019-1365-3

シャミ, ラフィク
Schami, Rafik
《1946～》

『愛の裏側は闇　1』ラフィク・シャミ著,
　酒寄進一訳　東京創元社　2014.8　318p
　20cm　2200円　①978-4-488-01032-4
　内容 「ねえ、ぼくたちの恋は本当にうまくい
　くと思う？」1960年春、シリア。ムシュター
　ク家のファリードとシャヒーン家のラナーは、
　一族の者に隠れて逢瀬を続けていた。十二歳
　で出会ってすぐ、恋に落ちたふたり。しかし
　片田舎のマーラ村に住む両家は、何十年ものあ
　いだ血で血を洗う争いを続ける仇敵同士だっ
　たのだ。一方、1969年のダマスカスで、礼拝
　堂の壁にぶら下げられた篭の中から、首の骨
　を折られた男の死体が発見される。殺害され
　たのは秘密警察官のマフディ・サイード少佐
　で、胸ポケットには謎めいた文章が書かれた
　灰白色の紙が残されていた。ふたつの物語の
　断片に、一族の来歴、語り部による哀話や復
　讐譚を加えて構成された全304章が、百年に
　わたるシリアの人々・風土・文化が埋め込ま
　れた壮大なモザイク画となる。今世紀最大級
　の世界文学第一巻！

『愛の裏側は闇　2』ラフィク・シャミ著,

酒寄進一訳　東京創元社　2014.9　402p
20cm　2500円　①978-4-488-01033-1
内容 1953年、シリア。片田舎のマーラ村で権
勢を誇るムシュタークの一族に生まれたファ
リードは、村の記憶が深く刻まれた楡の老樹
を燃やした罪を着せられ、寄宿制の修道院学
校に入れられてしまう。アラビア語を禁止さ
れ、本名を使うことさえ許されず、厳しい労
働やリンチ、嫌がらせ、そして孤独に耐えつ
づける日々。だがそこで、修道士のガブリエ
ルや上級生のブーロスに助けられ、彼らを支
えとするようになる。これが、ファリードの
人生にとって重大な出会いだとも知らずに。
家族の愛情と友情、笑い声に満ちた明るい幼
年期と、恋人や家族と引き離され、孤独と絶
望に覆われた修道院生活を送る少年時代。一
族の繋がりと運命に翻弄されながらも懸命に
成長する少年の姿を描く第二巻。

『愛の裏側は闇　3』ラフィク・シャミ著,
　酒寄進一訳　東京創元社　2014.10
　382p　20cm　2500円　①978-4-488-
　01034-8
　内容 1959年秋、シリア。好成績で高校を卒
　業し大学進学が認められたファリードは、友
　人の影響で共産主義青年同盟に入る。同じく
　大学に進学したラナーとは秘密裡に交際をつ
　づけていたが、混乱を極める政情の中で秘密
　警察に逮捕されてしまう。そして共産主義を
　捨てることを拒否したためダマスカス郊外の
　収容所に送られ、日常的に虐待を受ける獄中
　生活が始まる。一方ラナーは、収容所送りと
　なったファリードを想いながら暮らすしかな
　かったが、家族の卑劣な企てによりいとこに
　暴行され、無理矢理結婚させられる。心を閉
　ざして結婚生活をやりすごそうとするが、つ
　いに精神に変調を来しはじめてしまう。それ
　ぞれに訪れた地獄の先に待つものとは―。今
　世紀最大級の世界文学、堂々の完結。

シャン, ダレン
Shan, Darren
《1972～》

『クレプスリー伝説―ダレン・シャン前史
　1　殺人者の誕生』Darren Shan作, 橋本
　恵訳, 田口智子絵　小学館　2011.4
　317p　22cm　1600円　①978-4-09-
　290551-1
　内容 なぜバンパイアになったのか!?オレンジ
　色の髪のわけは？ もったいぶった話し方の由
　来は？ 左のほおのするどいきずあとは、いっ
　たいだれがつけたのか？ 人気No.1キャラク

ヤングアダルトの本　いま読みたい小説4000冊　**407**

シャン　　　　　　　　　　　　　　　　　　　　　　　海外の作品

ターの謎が明かされる。番外編新スタート。
オレンジ色の髪のバンパイア、ラーテン・ク
レプスリーの幼年時代から、ダレン・シャン
少年に出会うまでの物語。

『クレプスリー伝説—ダレン・シャン前史
　2　死への航海』Darren Shan作, 橋本恵
訳, 田口智子絵　小学館　2011.6　285p
22cm　1600円　①978-4-09-290552-8
内容 オレンジ色の髪のバンパイア、ラーテ
ン・クレプスリーは、バンパイアとしての修行
をつづけるうち、自分の生き方に疑問をいだ
き、師匠シーバーのもとをはなれる決意をす
る。自由気ままに生きはじめたクレプスリー
は、ある少女と出会う…。クレプスリーが引
き起こした、世にもいまわしい事件とは!?—。

『クレプスリー伝説—ダレン・シャン前史
　3　呪われた宮殿』Darren Shan作, 橋本
恵訳, 田口智子絵　小学館　2011.12
270p　22cm　1600円　①978-4-09-
290553-5
内容 クレプスリーが歩み始めた新たな道に
立ちはだかる悲しき運命とは…「ダレン・シャ
ン」新シリーズ第3巻。

『クレプスリー伝説—ダレン・シャン前史
　4　運命の兄弟』Darren Shan作, 橋本恵
訳, 田口智子絵　小学館　2012.4　294p
22cm　1600円　①978-4-09-290554-2
内容 驚きのラスト…番外編最終巻。「ダレン・
シャン」へとつながる物語。

『The city　1　アユアマルカ—蘇る死者』
D.B.シャン著, 西本かおる訳　小学館
2008.11　549p　22cm　2200円　①978-
4-09-290541-2
内容 俺はいったい誰なのだ!?アユアマルカ
とは何だ!?『ダレン・シャン』『デモナータ』
に続く戦慄の第3弾！　18歳以上向き。

『The city　2　地獄の地平線』ダレン・
シャン著, 西本かおる訳　小学館
2009.10　655p　22cm〈絵：田口智子〉
2400円　①978-4-09-290542-9
内容 1巻の主人公カパク・ライミと同じ時期、
同じ街、同じボスのもとに2巻の主人公アル・
ジーリーは存在する。違う流れの中にいなが
ら、二人はときに交差する命運にある。アユ
アマルカとは何か、インカの神官たちとは何
者か、連続殺人事件の背後にあるものとは…。
ダレン・シャン氏ならではの奇怪な小説世界
が、読者を不思議な陶酔にいざなう。

『The city　3　蛇の街』ダレン・シャン
著, 西本かおる訳　小学館　2010.7
638p　22cm〈絵：田口智子〉2400円

①978-4-09-290547-4
内容 1巻の主人公カパク・ライミと、2巻の主
人公アル・ジーリーがついに巡り会うことに
なる。強烈なふたりの個性が鋭く対峙する。
アユアマルカの秘密、インカの神官たちの陰
謀…。緊迫したストーリー展開のなかで、徐々
に解明されていく謎の世界。構成力の確かさ、
複雑な人間模様の描写力。作家ダレン・シャ
ンの真骨頂がここにある。

『デモナータ　1幕　ロード・ロス』Darren
Shan作, 橋本恵訳, 田口智子絵　小学館
2012.4　395p　18cm（小学館ファンタ
ジー文庫）680円　①978-4-09-230181-8
内容 パパが、ママが、姉貴が、とつぜんぼく
にやさしくなった。ぼくは、悪い病気でもう
すぐ死んでしまうのか？　家族の秘密をのぞ
いたぼくは—そこに地獄を見た。大人気「ダ
レン・シャン」シリーズの著者が、世界中を
戦りつの悪夢にさそう。

『デモナータ　2幕　悪魔の盗人』Darren
Shan作, 橋本恵訳, 田口智子絵　小学館
2012.4　409p　18cm（小学館ファンタ
ジー文庫）680円　①978-4-09-230182-5
内容「デモナータ」2人目の主人公はカーネ
ル。カーネルは、光のかけらを集めてまどを
あけることができる。学校の野外授業に出か
けたときに、事件は起こった…。大好きな弟
のアートがさらわれた—弟を悪魔からとりか
えせ。

『デモナータ　3幕　スローター』Darren
Shan作, 橋本恵訳, 田口智子絵　小学館
2012.5　416p　18cm（小学館ファンタ
ジー文庫）〈2006年刊の再刊〉680円
①978-4-09-230183-2
内容 シリーズ第3幕の始まりは、第1幕のラ
ストシーンから四か月後—。ダービッシュと
グラブスが向かった先はホラー映画「スロー
ター（大虐殺）」の撮影現場。そこで子役が
つぎつぎと消えていく不可思議な事件が起こ
る…。事件は悪魔のしわざなのか!?子羊vs魔
術同盟vs魔将ロード・ロス緊迫の戦い。

『デモナータ　4幕　ベック』Darren Shan
作, 橋本恵訳, 田口智子絵　小学館
2012.7　432p　18cm（小学館ファンタ
ジー文庫）〈2007年刊の再刊〉680円
①978-4-09-230184-9
内容 シリーズ3人目の主人公は、少女ベック。
時代は五世紀。世界にはまだ魔力が残ってい
た。魔術をあやつるベックの前に、つぎつぎ
と悪魔があらわれる—。悪魔はなぜ人間のも
とにやってきたのか？

『デモナータ　5幕　血の呪い』Darren

Shan作, 橋本恵訳, 田口智子絵　小学館
2012.7　417p　18cm（小学館ファンタ
ジー文庫）680円　①978-4-09-230185-6
内容 夜ごと、グラブスを悩ませるこわい夢。
それは、自分が狼人間に変身してしまう夢だっ
た―。一族の呪われた運命が、グラブスにも
ふりかかるのか？　そして、物語はさらなる
悲劇へ！

『デモナータ　6幕　悪魔の黙示録』
Darren Shan作, 橋本恵訳, 田口智子絵
小学館　2012.8　369p　18cm（小学館
ファンタジー文庫）〈2005〜2009年刊の
再刊〉680円　①978-4-09-230186-3
内容 飛行機で起こったおぞましい事件のそ
の後―。グラブス、カーネル、ベック、3人の
主人公たちの運命が重なりあう…。そして、
見えてきた伝説の武器、カーガッシュの正体
とは。

『デモナータ　7幕　死の影』Darren Shan
作, 橋本恵訳, 田口智子絵　小学館
2012.10　367p　18cm（小学館ファンタ
ジー文庫）〈2008年刊の再刊〉680円
①978-4-09-230187-0
内容 ビルEの肉体を借りて、現代によみが
えった少女ベックは、魔術師ベラナバスたち
と、ふたたび戦いへと向かう。たどりついた
場所は、巨大な船上。そこで、ベックたちが
目にした不気味な存在―。それこそが、本当
の敵だった。

『デモナータ　8幕　狼島』Darren Shan
作, 橋本恵訳, 田口智子絵　小学館
2012.10　345p　18cm（小学館ファンタ
ジー文庫）〈2009年刊の再刊〉680円
①978-4-09-230188-7
内容 ダービッシュおじさんの屋敷をおそっ
たのは、狼人間たちだった。かれらを監視す
る『子羊』のリーダーをさがしてたどりつい
た場所は、狼島。狼人間たちと戦ううちに、
グラブスの体に流れる“一族の血”が目を覚
ます。ついに予告されたグラブスの未来―。
別版 小学館 2009.2

『デモナータ　9幕　暗黒のよび声』
Darren Shan作, 橋本恵訳, 田口智子絵
小学館　2012.12　328p　18cm（小学館
ファンタジー文庫）〈2009年刊の再刊〉
680円　①978-4-09-230189-4
内容 悪魔との戦いで、両目をうしなったカー
ネル。デモナータで作った新たな両目には、
いままでとはちがう光のかけらが映ってい
た…。カーネルは、この新たな光のささやき
に導かれ、地球を飛びだし、宇宙の起源と壮大

な歴史を知ることに。ついに明かされるカー
ガッシュの謎。
別版 小学館 2009.8

『デモナータ　10幕　地獄の英雄たち』
Darren Shan作, 橋本恵訳, 田口智子絵
小学館　2012.12　363p　18cm（小学館
ファンタジー文庫）〈2009年刊の再刊〉
680円　①978-4-09-230190-0
内容 グラブスに両目をうばわれたカーネル、
予言された未来の自分の姿におびえるグラブ
ス、そして、魔将ロード・ロスにとらわれた
ベック。この3人は、はたして、伝説の武器
カーガッシュとして、最大、最強の敵から人
類を守ることができるのか？　人類、そして
地球の運命は!?―。
別版 小学館 2009.12

『やせっぽちの死刑執行人　上』Darren
Shan作, 西本かおる訳, 田口智子絵　小
学館　2010.5　252p　22cm　1400円
①978-4-09-290544-3
内容 主人公のジェベルは、やせっぽちの少
年だ。彼の住む町では、死刑執行人がとても
名誉ある地位にある。ジェベルは父のあとを
継いで死刑執行人になるため、奴隷のテル・
ヒサニと試練の旅に出かける…。勇気とは、
愛とは、友情とはなにか!?作家ダレン会心作。

『やせっぽちの死刑執行人　下』Darren
Shan作, 西本かおる訳, 田口智子絵　小
学館　2010.5　270p　22cm　1400円
①978-4-09-290545-0
内容 主人公ジェベルと奴隷テル・ヒサニの
試練の旅は続く。危険な旅、苦難の道。はた
して日の神サッバ・エイドの元にたどりつけ
るのか、非情に徹して無敵の力を得ることが
できるのか…。

ジョージ, ジーン・クレイグヘッド
George, Jean Craighead
《1919〜2012》

『駅の小さな野良ネコ』ジーン・クレイグ
ヘッド・ジョージ作, 斎藤倫子訳, 鈴木
まもる絵　徳間書店　2013.1　243p
19cm　1500円　①978-4-19-863548-0
内容 ある晩、心ない飼い主に川へ投げすて
られた若いメスのトラネコ。必死で水から上
がると、そこは駅前の空き地で、女王ネコと
五匹のメスの野良ネコが暮らしていた。トラ
ネコもここをねぐらに定め…。一方、空き地

のそばの屋敷に、里親のおばさんと二人きりで暮らす十四歳の少年マイケルは、このトラネコになぜか心ひかれ…？ 人と自然の共生をテーマに作品を書きつづけたニューベリー賞受賞作家が、身近な動物、野良ネコの暮らしを、リアルな筆致で描く。アカギツネ、メンフクロウ、シカ…野生動物が息づく緑ゆたかな郊外の町でくり広げられる、両親を亡くした少年とすてネコの、心のふれあいの物語。小学校高学年～。

『ぼくだけの山の家』ジーン・クレイグヘッド・ジョージ作、茅野美ど里訳　偕成社　2009.3　277p　20cm　1600円　①978-4-03-726740-7
内容 自分ひとりの力でやれる―ニューヨークの家を出て、少年サムがむかったのは、キャッツキル山脈の深い森。大木のうろをすみかとし、ハヤブサ「フライトフル」とともに一年間をすごします。すべてを自分で考え、つくり、解決してゆくサム。やがて、自然とは、そして自分とはなにか、ということに気がつきはじめます。アメリカでよみつがれてきた名作、50年目の初邦訳。小学校高学年から。

ジョーンズ, ダイアナ・ウィン
Jones, Diana Wynne
《1934～2011》

『アーヤと魔女』ダイアナ・ウィン・ジョーンズ作, 田中薫子訳, 佐竹美保絵　徳間書店　2012.7　123p　22cm　1700円　①978-4-19-863447-6
内容 身よりのない子どもの家で育った女の子、アーヤは、ある日、魔女の家にひきとられることになった。魔法を教えてもらえると思ったアーヤは、はじめは、よろこんだ。ところが、家にとじこめられて、毎日こきつかわれてばかり。すっかりいやになったアーヤは、魔女の飼っている黒ネコ、トーマスにたすけてもらい、こっそり、魔女に立ちむかうための呪文を、作ることにした…。「ファンタジーの女王」の遺作を、豪華なカラー挿絵をたっぷり入れて贈ります。小学校低・中学年～。

『いたずらロバート』ダイアナ・ウィン・ジョーンズ作, エンマ・チチェスター・クラーク絵, 槙朝子訳　普及版　復刊ドットコム　2016.2　142p　20cm　1800円　①978-4-8354-5315-6
内容 メイン館という、古くて由緒ある館がありました。見物客がにぎわうその館に、む

かし“いたずらロバート”といわれた魔法使いが、少女の気まぐれから、墓の下から呼びだされてしまいました。何しろ過去の人なので、今と昔の区別がつかず、思わぬ大騒動がもちあがります…。「魔女集会通り26番地」で有名なカーネギー賞作家のファンタジー。

『うちの一階には鬼がいる！』ダイアナ・ウィン・ジョーンズ著, 原島文世訳　東京創元社　2012.7　318p　15cm（創元推理文庫）960円　①978-4-488-57214-3
内容 母さんが再婚したジャック・マッキンタイアは、横暴で子ども嫌いのいやなやつ。おまけに感じの悪い兄弟までついてきた。マッキンタイア家に同居するようになった三人の子どもたちは、地獄の日々をおくっていた。そんなある日、ジャックが買ってきた化学実験セット。それがとんでもない代物だった。英国児童文学の女王が家族の危機と魔法騒動をユーモラスに描く面白ファンタジー。

『キャットと魔法の卵』ダイアナ・ウィン・ジョーンズ作, 田中薫子訳, 佐竹美保絵　徳間書店　2009.8　424p　19cm（大魔法使いクレストマンシー）1800円　①978-4-19-862789-8
内容 次代クレストマンシーとして城で教育を受けているキャット少年は、あるとき、近くの村に住むマリアンという少女と知りあった。マリアンの一族は代々続く魔女の家系で、一族の長であるマリアンの祖母は最近、近隣の別の一族と対立しているらしい。祖母の屋根裏に長年置かれていた卵をマリアンから譲ってもらったキャットが、苦労して孵したところ、現れたのは思いがけない生き物だった。一方マリアンは、祖母の引き起こした魔女同士の魔法を駆使した争いに巻きこまれてしまい…？「魔法のファンタジーを書かせたら第一人者」「ファンタジーの女王」と評価の高い、ダイアナ・ウィン・ジョーンズの代表連作「大魔法使いクレストマンシー」の一作。クレストマンシー城と近隣の村に、魔法の生き物や不思議な機械も登場！『魔女と暮らせば』で活躍したキャット少年のその後を知りたい、という読者の声に応えて書かれた、にぎやかに展開する楽しい物語。

『銀のらせんをたどれば』ダイアナ・ウィン・ジョーンズ作, 市田泉訳, 佐竹美保絵　徳間書店　2010.3　206p　19cm　1400円　①978-4-19-862930-4
内容 あらゆる物語が糸になり、銀のらせんを描いて地球をとりまいている「神話層」。現実の世界と「神話層」を縦横にかけめぐる少女ハレーの大冒険ファンタジー。

海外の作品　　ジョーンズ

『**賢女ひきいる魔法の旅は**』ダイアナ・ウィン・ジョーンズ, アーシュラ・ジョーンズ作, 田中薫子訳, 佐竹美保絵　徳間書店　2016.3　314p　19cm　1700円　①978-4-19-864099-6
内容 北の島スカアの賢女である叔母さんと暮らしている十二歳のエイリーンは、賢女になるための儀式で失敗し気落ちしていた。そんなとき、大王の命令で、叔母さんと一緒に、十年前に東の島ログラをさらわれた皇子を救出する旅に出ることになる。緑あふれる西の島バーニカへ、魔法の歌に満ちた南の島ガリスへと進むうちに、風変わりな旅の仲間が次々に加わるが、叔母さんが呪いをかけられてしまったため、エイリーンが一行をひきいるはめになり…？　ログラとのあいだにある「見えない障壁」を越える方法は？　それぞれの島を守る神獣たちも現れて…？「ファンタジーの女王」「英国の宝」と敬愛されたダイアナ・ウィン・ジョーンズの絶筆を、作家である妹アーシュラが完成させた、魔法あふれる島々をめぐる女の子の冒険を描く魅力的なファンタジー。小学校中・高学年〜

『**チャーメインと魔法の家**』ダイアナ・ウィン・ジョーンズ作, 市田泉訳　徳間書店　2013.5　316p　19cm（ハウルの動く城 3）1700円　①978-4-19-863614-2
内容 王室づき魔法使いが病気で不在のあいだ、留守番をすることになった本好きの少女チャーメインは、魔法の本のまじないを試してみたせいで、危険な山の魔物と遭遇してしまう。危なく難を逃れたけれど、魔法使いの家でも次々困ったことが起きる。魔法使いの弟子を名乗る少年がころがりこんできたり、かわいい小犬が巨大化したり、怒った青い小人の群れが押しかけてきたり…。魔法の家のドアは、王宮や小人の洞窟、謎の馬屋やプール、果ては過去にまでつながっているらしい。やがて、王宮の図書室で王様の手伝いをはじめたチャーメインは、王国の危機を救うために呼ばれた遠国インガリーの魔女ソフィーと、火の悪魔カルシファーに出会う。意外な姿に変身した魔法使いハウルもあらわれて…？「ハウルの動く城」シリーズ待望の完結編。10代〜。

『**ハウルの動く城　1　魔法使いハウルと火の悪魔**』ダイアナ・ウィン・ジョーンズ著, 西村醇子訳　徳間書店　2013.3　413p　15cm（徳間文庫）657円　①978-4-19-893673-0
内容 魔法が本当に存在する国で、魔女に呪いをかけられ、90歳の老婆に変身してしまった

18歳のソフィーと、本気で人を愛することができない魔法使いハウル。力を合わせて魔女に対抗するうちに、二人のあいだにはちょっと変わったラブストーリーが生まれて…？　英国のファンタジーの女王、ダイアナ・ウィン・ジョーンズの代表作。宮崎駿監督作品「ハウルの動く城」の原作、待望の文庫化。

『**ハウルの動く城　2　アブダラと空飛ぶ絨毯**』ダイアナ・ウィン・ジョーンズ著, 西村醇子訳　徳間書店　2013.4　378p　15cm（徳間文庫）〈1997年刊の修正〉619円　①978-4-19-893683-9
内容 魔神にさらわれた姫を助けるため、魔法の絨毯に乗って旅に出た、若き絨毯商人アブダラは、行方不明の夫ハウルを探す魔女ソフィーとともに、魔神が住むという雲の上の城に乗りこむが…？　英国のファンタジーの女王ダイアナ・ウィン・ジョーンズが、アラビアンナイトの世界で展開する、「動く城」をめぐるもう一つのラブストーリー。宮崎駿監督作品「ハウルの動く城」原作の姉妹編。

『**ハウルの動く城　3　チャーメインと魔法の家**』ダイアナ・ウィン・ジョーンズ著　市田泉訳　徳間書店　2016.4　411p　15cm（徳間文庫）〈「チャーメインと魔法の家」(2013年刊)の改題、修正〉660円　①978-4-19-894098-0
内容 一つのドアがさまざまな場所に通じている魔法の家の中、本好きの少女チャーメインは魔法の本をのぞき、危険な魔物と出会うはめになる。やがて、遠国の魔女ソフィーや火の悪魔カルシファーと知り合ったチャーメインは、力を合わせて、危機に瀕した王国を救うことに…？　英国のファンタジーの女王が贈る、宮崎駿監督作品「ハウルの動く城」原作の姉妹編。待望のシリーズ完結編！

『**バビロンまでは何マイル　上**』ダイアナ・ウィン・ジョーンズ著, 原島文世訳　東京創元社　2011.4　301p　15cm（創元推理文庫）920円　①978-4-488-57212-9
内容 あんまりだ、旧ユーゴと北アイルランドの平和に奔走して帰ったばかりなのに、今度はコリフォニック帝国の非公開法廷の立ち会いだ。いやなことは重なるもので、マジドの師スタンが死にかけているとの知らせが入る。皇帝暗殺で大混乱のコリフォニック帝国と、新人マジド選び。ふたつの難題を抱えた魔法管理官ルパートの運命は。英国ファンタジーの女王が贈る、愉快でにぎやかな物語。

『**バビロンまでは何マイル　下**』ダイアナ・ウィン・ジョーンズ著, 原島文世訳　東京創元社　2011.4　301p　15cm（創元

推理文庫）920円 ①978-4-488-57213-6
内容 新人魔法管理官選びは困難をきわめた。候補者はみな一筋縄ではいかない連中ばかり。一方コリフォニック帝国の皇位継承者捜しも難航していた。居場所を突き止めたと思ったとたん邪魔がはいる始末。ルパートは幽霊となったスタンの手を借り奮闘するが…。鍵となるのはマジドの極秘事項"バビロン"。英国の童謡「バビロンまでは何マイル」の唄にのせて贈る、愉快なファンタジー。

『ビーおばさんとおでかけ』ダイアナ・ウィン・ジョーンズ作, 野口絵美訳, 佐竹美保絵 徳間書店 2017.10 92p 22cm 1700円 ①978-4-19-864500-7
内容 ビーおばさんは、自分の思ったことはぜったいに押しとおす、ちょっとめいわくな人だ。ある日、ビーおばさんに連れられて海へ行った、ナンシー、サイモン、デビーの三人きょうだいは、たいへんな目にあうことになった。おばさんが、立入禁止の島に入りこみ、「島をおこらせた」せいで、魔法が発動してしまったのだ…!「ファンタジーの女王」の短編に、豪華なカラー挿絵をたっぷり入れて。小学校低・中学年～。

『ぼろイスのボス』ダイアナ・ウィン・ジョーンズ作, 野口絵美訳, 佐竹美保絵 徳間書店 2015.4 104p 22cm〈「魔法! 魔法! 魔法!」(2007年刊)の抜粋、一部改訂変更、さし絵追加〉1700円 ①978-4-19-863938-9
内容 マーシャとサイモンの家に、むかしからあった、趣味の悪いぼろぼろのひじかけイス。ある日、おばちゃんがそのイスに、魔法の液をこぼしてしまったせいで、たいへんなことがおきた。人間に変身したイスが、「わたしはボスなんだ」と言い、家族みんなに、いろいろさしずしはじめたのだ…?「ファンタジーの女王」ダイアナ・ウィン・ジョーンズの短編を、豪華なカラー挿絵をたっぷり入れて贈ります。小学校低・中学年～

『魔法泥棒』ダイアナ・ウィン・ジョーンズ著, 原島文世訳 東京創元社 2009.8 490p 15cm（創元推理文庫）1200円 ①978-4-488-57211-2
内容 この地球のもろもろの技術が、異世界にこっそり盗みとられている! なんとかそれを阻止するべく、魔法使い評議会のメンバーによる異世界襲撃隊が結成された。ところが予定外の事故のせいで、メンバーで生き残ったのは女性五人だけ。そこへ密航者の母子も

加わり、地球の魔女たちの奇想天外な襲撃作戦がはじまった。おなじみ英国児童文学の女王ジョーンズの愉快なファンタジー。

『魔法の館にやとわれて』ダイアナ・ウィン・ジョーンズ作, 田中薫子訳, 佐竹美保絵 徳間書店 2009.5 358p 19cm（大魔法使いクレストマンシー）1800円 ①978-4-19-862742-3
内容 山麓の町に暮らす十二歳の少年コンラッドは、魔術師である叔父から、「高地の貴族の館にいるある人物を倒さないかぎり、おまえの命は長くない」と言われ、その人物を探すため、魔法の渦巻く館に従僕として奉公に行くことになる。同じときに従僕としてやとわれた、少し年上の少年クリストファーも、やはり別の目的を持って館に来ていた。きらびやかな館の中でともに苦労しながら働くうちに、実はクリストファーは、別世界からやってきた強大な魔法使いだということがわかる。二人は館の屋根裏で、異世界の不思議な塔に通じる扉を見つけ…?「魔法のファンタジーを書かせたら第一人者」「ファンタジーの女王」と評価の高い、ダイアナ・ウィン・ジョーンズの代表作「大魔法使いクレストマンシー」の一作。英国風の貴族の屋敷を舞台に、のちにクレストマンシーとなるクリストファーの十代のころの冒険を、年下の友人の目から描く楽しい作品。

『魔法? 魔法!―ダイアナ・ウィン・ジョーンズ短編集』ダイアナ・ウィン・ジョーンズ著, 野口絵美訳 徳間書店 2015.8 533p 15cm（徳間文庫）〈「魔法! 魔法! 魔法!」(2007年刊)の改題、再編集、修正〉770円 ①978-4-19-894004-1
内容 ドラゴンや人をあやつる異能の少女、魔法使いを「飼っている」おしゃまなネコ、身長二センチの勇者たち、幼い主人を守ろうとするけなげなロボット…魔法、SF、ホラー、冒険などさまざまな味わいの短編が十五編つまったファンタジーの宝石箱。世界幻想文学大賞の生涯功労賞を受賞し、映画「ハウルの動く城」の原作者としても知られる、英国のファンタジーの女王が贈る珠玉の短編集。

『メルストーン館の不思議な窓』ダイアナ・ウィン・ジョーンズ著, 原島文世訳 東京創元社 2010.12 348p 20cm（Sogen bookland）2100円 ①978-4-488-01980-8
内容 祖父が亡くなり、メルストーン館を遺されたアンドルー。不機嫌でがみがみやの家政婦、巨大な野菜作りに血道をあげる横暴な

海外の作品　スコット

庭師と、ふたりの暴君にはさまれて、メルストーン館でそこそこ平和に暮らしていけるかに思われた。だが、遺産はそれだけではなかった。祖父は魔術師で、魔術師につきもののあれやこれやが、ちょっとした手違いから、よくわからぬままアンドルーに引き継がれることになったのだ。どたばたのさなか、突然祖父を頼ってひとりの少年があらわれた。唯一の身寄りだった祖母が亡くなって以来、へんてこな姿をしたやつらに追い回されているのだという…おなじみ英国児童文学ファンタジーの名手が贈る、にぎやかではちゃめちゃな魔法譚。

『四人のおばあちゃん』ダイアナ・ウィン・ジョーンズ作, 野口絵美訳, 佐竹美保絵　徳間書店　2016.7　92p　22cm〈「魔法！ 魔法！ 魔法！」(2007年刊)の抜粋、一部改訂変更、さし絵追加〉1700円　①978-4-19-864206-8
内容 エルグとエミリーの兄妹には、おばあちゃんが四人いる。ある日、お父さんとお母さんが出張に出かけると、四人のおばあちゃんが全員、エルグたちのめんどうを見ようとしてやってきた。おばあちゃんたちにあれこれ言われて、いやになったエルグは、願いをかなえてくれる魔法の機械を作ることにした。ところがその機械のせいで、たいへんなことがおきて…？「ファンタジーの女王」ダイアナ・ウィン・ジョーンズの短編を、豪華なカラー挿絵をたっぷり入れて贈ります。小学校低・中学年〜

『牢の中の貴婦人』ダイアナ・ウィン・ジョーンズ著, 原島文世訳　東京創元社　2008.11　234p　15cm（創元推理文庫）680円　①978-4-488-57210-5
内容 見知らぬ異世界の牢獄に、いきなり放りこまれたエミリー。手探りで状況を分析するうちに、どうやらこの世界で権力を争う二大勢力の、一方の貴族の女性と人違いされたらしいことがわかる。そんな中エミリーは、同じ砦の牢に閉じこめられているひとりの男性に心惹かれていくのだが…。英国児童文学の女王による、"デイルマーク四部作"の原型ともいえる不思議な味わいの物語。

スコット, マイケル
Scott, Michael
《1959〜》

『呪術師ペレネル―ソーサレス』マイケル・スコット著, 橋本恵訳　理論社　2009.11　509p　22cm（アルケミスト3）2000円　①978-4-652-07960-7
内容 サンフランシスコ湾にうかぶ鉄壁の監獄島アルカトラズ―幽閉されたのは、伝説の錬金術師ニコラ・フラメルの妻にして恐ろしい力を持つとささやかれる呪術師ペレネル。ニコラと双子はロンドンへ逃れ、サラセンの騎士パラメデスとシェークスピアと名乗る男にかくまわれた。さらなる "元素魔術" を知るはずの古の王ギルガメシュをさがす三人に、因縁の魔術師ジョン・ディーとマキャベリらの追っ手がせまる！ 脱出口は草原の遺跡ストーンヘンジ―そして赤毛の戦士スカアハの運命は…。

『死霊術師ジョン・ディー―ネクロマンサー』マイケル・スコット著, 橋本恵訳　理論社　2011.7　437p　22cm（アルケミスト4）2200円　①978-4-652-07980-5
内容 かつてエリザベス1世に仕えた錬金術師がいた。占星術ですべてを見通し、不死身となった男。その名はジョン・ディー。失敗続きで追いつめられたディーは、死者をよみがえらせる忌まわしい術を使うと決めた…"伝説の双子" として狙われるソフィーとジョシュは、このような目にあうのは自分たちが初めてではないことを知った。フラメル夫妻は長年にわたり、多くの双子を死にいたらしめてきたのだ。信じられるのは、いったいだれなのか？ 火神プロメテウスに日本刀の達人も加わり、時と次元を超えた戦いが、始まろうとしている―21世紀のハイブリッド・ファンタジー第4弾。

『伝説の双子ソフィー＆ジョシュ』マイケル・スコット著, 橋本恵訳　理論社　2013.11　572p　22cm（アルケミスト6）2800円　①978-4-652-20039-1
内容 一万年の時をさかのぼったダヌー・タリスでソフィーとジョシュを待ち受けていたのは、思いがけぬ "両親" との再会だった―そのダヌー・タリスでは、人類に味方するアテン王が投獄されていた。それは、歴史を塗り替えようとする王母バステトたちの陰謀だった。次の王座は、ダークエルダーの手にわたってしまうのか？ それとも、"両親" によって計画されたとおり伝説の双子のものになるのか？『ひとつは世界を救いひとつは世界を破滅させる』―その予言の真実が明かされるとき、ソフィーとジョシュは、ついに運命の選択をせまられる…。

『魔術師ニコロ・マキャベリ―マジシャン』マイケル・スコット著, 橋本恵訳　理論社　2008.11　499p　22cm（アルケミス

ト 2）2000円　①978-4-652-07942-3

内容 「あいつは魔術を使う」と噂された男、ニコロ・マキャベリ。ルネサンスのフィレンツェに生まれた彼が、不死身となり、いまもヨーロッパを闊歩している…？ 錬金術師ニコラ・フラメルと金銀のオーラをもつ双子は、『アブラハムの書』の数ページを手にパリヘのがれた。追跡する魔術師ジョン・ディーが助けを求めたのはマキャベリ…神話と現代がとけあうノンストップ・ファンタジー。

『魔導師アブラハム―ワーロック』マイケル・スコット著，橋本恵訳　理論社　2012.12　437p　22cm（アルケミスト5）2200円　①978-4-652-07999-7

内容 ここは、ダヌー・タリス―一万年前に沈んだ島。しかし、闇の勢力が歴史を変えようとしていた。もし、ダヌー・タリスが沈まなければ、いまの世界も、人類も、存在できなくなる。それを阻止するために、未来から不死身の戦士たちが送りこまれていた。その背後には、魔導師アブラハムと鉤の手を持つ謎の男が見え隠れする。運命をにぎるのは“伝説の双子”。“銀”のソフィーは、人類の存続をねがう錬金術師ニコラ・フラメルのもとに。“金”のジョシュは、世界を我がものにしようと画策するジョン・ディー博士のもとに。敵味方に引き裂かれたふたりは、ふたたび、ひとつになって世界を救えるのか？ それとも…歴史上の人物たちが時を駆けめぐる―クライマックスに向かうシリーズ第5弾。

スタルク, ウルフ
Stark, Ulf
《1944～2017》

『トゥルビンとメルクリンの不思議な旅』ウルフ・スタルク作・絵，菱木晃子訳　小峰書店　2009.8　159p　20cm（Y.A. books）1400円　①978-4-338-14430-8

内容 ふたりの家は、ひろい空の下にあった。でも、ふたりは、どこまでも続いているひろい世界へは行ったことがなかった。ふたりは、どこへゆき、何を見て、何をし、そしてどこへ帰ったか。さあ、きみも旅にでよう。

『パーシーとアラビアの王子さま』ウルフ・スタルク著，菱木晃子訳，はたこうしろう絵　新装版　小峰書店　2009.7　147p　19cm（パーシーシリーズ）1300円　①978-4-338-24602-6

内容 催眠術で天敵ラッセをやっつけ、あこがれのマリアンヌとキスができたウルフ。でも、

親友パーシーが引っ越してしまうことに…。

『パーシーと気むずかし屋のカウボーイ』ウルフ・スタルク著，菱木晃子訳，はたこうしろう絵　小峰書店　2009.7　287p　19cm（パーシーシリーズ）1500円　①978-4-338-24603-3

内容 夏休みに、おじいちゃんの住む島へ。海水浴、魚釣り、昆虫採集、そして、大好きなピーアに会える。

『パーシーの魔法の運動ぐつ』ウルフ・スタルク著，菱木晃子訳，はたこうしろう絵　新装版　小峰書店　2009.7　151p　19cm（パーシーシリーズ）1300円　①978-4-338-24601-9

内容 魔法の運動ぐつさえあれば、パーシーみたいになれる！ ウルフ少年のちょっとエッチでなんだか泣けるスウェーデンの物語。

『ミラクル・ボーイ』ウルフ・スタルク作，マルクス・マヤルオマ絵，菱木晃子訳　ほるぷ出版　2008.6　1冊（ページ付なし）22cm　1300円　①978-4-593-50499-2

内容 ぼくは、ミラクル・ボーイになりたい。時速1万キロで空を飛びたい。おにいちゃんよりも強くなりたい。迷子にならずに、どこまでも自転車で走っていきたい…。スウェーデンの人気児童文学作家ウルフ・スタルクが、子供の好奇心や想像力をユーモアたっぷりに描きます。

ストラウド, ジョナサン
Stroud, Jonathan
《1970～》

『バーティミアス　ソロモンの指輪 1（フェニックス編）』ジョナサン・ストラウド作，金原瑞人，松山美保訳　理論社　2012.1　254p　19cm　1000円　①978-4-652-07984-3

内容 今から3000年前―エルサレムの上空を一羽の“フェニックス”が舞っていた。それは、絶大な権力をふるうソロモン王のもとで奴隷として働かされているバーティミアスの姿だった…。

『バーティミアス　ソロモンの指輪 2（ヤモリ編）』ジョナサン・ストラウド作，金原瑞人，松山美保訳　理論社　2012.2　242p　19cm　1000円　①978-4-652-07985-0

内容 見張りの妖霊たちによって警戒態勢が敷

海外の作品　　　　　　　　　　　　　　　　スニケット

かれたソロモンの塔―その黒壁を巨大な "ヤモリ" がのぼっていた。それは、限りなく不可能な命令にやむなく従わされているバーティミアスの姿だった…。

『バーティミアス　ソロモンの指輪 3（スナネコ編）』ジョナサン・ストラウド作, 金原瑞人, 松山美保訳　理論社　2012.3　237p　19cm　1000円　①978-4-652-07986-7
内容　ソロモンの指輪が軍隊を放つと宣告されたその日まで、あと一日―宮殿のかたすみで一匹の "スナネコ" が目をきらめかせていた。それは、最上級の獲物をねらうバーティミアスの姿だった…。

『バーティミアス　［1-1］　サマルカンドの秘宝 1（ハヤブサ編）』ジョナサン・ストラウド作, 金原瑞人, 松山美保訳　軽装版　理論社　2013.4　237p　19cm　〈2003年刊の3分冊, 再編集〉1100円　①978-4-652-20021-6
内容　魔術の首都ロンドン――一羽の "ハヤブサ" が首に重いお守りをかかえながら飛行していた。それは、ヒヨッコ魔術師の危うい命令に従わされている5010歳のベテラン妖霊バーティミアスの姿だった…。超人気ファンタジーシリーズ、読みやすい軽装版。

『バーティミアス　［1-2］　サマルカンドの秘宝 2（スカラベ編）』ジョナサン・ストラウド作, 金原瑞人, 松山美保訳　軽装版　理論社　2013.5　237p　19cm　〈2003年刊の3分冊, 再編集〉1100円　①978-4-652-20022-3
内容　ここはロンドン塔―小さな丸い檻の中に、一匹の "スカラベ" がきゅうくつそうに閉じ込められていた。それは、ヒヨッコ魔術師のむこうみずな計画の犠牲になったバーティミアスの姿だった…。

『バーティミアス　［1-3］　サマルカンドの秘宝 3（ネズミ編）』ジョナサン・ストラウド作, 金原瑞人, 松山美保訳　軽装版　理論社　2013.6　249p　19cm　〈2003年刊の3分冊, 再編集〉1100円　①978-4-652-20023-0

『勇者の谷』ジョナサン・ストラウド著, 金原瑞人, 松山美保訳　理論社　2009.8　587p　20cm　2400円　①978-4-652-07954-6
内容　谷には伝説があった一人を襲う怪物トローとの戦いに命をかけた十二人の勇者の物語が。しかし、それらがすべて嘘で、勇者などいなかったとしたら？　少年は、伝説に包み

かくされた真実を求めて、谷を出る。思いもよらない結末が待っているとは知らずに…。

『ロックウッド除霊探偵局　1［上］　霊を呼ぶペンダント 上』ジョナサン・ストラウド作, 金原瑞人, 松山美保訳　小学館　2015.3　255p　19cm　1400円　①978-4-09-290604-4
内容　除霊探偵局とは、霊をふうじこめ、除去することを専門にする会社。霊の出没騒ぎが各地で起き、霊との接触で死者まで出るようになったロンドンでは、除霊探偵局が、活躍している。霊聴力にすぐれ、"訪問者（霊）" の声を聞きとる能力を持つルーシーが、ロックウッド除霊探偵局にやってきた。彼らにどんな事件が、待ち受けているのか？

『ロックウッド除霊探偵局　1［下］　霊を呼ぶペンダント 下』ジョナサン・ストラウド作, 金原瑞人, 松山美保訳　小学館　2015.3　287p　19cm　1400円　①978-4-09-290605-1
内容　壁の中から見つかった女性の死体とペンダント。この女性はなぜ殺されたのか？　このペンダントは、死後の世界とこの世をつなぐパイプとなっているらしい。ペンダントに導かれるようにロックウッドたちは、幽霊屋敷と名高い別荘クーム・ケアリー邸の調査にやってきた。

『ロックウッド除霊探偵局　2［上］　人骨鏡の謎 上』ジョナサン・ストラウド作, 金原瑞人, 松山美保訳　小学館　2015.10　315p　19cm　1400円　①978-4-09-290606-8
内容　霊の声を聞き分け、霊が巻き起こす事件を解決する除霊探偵局で活躍する三人組。ライバル社との勝負のかかった調査中、墓地で発掘した鉄の棺から見つかったものは？　なぜ？　何が起きているのか？

『ロックウッド除霊探偵局　2［下］　人骨鏡の謎 下』ジョナサン・ストラウド作, 金原瑞人, 松山美保訳　小学館　2015.10　317p　19cm　1400円　①978-4-09-290607-5
内容　墓から盗まれた鏡は、見た者の命を奪うという恐ろしい "人骨鏡" だった。ロックウッドたちは、ライバル社を出し抜こうと、鏡の行方とその謎を追う。ガラスびんの "頭蓋骨の霊" が、その秘密を知っているのか？

スニケット, レモニー
Snicket, Lemony
《1970～》

ヤングアダルトの本　いま読みたい小説4000冊　**415**

スピア　　　　　　　　　　　　　　　　　　　　海外の作品

『終わり』レモニー・スニケット著, 宇佐
川晶子訳　草思社　2008.11　302p
19cm（世にも不幸なできごと 13）1600
円　①978-4-7942-1674-8
内容 終に完結。不幸の「終わり」は本当に
めでたい, のか？ たびかさなる不幸と「想定
外」の激動を乗りこえ, シリーズ完結編刊行。

スピア, エリザベス・ジョージ
Speare, Elizabeth George
《1908～1994》

『からすが池の魔女』エリザベス・ジョー
ジ・スピア作, 掛川恭子訳　岩波書店
2009.10　332p　21cm　2300円　①4-
00-110655-8
内容 バルバドス島生まれの少女キットは独
立直前のニューイングランドに渡るが土地柄
になじめない日々を送る。そんなある日, か
らすが池のあやしい女, 魔女のハンナ・タバー
出会い心の安らぎを得るが, ふたりは魔女の
嫌疑をかけられてしまう。

『ビーバー族のしるし』エリザベス・
ジョージ・スピア著, こだまともこ訳
あすなろ書房　2009.2　247p　20cm
1500円　①978-4-7515-2211-0
内容 1768年春, マットと父さんはこの森に住
む最初の白人として, マサチューセッツ州の
クインシーから越してきた。夏, 丸太小屋を
完成させた二人は, 次なる計画を実行するこ
とを決めた。それは期せずして, 13歳の少年
マットにとって, 生涯忘れることのできない
大冒険となった…。文字の読み方を教えるか
わりに, マットがインディアンの少年から学
んだのは森で生きるための知恵。…そして,
かけがえのない友情。アメリカ児童文学史に
輝く永遠のベストセラー。

スピネッリ, ジェリー
Spinelli, Jerry
《1941～》

『Eggs―夜明けなんて見たくない』ジェ
リー・スピネッリ作, 千葉茂樹訳　理論
社　2009.7　283p　20cm　1500円
①978-4-652-07952-2
内容 デイビッドにはルールがあった―夜明
けはぜったいに見ないこと（母さん以外の人
とは）。プリムローズには夢があった―すて
きな自分の家をつくること（生卵をぶつけら

れないような）。そしてふたりは, 夜のなか
を歩きはじめた。心を閉ざした少年, 車で暮
らす少女, 孤独を抱えた二人が出会うとき…
「スターガール」のベストセラー作家が贈る
限りなく優しいストーリー。

『スターガール』ジェリー・スピネッリ著,
千葉茂樹訳　角川書店　2011.6　317p
15cm（角川文庫）〈発売：角川グループ
パブリッシング〉667円　①978-4-04-
298227-2
内容 16歳のレオの通う高校に「スターガー
ル」がやってきた。奇抜なファッションに身
を包み, ウクレレをかき鳴らし, 雨の中で踊
りつづける。彼女はたちまち学校中のアイド
ルとなり, レオも型にはまらない彼女に惹か
れていく。ところが他校とのバスケットボー
ルの試合で, 相手チームも応援してしまった
スターガールは, 全校生徒から無視されてし
まい―。「普通」「個性」ってなんだろうと問
いかける傑作青春小説。

『ラブ、スターガール』ジェリー・スピ
ネッリ著, 千葉茂樹訳　角川書店
2011.9　396p　15cm（角川文庫）〈発
売：角川グループパブリッシング〉743
円　①978-4-04-298231-9
内容 突然の別れから半年。まだ傷心から立
ち直れないスターガールは, レオへの出すこ
とのない手紙を書き続けて涙に暮れてい
た。そこにいるのは人がどう思おうと気にし
ない天真爛漫なスターガールではなく, 繊細
で傷つきやすい一人の女の子だった。しかし
新たな街での超個性的な仲間たちとの出逢い
の中で, 彼女は再び持ち前の行動力を取り戻
し, 周囲の人々を魅了していく。愛しくて切
ない, スターガールの物語が再び登場。

スレイター, キム
Slater, Kim

『スマート―キーラン・ウッズの事件簿』
キム・スレイター作, 武富博子訳　評論
社　2016.10　301p　19cm　1400円
①978-4-566-02452-6
内容 川で事件がおこった。コリンさんが川に
浮いていた。警察は事故だっていうけど, 殺
人事件だとぼくは思う。―キーラン・ウッズ
―

『セブン・レター・ワード―7つの文字の
謎』キム・スレイター作, 武富博子訳
評論社　2017.10　358p　19cm　1500
円　①978-4-566-02455-7

416

海外の作品

内容 母さんがいなくなってからも、毎日「スクラブル」で言葉の勉強をしているよ。おかげで、かなり進歩したと思う。大会で優勝したいのは、母さんにぼくを誇りに思ってほしいからなんだ。母さんが今、どこにいるにしても―。

スワラップ, ヴィカス
→スワループ, ヴィカースを見よ

スワループ, ヴィカース
Swarup, Vikas
《1963～》

『ぼくと1ルピーの神様』 ヴィカス・スワラップ著, 子安亜弥訳 ランダムハウス講談社 2009.2 461p 15cm 800円 ①978-4-270-10277-0
内容 クイズ番組でみごと全問正解し、史上最高額の賞金を勝ちとった少年ラム。警察は、孤児で教養のない少年が難問に答えられるはずがないと、不正の容疑で逮捕する。しかし奇蹟には理由があった―殺人、強奪、幼児虐待…インドの貧しい生活のなかで、少年が死と隣あわせで目にしてきたもの。それは、偶然にもクイズの答えであり、他に選びようのなかった、たった一つの人生の答えだった。話題の映画『スラムドッグ$ミリオネア』原作、待望の文庫化。

『6人の容疑者 上』 ヴィカース・スワループ著, 子安亜弥訳 武田ランダムハウスジャパン 2012.8 387p 15cm（RHブックス・プラス）900円 ①978-4-270-10420-0
内容 悪名高い若き実業家ヴィッキー・ラーイがパーティの席で射殺された。何度も悪行をとがめられながら、州内務大臣の父親の威光と金の力で難を逃れてきた男だった。容疑者は会場に居合わせた6人。人気女優、大物政治家、元高級官僚、泥棒、部族民、アメリカ人旅行者―それぞれに動機があり、しかも全員が拳銃を隠し持っていた。境遇も地位もまったくバラバラの彼らを殺人現場に引き寄せたものは何だったのか？ 6つの数奇な人生の物語が今明かされていく…。
別版 武田ランダムハウスジャパン 2010.9

『6人の容疑者 下』 ヴィカース・スワループ著, 子安亜弥訳 武田ランダムハウスジャパン 2012.8 453p 15cm（RHブックス・プラス）950円 ①978-4-270-10421-7
内容 自分そっくりの娘に人生を乗っ取られていく女優、大金を拾ったことで身分違いの恋に落ちた泥棒、ガンディーに憑依された元官僚、村から盗まれた聖なる石を探す部族民、花嫁を迎えに米国からやって来た青年、そして息子の悪行のせいで政治生命が危うくなった被害者の父親…。容疑者一人一人の人生が紡いだ6つの物語。殺人へとつながる唯一の物語は果たしてどれなのか？『ぼくと1ルピーの神様』（映画化名「スラムドッグ$ミリオネア」）原作者の第2弾。
別版 武田ランダムハウスジャパン 2010.9

ゼヴィン, ガブリエル
Zevin, Gabrielle
《1977～》

『書店主フィクリーのものがたり』 ガブリエル・ゼヴィン著, 小尾芙佐訳 早川書房 2017.12 356p 16cm（ハヤカワepi文庫）840円 ①978-4-15-120093-9
内容 島に一軒だけある小さな書店。偏屈な店主フィクリーは妻を亡くして以来、ずっとひとりで店を営んでいた。ある夜、所蔵していた稀覯本が盗まれてしまい、フィクリーは打ちひしがれる。傷心の日々を過ごすなか、彼は書店にちいさな子どもが捨てられているのを発見する。自分もこの子もひとりぼっち―フィクリーはその子を、ひとりで育てる決意をする。本屋大賞に輝いた、本を愛するすべての人に贈る物語。
別版 早川書房 2015.10

『誰かが私（わたし）にキスをした』 ガブリエル・ゼヴィン著, 松井里弥訳 集英社 2010.2 349p 16cm（集英社文庫）619円 ①978-4-08-760599-0
内容 校舎の階段から転落、頭を強打した高校生のナオミから過去4年間の記憶が消えた。救急車に同乗してくれた転校生ジェイムズ、彼氏のエース、親友ウィル、ナオミが本当に惹かれていたのは誰？ しかも4年の間に両親は離婚し、父には新しい恋人が。現実にも過去にもなじめず同じく孤独なジェイムズに急接近するナオミだったが、ある日突然記憶は戻り…豪華キャストで映画化、青春小説の傑作。

セジウィック, マーカス
Sedgwick, Marcus
《1968～》

ソーンダズ　　　　　　　　　　　　　　　　　　　　　　　海外の作品

『エルフとレーブンのふしぎな冒険　1　おそろしの森はキケンがいっぱい！』マーカス・セジウィック著, 中野聖訳, 朝日川日和絵　学研プラス　2015.10　183p　19cm　880円　①978-4-05-204308-6
内容「おそろしの森」…それは、人食いオニや、意地悪な魔女、キケンな怪物たちがひそむ、絶対入っちゃダメ!!な森。でも、そんな森の中を、妖精少女エルフと、鳥少年レーブンは、世界をまもるために、つきすすむ！

『エルフとレーブンのふしぎな冒険　2　ばけもの山とひみつの城』マーカス・セジウィック著, 中野聖訳, 朝日川日和絵　学研プラス　2015.12　183p　19cm　880円　①978-4-05-204348-2
内容おなかをすかせたオニたちの手をのがれ、旅を続けるエルフとレーブン。すると目の前に『もどれ！この先、ばけもの山』の看板が！「ばけもの」って、一体ナニ？そして、ふたりを助けてくれた魔法使いの正体は…!?

『エルフとレーブンのふしぎな冒険　3　帰らずの海と人魚のふえ』マーカス・セジウィック著, 中野聖訳, 朝日川日和絵　学研プラス　2016.4　183p　19cm　880円　①978-4-05-204349-9
内容動物と話せる男の子レーブンと、魔法の弓を持つ女の子エルフ。悪の王ゴブリン・キングをたおすため、旅を続けるふたりは、ついに、海をこえることに！しかし、おそろしい海賊につかまり、魔法の弓もうばわれて、今までで最大のピンチに…！どうしたら、ここからにげられるの!?救いのカギは、人魚!?

『エルフとレーブンのふしぎな冒険　4　さまよう砂ばくと魔法のじゅうたん』マーカス・セジウィック著, 中野聖訳, 朝日川日和絵　学研プラス　2016.8　183p　19cm　880円　①978-4-05-204350-5
内容動物と話せる男の子レーブンと、魔法の弓を持つエルフ。世界をすくうために、ふたりがやってきたのはワナがいっぱいの、キケンすぎる砂ばく。ここには、ゴブリン・キングをたおすための宝物がかくされているというけれど…。

『エルフとレーブンのふしぎな冒険　5　くらやみの町と歌う剣』マーカス・セジウィック著, 中野聖訳, 朝日川日和絵　学研プラス　2016.12　183p　19cm　880円　①978-4-05-204513-4
内容ゴブリン・キングをたおすための最後のアイテム「歌う剣」は、なぞの人物にうばわれてしまった！エルフとレーブンは、剣のゆくえを追って、「くらやみの町」へ。一見平和なこの町は、夜になると、恐怖のワナが、動きだす…！

『エルフとレーブンのふしぎな冒険　6　ついに決戦！さいごの洞くつ』マーカス・セジウィック著, 中野聖訳, 朝日川日和絵　学研プラス　2017.5　183p　19cm　880円　①978-4-05-204514-1
内容魔法のアイテム「月のなみだ」と「歌う剣」、そして、たのもしい仲間がそろい、ついに決戦の時！悪の王ゴブリン・キングの、意外すぎる正体とは!?エルフとレーブンの恋（？）のゆくえは…。ふたり（と、一匹）の冒険は、最後まで目がはなせない!!

『シーグと拳銃と黄金の謎』マーカス・セジウィック著, 小田原智美訳　作品社　2012.2　247p　20cm〈選：金原瑞人〉1800円　①978-4-86182-371-8
内容すべてはゴールドラッシュに沸くアラスカから始まった。酷寒の北極圏に暮らす一家を襲う恐怖と、それに立ち向かう少年の勇気を迫真の文体で描くYAサスペンス。カーネギー賞最終候補作・プリンツ賞オナーブック。

『ソードハンド―闇の血族』マーカス・セジウィック著, 西田登訳　あかね書房　2009.3　270p　20cm（YA dark）2100円　①978-4-251-06663-3
内容この物語はただ血なまぐさいだけのホラー小説ではなく、主人公ペーターの成長を描いた青春小説なのだ。死を生の一部として受け入れ、与えられた人生を精一杯生きることの大切さをうたう“ミオリッツァ”のメッセージを理解し、剣の継承者となったペーターの旅はまだ始まったばかりだ。ブックトラストのティーンエイジプライズ（2007年）受賞。

ソーンダズ, ケイト
Saunders, Kate
《1960～》

『キャットとアラバスターの石』ケイト・ソーンダズ作, 三辺律子訳　小峰書店　2008.12　275p　19cm（Y.A.books）1400円　①978-4-338-14427-8
内容キャットは、なんのとりえもない女の子。ところが、アラバスターの石を手に入れてから、猫に変身できることに…。変身したことで、猫たちの争いに巻き込まれることになったキャットは…。猫の世界に、ぐんぐん引き込まれていくこと間違いなし。

海外の作品　　　　　　　　　　　　　　　　　　　　　ディキンスン

ダウド, シヴォーン
Dowd, Siobhan
《1960〜2007》

『サラスの旅』シヴォーン・ダウド著, 尾
　高薫訳　武蔵野　ゴブリン書房　2012.7
　365p　20cm　1700円　①978-4-902257-
　25-0
　内容　ロンドンの児童養護施設で育った、14
　歳の少女ホリー。里親になじめず、学校にも
　居場所を見つけられずに、いつか故郷のアイ
　ルランドにもどって、母親と再会する日を夢
　見ていた。ある日、ホリーは引き出しの隅に
　しまわれた、ブロンドのウィッグを見つける。
　ウィッグをつけると、鏡の中の自分はぐっと
　大人びて、最高にクールでゴージャスな女の
　子—サラスに変わっていた。里親のもとを飛
　び出し、アイルランドめざしてヒッチハイク
　の旅に出たホリー／サラス。いくつもの出会
　いをかさね、記憶のかけらをたどりながら、
　旅の終わりにたどりつくのは、夢に見たあこ
　がれの地？　それとも…。

『十三番目の子』シヴォーン・ダウド作,
　パム・スマイ絵, 池田真紀子訳　小学館
　2016.4　109p　20cm　1300円　①978-
　4-09-290560-3
　内容　一人の女が産んだ十三番目に生まれた子
　を、十三回目の誕生日に、いけにえにささげよ。
　それと引き替えに、その日から十三年の繁栄
　が約束される。したがわないならば、大嵐
　が来てイニスコール島の村を滅ぼすだろう…。
　それは、地底の暗黒の神ドンドとの契約。村
　に伝わる呪いのような言い伝えだ。ダーラが、
　まさしくその十三番目の子だった…。呪われ
　た子として生まれたダーラは、村の人々はも
　ちろん、実の母親とさえ一切のつながりを持
　たずに育てられ、家族の絆を知らないまま死
　んでいこうとしている。ところが、生け贄と
　して海に沈められるまぎわになって初めて、
　ダーラはようやく肉親の無私の愛を知り、母
　は娘を、兄は妹を取り戻す—夢幻的で美しい
　世界が広がる！　じわりじわりと身体にしみ
　わたる家族の愛の物語。

『ボグ・チャイルド』シヴォーン・ダウド
　作, 千葉茂樹訳　武蔵野　ゴブリン書房
　2011.1　478p　20cm　2000円　①978-
　4-902257-21-2
　内容　1981年、北アイルランド。国境近くの
　村に暮らす高校生・ファーガスは、紛争が続
　くこの土地から離れて、イギリスの大学で
　医者になることをめざしていた。ある日、こ

づかい稼ぎに泥炭の盗掘にでかけた湿地で、
ファーガスは少女の遺体を発見する。泥炭の
作用で生々しく保存された遺体には、絞殺の
跡があった。一方、アイルランド独立をめざ
す兄・ジョーは、獄中でハンガー・ストライ
キを敢行。死へのカウント・ダウンがはじま
る。故郷への思いと、自由への渇望とのあい
だで揺れるファーガスは、兄の命をかけて、
ある決断をする…。"湿地の少女"の死の真相
とは？　ファーガスは、その手に未来をつか
めるのだろうか？—二〇〇九年カーネギー賞
受賞作。

タマーロ, スザンナ
Tamaro, Susanna
《1957〜》

『マッテオの小屋』スザンナ・タマーロ著,
　村野幸紀訳　鎌倉　冬花社　2015.1
　257p　20cm　1800円　①978-4-908004-
　01-8
　内容　妻と幼い子どもを突然喪った、外科医
　マッテオ。放浪の途次で見つけた森の小屋で、
　独り暮らすマッテオの、こころの物語。イタ
　リアの女流作家、本邦初訳の名作。

タール, リリ
Thal, Lilli
《1960〜》

『ミムス—宮廷道化師』リリ・タール作,
　木本栄訳　小峰書店　2009.12　550p
　20cm　(Y.A.books)　2400円　①978-4-
　338-14431-5
　内容　囚われの王子フローリーンの生きのびる
　道は、宮廷道化師になることでしかなかった。
　誇りを捨て、敵の王の笑いを得て活きる。笑
　いこそが最後の武器であった。

ディキンスン, ピーター
Dickinson, Peter
《1927〜2015》

『生ける屍』ピーター・ディキンスン著,
　神鳥統夫訳　筑摩書房　2013.6　379p
　15cm　(ちくま文庫)〈サンリオSF文庫
　1981年刊の再刊〉1000円　①978-4-480-
　43037-3
　内容　医薬品会社の実験薬理学者フォックス。

ヤングアダルトの本　いま読みたい小説4000冊　**419**

カリブ海の島に派遣されるが、そこは魔術を信仰する島民を独裁者が支配し、秘密警察の跳梁する島だった―。陰謀に巻き込まれ、人体実験に加担させられるフォックス。だが事態は大きく変転する。囚人との逃亡、クーデター、そして…。果たしてフォックスを嵌めた犯人は？ 幻の小説、復刊。

ディレイニー, ジョゼフ
Delaney, Joseph
《1945～》

『魔女の物語―〈魔使いシリーズ〉外伝』
ジョゼフ・ディレイニー著, 田中亜希子訳　東京創元社　2012.8　237p　20cm（sogen bookland）1900円　①978-4-488-01989-1
内容　ここに記すのは、語らなければならない物語―いつかおれの代わりにこの仕事につく者たちへの警告だ…。トムの師匠、魔使いジョン・グレゴリーの若き日の恋の物語「メグ・スケルトン」。"魔女が谷"に巣くう死んだ魔女ダーティー・ドーラが語る、在りし日の物語「ダーティー・ドーラ」。無敵の暗殺者として恐れられるグリマルキンが、いかにして魔女の暗殺者となったかの悲しい物語「グリマルキンの話」。トムの友だちアリスがボニー・リジーと暮らしはじめたときの話「アリスと脳食い魔」。そしてトムとアークライトが、アイルランドから来た不気味なバンシー魔女と戦った話「バンシー魔女」。本篇では語られなかった五人の魔女の物語を収録した"魔使いシリーズ"外伝。

『魔使いの悪夢』ジョゼフ・ディレイニー著, 田中亜希子訳　東京創元社　2012.3　382p　20cm（Sogen bookland）2400円　①978-4-488-01988-4
内容　ぼくはトム。七番目の息子の七番目の息子だ。ギリシアでのつらい戦いを終え、チペンデンの家での静かな暮らしにもどったのつかのま、預かってもらっていた三頭の犬を引きとりにいっているあいだに、家は焼かれ、師匠の大切な蔵書も灰になってしまっていた。敵の兵士たちがついにチペンデンにやってきたのだ。それだけじゃない、拘束していた骨魔女のボニー・リジーが逃げてしまった。師匠とアリスとぼくは、敵兵の手を逃れようと、アイリッシュ海にうかぶ島、モナ島を目指した。だが、モナ島でぼくらを待っていたのは、最悪の悪夢だった。家も蔵書も失った魔使い。帰る場所を失ったトムたちを待ちうけるのは。

『魔使いの過ち　上』ジョゼフ・ディレイニー著, 金原瑞人, 田中亜希子訳　東京創元社　2010.3　225p　20cm（Sogen bookland）1900円　①978-4-488-01973-0
内容　ぼくはトム。七番目の息子の七番目の息子だ。この夏、師匠とぼくの奮闘にもかかわらず、ペンドルの魔女たちが召喚した魔王がこの世界にはなたれてしまった。おまけに国全体に戦争が広がって、事態は悪化するばかり。ぼくもあやうく強制徴募隊に連れて行かれそうになった。師匠はそんなぼくの身を心配して、この地方の北を守る魔使いビル・アークライトのもとに修行に出すことにした。でも、アークライトはぼくの修行に乗り気ではないようで、最初からなんだか憂鬱だった。おまけにアリスともしばらく会えないなんて。師匠のもとを離れて修行に出たトムを待ちうけていたのは…。

『魔使いの過ち　下』ジョゼフ・ディレイニー著, 金原瑞人, 田中亜希子訳　東京創元社　2010.3　219p　20cm（Sogen bookland）1900円　①978-4-488-01974-7
内容　ビル・アークライトは、沼や湖に囲まれた古い水車場に住んでいた。ぼくは半年のあいだここで、水の魔女や水にすむほかの魔物のことを学ぶのだ。アークライトの訓練は厳しかった。まず泳ぎをおぼえなければいけない。それから犬を使って魔女を追う訓練。なにもかも初めてのことばかりだ。ところが修行が始まったばかりだというのに、アークライトが魔王の娘で強力な水の魔女モーウィーナに殺されてしまった！どうしよう。わらにもすがる思いで、ぼくはアリスに教わった鏡を使うやり方で、彼女に連絡をとったのだが…。

『魔使いの運命』ジョゼフ・ディレイニー著, 田中亜希子訳　東京創元社　2013.3　334p　20cm（sogen bookland）2200円　①978-4-488-01990-7
内容　ぼくはトム。七番目の息子の七番目の息子だ。敵の兵士に故郷を追われたぼくたちは、モナ島を経由して、西のアイルランドに渡った。モナ島でぼくたち避難民は本当にひどいあつかいをうけたけど、アイルランドはもう少しましみたいだ。でもほっとしたのも束の間、ぼくたちはアイルランドの地主連合と山羊の魔術師の戦いに巻き込まれてしまった。おまけにアイルランドでは、以前アークライトとぼくが退治したはずのケルトの魔女の復讐が待ちかまえていたのだ。危うしトム、危うしアリス。緑美しいアイルランドでトムたちを待つ運命は。

海外の作品　　　　　　　　　　　　　　　　　　　　　　　　　ディレイニー

『**魔使いの犠牲**』ジョゼフ・ディレイニー
著, 田中亜希子訳　東京創元社　2011.3
333p　20cm（Sogen bookland）2200円
①978-4-488-01981-5
内容 ぼくはトム。七番目の息子の七番目の息
子だ。久々に故郷のギリシアからもどってき
た母さんに会うために、ぼくと師匠はジャッ
クの農場に向かった。でも、なんだか様子が
変だ。農場のまわりでは、なんとペンドルの
魔女たちが野営している。驚いたことに、ギ
リシアで母さんの宿敵、女神オーディーンと
戦うために、ぼくや師匠だけでなく、魔女の
助けまでもが必要らしい。魔女と同盟なんて
とんでもないと、師匠は怒って立ち去ってし
まったが、ぼくは母さんやアリスや魔女たち
といっしょにギリシアを目指して出発した。
故郷を遠く離れた異国の地、ギリシアでトム
を待つ運命は。

『**魔使いの戦い　上**』ジョゼフ・ディレイ
ニー著, 金原瑞人, 田中亜希子訳　東京
創元社　2009.2 228p　20cm（Sogen
bookland）1900円　①978-4-488-01965-
5
内容 ぼくはトム。七番目の息子の七番目の
息子だ。魔使いに弟子入りして二年目、いよ
いよ師匠の魔使いとアリスとともに、ペンド
ルの魔女集団を片づけにいくことになった。
魔使いの友人だというペンドルの司祭に助け
てもらっても、魔女たちが相手だと思うとな
んだか不安でいっぱいだ。ところがそんな矢
先、亡き父さんの農場を継いでいる一番上の
兄、ジャック一家が何者かにさらわれた！ し
かも、故郷に戻ってしまった母さんが、ぼく
に残していった三つのトランクも奪われてし
まったのだ。いったい誰が？ トムは兄一家
をみつけだし、トランクを無事取りもどすこ
とができるのか。

『**魔使いの戦い　下**』ジョゼフ・ディレイ
ニー著, 金原瑞人, 田中亜希子訳　東京
創元社　2009.2 220p　20cm（Sogen
bookland）1900円　①978-4-488-01966-
2
内容 ジャック一家は、どうやら母さんのト
ランクを奪おうとしたペンドルの魔女たちに
さらわれたらしい。魔女の一族出身のアリス
は、情報を得るためにひとり先にペンドルに
向かい、魔使いとぼくも、急いでそのあとを
追う。そのペンドルでぼくはひとりの女の子
に出会った。金髪にぼろぼろのワンピース、
はだしで歩く彼女の名前はマブ。アリスのと
ころに連れていってやるという。罠かもしれ
ないと思いつつ、ぼくは彼女についていった
が…。魔女集団との壮絶な戦い。魔使いは魔

王の復活を阻止できるのか？ 魔使いの弟子
トムに、魔の手が迫る。

『**魔使いの血**』ジョゼフ・ディレイニー著,
田中亜希子訳　東京創元社　2014.3
359p　20cm（sogen bookland）2300円
①978-4-488-01992-1
内容 ぼくはトム。七番目の息子の七番目の
息子だ。戦争で焼かれたチペンデンの師匠の
家の再建が、ようやく始まった。でも、焼失
してしまった代々の魔使いの蔵書は、もうと
りかえしがつかない。そんなとき、トッドモ
ダンの屋敷の女主人から、闇に関する蔵書を
売ってもいいという手紙が来た。ルーマニア
からもどったかつての魔使いの弟子ジャッド
の紹介もあり、師匠とぼくは蔵書を見にトッ
ドモダンに向かったが…。魔王との最終対決
を前に、強力な闇のしもべがトムを襲う。人
気シリーズ第十弾。

『**魔使いの敵―闇の国のアリス**』ジョゼ
フ・ディレイニー著, 田中亜希子訳　東
京創元社　2014.8 379p　20cm（sogen
bookland）2400円　①978-4-488-01993-
8
内容 あたしの名前はアリス。魔王と邪魔女
ボニー・リジーの娘。魔使いの弟子のトムと
その師匠の魔使い、それに魔女の暗殺者グリ
マルキンとともに魔王を滅ぼすために戦って
いる。いったんは成功して、魔王の首をとっ
たけれど、魔王を本当に滅ぼすためには、あ
る儀式が必要だとわかった。儀式に必要なの
は三本の剣。二本はトムが手に入れ、残りの
一本“悲痛の剣”は魔王の本拠地である闇の世
界にある。だから前に一度行ったことがある
あたしがひとりでそこに行くことになった。
いよいよクライマックス間近。若き魔女アリ
スの闇の世界での探求を描く、“魔使いシリー
ズ”第十一弾。

『**魔使いの弟子**』ジョゼフ・ディレイニー
著, 金原瑞人, 田中亜希子訳　東京創元
社　2013.12 269p　15cm（創元推理文
庫）800円　①978-4-488-58002-5
内容 ぼくはトム、七番目の息子の七番目の
息子。ひとりだちのためにぼくが弟子入りす
るのは、ボガートや魔女やゴーストから人々
を守る、危険で孤独な魔使いの仕事だ。弟子
入りのための最初の試験は、さびれた炭鉱町
にある幽霊屋敷でひと晩過ごすこと。ところ
が、だれもいないはずの地下室で地面を掘る
音がする。怖がりの少年トムは弟子入りを果
たせるのか。好評シリーズ待望の文庫化。

『**魔使いの呪い**』ジョゼフ・ディレイニー
著, 金原瑞人, 田中亜希子訳　東京創元

ヤングアダルトの本　いま読みたい小説4000冊　**421**

社　2014.1　348p　15cm（創元推理文庫）960円　①978-4-488-58003-2

内容 ぼくはトム。魔使いに弟子入りして半年ほどたったある日、人の血を好むボガートを退治してくれという依頼があった。襲われたのはなんと師匠のお兄さん。ボガートはなんとか退治したものの、こんどは病み上がりの師匠が、古代の悪霊ベインが巣くう大聖堂の町、プリーズタウンに向かうと言い出す。だがそこには魔使いをつけ狙う冷酷な魔女狩り長官の姿があった。

『魔使いの秘密』ジョゼフ・ディレイニー著,金原瑞人,田中亜希子訳　東京創元社　2014.1　375p　15cm（創元推理文庫）980円　①978-4-488-58004-9

内容 ぼくはトム。冬になり、師匠とぼくはいやな噂のある、アングルザークの冬の家に移ることになった。陰気な冬の家で待っているのは、ラミア魔女のメグ。おまけに師匠のもと弟子モーガンが、冬の魔王ゴルゴスを目ざめさせようと、師匠とぼくに罠をしかけていた。大怪我をして瀕死の魔使いにかわり孤軍奮闘するトムは、モーガンの野望を挫くことができるのか？　人気シリーズ第三弾。

『魔使いの復讐』ジョゼフ・ディレイニー著,田中亜希子訳　東京創元社　2015.2　397p　20cm（sogen bookland）2500円　①978-4-488-01994-5

内容 ぼくは狩る者だ。闇を追う者だ。魔王の復活をもくろむ闇の勢力が結集。トムの、魔使いの、そしてアリスの決断は？　シリーズついにクライマックス。

『魔使いの盟友―魔女グリマルキン』ジョゼフ・ディレイニー著,田中亜希子訳　東京創元社　2013.8　333p　20cm（sogen bookland）2300円　①978-4-488-01991-4

内容 マルキン一族の暗殺者グリマルキンは、並はずれたすばやさと力強さとをかねそなえ、自らに面子を保つための決まりを課し、だましうちの戦法には頼らない。そして魔王を憎むことにかけてはだれにも負けない…。グリマルキンが魔王を滅ぼす切り札として希望を託す、七番目の息子の七番目の息子、魔使いの弟子トム。そのトムと師匠の魔使い、トムの友だちアリス、そしてグリマルキンが死闘の末に切りおとした魔王の頭を敵の手に渡すわけにはいかない。だが仲間と別れ、魔王の頭を持って逃げるグリマルキンの行く手に闇の眷属が立ちふさがった。最強の暗殺者に危機が迫る！　好評「魔使いシリーズ」第九弾。

ドハーティ, バーリー
Doherty, Berlie
《1943～》

『ライオンとであった少女』バーリー・ドハーティ著,斎藤倫子訳　主婦の友社　2010.2　287p　20cm　1600円　①978-4-07-262875-1

内容 「強くなりなさい。わたしのかわいいアベラ、強い子になるのよ」母の最後のことばだけをささえに、ひとりぼっちで生きている少女。自分とはまったく似ていない母から、のけものにされている気がして、愛情を信じられなくなっている少女。絶望的に傷ついたふたつの魂がであったとき―。

トラヴァース, パメラ・リンドン
Travers, Pamela Lyndon
《1899～1996》

『さくら通りのメアリー・ポピンズ』P.L.トラヴァース著,小池三子男訳　復刊ドットコム　2014.4　137p　19cm〈篠崎書林 1983年刊の再刊〉1400円　①978-4-8354-5059-9

内容 シリーズ7作のうち、手に入れることができなかった3つの名作が25年ぶりに帰ってきた！　新たな翻訳・新たなイラストでの新装復刊!!

『台所のメアリー・ポピンズ―おはなしとお料理ノート』P.L.トラヴァース作,小宮由,アンダーソン夏代訳　アノニマ・スタジオ　2014.12　110p　20cm〈絵：メアリー・シェパード　発売：KTC中央出版〉1600円　①978-4-87758-733-8

内容 1934年、メアリー・ポピンズが、東風にのって桜町通りに降り立って以来、これまで百万人以上の読者がその物語を楽しんできました。メアリー・ポピンズのファンはもちろん、これからメアリー・ポピンズに出会う人にもぴったりなゆかいなお話と、イギリスの伝統料理やデザートのレシピ57品がのった特別な1冊。

『メアリー・ポピンズAからZ』P.L.トラヴァース著,小池三子男訳　復刊ドットコム　2014.5　116p　19cm〈英語併記 篠崎書林 1984年刊の再刊〉1400円　①978-4-8354-5060-5

内容 映画「メリー・ポピンズ」製作50周年記念の緊急復刊!!復刊第3弾は、AからZのアルファベットで書き起こされる、お馴染みの登場人物総出演のショート・ストーリー26話！ トラヴァースが趣向をこらした英語の原文も添えました。英語教本として読んでも楽しい！

『メアリー・ポピンズとお隣さん』P.L.トラヴァース著、小池三子男訳　復刊ドットコム　2014.3　112p　19cm〈篠崎書林 1989年刊の再刊〉1400円　①978-4-8354-5058-2

トール, アニカ
Thor, Annika
《1950～》

『海の深み―ステフィとネッリの物語』アニカ・トール著, 菱木晃子訳　新宿書房 2009.4　267p　20cm　2000円　①978-4-88008-396-4
内容 ウィーンのユダヤ人姉妹、ステフィとネッリがスウェーデンへきて4年目の春。母国の両親はテレジン収容所へ送られ、連絡も途絶えがちに…。そんな状況の中、ステフィは将来を夢み、イェーテボリの女子中学で学ぶ。だが、島に残るネッリは実の両親を思いやることができない…。離れ離れで心の通わない妹を気にしながら、高校進学をめざすステフィ。家族、友情、民族、戦局の行方…。さまざまなことを思い、悩みながら、大人への階段をかけあがる。異国の地で、多くの人々とふれあいながら、姉妹はそれぞれ、たくましく成長する。コルチャック賞受賞「ステフィとネッリの物語」シリーズ第三作。

『睡蓮の池―ステフィとネッリの物語』アニカ・トール著, 菱木晃子訳　新宿書房 2008.5　248p　20cm　2000円　①978-4-88008-386-5
内容 第2次世界大戦下、辛くも中立を保つスウェーデン。そこにナチスの迫害を逃れるため、オーストリアの都、ウィーンの親元を離れ、やってきた姉妹がいた。西岸の都市イェーテボリにほど近い、島の家族と暮らすステフィとネッリ。1年がたち、姉のステフィは中学に進学。イェーテボリでの新しい生活が始まる。遠く離れた両親を思い、島に残る妹ネッリを気にかけながらも、学業にうちこみ、新しい友人やクラスメイト、先生たちと出会い、下宿先の少年に恋焦がれ…。異国の地でむかえたステフィの青春を描く。

『大海の光―ステフィとネッリの物語』ア

ニカ・トール著, 菱木晃子訳　新宿書房 2009.8　310p　20cm　2000円　①978-4-88008-398-8
内容 1945年5月、ベルリンが陥落。ついにヨーロッパの戦争は終わり、スウェーデンの港町、イェーテボリでも平和の訪れを人々は心から喜んでいた。だがウィーンへやってきたユダヤ人姉妹ステフィとネッリには、もはや帰る家はなく、父親の安否も知れない。異国の地で、養親や友人たちに支えられ、逆境を乗り越えて、大きく成長した二人。ステフィは町の高校を、ネッリは島の小学校を卒業。不安な思いを抱きつつ、新しい一歩を踏みだそうとする二人の本当の居場所は、どこにあるのだろうか？ コルチャック賞受賞、「ステフィとネッリの物語」最終巻。

『わたしの中の遠い夏』アニカ・トール著, 菱木晃子訳　新宿書房　2011.6　335p　20cm　2200円　①978-4-88008-417-6
内容 1976年夏。ストックホルム郊外の湖畔に建つ、白い「家」。共同生活を送る、三組の若いカップルとひとりの青年。青年に思いを寄せたマリーエ。だが彼女は、スタファンと結婚する…。それから三十年の歳月が流れたある朝、新聞の訃報を目にし、マリーエは動揺する。そこには、あの夏、あの「家」でともに過ごした青年の名があった。彼が撮った映像から、マリーエは過去の記憶をたぐり寄せようとする。古い権威が崩れ、自由を手にしたかに見えた世代は今…。

トールキン, J.R.R.
Tolkien, John Ronald Reuel
《1892～1973》

『トールキンのクレルヴォ物語―注釈版』J・R・R・トールキン著, ヴァーリン・フリーガー編, 塩﨑麻彩子訳　原書房 2017.4　260, 3p　20cm〈文献あり〉2300円　①978-4-562-05388-9
内容 トールキン・ファンタジーの原点、待望の刊行!!北欧民族叙事詩の英雄たちの物語一深い共感とともに、生き生きと描かれる魅力的な作品！

『ホビット―ゆきてかえりし物語：第四版・注釈版』J・R・R・トールキン著, ダグラス・A・アンダーソン注, 山本史郎訳　新版　原書房　2012.11　514, 6p 図版10枚　21cm〈文献あり〉2500円 ①978-4-562-04866-3
内容 "不朽の名作"を「愛蔵版」で！ トール

キン自筆の挿絵ほか、物語世界の理解を助ける詳細な注釈付。
別版 新版 原書房 2012.11

ドレイパー, シャロン・M.
Draper, Sharon Mills
《1948～》

『わたしの心のなか』シャロン・M・ドレイパー作, 横山和江訳 鈴木出版 2014.9 333p 20cm（鈴木出版の海外児童文学 この地球を生きる子どもたち）1600円 ①978-4-7902-3294-0
内容 言葉が、わたしのまわりに舞い落ちてくる。ひらひらひらひらと、まるで雪のように。どのひとひらもこわれやすく、ちがう形をしていて、手にふれることができない。歩くことができない。自分で食べることができないし、自分でおふろに入ることもできない。それが、すごくいや。

トンプソン, ケイト
Thompson, Kate
《1956～》

『世界の終わりと妖精の馬　上』ケイト・トンプソン著, 渡辺庸子訳 東京創元社 2011.5 245p 20cm（Sogen bookland—時間のない国で 3）1900円 ①978-4-488-01982-2
内容 アイルランドは大変なことになっていた。天候はめちゃくちゃに荒れ、作物などとれる状態ではない。シュリーブ・キャロンのふもと一帯では、独裁者エイダンが威張り散らしては人々を苦しめている。このままでは人類は滅び、その文化も忘れさられてしまう！心ならずも弟の配下で軍の指揮をとっていたドナルは、ずっと温めてきた奇想天外な計画を実行にうつすが…。のんびりとぼけた筆致で世界の終わりを描く、ガーディアン賞、ウィットブレッド賞、ビスト最優秀児童図書賞受賞作『時間のない国で』三部作完結編。

『世界の終わりと妖精の馬　下』ケイト・トンプソン著, 渡辺庸子訳 東京創元社 2011.5 237p 20cm（Sogen bookland—時間のない国で 3）1900円 ①978-4-488-01983-9
内容 ある日、妖精たちの住む時間のない国ティル・ナ・ノグに大量のとろりん族が出現。

いったいどこから湧いて出たのか？ 妖精王はのんびり音楽三昧の日々をおくっている老いたJJに、妖精の白馬に乗ってアイルランドに行き、問題を解決するように命じた。だが、馬から一歩でも降りたなら、JJは塵になってしまうというのだ。アイルランドの伝承と音楽が豊かに息づく三部作、驚天動地の完結編登場。ガーディアン賞、ウィットブレッド賞、ビスト最優秀児童図書賞受賞作。

『プーカと最後の大王（ハイ・キング）』ケイト・トンプソン著, 渡辺庸子訳 東京創元社 2008.12 382p 20cm（Sogen bookland—時間のない国で 2）2600円 ①978-4-488-01964-8
内容 リディ家の次女ジェニーは、とっても変わった女の子。約束は忘れるし学校はサボるし、いつも薄着で靴もはかず、夕方まで外をうろうろ。おまけに怪しげな野生のヤギや、山の上の幽霊とも仲良しらしい。でもそのヤギ、実はプーカという不思議な生き物で…ちょっとズレてて、ほんのりあったかい。音楽一家リディ家の、世界を巻きこんでの大騒動を描く物語。

ナポリ, ドナ・ジョー
Napoli, Donna Jo
《1948～》

『バウンド—纏足』ドナ・ジョー・ナポリ著, 金原瑞人, 小林みき訳 あかね書房 2009.3 205p 20cm（YA dark）2000円 ①978-4-251-06662-6
内容 幼い時に母を亡くし、自分を大切にしてくれる父も亡くしてしまったシンシンは、継母や姉から家の雑用一切を押し付けられて暮らしていました。継母は姉を結婚させようと必死ですが、もし、うまくいかない時は、生活費のためにシンシンを売るつもりです。中国のシンデレラを描いた、不思議と神秘の物語。

『マルベリーボーイズ』ドナ・ジョー・ナポリ著, 相山夏奏訳 偕成社 2009.11 358p 20cm 1600円 ①978-4-03-726770-4
内容 ある朝、ぼくはイタリアのナポリから新天地アメリカへ旅立った。たどりついたのは、イタリア移民がくらすマルベリーストリート。ひとりぼっちのぼくが持っていたのは、ぴかぴかの靴だけだった。19世紀末、ニューヨーク最大のスラム街を舞台にみずからの知恵と勇気で未来をきりひらく、ユダヤ人少年の物語。シドニー・テイラー賞オナーペアレ

海外の作品　　　　　　　　　　　　　　　ニクス

ンツ・チョイス銀賞受賞作品。小学校高学年から。

『**わたしの美しい娘―ラプンツェル**』ドナ・ジョー・ナポリ著, 金原瑞人, 桑原洋子訳　ポプラ社　2008.9　295p　20cm　1600円　①978-4-591-10494-1
内容　わたしたちはずっといっしょ。このまま永遠に。娘の13歳の誕生日には新しいドレスを作ってあげよう。あの子の美しさを際立たせるすばらしいドレスを。小さな望みなら好きにかなえてやろう。わたしは幸せでたまらなかった。―どうしても子どもをもちたかった女は、魂とひきかえに自分の娘を手に入れた。だが、美しく成長した娘はひとりの若者と出会い、それを機に3人の運命は大きく変わり始める―。

ニクス, ガース
Nix, Garth
《1963〜》

『**王国の鍵　1　アーサーの月曜日**』ガース・ニクス著, 原田勝訳　主婦の友社　2009.4　397p　20cm　1900円　①978-4-07-254775-5
内容　この世界の創造主がのこしたという「遺書」、少年アーサーにしか見えない「ハウス」、現実とは別の世界の「地図帳」、失われた「王国の七つの鍵」、猛烈な勢いで感染が広がった「催眠ペスト」―ぞくぞくする謎に、息もつかせぬストーリー―これぞガース・ニクス・ワールド。

『**王国の鍵　2　地の底の火曜日**』ガース・ニクス著, 原田勝訳　主婦の友社　2009.8　364p　20cm　1900円　①978-4-07-254781-6
内容　死闘の末、第一の鍵を手に入れ、ようやく現実世界にもどってきたアーサーのもとに、「ハウス」にいる「遺書」から、一本の不吉な電話がかかってきた。第二の鍵をもつチューズデーが、アーサーを破滅させてやろうと陰謀をめぐらせているというのだ。電話を切ったとたん、アーサーのまわりでつぎつぎ奇妙なことがおこりはじめる―ぞくぞくする謎に、息もつかせぬストーリー―これぞガース・ニクス・ワールド。

『**王国の鍵　3　海に沈んだ水曜日**』ガース・ニクス著, 原田勝訳　主婦の友社　2009.12　446p　20cm　2100円　①978-4-07-254798-4
内容　「アーサー・ペンハリガン殿 貴殿を十

七品からなる特別の昼食会にご招待申しあげたく、ここに謹んで招待状を送るものである。なお、すでにこちらから迎えを差しむけてあり、本状へのご返事は不要。創造主様の管財人にして『果ての海』を治める公爵レディ・ウェンズデー」。一通の招待状が、再びアーサーを謎と危険でいっぱいの冒険へとおいやった。謎の公爵、レディ・ウェンズデーの正体とは―。

『**王国の鍵　4　戦場の木曜日**』ガース・ニクス著, 原田勝訳　主婦の友社　2010.4　389p　20cm　2000円　①978-4-07-254806-6
内容　魂食らいが人びとの心を食いつくし遺書の管財人たちが、つぎつぎと謎の死をとげる。あらゆる世界が「無」にのみこまれようとしていた―考えもつかないすじがき、ひねり、謎、魅力的なキャラクター…謎とアクションがぎっちりつまった一冊。

『**王国の鍵　5　記憶を盗む金曜日**』ガース・ニクス著, 原田勝訳　主婦の友社　2011.1　351p　20cm　2000円　①978-4-07-254812-7
内容　リーフはレディ・フライデーに捕らえられ、罠にかかったアーサーに、殺戮の手がのびる―そして、世界は一途、破滅の道へ！―。

『**王国の鍵　6　雨やまぬ土曜日**』ガース・ニクス著, 原田勝訳　主婦の友社　2011.6　302p　20cm　2000円　①978-4-07-254829-5
内容　ついにサタデーがその恐るべき正体をあらわした。人であることをやめるか、単純な死を迎えるか―日ましに自分を失っていくアーサーが出した結論は。

『**王国の鍵　7　復活の日曜日**』ガース・ニクス著, 原田勝訳　主婦の友社　2011.12　357p　20cm　2100円　①978-4-07-254835-6
内容　七日目―世界は沈黙する。7つの遺書があわさったとき、すべての謎がときあかされ…そして、驚愕の結末へ。

『**銀河帝国を継ぐ者**』ガース・ニクス著, 中村仁美訳　東京創元社　2014.8　461p　15cm（創元SF文庫）1200円　①978-4-488-70201-4
内容　遙かな未来、銀河系に広がる帝国を統治する一千万人の“プリンス”たち。強力な身体・サイコ能力と絶大な特権を持つ彼らだが、内部競争は激しく、お互いの暗殺も日常茶飯事。プリンスとなった少年ケムリは、二十年に一度の次期皇帝の座をめざす壮絶な戦

ヤングアダルトの本　いま読みたい小説4000冊　　425

いの渦中に飛びこむ。陰謀、裏切り、サバイバル、星間戦争…冒険に次ぐ冒険の日々。そして、帝位継承に隠された秘密とは？

ネス, パトリック
Ness, Patrick
《1971～》

『怪物はささやく』シヴォーン・ダウド原案, パトリック・ネス著, 池田真紀子訳 東京創元社 2017.5 254p 15cm（創元推理文庫）〈あすなろ書房 2011年刊の再刊〉800円 ①978-4-488-59307-0
内容 真夜中過ぎ、墓地にそびえるイチイの大木の怪物がコナーのもとに現われて言う。「おまえに三つの物語を話して聞かせる。わたしが語り終えたら、おまえは物語を話すのだ」母の病気の悪化、学校での孤立、そんなコナーに怪物は何をもたらすのか。心締めつけられる物語。（ゴヤ賞本年度最多9部門受賞）
別版 あすなろ書房 2011.11

『心のナイフ 上』パトリック・ネス著, 金原瑞人, 樋渡正人訳 東京創元社 2012.5 274p 19cm（混沌の叫び 1）1900円 ①978-4-488-01345-5
内容 ぼくはトッド・ヒューイット。あとひと月で十三歳、つまり正式な大人になる。ぼくが住んでるプレンティスタウンは新世界のたったひとつの町。この星に入植したぼくらは、土着の生き物と戦争になった。やつらが撒いた細菌のせいで女は死に絶え、男は互いの考えがすべて“ノイズ”として聞こえるようになってしまったのだ。ある日、町はずれの沼地で、ぼくはノイズのない静かな静寂に出会った。これは何？ それとも誰？ 異様な迫力、胸が締めつけられるような感動、尽きせぬ謎。ビッグタイトルを独占した“混沌の叫び”三部作、第一弾。ガーディアン賞、ジェイムズ・ティプトリー・ジュニア賞、ブックトラスト・ティーンエイジ賞受賞作。

『心のナイフ 下』パトリック・ネス著, 金原瑞人, 樋渡正人訳 東京創元社 2012.5 269p 19cm（混沌の叫び 1）1900円 ①978-4-488-01346-2
内容 町で最後の子どもトッドが出会ったのは、ひとりの少女だった。初めて見る女の子。ノイズを持たず心が読めないその存在に、とまどい苛立つトッド。女はすべてノイズの病気で死んでしまったはず。彼女は何者なのか？ 理由も知らされずいきなり家を追い出さ

れ、町じゅうの男たちから追われる身となったトッドは、黙したままの少女を連れ、ひたすら逃げる。自分たちがなぜ追われるのかもわからぬままに。そしてトッドの前には想像もしなかった新しい世界が…。ガーディアン賞、ジェイムズ・ティプトリー・ジュニア賞、ブックトラスト・ティーンエイジ賞受賞作。

『問う者、答える者 上』パトリック・ネス著, 金原瑞人, 樋渡正人訳 東京創元社 2012.11 297p 19cm（混沌の叫び 2）1900円 ①978-4-488-01349-3
内容 理由もわからず故郷プレンティスタウンを追われた少年トッドは、宇宙から来た少女ヴァイオラとともに、ひたすら逃げた。逃げて逃げて、ようやくたどり着いた平和な地、人々がノイズから解き放たれているという、伝説の町ヘイヴンでふたりを待っていたのは、男ばかりの軍隊を率いヘイヴンを制圧せんとする、プレンティス首長だった。無理矢理首長の部下にされるトッド。首長の支配に抵抗する女たちと行動をともにするヴァイオラ。互いを思う心ゆえに苦しむふたりの行く手には、さらに過酷な運命が待ち受けていた。コスタ賞児童書部門受賞作。

『問う者、答える者 下』パトリック・ネス著, 金原瑞人, 樋渡正人訳 東京創元社 2012.11 284p 19cm（混沌の叫び 2）1900円 ①978-4-488-01350-9
内容 ヴァイオラが出合ったレジスタンス組織。それは、かつてスパクルとの戦いで活躍したアンサー部隊だった。狡猾でタフな指導者ミストレス・コイルのもと、ヘイヴンを支配下におさめたプレンティス首長にゲリラ戦を挑んでいたのだ。一方トッドは、プレンティス首長の息子デイヴィとともに、アンサー部隊に対抗するべくつくられたアスク隊の幹部にされていた。腹を探り合い、罠をかけあうふたつの陣営。味方ですら信じられない状況に、離ればなれになったトッドとヴァイオラは、次第に追い詰められていく…。コスタ賞受賞作。

『人という怪物 上』パトリック・ネス著, 金原瑞人, 樋渡正人訳 東京創元社 2013.9 341p 19cm（混沌の叫び 3）2300円 ①978-4-488-01002-7
内容 プレンティス総統率いるアスク隊に入れられたトッド。ミストレス・コイル率いる反政府組織のアンサー部隊に加わったヴァイオラ。想い合うふたりは、心ならずも敵同士の集団に属することになってしまった。すれ違う届かぬ叫び…。だがそんな人間同士の争いを飲みこまんばかりの大軍が、ニュー・プレンティスタウンに迫っていた。虐げられ

海外の作品　　　　　　　　　　　　バウアー

ていた土着の生き物スパクルがついに蜂起し
たのだ。このままではすべての人間の存在が
危うくなる！ 第一部『心のナイフ』でガー
ディアン賞、第二部『問う者、答える者』で
コスタ賞、そして本作でカーネギー賞と、三
大タイトルを独占したYA文学の金字塔。

『人という怪物　下』パトリック・ネス著,
金原瑞人, 樋渡正人訳　東京創元社
2013.9　372p　19cm（混沌の叫び 3）
2300円　①978-4-488-01003-4
内容 ヴァイオラが乗ってきた移住船が、この
星に着陸する日が迫っていた。大勢の移住者
がやってくるのだ。だが、スパクルと人間は
一触即発の状態が続き、人間のあいだでも権
力を独占しようとするプレンティス総統と、
爆弾テロも辞さぬ反政府組織の指導者ミスト
レス・コイルは互いを信用せず、共通の敵を前
に結束できずにいた。なんとかスパクルと人
間との和平をまとめようとするトッドとヴァ
イオラ。一方スパクル側には意外な情報源が
いて…。巻末に付録短編「新世界」を収録。
カーネギー賞受賞。『怪物はささやく』の著
者が贈る、驚異の三部作完結。

『まだなにかある　上』パトリック・ネス
著, 三辺律子訳　辰巳出版　2015.6
229p　19cm　1700円　①978-4-7778-
1503-6
内容 少年は海で溺れていた…見知らぬ町で
目覚めたとき、16歳のセスはそれだけを覚え
ていた。『混沌の叫び』シリーズ、『怪物はさ
さやく』につづく話題作！ 全英ベストセラー
小説待望の邦訳ついに刊行！

『まだなにかある　下』パトリック・ネス
著, 三辺律子訳　辰巳出版　2015.6
270p　19cm　1700円　①978-4-7778-
1504-3
内容 自分はなぜ「溺死」したのか…それを
知る手がかりになりそうなのは、眠るたびに
訪れる夢だけだった。世界が注目する作家が
描く驚異の物語。読者を最後の最後まで翻弄
しつづける、予測不能なボーダーレス・ノベ
ル最新作！

```
┌─────────────────────┐
│   ハイアセン, カール    │
│    Hiaasen, Carl      │
│     《1953～》         │
└─────────────────────┘
```

『これ誘拐だよね？』カール・ハイアセン
著, 田村義進訳　文藝春秋　2014.1
495p　16cm（文春文庫）890円　①978-
4-16-790023-6

内容 アイドル歌手チェリーはドラッグ漬け。
それをマスコミから隠すためチェリーの影武
者になった女優の卵、アンが誘拐されてしまっ
た。マネジャーは奪回作戦を起ち上げるが。
セレブとパパラッチと誘拐犯、片腕に秘密兵
器を仕込む悪党と正義の怪老人が入り乱れる
大混戦。最後に笑うか？ 世界一のユーモ
ア・ミステリ作家の新作。

『スキャット』カール・ハイアセン著, 千
葉茂樹訳　理論社　2010.8　481p
20cm　1700円　①978-4-652-07975-1
内容 フロリダ・パンサーを救え！ アメリカ
東海岸の大自然を舞台にぼくと風変わりな仲
間たちとのとびっきりの冒険がはじまる。

『迷惑なんだけど？』カール・ハイアセン
著, 田村義進訳　文藝春秋　2009.7
462p　16cm（文春文庫）857円　①978-
4-16-770574-9
内容 ふざけんな！ 息子との夕食を台無しに
した迷惑電話にハニーは激怒した。彼女は問
題のセールスマン、ボイドを孤島におびき寄
せ、根性を叩き直してやることにした。何も
知らずボイドは愛人連れで旅立つが、島には
ハニーを狙う狂気のストーカーも…。

```
┌─────────────────────┐
│   バウアー, ジョーン    │
│     Bauer, Joan       │
│     《1951～》         │
└─────────────────────┘
```

『靴を売るシンデレラ』ジョーン・バウ
アー著, 灰島かり訳　小学館　2009.7
315p　19cm（Super！ YA）1500円
①978-4-09-290513-9
内容 主人公ジョナは、靴店で楽しくアルバ
イトをしていた。天才的センスで靴を売る姿
に感動したお店のオーナーが、ジョナを運転
手としてひと夏やとうといいだした。思いも
よらないオーナーとのドライブで、ジョナを
待ちかまえていたものは？ さわやかな青春
ストーリー。

『女子高生記者ヒルディのスクープ』ジョ
アン・バウアー著, 森洋子訳　新潮社
2012.8　366p　16cm（新潮文庫）630円
①978-4-10-218171-3
内容 幽霊屋敷と噂されるルドロウ邸に不気
味な貼り紙が出現した。敷地内で死体が発見
されると町は恐怖のどん底に…。でも何だか
おかしい。真相究明に立ち上がった高校新聞
のメンバーは「悪と戦う高齢者軍団」やポー
ランドの民主化運動を知るカフェ店主、そし
て皮肉屋ジャーナリストに支えられ、腐敗し

パーキンス　　　　　　　　　　　　　　　　　海外の作品

た大人たちに立ち向かう。YA小説の名手による痛快でちょっとほろ苦い成長物語。

『希望（ホープ）のいる町』ジョーン・バウアー著，中田香訳　作品社　2010.3　250p　20cm〈選者：金原瑞人〉1800円　①978-4-86182-278-0
|内容|ウェイトレスをしながら高校に通う少女が、名コックのおばさんと一緒に小さな町の町長選で正義感に燃えて大活躍。ニューベリー賞オナー賞に輝く、元気の出る小説。

『負けないパティシエガール』ジョーン・バウアー著，灰島かり訳　小学館　2013.6　349p　19cm（SUPER！YA）1500円　①978-4-09-290573-3
|内容|主人公フォスターは、毎日必ずケーキを焼くことにしている。なぜって、そうすれば、いつでもどこでもおいしいものが食べられるから。そう、フォスターは、カップケーキ作りの天才なのだ。ある日、ママと二人で家を出て、新しい人生を送ることになる。フォスターを待ち受けているのは…？　カップケーキのようにあまくはないサクセスストーリー。

┌─────────────────────┐
│　　　　パーキンス，ミタリ　　　　│
│　　　　Perkins, Mitali　　　　│
│　　　　　《1963～》　　　　　│
└─────────────────────┘

『タイガー・ボーイ』ミタリ・パーキンス作，ジェイミー・ホーガン絵，永瀬比奈訳　鈴木出版　2017.6　189p　20cm（鈴木出版の児童文学　この地球を生きる子どもたち）1500円　①978-4-7902-3327-5
|内容|学校で一番成績がよいニールは、地域でトップになって奨学金を勝ち取り、インドの大都会の私立中学校に進むことを期待されています。でも、ニールは大好きな家族や生まれ育った島から離れたくありません。苦手な算数の勉強に気が入らないまま、試験の日は近づいてきます。そんなある日、保護区からトラの子が逃げ出したというニュースがとどき、島じゅうでトラの子探しがはじまりました。『リキシャ★ガール』の作者ミタリ・パーキンスと画家ジェイミー・ホーガンのペアがおくる未来に向かって力強くふみ出す男の子の物語。

『モンスーンの贈りもの』ミタリ・パーキンス作，永瀬比奈訳　鈴木出版　2016.6　318p　20cm（鈴木出版の児童文学　この地球を生きる子どもたち）1600円　①978-4-7902-3317-6

|内容|「モンスーンの季節の始まりね」ママがいう。「なにそれ？」エリックがたずねた。「雨季よ。わたしたちが帰る八月までつづくの」駅周辺の線路ぞいに並ぶわらぶき屋根にも、雨は降りそそいだ。もじゃもじゃの髪をして、ボロを着た子どもたちが、水たまりで水をはねとばしながら踊っている。

『リキシャ・ガール』ミタリ・パーキンス作，ジェイミー・ホーガン絵，永瀬比奈訳　鈴木出版　2009.10　133p　22cm（鈴木出版の海外児童文学　この地球を生きる子どもたち）1400円　①978-4-7902-3224-7
|内容|10歳の女の子ナイマ、貧しくともおたがいを大切に思い合う家族、そして、自分の力で変わろうとしている人びとの夢と現実と希望の物語。

┌─────────────────────┐
│　　　パーク，リンダ・スー　　　│
│　　　　Park, Linda Sue　　　│
│　　　　　《1960～》　　　　　│
└─────────────────────┘

『サーティーナイン・クルーズ　9　海賊の秘宝』リンダ・スー・パーク著，小浜杏訳　KADOKAWA　2014.2　273p　19cm〈増刷（初刷2011年）〉900円　①978-4-04-066473-6
|内容|孤児のエイミーとダンは、ケイヒル家の遺産相続人候補となり、世界中に隠された39の手がかりを探す旅に出た。しかし、4つの分家のライバルたちが二人の前に立ちはだかる。さらには、亡き祖母と両親が"マドリガル"と呼ばれる暗黒組織のメンバーだったことを知ってしまう。苦悩を抱えながらも、カリブ海に隠された謎を追う二人。そんな姉弟を、ひそかに黒服の男がつけ狙っていた。
|別版|メディアファクトリー　2011.6

『サーティーナイン・クルーズ　16　だれも信用するな』小浜杏訳　リンダ・スー・パーク著　KADOKAWA　2014.2　279p　19cm　900円　①978-4-04-066335-7
|内容|闇の組織"ヴェスパー一族"に仲間を人質にとられたエイミー・ケイヒルと弟のダンは、戦いの終わりが見えないことに焦りを募らせていた。そんななか、エイミーたちに大きな衝撃が走る。信頼する仲間のなかに、スパイがいるとわかったのだ。エイミーは裏切り者を追いつめるが、スパイはエイミーに向けて銃の引き金を引く…。一方、ヴェスパーの残したわずかな手がかりから、その正体を

海外の作品 ハートネット

暴こうとしていたダンたちは、ついにヴェスパーの"真の目的"を突きとめる。だがそれは、世界を破滅に導く恐ろしいものだった!!

『魔法の泉への道』リンダ・スー・パーク著, 金利光訳　あすなろ書房　2011.11　151p　20cm　1300円　①978-4-7515-2221-9

内容 内戦で故郷を追われた少年サルヴァと家族のための水汲みで一日が終わってしまう少女ナーヤ。一見、無関係な二人だったが…。スーダン内戦の実話をもとにした物語。

バーズオール, ジーン
Birdsall, Jeanne
《1951～》

『海べの音楽』ジーン・バーズオール作, 代田亜香子訳　小峰書店　2017.6　361p　19cm（Sunnyside Books―ペンダーウィックの四姉妹 3）1700円　①978-4-338-28714-2

内容 四人の女の子たちが耳をすませながら、愛をこめてジェフリーを見つめていた。できれば永遠にジェフリーを大人たちの世界とは関係ない安全な場所にいさせてあげたいと、願いながら。全米図書館賞受賞作シリーズ第3弾！めちゃくちゃゴキゲンな夏にしなくちゃ！

『ささやかな奇跡』ジーン・バーズオール作, 代田亜香子訳　小峰書店　2015.8　372p　19cm（Sunnyside Books―ペンダーウィックの四姉妹 2）1700円　①978-4-338-28705-0

内容 ロザリンドは幼なじみのトミーのせいでイライラの限界。スカイはサッカーの試合中に些細なことでキレてしまい、ジェーンは文章を書くことを愛するあまり泥沼にはまりこみ、バティはあたらしいおとなりさんが気になってしかたがない。そして、もちろんハウンドも…。いくつもの小さな奇跡がつむぐ、あたたかな家族の物語。

『夏の魔法―ペンダーウィックの四姉妹』ジーン・バーズオール作, 代田亜香子訳　小峰書店　2014.6　325p　19cm（Sunnyside Books）1600円　①978-4-338-28701-2

内容 ペンダーウィックの四姉妹は、個性はばらばらだけど、結束力はすごくかたい。責任感あふれるしっかり者のロザリンド、がんこでけんかっぱやいスカイ、夢見る芸術家のジェーン、恥ずかしがり屋でちょうちょの

羽をいつもつけている末っ子のバティ。四姉妹とお父さんが夏休みの休暇をすごすために向かった先で、待っていたものは…!?全米図書館賞児童文学部門受賞作。

パターソン, キャサリン
Paterson, Katherine
《1932～》

『パンとバラ―ローザとジェイクの物語』キャサリン・パターソン作, 岡本浜江訳　偕成社　2012.9　338p　20cm　1600円　①978-4-03-018070-3

内容 一九一二年冬、アメリカ東部ローレンスの町で、移民労働者たちのストライキがおこった。その混乱のさなか、互いに名も知らなかったイタリア移民の娘ローザと、貧しい少年ジェイクの人生が交差する。現代アメリカ史に残る出来事を背景に、家族の思いやりや助け合う人々の姿をあたたかく描いた長編小説。中学生から。

『星をまく人』キャサリン・パターソン著, 岡本浜江訳　ポプラ社　2010.12　359p　16cm（ポプラ文庫）660円　①978-4-591-12216-7

内容 父さんは刑務所、母さんはあたしと弟のバーニーをひいおばあちゃんの家にあずけて、どこかに行ってしまった…。不安な日々をひたむきに生きる11歳のエンジェル。その心の支えは夜空に輝く星たちだった。せつなくて思わず涙がこぼれる、ハートウォーミングストーリー。

ハートネット, ソーニャ
Hartnett, Sonya
《1968～》

『サレンダー』ソーニャ・ハートネット著, 金原瑞人, 田中亜希子訳　河出書房新社　2008.12　252p　20cm　1800円　①978-4-309-20511-3

内容 ぼくは、死にかけている―短い生涯を終えようとする少年、ガブリエル。病床で思い出すのは、兄を殺めた呪わしい事件と、悪魔のような少年、フィニガンとの邂逅。町が連続放火されるなか、ついに明かされる秘密とは。

『真夜中の動物園』ソーニャ・ハートネット著, 野沢佳織訳　主婦の友社　2012.7　229p　20cm　1500円　①978-4-07-

ヤングアダルトの本　いま読みたい小説4000冊　**429**

バビット　　　　　　　　　　　　　　　　　　　　海外の作品

277807-4
内容 「走りなさい！ 子どもたち」それが、母さんの最後のことばだった。廃墟となった村にとりのこされた、幼い三人兄弟は走りつづけ、そして一父と母をうしなった3人兄弟と廃墟にとりのこされた動物たちが見たものは一アストリッド・リンドグレーン賞受賞作家が描く、哀しみと希望の物語。2011年オーストラリア児童図書賞受賞、2012年カーネギー賞候補。

バビット, ナタリー
Babbitt, Natalie
《1932～2016》

『月は、ぼくの友だち』ナタリー・バビット作、こだまともこ訳　評論社　2016.6　213p　20cm　1400円　①978-4-566-01396-4
内容 ジョー・カジミール少年の夢は、天文学者になること。月を見るのが、なによりも好きなのです。でも、まだだれにも打ち明けたことはありません。そんなジョーが、とつぜん、億万長者のあとつぎになれといわれたら…?!

ハンター, エリン
Hunter, Erin

『ウォーリアーズ　1　ファイヤポー、野生にかえる』エリン・ハンター作、金原瑞人訳　ポケット版　小峰書店　2009.2　389p　18cm　980円　①978-4-338-24001-7
内容 飼い猫だったラスティーは、野生への憧れに駆られ、猫族へ入ることを決意するが、そこにはいろいろな掟が…。人間の知らない猫たちの物語。

『ウォーリアーズ　2　ファイヤポー、戦士になる』エリン・ハンター作、金原瑞人, 高林由香子共訳　ポケット版　小峰書店　2009.2　420p　18cm　980円　①978-4-338-24002-4
内容 飼い猫だったラスティーは、野生の本能に目覚め、野生猫の部族のひとつサンダー族に入った。四部族ある猫の部族の間では、戦いや友情、裏切りが渦巻いていた。そんな中、ラスティーはファイヤポーという名前をもらい、見習い猫として特訓の日々を送った。そして、大きな戦いのあと、戦士になる道が開かれたのだが…。人間の知らない猫たちの

物語。

『ウォーリアーズ　3　ファイヤハートの戦い』エリン・ハンター作、金原瑞人, 高林由香子共訳　ポケット版　小峰書店　2009.2　413p　18cm　980円　①978-4-338-24003-1
内容 飼い猫だったラスティーは、野生猫の部族サンダー族に入り、ファイヤポーという名前になり見習いの生活を送っていた。そんな中、大きな戦いでめざましい活躍をしたファイヤポーは、戦士になりファイヤハートという名前を授かった。しかし、部族の中にはさまざまな問題があふれていて…。人間の知らない猫たちの物語。

『ウォーリアーズ　4　ファイヤハートの挑戦』エリン・ハンター作、金原瑞人, 高林由香子共訳　ポケット版　小峰書店　2009.5　408p　18cm　980円　①978-4-338-24004-8
内容 飼い猫だったラスティーは、野生猫の部族サンダー族に入り、めざましい活躍をしてファイヤハートという名前をもらった。そして、戦士として、部族を危機から救い、部族のためにつくす毎日を送っていた。しかし、サンダー族の副長だったタイガークローに裏切られた、族長のブルースターは、サンダー族の部下たちを信用しなくなりはじめ…。ファイヤハートにとって、つらい日々を送ることになってしまった。

『ウォーリアーズ　5　ファイヤハートの危機』エリン・ハンター作、金原瑞人, 高林由香子共訳　ポケット版　小峰書店　2009.5　416p　18cm　980円　①978-4-338-24005-5
内容 自分たちの森を壊すものは、絶対に許さない。ファイヤハートは立ち上がった。シリーズ第5弾。

『ウォーリアーズ　6　ファイヤハートの旅立ち』エリン・ハンター作、金原瑞人, 高林由香子共訳　ポケット版　小峰書店　2009.5　402p　18cm　980円　①978-4-338-24006-2
内容 サンダー族の族長ブルースターのあとを継いで族長になったファイヤハートの前には、新たな敵が…。部族を守ることはできるのか!?ウォーリアーズ1期最終巻。

『ウォーリアーズ　2-1　真夜中に』エリン・ハンター作　高林由香子訳　ポケット版　小峰書店　2014.1　397p　18cm　1000円　①978-4-338-28101-0
内容 タイガースターがこの世を去り、四つ

海外の作品　　　　　　　　　　　　　　　　　　　　　　　　　　　　　　　ハンター

の部族には、ふたたび平穏な日々がおとずれた。そんなある日、サンダー族の戦士ブランブルクローは、夢をとおして、森に災いが迫りつつあることを知る。新月の夜に集まった若き猫たち―。夢はかれらを、どこへ導こうとしているのか。
別版 小峰書店 2008.11

『ウォーリアーズ　2-2　月明り』エリン・ハンター作　高林由香子訳　ポケット版　小峰書店　2014.1　383p　18cm　1000円　①978-4-338-28102-7
内容 四つの部族を救うために選ばれた若き猫たちは、長く危険な旅路のすえに、森に迫る災いの正体と、スター族からの重要な任務を託される。はたして猫たちは、危機から仲間を守ることができるのか？
別版 小峰書店 2009.3

『ウォーリアーズ　2-3　夜明け』エリン・ハンター作　高林由香子訳　ポケット版　小峰書店　2014.2　447p　18cm　1000円　①978-4-338-28103-4
内容 すみかを破壊された四つの部族は、啓示にしたがい、新たな土地を求め旅に出る。たがいに反目しあい、争ってきた四部族だが、ゆく手を阻む困難に、心をひとつにして立ちむかう。そして、試練の末にたどりついた先は…。
別版 小峰書店 2009.7

『ウォーリアーズ　2-4　星の光』エリン・ハンター作　高林由香子訳　ポケット版　小峰書店　2014.2　411p　18cm　1000円　①978-4-338-28104-1
内容 長く厳しい旅路のはてに、四つの部族がたどりついたのは、湖面に銀河の星々が映える緑豊かな土地だった。しかし、一度は築かれたかに思えた部族間のきずなは、もろくも崩壊の危機をむかえていた。
別版 小峰書店 2010.2

『ウォーリアーズ　2-5　夕暮れ』エリン・ハンター作　高林由香子訳　ポケット版　小峰書店　2014.3　417p　18cm　1000円　①978-4-338-28105-8
内容 新天地に暮らしはじめた四つの猫族。サンダー族のリーフプールは、ウィンド族の戦士クロウフェザーと恋に落ち、部族をはなれる決意をする。ところが、サンダー族には、かつてないほどの危険が迫っていた！
別版 小峰書店 2010.5

『ウォーリアーズ　2-6　日没』エリン・ハンター作　高林由香子訳　ポケット版　小峰書店　2014.3　411p　18cm　1000円　①978-4-338-28106-5

内容 アナグマの襲来により痛手を負ったサンダー族。族長ファイヤスターは、部族のたて直しのため、戦士ブランブルクローを副長に任命する。「平和がおとずれる前に、血が血を呼び、湖がまっ赤に染まる―」この言葉の真の意味とは…？
別版 小峰書店 2010.10

『ウォーリアーズ　3-1　見えるもの』エリン・ハンター作, 高林由香子訳　小峰書店　2011.10　490p　20cm　1800円　①978-4-338-26901-8
内容 「星の力をもつ三匹がこの世に生まれる」サンダー族の族長ファイヤスターが聞いた予言の意味とは？　いま、三匹の猫が生まれてきた…。

『ウォーリアーズ　3-2　闇の川』エリン・ハンター作, 高林由香子訳　小峰書店　2012.3　453p　20cm　1800円　①978-4-338-26902-5
内容 部族猫たちに再び戦いの危機が！　サンダー族の見習い、ライオンポー、ホリーポー、ジェイポーは、戦いを食いとめられるのか。

『ウォーリアーズ　3-3　追放』エリン・ハンター作　高林由香子訳　小峰書店　2012.10　421p　20cm　1800円　①978-4-338-26903-2
内容 突然サンダー族をたずねてきた、山にすむ猫 “ラッシング・ウォーター一門”。彼らに何が起こったのか？　部族猫たちはどう立ち向かうのか？

『ウォーリアーズ　3-4　日食』エリン・ハンター作　高林由香子訳　小峰書店　2013.3　453p　20cm　1800円　①978-4-338-26904-9
内容 見知らぬ猫が、突然サンダー族に現れ、告げた。「闇がおとずれる。太陽が消える」部族猫たちに、大きな変化のときが迫っていた…猫族の冒険ハイファンタジー。

『ウォーリアーズ　3-5　長い影』エリン・ハンター作　高林由香子訳　小峰書店　2013.11　433p　20cm　1800円　①978-4-338-26905-6
内容 グリーンコフ（緑の咳）が蔓延し、存亡の危機にさらされるサンダー族。“予言された運命の猫”とされる三きょうだいは、はたしてこの危機から部族を救うことができるのか？　深まる出生の謎！　運命の三きょうだいに、さらなる試練が!!猫族がおりなす、驚異のハイブリット・ファンタジー!!

『ウォーリアーズ　3-6　日の出』エリン・ハンター作　高林由香子訳　小峰書店

ヤングアダルトの本　いま読みたい小説4000冊　**431**

2014.6 430p 20cm 1800円 ①978-4-338-26906-3

内容 本当の母親はいったい誰なのか？ さらなる出生の謎に翻弄され、苦悩する三きょうだい。不可解な死をとげたアッシュファー、その真相もあいまって、物語は予想もつかない壮絶な結末をむかえる!?

『ウォーリアーズ 4-1 予言の猫』エリン・ハンター作 高林由香子訳 小峰書店 2016.1 399p 20cm 1800円 ①978-4-338-29901-5

内容 湖のまわりで暮らす四つの部族は、長くつづく日照りと深刻な水不足に悩まされていた。干ばつの原因を探すため、各部族の精鋭たちによる遠征隊が組まれた。目的地は湖の上流。遠征隊にはサンダー族からライオンブレイズと見習いになったばかりの雌猫ダヴポーが選ばれた。はたして遠征隊は部族の危機を救うことができるのか？ 待望の第4期、波乱の幕が開く！

『ウォーリアーズ 4-2 消えゆく鼓動』エリン・ハンター作 高林由香子訳 小峰書店 2016.7 423p 20cm 2000円 ①978-4-338-29902-2

内容 こんな戦いは、起きてはならなかったんだ！ 忍びよる "暗黒の森" の影。うごめく陰謀が、部族間に新たな災いをもたらす!?

『ウォーリアーズ 4-3 夜のささやき』エリン・ハンター作 高林由香子訳 小峰書店 2017.5 422p 20cm 2000円 ①978-4-338-29903-9

内容 とくべつな猫になんか、ならなければよかった…四つの部族とスター族を相手に、一大戦争を画策する "暗黒の森" の猫たち。星の力をもつ三匹は、企みを阻止できるか!?

『ウォーリアーズ 4-4 月のしるし』エリン・ハンター作 高林由香子訳 小峰書店 2018.5 398p 20cm 2000円 ①978-4-338-29904-6

内容 さがすまでもない─真実はあなたのそばにある。"暗黒の森" との決戦が間近にせまる中、太古の猫からのお告げを受けたジェイフェザーは、ふたたびあの山へと向かう。

『サバイバーズ 1 孤独の犬』エリン・ハンター作, 井上里訳 小峰書店 2014.9 339p 19cm 1200円 ①978-4-338-28801-9

内容 世界の天と地が逆さになり、毒の川が流れるときわたしたちはふたたび戦わなくてはならない。生きのびるために─。生きるため、犬たちは大地を駆ける！「ウォーリアーズ」のエリン・ハンター待望の新シリーズ。

『サバイバーズ 2 見えざる敵』エリン・ハンター作, 井上里訳 小峰書店 2014.9 339p 19cm 1200円 ①978-4-338-28802-6

内容 ラッキーはオオカミ犬をみつめた。岩の上で長々と寝そべり、しっぽの先をかすかにゆらしている。近づいていくと、冷ややかな黄色い目を片方ぱちりと開けた─。生きるため、犬たちは大地を駆ける！

『サバイバーズ 3 ひとすじの光』エリン・ハンター作, 井上里訳 小峰書店 2015.6 357p 19cm 1300円 ①978-4-338-28803-3

内容 崩れゆく大地と砕けちる空─世界はこれまでになく、危険な場所になってしまった。どんなことをしてでもあの子を守ろう─たとえ自分の命を失うことになったとしても。「ウォーリアーズ」のエリン・ハンター最新作！

『サバイバーズ 4 嵐の予感』エリン・ハンター作, 井上里訳 小峰書店 2016.5 369p 19cm 1500円 ①978-4-338-28804-0

内容 ぼくたちからけっして離れないで。もうこれ以上、仲間を失いたくない！「ウォーリアーズ」のエリン・ハンター最新作！

『サバイバーズ 5 果てなき旅』エリン・ハンター作, 井上里訳 小峰書店 2017.6 348p 19cm 1500円 ①978-4-338-28805-7

内容 危険が迫っているんだ。ぼくたちの暮らしを永遠にかえてしまうような戦いが起ころうとしている。五感を研ぎ澄まし、迫りくる危機に牙をむけ。

ピアス, タモラ
Pierce, Tamora
《1954～》

『サークル・マジック ブライアーと癒しの木』タモラ・ピアス著, 西広なつき訳 小学館 2009.1 328p 15cm（小学館ルルル文庫）638円 ①978-4-09-452050-7

内容 ローズソーンとサマーシーのスラムへやってきたブライアーは、そこで友だちの少女フリックが奇妙な病にかかっていることを知る。全身に広がる青い水泡─それは、ワインディングサークル学院をも巻き込む伝染病の始まりだった。隔離病棟で病気に直面するブライアー、それぞれの魔法を活かし奔走する少女たち。しかし、被害は広がるばかりで…。

海外の作品　　　　　　　　　　　　　ピルチャー

さらに、ローズゾーンが病に倒れ!?大人気作、感動の最終巻。

ピアソン, メアリ・E.
Pearson, Mary E.
《1955〜》

『ジェンナ奇跡を生きる少女』メアリ・E.ピアソン著, 三辺律子訳　小学館　2012.2　375p　19cm（Super！　YA）1500円　①978-4-09-290518-4
内容 私は誰？　記憶喪失なの？　事故にあったのは、一年半前だという。でも目覚めたのは2週間前。何が起きたのだろうか？　上手く歩けないのはなぜ？　ジェンナの頭の中にあるたくさんのクエスチョンマークは、物語が進むにつれてむしろ増えていく。ジェンナが新しい自分を見つけ生きていく勇気の物語。

ヒッカム, ホーマー
Hickam, Homer H., Jr.
《1943〜》

『アルバート、故郷に帰る—両親と1匹のワニがぼくに教えてくれた、大切なこと』ホーマー・ヒッカム著, 金原瑞人, 西田佳子訳　ハーパーコリンズ・ジャパン　2016.9　478p　19cm　1600円　①978-4-596-55203-7
内容 時は1935年、飼っていたワニ（2歳、名前はアルバート）を故郷に帰してやることにした若き二人は、車の後部座席にワニを乗せ（！）、千キロ以上もの距離を旅した。映画『遠い空の向こうに』の原作者H・ヒッカムが、両親の実体験をもとにした旅物語。

ヒル, カークパトリック
Hill, Kirkpatrick
《1938〜》

『アラスカの小さな家族—バラードクリークのボー』カークパトリック・ヒル著, レウィン・ファム絵, 田中奈津子訳　講談社　2015.1　286p　20cm（講談社文学の扉）1600円　①978-4-06-283231-1
内容 舞台は1920年代後半、アラスカの小さな町。ゴールドラッシュで押しよせていたさまざまな国の鉱夫たちは消えつつありましたが、残った人々はアラスカの大自然の中、人

種や言葉、文化、年齢をこえてなかよく暮らしていました。5歳のボーは、血のつながらない「父さんたち」に、自分がもらわれてバラードクリークへやってきた話をしてもらうのが大好きなのです…。美しい自然と、心でつながるやさしき人々の姿。2014年スコット・オデール賞受賞！

ピルチャー, ロザムンド
Pilcher, Rosamunde
《1924〜》

『シェルシーカーズ　上』ロザムンド・ピルチャー著, 中村妙子訳　朔北社　2014.12　396p　19cm〈1995年刊の新装版〉1500円　①978-4-86085-117-0
内容 心筋梗塞をおこし病院から退院したばかりの老齢を迎えたペネラピは、生きることへの喜びを感じつつ、これからの人生をおろそかにしないと誓う。すでに成人した三人の子どもたち。画家の娘として生まれ、家族や友人たちと過ごしたロンドンやコーンワルの日々。戦争中の間違った結婚。そして新たな恋…忘れていた過去の思い出が蘇る…戦前、戦中、戦後を描くイギリスのベストセラー作家長編代表作。

『シェルシーカーズ　下』ロザムンド・ピルチャー著, 中村妙子訳　朔北社　2014.12　421p　19cm〈1995年刊の新装版〉1500円　①978-4-86085-118-7
内容 長年憧れ続けた、あの場所へ帰るという夢。父や母と暮らし、友人や愛する人と過ごしたあの場所。若い希望のような二人を旅の友として。懐かしい友との再会。そして父が昔、仲間たちと作った美術館で、ペネラピは再び『シェルシーカーズ』に語りかける。本当の豊かさとは？　家族とは？　と問いかけるピルチャー長編代表作。

『夏の終わりに』ロザムンド・ピルチャー原著, 野崎詩織訳　武蔵野　バベルプレス　2014.11　232p　22cm　①978-4-89449-511-1

『眠れる虎』ロザムンド・ピルチャー著, 野崎詩織訳　武蔵野　バベルプレス　2017.8　283p　21cm　1600円　①978-4-89449-170-0
内容 厳しいしきたりのもとにロンドンで祖母と暮らしてきた孤独な娘セリーナが、父を求めて出向いた、遠くスペインの小さな島で、明るい太陽の日差しのもと、様々な出来事に出会っていく…。第二次大戦後間もなく、ロ

ヤングアダルトの本　いま読みたい小説4000冊　**433**

ンドンとスペインの小さな島を舞台に、心の
傷を乗り越えて、不器用だが自分らしく生き
ようとする人々の姿が描かれている。

『双子座の星のもとに』ロザムンド・ピル
チャー著, 中村妙子訳　朔北社　2013.
10　358p　19cm〈日向房 1998年刊の再
刊〉1400円　①978-4-86085-112-5
[内容] 二十二歳のその日まで双子であること
を知らずに育ったフローラとローズ。出会う
はずのない二人が偶然、ロンドンのイタリア
料理店で出会う。そしてフローラは知らず知
らずのうちにローズの人生に巻き込まれて…
イギリスのベストセラー作家が描く、繊細で
いて、力強さを秘めた物語。

『ロザムンドおばさんの贈り物』ロザムン
ド・ピルチャー著, 中村妙子訳　朔北社
2013.5　206p　19cm〈晶文社 1993年刊
の新装版〉1200円　①978-4-86085-109-
5
[内容] イギリスのベストセラー作家が描く
人々、そして自然、出来事に対する温かいま
なざし…。ピルチャーの描く人々は、どこに
でもいる普通の感覚を持った人たち。日々の
中で感じる大小さまざまな困難や悩み、そし
て喜び。そんな日々の心の動きを、ゆったり
とした時間の中に描く、珠玉の短篇集。

ファイン, アン
Fine, Anne
《1947～》

『おしゃれ教室』アン・ファイン作, 灰島
かり訳　評論社　2014.10　246p　19cm
1000円　①978-4-566-01392-6
[内容] ママのつごうで、カルチャーセンター
の「おしゃれ教室」で一日過ごすはめになっ
たポニー。でも、おしゃれなんて大きらい。
その上きょうは「プリティ・プリンセス・コ
ンテスト」の日。教室で浮きまくったポニー
がたくらんだのは…声を出して笑ってしまう
ほど、とってもゆかいなお話。

フオヴィ, ハンネレ
Huovi, Hannele
《1949～》

『大きなクマのタハマパー──家をたてるの
まき』ハンネレ・フオヴィ作, 末延弘子
訳, いたやさとし絵　ひさかたチャイル
ド　2010.3　77p　22cm　1200円

①978-4-89325-905-9
[内容] 大きなクマのタハマパーは、森のなかま
たちの力をかりて、新しい家をたてることに
しました。リスのタンピ、ハリネズミのヴェ
イッコ、ヘラジカのイーロ。みんなタハマパー
の友だちです。ときどきはけんかもするけれ
ど、おたがいのちがいを知っているから、す
ぐになかなおり。さて、どんな家ができたの
でしょうか。

『大きなクマのタハマパー　友だちになる
のまき』ハンネレ・フオヴィ作, 末延弘
子訳, いたやさとし絵　ひさかたチャイ
ルド　2011.3　71p　22cm
（SHIRAKABA BUNKO）1200円
①978-4-89325-925-7
[内容] 大きなクマのタハマパーは、リスのタン
ピ、ハリネズミのヴェイッコ、ヘラジカのイー
ロと出会いました。「ぼくたち、友だちにな
ろう」タハマパーがていあんすると、みんな、
うなずきました。でも、食べるものもちがう
し、体の大きさや形もちがう。それでも友だ
ちになれるの？　友だちってなんだろう…。

フォンベル, ティモテ・ド
Fombelle, Timothée de
《1973～》

『トビー・ロルネス　3　エリーシャの瞳』
ティモテ・ド・フォンベル作, フランソ
ワ・プラス画, 伏見操訳　岩崎書店
2009.2　337p　19cm　900円　①978-4-
265-04093-3
[内容] 木の世界で、トビー・ロルネスを助ける
ことができる人物はひとりしかいない。彼は
まだ自由の身でいてくれるだろうか？　そう
あってほしいとトビーは祈った。三年前、彼
がトビーの命を救ってくれた。彼は木こりの
息子だった。名前はニルス・アメン。トビー
はかつての親友に会って助けを求めた。サン・
テグジュペリ賞などフランス国内外で11賞受
賞の話題作第3弾。

『トビー・ロルネス　4　最後の戦い』ティ
モテ・ド・フォンベル作, フランソワ・
プラス画, 伏見操訳　岩崎書店　2009.3
301p　19cm　900円　①978-4-265-
04094-0
[内容] 横たわるレオの頭の上に、トビー・ロ
ルネスは氷の塊を持ち上げた。レオと過ごし
た幼い日々が、走馬灯のようによみがえる。
これを落としたら、そのすべてが消えてしま
う。だが、トビーは勇気をふりしぼり、ぐっ

海外の作品　　　　　　　　　　　　　　　　　　　　ブラッシェアーズ

と腕をふり上げた。その瞬間…。サン・テグジュベリ賞などフランス国内外で12賞受賞の話題作完結編。

フライ, ヤーナ
Frey, Jana
《1969～》

『14歳、妊娠、あともどりできない。』
ヤーナ・フライ著, 山崎恒裕訳　小学館　2009.9　253p　15cm（小学館文庫）600円　①978-4-09-408432-0
内容 十四歳のリリーは母親と二人暮らし。写真が縁で知り合った少年と恋に落ち、妊娠してしまう。家族や周囲の強い反対を押し切り、出産を決意したリリーだったが、大きく膨らんだお腹は、どこへ行っても好奇の目にさらされる。一方、相変らず父親の自覚が芽生えないダーフィトは、趣味のドラムに明け暮れ、クラスメイトとの浮気が発覚。いつしか"絆"が失われていった二人に、リリーは自分の選んだ道が本当に正しかったのだろうかと悩み始める。人生の岐路に立ち、期待と不安に押しつぶされそうになる少女の気持ちの揺れを繊細に描いた思春期ストーリー。

プライス, スーザン
Price, Susan
《1955～》

『ゴーストドラム』スーザン・プライス著, 金原瑞人訳　サウザンブックス社　2017.5　182p　21cm〈福武書店 1991年刊の改訂〉1900円　①978-4-909125-03-3
『500年の恋人』スーザン・プライス著, 金原瑞人, 中村浩美訳　東京創元社　2010.2　424p　15cm（創元推理文庫）1100円　①978-4-488-59903-4
内容 アンドリアは目を疑った。500年前の世界に残してきた最愛のピーアがなぜ目の前に？ プロジェクトが中止になり"タイムトンネル"は閉鎖されたはず。訝しむ彼女にかつての上司が、また働かないかともちかけてきた。ピーアに会える。アンドリアの胸は高鳴るが、それは新たな悲劇の幕開けだった。ガーディアン賞受賞の傑作タイムトラベル・ファンタジイ『500年のトンネル』続編。
『12の怖い昔話』スーザン・プライス作, 安藤紀子ほか訳　長崎出版　2009.5

151p　19cm　1300円　①978-4-86095-327-0
『24の怖い話』スーザン・プライス作, 安藤紀子他訳　ロクリン社　2015.1　239p　19cm〈「12の怖い昔話」（長崎出版 2009年刊）と「ほんとうにあった12の怖い話」（長崎出版 2011年刊）の改題、一部改訂、合本〉1500円　①978-4-907542-13-9
『ほんとうにあった12の怖い話』スーザン・プライス作, 安藤紀子ほか訳　長崎出版　2011.6　151p　19cm　1300円　①978-4-86095-461-1

プラチェット, テリー
Pratchett, Terry
《1948～》

『見習い魔女ティファニーと懲りない仲間たち』テリー・プラチェット著, 冨永星訳　あすなろ書房　2010.6　407p　22cm　2000円　①978-4-7515-2354-4
内容 妖精の女王との壮絶な闘いに勝利して1年あまり、11歳になったティファニーは見習い魔女として奉公にでることになりました。生まれてはじめてチョークの大地をはなれ、広い世界へと足を踏み出したティファニーをそっと見守るのは、おなじみナック・マック・フィーグルズ。しかし、そこには怪しい影が…。

ブラッシェアーズ, アン
Brashares, Ann
《1967～》

『ジーンズ・フォーエバー――トラベリング・パンツ』アン・ブラッシェアーズ著, 大嶌双恵訳　角川書店　2012.3　477p　15cm（角川文庫）〈発売：角川グループパブリッシング〉819円　①978-4-04-100079-3
内容 いよいよ大学生となった四人。自分の信じる道を歩みながらも、19歳の夏は試練がいっぱい。新たな恋と過去への想いで葛藤するレーナ、自分の個性に自信を無くし始めるカルメン、許されない恋の相手に心を奪われるブリジット、そして唯一順調に見えたティビーも、妊娠と別れの危機に――！ 苦く切ない大人への道のり。魔法のジーンズが結ぶ絆は、時に優しく時に厳しく、四人を支え続け

ヤングアダルトの本　いま読みたい小説4000冊　**435**

てくれる。大人気シリーズ感動の完結篇。

『セカンド・サマー―トラベリング・パンツ』アン・ブラッシェアーズ著, 大嶌双恵訳　角川書店　2011.8　487p　15cm（角川文庫）〈発売：角川グループパブリッシング〉819円　①978-4-04-298230-2
内容　幸せを呼ぶ "魔法のジーンズ" をはく二度目の夏がやってきた。幼なじみの四人組―カルメン、レーナ、ブリジット、ティビーもいよいよ17歳。大人になるにつれて悩みは複雑に、想いは深刻になってゆく。将来への不安、家族からの自立、恋愛の葛藤。今日が幸せでも明日は涙に暮れるかもしれない。毎日がせつなくて、でもそのぶん愛おしい。友情とジーンズが強い味方となって、試練を乗り越えてゆく四人の青春物語、第二弾。

『トラベリング・パンツ』アン・ブラッシェアーズ著, 大嶌双恵訳　角川書店　2011.6　397p　15cm（角川文庫）〈発売：角川グループパブリッシング〉743円　①978-4-04-298224-1
内容　幼なじみの女子高生、カルメン、レーナ、ブリジット、ティビーはこの夏、初めてべつべつの休暇を過ごす。四人を結ぶのは不思議な古着のジーンズ。誰がはいてもぴったりで、とびきり魅力的に見えるのだ。彼女らはジーンズと旅の報告を順番に送り合う。家族との葛藤、新たな友情や刺激的な恋、悲しい別れ。「旅するパンツ」の力をちょっぴり借りて、それぞれが試練を乗り越え成長してゆく。大ヒット青春シリーズ待望の文庫化。

『フレンズ・ツリー』アン・ブラッシェアーズ作, 大嶌双恵訳　理論社　2009.5　339p　19cm　1500円　①978-4-652-07950-8
内容　むかしは、ポリーとジョーと三人で、夏の夜にジョーの家の裏庭で芝生に寝ころがり、星をながめたものだ。あのころ世界はもっと大きく見えて、可能性や進む道もたくさんあるように思えた。

『マイネームイズメモリー』アン・ブラッシェアーズ著, 大嶌双恵訳　新潮社　2013.7　478p　16cm（新潮文庫）790円　①978-4-10-218381-6
内容　ルーシーは言葉を交わしたこともないのに転校生ダニエルの存在が気になって仕方ない。ところがある夜、ルーシーを抱きしめた彼が口にしたのは…。怯えて逃げ出すルーシーだが、次第に前世での二人の関係が明らかになる。記憶を保ち輪廻転生するダニエルと記憶を持たないルーシーの運命は？　世界

的ベストセラー『トラベリング・パンツ』の著者が大人の読者に贈る超時空恋愛小説。

『ラストサマー―さよならの季節に』アン・ブラッシェアーズ著, 雨海弘美訳　ヴィレッジブックス　2009.5　365p　19cm　1500円　①978-4-86332-153-3
内容　アリスはいつだってふたりの "妹" だった。姉ライリーと隣家の少年ポールに憧れて、あとを追いかけては、置いてきぼりにされてばかりで…。3年ぶりにみんながそろう夏、あの頃と同じように、アリスは桟橋でポールを待っていた。これから、大人でも子どもでもない、さいごの夏が始まる―。

『ラスト・サマー―トラベリング・パンツ』アン・ブラッシェアーズ著, 大嶌双恵訳　角川書店　2011.10　460p　15cm（角川文庫）〈発売：角川グループパブリッシング〉819円　①978-4-04-298234-0
内容　強い友情で結ばれた四人も18歳、いよいよ高校最後の夏休みを迎えた。美術の道を志すレーナの進学問題。男友だちとの絆の変化に悩むティビー。苦い恋の想い出の相手に再会するブリジット。カルメンに訪れる新たなふたつの出逢い―ラスト・サマーにふさわしい、波乱の出来事が次々やってくる。魔法の力を与えてくれるジーンズは変わらぬ味方。けれど四人は少しずつ、自分の力でおとなになってゆく。大人気シリーズ第3弾。

ブラッドリー, キンバリー・ブルベイカー
Bradley, Kimberly Brubaker
《1967～》

『わたしがいどんだ戦い1939年』キンバリー・ブルベイカー・ブラッドリー作, 大作道子訳　評論社　2017.8　374p　19cm　1600円　①978-4-566-02454-0
内容　一九三九年。二度目の世界大戦さなかのロンドン。足の悪いエイダは、けんめいに歩く練習をしていた。歩けさえすれば、弟といっしょに疎開できる！一自分らしく生きるために戦う少女と、彼女をあたたかく包む村の人たちをえがく。二〇一六年のニューベリー賞次点作。シュナイダー・ファミリーブック賞受賞作。

プリーストリー, クリス
Priestley, Chris
《1958～》

海外の作品　　　　　　　　　　　　　　　　　　　　　ブリュソロ

『悪夢の目撃者』クリス・プリーストリー
　作, 堀川志野舞訳　ポプラ社　2012.3
　302p　20cm〈トム・マーロウの奇妙な
　事件簿 2〉〈画：佐竹美保〉1480円
　①978-4-591-12868-8
　内容 少年トム・マーロウが暮らすロンドン
　では、奇妙なうわさが飛びかっていた。あち
　こちの街角で"白い騎士"が出没し、指をさす
　だけで相手を呪い殺してしまうというのだ。
　はたして、騎士の正体とは？ 周辺に怪しい人
　物がつぎつぎに現れ、ある疑いを抱くように
　なるトムだが…。18世紀初期の大都市ロンド
　ンを活写した、スリリングな冒険ミステリー。

『死神の追跡者』クリス・プリーストリー
　作, 堀川志野舞訳　ポプラ社　2011.11
　279p　20cm〈トム・マーロウの奇妙な
　事件簿 1〉〈画：佐竹美保〉1480円
　①978-4-591-12644-8
　内容 フリート街の印刷工房で働く少年トム・
　マーロウは、奇妙な連続殺人事件のうわさを
　耳にする。被害者の体は、矢で射抜かれ、現
　場には、一枚のカードがのこされていたとい
　う。そう、矢をにぎって狙いを定める死神が
　描かれた、不気味なカードが…。事件の真相
　にせまるトムに、恐ろしい影がしのびよる。
　18世紀の大都市ロンドンを舞台に、スリルあ
　ふれる冒険がはじまる。

『トンネルに消えた女の怖い話』クリス・
　プリーストリー著, 三辺律子訳　理論社
　2010.7　395p　20cm　1600円　①978-
　4-652-07974-4

『呪いの訪問者』クリス・プリーストリー
　作, 堀川志野舞訳　ポプラ社　2012.7
　302p　20cm〈トム・マーロウの奇妙な
　事件簿 3〉〈画：佐竹美保〉1480円
　①978-4-591-12974-6
　内容 ロンドンを離れ、ハーカー博士とノー
　フォークまで旅することになったトム。風が
　吹く荒れ地には、古代の王レッドウルフの骨
　が埋葬されていた。王の墓をあばこうとする
　者は呪われるという伝説は、本当なのか？ つ
　ぎつぎに、奇怪な死をとげる人々。トムがた
　どりつく、驚きの真相とは？ スリルあふれ
　る18世紀の冒険ミステリー、完結編。

『船乗りサッカレーの怖い話』クリス・プ
　リーストリー著, 三辺律子訳　理論社
　2009.10　353p　20cm〈画：デイヴィッ
　ド・ロバーツ〉1500円　①978-4-652-
　07959-1
　内容「あわれな船乗りを助けてくれないか」
　嵐の夜、その男はやってきた。全身ずぶぬれ
　で、まるでたったいま海からあがってきたみ

たいだ。「恩に着るよ…嵐がおさまるのを待
つあいだ、物語を二つ三つ聞かせるというの
はどうだ？ ただ、おれの話は子どもには残
酷すぎるかもしれないが…」。

『ホートン・ミア館の怖い話』クリス・プ
　リーストリー著, 西田佳子訳　理論社
　2012.12　285p　20cm　1600円　①978-
　4-652-08005-4
　内容 ホートン・ミア館に向かう馬車にゆられ
　ながらぼくは泣きたい気持ちになっていた。
　知らない人といっしょに、クリスマスを過ご
　すなんていやだ。そう思いながら、ぼんやり
　窓の外をながめているときふと、闇の中に女
　の顔が浮かびあがった。その女はずぶ濡れで、
　着ているのは薄いスリップだけ。そして、ぼ
　くに何かをうったえるように叫んでいた…。

『モンタギューおじさんの怖い話』クリ
　ス・プリーストリー著, デイヴィッド・
　ロバーツ画, 三辺律子訳　理論社
　2008.11　349p　20cm　1500円　①978-
　4-652-07941-6

ブリュソロ, セルジュ
Brussolo, Serge
《1951～》

『ペギー・スー　1　魔法の瞳をもつ少女』
　セルジュ・ブリュソロ作, 金子ゆき子訳,
　町田尚子絵　角川書店　2009.3　342p
　18cm〈角川つばさ文庫〉〈2005年刊の
　修正　発売：角川グループパブリッシン
　グ〉740円　①978-4-04-631004-0
　内容 地球上でただひとり、悪いお化け"見え
　ざる者"の姿が見えるペギー・スー。お化けの
　嫌がらせをうける辛い毎日。そんなある日、
　引っ越してきた町で奇妙な事件が起こる。青
　い太陽があらわれ、その光を浴びた少女が急
　に天才に！ 嫌な予感をおぼえるペギー。それ
　は、お化けがしくんだ恐ろしい計画の始まり
　だった…。フランスで大人気のファンタジー
　第一弾。小学上級から。

『ペギー・スー　2　蜃気楼の国へ飛ぶ』セ
　ルジュ・ブリュソロ作, 金子ゆき子訳,
　町田尚子絵　角川書店　2009.12　387p
　18cm〈角川つばさ文庫〉〈2005年刊の
　修正　発売：角川グループパブリッシン
　グ〉820円　①978-4-04-631065-1
　内容 世界でただひとり、悪いお化け"見えざ
　る者"の姿が見えるペギー・スー。父親の仕
　事の都合で、ペギー一家は、あやしい砂漠の
　町に引っ越すことになった。町へ行くと、ぶ

ヤングアダルトの本　いま読みたい小説4000冊　437

きみなうわさを耳にする。砂漠の孤独にたえられなくなった人々が、蜃気楼の幻にひかれて次々と消えていくらしい。そしてついにペギーの家族も…。フランスで大人気のファンタジー第2弾。

『ペギー・スー 7 ドラゴンの涙と永遠の魔法』セルジュ・ブリュソロ著, 金子ゆき子訳 角川書店 2008.7 365p 15cm（角川文庫）〈発売：角川グループパブリッシング〉629円 ①978-4-04-295108-7
内容 幽霊たちに鏡の中の分身をとられてしまったペギー・スー。鏡像を返してもらうのと引き替えに、遠い宇宙での無謀な助っ人を引き受けることに。そこは人間が怪物に変身してしまう恐ろしい星。食い止めるためには、巨大なドラゴンの涙を飲むしかない！前代未聞のドラゴンの涙集めの冒険。ペギーたちにも変身の危機が訪れ、さらに恋人セバスチャンとの関係に変化が…？ 片時も目が離せない、大波瀾の文庫第7弾。

『ペギー・スー 8 赤いジャングルと秘密の学校』セルジュ・ブリュソロ著, 金子ゆき子訳 角川書店 2009.6 389p 15cm（角川文庫）〈発売：角川グループパブリッシング〉667円 ①978-4-04-295109-4
内容 恋人との別れに傷心する間もなく、奇妙なスーパーヒーロー学校に入学するはめになったペギーと青い犬。だがそこは元ヒーローの教師が凶暴無謀な授業を繰り広げ、試験に落第した者を一生牢獄に閉じこめてしまう、世にも恐ろしい学校だった！ さらに裏では信じがたい陰謀が渦巻き…。優しい金髪の同級生ナクソスを唯一の味方に、ペギーが再び悪戦苦闘するスケール＆パワー・アップの第8弾。

『ペギー・スー 9 光の罠と明かされた秘密』セルジュ・ブリュソロ著, 金子ゆき子訳 角川書店 2010.6 286p 15cm（角川文庫）〈発売：角川グループパブリッシング〉629円 ①978-4-04-295110-0
内容 恐怖のスーパーヒーロー学校を逃げ出したペギーたち。宇宙を浮遊したあげく、地球へと戻るつもりが見知らぬ惑星へたどり着く。水晶だらけの廃墟の街は極寒で死の気配が漂い、魔法の光が灯台から降り注ぐ、いかにも怪しい恐怖の地。生き延びるためにまたも危険な旅を強いられるペギーだが、待ち受けるのは瀕死の危機、そして自らの出生にかかわる信じられない秘密だった―。急展開に

驚きが止まらない、興奮の第9巻。
別版 角川書店 2008.3

『ペギー・スー 10 魔法の星の嫌われ王女』セルジュ・ブリュソロ著, 金子ゆき子訳 角川書店 2011.7 326p 15cm（角川文庫）〈発売：角川グループパブリッシング〉667円 ①978-4-04-295111-7
内容 実は王女であることを知らされたペギー。故郷の星アンカルタで、意地悪な貴族に囲まれた窮屈な王宮生活を送ることに。不思議な石の力で幸福が約束された王国には、だが重大な危機が迫っていた。石の魔力で使いものにならない国王夫妻を見かね、禁断の外界の森へ飛び出すペギーと青い犬。王国を守る魔法の矢を手に入れるため、妖精をだまそうとするのだが…。またもや絶体絶命の危険が待ち受ける、絶妙コンビの冒険第10弾。
別版 角川書店 2009.2

『ペギー・スー 11 呪われたサーカス団の神様』セルジュ・ブリュソロ著, 金子ゆき子訳 角川書店 2012.5 264p 15cm（角川文庫）〈発売：角川グループパブリッシング〉667円 ①978-4-04-100345-9
内容 王国への反逆者として指名手配されたペギーと姉のマリーと青い犬。さらに妖精たちの復讐の手も迫る。姿をごまかすために"若さの山"へと逃げ込むものの、登るにつれて体だけでなく心も若返り、ペギーは青い犬の存在も忘れてしまった。孤軍奮闘する青い犬は、不気味なサーカス一座と遭遇。隠れみのとして入団した二人と一匹は、一躍サーカス団の人気者に―!? 青い犬と奇妙な動物たちが大活躍する波瀾万丈の第11弾。
別版 角川書店 2010.7

『闇夜にさまよう女』セルジュ・ブリュソロ著, 辻谷泰志訳 国書刊行会 2017.8 405p 20cm 2500円 ①978-4-336-06192-8
内容 頭に銃弾を受けた若い女は、脳の一部とともに失った記憶を取り戻そうとする。「正常な」世界に戻ったとき、自分が普通の女ではなかったのではと疑う。追跡されている連続殺人犯なのか？ それとも被害者なのか…？ フランスSF大賞等受賞の人気作家ブリュソロの最高傑作ミステリー、遂に邦訳！

プルマン, フィリップ
Pullman, Philip
《1946～》

海外の作品　　　　　　　　　　　　　　　プルマン

『井戸の中の虎　上』フィリップ・プルマ
ン著, 山田順子訳　東京創元社　2010.
11　350p　20cm（Sogen bookland―サ
リー・ロックハートの冒険 3）2500円
①978-4-488-01978-5

『井戸の中の虎　下』フィリップ・プルマ
ン著, 山田順子訳　東京創元社　2010.
11　361p　20cm（Sogen bookland―サ
リー・ロックハートの冒険 3）2500円
①978-4-488-01979-2
内容 サリーと結婚したと主張する男は、すべ
てを周到に準備していた。サリーのまったく
あずかり知らぬところで、結婚の記録が婚姻
登記簿に記載され、娘の出生届まで出されて
いる。ハリエットとともに逃亡生活を余儀な
くされたサリー。財産を差し押さえられ、家
にも帰れず、着の身着のままでロンドンをさ
まよう羽目に。だが、ただ逃げ回るだけのサ
リーではなかった。敵の身辺を探るうちに知
り合ったジャーナリストの助けを借りて、自
ら虎の穴に飛び込み、敵の正体を暴こうとす
る。そこでサリーがつかんだ驚愕の真相は？
カーネギー賞70周年オールタイムベストに輝
く “ライラの冒険” の著者の、知られざる名作
シリーズ。

『仮面の大富豪　上』フィリップ・プルマ
ン著, 山田順子訳　東京創元社　2008.
10　254p　20cm（Sogen bookland―サ
リー・ロックハートの冒険 2）1800円
①978-4-488-01962-4
内容 「マハラジャのルビー」事件から六年。
サリーは財政コンサルタントとして、忙しい
毎日をすごしていた。冒険を共にしたフレッ
ド、ジムとはいい仲間だし、シャカという忠実
な犬もいる。そんなある日、サリーのオフィ
スにひとりの老婦人が訪ねてきた。二年前に
サリーの薦めで投資をした先の海運会社が倒
産、老後の貯えをすべて失ってしまったのだ
という。背後に見え隠れする、謎の大富豪の
存在。やがて事件は、巨大な渦となって、彼
らを巻き込んでいく…。名作 “ライラの冒険”
にも負けないスケールと感動。ヴィクトリア
朝冒険物語第二弾。フェニックス賞オナー賞
受賞作。

『仮面の大富豪　下』フィリップ・プルマ
ン著, 山田順子訳　東京創元社　2008.
10　233p　20cm（Sogen bookland―サ
リー・ロックハートの冒険 2）1800円
①978-4-488-01963-1
内容 劇場で裏方をつとめていたジムは、命
を狙われているという奇術師が劇場から脱出
するのを助ける。海運会社の倒産事件を調べ

るサリーと、命を狙われているという奇術師
の事件を調べるフレッドとジム。一見ばらば
らの事件が、調べを進めるうちにひとりの大
富豪に集約していく。イングランド北部に広
大な工場を建て、貴族の令嬢と婚約。華やか
な活躍の陰に秘められた怪しい過去。核心に
迫るサリーと仲間たちの上にも魔の手が…。
巨大な悪に立ち向かうサリーが最後に下した
決断とは？ カーネギー賞70周年記念オール
タイムベストに輝く『黄金の羅針盤』の著者
による感動の大作。フェニックス賞オナー受
賞作。

『ブリキの王女　上』フィリップ・プルマ
ン著, 山田順子訳　東京創元社　2011.
11　233p　20cm（Sogen bookland―サ
リー・ロックハートの冒険 外伝）2000
円　①978-4-488-01986-0
内容 ところはロンドン。才能はあるが貧しい
娘ベッキーは、ある若い女性にドイツ語を教
えることになった。だが、コックニー出身で
読み書きもできないその女性、なんとラッカ
ヴィアという小国の王子ルドルフと極秘裏に
結婚しているというのだ。さらに本国で皇太
子が暗殺され、弟であるルドルフが第一位の
王位継承者になったため、ベッキーは王子の
もとで知り合った私立探偵ジム・テイラーと
共にルドルフ王子らに同行してラッカヴィア
へ行くことに…。舞台はヴィクトリア朝のロ
ンドンから激動のヨーロッパ大陸へ。カーネ
ギー賞70周年オールタイムベストに輝く「ラ
イラの冒険」の著者プルマンの傑作シリーズ。

『ブリキの王女　下』フィリップ・プルマ
ン著, 山田順子訳　東京創元社　2011.
11　246p　20cm（Sogen bookland―サ
リー・ロックハートの冒険 外伝）2000
円　①978-4-488-01987-7
内容 ルドルフ王子とその妻アデレードと共
に、ベッキーとジムが乗り込んだヨーロッパ
の小国ラッカヴィアは、まさに危急存亡のと
きを迎えていた。国王は年老い、皇太子夫妻
は何者かに暗殺されてしまった。鉱物資源を
めぐって、オーストリア - ハンガリー帝国と
宰相ビスマルク率いるドイツが虎視眈々とラ
ツカヴィアを狙っている。そしてさらに王家
を立て続けに悲劇が襲う。陰で糸を引くのは
何者か？ 王室に隠された暗い秘密とは？ ラ
ツカヴィアの自由と独立を象徴する伝説の “赤
い鷺旗” を擁し、サリーの弟分ジムと勇敢な少
女ベッキーが大活躍。フェニックス賞オナー
受賞作シリーズ最終巻。

ヤングアダルトの本　いま読みたい小説4000冊　**439**

プレスラー, ミリヤム
Pressler, Mirjam
《1940～》

『賢者ナータンと子どもたち』ミリヤム・プレスラー作, 森川弘子訳　岩波書店　2011.11　331p　19cm〈年表あり〉1900円　①978-4-00-115650-8
内容 一一九二年, キリスト教徒との死闘の末, 聖地エルサレムを手に入れたイスラムの名主サラディンは, 捕虜にしたテンプル騎士団のうち, ただひとり青年騎士の命を助けた。そして, その騎士は, ユダヤの商人ナータンの一人娘を炎の中から救い出す。たがいに惹かれあう騎士と少女を, 大きな陰謀がのみこんでゆく…。宗教のちがいを超える愛を説いた, 十八世紀の名作『賢者ナータン』をいきいきとリメイクした話題作。

『マルカの長い旅』ミリヤム・プレスラー作, 松永美穂訳　徳間書店　2010.6　286p　19cm　1600円　①978-4-19-862981-6
内容 見知らぬ場所に一人取り残され, 飢えや寒さに耐え, 生き抜いていくマルカと, 娘を取り戻そうと苦闘するハンナ。実在のユダヤ人女性の戦時中の体験に基づき, 娘と母の双方の視点から再びめぐり合うまでの日々を描く, ドイツの実力派作家による心にずしりと響く感動の一冊。10代～。

フレッチャー, チャーリー
Fletcher, Charlie
《1960～》

『シルバータン─ストーンハート 3』チャーリー・フレッチャー著, 大嶌双恵訳　理論社　2009.4　489p　22cm（［The stone heart trilogy］［3］）2100円　①978-4-652-07951-5
内容 「人々が消え, 時間がこおり, どこからか大量の雪がふってくる。われわれは, きわめて異様な状況におちいってしまったようだ…」もうひとつのロンドンに最大のピンチが！そしてあかされるイーディの過去。ジョージとイーディは真実にたどりつけるのか。

フレンチ, ジャッキー
French, Jackie
《1953～》

『ヒットラーのむすめ』ジャッキー・フレンチ作, さくまゆみこ訳　新装版　鈴木出版　2018.3　229p　20cm（鈴木出版の児童文学 この地球を生きる子どもたち）1600円　①978-4-7902-3340-4
内容 雨がふりつづいていたある日, スクールバスを待つ間に, オーストラリアの少女アンナがはじめた「お話ゲーム」は, 「ヒットラーのむすめ」の話だった…。もし自分がヒットラーの子どもだったら, 戦争を止められたのだろうか？　もしいま, だれかがヒットラーと同じようなことをしようとしていたら, しかもそれがぼくの父さんだったら, ぼくはどうするべきなのだろうか？　第52回産経児童出版文化賞JR賞受賞, オーストラリア児童図書賞受賞。

プロイス, マーギー
Preus, Margi

『ジョン万次郎─海を渡ったサムライ魂』マーギー・プロイス著, 金原瑞人訳　集英社　2018.5　334p　15cm（集英社文庫）800円　①978-4-08-760750-5
内容 鎖国をしていた江戸末期。漁に出たまま遭難し, 捕鯨船に助けられてアメリカに渡ったジョン万次郎（中濱万次郎）。言葉や習慣も異なる地で, いじめや差別にくじけることなく, 強く生き抜いていった秘訣は, 何だったのだろう？　のちに幕末日本を救うことになる少年のアメリカ青春時代を, 史実をもとに瑞々しく綴った物語。「差別」や「多様性」を考えさせる本として, 全米で注目された話題の書！　アメリカの小中学校で教材として取り上げられた名作。優れた児童文学に贈られる, ニューベリー賞オナーを受賞！
別版 集英社　2012.6

ブロック, フランチェスカ・リア
Block, Francesca Lia
《1962～》

『“少女神”第9号』フランチェスカ・リア・

海外の作品

ブロック著, 金原瑞人訳　筑摩書房
2015.2　247p　15cm　(ちくま文庫)
〈理論社 2000年刊の再刊〉860円
①978-4-480-43248-3
内容 ふたりの母親に育てられた少女は、見
知らぬ父親を探すためにたったひとりでアメ
リカ横断の旅に出る(「マンハッタンのドラゴ
ン」)。同人誌をきっかけに憧れのミュージ
シャンにインタビューできることとなったふ
たりのオタク少女は…(表題作)。少女の痛々
しさや切なさを、大量のサブカルチャーとと
もにとびきりリアルに描いた"9つの物語"。

フンケ, コルネーリア
Funke, Cornelia Caroline
《1958〜》

『鏡の世界―石の肉体』コルネーリア・フ
ンケ著, 浅見昇吾訳　WAVE出版
2015.9　299p　20cm　2200円　①978-
4-87290-768-1
内容 主人公はジェイコブ・レックレス。鏡
のなかの向こうに広がる異界、鏡の世界に入
り込んでしまう。行方不明の父も、やはり久
しい以前、そこに消えてしまったようだ。現
実の世界と何度も行き来するようになると、
やがてどちらが本当の自分の世界、現実の世
界かわからなくなってしまう。ここでジェイ
コブは大きな失敗を犯す。弟、ウィルも鏡の
世界へ道連れにしてしまったのだ。しかも、
妖精の呪いをかけられてしまったウィルは、
肉体が徐々に石に変わっていき、石の身体を
もつ種族＝ゴイルに身も心も変わっていく。
ジェイコブはウィルの呪いを解くために命を
かけて危険な場所に赴いていく。

『ゴーストの騎士』コルネーリア・フンケ
著, 浅見昇吾訳　WAVE出版　2016.6
239p　20cm　2700円　①978-4-86621-
003-2
内容 寄宿舎の学校に無理矢理転校させられ
た主人公のジョン。ある晩、ゴーストたちに
襲われる。大聖堂に眠る中世の騎士を目覚め
させ、助けを願い出てみたら、剣を握りゴー
ストたちを退治してくれた。お礼にジョンは
騎士からの願いを聞くことになり…。

『魔法の言葉』コルネーリア・フンケ著, 浅
見昇吾訳　WAVE出版　2013.3　741p
20cm　3000円　①978-4-87290-443-7
内容 再び物語の世界に舞い戻ってきたメギー
一家。父モルティマは夜ごと、黒王子たちと
連れ立って秘密の行動をしていた。同じ魔法

の声をもつオルフェウス、「闇の世界」の残虐
王スネークヘッド、母レサ、ヴィオランテ、
ホコリ指、ヤコボなど個性豊かな登場人物が
集うスリリングなラスト、読みだしたら止ま
らない「本」をめぐる冒険ファンタジー。世
界的ベストセラー『魔法の声』『魔法の文字』
につづく第3弾。

ペイヴァー, ミシェル
Paver, Michelle
《1960〜》

『神々と戦士たち　1　青銅の短剣』ミ
シェル・ペイヴァー著, 中谷友紀子訳
あすなろ書房　2015.6　317p　22cm
1900円　①978-4-7515-2756-6
内容 紀元前1500年、青銅器時代のギリシア―
ある日、とつぜんあらわれた敵は、青銅の鎧
に身を包んだ怪物だった。その男は、顔に灰
を塗りたくり、長いマントをまとった黒ずく
めの戦士たちを従えていた。"よそ者"とさげ
すまれて山奥の洞窟で暮らす12歳の少年ヒュ
ラスは、戦士たちから命からがら逃げのびた。
なぜ、自分は追われなければならないのか？
よそ者狩りから逃げたヒュラスは、大巫女の
娘ピラと出会うが…ふしぎなめぐりあわせで
手にした青銅の短剣―森羅万象に宿る神々に
導かれるように、ヒュラスの壮大な旅がはじ
まった。

『神々と戦士たち　2　再会の島で』ミ
シェル・ペイヴァー著, 中谷友紀子訳
あすなろ書房　2015.10　309p　22cm
1900円　①978-4-7515-2759-7
内容 そのとき、いきなりライオンがあらわ
れた。日の光よりまばゆい金色の瞳は、ヒュ
ラスに気づいていた…13歳になったヒュラス
は、ライオンがあらわれた日にとつぜん襲わ
れ、奴隷として島の鉱山で働かされることに
なった。このころ、大巫女の娘ピラは、女神
の館から逃げだすため、農民に化けて占い師
に用意させた船に乗りこみ、白い山脈を目指
そうとしていた。炎の心臓を持った島で、青
銅の短剣をめぐり、それぞれの運命はふたた
び出会うことになるのだが…紀元前1500年の
青銅器時代のギリシアを舞台にした、歴史冒
険ファンタジー・シリーズ第2弾！

『神々と戦士たち　3　ケフティウの呪文』
ミシェル・ペイヴァー著, 中谷友紀子訳
あすなろ書房　2016.11　279p　22cm
1900円　①978-4-7515-2864-8
内容 これは神々の与えた罰か、試練か。漂
流の果てに、たどりついたのは変わり果てた

友の故郷だった。—幽霊にとりつかれた "死の島" で、ヒュラスと仲間たちの絆が試される。青銅器時代のギリシアを舞台にした歴史冒険ファンタジーシリーズ第3弾！

『神々と戦士たち　4　聖なるワニの棺』
　ミシェル・ペイヴァー著, 中谷友紀子訳
　あすなろ書房　2017.5　279p　22cm
　1900円　①978-4-7515-2869-3
　内容　テラモンは、エジプトのなにもかもにうんざりだった。遠征隊長として、おばアレクトと異郷の地に来て数か月。いまだ、一族の短剣は見つからない。これもみんなヒュラスのせいだ。ヒュラスとピラが短剣を奪い、ピラの奴隷がそれを持って逃げたりしなければ…「こんな景色、初めて見たな。まるっきり、なにもない」ヒュラスはどこまでもつづく赤い砂の大地に目を奪われた。ぎらつく日ざしのもと、ピラと道なき道を進むが、死者たちが眠るという砂漠に水場はなく、見たこともない奇妙な草木や、恐ろしい砂漠の生き物たち相手に、狩りも採集もいつものようにはいかない…。それでもコロノス一族より早く青銅の短剣を探さなければ。ふたりは短剣を託したユセレフの足取りを追って "大いなる川" をめざすが、そんなときヒュラスに異変が…

『神々と戦士たち　5　最後の戦い』ミシェル・ペイヴァー著, 中谷友紀子訳
　あすなろ書房　2018.2　255p　22cm
　1900円　①978-4-7515-2879-2
　内容　"よそ者が剣をふるうとき、コロノス一族はほろびるだろう…" すべてのはじまりの地で、対決の時が迫る—ヒュラスよ、剣と妹を見つけだし、故郷の赤き峰をめざせ！青銅器時代のギリシアを舞台にした歴史冒険ファンタジーついに完結！

『クロニクル千古の闇　5　復讐の誓い』
　ミシェル・ペイヴァー作, さくまゆみこ訳, 酒井駒子画　評論社　2009.4　425p
　22cm　1800円　①978-4-566-02415-1
　内容　まさか！こんなことが！…大切な友人が、若い命をうばわれた。「魂食らい」のしわざと知り、復讐を誓うトラク。犯人を追って、自分が生まれた「深い森」へと入っていく。そこで見つけたものは？母がたくした思いとは？—さまざまな秘密が明かされる人気シリーズ第5巻。

『クロニクル千古の闇　6　決戦のとき』
　ミシェル・ペイヴァー作, さくまゆみこ訳, 酒井駒子画　評論社　2010.4　416p
　22cm　1800円　①978-4-566-02416-8
　内容　「もう待てないんです！あの女に立ち

向かうのは、ぼくの定めなんです」—最強の "魂食らい" イオストラと対決するため、トラクは決死の覚悟で幽霊山へと入っていく。あとを追うレンとウルフ。イオストラの恐ろしい企みとは?!全世界注目のシリーズ、圧倒的な感動をよんで、ついに堂々の完結。

ベイカー, ニコルソン
Baker, Nicholson
《1957～》

『ひと箱のマッチ』ニコルソン・ベイカー著, パリジェン聖絵訳　近代文藝社
　2012.12　201p　20cm　1800円　①978-4-7733-7867-2
　内容　自殺の妄想・悪夢についての仮説・アヒルのグレタ・戦闘好きの陰茎・冷蔵庫捕獲係・パンツつまみ機・警笛の調律師・アリのフィデル…33本のマッチが織りなす炉端の哲学の小宇宙。

ヘス, カレン
Hesse, Karen
《1952～》

『リフカの旅』カレン・ヘス作, 伊藤比呂美, 西更訳　理論社　2015.3　221p
　19cm　1400円　①978-4-652-20086-5
　内容　百年ほど前、一人のユダヤ人の少女がロシア・ウクライナの町を脱出した。めざすはアメリカ—どんなに厳しい状況にも希望を持ちつづける、12歳の魂のことば。カレン・ヘスが大叔母の体験を元に書きあげた、フェニックス賞受賞作品。

ペック, リチャード
Peck, Richard
《1934～》

『シカゴよりとんでもない町』リチャード・ペック著, 斎藤倫子訳　東京創元社
　2010.11　205p　20cm　1900円　①978-4-488-01329-5
　内容　新任の牧師一家のおとなりさんは、九十に手が届こうというのにかくしゃくとしているダウデル夫人。近所づきあいはしないし、教会にもいかず、気難しいうえに、なんと武装までしている！魔女の家みたいに巨大な鍋でアップルバターを作り、スイカ泥棒に向けては銃をぶっぱなす。そして夏が過ぎ、収穫の

海外の作品　　　　　　　　　　　　　　　　　　　　　ペレーヴィン

秋も終わり、クリスマスの季節がやってきた。だが、クリスマスといえど、ダウデル夫人のたくましい腕から逃れられるものではなかった…奇傑おばあちゃんまだまだ健在。奇想天外にして、心温まる、ニューベリー賞オナー、ニューベリー賞を連続受賞した、傑作シリーズ第三弾。

『ホーミニ・リッジ学校の奇跡！』リチャード・ペック著, 斎藤倫子訳　東京創元社　2008.4　262p　20cm（Sogen bookland）1800円　①978-4-488-01959-4
内容 八月、トウモロコシが穂を出し、クローバーの花が咲きみだれる。そして日が暮れるのが少しばかり早くなる―夏休みが終わる直前の八月に、わたしたちの先生、独身の女性教師マート・アーバクル先生は突然この世に別れを告げた。そして…代理教師としてやってきたのは、なんと学校なんか大嫌いな少年ラッセルの姉さん。こうして教育熱心でタフな姉さんと、いまひとつ勉強に身が入らない生徒たちの攻防が始まった！　古きよきアメリカの片隅、ホーミニ・リッジ学校の型破りだが実り豊かな学校生活を描く、ニューベリー賞作家の待望の一冊。

ペナック, ダニエル
Pennac, Daniel
《1944～》

『気まぐれ少女と家出イヌ』ダニエル・ペナック著, 中井珠子訳　白水社　2008.12　211p　20cm　1900円　①978-4-560-09218-7
内容 リンゴという名の少女にひろわれた「イヌ」。はじめはあんなにかわいがってくれたのに、きゅうに冷たくなった！　イヌは絶望して家出する…。動物たちの目から見た人間社会。

ヘルンドルフ, ヴォルフガング
Herrndorf, Wolfgang
《1965～2013》

『14歳、ぼくらの疾走―マイクとチック』ヴォルフガング・ヘルンドルフ作, 木本栄訳　小峰書店　2013.10　311p　20cm（Y.A.Books）1600円　①978-4-338-14432-2
内容 きみは、どこから来たの。どこにむかっ

て、ぼくらは歩いているの、今。人が旅をするのは、なんのためなの。50年後のぼくらは、どう生きているのだろう…っていうか、明日は…？

『砂』ヴォルフガング・ヘルンドルフ著, 高橋文子訳　論創社　2013.9　503p　20cm　3000円　①978-4-8460-1257-1
内容 北アフリカで起きる謎に満ちた事件と記憶をなくした男。物語の断片が一つになった時、失われた世界の全体像が現れる。謎解きの爽快感と驚きの結末！　2012年ライプツィヒ書籍賞受賞作。

ペレーヴィン, ヴィクトル・オレーゴヴィチ
Pelevin, Viktor
《1962～》

『宇宙飛行士オモン・ラー』ヴィクトル・ペレーヴィン著, 尾山慎二訳　横浜　群像社　2010.6　194p　17cm（群像社ライブラリー）1500円　①978-4-903619-23-1
内容 うすよごれた地上の現実がいやになったら宇宙に飛び出そう！　子供の頃から月にあこがれて宇宙飛行士になったソ連の若者オモンに下された命令は、帰ることのできない月への特攻飛行！　アメリカのアポロが着陸したのが月の表なら、ソ連のオモンは月の裏側をめざす。宇宙開発の競争なんてどうせ人間の妄想の産物にすぎないのさ!?だからロケットで月に行った英雄はいまも必死に自転車をこぎつづけている！　ロシアのベストセラー作家ペレーヴィンが描く地上のスペース・ファンタジー。

『ジェネレーション〈P〉』ヴィクトル・ペレーヴィン著, 東海晃久訳　河出書房新社　2014.5　370p　20cm　3500円　①978-4-309-20652-3
内容 舞台はソヴィエト崩壊から1990年代までのモスクワ。嘗ての価値観が完全に崩壊した世界に放り出され、通りに建ち並ぶキオスクに雇われ人として職を得たタタールスキィは広告業界に転身し、コピーライターとなる。主な仕事は西側ブランドの広告をロシアのメンタリティに合ったものに変換するというものだった。驚くべき展開の果てにタタールスキィは奇怪な殺人儀式をへてヴァーチャル空間の新たな創造者として君臨し、メディアとして遍在することになる。現代ロシアで最も支持される作家ペレーヴィンの代表作。大胆

ヤングアダルトの本　いま読みたい小説4000冊　**443**

な方法的実験によって描かれる90年代ロシアの悪夢と混沌。

『寝台特急黄色い矢—作品集「青い火影」2』ヴィクトル・ペレーヴィン著, 中村唯史, 岩本和久訳 横浜 群像社 2010.12 283p 17cm（群像社ライブラリー）1800円 ①978-4-903619-24-8
内容 子供の頃にベッドから見た部屋の記憶は奥深い世界の始まり。共に暮らす魅惑的な異性の心には永遠に近づけない、謎の同行者の正体を探るには奇抜なジャンプを試みるしかない。連続殺人事件におびえる娼婦と潜水艦乗組員の性を超越したかけひきも、シャーマンが蘇らせた死者を連れた国外脱出も、霧深いペテルブルグで麻薬片手に警備につく革命軍兵士も、すべて現実?!死んだ者だけが降りることのできる寝台特急に読者を乗せて疾走するペレーヴィンのみずみずしい才能がいかんなく発揮されたデビュー時代の中短編集。

『汝はTなり—トルストイ異聞』ヴィクトル・ペレーヴィン著, 東海晃久訳 河出書房新社 2014.10 418p 20cm 3900円 ①978-4-309-20663-9
内容 謎の目的地「オプチナ・プスティニ」に向かうT伯爵の前に現われる驚くべき試練の数々、その最初のミッションはトルストイになることだった—トルストイが記憶喪失の武術の達人になり、ドストエフスキィが斧を振り落し、ソロヴィヨフは監獄にいる。ロシアの春樹とも評される現代ロシア最大の巨人がつくりだす壮大なる狂気の迷宮。世界と文学、生と死の臨界を問う空前の巨編。

ボイン, ジョン
Boyne, John
《1971～》

『浮いちゃってるよ、バーナビー！』ジョン・ボイン著, オリヴァー・ジェファーズ画, 代田亜香子訳 作品社 2013.10 243p 20cm〈選：金原瑞人〉1800円 ①978-4-86182-445-6
内容 生まれつきふわふわで"浮いてしまう"少年の奇妙な大冒険！世界各国をめぐり、ついに宇宙まで!?

『縞模様のパジャマの少年』ジョン・ボイン作, 千葉茂樹訳 岩波書店 2008.9 233p 20cm 1800円 ①978-4-00-115623-2
内容 大都会ベルリンから引っ越してきた見知らぬ土地で、軍人の息子ブルーノは、遊び相手もなく退屈な毎日を送っていた。ある日、ブルーノは探検にでかけ、巨大なフェンス越しに、縞模様のパジャマを着た少年と出会う。ふたりの間には奇妙な友情が芽生えるが、やがて別れの日がやってきて…。

『ヒトラーと暮らした少年』ジョン・ボイン著, 原田勝訳 あすなろ書房 2018.2 287p 20cm 1500円 ①978-4-7515-2877-8
内容 7歳の少年が憧れたのは、ヒトラー総統その人だった。少年はただ信じただけだった。目の前に立つ、その人を。そして、ただ認められることだけを夢みて少年は、変わりはじめた…。パリに生まれた少年ピエロがたどる、数奇な運命の物語。

ホェラン, グローリア
→ウィーラン, グロリアを見よ

ホーキング, スティーヴン＆ルーシー
Hawking, Stephen & Lucy
《スティーヴン＝1942～2018、ルーシー＝1970～》

『宇宙への秘密の鍵』ルーシー＆スティーヴン・ホーキング作, さくまゆみこ訳, 佐藤勝彦監修 岩崎書店 2008.2 300p 図版16枚 22cm 1900円 ①978-4-265-82011-5
内容 「地球の未来は？」ホーキング博士父娘が世界中の子どもに贈るスペース・アドベンチャー。

『宇宙に秘められた謎—ホーキング博士のスペース・アドベンチャー 2』ルーシー・ホーキング, スティーヴン・ホーキング作, さくまゆみこ訳, 佐藤勝彦監修 岩崎書店 2009.7 299p 図版16枚 22cm 1900円 ①978-4-265-82012-2
内容 本書では、人類がこれまで行ってきた宇宙探査の歴史や、地球外生命が存在する可能性のある星の謎に迫ります。物語に登場するジョージの愛読書「宇宙を知るためのガイド」は、ホーキング博士と実在の5人の科学者が最新の宇宙理論をストーリーにのせてコラム形式で解説したもの。子どもにもわかりやすく、読み応え満点です。

『宇宙の生命—青い星の秘密』ルーシー・ホーキング, スティーヴン・ホーキング

海外の作品　　　　　　　　　　　　　　　　　ホプキンソン

作, さくまゆみこ訳, 佐藤勝彦監修　岩崎書店　2017.7　333p　22cm（ホーキング博士のスペース・アドベンチャー2-2）1900円　①978-4-265-86012-8
内容 宇宙に水があると命が生まれるの？ 物語が解き明かす宇宙と生命のミステリー。最新の宇宙研究エッセイ・コラムも大好評！

『宇宙の誕生—ビッグバンへの旅 ホーキング博士のスペース・アドベンチャー 3』ルーシー・ホーキング, スティーヴン・ホーキング作, さくまゆみこ訳, 佐藤勝彦監修　岩崎書店　2011.10　297p 図版16枚　22cm　1900円　①978-4-265-82013-9
内容 宇宙の始まり、そしてビッグバンの謎に迫る第3弾！ 世界37カ国で出版。「物語」の力で興味の種をまく科学と物語がひとつになった壮大な宇宙冒険物語。

『宇宙の法則—解けない暗号』ルーシー・ホーキング, スティーヴン・ホーキング作, さくまゆみこ訳, 佐藤勝彦, 平木敬監修　岩崎書店　2015.11　325p 図版24p　22cm（ホーキング博士のスペース・アドベンチャー 2-1）1900円　①978-4-265-86011-1
内容 もしもコンピュータが人間を支配したら？ 物語が解き明かす宇宙と生命のミステリー。

ボストン, ルーシー・M.
Boston, Lucy Maria
《1892〜1990》

『グリーン・ノウの石』ルーシー・M.ボストン作, ピーター・ボストン絵, 亀井俊介訳　評論社　2009.2　186p　20cm（グリーン・ノウ物語 6）〈1981年刊の改訂新版〉1500円　①978-4-566-01266-0
内容 「グリーン・ノウ物語」最終巻。おやしきのすべての秘密がここに！ 12世紀、まだ石づくりの家がめずらしかったころ、「グリーン・ノウ」ができました。ロジャー少年はここを愛し、時を越えて、代々やしきにすんだ人たちと出会います。

『グリーン・ノウの煙突』ルーシー・M.ボストン作, ピーター・ボストン絵, 亀井俊介訳　評論社　2008.5　305p　20cm（グリーン・ノウ物語 2）〈1977年刊の改訂新版〉1500円　①978-4-566-01262-2
内容 待ちに待ったお休み。トーリーは、ひ

いおばあさんのいるグリーン・ノウのおやしきにもどってきました！ ひいおばあさんがつくるパッチワークの布から、むかし、ここに住んでいた人たちのすがたが、あざやかによみがえります。

『グリーン・ノウのお客さま』ルーシー・M.ボストン作, ピーター・ボストン絵, 亀井俊介訳　評論社　2008.9　266p　20cm（グリーン・ノウ物語 4）〈1968年刊の改訂新版〉1500円　①978-4-566-01264-6
内容 密林に生まれたゴリラのハンノーとふるさとを追われた少年ピン。このひとりと一ぴきが、グリーン・ノウの森で、深いきずなをむすびます。カーネギー賞にかがやく胸にしみる名作。

『グリーン・ノウの川』ルーシー・M.ボストン作, ピーター・ボストン絵, 亀井俊介訳　評論社　2008.7　229p　20cm（グリーン・ノウ物語 3）〈1970年刊の改訂新版〉1500円　①978-4-566-01263-9
内容 夏のあいだ、グリーン・ノウのやしきを借りたのは、ビギン博士とミス・シビラというふたりの女の人でした。ふたりは、やしきに三人の子どもたちをしょうたいします。心おどる川の冒険が、三人をまっていました。

『グリーン・ノウの子どもたち』ルーシー・M.ボストン作, ピーター・ボストン絵, 亀井俊介訳　評論社　2008.5　269p　20cm（グリーン・ノウ物語 1）〈1972年刊の改訂新版〉1500円　①978-4-566-01261-5
内容 ひいおばあさんの家で、冬休みをすごすことになったトーリー。そこは、イギリスでもいちばん古いおやしきのひとつ、グリーン・ノウでした。グリーン・ノウでは、つぎつぎとふしぎなできごとがおこって…。

『グリーン・ノウの魔女』ルーシー・M.ボストン作, ピーター・ボストン絵, 亀井俊介訳　評論社　2008.12　237p　20cm（グリーン・ノウ物語 5）〈1968年刊の改訂新版〉1500円　①978-4-566-01265-3
内容 グリーン・ノウをうばいとろうとするおそろしい魔女メラニー。ふたりの少年とひいおばあさんは、大切なやしきを守るため、勇気と知恵で立ちむかいます。

ホプキンソン, デボラ
Hopkinson, Deborah
《1952〜》

ヤングアダルトの本　いま読みたい小説4000冊　445

『ブロード街の12日間』デボラ・ホプキンソン著, 千葉茂樹訳　あすなろ書房　2014.11　295p　20cm　1500円　①978-4-7515-2480-0

内容 ひとり目の犠牲者は、仕立て屋のグリッグスさん。すさまじいスピードで、それは街をおおいつくした。夏の終わり、だれもが震えあがった「青い恐怖」が、ロンドンの下町ブロード街に、やってきた…！タイムリミットは4日間！街を守るため、13歳の少年イールが奔走する！ビクトリア女王治世下のロンドン。様々な病気の原因がまだ明らかになっていなかった時代に、状況証拠だけを重ね、「青い恐怖」と恐れられたコレラの真実に迫る「医学探偵」ジョン・スノウ博士。その助手を務める少年の視点から描かれた、友情、淡い初恋、悪党との対決もちりばめられたスリル満点の物語。

ホフマン, メアリ
Hoffman, Mary
《1945～》

『ストラヴァガンザ　仮面の都　上』メアリ・ホフマン著, 乾侑美子訳　小学館　2010.7　249p　19cm（Super！　YA）1100円　①978-4-09-290567-2

内容 ストラヴァガンザとは？一時空を超えて、一つの世界から別の世界へと旅することをいう。21世紀、少年ルシアンは、ロンドンから時空を超え、異次元の世界ベレッツァへと旅立つ。ルシアンを待っていたのは、美少女アリアンナと彼女をめぐる陰謀のうず。わくわくがとまらない、壮大なパラレルワールド・ファンタジー。

『ストラヴァガンザ　仮面の都　下』メアリ・ホフマン著, 乾侑美子訳　小学館　2010.7　255p　19cm（Super！　YA）1100円　①978-4-09-290568-9

内容 母の意志を継ぎ、女公主となったアリアンナに暗殺の魔の手がのびる。ベレッツァの地で、ルシアンは、アリアンナのために命をかけて戦う決意をする。そして、いくどとなく、ロンドンとベレッツァを行き来するルシアンに大きな変化が―。アリアンナとルシアンは、結ばれるのか…。ますます目が離せないタイムトラベル・ファンタジー。

『ストラヴァガンザ　星の都　上』メアリ・ホフマン著, 乾侑美子訳　小学館　2010.11　351p　19cm（Super！　YA）1200円　①978-4-09-290570-2

内容 ストラヴァガンザとは一時空を超えて旅をすること。21世紀のロンドンから異次元の世界レモーラに、次のストラヴァガンテとして時空を超えてやってきたのは、15歳の少女だった。タリア統一をねらうニコロ公爵の魔の手をのがれられるのか…。星競馬でわきたつレモーラで、奇跡が起きる。読む手がとまらない壮大なファンタジー。

『ストラヴァガンザ　星の都　下』メアリ・ホフマン著, 乾侑美子訳　小学館　2010.11　345p　19cm（Super！　YA）1200円　①978-4-09-290571-9

内容 星競馬も間近なレモーラで生まれた奇跡の馬は、何者かにうばわれてしまった。ニコロ公爵のタリア統一の陰謀と戦っていたルシアンは、公爵の息子たちと友だちになる。そして、その息子のひとりを、ロンドンにストラヴァガンテさせようと計画する。ファルコは、無事にロンドンに「移る」ことができるのか…。世界中で読まれているファンタジー。

『聖人と悪魔―呪われた修道院』メアリ・ホフマン作, 乾侑美子訳　小学館　2008.10　463p　22cm　2000円　①978-4-09-290374-6

内容 ある日、若く美しい貴族青年シルヴァーノの目の前で人が刺された。殺人の疑いがかけられたシルヴァーノは、真犯人が見つかるまで修道院で身をかくすことになった。しかし、神に祈りをささげるその修道院で、次々と殺人事件が起きてしまう。古都アッシジに近い小さな修道院で起きた連続殺人事件…。真実は、証されるのか…。

ポールセン, ゲイリー
Paulsen, Gary
《1939～》

『ローン・ボーイ』ゲイリー・ポールセン著, 松井光代訳　文芸社　2010.4　130p　19cm　1000円　①978-4-286-08480-0

ホルト, キンバリー・ウィリス
Holt, Kimberly Willis
《1960～》

『ローズの小さな図書館』キンバリー・ウィリス・ホルト作, 谷口由美子訳　徳間書店　2013.7　254p　19cm〈文献あり〉1600円　①978-4-19-863642-5

内容 一九三九年、農場は干ばつにみまわれ、

海外の作品　　　　　　　　　　　　　　　　　　　　　　　　ボンド＆モーゼズ

水をくむ風車がこわれ、パパも家を出ていってしまった。ママは、私と弟と妹をつれてふるさとルイジアナの川辺の町に移ることに決めた…。十四歳のローズは、家族のために年をごまかし、図書館バスのドライバーとして働きはじめる。でもその後も、作家になる夢はずっと忘れなかった。戦前のローズから始まり、その息子、孫、ひ孫、と四世代にわたる十代の少年少女を生き生きと描きます。時代ごとに、『大地』、『怒りの葡萄』、「ハリー・ポッター」など話題の本が登場。本への愛がつなぐ家族の姿を描く、心に残る物語。

ホールバイン, ヴォルフガンク
Hohlbein, Wolfgang
《1953～》

『火山の島』ヴォルフガンク・ホールバイン著, 平井吉夫訳　大阪　創元社　2008.10　223p　19cm（ノーチラス号の冒険 10）1000円　①978-4-422-93240-8
内容 火を噴く神の怒り。ノーチラス号に救出された地震学者が犯した罪、そして隠された島の秘密とは…最新冒険ファンタジーシリーズ第十弾。

『氷の下の街』ヴォルフガンク・ホールバイン著, 平井吉夫訳　大阪　創元社　2009.2　231p　19cm（ノーチラス号の冒険 11）〈並列シリーズ名：Operation Nautilus〉1000円　①978-4-422-93241-5
内容 マイクたちがグリーンランドで受信したSOSの発信源は、"精霊の山"からだった…。世界10か国以上で翻訳、ドイツで300万部のベストセラーの最新冒険ファンタジー、絶賛シリーズ第十一弾。

『ノーチラス号の帰還』ヴォルフガンク・ホールバイン著, 平井吉夫訳　大阪　創元社　2009.6　439p　19cm（ノーチラス号の冒険 12）〈並列シリーズ名：Operation Nautilus〉1400円　①978-4-422-93242-2
内容 ノーチラス号最後の大冒険！マイクと仲間たち、そしてノーチラス号の時空を超える旅が、いま壮大なフィナーレを迎える。

ホワイト, E.B.
White, Elwyn Brooks
《1899～1985》

『白鳥のトランペット』E.B.ホワイト作, 松永ふみ子訳, エドワード・フラシーノ画　福音館書店　2010.2　253p　17cm（福音館文庫）〈1976年刊の修正〉650円　①978-4-8340-2548-4
内容 「これを吹いてしあわせをつかめ。おまえのわかわかしい希望の声を、森や山や沼地に鳴りひびかせろ！」鳴けない白鳥ルイは、トランペットを声代わりに都会へ冒険に─。めす白鳥との恋、動物好きの少年サムとの友情もあたたかな、スウィングしたくなるように楽しい、ピューリッツァー賞作家による童話の新たな古典。

ボンド, ブラッドレー
→ボンド＆モーゼズを見よ

ボンドゥ, アン゠ロール
Bondoux, Anne - Laure
《1971～》

『殺人者の涙』アン゠ロール・ボンドゥ著, 伏見操訳　小峰書店　2008.12　224p　20cm（Y.A.books）1500円　①978-4-338-14428-5
内容 荒れ果てた大地。生命の吐息のきこえぬところ。ひっそりと生きる家族がいた。そこへ、人の目を逃れるように、天使という名の男がやってきた。─やがて旅人は、口をつぐみ、窓の外を吹きすさぶ風の音に耳をすます。

ボンド＆モーゼズ
Bond, Bradley & Morzez, Philip Ninj@
《ブラッドレー・ボンド＝1968～、フィリップ・ニンジャ・モーゼズ＝1969～》

『東京少年D団─明智小五郎ノ帰還 帝都探偵奇譚』江戸川乱歩原作, 本兌有, 杉ライカ, ブラッドレー・ボンド, フィリップ・ニンジャ・モーゼズ著　PHP研究所　2017.2　365p　19cm　1300円　①978-4-569-83255-5
内容 蒸気と狂気と暗雲に包まれた、一九二〇年の帝都東京！怪人二十面相の挑戦を受けた資本主義の獅子・羽柴壮太郎は、かのアルセーヌ・ルパンにすら勝利した伝説の名探偵・明智小五郎を呼び寄せた。しかし彼のも

ヤングアダルトの本　いま読みたい小説4000冊　**447**

とに現れたのは明智ではなく、恐るべき美貌と眩しいばかりの知性を輝かせる妖しき天才美少年・小林芳雄であった。「僕の知能指数は平常時の明智先生の2倍です。ご存じないかもしれませんが、探偵の能力とは、カラテ段位ではなく知能指数で測るものなのです」猟奇！　闇の近代日本を舞台に、爆発寸前のアドレナリンと知能指数が火花を散らし、七つ道具が飛び交う！　狂気に次ぐ狂気！　変装に次ぐ変装！　カラテに次ぐカラテ、帝都の蒸気と闇の中に垣間見る、暗き知性と復讐の炎！　嗚呼！　誰もがその名を知りながら真実の直視を避けてきた暗黒少年探偵奇譚、今ここに開幕！

『ニンジャスレイヤー―ネオサイタマ炎上1』ブラッドレー・ボンド，フィリップ・N・モーゼズ著，本兌有，杉ライカ訳　エンターブレイン　2012.10　458p　19cm〈発売：角川グループパブリッシング〉1200円　①978-4-04-728331-2
内容　ツイッターで中毒者続出のサイバーパンクニンジャ小説。

『ニンジャスレイヤー―ネオサイタマ炎上2』ブラッドレー・ボンド，フィリップ・N・モーゼズ著，本兌有，杉ライカ訳　エンターブレイン　2012.12　447p　19cm〈発売：角川グループパブリッシング〉1200円　①978-4-04-728480-7
内容　原作者から権利を取得した翻訳チームにより、Twitter上での翻訳連載が開始された「ニンジャスレイヤー」。強烈な言語センスを忠実に訳した翻訳は「忍殺語」とも呼ばれ、中毒者を生み出し続けてもはや相当に凄い。「マルノウチ・スゴイタカイビル」「実際安い」「Wasshoi！」「古代ローマカラテ」といった超自然単語群が読者にニンジャリアリティショックを引き起こしてしまうのだ！　ツイッターでついた火が、いま炎となる。走れ、ニンジャスレイヤー、走れ。正体不明のニンジャ小説。

『ニンジャスレイヤー―ネオサイタマ炎上3』ブラッドレー・ボンド，フィリップ・N・モーゼズ著，本兌有，杉ライカ訳　エンターブレイン　2013.2　529p　19cm〈発売：角川グループパブリッシング〉1200円　①978-4-04-728481-4
内容　リアルタイム翻訳で放たれるtwitter活劇、第三弾。

『ニンジャスレイヤー―ネオサイタマ炎上4』ブラッドレー・ボンド，フィリップ・N・モーゼズ著，本兌有，杉ライカ訳　エンターブレイン　2013.4　596p　19cm

〈発売：角川グループパブリッシング〉1200円　①978-4-04-728690-0
内容　妻子を殺され、復讐の戦いに身を投じたニンジャスレイヤー。宿命の敵・ラオモトと対峙する時がおとずれる。リアルタイム翻訳で放たれるtwitter活劇第4弾。
別版　［ネット限定版］エンターブレイン　2013.4

『ニンジャスレイヤー―KYOTO：HELL ON EARTH　#1　ザイバツ強襲！』ブラッドレー・ボンド，フィリップ・N・モーゼズ著，本兌有，杉ライカ訳　エンターブレイン　2013.7　507p　19cm〈発売：KADOKAWA〉1200円　①978-4-04-728945-1
内容　今度はキョートで殺す。twitter活劇、新章開幕。ここから読んでも問題なし、いやむしろここから読むべし。
別版　ドラマCD付特装版　エンターブレイン　2013.7

『ニンジャスレイヤー―KYOTO：HELL ON EARTH　#2　ゲイシャ危機一髪！』ブラッドレー・ボンド，フィリップ・N・モーゼズ著，本兌有，杉ライカ訳　エンターブレイン　2013.9　525p　19cm〈発売：KADOKAWA〉1200円　①978-4-04-729120-1
内容　ネオサイタマの死神、西へ。どこから読んでも大丈夫、短編読み切りエピソード。twitter発のニンジャ活劇。

『ニンジャスレイヤー―KYOTO：HELL ON EARTH　#3　荒野の三忍』ブラッドレー・ボンド，フィリップ・N・モーゼズ著，本兌有，杉ライカ訳　KADOKAWA　2013.11　531p　19cm〈#2までの出版者：エンターブレイン〉1200円　①978-4-04-729253-6
内容　スシ！カラテ!!ニンジャ!!!どこから読んでも大丈夫！短編読み切りエピソード!!twitter発のニンジャ活劇!!!

『ニンジャスレイヤー―KYOTO：HELL ON EARTH　#4　聖なるヌンチャク』ブラッドレー・ボンド，フィリップ・N.モーゼズ著，本兌有，杉ライカ訳　KADOKAWA　2014.1　545p　19cm（キョート殺伐都市 #4）1200円　①978-4-04-729261-1
内容　短編読み切りエピソード!!twitter発のニンジャ活劇!!!
別版　ドラマCD付特装版　KADOKAWA　2014.1

海外の作品　　　　　　　　　　　　　　　　　　マイケルセン

『ニンジャスレイヤー—KYOTO：HELL
　ON EARTH　#5　ピストルカラテ決
　死拳』ブラッドレー・ボンド, フィリッ
　プ・N・モーゼズ著, 本兌有, 杉ライ
　カ訳　KADOKAWA　2014.4　571p　19cm
　1200円　①978-4-04-729362-5
『ニンジャスレイヤー—KYOTO：HELL
　ON EARTH　#6　マグロ・アンド・
　ドラゴン』ブラッドレー・ボンド, フィ
　リップ・N・モーゼズ著, 本兌有, 杉ライ
　カ訳　KADOKAWA　2014.7　535p
　19cm　1200円　①978-4-04-729755-5
『ニンジャスレイヤー—KYOTO：
　HELL ON EARTH　#7　キョー
　ト・ヘル・オン・アース 上』ブラッド
　レー・ボンド, フィリップ・N・モーゼ
　ズ著, 本兌有, 杉ライカ訳
　KADOKAWA　2014.10　561p　19cm
　1200円　①978-4-04-729932-0
　別版　ドラマCD付特装版　KADOKAWA
　2014.10
『ニンジャスレイヤー—KYOTO：
　HELL ON EARTH　#8　キョー
　ト・ヘル・オン・アース 下』ブラッド
　レー・ボンド, フィリップ・N・モーゼ
　ズ著, 本兌有, 杉ライカ訳
　KADOKAWA　2015.2　515p　19cm
　1200円　①978-4-04-730189-4
『ニンジャスレイヤー—
　NINJASLAYER NEVER DIES
　#1　秘密結社アマクダリ・セクト』ブ
　ラッドレー・ボンド, フィリップ・N・
　モーゼズ著, 本兌有, 杉ライカ訳
　KADOKAWA　2015.4　469p　19cm
　1200円　①978-4-04-730418-5
　内容　次なる敵はアマクダリ!!ニンジャスレイ
　ヤー第3部開幕！
『ニンジャスレイヤー—
　NINJASLAYER NEVER DIES
　#2　死神の帰還』ブラッドレー・ボン
　ド, フィリップ・N・モーゼズ著, 本兌
　有, 杉ライカ訳　KADOKAWA　2015.8
　527p　19cm　1200円　①978-4-04-
　730606-6
　内容　起死回生の赤黒い炎。ニンジャスレイ
　ヤー第3部。
『ニンジャスレイヤー—
　NINJASLAYER NEVER DIES
　[#3]　キリング・フィールド・サッ
　プーケイ』ブラッドレー・ボンド, フィ

リップ・N・モーゼズ著, 本兌有, 杉ライ
カ訳　KADOKAWA　2015.12　477p
19cm　1200円　①978-4-04-730790-2
　内容　極彩色の電脳都市とサップーケイの荒
野!!!
『ニンジャスレイヤー—
　NINJASLAYER NEVER DIES
　#4　ケオスの狂騒曲』ブラッドレー・
　ボンド, フィリップ・N・モーゼズ著, 本
　兌有, 杉ライカ訳　KADOKAWA
　2016.4　539p　19cm　1200円　①978-
　4-04-734021-3
　内容　初翻訳を含む6作を収録。
『ニンジャスレイヤー—
　NINJASLAYER NEVER DIES
　#5　開戦前夜ネオサイタマ』ブラッド
　レー・ボンド, フィリップ・N・モーゼ
　ズ著, 本兌有, 杉ライカ訳
　KADOKAWA　2016.6　567p　19cm
　1200円　①978-4-04-734176-0
『ニンジャスレイヤー—NINJA
　SLAYER NEVER DIES　#6　リ
　フォージング・ザ・ヘイトレッド』ブ
　ラッドレー・ボンド, フィリップ・N・
　モーゼズ著, 本兌有, 杉ライカ訳
　KADOKAWA　2016.11　549p　19cm
　1200円　①978-4-04-734409-9
　内容　加速する憎悪！ 連鎖する復讐劇。
『ニンジャスレイヤー—NINJA
　SLAYER NEVER DIES　#7　ロ
　ンゲスト・デイ・オブ・アマクダリ
　上』ブラッドレー・ボンド, フィリッ
　プ・N・モーゼズ著, 本兌有, 杉ライカ訳
　KADOKAWA　2017.6　546p　19cm
　1200円　①978-4-04-734712-0
『ニンジャスレイヤー—NINJA
　SLAYER NEVER DIES　#8　ロ
　ンゲスト・デイ・オブ・アマクダリ
　下』ブラッドレー・ボンド, フィリッ
　プ・N・モーゼズ著, 本兌有, 杉ライカ訳
　KADOKAWA　2017.12　542p　19cm
　1200円　①978-4-04-734952-0

マイケルセン, ベン
Mikaelsen, Ben
《1952～》

『コービーの海』ベン・マイケルセン作,
代田亜香子訳　鈴木出版　2015.6

ヤングアダルトの本　いま読みたい小説4000冊　**449**

334p　20cm（鈴木出版の海外児童文学 この地球を生きる子どもたち）1600円　①978-4-7902-3309-1

[内容] 海が好き。夜が大好き。夢のなかなら、あの眠っているような目ざめているようなふしぎな世界なら、風よりもはやく走れる。フロリダの壮大な自然のなか、座礁したクジラの親子を助けた義足の少女コービー。とまってしまったと思っていた人生が、また動きはじめる。

『スピリットベアにふれた島』ベン・マイケルセン作, 原田勝訳　鈴木出版　2010.9　358p　20cm（鈴木出版の海外児童文学 この地球を生きる子どもたち）1600円　①978-4-7902-3234-6

[内容] 15歳の少年コールが引きおこした傷害事件。傷ついたすべてのもののために、コールとピーター、それぞれの両親、そして同じ地域にくらす人たちが集まって「サークル・ジャスティス」が開かれる…。犯罪とどう向きあうべきか。変わろうとするコールの姿を追いながら見つめなおす意欲作。

『ピーティ』ベン・マイケルセン作, 千葉茂樹訳　鈴木出版　2010.5　333p　20cm（鈴木出版の海外児童文学 この地球を生きる子どもたち）1500円　①978-4-7902-3232-2

[内容] 人生の大半を施設ですごすピーティ。ひとつひとつの出逢い、目にするもの、耳にするものによろこびとおどろきを味わい、自分の人生を生ききった、胸を打つ、光あふれる物語。

マイヤー, カイ
Meyer, Kai
《1969～》

『消えた龍王の謎』カイ・マイヤー著, 遠山明子訳　あすなろ書房　2010.2　407p　22cm（天空の少年ニコロ 1）〈画：佐竹美保〉1900円　①978-4-7515-2416-9

[内容] 1700年代の中国、清朝。黒髪に黒い瞳の人びとの中にただひとりまぎれこんだニコロが出会ったのは、寡黙な女剣士徴風、龍に育てられた少女女媧、そして、龍もどきの男飛翔。しかし、龍を探す旅を阻むものが…。

『氷の心臓』カイ・マイヤー著, 遠山明子訳　あすなろ書房　2008.11　319p　20cm　1500円　①978-4-7515-2353-7

[内容] 盗まれたのは、雪の女王がみずからとりだした心臓のかけら。女王は力を失い、冷気

が世界に流れこみはじめた。凍れる世界の運命は…？ ロシア革命へと続く混乱のサンクトペテルブルクを舞台にしたミステリアス・ファンタジー。

『第三の願い』カイ・マイヤー著, 酒寄進一, 遠山明子訳　東京創元社　2016.4　423p　15cm（創元推理文庫―嵐の王 2）1300円　①978-4-488-55404-0

[内容] 三つの願いを叶えてくれる魔人イフリートが最後の願いを叶える力を失った。そのせいで被害に遭った人々が作った結社 "第三の願いの環" は何を目論んでいるのか。カリフの宮殿を放り出された絨毯乗りターリクは、魔人の首領から引き継いだ左目の奇怪な力に苦しみつつ、真相を追求する。一方嵐の王に助けられた弟ジュニスは、不思議な力をもつ少年に出会う。迫力のシリーズ第二弾。

『伝説の都』カイ・マイヤー著, 酒寄進一, 遠山明子訳　東京創元社　2016.7　446p　15cm（創元推理文庫―嵐の王 3）1480円　①978-4-488-55405-7

[内容] 絨毯乗りターリク、太守の娘サバテアらは、失われた第三の願いが見つかるという伝説の都をめざす。困難を極めた道のりの末に辿りついた一行を待つのは？ 一方ターリクの弟ジュニスは、兄との再会も束の間、嵐の王の許からさらわれた童子を取り戻さんと、魔人の巣窟に向かっていた。だがその間にもバグダッドには、人類を滅ぼそうとする魔人の大軍団が迫っていた！ 三部作完結。

『呪われた月姫』カイ・マイヤー著, 遠山明子訳　あすなろ書房　2011.7　327p　22cm（天空の少年ニコロ 2）〈画：佐竹美保〉1900円　①978-4-7515-2417-6

[内容] 八仙人のうち五人が、月姫の前に倒れた。天と人間界をつなぐ絆を断とうとする霊気（エーテル）の企みを阻止することはできるのか？ 一方、龍の墓場にたどりついた女媧と離が見たものとは…。愛？ それとも呪い？ 課せられた使命と月姫への思いの間で苦悩するニコロの運命は？ 最新ファンタジー第2部。

『魔人の地』カイ・マイヤー著, 酒寄進一, 遠山明子訳　東京創元社　2015.12　386p　15cm（創元推理文庫―嵐の王 1）1200円　①978-4-488-55403-3

[内容] サマルカンド随一の絨緞乗りターリクは、偶然助けた謎めいた美女に、バグダッド行きをもちかけられる。だが町の外に広がる砂漠には魔人がいる。いったんは断ったが、不仲とはいえたったひとりの弟が女の口車に乗せられてバグダッドに向かうのを知り、あ

海外の作品　　　　　　　　　　　　　　　　　　　　　　　マクラクラン

とを追うことに。砂漠に咲く白亜の町、不気味な魔人、翼ある象牙の馬。千夜一夜的世界を舞台にしたファンタジー三部作開幕。

『龍とダイヤモンド』カイ・マイヤー著, 遠山明子訳　あすなろ書房　2012.3　383p　22cm（天空の少年ニコロ 3）〈画：佐竹美保〉2200円　①978-4-7515-2418-3

内容　聖窟で眠る月姫をめぐって対立するニコロと女媧。しかし、その奥では、恐るべき「ダイヤモンド」が今、目覚めようとしていた。一方、空の上で戦うアレッシアと微風は…。カイ・マイヤーの最新ファンタジー、いよいよ完結。

マクニッシュ, クリフ
McNish, Cliff
《1962～》

『魔法少女レイチェル魔法の匂い　上』クリフ・マクニッシュ作, 亜沙美画, 金原瑞人訳　理論社　2009.9　197p　18cm（フォア文庫）〈『レイチェルと魔法の匂い』(2001年刊)の改題〉650円　①978-4-652-07497-8

内容　イスレアから地球へ戻ってきたレイチェルは、体からあふれ出す呪文を、抑えきれなくなっていた。一方、魔女ドラグウェナは死のまぎわ、故郷ウール星に帰還し、母ヒーブラと妹カレンに、レイチェルへの復讐を誓わせていた…。魔法に目覚めた、地球の子どもたちの闘いを描くファンタスティック・アドベンチャー第二部・上巻。

『魔法少女レイチェル魔法の匂い　下』クリフ・マクニッシュ作, 亜沙美画, 金原瑞人訳　理論社　2009.9　194p　18cm（フォア文庫）〈『レイチェルと魔法の匂い』(2001年刊)の改題〉650円　①978-4-652-07498-5

内容　地球にやってきた魔女たちの手によって、魔法の才能をもつ子どもたちが、訓練されていく。ついに銀の髪をもつ少女ハイキが、その頂点に立つ。レイチェルとの、めくるめく魔法と魔法の闘いがはじまろうとしていた…。魔法に目覚めた、地球の子どもたちの闘いを描くファンタスティック・アドベンチャー第二部・下巻。

『夢見る犬たち─五番犬舎の奇跡』クリフ・マクニッシュ作, 浜田かつこ訳　[東京]　金の星社　2015.8　319p　20cm〈装画・本文カット：竹脇麻衣〉1400円　①978-4-323-07322-4

内容　ぼくの仲間を紹介しよう。ジョーク大好きなお調子者、ジャックラッセルテリアのミッチ。つややかな毛並みで、犬にはやさしいボーダーコリーのベシー。一日寝てばかりいる、気むずかしい長老、ホワイト・イングリッシュ・ブルドッグのフレッド。そして、ぼくはいろんな犬種がまじった雑種犬、ラルフ。ぼくらはここ、動物愛護センター "ハッピー・ポーズ" に何年もいる。こんなぼくらにだって、ささやかな夢がある─。

マクラクラン, パトリシア
MacLachlan, Patricia
《1938～》

『犬のことばが聞こえたら』パトリシア・マクラクラン作, こだまともこ訳, 大庭賢哉絵　徳間書店　2012.12　190p　22cm　1500円　①978-4-19-863536-7

内容　ある朝、ウィリアムのパパが、「書きたいものがあるので、しばらく家を出ます」という置き手紙をしていなくなった。うちにはウィリアムも妹もエリナもママもいるのに。腹を立てたママが決めたのは、犬を飼うこと。しかも四ひきも！　そんなある日、ウィリアムの耳に、犬たちのおしゃべりが聞こえてきて…？　犬たちとにぎやかにくらすうち、家族がおたがいに心をひらき、ふたたびきずなを深めていくようすをさわやかに描きます。『のっぽのサラ』(ニューベリー賞)の作者による、ちょっぴりふしぎで心あたたまる家族の物語。小学校低・中学年向け。

『きょうはかぜでおやすみ』パトリシア・マクラクランぶん, ウィリアム・ペン・デュボアえ, 小宮由やく　大日本図書　2016.2　46p　22cm（こころのほんばこシリーズ）1400円　①978-4-477-03046-3

内容　かぜをひいたエミリーは、お休みをして、パパといっしょにすごします。エミリーはつぎつぎと、パパにおねがいごとをしていって…!?

『テディが宝石を見つけるまで』パトリシア・マクラクラン著, こだまともこ訳　あすなろ書房　2017.11　95p　20cm　1200円　①978-4-7515-2874-7

内容　吹雪の中、迷子になり、途方にくれる幼い兄妹。救いの手をさしのべたのは、1ぴきの詩人の犬だった。詩人の犬、テディが語る、小さな奇跡の物語。

『ぼくのなかのほんとう』パトリシア・マ

ヤングアダルトの本　いま読みたい小説4000冊　**451**

クラクラン作, 若林千鶴訳, たるいしま
こ絵　リーブル　2016.2　163p　21cm
1300円　①978-4-947581-83-9

マコックラン, ジェラルディン
McCaughrean, Geraldine
《1951〜》

『シェイクスピア物語集―知っておきたい
代表作10』ウィリアム・シェイクスピ
ア原作, ジェラルディン・マコックラン
著, 金原瑞人訳, ひらいたかこ絵　偕成
社　2009.1　249, 22p　22cm〈著作目
録あり〉1400円　①978-4-03-540510-8
内容　シェイクスピアの芝居は四百年の時を
超えていまも世界でくりかえし上演されてい
ます。それほどまでに人びとに愛されるシェ
イクスピア作品の魅力とはなんでしょうか。
名文で知られるイギリスの女流作家ジェラル
ディン・マコックランが, シェイクスピアの
台詞を活かしながら, そのエッセンスを物語
化し, 魅力の本質にせまります。小学校高学
年から。

『ティムール国のゾウ使い』ジェラルディ
ン・マコックラン作, こだまともこ訳
小学館　2010.3　266p　20cm　1400円
①978-4-09-290539-9
内容　14世紀の中央アジアを支配したティムー
ル国―。ティムール国の少年戦士ラスティと,
インドのゾウ使いの少年カヴィ。戦火の中,
敵として出会ったふたりは, 心やさしいゾウ
をいっしょに世話することで, 次第に心を通
わせはじめる。広大な中央アジアの平原を舞
台にした, 感動の友情ストーリー。

『バレエ物語集―あこがれの代表作10』
ジェラルディン・マコックラン著, 井辻
朱美訳, ひらいたかこ絵　偕成社
2016.11　192p　22cm　1400円　①978-
4-03-540530-6
内容　ルネサンス期のイタリアでうまれたとい
われる舞踊劇バレエ。数百年を経たいまも,
その人気はとどまることを知りません。そん
な世界中で愛されている代表的バレエ作品を
名文で知られるイギリスの女流作家マコック
ランが物語化しました。舞台を演出するかの
ように綴られたバレエ物語は読む人を夢の世
界へ誘います。小学校高学年から。

『ペッパー・ルーと死の天使』ジェラル
ディン・マコックラン作, 金原瑞人訳,
佐竹美保絵　偕成社　2012.4　389p
22cm　1600円　①978-4-03-540520-7

内容　聖コンスタンスの予言で14歳までに死
ぬといわれたペッパー少年は, 14歳の誕生日
に家出を決意。死の天使に追われながら, デ
パートの店員, 新聞記者見習い, などさまざ
まな職業を転々とし, はては外人部隊にあわ
や入隊!?ペッパーを追っていたのは, 死の天
使だったのでしょうか？ イギリス児童文学
の旗手ジェラルディン・マコックランが贈る
痛快冒険小説です。小学校高学年から。

『ホワイトダークネス　上』ジェラルディ
ン・マコックラン著, 木村由利子訳　あ
かね書房　2009.3　237p　20cm（YA
dark）2000円　①978-4-251-06664-0

『ホワイトダークネス　下』ジェラルディ
ン・マコックラン著, 木村由利子訳　あ
かね書房　2009.3　205p　20cm（YA
dark）2000円　①978-4-251-06665-7

マコーミック, パトリシア
McCormick, Patricia
《1956〜》

『私は売られてきた』パトリシア・マコー
ミック著, 代田亜香子訳　作品社
2010.6　188p　20cm〈選者：金原瑞
人〉1700円　①978-4-86182-281-0
内容　貧困ゆえに, わずかな金で親に売られ
た13歳の少女。衝撃的な事実を描きながら,
深い叙情性をたたえた感動の書。全米図書賞
最終候補作, グスタフ・ハイネマン平和賞受
賞作。

マコーリアン, ジェラルディン
→マコックラン, ジェラルディンを見よ

マシューズ, L.S.
Matthews, Laura S.
《1964〜》

『嵐にいななく』L.S.マシューズ作, 三辺律
子訳　小学館　2013.3　285p　20cm
1500円　①978-4-09-290528-3
内容　嵐が町をひとのみにしてしまったあと
で, 少年は, 新しい土地へと引っ越した。不安
を抱えた少年は, その町で一頭のみすぼらし
い馬と出会った。悲劇を生き抜く強さを教え
てくれる, 少年と馬のハートフルストーリー。
―再生と自立の感動物語。

海外の作品　　　　　　　　　　　　　　マンガレリ

マッカイ, ヒラリー
McKay, Hilary
《1959〜》

『チャーリー、ただいま家出中』ヒラ
リー・マッカイ作, 冨永星訳, 田中六大
絵　徳間書店　2014.4　107p　22cm
1300円　①978-4-19-863793-4
内容 七さいの男の子チャーリーは、今日もま
た母さんにおこられた。母さんも父さんも、ぼ
くのこと、ぜんぜんわかってくれない。きっ
と兄さんのほうがすきなんだ。そうだ、家出
してやろう！　そこで、かばんの中に、おも
ちゃやTシャツ、小型テレビまでつめこんで
出発！　といっても、チャーリーが出かけたの
は、すごそこ一庭の、ものおきのうら。その
うち、雨がふってきて…？　英国のベテラン
作家が男の子の日常を楽しくえがく、さし絵
たっぷりの低学年むけ読みもの。小学校低・
中学年〜。

マーヒー, マーガレット
Mahy, Margaret
《1936〜2012》

『足音がやってくる』マーガレット・マー
ヒー作, 青木由紀子訳　岩波書店
2013.2　234p　18cm（岩波少年文庫）
〈1989年刊の再刊〉660円　①978-4-00-
114608-0
内容 バーニーはごくふつうの少年。ところ
が大叔父の死んだ日から、幽霊のような男の
子を見たり、奇妙な声を聞いたりするように
なる。日ごとに近づく足音の正体とは？　パ
ニックに追いこまれていくバーニー一家をミ
ステリータッチで描く。中学以上。

『不完全な魔法使い　上』マーガレット・
マーヒー著, 山田順子訳　東京創元社
2014.1　226p　20cm　1900円　①978-
4-488-01013-3
内容 "王"と"英雄"が並びたつ王国ホード。
その片田舎に住む、古い民の末裔ヘリオット
は、ある日頭の奥にかくれていた分身が目覚
めたのを知った。その分身がもつ不思議な力
がヘリオットを王都ダイヤモンドへ導くが…。
2度のカーネギー賞、国際アンデルセン賞に
輝く著者の傑作異世界ファンタジー。

『不完全な魔法使い　下』マーガレット・
マーヒー著, 山田順子訳　東京創元社
2014.1　252p　20cm　1900円　①978-
4-488-01014-0
内容 ホード王国の三人の王子。王太子たる
第一王子、"英雄"の座を狙う第二王子、"狂気
の王子"と呼ばれる第三王子。"狂気の王子"ダ
イサードと王都ダイヤモンドにやってきたヘ
リオットとの出会いが、ホード王国の運命を
変えた。2度のカーネギー賞、国際アンデル
セン賞に輝く著者の傑作異世界ファンタジー。

『不思議な尻尾』マーガレット・マーヒー
著, 山田順子訳　東京創元社　2014.12
156p　20cm　1700円　①978-4-488-
01038-6
内容 トムはプロディジィ・ストリートの端の
家に移ってきたばかり。さっそく付近を探検
しに出たところ、通りの反対側の端にある大
きな屋敷に引っ越しのバンが入っていった。
越してきたのはトムと同じ名をもつ変わった
男。だが彼といっしょにやってきたネイキー
は、とてつもなくすばらしい犬だった。ネイ
キーが尻尾を（上下に）振ると、なんと願いご
とがかなってしまうのだ。二度のカーネギー
賞、国際アンデルセン賞に輝く著者の遺作と
なった、心温まる日常の魔法ファンタジー。

『めざめれば魔女』マーガレット・マー
ヒー作, 清水真砂子訳　岩波書店
2013.3　382p　18cm（岩波少年文庫）
〈1989年刊の再刊〉800円　①978-4-00-
114609-7
内容 幼い弟が重態におちいったのは悪霊の
しわざに違いない―そう直感したローラは、
かくれ魔女のソリーに助けを求める。恐ろし
い出来事のさなか、母親の新たな恋愛に反発
しつつ自らも異性にひかれていく14歳の心の
ゆらぎを巧みに描く。中学以上。

マンガレリ, ユベール
Mingarelli, Hubert
《1956〜》

『おわりの雪』ユベール・マンガレリ著,
田久保麻理訳　白水社　2013.5　157p
18cm（白水uブックス―海外小説の誘
惑）〈2004年刊の訳文に一部修正〉950
円　①978-4-560-07182-3
内容 山間の小さな町で、病床の父と、夜こっ
そり家を留守にする母と暮らす"ぼく"は、あ
る日、古道具屋の鳥籠のトビに心を奪われる。
季節の移ろいのなか、静謐かつ繊細な筆致で
描かれる、生と死をめぐる美しい寓話。

ヤングアダルトの本　いま読みたい小説4000冊　453

マンディーノ, オグ
Mandino, Og
《1923〜1996》

『「奇跡」のレッスン―今日から理想の自分になる4つの法則』オグ・マンディーノ著, 関根光宏訳　実業之日本社　2015.11　253p　19cm　1400円　①978-4-408-45579-2
内容「自分はなぜ、こんなにがむしゃらに働いているんだ?」男の前に現れた、不思議な老人サイモン。彼の仕事は、希望も幸せも忘れてしまった、廃物のような人間を蘇らせることだった。全世界700万人が涙した歴史的名著が新訳でよみがえる!

『「成功」のルール―今日から人生を変える10の教え』オグ・マンディーノ著, 関根光宏訳　実業之日本社　2015.11　198p　19cm　1400円　①978-4-408-45580-8
内容「自分がこれほど嫌われている仕事を引き受けるつもりはありません」この世で最もなりたくなかった職についてしまった男。抗えぬ宿命に屈せず、彼が最後に見た景色に、胸が震える…!!人生というゲームを逆転させる方法がこの1冊に!!10のルールに込められた著者の成功哲学が、待望の新訳で復活!

ミョルス, ヴァルター
Moers, Walter
《1957〜》

『夜間の爆走―ギュスターヴ・ドレの挿絵21点に基づく』ヴァルター・ミョルス著, 谷口伊兵衛訳　而立書房　2014.7　206p　22cm〈作品目録あり　年譜あり〉3000円　①978-4-88059-381-4
内容挿絵画の稀代の天才、ギュスターヴ・ドレに触発された現代ドイツ文学のファンタジスト、ミョルスによる地球から宇宙への雄大かつ奇想天外な冒険旅行譚。ミョルスはこの第3版「付録」において、ドレのイラストがその後発明された映画、ことにディズニー映画にいかに多大な影響を及ぼしたかを指摘している。ミョルス "増補版" の世界初訳!!

ムルルヴァ, ジャン＝クロード
Mourlevat, Jean - Claude
《1952〜》

『抵抗のディーバ』ジャン＝クロード・ムルルヴァ著, 横川晶子訳　岩崎書店　2012.3　461p　22cm（海外文学コレクション 3）1900円　①978-4-265-86005-0
内容自由のないこの国は、独裁政府による圧政がしかれていた。類稀なる美しい歌声をもつミレナの、親友のヘレンはともに17歳の孤児の少女。ある日、同じく孤児である少年、バルトロメオとミロスに出会う。互いに惹かれあう少年と少女。それぞれの親たちの死と政府の関係を知ったとき、四人は行動を起こす。光輝く自由を手に入れ、この国に春をもたらすために。彼らには大きな武器があった。それはミレナの歌―サン＝テグジュペリ賞受賞（2007年小説部門）。

メアス, ヴァルター
→ミョルス, ヴァルターを見よ

メイヒー, マーガレット
→マーヒー, マーガレットを見よ

メッレル, カンニ
Möller, Cannie
《1947〜》

『サンドラ、またはエスのバラード』カンニ・メッレル著, 菱木晃子訳　新宿書房　2012.11　311p　20cm　2200円　①978-4-88008-435-0
内容受け継がれる人生のささやかな希望の光。スウェーデンの現代小説、初邦訳!　ストックホルム、11月。事件を起こし、老人介護施設で働くことになったサンドラ19歳。入居者のユダヤ人女性ユディス、哀しい過去に沈みがちな日々。そんなユディスに、深く関わってゆくサンドラ。時代を超え、年齢を超えて、ふたりは心を通わせる。ユディスの最後の願いは…、そしてサンドラの決心とは…。

モス, アレクサンドラ
Moss, Alexandra

『ロイヤルバレエスクール・ダイアリー vol.1　エリーのチャレンジ』アレクサンドラ・モス著, 竹内佳澄訳　駒草出版　2014.5　230p　19cm〈草思社　2006年刊

海外の作品　　　　　　　　　　　　　　　　　モス

の再刊〉1000円　①978-4-905447-27-6
内容 バレエのスーパーエリートたちが集まる英国ロイヤルバレエスクール。アメリカからやってきた少女、エリーの挑戦の日々が始まる！ バレエ、友情、恋にゆれる少女エリーの等身大ストーリー。英国ロイヤルバレエスクール公認。対象：小学校中学年以上〜

『ロイヤルバレエスクール・ダイアリー vol.2　跳べると信じて』アレクサンドラ・モス著, 竹内佳澄訳　駒草出版　2014.5　222p　19cm〈草思社 2006年刊の再刊〉1000円　①978-4-905447-28-3
内容 晴れて中等部に入学し、ルームメートに刺激を受けながらきびしいレッスンに打ち込むエリー。そんななか、ロイヤルバレエ団の公演に出演するチャンスが！ バレエ、友情、恋にゆれる少女エリーの等身大ストーリー。英国ロイヤルバレエスクール公認。対象：小学校中学年以上〜

『ロイヤルバレエスクール・ダイアリー vol.3　パーフェクトな新入生』アレクサンドラ・モス著, 竹内佳澄訳　駒草出版　2014.5　210p　19cm〈草思社 2006年刊の再刊〉1000円　①978-4-905447-29-0
内容 クリスマス休みが終わって、ロイヤル・バレエスクールに戻ってきたわ。いよいよ春学期が始まるのね。本当にわくわくしちゃう！ 今学期からイザベル・アルマンっていう新入生が加わったわ。でも、パリ出身のせいか、なにもかも—バレエでさえも—フランス流が一番だと思ってるの！ たしかに、イザベルはバレエが上手よ（本当のことを言うと、すごく優秀）。でも、なぜかロイヤル・バレエスクールの一員にはなりたくないみたい。

『ロイヤルバレエスクール・ダイアリー vol.4　夢の翼を広げて』アレクサンドラ・モス著, 竹内佳澄訳　駒草出版　2014.5　198p　19cm〈草思社 2006年刊の再刊〉1000円　①978-4-905447-30-6
内容 ハーフタームのお休みが終わった。明日はロイヤル・バレエスクールに戻るんだけど、なんだか少し緊張するな。考査に合格して本当にほっとしたし、早く学校のお友達にも会いたい。でも、もしかして不合格の子がいるのかなって不安なの！ みんな才能があるし、落ちるなんて思えないけど、万が一不合格の子がいたらどうなるんだろう。

『ロイヤルバレエスクール・ダイアリー vol.5　ルームメイトのひみつ』アレクサンドラ・モス著, 竹内佳澄訳　駒草出版　2014.7　216p　19cm〈草思社 2006

年刊の再刊〉1000円　①978-4-905447-31-3
内容 世界的に有名なダンサーのリム・スー・メイとクリストファー・ブラックウェルが、ロイヤルバレエスクールにやって来ることになったわ！ ふたりがかつて学んだこの中等部で、学生時代をふりかえるドキュメンタリー番組が制作されるんだって。おまけになんとわたしたちも出演できるかもしれないの！ もうみんな舞いあがっちゃって大変よ。でも、ケイトだけは違うの。いったいどうしてなのかな…。小学校中学年以上〜。

『ロイヤルバレエスクール・ダイアリー vol.6　いっしょならだいじょうぶ』アレクサンドラ・モス著, 竹内佳澄訳　駒草出版　2014.8　228p　19cm〈草思社 2007年刊の再刊〉1000円　①978-4-905447-32-0
内容 もうじきロイヤルバレエスクールの一年目が終わるなんて信じられない。いまクラスのみんなは学年末の公演に向けて一生懸命リハーサルにはげんでいるわ。公演はなんとロイヤルオペラハウスで行われるの！ でも、心配なことがあるの。グレースのことよ。そういうすごい舞台に立つと思うと、いつも以上に不安になっちゃうみたいなの。彼女の力になるには、いったいどうしたらいいんだろう？

『ロイヤルバレエスクール・ダイアリー vol.7　あたらしい出会い』アレクサンドラ・モス著, 竹内佳澄訳　駒草出版　2014.9　238p　19cm〈草思社 2007年刊の再刊〉1000円　①978-4-905447-33-7
内容 ついに二年生になったわ！ とってもわくわくするけど、慣れないといけないことがたくさんある。新しい寮に、新しいバレエの先生。新品のブルーのレオタード…去年はピンク色だった。それに、ソフィーがもういないことにも！ 代わりに、モリーっていう女の子が入ってきたわ。ソフィーとはタイプが違うと思うけど、本当にいい子よ。あっ、それから今日はキャラクター・ダンスのレッスンで、新しいパートナーと踊ったわ。ルークっていうとってもキュートな男の子よ。対象：小学校中学年以上〜

『ロイヤルバレエスクール・ダイアリー vol.8　恋かバレエか』アレクサンドラ・モス著, 竹内佳澄訳　駒草出版　2014.10　228p　19cm〈草思社 2007年刊の再刊〉1000円　①978-4-905447-34-4
内容 ねえ、聞いて！ あのとっても素敵なルーク・ベイリーと付き合い始めたの！ もうすっかり彼に夢中で、ひまさえあれば一緒にいる

ヤングアダルトの本　いま読みたい小説4000冊　**455**

わ！だけど、ちょっと困ってるの。恋とバレエのための時間を見つけるのが難しくて…。いいことがありすぎるのも問題なのかな。

モーゼズ, フィリップ・ニンジャ
→ボンド＆モーゼズを見よ

モーパーゴ, マイケル
Morpurgo, Michael
《1943～》

『カイト―パレスチナの風に希望をのせて』マイケル・モーパーゴ作, ローラ・カーリン絵, 杉田七重訳　あかね書房　2011.6　94p　20cm　1200円　①978-4-251-07302-0
内容 パレスチナの地にやってきたイギリスの映像記者マックス。彼は、丘の上のオリーブの古木の下で一心に凧をつくっているヒツジ飼いの少年サイードと出会い、友だちになる。サイードは2年前におきた事件以来、しゃべる事ができない。その事件とは…。パレスチナの空に舞う凧。自分でつくった凧をあげつづける少年サイードの夢とは？　パレスチナの悲劇と希望をえがいた美しい物語。

『希望の海へ』マイケル・モーパーゴ作, 佐藤見果夢訳　評論社　2014.7　301p　19cm〈文献あり〉1680円　①978-4-566-02449-6
内容 十歳にも満たない戦災孤児アーサーは、汽船に乗せられ、たったひとりでオーストラリアに送られた。そこで、待ち受けていたのは…。過酷な現実を生きる中にも、ちりばめられる愛や幸せ。巨匠モーパーゴが描く、父娘二代にわたる感動の物語。

『最後のオオカミ』マイケル・モーパーゴ作, はらるい訳, 黒須高嶺絵　文研出版　2017.12　111p　22cm（文研ブックランド）1200円　①978-4-580-82337-2
内容 孫娘からパソコンの使い方を教わったマイケル・マクロードは、インターネットで自分の家系を調べることにした。やがて遠い親戚からメールが届き、ひいひいひいひいひいおじいさんのロビー・マクロードのこしたという遺言書を見せてもらう。それは「最後のオオカミ」と題された回想録で、むごい戦争の時代を、ともに孤児として生きぬいた少年とオオカミの物語だった。小学中級から。

『弱小FCのきせき―幽霊王とキツネの大作戦』マイケル・モーパーゴ著, マイケ

ル・フォアマン絵, 佐藤見果夢訳　評論社　2018.4　146p　20cm　1400円　①978-4-566-01399-5

『戦火の馬』マイケル・モーパーゴ著, 佐藤見果夢訳　評論社　2012.1　206p　20cm　1300円　①978-4-566-02418-2
内容 私の名はジョーイ。愛する少年との穏やかな農場暮らしを後にして、最前線に送られてきた。そこで眼にした光景は…。私は駆ける、戦場を。愛する少年との再会を信じて、駆け抜ける。

『ゾウと旅した戦争の冬』マイケル・モーパーゴ作, 杉田七重訳　徳間書店　2013.12　205p　19cm　1500円　①978-4-19-863727-9
内容 リジーは、母親と弟のカーリとドイツ東部の町ドレスデンに暮らしていた。父親はロシア戦線に送られ、母が動物園の飼育係として働きはじめた。動物園の猛獣は、町が爆撃を受けたら、射殺されてしまうと聞き、母はかわいがっている子ゾウのマレーネを守るため、夜間はうちの庭につれて帰り、世話をすることにした。ある夜、近所の犬におびえて逃げ出したマレーネのあとを家族三人で追いかけていると、空襲警報が響き渡り、激しい空襲が始まった。燃えあがる町を背に、リジーたちはマレーネを連れ、安全な場所を求めて歩き始める。しかし、たどりついた農場には敵兵が…？　凍えながら歩く道、弟の病気、敵兵との恋、迫り来るソ連軍…戦争の冬、ゾウを連れ、ドイツ東部から西へと向かった十六歳の少女リジーとその家族の旅を綴った物語。数々の賞を受賞し、イギリスで第三代「子どものためのローリエット（子どもの本の優れた作家に授与される称号）」をつとめた児童文学作家マイケル・モーパーゴの感動作。小学校高学年から。

『だれにも話さなかった祖父のこと』マイケル・モーパーゴ文, ジェマ・オチャラハン絵, 片岡しのぶ訳　あすなろ書房　2015.2　1冊　19cm　1400円　①978-4-7515-2753-5
内容 ずっと聞いてみたかった祖父の秘密。それは、祖父の若かりし日のできごと。そして、だれにも話せなかったほどつらく、衝撃的なできごと。『戦火の馬』のマイケル・モーパーゴがおくる珠玉の短編。

『月にハミング』マイケル・モーパーゴ作, 杉田七重訳　小学館　2015.8　399p　19cm　1600円　①978-4-09-290608-2
内容 無人島で発見された少女ルーシーは、ひと言も話さない。記憶がないらしい。村で暮

海外の作品　　　　　　　　　　　　　　　　　　　　　ユーア

らすうちに少しずつ回復していくのだが…。第一次大戦中、シリー諸島沖で豪華客船ルシタニア号が撃沈されたという史実をベースにした、戦争の悲劇と感動の秘話。

『時をつなぐおもちゃの犬』マイケル・モーパーゴ作, マイケル・フォアマン絵, 杉田七重訳　あかね書房　2013.6　142p　21cm　1300円　①978-4-251-07305-1
内容 イギリスの十二歳の少女チャーリーは、母が木でつくられた古い犬のおもちゃ「リトル・マンフレート」をとても大切にしているのをふしぎに思っていた。チャーリーの疑問は、一九六六年、イギリスへサッカーのワールドカップを見に来たドイツ人と出会ったことで、明らかになる。戦争の悲劇と友情の記憶が、長い時をへて次代の子どもたちに語られる。切ないほどにあたたかな物語。

『図書館にいたユニコーン』マイケル・モーパーゴ作, ゲーリー・ブライズ絵, おびかゆうこ訳　徳間書店　2017.11　108p　22cm　1300円　①978-4-19-864521-2
内容 ぼくは、山や森を歩きまわるのが大すきだった。学校からかえると、いつも森へあそびに行く。でもある日、お母さんに村の図書館へむりやれつれていかれた。いやいや入った図書館で、ぼくはユニコーンを見つけた！やがて、村に戦争がやってきて…。お話や本の力を、感動的に描いた物語。小学校低・中学年～

『走れ、風のように』マイケル・モーパーゴ作, 佐藤見果夢訳　評論社　2015.9　206p　19cm　1200円　①978-4-566-02450-2
内容 比類なきスプリンターとして知られるグレイハウンド。この物語の主人公犬は人間の都合で、三回も飼い主をかえられる。つけられた呼び名も三つ。しかし、そのたびに運命を受け入れ、出合った人々の心の支えとなり、幸せへと導いていくのだった…

『発電所のねむるまち』マイケル・モーパーゴ作, ピーター・ベイリー絵, 杉田七重訳　あかね書房　2012.11　85p　20cm　1200円　①978-4-251-07304-4
内容 マイケルはミセス・ペティグルーのくらす湿地の客車へ行くのが大好きだった。ペティグルーさんはロバや犬、ニワトリと亡き夫の愛した土地でひっそりとくらしていた。しかし、原子力発電所の建設計画がもちあがり、ペティグルーさんのくらしが脅かされていった。マイケルは「何事も変化しないことはない」ことを学んだ。輝かしい未来をうたった

科学技術の粋を集めた発電所にも時は流れ…。あらゆることに感謝したいというぼくの思いは、ふっつり消えてしまった。一滝のように降る流れ星、生命に満ちあふれた湿地。その湿地が原子力発電所の建設予定地になったとき、マイケルは…。

『ミミとまいごの赤ちゃんドラゴン』マイケル・モーパーゴ作, ヘレン・スティーヴンズ絵, おびかゆうこ訳　徳間書店　2016.10　58p　22cm　1700円　①978-4-19-864281-5
内容 雪ぶかい山のふもとにあるドルタ村には、『山のドラゴンまつり』という、めずらしいおまつりがあります。おまつりでは、そのむかし、村をすくったミミという女の子のお話を、みんなで聞きます。さあ、お話の時間の、はじまり、はじまり～！クリスマスに、小さな村でおきたふしぎなできごとを描いた、心あたたまるファンタジー！小学校低・中学年～。

『モーツァルトはおことわり』マイケル・モーパーゴ作, マイケル・フォアマン絵, さくまゆみこ訳　岩崎書店　2010.7　69p　22cm　1400円　①978-4-265-82025-2
内容 「ひとつの物語を話してあげよう―」世界的に有名なバイオリニストのパオロ・レヴィの秘密はかつてナチスの強制収容所で彼り返された悲しい記憶とつながっていた。美しい水の都、イタリア・ヴェニスを舞台に描かれた人間のたましいふれる物語。

『忘れないよリトル・ジョッシュ』マイケル・モーパーゴ作, 渋谷弘子訳, 牧野鈴子絵　文研出版　2010.12　159p　22cm（文研じゅべにーる）1300円　①978-4-580-82112-5
内容 イギリスの農場にすむベッキーは、二〇〇一年の一月一日から日記をつけはじめた。その年、ベッキーは初めて自分で羊のお産をさせ、生まれた子羊を「リトル・ジョッシュ」と名づけてかわいがる。そのほかの動物たちや、友だち、家族と楽しい日々を送るベッキー。ある日、農場に恐ろしいニュースが入った。家畜たちをおそう病気、口蹄疫が発生したというのだ…。

ユーア, ジーン
Ure, Jean
《1943～》

『シュガー＆スパイス』ジーン・ユーア作,

渋谷弘子訳, 小林郁絵　フレーベル館
2009.2　223p　22cm　1400円　①978-
4-577-03675-4
内容 学校も家も居場所がない! みんな何も
わかってない! でも, わたしは…シェイと
出会った。内気なルースと自信家のシェイ―
正反対なふたりの友情物語。

『双子のヴァイオレット』ジーン・ユーア
作, 渋谷弘子訳, 笹森識絵　文研出版
2009.2　191p　22cm（文研じゅべにー
る）1400円　①978-4-580-82043-2
内容 「ケイティさま。まず, 質問に答えま
す。写真を見て, わたしにそっくりだとあな
たが思った女の子は, 妹のリリーです。わた
したちは双子です。でも, けっしてそっくり
ではありません。リリーはわたしとまちがえ
られるのがいやだし, わたしもリリーとまち
がえられたくありません。絶対!」"にぎや
かリリー"とちがって, ヴァイオレットは内
気な女の子。手紙なら自分を表に出すことが
できると, 文通をはじめるのですが…。

ヨンソン, ルーネル
Jonsson, Runer
《1916～2006》

『小さなバイキングビッケ』ルーネル・ヨ
ンソン作, エーヴェット・カールソン絵,
石渡利康訳　評論社　2011.9　230p
20cm（評論社の児童図書館・文学の部
屋）1400円　①978-4-566-01379-7
内容 今から千年ほど昔, スウェーデンやノ
ルウェーの海岸には"バイキング"とよばれる
人たちが住んでいました。船で遠征しては町
をおそい, 人々からおそれられていました。
そんな男たちにまじって, 力ではなく, 知恵
でたたかった小さなバイキングがいました。
世界じゅうで愛されるビッケの, はじめての
冒険の物語。

『ビッケと赤目のバイキング』ルーネル・
ヨンソン作, エーヴェット・カールソン
絵, 石渡利康訳　評論社　2011.9　262p
20cm（評論社の児童図書館・文学の部
屋）1400円　①978-4-566-01380-3
内容 今から千年ほど昔, スウェーデンやノ
ルウェーの海岸には"バイキング"とよばれ
る人たちが住んでいました。いくさで遠征に
出かけた先で, おそろしい敵に出会ったバイ
キングたちは!?こまったとき, 力にたよらず,
知恵できりぬけるビッケ。今回も小さなバイ
キングが大かつやくです。

『ビッケと空とぶバイキング船』ルーネ
ル・ヨンソン作, エーヴェット・カール
ソン絵, 石渡利康訳　評論社　2011.11
278p　20cm（評論社の児童図書館・文
学の部屋）1400円　①978-4-566-01381-
0
内容 今から千年ほど昔, スウェーデンやノル
ウェーの海岸には"バイキング"とよばれる人
たちが住んでいました。お父さんのハルバル
を助けるために小さなバイキングビッケは,
なんと重い船を空にうかべてしまいます! 楽
しいビッケ・シリーズ第三作。

『ビッケと木馬の大戦車』ルーネル・ヨン
ソン作, エーヴェット・カールソン絵,
石渡利康訳　評論社　2012.2　269p
20cm（評論社の児童図書館・文学の部
屋）1400円　①978-4-566-01383-4
内容 今から千年ほど昔, スウェーデンやノ
ルウェーの海岸には"バイキング"とよばれ
る人たちが住んでいました。第五作目では,
ビッケと仲間のバイキングたちが故郷を遠く
はなれた地でどうもうなブルドゥース人と戦
うはめに。さあ, どうなるでしょう?!―。

『ビッケと弓矢の贈りもの』ルーネル・ヨ
ンソン作, エーヴェット・カールソン絵,
石渡利康訳　評論社　2011.12　237p
20cm（評論社の児童図書館・文学の部
屋）1400円　①978-4-566-01382-7
内容 今から千年ほど昔, スウェーデンやノ
ルウェーの海岸には"バイキング"とよばれ
る人たちが住んでいました。ビッケ少年と仲間
のバイキングたちは, 今回の旅で, なんとア
メリカ大陸にたどりつきます。そこで出会っ
た人たちは?!ゆかいな物語第四弾。

『ビッケのとっておき大作戦』ルーネル・
ヨンソン作, エーヴェット・カールソン
絵, 石渡利康訳　評論社　2012.3　241p
20cm（評論社の児童図書館・文学の部
屋）1400円　①978-4-566-01384-1
内容 今から千年ほど昔, スウェーデンやノ
ルウェーの海岸には"バイキング"とよばれ
る人たちが住んでいました。南の国に遠征し
たバイキングたちは, とんでもなく悪い王さ
またちに出会って…。ビッケが, とびっきり
の火花をちらす冒険物語第六弾。

ライ, タィン=ハ
Lai, Thanhha
《1965～》

『はじまりのとき』タィン=ハ・ライ作,

海外の作品　　　　　　　　　　　　　　　リーヴ

代田亜香子訳　鈴木出版　2014.6
284p　20cm（鈴木出版の海外児童文学
この地球を生きる子どもたち）1600円
①978-4-7902-3288-9
内容 戦火のベトナムをのがれ、難民としてア
メリカ合衆国でくらすことになった家族が、
あらたに一歩をふみだすまでの1年。英語も
話せないままいきなりアメリカにとびこんだ
10歳の少女の目でみずみずしく描かれる、戦
争、いじめ、隣人、家族…。じーんと心があた
たまる物語。2011年全米図書賞児童書部門、
2012年ニューベリー賞オナーブック受賞。

ライオダン, リック
→リオーダン, リックを見よ

ラーソン, カービー
Larson, Kirby
《1954～》

『ハティのはてしない空』カービー・ラー
ソン作、杉田七重訳　鈴木出版　2011.7
397p　20cm（鈴木出版の海外児童文学
この地球を生きる子どもたち）1600円
①978-4-7902-3246-9
内容 20世紀初頭、アメリカ北西部のモンタ
ナで、両親のいない16歳の少女ハティは、お
じの遺言をうけ、たったひとり、土地の開拓
に挑む。「来年の地」に自分の居場所を求め
て。厳しい暮らしのなかの、あたたかな心の
ふれあいを描いた感動の物語。ニューベリー
賞オナーブック。

ラブ, M.E.
Rabb, M.E.

『おたずねもの姉妹の探偵修行　File#1
学園クイーンが殺された!?』M.E.ラブ
著, 西田佳子訳　学研教育出版　2015.7
306p　19cm〈「ローズクイーン」（理論
社 2006年刊）の改題　発売：学研マー
ケティング〉1100円　①978-4-05-
204267-6
内容 家出した2人が探偵に?!ワケあってNY
から逃走してきたサムとソフィー。素性をか
くすため名前を変え、髪も染めて、小さな田
舎町に身を隠したつもりが、いつのまにか事
件にまきこまれて…? ハラハラして、笑っ
て、ほろりと泣ける、YAミステリシリーズ

第1弾。

『おたずねもの姉妹の探偵修行　File#2
チョコレートは忘れない』M.E.ラブ著,
西田佳子訳　学研教育出版　2015.9
310p　19cm〈「チョコレート・ラ
ヴァー」（理論社 2006年刊）の改題　発
売：学研マーケティング〉1100円
①978-4-05-204285-0
内容 家出人なのに探偵の助手になったサム
とソフィー。小さな町でひっそり暮らすつも
りが、またまた難事件がまいこんだ。こんど
のカギはチョコレート!?

『おたずねもの姉妹の探偵修行　File#3
踊るポリスマンの秘密』M.E.ラブ著, 西
田佳子訳　学研プラス　2015.11　294p
19cm〈「ダンシング・ポリスマン」（理論
社 2007年刊）の改題　File#2までの出
版社：学研教育出版〉1100円　①978-4-
05-204318-5
内容 財産をねらう継母から逃げてきたサムと
ソフィー。素性をかくして探偵の助手をして
いたが、あるヒミツをさぐりに行ったラスヴェ
ガスでビックリな展開が待ちうけていた！

『おたずねもの姉妹の探偵修行　File#4
クリスマスの暗号を解け!』M.E.ラブ
著, 西田佳子訳　学研プラス　2015.12
286p　19cm〈「クリスマス・キッス」
（理論社 2007年刊）の改題〉1100円
①978-4-05-204329-1
内容 おたずね者の家出人サムとソフィー。小
さな町で探偵の助手になったのはいいが、と
うとう追っ手がふたりを見つけて大ピンチに。
さらに、あのヒトとあのヒトが駆け落ち???
トキメキが最後の最後にやってくる！ YAミ
ステリシリーズ最終巻。

リーヴ, フィリップ
Reeve, Philip
《1966～》

『アーサー王ここに眠る』フィリップ・
リーヴ著、井辻朱美訳　東京創元社
2009.4　372p　20cm（Sogen
bookland）2500円　①978-4-488-01967-
9
内容 ブリテン島、紀元五百年ごろ。ひとりの
司令官に率いられた荒々しい騎馬の集団が、
館を襲い火を放った。命からがら逃げ出したみ
なしごの少女グウィナは、奇妙な風体の男に
ひろわれる。タカのような風貌のその男の名

ヤングアダルトの本　いま読みたい小説4000冊　　459

はミルディン。ブリテン島の統一を目指す司令官、アーサーに仕える吟遊詩人。言葉を巧みにあやつり、人々の心を手玉に取る不思議な男。ひとりぼっちのグウィナの運命は、その日から一変する。少女の目からアーサー王伝説を語る、心揺さぶる物語。カーネギー賞受賞の傑作。

『オリバーとさまよい島の冒険』フィリップ・リーヴ作、セアラ・マッキンタイヤ絵、井上里訳　理論社　2014.1　199p　21cm　1600円　①978-4-652-20045-2
内容 オリバーは、いなくなってしまった両親を探すため海の冒険に出かけます。新しく友だちになった、気むずかしいアホウドリ、近眼のマーメイド、クリフと名づけられたやさしい島といっしょに。ところが、てごわい敵がおそってきました…イギリスの人気童話作家がおくる奇想天外アドベンチャー。

『氷上都市の秘宝』フィリップ・リーヴ著、安野玲訳　東京創元社　2010.3　430p　15cm（創元SF文庫）1200円　①978-4-488-72303-3
内容 トムとヘスターはかつての氷上都市アンカレジで平穏に暮らしていた。ところがそんな日常に物足りなさを感じていたふたりの娘レンが、盗賊にだまされたうえに誘拐されてしまう。愛娘を救わんと必死で後を追うトムとヘスターがたどり着いたのは、水上都市ブライトンだった。最終戦争後の遥かな未来、移動都市が互いに食い合う奇怪な世界を描いた、星雲賞受賞作『移動都市』第三弾。

リオーダン, ジェイムズ
Riordan, James
《1936〜2012》

『大地のランナー―自由へのマラソン』ジェイムズ・リオーダン作、原田勝訳　鈴木出版　2012.7　205p　20cm（鈴木出版の海外児童文学 この地球を生きる子どもたち）1500円　①978-4-7902-3258-2
内容 南アフリカ共和国でつづいていた人種差別に、武力ではなく、走ることで立ち向かおうとした一人の若者がいた。人としての誇りと尊厳をかけたレース。

リオーダン, リック
Riordan, Rick
《1964〜》

『アポロンと5つの神託　1　太陽の転落』リック・リオーダン著、金原瑞人、小林みき訳　ほるぷ出版　2017.11　447p　20cm（PERCY JACKSON SEASON3）1600円　①978-4-593-53524-8
内容 16歳の少年としてN.Y.へ落とされたアポロンは、パーシーの助けを借り、ハーフの少女メグとハーフ訓練所にたどり着く。ケイロンは「神にもどるには、仇敵に奪われたデルポイの神託が鍵では？」と忠告するが、神の力を失ったアポロンは新たな現実を受け入れられずにいた。「パーシー・ジャクソン」シリーズ第3弾！　アポロンの試練の旅がはじまる。

『オリンポスの神々と7人の英雄　1　消えた英雄』リック・リオーダン作、金原瑞人、小林みき訳　ほるぷ出版　2011.10　588p　22cm　2000円　①978-4-593-53486-9
内容 記憶をなくした少年ジェイソン、裏切りを命じられた少女パイパー、悲しい過去をもつ少年リオー。神々の子どもたち「ハーフ」があつまるハーフ訓練所に新たに入った三人は、オリンポス十二神の一人ヘラを助けるため、冒険の旅にむかう。時を同じくして訓練所からパーシーが行方不明になり、アナベスは必死の捜索を続けていた…。ジェイソンは何者なのか？　消えたパーシーの行方は？　そして、神々をも超える新たな敵の正体は一？　ギリシャ神話の神々や英雄たちが現代のアメリカを舞台に活躍する大人気シリーズ、待望の新章突入。

『オリンポスの神々と7人の英雄　2　海神の息子』リック・リオーダン作、金原瑞人、小林みき訳　ほるぷ出版　2012.11　537p　22cm（[パーシー・ジャクソンとオリンポスの神々 シーズン2]）1900円　①978-4-593-53487-6
内容 行方不明になったパーシーは、ゴルゴン姉妹に追われているところを助けられ、ユピテル訓練所にたどり着く。そこは古代ローマの伝統を重んじる、もうひとつの訓練所だった。しかも今、ユピテル訓練所は深刻な危機に直面していた。「フォルツナの祭りの日までに、死神タナトスを解放し訓練所にもどらなければ、大地の女神ガイアの大軍に訓練所は襲撃され、世界は破滅する」という。一残された時間は、あと5日。パーシーは、仲間のフランクとヘイゼルとともに、神々の力のおよばない土地アラスカへむかった。

『オリンポスの神々と7人の英雄　3　アテナの印』リック・リオーダン著、金原瑞

人, 小林みき訳　ほるぷ出版　2013.11
589p　22cm（［パーシー・ジャクソン
とオリンポスの神々シーズン2］）2000
円　①978-4-593-53488-3
内容 半年ぶりにアナベスと再会したパーシー
は、喜びもつかの間、逃げるようにユピテル
訓練所を旅立った。今回の旅のメンバーは、
七人の英雄—パーシー、アナベス、ジェイソ
ン、パイパー、リオ、フランク、ヘイゼル—
と、保護者のヘッジ先生。八人を乗せた戦艦
アルゴ2号は「死の扉」と行方不明のニコを
さがしにローマをめざすが、宿敵ガイアが支
配する亡霊や怪物たちが次々と現れる。その
上アナベスは、母アテナから命じられた秘密
の使命のことをだれにも話せずにいた。

『オリンポスの神々と7人の英雄　4　ハデ
　スの館』リック・リオーダン著, 金原瑞
人, 小林みき訳　ほるぷ出版　2014.11
595p　22cm（［パーシー・ジャクソン
とオリンポスの神々シーズン2］）2000
円　①978-4-593-53489-0
内容 アテナ像を取り返したアナベスとの再会
から一転。パーシーとアナベスがタルタロス
に落下し、ふたたび失敗の許されない旅が始
まった。怪物の本拠地であるタルタロス側の
死の扉をさがすパーシーたちと、ギリシャに
あるハデスの館を目ざすアルゴ2号に乗った
仲間たち。いっそう激しくなるガイアの攻撃
に疲労困憊するハーフたちに追い打ちをかけ
るように、今度は見えない壁が立ちはだかっ
た。—選ばれし英雄たちの苦悩と葛藤を描い
た、大人気シリーズ第4弾！「パーシー・ジャ
クソンとオリンポスの神々」シーズン2、最
新刊。

『オリンポスの神々と7人の英雄　5　最後
　の航海』リック・リオーダン著, 金原瑞
人, 小林みき訳　ほるぷ出版　2015.11
510p　22cm（［パーシー・ジャクソン
とオリンポスの神々シーズン2］）2000
円　①978-4-593-53490-6
内容 パーシーたち7人のハーフはアルゴ2号
でアテネへの航海を続けていた。ギガンテス
や怪物との戦いが激しさを増すなか、リオは
密かにある計画を進める。一方、レイナ、ニ
コ、ヘッジ先生は、アテナ像をハーフ訓練所ま
で運ぶことに。しかし、シャドウドライブを
繰り返すうち、ニコは衰弱し体が消えかかっ
ていく。果たしてガイアは復活してしまうの
か？ ギリシャとローマの訓練所のゆくえは？
そして、予言の意味とは？ 悩み、行動し、成長
してきた英雄たちの運命は—。シリーズ堂々
の完結！

『オリンポスの神々と7人の英雄　外伝
　ヘルメスの杖』リック・リオーダン作,
金原瑞人, 小林みき訳　ほるぷ出版
2016.11　253p　22cm（［パーシー・
ジャクソンとオリンポスの神々シーズ
ン2］）1600円　①978-4-593-53498-2
内容 盗みの神・ヘルメスの力の象徴である
「使者の杖」が盗まれた！ それを取りもどす
のに、どうしてデート中のおれが呼び出され
るんだ？ 神様って、超力があるんじゃない
のか？ そこでおれは、ある取引をした。—
表題作『ヘルメスの杖』ほか短編3編と、ス
ペシャルインタビューを収録した、大人気シ
リーズの外伝！

『ケイン・クロニクル　1　灼熱のピラ
　ミッド』リック・リオーダン著, 小浜杏
訳　メディアファクトリー　2012.3
271p　19cm〈イラスト：エナミカツ
ミ〉900円　①978-4-8401-4514-5
内容 カーターとセイディの兄妹は、6年前に
母が謎の死をとげて以来、別々に暮らしてい
た。クリスマス・イブの日、考古学者の父は、
ロンドンの大英博物館で古代エジプトの神オ
シリスを召喚しようとして失敗し、邪神セト
によってどこかへ連れ去られてしまう。カー
ターとセイディは父を助けだそうと決心する
が、そのときから、2人の身に次々と異変が起
こり始める。じつはこの2人こそ、古代ファラ
オの血を引く最強の魔術師だったのだ—。現
代によみがえったエジプトの神々と、家族の
絆をとりもどそうとする兄妹。数千年の時を
超えて、運命の歯車がまわりだす。2010年「学
校図書館ジャーナル」ベストブック賞、2011
年「全米子どもが選ぶ本大賞」最優秀賞。

『ケイン・クロニクル　2　ファラオの血
　統』リック・リオーダン著, 小浜杏訳
メディアファクトリー　2012.8　275p
19cm〈イラスト：エナミカツミ〉900円
①978-4-8401-4655-5
内容 エジプト考古学者の両親のもとに生まれ
たカーターとセイディは、6年前に母が謎の死
をとげて以来、離ればなれに育てられていた。
クリスマス・イブの日、父は古代エジプトの神
オシリスを召喚しようとして失敗し、邪神セ
トによってどこかへ連れ去られてしまう。そ
してその瞬間から、カーターとセイディのか
らだに驚異的な能力が覚醒しはじめる。じつ
はこの2人こそ、古代ファラオの血を引く史上
最強の魔術師なのだった—。一方セトは、ア
リゾナの地下に巨大ピラミッドを建設し、そ
のパワーで世界を滅亡させようとしていた。
「運命の日」まであと3日。兄妹は世界を救う

ために、2人だけでセトを倒す決心をする。

『ケイン・クロニクル 3 最強の魔術師』
リック・リオーダン著、小浜杏訳 メディアファクトリー 2012.12 299p 19cm〈イラスト：エナミカツミ〉900円 ①978-4-8401-4914-3

内容 エジプト考古学者の両親のもとに生まれたカーターとセイディは、6年前に母が謎の死をとげて以来、離ればなれに育てられていた。クリスマス・イブの日、父は古代エジプトの神オシリスを召喚しようとして失敗し、邪神セトによってどこかへ連れ去られてしまう。そしてその瞬間から、カーターとセイディのからだに驚異的な能力が覚醒しはじめる。じつはこの2人こそ、古代ファラオの血を引く史上最強の魔術師なのだった一。一方セトは、地下に巨大ピラミッドを建設し、そのパワーで世界を滅亡させようとしていた。兄妹は、父を救い世界を救うために、セトと戦う決心をする。セトを滅ぼすために必要な"2つのもの"を求めて"夜の川"を下り冥界へ旅立ったが…。

『ケイン・クロニクル炎の魔術師たち 1』
リック・リオーダン著、小浜杏訳 メディアファクトリー 2013.8 259p 19cm〈イラスト：エナミカツミ〉900円 ①978-4-8401-5293-8

内容 エジプト考古学者の両親のもとに生まれたカーターとセイディは、6年前に母が謎の死をとげて以来、離ればなれに育てられていた。あるとき父は、自分の命と引きかえに古代エジプトの神々を解きはなってしまう。だが、そのときから、カーターとセイディに驚異的な能力が覚醒しはじめる。じつはこの2人こそ、古代ファラオの血を引く最強の魔術師であり、凶悪な蛇神アペプの復活を阻止できる唯一の存在なのだった。2人は、母が死の直前に残した予言により、アペプの復活が近いことを知る。もし、アペプを魔界に封じなおせなければ、世界は滅亡してしまう。カーターとセイディは、世界中から若き魔術師たちを集め、力を結集してアペプを倒す決心をする!!

『ケイン・クロニクル炎の魔術師たち 2』
リック・リオーダン著、小浜杏訳 KADOKAWA 2014.3 227p 19cm〈1までの出版者：メディアファクトリー イラスト：エナミカツミ〉900円 ①978-4-04-066369-2

内容 エジプト考古学者の両親を持つカーターと、妹のセイディは、両親の死をきっかけに、ふしぎな能力が現れはじめた。じつはこの2人こそ、古代ファラオの血を引く最強の魔術師であり、凶悪な蛇神アペプの復活を阻止できる唯一の存在なのだった。母が残した予言により、アペプの復活が近いことを知ったカーターとセイディは、世界中から若き魔術師たちを集め、力を結集してアペプを倒す決心をする!!

『ケイン・クロニクル炎の魔術師たち 3』
リック・リオーダン著、小浜杏訳 KADOKAWA 2016.3 255p 19cm〈イラスト：エナミカツミ〉980円 ①978-4-04-103525-2

内容 エジプト考古学者の両親を持つカーターと、妹のセイディは、両親の死をきっかけに、ふしぎな能力が現れはじめた。じつはこの二人こそ、古代ファラオの血を引く最強の魔術師であり、凶悪な蛇神アペプの復活を阻止できる唯一の存在なのだった。母が残した予言により、アペプの復活が近いことを知ったカーターとセイディは、太陽神ラーを目覚めさせ、神々と人間の力を結集して、アペプとの頂上決戦に挑む一！ 壮大な古代エジプトファンタジー、いよいよ最終章!!

『サーティーナイン・クルーズ 1 骨の迷宮』
リック・ライオダン著、小浜杏訳 KADOKAWA 2013.12 312p 19cm〈増刷（初刷2009年）〉900円 ①978-4-04-066450-7

内容 名門ケイヒル一族の当主グレースが、謎の遺言を残して亡くなった。「世界中に散らばる"39の手がかり"を探しだした者は、究極の力を手に入れるだろう」と。14歳のエイミーと11歳のダンは、39の手がかりを求めて旅立った。しかし、多くのライバルが二人の前に立ちはだかる。謀略と裏切り、ときには命をも狙われながら、二人は力を合わせて、困難に立ち向かっていくが…。体感型謎解きアドベンチャー小説、いよいよ日本上陸。

別版 メディアファクトリー 2009.6

『サーティーナイン・クルーズ 11 新たなる脅威』
小浜杏訳 リック・リオーダン、ピーター・ルランジス、ゴードン・コーマン、ジュード・ワトソン著 メディアファクトリー 2012.6 343p 19cm〈イラスト：HACCAN〉900円 ①978-4-8401-4612-8

内容 数百年にわたり、世界最大の富と名誉を誇るケイヒル一族。その女当主グレースが、謎の遺言を残して世を去った。いわく「世界中に隠された39の手がかりを探しだした者は、究極の力を相続することになるだろう」と。かくして、一族による、世界をまたにか

けた探索レースが開始された。グレースの孫のエイミーとダンは、資金も後ろ盾もなかったが、持ち前の記憶力と洞察力を武器に、しだいにレースをリードしていった。そしてついに、終着の地アイルランドの孤島で、39個目の手がかりが発見され、"究極の力"の謎が解き明かされたのだった。だが、レースの勝者となったエイミーとダンに、平和は訪れなかった。ケイヒルの秘宝を狙う宿敵"ヴェスパー一族"が、二人の背後にしのび寄っていたのだ…。

『パーシー・ジャクソンとオリンポスの神々 1 盗まれた雷撃 1-上』リック・リオーダン作 金原瑞人訳 静山社 2015.11 307p 18cm（静山社ペガサス文庫）〈ほるぷ出版 2006年刊の再編集〉740円 ①978-4-86389-315-3
内容 問題児専門の寄宿学校ヤンシー学園に通う、12歳の少年パーシー・ジャクソン。ある時突然、ギリシャ神話の神々の子どものひとりであると告げられ―。神話と予言と運命が交錯する、パーシーの冒険がはじまる！現代のアメリカを舞台にギリシャ神話の神々や怪物が登場する、新感覚ファンタジー「パーシー・ジャクソンとオリンポスの神々」シリーズ1。小学中級より。

『パーシー・ジャクソンとオリンポスの神々 2 盗まれた雷撃 1-下』リック・リオーダン作 金原瑞人訳 静山社 2015.11 309p 18cm（静山社ペガサス文庫）〈ほるぷ出版 2006年刊の再編集〉740円 ①978-4-86389-316-0
内容 12歳の少年パーシー・ジャクソンは、ある時突然、ギリシャ神話の神々の子どものひとりであると告げられる。盗まれたゼウスの武器「雷撃」を探して、仲間のアナベスとグローバーとともに、アメリカを横断する旅に出たパーシーの冒険の結末は？現代のアメリカを舞台にギリシャ神話の神々や怪物が登場する、新感覚ファンタジー「パーシー・ジャクソンとオリンポスの神々」シリーズ2。小学中級より。

『パーシー・ジャクソンとオリンポスの神々 3 魔海の冒険 2-上』リック・リオーダン作 金原瑞人, 小林みき訳 静山社 2016.3 216p 18cm（静山社ペガサス文庫）〈ほるぷ出版 2006年刊の再編集〉640円 ①978-4-86389-317-7
内容 13歳の少年パーシー・ジャクソンは、ある日学校で怪物に襲われる。助けにあらわれたアナベスとともに、ハーフ訓練所にむかうが、魔法の結界をまもるタレイアの松が枯れか

かり、訓練所は危機に陥っていた―。現代のアメリカを舞台にギリシャ神話の神々や怪物が登場する、新感覚ファンタジー「パーシー・ジャクソンとオリンポスの神々」シリーズ3。小学中級より。

『パーシー・ジャクソンとオリンポスの神々 4 魔海の冒険 2-下』リック・リオーダン作 金原瑞人, 小林みき訳 静山社 2016.3 234p 18cm（静山社ペガサス文庫）〈ほるぷ出版 2006年刊の再編集〉660円 ①978-4-86389-318-4
内容 タレイアの松を復活させる金の羊毛をもとめて、魔の海へ向かうパーシーたちの前に、タイタン族の王クロノスの手下となった、かつての友人ルークがあらわれる。はたしてパーシーたちは、金の羊毛を訓練所に持ち帰ることができるのだろうか―。現代のアメリカを舞台にギリシャ神話の神々や怪物が登場する、新感覚ファンタジー「パーシー・ジャクソンとオリンポスの神々」シリーズ4。小学中級より。

『パーシー・ジャクソンとオリンポスの神々 3-上 タイタンの呪い』リック・リオーダン作 金原瑞人, 小林みき訳 静山社 2016.6 246p 18cm（静山社ペガサス文庫）〈ほるぷ出版 2007年刊の再編集〉670円 ①978-4-86389-319-1
内容 訪れた寄宿学校で怪物に襲われたパーシー。危機一発のところを女神アルテミスに救われる。ところが戦いの最中にアナベスが怪物とともに消え、その後アルテミスまでも行方不明に。怪物たちの大覚醒が始まるなか、恐ろしい予言が下される―。現代のアメリカを舞台にギリシャ神話の神々や怪物が登場する、新感覚ファンタジー「パーシー・ジャクソンとオリンポスの神々」シリーズ5。小学中級より。

『パーシー・ジャクソンとオリンポスの神々 3-下 タイタンの呪い』リック・リオーダン作 金原瑞人, 小林みき訳 静山社 2016.6 279p 18cm（静山社ペガサス文庫）〈ほるぷ出版 2007年刊の再編集〉690円 ①978-4-86389-320-7
内容 行方不明のアルテミスとアナベスをさがすため、冒険の旅に出たパーシー。度重なる危機に見舞われ、恐ろしい予言が現実のものとなる。神々の会議がはじまる冬至まで、残された時間はわずか。パーシーたちは無事二人を救い出せるだろうか？現代のアメリカを舞台にギリシャ神話の神々や怪物が登場する、新感覚ファンタジー「パーシー・ジャクソンとオリンポスの神々」シリーズ6。小

学中級より。

『パーシー・ジャクソンとオリンポスの神々 4-上 迷宮の戦い』リック・リオーダン作 金原瑞人,小林みき訳 静山社 2016.9 299p 18cm(静山社ペガサス文庫)〈ほるぷ出版 2008年刊の再編集〉720円 ①978-4-86389-321-4
内容 ハーフ訓練所で三度目の夏を迎えようとしていたパーシーに、ルークの軍勢が地下にある迷宮を探っているという情報が入る。パーシーたちはルークの攻撃を阻止するため、地下迷宮ラビリントスへと足を踏み入れることに一。現代のアメリカを舞台にギリシャ神話の神々や怪物が登場する、新感覚ファンタジー「パーシー・ジャクソンとオリンポスの神々」シリーズ7。小学中級より。

『パーシー・ジャクソンとオリンポスの神々 4-下 迷宮の戦い』リック・リオーダン作 金原瑞人,小林みき訳 静山社 2016.9 285p 18cm(静山社ペガサス文庫)〈ほるぷ出版 2008年刊の再編集〉690円 ①978-4-86389-322-1
内容 ルークにアリアドネの糸玉をわたすまいと、パーシーたちは糸玉のありかを知る、迷宮の設計者ダイダロスの行方を追う。ダイダロスの運命を知る鍛冶の神ヘパイストスは、パーシーたちに居場所を教えるかわりに危険な交換条件を出すが一。現代のアメリカを舞台にギリシャ神話の神々や怪物が登場する、新感覚ファンタジー「パーシー・ジャクソンとオリンポスの神々」シリーズ8。小学中級より。
別版 ほるぷ出版 2008.12

『パーシー・ジャクソンとオリンポスの神々 5-上 最後の神』リック・リオーダン作 金原瑞人,小林みき訳 静山社 2016.11 299p 18cm(静山社ペガサス文庫)〈ほるぷ出版 2009年刊の再編集〉720円 ①978-4-86389-323-8
内容 パーシーの16歳の誕生日まであと7日、オリンポス山と破滅に追いこむため、クロノスの大軍がニューヨークへ押しよせる。そのころ、ポセイドンの海の王国も怪物からの攻撃を受け、予断を許さない状況に一神々すべてを巻き込んだ戦いがはじまる! 現代のアメリカを舞台にギリシャ神話の神々や怪物が登場する、新感覚ファンタジー「パーシー・ジャクソンとオリンポスの神々」シリーズ9。小学中級より。

『パーシー・ジャクソンとオリンポスの神々 5-下 最後の神』リック・リオーダン作 金原瑞人,小林みき訳 静

山社 2016.11 307p 18cm(静山社ペガサス文庫)〈ほるぷ出版 2009年刊の再編集〉740円 ①978-4-86389-324-5
内容 クロノス軍の総攻撃に次第に追いつめられていくハーフ軍。敵軍はマンハッタンを全滅させたくなければ、降参してオリンポスを譲り渡せと、ハーフ軍に揺さぶりをかける。はたして、オリンポスの存続を左右するパーシーの決断は一? 現代のアメリカを舞台にギリシャ神話の神々や怪物が登場する、新感覚ファンタジー「パーシー・ジャクソンとオリンポスの神々」シリーズ10。小学中級より。
別版 ほるぷ出版 2009.12

『パーシー・ジャクソンとオリンポスの神々 外伝 ハデスの剣』リック・リオーダン作 金原瑞人,小林みき訳 静山社 2016.12 179p 18cm(静山社ペガサス文庫)〈ほるぷ出版 2010年刊の再編集〉620円 ①978-4-86389-325-2
内容 パーシー、タレイア、ニコが冥界を旅する表題作「ハデスの剣」、パーシーとクラリサが、カージャックされた戦車を取り戻すために奮闘する「盗まれた二輪戦車」、訓練所の森に伝説のドラゴンが出現する「青銅のドラゴン」の3つの短編に加え、ハーフたちへの極秘インタビュー、神々・登場人物図鑑などを掲載。本編をより楽しめる情報満載の「パーシー・ジャクソンとオリンポスの神々」シリーズ外伝。小学中級より。
別版 ほるぷ出版 2010.12

ルイス, ジル
Lewis, Gill

『紅のトキの空』ジル・ルイス作,さくまゆみこ訳 評論社 2016.12 269p 21cm(評論社の児童図書館・文学の部屋)1600円 ①978-4-566-01398-8
内容 スカーレットは十二歳。母さんと弟と、三人で静かにくらすことが願いだ。なのに、母さんは入院しなくちゃいけないし、弟は児童ケアホームに入らなくちゃいけない。どうして、家族がはなればなれになるの?

『白いイルカの浜辺』ジル・ルイス作,さくまゆみこ訳 評論社 2015.7 294p 21cm(評論社の児童図書館・文学の部屋)1600円 ①978-4-566-01394-0
内容 野生のイルカの調査中に、行方不明になった母さん。カラは、母さんがいつか帰ってくると信じていた。そんなある日、けがをしたイルカの子どもを助けて…イルカを守り

たいという気持ちは、やがて、「海を守りたい」という思いへと広がっていく。

『ミサゴのくる谷』ジル・ルイス作、さくまゆみこ訳　評論社　2013.6　278p　21cm（評論社の児童図書館・文学の部屋）1600円　①978-4-566-01385-8
内容 「ミサゴがここにいることは、だれにも言っちゃいけないの」…農場に巣をつくった野生のミサゴ。少年たちは、その鳥をアイリスと名づけ、そっと見守ろうとする。きびしいわたりを生きぬいて、アイリスがふたたびスコットランドに帰る日まで。野生の鳥ミサゴと、少年たちの心あたたまる物語。

ル＝グウィン, アーシュラ・K.
Le Guin, Ursula K.
《1929～2018》

『ヴォイス―西のはての年代記 2』ル＝グウィン著, 谷垣暁美訳　河出書房新社　2011.3　386p　15cm（河出文庫）950円　①978-4-309-46353-7
内容 "西のはて"の都市アンサルでは、他国の圧政により、長い間本を持つことが禁じられていた。かつて交易と文化を担っていた名家に生まれた少女メメーは、一族の館に本が隠されていることを知り、当主である道の長からひそかに教育を受けるようになる―。巨匠ル＝グウィンがおくる、新たなファンタジー・シリーズ第二作。

『ギフト―西のはての年代記 1』ル＝グウィン著, 谷垣暁美訳　河出書房新社　2011.2　305p　15cm（河出文庫）850円　①978-4-309-46350-6
内容 "西のはて"の高地は、代々、ギフトと呼ばれる特別な力を受け継ぐ領主たちが治めていた。カスプロ家の跡継ぎである少年オレックは、強すぎるギフトを持った恐るべき者として、父親に目を封印される―。遥か遠い"西のはて"を舞台に少年少女の運命と成長を描く、巨匠ル＝グウィンの新たなファンタジー・シリーズ第一作。

『ゲド戦記　1　影との戦い』アーシュラ・K.ル＝グウィン作, 清水真砂子訳　岩波書店　2009.1　318p　18cm（岩波少年文庫）720円　①978-4-00-114588-5
内容 アースシーのゴント島に生まれた少年ゲドは、自分に並はずれた力がそなわっているのを知り、真の魔法を学ぶためロークの学院に入る。進歩は早かった。得意になったゲドは、禁じられた魔法で、自らの"影"を呼び出してしまう。中学以上。

『ゲド戦記　2　こわれた腕環』アーシュラ・K.ル＝グウィン作, 清水真砂子訳　岩波書店　2009.1　259p　18cm（岩波少年文庫）680円　①978-4-00-114589-2
内容 ゲドが"影"と戦ってから数年後、アースシーの世界では、島々の間に争いが絶えない。ゲドは、平和をもたらす力をもつエレス・アクベの腕環を求めて、アチュアンの墓所へおもむき、暗黒の地下迷宮を守る大巫女の少女アルハと出会う。中学以上。

『ゲド戦記　3　さいはての島へ』アーシュラ・K.ル＝グウィン作, 清水真砂子訳　岩波書店　2009.2　365p　18cm（岩波少年文庫）760円　①978-4-00-114590-8
内容 ゲドのもとに、ある国の王子が知らせをもってきた。魔法の力が衰え、人々は無気力になり、死の訪れを待っているようだという。いったい何者のしわざか。ゲドと王子は敵を求めて旅立つが、その正体はわからない。ゲドは覚悟を決める。中学以上。

『ゲド戦記　4　帰還』アーシュラ・K.ル＝グウィン作, 清水真砂子訳　岩波書店　2009.2　398p　18cm（岩波少年文庫）760円　①978-4-00-114591-5
内容 ゴント島で一人暮らすテナーは、魔法の力を使い果たしたゲドと再会する。大やけどを負った少女も加わった共同生活がはじまり、それぞれの過去がこだましあう。やがて三人は、領主の館をめぐる陰謀に巻き込まれるが…。

『ゲド戦記　5　ドラゴンフライ―アースシーの五つの物語』アーシュラ・K.ル＝グウィン作, 清水真砂子訳　岩波書店　2011.4　457p　22cm〈『ゲド戦記外伝』（2004年刊）の新版〉2400円　①978-4-00-115644-7
別版 岩波書店（岩波少年文庫）2009.3

『ゲド戦記　6　アースシーの風』アーシュラ・K.ル＝グウィン作, 清水真砂子訳　新版　岩波書店　2011.4　351p　22cm　2000円　①978-4-00-115645-4
別版 岩波書店（岩波少年文庫）2009.3

『コンパス・ローズ』アーシュラ・K・ル＝グウィン著, 越智道雄訳　筑摩書房　2013.2　446p　15cm（ちくま文庫）〈サンリオSF文庫 1983年刊の再刊〉1000円　①978-4-480-43027-4
内容 高度に管理された世界で、反社会的な科学者の夫と短い平穏な日々を過ごす「わたし」。一方、南大西洋と西部太平洋には新たな陸塊

が海中から出現しつつあって…「ニュー・ア
トランティス」/精神異常を判定し、収容施設
に送りこむSQテスト。世界中に広まったテス
トにより、被検者の半数が収容施設に…「SQ」
/ジャンルを越えた20の短篇が紡ぎだす、「精
神の海」を渡る航海者のための羅針盤。

『世界の誕生日』アーシュラ・K・ル・
グィン著, 小尾芙佐訳　早川書房
2015.11　597p　16cm（ハヤカワ文庫
SF）1200円　①978-4-15-012037-5
内容 両性具有人の惑星ゲセンを描いたヒュー
ゴー賞・ネビュラ賞受賞作『闇の左手』と同
じゲセンの若者の成長を描く「愛がケメルを
迎えしとき」、男女が四人組で結婚する惑星
での道ならぬ恋を描く「山のしきたり」など
"ハイニッシュ・ユニヴァース"もの6篇をは
じめ、毎年の神の踊りが太陽の運行を左右す
る世界の王女を描く表題作、世代宇宙船の乗
員たちの運命を描いた中篇「失われた楽園」
など、全8篇を収録する傑作短篇集。

『どこからも彼方にある国』アーシュラ・
K.ル=グィン著, 中村浩美訳　あかね書
房　2011.2　198p　19cm（YA Step！）
1300円　①978-4-251-06672-5
内容 人とのコミュニケーションが苦手なオー
ウェン。作曲家を目指す少女ナタリーには、
悩みや進路のことをじっくり話すことがで
きた。友達であるナタリーをひとりの女性と
して急に意識しはじめて、二人の友情の歯車
が噛み合わなくなり…。

『パワー──西のはての年代記 3　上』ル=
グィン著, 谷垣暁美訳　河出書房新社
2011.4　326p　15cm（河出文庫）850円
①978-4-309-46354-4
内容 「西のはて」の都市国家エトラは、周囲
の諸都市と戦を繰り返していた。幼い頃、姉
と共に生まれた土地からさらわれ、エトラの
館で奴隷として育った少年ガヴィアには、た
ぐいまれな記憶力と、不思議な幻を見る力が
備わっていた。一家に忠誠心を抱いて成長し
たガヴィアであったが、ある日を境にすべて
が変わっていく─。「西のはて」のファンタ
ジー・シリーズ第三作。ネビュラ賞受賞作。

『パワー──西のはての年代記 3　下』ル=
グィン著, 谷垣暁美訳　河出書房新社
2011.4　270p　15cm（河出文庫）850円
①978-4-309-46355-1
内容 悲惨な事件によって愛する人を失った
ガヴィアは、エトラを離れて放浪する。逃亡
奴隷の集落「森の心臓」や、生まれ故郷である
「水郷」をめぐりながら、旅の途中で出会った
人々に助けられ、ガヴィアは自分のふたつの

力を見つめ直してゆく──。「西のはて」のファ
ンタジー・シリーズがついに完結。ネビュラ
賞受賞、ル=グウィンがたどりついた物語の
極地。

『ラウィーニア』アーシュラ・K.ル=グ
ウィン著, 谷垣暁美訳　河出書房新社
2009.11　377p　20cm　2200円　①978-
4-309-20528-1
内容 イタリアのラティウムの王女ラウィー
ニアは、礼拝のために訪れた一族の聖地アル
ブネアの森で、はるか後代の詩人ウェルギリ
ウスの生き霊に出会う。そして、トロイア戦
争の英雄アエネーアスの妻となる運命を告げ
られる─古代イタリアの王女がたどる数奇な
運命─叙事詩『アエネーイス』に想を得た壮大
な愛の物語。SF/ファンタジー界に君臨する
ル=グウィンの最高傑作、ついに登場！ 2009
年度ローカス賞（ファンタジー長篇部門）受
賞作。

レアード, エリザベス
Laird, Elizabeth
《1943〜》

『世界一のランナー』エリザベス・レアー
ド作, 石谷尚子訳　評論社　2016.1
197p　20cm　1450円　①978-4-566-
02451-9
内容 エチオピア生まれのソロモンは、十一
歳。夢は、世界一のランナーになることだ。
ある日、じいちゃんのおともをして出かけた
アディスアベバの街で事件が起きて…。走る
ことが大好きな少年とその家族の、熱い思い
にあふれた物語。

『戦場のオレンジ』エリザベス・レアード
作, 石谷尚子訳　評論社　2014.4　124p
20cm　1300円　①978-4-566-02420-5
内容 破壊されたベイルートの町で、よりそっ
て暮らすアイーシャたち。母さんは爆撃で行
方不明になり、たよりにしていたおばあちゃ
んまで、たおれてしまった…。おばあちゃん
を助けるには、グリーンラインのむこうまで
薬をもらいに行かなければならない─敵の土
地まで。十歳の少女がくだした決断とは？

『はるかな旅の向こうに』エリザベス・レ
アード作, 石谷尚子訳　評論社　2017.
12　368p　19cm　1600円　①978-4-
566-02456-4
内容 ぼくの名前はオマル。シリアの、ボス
ラって町に住んでる…っていうか、住んでい
た。政府への抵抗運動が広がって危険だから、

海外の作品　　　　　　　　　　　　　　　ロッダ

田舎に逃げなくちゃならなかったんだ。そして、さらにおとなりの国、ヨルダンまで…。ぼくたち家族の旅は、いつまで続くんだろう？

ロダーリ, ジャンニ
Rodari, Gianni
《1920〜1980》

『青矢号—おもちゃの夜行列車』ジャンニ・ロダーリ作, 関口英子訳　岩波書店　2010.5　254p　18cm（岩波少年文庫）680円　①978-4-00-114166-5
内容 年に一度、子どもたちがプレゼントを心まちにしている夜のこと。ショーウィンドーにならぶおもちゃたちは一大決心、みんなで青矢号にのりこみ、お店をぬけだします。めざすは、まずしいフランチェスコの家！　ゆかいで感動的な大冒険。小学4・5年以上。

『チポリーノの冒険』ジャンニ・ロダーリ作, 関口英子訳　岩波書店　2010.10　379p　18cm（岩波少年文庫）800円　①978-4-00-114200-6
内容 ここは野菜と果物たちの暮らす国。玉ねぎ坊やのチポリーノが、無実の罪で牢屋に入れられてしまったお父さんを救いだそうと大活躍。仲間たちと力をあわせて、わがままなレモン大公やトマト騎士に立ちむかいます。痛快な冒険物語。小学5・6年以上。

『パパの電話を待ちながら』ジャンニ・ロダーリ著, 内田洋子訳　講談社　2014.2　204p　15cm（講談社文庫）770円　①978-4-06-277762-9
内容 ようこそ、「イタリアの宮沢賢治」と言われる名作家、ロダーリの物語世界へ。おてんばな小指サイズの女の子、バター人に宇宙ヒヨコ？　虹を作る機械や壊すために作られた建物…びっくりキャラクターや場所が数々登場。シュールな展開に吹き出し、平和の尊さに涙する。20世紀を代表する珠玉のショートショート！
別版 講談社 2009.4

『羊飼いの指輪—ファンタジーの練習帳』ロダーリ著, 関口英子訳　光文社　2011.10　280p　16cm（光文社古典新訳文庫）〈年譜あり〉762円　①978-4-334-75238-5
内容 誰もが知っているグリム童話やロシア民話、ピノッキオなどが、ロダーリ流の現代的なセンスとユーモアでよみがえる。表題作ほか「魔法の小太鼓」「哀れな幽霊たち」「星へ向かうタクシー」「旅する猫」など。

『兵士のハーモニカ—ロダーリ童話集』ジャンニ・ロダーリ作, 関口英子訳　岩波書店　2012.4　284p　18cm（岩波少年文庫）720円　①978-4-00-114213-6
内容 兵士が手にしたハーモニカには、人の心をおだやかにし、争いごとをおさめるふしぎな力があった。表題作のほか、人間の真実を軽快な言葉とユーモアで語った"現代版おとぎばなし"18編。小学5・6年以上。

『ランベルト男爵は二度生きる—サン・ジュリオ島の奇想天外な物語』ジャンニ・ロダーリ著, 原田和夫訳　一藝社　2012.11　193p　19cm　1500円　①978-4-86359-049-6
内容 オルタ湖に浮かぶサン・ジュリオ島に、大金持ちで病気持ち、93歳のランベルト男爵が執事としずかに暮らしている。あるとき、冬の別荘のあるエジプトに出かけた2人は、なぜか、あわてイタリアに引き返す。そのときから、屋敷に、異変が…男爵の雇い入れた6人の男女が屋根裏部屋で、「ランベルト、ランベルト、ランベルト」と、男爵の名前を休みなく繰り返している。そのうち、男爵のつるつる頭になんと一本の髪の毛が…。ファンタジーの世界と、コミカルな現実世界を、見事に融合させた、ジャンニ・ロダーリ快心の一作。

ロッダ, エミリー
Rodda, Emily
《1948〜》

『クイックと魔法のスティック』エミリー・ロッダ作, さくまゆみこ訳, たしろちさと絵　あすなろ書房　2010.10　46p　19cm（チュウチュウ通りのゆかいなかまたち 6番地）900円　①978-4-7515-2596-8
内容 ハッカネズミのすむネコイラン町にはチュウチュウ通りというすてきな通りがあります。その6番地にすむのは、ドラマーのクイック。チーチーチックスという女の子だけのバンドのメンバーです。ある日、森にでかけたクイックは…。小学校1、2年生から。

『クツカタッポと三つのねがいごと』エミリー・ロッダ作, さくまゆみこ訳, たしろちさと絵　あすなろ書房　2009.9　47p　19cm（チュウチュウ通りのゆかいなかまたち 2番地）900円　①978-4-7515-2592-0

ヤングアダルトの本　いま読みたい小説4000冊　**467**

内容 ハツカネズミのすむネコイラン町には チュウチュウ通りというすてきな通りがあり ます。その2番地に住むのは、古道具屋のク ツカタッポ。なぜ、そんな変わった名前なの かというと…。

『ゴインキョとチーズどろぼう』エミ リー・ロッダ作, さくまゆみこ訳, たし ろちさと絵 あすなろ書房 2009.9 46p 19cm（チュウチュウ通りのゆか いななかまたち 1番地）900円 ①978- 4-7515-2591-3
内容 ハツカネズミのすむネコイラン町には チュウチュウ通りというすてきな通りがあ ります。その1番地にすむのは、お宝チーズ をいっぱいもってるお金もちネズミのゴイン キョ。でも、ある夜…。小学校低学年から楽 しめるハンディな絵童話。

『スター・オブ・デルトラ 1 〈影の大 王〉が待つ海へ』エミリー・ロッダ著, 岡田好惠訳 KADOKAWA 2016.11 237p 19cm〈絵：緑川美帆〉900円 ①978-4-04-104696-8
内容 デルトラの国から、あらたな冒険が始 まる！ 少女ブリッタは、ある事情から、名前 をかくしてひそかに生きていた。ある日、亡 き父と同じ、商船の船長になるという夢をか なえるため、デル最大の商船団の試験に応募 することに。ところが、何者かに命をねらわ れる。そして、"銀の海"のかなたより、影た ちがブリッタのもとへ向かっていた――！ 本 格ファンタジー四部作第1巻！

『スタンプに来た手紙』エミリー・ロッダ 作, さくまゆみこ訳, たしろちさと絵 あすなろ書房 2011.4 46p 19cm （チュウチュウ通りのゆかいななかまた ち 10番地）900円 ①978-4-7515-2600- 2
内容 ハツカネズミのすむネコイラン町には チュウチュウ通りというすてきな通りがあ ります。その10番地にすむのは、ゆうびん屋 さんのスタンプ。毎日たくさんの手紙を配 達するスタンプは、実は自分あての手紙をも らったことがありません。そこで、思いつい たのは…。

『セーラと宝の地図』エミリー・ロッダ作, さくまゆみこ訳, たしろちさと絵 あす なろ書房 2011.3 46p 19cm（チュウ チュウ通りのゆかいななかまたち 9番 地）900円 ①978-4-7515-2599-9
内容 ハツカネズミのすむネコイラン町には チュウチュウ通りというすてきな通りがあり ます。その9番地にすむのは、船大工のセー

ラ。お客さんのためにすばらしい船をたく さんつくってきたセーラがついに自分のための 船をつくりました。その名も「チュウチュウ 号」。さて、そのはじめての航海は…。小学 1、2年生から楽しめる。

『だれも知らない犬たちのおはなし』エミ リー・ロッダ著, さくまゆみこ訳, 山西 ゲンイチ絵 あすなろ書房 2012.4 239p 21cm 1400円 ①978-4-7515- 2477-0
内容 ドラン通りには、6ぴきの仲間たちが住ん でいます。スクラッフィ、ジーナ、バーニー、 マックス1号・2号、そして、メイビス。6ぴ きは、ペット（＝飼い主）たちが出かけると、 いつもバーニーの家の前庭に集まります。ま ずはおしゃべりを楽しみ、それから「犬の病 院」というみんなのお気に入りのテレビ番組 をみます。でも、ときにはいっぷう変わった おもしろい事件が…。

『チャイブとしあわせのおかし』エミ リー・ロッダ作, さくまゆみこ訳, たし ろちさと絵 あすなろ書房 2010.7 46p 19cm（チュウチュウ通りのゆか いななかまたち 5番地）900円 ①978- 4-7515-2595-1
内容 ハツカネズミのすむネコイラン町には チュウチュウ通りというすてきな通りがあり ます。その5番地にすむのは、ケーキ屋さん のチャイブ。ある夜、むかし、あこがれてい たすてきなネズミに再会したチャイブは…。

『ティーン・パワーをよろしく 11』エミ リー・ロッダ著, 岡田好惠訳 講談社 2008.12 213p 19cm（YA！ entertainment）950円 ①978-4-06- 269408-7
内容 今度のお仕事は「緑の森モーテル」での 朝食ウエイトレス係。でもこのモーテル、満 室の札が出ているのにがらがらだし、宿泊客 もわけありふうで何だかあやしい。廊下を必 死で走り回って集めたトレイの中から、トム がくしゃくしゃに丸めた紙ナプキンを発見。 そこにはある文字が書かれていて…！ 誘拐 事件発生!?走り書きの数字の意味は？ 仲良し 中学生6人組が危険な謎に挑戦。

『ティーン・パワーをよろしく 12 名画 の秘密』エミリー・ロッダ著, 岡田好惠 訳 講談社 2009.2 215p 19cm （Ya！ entertainment）950円 ①978- 4-06-269411-7
内容 女占い師のマダム・クラリスから荒れ 果てた裏庭の手入れを頼まれたティーン・パ ワーのメンバー。ところがリッチェルはマダ

ムから不吉な予言をされて大ショック。そんな中、マダムに相談に来たお婆さんのペット、オウムのパーシーの捜索も6人が手伝うことになって…。

『デルトラ王国探検記—デルトラ・クエスト』エミリー・ロッダ作, マーク・マクブライド絵, 神戸万知訳　岩崎書店 2009.7　338p　19cm　1300円　①978-4-265-06169-3

内容 ドランと「竜の地」を探検しよう！ この本を書いたドランは探検家であり、作家ではない。しかし彼はデルトラにおける数々の不思議を旅人に紹介するという偉大な仕事を引き受けた。七つの領土をめぐるドランの旅を、あなたもいっしょにたどってほしい。きっと、デルトラの人々、場所、危険、魔法、怪物、生きものについて、深く知ることができるだろう。そして、ドランが本書にこめた秘密のメッセージを解読することができるだろうか。デルトラには、あなたの知らない秘密がまだたくさんあるのだ…。

『デルトラ・クエスト　1　沈黙の森』エミリー・ロッダ作, 岡田好惠訳, 吉成曜, 吉成鋼画　岩崎書店 2014.12　204p　18cm（フォア文庫）650円　①978-4-265-06477-9

内容 王家に伝わる7つの宝石が、国を守っているデルトラ王国。しかし、その宝石が、影の大王にうばわれ、7つの魔境にかくされた！ デルトラ王国を救うため、7つの宝石をとりもどすため、1枚の地図をたよりに、少年が冒険の旅に出る。大ベストセラー・冒険ファンタジーを文庫化！ 小学校高学年・中学校向け。

『デルトラ・クエスト　2　嘆きの湖』エミリー・ロッダ作, 岡田好惠訳, 吉成曜, 吉成鋼画　岩崎書店 2014.12　206p　18cm（フォア文庫）650円　①978-4-265-06478-6

内容 リーフは、デルトラ城の元衛兵バルダと、森で出会った少女ジャスミンとともに旅をつづける。二つ目の宝石を探して「嘆きの湖」に行くことに。そこは、かつて美しい街だったが、魔女テーガンの呪いによって、無惨な土地に変えられていた。大ベストセラー・冒険ファンタジーを文庫化！ 小学校高学年・中学校向け。

『デルトラ・クエスト　3　ネズミの街』エミリー・ロッダ作, 岡田好惠訳, 吉成曜, 吉成鋼画　岩崎書店 2015.7　214p　18cm（フォア文庫）650円　①978-4-265-06479-3

内容 3つめの宝石を求めて旅をつづけるリーフ、バルダ、ジャスミン。迷い込んだチュルナイという街で、3人は、赤い服の男たちにとらえられてしまった。その街にはある秘密があり、リーフたちは、そこで思わぬデルトラの歴史を知ることになる。愛と友情と闘いのファンタジー！ 小学校高学年・中学校。

『デルトラ・クエスト　4　うごめく砂』エミリー・ロッダ作, 岡田好惠訳, 吉成曜, 吉成鋼画　岩崎書店 2015.11　214p　18cm（フォア文庫）650円　①978-4-265-06480-9

内容 つかれた体をひきずって、旅をつづけるリーフたち。めざすは「うごめく砂」。砂の前に立つ、石碑の言葉をたよりに、3人は広大な砂丘にふみこんだ。そこで目にしたものは！ せまりくる敵！ 深まる謎！ 小学校高学年・中学校。

『デルトラ・クエスト　5　恐怖の山』エミリー・ロッダ作, 岡田好惠訳, 吉成曜, 吉成鋼画　岩崎書店 2016.4　214p　18cm（フォア文庫）650円　①978-4-265-06481-6

内容 旅につかれはてたリーフたちが足を止めた場所は、ふるさとを追われ「恐怖の山」から逃げてきた、羽をもつ伝説の動物「キン」のすみかだった。7つの宝石をさがす、3人のゆく手に待ちうけるものは！?つぎつぎとおそいかかる小人族の“わな”！ 小学校高学年・中学校。

『デルトラ・クエスト　6　魔物の洞窟』エミリー・ロッダ作, 岡田好惠訳, 吉成曜, 吉成鋼画　岩崎書店 2016.8　214p　18cm（フォア文庫）650円　①978-4-265-06482-3

内容 リーフたちは、怪物オルに襲われたところを少年デインに助けられる。それがきっかけとなり、行動をともにすることになった。しかし、旅のとちゅうで、何者かに襲われ、5つの宝石がはめられたデルトラのベルトが奪われてしまった！ 危機一髪！ 旅は終わってしまう!?小学校高学年・中学校向け。

『デルトラ・クエスト　7　いましめの谷』エミリー・ロッダ作, 岡田好惠訳, 吉成曜, 吉成鋼画　岩崎書店 2016.12　214p　18cm（フォア文庫）650円　①978-4-265-06483-0

内容 リーフたちは、トーラの街にたどりついた。そこは、大理石の山をくりぬいて作られた美しい街だった。しかし、街の中はぬけの殻で、人の姿がない。トーラの人びとはどこへ消えたのか？ 最後の宝石をとりもどせるのか！

ロッダ　　　　　　　　　　　　　　　　　　　　海外の作品

『デルトラ・クエスト　8　帰還』エミ
リー・ロッダ作, 岡田好惠訳, 吉成曜, 吉
成鋼画　岩崎書店　2017.9　229p
18cm（フォア文庫）650円　①978-4-
265-06484-7
内容　ついに七つの宝石がそろった。だがデ
ルトラのベルトは王の子がもたなければ力を
発揮しない。王の子をさがして、最後の賭け
にでるリーフたち。迫りくる影の大王の魔手。
いま真実が明らかになる！　大どんでん返し
の結末は!?小学校高学年・中学校向け。

『テレビのむこうの謎の国』エミリー・
ロッダ著, さくまゆみこ訳, 杉田比呂美
絵　あすなろ書房　2009.4　279p
22cm　1400円　①978-4-7515-2444-2
内容　クイズ「さがし物チャンピオン」に出場
しませんか？　最新ゲームの画面から飛びだ
した奇妙な招待。とまどうパトリックを待っ
ていたのは…？　オーストラリア児童図書賞
最優秀賞受賞作。

『とくべつなお気に入り』エミリー・ロッ
ダ作, 神戸万知訳, 下平けーすけ絵　岩
崎書店　2011.4　104p　22cm　1300円
①978-4-265-86004-3
内容　土曜日のバザーで、ケイトのおかあさ
んは、中古服のお店を出します。そのために
物おき部屋に運びこまれた、たくさんのふる
い洋服たち。そこでケイトが目にしたおどろ
くべきこととは―。オーストラリア最優秀児
童図書賞（1985年度）。

『謎の国からのSOS』エミリー・ロッダ著,
さくまゆみこ訳, 杉田比呂美絵　あすな
ろ書房　2013.11　231p　22cm　1400
円　①978-4-7515-2478-7
内容　“謎の国”との通信がとだえた。いつも
正確に時をきざんでいた大時計が、くるいは
じめる。もしかして、二つの世界をへだてる
バリアに異変が…？パトリックは、すぐに“謎
の国”に向かうが、弟ダニーと姉クレアが…。

『フィーフィーのすてきな夏休み』エミ
リー・ロッダ作, さくまゆみこ訳, たし
ろちさと絵　あすなろ書房　2010.1
46p　19cm（チュウチュウ通りのゆか
いななかまたち 3番地）900円　①978-
4-7515-2593-7
内容　ハツカネズミのすむネコイラン町はチュ
ウチュウ通りというすてきな通りがあります。
その3番地にすむのは、子だくさんで、大いそ
がしのおかあさん、フィーフィー。ある晩、
フィーフィーはつかれはてて、ごはんをいれ
たおさらに、顔をつっこんで、ねてしまいま
した！　小学校1、2年生から楽しめる絵童話

『マージともう一ぴきのマージ』エミ
リー・ロッダ作, さくまゆみこ訳, たし
ろちさと絵　あすなろ書房　2011.1
46p　19cm（チュウチュウ通りのゆか
いななかまたち 8番地）900円　①978-
4-7515-2598-2
内容　ハツカネズミのすむネコイラン町には、
チュウチュウ通りというすてきな通りがあり
ます。その8番地にすむのは、魔術師マー
ジ。もっと時間があったなら、新しい魔術を
あみだせるのに、と考えたマージは、自分を
もう1ぴきつくることに成功。でも、マージ
2号は…。小学校1、2年生から楽しめる大人
気の絵童話。

『勇者ライと3つの扉　1　金の扉』エミ
リー・ロッダ著, 岡田好惠訳, 緑川美帆
イラスト　KADOKAWA　2014.7
317p　19cm　900円　①978-4-04-
066909-0

『勇者ライと3つの扉　2　銀の扉』エミ
リー・ロッダ著, 岡田好惠訳, 緑川美帆
イラスト　KADOKAWA　2014.11
349p　19cm　900円　①978-4-04-
067164-2
内容　高い壁に囲まれた街ウェルドの人々、人
を食う怪鳥スキマーによって滅亡の危機にさ
らされていた。街を救うため、勇者たちが壁
の外へ派遣されることとなった。外へ出るに
は、まず、3つの扉から1つを選ばなければな
らない。たくましい長兄と賢い次兄がどちら
ももどらないため、末っ子のライはまず長兄
をさがす旅に出た。“禁断の森”に住む一族か
ら、「選ばれた者」として魔法の品々をわたさ
れたライは、長兄を見つけたが―。本格ファ
ンタジー三部作第2巻！

『勇者ライと3つの扉　3　木の扉』エミ
リー・ロッダ著, 岡田好惠訳, 緑川美帆
イラスト　KADOKAWA　2015.5
351p　19cm　980円　①978-4-04-
067637-1
内容　高い壁に囲まれた街ウェルドの人々は、
人を食う怪鳥スキマーによって滅亡の危機に
さらされていた。街を救うため、勇者たちが
壁の外へ派遣されることとなった。外へ出る
には、まず、三つの扉から一つを選ばなけれ
ばならない。長兄と次兄がもどらないため、
末っ子のライは兄たちをさがす旅に出た。“禁
断の森”に住む一族から、「選ばれた者」とし
て魔法の品々をわたされたライは、金の扉の
向こうの世界で長兄を、銀の扉の向こうの世
界で次兄を見つけたが―。本格ファンタジー

海外の作品　　　　　　　　　　　　　　　　　　　　ロッダ

三部作完結！

『レインボーとふしぎな絵』エミリー・
ロッダ作, さくまゆみこ訳, たしろちさ
と絵　あすなろ書房　2010.4　46p
19cm（チュウチュウ通りのゆかいなな
かまたち 4番地）900円　①978-4-7515-
2594-4
内容　ハッカネズミのすむネコイラン町には
チュウチュウ通りというすてきな通りがあり
ます。その4番地にすむのは、画家のレイン
ボー。絵をかくのが大すきで、カッコイイ絵
をかきました。ある日、そのドアが…。

『レトロと謎のボロ車』エミリー・ロッダ
作, さくまゆみこ訳, たしろちさと絵
あすなろ書房　2010.11　46p 19cm
（チュウチュウ通りのゆかいなななかまた
ち 7番地）900円　①978-4-7515-2597-5
内容　ハッカネズミのすむネコイラン町には
チュウチュウ通りというすてきな通りがあり
ます。その7番地にすむのは、車の修理屋さん
のレトロ。夢の車サンダーバードを手に入
れるため、チーズをためているレトロですが…。
小学校1, 2年生から楽しめる大人気の絵童話。

『ロンド国物語　2　おとぎの森』エミ
リー・ロッダ作, 神戸万知訳　岩崎書店
2008.12　208p　19cm　900円　①978-
4-265-06182-2
内容　ロンドにしのびこんだレオとミミ。なん
としても青の王妃の城にいかなければならな
い。そのとき、手をさしのべてきたひとりの
男。敵か味方か?!そしてふたりは深い森へ…。

『ロンド国物語　3　ロンドの鍵』エミ
リー・ロッダ作, 神戸万知訳　岩崎書店
2009.2　236p　19cm　900円　①978-4-
265-06183-9
内容　一晩の宿を貸してくれたジムに別れを
告げ、いよいよ青の王妃の城に迫るレオとミ
ミ。暗がりのなかにそびえ立つ、光り輝く巨
大な城。ふたりは無事に愛犬マットを助け出
せるのか。

『ロンド国物語　4　消えた魔法使い』エ
ミリー・ロッダ作, 神戸万知訳　岩崎書
店　2009.9　229p　19cm　900円
①978-4-265-06184-6
内容　もとの世界に無事にもどってきたレオと
ミミ。だが、ふたりが『鍵』をなくして、ロン
ドにとじこめられていることを青の王妃にし
めす必要があるため、ロンドの世界へ行かな
くてはいけない。時が流れたロンドの世界で
はなにが起こっているのか。仲間は元気だろ
うか。そしてなにがはじまるのだろうか…。
ふたりは再び冒険の旅へ。かれらの行く手に

待ちかまえるものは。

『ロンド国物語　5　危険な遊び』エミ
リー・ロッダ作, 神戸万知訳　岩崎書店
2009.12　228p　19cm　900円　①978-
4-265-06185-3
内容　長い旅のすえ、レオとミミたちはがやが
や村に到着した。とつぜんあらわれた「雲の
城」におびえる村の民。つぎつぎと起こる事
件。そして、キャンプ場「かくれ家」では、子ど
もたちがあるおそろしい遊びをしていた…。
オーリアリス・ファンタジー賞（2008年）を
受賞。

『ロンド国物語　6　天空の城』エミリー・
ロッダ作, 神戸万知訳　岩崎書店
2010.3　244p　19cm　900円　①978-4-
265-06186-0
内容　『太古なる者』の雲の城があらわれ、サ
イモンをきのこに変え、魔法使いビングをつ
れさったと聞いたレオとミミたち。一度入っ
たらもどれない雲の城のなかに、ビングはい
るのだろうか。

『ロンド国物語　7　崖の怪物』エミリー・
ロッダ作, 神戸万知訳　岩崎書店
2010.6　212p　19cm　900円　①978-4-
265-06187-7
内容　再び、青の王妃にとらわれたレオたち
は、機転をきかせたタイたちによって救われ
た。しかし、体と魔力を、別の場所に移動さ
せることに成功した青の王妃は、次の一手を
計画しはじめるだろう。いよいよ、ロンドを
守る戦いがはじまる。

『ロンド国物語　8　潮読みの洞窟』エミ
リー・ロッダ作, 神戸万知訳　岩崎書店
2010.9　184p　19cm　900円　①978-
4-265-06188-4
内容　銀の小物入れを見つけた禁断の部屋に、
いかりくるったオーグがとびこんでくる。そ
して、絶体絶命の瞬間におどろくべきものがあ
らわれて…。レオたちの運命やいかに？オー
リアリス・ファンタジー賞（2008年豪）、オー
カス社が選ぶ子どもの本（シリーズ）ベスト
10（2009年米）に選ばれた、「ロンド国物語」
シリーズ最新作。

『ロンド国物語　9　ロンドの戦い』エミ
リー・ロッダ作, 神戸万知訳　岩崎書店
2010.12　244p　19cm　900円　①978-
4-265-06189-1
内容　ひらひら森がドラゴンにおそわれ、封
じこめ計画を急ぐレオたち。7人の魔女と魔
法使い、そして立ち会い人たちが青の王妃の
城へとむかうなか、ミミとレオは、いやな
予感がしていた。一ついに完結！ いざ、青

ヤングアダルトの本　いま読みたい小説4000冊　471

の王妃との最終決戦へ。

ロビラ, アレックス
Rovira, Alex
《1969～》

『幸福の迷宮』アレックス・ロビラ, フランセスク・ミラージェス著, 田内志文, 鈴木亜紀訳 ゴマブックス 2009.6 158p 15cm（ゴマ文庫）619円 ①978-4-7771-5110-3
内容 ここは、人生の意味を見失った者の来るところ。迷える心が答を求めにやってくる、人の心の中の迷宮―あなたの心は、迷宮に迷い込んでいませんか？ 本当の幸せがみつかる一冊。170万部突破「Good Luck」のアレックスロビラ最高傑作。
別版 ゴマブックス 2008.5

ロビンソン, ジョーン・G.
Robinson, Joan Gale
《1910～1988》

『思い出のマーニー』ジョーン・G・ロビンソン著, 高見浩訳 新潮社 2014.7 362p 16cm（新潮文庫）550円 ①978-4-10-218551-3
内容 みんなは "内側" の人間だけれど、自分は "外側" の人間だから一心を閉ざすアンナ。親代わりのプレストン夫妻のはからいで、自然豊かなノーフォークでひと夏を過ごすことになり、不思議な少女マーニーに出会う。初めての親友を得たアンナだったが、マーニーは突然姿を消してしまい…。やがて、一冊の古いノートが、過去と未来を結ぶ奇跡を呼び起こす。イギリス児童文学の名作。
別版 特装版 岩波書店 2014.5
別版 KADOKAWA（角川つばさ文庫）2014.7
別版 KADOKAWA（角川文庫）2014.7

『クリスマスってなあに？』ジョーン・G・ロビンソン文・絵, こみやゆう訳 岩波書店 2012.11 43p 26cm 1300円 ①978-4-00-111234-4
内容 イエスさまの誕生からサンタクロースまで、子どもに語るクリスマスのすべて。

『テディ・ロビンソンとサンタクロース』ジョーン・G・ロビンソン作・絵, 小宮由訳 岩波書店 2012.10 174p 20cm 1500円 ①978-4-00-115655-3

『テディ・ロビンソンのたんじょう日』ジョーン・G・ロビンソン作・絵, 小宮由訳 岩波書店 2012.4 173p 20cm 1500円 ①978-4-00-115653-9
内容 「木のてっぺんにいるぼくにばんざーい！」デボラちゃんのとくべつなともだちテディ・ロビンソンの、おかしくて、かわいくて、あったかーいおはなし6つ。

『庭にたねをまこう！』ジョーン・G・ロビンソン文・絵, こみやゆう訳 岩波書店 2013.3 39p 26cm 1300円 ①978-4-00-111237-5
内容 でておいで、でておいで、お日さまがよんでるよ。そだてるってこんなにたのしい。

『メリーメリーおとまりにでかける』ジョーン・G・ロビンソン作・絵, 小宮由訳 岩波書店 2017.3 133p 20cm 1300円 ①978-4-00-116007-9

『メリーメリーのびっくりプレゼント』ジョーン・G・ロビンソン作・絵, 小宮由訳 岩波書店 2017.6 134p 20cm 1300円 ①978-4-00-116009-3
内容 小さくたって、大かつやく！ せかいいちおもしろいすえっ子メリーメリー。

『メリーメリーへんしんする』ジョーン・G・ロビンソン作・絵, 小宮由訳 岩波書店 2017.9 142p 20cm 1300円 ①978-4-00-116011-6
内容 メリーメリーはせかいいちおもしろいすえっ子。「あっというまに、かんばんむすめになっちゃったのよ」。本邦初訳のゆかいなお話！ 5話収録。

『ゆうかんなテディ・ロビンソン』ジョーン・G・ロビンソン作・絵, 小宮由訳 岩波書店 2012.7 173p 20cm 1500円 ①978-4-00-115654-6
内容 自由で、身がるで、気まま、ようきなテディ・ロビンソンのゆかいなぼうけん6つ。

ロペス＝ナルバエス, コンチャ
López Narváez, Concha
《1939～》

『太陽と月の大地』コンチャ・ロペス＝ナルバエス著, 宇野和美訳, 松本里美画 福音館書店 2017.4 180p 20cm（［世界傑作童話シリーズ］）1600円 ①978-4-8340-8162-6
内容 「見ろよ、ハクセル、海だ。アフリカ

海外の作品　　　　　　　　　　　　　　　　ローリング

の海、そしてグラナダの海だ」信じる宗教は
ちがっても、ふたりは親友だった。時代はめ
ぐり、かれらの子や孫たちは、災いの化の中
に巻きこまれていく―。いつか再び、共に平
和に暮らせる日まで。16世紀グラナダを舞台
に、宗教・民族の違いによってひきさかれ、
運命に翻弄される人々をえがく。―スペインで
読みつがれてきた児童文学の名作、初邦訳！

ローリング, J.K.
Rowling, Joanne Kathleen
《1965～》

『カイコの紡ぐ嘘　上』ロバート・ガルブ
　レイス著, 池田真紀子訳　講談社
　2015.11　405p　20cm（私立探偵コーモ
　ラン・ストライク）2100円　①978-4-
　06-219836-3
　内容　小説家・オーウェン・クワインが行方
　不明になった。当初夫人は、2～3日ふらっと
　出かけただけだと思っていた。以前にも同じ
　ようなことがあったので、ストライクに探し
　てもらえばいいと考えていた。しかしストラ
　イクが捜査するうち、クワインの失踪は夫人
　の想像ほど単純なことではないことが明らか
　になってゆく…

『カイコの紡ぐ嘘　下』ロバート・ガルブ
　レイス著, 池田真紀子訳　講談社
　2015.11　388p　20cm（私立探偵コーモ
　ラン・ストライク）2100円　①978-4-
　06-219837-0
　内容　クワインは長篇小説を書き上げたばか
　りだった。作品は出版界の知人たちを、その
　人の人生が破滅するほど徹底的にこき下ろし
　ていた。ということは、クワインを黙らせよ
　うとする人間が大勢いてもおかしくはない。
　やがて異様な状況下で惨殺されたクワインの
　遺体が発見される。この冷酷な殺人者の動機
　とは何か？　これほど奇異な殺人に遭遇した
　のは初めてだった…

『カジュアル・ベイカンシー―突然の空席
　1』J.K.ローリング著, 亀井よし子訳
　講談社　2014.2　477p　15cm（講談社
　文庫）1000円　①978-4-06-277771-1
　内容　イギリス西部の田舎町・パグフォードで
　地方自治組織議会の議員、バリーが突然亡く
　なった。議席に「カジュアル・ベイカンシー＝
　突然の空席」が生じ、選挙が始まる。隣町と
　の町境に、「フィールズ」という低所得者向
　け公営住宅が建われた、選挙如何では、フィー
　ルズへの支援は途絶えるのだ。そして様々な
　本音が明らかに…。

別版　講談社　2012.12

『カジュアル・ベイカンシー―突然の空席
　2』J.K.ローリング著, 亀井よし子訳
　講談社　2014.2　476p　15cm（講談社
　文庫）1000円　①978-4-06-277772-8
　内容　突然の空席が生じた議席に立候補した
　のは3人。選挙活動が続く中で、さまざまな
　「戦い」が明らかになる。「子ども同士」「富裕
　層と貧民層」「嫁姑」「親子」「恋人同士」―。
　町の人々の欲望が明らかになり、ぶつかり、
　濁流となって衝撃と感動のラストへ！　稀代
　のストーリーテラーがどうしても描きたかっ
　た物語がここにある。

別版　講談社　2012.12

『カッコウの呼び声　上』ロバート・ガル
　ブレイス著, 池田真紀子訳　講談社
　2014.6　366p　20cm（私立探偵コーモ
　ラン・ストライク）1900円　①978-4-
　06-218914-9
　内容　悩みを抱えたスーパーモデルが、うっ
　すらと雪の積もったロンドン高級住宅街のバ
　ルコニーから転落死した。警察も世間も事件
　を自殺と片づけたが、疑いを抱いた彼女の兄
　は、私立探偵コーモラン・ストライクに調査
　を依頼し…あのJ.K.ローリングが、「ロバー
　ト・ガルブレイス」のペンネームで書いてい
　た、大絶賛のミステリー小説!!

『カッコウの呼び声　下』ロバート・ガル
　ブレイス著, 池田真紀子訳　講談社
　2014.6　346p　20cm（私立探偵コーモ
　ラン・ストライク）1900円　①978-4-
　06-218915-6
　内容　退役軍人のストライクは、体にも心にも
　痛手を負っていた。しかもいまの人生自体、
　粉々に砕けそうだった。この事件の依頼を受
　ければひと息つけるかもしれない。しかしそ
　の“対価”は予想を超えたものだった。若い
　モデルの込み入った世界に立ち入れば立ち入
　るほど、邪悪な影がちらつき、核心に近づけ
　ば近づくほど、予想もつかない危険が迫る…
　あのJ.K.ローリングが、「ロバート・ガルブレ
　イス」のペンネームで書いていた、大絶賛の
　ミステリー小説!!

『吟遊詩人ビードルの物語』J.K.ローリン
　グ著, 松岡佑子訳　新装版　静山社
　2017.4　151p　22cm（ホグワーツ・ラ
　イブラリー　3）1300円　①978-4-86389-
　381-8
　内容　魔法と策略に満ちた魅力あふれる5つの
　おとぎ話が収録された『吟遊詩人ビードルの
　物語』は、何世紀も昔から魔法族の家庭では
　人気のベッドタイムストーリーである。ルー

ン文字で書かれた原書をハーマイオニー・グレンジャーが翻訳し、ホグワーツの記録保管所の寛大な許可を得て、アルバス・ダンブルドア校長による解説も掲載している。
別版 静山社 2008.12
別版 静山社 2013.9
別版 静山社（静山社ペガサス文庫―ハリー・ポッター）2015.2

『クイディッチ今昔』J.K.ローリング著，松岡佑子訳 新装版 静山社 2017.4 147p 22cm（ホグワーツ・ライブラリー 2）〈表紙の著者表示：ケニルワージー・ウィスプ〉1300円 ①978-4-86389-380-1
内容 魔術界の大人気スポーツ―その歴史とルールがわかる！

『ハリー・ポッターとアズカバンの囚人―イラスト版』J.K.ローリング作，ジム・ケイ絵，松岡佑子訳 静山社 2017.10 325p 28cm 3700円 ①978-4-86389-392-4
内容 エクスペクトパトローナム！ 湖のほとりで起こったあの奇跡をもう一度。オールカラー・イラストで蘇る魔法の世界！ ホグワーツ校の3年生になったハリーは、自らの過去についての新しい真実を知り、暗い噂や死の予兆に付きまとわれることになる。そして、闇の帝王の最も忠実な部下の一人と遭遇することに…古典的名シリーズ第3巻。
別版 静山社（ハリー・ポッター文庫）2012.9
別版 静山社（静山社ペガサス文庫―ハリー・ポッター）2014.6

『ハリー・ポッターと賢者の石―イラスト版』J.K.ローリング作，ジム・ケイ絵，松岡佑子訳 静山社 2015.11 246p 28cm 3500円 ①978-4-86389-331-3
内容 世界が夢中になった名作に、再び魅了される！ オールカラー・イラストで蘇る魔法の世界！
別版 静山社（ハリー・ポッター文庫）2012.7
別版 静山社（静山社ペガサス文庫―ハリー・ポッター）2014.3

『ハリー・ポッターと死の秘宝 7-1』J.K.ローリング作，松岡佑子訳 静山社 2015.1 318p 18cm（静山社ペガサス文庫―ハリー・ポッター 17）〈2008年刊の再刊〉740円 ①978-4-86389-246-0
内容 ダンブルドアは逝ってしまった。3つの品と数々の謎、疑惑、使命、そして「R.A.B」のメモが入った偽の分霊箱を遺して…。もう誰も失いたくないと、ひとりで旅立つ決意を

固めたハリーだったが―。勢力を増したヴォルデモートは、ついに魔法界の支配へと動き出す。残る分霊箱はどこにあるのか!?物語はいよいよクライマックスへ。小学中級より。

『ハリー・ポッターと死の秘宝 7-2』J.K.ローリング作，松岡佑子訳 静山社 2015.1 317p 18cm（静山社ペガサス文庫―ハリー・ポッター 18）〈2008年刊の再刊〉740円 ①978-4-86389-247-7
内容 屋敷しもべ妖精、クリーチャーが語った物語を手がかりに、分霊箱探しの旅は大きく前進したかに思えた。しかし、残る分霊箱はいったい何なのか？ どこにあるのか？ 目標の見えない旅は、ハリー、ロン、ハーマイオニーの揺るぎない友情にもひびを入れる。杖もなく、友もなくしたハリーの目の前にある夜現れたのは…。小学中級より

『ハリー・ポッターと死の秘宝 7-3』J.K.ローリング作，松岡佑子訳 静山社 2015.2 301p 18cm（静山社ペガサス文庫―ハリー・ポッター 19）〈2008年刊の再刊〉720円 ①978-4-86389-248-4
内容 ダンブルドアがハーマイオニーに遺した、魔法界に伝わる童話集『吟遊詩人ビードルの物語』。そこに書き込まれた印の秘密を解くため、ハーマイオニーは意外な人物に会おうと言いだす。謎の印と過去最強の闇の魔法使いグリンデルバルド、そして若き日のダンブルドアの秘められた過去。分霊箱を追うハリーの心に迷いが…。小学中級より。

『ハリー・ポッターと死の秘宝 7-4』J.K.ローリング作，松岡佑子訳 静山社 2015.2 325p 18cm（静山社ペガサス文庫―ハリー・ポッター 20）〈2008年刊の再刊〉760円 ①978-4-86389-249-1
内容 「ハリー・ポッターを差し出せ」。ホグワーツに戻ったハリーを、ヴォルデモートが追い詰める。ホグワーツを揺るがす激しい戦いの最中、ついにすべての真相を知ったハリーは、ただひとり、帝王の待つ「禁じられた森」へ向かう。護るべきものを持つ者と、ひたすら力を追い求める者。「死」を制する勝者ははたして…？ 小学中級より。
別版 静山社 2008.7
別版 携帯版 静山社 2010.12
別版 静山社（ハリー・ポッター文庫）2013.2

『ハリー・ポッターと謎のプリンス 6-1』J.K.ローリング作，松岡佑子訳 静山社 2014.11 325p 18cm（静山社ペガサス文庫―ハリー・ポッター 14）〈2006年刊の再刊〉760円 ①978-4-86389-243-9

海外の作品　　ローリング

内容 冷たい霧が立ち込め、事件が続発するマグル（人間）界。闇の帝王の復活を、魔法大臣もついに認めざるを得ない。そんな中、新学期を迎えたホグワーツでは、驚くべき人物が「闇の魔術に対する防衛術」の教師に。仲良し三人組の関係にも微妙な変化が起きる一方、宿敵マルフォイは何やら謎めいた行動をとる。小学中級より。

『ハリー・ポッターと謎のプリンス　6-2』J.K.ローリング作, 松岡佑子訳　静山社　2014.11　389p　18cm（静山社ペガサス文庫—ハリー・ポッター 15）〈2006年刊の再刊〉820円　①978-4-86389-244-6

内容 突然「魔法薬学」の優等生になったハリー。その秘密は、「プリンス」と署名された古い教科書だった。謎のプリンスとはいったい…？ マルフォイの行動を気にしながらも、ハリーはダンブルドアの特別授業を受ける。それは、若き日の闇の帝王、トム・リドルに迫る旅だった。徐々に明らかになる真相、そして誕生にまつわる哀れな物語—。小学中級より。

『ハリー・ポッターと謎のプリンス　6-3』J.K.ローリング作, 松岡佑子訳　静山社　2014.11　397p　18cm（静山社ペガサス文庫—ハリー・ポッター 16）〈2006年刊の再刊〉840円　①978-4-86389-245-3

内容 ホグワーツの生徒を襲った二度の殺人未遂事件—。マルフォイを疑うハリーの警告に取り合わず、ダンブルドアは、ハリーに与えた重要な課題に集中するよう命じる。それこそが。ヴォルデモートの秘密を握る最大の鍵となるのだと言うが…。マルフォイの計画、「プリンス」の正体—明らかになった謎は、さらなる謎を呼ぶ。小学中級より。

別版 携帯版 静山社 2010.3
別版 静山社（ハリー・ポッター文庫）2013.1

『ハリー・ポッターと呪いの子—第一部・第二部 特別リハーサル版』J.K.ローリング, ジョン・ティファニー, ジャック・ソーン著, ジャック・ソーン舞台脚本, 松岡佑子訳　静山社　2016.11　414p　19cm　1800円　①978-4-86389-346-7

内容 8番目の物語。19年後。『ハリー・ポッターと死の秘宝』での戦いから19年が経ち、父親となったハリーが2人目の子どもをホグワーツ魔法学校へと送り出したその後の物語です。ハリー・ポッターとして生きるのはもちろんたいへんなことだったのですが、その後のハリーも決して楽ではありません。今やハリーは、夫として、また3人の子を持つ父親として、魔法省の激務に押しつぶされそう

な日々をすごしています。ハリーがすでにけりをつけたはずの過去と取り組まなければならない一方、次男のアルバスは、望んでもいない "ハリー一家の伝説" という重圧と戦わなければなりません。過去と現実は不吉にからみあい、父も子も痛い真実を知ることになります。

『ハリー・ポッターと秘密の部屋—イラスト版』J.K.ローリング作, ジム・ケイ絵, 松岡佑子訳　静山社　2016.10　259p　28cm　3600円　①978-4-86389-347-4

内容 窓と窓の間の壁に、高さ30センチほどの文字が塗りつけられ、松明に照らされてチラチラと鈍い光を放っていた。秘密の部屋は開かれたり。継承者の敵よ、気をつけよ。みすぼらしい身なりの屋敷しもべ妖精ドビーが、突然プリベット通りに現れ、「ハリーはホグワーツに戻ってはならない」と訴えたとき、ハリーは宿敵のドラコ・マルフォイが糸を引いているのではないかと疑う。「空飛ぶ車」でやってきたロン・ウィーズリーに、ダーズリー一家のひどい仕打ちから救い出されたハリーは、「隠れ穴」で残りの夏休みを過ごすことになった。ウィーズリー一家との暮らしは、すてきな魔法がいっぱいで、ハリーはドビーの必死の警告などすぐに忘れてしまう。しかし、学校に戻ると、暗い廊下の壁に塗り付けられた不吉なメッセージが、ドビーの予告を思い出させる。「世にも恐ろしいことが起こる…」J.K.ローリングの古典的名作シリーズ第2巻の魔法の世界を、ケイト・グリーナウェイ賞受賞者のジム・ケイが驚くほど緻密に描き上げた、フルカラー完全イラスト版！

別版 静山社（ハリー・ポッター文庫）2012.9
別版 静山社（静山社ペガサス文庫—ハリー・ポッター）2014.5

『ハリー・ポッターと不死鳥の騎士団　5-1』J.K.ローリング作, 松岡佑子訳　静山社　2014.9　349p　18cm（静山社ペガサス文庫—ハリー・ポッター 10）〈2004年刊の再刊〉780円　①978-4-86389-239-2

内容 ついに復活した闇の帝王—対決の恐ろしい記憶が悪夢となり、ハリーを苦しめる。しかし、夏休みでマグル（人間）界に戻ったハリーのもとには、魔法界のニュースが何一つ届かない。孤独、焦り、怒りでダドリーにけんかをふっかけたその時、突然辺りが暗くなり、冷たい空気の中、あのガラガラという息づかいが近づいて…。小学中級より。

『ハリー・ポッターと不死鳥の騎士団　5-2』J.K.ローリング作, 松岡佑子訳　静山社　2014.9　388p　18cm（静山社ペ

ヤングアダルトの本　いま読みたい小説4000冊　**475**

ガサス文庫―ハリー・ポッター 11）
〈2004年刊の再刊〉820円　①978-4-
86389-240-8
内容 5年目の新学期。「組分け帽子」は魔法界の非常事態を告げ警鐘を鳴らす。自らの地位を守るため、ヴォルデモートの復活を認めたくない魔法省は、ホグワーツに魔法省の役人を送りこんだ。その名はドローレス・アンブリッジ。O.W.Lテストのための山のような宿題と、アンブリッジの鬼のような罰則、その上、不可解な頭痛がハリーを苦しめる―。小学中級より。

『ハリー・ポッターと不死鳥の騎士団　5-3』J.K.ローリング作, 松岡佑子訳　静山社　2014.10　405p　18cm（静山社ペガサス文庫―ハリー・ポッター 12）
〈2004年刊の再刊〉860円　①978-4-86389-241-5
内容 ハグリッドが帰ってきた！O.W.Lの試験勉強やアンブリッジ先生の恐怖政治、何も語らないダンブルドア校長…いらだつハリーにとって、うれしい出来事のはずだったが、ハグリッドも秘密をかかえている!?DA仲間との練習が心の支えとなるが、ハリーの悪夢はますますひどくなる。まるで自分の中に、ちがう誰かが棲んでいるような…。小学中級より。

『ハリー・ポッターと不死鳥の騎士団　5-4』J.K.ローリング作, 松岡佑子訳　静山社　2014.10　381p　18cm（静山社ペガサス文庫―ハリー・ポッター 13）
〈2004年刊の再刊〉820円　①978-4-86389-242-2
内容 ハーマイオニーの忠告にもかかわらず「閉心術」を習得できないハリーは、ある夜、ひときわおそろしい夢を見る。それは、かけがえのない大切な人が、闇の帝王に捕らわれたことを、はっきりと告げていた。救出に向かったハリーは、ついに夢で見た黒い扉の前に立つ。そこに待ち受けていたのは―。闇の帝王との宿命が、ついに明らかに！小学中級より。
別版 携帯版 静山社 2008.3
別版 静山社（ハリー・ポッター文庫）2012.11～2012.12

『ハリー・ポッターと炎のゴブレット　4-1』J.K.ローリング作, 松岡佑子訳　静山社　2014.7　389p　18cm（静山社ペガサス文庫―ハリー・ポッター 7）
〈2002年刊の再刊〉820円　①978-4-86389-236-1
内容 ハリーにとって毎年憂うつな夏休み―で

も、今年はちがう。魔法界の大人気スポーツ、クィディッチのワールドカップが開催されるのだ。ハリーはロンの家族と一緒に、ブルガリア対アイルランドの決勝戦を観に行くことになった。世界の魔法使いと魔女が集まったスタジアムは、熱狂の嵐。しかし、試合の興奮冷めやらぬその夜、恐ろしい事件が!?小学中級より。

『ハリー・ポッターと炎のゴブレット　4-2』J.K.ローリング作, 松岡佑子訳　静山社　2014.7　429p　18cm（静山社ペガサス文庫―ハリー・ポッター 8）
〈2002年刊の再刊〉880円　①978-4-86389-237-8
内容 100年ぶりに開催されることになった、三大魔法学校対抗試合。各校の生徒から最もすぐれた代表選手を選ぶ「炎のゴブレット」は、選ばれるはずのない選手の名を告げた。ダンブルドアの目を盗んで、ゴブレットにその名を入れたのは誰か？―こんなに高度な魔法をかけられるのは、闇の魔法使い以外にはいない…。小学中級より。

『ハリー・ポッターと炎のゴブレット　4-3』J.K.ローリング作, 松岡佑子訳　静山社　2014.7　429p　18cm（静山社ペガサス文庫―ハリー・ポッター 9）
〈2002年刊の再刊〉880円　①978-4-86389-238-5
内容 始まりから何かがおかしかった、三大魔法学校対抗試合。第一、第二と、代表選手たちは命がけの難題に挑む。その裏で、何やらうごめくあやしい影。魔法省の役人、クラウチ氏はなぜ姿を見せないのか、バグマンはなぜ小鬼に追いかけられているのか…。ついに最終関門である第三の課題が終わろうとしたその時、正体を現したのは―！小学中級より。
別版 静山社（ハリー・ポッター文庫）2012.10

『ファンタスティック・ビーストと魔法使いの旅―映画オリジナル脚本版』J.K.ローリング著, 松岡佑子日本語版監修・翻訳　静山社　2017.3　323p　19cm　1600円　①978-4-86389-368-9
内容 探検家で魔法動物学者のニュート・スキャマンダーは、地球一周の旅を終えたばかりです。とてもめずらしい、貴重な魔法生物を探しての旅でした。ニュートは、短期間の乗りつぎのつもりでニューヨークに降り立ちます。ところが、カバンを取りちがえられ、幻の動物が街に逃げだしてしまいました。あちこちで騒ぎが起きることになりそうです…。「ハリー・ポッター」の物語より50年以上遡

海外の作品　　　　　　　　　　　　　　　　　　ローリング

る時代を舞台に、魅力的な登場人物たちが紡ぎ出す友情、魔法、大騒動のこのお話は、最高の語り手による壮大な冒険物語。

『幻の動物とその生息地』J.K.ローリング作, オリヴィア・ロメネク・ギル絵, 松岡佑子訳　カラーイラスト版　静山社2017.11　133p　30cm〈標題紙・表紙の著者表示：ニュート・スキャマンダー　索引あり〉3800円　①978-4-86389-383-2

内容 アクロマンチュラ、バジリスク、ケンタウルス、ドクシー、エルンペントーかの有名な魔法動物学者、ニュート・スキャマンダーによって編纂されたこの豪華な「幻の動物事典」で、魔法界の野生の不思議を探検しよう！

別版 静山社（静山社ペガサス文庫―ハリー・ポッター）2014.5

別版 新装版 静山社（ホグワーツ・ライブラリー）2017.4

ヤングアダルトの本　いま読みたい小説4000冊　477

読んでみたい名作・この一冊

《日本の名作》

芥川 龍之介（1892〜1927）あくたがわ・りゅうのすけ
『河童―他二篇』芥川竜之介作　岩波書店　2013.4　138p　19cm（ワイド版岩波文庫）〈「芥川竜之介全集 第14・15巻」（1996年・1997年刊）の抜粋　年譜あり〉800円　①978-4-00-007361-5

浅田 次郎（1951〜）あさだ・じろう
『天国までの百マイル』浅田次郎著　講談社　2015.8　333p　15cm（講談社文庫）〈朝日文庫 2000年刊の再刊〉620円　①978-4-06-293165-6

芦原 すなお（1949〜）あしはら・すなお
『山桃寺まえみち』芦原すなお著　PHP研究所　2012.6　245p　15cm（PHP文芸文庫）〈河出書房新社 1994年刊の再刊〉619円　①978-4-569-67843-6

安部 公房（1924〜1993）あべ・こうぼう
『壁』安部公房著　改版　新潮社　2016.8　301p　16cm（新潮文庫）550円　①978-4-10-112102-4

綾辻 行人（1960〜）あやつじ・ゆきと
『十角館の殺人』綾辻行人著　限定愛蔵版　講談社　2017.9　429p　18cm　3700円　①978-4-06-220771-3

有島 武郎（1878〜1923）ありしま・たけお
『一房の葡萄』有島武郎著　角川春樹事務所　2011.4　111p　16cm（ハルキ文庫―[280円文庫]）〈年譜あり〉267円　①978-4-7584-3541-3

石井 桃子（1907〜2008）いしい・ももこ
『石井桃子コレクション　1〜2　幻の朱い実』石井桃子著　岩波書店　2015.1〜2015.2　2冊　15cm（岩波現代文庫―文芸）〈「幻の朱い実」（1994年刊）の改題〉1400円

伊藤 桂一（1917〜2016）いとう・けいいち
『螢の河―名作戦記』伊藤桂一著　潮書房光人社　2017.1　279p　16cm（光人社NF文庫）〈光人社 2003年刊の再刊〉850円　①978-4-7698-2989-8

伊藤 左千夫（1864〜1913）いとう・さちお
『野菊の墓』伊藤左千夫著　改版　新潮社　2018.3　156p　15cm（新潮文庫）340円　①978-4-10-104801-7

いぬい とみこ（1924〜2002）
『白鳥のふたごものがたり』いぬいとみこ作, いせひでこ絵　理論社　2010.2　317p　23cm（日本の児童文学よみがえる名作）2200円　①978-4-652-00060-1

井上 ひさし（1934〜2010）いのうえ・ひさし
『吉里吉里人』井上ひさし著　改版　新潮社　2016.9　3冊　15cm（新潮文庫）790円

井上 靖（1907〜1991）いのうえ・やすし
『孔子』井上靖著　改版　新潮社　2010.1　510p　15cm（新潮文庫）667円　①978-4-10-106336-2

井伏 鱒二（1898〜1993）いぶせ・ますじ
『山椒魚』井伏鱒二著　改版　新潮社　2011.12　297p　15cm（新潮文庫）490円　①978-4-10-103402-7

今江 祥智（1932〜2015）いまえ・よしとも
『ぼんぼん』今江祥智作　新装版　理論社　2012.4　429p　20cm　2200円　①978-4-652-07987-4

今西 祐行（1923〜2004）いまにし・すけゆき
『一つの花 ヒロシマの歌』今西祐行作, 森川泉本文イラスト　集英社　2015.7　174p　18cm（集英社みらい文庫）〈「今西祐行全集 第4・6巻」（偕成社 1987・1988年刊）の抜粋〉640円　①978-4-08-321274-1

読んでみたい名作・この一冊

岩崎 京子(1922〜)いわさき・きょうこ
『花咲か─江戸の植木職人』岩崎京子著
福岡　石風社　2009.4　252p　19cm
〈偕成社1973年刊の新装復刊〉1500円
①978-4-88344-173-0

上野 瞭(1928〜2002)うえの・りょう
『さらば、おやじどの』上野瞭作, 田島征
三絵　復刻版　理論社　2010.1　655p
21cm（理論社の大長編シリーズ　復刻
版）3800円　①978-4-652-00545-3

江戸川 乱歩(1894〜1965)えどがわ・らんぽ
『怪人二十面相・青銅の魔人』江戸川乱歩
作　岩波書店　2017.9　413p　15cm
（岩波文庫）〈「怪人二十面相」(大日本
雄弁会講談社 1939年刊)と「青銅の魔
人」(光文社 1949年刊)の改題、合本〉
910円　①978-4-00-311812-2

遠藤 周作(1923〜1996)えんどう・しゅう
さく
『わたしが・棄てた・女』遠藤周作著　新
装版　講談社　2012.12　341p　15cm
（講談社文庫）〈年譜あり〉600円
①978-4-06-277302-7

大江 健三郎(1935〜)おおえ・けんざぶろう
『死者の奢り・飼育』大江健三郎著　改版
新潮社　2013.4　303p　16cm（新潮文
庫）520円　①978-4-10-112601-2

大岡 昇平(1909〜1988)おおおか・しょう
へい
『野火』大岡昇平著　改版　新潮社　2014.
7　216p　16cm（新潮文庫）400円
①978-4-10-106503-8

小川 未明(1882〜1961)おがわ・みめい
『赤いろうそくと人魚』小川未明作, 安西
水丸絵, 宮川健郎編　岩崎書店　2012.
10　69p　22cm（1年生からよめる日本
の名作絵どうわ）〈底本：日本児童文学
大系（ほるぷ出版 1977年刊)〉1000円
①978-4-265-07111-1

梶井 基次郎(1901〜1932)かじい・もとじ
ろう
『檸檬』梶井基次郎著　改版　角川書店
2013.6　276p　15cm（角川文庫）〈年
譜あり　発売：角川グループホールディ
ングス〉400円　①978-4-04-100838-6

角野 栄子(1935〜)かどの・えいこ
『魔女の宅急便』角野栄子著　新装版
KADOKAWA　2015.6　241p　15cm
（角川文庫）〈初版：角川書店 2013年
刊〉560円　①978-4-04-103185-8

川端 康成(1899〜1972)かわばた・やすなり
『雪国』川端康成著　改版　角川書店
2013.6　208p　15cm（角川文庫）〈発
売：角川グループホールディングス〉
362円　①978-4-04-100846-1

菊池 寛(1888〜1948)きくち・かん
『心の王冠』菊池寛著　真珠書院　2013.6
239p　19cm（パール文庫）〈「少年小説
大系 第25巻」(三一書房 1993年刊)の抜
粋〉800円　①978-4-88009-600-1

小林 多喜二(1903〜1933)こばやし・たきじ
『蟹工船　一九二八・三・一五』小林多喜
二作　岩波書店　2009.8　272p　19cm
（ワイド版岩波文庫）1100円　①978-4-
00-007312-7

斎藤 惇夫(1940〜)さいとう・あつお
『河童のユウタの冒険』斎藤惇夫作, 金井
田英津子画　福音館書店　2017.4　2冊
21cm（［福音館創作童話シリーズ]）
2500円　①978-4-8340-8334-7

志賀 直哉(1883〜1971)しが・なおや
『城の崎にて・小僧の神様』志賀直哉著
改版　角川書店　2012.6　215p　15cm
（角川文庫）〈年譜あり　発売：角川グ
ループパブリッシング〉514円　①978-
4-04-100334-3

司馬 遼太郎(1923〜1996)しば・りょうた
ろう
『宮本武蔵』司馬遼太郎著　朝日新聞出版
2011.10　248p　15cm（朝日文庫─［朝
日時代小説文庫]）〈朝日新聞社1999年
刊の新装版〉580円　①978-4-02-
264625-5

高樹 のぶ子(1946〜)たかぎ・のぶこ
『マイマイ新子』高樹のぶ子著　筑摩書房
2017.6　349p　15cm（ちくま文庫）
〈マガジンハウス 2004年刊の再刊〉680
円　①978-4-480-43451-7

太宰 治(1909〜1948)だざい・おさむ
『人間失格・走れメロス』太宰治著　双葉
社　2016.11　222p　18cm（双葉社ジュ

ニア文庫）620円 ①978-4-575-24006-1

谷崎 潤一郎（1886〜1965）たにざき・じゅんいちろう
『陰翳礼讃・刺青ほか』谷崎潤一郎著 筑摩書房 2017.1 255p 15cm（ちくま文庫—教科書で読む名作）〈年譜あり〉640円 ①978-4-480-43414-2

筒井 康隆（1934〜）つつい・やすたか
『時をかける少女』筒井康隆作, 清原紘絵 角川書店 2009.3 158p 18cm（角川つばさ文庫）〈発売：角川グループパブリッシング〉560円 ①978-4-04-631007-1

中 勘助（1885〜1965）なか・かんすけ
『銀の匙』中勘助著 新潮社 2016.10 238p 16cm（新潮文庫）430円 ①978-4-10-120571-7

中島 敦（1909〜1942）なかじま・あつし
『李陵 山月記』中島敦著 文藝春秋 2013.7 379p 16cm（文春文庫）〈年譜あり〉470円 ①978-4-16-783867-6

那須田 淳（1959〜）なすだ・じゅん
『星空ロック』那須田淳著 ポプラ社 2016.7 248p 15cm（ポプラ文庫ピュアフル）〈あすなろ書房 2013年刊の加筆・修正〉640円 ①978-4-591-15082-5

夏目 漱石（1867〜1916）なつめ・そうせき
『心』漱石著 岩波書店 2014.11 451p 18cm 2600円 ①978-4-00-026973-5

新美 南吉（1913〜1943）にいみ・なんきち
『新美南吉童話集』新美南吉著 新装版 大日本図書 2012.12 3冊（セット）21cm 9000円 ①978-4-477-02647-3

新田 次郎（1912〜1980）にった・じろう
『霧の子孫たち』新田次郎著 新装版 文藝春秋 2010.7 281p 16cm（文春文庫）562円 ①978-4-16-711239-4

野坂 昭如（1930〜2015）のさか・あきゆき
『小さい潜水艦に恋をしたでかすぎるクジラの話—戦争童話集〜忘れてはイケナイ物語り〜』野坂昭如原作, 黒田征太郎画 世界文化社 2015.8 255p 21cm〈「焼跡の、お菓子の木」（日本放送出版協会 2002年刊）と「八月の風船」（日本放送出版協会 2002年刊）ほかからの改題、増補〉1600円 ①978-4-418-15512-5

灰谷 健次郎（1934〜2006）はいたに・けんじろう
『兎の眼』灰谷健次郎作, YUME本文絵 角川書店 2013.6 351p 18cm（角川つばさ文庫）〈角川文庫 1998年刊の再編集 発売：角川グループホールディングス〉780円 ①978-4-04-631319-5

浜田 廣介（1893〜1973）はまだ・ひろすけ
『泣いた赤おに』浜田広介作, 西村敏雄絵, 宮川健郎編 岩崎書店 2012.7 69p 22cm（1年生からよめる日本の名作絵どうわ）〈底本：浜田廣介全集（集英社 1976年刊）〉1000円 ①978-4-265-07113-5

林 芙美子（1904〜1951）はやし・ふみこ
『浮雲』林芙美子著 改版 KADOKAWA 2017.10 414p 15cm（角川文庫）640円 ①978-4-04-106153-4

早船 ちよ（1914〜2005）はやふね・ちよ
『花どけい』早船ちよ作, 広田建一絵 理論社 2010.2 174p 23cm（日本の児童文学よみがえる名作）〈1963年刊の復刻新装版〉2200円 ①978-4-652-00053-3

原 民喜（1905〜1951）はら・たみき
『原民喜戦後全小説』原民喜著 講談社 2015.6 579p 16cm（講談社文芸文庫）〈「原民喜戦後全小説 上・下」（1995年刊）の編集、新装版 著作目録あり 年譜あり〉2200円 ①978-4-06-290276-2

樋口 一葉（1872〜1896）ひぐち・いちよう
『樋口一葉—1872-1896』樋口一葉著 筑摩書房 2008.4 475p 15cm（ちくま日本文学）〈年譜あり〉880円 ①978-4-480-42513-3

福永 武彦（1918〜1979）ふくなが・たけひこ
『風のかたみ』福永武彦著 河出書房新社 2015.7 413p 15cm（河出文庫）〈新潮文庫 1996年刊の再刊〉1100円 ①978-4-309-41388-4

堀 辰雄（1904〜1953）ほり・たつお
『風立ちぬ/菜穂子』堀辰雄著 小学館 2013.11 293p 15cm（小学館文庫）〈「昭和文学全集 6」（1988年刊）の抜粋 年譜あり〉514円 ①978-4-09-408877-9

松谷 みよ子（1926〜2015）まつたに・みよこ
『ちいさいモモちゃん』松谷みよ子著 講

読んでみたい名作・この一冊

談社　2011.11　276p　15cm（講談社文庫）552円　Ⓘ978-4-06-277088-0

松本 清張（1909〜1992）まつもと・せいちょう
『点と線』松本清張著　文藝春秋　2009.4　283p　16cm（文春文庫―長篇ミステリー傑作選　松本清張記念館監修）〈画：風間完〉695円　Ⓘ978-4-16-769714-3

眉村 卓（1934〜）まゆむら・たく
『なぞの転校生』眉村卓著　講談社　2013.12　197p　15cm（講談社文庫）430円　Ⓘ978-4-06-277754-4

三浦 綾子（1922〜1999）みうら・あやこ
『氷点』三浦綾子著　改版　角川書店　2012.6〜2012.7　4冊　15cm（角川文庫）〈発売：角川グループパブリッシング〉各629円

三島 由紀夫（1925〜1970）みしま・ゆきお
『真夏の死―自選短編集』三島由紀夫著　改版　新潮社　2010.11　349p　15cm（新潮文庫）514円　Ⓘ978-4-10-105018-8

宮澤 賢治（1896〜1933）みやざわ・けんじ
『銀河鉄道の夜他十四篇―童話集』宮沢賢治作，谷川徹三編　岩波書店　2014.1　401p　19cm（ワイド版岩波文庫）〈改版　岩波文庫　1990年刊の再刊〉1400円　Ⓘ978-4-00-007370-7

向田 邦子（1929〜1981）むこうだ・くにこ
『向田邦子全集　第2巻　小説　2（あ・うん）』向田邦子著　新版　文藝春秋　2009.5　207p　20cm　1800円　Ⓘ978-4-16-641690-5

武者小路 実篤（1885〜1976）むしゃのこうじ・さねあつ
『釈迦』武者小路実篤作　岩波書店　2017.5　383p　15cm（岩波文庫）〈87刷　講談社　1936年刊の再刊〉850円　Ⓘ978-4-00-310506-1

村上 春樹（1949〜）むらかみ・はるき
『騎士団長殺し』村上春樹著　新潮社　2017.2　2冊　20cm　1800円

村上 龍（1952〜）むらかみ・りゅう
『69 sixty nine』村上龍著　集英社　2013.6　235p　16cm（集英社文庫）

〈1990年刊の再編集〉500円　Ⓘ978-4-08-745081-1

森 鷗外（1862〜1922）もり・おうがい
『山椒大夫・高瀬舟・阿部一族』森鷗外著　改版　角川書店　2012.6　301p　15cm（角川文庫）〈底本：「鷗外全集」第10、11、15、16巻（岩波書店　1972〜1973年刊）年譜あり　発売：角川グループパブリッシング〉476円　Ⓘ978-4-04-100287-2

森村 誠一（1933〜）もりむら・せいいち
『人間の証明』森村誠一著　KADOKAWA　2015.2　509p　15cm（角川文庫）〈新装版　角川書店　2004年刊の改版に「永遠のマフラー」を併録〉720円　Ⓘ978-4-04-102599-4

山崎 豊子（1924〜2013）やまさき・とよこ
『約束の海』山崎豊子著　新潮社　2016.8　436p　16cm（新潮文庫）〈文献あり〉670円　Ⓘ978-4-10-110451-5

山下 明生（1937〜）やました・はるお
『ジャカスカ号で大西洋へ』山下明生作，高畠那生絵　理論社　2014.5　140p　21cm（ハリネズミ・チコ　1―大きな船の旅）1400円　Ⓘ978-4-652-20055-1

山田 詠美（1959〜）やまだ・えいみ
『ぼくは勉強ができない』山田詠美著　改版　新潮社　2015.6　274p　15cm（新潮文庫）430円　Ⓘ978-4-10-103616-8

山田 太一（1934〜）やまだ・たいち
『読んでいない絵本』山田太一著　小学館　2015.6　344p　15cm（小学館文庫）650円　Ⓘ978-4-09-406175-8

夢野 久作（1889〜1936）ゆめの・きゅうさく
『定本夢野久作全集　4』夢野久作著，西原和海，川崎賢子，沢田安史，谷口基編集　国書刊行会　2018.4　485p　22cm　9500円　Ⓘ978-4-336-06017-4

吉村 昭（1927〜2006）よしむら・あきら
『海馬』吉村昭著　改版　新潮社　2016.6　288p　15cm（新潮文庫）550円　Ⓘ978-4-10-111730-0

吉本 ばなな（1964〜）よしもと・ばなな
『王国』よしもとばなな著　新潮社　2010.3〜2012.11　4冊　16cm（新潮文庫）1、2巻各324円、3巻400円、4巻460円

《海外の名作》

アンデルセン, ハンス・クリスチャン（1805～1875）

『絵のない絵本』アンデルセン著, 川崎芳隆訳 改版 角川書店 2010.6 164p 15cm（角川文庫）〈発売：角川グループパブリッシング〉286円 ①978-4-04-216505-7

イシグロ, カズオ（1954～）

『日の名残り』カズオ・イシグロ著, 土屋政雄訳 ノーベル賞記念版 早川書房 2018.4 322p 20cm 2700円 ①978-4-15-209758-3

ウェブスター, ジーン（1876～1916）

『あしながおじさん』ジーン・ウェブスター作, 代田亜香子訳, 日本アニメーション絵 小学館 2017.7 287p 18cm（小学館ジュニア文庫―[世界名作シリーズ]）750円 ①978-4-09-231171-8

ウェルズ, ハーバート・ジョージ（1866～1946）

『タイムマシン』ウェルズ著, 池央耿訳 光文社 2012.4 225p 16cm（光文社古典新訳文庫）〈年譜あり〉686円 ①978-4-334-75246-0

ヴェルヌ, ジュール（1828～1905）

『十五少年漂流記』ジュール・ヴェルヌ著, 椎名誠, 渡辺葉訳 新潮社 2015.8 465p 20cm（新潮モダン・クラシックス）1800円 ①978-4-10-591004-4

オルコット, ルイーザ・メイ（1832～1888）

『若草物語』オルコット著, 麻生九美訳 光文社 2017.10 572p 16cm（光文社古典新訳文庫）〈年譜あり〉1260円 ①978-4-334-75363-4

カフカ, フランツ（1883～1924）

『変身』フランツ・カフカ著, 高橋義孝訳 改版 新潮社 2011.6 137p 15cm（新潮文庫）〈108刷(初版1952年)〉324円 ①978-4-10-207101-4

カミュ, アルベール（1913～1960）

『異邦人』カミュ著, 窪田啓作訳 改版 新潮社 2014.6 179p 16cm（新潮文庫）〈年譜あり〉460円 ①978-4-10-211401-8

カルヴィーノ, イタロ（1923～1985）

『冬の夜ひとりの旅人が』イタロ・カルヴィーノ著, 脇功訳 白水社 2016.10 360p 18cm（白水uブックス―海外小説永遠の本棚）1800円 ①978-4-560-07207-3

キイス, ダニエル（1927～2014）

『アルジャーノンに花束を』ダニエル・キイス著, 小尾芙佐訳 愛蔵版 早川書房 2015.4 360p 22cm 3900円 ①978-4-15-209533-6

キプリング, ラドヤード（1865～1936）

『ジャングル・ブック』ラドヤード・キプリング著, 田口俊樹訳 新潮社 2016.7 395p 16cm（新潮文庫）550円 ①978-4-10-220061-2

ギャリコ, ポール（1897～1976）

『ジェニィ』ポール・ギャリコ著, 古沢安二郎訳 改版 新潮社 2011.12 503p 15cm（新潮文庫）670円 ①978-4-10-216801-1

キャロル, ルイス（1832～1898）

『ルイス・キャロル』ルイス・キャロル著, 鴻巣友季子編 集英社 2016.8 816p 16cm（集英社文庫ヘリテージシリーズ―ポケットマスターピース 11）〈文献あり 著作目録あり 年譜あり〉1300円 ①978-4-08-761044-4

許 仲琳（明代）キョ・チュウリン

『封神演義』許仲琳著, 渡辺仙州編訳, 佐竹美保絵 偕成社 2018.4 3冊 19cm（軽装版偕成社ポッシュ）〈1998年刊の再編集 文献あり〉1000円 ①978-4-03-750170-9

クリスティ, アガサ（1890～1976）

『オリエント急行殺人事件』アガサ・クリスティ著, 田内志文訳 KADOKAWA 2017.11 355p 15cm（角川文庫）600円 ①978-4-04-106451-1

グリム兄弟 グリムキョウダイ

『グリム童話』グリム著, 西本鶏介文・編 ポプラ社 2012.6 196p 18cm（ポプラポケット文庫）〈1999年刊の新装改訂〉620円 ①978-4-591-12963-0

グレアム, ケネス（1859〜1932）

『楽しい川辺』ケネス・グレアム作, ロバート・イングペン絵, 杉田七重訳　西村書店東京出版編集部　2017.4　224p　24cm　2200円　①978-4-89013-980-4

ケストナー, エーリヒ（1899〜1974）

『飛ぶ教室』エーリヒ・ケストナー著, 池内紀訳　新潮社　2014.12　223p　16cm（新潮文庫）460円　①978-4-10-218641-1

呉 承恩（1500〜1582）ゴ・ショウオン

『西遊記』呉承恩原作, 小沢章友文, 山田章博絵　新装版　講談社　2013.3　269p　18cm（講談社青い鳥文庫）650円　①978-4-06-285347-7

コッローディ, カルロ（1826〜1890）

『ピノッキオの冒険』カルロ・コッローディ著, 大岡玲訳　光文社　2016.11　387p　16cm（光文社古典新訳文庫）〈「新訳ピノッキオの冒険」（角川文庫2003年刊）の改題, 大幅加筆・修正　年譜あり〉840円　①978-4-334-75343-6

サリンジャー, J.D.（1919〜2010）

『フラニーとズーイ』サリンジャー著, 村上春樹訳　新潮社　2014.3　292p　16cm（新潮文庫）630円　①978-4-10-205704-9

サローヤン, ウィリアム（1908〜1981）

『ヒューマン・コメディ』サローヤン著, 小川敏子訳　光文社　2017.8　382p　16cm（光文社古典新訳文庫）〈年譜あり〉880円　①978-4-334-75359-7

サン＝テグジュペリ, アントワーヌ・ド（1900〜1944）

『星の王子さま』サン＝テグジュペリ作, 内藤濯訳　岩波書店　2017.7　220p　15cm（岩波文庫）〈岩波少年文庫1953年刊の再刊　年譜あり〉520円　①978-4-00-375131-2

シェイクスピア, ウィリアム（1564〜1616）

『シェイクスピア名作コレクション 全10巻』小田島雄志文, 里中満智子絵, ウィリアム・シェイクスピア原作　汐文社　2016.9　10冊（セット）19cm　16000円　①978-4-8113-1131-9

ジオノ, ジャン（1895〜1970）

『木を植えた男』ジャン・ジオノ著, 寺岡襄訳, 黒井健絵　あすなろ書房　2015.10　77p　20cm（あすなろセレクション）1000円　①978-4-7515-2760-3

シートン, アーネスト・T.（1860〜1946）

『シートン動物記』アーネスト・T.シートン文・絵, 今泉吉晴訳・解説　童心社　2009.12〜2011.9　15冊　19cm〈ソフトカバー〉

シュピーリ, ヨハンナ（1827〜1901）

『アルプスの少女ハイジ』J.シュピリ作, 那須田淳文, pon-marsh絵　ポプラ社　2015.11　163p　22cm（ポプラ世界名作童話 4）1000円　①978-4-591-14701-6

スウィフト, ジョナサン（1667〜1745）

『ガリバー旅行記』ジョナサン・スウィフト著, 山田蘭訳　角川書店　2011.3　461p　15cm（角川文庫）〈発売：角川グループパブリッシング〉629円　①978-4-04-298218-0

スタインベック, ジョン・E.（1902〜1968）

『怒りの葡萄』スタインベック著, 伏見威蕃訳　新潮社　2015.10　2冊　16cm（新潮文庫）上巻750円, 下巻710円

スティーヴンスン, ロバート・ルイス（1850〜1894）

『宝島』ロバート・L・スティーヴンソン著, 鈴木恵訳　新潮社　2016.8　366p　16cm（新潮文庫）590円　①978-4-10-200304-6

セルバンテス, ミゲル・デ（1547〜1616）

『ドレのドン・キホーテ』ミゲル・デ・セルバンテス原作, 谷口江里也訳・構成, ギュスターヴ・ドレ挿画　宝島社　2012.1　446p　21cm　1524円　①978-4-7966-8911-3

ダール, ロアルド（1916〜1990）

『南からきた男、ほかロアルド・ダール短編集』ロアルド・ダール著　青灯社　2017.6　133p　18cm（金原瑞人MY FAVORITES　金原瑞人編）1200円　①978-4-86228-094-7

チェーホフ, アントン・パーヴロヴィ

読んでみたい名作・この一冊

チ（1860〜1904）

『大きなかぶ―チェーホフショートセレクション』チェーホフ作, 小宮山俊平訳, ヨシタケシンスケ絵　理論社　2017.2　214p　19cm（世界ショートセレクション 5）1300円　①978-4-652-20178-7

チャペック, カレル（1890〜1938）

『ひとつのポケットからでた話』カレル・チャペック著, 栗栖茜訳　海山社　2011.2　354p　20cm　2200円　①978-4-904153-04-8

ディケンズ, チャールズ（1812〜1870）

『クリスマス・キャロル』ディケンズ著, 村岡花子訳　新潮社　2011.11　189p　16cm（新潮文庫）〈『クリスマス・カロル』（1952年刊）の改訂〉370円　①978-4-10-203009-7

デフォー, ダニエル（1661？〜1731）

『完訳ロビンソン・クルーソー』ダニエル・デフォー著, 増田義郎訳・解説　中央公論新社　2010.10　486p　16cm（中公文庫）〈文献あり 年表あり〉952円　①978-4-12-205388-5

デュマ, アレクサンドル（1802〜1870）

『モンテ・クリスト伯』アレクサンドル・デュマ作, 山内義雄訳　岩波書店　2013.6〜2013.12　7冊　19cm（ワイド版岩波文庫）〈岩波文庫 1979年刊の再刊〉1〜6巻1400円、7巻1500円

ドイル, アーサー・コナン（1859〜1930）

『シャーロック・ホームズの冒険』アーサー・コナン・ドイル著, 大久保康雄訳　新版　早川書房　2015.4　2冊　16cm（ハヤカワ・ミステリ文庫）各620円

トウェイン, マーク（1835〜1910）

『トム・ソーヤーの冒険』マーク・トウェイン著, 大久保康雄訳　改版　新潮社　2011.10　396p　15cm（新潮文庫）552円　①978-4-10-210601-3

ドストエフスキー, フョードル・ミハイロヴィチ（1821〜1881）

『罪と罰』ドストエフスキー著, 工藤精一郎訳　改版　新潮社　2010.6　2冊　15cm（新潮文庫）〈59刷（初版1987年）〉上743円、下781円

トルストイ, レフ・ニコラエヴィチ

（1828〜1910）

『戦争と平和』トルストイ作, 藤沼貴訳　岩波書店　2014.7　6冊　19cm（ワイド版岩波文庫）〈岩波文庫 2006年刊の再刊 年表あり〉1・3巻各1600円、2・4〜6巻各1800円

ネズビット, イーディス（1858〜1924）

『秘密の花園―同時収録『砂の妖精』』F・H・バーネット, E・ネズビット作, 新星出版社編集部編, ［粟生こずえ］, ［高橋みか］編訳　新星出版社　2017.3　238p　19cm（トキメキ夢文庫）〈文献あり〉850円　①978-4-405-07247-3

ノース, スターリング（1906〜1974）

『あらいぐまラスカル』鏡京介著, スターリング・ノース原作, 日本アニメ企画株式会社監修　竹書房　2012.10　252p　19cm（世界名作劇場ジュニア・ノベルシリーズ）880円　①978-4-8124-9177-5

バーネット, フランシス・ホジソン

（1849〜1924）

『秘密の花園』フランシス・ホジソン・バーネット著, 畔柳和代訳　新潮社　2016.6　439p　16cm（新潮文庫）〈文献あり〉670円　①978-4-10-221404-6

バリー, ジェームズ・M.（1860〜1937）

『ピーターパン』J.M.バリー作, 代田亜香子訳, 日本アニメーション絵　小学館　2017.12　319p　18cm（小学館ジュニア文庫―［世界名作シリーズ］）750円　①978-4-09-231202-9

ハーン, ラフカディオ（1850〜1904）

『怪談―不思議なことの物語と研究』ラフカディオ・ハーン作, 平井呈一訳　岩波書店　2011.12　232p　19cm（ワイド版岩波文庫）1000円　①978-4-00-007345-5

ピアス, フィリパ（1920〜2006）

『消えた犬と野原の魔法』フィリパ・ピアス作, ヘレン・クレイグ絵, さくまゆみこ訳　徳間書店　2014.12　142p　22cm〈著作目録あり〉1800円　①978-4-19-863895-5

フィッツジェラルド, フランシス・スコット・キー（1896〜1940）

『偉大なギャツビー』F・スコット・フィッ

484

ツジェラルド著, 野崎孝訳　改訂新版
集英社　2013.4　297p　16cm（集英社
文庫）500円　①978-4-08-760665-2

ブラッドベリ, レイ（1920〜2012）
『**火星年代記**』レイ・ブラッドベリ著, 小
笠原豊樹訳　新版　早川書房　2010.7
414p　16cm（ハヤカワ文庫）940円
①978-4-15-011764-1

プルースト, マルセル（1871〜1922）
『**失われた時を求めて**』プルースト作, 吉
川一義訳　岩波書店　2010.11〜（2018.
5）既刊12冊　15cm（岩波文庫）〈年譜
あり　索引あり〉

プロイスラー, オトフリート（1923〜
2013）
『**大どろぼうホッツェンプロッツ**』オトフ
リート・プロイスラー作, フランツ・
ヨーゼフ・トリップ絵, 中村浩三訳　改
訂2版　偕成社　2010.9　184p　22cm
（ドイツのゆかいな童話）900円
①978-4-03-608250-6

ヘッセ, ヘルマン（1877〜1962）
『**デーミアン**』ヘッセ著, 酒寄進一訳　光
文社　2017.6　297p　16cm（光文社古
典新訳文庫）〈年譜あり〉720円
①978-4-334-75355-9

ヘミングウェイ, アーネスト・M.（1899
〜1961）
『**老人と海**』ヘミングウェイ著, 小川高義
訳　光文社　2014.9　165p　16cm（光
文社古典新訳文庫）〈年譜あり〉600円
①978-4-334-75299-6

ペロー, シャルル（1628〜1703）
『**ペロー昔話・寓話集**』シャルル・ペロー
作, エヴァ・フラントヴァー絵, 末松氷
海子訳　西村書店東京出版編集部
2008.11　365p　27cm　3800円　①978-
4-89013-907-1

ヘンリー, オー（1862〜1910）
『**オー・ヘンリーショートストーリーセレ
クション**』オー・ヘンリー作, 千葉茂樹
訳, 和田誠絵　理論社　2007.4〜2008.3
8冊　19cm　各1200円

ポー, エドガー・アラン（1809〜1849）
『**ポー名作集**』E.A.ポー著, 丸谷才一訳
改版　中央公論新社　2010.7　323p

16cm（中公文庫）〈初版：中央公論社
1973年刊〉800円　①978-4-12-205347-2

ボウム, ライマン・フランク（1856〜
1919）
『**オズの魔法使い**』L・F・ボウム著, 江國
香織訳　小学館　2015.2　252p　15cm
（小学館文庫）600円　①978-4-09-
406128-4

モーパッサン, ギィ・ド（1850〜1893）
『**モーパッサン短篇集**』ギ・ド・モーパッ
サン著, 山田登世子編訳　筑摩書房
2009.10　301p　15cm（ちくま文庫）
800円　①978-4-480-42659-8

モンゴメリ, ルーシー・モード（1874〜
1942）
『**赤毛のアン**』L・M・モンゴメリ作, 村岡
花子訳, HACCAN絵　講談社　2014.5
363p　18cm　1900円　①978-4-06-
218970-5

ヤンソン, トーベ（1914〜2001）
『**小さなトロールと大きな洪水**』トーベ・
ヤンソン作・絵, 冨原眞弓訳　新装版
講談社　2015.2　121p　18cm（講談社
青い鳥文庫）580円　①978-4-06-
285467-2

ユゴー, ヴィクトル（1802〜1885）
『**レ・ミゼラブル**』ヴィクトール・ユゴー
著, 西永良成訳　筑摩書房　2012.11　5
冊　15cm（ちくま文庫）1巻950円、2・
3巻1000円、4・5巻1300円

羅 貫中（明代）ラ・カンチュウ
『**三国志演義**』［羅貫中］著, 井波律子訳
講談社　2014.9　4冊　15cm（講談社学
術文庫）〈ちくま文庫　2002〜2003年刊
を4巻に再構成〉1巻：1750円、2〜4巻：
1700円

ラーゲルレーヴ, セルマ（1858〜1940）
『**ニルスの旅—スウェーデン初等地理読
本**』セルマ・ラーゲレーヴ作, 山崎陽子
訳　川口　プレスポート・北欧文化通信
社　2011.11　611p　19cm（1000点世
界文学大系　北欧篇6　プレスポート編）
2800円　①978-4-905392-08-8

ラム, チャールズ＆メアリー（チャール
ズ=1775〜1834、メアリー=1764-1847）
『**シェイクスピア物語**』チャールズ・ラム,

メアリー・ラム作, 安藤貞雄訳　岩波書店　2008.6　2冊　15cm（岩波文庫）各760円

ランサム, アーサー (1884〜1967)
『ツバメ号とアマゾン号』アーサー・ランサム作, 神宮輝夫訳　岩波書店　2010.7　2冊　18cm（岩波少年文庫―［ランサム・サーガ］）各760円　①978-4-00-114171-9

リンドグレーン, アストリッド (1907〜2002)
『わたしたちの島で』アストリッド・リンドグレーン作, 尾崎義訳　岩波書店　2014.5　476p　18cm（岩波少年文庫）920円　①978-4-00-114222-8

ルイス, C.S. (1898〜1963)
『ナルニア国物語』C・S・ルイス著, 土屋京子訳　光文社　2016.9〜2018.3　7冊　16cm（光文社古典新訳文庫）680円

ルブラン, モーリス (1864〜1941)
『怪盗紳士アルセーヌ・ルパン奇岩城』モーリス・ルブラン作, 高野優, 大林薫訳, しゅー絵　KADOKAWA　2016.2　237p　18cm（角川つばさ文庫）740円　①978-4-04-631562-5

魯迅 (1881〜1936) ロジン
『阿Q正伝』魯迅著, 増田渉訳　改版　KADOKAWA　2018.6　234p　15cm（角川文庫）640円　①978-4-04-106853-3

ロフティング, ヒュー (1886〜1947)
『新訳ドリトル先生アフリカへ行（い）く』ヒュー・ロフティング作, 河合祥一郎訳, patty絵　アスキー・メディアワークス　2011.5　183p　18cm（角川つばさ文庫）〈発売：角川グループパブリッシング〉560円　①978-4-04-631147-4

ロンドン, ジャック (1876〜1916)
『荒野の呼び声』ジャック・ロンドン作, 海保眞夫訳　岩波書店　2014.6　174p　15cm（岩波文庫）480円　①4-00-323151-1

ワイルダー, ローラ・インガルス (1867〜1957)
『大きな森の小さな家』ローラ・インガルス・ワイルダー作, こだまともこ, 渡辺南都子訳, 丹地陽子絵　新装版　講談社　2012.8　214p　18cm（講談社青い鳥文庫―大草原の小さな家シリーズ）600円　①978-4-06-285302-6

ワイルド, オスカー (1854〜1900)
『幸福な王子/柘榴の家』ワイルド著, 小尾芙佐訳　光文社　2017.1　303p　16cm（光文社古典新訳文庫）〈年譜あり〉880円　①978-4-334-75347-4

書名索引

書名索引　　あなた

【 あ 】

愛を海に還して(小手鞠るい) …………… 130
あいしてくれて、ありがとう(越水利江子) … 127
哀愁の町に霧が降るのだ(椎名誠) ……… 163
アイスプラネット(椎名誠) ……………… 163
相田家のグッドバイ(森博嗣) …………… 301
IWGPコンプリートガイド(石田衣良) ……… 51
あいつが来る(星新一) …………………… 266
愛と友情のゴリラ(オズボーン) ………… 378
アイドル・ことまり！(令丈ヒロ子) ……… 340
愛について(白岩玄) ……………………… 188
愛に似たもの(唯川恵) …………………… 323
アイネクライネナハトムジーク(伊坂幸太郎)
　………………………………………………… 33
愛の裏側は闇(シャミ) …………………… 407
I love letter(あさのあつこ) ……………… 3
OUT OF CONTROL(冲方丁) …………… 64
アウトブレイク・カンパニー 萌える侵略者(榊
　一郎) ……………………………………… 355
青い海の宇宙港(川端裕人) ……………… 117
青い鳥(重松清) …………………………… 166
青いリボン(大島真寿美) ………………… 72
蒼き戦記(吉橋通夫) ……………………… 337
青くて痛くて脆い(住野よる) …………… 192
青白く輝く月を見たか？(森博嗣) ……… 302
青空と逃げる(辻村深月) ………………… 206
青空トランペット(吉野万理子) ………… 331
蒼のファンファーレ(古内一絵) ………… 265
青矢号(ロダーリ) ………………………… 467
赤いカンナではじまる(はらだみずき) … 255
赤い首輪のパロ(加藤多一) ……………… 112
あかいくま(中脇初枝) …………………… 224
赤い実たちのラブソング(名木田恵子) … 225
赤い指(東野圭吾) ………………………… 258
赤いろうそくと人魚(小川未明) ………… 479
赤朽葉家の伝説(桜庭一樹) ……………… 152
赤毛のアン(柏葉幸子) …………………… 104
赤毛のアン(モンゴメリ) ………………… 485
アカシア書店営業中！(濱野京子) ……… 239
赤ずきん(いしいしんじ) ………………… 37
赤の他人だったら、どんなによかったか。(吉
　野万理子) ………………………………… 331
アカペラ(山本文緒) ……………………… 322
赤ヘル1975(重松清) ……………………… 166
赤目姫の潮解(森博嗣) …………………… 302
明るい夜に出かけて(佐藤多佳子) ……… 158
あかんべえ(宮部みゆき) ………………… 285
赤ん坊が指さしてる門(いしいしんじ) … 37
アキカン！(藍上陸) ……………………… 362
アギーの祈り(濱野京子) ………………… 239
アキハバラ@(アット)DEEP(石田衣良) … 51
阿Q正伝(魯迅) …………………………… 486
アキラとあきら(池井戸潤) ……………… 25
アクアマリンの神殿(海堂尊) …………… 97

アクエルタルハ(風野潮) ………………… 108
悪声(いしいしんじ) ……………………… 37
アクセル・ワールド(川原礫) …………… 354
Arknoah(乙一) …………………………… 87
悪魔のいる天国(星新一) ………………… 266
悪魔のメルヘン(石崎洋司) ……………… 42
悪夢のドールショップ(石崎洋司) ……… 42
悪夢の目撃者(プリーストリー) ………… 437
悪霊の島(キング) ………………………… 390
アゲイン(重松清) ………………………… 166
アゲハが消えた日(斉藤洋) ……………… 139
アーサー王ここに眠る(リーヴ) ………… 459
アーサー王と黄金のドラゴン(オズボーン)
　…………………………………………… 378
アーサー王の世界(斉藤洋) ……………… 139
朝が来る(辻村深月) ……………………… 206
朝霧の立つ川(高橋秀雄) ………………… 205
朝ごはん(川上健一) ……………………… 113
アサシンズプライド(天城ケイ) ………… 351
朝のこどもの玩具箱(あさのあつこ) …… 3
朝日のようにさわやかに(恩田陸) ……… 93
足音がやってくる(マーヒー) …………… 453
明日(あした)につづくリズム(八束澄子) … 313
明日になったら(あさのあつこ) ………… 4
明日の子供たち(有川浩) ………………… 19
明日の食卓(椰月美智子) ………………… 310
明日のマーチ(石田衣良) ………………… 51
明日(あした)の約束(村山由佳) ………… 296
アシタノユキカタ(小路幸也) …………… 178
あした吹く風(あさのあつこ) …………… 4
明日(アシタ)ハ晴レカナ曇リカナ(風野潮)
　…………………………………………… 108
あしながおじさん(ウェブスター) ……… 482
あすなろ三三七拍子(重松清) ……… 166, 167
明日のいこうき雲(八束澄子) …………… 313
アスラクライン(三雲岳斗) ……………… 361
あそびにいくヨ！(神野オキナ) ………… 354
あたしの、ボケのお姫様。(令丈ヒロ子) … 341
頭のうちどころが悪かった熊の話(安東みき
　え) ………………………………………… 24
あたま山(斉藤洋) ………………………… 140
あたらしい子がきて(岩瀬成子) ………… 60
アダルト・エデュケーション(村山由佳) … 296
AX(アックス)(伊坂幸太郎) …………… 33
あっちの豚こっちの豚(佐野洋子) ……… 161
あっちの豚こっちの豚/やせた子豚の一日(佐
　野洋子) …………………………………… 161
@ベイビーメール(山田悠介) …………… 317
アップルソング(小手鞠るい) …………… 130
アート少女(花形みつる) ………………… 235
あと少し、もう少し(瀬尾まいこ) ……… 193
アトミック・ボックス(池澤夏樹) ……… 30
あなたが愛した記憶(誉田哲也) ………… 269
あなたがここにいて欲しい(中村航) …… 221
あなたとわたしの物語(小手鞠るい) …… 130
あなたにつながる記憶のすべて(小手鞠るい)
　…………………………………………… 130
あなたには帰る家がある(山本文緒) …… 322

ヤングアダルトの本　いま読みたい小説4000冊　**489**

あなた　　　　　　　　書名索引

あなたの呼吸が止まるまで（島本理生）‥‥‥ 175
あなたの本（誉田哲也）‥‥‥‥‥ 270
あなたの本当の人生は（大島真寿美）‥‥ 72
あなたは、誰かの大切な人（原田マハ）‥‥ 250
兄と弟、あるいは書物と燃える石（長野まゆみ）‥‥‥‥‥‥‥‥‥‥‥‥ 217
あの家に暮らす四人の女（三浦しをん）‥‥ 279
あの犬が好き（クリーチ）‥‥‥‥‥ 396
あの歌がきこえる（重松清）‥‥‥‥ 167
あの雲を追いかけて（シアラー）‥‥‥ 405
あの頃の誰か（東野圭吾）‥‥‥‥‥ 258
あのとき始まったことのすべて（中村航）‥ 221
あの夏、二人のルカ（誉田哲也）‥‥‥ 270
アノニム（原田マハ）‥‥‥‥‥‥ 250
あの庭の扉をあけたとき（佐野洋子）‥‥ 161
あの人が同窓会に来ない理由（はらだみずき）
‥‥‥‥‥‥‥‥‥‥‥‥‥‥ 255
あの日にドライブ（荻原浩）‥‥‥‥ 83
あのフェアウェイへ（川上健一）‥‥‥ 113
アバター（山田悠介）‥‥‥‥‥‥ 318
あひるの手紙（朽木祥）‥‥‥‥‥ 125
アブエラの大きな手（中川なをみ）‥‥‥ 217
アブソリュート・デュオ（柊★たくみ）‥ 359
アポロンと5つの神託（リオーダン）‥‥ 460
天翔る（村山由佳）‥‥‥‥‥‥‥ 296
あまからカルテット（柚木麻子）‥‥‥ 327
甘城ブリリアントパーク（賀東招二）‥‥ 353
天草の霧（斉藤洋）‥‥‥‥‥‥‥ 140
尼子十勇士伝（後藤竜二）‥‥‥‥‥ 138
アマゾン大脱出（オズボーン）‥‥‥‥ 378
甘党仙人（濱野京子）‥‥‥‥‥‥ 239
あまねく神竜住まう国（荻原規子）‥‥‥ 79
天の川のラーメン屋（富安陽子）‥‥‥ 211
雨あがりのメデジン（ゴメス＝セルダ）‥ 402
雨がしくしく、ふった日は（森絵都）‥‥ 299
雨心中（唯川恵）‥‥‥‥‥‥‥‥ 323
天（あめ）と地（つち）の方程式（富安陽子）
‥‥‥‥‥‥‥‥‥‥‥‥ 211, 212
雨のち晴れ、ところにより虹（吉野万理子）‥ 331
あめふらし（長野まゆみ）‥‥‥‥‥ 217
アーモンド入りチョコレートのワルツ（森絵都）‥‥‥‥‥‥‥‥‥‥‥‥ 299
アヤカシさん（富安陽子）‥‥‥‥‥ 212
あやかし草紙（宮部みゆき）‥‥‥‥ 285
妖（あやかし）の華（誉田哲也）‥‥‥ 270
あやかしファンタジア（斉藤洋）‥‥‥ 140
あやし（宮部みゆき）‥‥‥‥‥‥ 285
妖しいパティシエ（石崎洋司）‥‥‥‥ 42
怪しいブラスバンド（石崎洋司）‥‥‥ 42
アーヤと魔女（ジョーンズ）‥‥‥‥ 410
彩乃ちゃんのお告げ（橋本紡）‥‥‥‥ 231
あらいぐまラスカル（ノース）‥‥‥‥ 484
洗い屋お姫捕物帳（越水利江子）‥‥‥ 127
嵐にいななく（マシューズ）‥‥‥‥ 452
嵐の中の動物園（川端裕人）‥‥‥‥ 117
嵐の夜の幽霊海賊（オズボーン）‥‥‥ 378
アラスカを追いかけて（グリーン）‥‥‥ 396
アラスカの小さな家族（ヒル）‥‥‥‥ 433

アラビアの空飛ぶ魔法（オズボーン）‥‥‥ 378
アラビアンナイト（濱野京子）‥‥‥‥ 239
アラフォー賢者の異世界生活日記（寿安清）
‥‥‥‥‥‥‥‥‥‥‥‥‥‥ 355
あられもない祈り（島本理生）‥‥‥‥ 175
アリアドネの弾丸（海堂尊）‥‥‥‥‥ 97
ありえない恋（小手鞠るい）‥‥‥‥ 130
ありがとう〜ただ、君がスキ〜（中村航）‥‥ 221
ありがとうのおはなし（斉藤洋）‥‥‥ 140
アリクイありえない（斉藤洋）‥‥‥‥ 140
アリスのうさぎ（斉藤洋）‥‥‥‥‥ 140
アリー・フィンクルの女の子のルール（キャボット）‥‥‥‥‥‥‥‥‥ 387, 388
ありふれた愛じゃない（村山由佳）‥‥‥ 296
ありふれた職業で世界最強（白米良）‥‥ 356
ありふれた風景画（あさのあつこ）‥‥‥ 4
有松の庄九郎（中川なをみ）‥‥‥‥ 217
ある一日（いしいしんじ）‥‥‥‥‥ 37
あるキング（伊坂幸太郎）‥‥‥‥‥ 33
アルケミスト（コエーリョ）‥‥‥‥ 400
アルジャーノンに花束を（キイス）‥‥‥ 482
R-15（伏見ひろゆき）‥‥‥‥‥‥ 360
あるスパイの物語（星新一）‥‥‥‥ 267
アルスラーン戦記（田中芳樹）‥‥‥‥ 357
RDGレッドデータガール（荻原規子）‥‥‥ 79, 80
アルテミス・ファウル（コルファー）‥‥ 402
アルバート、故郷に帰る（ヒッカム）‥‥ 433
アルプスの救助犬バリー（オズボーン）‥‥ 379
アルプスの少女ハイジ（シュピーリ）‥‥ 483
アルフレートの時計台（斉藤洋）‥‥‥ 140
アレクサンダー大王の馬（オズボーン）‥‥ 379
アレグリアとは仕事はできない（津村記久子）
‥‥‥‥‥‥‥‥‥‥‥‥‥‥ 209
アレグロ・ラガッツァ（あさのあつこ）‥‥ 4
暗黒のテニスプレーヤー（石崎洋司）‥‥ 42
あんじゅう（宮部みゆき）‥‥‥‥‥ 286
アンダー・ザ・ドーム（キング）‥‥‥ 390
アンダスタンド・メイビー（島本理生）‥‥ 175, 176
アンと青春（坂木司）‥‥‥‥‥‥ 150
アンドロギュヌスの皮膚（図子慧）‥‥‥ 192
暗幕のゲルニカ（原田マハ）‥‥‥‥ 250
アンマーとぼくら（有川浩）‥‥‥‥‥ 19
あんみんガッパのパジャマやさん（柏葉幸子）
‥‥‥‥‥‥‥‥‥‥‥‥‥‥ 104
安楽病棟（帚木蓬生）‥‥‥‥‥‥ 236

【い】

いい人ランキング（吉野万理子）‥‥‥‥ 332
いい部屋あります。（長野まゆみ）‥‥‥ 218
Yes（川上健一）‥‥‥‥‥‥‥‥ 113
いえででんしゃはがんばります。（あさのあつこ）‥‥‥‥‥‥‥‥‥‥‥‥ 4
いえのおばけずかん（斉藤洋）‥‥‥‥ 140
家元探偵マスノくん（笹生陽子）‥‥‥ 157
怒りの葡萄（スタインベック）‥‥‥‥ 483

書名索引　　　　うおく

息がとまるほど（唯川恵）　323
イキルキス（舞城王太郎）　274
生きるぼくら（原田マハ）　251
戦の国（冲方丁）　64
イグナートのぼうけん（乙一）　87
イーゲル号航海記（斉藤洋）　140
生ける屍（ディキンスン）　419
ICO（宮部みゆき）　286
異国のおじさんを伴う（森絵都）　299
居酒屋ぼったくり（秋川滝美）　350
十六夜荘ノート（古内一絵）　265
石井桃子コレクション（石井桃子）　478
石を抱くエイリアン（濱野京子）　240
意識のリボン（綿矢りさ）　348
異世界居酒屋「のぶ」（蝉川夏哉）　357
異世界食堂（犬塚惇平）　351
異世界落語（朱雀新吾）　356
異世界料理道（EDA）　352
異世界はスマートフォンとともに。（冬原パトラ）　360
伊勢物語（石崎洋司）　43
偉大なギャツビー（フィッツジェラルド）　484
いたずら人形チョロップ（高楼方子）　203
いたずら人形チョロップと名犬シロ（高楼方子）　203
いたずらロバート（ジョーンズ）　410
ηなのに夢のよう（森博嗣）　302
痛みの道標（古内一絵）　265
11/22/63（キング）　391
15×24（イチゴーニイヨン）（新城カズマ）　189
無花果とムーン（桜庭一樹）　153
1ねん1くみ1ばんサイコー！（後藤竜二）　138
1ねん1くみ1ばんジャンプ！（後藤竜二）　138
一年四組の窓から（あさのあつこ）　4
いちばんうしろの大魔王（水城正太郎）　361
いちばん近くて遠い（小手鞠るい）　130
いつか天魔の黒ウサギ（鏡貴也）　353
いつかのきみへ（橋本紡）　231
一瞬でいい（唯川恵）　324
一瞬の風になれ（佐藤多佳子）　158
一千一秒の日々（島本理生）　176
いつでもインコ（斉藤洋）　141
いつでもしろくま（斉藤洋）　141
いつのまにデザイナー!?（梨屋アリエ）　228
一分間だけ（原田マハ）　251
いつも彼らはどこかに（小川洋子）　77
いつも心の中に（小手鞠るい）　131
イデアの影（森博嗣）　302
伊藤くんA to E（柚木麻子）　327
愛しの座敷わらし（荻原浩）　83
井戸の中の虎（ブルマン）　439
いとま申して（北村薫）　122
イナイ×イナイ（森博嗣）　302
田舎の紳士服店のモデルの妻（宮下奈都）　283
犬とハサミは使いよう（更伊俊介）　356
犬とハモニカ（江國香織）　68
犬のことばが聞こえたら（マクラクラン）　451

異能バトルは日常系のなかで（望公太）　359
イノセント（島本理生）　176
イノセント・ゲリラの祝祭（海堂尊）　97
いのちのパレード（恩田陸）　93
いのちのパレード（八束澄子）　314
祈りの幕が下りる時（東野圭吾）　258
εに誓って（森博嗣）　302
異邦人（カミュ）　482
今ここにいるぼくらは（川端裕人）　117
いまさら翼といわれても（米澤穂信）　338
妹さえいればいい。（平坂読）　359
異邦人（いりびと）（原田マハ）　251
イルミネーション・キス（橋本紡）　231
いろはのあした（魚住直子）　63
陰翳礼讃・刺青ほか（谷崎潤一郎）　480
インシテミル（米澤穂信）　338
インターセックス（帚木蓬生）　236
インタビューはムリですよう！（梨屋アリエ）　228
インディペンデンス・デイ（原田マハ）　251
インデックス（誉田哲也）　270
インド大帝国の冒険（オズボーン）　379
インビジブルレイン（誉田哲也）　270
IS〈インフィニット・ストラトス〉（弓弦イズル）　362
"Infinite Dendrogram"‐インフィニット・デンドログラム（海道左近）　353

【う】

ヴァイオレット・エヴァーガーデン（暁佳奈）　350
ヴァニティ（唯川恵）　324
ヴァルキリーズ（コエーリョ）　400
ヴァンパイアの恋人（越水利江子）　127
ヴィヴァーチェ（あさのあつこ）　4
ウィザーズ・ブレイン（三枝零一）　355
浮いちゃってるよ、バーナビー！（ボイン）　444
Wish（小手鞠るい）　131
ウィル・グレイソン、ウィル・グレイソン（グリーン）　396
ウィロビー・チェースのオオカミ（エイキン）　374
ウィンター・ホリデー（坂木司）　151
ヴィンテージ・ドレス・プリンセス（キャボット）　388
ウェイサイド・スクールはきょうもへんてこ（サッカー）　403
ウェイサイド・スクールはますますへんてこ（サッカー）　403
ウエストウイング（津村記久子）　209
ヴェネツィア便り（北村薫）　122
ウエハースの椅子（江國香織）　68
ヴォイス（ル＝グウィン）　465
ヴォイド・シェイパ（森博嗣）　302
ウォーク・イン・クローゼット（綿矢りさ）　348

ヤングアダルトの本　いま読みたい小説4000冊　491

うおり　　　　　　　　　書名索引

ウォーリアーズ（ハンター）‥‥‥‥‥ 430〜432
ウォルテニア戦記（保利亮太）‥‥‥‥‥‥ 360
うからはらから（阿川佐和子）‥‥‥‥‥‥‥ 1
浮雲（林芙美子）‥‥‥‥‥‥‥‥‥‥‥‥ 480
うさぎ座の夜（安房直子）‥‥‥‥‥‥‥‥ 480
うさぎのマリーのフルーツパーラー（小手鞠
　るい）‥‥‥‥‥‥‥‥‥‥‥‥‥‥‥‥ 131
兎の眼（灰谷健次郎）‥‥‥‥‥‥‥‥‥‥ 480
失われた地図（恩田陸）‥‥‥‥‥‥‥‥‥ 93
失われた時を求めて（プルースト）‥‥‥‥ 485
失われた猫（森博嗣）‥‥‥‥‥‥‥‥‥‥ 302
羽州ものがたり（菅野雪虫）‥‥‥‥‥‥‥ 190
薄紅天女（荻原規子）‥‥‥‥‥‥‥‥‥‥ 81
薄闇シルエット（角田光代）‥‥‥‥‥‥‥ 100
嘘（村山由佳）‥‥‥‥‥‥‥‥‥‥‥‥‥ 296
嘘つきみーくんと壊れたまーちゃん（入間人
　間）‥‥‥‥‥‥‥‥‥‥‥‥‥‥‥‥‥ 351
嘘つきは恋のはじまり（キャボット）‥‥‥ 388
歌う樹の星（風野潮）‥‥‥‥‥‥‥‥‥‥ 108
うたうひと（小路幸也）‥‥‥‥‥‥‥‥‥ 178
唄う都は雨のち晴れ（池上永一）‥‥‥‥‥ 28
歌に形はないけれど（濱野京子）‥‥‥‥‥ 240
うちの一階には鬼がいる！（ジョーンズ）‥ 410
うちの娘の為ならば、俺はもしかしたら魔王
　も倒せるかもしれない。（CHIROLU）‥ 358
宇宙一の無責任男シリーズ（吉岡平）‥‥‥ 362
宇宙への秘密の鍵（ホーキング）‥‥‥‥‥ 444
宇宙に秘められた謎（ホーキング）‥‥‥‥ 444
宇宙の声（星新一）‥‥‥‥‥‥‥‥‥‥‥ 267
宇宙の生命（ホーキング）‥‥‥‥‥‥‥‥ 444
宇宙の誕生（ホーキング）‥‥‥‥‥‥‥‥ 445
宇宙の法則（ホーキング）‥‥‥‥‥‥‥‥ 445
宇宙のみなしご（森絵都）‥‥‥‥‥‥‥‥ 299
宇宙飛行士オモン・ラー（ペレーヴィン）‥ 443
有頂天家族（森見登美彦）‥‥‥‥‥‥ 308, 309
美しい心臓（小手鞠るい）‥‥‥‥‥‥‥‥ 131
移された顔（帚木蓬生）‥‥‥‥‥‥‥‥‥ 236
虚ろな十字架（東野圭吾）‥‥‥‥‥‥‥‥ 259
うばかわ姫（越水利江子）‥‥‥‥‥‥‥‥ 127
海（小川洋子）‥‥‥‥‥‥‥‥‥‥‥‥‥ 78
海うそ（梨木香歩）‥‥‥‥‥‥‥‥‥‥‥ 227
海が見える家（はらだみずき）‥‥‥‥‥‥ 255
海と山のピアノ（いしいしんじ）‥‥‥‥‥ 37
海にかがやく（斉藤洋）‥‥‥‥‥‥‥‥‥ 141
海に向かう足あと（朽木祥）‥‥‥‥‥‥‥ 125
うみのおばけずかん（斉藤洋）‥‥‥‥‥‥ 141
海の底（有川浩）‥‥‥‥‥‥‥‥‥‥‥‥ 19
海の深み（トール）‥‥‥‥‥‥‥‥‥‥‥ 423
海の見える理髪店（荻原浩）‥‥‥‥‥‥‥ 83
海薔薇（小手鞠るい）‥‥‥‥‥‥‥‥‥‥ 131
海辺でロング・ディスタンス（川島誠）‥‥ 117
海べの音楽（バーズオール）‥‥‥‥‥‥‥ 429
烏有此譚（円城塔）‥‥‥‥‥‥‥‥‥‥‥ 70
裏切りのホワイトカード（石田衣良）‥‥‥ 51
うらめしや（星新一）‥‥‥‥‥‥‥‥‥‥ 267
運命の騎士（サトクリフ）‥‥‥‥‥‥‥‥ 404
運命のテーマパーク（石崎洋司）‥‥‥‥‥ 43

【え】

air（名木田恵子）‥‥‥‥‥‥‥‥‥‥‥ 225
エアヘッド！（キャボット）‥‥‥‥‥‥‥ 388
エアーマン（コルファー）‥‥‥‥‥‥‥‥ 403
永遠（小手鞠るい）‥‥‥‥‥‥‥‥‥‥‥ 131
映画篇（金城一紀）‥‥‥‥‥‥‥‥‥‥‥ 112
営繕かるかや怪異譚（小野不由美）‥‥‥‥ 90
86−エイティシックス−（安里アサト）‥‥ 351
英雄の書（宮部みゆき）‥‥‥‥‥‥‥‥‥ 286
エイルン・ラストコード（東龍乃助）‥‥‥ 351
エヴァーロスト（シャスターマン）‥‥‥‥ 406
エヴリシング・フロウズ（津村記久子）‥‥ 210
エヴリブレス（瀬名秀明）‥‥‥‥‥‥‥‥ 194
駅神ふたたび（図子慧）‥‥‥‥‥‥‥‥‥ 192
エキストラ！（吉野万理子）‥‥‥‥‥‥‥ 332
駅の小さな野良ネコ（ジョージ）‥‥‥‥‥ 409
江國香織童話集（江國香織）‥‥‥‥‥‥‥ 68
Aコース（山田悠介）‥‥‥‥‥‥‥‥‥‥ 318
SOS！ 海底探険（オズボーン）‥‥‥‥‥ 379
SOS！ 七化山のオバケたち（富安陽子）‥ 212
SOSの猿（伊坂幸太郎）‥‥‥‥‥‥‥‥‥ 33
エスケヱプ・スピイド（九岡望）‥‥‥‥‥ 355
エースの系譜（岩崎夏海）‥‥‥‥‥‥‥‥ 59
S力人情商店街（令丈ヒロ子）‥‥‥‥‥‥ 341
枝付き干し葡萄とワイングラス（椰月美智子）
　‥‥‥‥‥‥‥‥‥‥‥‥‥‥‥‥‥‥‥ 310
エチュード春一番（荻原規子）‥‥‥‥‥‥ 81
Eggs（スピネッリ）‥‥‥‥‥‥‥‥‥‥ 416
X-01（あさのあつこ）‥‥‥‥‥‥‥‥‥‥ 5
江戸の大火と伝説の龍（オズボーン）‥‥‥ 379
エヌ氏の遊園地（星新一）‥‥‥‥‥‥‥‥ 267
Nのために（湊かなえ）‥‥‥‥‥‥‥‥‥ 281
エノク第二部隊の遠征ごはん（江本マシメサ）
　‥‥‥‥‥‥‥‥‥‥‥‥‥‥‥‥‥‥‥ 352
絵のない絵本（アンデルセン）‥‥‥‥‥‥ 482
ABC！ 曙第二中学校放送部（市川朔久子）‥ 56
EPITAPH東京（恩田陸）‥‥‥‥‥‥‥‥ 93
エピデミック（川端裕人）‥‥‥‥‥‥‥‥ 118
エピローグ（円城塔）‥‥‥‥‥‥‥‥‥‥ 70
Fコース（山田悠介）‥‥‥‥‥‥‥‥‥‥ 318
f植物園の巣穴（梨木香歩）‥‥‥‥‥‥‥ 227
EVENA（椎名誠）‥‥‥‥‥‥‥‥‥‥‥ 163
MM（市川拓司）‥‥‥‥‥‥‥‥‥‥‥‥ 57
えむえむっ！（松野秋鳴）‥‥‥‥‥‥‥‥ 360
絵物語古事記（富安陽子）‥‥‥‥‥‥‥‥ 212
選ばなかった冒険（岡田淳）‥‥‥‥‥‥‥ 76
エリアの魔剣（風野潮）‥‥‥‥‥‥ 108, 109
ARIEL（笹本祐一）‥‥‥‥‥‥‥‥‥‥‥ 355
エルフとレーベンのふしぎな冒険（セジウィ
　ック）‥‥‥‥‥‥‥‥‥‥‥‥‥‥‥‥ 418
エロマンガ先生（伏見つかさ）‥‥‥‥‥‥ 360
エンキョリレンアイ（小手鞠るい）‥‥‥‥ 131
園芸少年（魚住直子）‥‥‥‥‥‥‥‥‥‥ 64
エンド・ゲーム（恩田陸）‥‥‥‥‥‥‥‥ 93

書名索引　おまえ

えんの松原（伊藤遊）・・・・・・・・・・・・・・・・・ 59
炎路を行く者（上橋菜穂子）・・・・・・・・・・・・ 61

【 お 】

オイアウエ漂流記（荻原浩）・・・・・・・・・・・・ 84
おいしい水（原田マハ）・・・・・・・・・・・・・・・ 251
おいち不思議がたり（あさのあつこ）・・・・ 5
おいでフレック、ぼくのところに（イボットソン）・・・・・・・・・・・・・・・・・・・・・・・・・・・・・・・・・・・ 368
オイレ夫人の深夜画廊（斉藤洋）・・・・・・ 141
王国（吉本ばなな）・・・・・・・・・・・・・・・・・・ 481
王国の鍵（ニクス）・・・・・・・・・・・・・・・・・・ 425
王国の独裁者（アリグザンダー）・・・・・・ 364
王様ゲーム（金沢伸明）・・・・・・・・・・・・・ 353
王様に恋した魔女（柏葉幸子）・・・・・・・ 104
王とサーカス（米澤穂信）・・・・・・・・・・・・ 338
王のしるし（サトクリフ）・・・・・・・・・・・・・・ 404
王妃の帰還（柚木麻子）・・・・・・・・・・・・・ 327
往復書簡（湊かなえ）・・・・・・・・・・・・・・・・ 281
逢魔（唯川恵）・・・・・・・・・・・・・・・・・・・・・・ 324
逢魔が時に会いましょう（荻原浩）・・・・ 84
大おばさんの不思議なレシピ（柏葉幸子）・・ 104
オオカミさんシリーズ（沖田雅）・・・・・・・ 352
狼と香辛料（支倉凍砂）・・・・・・・・・・・・・ 359
オオカミと氷の魔法使い（オズボーン）・・ 379
オオカミの声が聞こえる（加藤多一）・・ 112
狼ばば様の話（柏葉幸子）・・・・・・・・・・・ 104
大きな音が聞こえるか（坂木司）・・・・・・ 151
大きなかぶ（チェーホフ）・・・・・・・・・・・・・ 484
大きな熊が来る前に、おやすみ。（島本理生）・・・・・・・・・・・・・・・・・・・・・・・・・・・・・・・・・・ 176
大きなクマのタハマパー（フオヴィ）・・・ 434
大きな鳥にさらわれないよう（川上弘美）・・ 114
大きな引き出し（恩田陸）・・・・・・・・・・・・ 93
大きな森の小さな家（ワイルダー）・・・・ 486
大きな約束（椎名誠）・・・・・・・・・・・・・・・・ 163
大空のドロテ（瀬名秀明）・・・・・・・ 194, 195
大どろぼうホッツェンプロッツ（プロイスラー）・・・・・・・・・・・・・・・・・・・・・・・・・・・・・・・・・ 485
大盛りワックス虫ボトル（魚住直子）・・ 64
おかあさんの手（まはら三桃）・・・・・・・・ 277
おかし工場のひみつ!!（令丈ヒロ子）・・ 341
お菓子手帖（長野まゆみ）・・・・・・・・・・・ 218
おかしな先祖（星新一）・・・・・・・・・・・・・・ 267
お菓子の本の旅（小手鞠るい）・・・・・・・ 131
おかね工場でびっくり!!（令丈ヒロ子）・・ 341
小川洋子の陶酔短篇箱（小川洋子）・・ 78
小川洋子の偏愛短篇箱（小川洋子）・・ 79
荻窪シェアハウス小助川（小路幸也）・・ 178
奥様はクレイジーフルーツ（柚木麻子）・・ 327
屋上の黄色いテント（椎名誠）・・・・・・・・ 164
奥の奥の森の奥に、いる。（山田悠介）・・ 318
おじいちゃんの大切な一日（重松清）・・ 167
押入れのちよ（荻原浩）・・・・・・・・・・・・・・ 84

おしまいのデート（瀬尾まいこ）・・・・・・・ 193
おしゃれ教室（ファイン）・・・・・・・・・・・・・ 434
おしん（越水利江子）・・・・・・・・・・・・・・・・ 127
オズの魔法使い（菅野雪虫）・・・・・・・・・ 190
オズの魔法使い（ボウム）・・・・・・・・・・・・ 485
おそろし（宮部みゆき）・・・・・・・・・・・・・・・ 286
お宝探しが好きすぎて（山田悠介）・・・・ 318
おたすけ妖怪ねこまんさ（横山充男）・・ 330
おたずねもの姉妹の探偵修行（ラブ）・・ 459
織田信奈の野望（春日みかげ）・・・・・・・ 353
おたまじゃくしの降る町で（八束澄子）・・ 314
オーダーメイド殺人クラブ（辻村深月）・・ 206
落窪物語（越水利江子）・・・・・・・・・・・・・ 127
おつかいまんかじゃありません（柏葉幸子）・・・・・・・・・・・・・・・・・・・・・・・・・・・・・・・・・・・・ 104
おっことチョコの魔界ツアー（石崎洋司）・・ 43
おっことチョコの魔界ツアー（令丈ヒロ子）・・・・・・・・・・・・・・・・・・・・・・・・・・・・・・・・・・・・・ 341
お手紙ありがとう（小手鞠るい）・・・・・・・ 132
お手紙まってます（小手鞠るい）・・・・・・ 132
おとうさんおはなしして（佐野洋子）・・・ 162
お父さんにラブソング（川上健一）・・・・・ 113
おとうさんの手（まはら三桃）・・・・・・・・・ 277
おとぎ話の忘れ物（小川洋子）・・・・・・・・ 78
おとなりさんは魔女（エイキン）・・・・・・・・ 374
踊り子と探偵とパリを（小路幸也）・・・・・ 178
踊る夜光怪人（はやみねかおる）・・・・・ 243
おにいちゃん（後藤竜二）・・・・・・・・・・・・ 138
お兄ちゃんだけど愛さえあれば関係ないよねっ（鈴木大輔）・・・・・・・・・・・・・・・・・・・・・・ 356
おにいちゃんのハナビ（小路幸也）・・・・ 178
鬼にて候（横山充男）・・・・・・・・・・・・・・・・ 330
鬼の橋（伊藤遊）・・・・・・・・・・・・・・・・・・・・ 59
鬼まつりの夜（富安陽子）・・・・・・・・・・・・ 212
オニロック（中村航）・・・・・・・・・・・・・・・・・ 221
オネスティ（石田衣良）・・・・・・・・・・・・・・・ 51
おのぞみの結末（星新一）・・・・・・・・・・・・ 267
おばあちゃんは大どろぼう?!（ウォリアムズ）・・・・・・・・・・・・・・・・・・・・・・・・・・・・・・・・・・・・ 372
おーばあちゃんはきらきら（高楼方子）・・ 203
おばけアパートの秘密（宗田理）・・・・・・ 195
おばけカラス大戦争（宗田理）・・・・・・・・ 196
オバケとキツネの術くらべ（富安陽子）・・ 212
オバケに夢を食べられる!?（富安陽子）・・ 212
おばけのドロロン（丘修三）・・・・・・・・・・・ 75
オバケ屋敷にお引っ越し（富安陽子）・・ 212
おばけ遊園地は大さわぎ（柏葉幸子）・・ 104
オーバーロード（丸山くがね）・・・・・・・・・ 360
おひさまへんにブルー（花形みつる）・・ 235
お引越し（ひこ・田中）・・・・・・・・・・・・・・・・ 263
オー! ファーザー（伊坂幸太郎）・・・・・・ 33
オブ・ザ・ベースボール（円城塔）・・・・・ 70
お文の影（宮部みゆき）・・・・・・・・・・・・・・ 286
オブ・ラ・ディ オブ・ラ・ダ（小路幸也）・・・ 178
オー・ヘンリーショートストーリーセレクション（ヘンリー）・・・・・・・・・・・・・・・・・・・・・・・・・ 485
おまえさん（宮部みゆき）・・・・・・・・・・・・・ 287
おまえじゃなきゃだめなんだ（角田光代）・・ 100

ヤングアダルトの本　いま読みたい小説4000冊　**493**

「おまえだ！」とカビバラはいった（斉藤洋）
　………………………………………… 141
オムライスのたまご（森絵都）………… 299
おめでとうのおはなし（斉藤洋）……… 141
お面屋たまよし（石川宏千花）……… 38, 39
想い出あずかります（吉野万理子）…… 332
思い出のマーニー（ロビンソン）……… 472
おもちゃ工場のなぞ!!（令丈ヒロ子）… 341
親子三代、犬一匹（藤野千夜）………… 264
親指の恋人（石田衣良）………………… 51
オラクル・ナイト（オースター）……… 377
オリエント急行殺人事件（クリスティ）… 482
おリキ様の代替わり（令丈ヒロ子）…… 341
オリクスとクレイク（アトウッド）…… 363
オリバーとさまよい島の冒険（リーヴ）… 460
オリンピックのおばけずかん（斉藤洋）… 141
オリンポスの神々と7人の英雄（リオーダン）
　……………………………………… 460, 461
オール（山田悠介）……………………… 318
オール・マイ・ラヴィング（岩瀬成子）… 60
オール・マイ・ラビング（小路幸也）… 178
オール・ユー・ニード・イズ・ラブ（小路幸
　也）……………………………………… 178
俺を好きなのはお前だけかよ（駱駝）… 362
俺がお嬢様学校に「庶民サンプル」としてゲッ
　ツされた件（七月隆文）……………… 358
オレさすらいの転校生（吉野万理子）… 332
オレたちの明日に向かって（八束澄子）… 314
オレたち花のバブル組（池井戸潤）…… 25
折れた竜骨（米澤穂信）………………… 339
俺、ツインテールになります。（水沢夢）… 361
俺の妹がこんなに可愛いわけがない（伏見つ
　かさ）…………………………………… 360
俺の彼女と幼なじみが修羅場すぎる（裕時瑞
　示）……………………………………… 362
俺の脳内選択肢が、学園ラブコメを全力で邪
　魔している（春日部タケル）………… 353
おれのミュ～ズ！（にしがきようこ）… 231
オレンジ色の不思議（斉藤洋）………… 141
終わらない歌（宮下奈都）……………… 284
終わり（スニケット）…………………… 416
終りなき夜に生れつく（恩田陸）……… 93
おわりの雪（マンガレリ）……………… 453
オン・ザ・ライン（朽木祥）…………… 125
温室デイズ（瀬尾まいこ）……………… 193
温泉アイドルは小学生！（令丈ヒロ子）… 341, 342
女が嘘をつくとき（ウリツカヤ）……… 373

【か】

かあちゃん（重松清）…………………… 167
海岸通りポストカードカフェ（吉野万理子）
　………………………………………… 332
カイコの紡ぐ嘘（ローリング）………… 473
かいじゅうのさがしもの（富安陽子）… 213
怪獣の夏はるかな星へ（小路幸也）…… 179

怪人二十面相・青銅の魔人（江戸川乱歩）… 479
快晴フライング（古内一絵）…………… 266
怪談（ハーン）…………………………… 484
怪談（柳広司）…………………………… 314
カイト（モーパーゴ）…………………… 456
ガイド（小川洋子）……………………… 78
怪盗クイーン、かぐや姫は夢を見る（はやみね
　かおる）………………………………… 243
怪盗クイーン、仮面舞踏会にて（はやみねかお
　る）……………………………………… 243
怪盗クイーンケニアの大地に立つ（はやみね
　かおる）………………………………… 243
怪盗クイーン公式ファンブック一週間でわか
　る怪盗の美学（はやみねかおる）…… 243
怪盗クイーンと魔界の陰陽師（はやみねかお
　る）……………………………………… 244
怪盗クイーンと悪魔の錬金術師（はやみねかお
　る）……………………………………… 244
怪盗クイーンに月の砂漠を（はやみねかおる）
　………………………………………… 244
怪盗クイーンブラッククイーンは微笑まない
　（はやみねかおる）…………………… 244
怪盗紳士アルセーヌ・ルパン奇岩城（ルブラン）
　………………………………………… 486
かいとうドチドチどろぼうコンテスト（柏葉
　幸子）…………………………………… 105
かいとうドチドチ雪のよるのプレゼント（柏
　葉幸子）………………………………… 105
快盗ビショップの娘（カーター）……… 384
χの悲劇（森博嗣）……………………… 302
海馬の尻尾（荻原浩）…………………… 84
怪物はささやく（ネス）………………… 426
蜃楼の主（あさのあつこ）……………… 5
カウハウス（小路幸也）………………… 179
カウントダウン（山本文緒）…………… 322
かえたい二人（令丈ヒロ子）…………… 342
帰天城の謎（はやみねかおる）………… 244
かがみの孤城（辻村深月）……………… 206
鏡の世界（フンケ）……………………… 441
鍵のない夢を見る（辻村深月）………… 206
架空の球を追う（森絵都）……………… 299
か「」く「」し「」ご「」と「（住野よる）… 192
隠し事（羽田圭介）……………………… 233
学戦都市アスタリスク（三屋咲ゆう）… 361
カクテル・カルテット（小手鞠るい）… 132
カクレカラクリ（森博嗣）……………… 302
かくれ家は空の上（柏葉幸子）………… 105
影なき者の歌（アレグザンダー）……… 366
風花（川上弘美）………………………… 114
風花病棟（帚木蓬生）…………………… 236
火山の島（ホールバイン）……………… 447
カシオペアの丘で（重松清）…………… 167
カシスの舞い（帚木蓬生）……………… 236
風車祭（カジマヤー）（池上永一）…… 28
カジュアル・ベイカンシー（ローリング）… 473
華胥の幽夢（ゆめ）（小野不由美）…… 90
火星に住むつもりかい？（伊坂幸太郎）… 34
火星年代記（ブラッドベリ）…………… 485

書名索引　　　　　　　　　　　　　　　　かれん

風を繍う（あさのあつこ）・・・・・・・・・・・・・ 5
風が強く吹いている（三浦しをん）・・・・・・ 279
風さそう弥生の夜桜（斉藤洋）・・・・・・・・・ 141
風立ちぬ/菜穂子（堀辰雄）・・・・・・・・・・・ 480
風とにわか雨と花（小路幸也）・・・・・・・・・ 179
風に舞いあがるビニールシート（森絵都）・・・ 299
風の海迷宮の岸（小野不由美）・・・・・・・・・・ 90
風の海峡（吉橋通夫）・・・・・・・・・・・・・・・ 337
風のかたみ（福永武彦）・・・・・・・・・・・・・ 480
風の靴（朽木祥）・・・・・・・・・・・・・・・・・ 125
風の声が聞こえるか（はらだみずき）・・・・・ 255
風のダンデライオン（川端裕人）・・・・・・・・ 118
風の万里黎明の空（小野不由美）・・・・・・・・・ 90
風のマジム（原田マハ）・・・・・・・・・・・・・ 251
風の向こうへ駆け抜けろ（古内一絵）・・・・・ 266
風の館の物語（あさのあつこ）・・・・・・・・・ 5, 6
風のローラースケート（安房直子）・・・・・・・ 22
風夢緋伝（名木田恵子）・・・・・・・・・・・・・ 225
風は青海を渡るのか？（森博嗣）・・・・・・・・ 303
風は西から（村山由佳）・・・・・・・・・・・・・ 296
カソウスキの行方（津村記久子）・・・・・・・・ 210
家族シアター（辻村深月）・・・・・・・・・・・・ 206
家族写真（荻原浩）・・・・・・・・・・・・・・・・ 84
家族のあしあと（椎名誠）・・・・・・・・・・・・ 164
家族はつらいよ（小路幸也）・・・・・・・・・・ 179
ガソリン生活（伊坂幸太郎）・・・・・・・・・・・ 34
片想い白書（唯川恵）・・・・・・・・・・・・・・ 324
語りつぐ者（ギフ）・・・・・・・・・・・・・・・ 386
学校の青空（角田光代）・・・・・・・・・・・・・ 100
がっこうのおばけずかん（斉藤洋）・・・・・・ 141
がっこうのおばけずかん あかずのきょうしつ
　（斉藤洋）・・・・・・・・・・・・・・・・・・・・ 141
がっこうのおばけずかん おきざりランドセル
　（斉藤洋）・・・・・・・・・・・・・・・・・・・・ 141
がっこうのおばけずかん おばけにゅうがくし
　き（斉藤洋）・・・・・・・・・・・・・・・・・ 142
がっこうのおばけずかん ワンデイてんこうせ
　い（斉藤洋）・・・・・・・・・・・・・・・・・ 142
かっこうの親もずの子ども（椰月美智子）・・・ 310
カッコウの卵は誰のもの（東野圭吾）・・・・・ 259
カッコウの呼び声（ローリング）・・・・・・・・ 473
勝手にふるえてろ（綿矢りさ）・・・・・・・・・ 348
河童（芥川龍之介）・・・・・・・・・・・・・・・ 478
河童のユウタの冒険（斎藤惇夫）・・・・・・・・ 479
カデナ（池澤夏樹）・・・・・・・・・・・・・・・・ 30
かなしみの場所（大島真寿美）・・・・・・・・・・ 72
かなたの子（角田光代）・・・・・・・・・・・・・ 101
彼方の声（村山由佳）・・・・・・・・・・・・・・ 296
仮名手本忠臣蔵（石崎洋司）・・・・・・・・・・・ 43
かなと花ちゃん（富安陽子）・・・・・・・・・・ 213
蟹工船 一九二八・三・一五（小林多喜二）・・・ 479
かのこと小鳥の美容院（市川朔久子）・・・・・・ 56
かのこん（西野かつみ）・・・・・・・・・・・・・ 359
彼女がフラグをおられたら（竹井10日）・・・・ 357
彼女の嫌いな彼女（唯川恵）・・・・・・・・・・ 324
彼女のこんだて帖（角田光代）・・・・・・・・・ 101
彼女は一人で歩くのか？（森博嗣）・・・・・・・ 303
かばん屋の相続（池井戸潤）・・・・・・・・・・・ 25

カフーを待ちわびて（原田マハ）・・・・・・・・ 251
歌舞伎町セブン（誉田哲也）・・・・・・・・・・ 270
歌舞伎町ダムド（誉田哲也）・・・・・・・・・・ 270
カブキブ！（榎田ユウリ）・・・・・・・・・・・ 352
壁（安部公房）・・・・・・・・・・・・・・・・・・ 478
壁と孔雀（小路幸也）・・・・・・・・・・・・・・ 179
かまいたち（宮部みゆき）・・・・・・・・・・・ 287
神々と戦士たち（ペイヴァー）・・・・・・ 441, 442
神々と目覚めの物語（ユーカラ）（あさのあつ
　こ）・・・・・・・・・・・・・・・・・・・・・・・・ 6
神々の午睡（うたたね）（あさのあつこ）・・・・・ 6
神々の午睡（うたたね）金の歌、銀の月（あさ
　のあつこ）・・・・・・・・・・・・・・・・・・・・ 6
紙コップのオリオン（市川朔久子）・・・・・・・ 57
神様が殺してくれる（森博嗣）・・・・・・・・・ 303
神様2011（川上弘美）・・・・・・・・・・・・・ 115
神さまのいない日曜日（入江君人）・・・・・・ 351
神様のコドモ（山田悠介）・・・・・・・・・・・ 319
神様のみなしご（川島誠）・・・・・・・・・・・ 117
神様のメモ帳（杉井光）・・・・・・・・・・・・・ 356
紙の月（角田光代）・・・・・・・・・・・・・・・ 101
神の守り人（上橋菜穂子）・・・・・・・・・・・・ 61
神去なあなあ日常（三浦しをん）・・・・・・・・ 279
神去なあなあ夜話（三浦しをん）・・・・・・・・ 279
かめくん（北野勇作）・・・・・・・・・・・・・・ 120
かめくんのこと（北野勇作）・・・・・・・・・・ 120
かめ探偵K（北野勇作）・・・・・・・・・・・・・ 120
カメリ（北野勇作）・・・・・・・・・・・・・・・ 120
カメレオンを飼いたい！（松本祐子）・・・・・ 277
カメレオンのレオン（岡田淳）・・・・・・・・・・ 76
仮面の大富豪（ブルマン）・・・・・・・・・・・ 439
仮面の街（アレグザンダー）・・・・・・・・・・ 366
蒲生邸事件（宮部みゆき）・・・・・・・・・・・ 287
がらくた（江國香織）・・・・・・・・・・・・・・・ 68
機巧館（からくりやかた）のかぞえ唄（はやみ
　ねかおる）・・・・・・・・・・・・・・・・・・・ 244
からすが池の魔女（スピア）・・・・・・・・・・ 416
硝子の太陽R（誉田哲也）・・・・・・・・・・・・ 270
硝子の太陽N（誉田哲也）・・・・・・・・・・・・ 270
ガラスの封筒と海と（シアラー）・・・・・・・・ 405
ガラスの街（オースター）・・・・・・・・・・・ 377
ガラスの森（小手鞠るい）・・・・・・・・・・・ 132
空の境界（奈須きのこ）・・・・・・・・・・・・・ 230
空の境界未来福音（奈須きのこ）・・・・・・・・ 230
カラフル（森絵都）・・・・・・・・・・・・・・・ 299
からまっちゃんスパゲッティの宙返り（ギフ）
　　　　　　　　　　　　　　　　　・・・・・・ 386
ガリバー旅行記（スウィフト）・・・・・・・・・ 483
カリブの巨大ザメ（オズボーン）・・・・・・・・ 379
ガリレオの苦悩（東野圭吾）・・・・・・・・・・ 259
火輪を抱いた少女（七沢またり）・・・・・・・・ 358
ガールズ・ストーリー（あさのあつこ）・・・・・ 6
ガールズ・ブルー（あさのあつこ）・・・・・・・ 6
カルトローレ（長野まゆみ）・・・・・・・・・・ 218
ガール・ミーツ・ガール（誉田哲也）・・・・・ 271
カレイドスコープの箱庭（海堂尊）・・・・・・・ 97
カレンダー（ひこ・田中）・・・・・・・・・・・ 263
カレンダーボーイ（小路幸也）・・・・・・・・・ 179

ヤングアダルトの本　いま読みたい小説4000冊　　495

かわい　　書名索引

かわいそうだね？（綿矢りさ）・・・・・・・・・・ 348
かわうそ（あさのあつこ）・・・・・・・・・・・・・・・ 6
かわうそ堀怪談見習い（柴崎友香）・・・・・・ 173
川床にえくぼが三つ（にしがきようこ）・・・ 231
かんかん橋を渡ったら（あさのあつこ）・・・ 7
かんかん橋の向こう側（あさのあつこ）・・・ 7
ガンコロリン（海堂尊）・・・・・・・・・・・・・・・・ 97
贋作『坊っちゃん』殺人事件（柳広司）・・・ 315
幹事の恋（柚木麻子）・・・・・・・・・・・・・・・・ 327
感染遊戯（誉田哲也）・・・・・・・・・・・・・・・・ 271
カンタ（石田衣良）・・・・・・・・・・・・・・・・・・ 51
かんたんせんせいとバク（斉藤洋）・・・・・・ 142
かんたんせんせいとライオン（斉藤洋）・・・ 142
堪忍箱（宮部みゆき）・・・・・・・・・・・・・・・・ 287
カンピオーネ！（丈月城）・・・・・・・・・・・・・ 357
玩物双紙（新城カズマ）・・・・・・・・・・・・・・ 189
官兵衛、駆ける。（吉橋通夫）・・・・・・・・・ 337
〈完本〉初ものがたり（宮部みゆき）・・・・・ 287
完訳ロビンソン・クルーソー（デフォー）・・・ 484

【 き 】

キウイγは時計仕掛け（森博嗣）・・・・・・・・ 303
消えた犬と野原の魔法（ピアス）・・・・・・・ 484
消えた白ギツネを追え（富安陽子）・・・・・ 213
消えた龍王の謎（マイヤー）・・・・・・・・・・・ 450
消えてなくなっても（椰月美智子）・・・・・・ 310
木を植えた男（ジオノ）・・・・・・・・・・・・・・ 483
木をうえるスサノオ（岡崎ひでたか）・・・・ 75
記憶の海（村山由佳）・・・・・・・・・・・・・・・ 297
きかせたがりやの魔女（岡田淳）・・・・・・・ 76
キケン（有川浩）・・・・・・・・・・・・・・・・・・・ 19
危険なビーナス（東野圭吾）・・・・・・・・・・ 259
キサトア（小路幸也）・・・・・・・・・・・・・・・・ 179
騎士団長殺し（村上春樹）・・・・・・・・・・・・ 481
岸辺の旅（湯本香樹実）・・・・・・・・・・・・・ 329
岸辺のヤービ（梨木香歩）・・・・・・・・・・・・ 227
喜嶋先生の静かな世界（森博嗣）・・・・・・ 303
キシャツー（小路幸也）・・・・・・・・・・・・・・ 179
傷痕（桜庭一樹）・・・・・・・・・・・・・・・・・・・ 153
キズナキス（梨屋アリエ）・・・・・・・・・・・・ 228
キスはオトナの味（ウィルソン）・・・・・・・・ 369
奇跡（中村航）・・・・・・・・・・・・・・・・・・・・ 221
奇跡の人（原田マハ）・・・・・・・・・・・・・・・ 251
「奇跡」のレッスン（マンディーノ）・・・・・・ 454
季節風（重松清）・・・・・・・・・・・・・・・・・・・ 167
貴族と奴隷（山田悠介）・・・・・・・・・・・・・ 319
北風のわすれたハンカチ（安房直子）・・・ 23
帰宅部ボーイズ（はらだみずき）・・・・・・・ 255
鬼譚百景（小野不由美）・・・・・・・・・・・・・ 90
奇譚ルーム（はやみねかおる）・・・・・・・・ 244
吉祥寺の朝日奈くん（乙一）・・・・・・・・・・ 87
Kids（乙一）・・・・・・・・・・・・・・・・・・・・・・ 87
きっときみに届くと信じて（吉富多美）・・・ 331
きつね音楽教室のゆうれい（小手鞠るい）・・ 132

きつね小僧（星新一）・・・・・・・・・・・・・・・ 267
きつねのつき（北野勇作）・・・・・・・・・・・・ 121
きつねのはなし（森見登美彦）・・・・・・・・ 309
きつねの窓（安房直子）・・・・・・・・・・・・・ 23
狐フェスティバル（瀬尾まいこ）・・・・・・・ 193
キップをなくして（池澤夏樹）・・・・・・・・・・ 30
輝天炎上（海堂尊）・・・・・・・・・・・・・・・・・ 97
祈禱師の娘（中脇初枝）・・・・・・・・・・・・・ 224
機動戦士ガンダムUC（福井晴敏）・・・・・・ 360
キトラ・ボックス（池澤夏樹）・・・・・・・・・・ 30
キネマトグラフィカ（古内一絵）・・・・・・・・ 266
キネマの神様（原田マハ）・・・・・・・・・・・・ 251
きのうの影踏み（辻村深月）・・・・・・・・・・ 206
きのうの世界（恩田陸）・・・・・・・・・・・・・・ 93
樹のことばと石の封印（富安陽子）・・・・・ 213
キノコのカミサマ（花形みつる）・・・・・・・・ 235
城の崎にて・小僧の神様（志賀直哉）・・・ 479
キノの旅（時雨沢恵一）・・・・・・・・・・・・・・ 356
ギフト（原田マハ）・・・・・・・・・・・・・・・・・・ 252
ギフト（ル＝グウィン）・・・・・・・・・・・・・・・ 465
ギブ・ミー・ア・チャンス（荻原浩）・・・・・ 84
気分上々（森絵都）・・・・・・・・・・・・・・・・・ 300
希望（瀬名秀明）・・・・・・・・・・・・・・・・・・・ 195
希望ケ丘の人びと（重松清）・・・・・・・・・・ 168
希望荘（宮部みゆき）・・・・・・・・・・・・・・・ 287
希望の海へ（モーパーゴ）・・・・・・・・・・・・ 456
希望の学校（エリス）・・・・・・・・・・・・・・・・ 376
希望の地図（重松清）・・・・・・・・・・・・・・・ 168
キマイラ・吼（夢枕獏）・・・・・・・・・・・・・・ 362
気まぐれ指数（星新一）・・・・・・・・・・・・・ 267
気まぐれ少女と家出イヌ（ペナック）・・・・ 443
きまぐれな夜食カフェ（古内一絵）・・・・・ 266
きまぐれロボット（星新一）・・・・・・・・・・・ 267
君がいる時はいつも雨（山田悠介）・・・・・ 319
君が夏を走らせる（瀬尾まいこ）・・・・・・・ 193
君が降る日（島本理生）・・・・・・・・・・・・・ 176
君が笑えば（小手鞠るい）・・・・・・・・・・・・ 132
きみ去りしのち（重松清）・・・・・・・・・・・・ 168
きみスキ（梨屋アリエ）・・・・・・・・・・・・・・ 228
キミトピア（舞城王太郎）・・・・・・・・・・・・ 275
きみにしか聞こえない（乙一）・・・・・・・・・ 88
君のいた日々（藤野千夜）・・・・・・・・・・・・ 264
きみの声を聞かせて（小手鞠るい）・・・・・ 132
きみの声がききたいよ！（サッカー）・・・・ 403
君の膵臓をたべたい（住野よる）・・・・・・・ 193
きみのためにはだれも泣かない（梨屋アリエ）
・・・・・・・・・・・・・・・・・・・・・・・・・・・・・・・ 228
きみのためのバラ（池澤夏樹）・・・・・・・・ 31
きみの町で（重松清）・・・・・・・・・・・・・・・ 168
君の夜を抱きしめる（花形みつる）・・・・・ 235
きみ、ひとりじゃない（エリス）・・・・・・・・・ 376
帰命寺横丁の夏（柏葉幸子）・・・・・・・・・・ 105
きみはいい子（中脇初枝）・・・・・・・・・・・・ 224
君は永遠にそいつらより若い（津村記久子）
・・・・・・・・・・・・・・・・・・・・・・・・・・・・・・・ 210
きみは知らないほうがいい（岩瀬成子）・・・ 60
きみはポラリス（三浦しをん）・・・・・・・・・ 279
虐殺器官（伊藤計劃）・・・・・・・・・・・・・・・ 58

書名索引　　　くもの

キャッツ・アイ(アトウッド) ……………… 363
キャットとアラバスターの石(ソーンダズ)
　　　………………………………………… 418
キャットと魔法の卵(ジョーンズ) ………… 410
キャプテンサンダーボルト(伊坂幸太郎) …… 34
ギヤマン壺の謎(はやみねかおる) ………… 244
キャリー(キング) …………………………… 391
キャロリング(有川浩) ……………………… 19
ギャングエイジ(川端裕人) ………………… 118
吸血鬼はお年ごろ(赤川次郎) ……………… 350
九死一生(小手鞠るい) ……………………… 132
99通のラブレター(吉野万理子) …………… 332
93番目のキミ(山田悠介) …………………… 319
仇敵(池井戸潤) ……………………………… 26
吸涙鬼(市川拓司) …………………………… 57
Q→A(草野たき) …………………………… 124
ギュレギュレ!(斉藤洋) …………………… 142
Qrosの女(誉田哲也) ……………………… 271
恭一郎と七人の叔母(小路幸也) …………… 179
強運の持ち主(瀬尾まいこ) ………………… 193
境界線上のホライゾン(川上稔) …………… 354
きょうから飛べるよ(小手鞠るい) ………… 132
境遇(湊かなえ) ……………………………… 281
今日のごちそう(橋本紡) …………………… 232
きょうのできごと、十年後(柴崎友香) …… 173
京のほたる火(吉橋通夫) …………………… 338
恐怖(北野勇作) ……………………………… 121
恐怖のドッグトレーナー(石崎洋司) ……… 43
狂乱家族日記(日日日) ……………………… 350
恐竜がくれた夏休み(はやみねかおる) …… 245
きょうりゅうじゃないんだ(斉藤洋) ……… 142
恐竜の谷の大冒険(オズボーン) …………… 379
きょうはかぜでおやすみ(マクラクラン) … 451
極北クレイマー(海堂尊) …………………… 97
極北ラプソディ(海堂尊) …………………… 98
虚像の道化師(東野圭吾) …………………… 259
巨大ダコと海の神秘(オズボーン) ………… 379
ギョットちゃんの冒険(阿川佐和子) ……… 1
キラキラ!(菅野雪虫) ……………………… 190
きらきらひかる(江國香織) ………………… 69
雪花(きら)草子(長野まゆみ) …………… 218
キラレ×キラレ(森博嗣) …………………… 303
吉里吉里人(井上ひさし) …………………… 478
ギリシア神話トロイアの書(斉藤洋) ……… 142
ギリシア神話ペルセウスの書(斉藤洋) …… 142
桐島、部活やめるってよ(朝井リョウ) …… 2
霧の子孫たち(新田次郎) …………………… 480
霧のむこうのふしぎな町(柏葉幸子) ……… 105
霧の森となぞの声(岡田淳) ………………… 76
霧町ロマンティカ(唯川恵) ………………… 324
キリン(山田悠介) …………………………… 319
キリンちゃん(花形みつる) ………………… 235
麒麟の翼(東野圭吾) ………………………… 259
切れない糸(坂木司) ………………………… 151
きんいろのさかな・たち(大谷美和子) …… 75
銀河英雄伝説(田中芳樹) …………………… 357
銀河へキックオフ!!(川端裕人) …………… 118

銀河帝国を継ぐ者(ニクス) ………………… 425
銀河鉄道の夜(芝田勝茂) …………………… 174
銀河鉄道の夜他十四篇(宮澤賢治) ………… 481
銀河の通信所(長野まゆみ) ………………… 218
銀河不動産の超越(森博嗣) ………………… 303
緊急招集、若だんなの会(令丈ヒロ子) …… 342
金魚姫(荻原浩) ……………………………… 84
キング&クイーン(柳広司) ………………… 315
キング誕生(石田衣良) ……………………… 51
銀行仕置人(池井戸潤) ……………………… 26
銀行総務特命(池井戸潤) …………………… 26
銀座のカラス(椎名誠) ……………………… 164
きんたろうちゃん(斉藤洋) ………………… 142
禁断の魔術(東野圭吾) ……………………… 259
銀天公社の偽り(椎名誠) …………………… 164
銀のくじゃく(安房直子) …………………… 23
銀の匙(中勘助) ……………………………… 480
銀のらせんをたどれば(ジョーンズ) ……… 410
吟遊詩人ビードルの物語(ローリング) …… 473
銀翼のイカロス(池井戸潤) ………………… 26

【 く 】

クイックと魔法のスティック(ロッダ) …… 467
クィディッチ今昔(ローリング) …………… 474
グイン・サーガ(栗本薫) …………………… 355
空戦魔導士候補生の教官(諸星悠) ………… 361
空中都市(小手鞠るい) ……………………… 133
空中トライアングル(草野たき) …………… 124
空母せたたま小学校、発進!(芝田勝茂) … 174
クク氏の結婚、キキ夫人の幸福(佐野洋子) … 162
クコツキイの症例(ウリツカヤ) …………… 373
草の記憶(椎名誠) …………………………… 164
九時の月(エリス) …………………………… 376
くじらの歌(オルレブ) ……………………… 384
クジラの彼(有川浩) ………………………… 19
薬屋のひとりごと(日向夏) ………………… 359
くだものっこの花(高楼方子) ……………… 203
くちびるに歌を(乙一) ……………………… 88
口笛の上手な白雪姫(小川洋子) …………… 78
口紅のとき(角田光代) ……………………… 101
靴を売るシンデレラ(バウアー) …………… 427
クツカタッポと三つのねがいごと(ロッダ)
　　　………………………………………… 467
GJ部(新木伸) ……………………………… 351
グッドジョブガールズ(草野たき) ………… 124
くつの音が(あさのあつこ) ………………… 7
グドーさんのおさんぽびより(高楼方子) … 203
首折り男のための協奏曲(伊坂幸太郎) …… 34
くまちゃん(角田光代) ……………………… 101
熊になった少年(池澤夏樹) ………………… 31
クマのあたりまえ(魚住直子) ……………… 64
蜘蛛ですが、なにか?(馬場翁) …………… 359
雲の王(川端裕人) …………………………… 118
雲の切れ間に宇宙船(川端裕人) …………… 119

ヤングアダルトの本　いま読みたい小説4000冊　**497**

くもの　　　　　　　　　　　書名索引

雲のはしご（梨屋アリエ）……………… 228
雲の果（あさのあつこ）……………………… 7
雲の果て（村山由佳）…………………… 297
くもりときどき晴レル（岩瀬成子）……… 60
グラウンドの詩（うた）（あさのあつこ）…… 7
グラウンドの空（あさのあつこ）………… 7
クラーケンの島（イボットソン）……… 368
クラスメイツ（森絵都）………………… 300
グラタンおばあさんとまほうのアヒル（安房
　直子）………………………………… 23
暗闇・キッス・それだけで（森博嗣）… 303
くりぃむパン（濱野京子）……………… 240
クリスタルエッジ（風野潮）…………… 109
クリスタルエッジ決戦・全日本へ！（風野潮）
　…………………………………………… 109
クリスタルエッジ目指せ4回転！（風野潮）…… 109
クリスマスを探偵と（伊坂幸太郎）……… 34
クリスマスがちかづくと（斉藤倫）…… 150
クリスマス・キャロル（ディケンズ）… 484
クリスマスクッキングふしぎなクッキーガー
　ル（梨屋アリエ）……………………… 229
クリスマスってなあに？（ロビンソン）…… 472
クリスマス・テロル（佐藤友哉）……… 160
グリム童話（安東みきえ）………………… 24
グリム童話（グリム兄弟）……………… 482
グリーン・グリーン（あさのあつこ）…… 7
グリーン・ノウの石（ボストン）……… 445
グリーン・ノウの煙突（ボストン）…… 445
グリーン・ノウのお客さま（ボストン）…… 445
グリーン・ノウの川（ボストン）……… 445
グリーン・ノウの子どもたち（ボストン）…… 445
グリーン・ノウの魔女（ボストン）…… 445
グリーン・マイル（キング）…………… 391
くるみわり人形（斉藤洋）……………… 142
クレイジー・サマー（ウィリアムズ＝ガルシ
　ア）……………………………………… 369
クレオパトラの夢（恩田陸）……………… 94
グレッグのダメ日記（キニー）…… 385, 386
紅（片山憲太郎）………………………… 353
紅に輝く河（濱野京子）………………… 240
紅のトキの空（ルイス）………………… 464
クレプスリー伝説（シャン）……… 407, 408
黒い季節（冲方丁）………………………… 64
黒い羽（誉田哲也）……………………… 271
くろくまレストランのひみつ（小手鞠るい）
　…………………………………………… 133
クロスファイア（宮部みゆき）………… 288
クロックワーク・プラネット（榎宮祐）…… 354
クロックワーク・プラネット（暇奈椿）…… 359
クロニクル千古の闇（ペイヴァー）…… 442
黒ねこガジロウの優雅（ユーガ）な日々（丘修
　三）………………………………………… 75
クローバー（島本理生）………………… 176
クローバーナイト（辻村深月）………… 206
黒魔女コンテスト（イボットソン）…… 368
黒魔女さんが通る!!（石崎洋司）…… 43〜45
黒魔女の騎士ギューバッド（石崎洋司）…… 45
群青の夜の羽毛布（山本文緒）………… 323

薫風ただなか（あさのあつこ）…………… 7

【け】

慶應本科と折口信夫（北村薫）………… 122
刑事の子（宮部みゆき）………………… 288
ケイン・クロニクル（リオーダン）…… 461, 462
ケイン・クロニクル炎の魔術師たち（リオーダ
　ン）……………………………………… 462
劇場（又吉直樹）………………………… 276
劇団6年2組（吉野万理子）…………… 332
ケストレルの戦争（アリグザンダー）… 365
消せない告白（村山由佳）……………… 297
月光（誉田哲也）………………………… 271
月光スイッチ（橋本紡）………………… 232
決戦のとき（あさのあつこ）……………… 8
ゲート 自衛隊彼の地にて、斯く戦えり（柳内
　たくみ）………………………………… 361
ゲド戦記（ル＝グウィン）……………… 465
ゲーマーズ！（葵せきな）……………… 350
K町の奇妙なおとなたち（斉藤洋）…… 143
けむたい後輩（柚木麻子）……………… 328
獣の樹（舞城王太郎）…………………… 275
ケモノの城（誉田哲也）………………… 271
獣の奏者（そうじゃ）（上橋菜穂子）… 61, 62
ケルトの白馬／ケルトとローマの息子（サトク
　リフ）…………………………………… 404
ケルベロスの肖像（海堂尊）……………… 98
ケレスの龍（椎名誠）…………………… 164
幻影の書（オースター）………………… 377
元気でいてよ、R2-D2。（北村薫）…… 122
肩胛骨は翼のなごり（アーモンド）…… 364
原稿零枚日記（小川洋子）………………… 78
源氏物語（越水利江子）………………… 127
賢者ナータンと子どもたち（プレスラー）…… 440
幻色江戸ごよみ（宮部みゆき）………… 288
賢女ひきいる魔法の旅は（ジョーンズ）…… 411
ゲンタ！（風野潮）……………………… 109
現代落語おもしろ七席（斉藤洋）……… 143
県庁おもてなし課（有川浩）……………… 19
けんぷファー（築地俊彦）……………… 358
元禄の雪（斉藤洋）……………………… 143

【こ】

恋を積分すると愛（中村航）…………… 221
恋するからだ（小手鞠るい）…………… 133
恋する新選組（越水利江子）……… 127, 128
恋する熱気球（梨屋アリエ）…………… 229
恋のギュービッド大作戦！（石崎洋司）…… 46
恋のギュービッド大作戦！（令丈ヒロ子）…… 342
恋のゴンドラ（東野圭吾）……………… 259
恋の続きはマンハッタンで（キャボット）…… 388

書名索引　　こんき

恋文の技術（森見登美彦） ･････････････････ 309
ご依頼の件（星新一） ･･････････････････････ 267
ゴインキョとチーズどろぼう（ロッダ） ･･････ 468
こうえんのおばけずかん（斉藤洋） ････････ 143
工学部・水柿助教授の解脱（森博嗣） ･･････ 304
高校入試（湊かなえ） ･･････････････････････ 281
孔子（井上靖） ･･･････････････････････････ 478
公爵令嬢の嗜み（澪亜） ････････････････････ 362
荒神（宮部みゆき） ･････････････････････ 288
荒神絵巻（宮部みゆき） ････････････････ 288
鋼殻のレギオス（雨木シュウスケ） ･･････ 351
幸福な王子/柘榴の家（ワイルド） ･･････ 486
幸福の迷宮（ロビラ） ･･････････････････ 472
荒野（桜庭一樹） ･････････････････････ 153
荒野の呼び声（ロンドン） ･･･････････････ 486
声のお仕事（川端裕人） ･･････････････ 119
氷の上のプリンセス（風野潮） ･･････ 109～111
凍りのくじら（辻村深月） ･･････････ 207
氷の下の街（ホールバイン） ･･･････ 447
氷の心臓（マイヤー） ･･･････････ 450
ごきげんな裏階段（佐藤多佳子） ･･ 158
こぎつねいちねんせい（斉藤洋） ･･ 143
黒笑小説（東野圭吾） ･･･････････ 259
告白（湊かなえ） ･･･････････ 281
小暮写眞館（宮部みゆき） ･･ 288, 289
木暮荘物語（三浦しをん） ･･ 279
凍える月（村山由佳） ･･････ 297
ここからはじまる（はらだみずき） ･･ 256
ココの詩（高楼方子） ･･････ 203
九つの、物語（橋本紡） ･･･ 232
ゴーゴーもくもん（斉藤洋） ･ 143
心（夏目漱石） ･････････ 480
ココロコネクト（庵田定夏） ･ 351
心の王冠（菊池寛） ･･･ 479
心のナイフ（ネス） ････ 426
心の森（小手鞠るい） ･･ 133
ココロ屋（梨屋アリエ） ･ 229
ここはボッコニアン（宮部みゆき） ･ 289
5時過ぎランチ（羽田圭介） ･ 233
GOSICK（桜庭一樹） ･･ 153～155
GOSICKs（桜庭一樹） ･ 155
孤宿の人（宮部みゆき） ･ 289, 290
GOTH（乙一） ･･･ 88
ゴーストアビー（ウェストール） ･ 371
ゴーストドラム（プライス） ･ 435
ゴーストの騎士（フンケ） ･ 441
ゴーストハント（小野不由美） ･ 91
古代オリンピックの奇跡（オズボーン） ･ 380
小太郎の左腕（和田竜） ･ 347
国境越え（椎名誠） ･ 164
国境事変（誉田哲也） ･ 271
コッコロから（佐野洋子） ･ 162
骨董通りの幽霊省（シアラー） ･ 405
コップクラフト（賀東招二） ･ 353
後藤さんのこと（円城塔） ･ 71
後藤竜二童話集（後藤竜二） ･ 138
ことづて屋（濱野京子） ･ 240

子供時代（ウリツカヤ） ･･･ 373
子どもたちは夜と遊ぶ（辻村深月） ･ 207
ことり（小川洋子） ･ 78
木練柿（あさのあつこ） ･ 8
5年3組リョウタ組（石田衣良） ･ 52
この青い空で君をつつもう（瀬名秀明） ･ 195
このあたりの人たち（川上弘美） ･ 115
この女（森絵都） ･ 300
この恋と、その未来。（森橋ビンゴ） ･ 361
この素晴らしい世界に祝福を！（暁なつめ）
　　　　　　　　　　　　　　　　　　 350
この世界がゲームだと俺だけが知っている（ウ
　スバー） ･ 352
このたびはとんだことで（桜庭一樹） ･ 155
この中に1人、妹がいる！（田口一） ･ 357
この世にたやすい仕事はない（津村記久子）
　　　　　　　　　　　　　　　　　 210
この世のおわり（ガジェゴ・ガルシア） ･ 384
この世の春（宮部みゆき） ･ 290
小萩のかんざし（北村薫） ･ 122
琥珀のまたたき（小川洋子） ･ 78
コービーの海（マイケルセン） ･ 449
コーヒーブルース（小路幸也） ･ 179
500年の恋人（プライス） ･ 435
Go Forward！（花形みつる） ･ 235
拳の先（角田光代） ･ 101
御不浄バトル（羽田圭介） ･ 234
ゴブリンスレイヤー（蝸牛くも） ･ 353
狛犬「あ」の話（柏葉幸子） ･ 105
狛犬の佐助（伊藤遊） ･ 59
こまじょちゃんとそらとぶねこ（越水利江子）
　　　　　　　　　　　　　　　　 128
ごめん（原田マハ） ･ 252
ごめん（ひこ・田中） ･ 263
小森谷くんが決めたこと（中村航） ･ 221
木洩れ日に泳ぐ魚（さかな）（恩田陸） ･ 94
小やぎのかんむり（市川朔久子） ･ 57
こやぶ医院は、なんでも科（柏葉幸子） ･ 105
ゴリアテ（ウェスターフェルド） ･ 371
コリドラス・テイルズ（斉藤洋） ･ 143
ゴールディーのお人形（ゴフスタイン） ･ 401
ゴールデンスランバー（伊坂幸太郎） ･ 34
ゴールデンタイム（竹宮ゆゆこ） ･ 357
ゴールデンドリーム（アリグザンダー） ･ 365
コールド・ショルダー通りのなぞ（エイキン）
　　　　　　　　　　　　　　　　 374
ゴールド・フィッシュ（森絵都） ･ 300
これからお祈りにいきます（津村記久子） ･ 210
これでよろしくて？（川上弘美） ･ 115
これ誘拐だよね？（ハイアセン） ･ 427
これは王国のかぎ（荻原規子） ･ 81
これはゾンビですか？（木村心一） ･ 355
これはペンです（円城塔） ･ 71
殺し屋ですのよ（星新一） ･ 268
コロボックル絵物語（有川浩） ･ 19
壊れた自転車でぼくはゆく（市川拓司） ･ 57
コンカツ？（石田衣良） ･ 52
紺極まる（長野まゆみ） ･ 218

ヤングアダルトの本　いま読みたい小説4000冊　**499**

こんく　　書名索引

コンクリートで目玉やき（ギフ）……………… 386
こんこんさま（中脇初枝）……………………… 224
金色の野辺に唄う（あさのあつこ）…………… 8
今昔物語集（令丈ヒロ子）……………………… 342
渾身（川上健一）………………………………… 113
コンテクスト・オブ・ザ・デッド（羽田圭介）
　………………………………………………… 234
こんなにも優しい、世界の終わりかた（市川拓
　司）……………………………………………… 57
こんにちはアン（ウィルソン）………………… 370
コンパス・ローズ（ル＝グウィン）…………… 465
金米糖の降るところ（江國香織）……………… 69
婚約のあとで（阿川佐和子）…………………… 1
今夜も宇宙の片隅で（笹生陽子）……………… 157
今夜も残業エキストラ（吉野万理子）………… 332
今夜は心だけ抱いて（唯川恵）………………… 324
婚礼、葬礼、その他（津村記久子）…………… 210

【 さ 】

彩雲国物語（雪乃紗衣）………………………… 362
再会（重松清）…………………………………… 168
最近、空を見上げていない（はらだみずき）… 256
最高のハッピーエンド（ウチダ）……………… 372
最後のオオカミ（モーパーゴ）………………… 456
最初の哲学者（柳広司）………………………… 315
サイズ12はでぶじゃない（キャボット）……… 389
サイズ14でもでぶじゃない（キャボット）…… 389
再生（石田衣良）………………………………… 52
サイタ×サイタ（森博嗣）……………………… 304
サイテーなあいつ（花形みつる）……………… 235
さいとう市立さいとう高校野球部（あさのあ
　つこ）…………………………………………… 8
斉藤洋の日本むかし話（斉藤洋）……………… 143
最果てアーケード（小川洋子）………………… 78
さいはての彼女（原田マハ）…………………… 252
最果てのパラディン（柳野かなた）…………… 361
西遊記（呉承恩）………………………………… 483
西遊記（斉藤洋）………………………………… 144
西遊後記（斉藤洋）……………………………… 144
The Indifference Engine（伊藤計劃）……… 58
サウスポー魂（川上健一）……………………… 113
冴えない彼女（ヒロイン）の育てかた（丸户史
　明）……………………………………………… 360
逆島断雄（石田衣良）…………………………… 52
さがしもの（角田光代）………………………… 101
魚のように（中脇初枝）………………………… 224
坂の途中の家（角田光代）……………………… 101
坂道の向こう（椰月美智子）…………………… 311
坂道の向こうにある海（椰月美智子）………… 311
左岸（江國香織）………………………………… 69
鷺と雪（北村薫）………………………………… 122
咲くや、この花（長野まゆみ）………………… 218
桜石探検隊（風野潮）…………………………… 111
さくら、うるわし（長野まゆみ）……………… 218

桜川ピクニック（川端裕人）…………………… 119
櫻子さんの足下には死体が埋まっている（太
　田紫織）………………………………………… 352
サクラ咲く（辻村深月）………………………… 207
さくら荘のペットな彼女（鴨志田一）………… 354
サクラダリセット（河野裕）…………………… 355
さくら通りのメアリー・ポピンズ（トラヴァー
　ス）……………………………………………… 422
さくらの丘で（小路幸也）……………………… 180
桜庭一樹短編集（桜庭一樹）…………………… 155
桜ほうさら（宮部みゆき）……………………… 290
桜舞う（あさのあつこ）………………………… 8
サークル・マジック（ピアス）………………… 432
左近の桜（長野まゆみ）………………………… 218
笹の舟で海をわたる（角田光代）……………… 101
ささみさん＠がんばらない（日日日）………… 350
ささみみささめ（長野まゆみ）………………… 219
ささやかな奇跡（バーズオール）……………… 429
さしすせその女たち（椰月美智子）…………… 311
The city（シャン）……………………………… 408
さすらい猫ノアの伝説（重松清）……………… 168
サッカーの神様（オズボーン）………………… 380
サッカーの神様をさがして（はらだみずき）
　………………………………………………… 256
サッカーボーイズ（はらだみずき）…………… 256
サッカーボーイズ13歳（はらだみずき）……… 256
サッカーボーイズ14歳（はらだみずき）……… 257
サッカーボーイズ15歳（はらだみずき）……… 257
サッカーボーイズ卒業（はらだみずき）……… 256
殺人鬼の献立表（あさのあつこ）……………… 9
殺人者の涙（ボンドゥ）………………………… 447
札幌アンダーソング（小路幸也）……………… 180
サーティーナイン・クルーズ（パーク）……… 428
サーティーナイン・クルーズ（リオーダン）… 462
砂糖菓子の弾丸は撃ちぬけない（桜庭一樹）
　………………………………………………… 156
里見八犬伝（横山充男）………………………… 330
真田幸村と忍者サスケ（吉橋通夫）…………… 338
サニーサイドエッグ（荻原浩）………………… 84
サバイバーズ（ハンター）……………………… 432
サバイバル入門（オズボーン）………………… 380
砂漠（伊坂幸太郎）……………………………… 34
砂漠のナイチンゲール（オズボーン）………… 380
サバンナ決死の横断（オズボーン）…………… 380
サバンナのいちにち（斉藤洋）………………… 144
ザビエルの首（柳広司）………………………… 315
淋しい狩人（宮部みゆき）……………………… 290
錆びた太陽（恩田陸）…………………………… 94
ザ・ヒル（コエーリョ）………………………… 400
サファイア（湊かなえ）………………………… 281
The Book（乙一）……………………………… 88
サブマリン（伊坂幸太郎）……………………… 35
サボテンの花（宮部みゆき）…………………… 290
サマーと幸運の小麦畑（カドハタ）…………… 385
さまよう刃（東野圭吾）………………………… 260
The MANZAI（あさのあつこ）……………… 9
さよならを待つふたりのために（グリーン）
　………………………………………………… 396

500

書名索引　　　　　　　　　　　　　　　　　　　　しのた

さよなら、ジンジャー・エンジェル（新城カズマ） ………… 189
さよなら、そしてこんにちは（荻原浩） ……… 84
さよなら、手をつなごう（中村航） ……… 221
さよならバースディ（荻原浩） ……………… 85
さよなら妖精（米澤穂信） ……………… 339
ざらざら（川上弘美） ……………………… 115
さらさら流る（柚木麻子） ………………… 328
サラスの旅（ダウド） ……………………… 419
サラとピンキーパリへ行く（富安陽子） …… 213
サラとピンキーヒマラヤへ行く（富安陽子） ………………………………… 213
さらば、おやじどの（上野瞭） …………… 479
サリー・ジョーンズの伝説（ヴェゲリウス） … 370
戯言シリーズ（西尾維新） ………………… 358
されど罪人は竜と踊る（浅井ラボ） ……… 350
サレンダー（ハートネット） ……………… 429
サロメ（原田マハ） ………………………… 252
ザ・ロング・アンド・ワインディング・ロード（小路幸也） …………………………… 180
燦（あさのあつこ） ……………………… 9, 10
残穢（小野不由美） ………………………… 92
サンカクカンケイ（小手鞠るい） ………… 133
三月（大島真寿美） ………………………… 72
三月の招待状（角田光代） ………………… 102
三鬼（宮部みゆき） ………………………… 290
三国志演義（羅貫中） ……………………… 485
3時のアッコちゃん（柚木麻子） ………… 328
三十年後（星新一） ………………………… 268
山椒魚（井伏鱒二） ………………………… 478
山椒大夫・高瀬舟・阿部一族（森鷗外） … 481
算数宇宙の冒険（川端裕人） ……………… 119
算数病院事件（後藤竜二） ………………… 138
サンタ・エクスプレス（重松清） ………… 169
サンタちゃん（ひこ・田中） ……………… 263
サンドラ、またはエスのバラード（メッレル） ………………………………… 454
三人姉妹（大島真寿美） …………………… 72
サンネンイチゴ（笹生陽子） ……………… 157
三匹のおっさん（有川浩） …………… 19, 20
三匹のかいじゅう（椎名誠） ……………… 164
333のテッペン（佐藤友哉） ……………… 160
三面記事小説（角田光代） ………………… 102

【し】

シアター！（有川浩） ……………………… 20
幸せになる百通りの方法（荻原浩） ……… 85
幸せの条件（誉田哲也） …………………… 271
しあわせ・レインボー・パウダー（斉藤洋） … 145
しあわせは子猫のかたち（乙一） ………… 88
椎名誠超常小説ベストセレクション（椎名誠） ………………………………… 165
ジウ（誉田哲也） …………………………… 272
ジヴェルニーの食卓（原田マハ） ………… 252

シェイクスピア名作コレクション 全10巻（シェイクスピア） …………………………… 483
シェイクスピア物語（ラム） ……………… 485
シェイクスピア物語集（マコックラン） … 452
ジェイとレイふたりはひとり!?（クレメンツ） ………………………………… 397
ジェニィ（ギャリコ） ……………………… 482
ジェネラル・ルージュの凱旋（海堂尊） … 98
ジェネレーション〈P〉（ペレーヴィン） … 443
しえりの秘密のシール帳（濱野京子） …… 240
シェルシーカーズ（ピルチャー） ………… 433
ジェンナ奇跡を生きる少女（ピアソン） … 433
塩の街（有川浩） …………………………… 20
シカゴよりとんでもない町（ペック） …… 442
四月になれば彼女は（川上健一） ………… 113
鹿の王（上橋菜穂子） ………………… 62, 63
C³ーシーキューブー（水瀬葉月） ……… 361
時空忍者おとめ組！（越水利江子） ……… 128
69 sixty nine（村上龍） …………………… 481
シーグと拳銃と黄金の謎（セジウィック） … 418
ジグβは神ですか（森博嗣） ……………… 304
地獄坂へまっしぐら！（サッカー） ……… 403
地獄少女（石崎洋司） ……………………… 46
地獄で見る夢（森岡浩之） ………………… 308
じごくゆきっ（桜庭一樹） ………………… 156
自殺プロデュース（山田悠介） …………… 319
死者の奢り・飼育（大江健三郎） ………… 479
屍者の帝国（伊藤計劃） …………………… 58
屍者の帝国（円城塔） ……………………… 71
思春期（小手鞠るい） ……………………… 133
私小説（市川拓司） ………………………… 57
静かな雨（宮下奈都） ……………………… 284
しずかな日々（椰月美智子） ……………… 311
シズコさん（佐野洋子） …………………… 162
ジゼル（吉野万理子） ……………………… 333
時速47メートルの疾走（吉野万理子） …… 333
死体ばんざい（星新一） …………………… 268
下町ロケット（池井戸潤） ………………… 26
七月に流れる花（恩田陸） ………………… 94
6TEEN（石田衣良） ……………………… 52
実験的経験（森博嗣） ……………………… 304
実験4号（伊坂幸太郎） …………………… 35
シーツとシーツのあいだ（小手鞠るい） … 133
疾風ガール（誉田哲也） …………………… 272
疾風の女子マネ！（まはら三桃） ………… 277
疾風ロンド（東野圭吾） …………………… 260
シティ・マラソンズ（あさのあつこ） …… 10
シートン探偵記（柳広司） ………………… 315
シートン（探偵）動物記（柳広司） ……… 315
シートン動物記（シートン） ……………… 483
シナモンのおやすみ日記（小手鞠るい） … 133
死神うどんカフェ1号店（石川宏千花） … 39
死神の精度（伊坂幸太郎） ………………… 35
死神の追跡者（プリーストリー） ………… 437
死神の浮力（伊坂幸太郎） ………………… 35
シネマガール（吉野万理子） ……………… 333
シノダ！ キツネたちの宮へ（富安陽子） … 213

ヤングアダルトの本　いま読みたい小説4000冊　**501**

シノダ！チビ竜と魔法の実（富安陽子）······ 213
シノダ！時のかなたの人魚の島（富安陽子）
　··· 213
シノダ！魔物の森のふしぎな夜（富安陽子）
　··· 214
東雲の途（あさのあつこ）················· 10
忍びの国（和田竜）······················· 347
しのぶセンセにサヨナラ（東野圭吾）····· 260
しばしとどめん北斎羽衣（花形みつる）··· 235
Gボーイズ冬戦争（石田衣良）············· 52
島津戦記（新城カズマ）············ 189, 190
縞模様のパジャマの少年（ボイン）······· 444
島はぼくらと（辻村深月）················· 207
紙魚家崩壊（北村薫）····················· 122
ジム・ボタンと13人の海賊（エンデ）····· 376
ジム・ボタンの機関車大旅行（エンデ）··· 376
使命と魂のリミット（東野圭吾）········· 260
下ネタという概念が存在しない退屈な世界（赤
　城大空）··································· 350
シャイニング（キング）··················· 391
ジャイロスコープ（伊坂幸太郎）·········· 35
シャイロックの子供たち（池井戸潤）······ 26
社員たち（北野勇作）····················· 121
釈迦（武者小路実篤）····················· 481
ジャカスカ号で大西洋へ（山下明生）····· 481
邪眼（オーツ）··························· 383
灼眼のシャナ（高橋弥七郎）············· 357
弱キャラ友崎くん（屋久ユウキ）········· 361
弱小FCのきせき（モーパーゴ）··········· 456
写字室の旅（オースター）················· 377
シャッフル航法（円城塔）·················· 71
ジャパン・スマイル（川上健一）········· 114
シャボン玉同盟（梨屋アリエ）··········· 229
シャーロック・ホームズの冒険（ドイル）··· 484
シャーロック・ドイルの告白（アヴィ）··· 363
シャングリ・ラ（池上永一）··············· 28
ジャングル・ブック（キプリング）······· 482
シュヴァルツェスマーケン（内田弘樹）··· 352
11をさがして（ギフ）····················· 387
十一月の扉（高楼方子）················· 203
十一月は変身！（後藤竜二）············· 138
銃皇無尽のファフニール（ツカサ）······· 358
秋期限定栗きんとん事件（米澤穂信）····· 339
十五少年漂流記（ヴェルヌ）············· 482
十五少年漂流記（高楼方子）············· 203
13歳のシーズン（あさのあつこ）·········· 10
十三番目の子（ダウド）················· 419
十字架（重松清）························· 169
終点のあの子（柚木麻子）··············· 328
銃とチョコレート（乙一）·················· 89
12月の夏休み（川端裕人）··············· 119
十二歳（椰月美智子）··················· 311
12星座の恋物語（角田光代）············· 102
十二人の死にたい子どもたち（冲方丁）··· 65
十二年目の映像（帚木蓬生）············· 236
十二の嘘と十二の真実（あさのあつこ）··· 10
12の怖い昔話（プライス）··············· 435
十二夜（斉藤洋）······················· 145

週末カミング（柴崎友香）··············· 173
終末なにしてますか？忙しいですか？救っ
　てもらっていいですか？（枯野瑛）····· 354
終末のフール（伊坂幸太郎）·············· 35
週末は彼女たちのもの（島本理生）······· 176
14歳、妊娠、あともどりできない。（フライ）··· 435
14歳の水平線（椰月美智子）············· 311
14歳、ぼくらの疾走（ヘルンドルフ）····· 443
シュガー＆スパイス（ユーア）··········· 457
シューカツ！（石田衣良）················· 52
守教（帚木蓬生）······················· 236
呪術師ペレネル（スコット）············· 413
樹上のゆりかご（荻原規子）·············· 81
主題歌（柴崎友香）····················· 173
十角館の殺人（綾辻行人）··············· 478
受難（帚木蓬生）······················· 237
ジュビリー（ギフ）····················· 387
主婦と恋愛（藤野千夜）················· 264
受命（帚木蓬生）······················· 237
主よ、永遠の休息を（誉田哲也）········· 272
シュレミールと小さな潜水艦（斉藤洋）··· 145
純愛モラトリアム（椰月美智子）········· 311
淳子のてっぺん（唯川恵）··············· 325
ジュン先生がやってきた！（後藤竜二）··· 138
ジョイランド（キング）················· 391
小学五年生（重松清）··················· 169
小学校の秘密の通路（岡田淳）··········· 76
しょうがの味は熱い（綿矢りさ）········· 348
小公女（越水利江子）··················· 128
小路幸也少年少女小説集（小路幸也）····· 180
少女（湊かなえ）······················· 282
少女イス地下の国へ（エイキン）········· 375
“少女神”第9号（ブロック）············· 440
少女七竈と七人の可愛そうな大人（桜庭一樹）
　··· 156
少女は卒業しない（朝井リョウ）·········· 2
小説家の姉と（小路幸也）··············· 180
小説キャンディ・キャンディFINAL STORY
　（名木田恵子）····························· 225
小説鶴彬（吉橋通夫）··················· 338
小説のある展覧会（原田マハ）··········· 252
小説BLAME！大地の記憶（冲方丁）····· 65
少年アリス（長野まゆみ）··············· 219
少年Nのいない世界（石川宏千花）···· 39, 40
少年Nの長い長い旅（石川宏千花）········ 40
少年陰陽師（結城光流）················· 362
少年探偵（小路幸也）··················· 181
少年の日々（丘修三）···················· 75
少年名探偵虹北恭助の冒険（はやみねかおる）
　··· 245
少年名探偵虹北恭助の冒険フランス陽炎村事
　件（はやみねかおる）··················· 245
少年名探偵Who（はやみねかおる）······· 245
賞の枢（帚木蓬生）····················· 237
消滅（恩田陸）··························· 94
女王さまがおまちかね（菅野雪虫）······· 190
女王さまの夜食カフェ（古内一絵）······· 266
女王のティアラ（石崎洋司）·············· 46

書名索引　　　　　すとれ

女王の百年密室（森博嗣）…………… 304
女王フュテビのなぞ（オズボーン）…… 380
ジョーカー・ゲーム（柳広司）……… 315
贖罪（湊かなえ）……………………… 282
植物図鑑（有川浩）…………………… 20
女子高生記者ヒルディのスクープ（バウアー）
　　　　　　　　　　　　　　　　　 427
JORGE JOESTAR（舞城王太郎）……… 275
女子的生活（坂木司）………………… 151
書店主フィクリーのものがたり（ゼヴィン）
　　　　　　　　　　　　　　　　　 417
ショート・トリップ（森絵都）……… 300
ジョン万次郎（プロイス）…………… 440
シー・ラブズ・ユー（小路幸也）…… 181
白ゆき姫殺人事件（湊かなえ）……… 282
市立第二中学校2年C組（椰月美智子）311
シルエット（島本理生）……………… 176
シールの星（岡田淳）………………… 76
シルバータン（フレッチャー）……… 440
死霊術師ジョン・ディー（スコット）413
白赤だすき小〇（こまる）の旗風（後藤竜二）
　　　　　　　　　　　　　　　　　 139
白いイルカの浜辺（ルイス）………… 464
白い月の丘で（濱野京子）…………… 241
白い夏の墓標（帚木蓬生）…………… 237
白いひつじ（長野まゆみ）…………… 219
白いプリンスとタイガー（宗田理）… 196
白をつなぐ（まはら三桃）…………… 277
シロガラス（佐藤多佳子）…………… 159
しろくまだって（斉藤洋）…………… 145
シロシロクビハダ（椰月美智子）…… 312
白の鳥と黒の鳥（いしいしんじ）…… 37
城のなかの人（星新一）……………… 268
新学期（長野まゆみ）………………… 219
新銀河ヒッチハイク・ガイド（コルファー）403
ジンクス（キャボット）……………… 389
新参者（東野圭吾）…………………… 260
真実の10メートル手前（米澤穂信）… 339
新釈走れメロス（森見登美彦）……… 309
新宿遊牧民（椎名誠）………………… 165
ジーンズ・フォーエバー（ブラッシェアーズ）
　　　　　　　　　　　　　　　　　 435
新生（瀬名秀明）……………………… 195
「人生」シリーズ（川岸殴魚）……… 354
寝台特急黄色い矢（ペレーヴィン）… 444
シンデレラ・ティース（坂木司）…… 151
シンデレラのねずみ（斉藤洋）……… 145
新橋烏森口青春篇（椎名誠）………… 165
神秘のアクセサリー（石崎洋司）…… 46
新ほたる館物語（あさのあつこ）…… 10
新妹魔王の契約者（テスタメント）（上栖綴
　人）……………………………… 352
シンメトリー（誉田哲也）…………… 272
新訳ドリトル先生アフリカへ行（い）く（ロフ
　ティング）……………………… 486
深夜百太郎（舞城王太郎）…………… 275
人類やりなおし装置（岡田淳）……… 76
人類は衰退しました（田中ロミオ）… 358

心霊探偵ゴーストハンターズ（石崎洋司）…… 46
心霊探偵 八雲（神永学）…………… 353
人狼への転生、魔王の副官（漂月）… 359
ジーン・ワルツ（海堂尊）…………… 98

【 す 】

素足の季節（小手鞠るい）…………… 133
水神（帚木蓬生）……………………… 237
水深五尋（ウェストール）…………… 371
水声（川上弘美）……………………… 115
スイッチを押すとき（山田悠介）…… 319
推定少女（桜庭一樹）………………… 156
スイート・ホーム（原田マハ）……… 252
睡蓮の池（トール）…………………… 423
スイングアウト・ブラザース（石田衣良）… 52
末ながく、お幸せに（あさのあつこ）…… 11
スカイ・イクリプス（森博嗣）……… 304
スカイ・ワールド（瀬尾つかさ）…… 357
スカラムーシュ・ムーン（海堂尊）… 98
スカル・ブレーカ（森博嗣）………… 304
スキ・キス・スキ！（シアラー）…… 405
過ぎ去りし王国の城（宮部みゆき）… 290
好き、だからこそ（小手鞠るい）…… 134
透き通った風が吹いて（あさのあつこ）…… 11
スキャット（ハイアセン）…………… 427
過ぎる十七の春（小野不由美）……… 92
スクナビコナのがまんくらべ（岡崎ひでたか）
　　　　　　　　　　　　　　　　　 76
スクラップ・アンド・ビルド（羽田圭介）234
少し変わった子あります（森博嗣）… 304
スコーレno.4（宮下奈都）…………… 284
スーサ（あさのあつこ）……………… 11
すし食いねえ（吉橋通夫）…………… 338
すしそばてんぷら（藤野千夜）……… 264
すずをならすのはだれ（安房直子）… 23
すずちゃんと魔女のパパ（柏葉幸子）105
涼宮ハルヒシリーズ（谷川流）……… 358
スター・オブ・デルトラ（ロッダ）… 468
スターガール（スピネッリ）………… 416
スターダストパレード（小路幸也）… 181
スタート・イン・ライフ（川島誠）… 117
スタンダップダブル！（小路幸也）… 181
スタンド・バイ・ミー（小路幸也）… 181
スタンプに来た手紙（ロッダ）……… 468
ずっと空を見ていた（泉啓子）……… 56
素敵な日本人（東野圭吾）…………… 260
すてきなルーちゃん（高楼方子）…… 203
ステップ（重松清）…………………… 169
ストーム・ブリング・ワールド（冲方丁）… 65
ストライク・ザ・ブラッド（三雲岳斗）361
ストラヴァガンザ（ホフマン）……… 446
ストーリー・セラー（有川浩）……… 20
ストレンジャー・イン・パラダイス（小路幸
　也）……………………………… 181

ヤングアダルトの本　いま読みたい小説4000冊　503

すとろ　　　　　　　　　　書名索引

ストロベリーナイト（誉田哲也）・・・・・・・・・ 272
ストロベリーライフ（荻原浩）・・・・・・・・・・ 85
砂（ヘルンドルフ）・・・・・・・・・・・・・・・ 443
スナーク狩り（宮部みゆき）・・・・・・・・・・・ 291
砂の王国（荻原浩）・・・・・・・・・・・・・・・ 85
砂浜に坐り込んだ船（池澤夏樹）・・・・・・・・・ 31
スノウ・ティアーズ（梨屋アリエ）・・・・・・・・ 229
スパイガール（カーター）・・・・・・・・ 384, 385
スパイクを買いに（はらだみずき）・・・・・・・・ 257
スパイクス（あさのあつこ）・・・・・・・・・・・ 11
すばらしき犬たち（オズボーン）・・・・・・・・・ 380
統ばる島（池上永一）・・・・・・・・・・・・・・ 28
SPEED（金城一紀）・・・・・・・・・・・・・・・ 112
SPEEDBOY！（舞城王太郎）・・・・・・・・・・・ 275
スピリットベアにふれた島（マイケルセン）
・・・・・・・・・・・・・・・・・・・・・・・ 450
スピン（山田悠介）・・・・・・・・・・・・・・・ 319
スフィンクスの秘儀（ジャック）・・・・・・・・・ 407
スープ・オペラ（阿川佐和子）・・・・・・・・・・ 1
すべての神様の十月（小路幸也）・・・・・・・・・ 181
すべては平和のために（濱野京子）・・・・・・・・ 241
スペードの3（朝井リョウ）・・・・・・・・・・・ 2
スポットライトをぼくらに（あさのあつこ）
・・・・・・・・・・・・・・・・・・・・・・・ 11
スマート（スレイター）・・・・・・・・・・・・・ 416
スラスラ描けるマンガ教室（藤野千夜）・・・・・・ 264
スリジエセンター1991（海堂尊）・・・・・・・・・ 98
スリースターズ（梨屋アリエ）・・・・・・・・・・ 229
すりばちの底にあるというボタン（大島真寿
美）・・・・・・・・・・・・・・・・・・・・・ 72
スレイヤーズ（神坂一）・・・・・・・・・・・・・ 354
スロウハイツの神様（辻村深月）・・・・・・・・・ 207
スローバラード（小路幸也）・・・・・・・・・・・ 182
スローモーション（佐藤多佳子）・・・・・・・・・ 159

【 せ 】

星界の戦旗（森岡浩之）・・・・・・・・・・・・・ 308
星界の断章（森岡浩之）・・・・・・・・・・・・・ 308
正義のセ（阿川佐和子）・・・・・・・・・・・ 1, 2
世紀のマジック・ショー（オズボーン）・・・・・・ 380
聖剣使いの禁呪詠唱（あわむら赤光）・・・・・・・ 351
聖剣と海の大蛇（オズボーン）・・・・・・・・・・ 380
聖剣の刀鍛冶（三浦勇雄）・・・・・・・・・・・・ 360
成功者K（羽田圭介）・・・・・・・・・・・・・・ 234
「成功」のルール（マンディーノ）・・・・・・・・ 454
星刻の竜騎士（瑞智士記）・・・・・・・・・・・・ 361
青酸クリームソーダ（佐藤友哉）・・・・・・・・・ 160
青春ブタ野郎シリーズ（鴨志田一）・・・・・・・・ 354
青春夜明け前（重松清）・・・・・・・・・・・・・ 169
聖女の救済（東野圭吾）・・・・・・・・・・・・・ 260
聖人と悪魔（ホフマン）・・・・・・・・・・・・・ 446
製鉄天使（桜庭一樹）・・・・・・・・・・・・・・ 156
生徒会の一存（葵せきな）・・・・・・・・・・・・ 350
聖なる怠け者の冒険（森見登美彦）・・・・・・・・ 309

逝年（石田衣良）・・・・・・・・・・・・・・・・ 53
青年のための読書クラブ（桜庭一樹）・・・・・・・ 156
聖灰の暗号（帚木蓬生）・・・・・・・・・・・・・ 237
聖夜（佐藤多佳子）・・・・・・・・・・・・・・・ 159
精霊幻想記（北山結莉）・・・・・・・・・・・・・ 354
精霊使いの剣舞（ブレイドダンス）（志瑞祐）
・・・・・・・・・・・・・・・・・・・・・・・ 356
世界一のランナー（レアード）・・・・・・・・・・ 466
世界がぼくを笑っても（笹生陽子）・・・・・・・・ 158
世界中の青空をあつめて（中村航）・・・・・・・・ 222
世界地図の下書き（朝井リョウ）・・・・・・・・・ 2
世界でいちばん長い写真（誉田哲也）・・・・・・・ 272
世界でたったひとりの子（シアラー）・・・・・・・ 405
世界の終わりと妖精の馬（トンプソン）・・・・・・ 424
世界のすべてのさよなら（白岩玄）・・・・・・・・ 188
世界の誕生日（ル＝グウィン）・・・・・・・・・・ 466
世界の謎はボクが解く！（芝田勝茂）・・・・・・・ 175
世界の果てのこどもたち（中脇初枝）・・・・・・・ 224
世界の果ての魔女学校（石崎洋司）・・・・・・・・ 46
セカンド・サマー（ブラッシェアーズ）・・・・・・ 436
セシルのもくろみ（唯川恵）・・・・・・・・・・・ 325
雪煙チェイス（東野圭吾）・・・・・・・・・・・・ 260
sex（石田衣良）・・・・・・・・・・・・・・・・・ 53
雪月花黙示録（恩田陸）・・・・・・・・・・・・・ 94
絶唱（湊かなえ）・・・・・・・・・・・・・・・・ 282
絶対安全少年（長野まゆみ）・・・・・・・・・・・ 219
ぜったいくだものっこ（高楼方子）・・・・・・・・ 203
絶対、最強の恋のうた（中村航）・・・・・・・・・ 222
刹那に似てせつなく（唯川恵）・・・・・・・・・・ 325
ゼツメツ少年（重松清）・・・・・・・・・・・・・ 169
せなか町から、ずっと（斉藤倫）・・・・・・・・・ 150
背番号42のヒーロー（オズボーン）・・・・・・・・ 380
セブン・レター・ワード（スレイター）・・・・・・ 416
セーラと宝の地図（ロッダ）・・・・・・・・・・・ 468
ゼラニウムの庭（大島真寿美）・・・・・・・・・・ 72
Self-reference engine（円城塔）・・・・・・・・・・ 71
ゼロから始める魔法の書（虎走かける）・・・・・・ 355
ゼロの使い魔（ヤマグチノボル）・・・・・・・・・ 362
ゼロ、ハチ、ゼロ、ナナ。（辻村深月）・・・・・・ 207
戦火の馬（モーパーゴ）・・・・・・・・・・・・・ 456
1950年のバックトス（北村薫）・・・・・・・・・・ 122
1922（キング）・・・・・・・・・・・・・・・・・ 391
戦国小町苦労譚（夾竹桃）・・・・・・・・・・・・ 355
戦場にひびく歌声（オズボーン）・・・・・・・・・ 381
戦場のオレンジ（レアード）・・・・・・・・・・・ 466
せんせい。（重松清）・・・・・・・・・・・・・・ 169
先生と僕（坂木司）・・・・・・・・・・・・・・・ 151
戦争ガ起キルカモシレナイ（芝田勝茂）・・・・・・ 175
戦争と平和（トルストイ）・・・・・・・・・・・・ 484
千日紅の恋人（帚木蓬生）・・・・・・・・・・・・ 238
千年樹（荻原浩）・・・・・・・・・・・・・・・・ 85
1000の小説とバックベアード（佐藤友哉）・・・・・ 160
千の扉（柴崎友香）・・・・・・・・・・・・・・・ 173
戦友の恋（大島真寿美）・・・・・・・・・・・・・ 72

504

書名索引　　たから

【そ】

憎悪のパレード（石田衣良）…………… 53
蒼穹のファフナー（冲方丁）…………… 65
早春恋小路上ル（小手鞠るい）………… 134
漱石先生の事件簿（柳広司）…………… 315
象使いティンの戦争（カドハタ）……… 385
双頭の船（池澤夏樹）…………………… 31
ゾウと旅した戦争の冬（モーパーゴ）… 456
ゾウになった赤ちゃん（エイキン）…… 375
爽年（石田衣良）………………………… 53
総理の夫（原田マハ）…………………… 252
ソウルケイジ（誉田哲也）……………… 272
蒼路の旅人（上橋菜穂子）……………… 63
そうはいかない（佐野洋子）…………… 162
象は忘れない（柳広司）………………… 316
ZOKUDAM（森博嗣）………………… 304
ソクラテスの妻（柳広司）……………… 316
ZOKURANGER（森博嗣）…………… 305
そこへ届くのは僕たちの声（小路幸也）… 182
そこから逃げだす魔法のことば（岡田淳）… 76
そして、バトンは渡された（瀬尾まいこ）… 194
卒業（はやみねかおる）………………… 245
卒業ホームラン（重松清）……………… 169
卒業旅行（角田光代）…………………… 102
ソードアート・オンライン（川原礫）… 354
ソードアート・オンラインオルタナティブ ガ
　ンゲイル・オンライン（時雨沢恵一）… 356
ソードハンド（セジウィック）………… 418
曾根崎心中（角田光代）………………… 102
その愛の向こう側（小手鞠るい）……… 134
その青の、その先の、（椰月美智子）… 312
その手をにぎりたい（柚木麻子）……… 328
その時までサヨナラ（山田悠介）……… 319
そのトリック、あばきます。（石崎洋司）… 47
その場小説（いしいしんじ）…………… 37
その街の今は（柴崎友香）……………… 173
So-far そ・ふぁー（乙一）…………… 89
ソフィーの世界（ゴルデル）…………… 402
ゾラ・一撃・さようなら（森博嗣）…… 305
空色バウムクーヘン（吉野万理子）…… 333
空色バトン（笹生陽子）………………… 158
空色ヒッチハイカー（橋本紡）………… 232
空色勾玉（荻原規子）…………………… 81
空へのぼる（八東澄子）………………… 314
空へ向かう花（小路幸也）……………… 182
空を泳ぐ夢を見る（梨屋アリエ）……… 229
そらをみてますないてます（椎名誠）… 165
空で出会ったふしぎな人たち（斉藤洋）… 145
空と海のであう場所（小手鞠るい）…… 134
空飛ぶ広報室（有川浩）………………… 20
空飛ぶタイヤ（池井戸潤）……………… 26
空に唄う（白岩玄）……………………… 188
空に棲む（加藤多一）…………………… 112
空に牡丹（大島真寿美）………………… 73

空の拳（角田光代）……………………… 102
空のしっぽ（名木田恵子）……………… 225
空より高く（重松清）…………………… 169
空はきんいろ（大島真寿美）…………… 73
空はなに色（濱野京子）………………… 241
ソーリ！（濱野京子）…………………… 241
ソルハ（帚木蓬生）……………………… 238
それいけ！ ぽっこくん（富安陽子）… 214
それでも彼女は歩きつづける（大島真寿美）
　……………………………………………… 73
それもまたちいさな光（角田光代）…… 102
そろそろ最後の恋がしたい（唯川恵）… 325
ソロモンの偽証（宮部みゆき）………… 291

【た】

ダイアログ・イン・ザ・ダーク（乙一）… 89
体育座りで、空を見上げて（椰月美智子）… 312
ダイイング・アイ（東野圭吾）………… 261
ダイエットパンチ！（令丈ヒロ子）…… 342
大怪獣記（北野勇作）…………………… 121
大海の光（トール）……………………… 423
タイガー・ボーイ（パーキンス）……… 428
第九の日（瀬名秀明）…………………… 195
第三の願い（マイヤー）………………… 450
大正野球娘。（神楽坂淳）……………… 353
大好き！ クサイさん（ウォリアムズ）… 372
タイタニア（田中芳樹）………………… 358
タイタニック号の悲劇（オズボーン）… 381
太一さんの戦争（丘修三）……………… 75
大地のゲーム（綿矢りさ）……………… 348
大地のランナー（リオーダン）………… 460
大中小探偵クラブ（はやみねかおる）… 245, 246
大統領の秘密（オズボーン）…………… 381
台所のメアリー・ポピンズ（トラヴァース）… 422
第二音楽室（佐藤多佳子）……………… 159
第二次世界大戦の夜（オズボーン）…… 381
Dive!!（森絵都）………………… 300, 301
太平記（石崎洋司）……………………… 47
対魔導学園35試験小隊（柳実冬貴）…… 362
タイムマシン（ウェルズ）……………… 482
太陽ときみの声（川端裕人）…………… 119
太陽と月の大地（ロペス＝ナルバエス）… 472
太陽の坐る場所（辻村深月）…………… 207
太陽の草原を駆けぬけて（オルレブ）… 384
太陽の棘（原田マハ）…………………… 252
太陽のパスタ、豆のスープ（宮下奈都）… 284
ダ・ヴィンチ空を飛ぶ（オズボーン）… 381
ダーウィンと旅して（ケリー）………… 398
ダーウィンと出会った夏（ケリー）…… 398
ダウンタウン（小路幸也）……………… 182
タカイ×タカイ（森博嗣）……………… 305
鷹のように帆をあげて（まはら三桃）… 277
宝島（スティーヴンスン）……………… 483
だから僕は、Hができない。（橘ぱん）… 357

ヤングアダルトの本　いま読みたい小説4000冊　**505**

たくた　　　　　　　　　書名索引

ダークタワー（キング） ………… 392〜394
タケシくんよろしく（丘修三） ……… 75
蛇行する川のほとり（恩田陸） ……… 94
太宰治の辞書（北村薫） ……… 122
ターザンロープがこわい（ギフ） …… 387
打順未定、ポジションは駄菓子屋前（はやみね
　かおる） ……… 246
黄昏の岸暁の天（そら）（小野不由美） … 92
闘う女（小手鞠るい） ……… 134
戦う司書シリーズ（山形石雄） …… 362
戦うパン屋と機械じかけの看板娘（SOW） … 357
たった、それだけ（宮下奈都） …… 284
盾の勇者の成り上がり（アネコユサギ） … 351
たとえば、すぐりとおれの恋（はらだみずき）
　……… 257
田中―年齢イコール彼女いない歴の魔法使い
　（ぶんころり） ……… 360
種のキモチ（山田悠介） ……… 320
楽しい川辺（グレアム） ……… 483
旅猫リポート（有川浩） ……… 21
旅屋おかえり（原田マハ） ……… 252
ダブル・ジョーカー（柳広司） …… 316
ダブル・ファンタジー（村山由佳） … 297
食べちゃいたい（佐野洋子） …… 162
たまごを持つよう（まはら三桃） … 277
タマゴマジック（恩田陸） ……… 94
ダマシ×ダマシ（森博嗣） ……… 305
玉村警部補の災難（海堂尊） …… 98
玉村警部補の巡礼（海堂尊） …… 98
たまゆら（あさのあつこ） ……… 11
民王（池井戸潤） ……… 26
ためらいがちのシーズン（唯川恵） … 325
ダヤン、クラヤミの国へ（池田あきこ） … 32
ダヤン、タシルに帰る（池田あきこ） … 32
ダヤンと王の塔（池田あきこ） …… 32
ダヤンと恐竜のたまご（池田あきこ） … 32
ダヤンとタシルの王子（池田あきこ） … 32
ダヤンとハロウィーンの戦い（池田あきこ）
　……… 32
たゆたえども沈まず（原田マハ） … 253
ダリアの笑顔（椰月美智子） …… 312
誰かが足りない（宮下奈都） …… 284
誰かが私（わたし）にキスをした（ゼヴィン）
　……… 417
だれでもない庭（エンデ） ……… 377
だれにもいえない（岩瀬成子） …… 60
誰にも書ける一冊の本（荻原浩） … 85
だれにも話さなかった祖父のこと（モーパー
　ゴ） ……… 456
誰もいない（小手鞠るい） ……… 134
だれもが知ってる小さな国（有川浩） … 21
だれも知らない犬たちのおはなし（ロッダ）
　……… 468
ダンガンロンパ十神（佐藤友哉） … 160
短劇（坂木司） ……… 151
ダンジョンに出会いを求めるのは間違ってい
　るだろうか（大森藤ノ） ……… 352
ダンス・ウィズ・ドラゴン（村山由佳） … 297

ダンタリアンの書架（三雲岳斗） …… 361
団地で暮らそう！（長野まゆみ） … 219
探偵ザンティピーの休暇（小路幸也） … 182
探偵ザンティピーの惻隠（小路幸也） … 182
探偵ザンティピーの仏心（小路幸也） … 182
探偵チームKZ事件ノート（住滝良） … 356
探偵チームKZ事件ノート（藤本ひとみ） … 360
探偵伯爵と僕（森博嗣） ……… 305
短篇五芒星（舞城王太郎） ……… 275
たんぽぽ団地（重松清） ……… 170
たんぽぽ団地のひみつ（重松清） … 170
だんまりうさぎとおしゃべりうさぎ（安房直
　子） ……… 23
だんまりうさぎとおほしさま（安房直子） … 23

【ち】

チア男子!!（朝井リョウ） ……… 2
小さい潜水艦に恋をしたでかすぎるクジラの
　話（野坂昭如） ……… 480
ちいさいモモちゃん（松谷みよ子） … 480
小さな幸せ物語（川上健一） …… 114
小さなトロールと大きな洪水（ヤンソン） … 485
小さなバイキングビッケ（ヨンソン） … 458
チェリーブラッサム（山本文緒） … 323
地をはう風のように（高橋秀雄） … 205
血か、死か、無か？（森博嗣） …… 305
地図を広げて（岩瀬成子） ……… 60
地図のない旅（村山由佳） ……… 297
チッチと子（石田衣良） ……… 53
ちなつのハワイ（大島真寿美） …… 73
地に埋もれて（あさのあつこ） …… 11
地に巣くう（あさのあつこ） ……… 11
チベットのラッパ犬（椎名誠） …… 165
チポリーノの冒険（ロダーリ） …… 467
チボロ（菅野雪虫） ……… 191
チマチマ記（長野まゆみ） ……… 219
チーム！（吉野万理子） ……… 333
チームあかり（吉野万理子） ……… 334
チームあした（吉野万理子） ……… 334
Team・HK（あさのあつこ） ……… 12
チームFについて（あさのあつこ） … 12
チームつばさ（吉野万理子） ……… 334
チーム・バチスタの栄光（海堂尊） … 99
チームひとり（吉野万理子） ……… 334
チームふたり（吉野万理子） ……… 334
チームみらい（吉野万理子） ……… 334
チャイブとしあわせのおかし（ロッダ） … 468
茶子と三人の男子たち（令丈ヒロ子） … 343
茶子の恋と決心（令丈ヒロ子） …… 343
茶畑のジャヤ（中川なをみ） ……… 217
チャボとウサギの事件（岩崎夏海） … 59
チャーメインと魔法の家（ジョーンズ） … 411
ちゃめひめさまとあやしいたから（高楼方子）
　……… 203

506

書名索引　　てりは

ちゃめひめさまとペピーノおうじ（高楼方子）
　　　　　　　　　　　　　　　　　　204
チャーリー、ただいま家出中（マッカイ）…… 453
自転車少年（チャリンコボーイ）（横山充男）
　　　　　　　　　　　　　　　　　　330
中古でも恋がしたい！（田尾典丈）………… 357
駐在日記（小路幸也）………………………… 182
中等部超能力戦争（藤野千夜）……………… 264
中二病でも恋がしたい！（虎虎）…………… 358
注文の多い注文書（小川洋子）………………… 79
チューリップかほちゃん（あさのあつこ）
　　　　　　　　　　　　　　　　　　　12
ちょいな人々（荻原浩）……………………… 85
超少年（長野まゆみ）………………………… 219
超絶不運少女（石川宏千花）……………… 40, 41
蝶たちの時代（アルバレス）………………… 365
ちょうちんそで（江國香織）………………… 69
チヨ子（宮部みゆき）………………………… 291
チョコちゃん（椰月美智子）………………… 312
チョコリエッタ（大島真寿美）………………… 73
チョコレートコスモス（恩田陸）……………… 94
ちょっとおんぶ（岩瀬成子）…………………… 60

【つ】

追想五断章（米澤穂信）……………………… 339
痛快！ 天才キッズ・ミッチー（宗田理）…… 196
通訳ダニエル・シュタイン（ウリツカヤ）… 374
月と雷（角田光代）…………………………… 102
月と太陽（瀬名秀明）………………………… 195
月とライカと吸血姫（ノスフェラトゥ）（牧野
　圭祐）………………………………………… 360
月にハミング（モーパーゴ）………………… 456
月の青空（八束澄子）………………………… 314
月の上の観覧車（荻原浩）…………………… 85
月の影の海（小野不由美）…………………… 92
月の珊瑚（奈須きのこ）……………………… 231
月の魔法（川上健一）………………………… 114
月の夜のわらい猫（椎名誠）………………… 165
つぎはぎプラネット（星新一）……………… 268
月夜に見参！（斉藤洋）……………………… 145
つくしちゃんとすぎなさん（まはら三桃）… 277
つづきの図書館（柏葉幸子）………………… 105
ツタよ、ツタ（大島真寿美）………………… 73
つながりの蔵（椰月美智子）………………… 312
ツナグ（辻村深月）…………………………… 208
椿先生、出番です！（花形みつる）………… 235
翼をください（原田マハ）…………………… 253
ツバメ号とアマゾン号（ランサム）………… 486
つぼみ（宮下奈都）…………………………… 284
妻よ薔薇のように（小路幸也）……………… 182
罪と罰（ドストエフスキー）………………… 484
つむじダブル（小路幸也）…………………… 183
つむじダブル（宮下奈都）…………………… 284
つめたいよるに（江國香織）………………… 69

釣りに行こう！（高橋秀雄）………………… 205
ツリーハウス（角田光代）…………………… 102
連れ猫（吉野万理子）………………………… 334
ツン子ちゃん、おとぎの国へ行く（松本祐子）
　　　　　　　　　　　　　　　　　　277

【て】

出会いなおし（森絵都）……………………… 301
TN探偵社怪盗そのまま仮面（斉藤洋）…… 145
TN探偵社消えた切手といえない犯人（斉藤
　洋）………………………………………… 145
TIO'S ISLAND（池澤夏樹）………………… 31
抵抗のディーバ（ムルルヴァ）……………… 454
DAYS（石崎洋司）…………………………… 47
ディス・イズ・ザ・デイ（津村記久子）…… 210
This is the Life（シアラー）………………… 405
ディスコ探偵水曜日（舞城王太郎）…… 275, 276
D菩薩峠漫研夏合宿（藤野千夜）…………… 265
定本夢野久作全集（夢野久作）……………… 481
ティムール国のゾウ使い（マコックラン）… 452
ディリュージョン社の提供でお送りします（は
　やみねかおる）…………………………… 246
ティーン・パワーをよろしく（ロッダ）…… 468
ティンブクトゥ（オースター）……………… 377
デカルコマニア（長野まゆみ）……………… 219
テスタメントシュピーゲル（冲方丁）…… 65, 66
デスマーチからはじまる異世界狂想曲（愛七
　ひろ）……………………………………… 350
鉄のしぶきがはねる（まはら三桃）………… 277
鉄の骨（池井戸潤）…………………………… 27
鉄のライオン（重松清）……………………… 170
テディが宝石を見つけるまで（マクラクラン）
　　　　　　　　　　　　　　　　　　451
テティスの逆鱗（唯川恵）…………………… 325
テディ・ロビンソンとサンタクロース（ロビン
　ソン）……………………………………… 472
テディ・ロビンソンのたんじょう日（ロビンソ
　ン）………………………………………… 472
デート・ア・ライブ（橘公司）……………… 357
デートクレンジング（柚木麻子）…………… 328
デトロイト美術館の奇跡（原田マハ）……… 253
手にえがかれた物語（岡田淳）……………… 76
手のひらの砂漠（唯川恵）…………………… 325
てのひらの中の宇宙（川端裕人）…………… 119
手のひらの京（みやこ）（綿矢りさ）……… 349
デビクロくんの恋と魔法（中村航）………… 222
デビクロ通信200（中村航）………………… 222
でぶじゃないの、骨太なだけ（キャボット）… 389
デボラ、眠っているのか？（森博嗣）……… 305
テーマパークの黒髪人形（斉藤洋）………… 145
デーミアン（ヘッセ）………………………… 485
デモナータ（シャン）…………………… 408, 409
デュラララ!!（成田良悟）…………………… 358
でりばりぃAge（梨屋アリエ）……………… 229

ヤングアダルトの本　いま読みたい小説4000冊　**507**

てるあ　　　書名索引

テルアビブの犬（小手鞠るい）･･････････････ 134
デルトラ王国探検記（ロッダ）･･････････････ 469
デルトラ・クエスト（ロッダ）　　469, 470
テレヴィジョン・シティ（長野まゆみ）･････ 219
でーれーガールズ（原田マハ）････････････ 253
テレビのむこうの謎の国（ロッダ）･･･････ 470
天を灼く（あさのあつこ）･････････････････ 12
天下無敵のお嬢さま！（濱野京子）･･･････ 241
てんからどどん（魚住直子）･･･････････････ 64
天鏡のアルデラミン（宇野朴人）･････････ 352
天空町のクロネ（石川宏千花）･･･････････ 41
天空の蜂（東野圭吾）･･････････････････ 261
天空の約束（川端裕人）･･･････････････ 120
天空の矢はどこへ？（森博嗣）･･･････････ 305
天狗風（宮部みゆき）･･････････････････ 292
てんぐのくれためんこ（安房直子）･･･････ 23
天国からの電話（アルボム）･････････････ 365
天国という名の組曲（アルマンド）（あさのあ
　つこ）･･････････････････････････････････ 12
天国までの百マイル（浅田次郎）･･･････ 478
天国旅行（三浦しをん）･･･････････････ 280
天山の巫女ソニン（菅野雪虫）･･･････････ 191
天使が怪獣になる前に（山田悠介）･････ 320
天使の子（小手鞠るい）･･･････････････ 134
天使の3P！（蒼山サグ）･･･････････････ 350
天使のとき（佐野洋子）･･･････････････ 162
天使の柩（村山由佳）･･････････････････ 298
てんせいくん（八束澄子）･･･････････････ 314
転生したらスライムだった件（伏瀬）･････ 360
伝説のエンドーくん（まはら三桃）･･････ 278
伝説の双子ソフィー＆ジョシュ（スコット）
　･･ 413
伝説の都（マイヤー）･･････････････････ 450
伝説の勇者の伝説（鏡貴也）･････････････ 353
天地明察（冲方丁）･･･････････････････ 66
天頂より少し下って（川上弘美）･･･････ 115
デンデラ（佐藤友哉）･･････････････････ 160
テント（アトウッド）･･･････････････････ 364
点と線（松本清張）･･･････････････････ 481
天と地の守り人（上橋菜穂子）･･･････････ 63
天に堕ちる人（唯川恵）･･･････････････ 325
天に星地に花（帚木蓬生）･･･････････････ 238
天の鹿（安房直子）･･･････････････････ 23
天のシーソー（安東みきえ）･････････････ 24
電波女と青春男（入間人間）･････････････ 352
電波的な彼女（片山憲太郎）･････････････ 353
テンペスト（池上永一）･･･････････････ 28, 29

【と】

ドアD（山田悠介）･････････････････････ 320
とある魔術の禁書目録（鎌池和馬）･････ 353
21（twenty one）（小路幸也）･･･････････ 183
東海道中藤栗毛（越水利江子）･･･････････ 129
東京會舘とわたし（辻村深月）･･･････････ 208

東京カウガール（小路幸也）･････････････ 183
東京公園（小路幸也）･･････････････････ 183
東京少年D団（ボンド＆モーゼズ）･････ 447
東京ピーターパン（小路幸也）･･･････････ 183
東京レイヴンズ（あざの耕平）･･･････････ 351
峠うどん物語（重松清）･･･････････････ 170
道化師の蝶（円城塔）･･････････････････ 71
父さんはドラゴン・パティシエ（柏葉幸子）･･･ 105
どうしてぼくをいじめるの？（サッカー）･･･ 404
冬虫夏草（梨木香歩）･･････････････････ 227
冬天の昴（あさのあつこ）･････････････ 12
道徳という名の少年（桜庭一樹）･･･････ 156
どうぶつのおばけずかん（斉藤洋）･･････ 145
透明な旅路と（あさのあつこ）･･･････････ 12
透明約束（川上健一）･･････････････････ 114
問う者、答える者（ネス）･････････････ 426
とうもろこしの乙女、あるいは七つの悪夢
　（オーツ）･･･････････････････････････ 383
トゥルー・ビリーヴァー（ウルフ）･････ 374
トゥルビンとメルクリンの不思議な旅（スタ
　ルク）･･･････････････････････････････ 414
遠い唇（北村薫）･･･････････････････ 123
遠い親せき（オルレブ）･･････････････ 384
遠い野ばらの村（安房直子）･･･････････ 23
遠い日の呼び声（ウェストール）･･････ 371
遠くの声に耳を澄ませて（宮下奈都）･･･ 284
遠く不思議な夏（斉藤洋）･････････････ 145
遠野物語（柏葉幸子）･･････････････････ 106
遠まわりして、遊びに行こう（花形みつる）･･･ 235
遠まわりする雛（米澤穂信）･･･････････ 339
時穴みかっ（藤野千夜）･･･････････････ 265
時をかける少女（筒井康隆）･･････････ 480
時を刻む砂の最後のひとつぶ（小手鞠るい）
　････････････････････････････････････ 134
時をつなぐおもちゃの犬（モーパーゴ）･･･ 457
ドキドキ新学期（はやみねかおる）･････ 246
時の番人（アルボム）･･････････････････ 365
tokyo404（新城カズマ）･･････････････ 190
トーキョー・クロスロード（濱野京子）･･･ 241
トーキョー・プリズン（柳広司）･･･････ 316
ドクター・スリープ（キング）･･･････････ 394
とくべつなお気に入り（ロッダ）･･･････ 470
特別法第001条dust（山田悠介）･･･････ 320
匿名者のためのスピカ（島本理生）･････ 176
独立記念日（原田マハ）･･･････････････ 253
時計坂の家（高楼方子）･･･････････････ 204
とける、とろける（唯川恵）･････････････ 326
どこかの事件（星新一）･･･････････････ 268
どこから行っても遠い町（川上弘美）･･････ 115
どこからも彼方にある国（ル＝グウィン）･･･ 466
とことんやろうすきなこと（斉藤洋）･････ 146
年下の彼（小手鞠るい）･･･････････････ 134
年下のセンセイ（中村航）･････････････ 222
図書館革命（有川浩）･･････････････････ 21
図書館危機（有川浩）･･････････････････ 21
図書館戦争（有川浩）･･････････････････ 21
図書館内乱（有川浩）･･････････････････ 21
図書館にいたユニコーン（モーパーゴ）･･･ 457

書名索引　　なけき

図書館の怪談（斉藤洋）・・・・・・・・・・・・・・・ 146
図書館の神様（瀬尾まいこ）・・・・・・・・・・ 194
どちらかが魔女（森博嗣）・・・・・・・・・・・・ 306
徳利長屋の怪（はやみねかおる）・・・・・・ 246
突変（森岡浩之）・・・・・・・・・・・・・・・・・・・・・ 308
突変世界 異境の水都（森岡浩之）・・・・・ 308
海馬（吉村昭）・・・・・・・・・・・・・・・・・・・・・・ 481
とどろケ淵のメッケ（富安陽子）・・・・・・ 214
となりの蔵のつくも神（伊藤遊）・・・・・・・ 59
となりの姉妹（長野まゆみ）・・・・・・・・・・ 220
図南の翼（小野不由美）・・・・・・・・・・・・・・ 92
とにかくうちに帰ります（津村記久子）・・ 210
とねりこ屋のコラル（柏葉幸子）・・・・・・ 106
賭博師は祈らない（周藤蓮）・・・・・・・・・・ 356
とびらをあければ魔法の時間（朽木祥）・・ 125
トビー・ロルネス（フォンベル）・・・・・・ 434
飛ぶ教室（ケストナー）・・・・・・・・・・・・・・ 483
翔ぶ少女（原田マハ）・・・・・・・・・・・・・・・・ 253
飛べ！ マジカルのぼり丸（斉藤洋）・・・ 146
途方もなく霧は流れる（唯川恵）・・・・・・ 326
トーマの心臓（森博嗣）・・・・・・・・・・・・・・ 306
トム・ソーヤーの冒険（トウェイン）・・ 484
とむらう女（エルスワース）・・・・・・・・・・ 376
戸村飯店青春100連発（瀬尾まいこ）・・ 194
友達×12歳（名木田恵子）・・・・・・・・・・・・ 225
トモダチックリの守り人（吉income多美）・・ 331
ともだちのときちゃん（岩瀬成子）・・・・・ 60
ドラキュラの町で、二人は（名木田恵子）・・ 225
ドラゴン株式会社（新城カズマ）・・・・・・ 190
ドラゴンキーパー（ウィルキンソン）・・ 369
ドラゴンクライシス！（城崎火也）・・・・ 354
ドラゴン・ティアーズ─龍涙（石田衣良）・・ 53
ドラゴンとふたりのお姫さま（名木田恵子）
　・・・・・・・・・・・・・・・・・・・・・・・・・・・・・・・・・・・ 226
ドラゴンと魔法の水（オズボーン）・・・・ 381
虎と月（柳広司）・・・・・・・・・・・・・・・・・・・・ 316
とらドラ！（竹宮ゆゆこ）・・・・・・・・・・・・ 357
トラベリング・パンツ（ブラッシェアーズ）・・ 436
ドラマデイズ（吉野万理子）・・・・・・・・・・ 335
ドラママチ（角田光代）・・・・・・・・・・・・・・ 102
トラム、光をまき散らしながら（名木田恵子）
　・・・・・・・・・・・・・・・・・・・・・・・・・・・・・・・・・・・ 226
トランプおじさんと家出してきたコブタ（高
　楼方子）・・・・・・・・・・・・・・・・・・・・・・・・・・ 204
トランプおじさんとペロンジのなぞ（高楼方
　子）・・・・・・・・・・・・・・・・・・・・・・・・・・・・・・・ 204
トランペット（ケイ）・・・・・・・・・・・・・・・・ 397
とりかえばや物語（越水利江子）・・・・・・ 129
トリガール！（中村航）・・・・・・・・・・・・・・ 222
鶏小説集（坂木司）・・・・・・・・・・・・・・・・・・ 151
とりつかれたバレリーナ（斉藤洋）・・・・ 146
ドリーマーズ（柴崎友香）・・・・・・・・・・・・ 173
ドリームバスター（宮部みゆき）・・・・・・ 292
ドリーム・プロジェクト（濱野京子）・・ 242
トールキンのクレルヴォ物語（トールキン）
　・・・・・・・・・・・・・・・・・・・・・・・・・・・・・・・・・・・ 423
ドルチェ（誉田哲也）・・・・・・・・・・・・・・・・ 273
竜巻少女（トルネードガール）（風野潮）・・・・・・ 111

ドールハウスはおばけがいっぱい（柏葉幸子）
　・・・・・・・・・・・・・・・・・・・・・・・・・・・・・・・・・・・ 106
奴隷区 僕と23人の奴隷（岡田伸一）・・ 352
トレイシー・ビーカー物語（ウィルソン）・・ 369, 370
ドレスを着た男子（ウォリアムズ）・・・・ 372
トレッリおばあちゃんのスペシャル・メニュー
　（クリーチ）・・・・・・・・・・・・・・・・・・・・・ 396
ドレのドン・キホーテ（セルバンテス）・・ 483
ドレミファ荘のジジルさん（高楼方子）・・ 204
トロイメライ（池上永一）・・・・・・・・・・・・・ 29
どろぼうのどろぼん（斉藤倫）・・・・・・・・ 150
TROIS（石田衣良）・・・・・・・・・・・・・・・・・・・ 53
TROIS（唯川恵）・・・・・・・・・・・・・・・・・・・・ 326
どろんころんど（北野勇作）・・・・・・・・・・ 121
永遠（とわ）をさがしに（原田マハ）・・ 253
永遠（とわ）を旅する者（重松清）・・・・ 170
ドン・キホーテ（石崎洋司）・・・・・・・・・・・ 47
とんでもスキルで異世界放浪メシ（江口連）
　・・・・・・・・・・・・・・・・・・・・・・・・・・・・・・・・・・・ 352
どんどんもるもくん（斉藤洋）・・・・・・・・ 146
ドンナビアンカ（誉田哲也）・・・・・・・・・・ 273
トンネルに消えた女の怖い話（プリースト
　リー）・・・・・・・・・・・・・・・・・・・・・・・・・・・・ 437
とんび（重松清）・・・・・・・・・・・・・・・・・・・・ 170
ドンマイ！（後藤竜二）・・・・・・・・・・・・・・ 139
どんまいっ！（椰月美智子）・・・・・・・・・・ 312
トンヤンクイがやってきた（岡崎ひでたか）
　・・・・・・・・・・・・・・・・・・・・・・・・・・・・・・・・・・・・ 76

【 な 】

泣いた赤おに（浜田廣介）・・・・・・・・・・・・ 480
ナイチンゲールの沈黙（海堂尊）・・・・・・・ 99
ナイツ＆マジック（天酒之瓢）・・・・・・・・ 351
ナイト＆シャドウ（柳広司）・・・・・・・・・・ 316
ナイルパーチの女子会（柚木麻子）・・・・ 328
ナイン（川上健一）・・・・・・・・・・・・・・・・・・ 114
ナイン・ストーリーズ（佐藤友哉）・・・・ 161
長い長い殺人（宮部みゆき）・・・・・・・・・・ 293
泣かないで、パーティはこれから（唯川恵）・・ 326
啼かない鳥は空に溺れる（唯川恵）・・・・ 326
なかなか暮れない夏の夕暮れ（江國香織）・・ 69
中庭の出来事（恩田陸）・・・・・・・・・・・・・・・ 95
中野のお父さん（北村薫）・・・・・・・・・・・・ 123
流れ行く者（上橋菜穂子）・・・・・・・・・・・・・ 63
なぎさ（山本文緒）・・・・・・・・・・・・・・・・・・ 323
なぎさくん、女子になる（令丈ヒロ子）・・ 343
なぎさくん、男子になる（令丈ヒロ子）・・ 343
なぎさ昇天（重松清）・・・・・・・・・・・・・・・・ 170
なぎさの媚薬（重松清）・・・・・・・・・ 170, 171
なきむし姫（重松清）・・・・・・・・・・・・・・・・ 171
泣き童子（わらし）（宮部みゆき）・・・・ 293
なくしたものたちの国（角田光代）・・・・ 102
泣くほどの恋じゃない（小手鞠るい）・・ 134
嘆きの美女（柚木麻子）・・・・・・・・・・・・・・ 328
嘆きのマリアの伝言（キャボット）・・・・ 389

ヤングアダルトの本　いま読みたい小説4000冊　　**509**

なせな	書名索引

なぜ泣くの（小手鞠るい）‥‥‥‥‥‥ 135
謎解きはディナーのあとで（東川篤哉）‥‥‥ 359
謎のオーディション（石崎洋司）‥‥‥‥‥ 47
謎の国からのSOS（ロッダ）‥‥‥‥‥‥ 470
なぞの転校生（眉村卓）‥‥‥‥‥‥‥‥ 481
夏を喪くす（原田マハ）‥‥‥‥‥‥‥‥ 254
夏化粧（池上永一）‥‥‥‥‥‥‥‥‥‥ 29
夏っ飛び！（横山充男）‥‥‥‥‥‥‥‥ 330
夏の終わりに（ビルチャー）‥‥‥‥‥‥ 433
夏の階段（梨屋アリエ）‥‥‥‥‥‥‥‥ 229
夏の裁断（島本理生）‥‥‥‥‥‥‥‥‥ 177
夏のジオラマ（小路幸也）‥‥‥‥‥‥‥ 183
夏の魔法（バーズオール）‥‥‥‥‥‥‥ 429
夏の夜の夢（斉藤洋）‥‥‥‥‥‥‥‥‥ 146
夏休み（中村航）‥‥‥‥‥‥‥‥‥‥‥ 222
夏休みの秘密の友だち（富安陽子）‥‥‥‥ 214
七緒のために（島本理生）‥‥‥‥‥‥‥ 177
七つの会議（池井戸潤）‥‥‥‥‥‥‥‥ 27
七夜物語（川上弘美）‥‥‥‥‥‥‥ 115, 116
なにがあってもずっといっしょ（草野たき）
　　　　　　　　　　　　　　　　　　　124
何が困るかって（坂木司）‥‥‥‥‥‥‥ 151
何様（朝井リョウ）‥‥‥‥‥‥‥‥‥‥ 3
何者（朝井リョウ）‥‥‥‥‥‥‥‥‥‥ 3
浪花少年探偵団（東野圭吾）‥‥‥‥‥‥ 261
ナニワ・モンスター（海堂尊）‥‥‥‥‥ 99
菜の子先生の校外パトロール（富安陽子）‥‥ 214
菜の子先生はどこへ行く？（富安陽子）‥‥ 214
菜の子ちゃんとカッパ石（富安陽子）‥‥‥ 214
菜の子ちゃんとキツネ力士（富安陽子）‥‥ 214
菜の子ちゃんと龍の子（富安陽子）‥‥‥‥ 214
名のないシシャ（山田悠介）‥‥‥‥‥‥ 320
名前探しの放課後（辻村深月）‥‥‥‥‥ 208
なまくら（吉橋通夫）‥‥‥‥‥‥‥‥‥ 338
ナマコ（椎名誠）‥‥‥‥‥‥‥‥‥‥‥ 165
波ちぎわのシアン（斉藤倫）‥‥‥‥‥‥ 150
波打ち際の蛍（島本理生）‥‥‥‥‥‥‥ 177
波切り草（椎名誠）‥‥‥‥‥‥‥‥‥‥ 165
涙倉の夢（柏葉幸子）‥‥‥‥‥‥‥‥‥ 106
なみだの穴（まはら三桃）‥‥‥‥‥‥‥ 278
なみだひっこんでろ（岩瀬成子）‥‥‥‥ 60
波に乗る（はらだみずき）‥‥‥‥‥‥‥ 257
ナミヤ雑貨店の奇蹟（東野圭吾）‥‥‥‥ 261
なめらかで熱くて甘苦しくて（川上弘美）‥‥ 116
名もなき風たち（はらだみずき）‥‥‥‥ 257
名もなき毒（宮部みゆき）‥‥‥‥‥‥‥ 293
ナモナキラクエン（小路幸也）‥‥‥‥‥ 183
なりたい二人（令丈ヒロ子）‥‥‥‥‥‥ 343
なりたて中学生（ひこ・田中）‥‥‥‥‥ 263
ナルニア国物語（ルイス）‥‥‥‥‥‥‥ 486
南極のペンギン王国（オズボーン）‥‥‥ 381
汝はTなり（ペレーヴィン）‥‥‥‥‥‥ 444
南総里見八犬伝（越水利江子）‥‥‥‥‥ 129
ナンタケットの夜鳥（エイキン）‥‥‥‥ 375
なんであたしが編集長!?（梨屋アリエ）‥‥ 229
なんてだじゃれなお正月（石崎洋司）‥‥‥ 47
NO.6（あさのあつこ）‥‥‥‥‥‥‥ 12, 13

NO.6完全ガイド（あさのあつこ）‥‥‥‥ 13
NO.6beyond（あさのあつこ）‥‥‥‥‥ 13
#9（ナンバーナイン）（原田マハ）‥‥‥‥ 254

【 に 】

新美南吉童話集（新美南吉）‥‥‥‥‥‥ 480
丹生都比売（梨木香歩）‥‥‥‥‥‥‥‥ 227
肉小説集（坂木司）‥‥‥‥‥‥‥‥‥‥ 151
西一番街ブラックバイト（石田衣良）‥‥‥ 53
虹色天気雨（大島真寿美）‥‥‥‥‥‥‥ 73
虹色と幸運（柴崎友香）‥‥‥‥‥‥‥‥ 173
虹色ほたる（川口雅幸）‥‥‥‥‥‥‥‥ 354
西の魔女が死んだ（梨木香歩）‥‥‥‥‥ 227
西の善き魔女（荻原規子）‥‥‥‥‥‥ 81, 82
22歳、季節がひとつ過ぎてゆく（唯川恵）‥‥ 326
24の怖い話（プライス）‥‥‥‥‥‥‥‥ 435
二千七百の夏と冬（荻原浩）‥‥‥‥‥‥ 86
ニッポン硬貨の謎（北村薫）‥‥‥‥‥‥ 123
二度目の人生を異世界で（まいん）‥‥‥‥ 360
2年A組探偵局（宗田理）‥‥‥‥‥‥ 196, 197
二ノ丸くんが調査中（石川宏千花）‥‥‥‥ 41
ニホンブンレツ（山田悠介）‥‥‥‥‥‥ 320
にゃん！（あさのあつこ）‥‥‥‥‥‥‥ 13
ニルスの旅（ラーゲルレーヴ）‥‥‥‥‥ 485
ニレの木広場のモモモ館（高楼方子）‥‥‥ 204
庭にたねをまこう！（ロビンソン）‥‥‥‥ 472
人魚の眠る家（東野圭吾）‥‥‥‥‥‥‥ 261
にんぎょのバースデーケーキ（斉藤洋）‥‥ 146
忍剣花百姫伝（越水利江子）‥‥‥‥ 129, 130
人間失格・走れメロス（太宰治）‥‥‥‥‥ 479
人間の証明（森村誠一）‥‥‥‥‥‥‥‥ 481
ニンジャスレイヤー（ボンド＆モーゼズ）‥‥ 448, 449

【 ぬ 】

盗まれた顔（羽田圭介）‥‥‥‥‥‥‥‥ 234
ぬばたま（あさのあつこ）‥‥‥‥‥‥‥ 13
沼地のある森を抜けて（梨木香歩）‥‥‥‥ 227

【 ね 】

ねえ、委員長（市川拓司）‥‥‥‥‥‥‥ 57
願い（藤野千夜）‥‥‥‥‥‥‥‥‥‥‥ 265
願いのかなうまがり角（岡田淳）‥‥‥‥‥ 77
ネクロポリス（恩田陸）‥‥‥‥‥‥‥‥ 95
猫ヲ捜ス夢（小路幸也）‥‥‥‥‥‥‥‥ 183
猫を抱いて象と泳ぐ（小川洋子）‥‥‥‥‥ 79
猫を拾いに（川上弘美）‥‥‥‥‥‥‥‥ 116

510

書名索引　　はしる

ねこじゃら商店へいらっしゃい（富安陽子）
　　　　　　　　　　　　　　　　214
ねこじゃら商店世界一のプレゼント（富安陽
　子）　　　　　　　　　　　　　　215
猫と妻と暮らす（小路幸也）　……… 184
猫泥棒と木曜日のキッチン（橋本紡）… 232
猫の形をした幸福（小手鞠るい）　…… 135
猫のダヤン（池田あきこ）　………… 33
ねこの根子さん（あさのあつこ）　…… 13
ねこの町のダリオ写真館（小手鞠るい）135
ねこの町のリリアのパン（小手鞠るい）135
ねじまき片想い（柚木麻子）　……… 328
NECK（舞城王太郎）　………………… 276
寝ても覚めても（柴崎友香）　……… 173
ネトゲの嫁は女の子じゃないと思った？（聴
　猫芝居）　　　　　　　　　　　　354
根の国物語（久保田香里）　………… 126
ネバーランド（藤野千夜）　………… 265
ねむの花がさいたよ（にしがきようこ）231
ねむれなければ木にのぼれ（エイキン）375
眠れぬ真珠（石田衣良）　…………… 54
眠れる虎（ピルチャー）　…………… 433

【 の 】

野うさぎパティシエのひみつ（小手鞠るい）
　　　　　　　　　　　　　　　　135
のうりん（白鳥士郎）　……………… 356
野川（長野まゆみ）　………………… 220
野菊の墓（伊藤左千夫）　…………… 478
乃木坂春香の秘密（五十嵐雄策）　… 351
ノーゲーム・ノーライフ（榎宮祐）… 354
残される者たちへ（小路幸也）　…… 184
残り全部バケーション（伊坂幸太郎）… 35
ノーチラス号の帰還（ホールバイン）447
ののはな通信（三浦しをん）　……… 280
のはらキッチンへぜひどうぞ（まはら三桃）
　　　　　　　　　　　　　　　　278
野火（大岡昇平）　…………………… 479
のび太と鉄人兵団（瀬名秀明）　…… 195
野ブタ。をプロデュース（白岩玄）… 188
のぼうの城（和田竜）　……………… 347
ノーマンズランド（誉田哲也）　…… 273
飲めば都（北村薫）　………………… 123
のりもののおばけずかん（斉藤洋）… 146
呪いのファッション（石崎洋司）　… 47
呪いの訪問者（プリーストリー）　… 437
呪いのまぼろし美容院（斉藤洋）　… 146
呪われた月姫（マイヤー）　………… 450
呪われたピアニスト（石崎洋司）　… 47
呪われた町（キング）　……………… 394
のんきな父さん（丘修三）　………… 75
のんびり転校生事件（後藤竜二）　… 139

【 は 】

灰色のダイエットコカコーラ（佐藤友哉）… 161
灰色のピーターパン（石田衣良）　… 54
敗者たちの季節（あさのあつこ）　… 14
配信せずにはいられない（山田悠介）320
ハイスクールD×D（石踏一榮）　… 351
ハイ☆スピード！（おおじこうじ）… 352
灰と幻想のグリムガル（十文字青）… 356
バイバイ、ブラックバード（伊坂幸太郎）… 35
バイバイわたしのおうち（ウィルソン）370
俳優探偵（佐藤友哉）　……………… 161
這いよれ！ ニャル子さん（逢空万太）350
パイロットのたまご（吉野万理子）… 335
ハウルの動く城（ジョーンズ）　…… 411
バウンド（ナポリ）　………………… 424
蠅の帝国（帚木蓬生）　……………… 238
バガージマヌパナス（池上永一）　… 29
ばかじゃん！（魚住直子）　………… 64
バカとテストと召喚獣（井上堅二）… 351
儚い羊たちの祝宴（米澤穂信）　…… 340
ハカバ・トラベルえいぎょうちゅう（柏葉幸
　子）　　　　　　　　　　　　　　106
墓守りのレオ（石川宏千花）　……… 41
白銀ジャック（東野圭吾）　………… 261
伯爵と妖精（谷瑞恵）　……………… 358
白鳥異伝（荻原規子）　……………… 83
白鳥のトランペット（ホワイト）　… 447
白鳥のふたごものがたり（いぬいとみこ）… 478
白馬の騎士（サトクリフ）　………… 404
バク夢姫のご学友（柏葉幸子）　…… 106
はぐれ勇者の鬼畜美学（エステティカ）（上栖
　綴人）　　　　　　　　　　　　　352
ハケンアニメ！（辻村深月）　……… 208
覇剣の皇姫アルティーナ（むらさきゆきや）
　　　　　　　　　　　　　　　　361
筐底のエルピス（オキシタケヒコ）… 352
箱庭図書館（乙一）　………………… 89
葉桜（橋本紡）　……………………… 232
橋をめぐる（橋本紡）　……………… 232
パーシー・ジャクソンとオリンポスの神々（リ
　オーダン）　　　　　　　　　463, 464
パーシーとアラビアの王子さま（スタルク）
　　　　　　　　　　　　　　　　414
パーシーと気むずかし屋のカウボーイ（スタ
　ルク）　　　　　　　　　　　　　414
パーシーの魔法の運動ぐつ（スタルク）414
はじまりの歌をさがす旅（川端裕人）120
はじまりのとき（ライ）　…………… 458
はじまりのはじまりのはじまりのおわり（ア
　ヴィ）　　　　　　　　　　　　　363
始まりの魔法使い（石之宮カント）… 351
はじまりはオトコトモダチ（吉野万理子）… 335
はじめて好きになった花（はらだみずき）257
走ル（羽田圭介）　…………………… 234

ヤングアダルトの本　いま読みたい小説4000冊　**511**

はしれ　　　　　　書名索引

走れ犬ぞり、命を救え！（オズボーン） ……… 381
走れ、風のように（モーパーゴ） ………… 457
走れ、走って逃げろ（オルレブ） ………… 384
走れ！みらいのエースストライカー（吉野万
　理子） ………………………………………… 335
ハヅキさんのこと（川上弘美） ……………… 116
パスタマシーンの幽霊（川上弘美） ………… 116
バースディクラブ（名木田恵子） …………… 226
パズル（山田悠介） …………………………… 320
BUTTER（柚木麻子） ………………………… 329
はだかのサイ（エンデ） ……………………… 377
はだかんぼうたち（江國香織） ……………… 69
バタシー城の悪者たち（エイキン） ………… 375
はだしで海へ（小手鞠るい） ………………… 135
はたらく魔王さま！（和ヶ原聡司） ………… 362
八月の光（朽木祥） …………………………… 125
八月の光・あとかた（朽木祥） ……………… 126
八月の六日間（北村薫） ……………………… 123
八月六日上々天氣（長野まゆみ） …………… 220
八月は冷たい城（恩田陸） …………………… 95
バチカン奇跡調査官（藤木稟） ……………… 360
八男って、それはないでしょう！（Y.A） … 362
八番筋カウンシル（津村記久子） …………… 210
ハチミツ（橋本紡） …………………………… 232
蜂蜜色の瞳（村山由佳） ……………………… 298
蜂蜜秘密（小路幸也） ………………………… 184
バッカーノ！（成田良悟） …………………… 358
はっけよい！雷電（吉橋通夫） ……………… 338
初恋×12歳（名木田恵子） …………………… 226
初恋ネコ（中村航） ……………………… 222, 223
初恋ゆうれいアート（斉藤洋） ……………… 146
バッテリー（あさのあつこ） ………………… 14
××（バツ）天使（令丈ヒロ子） …………… 343
発電所のねむるまち（モーパーゴ） ………… 457
ハッピーノート（草野たき） ………………… 124
ハッピー・バースデー・パパ（柏葉幸子） … 106
初ものがたり（宮部みゆき） ………………… 293
バーティ（山田悠介） ………………………… 321
ハティのはてしない空（ラーソン） ………… 459
バーティミアス（ストラウド） ………… 414, 415
HEARTBEAT（小路幸也） …………………… 184
ハートビート（クリーチ） …………………… 396
ハートビートに耳をかたむけて（エルスワー
　ス） …………………………………………… 376
鳩笛草（宮部みゆき） ………………………… 293
HEARTBLUE（小路幸也） …………………… 184
ハードボイルド・エッグ（荻原浩） ………… 86
ハードル（吉富多美） ………………………… 331
花宴（あさのあつこ） ………………………… 15
花を呑む（あさのあつこ） …………………… 15
花歌は、うたう（小路幸也） ………………… 184
花子さんがきた!!（森京詞姫） ……………… 361
花咲か（岩崎京子） …………………………… 479
花咲小路一丁目の刑事（小路幸也） ………… 184
花咲小路二丁目の花乃子さん（小路幸也） … 184
花咲小路三丁目のナイト（小路幸也） ……… 185
花咲小路四丁目の聖人（小路幸也） ………… 185

花咲舞が黙ってない（池井戸潤） …………… 27
話虫干（小路幸也） …………………………… 185
花とアリス殺人事件（乙一） ………………… 89
花どけい（早船ちよ） ………………………… 480
はなとゆめ（冲方丁） ………………………… 66
バナナ剝きには最適の日々（円城塔） ……… 71
花の鎖（湊かなえ） …………………………… 282
花のさくら通り（荻原浩） …………………… 86
花々（原田マハ） ……………………………… 254
花冷え（あさのあつこ） ……………………… 15
花びら姫とねこ魔女（朽木祥） ……………… 126
花舞う里（古内一絵） ………………………… 266
花守の話（柏葉幸子） ………………………… 106
花や咲く咲く（あさのあつこ） ……………… 15
花酔ひ（村山由佳） …………………………… 298
羽の音（大島真寿美） ………………………… 73
パノララ（柴崎友香） ………………………… 174
パパのいうことを聞きなさい！（松智洋） … 360
パパの電話を待ちながら（ロダーリ） ……… 467
パパはバードマン（アーモンド） …………… 364
パパは誘拐犯（八束澄子） …………………… 314
バビロンまでは何マイル（ジョーンズ） …… 411
ハーブガーデン（草野たき） ………………… 124
浜村渚の計算ノート（青柳碧人） …………… 350
はみだしインディアンのホントにホントの物
　語（アレクシー） …………………………… 366
ハムレット（斉藤洋） ………………………… 146
ハーモニー（伊藤計劃） ……………………… 58
早坂家の三姉妹（小路幸也） ………………… 185
駅鈴（はゆまのすず）（久保田香里） ……… 126
パラシュート（山田悠介） …………………… 321
パラダイス・ロスト（柳広司） ……………… 316
原民喜戦後全小説（原民喜） ………………… 480
パラドックス13（東野圭吾） ………………… 261
バラの城のゆうれい（斉藤洋） ……………… 146
ばらばら死体の夜（桜庭一樹） ……………… 156
薔薇窓の闇（帚木蓬生） ……………………… 238
パリと四人の魔術師（オズボーン） ………… 381
ハリネズミ乙女、はじめての恋（令丈ヒロ子）
　………………………………………………… 343
玻璃の天（北村薫） …………………………… 123
ハリー・ポッターとアズカバンの囚人（ローリ
　ング） ………………………………………… 474
ハリー・ポッターと賢者の石（ローリング） … 474
ハリー・ポッターと死の秘宝（ローリング） … 474
ハリー・ポッターと謎のプリンス（ローリン
　グ） ……………………………………… 474, 475
ハリー・ポッターと呪いの子（ローリング） … 475
ハリー・ポッターと秘密の部屋（ローリング）
　………………………………………………… 475
ハリー・ポッターと不死鳥の騎士団（ローリン
　グ） ……………………………………… 475, 476
ハリー・ポッターと炎のゴブレット（ローリン
　グ） …………………………………………… 476
春を嫌いになった理由（わけ）（誉田哲也） … 273
はるかな旅の向こうに（レアード） ………… 466
はるかなるアフガニスタン（クレメンツ） … 397
遥かなる水の音（村山由佳） ………………… 298

512

書名索引　　　　　　　　　　　　　　　　　　ひのふ

青がやってきた（まはら三桃）‥‥‥‥‥‥ 278
春くんのいる家（岩瀬成子）‥‥‥‥‥‥‥ 61
ハルチカシリーズ（初野晴）‥‥‥‥‥‥‥ 359
パルテノン（柳広司）‥‥‥‥‥‥‥‥‥‥ 316
ハルとカナ（ひこ・田中）‥‥‥‥‥‥‥‥ 263
春の庭（柴崎友香）‥‥‥‥‥‥‥‥‥‥‥ 174
春の窓（安房直子）‥‥‥‥‥‥‥‥‥‥‥ 24
春待つ夜の雪舞台（斉藤洋）‥‥‥‥‥‥‥ 147
春、戻る（瀬尾まいこ）‥‥‥‥‥‥‥‥‥ 194
バレエ物語集（マコックラン）‥‥‥‥‥‥ 452
晴れ着のゆくえ（中川なをみ）‥‥‥‥‥‥ 217
晴れた朝それとも雨の夜（泉啓子）‥‥‥‥ 56
パワー（ル＝グウィン）‥‥‥‥‥‥‥‥‥ 466
ハワイ、伝説の大津波（オズボーン）‥‥‥ 382
晩夏（図子慧）‥‥‥‥‥‥‥‥‥‥‥‥‥ 192
晩夏のプレイボール（あさのあつこ）‥‥‥ 15
阪急電車（有川浩）‥‥‥‥‥‥‥‥‥‥‥ 21
ハング（誉田哲也）‥‥‥‥‥‥‥‥‥‥‥ 273
反撃（草野たき）‥‥‥‥‥‥‥‥‥‥‥‥ 124
パンダ救出作戦（オズボーン）‥‥‥‥‥‥ 382
バンドガール！（濱野京子）‥‥‥‥‥‥‥ 242
パンとバラ（パターソン）‥‥‥‥‥‥‥‥ 429
BanG Dream！ バンドリ（中村航）‥‥‥ 223
ハンナの学校（ウィーラン）‥‥‥‥‥‥‥ 368
ばんば憑き（宮部みゆき）‥‥‥‥‥‥‥‥ 293
パンプキン！（令丈ヒロ子）‥‥‥‥‥‥‥ 343
ぱんぷくりん（宮部みゆき）‥‥‥‥‥‥‥ 293
半分の月がのぼる空（橋本紡）‥‥‥‥ 232, 233

【ひ】

ヒア・カムズ・ザ・サン（有川浩）‥‥‥‥ 21
ヒア・カムズ・ザ・サン（小路幸也）‥‥‥ 185
ピアチェーレ（にしがきようこ）‥‥‥‥‥ 231
ピアニッシシモ（梨屋アリエ）‥‥‥‥‥‥ 230
ピアノ調律師（ゴフスタイン）‥‥‥‥‥‥ 401
緋色の楽譜（イーザウ）‥‥‥‥‥‥‥‥‥ 367
ピエタ（大島真寿美）‥‥‥‥‥‥‥‥‥‥ 74
ビーおばさんとおでかけ（ジョーンズ）‥‥ 412
東の海神西の滄海（小野不由美）‥‥‥‥‥ 92
光（三浦しをん）‥‥‥‥‥‥‥‥‥‥‥‥ 280
ひかり生まれるところ（まはら三桃）‥‥‥ 278
ひかりをすくう（橋本紡）‥‥‥‥‥‥‥‥ 233
光と闇の旅人（あさのあつこ）‥‥‥‥‥‥ 15
光のうつしえ（朽木祥）‥‥‥‥‥‥‥‥‥ 126
ひかりの剣（海堂尊）‥‥‥‥‥‥‥‥‥‥ 99
光の指で触れよ（池澤夏樹）‥‥‥‥‥‥‥ 31
ひかり舞う（中川なをみ）‥‥‥‥‥‥‥‥ 217
光待つ場所へ（辻村深月）‥‥‥‥‥‥‥‥ 208
ひかる！（後藤竜二）‥‥‥‥‥‥‥‥‥‥ 139
引き出しの中の家（朽木祥）‥‥‥‥‥‥‥ 126
「飛空士」シリーズ（犬村小六）‥‥‥‥‥ 351
樋口一葉（樋口一葉）‥‥‥‥‥‥‥‥‥‥ 480
日暮らし（宮部みゆき）‥‥‥‥‥‥‥‥‥ 294
ひぐれのお客（安房直子）‥‥‥‥‥‥‥‥ 24

ひぐれのラッパ（安房直子）‥‥‥‥‥‥‥ 24
PK（伊坂幸太郎）‥‥‥‥‥‥‥‥‥‥‥ 36
美女と竹林（森見登美彦）‥‥‥‥‥‥‥‥ 309
丕緒の鳥（小野不由美）‥‥‥‥‥‥‥‥‥ 92
ピース・ヴィレッジ（岩瀬成子）‥‥‥‥‥ 61
ピスタチオ（梨木香歩）‥‥‥‥‥‥‥‥‥ 227
ヒストリア（池上永一）‥‥‥‥‥‥‥‥‥ 29
ピースメーカー（小路幸也）‥‥‥‥‥‥‥ 185
非正規レジスタンス（石田衣良）‥‥‥‥‥ 54
悲素（帚木蓬生）‥‥‥‥‥‥‥‥‥ 238, 239
ひそひそ森の妖怪（富安陽子）‥‥‥‥‥‥ 215
ひそやかな花園（角田光代）‥‥‥‥‥‥‥ 103
ビターシュガー（大島真寿美）‥‥‥‥‥‥ 74
ビタースイートワルツ（小路幸也）‥‥‥‥ 185
ピーターパン（バリー）‥‥‥‥‥‥‥‥‥ 484
緋弾のアリア（赤松中学）‥‥‥‥‥‥‥‥ 350
悲嘆の門（宮部みゆき）‥‥‥‥‥‥‥‥‥ 294
棺姫（ひつぎ）のチャイカ（榊一郎）‥‥‥ 355
ヒックとドラゴン（コーウェル）‥‥‥ 398, 399
ヒックとドラゴン外伝（コーウェル）‥‥‥ 399
ヒックとドラゴンドラゴン大図鑑（コーウェ
　ル）‥‥‥‥‥‥‥‥‥‥‥‥‥‥‥‥‥ 400
ヒックとドラゴンヒーロー手帳（コーウェル）
　‥‥‥‥‥‥‥‥‥‥‥‥‥‥‥‥‥‥‥ 400
ビッグ・ドライバー（キング）‥‥‥‥‥‥ 394
ビッケと赤目のバイキング（ヨンソン）‥‥ 458
ビッケと空とぶバイキング船（ヨンソン）‥ 458
ビッケと木馬の大戦車（ヨンソン）‥‥‥‥ 458
ビッケと弓矢の贈りもの（ヨンソン）‥‥‥ 458
ビッケのとっておき大作戦（ヨンソン）‥‥ 458
羊飼いの指輪（ロダーリ）‥‥‥‥‥‥‥‥ 467
羊と鋼の森（宮下奈都）‥‥‥‥‥‥‥‥‥ 285
ひつじ郵便局長のひみつ（小手鞠るい）‥‥ 135
ビッチマグネット（舞城王太郎）‥‥‥‥‥ 276
ヒットラーのむすめ（フレンチ）‥‥‥‥‥ 440
ピーティ（マイケルセン）‥‥‥‥‥‥‥‥ 450
ひとがた流し（北村薫）‥‥‥‥‥‥‥‥‥ 123
ビート・キッズ（風野潮）‥‥‥‥‥‥‥‥ 111
人質の朗読会（小川洋子）‥‥‥‥‥‥‥‥ 79
一つの大陸の物語シリーズ（時雨沢恵一）‥ 356
一つの花 ヒロシマの歌（今西祐行）‥‥‥ 478
ひとつのポケットからでた話（チャペック）
　‥‥‥‥‥‥‥‥‥‥‥‥‥‥‥‥‥‥‥ 484
ひとつ目女（椎名誠）‥‥‥‥‥‥‥‥‥‥ 166
ヒトデの星（北野勇作）‥‥‥‥‥‥‥‥‥ 121
人という怪物（ネス）‥‥‥‥‥‥‥ 426, 427
ひとにぎりの黄金（エイキン）‥‥‥‥‥‥ 375
ひと箱のマッチ（ベイカー）‥‥‥‥‥‥‥ 442
一房の葡萄（有島武郎）‥‥‥‥‥‥‥‥‥ 478
ヒトラーと暮らした少年（ボイン）‥‥‥‥ 444
ひとりざむらいとおばけアパート（斉藤洋）
　‥‥‥‥‥‥‥‥‥‥‥‥‥‥‥‥‥‥‥ 147
ヒトリシズカ（誉田哲也）‥‥‥‥‥‥‥‥ 273
一人っ子同盟（重松清）‥‥‥‥‥‥‥‥‥ 171
ひなまつりのお手紙（まはら三桃）‥‥‥‥ 278
ピノッキオの冒険（コッローディ）‥‥‥‥ 483
日の名残り（イシグロ）‥‥‥‥‥‥‥‥‥ 482
火の降る夜に桜舞う（斉藤洋）‥‥‥‥‥‥ 147

ヤングアダルトの本　いま読みたい小説4000冊　513

ひはそ　書名索引

ビーバー族のしるし（スピア）………………416
火花（又吉直樹）……………………………276
火花散る（あさのあつこ）……………………15
響け！ ユーフォニアム（武田綾乃）………357
ビビンとトムトム（高楼方子）………………204
ビブリア古書堂の事件手帖（三上延）………361
ビブリオバトルへ、ようこそ！（濱野京子）………242
ひまわり事件（荻原浩）………………………86
日御子（帚木蓬生）…………………………239
秘密のアイドル（石崎洋司）…………………48
ひみつの校庭（吉野万理子）…………………335
秘密の花園（ネズビット）……………………484
秘密の花園（バーネット）……………………484
『秘密の花園』ノート（梨木香歩）…………228
ひみつのゆびきりげんまん（高橋秀雄）……205
ひめねずみとガラスのストーブ（安房直子）
　…………………………………………………24
100％ガールズ（吉野万理子）………………335
百花繚乱（すずきあきら）……………………356
百本きゅうりのかっぱのやくそく（柏葉幸子）
　…………………………………………………106
ヒューマン・コメディ（サローヤン）………483
びょういんのおばけずかん（斉藤洋）………147
氷山の南（池澤夏樹）…………………………31
氷上都市の秘宝（リーヴ）……………………460
氷点（三浦綾子）………………………………481
漂泊の王の伝説（ガジェゴ・ガルシア）……384
ひらいて（綿矢りさ）…………………………349
ピラミッド帽子よ、さようなら（乙骨淑子）………90
ビリジアン（柴崎友香）………………………174
ピレネーの城（ゴルデル）……………………402
ヒーロー！（白岩玄）…………………………188
ビワイチ（横山充男）…………………………330
ピンクの神様（魚住直子）……………………64

【 ふ 】

ファイナル・ラップ（川島誠）………………117
ファインダーズ・キーパーズ（キング）……394
ファーストラヴ（島本理生）…………………177
ファミリーポートレイト（桜庭一樹）………157
ファミレス（重松清）…………………………171
ファンタスティック・ビーストと魔法使いの
　旅（ローリング）……………………………476
フィッシュストーリー（伊坂幸太郎）………36
V.T.R.（辻村深月）……………………………208
フィーフィーのすてきな夏休み（ロッダ）…470
風神秘抄（荻原規子）…………………………83
風神雷神（柳広司）……………………………317
風雪のペン（吉橋通夫）………………………338
風船教室（吉野万理子）………………………335
風味［さんじゅうまる］（まはら三桃）……278
フェアリーテイル・クロニクル（埴輪星人）………359
Fate/Zero（虚淵玄）…………………………352
フォグ・ハイダ（森博嗣）……………………306
フォスターさんの郵便配達（カンシーノ）…385

フォーチュン・クエスト（深沢美潮）………359
40（フォーティ）（石田衣良）………………54
ブーカと最後の大王（ハイ・キング）（トンプ
　ソン）…………………………………………424
不完全な魔法使い（マーヒー）………………453
不吉なアニメーション（石崎洋司）…………48
不吉な地点（星新一）…………………………268
ブギーポップシリーズ（上遠野浩平）………353
復讐したい（山田悠介）………………………321
復讐プランナー（あさのあつこ）……………15
福袋（角田光代）………………………………103
ψの悲劇（森博嗣）……………………………306
ふしぎなイヌとぼくのひみつ（草野たき）…124
ふしぎなおばあちゃん×12（柏葉幸子）……106
不思議な尻尾（マーヒー）……………………453
ふしぎなのらネコ（草野たき）………………124
ふしぎなもるもくん（斉藤洋）………………147
ふしぎな八つのおとぎばなし（エイキン）…376
ふしぎの国のアリス（石崎洋司）……………48
不思議の国の男子（羽田圭介）………………234
ふしぎの国の誘拐事件（オズボーン）………382
ふしぎ列車はとまらない（柏葉幸子）………107
ふじこさん（大島真寿美）……………………74
ふじづるのまもり水のタケル（岡崎ひでたか）
　…………………………………………………76
不時着する流星たち（小川洋子）……………79
武士道エイティーン（誉田哲也）……………273
武士道ジェネレーション（誉田哲也）………273
武士道シックスティーン（誉田哲也）………274
武士道セブンティーン（誉田哲也）…………274
不祥事（池井戸潤）……………………………27
伏（桜庭一樹）…………………………………157
武装島田倉庫（椎名誠）………………………166
双子座の星のもとに（ピルチャー）…………434
双子のヴァイオレット（ユーア）……………458
ふたつのしるし（宮下奈都）…………………285
ふたつの月の物語（富安陽子）………………215
ふたつの夏（佐野洋子）………………………162
二つ、三ついいわすれたこと（オーツ）……383
ふたり（小手鞠るい）…………………………135
ふたりの距離の概算（米澤穂信）……………340
ふちなしのかがみ（辻村深月）………………208
淵の王（舞城王太郎）…………………………276
仏果を得ず（三浦しをん）……………………280
復活!!虹北学園文芸部（はやみねかおる）…246
武道館（朝井リョウ）…………………………3
埠頭三角暗闇市場（椎名誠）…………………166
船乗りサッカレーの怖い話（プリーストリー）
　…………………………………………………437
舟を編む（三浦しをん）………………………280
不眠症…………………………………394, 395
浮遊霊ブラジル（津村記久子）………………211
フュージョン（濱野京子）……………………242
フューチャーウォーカー（イヨンド）… 366, 367
冬の夜ひとりの旅人が（カルヴィーノ）……482
フライ，ダディ，フライ（金城一紀）………113
PRIDE（石田衣良）……………………………54
フライ姫、どこにもない島へ（名木田恵子）… 226

514

書名索引　　ほくた

ブラザー・サン シスター・ムーン（恩田陸）… 95
Brother sun早坂家のこと（小路幸也）……… 185
ブラージュ（誉田哲也）………………… 274
フラダン（古内一絵）…………………… 266
プラチナデータ（東野圭吾）…………… 261
ブラック（山田悠介）…………………… 321
ブラック◆ダイヤモンド（令丈ヒロ子）… 343, 344
Black blood brothers（あざの耕平）…… 351
ブラック・ブレット（神崎紫電）……… 354
ブラックペアン1988（海堂尊）………… 99
ブラック・ベルベット（恩田陸）……… 95
ブラッド・スクーパ（森博嗣）………… 306
フラニーとズーイ（サリンジャー）…… 483
プラネタリウム（梨屋アリエ）………… 230
プラネタリウムのあとで（梨屋アリエ）… 230
ブランケット・キャッツ（重松清）…… 171
フランダースの犬（濱野京子）………… 242
フランダースの帽子（長野まゆみ）…… 220
ブリキの王女（プルマン）……………… 439
ブリーダ（コエーリョ）………………… 400
フリーター、家を買う。（有川浩）…… 22
フリン（椰月美智子）…………………… 312
不倫（コエーリョ）……………………… 400
プリンセス・ダイアリー（キャボット）… 389
震える岩（宮部みゆき）………………… 294
ブルースカイ（桜庭一樹）……………… 157
フルタイムライフ（柴崎友香）………… 174
ブルータワー（石田衣良）……………… 54
ブルックリン・フォリーズ（オースター）… 378
ブルーマーダー（誉田哲也）…………… 274
フルメタル・パニック！（賀東招二）… 353
ブレイズメス1990（海堂尊）…………… 99
ブレイブ・ストーリー（宮部みゆき）… 294, 295
ブレーキ（山田悠介）…………………… 321
ふれられるよ今は、君のことを（橋本紡）… 233
フレンズ・ツリー（ブラッシェアーズ）… 436
不連続の世界（恩田陸）………………… 95
ブロデックの報告書（クローデル）…… 397
ブロードアレイ・ミュージアム（小路幸也）… 185
ブロード街の12日間（ホプキンソン）… 446
フロム・ミー・トゥ・ユー（小路幸也）… 186
プロローグ（円城塔）…………………… 71
フングリコングリ（岡田淳）…………… 77
憤死（綿矢りさ）………………………… 349
分身（東野圭吾）………………………… 261
ブンタとタロキチ（丘修三）…………… 75
奮闘するたすく（まはら三桃）………… 278

【へ】

平家物語（石崎洋司）…………………… 48
兵士のハーモニカ（ロダーリ）………… 467
ヘイ・ジュード（小路幸也）…………… 186
平凡（角田光代）………………………… 103
ヘヴィーオブジェクト（鎌池和馬）…… 353

ヘヴンアイズ（アーモンド）…………… 364
ヘヴンリー・ブルー（村山由佳）……… 298
ヘヴンリープレイス（濱野京子）……… 242
ペガサスの解は虚栄か？（森博嗣）…… 306
碧空の果てに（濱野京子）……………… 242
ペギー・スー（ブリュソロ）………… 437, 438
北京のこども（佐野洋子）……………… 162
ベストフレンズいつまでも！（ウィルソン）
………………………………………… 370
別冊図書館戦争（有川浩）……………… 22
ベッドサイド・マーダーケース（佐藤友哉）… 161
ベッドタイム★ストーリー（乙一）…… 89
ペッパー・ルーと死の天使（マコックラン）… 452
ペテロの葬列（宮部みゆき）…………… 295
ベネチアと金のライオン（オズボーン）… 382
ペーパータウン（グリーン）…………… 396
ベヒモス（ウェスターフェルド）……… 371
ヘブンズ・ドア（はらだみずき）……… 258
ベルペルの魔法（高楼方子）…………… 204
ペロー昔話・寓話集（ペロー）………… 485
辺境のオオカミ（サトクリフ）………… 405
ペンギンがっしょうだん（斉藤洋）…… 147
ペンギンとざんたい（斉藤洋）………… 147
ペンギン・ハイウェイ（森見登美彦）… 309
編集ども集まれ！（藤野千夜）………… 265
返事はいらない（宮部みゆき）………… 295
変身（カフカ）…………………………… 482
変態王子と笑わない猫。（さがら総）… 355
へんてこもりのまるぼつぼ（高楼方子）… 204
ベン・トー（アサウラ）………………… 350
ペンネームは夏目リュウ！（濱野京子）… 242

【ほ】

ボアンアンのにおい（岡田淳）………… 77
Boy's Surface（円城塔）………………… 71
ポイズンドーター・ホーリーマザー（湊かな
え）……………………………………… 282
砲艦銀鼠号（椎名誠）…………………… 166
「忘却探偵」シリーズ（西尾維新）…… 359
望郷（湊かなえ）………………………… 282
封神演義（許仲琳）……………………… 482
放蕩記（村山由佳）……………………… 298
訪問者（恩田陸）………………………… 96
抱擁、あるいはライスには塩を（江國香織）… 70
忘霊トランクルーム（吉野万理子）…… 336
鬼灯先生がふたりいる!?（富安陽子）… 215
ぼくが弟にしたこと（岩瀬成子）……… 61
ぼくがきみを殺すまで（あさのあつこ）… 16
ぼくだけの山の家（ジョージ）………… 410
ぼくたちに翼があったころ（シェム＝トヴ）
………………………………………… 406
僕たちの戦争（荻原浩）………………… 86
僕たちの旅の話をしよう（小路幸也）… 186
ぼくたちのリメイク（木緒なち）……… 354

ヤングアダルトの本　いま読みたい小説4000冊　**515**

ほくた　　　　　　　　書名索引

ぼくたち負け組クラブ（クレメンツ）‥‥‥‥ 397
ボグ・チャイルド（ダウド）‥‥‥‥‥‥‥‥ 419
ぼくって女の子??（サッカー）‥‥‥‥‥‥ 404
北斗（石田衣良）‥‥‥‥‥‥‥‥‥‥‥‥‥ 54
ぼくと1ルピーの神様（スワループ）‥‥‥‥ 417
僕と先生（坂木司）‥‥‥‥‥‥‥‥‥‥‥ 152
ぼくと先輩のマジカル・ライフ（はやみねかお
　る）‥‥‥‥‥‥‥‥‥‥‥‥‥‥‥‥‥ 246
ぼくとひかりと園庭で（石田衣良）‥‥‥‥‥ 54
ぼくと未来屋の夏（はやみねかおる）‥‥‥‥ 247
僕には世界がふたつある（シャスターマン）
　　　　　　　　　　　　　　　　　　　 406
僕の明日を照らして（瀬尾まいこ）‥‥‥‥ 194
僕のエア（滝本竜彦）‥‥‥‥‥‥‥‥‥‥ 205
ぼくのキャノン（池上永一）‥‥‥‥‥‥‥‥ 30
ぼくの最高の日（はらだみずき）‥‥‥‥‥ 258
ぼくの死体をよろしくたのむ（川上弘美）‥ 116
僕の好きな人が、よく眠れますように（中村
　航）‥‥‥‥‥‥‥‥‥‥‥‥‥‥‥‥‥ 223
ぼくの手はきみのために（市川拓司）‥‥‥‥ 58
ぼくの同志はカグヤ姫（芝田勝茂）‥‥‥‥ 175
ぼくのなかのほんとう（マクラクラン）‥‥ 451
ぼくのネコにはウサギのしっぽ（朽木祥）‥ 126
ぼくの見つけた絶対値（アースキン）‥‥‥ 363
ぼくのメジャースプーン（辻村深月）‥‥‥ 209
ぼくは勉強ができない（山田詠美）‥‥‥‥ 481
ぼくらと七人の盗賊たち（宗田理）‥‥‥‥ 197
ぼくらとスーパーマウスJの冒険（宗田理）‥ 197
ぼくらのアラビアン・ナイト（宗田理）‥‥ 197
ぼくらのいたずらバトル（宗田理）‥‥‥‥ 198
ぼくらの一日校長（宗田理）‥‥‥‥‥‥‥ 198
ぼくらの怪盗戦争（宗田理）‥‥‥‥‥‥‥ 198
ぼくらの学校戦争（宗田理）‥‥‥‥‥‥‥ 198
ぼくらの消えた学校（宗田理）‥‥‥‥‥‥ 198
ぼくらの奇跡の七日間（なのかかん）（宗田
　理）‥‥‥‥‥‥‥‥‥‥‥‥‥‥‥‥‥ 198
ぼくらの恐怖ゾーン（宗田理）‥‥‥‥‥‥ 198
ぼくらのC（クリーン）計画（宗田理）‥‥ 198
僕らのごはんは明日で待ってる（瀬尾まいこ）
　　　　　　　　　　　　　　　　　　　 194
ぼくらの『最強』イレブン（宗田理）‥‥‥ 199
ぼくらの最後の聖戦（宗田理）‥‥‥‥‥‥ 199
ぼくらの修学旅行（宗田理）‥‥‥‥‥‥‥ 199
ぼくらの心霊スポット（あさのあつこ）‥‥ 16
ぼくらの先生！（はやみねかおる）‥‥‥‥ 247
ぼくらの卒業いたずら大作戦（宗田理）‥‥ 199
ぼくらの体育祭（宗田理）‥‥‥‥‥‥‥‥ 199
ぼくらの『第九』殺人事件（宗田理）‥‥‥ 199
ぼくらの大脱走（宗田理）‥‥‥‥‥‥‥‥ 199
ぼくらの太平洋戦争（宗田理）‥‥‥‥‥‥ 199
ぼくらの大冒険（宗田理）‥‥‥‥‥‥‥‥ 199
ぼくらのデスゲーム（宗田理）‥‥‥‥‥‥ 200
ぼくらのテーマパーク決戦（宗田理）‥‥‥ 200
ぼくらの天使ゲーム（宗田理）‥‥‥‥‥‥ 200
ぼくらの七日間戦争（宗田理）‥‥‥‥‥‥ 200
ぼくらのハイジャック戦争（宗田理）‥‥‥ 200
ぼくらのバス（大島真寿美）‥‥‥‥‥‥‥ 74
ぼくらの秘密結社（宗田理）‥‥‥‥‥‥‥ 200

ぼくらの黒（ブラック）会社戦争（宗田理）‥‥ 200
ぼくらの魔女戦記（宗田理）‥‥‥‥ 200, 201
ぼくらの㊙学園祭（宗田理）‥‥‥‥‥‥‥ 201
ぼくらのミステリー列車（宗田理）‥‥‥‥ 201
ぼくらの南の島戦争（宗田理）‥‥‥‥‥‥ 201
ぼくらの無人島戦争（宗田理）‥‥‥‥‥‥ 201
ぼくらのメリークリスマス（宗田理）‥‥‥ 201
ぼくらのモンスターハント（宗田理）‥‥‥ 201
ぼくらの（ヤ）バイト作戦（宗田理）‥‥‥ 202
ぼくらの山の学校（八束澄子）‥‥‥‥‥‥ 314
ぼくらのロストワールド（宗田理）‥‥‥‥ 202
ぼくらの悪校長退治（宗田理）‥‥‥‥‥‥ 202
僕らはまだ、恋をしていない！（中村航）‥ 223
ぼくらは夜にしか会わなかった（市川拓司）
　　　　　　　　　　　　　　　　　　　　 58
僕は秋子に借りがある（森博嗣）‥‥‥‥‥ 306
ぼくはオバケ医者の助手！（富安陽子）‥‥ 215
ぼくはこうして大人になる（長野まゆみ）‥ 220
僕は小説が書けない（乙一）‥‥‥‥‥‥‥ 89
僕は小説が書けない（中村航）‥‥‥‥‥‥ 223
僕は、そして僕たちはどう生きるか（梨木香
　歩）‥‥‥‥‥‥‥‥‥‥‥‥‥‥‥‥‥ 228
僕は友達が少ない（平坂読）‥‥‥‥‥‥‥ 359
僕は長い昼と長い夜を過ごす（小路幸也）‥ 186
僕はロボットごしの君に恋をする（山田悠介）
　　　　　　　　　　　　　　　　　　　 321
ポケットのなかのジェーン（ゴッデン）‥‥ 401
ポケットのなかの天使（アーモンド）‥‥‥ 364
ほこりまみれの兄弟（サトクリフ）‥‥‥‥ 405
星をまく人（パターソン）‥‥‥‥‥‥‥‥ 429
星がひとつほしいとの祈り（原田マハ）‥‥ 254
星新一時代小説集（星新一）‥‥‥‥‥‥‥ 268
星新一ショートショート遊園地（星新一）‥ 268, 269
星新一すこしふしぎ傑作選（星新一）‥‥‥ 269
星空ロック（那須田淳）‥‥‥‥‥‥‥‥‥ 480
星ちりばめたる旗（小手鞠るい）‥‥‥‥‥ 135
星と半月の海（川端裕人）‥‥‥‥‥‥‥‥ 120
星に願いを（重松清）‥‥‥‥‥‥‥‥‥‥ 171
星に願いを、月に祈りを（中村航）‥‥‥‥ 224
星に降る雪（池澤夏樹）‥‥‥‥‥‥‥‥‥ 31
星に降る雪　修道院（池澤夏樹）‥‥‥‥‥ 32
星の海にむけての夜想曲（佐藤友哉）‥‥‥ 161
星の王子さま（サン＝テグジュペリ）‥‥‥ 483
星のかけら（重松清）‥‥‥‥‥‥‥‥‥‥ 171
星の巡礼（コエーリョ）‥‥‥‥‥‥‥‥‥ 401
星のしるし（柴崎友香）‥‥‥‥‥‥‥‥‥ 174
星の砦（芝田勝茂）‥‥‥‥‥‥‥‥‥‥‥ 175
星間商事株式会社社史編纂室（三浦しをん）
　　　　　　　　　　　　　　　　　　　 280
星守る犬（原田マハ）‥‥‥‥‥‥‥‥‥‥ 254
星モグラサンジの伝説（岡田淳）‥‥‥‥‥ 77
星やどりの声（朝井リョウ）‥‥‥‥‥‥‥ 3
星よりひそかに（柴崎友香）‥‥‥‥‥‥‥ 174
ボースケ（津村記久子）‥‥‥‥‥‥‥‥‥ 211
母性（湊かなえ）‥‥‥‥‥‥‥‥‥‥‥‥ 282
ほたる館物語（あさのあつこ）‥‥‥‥‥‥ 16
螢の河（伊藤桂一）‥‥‥‥‥‥‥‥‥‥‥ 478
蛍の航跡（帚木蓬生）‥‥‥‥‥‥‥‥‥‥ 239

書名索引　　まちの

坊っちゃん（芝田勝茂）・・・・・・・・・・・・・・・ 175
ホテルジューシー（坂木司）・・・・・・・・・・・ 152
ポトスライムの舟（津村記久子）・・・・・・・ 211
ボトルネック（米澤穂信）・・・・・・・・・・・・・・ 340
ほとんど全員集合！「黒魔女さんが通る!!」キャ
　ラブック（石崎洋司）・・・・・・・・・・・・・・・・・ 48
ホートン・ミア館の怖い話（プリーストリー）
　・・・・・・・・・・・・・・・・・・・・・・・・・・・・・・・・・・・・・・ 437
ポニーテール（重松清）・・・・・・・・・・・・・・・ 172
炎の戦士クーフリン　黄金の騎士フィン・マッ
　クール（サトクリフ）・・・・・・・・・・・・・・・・ 405
炎の来歴（小手鞠るい）・・・・・・・・・・・・・・・ 136
ホビット（トールキン）・・・・・・・・・・・・・・・ 423
希望（ホープ）のいる町（バウアー）・・・・ 428
ポプラの秋（湯本香樹実）・・・・・・・・・・・・・ 329
ホー・ミニ・リッジ学校の奇跡！（ペック）・・・ 443
ホームグラウンド（はらだみずき）・・・・・・ 258
ホームタウン（小路幸也）・・・・・・・・・・・・・ 186
ホームメイキング同好会（藤野千夜）・・・・ 265
火群（ほむら）のごとく（あさのあつこ）・・・ 16
ポー名作集（ポー）・・・・・・・・・・・・・・・・・・・ 485
ポーラースター（海堂尊）・・・・・・・・・・・・・・ 99
ほらふき男爵どこまでも（斉藤洋）・・・・・・ 147
ホリデー・イン（坂木司）・・・・・・・・・・・・・ 152
ポルトベーロの魔女（コエーリョ）・・・・・・ 401
ほろイスのボス（ジョーンズ）・・・・・・・・・ 412
ホワイトダークネス（マコックラン）・・・・ 452
ホワイトラビット（伊坂幸太郎）・・・・・・・・ 36
香港の甘い豆腐（大島真寿美）・・・・・・・・・・ 74
香港の甘い豆腐（抄）（大島真寿美）・・・・・・ 74
本日は、お日柄もよく（原田マハ）・・・・・・ 254
本日は大安なり（辻村深月）・・・・・・・・・・・ 209
本所深川ふしぎ草紙（宮部みゆき）・・・・・・ 295
本好きの下剋上（香月美夜）・・・・・・・・・・・ 353
ポンちゃんはお金もち（高楼方子）・・・・・・ 204
ほんとうにあった12の怖い話（プライス）・・・ 435
ほんとうの花を見せにきた（桜庭一樹）・・・ 157
本の怪談シリーズ（緑川聖司）・・・・・・・・・ 361
ポンペイ最後の日（オズボーン）・・・・・・・ 382
ぽんぽん（今江祥智）・・・・・・・・・・・・・・・・・ 478
盆まねき（富安陽子）・・・・・・・・・・・・・・・・・ 215
本屋さんのダイアナ（柚木麻子）・・・・・・・ 329

【ま】

マイ国家（星新一）・・・・・・・・・・・・・・・・・・・ 269
マイ・ディア・ポリスマン（小路幸也）・・・ 186
マイネームイズメモリー（ブラッシェアーズ）
　・・・・・・・・・・・・・・・・・・・・・・・・・・・・・・・・・・・・・・ 436
マイ・ブルー・ヘブン（小路幸也）・・・・・・ 186
マイ・ベスト・フレンド（ウィルソン）・・・ 370
マイマイ新子（高樹のぶ子）・・・・・・・・・・・ 479
マインド・クァンチャ（森博嗣）・・・・・・・ 306
魔王（伊坂幸太郎）・・・・・・・・・・・・・・・・・・・・ 36
まおゆう魔王勇者（橙乃ままれ）・・・・・・・ 358
魔界探偵冥王星O（舞城王太郎）・・・・・・・ 276

魔界ドールハウス（斉藤洋）・・・・・・・・・・・ 147
魔界の塔（山田悠介）・・・・・・・・・・・・・・・・・ 321
曲がり木たち（小手鞠るい）・・・・・・・・・・・ 136
まがり道（加藤多一）・・・・・・・・・・・・・・・・・ 112
マカン・マラン（古内一絵）・・・・・・・・・・・ 266
まぐだら屋のマリア（原田マハ）・・・・・・・ 254
マクトゥーブ（コエーリョ）・・・・・・・・・・・ 401
マクベス（斉藤洋）・・・・・・・・・・・・・・・・・・・ 147
枕草子（令丈ヒロ子）・・・・・・・・・・・・・・・・・ 344
負けないパティシエガール（バウアー）・・・ 428
負けるな！すしヒーロー！（令丈ヒロ子）・・・ 344
まさか逆さま（中村航）・・・・・・・・・・・・・・・ 224
マザコン（角田光代）・・・・・・・・・・・・・・・・・ 103
政と源（三浦しをん）・・・・・・・・・・・・・・・・・ 280
マジカル少女レイナ妖しいパティシエ（石崎
　洋司）・・・・・・・・・・・・・・・・・・・・・・・・・・・・・・・・ 48
マジカル少女レイナ運命のテーマパーク（石
　崎洋司）・・・・・・・・・・・・・・・・・・・・・・・・・・・・・・ 48
マジカル・ドロップス（風野潮）・・・・・・・ 112
マジック入門（オズボーン）・・・・・・・・・・・ 382
マージともう一ぴきのマージ（ロッダ）・・・ 470
マージナル・オペレーション（芝村裕吏）・・・ 356
魔術士オーフェン（秋田禎信）・・・・・・・・・ 350
魔術師ニコロ・マキャベリ（スコット）・・・ 413
魔術はささやく（宮部みゆき）・・・・・・・・・ 295
魔性の子（小野不由美）・・・・・・・・・・・・・・・・ 92
魔女学校物語（石崎洋司）・・・・・・・・・・・・・・ 48
魔女の隠れ里（はやみねかおる）・・・・・・・ 247
魔女のクッキング（石崎洋司）・・・・・・・・・・ 49
魔女のシュークリーム（岡田淳）・・・・・・・・ 77
魔女の宅急便（角野栄子）・・・・・・・・・・・・・ 479
魔女の旅々（白石定規）・・・・・・・・・・・・・・・ 356
魔女の本屋さん（石崎洋司）・・・・・・・・・・・・ 49
魔女の物語（ディレイニー）・・・・・・・・・・・ 420
魔女モティ（柏葉幸子）・・・・・・・・・・・・・・・ 107
魔女は真昼に夢を織る（松本祐子）・・・・・・ 277
機巧少女（マシンドール）は傷つかない（海冬
　レイジ）・・・・・・・・・・・・・・・・・・・・・・・・・・・・・ 353
魔人の地（マイヤー）・・・・・・・・・・・・・・・・・ 450
マスカレード・イブ（東野圭吾）・・・・・・・ 261
マスカレード・ナイト（東野圭吾）・・・・・・ 262
マスカレード・ホテル（東野圭吾）・・・・・・ 262
増山超能力師事務所（誉田哲也）・・・・・・・ 274
増山超能力師大戦争（誉田哲也）・・・・・・・ 274
魔装学園H×H（ハイブリッド・ハート）（久慈
　マサムネ）・・・・・・・・・・・・・・・・・・・・・・・・・・・ 355
また会う日まで（柴崎友香）・・・・・・・・・・・ 174
また明日会いましょう（小手鞠るい）・・・・ 136
また、同じ夢を見ていた（住野よる）・・・・ 193
また次の春へ（重松清）・・・・・・・・・・・・・・・ 172
まだないかある（ネス）・・・・・・・・・・・・・・・ 427
マタニティ・グレイ（石田衣良）・・・・・・・・ 55
またまたトリック、あばきます。（石崎洋司）
　・・・・・・・・・・・・・・・・・・・・・・・・・・・・・・・・・・・・・・・ 49
魔弾の王と戦姫（ヴァナディース）（川口士）
　・・・・・・・・・・・・・・・・・・・・・・・・・・・・・・・・・・・・・・ 354
街角には物語が……（高楼方子）・・・・・・・ 204
まちのおばけずかん（斉藤洋）・・・・・・・・・ 147

ヤングアダルトの本　いま読みたい小説4000冊　**517**

都会（まち）のトム＆ソーヤ（はやみねかおる）……247〜249	豆の上で眠る（湊かなえ）………… 283
都会（まち）のトム＆ソーヤ完全ガイド（はやみねかおる）……249	まゆみのマーチ（重松清）………… 172
魔使いの悪夢（ディレイニー）……… 420	迷いクジラの子守歌（安東みきえ）…… 25
魔使いの過ち（ディレイニー）……… 420	迷い猫オーバーラン！（松智洋）…… 360
魔使いの運命（ディレイニー）……… 420	まよチキ！（あさのハジメ）……… 351
魔使いの犠牲（ディレイニー）……… 421	真夜中の電話（ウェストール）…… 371
魔使いの戦い（ディレイニー）……… 421	真夜中の動物園（ハートネット）…… 429
魔使いの血（ディレイニー）……… 421	まよわずいらっしゃい（斉藤洋）… 148
魔使いの敵（ディレイニー）……… 421	マリア様がみてる（今野緒雪）…… 355
魔使いの弟子（ディレイニー）……… 421	マリアビートル（伊坂幸太郎）…… 36
魔使いの呪い（ディレイニー）……… 421	マリアンシュタットの嵐（アリグザンダー）……365
魔使いの秘密（ディレイニー）……… 422	魔力の胎動（東野圭吾）………… 262
魔使いの復讐（ディレイニー）……… 422	魔リンピックでおもてなし（石崎洋司）… 49
魔使いの盟友（ディレイニー）……… 422	魔リンピックでおもてなし（令丈ヒロ子）… 344
マッテオの小屋（タマーロ）……… 419	マルカの長い旅（プレスラー）…… 440
待ってる（あさのあつこ）………… 17	マルジナリアの妙薬（新城カズマ）… 190
まつりちゃん（岩瀬成子）………… 61	マルドゥック・アノニマス（沖方丁）… 66, 67
祭り囃子がきこえる（川上健一）… 114	マルドゥック・ヴェロシティ（沖方丁）… 67
魔導師アブラハム（スコット）…… 414	マルドゥック・スクランブル（沖方丁）… 67
窓の向こうのガーシュウィン（宮下奈都）… 285	マルドゥック・フラグメンツ（沖方丁）… 68
まともな家の子供はいない（津村記久子）… 211	マルの背中（岩瀬成子）………… 61
微睡みのセフィロト（沖方丁）…… 66	㊙発見ノート事件（後藤竜二）… 139
マドンナ・ヴェルデ（海堂尊）…… 99	マルベリーボーイズ（ナポリ）…… 424
真鶴（まなづる）（川上弘美）…… 116	まるマシリーズ（喬林知）………… 357
真夏の死（三島由紀夫）………… 481	まるまれアルマジロ！（安東みきえ）… 25
真夏の方程式（東野圭吾）………… 262	真綿荘の住人たち（島本理生）…… 177
魔のフラワーパーク（石崎洋司）… 49	満願（米澤穂信）………… 340
真昼なのに昏い部屋（江國香織）… 70	満月の娘たち（安東みきえ）…… 25
まぶらほ（築地俊彦）………… 358	マンゴー通り、ときどきさよなら（シスネロ
魔法があるなら（シアラー）…… 406	ス）……406
魔法科高校の劣等生（佐島勤）…… 356	マンモスとなぞの原始人（オズボーン）…… 382
魔法少女育成計画（遠藤浅蜊）…… 352	
魔法少女レイチェル魔法の匂い（マクニッシュ）……451	**【み】**
魔法戦争（スズキヒサシ）………… 356	
魔法泥棒（ジョーンズ）………… 412	見上げた空は青かった（小手鞠るい）… 136
魔法の泉への道（パーク）………… 429	美丘（石田衣良）………… 55
魔法の色を知っているか？（森博嗣）… 307	みかづき（森絵都）………… 301
魔法の学校（エンデ）………… 377	三日月少年の秘密（長野まゆみ）… 220
魔法の言葉（フンケ）………… 441	右の心臓（佐野洋子）………… 162
魔法のスイミング（石崎洋司）…… 49	みきわめ検定（椰月美智子）…… 313
魔法のフライパン（名木田恵子）… 226	未婚30（白岩玄）………… 188
まほうのほうせきばこ（吉富多美）… 331	岬のマヨイガ（柏葉幸子）………… 107
魔法の館にやとわれて（ジョーンズ）… 412	ミサゴのくる谷（ルイス）………… 465
魔法？ 魔法！（ジョーンズ）…… 412	ミザリー（キング）………… 395
まほとおかしな魔法の呪文（草野たき）… 124	三島由宇、当選確実！（まはら三桃）… 278
まほろ駅前狂騒曲（三浦しをん）… 280	水色の不思議（斉藤洋）………… 148
まほろ駅前多田便利軒（三浦しをん）… 281	みずうみ（いしいしんじ）………… 38
まほろ駅前番外地（三浦しをん）… 281	水を抱く（石田衣良）………… 55
幻のスケートリンク（石崎洋司）… 49	ミス・カナのゴーストログ（斉藤洋）… 148
幻の動物とその生息地（ローリング）… 477	ミスター・セバスチャンとサーカスから消えた男の話（ウォレス）… 372
まほろしの星（星新一）………… 269	ミスター・メルセデス（キング）… 395
ままならないから私とあなた（朝井リョウ）……3	ミスト（キング）………… 395
ママの狙撃手（荻原浩）………… 86	水の上で火が踊る（椎名誠）…… 166
ママはお医者さん（あさのあつこ）… 17	

書名索引　　めろて

水の精とふしぎなカヌー(岡田淳) ………… 77
水の森の秘密(岡田淳) ……………………… 77
見た目レシピいかがですか？(椰月美智子)
　………………………………………………… 313
光圀伝(冲方丁) ……………………………… 68
蜜蜂と遠雷(恩田陸) ………………………… 96
密話(石川宏千花) …………………………… 41
ミート・ザ・ビート(羽田圭介) ………… 234
みどりのスキップ(安房直子) …………… 24
緑の我が家(小野不由美) ………………… 92
みなそこ(中脇初枝) ……………………… 225
水底フェスタ(辻村深月) ………………… 209
港、モンテビデオ(いしいしんじ) ……… 38
ミーナの行進(小川洋子) ………………… 79
ミナの物語(アーモンド) ………………… 364
南からきた男、ほかロアルド・ダール短編集
　(ダール) ………………………………… 483
南の島のティオ(池澤夏樹) ……………… 32
見習い魔女ティファニーと懲りない仲間たち
　(プラチェット) ………………………… 435
ミニスカ宇宙海賊(笹本祐一) …………… 356
ミミとまいごの赤ちゃんドラゴン(モーパー
　ゴ) ………………………………………… 457
ミムス(タール) …………………………… 419
都ギツネの宝(富安陽子) ………………… 215
ミヤマ物語(あさのあつこ) ……………… 17
宮本武蔵(司馬遼太郎) …………………… 479
ミュウとゴロンとおにいちゃん(小手鞠るい)
　……………………………………………… 136
ミュージック・ブレス・ユー!!(津村記久子) ‥ 211
未来(湊かなえ) …………………………… 283
未来の手紙(椰月美智子) ………………… 313
ミラクルうまいさんと夏(令丈ヒロ子) …… 344
ミラクルスプーンでドッキドキ！(斉藤洋)
　……………………………………………… 148
ミラクル・ファミリー(柏葉幸子) ……… 107
ミラクル・ボーイ(スタルク) …………… 414
ミラート年代記(イーザウ) ………… 367, 368
MILK(石田衣良) ………………………… 55
ミルク・アンド・ハニー(村山由佳) …… 298
みんなそろって、はい、チーズ！(ギフ) … 387
みんなのうた(重松清) …………………… 172
みんなのおばけずかん(斉藤洋) ………… 148

【む】

ムカシ×ムカシ(森博嗣) ………………… 307
夢幻花(東野圭吾) ………………………… 262
向田邦子全集(向田邦子) ………………… 481
無彩限のファントム・ワールド(秦野宗一郎)
　……………………………………………… 359
ムシウタ(岩井恭平) ……………………… 352
ムジナ探偵局(富安陽子) ………………… 215
無職転生(理不尽な孫の手) ……………… 362
虫ロボのぼうけん(吉野万理子) ………… 336
結び蝶物語(横山充男) …………………… 330

娘に語るお父さんの歴史(重松清) ……… 172
娘の結婚(小路幸也) ……………………… 186
無敵の二人(中村航) ……………………… 224
ムーの少年(滝本竜彦) …………………… 206
夢魔の標的(星新一) ……………………… 269
村上海賊の娘(和田竜) ……………… 347, 348
むらさき色の悪夢(斉藤洋) ……………… 148
ムーン・パレス(オースター) …………… 378
ムーンリバーズを忘れない(はらだみずき)
　……………………………………………… 258

【め】

メアリー・ポピンズ(富安陽子) ………… 216
メアリー・ポピンズAからZ(トラヴァース)
　……………………………………………… 422
メアリー・ポピンズとお隣さん(トラヴァー
　ス) ………………………………………… 423
迷宮百年の睡魔(森博嗣) ………………… 307
メイクアップデイズ(椰月美智子) ……… 313
MAZE(恩田陸) …………………………… 96
名探偵と封じられた秘宝(はやみねかおる)
　……………………………………………… 249
名探偵VS.(バーサス)怪人幻影師(はやみね
　かおる) …………………………………… 249
名探偵VS.学校の七不思議(はやみねかおる)
　……………………………………………… 249
冥途あり(長野まゆみ) …………………… 220
メイド刑事(デカ)(早見裕司) …………… 359
メイド・ロード・リロード(北野勇作) … 121
迷惑なんだけど？(ハイアセン) ………… 427
女神のデパート(菅野雪虫) ……………… 192
目薬αで殺菌します(森博嗣) …………… 307
めざしてみよう計画の名人(斉藤洋) …… 148
めざめれば魔女(マーヒー) ……………… 453
メタモルフォシス(羽田圭介) …………… 234
メタルギアソリッド(伊藤計劃) ………… 59
メニメニハート(令丈ヒロ子) …………… 344
メモリーを消すまで(山田悠介) …… 321, 322
メランコリー・サガ(ひこ・田中) ……… 263
メリーメリーおとまりにでかける(ロビンソ
　ン) ………………………………………… 472
メリーメリーのびっくりプレゼント(ロビン
　ソン) ……………………………………… 472
メリーメリーへんしんする(ロビンソン) …… 472
メリンダハウスは魔法がいっぱい(名木田恵
　子) ………………………………………… 226
メルカトル(長野まゆみ) ………………… 220
メルストーン館の不思議な窓(ジョーンズ)
　……………………………………………… 412
メロディ・フェア(宮下奈都) …………… 285

ヤングアダルトの本　いま読みたい小説4000冊　519

【 も 】

もういちど生まれる（朝井リョウ） ………… 3
もう一枝あれかし（あさのあつこ） ……… 17
もうすぐ（橋本紡） ……………………… 233
妄想銀行（星新一） ……………………… 269
盲目的な恋と友情（辻村深月） ………… 209
もえない（森博嗣） ……………………… 307
黙示録（池上永一） ………………………… 30
もぐらのおまわりさん（斉藤洋） ……… 148
もぐらのせんせい（斉藤洋） …………… 149
もぐらのたくはいびん（斉藤洋） ……… 149
もし高校野球の女子マネージャーがドラッカー
　の『イノベーションと企業家精神』を読ん
　だら（岩崎夏海） ………………………… 59
もし高校野球の女子マネージャーがドラッ
　カーの『マネジメント』を読んだら（岩崎
　夏海） ……………………………………… 60
もしも魔女になれたら!?（石崎洋司） …… 50
もぞもぞしてよゴリラ/ほんの豚ですが（佐野
　洋子） …………………………………… 163
モダン（原田マハ） ……………………… 254
モダンタイムス（伊坂幸太郎） ………… 36
望月青果店（小手鞠るい） ……………… 136
モーツァルトの魔法の笛（オズボーン） … 382
モーツァルトはおことわり（モーパーゴ） … 457
モッキンバード（アースキン） ………… 363
木工少女（濱野京子） …………………… 242
もっとも危険な長い夜（小手鞠るい） … 136
モデラートで行こう（風野潮） ………… 112
モデルになっちゃいます!?（梨屋アリエ） … 230
モナコの謎カレ（令丈ヒロ子） ………… 345
モナミは宇宙を終わらせる？（はやみねかお
　る） ……………………………………… 250
モナミは時間を終わらせる？（はやみねかお
　る） ……………………………………… 250
モナミは世界を終わらせる？（はやみねかお
　る） ……………………………………… 250
モニタールーム（山田悠介） …………… 322
モーニング（小路幸也） ………………… 187
物語シリーズ（西尾維新） ……………… 359
物語のおわり（湊かなえ） ……………… 283
モーパッサン短篇集（モーパッサン） … 485
モモコとうさぎ（大島真寿美） ………… 74
百瀬、こっちを向いて。（乙一） ……… 89
もらい泣き（沖方丁） …………………… 68
森へ行きましょう（川上弘美） ………… 116
森に眠る魚（さかな）（角田光代） …… 103
森の石と空飛ぶ船（岡田淳） …………… 77
「守り人」のすべて（上橋菜穂子） …… 63
モルフェウスの領域（海堂尊） ………… 100
モンスター・ホテルでおひさしぶり（柏葉幸
　子） ……………………………………… 107
モンスター・ホテルでごしょうたい（柏葉幸
　子） ……………………………………… 107

モンスター・ホテルでそっくりさん（柏葉幸
　子） ……………………………………… 107
モンスター・ホテルでたんていだん（柏葉幸
　子） ……………………………………… 107
モンスター・ホテルでパトロール（柏葉幸子）
　………………………………………… 108
モンスター・ホテルでピクニック（柏葉幸子）
　………………………………………… 108
モンスター・ホテルでひみつのへや（柏葉幸
　子） ……………………………………… 108
モンスター・ホテルでプレゼント（柏葉幸子）
　………………………………………… 108
モンスーンの贈りもの（パーキンス） … 428
問題児たちが異世界から来るそうですよ？（竜
　ノ湖太郎） ……………………………… 357
モンタギューおじさんの怖い話（プリースト
　リー） …………………………………… 437
モンテ・クリスト伯（デュマ） ………… 484

【 や 】

やがて目覚めない朝が来る（大島真寿美） …… 74
夜間の爆走（ミョルス） ………………… 454
野球の国のアリス（北村薫） …………… 123
薬師寺涼子の怪奇事件簿（田中芳樹） … 358
約束（石田衣良） ………………………… 55
約束（村山由佳） ………………………… 298
やくそくだよ、ミュウ（小手鞠るい） … 136
約束の海（山崎豊子） …………………… 481
夜行（森見登美彦） ……………………… 309
夜行観覧車（湊かなえ） ………………… 283
野菜畑で見る夢は（小手鞠るい） ……… 136
優しい煉獄（森岡浩之） ………………… 308
夜叉桜（あさのあつこ） ………………… 17
野心あらためず（後藤竜二） …………… 139
やせっぽちの死刑執行人（シャン） …… 409
やっぱりあたしが編集長!?（梨屋アリエ） … 230
やっぱりしろくま（斉藤洋） …………… 149
柳屋商店開店中（柳広司） ……………… 317
やはり俺の青春ラブコメはまちがっている。
　（渡航） ………………………………… 362
やぶ坂からの出発（たびだち）（高橋秀雄） … 205
やぶ坂に吹く風（高橋秀雄） …………… 205
野望円舞曲（荻野目悠樹） ……………… 352
野望円舞曲（田中芳樹） ………………… 358
山女日記（湊かなえ） …………………… 283
やまのおばけずかん（斉藤洋） ………… 149
山桃寺まえみち（芦原すなお） ………… 478
やまわろ（釣月ふたみ） ………………… 112
やまんばあかちゃん（富安陽子） ……… 216
やまんばあさんとなかまたち（富安陽子） … 216
闇医者おえん秘録帖（あさのあつこ） … 18
やみ倉の竜（小手鞠るい） ……………… 108
闇に咲く（あさのあつこ） ……………… 18
闇の中の男（オースター） ……………… 378
闇夜にさまよう女（ブリュソロ） ……… 438

書名索引　　　　　　　　　　　よんし

ヤモリ、カエル、シジミチョウ（江國香織）‥‥‥ 70

【ゆ】

遊園地の妖怪一家（富安陽子）‥‥‥‥‥‥‥ 216
ゆうかんなテディ・ロビンソン（ロビンソン）
　‥‥‥‥‥‥‥‥‥‥‥‥‥‥‥‥‥‥‥ 472
夕暮れをすぎて（キング）‥‥‥‥‥‥‥‥‥ 395
勇者になれなかった俺はしぶしぶ就職を決意
　しました。（左京潤）‥‥‥‥‥‥‥‥‥‥ 355
勇者の谷（ストラウド）‥‥‥‥‥‥‥‥‥‥ 415
勇者ライと3つの扉（ロッダ）‥‥‥‥‥‥‥ 470
友人キャラは大変ですか？（伊達康）‥‥‥‥ 357
夕焼けカプセル（泉啓子）‥‥‥‥‥‥‥‥‥ 56
幽霊城の秘宝（オズボーン）‥‥‥‥‥‥‥‥ 382
幽霊たち（オースター）‥‥‥‥‥‥‥‥‥‥ 378
ゆうれいパティシエ事件（斉藤洋）‥‥‥‥‥ 149
幽霊屋敷貸します（富安陽子）‥‥‥‥‥‥‥ 216
雪国（川端康成）‥‥‥‥‥‥‥‥‥‥‥‥‥ 479
雪だるまの雪子ちゃん（江國香織）‥‥‥‥‥ 70
雪と珊瑚と（梨木香歩）‥‥‥‥‥‥‥‥‥‥ 228
ゆきとどいた生活（星新一）‥‥‥‥‥‥‥‥ 269
ユキとヨンチ（中川なをみ）‥‥‥‥‥‥‥‥ 217
ゆきひらの話（安房直子）‥‥‥‥‥‥‥‥‥ 24
雪屋のロッスさん（いしいしんじ）‥‥‥‥‥ 38
ユートピア（湊かなえ）‥‥‥‥‥‥‥‥‥‥ 283
ユニコーン（原田マハ）‥‥‥‥‥‥‥‥‥‥ 254
ユニコーン奇跡の救出（オズボーン）‥‥‥‥ 383
指きりは魔法のはじまり（富安陽子）‥‥‥‥ 216
UFOはまだこない（石川宏千花）‥‥‥‥‥ 41
夢うつつ（あさのあつこ）‥‥‥‥‥‥‥‥‥ 18
夢を与える（綿矢りさ）‥‥‥‥‥‥‥‥‥‥ 349
夢違（恩田陸）‥‥‥‥‥‥‥‥‥‥‥‥‥‥ 96
夢のまた夢（森岡浩之）‥‥‥‥‥‥‥‥‥‥ 308
夢美と愛美の消えたバースデー・プレゼント？
　（唯川恵）‥‥‥‥‥‥‥‥‥‥‥‥‥‥‥ 326
夢美と愛美の謎がいっぱい！ 怪人Xを追え！
　（唯川恵）‥‥‥‥‥‥‥‥‥‥‥‥‥‥‥ 326
ゆめみの駅遺失物係（安東みきえ）‥‥‥‥‥ 25
夢見る犬たち（マクニッシュ）‥‥‥‥‥‥‥ 451
夢見る黄金地球儀（海堂尊）‥‥‥‥‥‥‥‥ 100
ゆらやみ（あさのあつこ）‥‥‥‥‥‥‥‥‥ 18
ユリエルとグレン（石川宏千花）‥‥‥‥‥‥ 42

【よ】

夜明けの巨大地震（オズボーン）‥‥‥‥‥‥ 383
夜明けの縁をさ迷う人々（小川洋子）‥‥‥‥ 79
夜明けの街で（東野圭吾）‥‥‥‥‥‥‥‥‥ 262
夜明け前に会いたい（唯川恵）‥‥‥‥‥‥‥ 327
宵山万華鏡（森見登美彦）‥‥‥‥‥‥‥‥‥ 310
妖怪アパートの幽雅な日常（香月日輪）‥‥‥ 355
妖怪一家九十九さん（富安陽子）‥‥‥‥‥‥ 216

妖怪一家の温泉ツアー（富安陽子）‥‥‥‥‥ 216
妖怪一家の夏まつり（富安陽子）‥‥‥‥‥‥ 216
妖怪一家のハロウィン（富安陽子）‥‥‥‥‥ 216
妖怪きょうだい学校へ行く（富安陽子）‥‥‥ 216
妖怪の弟はじめました（石川宏千花）‥‥‥‥ 42
八日目の蝉（角田光代）‥‥‥‥‥‥‥‥‥‥ 103
容疑者Xの献身（東野圭吾）‥‥‥‥‥‥‥‥ 262
陽気なお葬式（ウリツカヤ）‥‥‥‥‥‥‥‥ 374
陽気なギャングの日常と襲撃（伊坂幸太郎）
　‥‥‥‥‥‥‥‥‥‥‥‥‥‥‥‥‥‥‥‥ 36
陽気なギャングは三つ数えろ（伊坂幸太郎）
　‥‥‥‥‥‥‥‥‥‥‥‥‥‥‥‥‥‥‥‥ 36
ようこそ実力至上主義の教室へ（衣笠彰梧）
　‥‥‥‥‥‥‥‥‥‥‥‥‥‥‥‥‥‥‥‥ 354
ようこそ、バー・ピノッキオへ（はらだみず
　き）‥‥‥‥‥‥‥‥‥‥‥‥‥‥‥‥‥‥ 258
ようこそ、わが家へ（池井戸潤）‥‥‥‥‥‥ 27
幼女戦記（カルロ・ゼン）‥‥‥‥‥‥‥‥‥ 354
妖精のバレリーナ（石崎洋司）‥‥‥‥‥‥‥ 50
妖精配給会社（星新一）‥‥‥‥‥‥‥‥‥‥ 269
妖物物語（朽木祥）‥‥‥‥‥‥‥‥‥‥‥‥ 126
用務員さんは勇者じゃありませんので（棚花
　尋平）‥‥‥‥‥‥‥‥‥‥‥‥‥‥‥‥‥ 357
よくわかる現代魔法（桜坂洋）‥‥‥‥‥‥‥ 355
四畳半王国見聞録（森見登美彦）‥‥‥‥‥‥ 310
四畳半神話体系公式読本（森見登美彦）‥‥‥ 310
吉原暗黒譚（誉田哲也）‥‥‥‥‥‥‥‥‥‥ 274
夜空の訪問者（斉藤洋）‥‥‥‥‥‥‥‥‥‥ 149
よだかの片想い（島本理生）‥‥‥‥‥‥‥‥ 177
予定日はジミー・ペイジ（角田光代）‥‥‥‥ 103
世にもおそろしいフクロウおばさん（ウォリ
　アムズ）‥‥‥‥‥‥‥‥‥‥‥‥‥‥‥‥ 372
世にも奇妙な君物語（朝井リョウ）‥‥‥‥‥ 3
四人のおばあちゃん（ジョーンズ）‥‥‥‥‥ 413
余命1年のスタリオン（石田衣良）‥‥‥‥‥ 55
よりみち3人修学旅行（市川朔久子）‥‥‥‥ 57
夜を守る（石田衣良）‥‥‥‥‥‥‥‥‥‥‥ 55
夜をゆく飛行機（角田光代）‥‥‥‥‥‥‥‥ 103
夜がはじまるとき（キング）‥‥‥‥‥‥‥‥ 395
夜啼く鳥は夢を見た（長野まゆみ）‥‥‥‥‥ 220
夜にくちぶえふいたなら（高楼方子）‥‥‥‥ 204
夜の木の下で（湯本香樹実）‥‥‥‥‥‥‥‥ 330
夜の国のクーパー（伊坂幸太郎）‥‥‥‥‥‥ 37
夜の公園（川上弘美）‥‥‥‥‥‥‥‥‥‥‥ 116
夜の虹彩（瀬名秀明）‥‥‥‥‥‥‥‥‥‥‥ 195
夜の小学校で（岡田淳）‥‥‥‥‥‥‥‥‥‥ 77
夜の侵入者（星新一）‥‥‥‥‥‥‥‥‥‥‥ 269
夜の底は柔らかな幻（恩田陸）‥‥‥‥‥‥‥ 96
夜のだれかの玩具箱（おもちゃばこ）（あさの
　あつこ）‥‥‥‥‥‥‥‥‥‥‥‥‥‥‥‥ 18
よるのばけもの（住野よる）‥‥‥‥‥‥‥‥ 193
夜の光（坂木司）‥‥‥‥‥‥‥‥‥‥‥‥‥ 152
よるの美容院（市川朔久子）‥‥‥‥‥‥‥‥ 57
夜の桃（石田衣良）‥‥‥‥‥‥‥‥‥‥‥‥ 56
夜は短し歩けよ乙女（森見登美彦）‥‥‥‥‥ 310
よろこびの歌（宮下奈都）‥‥‥‥‥‥‥‥‥ 285
よはひ（いしいしんじ）‥‥‥‥‥‥‥‥‥‥ 38
45°（長野まゆみ）‥‥‥‥‥‥‥‥‥‥‥‥ 220

ヤングアダルトの本　いま読みたい小説4000冊　**521**

読んでいない絵本（山田太一） ………… 481
呼んでみただけ（安東みきえ） ………… 25
四とそれ以上の国（いしいしんじ） …… 38
四度目の氷河期（荻原浩） ……………… 87
4ミリ同盟（高楼方子） ………………… 205

【ら】

ライヴ（山田悠介） …………………… 322
ライオンとであった少女（ドハーティ） … 422
ライオンの風にのって（ギフ） ………… 387
ライバル（川上健一） …………………… 114
ライバル・オン・アイス（吉野万理子） … 336
ラヴィアンローズ（村山由佳） ………… 299
ラヴィーニア（ル＝グウィン） ………… 466
楽園（宮部みゆき） ……………………… 295
楽園のカンヴァス（原田マハ） ………… 255
楽園の蝶（柳広司） ……………………… 317
楽園のつくりかた（笹生陽子） ………… 158
らくごでことわざ笑辞典（斉藤洋） …… 149
らくごで笑学校（斉藤洋） ……………… 149
らくごで笑児科（斉藤洋） ……………… 149
落第騎士の英雄譚（キャバルリィ）（海空り
く） ……………………………………… 361
ラスト・イニング（あさのあつこ） …… 18
ラストサマー（ブラッシェアーズ） …… 436
ラスト・サマー（ブラッシェアーズ） … 436
ラスト・スパート！（横山充男） ……… 330
ラスト・スマイル（重松清） …………… 172
ラスト・ワルツ（柳広司） ……………… 317
落花流水（山本文緒） …………………… 323
螺鈿迷宮（海堂尊） ……………………… 100
ラブ・オールウェイズ（小手鞠るい） … 136
ラブコメ今昔（有川浩） ………………… 22
ラブ、スターガール（スピネッリ） …… 416
ラブ・ストーリーを探しに（小手鞠るい） … 137
ラプソディ・イン・ラブ（小路幸也） … 187
ラブソファに、ひとり（石田衣良） …… 56
ラ・ブッツン・エル（名木田恵子） …… 226
ラブ・ミー・テンダー（小路幸也） …… 187
ラプラスの魔女（東野圭吾） …………… 262
ラブレター物語（丘修三） ……………… 75
ラベルのない缶詰をめぐる冒険（シアラー）
 ………………………………………… 406
λに歯がない（森博嗣） ………………… 307
ラモーゼ（ウィルキンソン） …………… 369
ラン（森絵都） …………………………… 301
ランウェイ・ビート（原田マハ） ……… 255
ランクA病院の愉悦（海堂尊） ………… 100
ランス・アンド・マスクス（子安秀明） … 355
ランチのアッコちゃん（柚木麻子） …… 329
ランナー（あさのあつこ） ……………… 18
ランベルト男爵は二度生きる（ロダーリ） … 467

【り】

リアル鬼ごっこ（山田悠介） …………… 322
リアル鬼ごっこLIMITED（山田悠介） … 322
リヴァイアサン（ウェスターフェルド） … 371
リカーシブル（米澤穂信） ……………… 340
リキシャ・ガール（パーキンス） ……… 428
陸王（池井戸潤） ………………………… 27
リーシーの物語（キング） ……………… 395
りすのきょうだいとふしぎなたね（小手鞠る
い） ……………………………………… 137
リズム（森絵都） ………………………… 301
Re：ゼロから始める異世界生活（長月達平） … 358
リーチ先生（原田マハ） ………………… 255
リックとさまよえる幽霊たち（イボットソン）
 ………………………………………… 368
リトル・バイ・リトル（島本理生） …… 177
リバース（石田衣良） …………………… 56
リバース（湊かなえ） …………………… 283
リフカの旅（ヘス） ……………………… 442
理由（宮部みゆき） ……………………… 295
りゅうおうのおしごと！（白鳥士郎） … 356
龍ヶ嬢七々々の埋蔵金（鳳乃一真） …… 352
竜が呼んだ娘（柏葉幸子） ……………… 108
流星の絆（東野圭吾） …………………… 262
龍とダイヤモンド（マイヤー） ………… 451
竜の木の約束（濱野京子） ……………… 243
龍の腹（中川なをみ） …………………… 217
リョウ＆ナオ（川端裕人） ……………… 120
漁師の愛人（森絵都） …………………… 301
緑瑠璃の鞠（久保田香里） ……………… 126
旅者の歌（小路幸也） …………………… 187
リライブ（小路幸也） …………………… 187
リリコは眠れない（高楼方子） ………… 205
リリース（草野たき） …………………… 125
李陵 山月記（中島敦） ………………… 480
リンカン大統領（オズボーン） ………… 383
りんご畑の特別列車（柏葉幸子） ……… 108
りんちゃんともちもち星人（令丈ヒロ子） … 345

【る】

ルイス・キャロル（キャロル） ………… 482
ルゥルゥおはなしして（高楼方子） …… 205
ルーズヴェルト・ゲーム（池井戸潤） … 27
ルドルフとイッパイアッテナ（斉藤洋） … 149
ルドルフとスノーホワイト（斉藤洋） … 150
ルドルフともだちひとりだち（斉藤洋） … 150
瑠璃でもなく、玻璃でもなく（唯川恵） … 327
るり姉（椰月美智子） …………………… 313

【れ】

霊界交渉人ショウタ（斉藤洋）・・・・・・・・・ 150
レイジ（誉田哲也）・・・・・・・・・・・・・・・・・・ 274
霊少女清花（越水利江子）・・・・・・・・・・・ 130
冷蔵庫を抱きしめて（荻原浩）・・・・・・・・・ 87
霊能者は女子高生！（キャボット）・・・・・・ 390
伶也と（柳月美智子）・・・・・・・・・・・・・・・・ 313
RAIL WARS（豊田巧）・・・・・・・・・・・・・・・ 358
レイン（吉野匠）・・・・・・・・・・・・・・・・・・・・ 362
レインツリーの国（有川浩）・・・・・・・・・・・・ 22
レインボーとふしぎな絵（ロッダ）・・・・・・・ 471
レヴォリューションNo.0（金城一紀）・・・・・ 113
レガッタ！（濱野京子）・・・・・・・・・・・・・・ 243
レタス・フライ（森博嗣）・・・・・・・・・・・・・ 307
レッツがおつかい（ひこ・田中）・・・・・・・・ 263
レッツとネコさん（ひこ・田中）・・・・・・・・ 263
レッツのふみだい（ひこ・田中）・・・・・・・・ 264
Red（島本理生）・・・・・・・・・・・・・・・・・・・・ 177
レッドシャイン（濱野京子）・・・・・・・・・・・ 243
れでぃ×ばと！（上月司）・・・・・・・・・・・・・ 355
レディ・マドンナ（小路幸也）・・・・・・・・・ 187
レトロと謎のボロ車（ロッダ）・・・・・・・・・ 471
レネット（名木田恵子）・・・・・・・・・・・・・・ 226
レポーターなんてムリですぅ！（梨屋アリエ）
・・・・・・・・・・・・・・・・・・・・・・・・・・・・・・・・・・ 230
レ・ミゼラブル（ユゴー）・・・・・・・・・・・・・・ 485
檸檬（梶井基次郎）・・・・・・・・・・・・・・・・・・ 479
レモンタルト（長野まゆみ）・・・・・・・・・・・ 220
レーン（あさのあつこ）・・・・・・・・・・・・・・・・ 18
恋愛映画は選ばない（吉野万理子）・・・・・ 337
レンアイケッコン（小手鞠るい）・・・・・・・・ 137
恋愛寫眞（市川拓司）・・・・・・・・・・・・・・・・・ 58
恋愛小説（柳月美智子）・・・・・・・・・・・・・・ 313
練習球（あさのあつこ）・・・・・・・・・・・・・・・・ 19
レンタルの白鳥（エイキン）・・・・・・・・・・・ 376
レントゲン（風野潮）・・・・・・・・・・・・・・・・・ 112

【ろ】

ロイヤルバレエスクール・ダイアリー（モス）
・・・・・・・・・・・・・・・・・・・・・・・・・・・ 454, 455
ロウきゅーぶ！（蒼山サグ）・・・・・・・・・・・ 350
老人と海（ヘミングウェイ）・・・・・・・・・・・ 485
牢の中の貴婦人（ジョーンズ）・・・・・・・・・ 413
六月の夜と昼のあわいに（恩田陸）・・・・・・ 96
六畳間の侵略者!?（健速）・・・・・・・・・・・・ 357
ロクでなし魔術講師と禁忌教典（アカシック
レコード）（羊太郎）・・・・・・・・・・・・・・・ 359
6人の容疑者（スワループ）・・・・・・・・・・・ 417
6年1組黒魔女さんが通る!!（石崎洋司）・・・ 50
ログ・ホライズン（橙乃ままれ）・・・・・・・・ 358

ロケット＆電車工場でドキドキ!!（令丈ヒロ
子）・・・・・・・・・・・・・・・・・・・・・・・・・・・・・・ 345
ロザムンドおばさんの贈り物（ピルチャー）
・・・・・・・・・・・・・・・・・・・・・・・・・・・・・・・・・・ 434
ロジーナのあした（クシュマン）・・・・・・・・ 395
路上のストライカー（ウィリアムズ）・・・・・ 368
ロス、きみを送る旅（グレイ）・・・・・・・・・ 397
ロスジェネの逆襲（池井戸潤）・・・・・・・・・・ 27
ローズの小さな図書館（ホルト）・・・・・・・・ 446
六花の勇者（山形石雄）・・・・・・・・・・・・・・ 362
ロックウッド除霊探偵局（ストラウド）・・・ 415
ロックなハート（ひこ・田中）・・・・・・・・・ 264
ロック母（角田光代）・・・・・・・・・・・・・・・・ 103
ロードス島戦記（水野良）・・・・・・・・・・・・ 361
ロードムービー（辻村深月）・・・・・・・・・・・ 209
ロバのサイン会（吉野万理子）・・・・・・・・・ 337
ロマンシエ（原田マハ）・・・・・・・・・・・・・・ 255
ロマンス（柳広司）・・・・・・・・・・・・・・・・・・ 317
ロミオとジュリエット（斉藤洋）・・・・・・・・ 150
ロング・ウェイ（小手鞠るい）・・・・・・・・・ 137
ロング・ロング・アゴー（重松清）・・・・・・ 172
ロング・ロング・ホリディ（小路幸也）・・・ 188
ロンド国物語（ロッダ）・・・・・・・・・・・・・・ 471
ロンドンのゴースト（オズボーン）・・・・・・ 383
ローン・ボーイ（ポールセン）・・・・・・・・・ 446

【わ】

歪笑小説（東野圭吾）・・・・・・・・・・・・・・・・ 263
若おかみは小学生！（令丈ヒロ子）・・ 345, 346
若おかみは小学生！ スペシャルおっこのTai-
wanおかみ修業！（令丈ヒロ子）・・・・・ 346
若おかみは小学生！ スペシャル短編集（令丈
ヒロ子）・・・・・・・・・・・・・・・・・・・・・・・・・・ 346
若草物語（オルコット）・・・・・・・・・・・・・・ 482
和菓子のアン（坂木司）・・・・・・・・・・・・・・ 152
ワーカーズ・ダイジェスト（津村記久子）・・・・ 211
わかっていただけますかねえ（シェパード）
・・・・・・・・・・・・・・・・・・・・・・・・・・・・・・・・・・ 406
吾輩はシャーロック・ホームズである（柳広
司）・・・・・・・・・・・・・・・・・・・・・・・・・・・・・・ 317
わからん薬学事始（まはら三桃）・・・・・・・・ 279
別れのあと（小手鞠るい）・・・・・・・・・・・・ 137
別れの言葉を私から（唯川恵）・・・・・・・・・ 327
ワーキング・ホリデー（坂木司）・・・・・・・・ 152
わすれないよいつまでも（ウチダ）・・・・・・ 373
忘れないよリトル・ジョッシュ（モーパーゴ）
・・・・・・・・・・・・・・・・・・・・・・・・・・・・・・・・・・ 457
わすれものの森（岡田淳）・・・・・・・・・・・・・・ 77
早ална女、女、男（柚木麻子）・・・・・・・・・・ 329
私、能力は平均値でって言ったよね！
（FUNA）・・・・・・・・・・・・・・・・・・・・・・・・・ 360
ワタクシハ（羽田圭介）・・・・・・・・・・・・・・ 234
私をくいとめて（綿矢りさ）・・・・・・・・・・・ 349
わたしをみつけて（中脇初枝）・・・・・・・・・ 225
私を見つけて（小手鞠るい）・・・・・・・・・・・ 137

わたし　　書名索引

わたしがいどんだ戦い1939年（ブラッド
　リー）…………………………………… 436
わたしがいなかった街で（柴崎友香）……… 174
わたしが・棄てた・女（遠藤周作）………… 479
わたしたちが自由になるまえ（アルバレス）
　………………………………………… 365
わたしたちの島で（リンドグレーン）……… 486
私たちは生きているのか？（森博嗣）……… 307
わたしたちは銀のフォークと薬を手にして（島
　本理生）……………………………… 177
私と踊って（恩田陸）………………………… 96
わたしとトムおじさん（小路幸也）………… 188
私にふさわしいホテル（柚木麻子）………… 329
私の家では何も起こらない（恩田陸）……… 96
わたしの美しい娘（ナポリ）………………… 425
私（わたし）の男（桜庭一樹）……………… 157
私（わたし）の神様（小手鞠るい）………… 137
わたしの心のなか（ドレイパー）………… 424
わたしの、好きな人（八束澄子）………… 314
私のなかの彼女（角田光代）………………… 104
わたしの中の遠い夏（トール）…………… 423
私の何をあなたは憶えているの（小手鞠るい）
　………………………………………… 137
私はあなたの記憶のなかに（角田光代）…… 104
私は売られてきた（マコーミック）………… 452
私は存在が空気（乙一）……………………… 90
わたしはなんでも知っている（令丈ヒロ子）
　………………………………………… 346
わたしはみんなに好かれてる（令丈ヒロ子）
　………………………………………… 347
わたしは、わたし（ウッドソン）………… 373
わらうきいろオニ（梨屋アリエ）………… 230
悪ガキ7（宗田理）…………………………… 202
ワンス・アホな・タイム（安東みきえ）…… 25
ワンダフル・ワールド（村山由佳）……… 299
ワンナイト（大島真寿美）………………… 74

524

ヤングアダルトの本
いま読みたい小説 4000冊

2018 年 9 月 25 日　第 1 刷発行
2020 年 5 月 25 日　第 2 刷発行

発 行 者／大高利夫
編集・発行／日外アソシエーツ株式会社
　　　　　〒140-0013 東京都品川区南大井 6-16-16 鈴中ビル大森アネックス
　　　　　電話 (03)3763-5241 (代表)　FAX(03)3764-0845
　　　　　URL　http://www.nichigai.co.jp/
発 売 元／株式会社紀伊國屋書店
　　　　　〒163-8636 東京都新宿区新宿 3-17-7
　　　　　電話 (03)3354-0131 (代表)
　　　　　ホールセール部 (営業) 電話 (03)6910-0519

電算漢字処理／日外アソシエーツ株式会社
印刷・製本／株式会社 デジタル パブリッシング サービス

不許複製・禁無断転載
＜落丁・乱丁本はお取り替えいたします＞
ISBN978-4-8169-2740-9　　　**Printed in Japan,2020**

本書はディジタルデータでご利用いただくことが
できます。詳細はお問い合わせください。

中高生のためのブックガイド 進路・将来を考える

佐藤理絵監修　A5・260頁　定価（本体4,200円＋税）　2016.3刊

学校生活や部活動、志望学科と将来の職業との関連性、大学入試の小論文対策まで、現役の司書教諭が"中高生に薦めたい本"609冊を精選した図書目録。「学校生活から将来へ」「仕事・職業を知る」「進路・進学先を考える」「受験術・アドバイス」に分け、入手しやすいものを中心に紹介。主要図書には書影を掲載。

ヤングアダルトの本シリーズ

ヤングアダルト世代向けの図書を分野ごとにガイドするシリーズ。中高生や同世代の若者が何かを知りたいときに役立つ図書、興味をもつ分野の図書を一覧。基本的な書誌事項と内容紹介がわかる。図書館での選書にも。

ヤングアダルトの本 「18歳からの選挙権」2000冊

A5・320頁　定価（本体8,250円＋税）　2016.9刊

投票を行う際に参考となるような「選挙」「議会」「政策」「行政」等の入門書・ルポルタージュ・伝記などを収録。

ヤングアダルトの本 ノベライズ化作品3000冊—アニメ・ゲーム・ドラマ

A5・450頁　定価（本体8,800円＋税）　2016.3刊

最近10年間にアニメ・ゲーム・ドラマなどからノベライズ化された作品を収録。

ヤングアダルトの本 ボランティア・国際協力への理解を深める2000冊

NPO研究情報センター 編　A5・280頁　定価（本体8,200円＋税）　2015.11刊

ボランティアやNPO・NGO、国際協力などについて知りたいときに役立つ図書を収録。

ヤングアダルトの本　高校教科書の文学3000冊

A5・420頁　定価（本体8,000円＋税）　2015.3刊

高等学校の国語教科書に載った日本文学の名作図書を収録。

ヤングアダルトの本　部活をきわめる3000冊

A5・340頁　定価（本体8,000円＋税）　2013.11刊

クラブ活動を行う際に参考となるような入門書・技術書・エッセイ・ノンフィクションなどを収録。

データベースカンパニー
日外アソシエーツ

〒140-0013　東京都品川区南大井6-16-16
TEL.(03)3763-5241　FAX.(03)3764-0845　http://www.nichigai.co.jp/